岳麓書社

读名著　选岳麓

中国古典小说普及文库

狄青五虎将全传

〔清〕李雨堂等 著

岳麓书社·长沙

狄青

劉慶

雙陽公主

段红玉

出版说明

《狄青五虎将全传》由三个部分组成，分别为《万花楼杨包狄演义》（又名《狄青初传》）、《五虎平西演义》（又名《狄青前传》）、《五虎平南演义》（又名《狄青后传》），可以说是狄青五虎故事的集大成者。

《万花楼杨包狄演义》，共六十八回，作者李雨堂。这部小说把狄青征战西辽、包公断案以及杨家将故事糅合在一起，以简明的叙述塑造了一个武功高强、志向伟大、血气方刚，同时又有些粗心鲁莽的常胜将军形象。小说在故事情节上多处因袭其他英雄传奇小说，但文笔流畅通俗，情节曲折生动，即使头绪纷繁，却能整而不乱。郑振铎《中国文学研究》评云："此书有的地方，描写得很好，虽套用旧型，却能运之以别调。"

《五虎平西演义》共一百一十二回，编撰者不详。作品有两条线索，一条是对外征战西辽，另一条是对内铲除奸臣。作者巧妙地把两条线索紧密结合起来，使得情节发展环环相扣，产生了波澜起伏、引人入胜的艺术效果。

《五虎平南演义》，共四十二回，编撰者不详。作品记叙了五虎将平西归来之后南蛮王发动叛乱，狄青奉旨率领其他四虎前去平定南蛮的故事。小说着重表现五虎将与杨家将协力平定战乱的经过，弱化了忠奸斗争。

这三部小说融合了史实、笔记小说、民间传说，使之前零散、片断的狄青故事得以集中化与系统化，重新塑造出一个充满正义且具有传奇色彩的狄青形象，以及具有江湖气息又遵守儒家思想的五虎将形象。五虎将分别指玉面虎狄青、笑面虎石玉、扒山虎张忠、离山虎李义和飞山虎刘庆。他们武艺高强，有勇有谋；对内恪守君臣之礼，尽忠皇帝，扫佞除奸；对外征战沙场，抵御来敌，保家卫国。此外，小说还描写了一大批巾帼女英雄，如少数民族女将领段红玉、八宝公主，汉族女性将领穆桂英、杨金花等，她们个个英勇善战，才智过人。小说以战争描写展开情节，作者对于叙事节奏的处理颇为用心，既有激烈的征战也有相对缓和的僵持阶段，又穿插了一些男、女英雄之间的婚姻故事，让故事的进展不会过于急促，大大丰富了叙事内容。

在文化内涵方面，小说不仅体现了文人所倡导的忠孝节义思想，还融入了民间传说的特征，展现出一种独特的文化面貌。如狄青的前世是天上的武曲星，拥有神化的身份，拜王禅老祖为师，拥有人面兽和七星箭两个仙家物件；石玉拜神仙为师，又能利用各种法术、法宝克制敌人；刘庆借助席云帕这一宝物日行千里，在危难之时搬来救兵，使得狄青部队反败为胜……很多场景都有人们所熟悉的诸类神仙的参与，使作品呈现出一种神秘诡谲的艺术风格。

本社所收《万花楼杨包狄演义》以聚文堂本为底本，《五虎平西演义》及《五虎平南演义》均以光绪三十年(1904)上海书局石印本为底本，对于原书的错讹之处，均已改正，并对其进行句读、分段，以方便读者阅读。

目 录

万花楼杨包狄演义(狄青初传)

五虎平西演义（狄青前传）

五虎平南演义(狄青后传)

万花楼杨包狄演义

（狄青初传）

叙

书不详言者，鉴史也；书悉详而言者，传奇也。史乃千百季眼目之书，历纪帝王事业，文墨辈借以稽考运会之兴衰，诸君相则以扶植纲之准法者，至重至要之书也。然秉笔难详，大题小作，一言而包尽；良相之大功，一笔而挥全；英雄之伟绩，递史不得不简而约乎。自上古以来，数千秋以下，千百数帝王，万机政事，纸短情长，乌能尽博？至传奇则不然也，揭一相一段之事，详一将一相之功，则何患乎纸短情长哉！故史虽天下至重至要，然而笔不详则浅，而听之者未尝不觉其枯寂也。唯传虽无关于稽考扶植之重，如舟中寂寞，伴侣已希，遂觉史约而传则详博焉，是故阅史者虽多，而究传者不少也。更而溯诸其原，虽非痛快奇文，焕然机局，较之淫辞艳曲，邪正犹有分焉。然好淫辞僻艳曲之辈，阅此未必协心，唯声正传，疾淫艳者必以余言为不谬也。是为序。时戊辰之春，自叙于岭南汾江之觉后阁云。

鹤邑李雨堂识

歌曰：继天立极惟盘古，混沌初开天地分。
三皇五帝均调治，相传统绪万民钦。
唐虞二帝求贤让，化育玄功圣泽深。
当时洪水为民患，大禹功成水土分。
历年四百终于桀，运属商汤仁圣君。
相传历久亡于纣，文王西兴拯溺民。
御临八百称长久，国祚延绵德业深。
称雄七国相吞并，无道强秦二世分。
楚汉争锋刘应运，四百余年鼎足均。
晋兴未久遭胡乱，禅篡数传不永君。
隋文一统亡杨广，十有三年社稷分。
义师奋起唐高祖，二十相传属宋君。
数传之后惟千古，兴废无常是古云。

俚言叙罢。此书上不言五代纷争，下不述太祖建业，且开一卷：杨宗保职任三关，狄武曲星临凡佐宋佐弼乾坤，乃大宋之良将也。在初年未遇时，困乏流离，屡遭颠沛，后得苦尽甘来。正合着孟子曰"天将降大任于斯人也，必先劳其心志，苦其筋骨"之意云耳。

第一回　奏宫闱陈情炎宋　承君命赍旨山西

诗曰：修己安人是圣君，群生瞻仰沐王恩。
开基首重施仁义，方得延绵国运臻。

却说大宋真宗天子，乃太宗第三子也，名恒，初封寿王，寻立为皇太子。太宗崩，遂登大宝。在位二十五载，寿五十五而崩。即年乃戊戌咸平元年，其时乃契丹统和十六年也。考帝之初，宽仁慈爱，大有帝王度量；然好奉道教，信惑异端，而祸乱生矣，故屡有边疆之患，后有契丹澶州之扰也，且慢言。

又说真宗登基后，即进刘皇妃为东宫皇后，封赠李妃为宸妃，二后俱得宠幸。其年，两宫皇后齐怀龙妊，真宗暗暗欣然，惟愿二后早生太子，接嗣江山。

又表朝中文武自首相一品以下，二三四品官以下百余员，一一实难尽述。考其忠诚为国者不少，其奸佞不法者犹多。其当时称贤表行者，太师李沆、枢密使王旦、平章寇准、龙图阁待制孙奭四位大臣，乃当时忠心贯日贤臣。只有王钦若、丁谓、林持、陈彭年、刘承珪五人，相济为恶，聚敛害民，时人号为“朝中五鬼”。更有陈尧叟、殊晏，亦是奸佞之臣。余难尽指。时包拯初为开封府尹，庞洪职居枢密副使，忠佞二臣，下书交代。

却说庚子八年，有内监陈琳，一天出朝上殿，俯伏金阶，呼声：“我主万岁！奴婢见驾。”天子一见，说曰：“你乃掌管宫闱，司理内监，今来见朕，有何章奏？”陈琳奏曰：“奴婢并非文武司职，并无本章上奏，不过面陈奏耳。”天子曰：“你且面奏来。”陈琳曰：“只因上年蒙我主隆恩，放出宫中中年妃嫔一千五百余名，各官民父母领回已讫。如今三宫六院，缺少了许多妃嫔，遂觉使唤已稀。望乞我主颁旨，另选少艾，以备宫中充用。奴婢司理内宫，不敢隐奏。”

当下天子听奏，想道：“宫中妃嫔上年虽则放出一千五百多，但目下年少者尚属不少，焉可再选，而有屈民间多少年少美女。如今朕有个主意，想来八王兄上年王嫂殡天，王兄中馈已缺。他年将半百，尚无后嗣。不若趁此选秀当中，挑具美丽超群贵相者，送与王兄作配，岂不是着美事。倘或一二载产下麟儿，以接宗枝，未可知也。”当日真宗想定主意，即降旨前往山西太原，许一府只选才女八十名，不许多选，亦不得借端滋扰良民，限以五月内回朝缴旨，即命陈琳前往。陈琳领旨，天子退朝进宫，文武官员各回衙署，俱已不提。

单说内监陈公公赍了圣旨，带了八名近身勇士、一千护送宫女兵丁，一路奔进，一月余方得到了山西省境内。到得太原首府，早有督抚司道大小文武官员前来迎接钦差。陈公公一路进至城中，一同滚鞍下马。到了大堂中，开读圣旨已毕。众文武接旨已毕，一同见礼，依次坐位，谈说一番。是夜饮酒相待，不用烦言。晚膳已完，众文武各各相辞散去。

却说此座城池乃太原府城，城中督抚、布按二司、各府州县大小文武五十多位官员，当时得知万岁旨下，挑选才女以充宫用。其地头官员怎敢延慢，知府转委知县，处处地方，俱已找寻保领人等，一刻齐集于县堂。有县主吩咐传言："当今万岁旨意，挑选美女八十名。不论官家宦女，民家才女，凡十三岁以上，十九岁以下，生来果有才貌两全者，俱要报名上册。限以十日以内，要其八十名之数，须要早候钦差挑选。如有匿名违命徇私，定当重责不贷。"众保人领命而去。(又稽史载：狄青，字汉臣，原乃山西省汾州府西河县人氏，兹悉依传，本言其太原府榆次县，有大同小异之别。今特表明，看者勿疑而多辩论也。)

当日地方保领于一府之中，城乡内外，向凡名门宦户的，逐一核查。不想太原一府地方，军人百姓，贫富不一，闻得此消息，甚是惊惶。内有许字了人，自然即时完娶；其年少些未曾匹配的，仓卒也不用过聘，立刻嫁娶的甚多。至有年高配了年少，贫贱娶过富豪也不少。若论挑选宫女，于一府地方选其八十名，众民何故如此慌乱？皆因父母爱惜子女，责怪不得。倘有年少女儿，育成十四五岁，有六七分姿容，倘或被选去，已是永无相见之日，犹如死了一般，为父母者好不着急。当日不特民间慌乱，即名门官宦之家，倘有美貌超群者，有才情的，各不敢隐瞒，只因奉着圣上旨意，你顶我，彼顶此，皆要献出，不用烦言。

这一天，众美人带至金亭驿中，计民家美女却有二百余名，内有官宦之家贵女不过二十名耳。陈琳一连挑选过，其上等美丽、身材窈窕、纤纤指足者，不过五六十名，其余的虽然有六七分花貌，不是肌面黑些，抑或身材不称，选不上者。陈琳曰："众位大人，你们若不嗔怪，咱就直言了。圣上上年放出中年宫女一千五百余名，如今只选回少美者八十名，可谓圣上之仁德也。至于临降旨之时，命要首选一名绝色才貌双全者为贵人。岂知太原一府地方，八十名尚且不足。众位大人啊，难道不足八十名之数，就可还朝复圣上旨意不成？倘列位大人有美隐瞒，欺着圣上，就难怪陈某要亲往搜查。倘若从众官长中查出有美丽贵人，勿言某之不情，奏明圣上，以违旨论！”

众文武听罢，皆无言语，只是眼睁睁的看着一位武官。此人姓狄名广，现为本省太原府总兵。祖上原居山西，其祖父名狄泰，五代时曾为唐明宗翰林院。父亲名狄元，于本朝先帝太宗时职居两粤总制，威震边夷，名声远播，中年殡天。老夫人岳氏尚存，生下一子一女。长子即今狄广总爷；后得怀胎，幼女名唤千金，长成十六之年，真有闭月羞花之貌，沉鱼落雁之容，不独精于女工，而且长于翰墨，还未许字于人。这岳氏老太太爱之犹如掌上明珠，怎肯去报名上册？众官员闻狄门有此美女，内中亦有为子求婚的，只有岳太太不舍，至此蹉跎年已十六。当时狄爷听了陈琳要亲身到各府搜查，知瞒不过，心中闷闷不乐，只得与众官同声说：“陈公公将就些，且宽限我们三天，内如有美不献出者，回朝奏知圣上，也就怪不得了。”当时陈琳允诺，众文武各散回衙不表。

单说狄爷已有二女一子，长女名金鸾，次名银鸾。但次女未及三岁，已早夭亡，如今大小姐年方九岁。公子狄青初产下，方才对月。略略叙明，不用多表。当日狄爷回至府中，滚鞍下马，回进后堂，闷闷不乐，不言不语。孟氏夫人看了此光景，即道：“老爷！你往日回来，愉颜悦色，如今有何不乐？”狄爷见问，便将陈琳催迫之言细细说知。夫人听了，也觉惊骇。夫妻愁叹。正在闷乱愁谈之际，不料小姐适进中堂，一闻愁叹之声，也觉惊惶。哥嫂叹惜之言，早已听得明白，便慢趱金莲来至堂中，与哥嫂见礼，只作不懂，开言道：“哥嫂缘何在此愁叹？有甚因由？”狄爷见问，只得言道：“贤妹，愚兄因思父亲弃世太早，中年亡了，说起来不觉令人感伤。”小姐曰：“哥哥既然思念父亲，缘何说到违逆圣旨，只恐举家受累，罪及非轻之言？此乃何解？”狄爷夫妇听罢，低头不语。

小姐又说道：“哥嫂，你言奴已尽悉，今日既然事急，何必相瞒？”

狄爷听了，即道："贤妹啊！不幸父亲去世太早，撇下萱亲在堂，只有你我兄妹二人。如若今日将妹子献出上册，一来痛哭坏了老娘亲，二来难以割舍同胞之谊，算来觉得烦难。不免明天待愚兄备下一本，附陈琳顺搭，还朝奏辩明白，正在筹思不知可否。"小姐听了说道："哥，此事万万不可。你非一介愚民，为官岂有不明法律之理？圣上倘准了此本固然是好了，抑或不准，怪责起来，圣上一怒，你便有逆旨之罪，一家性命难保，更累及母亲。岂不是哥哥只因妹子一人，负了你，有不忠不孝之名。此举望哥哥再为参详。"狄爷听罢，低头想了一番，便说道："贤妹，依你主意怎生方为上算的？"小姐说道："依愚妹之见，还是舍着我一人，既保全了举家，又免了哥哥有逆旨之罪，方为上算。但不知哥哥意下如何？"狄爷不觉愁容顿起，长叹一声。三人谈论一番，不觉天色已晚。

果然过了三天，是日狄爷夫妻正与小姐商量之际，只见一个老家人慌忙走进内堂，口称："老爷，今有陈公公领了军兵，先往节度使衙中搜寻，少一刻定到我们府中来的。"狄爷听了，闷上添愁，孟夫人吓得慌忙无措。小姐说："哥哥、嫂嫂不必着慌，愚妹自有主意。"便吩咐老家人："且往外堂去，唤中军迎接着陈公公，请他早回金亭驿，不必到我府中，说狄总爷有位姑娘报册。"当下老家人领命，出外堂去了。

小姐唤丫环进佛堂内请来岳氏老太太。此时老太太坐下，看见孩儿愁容满面，又见媳妇、女儿各各一汪珠泪。太太见此，好不惊骇，即说道："你夫妻、兄妹为何如此？"狄爷只是摇首难言，犹恐老太太悲伤起来。太太又问女儿："你因何也如此悲伤？其中必有缘故了，快些说与娘得知。"狄小姐未启言就泪浮粉面，说声："母亲！你女儿从小长育于宦门，深居闺阁中，有谁委曲于我？只因今日圣上有旨，到本省点选秀女，册上缺少了数。钦差难以复旨，只着要官宦人家闺女补数，如今挨户搜查。如若再匿名不报，全家就祸有不测了。早间报已挨门搜至节度使府中，料然要来搜查我府了。只因哥嫂慌乱，又无计可施，女儿只得舍着一身去报名，以免满门之累。但割舍不得母亲之恩，哥嫂之情，总之女儿不孝也！"言罢珠泪沾衿。老太太听了此言,恰似魂魄飞腾去三千里,吓得手足如冰。母女抱头痛哭。

正在悲啼,狄爷夫妇劝解间,那老家人跑进内堂,报知说:"中军官方才将陈公公请回金亭驿去了。但陈公公说,老爷若肯将小姐献进,至为知机,但切不可延留耐久,即要就日还朝复旨。"狄爷说:"知道了,你去罢。"家丁退出。又说这狄广有一子年方哺乳,尚属不知事体;那九岁女儿虽知些人事,别离哭泣,到底不甚过伤;只有母女、夫妻四人的凄惨。

过了三天,又见老家人传报:"陈公公今日立刻要请小姐出府。只因于官宦人家选足了八十名之数,只差我家小姐一人未到的。"老太太听了,母女痛哭得倍加凄惨。狄爷夫妇含泪苦苦相劝,老太太只得收了泪,说道:"也罢!为娘且送你至驿中,以尽母子之情。"狄爷连忙吩咐备了两乘大轿伺候。小姐带泪相辞嫂嫂。这孟氏夫人下泪纷纷,各言珍重之话。当时母女上了大轿,狄爷骑上马,一班随行家将一路呼呼喝喝出了帅府大堂,一程来至驿中。先差旗牌官去通报,然后将二乘大轿抬扛到内厢。狄爷下马相随,至大堂。陈公公敬他是位小姐,又是狄爷同到,步下阶相迎。母女下了大轿,老太太携挽娇儿,站立右堂。陈琳先与狄爷见礼,后将小姐小心举目一瞧,果然生色丽异于众秀女。有诗赞曰:

轻盈娇艳一鲜花,均与西施斗丽华。
慢言古美堪飧色,再世杨妃产狄家。

当下陈琳看见小姐生得容光姣姣,拔出寻常,满心喜悦。说声:"总戎大人,此位是你令爱小姐么?"狄爷曰:"非也,乃下官同胞小妹。"陈琳曰:"原来乃大人令妹。果然天赋美质,非凡香所及。倘注上册名回朝,如经圣上一目,乃一大贵人也,福分非轻的。"狄爷说:"老公公前日已有言在先,倘众文武中有美不即献出,回朝奏知圣上,以违旨论,但下官思量妹子虽有此才美,只因家母年高,爱惜女儿如珍,割舍不离,是至隐瞒未报。望祈老公公回朝将就些,以免下官有欺君之罪,不胜感激了。"陈琳曰:"总戎大人何须过虑。汝今依旨将令妹册上,何云为欺君?既迟些报献,不过人子体念亲心之意耳,陈某焉有深求。但令妹是何尊名?"狄爷曰:"小妹闺名千金也。"陈琳即命秉笔人将进宫册上头名注上“狄千金”毕。陈琳得此美人，随即于众美中又选了十余名，凑足了八十名之数，余美人发回，各家父母领还。

当时不用狄府大轿，要请小姐上香车。当下老太君心如刀割，小姐泪如涌泉，扯牵母手，奚忍分离？狄爷见此光景，也觉惨然，只得忍悲解劝母女一番。老太君只得含泪叮咛女儿一遍，转身又向陈琳道：“陈公公，我女儿年少，寸步未离闺阁，娇生贵养一十六秋，如今万里风霜，望祈照管。老身即死在九泉，也寄归肝胆了！”陈琳诺诺应允。即说道：“老太君，小姐今日选回朝，定然一位大贵人了，实乃可喜，何须悲苦？陈某凡事自当照管，不用挂怀。且暂请回府去，吾即要登程回朝了。”母女只是珠泪纷纷，实乃死别生离。母女情深，悲难尽述。狄爷也来催促。小姐又含泪说道：“哥哥，小妹此去吉凶未卜。但母亲年老，小妹一别之后，定然愁惨不堪。万望哥哥、嫂嫂百般解劝，只祈留心，即小妹一别，死死生生，别无所虑了。并今趱急，不能与嫂嫂面别一言，心有不安。望哥哥回归代小妹拜上一言：留意抚训侄儿、侄女。哥嫂自能教育，固已不用小妹多嘱。总于母亲处用心留意，即乃哥哥看待小妹之恩了。”言未罢，珠泪一行。狄爷带泪连声允曰：“贤妹，汝且放心。愚兄平日待母亲，汝也尽晓。”当日兄妹二人，身同一脉，也觉不忍别离，各言衷曲之语。不特小姐女流情种，故属依依留恋母兄，即狄爷乃是轰轰烈烈英雄，此际未免儿女情长而英雄气短，说至胞谊生离，不禁潸然泪下。不知小姐分袂如何，且看下回分解。

第二回　仁慈主选美赐兄　贤孝女回书慰母

诗曰：君圣臣贤国运昌，情深一脉更为良。
　　同眠大被姜家德，灼艾分疼是宋王。

当时狄爷兄妹正在悲离之际，岳老太太流泪，在袖中取出玉鸳鸯一对,呼唤女儿:"此对玉鸳鸯,乃是当初你爷爷奉旨征辽,回朝加爵,圣上所恩赐,实善能避邪镇怪,刀斧不能砍下。此乃传家之宝,父亲归世遗下,为娘谨敬收藏数十秋。今日与一只你带去,留下一只与你哥哥,以遗日后便了。"小姐一双玉手接过,正要说话,有陈公公几次催促,小姐只得含泪上了香车,与众女子上路。当日也有父母、哥嫂一班相送,何下三五百人,哭泣的哭泣,嘱咐的嘱咐,一一实难尽述。陈公公吩咐起程,文武官纷纷送别,俱已不提。

单说岳氏老太太只见女儿香车一起,泪如雨下,心似刀割,哭声凄楚,扑跌于地上。狄爷连忙扶起,解慰一番,老太太只得带泪起轿。狄爷辞别众官,乘马回衙,进内安慰老太太。孟氏夫人已知姑娘离去,夫妻谈论,不胜伤感。

按下狄府慢提,却说陈琳催车出了城外,一路程途急发,直向汴京而来。水陆并进,已有月余,方至河南地面,又走数天方达帝都,于午朝门外候旨。此日悉值真宗天子方临朝罢,与南清宫八王爷在着长乐殿内下棋。有内侍奏知选至美女回朝一事。天子闻奏,龙颜大悦,传旨先宣陈琳,一一奏明;然后传旨:"宣进美人于殿内,朕当亲目。"陈琳领旨,即跑出大殿,至午朝门外,吩咐众美人:"下了香车,即要入朝面圣。"当下陈琳带领八十位美人,引进长乐殿中,在丹墀之下齐齐倒身下跪。陈琳捧册献上,有内侍展于龙案上。天子举目一观,只见头一名美女姓狄名千金,下边注着"宦门"二字。天子此时从头至尾看毕,或有宦门,或有闺女不等。天子看罢,即传旨宣首名狄千金上殿。陈琳领旨下阶,奉宣千金见驾。言毕,只见中央一位美裙钗,金莲慢趱,上了丹墀,正身跪下,俯伏,燕语莺声,口呼"万岁"。天子看见此位美人,不啻蕊宫仙女,宛如月殿嫦娥。龙颜倍喜,说:"此女果然美丽不凡。"八王爷也是赞叹:"不独美色天姿,更且礼数雍容,出身必非微贱之辈。但不知怎样人家官职耳?"天子说:"待朕细问他。"便问道:"狄千金,你既是山西太原人氏,身入宦门,父居何职?你且细细奏与朕知。"狄小姐说:"臣妾领旨。"即有七言绝句奏上。诗曰:

原籍山西府太原,父为督制狄名元。

总兵狄广亲兄长，深沐王恩世代沾。

真宗天子听奏，喜气洋洋。八王爷曰："不意此美人才貌双全也。"天子说："王兄眼力不差，他果然是世代勋家之女。朕此次选美女，原有个主意在先：想来王嫂去岁登仙，王兄目今尚缺中馈之人。朕今将此女赐与王兄，送至南清宫内，以主内助便了。"当时八王爷一闻天子之言，慌忙离位，欠身打拱，口称："陛下虽有此美意，但臣该有罪如天了。狄千金乃奉旨点选，圣上以充宫中使唤，微臣焉敢领旨匹配！伏望我主龙意参详。"天子说："王兄不必推辞。此是朕之美意，有旨在先，如不中于理，陷王兄于不义，岂朕为之哉！"即传旨陈琳，将狄美人送至南清宫，再赠宫娥十六名陪伴美人，脂粉银十万两。八王爷只得谢恩而出。此时陈琳领旨，送狄小姐往南清宫去了。天子又看第二名美人名册，唤寇承御。天子说声："好个承御的美名！"也就将他改填作头名。当时天子又命宫娥领了七十九名美人，带引至东宫见娘娘，待他分发三宫六院也，且不表。

次日天子命发出库银一万六千两，发往山西各家出选父母，以为保养之资。又说是日狄小姐早有宫娥与他梳妆，穿过宫衣服式。而八王爷望北阙先拜谢君恩，后坐于正殿当中。早有宫娥扶出贵人，两边音乐声鸣，铿铿盈耳。来至正殿中，朝见千岁，行了君臣大礼，然后参天叩地。已毕，有宫女一班，扶了美人还宫。当晚王府内摆设筵宴，众文武俱来叩贺，在于正殿上饮宴庆闹，直至日落西山，众大臣拜辞千岁爷回府而去。陈琳复又进宫回复圣上，俱已不表。

单言是夜，王爷回进宫中，与贵妃合卺传情交杯，酒至数巡，方才命散去余席。君臣二人同携玉手，同归罗帐，共效于飞之乐，难以形容。一宵好事，不觉五鼓更初。次日，王爷与贵妃梳洗已毕，清晨进朝谢了君恩，退朝回归王府内，有狄妃接迎王驾。坐下，王爷开言说："贤妃，你匹配孤家，实乃圣上龙恩美意。但只一说，前日陈琳奉旨往选时，将你名姓报入皇册内，充做宫娥，以供使唤；今日身作皇妃贵人，你的令堂、令兄远隔数千里外，未必知之。明日圣上差官往山西赏赐银两与众秀女父母，以补赔养育之资。你何不修书一封，待孤家命差官附搭你兄母，以免他切望之心。你意下如何？"狄妃闻命，立即离位下拜谢恩。

八王爷命左右宫娥扶起，即取过文房四宝放于桌上。宫女浓研香瀚。狄妃玉指将龙笺展开，提持毫管，快似龙飞凤舞，又如骤雨狂风，笺上书得“沙沙”有声。大意安亲问候信息，不用多述。当下八王爷看见狄妃下笔敏捷，拾起书笺一看，言如锦绣，字字珠玑，心下暗喜。赞羡道：“贤妃真乃才貌两兼也！”此刻狄妃将家书封固，八王爷接转，即起位离开后宫，到正殿上坐下，即命掌府官宣来往山西的钦差见孤。掌府官领旨，去不一刻，将钦差宣到王府，掌府官引见。此时一见王爷，顿时俯伏拜见，八王爷即命平身。原来这钦差乃一位奸佞狼臣，由知府职行贿赂于上司，拜大奸臣冯拯太尉为门下，庞太师是他岳丈。数进大财帛于众奸权，是以由知府升为道，以至知谏院。此人姓孙名秀，当时躬身立着。八王爷呼声：“孙钦差，你今奉旨往山西给赏，但孤家狄妃子有家书一封，劳你顺带往榆次县，投于狄总戎府中，回朝日孤家自有重赏。”孙秀听了，诺诺连声，双手接过书来，叩谢出了王府，扳鞍上马，数名家丁随后而回。想道：“狄总兵名狄广，乃狄元之子。想当初狄元为两粤制台，那时吾父在他麾下，奉命解粮，只因违误了限期，被他按以军法枭首，死得好不惨伤。我今与狄门不共戴天之仇。如今八王选这狄妃，此女是他亲生。此一封书不过是报喜的吉信。不若我将此书埋没了不与，再与他报个凶信，暂解心头之忿，岂不快哉！”主意已定，即将书藏过，押起车辆，离却汴京城，一路登程。水陆并进，已至山西。

是日城中督府司道早知钦差到来，远远恭迎见礼之间，不能尽述。当日孙钦差即将银子交付布政使司暂贮，传命县主传示选女的父母人民，报名领给。每一门赐赏白金二百两，实得一百二十两。此缘孙秀乃奸贪之辈，折出每二百两减克了八十多金，赚得六千四百两，被他吞去瞒昧了，众人那里得知。

当日狄总爷一闻圣上有银两恩赐，故钦差一到，他正要打听妹子的信息。至次早晨，具备名帖，吩咐家丁到衙邀请钦差。当日孙秀早已定下主意，即传命回了名帖，吩咐就日打道向总戎狄府而来。狄爷闻报孙钦差来拜会，又称言有机密事情相商，必要到后堂才好相见，狄爷连忙出府迎接。两相见礼毕，携手进至后堂，再复叙礼坐下。家丁敬递过名茶。狄爷启口道："无事不敢邀驾钦差。只为大人奉旨到来，给赏众秀女父母，内有位狄千金之名，进京之后，但不知如何下落？谅大人在朝必晓原由，故小将特请孙大人到来，求达消息。"孙秀听了，反问："老总戎，你因何知有狄千金之名？又是同姓，莫非此女是你令爱么？"狄爷曰："非也。不瞒大人，此女乃末将舍妹子也。"孙秀曰："原来乃总戎大人令妹，真乃可怜可惜也！"狄爷听了，连忙问曰："孙大人为何说起'怜惜'二字，莫非有甚差池不美么？"孙秀故意左右一瞧，呼声："总戎大人，几个侍家丁，可是内堂家人，抑或是外班散役？"狄爷言道："乃内堂服役。"孙秀曰："下官言来不要传扬出去方妙，倘一走漏风声，便祸于不测，连下官也要累及了。初时令妹进到皇宫，略闻他思念家乡，忆思父母，日夜悲啼，天天怨吵。三宫六院，个个憎嫌不悦。岂知令妹性急，抑或忧忿过多，竟自悬梁而死。圣上闻知大怒，说污渎了宫闱，罪不容诛，已将尸首弃抛荒郊之外。下官奉旨之日，圣旨称言，命我密访他父母问罪。幸得陈公一力为大人遮瞒，不奏明是大人嫡妹。想来大人还须趁个早时寻条出路，以免受此罗网之灾。下官但据实直言，只恐冲渎，休得见怪。"狄爷听了，神色惨变，只得称谢，孙爷顿时告别。狄爷当时无心款留，相送钦差去了。

回至内堂，早有岳氏老太太在堂后听得明白，一见狄爷进堂来，他便一把扯住，问曰："我儿！方才钦差之言是真是假？倘若是真的，为娘的性命断难留于世了。"狄爷听了，忙说道："母亲何用惊慌？早间钦差不过谈论国家事情，未有什么言辞，你为甚如此着忙？"老太太叫道："我的儿！方才钦差与你说的一番话，我也明白得七分，为何你倒反瞒我么？"狄爷听了，不觉垂泪，说："母亲，这是祸福无常，如今不必追究真假了。你既然得闻钦差之言，便是如此了。"老太太说："我女儿到底怎生光景的，须要速速说明来！"狄爷曰："母亲啊！今日圣上旨调孙钦差到来，恩赏众秀女父母，不论官民，一概俱有给赏的，惟我家无名，料想起来，妹子定然凶多吉少了。这钦差之言岂不是真的么？"岳氏老太太听了，早已吓得三魂失去，七魄飞腾，大呼一声:“我的好苦命也女儿,死得好惨伤啊!”往后一跤,跌于地中,一气绝了。

狄爷夫妇齐步赶上,慌忙扶起,哭呼“母亲”“婆婆”。众丫环、使女齐集至内堂,看见老太太面如金纸,一息俱无,已知死了。狄爷含泪说:“手足已冰冷了。”夫妇对着放声哭泣。狄爷说:“一向安安然,岂知今日妹死母亡,如此惨伤,实乃天之不祚也,至弄得如此收场!”孟氏夫人纷纷下泪,说:“不意祸从天降,实我狄门不幸,至有此灾殃。可怜姑娘年少惨死,又受此暴露尸骸之罪。老婆婆又因他而亡。数月之久,家散人亡,言之令人痛心不已。”狄爷闻言,更觉凄惶。夫妻对着尸骸,痛哭过哀。有众家丁、丫环、仆妇一同下跪道:“禀上老爷、夫人,不可过恸。老太太既已殡天,好打点收拾为安,方是正理。况于天暑,烈炽非凡,诚恐老太太玉躯停贮不得多天。”当时狄爷夫妇听得家人禀告,只得收泪,即于堂上安放下老太太。狄爷进内取出白金百两,命得力家丁去备办棺柩。不一会扛抬到,即命匠人顿时赶造起一棺一椁,又做许多衣装之类。官家使有丰烦,不比民间埋葬,一一实难尽述。到次日,将老太太玉躯入殓已毕,夫妻痛哭一番。其时大小姐金鸾年已十岁,已知人事,不免伤感,忆着婆婆。只有小公子年幼,不明人事,也不多叙。当日收殓太太之后,少不了僧道追荐。狄爷忙乱数天,方才宁静。

有一天,夫妻商议,狄爷曰:“如今妹在朝自尽了,母亲又因妹子气忿身亡。且孙钦差又通知皇上大怒,只因妹子自缢了,污秽了宫闱,还言要访拿父母取罪。幸得此机未泄。我今不免趁母亲亡过,预上一本,搭附抚台,辞退官职,一来省却祸患之忧,二来归回祖居,以葬母亲,夫人以为何如?”孟氏夫人听了,说道:“此言未为不是。但想这钦差之言未知真假,岂可因此一言,便恢了壮行之心?老爷还该细细参详,抑或命人回朝打听才是。”狄爷曰:“据这孙秀之言,说得似乎真确,但今又难得实信。倘要回朝打听,往返数十天,倘圣上当真追究起来,那时逃遁不及了。况吾年近五旬,在朝为官十余年,后来奉旨回乡剿盗寇,不觉将近十载。如今看得仕途甚淡,不若趁此退回故土,乐得自活清闲,省得担忧受虑,羁制于官规。如今且不分孙秀真假之言,且辞官回归故土,以了吾毕生,以终天年。”不知狄爷如何辞官,告驾允准否,且看下回分解。

第三回　奸用奸谋图正士　孽龙孽作陷生灵

诗曰:用舍行藏不可期,乐天听命要知机。
　　避凶趋吉多明哲,方见保身智士奇。

却说狄广夫妻商议已定,是夜狄爷于灯下书了辞官殡母本章一道,封固了。到次早,打道来至左都御使衙中,恳求附呈辞官本折一道,制台只得顺情收下了。当下狄爷辞别回府,顿时打点起行装,天天等候圣旨下,且慢表。

先说孙钦差颁给完了公务,是日动身回朝。有各府司道送财礼,彼乃奸贪之辈,一概收领,并不推辞。是日,文武官员纷纷送别。刻日登程,涉水行舟,月余方到汴梁城中。次早上朝缴旨后,到南清宫复命,对八王爷言:“狄总兵外出巡边,未曾讨得回书,故臣难以听候他回至,今日还朝复旨。”当下八王爷信以为确,倒厚赏了孙秀数色礼物。孙秀拜谢回府,即将私抽秀女之赏银及各官送礼,共得银三万余两,派为三股,与冯拯、庞洪分得。二奸臣大悦。次日上朝,冯太尉、庞枢密启奏圣上,言孙秀奉命往山西,一路风霜,未得赏劳,又力荐他才可大用。圣上升他为通政司,专理各路本章呈还。孙秀不胜喜悦,感激冯庞二人。当日孙秀侍奉庞洪甚恭,二人十分相得。孙秀言听计从,故庞洪将女儿匹配于孙秀。闲话休题。

忽一天,适有山西左都御使有本回朝奏圣,并附搭狄广辞官告假折子一道,一同投达至京都。本章经由通政司,当日孙秀见了此本,犹恐八王爷得知,问起根由,泄露机关,就不妙了。即将狄广折子竟自私下埋没了,止将御使本章达呈。圣上准奏,旨下山西。孙秀又阴与冯、庞二相酌量,假行圣旨,准了狄广辞官归林本章。此事果然被三奸瞒没了。

圣旨一下，狄爷接得旨意，欣然大喜，与孟夫人连日收拾起软细物件，打点行程。是日带领家眷人口，车辆驾着岳老太太棺柩，一程回到西河县小阳地故居宅子。住顿数天，择选了良辰吉日，将岳老太太灵柩安葬已毕。狄爷又在坟前起造了一间茅屋，自要守墓三年。狄爷之纯孝，尽人子之心，诚难以及也。

又说狄青乃武曲星君降世，为大宋撑持社稷之臣。但狄门三代忠良，惠民保国，是以武曲降生其家，使其先苦后甜，以磨砺其志，正见金愈锻而愈坚，玉愈琢而愈光也。又言江南省苏州府内包门三代行孝，初时玉帝原命武曲星下界，降生包门。有文曲星，听了玉旨差走武曲，他亦请求下凡，先造包氏家降生了，故玉旨命敕武曲往狄府临凡。及各凶星私走下凡者甚多，大宋委曲讼狱者不少，故应于文武二曲除寇攘奸，故今大宋文包武狄，在仁宗之世，非此二臣不能安邦定国也。

按下闲言少表，且言景德甲辰元年，皇太后李氏崩，文武百官挂孝，旨下遍告四方，不用多述。至仲秋八月，毕士安、寇准二位忠贤并进相位，不过群臣朝贺，也不烦谈。忽至闰九月，契丹主兴兵五十万，杀奔至北直保定府，逢州夺州，遇县劫县，四面攻击，兵势利锐。定州老将王超拒守唐河，契丹几次攻打不进。王将军百般保守，弓箭火炮城上准备，亲冒矢石，日夜巡查。契丹功不得利，只得驻师于阳城。王老将军即日急告回朝，又有保定府四路边书告急，一夕五至，中外震骇。文臣惊恐，真宗天子心头纳闷，惶惶无主，问计于左相寇准。准言：“契丹虽然深入内境，不足为惧。向所失败，皆由彼众我寡，人心不定，至失去数城。倘我主奋起，一时领兵，御驾亲征，虏寇何难却逐！”时天子心疑不定，悉值内宫报道刘皇后、李宸妃娘娘两宫同时产下太子，当时帝心闷乱，忧喜交半。闻奏正欲退回内宫，有寇公谏帝曰：“今日澶州有泰山压卵之危，人心未定，若非陛下御驾亲征，不能鼓舞众武夫之锐气。倘一回内宫，陛下疑难不决，料然不往亲征，则北直势难保守。北省既陷，大名府与吾汴梁交界若此，则中外彷徨，臣料虽愚劣，以智者所猜，必曰大事去矣！”当时毕士安丞相亦劝帝准寇丞相之言。真宗天子时已准奏，乃不进宫，酌议进征之策，传旨两宫皇后好生保护初生太子，不表。

是日，天子召集群臣，问以征伐方略。有奸臣二人：资政学士王钦若，彼乃南京临江人，犹恐圣上亲征，累及于己，要随驾同进征伐，契丹兵精将勇，抵敌不过，就难逃遁了。故奏请圣上驾幸金陵，以避契丹锋锐，然后旨调各路勤王师征剿，无有不克矣。又有陈尧叟附和搭奏，他乃四川保宁府人，请帝临幸成都。其时天子尚未准奏，即以二臣奏请出奔之言，以问寇公。然寇公心中明白二人奸谋，乃大声言曰："谁为陛下设画此谋者，其罪可诛也！此人劝驾出奔，不过为一身一家之计耳，岂以陛下之江山为重乎？况今陛下英名神武，群臣协和，文武具备，倘大驾亲征，敌当远遁。不然，出奇以挠其谋，坚守以老其师，劳逸之势，我得胜算之利矣。奈何陛下弃社稷而幸楚蜀远地哉，万一人心散溃，敌人乘势而深入，岂不危哉？"于是帝意乃决，准于即日兴兵。将陈尧叟贬罚其禄。寇公又惧王钦若诡谋多端，疑阻误了军国大事，奏他出镇大名府。他一到成守，契丹兵至城下，他束手无策，惶惶恐惧，只是闭城修斋诵经，祈祷不已。后得圣上大军一至，方才救回此城。此是后话，休得过述。

却说冯拯太师一见圣上依寇准之谋，御驾亲征，又罚去陈尧叟俸，贬出王钦若，心中忿恨不平，即奏曰："陛下专用准谋者，斯亦危矣。谚云：凤不离巢，龙不离窝。今陛下离朝中而历此疆场险地，岂不危乎？不若命将出师，便能奏效，何必定请圣上亲征？伏祈我主勿用寇准之言，则社稷幸甚！"圣上未及开言，寇公怒曰："谗言误国，而妒妇乱家，信有之矣！尔冯拯不过以文章耀世，军国大事，非尔所知也。如再沮疑君心，所误非浅。不念君恩，不恤生民，只图身家计者，则非人类也！"冯拯亦怒，正要开言，恼了一位世袭老元勋：官居太尉，姓高，他乃高怀德子，名高琼。即出班大声奏道："寇丞相之谋，深益社稷良策。奈何陛下阻于奸臣之论，误之非轻。今日澶州危于旦夕，百姓彷徨，将士离心。目击澶州全省尽陷，陛下再迟疑不往亲征，则北直失守，中州乃四面受敌之地，社稷非吾有矣，陛下不免为失国之君。"冯拯在旁叱曰："辱骂圣上，当得斩罪，还敢多言么！"高太尉厉声喝曰："老匹夫！无乃区区于笔砚之间，以文字位至两府，不思答报君恩，只图私己以平天下，生成人面畜心，还敢多言沮惑！如众文武中有忠义同心者，共斩尔头，以谢天下，然后请圣上兴师。况尔既以文章得贵，今日大敌当前，何不赋一诗以退寇虏乎?"冯拯被骂得羞惭满面，不敢复言。当时天子决意亲征，不许再多议论。是日点起精兵三十万，偏将百余员，命高千岁挂帅，寇丞相为军师，大小三军皆听高、寇二人调度。即日祭旗兴师，旗幡招展，一路出了汴京城，水陆并进，非止一日。可退得契丹否？按考一连相持十余年，方得平服，按下不提。

又说宫中刘皇后当日闻知李妃产下太子，至晚他产下公主，他心头愤忿。次朝，二后俱报生太子。但刘后思量，今日圣上虽然出征，不知何日回朝？倘班师回来，吾生下公主，出报太子，一时之忿，岂不惹下欺君之罪，怎生方策才好？忽又想内监郭槐是吾得用之人，且喜他智谋百出，不免召他来，商议有何良策便了。想罢，即命宫女寇承御召至。郭槐来到宫中，叩见刘娘娘，问曰："呼唤奴婢有何吩咐?"当下刘娘娘将一时心急，差人报产太子，犹恐圣上回朝诘责之事说一遍。刘娘娘说："既恐圣上执罪，又恼着碧云宫李宸妃产下太子，实忧圣上还朝倍宠于他。故哀家特召你来商量，怎生了结得他太子?"郭槐听了，想下一计，说道："娘娘勿忧，只须如此如此，包得谋陷太子。"刘后听了大悦，说："好妙计！"即要依计而行。

忽一日，李氏娘娘正在宫闲坐，思量圣上为国辛劳，不见亲生太子一面，刻日兴兵去了，但愿早早得胜回朝。为今产下太子数月，且喜太子精神倍足，健质魁魁，实乃令吾暗喜也。李娘娘正在思量间，忽见宫女报说刘娘娘进宫，李娘娘听了，出宫相迎。二后一同见礼坐下，二人细细谈言。刘后装成和颜悦色，甚是自然。说："公主乏乳，要喂乳，特到宫中。"当时李娘娘抱了公主，刘娘娘抱着了太子，要弄一番。时刘后十分喜色，说："今日圣上亲征北夷，闲坐宫中甚是寂寥，贤妹不若到我宫中一游，以尽姊妹之乐，不知贤妹意下何如?"当时李后见他喜色满面，不知是计，不好却意，只言道："蒙贤姐娘娘美意。但吾往游，只恐太子无人小心持怀，怎生是好?"刘后说："不妨。

这内侍郭槐为人甚是谨细小心,太子交他怀抱,一同进宫去,便可放心了。”李后欣然应允。是日,带领了几个宫娥,将公主交回刘后,小太子刘后交郭槐怀抱,一路进到昭阳宫。二后分坐交谈,刘后传命摆宴。不一刻,佳宴丰盛,两位皇后东西并席,两行宫娥奏乐,欢叙畅饮。刘后殷勤相劝,交酢多时,已至日落西山,方罢止宴。李后问及太子时,刘后言道:“太子睡觉,犹恐惊了他,故命郭槐早送回贤妹宫中去了。”此时李后信以为真,安心在此交谈一番。已是宫灯亮设,李后谢别,刘后相送出宫房去了。

先说刘后回至宫中,唤来郭槐,问及太子放于何所。郭槐道:“禀上娘娘,已将太子藏过了,用此物顶冒过。但奴婢想来,此事瞒不得众人,况娘娘生的是公主,人人尽知。倘圣上回朝,他奏明,便祸关非小,不特奴婢万死之罪,即累及娘娘亦危矣。”刘后听了,大惊说:“此事弄坏了,怎生是好?”郭槐一想,说:“娘娘,如今事已至此,一不做,二不休,只须用如此如此计谋,方免后患。”刘后说:“事不宜迟,即晚可为。”时交三鼓,二人定下计谋,刘娘娘命寇宫娥将太子抱往金水池抛下去。寇宫女大惊,只得领命抱着太子到得金水池来,已是时将天亮,寇宫女珠泪汪汪,不忍将太子抛溺,但无计可出得宫去,救得太子。只深恨郭槐奸谋,刘后听从毒计。但此事秘密,只有我一人得知,如何是好?

不表寇承御之言,先说李后回至碧云宫来,问及众宫女,太子在那里。宫女言:“郭槐方才将太子抱回,放在龙床,又用绫罗袱盖了,说太子睡熟,不可惊觉于他,故我不敢少动,特候娘娘回宫。”李后说:“如此,你们去睡罢。”众宫娥退出。其时李后卸去宫妆,正要安睡,将罗帐揭开,绫袱揭去,要抱起儿子。一见吓得魂魄俱无,一跤跌扑于地上。一刻,悠悠转醒,慢慢扶起,说:“不好了!中了刘后、郭槐毒计!将儿子换去,拿一只死狸猫在此,如何是好?”不觉纷纷下泪,心想:“如今圣上不在朝,那人与吾作主?况刘氏凶狠,与外奸臣交通,党羽强盛,泄出来圣上未得详明,反为不美。不若且待圣上班师回朝,密奏明方得妥当。”

不表李后忿怒,却说寇宫女抱持太子在金水池旁哀哀暗哭。时天色大亮,有陈琳奉了八王爷之命,到御花园来摘采鲜花,一见寇宫女抱持一位小小主子在河边暗泣落泪,大惊,即问其缘由。寇宫女即将刘后与郭槐计害李后母子原故一一说明。陈琳惊惧,说:“事急矣！我且不采花了。你且将太子交吾藏于花盒之内,脱离了此地才是。”当时寇宫女交付太子与陈琳,叮嘱他:“须要小心,露出风声,奴命休矣!”陈琳应允,急忙忙载太子于盒中。正借先王灵庇,大宋不应失嗣,太子在盒中不独不哭泣,而且沉沉睡熟。故陈琳捧着花盒,一路出宫,并无一人知晓。

又说寇宫女回宫复禀刘皇后。是晚刘后与郭槐定计,又要了结李娘娘。至三更时分,待众宫人睡去,然后下手。寇宫女早知其谋,急急奔至碧云宫,报知李娘娘。李后闻言大惊。寇宫女说:“娘娘不可迟缓了,倘若多延一刻,逃脱不及了。幸得太子得陈公公救去,脱离虎口。今奴婢偷盗得金牌一面,娘娘可速扮作内监,且往南清宫去狄娘娘处暂避一时,待圣上回朝,然后伸奏此冤情也。”当下李后十分感激,说:“吾李氏受你大恩,既救了吾儿,又来通知奸人焚宫。今日无可报答,且受吾全礼,待来生衔环结草,以酬大德。但今一别,未卜死生,你如此高情义侠,令我难忍分离。”言罢倒身下拜。寇宫女慌忙跪下,曰:“娘娘不要折杀奴婢,且请起,速改妆逃离此难。待圣上还朝,自有会朝。但须保重玉体,不可日夕愁烦。奸人自有复报。”说完,李后急忙忙改妆,黑夜中逃出宫院,又不见逃到南清宫,不知去向,后文自有交代。是晚火焚碧云宫,半夜中宫娥、太监、三宫六院惊慌无主,及至天明,方才救灭。众人只言可惜李娘娘遭此火难,那里知是奸人计谋。连及八大王与狄后,虽知奸计焚毁此宫,但亦不知李后逃出,只言“可惜焚死于宫中”,不表。

又说刘后,有宫人报上,寇宫女投死金水池中。刘后与郭槐大惊,说:“不好了！料然他通知李后逃去。他既通知李后,必然不肯溺死太子。”是时又无踪迹可追,只得罢了,命人埋掩了寇宫女,按下不提。

又说狄广自从埋葬了母亲,守墓三年。不觉又过几载,狄爷年已四十八,狄青公子年方七岁,小姐金鸾年已十六。此日狄爷对妻言:

"女儿年已长成,前时已许字张参将之子。吾年将五十,谅后头光景无多,意欲送女去完婚,了却心头一事。"孟夫人说:"老爷之言不差。男大须婚,女大当嫁,定不更移之理。所恨者,前时姑娘至年长,未许字于人,耽搁至年十六,故被选去,白送断了性命,真可悯也。"狄爷说:"妹子死了,实乃母亲爱惜之过。至年年不愿许字,可怜他青年惨死也。"说完,具柬通知张家。

又说这张参将,名张虎,现做本省官,为人正直,与人寡合。上数载夫妇前后而亡,遗下独子名张文。他自父母弃世,仍袭依武职守备官,年方二十一岁。接得狄爷书,他思量:父母去世,又无弟兄叔伯,不免承命完娶了好,待内助操持家业。是日一诺允承。是月择了良辰吉日,娶了狄小姐,忙乱数天,不用烦言。这是少年夫妻,况小姐贤慧和顺,夫妻自是恩爱。但张文家与狄府同县,故张文时常来探望岳母,意气相投,时狄公子年已八岁,郎舅相得叙话,极尽其欢。张文见舅子虽是年少,生得堂堂一表,言谈气概与众不同,必不久于人下之辈。话休烦絮。

一天,狄爷平起打个寒战,觉得身子欠安,染了一病。公子母子惊慌,延医调治,皆云莫治。想是大限难逃,一日沉重一日。张文夫妇回来狄府,看见狄爷奄奄一息,料然此病不起,母子四人暗暗垂泪,不敢高声哭泣。小姐暗对狄公子含泪叫道:"兄弟啊!你今年幼,倘爹爹有甚差池,依靠何人?"公子含泪道:"姐姐,这是小弟命应吃苦也。"

不言姐弟伤心。忽一天,狄爷命人与他穿着冠带朝服,众家人小使不知其故,孟夫人早已会其意。又闻半空中一派仙音乐奏,狄爷二目一睁,也知辞世之苦,泪丝一滚,呼声:"贤妻、子女,就此永别也!"说完瞑目而逝。孟夫人母子哀哀痛切,一家大小哭声凄惨。张文泣下,劝解岳母不必过哀。当日公子年幼未谙事情,凡丧事张文代办,数天料理,方才安殓殡葬了狄爷。又说狄爷在日,身为武职,并非文员有财帛得来。况他为人正直,丝毫不苟,焉有重资遗后?无非借些旧日田园度日。是以两次殡葬之后,一贫如洗。小公子得些园中蔬菜之类,与母苦度。亏得张文时常来往照管。公子年幼,乃伶仃孤苦。狄小姐挂念母、弟,故恳丈夫常常来往,是他的贤孝处。

是时,又是一阳复始,初春了,家家户户庆贺新春,独有公子母子寂寥寥过岁。忽一天,日正午中,只闻狂风大作,呼呼响震,乌云满天,忽又闻汲汲水浪汹涌之声。一乡中人高声喧闹,多说:“不好了!如何有此大水滔滔涌进?想必地陷天崩了。”母子听了大惊,正要赶出街中,不想水势奔腾,已涌进内堂,平地忽高三尺。一阵狂风,白浪滔天,子母漂流,各分一处。原来此水乃赤龙作孽,即将西河一县反作浮海。不分大小屋宇,顿时冲成白地,数十万生灵俱葬鱼腹,深为可悯。恶龙既作此恶孽,伤害多人,岂无罪过?上帝原以好生为德,岂容作此恶孽,灾虐殃民!后来贬下凡间作龙马,以待有用之人,下文详谈。

当日公子年方九岁,母子分离于波浪之中,自分必死。按下孟夫人不表,单言公子被浪一冲,早已吓得昏迷不醒,那里顾得上娘亲。耳边忽闻狂风一卷,早已吹起空中。又开不得双目,只闻耳边风声呼呼响亮,不久身已定了。慌忙睁开二目四边一看,只见山幽寂静,左边青松古树,右边鹤鹿仙禽,茅屋内石台石椅,幽雅无尘,看来乃仙家之地。心中不明其故。见此光景,心下惊疑之际,不觉洞里有一位老道者,生得童颜鹤发,三绺长须,身穿八卦道衣、方巾、草履,混然仙气不凡,走将出来。公子一见,慌忙跪拜于洞外,口称:“仙长原来搭救弟子危途也。”老道人听了,呵呵冷笑曰:“公子若非贫道救你,早已丧于水府了。你今难已离了,但休想回转故乡了。”公子听罢,目中流泪,呼声:“仙师!”不知公子有何言论,何日回归故土,且听下回分解。

第四回　西夏国兴兵侵宋　王禅祖遣徒下山

诗曰:边疆敌患古今常,定国安邦借良将。
武曲降生扶宋室,功标麟阁姓名芳。

当下狄公子言曰："仙师！弟子如此一般苦命，自幼年失怙，与母苦度安贫。不意洪水为灾，谅来母亲已死于波涛之内。今弟子虽蒙仙师搭救了，但想母亲已亡，又是举目无亲，一身孤苦，实不愿留命于人间。伏望仙师仍将弟子送回波涛之内，以毕此生，免受阳尘苦楚，实见仙师恩德矣。"道人听了，微笑曰："公子不用心烦。吾非别人，吾道号鬼谷子。此地乃峨嵋山也。贫道在此山修道有年，久脱凡尘俗务，颇明天意。你目今虽然困苦多灾，日后实乃国家栋梁之贵。即你母亲虽然被水漂淌，尚还未死，仍得亲人救了，日后母子还有重逢之日。你今且坚心在吾山中守候，待贫道传授你几载兵机武艺，灾退之时，然后回归故土，自有一番显达惊人、扬名后世之举，方不负吾救你上山一番缘遇之心。"公子听了，即连连叩首不已，愿拜仙长为师。当时公子叩首，仙师双手扶起，带他至洞中安慰一番。自此狄公子在洞中，安心习学武艺。王禅又授他六韬三略奇能，以待天时协举。公子虽听仙师劝勉，但思亲之念未尝一日忘之，并忆姐丈夫妻，亦未知被水所伤否，生死如何？

不表仙山公子习业，再言朝上情由。却说南清宫八王爷，自从得陈琳忠心，为主救了小太子回宫，只因圣上起兵征讨未回朝，故未得奏明奸后奸监陷害太子情由，只得将太子认作亲生儿，与狄后抚育。至次年，狄后又产下一子，八王爷大喜，一同抚养。又过了数年，圣上仍未回朝，时真宗自起兵，一去已有九载，太子已有九岁，狄后子已八岁。其年八王爷已五十八岁，一天王爷得病不起，崩于庚申四年。圣上未回，满朝文武百官开丧挂孝。只因八王乃赵太祖匡胤嫡裔，其威名素著至外夷，萧后也闻其贤，即当今皇帝亦敬重于他。故今殡天，不异帝崩，大小文武挂孝，绝禁乐音。闲言休絮，话不重烦。

又说真宗天子一连进征十一载，方解了澶州之围，败逐契丹。契丹遣使讲和，每岁纳币二十万。天子准旨，命寇丞相、高元帅即日班师。涉水登山，非止一日。大兵一路凯歌高奏，王者之师一程毫不惊扰，百姓安宁。一朝回至汴梁，各文武大臣齐集，远远出城迎驾。天子只因得胜还朝，文武大臣各各加升。随征文武论功升赏，不能一一尽述。帝一回朝，方知八王去世，不胜伤感，即谥为忠季王。其子长的原乃太子,如今真宗那里得知?八王去世,狄后不敢奏明,故圣上只痛恨火毁碧云宫,李后母子遭难而已。只言不幸,不得太子接嗣江山。自思:年将花甲,精力已衰,未必再嗣;即有孕嗣,恐已不久于世,年幼儿难以嗣位,不如册立了王兄长子,以嗣江山便了。主意已定,次早降旨,册立受益为王太子,改名曰桢,其年十四。又敕旨加封狄妃为太后;次子赵璧封潞花王,年方十三,袭父职。其年册立太子,群臣朝贺,大赦天下。旨意一颁,各省十恶大罪俱沾了天子恩德,一一实难尽述。到次年壬戌,乾兴三年春二月,真宗天子果如所料,不久于世,得染一病,调治不愈,月内崩于延庆殿,寿五十五。计其在位二十五载,谥曰文明武定,葬于永定陵。是时百官举哀,遍颁天下,不用烦谈。皇太子桢即位,号曰仁宗。刘、狄二后并尊为皇太后。其时未有太子,故未册立。癸亥天圣元年,立正宫郭氏为皇后,美人张氏为贵妃。后来郭妃被废,罪由吕夷简唆言。再立曹氏为皇后,是曹彬孙女,后话不提。

至秋闰九月,故相寇准卒于雷州。自真宗得胜回朝,有奸党一班:王钦若、丁谓、钱维演、冯拯、陈尧叟、内侍雷允恭等,谗毁寇准,至降贬至司户。是丁谓内结刘太后,假传圣旨,而帝尚不知。而人畏太后、丁谓,无敢扶准以明奏也。卒于雷州,归葬西京。路至荆州公安县,民间感德,皆设祭于路,因立庙,字号竹林寇公祠。公三居相位,忘身报国,守道嫉邪,却被奸臣陷算,深为可叹。后追赠为中书令,敕封莱国公,谥曰忠愍。厚锡良臣,也不多表。

更考大宋真宗之时,常有契丹入寇之患,至仁宗即位之后,增岁币四十万,契丹以兄礼事帝,其侵扰之患方息。当日虽无契丹北扰,而西戎日见强盛,兵精将勇,屡思夺占宋室江山。前者雄关既得杨延昭拒敌,屡次兴兵未得其利。延昭既没,又有后嗣杨宗保领守北关多年,西戎屡被败回,戎主略不敢侵扰。但今日蓄师已久,一交秋日,发动大军四十万,战将数十员,领兵主帅乃赞天王,副元帅子牙猜,左右先锋大孟洋、小孟洋,主佐中军伍须丰,五员猛将,乃西戎头等英雄。是日奉了西夏主命,路经巩昌府进发。巩昌府在陕西边界,一连凤翔、平凉、延安几府,俱被攻陷,直抵绥德府,与山西省偏头关交界。

三川关口守将杨宗保,几次开兵,未分胜负,只得差官快马上本回朝告急。当时差官不分星夜,赶趱回朝。此一天正在设朝,众文武臣趋跄朝贺毕,有值殿官传圣旨旨意:"有事出班启奏,无事退朝。"旨意宣罢,只见武班中有兵部尚书孙秀出班奏上:"雄关杨元帅有本上谒我主天颜。"当时有殿前侍卫接上本章,展开御案上。仁宗展龙目一观,本章曰:

雄关总领兼理军兵粮务事、军国大臣杨宗保:臣奉守三川二十余年,向借圣朝威德,陛下深仁,宁谧多年,兵无锋镝之忧,将无甲胄之苦。可恼西夏国赵元昊贼心不改,称帝于西羌,于七月孟秋日兴兵四十万,水陆并进,寇陷陕西,全省振动,数府扰攘,直抵德绥,与三川边界相连。臣几次开兵,未得其利。臣年花甲,精力已衰,难胜其任,不能为主分忧。恳乞陛下早发锐师,经统谋臣,成此重地,方解旦暮之危。缓则雄州之地非吾有矣。并虑隆冬寒候,军士苦寒,还仰陛下早赐军衣三十万,得以军需。乞陛下龙意留神,万勿以为泛视。臣冒死谨陈,不胜待命迫切之至。

当下仁宗天子看毕,开言问曰:"既然西夏元昊作叛,寇陷陕西,众卿有何良策禁他?"言未了,只见文班中一位大人执笏步至金阶,奏曰:"臣启陛下!"天子一见,乃吏部天官文彦博也。天子说:"卿有何良谋以禁叛逆?"文彦博奏曰:"臣思偏头关与绥德府交界,三川重地若非杨元帅镇守,不独陕西失守,即邻省山西危矣。今有本回朝请益兵并求军衣,可见求救兵之急切。无奈契丹攻于北,朝内武略大臣曹伟、韩琦、仲世衡等,皆分兵守镇,今一时未得领兵之臣。陛下须早降旨意,操练三军,招兵募勇,岂无出类拔萃之人?然后挑选智勇双全者,解送征衣。我主以为何如?"天子闻奏,点头曰:"依卿所奏。"即命孙兵部招集智勇双全之将,并往御教场操训十万军马,以备登程。是日孙秀领旨,天子退朝,文武各散回衙。

又说当日仁宗皇帝即位之后,选了庞洪之女为西宫昭仪,加升其职,庞洪入相。孙秀,庞洪之婿,由通政司又进为兵部尚书。二人显耀权势威隆,不多烦表。

按西夏姓拓跋，自赤眉归唐，太宗赐其姓李，后又讨黄巢有功，虽未称国，而久已称王。五代子孙世王，至宋太祖加封镇兴太尉，赐德明姓赵，称臣于宋室，至子元昊始称帝，兴兵寇宋凡二十年，强悍莫禁。及降服，以臣事宋。凡传二百五十八年，后元灭之。后话不提。

再说狄公子自遭水患，子母分离，幸得王禅鬼谷救上峨嵋山，收纳为徒，传授诸般武略，屈指光阴迅速，已有七载。一日独自思量曰："吾命生不辰，父亲身居武职，祖父亦是显贵名扬，不料及至我身，父亲亡后，与母借些旧产相依，清贫苦挨，也是本然。岂料年方九岁时，洪水为灾，伤害了多少人民。吾蒙王禅老祖救上仙山，收纳为徒习艺。但不知母亲落水后，存亡如何？倘若丧于波涛之内，不免鱼腹安葬了，为子岂不痛哉！但日前师父有言安慰，吾母命不该终，还得亲人搭救，日后自可重逢。思量师父虽然为此说来，但吾思亲心切，愁心焉能放下？几次要拜辞师下山，寻访母亲下落，无奈师父不许，款留了，我只不明其意。今在山中七载，且喜学得武艺高强，志在安邦定国，建立功劳，恢宏先人之绪，方得遂心。但吾年已十六，少年当年，正该与国家出力。但师父近年吩咐我，待时而动，下山扶助宋君。料此机会不远，但不知待到何时？"

慢言公子日日山中思闷，半思立业半思亲。又说鬼谷仙师，一日推算阴阳，西羌称王称帝，赵元昊得势，雄师猛将如林，要争占大宋江山。杨家将不能平伏，狄青贤徒不得在山修道了，只好保宋安邦。今在山中已有七载，不免差他回归汴京，趁此机会扶助宋君便了。即命童子唤来狄公子。当下公子拜见，称说："不知师尊呼唤，有何叮嘱？"老祖曰："贤徒，喜得你今灾难已消，为师今日命你往汴京，速速离山去。一旦回朝，自得亲人相会。就今日下山去罢。"

公子闻言，不觉落泪曰："师父，既然我灾难已消，可以离山。但一来蒙师父救吾一命，恩育七年，传授全身武艺，一日分别离山，心中不忍负此恩惠；二者弟子既下山，实乃思亲念切，待我先回山西故土，寻着母亲下落，然后回朝，未知可否？"老祖听了，微笑说："贤徒！你虽有此良孝之心，且丢开离师为母忧愁。我许你到汴京，自有亲人相会。为师岂有误你的，何必定转故乡？"公子一想，曰："师父命我速回汴京，许有亲人相见，想必是我母亲了。”只得诺诺应允：“谨依师命。但盘费毫无，那里走得？”老师父冷笑曰：“男子汉大丈夫，盘费小事，何须挂虑！吾今与你子母钱一个，须当谨记收藏，便是盘费日用了。但到得汴河桥地面，就没了此金钱，也无妨碍了。”公子听了大喜，拜谢师尊，双手接了金钱，收入香囊中。微笑道：“上启师尊，再有什么神通妙术，传些与子弟，以应防身之用。”老祖曰：“贤徒，你的随身武艺尽可足矣，何必再求仙术的？况且仙家妙术，非一朝一夕可传也。趁此天气晴明，下山去罢！”公子称是：“弟子就此拜别！”深深四叩。起来肩负行囊，踩开大步，出仙山而去。老祖微笑曰：“好个年少小英雄也！实乃国家栋梁之臣。岂惧西羌猛将雄师？但狄青此去，尚有微灾。小将，但趁赶机会，该应如此。虽然先历些苦楚，后来显贵非比寻常。”即唤童子：“你可于七月十五之日，在河南开封府汴河桥，将狄青子母金钱取回来，不得有误。”童子奉命去了不提。

不表老祖妙算机关，却言狄公子出洞下山，独自行走，忽然耳边呼呼响亮，开不得双目，身不由主起在空中。不久腾腾而下，双眼睁开，不是仙山，乃平街大道。日已西归，一见旅店，即进内安身。但思量：不知此处是何地名。被风吹到此处，必然是师父的妙法。想必近朝中了。不觉店主拿到酒饭，便问他：“此何地名？”店主言：“河南省近开封府。”狄青闻言大悦：“不料师父一阵狂风送吾到汴京，不用跋涉程途，妙啊！”不觉放开大量饮嚼。只因在仙山素食七年，如今见了三牲鱼肉，觉得甘美异常，吃个不休。再言狄青乃一员名将，贵品不凡。生来堂堂一表身躯，不长不短，肥瘦合宜。面如傅粉，唇似丹珠，口方鼻直，目秀眉清，看来不甚像个有勇力有武艺之辈。岂知他乃一员虎将，食量自然广大，店主多送酒馔，一概吃个尽罄，反吓得店主惊讶不已。老夫妻两口儿说：“不料这人生来如此清秀，又不是猛汉粗豪，吃酒馔如此之多，果奇哉也！”

不言店内俩夫妻之语，却说小英雄吃酒半酣半饱之际，偶然想起没有盘费结交店主酒馔钱，心下筹思，说声：“罢了！且将囊中金钱做抵庄押在此店中，且寻另日机会便了。”用饭已毕，即向囊袋中一摸，此番公子大喜，说曰：“奇了！吾别师父动身之时，只得一个金钱,为何此时有了许多?”捞将出来,数了一数,却有一百个铜钱;再摸,没有了。原来要晓得这金钱来历,乃鬼谷的子母金钱,产出一百个铜钱,待他足一天用度,多也不得,少也不得。当日狄青欣然想来:这子母钱原乃仙家宝物,深感师父大恩,一铜钱反化出一百个来,但愿天天如此便好了,路中盘费不用过虑的。当日歇宿了一宵,次朝又用了早膳。店主算帐,用了酒饭铜钱九十三文。公子交结完,又问明开封府城,路途还有四五天,方进得大城。问毕一路而去。这子母钱,日日如是产出一百个来。

公子一连数天,夜则宿,晓则行,单身寂寞凄凉不觉到了皇城。但见六街三市,人烟稠密,人民居止,铺户密密层层。到了一方,名曰汴河桥,公子就驻足于桥栏中。自言:“师父有言吩咐,倘我进了汴城,自得亲人相会。我今已进了皇城,未晓亲人在于何方,教我那里去寻找?况且我年交九岁,就上了仙山,至今已有七载,纵使亲人在目,日久生疏,也难识认。料想必非别的亲人在此,想必是我生身母也。母亲啊!不知你在何方!”一路感叹,不觉腹中饥了,欲进店。伸手向袋中一摸,不觉大惊,说:“不好了!因何子母钱今天只得一个,连余剩的一文也没了?”不信的又摸一回,果然剩下了一个金钱。此时小英雄心中烦恼,紧锁双眉。不知狄青此日如何度日寻亲,下回分解。

第五回　小英雄受困参神　豪侠汉怜贫结义

诗曰:英雄结识义相投,合志同心契合稠。

今日贫交初聚会,他年功业觅封侯。

当下狄公子曰:“金钱,我一路而来,亏得你天天以作用度,为什么你却产不出百十个来?倘你化不出来,就没了盘费,教我那里去觅食?”当时公子自言自语的踌躇,取了金钱,反反复复的摸弄,不觉失手咕咕碌碌掉下桥栏下。公子说声“不好”,两手抢抓不及,跌于桥下波澜中。公子心中大恼,眼睁睁只看着桥下水似箭流,对着波涛说出痴话来,呼声:“水啊！你好作孽也！此子母钱乃师父赠吾度日的,你因何夺去？真好狠心也！如今失去金钱,从何物觅食？又无亲近可依,如何是好?”心中气闷,长叹一声:“罢了！我狄青真乃苦命之人,该受困乏的。奉师之命到此,只望得会亲切之人,料然师父之言有准,岂知到此失去子母钱。如今难以度日,我亦断不街头求乞的,顶天立地之汉,岂肯作此羞惭之行！不若身投水府,以了此生,岂不干干净净!”——又论这狄青,小小少年,全不想到七年肄业,武艺高强,又记忆师父之言:一到汴京,自有好处。失了金钱,愁无盘费度日,就要寻起短见来。这是小英雄立志不愿乞度丐食以辱亲,高品也！当时放下衣囊在于桥边,低头下拜,呼声:“水啊！我九岁时便遭你大难淹溺,因命未该终,得师父救了。今朝不愿行乞度日辱亲,愿入波涛之内,料想师父未必再来搭救。虚劳精力集得全身武艺,师父奇能未展,双亲未报劬劳……”

正在倒身下拜,有些来往之人立着观看,都说他痴呆人,纷纷交头接耳言谈。忽来了一位年老公公,前来扯着小公子,问曰:“你这小小年纪,是何方来的？缘何在此望空叩拜,且说与老汉得知。”公子抬头一看,说曰:“老公公,你有所不知。吾不是你贵省人,我乃山西省来的。为遭水难,得师王禅救上仙山收为徒,习艺七载……”老公公说:“你既上仙山,因何又来此处?”公子曰:“只因奉师之命,到此访亲。得师赠我金钱度日,方才堕下水中。没有盘费,因不愿乞食偷生,特地拜谢师父之德,父母之恩,溺于波涛之内。”老公公听了,微笑曰:“你这小官人好痴呆也！万物皆惜生,为人岂不惜命？你为失此金钱小事就寻此短见,真乃痴呆也。”公子曰:“老公公,非我看得生死轻微,只因没了金钱,乏了盘资,乞丐于道中,岂不羞惭于先祖？与其生不如死为高耳。”老人听罢,说:“小汉子,你是远方外省人,不晓得我们本省事。待老汉指点你一个所在:离此地不远,有一座相国寺庙,当日周朝郑国贤大夫子产为爱民清正,死后人民感德,立庙而祀之,十分灵感。人若虔诚祷告,十有九验。不若你去求问神圣,倘若神圣许你得会亲人,自然神差鬼使,你得相见了;如神圣说你难会亲人，那时候你再死未晚也。”众观看之人也来相劝他。狄公子听罢，只得依从，说曰：“既蒙老公公、众位良言，小子前往求祷神明便了。”老人又呼：“小汉子，还有一言你可晓得？古话云：逢人且说三分话，未可全抛一片心，你师命你下山，是天机秘密之旨，言语之间须要敛迹些。在老汉跟前，言既出便罢了，倘别人询你真情，断断不可透露。”公子应允。当时拿回包囊，踩开大步而去。

又明：这子母钱虽是狄青落水中，实乃是王禅手下童子收还去。更有一说驳问老祖：既将子母钱赠与狄青，为何今日又收取回此钱？无非助他路上的盘费，但他到得汴京，自然另有机会，故收去此钱，正是助他得会亲人机窍也。即方才老公公言语机密，或是老祖化身来点化也未可知。

当下狄青一路上逢人便问相国寺的去处。一到寺前，果见来往参神之人过多，十分拥闹。这公子等候一会，方得来往人少些，即忙进内放下衣囊。只见有僧人在此，便呼一声：“和尚，吾要参神求问灵签。”僧人听了应诺，即引公子到了大殿。炷上名香，跪于蒲团上，稽首祷告一番。诉明来意情由。禀告罢起来，到神案上提签筒，信手拾起竹签一枝。公子一看，其签上有七绝诗四句云：

古树连年花未开，至今长出嫩枝来。
月缺月圆周复始，原人何必费疑骇。

狄公子看罢，持签对僧人曰：“和尚，吾小子请问你：我要寻访一人，未知可得会晤否？”和尚接签诀看罢，问曰：“你寻访之人未知亲切的人抑或异姓友朋？”公子言：“是亲切之人。”和尚曰：“据贫僧详细看来，此位亲人分离日久的了。”公子曰：“何以见是久不会的？”和尚曰：“首言‘古树连年’句，岂不是日久不会之意么？”公子说：“不差也。”和尚又曰：“‘至今长出’第二句，是与你至亲至切，同脉而来，他是尊辈，你是晚辈之意。其人必然得会相见，日期不远。”公子想来：一脉亲人，必然吾母无疑了。又问：“应于何期相会？”和尚曰：“‘月缺月圆’，即在此一两天即可相会了。但今日虽是月圆之夜，据贫僧推详起来，即此七月还未得相会。”公子曰：“缘何还有一月隔离？”僧曰：“‘周复始’三个字，还要过了此月。待至下月中旬中秋佳节，定得亲人聚会无疑了。”公子听罢，复又倒身下跪。叩谢过神祇，拱手作谢过僧人。

正要踱出，僧人上前与公子讨些签资，公子微笑曰：“和尚，小子是个初到汴京贫客，实无钱钞与你。已经动劳于你，我不该当的，改日多送双倍香资便了。”岂知僧人最是势利，钱财上岂肯放得分文？听了狄青之言，即上前扯牢，怒曰：“万般闲物可以赊脱得，惟有求神问卜之资，难以拖欠神明的。你这人真乃可恶，劳动贫僧一番，分文不与的么？你倘不拿出钱钞来，休想拿出此囊包。”说未了，向地下抢去衣囊。当时公子大怒，喝声：“休走！”抢上捞住僧人一手。不须用力，这僧人十分疼痛，挣扭不脱，高声嚷救。不意当时外边来了两个人：一个是淡红脸，宛如太祖赵匡胤一般；一个生得黑漆脸，好像唐朝尉迟敬德模样。若问两汉来由，乃是天盖山为强盗的英雄，结拜弟兄。当日扮为贩卖绸缎，是在山上打劫得来的绸缎，来到河南开封城做客商。进城将缎子贮于行家销发，但未销发完，是以二人也来相国寺中参神。听闻相国寺乃子产庙，神圣灵感，弟兄二人特至寺中求问日后如何结果。参神已毕，早闻公子、僧人争论之言，也不甚在意。正要跑出庙门去，猛然看见狄公子乃一纤纤少年，扭住僧人一手，僧人就大呼救喊，痛得额汗并流。当下这红脸汉对黑脸汉说：“看此人细细身躯，不想有此膂力，必非等闲之人。”黑脸言：“如此看来，此人只在你我之上。但不知他何等样人，且与他做个相识也妙。”言罢，二人复跑进庙中，带笑曰：“你这和尚行为太差也！你既为出家之人，原要方便为主。既然他是外省人，未曾便得钱钞也罢了，不该强抢他的包囊。”又说道：“此位仁兄，且看吾弟兄面上，放手饶他。”

当下公子抬头，一看二位少年昂昂气象，便放了僧人，喝声：“出家之人如此势利，若非二位来劝解，定断不饶你的！”当下僧人得放，心中气闷，只得进内拿出杯茶相奉。三人叙礼坐下。有红脸汉曰：“请问仁兄尊姓高名，贵省仙乡，乞道其详。”狄公子曰：“小弟姓狄，贱名青，乃山西太原府西河人氏。二位尊姓高名，还要请教。”红脸微笑曰：“原来狄兄与弟一府之谊。”公子曰：“兄弟也是西河人么？”红脸言：“非也，乃同府各县，吾乃榆次县。贱姓张，名忠也。”公子曰:“久仰英名!此位是令昆玉么?”张忠曰:“不是。他是北直顺天府人,姓李名义。吾二人是结交异姓弟兄。但不知狄兄远居山西,来到汴京何干?”青言:“二位有所未知,小弟只因贫寒困乏,特到京中寻访亲人下落。二位仁兄,到此有何贵干的?”二人言:“狄兄,吾二人只因学习得些武艺,但无能得荐效力,故在家置办些缎子布匹到来销发,以遣愁烦。如今货物销发于行,不意在此相会狄兄,实乃三生有幸。”公子曰:“原来二位乃英雄之辈,正该效力于国家,足见与弟心同一业。”张忠曰:“敢问狄兄,小弟闻西河县有位总戎狄老爷,是位清官,勤政,除凶暴,保善良,为远近人民称感。不知可是狄兄贵族否?”公子曰:“乃弟先严也。”二人闻言,笑曰:“小弟有眼不识泰山,冒昧不恭,多多有罪。原来狄兄是位贵公子,果然生来贵品,非比常流。”公子曰:“二位言重,弟岂敢当。但吾一贫如洗,涸澈之中,言来羞愧。不得已诉之神明,以待许吾以生死的。”二人听罢,微笑曰:“公子休得太谦。既不鄙吾弟兄卑贱,且到我们寓中叙首盘桓,不知尊意如何?”李义又呼唤和尚:“且拿去此小锭银子,只作狄公子的香资。”这僧人见了五两多一锭银子,好生喜悦,连称厚赐作谢,要留住再款斋茶。三人说:“不消了。”公子拿回包囊,三人一同出庙。

三人一路谈谈说说,进了行店中。店主姓周名成,当时与狄公子通问了姓名,方知狄青乃官家公子,厚礼谦恭。当晚周成备了一桌上品酒筵,四人分宾主坐下,一同畅叙,传杯把盏,话很投机,谈说直到更深,各各睡去。至次日,张忠、李义对狄青言曰:“你乃一位官家贵公子,吾二人出身微贱,原不敢亲近。但我弟兄最敬是英豪,今见公子英雄义气,实欲仰攀,意欲拜为异姓手足之交,不知尊意容纳否?”公子听罢,微微笑曰:“我狄青虽然忝属先人之余光,今已落后,是个贫穷下汉。二位仁兄是富厚英雄,弟执鞭左右,尚且不足,但辱承过爱,敢不如二位之命?”二人听了大悦。张忠又曰:“若论年纪,公子最小,应该排在第三。但尔乃贵公子出身,若称之为弟,到底心上不安。莫若结个少兄长弟之意。”李义笑言:“此话倒也说得相宜。”公子闻言曰:“二位仁兄说的话,倒也糊涂了。论理般般原要挨次序才是,年长即为兄,年轻即为弟,方合于理。”李义又曰:“吾二人主意已定，公子休得异议多端。且在于店中阶下，当空叩告神祇便了。”当下又求店主周成备办香烛之类，焚炷香，一同告祷。狄青恭身将居止、年辰上书表白，张忠、李义亦是皆然，此不用再言。述过即禀告结拜桃园之誓，无非烦俗之谈，也难尽说。三人祝告已毕，起来复坐。自此之后，张忠、李义不称狄公子，即转呼狄哥哥。

是日，狄青想来：前者多蒙师父搭救上仙山，学全武略，打发吾下山，许以到京便有亲人相会。岂料亲人不见，及得邂逅相逢，结交得异姓弟兄，算来乃一奇遇也。但见一紫脸，一黑脸，昂昂气概的英雄，生来异相，觉得惊人。且弟兄二人言，在家天天操习武艺，但至今未曾与他比试得高低，未知那人精通。要知武艺谁好，且等空闲之日，或当演比英雄便了。张忠一日呼声：“狄大哥，你初到汴京，未曾遍耍各地头风俗，且耽搁多几天，与你玩耍。待销完货物，再与你一同访亲，未知意下何如？”李义亦笑着开言……

不知李义有何言语，如何比较雌雄，下回分解。

第六回　较演英雄分上下　玩游酒肆惹灾殃

诗曰：穷困英雄涸困龙，一朝奋翮便乘风。
　　　可量海水人难量，方信天机造化功。

当时李义笑曰：“张二哥，今日既为手足，何分彼此。好鸟尚且同巢，何况我们义气之交。况狄哥哥为遭水患，亲切之人已稀，又不知此地亲人访寻得遇否，莫若三人叙首，岂不胜于各分两地哉。”张忠听罢，言曰：“贤弟之言有理，愚兄差了。”狄青听了二人之言，不觉咨嗟一声曰：“二位贤弟提起我离乡背井，不觉触动吾满腹愁烦。”张、李言：“不知哥哥有何不安也？”狄青曰：“吾单身漂泊，好比水面浮萍，倘不相逢二位贤弟如此义气相投，寻亲若不遇，必然流荡无踪了。”张、李齐呼：“哥哥，你既为大丈夫英雄汉，何必为此担忧。古言‘钱财如粪千金义’，我三人须学管、鲍分金，勿效孙、庞结怨。”狄青听了曰:“难得二位如此重义也。吾之疏见,难及高怀。”言谈之间,不觉日坠西山。一宵晚景,夜膳休提。次日,李义取了几匹缎子,与狄青做了几套衣裳更换。张忠又对行主周成说:“倘若哥哥要用银子多少,且与他,即在吾货物帐扣回便是。”周成应允。从此三人日日往外边耍玩,或是饥渴,即进酒肆茶坊歇叙。玩水游山,好生有兴。当时张忠对李义私言议曰:“吾们且待货物销完,收起银子,与狄大哥回山受用,岂不妙哉!今且不对他明说。”

不表二人之言,原来狄青又一别样心,要试看二人力量武艺如何。偶一天,耍玩到一座关公庙宇,其庙殿中两旁有石狮一对,高约有三尺,长约有四尺。狄青曰:“二位贤弟,当日楚项王举鼎百钧,能服八千英雄。此石狮贤弟可提得动否?”张忠曰:“看来此物有千六百斤,差不上下,且试试提举罢。”当下张忠将袖袍一卷,身躯一低,右手挽起狮腿一提,拿得半高,只得加上左手,方才高高擎起。只得走了七八步,觉得沉重,轻轻放下,头一摇,说声:“来不得了,只因此物重得很。”李义曰:“待吾来也。”低躯一坐,一手提起,亦拿不高。双手高持,亦走得殿前一围,只得放将下来。笑曰:“大哥,小弟力量不济,休得见笑。”狄青言:“二位贤弟力气狠强,真乃英雄之辈。”李义曰:“大哥,你也提拿来与小弟一观。”青曰:“只恐吾一些也拿不动的。”张忠曰:“哥哥且请试看拿来。”当下狄青微笑走上前,身躯一低,脚分八字,伸出猿臂,一手插入狮腿,早已高高擎起,周围团团三四转。张忠、李义见了,吐舌摇头,言曰:“不想哥哥如此怯弱之躯,力量如此强狠,我们不能稍及。”当下狄青提着狮子运转几围,面不改色,气不速喘,将狮子一高一低几次,然后轻轻放下,依旧安放原处。张忠笑曰:“哥哥,你果然力勇无双,吾二人所深服也。实乃安邦定国奇能,唾手可取功名富贵了。”狄青曰:“二位贤弟休得过誉,愚兄的力量武艺有甚奇罕。”当下又见庙左侧有青龙偃月刀一把,拿来演武。上镌着“重二百四十斤”。张忠、李义虽然舞得动,仍及不得狄青演得如龙戏水、燕子穿梭一般。张、李实乃深服。顽耍一番,三人一同出了庙,向兴闹街而去。李义曰:“二位哥哥,如今天色尚早,顽得腹枵了,须寻个酒肆坐坐才好。”张忠、狄青皆言有理。

一路言谈多见投机，不觉来到一所十字街头，只见一座楼房，十分幽雅。三人步进内楼，呼唤拿进上好美酒佳馔来。酒保一见三人，吓也一惊，言："不好了！蜀中刘、关、张三人出现来，走罢！"张忠曰："酒保不须害怕，吾二人生就面庞凶恶，心中乃是善良也。"酒保曰："原来客官不是吾本省人声音，休得见怪。且请少坐片时，即有佳酒馔送来。"当下三人只见阁子内有几桌人食酒，又见楼中不甚宽大，一望至里厢。对面一座高楼，雕画工巧，芳香花气远远吹喷出外厢，阵阵扑鼻芬芳。张忠呼酒保，要拣个好座头。酒保应诺："客官且在此位便甚好了。"张忠曰："这个所在我们不坐，须要对面此座高楼，我们要在此食酒。"酒保说："三位客官要食此高楼，断难从命了。"张忠曰："这却也为何？"酒保言："休问多端，你且在此食酒罢。"张忠听了，问曰："到底为什么登不得此楼的？快些明言来。如若果然坐不得的，我们就不坐了，你也何妨直言。"

酒保说："三位客官不是我本省人，怪不得你们不知。吾隔楼有个大势力的官家，本省胡老爷，官居制台职。有位凶蛮公子，强占此地，赶逐去一坊居民，将吾阁子后厢起建此间画楼，多栽奇花异草，古玩琴棋名画，无不具备，改号此楼为'万花楼'。"张忠曰："他既是官家公子，更有这样凶蛮的？"酒保曰："客官你不知其故。只因孙兵部就是庞太师女婿，胡制台是孙兵部契交党羽，是以他势炎滔天，人人害怕，百姓人家那个敢去惹他？这公子名胡伦，日日带领十余个家丁，倘愚民有些小关犯于他，即时拿回府中，顿时打死，谁人敢去讨命？如今公子建造此楼，时常到来赏花游玩，食酒开心的。故禁止一众，不论军民人等，不许到他楼上闲顽，岂敢在此食酒？如有违命者，立刻拿回重处。故吾劝客官休问此楼，犹恐惹着，大凡灾祸不轻了。"

当时不独张忠、李义听了大怒，如雷高声咆哮，即狄青也觉气忿不平。张忠早已大喝一声："休得多说！我三人今日必要登楼用酒，岂惧胡伦这小畜生！"言罢，三个正要跑进楼去，吓得酒保大惊，额汗并流，只得跪下叩头求告，言："客官千祈勿上楼去，方才饶得我性命也。"狄公子曰："酒保，吾三人上楼食酒，倘若胡伦到来放肆，自有我们与他理论,与你什么相干,弄得如此光景?”酒保曰:“客官有所不知,胡公子谕条上面有规定:本店若纵放闲人上楼者,捆打一百。客官啊!我岂经得起打一百么,岂非一命无辜送在你三人手里!恳祈三位客官不要登楼,只要算个买物放生,存些阴骘也罢。”张忠冷笑曰:“二位哥哥,胡伦这狗子如此凶狠,也怪他不得。恃着数十个蠢汉,横行无忌,顺者生,逆者死,不知陷害过多少个良民也!”狄青曰:“我们不上万花楼去,显然惧怕这狗乌龟了,非为汉子之称。”李义也答以有理。急吓得酒保心乱如麻,此番叩头如捣蒜一般。张忠一手拉起,呼声:“酒保,你且起来,吾有个主张。如今赏你十两银子,我三人且上楼坐坐,片时就下来了。那胡伦难道有此尴尬,即此刻到来么?”李义曰:“酒保你好愚呆也!一刻间受用了十两银子,还不妙么?”当日酒保也贪想这十两银子,想来这紫脸客官说的倒也无差,难道胡公子却有此凑巧,向此时候就来了不成罢了?且大着胆子受用了十两银子罢。即说:“三位啊,就登一刻即要下来的。”三弟兄说:“这个自然,决不累着你淘气的。且拿进上上品好酒肴送上楼来,还是重重银锭供你。”酒保听罢,应诺而下。

三人登进楼台,但见前后纱窗多已关着,先推开前面纱窗,一看就是街衢上,多少人来往,铺户居民,宇屋重重;又推开后面窗扇,果见一座芳园,森森树木,队队飞禽,亭台楼阁,犹如图画一般。只见秋花满目,及时而开,青松翠柏,参天秀茂一片,巧鸟灵禽,娇声频美。弟兄称意开怀。李义曰:“此座花园好幽雅也!”只见四边粉壁如雪如霜,张着名人古轴,箫管铜丝的俱备,玩物器皿俱齐。只因胡公子四时登楼顽耍,合了一班朋党,吹弹歌唱,是以如此。三人坐于白玉凳上,一刻酒肴送到,排开案桌上,弟兄放开大量,畅饮醇醪,言言谈论。又闻阵阵花香喷鼻,更觉称心。若说这三位少年英雄,包天胆量,况且张忠、李义乃是天盖山的强盗,放火伤人不知见过多少,那里畏惧什么胡制台的公子。他不登楼则已,到了花楼来,总要吃个爽快的酒,焉肯即时下楼。当时高声喧闹,几次催取好酒。李义高声呼唤:“酒保!还不速送酒上来?”拍台掷凳。张忠骂道:“狗王巴的浅囊,既开的是酒肆,巴不得客人多用酒馔,多卖钱钞。”酒保一闻呼骂之声，即忙跑走上楼中，称："客官！小店里实在没了酒的，且请往别处再用罢。"张忠喝声："狗囊！你言没了酒，欺着我们的？"一把将酒保揪住，圆睁环眼，擎起左拳，吓得酒保色寒，抖抖蹲做一堆的求饶。在旁李义曰："酒保，到底有酒没有的？"狄青言："酒是有的，无非厌烦着我们在此，只恐胡伦到来，连累于他之意耳。酒保，如若胡伦到来处治你，只言我们强抢上楼的，决然不干累于你。"酒保曰："既如此，请此位红脸客官放手，待吾拿酒来罢。"当下张忠放手。酒保下得楼来，吐舌伸唇，言："不好了！这三人食了两缸酒，还要添起来，也罢了，只忧公子到来，就不妥当的。"酒保正在心头着急，却然胡伦就到了。

再讲胡伦，年方二十外，生得面貌不佳，不是胡制台亲生，乃胡爷继养独子，只贪游荡，不喜攻书。胡爷并不拘束，听其所为，是至胡伦放纵得品行不端。平素凌虐良民过多，民众一知他到，便远远躲避，所以送他一个混名"胡狼虎"。这一天，他乘了一匹白马，带了八个家丁，各处去顽了而回。本来不是要到酒肆中，只因狄青三人未登楼之先，已有一个无赖棍汉名徐二，在里面食酒。后来看见酒家得了张忠十两银子，私放三人上花楼食酒，徐二暗言曰："我前日食了他的酒肴未有钱钞，仰恳他记挂数日欠帐，他却偏偏不肯，要吾身上衣衫折抵了。如今破绽落吾眼内，不免报禀与胡公子得知，搬弄些唇舌。料想恶公子必不肯干休，教这狗囊混闹一场，方出我的怨气。正是明枪易躲，暗箭难防也。"想罢，完了酒钞，出门而去。

事有凑巧，胡公子正在一路回府，徐二急赶上跪下，言："小人迎接胡大爷。"胡伦曰："你是那人？有甚事情？"徐二曰："无事不敢惊动大爷。只因方才酒保故违大爷之命，贪得财帛，擅敢容放三人在万花楼食酒，特来禀知大爷。"胡伦听了，问曰："如今还在此么？"徐二曰："如今还在楼中。"胡伦曰："你且去罢，明天到来领赏。"徐二言"多谢大爷"而去，喜而言："白搬唆了口舌，还有赏领，这场买卖真好做也。"

不说徐二喜悦，却说胡伦想来怒气冲冲，带了家丁，如狼似虎，一程来到酒肆中。喝声："酒保！那人登楼食酒？"当时店中阁内坐下食酒人一见公子到来,一哄走散了。酒家吓得魄散魂飞,连忙跑下叩头不止。有八个家丁跑进楼台,大喝:“这里什么所在,你们敢在此吃酒么?”弟兄三人听了大怒,立起座位,言曰:“酒楼是留客之所,人人可进。你莫非就是胡家几个奴才么,奉命来阻挠吾们吃酒,好生胆大!”八人齐喝:“我家胡府大爷要登楼来,你们快些走下还好,这算不知者不罪。”三人喝声:“放屁!胡伦有甚大来头,不许吾们在此么?快教他认认我桃园三弟兄,立侧侍酒,方恕他简慢之罪。”家丁大怒,喝声:“胆大奴才,好生无礼!”早有胡兴、胡霸抢上,挥起双拳就打。却被张忠一手格一人,乘势一进,又至胸前,二人东西跌去丈远。又有胡福、胡进飞步抢来。不知如何争持,且看下回分解。

第七回　打死愚凶除众害　置生豪杰慰民情

诗曰:官民犯律一般同,岂料制台纵子凶。
　　当世若无包府尹,善良定遭罗网中。

当时李义看见两人打来,他圆睁环眼,喝声:“慢来!”飞起连环脚,二人一齐跌去。胡昌、胡荣、胡贵、胡顺四人一齐拥上,向三人奔来。狄青实不介怀,将身一低,伸开双手,向四人腿上一擦,四人喊声“不好”,一齐扑地跌覆下。八人一齐起来,又是抢上,岂知身躯未近,人已先跌,只得爬起身来,一同逃下楼去。狄青看见,冷笑曰:“这八个奴才,不消三拳两脚,打他奔下楼去。二位贤弟,我想胡伦未必肯干休,料他必来寻事,不免我们三个一同下楼去,方为上策。虽然不是畏怯于彼,犹恐他多差奴才来,就虎落平阳被犬欺了。”张忠曰:“哥哥所算不差,我们下楼罢。”此时狄青在前,张忠、李义在后,正要下楼,岂料胡伦公子雄赳赳气昂昂抢上楼来,高声大喝:“谁敢无礼!吾胡大爷来也!”狄青问曰:“你就是胡伦么?”轻轻在他肩上一拍,胡伦已立脚不稳,翻身跌下。八个家人上前扶起,已跌得头晕眼花了。即唤家丁们:“快拿住三个贼奴才!”狄青喝声:“胡伦,你还敢来么?”胡伦被扑跌得疼痛,心中忿怒,喝声:“何方野畜,擅敢放肆! 我公子就来,你便怎的?”直抢上前,七个家人随后;胡荣见势头不好,先回家中禀报胡爷去了。胡伦奔抢至狄青跟前,狄青伸手夹胸抓住提起,脊背向天,如抓鸡一般。七个家人只管呐喊,又见张忠、李义怒目圆睁,不敢上前。大骂:“这还了得! 三个死囚奴,如此胆大凶狠,还不放下公子。胡老爷一怒,担忧你三条狗命死得惨刑!”当时狄青乃少年心性猛,二者酒已半酣之际,一闻家丁之言,怒气冲冲,喝声:“狗奴才! 要吾放他么也不难,且还你罢!”将胡伦一抛,高高掷起,头向地,脚顶天,已跌于楼下。三人哈哈冷笑,重回楼中食酒,已忘记了方才下楼之言。当下七名家将见抛了公子下楼,急急跑走下楼来。只见公子磕破天灵盖,血流满地,已是不活。吓得面如土色,大呼:“反了! 反了! 清平世界,有此凶恶之徒,将公子打死,真乃目无王法了!”店家早已唬吓得半死。街上闲观之人渐多。是时胡府家丁又添上百十余人,将店中重重围了。

这三人在楼食酒,还不晓得胡伦跌死。正在食酒高兴之中,你一盅我一盏。有二三十人一拥上楼来,要拿捉凶手。这三人一见大恼,立起来,仍复拳打脚踢,多已打退下去。酒家看来不好,只得硬着胆子登楼来,跪下叩头不已。称言:“三位英雄,乞祈勿动手,救救小人狗命才好。”三弟兄曰:“我们又不是打你,何用这等慌忙的?”酒家曰:“三位啊,你今扑跌死了胡公子,他的势大凶狠,你不知么? 方才小人已曾告禀过了。”狄青曰:“胡伦死了么?”酒保曰:“天灵盖已打得粉碎,鲜血满地,还有活的么? 但今胡老爷必来拿问我了,岂不曰小人一命丧于你三位手中!”狄青曰:“店主休得着忙,我们一身做事一身抵当,决不来干连你的。”酒家曰:“你虽然如此言来,只是你三人乃异省的,一时逃脱去,岂不连累害了小人?”张忠曰:“我三人乃顶天立地英雄,决不逃走的。你且再拿美酒上来,我弟兄食个爽快就是。如不送酒来食,我们即逃走去了。”酒保听了,诺诺应允,言:“要酒也容易了。”此时急忙跑下楼,取一坛美酒送上楼来。三弟兄大悦,尽量饮用不休。

是日胡制台闻报,大惊大怒,立刻传地头知县,前往捉拿凶身。

差役人等数十名，到了酒肆门前。县主于此排堂，验明尸伤，系跌扑殒命的。当时县主唤酒家，问其姓名，酒家禀上："大老爷在上，小人名唤张高。"县主又询三人姓氏："怎样将胡公子打死的，你直白说来。"酒家言："老爷，他三人名姓小人倒也不晓，只是一人红面的，一个黑面的，一位白面的同来食酒，要上对楼中。当时小人再三不肯，再四推辞，岂知他十分凶狠，伸出大拳头，将小人揪住要打。那时小人畏怯了，只得容他登楼去。后来公子到了，即时登楼厮闹。若问如何殴打，小人倒也不知，只为小人在楼下，他相殴在楼上，所以不知其由。老爷问公子如何死法，只要询三个客人才知明白。"县主听罢点头。

当下衙役唤至三人，县主问曰："你姓名且禀来。"张忠曰："吾姓张名忠，山西榆次县人氏。"李义禀曰："吾乃北直顺天府李义也。"青曰："吾乃山西西河人狄青是也。"县主曰："你三人既为越省人氏，在外为商，该当事事隐忍才是。在此食酒，缘何一刻便将胡公子打死？你且从实招来，以免再动刑！"张忠曰："大老爷明鉴，吾三人在楼中食酒，与这胡伦两不交关的。岂料他领了七八个家丁打上楼来，不许我们食酒。这是胡伦差也。"县主听了，喝声："胡说！你还说胡公子差么？你既坐了他楼，只须相让，用些婉辞赔语解劝，未必至于相殴的。况他是个尊贵公子，你三人乃一匹愚民。即同辈中借用了东西，还要婉话相让。如今料你三个凶徒欺他质弱斯文之体，行凶将他打死了，还说此强蛮之话，好生可恶！"狄青曰："老爷，若论理来，胡伦亦有差处。他一到店中，即差家人打上楼来，不分理论。后至胡伦厮闹进楼，小人并不曾将他殴打，他已怒气冲冲，失足扑于楼下。他是失足跌死，怎好冤屈小人打死他？望乞大老爷明鉴参详，保持为民父母之心。"县主大怒，喝声："利口凶徒，你们将公子打死，还敢花言强辩！况属皇城法地，岂容此凶恶强徒！若不动刑法，怎好招认？"吩咐，"先将这红脸贼狠狠夹起来！"

当时差役正动手，要将张忠靴子脱了，岂知来了一位铁面阎罗官。此人姓包名拯，一路巡查到此。却论包爷身为巡抚，此时不是圣上差他做个日巡官，乃是包公自为主意。只因目下奸党甚多，恐惶他作弊端陷民，是日不打道又不鸣锣，只静悄悄带了张龙、赵虎、董超、薛霸四个排军各处巡察。一近酒肆坊中，只听喧哗人拥，包爷住轿，唤赵虎去查问何事。赵虎领命，去一会回来："禀上大老爷，有三个外省人氏：张忠、李义、狄青，将胡制台公子打死在酒肆中，封丘县老爷在此相验问供，是以喧闹。"包爷一想：老胡奸贼，纵子不法，横行无忌，几次要擒他破绽除掉，奈无机窍。这小畜生也有今日，正死得好，地头除一大虫子。

想未了，有知县到来迎接，曲背弯腰，称言："卑职封丘县参见包大人。"包爷就问："贵县，这三个凶身那一人招认的？"知县曰："启上大人，这三个凶身都不招认。卑职正要用刑，却值大人到此，理当恭迎。"包爷曰："贵县，这件事情重大，谅你办不来也。待本部带转回衙细细究问，不忧他不招认的。"县主曰："包大人，卑职是个地方官，待卑职审究，不敢重劳烦大人费心。"包爷冷笑言："你是地方官，难道本部是个客家官么？张龙、赵虎，可将三名凶犯带转回衙。"二人应诺，一同带住三人。包公又转店中，再验尸首，并非拳刃所伤，只是破了天灵脑盖。当下心中明白，登轿回衙。只有封丘知县心中不悦，恨着包公多管闲事，必然带去开豁了凶身，岂不令胡大人将吾见怪，只恐这官儿做不成了。只得吩咐衙役："录了张酒家口供，将公子尸骸送到胡府中。"不打道，一程来了胡府中。

先说胡爷一闻儿子身亡，怒忿不消的痛恨，夫人哀哀苦哭，心痛儿子丧于无辜。忽报封丘县到来，胡爷传命后堂相见。知县进来，叩见毕，低头禀知："大人，方才卑职验明公子被害，正在严究凶身，不想包大人到来，将三名凶犯拉去。为此卑职特送公子尸躯回府，禀明大人定夺。"胡爷言："包拯如此无礼么？"知县曰："是。"胡爷大叫道："包拯啊！这是人命关天的重大事情，谅你不敢将凶身开豁的。先请贵县回衙罢。"知县打拱言："如此，卑职告退了。"知县去后，胡爷回进后堂，一见尸首，放声悲哭。又见夫人苦切，家小丫头也是悲哀。胡爷长叹一声："如今为爹娘年老，单养成你一人，爱如掌上明珠。儿啊！指望你承嗣香烟，今被凶徒打死，后嗣倚靠谁人？贼啊！我与你何仇，行凶将吾儿打死，斩绝我胡氏香烟？恨不能将你这贼千刀万剐!"闲话休题。是日,免不得备棺入殓。

却说包公带转犯人,升堂坐下,凛烈威严令人吃惊。命人先带张忠,吩咐他抬起头。张忠深知包公乃是一位正直无私清官,故一心钦敬。呼声:"包大老爷,小民张忠叩见。"包公举目一观,见他豹头虎额,双目电光,紫膛面,看他猛勇之辈,若为一武职,不难挑上。即言:"张忠,你既非本省人,做什么生理?因何将胡伦打死?且公禀来。"张忠想定:这胡伦乃是狄哥哥将他撩下楼去跌死的,方才在知县跟前岂肯轻轻招认?但今包公案下,料想瞒不过的。况且结义时立誓义同生死。罢!待我一人认了罪,以免二人之累便了。

定下主意,呼声:"大老爷!小民乃山西人氏,贩些缎匹到京发卖,与狄、李二人在万花楼酒肆叙谈。不料胡伦到来,不许我们坐于楼中,领着家人七八个,如虎如狼,打上楼来。只为小人有些膂力,将众人打退下去。后来胡伦跑上楼,与小人交手,一跤跌于楼下,撞破脑盖而亡。小的原是个凶手。"包拯想曰:本官见你是个英雄汉子,与民除害,倒有开豁你们之意,怎么一刑未动,竟自认为凶手,这是何解?即喝曰:"这是胡伦自己跌下身亡,与你何干?"忠曰:"是小的打他下楼的。"包爷喝声:"胡说!胡家人多,你人少,焉能反将胡伦打下楼的?"喝他下去,又唤李义上前,命他当面。

包公一看李义,铁面生光,环眼有神,燕颌虎额,凛凛威严。包爷曰:"你是李义么?那里人氏?这胡伦与你们相殴,据张忠言,他跌坠下楼身死,可是真么?"原来李义亦是莽夫,那里听得出包公释他们之意,只想:张二哥因何认作凶手?等我禀上大老爷,代替他罢。"启禀大老爷,小人乃北直顺天人。三人到来,贩卖缎匹,在万花楼食酒。与胡伦吵闹,小的性烈,将他打下楼,坠扑身亡。"包爷喝曰:"张忠已经说明白,两相殴打,他失足坠楼而死,你怎的冒认打死他?难道打死人不要偿命的么?"李义言:"小的情愿偿命,只恳求大老爷赦脱张忠的罪,便沾大恩了。"包爷听了,冷笑曰:"好个莽匹夫也,下去!"

再唤狄青上堂。包爷细看小英雄,好生面熟,但不知在那里相会过的。原来包公乃文曲星,狄青乃武曲星,今生虽未会,前世已相逢,故尔当时包爷满腹思疑，此人好生面善，但一时记认不着。呼声："你是狄青么？那省人氏？"狄青禀曰："小民乃山西省太原人氏。只为到此访亲不遇，后逢张、李，结拜投机。是日在楼中食酒，不知胡伦何故引了多人上楼，要打吾三人。但小民等颇精武艺，反将众人打退下楼，吾将胡伦丢抛下楼跌死。罪归小民，张、李并非凶手。大老爷明鉴万里，望开二人之恩。"包爷将案桌一拍，大喝："你小小年纪，说话胡涂！看你身躯怯弱，岂像打斗之人，如何这等冒认胡供？此人必是痴呆的。"喝命："撵他出去！"狄青大呼："老爷，小的是凶手正犯！"包公喝曰："痴呆人胡说！况且张忠说明他坠楼身死，你这奴才敢在本部跟前冒为凶身！"大喝撵出。早有差人将狄青推出去了。

旁边胡府家人看见，急上前："禀上大老爷，这狄青既是凶手正犯，因何将他赶出？"包爷曰："他乃年轻弱质，不是打斗之人。"家丁曰："启上大老爷，他已自己招认作凶身的。"包公曰："他乃冒认，欲脱张、李二人耳，怎好再屈枉无辜！"家丁曰："恳请大老爷勿放走凶身，只恐家老爷动恼了。"包公怒曰："你这狗才！将主人来压抗本部么？"扯签撒下："打了二十板！"打得痛苦哀哀，顿时逐出。包公本欲将张、李一齐开豁了，本无此法律，不免暂押狱中再处。即时退堂。有众民见包公审三人，将狄青赶出，打了胡府家人，好不称快。只为胡伦平日欺压众民，被害过多，今日见三人乃外省人氏，打死了他，犹如街道除去猛虎，十分感激三人，实欲包公一齐放脱了他，你言我语，不约而同心想来。好善憎恶，个个皆然。不知张、李如何出狱，下回分解。

第八回　说人情忠奸驳辩　演武艺英汉从权

诗曰：忠良本是惜忠良，不比奸臣恶毒肠。
　　　只为私仇忘正义，千秋难免臭名扬。

不表众民人喜得打杀了胡伦公子，除去本地头人患，却说狄青被包公赶逐出了衙门,不解其意,一路思量:包大人将我开释了,难道吾父亲做官时与他是故交?但吾幼年时爹爹升到本籍山西省做总兵时,包爷初在朝做内官。但今虽将我罪名脱摘,还不知二位弟兄怎么样了?狄青正在思想,只见衙役等押出两人,连忙上前随后:“二位贤弟出来了么?愚兄在此等候多时了。”二人说:“哥哥,你且回店中,等候我二人则甚?”狄青曰:“候你二人一同回去。”二人微笑曰:“小弟回去不成了。”狄青问曰:“不知包大人为何断你二人?”张忠曰:“包大人也没有什么审断,只传谕下来,将我二人收禁候定。”狄青曰:“你二人下监牢去么?如此我也同去了。”二人言:“大哥,你却痴了。你是无罪之人,如何进得狱中?”狄青曰:“贤弟那里话来!打死胡伦,原是我为凶手,包大人偏偏不究,教我如何得安?岂忍你二人羁于缧绁之中。我三人死生不离,方见桃园弟兄之义也。”张忠笑曰:“哥哥,你今日就欠聪明了。吾二人是包大人之命,不得不然耳。你是局外之人,况乎这个所在,不是无罪之人可进得的。吾还有一说,哥哥附耳近些,方可说知。”当时张忠附耳细言:“这件事情,包公却有开释之意,小弟决无抵偿之罪。哥哥可放心回去,对周成行主说知,拿百拾两银子来使用便是了。”狄青闻言叹声曰:“屡闻包大人是铁面无私的清官,若得他开发你二人无大罪,我心方安的。”谈谈说说,不觉到了牢中,狄青无奈,只得别去。回归店中,将情达知周成行主,吓得他吃惊不小,就将他货物银子兑了一百两,交付狄青。次日到狱中探望二人,分发使费。少停回转行中,心头烦闷,日望包爷释放二人。

按下三人不表,再言胡坤府内之事。家丁被打回来,禀知:“包公审坏此事,将一个正犯狄青开放去,小人驳说得一声,顿时拿下,打了二十,痛苦难堪。”胡爷听了,怒曰:“可恼!包拯竟将正犯放走了,又毒打家人。如此可恶,包黑贼真不近人情了!”吩咐打道出衙,一路往孙兵部府中而来。

原来孙秀因庞洪入相,进女入宫为贵妃,他是国丈女婿,故由通政司升为司马,名声赫赫的大奸权。适胡坤是庞国丈的门生,故孙、胡二人十分厚交,成其莫逆弟兄。又言胡坤不去见包公,名正言顺,说秉公之论，反去鬼头鬼脑来见孙司马，显见他不是光明正大之人了。当日孙兵部闻报，吩咐大开中门，衣冠齐整的迎接。携手进至内堂，分宾主坐下。茶递毕，孙爷问曰："不知胡老哥到来，有失远迎，望祈恕罪。"胡爷曰："老贤弟，休得客套了。愚兄此来非为别故……"胡坤将此事一长一短说知，再说道："孙贤弟，吾平日本与包拯不投机的，今又打我家丁，欺吾太甚，故特来与你相商。但狄青是个凶身正犯，他已放脱了。有烦老贤弟去见这包拯，要他拿回狄青，与张、李一同审作凶身，一同定罪，万事干休；如若放走了狄青，势不两立，必要奏闻圣上，究问他一个坏法贪赃之罪，管教他头上乌纱帽子除下。"孙兵部听了，大怒曰："可恼！可恼！包黑贼如此欺人太甚！胡兄不必心焦，愚弟亦与包拯不合。但为此事，亦代你走一遭去见他，凭彼性子倔强固执，吾往说话，谅包拯不得不依。"胡爷曰："如此，足感贤弟，有劳了！"孙秀当日吩咐备酒于书房，二人食至红日西归，胡坤方才作别回衙。

到次日，孙秀打道上马，一程来至包府，令人通报。包爷一想：孙秀从不来探望我的，此来甚是可疑。只得接进私衙内，双双见礼坐下。包爷曰："不知孙大人光临，有何见谕？"孙秀冷笑曰："包大人，难道你不晓得下官的来意么？"包爷曰："全然不晓。"孙爷曰："只为胡公子被张、李、狄三人打死，理当知县审究，却被包大人带转回衙来。"包公曰："这件案情知县办得，难道下官倒管不得么？"孙秀曰："管是管得的，但不应该将个凶身正犯放脱去，是何道理？"包爷曰："怎见小小少年狄青是凶身正犯？"孙秀曰："这是狄青自招认的。"包爷曰："如此孙大人亲自目击么？"孙秀曰："虽非目击，难道胡府人算不得目击么？"包公曰："如此，只算得传来之言，不足为信。倘国家大事，大人可以到来相商，如今不过是一桩误伤人命，不是什么大不了的事情。若要私说情面，休得多说。"

孙秀曰："包大人，尔说的多是蛮话。"包爷冷笑曰："下官原是蛮话，只要蛮话蛮得有理就是了。但这胡伦是自跌扑于楼下而死，据你的主见，要他三人偿他一命之意，尔岂不晓得家无二犯，罪不重科？比方前数日有许多人在此食酒，如是，一概多人俱要偿他的命了？为民父母,好善乐生,大人未必昧此。况且此案下官未曾发结,少不得还要复审再行定夺。”孙秀曰:“包大人,你一向正直无私,是至圣上十分看重于你,满朝文武人人敬你。岂知今日此桩人命正案便存了私,弄得化为乌有。如今你私放了正犯,胡坤儿子被他打死,岂肯干休?倘被他奏闻圣上,你头上乌纱帽可戴得稳牢么?”包爷听罢,冷笑曰:“孙大人,下官这顶乌纱时刻由着不戴的,只有存着一点报国之心,并不计较机关利害也。”孙秀曰:“包大人,据你的主见,这狄青不是个凶犯,应得释放的么?”包公曰:“何曾是凶犯?自然应该放脱的,少不得也要奏知圣上。这胡坤不奏知圣上,下官也要上本的。”孙秀曰:“大人,你奏他什么来?”包公曰:“只奏他纵子行凶,欺压贫民,人人受害的款头。”秀曰:“这有什么为据的?”包公冷笑曰:“你言没有凭据么?这胡伦害民恶款过多,吾已查得的确,即现在万花楼之地,亦是赶逐去居民强占夺的。况且张、李、狄三人乃异乡孤客,这显见胡伦恃着官家势力,欺他寡不敌众,弱不敌强,那人不晓?岂有人少的反把人多的打死,实难准信的。倘若奏知圣上,这胡坤先有治家不严之罪,纵子殃民,实乃知法犯法,比之庶民罪加一等。即大人来胡讲,私说情面,也有欺公之罪。”这几句言来,说得孙秀无言可答,带怒曰:“包大人,你好斗气之人!拿别人的款头,捉别人的破绽,我同你一殿之人,何苦尽结冤家?劝你世情看破些也罢。”包公大声言曰:“孙大人!这是别人来惹下官淘气的,非吾去觅人结抗也。奏知圣上,亦是公断。是是非非,总凭圣上公议。倘若吾差了,总然罢职除官,吾包拯并不介怀的。”

当时包公几句侃侃铁言,说得孙秀也觉心惊了。想来这包黑子的骨硬性鲠,动不动拿人踪迹,捉人破绽,倘或果然被他奏知圣上,这胡坤实乃有罪的。悔恨此来反是失言了,此时倒觉收场不得。只得唤声:“包大人!小官不过闻得传信之言,说你将凶手放脱了;又想大人乃秉公无私的,如何肯抹法瞒公,甚是难明,故特来问个详细。大人何必动恼?如此下官告辞了。”

当日孙兵部含怒作别,一路复来到胡府,将情告知:包拯强硬之言,反要上朝劾奏胡兄。胡坤听罢这番言语大怒,深恨包公。是晚,只得备酒相款。叙间，孙秀讲起狄青，言他乃一介小民，且差人慢慢缉着，访明下落，暗捉拿回处决他，有何难处。

不表二奸叙话，再说黑面清官包公见孙秀去后，冷笑曰："孙秀，你这奸党虽则借着丈人势力。只好去压制别人，若在我包拯跟前弄些乖巧，教你休想！也真扫刮得他来时热热，去时淡淡的。"又想："胡伦身死，到底因张忠、李义而来，于律又不能将二人置于无罪。故吾将二人权禁于囹圄中，这胡坤也奈不得我何。"

不说包公想象，再说狄青自别了张忠、李义之后，独自一个在店中寂寞不过，心中烦闷，只因弟兄两人坐于狱中，不知包爷定他之罪轻重，一日盼望一日。当时来了周成，笑曰："狄公子，有段美事与你商量。"狄青曰："周兄，有何见教？"周成曰："小弟有一故交好友，姓林名贵，前者一向当兵，而今升武员，为官两载。日中闲暇，来到谈叙，方才无意中谈及你的武艺精通之处。林老爷言，既是年少英雄，武艺精熟，应该图个进身方是。我说只为无人提拔，故而埋没了英雄。林爷又说，待他看看你人品武艺如何。即依吾主见，公子有此全身武艺，如何不图个出身，强如在此天天无事的。若得林爷看观，你就有好处了。不知公子意下如何？"狄青想道：这句话却是说得有理。但想这林贵不过是个千总官儿，有什么希罕？有什么提拔得出来？但这周成一片好心，不好却拒他之意。即时应诺，整顿衣巾，一路与周成来拜见林贵。

当日林老爷一见狄青身材不甚魁伟，生得面如傅粉，目秀神奇，虽非落魄低微之相，谅他没有什么力气，决然没有武艺的。看他只好做文官，为武职休得想望了。便问狄青："你年多少？"狄青曰："小人年已十六了。"林爷曰："你是一年少文人，那得深通武艺？"狄青曰："老爷，小人得师指教，略知一二。"周成说："林兄长不要将他小觑，果然武艺高强，气力很大。"当日林爷那里肯信，便叫狄青："既有武艺，须要面试演，可随吾来。"狄青应允。林爷即刻别过周成，带了狄青回到署中。开言："狄青，你善用什么器械？"狄青曰："不瞒老爷，小人不拘刀、枪、剑、戟、弓、矢、拳、棍，皆颇精熟。"林贵想来，你小小年纪，这般夸口，且试演尔一回便知分晓了。即同到后厢宽敞地，已有军器齐备,就命狄青演武。

狄青暗想:可笑林贵,全无眼力,小视于吾。且将王禅师父的仙传武艺演来,只恐吓震杀你这官儿的。当时免不得上前说道:“老爷,小人放肆了。”林爷曰:“你且演试来。”小英雄一提起枪,精神抖擞,舞来犹如蛟龙剪尾,狮子滚球,真乃枪法希奇,世所罕有。随营士卒见了,心寒惊讶。林爷更觉慌张深服,方信周成之言非谬。枪法已完,又取大刀顽演,只见霞光闪闪,刀花飞转,不见人影,当时人人喝彩,个个称扬。林爷大悦。大刀舞完,剑、戟、弓、矢般般试演。实乃非人可及。林爷不胜赞叹,自道肉眼无能,错觑英雄小汉。便问及狄青:“你有此高强武艺,那人传授你的?”狄青言:“家传世习也。”林爷曰:“既家传,你父是何官职?”狄青曰:“父亲曾为总兵武职。”林爷曰:“原来世代将门之种,怪不得武艺般般迥异寻常。今吾收用你在营中效用,倘得奇遇,何难武功显达惊人。恨吾官卑职小,不然还借你有光了。今且屈你在此效力,入你一名步卒便了。”狄青曰:“多谢老爷提携也。”此时只得羁身于此兵营矣。狄青思算:欲托足于此,以图机会耳。不然即做了这把千总官儿,亦不希罕的。是日周成店主心中喜悦,以为狄公子得进身地了。这是浅人之见如此耳。但他亦是一片诚心盛意,故狄公子不好却他之意,权在林贵营中。不知如何图得机会进身,下回再叙。

第九回 急求名题诗得祸 私报怨越律伤人

诗曰:爱民保国忠良志,妒技憎贤佞者心。

善恶两途奚混迹,春秋直笔见公吟。

慢言狄青在林贵营中进用,其时乃七月才残,始交八月。前时西夏赵元昊兴兵四十万,攻下陕西绥德、延安二府,直进兵偏头关。守镇三关口乃杨元帅。三关一曰偏头,一曰宁武,一曰雁门。此三关乃万里长城西北隘口重地,屡命名将保守。如今杨元帅关内亦是兵雄将勇。上月杨元帅已有本告急回朝，仁宗天子旨命兵部孙秀天天操演军马，挑选能将，然后发兵。时乃八月初二，选定吉日，谕集一班武职将官，要往教场开操。是日，城守营乃值林贵，于教场命人打扫洁净，孙兵部的公位乃铺毡结彩。安排了座位名款，预备以俟孙爷下教场不表。

又言狄青在教场中独自闲玩，不觉思思想想，动着一胸烦恼，长叹一声："吾蒙师父打发下山，到了汴京已有二十多天，不见亲人，反结交得异姓手足，实见义气相投。岂知不多几日，惹起一场祸灾。但想我虽在营中当兵效用，到底不称吾心，不展我才。就是目下兵困三关，我狄青埋没在个小小武员名下，怎能与国家出力效劳？真枉为大丈夫也！"当时小英雄双眉紧锁，自叹自嗟，又想来：目下正是用兵较武之际，只可惜吾狄青枉有全身武艺也。想来又不便勉恳林爷，独推荐于己。这孙兵部焉能晓得石中藏玉，草里埋珠，这便怎么的好？当日自言自想，走过东又游耍过西。又见公案上有现成的笔墨在此。暗想：不免吾于粉壁上面题下数言，将姓名略见，好待孙兵部到此细问推详。倘得他贵人目举，始便可展吾的安邦定国之略了。想罢，即提起毫管书了四句诗于粉壁间，后面落了姓名。放下毫管言："孙兵部啊！你是职居司马，执掌兵符，总凭你部下武员将士许多，焉能敌得我狄青仙传技艺！"但见红日沉西，狄青回营去了。

次日五更天，教场中许多武将官员纷纷叙集，兵丁纷纷叙班，多少总兵、副将盔明甲亮，兵丁队伍旗幡招展，教场中杀气冲霄。当时人马拥旺闹热，天色尚属黎明，未大亮，故壁上字迹没有人瞧见。少停鼓乐喧天，孙兵部来到教场。非同小可，各位总兵、副将、参将、守备、游击、都司、总管等五营八哨，诸般将士，挨次恭迎，好不威严。当时孙兵部端然坐下公位，八位总兵分开左右，下边挨次侍立。两名家将送上参汤用过。时天色已明，偶然看见东首正面壁上有字迹几行，不知那人胆大书于此。只为往日开操，此壁并无一字，孙秀如今一见，命张恺、李晃二总兵往看分明。二位总兵奉命向前，细观诗句，记了姓名，复位上禀部台言："粉墙上字迹乃诗词也。旁边书着姓名，乃山西人，姓狄名青。"孙秀闻言，想来狄青还在京，又问："其诗如何?”张恺言:“其诗曰:玉藏蛮石少人知,如逢识者见希奇。有日琢磨成大器,惟期卞氏献丹墀。”孙秀当下想来:一些不错,料然是前日打死胡公子狄青也,却被包拯放走了他。虽则同名同姓,天下所有,怎的又是山西人氏?想必他仍在京中,未回故土,但未知安身在于何处。倘若为着胡伦之事查捕于他,犹恐结怨于包黑。不若因此事执罪,何难了决这小畜生!想罢,传知八位总兵言:“作诗之人,诗句昂昂,寓意迂阔,必然狂妄。你等须要留心,细访其人,待本部另有规训于他。”众人同声答应。

忽旁边闪出一位总兵:“启上大人,卑职冯焕,前日查得兵粮册上有城守营林贵名下,新增步卒姓狄名青,亦是山西人氏。”孙兵部听罢,喜盈于色,言曰:“妙!妙!”即传谕千总:“引领狄青来见本部,暂停操演。”一声军令,谁敢有违?当时孙秀心花怒放,暗言:“狄青啊!谁教你题此诗句?这是你命该如此的。少停来见本部时,好比蜻蜓飞进蛛丝网,鸟入牢笼,那里逃?胡坤好不感激于本官也。但此事弄翻了,这包黑子那里得知,还来放脱得他的……”思未了,忽家将领进营员林贵到案下,双膝跪下,呼声:“大人在上,城守营千总林贵叩见。”当时伏跪下。孙秀曰:“林贵,你名下可有一新充步兵,是狄青否?”林贵禀曰:“小弁名下果有步兵姓狄名青。蒙大人传唤,小弁已将狄青带同在此。”孙秀曰:“如此快些唤来见本官。”当时林贵只道好意,恨不能狄青得遇贵人提拔,是以满心大悦,带同他至来参叩兵部大人。此时跪倒尘埃,头也不敢抬。孙秀吩咐“抬头”。当面呼声:“狄青,你是山西人氏么?”狄青曰:“小人乃山西省人也。”孙秀曰:“前日你在万花楼上打死了胡公子,已得包大人开豁,你怎不回归故土,还在京城,何也?”狄青言:“启禀大人,小的多蒙包大人开释了罪名,实乃感恩无涯。如今欲在京中求名,故未归里。又蒙林爷收用名下,今闻大人呼唤,特随林爷到来参见。”

孙秀听了,点头暗言:“正是打死胡伦之狄青。”顿时怒容满面,杀气顿生,喝声:“左右,拿下!”当下一声答应,如狼似虎抢上,犹如鹰抓鸡儿。若论狄青的英雄膂力,更兼拳艺超群,这些军兵几人,焉能拿捉得他?只因思量:以国法,这孙秀乃一位兵部大人,此时身充兵役,是他管下之人,那里敢造次？这是有力不敢用,有威不能施,只听他们拉拉扯起。当时旁边林贵吓得惊骇不小,又不敢动问。孙爷复喝令将狄青紧紧捆绑起。狄青呼曰:“孙大人啊！小人并未犯法,何故将吾拿下的?”孙秀大喝曰:“胆大奴才！你缘何于粉壁上妄题诗句的?”狄青禀上:“大人,若言壁诗词,乃是小人一时戏笔妄言,并未有冒犯大人。只求大人洪量,开恩饶恕。”孙兵部喝声:“狗奴才！这是甚么所在,擅敢戏笔侮弄么！既晓本部今日前来操演,特此戏侮,显见你看得军法全无。照依军法,断不容情!”吩咐林贵:“将他押出,斩首报来!”狄青呼:“大人！原是小人无知,一时误犯,只求大人洪量,恕小人初犯。”复跪下连连叩头。有林千总也是跪在左边,一般的求免死罪。孙兵部变脸大喝:“休得多言！这是军法,如何徇得情面？林贵再多言讨情,一同枭首正法!”

当下林千总暗想:狄青料然与孙贼有甚宿仇,料也难以求情脱的。只可惜他死得好冤屈也。逆忤不过兵部权令,早已将此小英雄紧紧捆绑起,两边刀斧手推下。当下狄青看此,只是冷笑一声,言:“吾狄青枉有全身仙艺,空怀韬略奇能,今日时乖运蹇,莫想安邦定国,休思名入凌烟。既残七尺之躯,实负却鬼谷仙师之德。”想来实觉怒气冲天,双眉倒竖,二目圆睁,那里心上有惊,只是重重气勃,这是英雄气概出于自然也。当时捆推狄青出教场外,小英雄虽然不惧,反吓唬得林贵暗暗忧惊,教场中大小将官士卒个个骇然;又见林贵被叱,那得还有人敢上前讨救。当其时,虽则军令森严,不许交头接耳,到底众军多人暗中你言我言,言:“狄青死得无辜,孙兵部实乃胡涂之辈,全不体念人。若当兵,也是无可奈何的困苦人。他纵然一时戏写了几句诗词,犯了些小军法,也不该造次将他斩杀的。”有人言:“孙兵部乃是庞太师一党,共同陷害忠良。想来狄青决是忠臣后裔,是以兵部访询得的确,要斩草除根,不留余蔓之意,也未可知。况且狄青一小卒耳,入队尚未多日,怎尽晓军法如炉的？还可以从宽饶恕于他。既不然陷害于人,也是狼心过毒了。”

不言众将众兵私议,再表狄青正在推出教场之际,忽报来说,五位王爷千岁到教场看操。孙爷吩咐将狄青带在一旁候开刀。是时兵部恭身出迎，林贵带狄青在西边，两扇绣旗裹住他的身躯。林贵附耳教他："侍千岁王爷一到，快速喊救，可得性命了。"又言兵部迎接的王爷，第一位年少，潞花王赵璧；第二位汝南王郑印，是郑恩之子；第三位勇平王高琼，高怀德之子；第四位静山王呼延显，呼延赞之子；第五位东平王曹伟，曹彬之子。此五位王爷除了潞花王一人，皆有七旬八十之年，在少年时皆是马上功名，故今还来看操演。此时身坐金銮，徐徐而至，许多文武官员等候两旁。

此刻林贵悄悄将狄青肩背一拍，狄青便高声大喊："千岁王爷！救枉屈命啊！"一连三声。孙兵部觉得，呆了一呆。有四位王爷不甚管闲帐的，只有汝南王郑印好查察事情，问曰："甚么人喊叫？左右速查来。"当下孙兵部低头不语，接了五位王爷。坐下，一同开言问曰："孙兵部，因何此时还未开操？"孙秀曰："启上众位千岁爷，只因有步卒一名，在粉壁正对公位胡乱题诗戏侮，为此将他查问正法，故而还未开操。"郑王爷问曰："其诗句在那里？"孙秀言："现在于对壁上。"当时汝南王特自踱上前，将题诗一看，思量：这几句诗词也不过高称自才，求人荐用之意，并非犯了什么军法。想来孙秀这奸贼，又要屈害军人了，本藩偏要救脱此人。即踱回坐下，早有军兵复禀："千岁爷！小人奉命查得，叫屈之人，乃是一名步兵，姓狄名青。"王爷吩咐："带他进来。"当时汝南王呼声："孙兵部，此乃一军卒，无知偶犯的，且姑饶他便了，何以定要将彼斩首？觉得狠心太残忍了。"孙秀呼声："老千岁，这是下官按军法而行，理该处斩的。"千岁冷笑曰："按什么军法？只恐有些仇怨是真。"言未了，不觉带上狄青，捆绑得牢牢跪下。王爷吩咐放了绑，穿衣回话。

当下狄青连连叩首，谢过千岁活命之恩。王爷曰："你名狄青么？"狄青俯伏称是。王爷又问曰："你犯了什么军法？"狄青曰："启禀千岁爷，小人并未犯军法。只为壁上偶题诗句，便干孙大人之怒，要处斩的。"郑千岁听了点头，言曰："你既充兵役，便知军法，今日原算狂妄些。孙兵部，本藩今日好意，且饶恕了他。"孙秀曰："千岁，这军人不可姑饶的。"王爷曰："缘何饶恕他不得？你且说来。"孙秀曰："狄青身当兵役，岂不知军法利害？即敢如此不法，若不执法处斩，便于军法有乖了。”王爷冷笑曰：“你言虽有理，只算本藩今日讨个情，饶恕了他也。”孙秀曰：“千岁的钧旨，下官原不敢违逆。但狄青如此狂妄，轻视军法，若不处决，则十万之众，将来难以处管了。”郑千岁曰：“你必要处斩他么？本藩偏要放释他的！”当时激恼了静山王曰：“孙兵部，你今太觉无情了！纵使狄青犯了军法，郑千岁在此讨饶，也该依他的。”四位王爷不约同心，一齐要救困扶危，你言我语，倒弄得孙秀哑口无言，满面发红，深恨五人来此，狄青杀不成，又羞惭得不好收场的，只觉气闷难忍言曰：“既蒙各位千岁钧旨，下官也不敢复忤了。但死罪既饶，活罪难免也。”

汝南王曰：“据你便怎么样再处的？”孙秀曰：“打他四十军棍，以免有碍军规。”郑千岁曰：“既饶他死罪，又何苦定打他四十棍的凶狠？且责他十棍也罢。”二人争执多时，孙秀皆以军法为言。众位王爷觉得厌烦了，勇平王言曰：“若论小军兵犯了些小军律，念他初次，可以从宽概免，如责打四十棍，也过于狠毒。如今孙兵部还要置人于死地，可为残忍之人也。也罢，打他二十棍，好待孙兵部心头略遂，不许复多言。”孙秀听了大惭，不敢再辩，即离了座位，悄悄吩咐范却总兵用药棍，总兵应允。又言平日间孙秀制造成药棍，倘不喜欢此人，或冒犯于他，便用此药棍。打上二十棍，七八天之内就要两腿腐烂，毒气攻于五脏，就呜呼哀哉了。打四十棍，对日死，打三十棍，三日亡。打二十棍不出十天外，打十棍不出一月中，也要死的。范总兵当时领命，将药棍拿到，按下小英雄，一连打了二十棍，好利害疼痛。打毕：“禀上千岁爷，已将狄青打完了，缴令。”王爷言：“且放他起来。”孙秀吩咐：“除了他名，撵他出去！”然后发令人马操演。此日重鼓齐鸣，教场中热闹操演。但不知狄公子乃日后一位王侯贵品，今日被药棍打了二十，苦痛难忍，血水淋漓，直觉可悯，出了教场而去。不知性命如何，且听下回分解。

第十回　被伤豪杰求医急　搭救英雄普济良

诗曰:运退黄金多失色,时来顽石也生辉。
　　未逢机会英雄困,能屈能伸智士为。

慢说教场中操演军马,却言狄青被药棍打了二十,痛楚难当,由你英雄猛汉,强健之躯,也难忍如此疼痛。一程出了教场,连心胸里也隐痛起来。可怜一路慢行迟步,思思想想:这孙兵部好生奇怪,吾与彼并无冤仇,为何将我如此欺凌的?当时若无千岁王爷解救,必然一命呜呼了。咳!但想我狄青不过年方长成二八,指望得些功劳,出力于皇家,以耀先人武烈。岂知时命不齐,运多迍蹇,受此欺凌。但想孙秀,你非为国求贤之辈,枉食朝廷厚禄,职司兵权之任。倘我狄青日后风云一助,不报此怨,誓不立于朝堂。但今痛得苦楚,如何行走?当下鲜血淋淋,不住滴流,犹如刀割一般。约摸走半里之遥,实欲走回周成店中,不想痛得挨走不动。不觉行至一座庙堂,不晓是何神圣,只得挨踱进庙中,权且歇息,在丹墀上卧下,呼喘叫痛连声。

约有个辰刻,来了一位本庙司祝老人。定睛一看,动问曰:“你是何人,睡卧于此?”青曰:“吾乃城守营林老爷名下兵役,因被孙兵部责打二十棍,两腿疼痛,难以行走,故于此处歇息片刻。”司祝曰:“这孙兵部可与你有什么仇怨,抑或误了公干事情?”狄青言:“非与彼有仇,亦不是误了公干。只一时犯了些小军规,被他打了二十军棍,痛苦难禁。”司祝曰:“久闻孙爷的军棍比别官的倍加利害,军人被打的,后来医治不痊,死过数人,老拙所目击。你今着此棍棒,必须早日调治才好。”狄青曰:“不瞒尊者你,吾非本省人氏,初至京城,那里得知有甚高明国手?”司祝曰:“医士甚多,只不能调愈得此棒毒。只有相国寺内有位隐修和尚,他有妙药方便,乃吾省开封一府,有名神效打扑被伤诸般中毒方药。但这和尚与众不同,他为人心性最清高,常闭户静养,只有官员里来交参。又有一说,他人既与官宦相交,心性定然骄傲，但他不然，生来一片慈善之心，倘得医治人痊效，富厚者定然酬谢金帛玩器；如遇贫困人，说得苦切求恳，即方便赠送方药，也常常有的。”当下狄青听了，说：“多承指教。”司祝言罢，进内去了。狄青思量：既有此去处，不免挨进去求见和尚调治便了。但我今身上未有资财，只得往去求恳他开个善心。调理好，张、李兄弟处，店中尚有余银子，借他些酬谢也使得。想罢起来，踱出庙去，一步挨着一步，逢人便问相国寺之行址。

行不远，果有古庙一座，闭着寺门。只得忍着疼痛，将门叩上几声。里面开门，来了一位小和尚，言曰：“尔这人因何叩门？到此何事？”狄青道：“小师父，吾狄青有急难，来求搭救。身当兵役，却被棍棒打伤，要求和尚大师父调治。”这小和尚听了，进内禀知。去半刻而回，言：“大和尚呼唤你进内相见。”当下狄青忍着痛，随着小和尚进至里厢。一连三进，内一座幽静书斋，一位和尚当中坐于交椅，年已有花甲，丰姿神圣，双目澄清，颜容绰彩，开言曰：“尔这人来求药调疾的么？”狄青见问，即倒身下跪。将情一一达知。老和尚听他如此痛楚，便呼徒弟扶起。言曰：“你既受此棍伤，十分痛楚，何须倒跪尘埃，更然痛上加苦了。贫道是出家人，无乃救人为心，何曾计较分毫。又念尔山西远省孤零客，更何计较。我想这孙兵部乃庞太师的女婿，二人相济为恶，更有王钦若等五人，百姓称之朝中五鬼，亦是大奸大恶之臣。贫僧看你的痛苦直透内心，必然被他药棍打伤的。这奸臣制造成毒药棍，伤害人死的已多。”

言罢，引狄青至侧室，睡下禅床，将窗门紧闭。又细问狄公子一番，便言：“你今受孙贼毒害了。他用药棍打尔两腿，不出三天就腐烂，至七天之内，毒传五心，纵有名医妙药，也难救解的。”狄青一闻此言，心内一惊，口称：“大和尚，万望慈悲，搭救我异乡难人，叨感恩德如山也。”这隐修听了，笑道：“贫僧既入修戒之门，六畜微命尚且惜其所生，何况同生同类之人。你今受此重伤，吾若坐视不救，何用身入修行之域？”当时在架上取出一小葫芦，倒出两颗朱丹，一颗调化开教他先吃下，一颗汗后而服。回身又取出草药三束：一束是善能解毒，一束善能活血，一束善能止痛。就命小和尚一齐捣烂，用米醋化开,涂搽于两腿之上。当时狄青越觉痛得昏迷,大叫一声:“痛杀也!”足一伸一缩,顿时昏晕了,遍身冷汗滚流不住。此时小和尚也吓一惊。见他昏迷不醒,大和尚又唤徒弟:“快取油纸,将他被伤处封固,再取被一张,与他盖好身躯。这一颗丹丸,待他汗止后化开而服。”时天色已晚,小和尚送进斋膳。武曲星身遭灾难按下慢提。

又言教场孙兵部见天色已晚,吩咐暂止操演,明日再操。当日五位王爷一齐起驾,孙秀频频恭送,此话休提。

又说林千总回归署内,心烦不乐,言:“狄青,你具此英雄伟略,何难上取功名。岂知你祸起壁上,几行字迹险些一命难逃。你今虽得汝南王救了,但这奸臣久闻造成药棍一条,伤人不少,倘或被他仍用此棍打你,又是难逃一命也。但今未知你走在那方,痛苦在那里,使吾一心牵挂不安。也罢!且差人查访他罢了。”

不谈林贵差人查访,又言狄青虽遭药棍伤害,幸得隐修的妙药调治。当日内服丹丸,外敷山药,毒气尽消。一连过了五六天,其腐烂处已皮光肉实,走动如常。又按:这隐修和尚,实乃济世善良之辈,调愈了狄公子,尚怜他行走未能如常,且冒不得风。既无财帛相谢,反将公子款留,飧膳之费乃是他的。看来真乃救急扶危为心,不以资财为重之辈,在出家人中如是存心,亦不可多得。狄青在寺中治有数天,又调服了几次丹药,痊愈了。思想:这和尚如此救济,得他调理痊愈,吾赤手到来,飧膳所供,乃是他的,今日无物作谢于他,不免将此身上血结玉鸳鸯相送与他便了。但又思想:此宝吾七岁时母亲对吾言,此物乃三代流传家宝,外邦进贡一对与朝廷,圣上赠赐与曾祖。乃雌雄一双,一只雌的祖母已交付姑娘,一只雄的与吾母亲收藏。如今交于我佩服,于身边已有九载,一见鸳鸯如见生身母一般,今日无可奈何,只得将此宝送与老和尚罢!

主意已定,向腰间解下绣囊,取出玉鸳鸯,但见闪闪霞光从口中吐出。言:“宝物啊!你出产在番邦,曾祖叨先皇惠赐,伴吾佩服多年,今日不想要分离了。但今见此鸳鸯,不觉想起吾的姑娘。曾记幼年时,母亲常说,父亲有一同胞妹子,似玉如花之美,先帝已选上朝中。父亲身为本省总制,选秀女时难以隐瞒,故将姑娘填册上名。自从送进朝中去后，后来得听凶信，已归黄土，可怜尸柩还在京城，既不得归乡入土，想来也觉令人心酸。想我姑娘，虽则身死，未知雌的鸳鸯存于何处？想来此对鸳鸯好比夫妇一般，前日成双成对，岂料今朝又归别人，实乃不得完叙也。

正自言自想之际，只见小和尚含笑到来，言称："官人，你今患症痊了。"狄青曰："多感你师莫大之恩，无可酬报。"小和尚曰："你手中弄的什么东西？"狄青曰："乃血结宝鸳鸯也。只因思量大和尚活命之恩，怎奈吾并无财物相谢，故将此宝送他，聊表微诚。有劳引见。"小和尚微笑曰："难得你有此良敬之心，去罢。"当下狄青随着小和尚来至静房，拜见隐修，言曰："有蒙活命深恩。"言未了，跪拜于地下。大和尚冷笑曰："些小搭救之情，何足言谢。"当下隐修起位，扶挽小英雄。狄青递上宝鸳鸯，隐修一见此宝，连忙问其缘由。狄青将此情历说明，言："深沾活命洪恩，无以报答，只有随身小物，聊表寸心，伏望勿嫌微薄。请收领，小子心下略安。"隐修听了，微微冷笑曰："吾既入戒门，必以方便救济为精修，那个要尔酬谢的？况且此物是尔传家之宝，老僧断不敢领情也。"狄青当时恳切诉说一番，隐修只得收放下。

是日，狄青想身体已如常痊愈了，即要拜辞出寺。隐修曰："你患伤虽痊，还未可粗动，且从缓，多耽搁两三天乃可。"狄青曰："还动不得么？"隐修曰："这是孙贼用毒药汁浸淫棒棍伤，他一心要绝你性命，非用药快速，总不出十天之内，毒气传于六腑，则难救矣。今幸安痊，到底两腿尚劣弱，且再耐静数天，服些丹丸，永无后日之患了。"狄青听罢，应诺依命。隐修又吩咐徒弟引他回到禅床安息去了。又说明，隐修平生所爱者，古董玩器之物。如今狄公子做人情，相送得知己，故他满心欣然，拿起玉鸳鸯，看弄一番，笑道："果好一桩宝物也。我想狄青有此奇宝，必非平常人家之子，老僧要问过清白，才得放心。"当日就将此鸳鸯放装入香囊里，还有霞光闪射于外。隐修大喜，言："此物虽是桩宝贝，但他家传数代东西，怎领取的？且待他回时吾自有主意。"

又过了三天，无事不说。此日乃八月初十，隐修正在禅房闲坐。忽小和尚报说静山王爷到来。原来静山王呼延千岁与这隐修和尚时常来往,其是厚交。此一天呼千岁骑马,八名家丁跟随来到相国寺门首。隐修忙出迎接,让至静堂。参礼毕,递奉过茗茶。隐修请过千岁金安,王爷也说:"和尚这几天可有兴么?"隐修曰:"贫僧不晤千岁尊颜,十余天觉得太寂寞。"王爷言:"和尚既然寂寞,何不讨个娘子来陪伴的?"隐修曰:"阿弥陀佛,如此则罪过良深了。"王爷微笑曰:"本藩原与你取笑。"隐修点头不语。王爷言:"吾倒忘记了。"隐修曰:"千岁忘记什么?"王爷言:"本藩有丹青一幅,相送与你,不想连次忘怀了,当真记性平常也。"隐修言:"千岁爷为国分忧,记大不记小。贫僧改日到府领赐便了。"王爷四边一看,只见禅榻清静,迥无尘埃的幽雅,不觉嗟声曰:"你修行无忧无虑,好比一活神仙。我等为官,纷繁于政务,实不如你自得逍遥。"隐修曰:"承千岁谬赞。念贫僧在此,无非靠着十方田土供奉三尊圣佛,闲来数卷经书消遣。多蒙王爷抬举,贫衲得借有光。"王爷冷笑曰:"可我说你这光头却会能言。今日本藩不往看操,且取棋来与你下几局罢。"隐修取出香囊,内拿出棋子。王爷偶然看见袋中一只玉鸳鸯,毫光四射,带笑把头一摇,言:"你这和尚果是个趣客。这玉鸳鸯是件至趣妙的东西,但非民间所有之物,那一位老爷送你的?"隐修微笑曰:"千岁爷,原乃民间之物,只可惜雌雄不得成双。"王爷曰:"是了!倘得雌的,配成一对,价值连城了,可以上进得朝廷的。不知你多少银子买下得来。"隐修笑曰:"不用银子的。只因贫僧医痊一人,他送吾作谢的。"王爷曰:"你这光头,倒也得此便宜奇货。"当时王爷放下这玉鸳鸯,隐修已将棋子四周排开,摆下对坐交椅。即桌面上是棋盘,棋子是象牙造成。不知二人下棋之后,狄公子如何拜别老和尚,且看下回分解。

第十一回 爱英雄劝还故物 忿奸佞赐赠金刀

诗曰:忠良小将多堪爱,奸佞之臣众所嫌。
嫉妒生成狠毒性,欺君联党势炎炎。

却说静山王正在与隐修长老下棋,方完一局,有小和尚趋进禀曰:“启上师父,今有狄青在外,要拜辞师父。因见千岁爷在此下棋,故等候于外厢,不敢进来。”隐修曰:“狄青要去了么?教他且耐半天罢。”小和尚应诺而去。当时王爷听得狄青之名,接言问曰:“这狄青是何等之人?是你徒弟,抑或外来人?”隐修曰:“千岁爷,这狄青乃营守林千总名下的步卒。”王爷言曰:“他在此何干的?”隐修言:“千岁爷,只为此人前数天被孙兵部大人打了二十药棍,故来见贫僧,求吾医治。今已患伤得痊了。”王爷曰:“但想这狄青乃一穷兵,犹恐没钱钞谢答于你。”隐修曰:“不瞒千岁爷,贫僧原不冀他酬谢的,倒亏他有知恩有报之心,方才此玉鸳鸯乃彼之物,送吾作谢。又言此物三代传家之宝。”静山王听了,看看隐修冷笑曰:“你方才不说明此物来因。莫非你贪财爱宝,有意图谋他的?”隐修曰:“千岁爷责备贫僧太重了。吾并非贪图之心,实乃彼恳切相送,迫吾收下的。”静山王言:“此宝是他世代留传之物,竟然一旦送了你。然而你是出家之人,不该受领他的才是。”隐修曰:“贫僧原推却不受领他的,但彼执性强恳,只得权且收下。抵待辞去,仍还于彼。”

王爷微笑曰:“曾见八月初二操兵有一步兵名狄青,人才出众,器宇轩昂,诗御安邦定国之怀,今必然是此人。可恨孙秀狠毒,要屈杀此人,亏得汝南王郑兄一力保全了狄小卒性命,不然身至鬼门关去了。但想这孙秀打他二十大棍,原要陷害他之意,但不知有何仇怨的?待本藩问个明白也罢。”呼曰:“和尚!本藩有话问明,快些唤他来见孤家。”隐修曰:“千岁爷,彼乃一小军民,怎好胡乱进见千岁爷的?”王爷曰:“这也何妨,速速唤来!”当时隐修领命,亲往外厢唤进小英雄。狄青一睹,连忙拜伏在地,不敢抬头,呼:“千岁王爷在上,小人重罪千斤,望乞容饶。”王爷呼狄青:“你且抬起头来。”狄青领命抬头。当时呼千岁犹恐不是教场中狄青,故命他抬头,认个明白。静山王细认小英雄,果然不错,乃教场中题诗步卒。便问狄青:“尔是何方人氏?”狄青禀:“启千岁爷,小人家在山西省。”王爷曰:“你既然远隔山西,今到京中何事?”狄青曰:“小人落难困苦,原到此访寻亲人不遇,一身飘泊无依,后蒙总爷林贵收用,权且当兵苦挨也。”王爷曰:“莫非你与孙兵部有什么宿仇么?”狄青曰:“从无与彼瓜葛,并没有什么缘故的。即壁上题诗,乃平常无关犯的,他要借端杀害小人。非众位王爷解厄,难免身首分开。”王爷言:“狄青,本藩前日看你诗中寓意不凡,乃一英雄大器,抑或尔素性狂妄,一时胡乱偶言,可明白说与本藩得知。”狄青曰:“不瞒千岁爷,小人六韬三略、兵机战策,颇得精通,膂力强大,箭法希奇。前日已在林爷处面为试演过,并非狂妄大言。”

静山王想来:看不出这小狄青,身材不甚魁伟,一貌斯文,不料具此英雄技艺,他夸口大言,看来非假。但不知他胆量如何。等本藩试他一试,便知分晓了。便呼狄青:“你言孙兵部与你无仇怨,奈他一心要计害于你,莫非尔祖父宿仇也未可知。”狄青曰:“小人也如此思量,足见千岁爷明鉴。纵然祖父之仇,小人全然不得而知。”王爷曰:“你前日多亏郑千岁搭救,方免一刀之苦。那孙兵部的威权利害,似虎如狼。又言死罪既免,活罪难饶,打你二十无情棍。此位大和尚言,这奸臣制成药棍,曾经伤害过军民几命,他今原要你性命,是以又用此药棍打你,若非这隐修和尚与你调治,便凭你盖世英雄终是死,铁石将军也命亡。”

狄青曰:“小人原知老师父大恩。”王爷曰:“狄青,你虽然两次死中得活,只忧孙秀终难饶你,又生出别的计谋捕擒于你,也未可知。”隐修在旁笑言:“千岁爷虑得不差也。”王爷曰:“尔既然武艺精通,明日去了结孙秀,免却终身之患,出了怨气,尔意下如何?”狄青曰:“千岁爷啊!吾若得手持三尺龙泉剑,不斩奸臣誓不休!”静山王曰:“本藩赠你军器,敢放胆去除奸臣否?”狄青言:“千岁爷若有军器付赐,小人立刻便取奸臣孙秀首级,以复千岁爷尊命了。”王爷言:“倘若画虎不成反类了犬,你便怎么的好?”狄青曰:“如弄不到奸臣,小人殒残一命,有何相碍,何须畏惧!”王爷听了,哈哈大笑言:“果见高怀,是个英雄胆量。且随本藩回去府中。”狄青应诺。王爷还要询问:“这玉鸳鸯是你送与和尚的么?”狄青曰:“小人沾大和尚活命深恩,故将此物相送。”王爷曰:“此鸳鸯乃雄的。有得雌的成双么?”狄青正要开言,忽醒起记忆前日老人教“逢人且说三分话”之训,只得转曰:“禀知千岁爷,鸳鸯原有一双,只因日久,遗失去雌的了,至今止有雄耳。”王爷曰:“此物既然是尔三代传家之宝,不当轻易送于别人。”狄青言:“小人见受了和尚大恩,无可报效,故将此物相送,略表寸心。”王爷听了点头,言:“和尚,本藩做主,尔且将此物还了狄青。如若尔少什么玩物,本藩送你几款便了。”隐修曰:“贫僧本来不领他的,况千岁爷的钧旨,岂敢不遵!”当日难得呼千岁爱惜小英雄之心,隐修即取出玉鸳鸯送还。

狄青无奈,只得收回,装入香囊。王爷取出黄金二小锭,曰:“和尚,此微资权作狄青医药之费,你且收下。”隐修曰:“贫僧不敢受领千岁爷厚赐。”狄青曰:“千岁爷如此,且待小人有寸进之日,再行报答深恩便了。”王爷曰:“既如此,金子且留下作香烛之费罢了。”隐修当时只得领谢过。王爷吩咐狄青出外伺候,他二人仍要下棋。一僧一俗,同比高低,一连耍了七盘,王爷赢了三局。小和尚连进香茶,二人随用,言语之间,无非论着狄青气概不凡,必非久于人下的。言谈之际,不觉日落西山。当下静山王别了隐修,带了狄青、家将一路随行,回到府中。

到次日早起,王爷传唤家人,请过先王金瓒定唐刀。家人领命,即时两人扛到。王爷一见,俯伏叩礼毕起来,呼唤狄青:“兹今付尔先王金刀一口,着尔立斩孙秀首级。尔今敢放胆量去否?”狄青一听此言,接刀答应曰:“谨遵千岁爷的钧旨!”发勇抖擞,别了王爷,一程跑出了王府。王爷又着家丁刘文、李进二人远远随后。原来这柄金刀,乃是宋太祖留遗下的。犹恐日后国家出着奸佞之臣、不肖子孙,败紊朝纲纪律者,若人人可拿出此刀,不论王亲国戚,也能割下首级,并不能执罪凶身。故太祖遗命,将刀现贮在潞花王、汝南王、静山王、东平王、勇平王五位王爷府中,六日一轮,谨敬供奉。若问金刀轻重,上镌刊“一百斤”。此日静山王大喜,思量:狄青真乃英雄烈汉,倘然此去斩却孙秀,实乃初出场的第一功。除却孙贼不啻收除狼虎,还去命他灭决庞洪,真是除清朝野也。

不表王爷大悦,却言英雄情由。狄青提起大刀,高高擎起,一路跑来踱去。有官署里人,认得此金刀乃先王遗下的,又见此位小英雄拿起跑走，认得金刀的人人害怕，吓得惊慌躲避。当时狄公子初到汴京，那里得知何处是孙兵部府中，一路逢人便问。细细思量孙秀暗害，心中忿怒，立心要寻找他，了结冤家。当时王爷先已打发刘文、李进远远跟随在后，以为照应。狄青一程先走，并不知有人随后，所以往来便问孙府。当时寻问着，偏偏孙兵部不在府，往庞国丈府中去了。狄青问明原故，只得转回。有孙府中众家人甚觉惊骇，商量："这壮士拿了先帝金刀，一胸忿气而来，寻问老爷，幸喜老爷往庞府去了，若在府中，只忧性命难保。到底为着何由要杀我家老爷的?"内中有一家人，名孙龙，言："吾认得此人，名唤狄青，在教场中被老爷打了二十棍，结下冤家的。"众家人曰："为此快速去报知老爷才好。不然老爷不知其故，一路回来，逢着此人，就不妙了。"当下孙龙上马加鞭，急忙忙而去。

却说孙秀、庞洪翁婿二人正在着书斋吃酒，正到巳时牌，忽报道："孙龙要见孙老爷。"当下传进孙龙，翁婿二人动问何故。孙龙曰："禀上太师爷、大老爷，不好了！今有狄青，手持先帝金刀来到府门，要寻找我大老爷。有门上回说不在衙中，他又往别处去寻找了。小人犹恐大老爷不知其情由回府，恐有不测，特来禀知。"庞洪听了，骇然说："有这等事?"孙秀更觉一惊，唤孙龙且在外厢侍候，庞洪吩咐赏了他酒膳。当下孙秀急忙忙呼："岳丈，吾想狄青被药棍伤得深重，是个必死之徒，已达知胡兄，欢欣不尽。不知今日那人将他医调好，教他弄起此事来。若非孙龙来报知，小婿几乎遭他毒手。"庞洪曰："贤婿，据我算将起来，今日乃呼延显值管金刀。这老匹夫与尔并非冤仇，如何干起此事来?"孙秀曰："岳丈，如今教吾怎生回去的?"庞洪曰："尔且留宿在此，这小畜生候不耐烦，自然去了。"孙秀言："呼延显，平日间吾不来算帐尔，尔反来欺我么！况且狄青何等样人，擅把先帝金刀胡乱与他的?"庞洪曰："贤婿，呼延显老匹夫少不得慢慢算帐他。"

按下不提翁婿商议，原文归表小英雄。当下狄青气昂昂提刀到了天汉桥，乃是来往经由的要道，想来此奸贼经由此桥，不免在此等候，一刀结果他的性命，何不胜于往来跑走。当时坐于桥栏杆，吓得经由之人尽是惊慌,不知何故。还有胆小者,犹恐退后不及。只有刘文、李进,是远远离开,站立闲谈,只恨不得壮士一刀了却这孙贼,免得纵容下人强买民间什物,乘机诈取民财,多端扰害。

不表二人之论,且言狄青坐于桥栏杆半天,已交午未时,不觉腹中饥枵了。只见桥左边有饼面店一间,他就提刀踩开大步,跑进店来,呼声:"大店主,快些取面来食。"早已将大刀放在店里,坐在一桌位。有众食面客人,不明此壮士的原由,能提持此大刀。更有店主甚觉骇异不明。当下只得泡上一盆香料三仙佳面,送至桌上。狄青一见众客人,慌忙忙的赔结了钱钞帐,一刻间走跑去尽。狄青问曰:"你们众人因何如此慌忙的?且不用惊慌,吾的金刀不是胡乱杀人的。"店主曰:"壮士如此英雄,能提百斤金刀,想必事有来因,方才动起先帝金刀,求言其故。"狄青曰:"此刀不杀别人,只斩孙秀奸贼。"店主曰:"他是害民贼,正该杀的。时常纵容家人,强买民间之物,借端如狼似虎,人人忿怨。不意这奸臣也有今日!"这狄青又呼:"取酒。"将面正食得爽快,忽听桥面一片喊叫,多人之声,一望有许多人飞跑走上桥栏。又听大呼:"要性命的快走啊!"顷刻间如山倒海一般,多上桥中,口喊"逃命",下桥而去。当下狄青看见许多人跑来疾奔,不知何故,众人如此慌乱。欲知详细,且看下回分解。

第十二回　打猛驹误入牢笼　救故主脱离罗网

诗曰:忠厚生来性本然,知恩报效便称贤。
　　不忘旧德追思远,方见英雄品行全。

却说狄青看见远远的一匹骏马,追赶跑上桥来,想来必然是匹颠狂之马,即跑出店去,走上桥栏,大喝:"逆畜休得猖狂,吾来也!"让过众人,走跑上前。当下店主言:"此人真乃装着狐假虎威,来骗食酒面了,趁着狂马而去,不拿出钱钞来,且收藏他此大刀便了。"店主正要呼伙伴来扛抬大刀,有刘文、李进跑至店来,喝声:"奴才!这是祖帝金刀,吾们呼延王爷府中拿出来的,你敢动拿么?”店主言:“这是不敢的,王府人来,本当白食也。”刘、李二人只不管他,且扛回金刀,仍出桥旁。只见狄青在桥中,跑来一匹骏马,生得昂大高长雄胖,浑身好像朱砂点染,四蹄生来如铁,光身并无鞍辔,向狄青扑面冲来。原来此马乃东番进贡与朝廷,名曰“火骝驹”。只因此马凶恶狠狠,圣上赐与庞国丈。岂知马狠强不服鞍辔拘锁,反伤陷了几名家丁。只为钦赐之物,做制囚笼,将驹阱困了。这火骝驹不伏拘禁,力势儿狠,天天吵闹。此日却被他挣塌了笼厩,逃走出府外。家人飞报与太师。庞洪听了,忙唤能干家人追赶上前,谕令众人:“如有能降伏得此马,不拘军民,须请到府中领赏。”

众家丁领命,一程来追赶火骝驹。跑近桥边,只见一位少年揪住火骝驹,还是纵跳不已,嘶怒如雷。众人看见此人生得堂堂一表,力能挽擒此马,十分惊骇,看不出此人气力狠大。当下狄公子手挽马鬃,马儿挣跳不脱,前蹄抓后脚,躁恼了狄青,喝声:“逆畜,强什么!”手狠力一捺,马已倒按尘埃,不能挣跳。公子性起,连连踹他几脚,痛得极了,滚来滚去,叫跳不出来。又复狠狠踹踏几脚,这火骝驹虽则雄壮,怎经得英雄虎力威狠,顿时踹破肚腹,肠多已泻出,横倒天桥下。众人观看的愈多,人人赞叹英雄力大。又有庞府家人走上前,拉住小英雄,同声称说:“壮士,我们此狂马乃庞府跑走出来,伤陷于人,无人可降伏。方才相爷有言,若得有人降伏此马,请到府中领赏。”狄青笑曰:“那人望他的赏?吾不往也。”众人曰:“壮士不来,太师爷必要责备我们了。况且壮士降杀此马,乃是一位英雄无敌之人,速往见太师爷,还要重用于你。”当时你也扯,我也拉。狄青不觉也见可笑,真乃生来性心粗莽,也忘记了拿回店内金刀,只随相府家人,一同而走。后面刘文、李进不住呼叫:“狄壮士,不要随他去,快些转回来!”当日观看的闲人何下千万,一片喧嚷之声不绝,狄青那里听得见呼唤他,随了众人,竟归相府去了。刘、李只得无奈,扛了金刀回归王府。岂料呼延千岁不在,勇平王高府请他赴宴去了。二人只得将金刀藏好,又不往禀知千岁,故静山王此日也不知其缘由。不多细表。

却说庞洪、孙秀在书房吃酒已完，仍谈及狄青之事。只见几个家丁前来禀上："太师爷，火骝驹逃至天汉桥，遇一少年，十分猛勇，揪住马儿，按倒在地，踹踏几脚，此马顿时穿腹而死。为此小人等带了小汉子回来，禀知太师爷，可有赏赐否？"太师曰："此人能降伏打杀狂驹，是个英雄之辈，且唤他进来。"家丁领命出外唤狄青。庞洪即时踱出书斋，在中堂坐下。狄青已倒身下跪。若讲到狄青至汴京未及一月，是以不知孙兵部就是庞太师女婿也，不晓庞洪是个大奸臣，所以到他府中。当时跪倒尘埃，言："太师在上，小人叩头。"庞洪说："英雄少礼。尔尊姓高名？"狄青曰："小人姓狄名青。"太师曰："尔是狄青么？原籍何方？"狄青曰："世籍山西。"当时庞洪听了不语，暗思量：不料此人是吾贤婿大仇人，不意他反投入吾府中，正如困进铁网牢笼。待老夫款留在府中，断送了这小畜生，方免了贤婿大患。

想罢说道："狄壮士，老夫有言在先，如有能人降除此猛驹，必当重用。难得你如今除却了狂驹，是位盖世英雄，天下稀少。目今兵犯边关，杨元帅受困，你如此英雄，岂可埋没了？目下正是调兵遣将之期，尔且在吾府中耽搁几天，待老夫于圣上前，保举你到军效用，建立功劳，尔意下如何？"当时狄青那里知他暗算机谋，听他此言，倒跪连连叩头曰："若得太师爷抬举，小人三生有幸，深沾大恩。只为小人前时有犯孙爷，只忧他不肯容留于我。"国丈言："不妨，待老夫保举你，岂惮他不收用的。家将且请他往后楼园中少歇，备酒款待。"家人领命。

当时狄青竟忘记了奉杀孙秀之事，随着庞府家人到着后围花园楼丹桂亭中食酒，真乃是个有头无尾的莽少年。独有庞太师大悦，踱回书房，只见孙秀已睡在醉翁床上。太师喜欣欣叫道："贤婿，且大放心了，狄青已入吾彀中了。"孙秀闻言，立起来问其缘故。太师就将他自投到此一一说知。孙秀大悦，喜洋洋言："岳丈啊！这小畜生听了呼延显使唤，仗着金刀如此猖狂。今日难得上苍怜悯，使彼自投罗网，反自遭殃，实乃快哉也。"太师曰："贤婿，如今放下愁肠了，早些回府罢。"孙秀言："多谢太师。"即时告辞过，喜悦回衙中而去。

且说太师是晚差唤四名得力家丁，要将狄青弄得大醉，然后待夜深放起火来,将他焚害死,明日另有金银赏劳。当时内有一名家将,名唤李继英,此人生来心雄胆壮,拳艺精通,上前禀曰:“太师爷,这贼狄青如此狠恶,不独太师爷动恼,触及小人也气忿于他。但思附近皇城之内放火,惊扰不安,终为不美。”太师曰:“依你便怎生打算来?”继英曰:“据小人的主见,一些不难。三位不用多劳,且待今夜小人进往苑中,与狄青假作厚款他,弄彼大醉,何难一刀了结彼性命。神不知鬼不觉,即夜埋了尸首,泄却兵部大人之气,岂不省烦,强如放火惊扬。”太师听了继英之言,点首笑曰:“如此更妙。但汝虽有些本事,犹恐独力难成,倘然刺他不得,反为不美。”继英曰:“太师爷!不是小人夸口,倘若不斩得狄青,愿将小人首级送献上抵当。如若杀了狄青,只求太师爷提拔,小人便是感恩。”太师曰:“即如此,看你往取他首级,老夫且提拔你做个美地头七品县官。”继英曰:“还求太师爷,再赏酒筵一桌,待小人将他劝醉如泥,方好下手。”太师准请,命复备酒于园中。又启上:“太师爷,这匹死马如何料理?”太师言:“埋于土中可也。”是晚国丈排夜燕于书房,独对银灯而自酌,言:“狄青,汝先遭了药棍,又得医痊不死。不想今日依从呼延显,持刀来杀吾婿,汝图杀命官,应该重罪。奈此刀乃先帝遗留之物,人人杀却,也无偿罪。幸喜有救星,小畜生今夜遭吾毒手。但呼延显这老狗,吾的女婿与你并无仇怨,因何怀此毒念?有日教你一命难逃,方见吾老夫手段也!”

不表国丈之言,却表继英一路进园,思量当初随着狄广老爷在边关,多亏先老爷自少年出生,长育加恩,不异亲生儿女。自从恩师归仙之后,又遇水灾,西河一县,人民俱遭水难。吾在水中得逃性命,自奔投相府,已将八载。吾时常在此想念着夫人、小主,遇水之灾,未知生死。方至今朝得逢公子于此,力降龙驹,反遭罗网。但吾继英曾受先老爷恩德,今日小主有难,岂得坐观不救?故特领此差,搭救了小主离灾,方见吾继英知恩报答之心。思未了,不觉已进至花园中。只见星光灿灿,月白如银。当晚狄青用过晚膳已久,正站立于桂花亭中。只觉寒露霏霏,金风拂拂。此时人静心清时候,不觉中肠动起,满胸烦闷。

思起下山之日，仙师有言说知，教吾至汴京，自得故人会合，至今还未得切谊人一会。又曾记逃水难时，与母分离，今已八载，不得重逢，谅来骨肉沉于波浪中了。又不知张忠、李义身下囹圄，何时脱难，只恨孙秀妒嫉，险些将吾身首分开，还亏得众位王爷相救。孙贼又用药棍打吾二十，几乎丧命，又蒙隐修调理痊，恩德如山，使吾铭心刻骨。又思到一段念头，不觉顿足，悔恨心粗，拍胸言："不好了！呼千岁赐吾金刀往杀孙贼，为降除狂马，将金刀抛弃在面店中，我之罪大如天了。若不杀孙秀也不打紧，要失去金刀，千岁爷岂不动恼者？此时又夜深，难以出相府，不免挨至明宵晨早，取回金刀，杀了孙贼，千岁爷岂不提拔吾的，强如在此庞府也。"正在思量，又见来了一人，送来酒馔一桌，道："壮士，太师爷敬汝是个英雄汉子，方才传言备酒设筵，以待壮士尽欢赏月，勿要辜负此良宵也。"狄青曰："方才已领太师爷叨赐了，如何一而再至？"家丁曰："太师爷赏尔的酒食，有什么希罕？还要狠狠的提拔尔也。"狄青言："因何用着两副杯箸？"家丁曰："太师爷犹恐壮士寂寞，特命继英兄来伴汝用酒。"狄青曰："尔们继英是何等之人？"家丁曰："此人乃是太师爷得用家将也。"狄青听了，暗言曰："思记那继英之名十分熟悉，但一时刻想不起来。"若问狄青九岁时已遭水难，主仆分离已经七八载，故不能记忆。正自言之际，继英早已到了，扛酒馔家人已转身去。继英到亭中，呼声："壮士！"狄青呼："足下是何人？"继英曰："小人姓李名继英，特奉太师爷之命，着吾陪伴，奉敬数杯。"狄青曰："那里敢当！"二人坐下用酒一番。

时交二鼓，一轮明月当空。四顾无人，当下继英细观公子，长叹一声，立起身躯，把首一摇。狄青不解其意，便问："李兄，好好食酒，因甚顿时发此长叹，何也？"当时继英离座，双膝下跪，呼声："小主人！汝可知今夜有大难临身否？"狄青惊道："李兄因何如此相呼？未知劣弟有何大难，且请起再说。"正要伸手搀扶，继英起来，手一招，二人并跑至登云阁。足踏扶梯，步步而上。秋风阵阵卷透衣襟，时继英道："公子，汝不认识小人了？"狄青曰："想继英之名似甚善熟，奈一时记认不来。"继英道："公子，我昔日跟随先老爷，多蒙恩育,故今不更别名。自从老主人归仙之后,小主人长成九岁,忽遇水灾,小人水里逃得性命,流落至汴京。无奈一贫如洗,只得投于相府羁身。时思主母、公子,逢灾存亡未卜。今幸公子脱难长成,只可惜不晓得狼虎共同群,难脱此祸耳。"

狄青听罢言:"不差了,如今醒记汝了。但汝言语不明,犹如昏镜,速些说明罢。"继英呼唤:"公子,尔与孙兵部不知结下什么大冤仇?"狄青曰:"吾与彼风马牛不相关,不知他如何生心害吾的?"继英曰:"公子,尔难道不知兵部是庞太师的女婿么?"狄青曰:"我实也不知他是翁婿。"继英说曰:"太师言,尔要杀他女婿,为此今夜留款于尔。公子岂不中了奸谋毒害?犹如蝇投蛛网,鱼入纱罾,焉能飞遁?"狄青听罢,双眉紧竖,怒目圆睁:"如此言来,庞贼也要害我了?"继英曰:"他是翁婿相通,要谋害公子。是以小人特领此差,以搭救公子。"狄青曰:"只要尔通知消息,吾明白了。待我今夜打出庞府去,明日还来报仇。"继英道:"此事不可!尔虽则英雄胆壮,但思侯门比海,断断不易逃走。况且他家将人多,狠勇者不少。"狄青曰:"纵使他庞府千军万马,我何惧哉!"继英曰:"尔纵然打出相府去了,太师爷明知小人通风,岂不将小人处治,一命难逃了?"

狄青曰:"倘若不打将出府,如何得脱离虎穴?"继英曰:"吾先已打算准,园门已经封锁,难以私逃,即此一带围墙如斯高险,也难爬越。只有对壁盘陀石旁有古树,高接云烟,公子若爬得上树枝,就可跨得过高墙了。墙外也有大树相接,即是韩琦吏部老爷府第。"狄青曰:"韩吏部可是庞贼奸党否?"继英曰:"非也,韩爷乃赤心为国、无私之臣。我太师爷几次欲除他,也动不得。公子权且走过韩府,避过一宵才可。"狄青道:"继英,若非今夜汝通知消息,吾定然遭其奸害。受汝大恩,理当拜谢。"言罢,低头便拜。继英也忙跪下,摇首曰:"公子不要折杀了小人,且请起。事不宜迟,休得耽搁,速些离却此地为高。公子且来此处。"二人下了登云阁,即至盘陀石。公子扳上大树,继英又恐有人进园,东西四瞧,只见寂静无声,略觉放心。当时公子爬上古树,又跨过高墙,双手又扳过隔墙大树而去。狄青过得隔墙大树,望下有三丈余,也觉心寒,只得扳枝立而不下。未知过园如何逃脱，且看下回分解。

第十三回　脱牢笼英雄避难　逢世谊吏部扶危

诗曰：持危周急是仁人，妒技憎贤是佞臣。

君子小人难混迹，忠奸善恶两途分。

不表狄公子跨过隔壁大树，扳枝不下，一望园林，一派亭台画阁，此处乃韩府后园。

却言韩琦官居吏部尚书，年近六旬，为朝廷社稷重臣，忠心耿耿，深疾目前奸佞弄权，朝中五鬼当道。其时相得厚交，不过范仲淹、孔道辅、赵清献、文彦博、包拯、富弼，几位忠臣而已，只因西夏兵困三关，韩爷日夕心忧为国。近于月中，夜观星象，只见武曲星金光灿灿，该当有名将出现，保邦护国。但不知何方埋没了英雄将士，至边夷外敌屡见侵凌，皆由外无良将，内有奸臣也。此夜韩爷用过晚膳，在着庭前少坐片时。其夜乃八月十三，仲秋之节，天晴气爽，万籁无声，但见：

月射光辉窗透影，庭留芬馥桂生香。

当晚韩爷踱进花园中，更觉皎洁无尘。风敲竹韵，月照花容。韩爷命童子炷上炉香，于月下跪于当空，祷告上苍悯恤生民，早降定国安邦之将，以攘外敌侵凌。告祝一番，起来又仰观星月，正应在武曲星显现，缘何不见将士闻于朝？韩爷正在思量，四方观望。于当时缘何不见狄青在树中？其夜虽然月色光辉，但树大枝丛，是以看不见树上有人。但狄青在树上听得韩爷上禀苍天之语，句句为君忧民志，果乃中流砥柱之臣。吾今下去见他，必无妨碍了。想罢，呼声：“来也！”飞身而下，反吓得韩爷一惊。定睛一瞧，乃一位少年汉子，穿着长袍短袄。韩爷连忙喝声：“尔是何人？好生胆子，于更深夜静，从空而下来。”其人即下，跪称呼：“大人在上，小人姓狄名青，山西人氏。只因庞太师要将小人谋害死，四门已封闭了，小人无奈，只得越垣而过,久闻大人爱民忠君,清廉刚正,望乞宽容渡延蚁命,世代沾恩。”韩爷听了,暗言曰:“庞洪此奸贼,今夜又要陷害人了。且今天早晨闻老管门言,有位小英雄名狄青,持了定唐金刀行凶,要杀孙秀,莫非反被他们拿下?”想毕,即呼狄青:“汝与庞、孙,实言有何仇怨,至他们生谋陷害?”

狄青曰:“大人听禀上。”当下狄青将七月内至汴城,得林千总收用,入为步兵起,又说至领命持刀,刺杀孙兵部,后至降除火骝驹。韩爷听了即打死火骝驹,即拦止他,曰:“今日踹死猛驹者,即是汝否?”狄青曰:“正是小人。”韩爷大喜,曰:“妙!妙!看汝不过文雅之姿,不像个有狠力气之士,不道能除此猛驹,乃是个英雄无敌之汉了。前日番邦贡来此驹,殿前勇侍御四人降他不服,后得石玉小将,方能拿下,放于马厩。尔既降驹,以后即如何?”狄青曰:“小人打死猛驹,早有许多家丁要小人至相府领赏。小人不允,家丁人多,说太师爷还要重用,由他等扯的扯,拖的拖。吾闻彼言要重用,心下亦有思图机会之意。当时见了庞太师,他大赞赏我之英雄技艺,故殷勤款留在后楼园,暗图杀害。”

韩爷曰:“汝难道不知孙秀乃庞太师的女婿?”狄青曰:“小人果也不知。幸有他家继英通知消息,教吾逃到此园。”韩爷曰:“此人为何有此好意也?”狄青曰:“那继英本乃吾父旧日家丁,只因身遇水灾,分散以后投归相府。承他不负先人之德,故来搭救通知。”韩爷听了,曰:“尔父何等之人?”当此狄青说开了,便忘却“逢人且说三分话”之意,言:“先君狄广,在故土身为总兵武职。”韩爷曰:“尔祖何名?”狄青曰:“先祖考狄元,先帝时官居两粤左都御史。”此时韩爷听了,不胜大喜,曰:“原来汝乃一位贵公子,世交谊侄。吾中年时,与汝先君在朝十分相厚,曾有八拜之交,不啻同胞谊切。后来山西地方盗贼猖狂,本处官不能禁制,故先王命狄广哥哥出镇山西,已将三十载。后也一音不闻,已是登仙,亦未知他后裔几人。但前七八载,山西警报山水灌注,伤坏了万数生民,只言狄门灭尽了。喜得今日叔侄相逢于偶遇,且生来气宇非凡,更具此英雄武略,今宵一会,令老夫喜得心花大开。但愿汝大展谋猷,光恢先人伟业,老夫之深望也。”狄青听了,曰:“小人身已落魄,怎敢妄想的?”当时韩爷双手扶起,曰:“如今不必如此相呼,竟是叔侄称呼便是了。”狄青领命,即称:“叔父请上,待侄儿拜见。”韩爷曰:“不消了。”即手挽狄青,一路回进书房中,只见桌上银灯尚还光亮。

狄青立着不敢坐,韩爷再三命坐,二人方对坐交椅中。问曰:“贤侄,如今不知令堂还在否?”狄青称:“叔父听禀:自吾父归天,小侄年方七岁,与娘苦挨清贫两载。九岁时,身遇水灾,西河一县万民遭殃,母子被水分离,至今七八载,母亲还未知生死。”韩爷曰:“汝昔者耽搁在何方?”狄青曰:“侄儿被水时,幸得王禅鬼谷师救上峨嵋山,收为门徒,传授武技。住在仙山七载,蒙师传习将略兵机。但思亲念切,日夕愁怀。奉师下山之日,又不许吾回归故土,言一至汴京,自得亲谊相会。不料今朝未得娘亲一面。”

当下韩爷听了,不觉喜形于色,曰:“怪不得贤侄有此英雄技俩,原来是王禅老祖之门徒。”是晚,又吩咐家丁设备酒筵排桌,二人持盏饮酒。叙中,韩爷询曰:“汝是王禅老祖高徒,自然武艺精通,须要寻个进身之地。待有机会,老夫自然荐拔于汝。”狄青称:“叔父,小侄虽略有武艺,奈无提拔之人,只得守株待兔而已。”韩爷曰:“尔言差矣。说什么守拙无能之语,为大丈夫立身处世,须要扬名显世,以昭耀先人。虽有千难万苦,何须计较,必要轰轰烈烈,显现一番。虽周末仪、秦,寒儒奋翮,即汉初信、哙,亦行伍功勋。遍观出类拔萃之人,多出于微贱。汝今正当少年发奋之期,岂可灰冷功名二字!汝无非碍着庞、孙翁婿灰心,但众奸罪恶满盈,何能远遁长存?贤侄可想得来?”狄青曰:“叔父,小侄非是夸能。既得兵符满腹,武艺全身,心存万丈冲霄志。即日兵困边关,我亦进思效力,奈何机会不就。其时倘能一日风云助,撑持社稷定稳江山,小侄亦不让于旁人也。”韩爷听了,不觉抚掌欣然,称言:“妙!妙!贤侄,汝有此大鹏奋翅之量,何难云龙风虎之会无期!果然志量高天,非老夫所限量也。”狄青曰:“此乃小侄妄言狂思耳,岂当叔父谬赞。”当夜,尔言我语,更觉投机。叔侄情深谊切。

按下韩府长谈,却说庞府内家人继英,见狄青跨过了高垣,心头放下。回转身,步进书房,只见庞太师坐下独对银灯,持杯自饮。继英上前,禀上:“太师爷,小人已将狄青弄得大醉如泥睡了,请太师爷赐口龙泉与小人,好待下手。”太师笑曰:“狄青果然弄醉了?如此,与汝宝剑一口,速速割他首级来回话。但此人能力打猛驹,乃英雄猛汉,汝往除他须要小心。”继英曰:“太师爷不必费心,狄青已醉得懵懂了,何难一刀结果他!”当时继英怒气顿生,恨不能一刀挥去这老奸臣脑袋。还防一身独力难逃,只是忍耐性子。早已将私积百余两白金束系腰间,再持相府提笼,挂了宝剑,哄骗出重重府门。时候已交三鼓,庞府众家人有睡有还未睡者,故府门尚未下锁。当时继英只言奉太师爷之命,差往孙兵部府中有话,慌忙出逃。重重府门可瞒,只为平日庞太师也有夜差家人往兵部府,况继英平日行为光明正大,是以人人信服,并无拦阻盘诘。继英一哄出,犹如鸟出牢笼,鱼脱金钩,骗出关城,如飞而去,只为一片心怀报主之恩。

当夜庞太师独酌持杯,不觉沉沉大醉,和衣而睡在沉香榻中。内外家丁,各自睡去。庞太师酒一醒了,已是五鼓更初,自然先往上朝。朝罢回来,早有园官禀报:“逃走了狄青。”庞太师一闻此语大惊,即查问继英。内有家丁几人禀上:“昨夜三更将近,继英出府,言称奉太师差往孙大人府中,但昨夜一去未回。”太师曰:“他一人出府门,抑或与狄青同走?”家丁言:“他独自一人去了。”太师曰:“好胆大奴才!明乃将狄青放走了。”当时庞太师大怒,步进园中。四围一瞧,园中墙垣高有三丈,园门四路封锁,难道腾云飞遁了的?走过东又步至西,偶然看至盘陀大石与旁边大树紧紧相连,说声:“是了!狄青定然逃往隔壁韩吏部府中而去。”即踱回中堂,顿时打发了家丁四十名,两人一路,分头去追捕继英;又发令往兵部府中,取兵三千往围韩府,前门后户,俱要搜查狄青回话。当时孙秀闻报,也怒气冲冲,踏穿靴子,骂声:“狗奴才!好生放肆。”又恨韩吏部窝留逃卒,顷刻点起三千铁甲军,一齐来至韩府,重重围困,呐喊喧天。

早吓得韩府家人惊慌无措,不知为着何由,当时禀报上:“大人,不好了!今有庞太师点兵数千,将吾府中前门后户团团围困了,声言要献出狄青,万事皆休,如若大人窝留不放者,即打进门来,言大人也有不便之处。”韩爷曰:“有此异事?尔等何须大惊小怪,老夫自有道理。”韩爷不觉发声冷笑,骂曰:“狂妄庞贼,尔真乃眼底无人,太放肆,敢来与吾结冤作对!”狄青在旁听了,大怒道:“且休惧!数千军马,只唯小侄一口兵器出府,可杀他马倒人亡,才算小侄手段非弱。”韩爷听了,摇首曰:“贤侄,休得将杀人两字作顽耍。彼是命官,尔是子民,岂有强民擅杀官兵而无罪律?这老奸臣好生刁滑者,尔如杀伤他兵,必来奏劾老夫了。吾自有主意,且玩弄得他胡胡涂涂,不敢来查也。”

正在言谈之际,忽闻一片喧闹之声,又有家人禀知:“庞太师亲自到府来了。”韩爷曰:“这老贼亲自到来好了,贤侄且这里来。”当下韩爷不慌不忙,引狄青到一所在,有三丈高楼,上书一匾,曰“御书楼”。此楼乃先王钦赐韩爷校阅典籍,旁有圣旨牌位,除了皇上,不许别人擅进此楼,如有私进,即同侮君论。当日韩爷引狄青进楼,开了重门,留他在内,仍复封锁回。然后出外,吩咐家人大开府门。当下庞太师顿时踱进通名。韩爷少不免衣冠迎接,施礼,分宾主中堂下坐。韩爷开言:“请问老太师,本官并未干犯国法,因何私差许多军马围困吾家,是何缘故?”庞太师曰:“韩大人,为人倘若欺瞒,自然败露。尔将狄青窝藏在那里?速些放交出,老夫即不敢唐突骚扰了。”韩爷曰:“本官也不明什么狄青。太师既带兵在此,谅来要搜查了。汝且查来,吾并不阻挡的。”太师听了,点头称是。既呼众兵,且进搜来。

当时众兵领命,如狼似虎,内外中堂尽搜,单单搜剩的御书楼,余外均不见有什么狄青。众兵与家人只得禀上庞太师。当时太师狐疑不决,不知他早已放去狄青,抑或留藏在御书楼上。是时韩爷冷笑道:“老太师,这狄青在着御书楼上,为什么不搜查此人下来?真乃枉用多军了,乃愚夫之见量也。”不知狄青被查捕捉如何,且看下回分解。

第十四回 感义侠同志离奸 圆奇梦贤王慰母

诗曰:骨肉分离二十年,衡阳雁断信稀传。
此日鸳鸯重聚会,方知行善感青天。

却说庞太师听了韩吏部讽刺之言,也觉没趣,又兜收不得场,无奈何只得传与众家丁:“三千兵丁不分日夜,在此守候。狄青必藏在御书楼,如今有韩琦的硬话,老夫岂有不知。”又叫道:“狄青啊,你藏也藏得好,少不得连累及老韩了!”说完吩咐打道回归相府。当日三千兵卒,日夜轮流看守,日给饔飧,往庞府发用。狄青在着御书楼内,十分恼恨。但遵着韩爷之言,只得忍耐。当时韩爷见庞洪去了,拍掌冷笑曰:“庞奸贼啊,说是搜不出狄青,也不消用许多守候之人,劳兵费饷,真比愚夫呆子的,乃是自作自弄也!”

不表韩爷之言,却说静山王回府,是晚不是他有心不问金刀之事,只因是夜食酒过多,醉了,一觉睡至四更时。朝罢回府,方才省悟此。即时呼唤至刘文、李进,二人叩首上禀:“千岁爷,昨夜狄壮士在天汉桥等候孙兵部未遇。先将庞府中的火骝驹踹死,后被庞府人邀去,至今还未见回来。”千岁曰:“金刀放在何方?”二人言:“狄青弃了金刀去收除此驹,为此小人将金刀请转回来。”千岁言:“因何不即禀明?”二人曰:“昨夜只因千岁爷去赴宴,回来已经沉醉了,故未得禀明。小人该得有罪,望乞姑宽。”千岁听了,言:“尔们去罢。”又想:可笑,狄青是个有勇无谋的莽夫,要除狂马,就将金刀抛弃了。倘或失去此刀,怎生是好?本藩一片真情,有心提拔于尔,岂知尔如此狂莽心粗。一事误来,诸事也误了,还望尔掌什么帅印兵符?尔今到着庞府中,犹如困入毒蛇窠里一般。但如此不中用的东西,我也难顾了,但落得奸臣怪着老夫。

按着静山王之言不表,再言庞府一班狼虎奴才四十名,分为二十队,分路去查捉继英,追赶出关城,加鞭拍马,不敢少懈。二十路人,你走一路，我跑一方，倘一路之人拿了继英，二十路之人一众有功同赏。当时庞喜、庞兴同伙，一路不从官街大道，只向私路盘查。

话分两说，先表继英一路逃出皇城，他原虑得庞太师差人追赶，是以不从官街而走，却由小路而奔。其时日已午中了，腹内觉得饥了，只跑一阵，不觉有酒肆一所，是静淡淡之方。当下继英将身直进，坐下一桌，呼酒保拿至上好酒馔、鲜鱼、美肉、时菜排开，一人独自擎杯，十分幽静，倒觉开怀。一边食酒，一边思量叹曰："吾继英虽为下等之人，出身微贱，也是轰轰烈烈之汉。自幼身进狄门，先主归天之后，还指望小主长成，早日袭荫为官。岂知未久遭逢水难，一家骨肉分离，流落汴京，只得身投相府。难得今日公子脱得水灾，长成了。可恨孙秀、庞洪与他结下深冤，昨夜险些中了他奸谋暗害。我想韩琦老爷是个忠良之官，昨夜必然留救于你，在此我也略得放心。庞洪啊！尔是刁奸万恶之臣，势焰滔天，算计多人。吾并不疏言，并不管理：若然要害吾小主，不得不由不搭救的，纵然弄得吾投奔无地，也尽吾一点报主之心。但今虽脱离虎穴，奈无家可奔，如今那里去才好？也罢！不免回转山西，另寻机会便了。"

不言继英正在思算，却说庞兴、庞喜二人，一路逢人便查问，查过东来查过西，不论茶坊酒肆，也要看看；即招商旅店、古庙庵堂，也进去瞧瞧，那处地头不查不诘？二人寻找得焦闷起来，商量言："继英不知去向，人来人往许多，知道他打从那路途走的？吾二人定然空徒奔波也。"又得至一所三叉路的去处，只有一座高耸耸的酒肆，二人也是同行同走，进去查看。只见望进内厢三大进，四周桌椅两边排，但是静悄悄并无一人在此用酒宴。有店主一见，问曰："客官要用酒么？"二人言："非也，我们要寻一人。"店中笑曰："里面一人也没有的。"庞喜曰："没有就罢了。"正要跑出来，忽听得楼上喊曰："大店主，取酒来！"店主应诺。庞兴言："楼上还有人吃酒，快些看来。"二人洒步进至楼中，继英只道是酒家送酒到楼，忽一见了庞兴、庞喜，顿觉呆了。庞兴叫道："继英，你做得好！为什么放走了狄青，自己脱身而去？故违主命，该当何罪？我们特奉太师爷之命，前来拿尔，快快回府罢！"

继英道："二位哥哥，我是不回去了。"二人曰："尔为何不回去的?”继英曰:“弟在相府七八秋,多无差处。但狄青是吾旧小主,不忍彼死于非命,故特将他放走。二位哥哥啊！我想世间万物尽贪生,为人岂有不惜命。如今放走了狄青,我原该有罪,如若回去,太师爷岂肯轻饶于我？今日好比鳖鱼得脱金钩钓,岂有再回去之理!”庞喜言:“继英休得多言,快些与吾二人回去见太师爷。”继英曰:“二位哥哥,若要吾回去万万不能了。”又呼酒保,且再添两箸杯来与二位食酒。店主应诺下楼而去。兴、喜二人大呼:“店家不用去拿杯箸,那个要食他的酒?”当时店主下得高楼,有兴、喜二人即时翻转面目,喝声:“继英,你到底当真回去否?”继英曰:“去是断然不回去的。”庞喜曰:“你当真不回去,休怪我们动手了。”他二人一齐跑将过去,要拿捉继英,却被继英一拳飞去,打倒庞兴。当胸一托,好不利害,庞兴已仰面跌于楼台。庞兴爬起身,还不肯干休。一拳飞到面门,又被继英左手一接,右手一拍,已打于楼下。庞喜抢来,又被继英飞脚打去,跌抛数尺。打得二人满身疼痛,只喊声:“好打的!”当时店主拿上杯箸两双,到楼一见之时,大惊呼曰:“客官,不要殴打!”继英曰:“还要打死这两个奴才,抵当偿他的命。”店主曰:“不可！倘若当真打死了,岂不累及我开店之人么？三位且吃酒罢。”

当时二人被打,思量:不料继英有此本事,实难与争。我二人何苦与他结仇？回归只言不见就是了。庞兴呼声:“李兄不必多言了,既然你不肯回去,我们只回去复禀太师爷便了。”继英听罢,微笑曰:“你二人早些如此说,我也不敢得罪。二位且请过来吃酒罢。”兴、喜曰:“我们没有酒东。”继英曰:“多是吾办的酒馔。”二人言:“如此,叨扰了。”继英曰:“那里话来,同伴弟兄,何须客套?”店主问曰:“客官可是做贼盗的么？不然争打一番,又同食酒。”继英喝声:“胡说！这二位是吾同伴弟兄,我们是庞府中来的。再有上品佳肴美酒,且拿几品来用罢。”店主领命,顿时取到。三人一同把盏,尽欢畅饮一番。二人问曰:“继英兄我们方才不是了。但今不知尔到着那里安身？又缺少盘钱,怎生主张?”继英曰:“二位哥哥不须为我担忧,行程盘费吾尽足的。”庞喜曰:“继英兄,方才说回转山西,你却愚了。在着庞太师府中,吃的现成茶饭,穿着现成衣冠,仗着太师爷的威权,好不荣光有庆头的。那狄青到底与尔有甚相关？尔将他放走了，抛却富贵荣华的大门风，只落得孤零飘荡苦受风霜。纵然尔回得山西，一艺不成，怎生是好？"

继英曰："两位哥哥，人各有心。吾当初跟随狄老爷之日，待吾不异儿子一般。今日小主人有难，理当搭救，保全了先主人一脉香烟。吾继英纵然祸有不测，死在九泉也是心安了。况且庞太师行恶，势如烈火，多少无辜尽丧得惨，然日后终于无好报答的。我断不永远与此奸臣作伴也。况男子之志在四方，六尺身躯男子汉，何愁度日无依？"庞兴听了，道："继英兄，果然言来不错。"便对庞喜言："我家太师爷作恶多端，后来决无好报。倘或有什么祸事临门，欲思逃遁迟矣。古语道：识时权变者呼豪杰。不如趁此另寻机会，与继英兄作伴同行，尔意下何如？"庞喜曰："正该如此。但不知继英兄肯允否？"继英笑道："二位哥哥既愿同行，妙甚。"庞兴又曰："只是吾两人盘费未曾拿得，空空两个光身，如何远遁？不若转回盗他些银两，连日同行，岂不更胜的？"继英曰："不消如此。二位倘能作伴同行，盘钱多是我的。"兴、喜曰："叨扰尔的酒东，怎好又费尔的盘费？着实不该当。"继英曰："弟兄同志，奚分彼此！"当时三位说谈胶漆，下楼完了酒钞，齐齐出了酒肆门，一路同行，意向山西而去。

适经天盖山，有数十强徒，手持利刃，要打劫东西。却被继英抢了钢刀，一口杀死数人，余外的四散奔逃，亦有逃走回山中。原来此座山岗乃是张忠、李义聚集所在，他二人一去两月多不返，这些小喽啰天天在此打劫。今被继英等占夺此山，三人在此暂且羁身落脚，叫小喽啰伏其使唤。此话暂停，后文自有交代。

回书再表汴京潞花王讳赵璧，乃是赵太祖嫡玄孙，当时年方十五。生来一貌堂堂，与当今嘉祐王手足之称。不幸父王早已归天十余载，他父排行第八，即八大王赵德昭其讳名也。上书选狄妃，已有叙明。如今他子袭依父职，封为潞花王。先帝已敕赐南清宫居住，仍授着打王金鞭。宫中建造一座嵌宝龙亭，供奉着太祖龙牌。有一天潞花王在宫中，夫妻朝参母后毕，坐于两旁。宫娥送上参汤，用罢。潞花王爷一看，说："王儿上启母后，为什么愁眉关锁，带着忧容，未知有何不悦？伏望母后说与儿媳们知之。”狄后听见动问，便言：“儿媳，只因昨夜三更得了一梦，思量实见奇哉，未知主何吉兆，故以想起来，也觉烦闷不悦。”小王爷曰：“不知母后有何梦兆，怎生梦来？”狄后道：“儿媳，为娘的梦见饮燕之间，取一肉馅，方入口中，咬着两开，内中有肉骨一块，骨已将牙齿插得疼痛，血来将骨肉染遍了，其馅即合圆。醒后方觉了，想来牙损见血，滤于骨肉，其梦兆谅来凶多吉少，是以想来纳闷不安。方才查搜诸典籍上，并无此详。”小王爷听了，言道：“母后休得心烦。待臣儿去召取详梦官到来详解，便知其兆吉凶了。”当时潞花王辞过母后出堂，想来：龙图阁包拯、韩琦，是乃博学之臣。想罢即差内监往召二臣。

先来韩老，后到包公，上银銮殿，参见千岁。王爷言：“二位卿家休得拘礼。”即命赐坐。内侍献茶毕，潞花王即将母后之梦说明。早有包爷曰：“微臣粗老愚蠢之辈，只知判断民情，圆梦幻事，从来不懂。”王爷道：“包卿不明详解么？”包爷曰：“臣详解不来。”王爷又道：“如此，韩卿可详解否？”韩爷曰：“臣略能详解此兆。”王爷曰：“其意如何？”韩爷曰：“其梦肉开见骨，齿血滤于骨肉之间，太后娘娘必主骨肉重逢，是乃吉兆。”王爷曰：“见应在何时？”韩爷曰：“臣思馅缺复圆，该应于十五月圆之夜。”包公暗想，喜道：“韩年兄为人学问广博，比老包中用，枉为龙图阁之臣也。”包公正在自言，当时潞花王微笑曰：“果也如此，实见奇了。”韩爷曰：“臣据理而详，该得此兆。但未知准验与否。”潞花王道：“包卿，尔职事太烦，且请先回府。韩卿且少留，待孤家禀复母后，再行定夺。”当时包爷别去，韩爷留待，潞花王进内禀知母后。不知狄太后如何主见，且看下回分解。

第十五回　因圆梦力荐英雄　奉懿旨擒拿龙马

诗曰：龙驹觅主下凡尘，佐弼英雄立大勋。
有日功完成正果，依然试雨复行云。

当日潞花王回进内宫，将韩吏部圆梦之言一一禀知。狄太后想来，不觉倍加愁闷。追思昔日离别家乡，已将二十载，别却母亲、哥嫂以后，一信无闻。后来只闻水涨山西太原，狄氏宗支无人已久，还有什么骨肉重逢的？遂言曰："儿啊，既然韩吏部如此言来，亦真假未分，且待来天月圆之夜，准验如何。且留款下韩吏部，倘果有此事无差，必然厚赏于彼。倘梦详不验，然后教他回衙。"当时潞花王领旨，是日留款下韩爷。又言狄太后自思：吾身虽云玉叶金枝，王家之贵，只可惜故乡骨肉分散如烟，还有什么亲谊之人相会？可怪韩吏部无凭无据，反惹着吾的心酸。言未了，不觉泪已一行。

却说韩爷是日被潞花王留款在书斋，不觉心中气闷起来，反恨方才圆详此梦，抑或未知激恼了狄娘娘。但据梦而圆，依理而详，也该有骨肉相逢之兆，但不知准验否。如若准了便好，倘或不验，太后娘娘责怪，就不妙了。早知如此，方才悔恨把梦来详，不如照着包年兄，只推不懂，何等不美？

书中慢表韩琦语，再说宫中一事端。当初有一龙马，名九点斑豹御骝鬃，乃是一条火龙变化，帮助赵匡胤骑乘。混一江山以后，此马仍归上天为龙，受玉旨恩封。不想数十年间，凡心未了，走下落在山西省，将西河县翻沉了，残害却十数万生民性命。玉帝大恼，要剐此孽龙。后得众星君保奏："目今西夏叛宋，武曲星下凡，平西保国。莫若仍贬他下去作龙马，劳顿数十年，帮助征战，将功折罪，以彰吾王好生之德。"玉皇准奏，故今降下此龙在南清宫后花园荷花池内，作浪兴波，好生猖獗。当日吓得管园官魂不附体，认作妖魔在花园作怪，即来银銮殿上禀知。潞花王听此，也觉心寒。当日王府众人，多已唬怕。狄太后听知，心中倍恼。不知那方妖怪作孽，思往龙虎山召取法师商量收怪，又觅路途遥远，往返日久，不知妖魔怎样猖狂，天天将园门下锁闭固。众家丁内监人人唬心，三言二语，早已惊动书斋韩吏部。

他想来：狄青乃王禅鬼谷门徒，向在水帘洞学法七年，况勇力能除狂马，不免待吾保荐他去收服了怪魔罢。如若狄青收除此妖，千岁自然将他重用，便得进身了，又可免了孙、庞之害，有何不美？主意已定,即日对潞花王说知:“有壮士狄青,本领强狠。他是王禅老祖之徒,仙传武艺,非人可及,曾在天汉桥力除狂马。不如召到此人,拿了怪魔,以净宫闱。千岁意下如何?”潞花王曰:“韩卿,未知此人在于何方?”韩爷曰:“现在微臣之家。”潞花王曰:“既在卿府,即速召来。”韩爷曰:“这狄青踹死了庞家狂马,被他哄去到府中,欲图谋害。幸亏得他故旧家人放走,逃入臣家。询起世家,原非微贱,乃臣世交谊侄。年纪青春,气宇昂昂。不想目今庞洪得知在臣府,即差兵围守于臣家,犹如抄没家产一般。”王爷听了言:“可恼!此老贼如此无礼么?”韩爷曰:“臣该当有罪,不得已藏了狄青在御书楼。”王爷曰:“后来庞贼便怎的?”韩爷曰:“当时庞洪只得回去了。”王爷曰:“忧他不回的!”韩爷曰:“庞洪虽云回去,尚有数千军兵,不分日夕看守,将臣衙署前门后户也多把守了。”王爷怒曰:“有这等事么?真可恼老奸臣!”即传差官捧了龙牌,立刻要将庞府兵驱散。当日差官领旨,一到韩府,将铁甲军尽皆赶散。这些军兵实守厌烦了,一借此为由,一哄而散。

又提庞府打发四十名家丁,前往追擒继英,先后有三十八名回来禀知,继英并无踪迹。庞太师听言,正在着恼,忽听潞花王降旨,驱散了三千兵丁,倍加火上添油忿怒。想来狄青小奴才,定到南清宫里去了,教老夫无可奈何了。即差人往报知孙兵部,且也休提。

却说狄青出了御书楼,身乘银鬃马,离了韩府,一路思量:“不知此去是凶是吉?”当时进至藩王府中,千岁降旨,召进。狄青双膝跪于银銮殿下,俯伏,头也不敢抬,山呼:“臣山野子民狄青,朝参千岁爷!”潞花王曰:“平身。”呼:“狄青,孤家召你到来,只为宫中后花园新出了一妖魔,十分利害。其形似龙,狰狞两角,遍体血结通红,在荷花池内作波兴波。合府忙乱,今关闭数重园门。本欲往召法官,今有韩吏部保荐尔有降龙伏虎之能,从王禅师学艺法力高强。倘能除了精怪,令母后心安,当今圣上自然封爵奖赏功劳。”狄青听了思量:叔父真乃可笑。吾虽是王禅老祖之徒,武艺般般多晓,惟有擒拿妖魔不曾学得,尔如何将我保举起来?这是何解?但想想叔父已经引荐于我,倘若推辞了,千岁爷岂不见怪的?也罢,我想既为男子汉大丈夫,须要做出掀天揭地奇能，方为显也。倘若伤在妖魔之手，连叔父也倒翻了。若吾命不该亡，得除妖怪，千岁爷自然收用，就那庞洪算帐也不相碍了。想罢，便说："野民果有降魔妙手，千岁爷何用担忧！"潞花王听了大喜，传旨备酒相待。用酒膳已毕，已是红日归西。

是晚八月十四之夜，一轮明月东升，秋夜天晴气爽，迥净无尘。是晚银銮殿上灯高挂，南清宫内烛辉煌。夜燕方完，又闻园内喧振之声。宫人内监个个惊慌，多言："妖怪凶狠。"当晚，狄青对众内监说："你们只须助吾皮鼓、铜锣声响，便立擒妖怪了。"众人多说："全仗英雄大力，不知要用盔甲否？"狄青曰："不消盔甲，只要钢刀一口。"当时内侍急忙忙扛至钢刀，好个心雄胆壮的英雄，腰间挂起宝剑、手提着钢刀，呼人引道。众人不敢先走，内中有胆大些内监，引着小英雄，敲锣击鼓，好比庆闹元宵。方才开了几重园门，放狄青一人进去，连忙闭锁回，在着门里筛起锣，擂起鼓，一片响声，无非助其兴也。

当时狄青勇略略提起大刀，跑来走去。花园宽大，走过东，跑过西。又走走至望月堂，大喝："妖魔怪畜，快来纳命，狄青在此！"当时跑走呼喝不已。看看走到荷花池旁，未到池边，先见水高数丈，伸出一怪，遍体朱红，看来原是一条火赤龙也。张牙舞爪，真有翻江倒海之势，大吼一声，如同雷鸣。当下狄青大喝："逆畜，来试试钢刀！"说完，擎起刀尖，指定火龙。其龙一起于岸，池中水势定了，波浪不抛。但觉耳边狂风大作，呼呼响亮，园内叶落纷飞。此龙哮咆之声不绝，张开大口，摆尾昂头，月光之下，红麟闪耀，铮齿像钢枪，照狄青抓来。人龙相搏，已有半个辰刻。狄青虽有此英雄武艺，然龙势更强，相斗已久，手中一松，大刀坠地。急急回身退后，跑走如飞，却被火龙赶上，张开血盆大口。狄青反吓了一惊，原神出现，火龙方知是武曲星。只见红光一道，透上青霄，大吼一声，在地滚滚碌碌。红光过后，只听嘶噢之声，化成一匹大龙驹，约有五尺高，遍身红绒毛，乌黑生光，马蹄四个。双眼与月映射，如灯血红。两耳，头上当中一角，色青，生来异样无双。当时狄青立着看定，不觉笑曰称奇："方才交手时一火龙，倏忽之间变化为马，莫非上天赐此奇马于我？"呼声："龙驹，尔若肯随吾狄青，可将头儿点上三点；如若不归吾者，首摇上三回。"说言未了，马头倾刻连点三点，当时狄青大喜，即忙跪下，拜谢当空。起来，即扳上马角坐上，徐徐走回。连叩园门不开——只为园里军人敲锣擂鼓，喧闹之声不绝，左右园门皆叩不开。心中喜悦，在着园中往来驰骋。

其时约有二更时候，园里众人且住了鼓锣，一同忖度，言："狄青进园已有三四个时辰，与妖怪相斗，料然胜负已分了。思量开园门，只好狄青收除了妖怪，倘怪物吞了狄青，开园门就不妙了。"你言我语，只得静住听一回，只得开了门，一同涌进。只不见有人，又不听妖物吼叫之声。东西四望，不独不听妖怪倾波作浪之声，即狄青也不见了。岂知此座囿园宽大，一望渺茫，周围有四五十里。当下只瞧见远远有一人一骑而来，快如闪电，顿时跑至。座上狄青，高与檐齐。又见他在马上，呵呵发笑，得意洋洋，往来驰骋。见了众人，连忙下马，呼声："众位侍官，我已将妖魔收降了。"众曰："妖魔在那里？"青曰："此龙驹便是了。"众人看来，此马果然生得奇异寻常。一同往报知千岁爷。

当下潞花王听知，心中大喜，顿时传命召到。狄青一路牵着龙驹，一见千岁，即下跪禀曰："小民已收服火龙，不料化为此马。"潞花王一见此驹，连称奇事。又看此驹生来过于高长，遍体红毛生采，中央一只独角，果然异于凡马。狄青启上："千岁爷，此马乃龙变化而成，人间罕有之物。今千岁爷府中出此宝驹，料然祥瑞之物，必须装上一副鞍辔乃可。"潞花王曰："尔言不差。传旨，将孤家的追风驹鞍辔卸下来，装配此驹之上。"当时内侍领旨而去。王爷又传命，备排筵燕。当晚王府中人，七张八口，多称奇异。早有宫娥一众禀知狄太后去了。又有韩琦在书斋听知，连忙跑至内殿，见过此驹，不觉喜悦，称奇曰："世所骇闻，龙变化为驹。"看罢又道："贤侄，看尔果也奇能，王禅鬼谷之徒名不虚传也。"狄青说："叔父，此乃千岁爷的洪福齐天，小侄何能之有？"说未完，鞍辔到了，装配起来，更见毫毛光采。潞花王见装配起此驹更加异色，吩咐两旁侍官即扶上马。那知龙驹发起狠性，将头一摆，前蹄一曲，后腿一伸，险些儿将潞花王跌将下来。早有侍官扶下来，便说："此驹不服孤家。韩卿，尔且试试骑上，龙驹服否?”韩爷笑呼:“千岁,老臣福分浅薄,如何乘得此宝驹?”潞花王曰:“休得过谦,且坐试如何。”当日韩爷无奈何,只得来乘。只为马高人矮,仍要侍官扶上。果然韩爷上得龙驹,又是依然不伏。马背一曲,头一颠一摆,几乎将韩爷跌将下来。侍官连忙扶持,下了驹。

王爷见了,微笑呼唤狄青,言:“此龙驹尔降伏他的,彼必然伏畏于尔。且乘骑上看看。”当下狄青曲背躬腰,曰:“此驹既然不伏千岁与韩叔父,焉肯畏伏着小人?”潞花王喜而言曰:“此驹乃尔降服的,岂不畏惧于尔?”韩爷曰:“千岁有旨,尔且试乘坐来,也是无妨。”狄青听了,言:“小人为此告罪了。”即扳上当中马角,轻轻一跳,早已跨上金鞍。此驹全然不动。韩爷一见,大喜称奇。潞花王喜形于色,跑上前呼:“马啊!你真乃欺善畏狠了,偏会使刁作难的,将本藩欺着。”当时狄青心中暗暗大喜。一刻下了鞍来,上前叩谢过千岁爷,即开言曰:“此驹既不伏千岁乘坐,且待小人道他几句,待千岁爷再乘上看是如何。”潞花王曰:“不消了。孤家的宝驹异马尽多,如今连鞍辔一并赏与尔罢。”狄青大悦,说:“多谢千岁!”狄青受赐龙驹之后,不知如何得会狄太后娘娘,且看下回分解。

第十六回　降龙驹因针引线　应尘梦异会奇逢

诗曰:悲欢离合是情常,久别重逢倍喜扬。
善锡盈亏天道报,矢函两艺要参详。

话说狄青得潞花王将龙马赏赐于他,心中大喜。拜谢复又启上:“既蒙千岁爷惠赐,还请赏他一个美名,未知可否?”潞花王曰:“在月色光圆之下所得,即名‘现月龙驹’便了。”狄青听罢,欣然下阶,与众侍官站立。当时天色曙亮了,王爷吩咐带龙驹入后槽喂料,内侍领旨牵驹而去。是日,潞花王复诘询小英雄道:“狄青,看尔不出,青年俊美,不意有此奇能。家中父母还存否?作何生理度日?几久得到仙山,拜着王禅为师?今朝降伏了龙驹,免了府中忙乱,皆得尔之功力也。明天奏知圣上,自有奖赏尔劳。”狄青见问,即启禀上:“千岁爷,小人原祖上不为无名之辈,世籍山西太原府西河县小杨村,祖父狄元,曾为两粤都堂;父亲狄广,官居总制,不幸相继身亡。小人九岁便逢水难,母子分离,自得王禅老祖救至峨嵋山学艺,曾经七载。上月七夕间,奉师命下山,言还汴京,自得亲人相会。岂知亲人不见,反被奸臣谋害。”当日潞花王还要再盘诘他几言,忽听说太后娘娘请千岁爷进见。潞花王正要抽身,又有韩吏部道:“千岁,这狄青命他回去还是留在这里?”潞花王曰:“他有此重功,自然留在此,少不得母后娘娘还有恩赐。尔且陪伴狄青饮宴可也。”韩爷言:“领旨。”当下韩爷叔侄倾杯,谈谈论论,更觉开怀。

却说潞花王一路跑回宫内,心喜欣欣的,朝见母后娘娘。当下年尊太后开言,道:“孩儿,方才宫监报说,已经有一英雄汉收服了妖魔。”潞花王曰:“臣儿禀知母后,此人年轻,武艺高强,名唤狄青,山西人氏。诘问起他家,原非下等之流,世代为官,一位贵公子。又得王禅带至峨嵋山学艺,果也英雄。收服龙驹,皆得韩吏部之荐。”狄太后听了,言:“此人名唤狄青,山西人氏么?”潞花王曰:“山西省太原府西河县小杨村人也。”太后听了,沉吟自语:“我想小杨村地名乃是吾家乡,一村中没有别姓,所居单有我狄姓之人耳。数载之前,只听水决山西,西河一县尽皆淹没,料得我狄姓之人尽遭水难,也未可知。莫非此少年即水中逃脱的?又名狄青,有此尴尬的?”呼:“孩儿,尔可询他祖上父亲名讳否?”潞花王呆想一会,曰:“儿也曾诘过他,彼言祖上名狄元,曾为两粤都堂;父名狄广,官居山西总制。”当时狄太后听了,连声言:“不错!不错!”说未完,珠泪纷纷,愁锁双眉。呼唤:“王儿,立即传旨,快令狄青进见。”当时命宫娥垂挂珠帘。当时潞花王不晓其意,忙道:“母后,你传他进见,何也?”狄太后说声:“王儿,据他言来世胄,乃是做娘的嫡亲侄儿了,故要询他一个明白。”潞花王听了,反觉惊骇,说曰:“既然如此,即要宣唤他来问个明白的了。”即传旨召进小英雄。太后娘娘坐于珠帘里面,潞花王坐于珠帘外边。

当时狄青膝行而进,伏倒宫前,不敢抬头仰面。更有太监一名,传言道："狄青，太后娘娘问尔，既是山西省人，那一府、那一县、那一乡、那一庄？祖宗三代名讳、字号、官居何职？母亲何姓氏？如今在也否？且要一一奏明上来。若有藏头露尾，反取罪戾不便。"当下狄青不语，暗言："这太后娘娘盘问得太奇了，因何盘诘起我的家世来？但内里机关吾难猜测，说出其情来，未知是吉是凶。"只是无可奈何，只得从祖父母姓氏、官职一概说起，说到并无亲叔伯弟兄，止有长姊金鸾早已出适了，次姊银鸾早已夭亡。太后娘娘见说到此处，便问："尔既无叔伯弟兄，可有姑娘否？"狄青曰："姑娘果有一人，只幼年时听母亲言过，进上皇宫，早已身故了。"太后娘娘闻言，暗暗惨然，泪珠滚落。嗟叹一声，言："现在皇都之地，说什么身故的？"又问曰："尔既知姑娘身故，死在那几载？得何病症而亡？"狄青曰："只为先帝点采秀女进朝，时小人年幼，不知其由。至长时只听母所说，姑娘进京之后，即已归仙。"

原来此段情由，上书已明了：当初狄氏选进宫，圣上赐配八大王。孙秀奉旨做钦差，八王爷命顺搭附家书，往山西知照于太原府。孙秀诓言狄氏进宫之后已经身故，是以狄广听知，认真妹子死了，即时上本辞了官。告驾被准，亦是奸臣暗算。故狄公子长成八九之年，孟氏夫人已告知姑娘进宫身死，故今狄青见问，即如是而对。狄太后听罢狄青之言，不觉肝肠欲断，带泪又道："狄青，尔既是狄广之儿，有何凭据的？"狄青一想，便说："禀上太后娘娘，小人有一家传血结玉鸳鸯一只，幼年时母亲与吾佩系于身，曾说鸳鸯原有一对，雄的留于此，雌的留与姑娘进朝，但不知雌的失遗在何方。"太后带泪取钥匙，开了取出雌的鸳鸯。狄青又将雄的献上，仔细看来，一双无异，一色无分。太后娘娘看过此宝，传旨："速将珠帘高卷起。"狄太后珠泪盈腮，抽身出外，连呼唤三两声："侄儿！"狄青一见，呆然惶恐，伏倒尘埃，开言不得。

早有潞花王见母后唤他"侄儿"，自然非错的，即起位说曰："请起。"狄青忙呼："千岁爷，小人乃一介贫民，还祈不要认错了。"太后娘娘听了，带泪双手扶住狄青，道："侄儿啊！老身是尔嫡亲姑娘，在此与尔认真了，何用犹疑。还不起来相见。"当下潞花王微微含笑，言:“真乃天赐骨肉重逢,不期叙会。”呼道:“贤兄,尔何用犹疑,吃此忧惊。”即呼内侍备下香汤,待狄爷沐浴,又命宫娥取讨衣冠,有宫人启禀:“千岁爷,不知用什么服式与狄爷更换?”潞花王曰:“即取孤的服式与狄爷更换是也。”内监、宫娥领旨去讫。当时狄后娘娘手挽狄青,呼曰:“我那侄儿,做姑娘的今朝与尔相逢,犹如见尔爹娘一般的了。喜得尔长成,得延一脉,生一表堂堂,威威烈烈气概。若非花园中逆龙作祟,怎能今日姑侄相逢?”狄青道:“千岁爷、太后娘娘啊!吾实无姑娘的,犹恐错认了。”狄太后言曰:“汝方才说有姑娘的,怎么今言没有,何也?”狄青曰:“姑娘本是有的。”太后曰:“如今在那里?”当时狄青又要说出已经身故的话,但细想他如此相认,又不好如此说来,只得转口言:“只知进宫之后已音信俱无,不知详细了。”

太后道:“侄儿,吾是你嫡亲姑娘狄氏也。吾生身故土是小杨庄,与尔父身同一脉。吾父官居两粤都堂,如今现合鸳鸯成对,雌的吾所收拾,雄的尔母收藏。如今有了凭据,还来糊惑不认姑娘么?”当下狄青言:“师父之言验了。他有言吩咐,教我一至汴京,自得亲人相会。岂知相见亲人于此地!”只是连连叩首,道:“姑母大人在上,侄儿不孝,罪大如天。只为侄儿九岁年间,母子分离,六亲无靠。后得王禅老祖救离水难,峨嵋山学艺七年。今朝不期而会,何异枯木逢春,枯苗得雨,实乃可喜欢!”潞花王喜色洋洋,上前拍拍狄青肩上言:“太后方才与尔初见,至尔殷勤尽礼,弟之罪也。以后不用相呼千岁的,弟兄呼唤可也。”狄青曰:“岂敢如此僭越。贵贱悬殊,岂得并称。”潞花王曰:“至亲切中,那分贵贱。”狄太后道:“侄儿且起来,沐浴更衣,再行相见。”狄青领命,辞过姑娘母子,侍官领他沐浴慢表。

当时狄太后呼曰:“孩儿,尔且看此双血结玉鸳鸯好否?分别多年,今日始得成双。”少年千岁接转鸳鸯细看,连声称妙。只见鲜血彩彩,口吐霞光,即曰:“请问母后,此对鸳鸯既乃一颗宝贝,不知此物产在何方?”狄太后道:“孩儿,此双鸳鸯原出于北番,外邦进贡与先王,后钦赐封尔外公祖。为娘得了雌的,雄的留于尔舅母。为娘时常想念雌雄两宝,原道没有会期,岂料鸳鸯今重逢有日。追思曩者,倍复惨然。”潞花王曰:“这却为何?”狄太后曰:“王儿有所不知,此双鸳鸯乃狄门已传留三世镇家之宝,贵重好东西。今日为娘见鞍思马,以亲人念。外祖与舅舅哥哥得病而亡,倒也罢了。苦则苦舅母遭殃,被水而亡。骨肉沉流波底,不昨嗣享以安。”潞花王启上:“母后且免愁烦,今喜得表兄长成,气宇非凡。外舅父母留得英雄好后裔,此乃天不亏良善之报也。而今贤表兄生来品质昂昂,其此英雄武略,何难光继先人?待明日进朝,奏知圣上皇兄得知,封他一员武职官,还有那功臣敢于欺侮的?”狄太后道:“王儿说什么封武职官,等明朝传吾之命,要当今封他一个王位。如若不封,说言做娘必要动气了。”潞花王应允。狄太后又言:“韩吏部洞深算理,圆梦如斯准验。如今且请他回府去,如赠他金帛财宝,谅他也不领受;也须奏知当今,升他职爵,以奖其劳。”

正言语间,狄青已沐浴更衣,穿着潞花王服式,看来愈见增威模数倍。即上前拜见姑娘,太后娘娘见了,心花大放。当日表弟兄一同叙过礼,宫娥内监多人,俱来参见狄王亲。太后娘娘又道:“侄儿且往外中堂,会燕毕再来与尔叙谈。”狄青领命,告辞退出中堂去了。

当时日已午中了,潞花王带喜,即传知韩吏部先归衙署,候日加封,即差内官送他回府。此日韩爷喜悦万分,不觉暗暗称奇,说:“那知狄太后即狄广哥哥妹子。即陈琳奉选回朝,将已二十年,老夫亦未深究及此事,但想详梦,不意如是神准的。”又言:“狄青,尔若非吾荐尔往王府擒魔,焉能今日得姑侄相逢?如今是赫赫然一位王亲了,庞洪、孙秀的打算暗谋难施了,即吾老人家也觉心安放了。”

不表韩爷心悦,却说潞花王是夜陪伴狄青筵燕,弟兄开怀畅叙,自未刻谈言交酢,不觉吃酒数巡,已是时交二鼓。用过夜膳已毕,潞花王传旨:内监宫人不必多人在此侍候,只留下四名侍儿服伺狄王亲。当晚潞花王辞别,自回寝宫安歇去了慢表。

却言狄青当晚已经吃酒过多了,又说他酒量虽高,然而他的酒性有分。大凡酒量与酒性却有两般之别,吃酒多而不醉者为之好酒量,吃酒多过醉而不生端狂莽者为之好酒性。狄青的酒量虽高,而酒性却也平常。所以前者在万花楼上打死胡公子,也因酒性平常之累也,如今又要因酒后弄出事来了。当夜吃酒膳已完,却有三更时候,他仍未安睡,却于灯下想象一番,思着两奸臣,一人乃孙兵部,一人乃庞太师。想来便说:“孙秀啊！吾与尔毫无瓜葛,又并非世仇,为什么两次三番要害吾性命?”越思越怒,大呼:“可恼！可恼！尔这恶毒之人真难容也。今夜必要除决尔这个奸恶臣,免却毒害无辜之患。”顿时怒气冲冲,即要抽身。便呼侍儿两人:“快打提笼,吾要出府。”侍官禀上:“狄爷,时交三鼓中了,要往那里去?”当下狄青到底醒中已醉,醉中有醒,倘若言明往找杀孙兵部,他们不愿与往的,不若骗哄他们说到韩吏部府中乃可。是时言来。未知狄青如何找杀孙兵部,且看下回分解。

第十七回　忿奸佞图杀被获　脱英雄解危生嗔

诗曰:未遇英雄困不舒,一朝奋翮有谁如?

漫言胯下为羞辱,多少高人发达殊。

当下王府侍官禀上:“狄爷,夜已深了,请明朝去罢。”狄青喝声:“吾必要走的！尔敢阻挡么?”当时内侍不敢违逆,只得点起灯笼。这狄青穿的是潞花王服式,腰下又悬着一口宝剑,两名侍官持了一双南清宫大灯笼,一重重的叩出府门而出,一连出了九重,方至王府头门。跑出平街大道,真好一天月色也:万里无云,一天星斗。街衢中家家户户肃静无声,只闻鸡声唱叫无休,犬吠留连不断。两侍官不觉向南路而往韩府。狄青指着南方言:“此道往那去处?”侍官曰:“此路是往韩吏部府中。”狄青曰:“如今不往韩大人府了。”侍官曰:“狄王亲不往吏部府,要往那里去?”狄青曰:“吾与孙兵部有深仇,如今要往他府中,仗着三尺龙泉宝剑,今夜必取这奸臣脑袋!”侍官听罢,吓了一惊,叫道:“狄王亲,这是行凶之事,万万不可。”狄青喝曰:“谁言杀他不得?只须吾一剑,即挥成两段了。”侍官不敢多言,只得引道往孙兵府而去。

过了天汉桥，一路不觉已至孙府衙前，周围照壁高昂，府门前大灯笼照耀光辉。有千总官、把总官四围巡哨，一见了南清宫灯笼到来，吓得惊骇，躲避不及，慌忙无措。认做潞花王驾到，俯伏尘埃，声声呼着“王爷的饶恕”。狄青听了，呵呵冷笑曰：“尔们夜深在此，却也何因？吾不是妄乱杀人的，只手中宝剑要砍奸臣的头颅耳。”众员曰：“禀上千岁爷，小臣等乃孙兵部衙中巡哨也。”狄青曰：“既然如此，快唤孙秀出来见我。”众员曰：“孙大人不在府中。”狄青曰：“他不在府中，那里去了？”众员禀曰：“孙大人往九门提督王大将军衙中赴宴去了。”狄青曰：“可是真么？”众员曰：“小臣们怎敢哄骗千岁爷？”狄青听了，又吩咐向王提督府衙而去。侍官应诺，提灯引道，洒步频频。

若说孙兵部府往提督衙的路，原要经过天汉桥，故今狄青仍要转回天汉桥，遂持着宝剑随着侍官。三人正上了桥中，狄青酒不觉涌泛起来，双足酸麻，晕懵懵的，东一步，西一摆。侍官两人，左右扶定，道：“狄爷仔细些才好。”狄青曰：“吾要杀孙秀奸臣。”内侍曰：“狄爷沉醉了，明日杀他不迟。”狄青喝声：“胡说！吾今夜不取孙秀脑袋，枉称英雄。”口中说话，四肢已酥麻了，此刻一步也难移。内监只得扶定在桥栏立着。狄青此际甚是糊涂，便大呼：“孙秀，尔这狗奴才，躲过了么？”侍官道：“狄爷，孙秀是惧怕了，果然避躲过的。”狄青曰：“奸贼啊！躲得好！弄我找寻得好。但今夜不除尔这害民奸贼，非为大丈夫。”当时狄青身体困软了，凭尔英雄健汉也用不出强来。算来非狄青酒量不高，易于沉醉，只为王府中的美酒比不得闲等之家，酒性好比药力烈焚，是至狄青醉得沉沉不醒，手插剑尖于地中，侧身合眼已入睡乡了。侍官两人心焦意闷，只得一手持灯笼，一手扶持伺候立定。

不一刻久，只见远远有灯笼火把而来，一乘白马，一座大轿，原来二人乃孙秀、庞洪也。是晚，只为王提督大将军天化的母亲庆祝寿辰——这王天化乃庞太师的得意门生——故此夜翁婿二人在提督衙门中开筵会庆闹。梨园唱戏，酒叙数巡，许多文员武吏，畅叙于府堂。当晚翁婿吃酒至三鼓终方回。两乘轿马，正要过桥，早有家将跑转回禀曰:“启上太师爷,桥上边有潞花王爷,坐在桥栏之上,像着有些酒醉一般。”二人齐曰:“有这等偶然事也? 快些下轿马便了。”一翁一婿,慌忙下马,急急步上桥栏。一看,俯伏跟前,呼声:“千岁王!”当时只为狄青手插宝剑于地中,头已低下,是至庞洪、孙秀看不出面貌来,只见南清宫的灯笼,又是一般服式,自然是潞花王了。二人俯伏在地呼:“千岁! 臣庞洪、孙秀见驾,愿王爷千岁千千岁!”当日两个侍官平素也怪着二人,是时并不做声,待他们跪在此地。一对佞臣的膝儿跪得已疼痛了,实觉不耐烦,又明言:“臣等护送千岁爷回府罢。”

狄青耳风听言,头略抬一抬,二人一见,顿觉骇然,顿时抽身而起。庞洪即跑开呼道:“贤婿过来!”孙秀走近,庞洪曰:“贤婿,细看此人容貌,并非潞花王也。”孙秀道:“岳丈,此人乃是狄青了。”顿时吩咐家丁把火一照,喝令众军上前捉拿。早有侍官两人阻挡住,言:“此人拿捉不得的,太后娘娘听知,尔们之罪还了得么?”庞洪喝曰:“他是有罪之人,还敢穿此服式,冒认王爷,万死不赦的罪!”侍官听了,心中着急,大喝曰:“此人是太后娘娘嫡侄,尔们还敢动手么!”庞洪大喝道:“休得胡说!”孙秀呼家丁:“一并三人拿下来!”当下两名内监看来不好,飞也似跑走了,竟回归王府内宫报知。

又言狄青虽有英雄奇能,此际无奈醉得麻软如泥了,糊糊涂涂,不知所以了,故被他们紧紧绑缚了,还毫不知觉。有数十对家丁,见他迷迷不醒,只得扛抬而起。翁婿二人登上轿马,下了桥匆匆赶路。狄青的宝剑一柄也被庞府家人拿去。方才跑得两箭之路,只见前途一对小红灯笼,一肩小轿,坐着一位官员。庞洪是妄大自尊之辈,全无忌惮,在轿命家人喝曰:“那个瞎眼官儿,还不回避么?”原来此位官员正来得凑巧,乃是正直无私的包龙图也。夜来巡察地头,在此不期相遇。他本非奉着圣上旨意巡查,皆因勤于朝政,不惜辛劳,自要查察。强恶顽民乘夜抢夺,酗酒行凶,即要擒拿处治。当时张龙、赵虎启禀:“大老爷,前面庞太师、孙兵部来了,不知为什么拿了一位王爷服式人,请大老爷定裁。”

包爷听罢言曰:“这两人又在此作祟了。”吩咐:“与他相见,可将此位王爷放了绑。”当下张龙、赵虎领命上前，呼声：“包大人在此，请庞太师、孙大人请住宝车。”正是赫赫有名的包铡刀，庞、孙两府的众家丁也心惊了，即丢抛了狄青，远远的走开。董超、薛霸已将狄青松绑拖扶定。孙秀、庞洪一见大怒，齐呼：“包大人那里来？”包爷曰：“下官巡夜查稽到此。庞太师二位那里来？”庞洪曰：“往提督府那里赴宴回来。”包爷曰：“老太师为何将这位王爷拿着，何故的？”庞太师曰：“是什么王爷？乃是一名逃兵狄青，穿王爷服式，假冒王爷，如今将他拿下定罪。”包爷听了狄青之名，暗说：“前日将他开豁了罪名，后来又在演武教场几乎死在孙秀钢刀之下，前两天闻家丁传知他力降狂马，被庞府人邀去，不知今夜怎生穿了潞花王服式，又被他们拿下了。”原来狄青逃往韩府，又往南清宫降龙驹，姑侄相会等情，包公尚还未知。当下心内猜疑，便开言：“本官来稽查巡夜，那狄青是个犯夜小民，待吾带回衙中查询便了。”孙兵部道：“包大人，这是逃兵小卒，应该下官带回去的。”包爷曰：“你说那里话来？狄青兵粮已经大人革退了，还是什么逃兵？只算犯夜百姓，应该下官带回。”孙秀曰：“这人原是与尔不相干，是吾管下的革兵，休得多管。”包爷曰：“胡说！这是下官犯夜之民，于尔甚事？”庞洪曰：“包大人太觉多招多揽了。这狄青非尔提捕，休想带去！”包爷曰：“老太师不必多言争论了，一同去见驾，是兵是民，悉听圣上主裁。”庞洪听了，便言：“此话倒也说得不差。”三人多不转回衙，竟往朝房来伺候圣上，按下慢提。

先说王府二名内监跑回南清宫报知。是晚潞花王已安睡了，太后娘娘尚未睡卧，与媳妇谈言，不期而遇嫡侄，狄氏香烟有继，不尽欣喜。一闻此说，心中惊怒，忙传内侍宣召潞花王。潞花王闻言，心中带怒：“狄表兄为人真乃狂莽也。尔今虽是王家内戚，不应夜出持刀往杀这奸臣。如今偏偏又遇着这两个冤家，被他拿去。孤不去救解，谁人出力？”太后道：“我儿，汝今不必往寻问庞洪、孙秀，且亲自出朝往见当今，将此段情由剖奏明白。若要将吾侄儿难为了，吾为娘断不干休的。”潞花王曰：“遵懿旨。”太后又言：“须要对圣上说知，必要封赠他一家王爵乃可。奏上当今，须要体谅做娘情面。”潞花王应答时，耽耽搁搁，已是四更中了。潞花王梳洗已毕，将龙袍朝衣穿上，用过参汤，嵌宝璞头上戴，蓝田玉带半腰围。上了一匹白雪小龙驹，三十六对内监跟随，灯火辉煌引道。

慢说年轻千岁来朝。其时五鼓初交，狄青已经酒醒了，问曰："宝剑那里去了？"董超曰："没有什么宝剑的？"狄青曰："孙秀的脑袋在那里？"薛霸曰："休得如此。尔方才已被孙兵部拿下，难道不知么？"狄青曰："奇了，果有此事么？"把眼睛一抹，睁开虎目，立起来，骂声："孙兵部，尔这可恶奴才！"口中骂，又要洒步动身。旁边四名旗牌军扯住言："休要走，不要痴呆！孙兵部乃圣上的命官，你敢杀他的？倘杀了他，尔还了得！"狄青曰："吾若杀了此奸臣，抵当偿他一命。"四人曰："此地乃官员叙会之所，休得在此罗唣。"狄青曰："吾缘何在于此方？尔等是何人？"四人曰："我们乃包大人手下旗牌军也。方才尔已被拿，全亏我家大老爷巡夜而来，方得放脱，尔方免了此灾。如今大老爷、庞太师、孙兵部带尔前来面圣，且不要张声。"狄青听罢，言曰："不意有此等事，真乃妙、妙！罢了，且静静在此伺候便了。"

当日上朝大小官员，先后而来，叙集于朝房中候驾。时交五鼓，未央之天，只听得钟鸣鼓响，文武百官朝参，叙爵分列两行。圣上降旨："那官有奏，即可启明，以待宣批。"早有庞太师出班奏曰："臣庞洪昨夜与兵部孙秀拿得逃兵一名，唤狄青。身穿着潞花王服式，张着南清宫的灯笼，假冒王爷的刁棍。如今拿下，该得奏闻，以候圣裁。"天子闻奏，正要开言，又有包爷出班奏曰："臣启陛下，昨夜臣因于衢道上稽查奸匪强民，时初交四鼓，不想一名犯夜之民，被孙兵部捉获。但思臣是文官，他是武职，武员定例管理军兵，文职定然司管百姓。伏维圣上降旨，与臣将此犯夜民并冒穿王爷服式情由交臣询察明复旨，未知圣意如何？"当时圣上有旨："狄青不论是兵是民，总以假冒服式为重，即着包卿询明复旨定夺。"包爷称言："领旨。"翁婿二人面光扫尽，只得归班不语。

又道年少藩王驾到，直上金銮殿上。朝参已毕，即将狄青于王府降伏龙驹，母后问起因由，得据玉鸳鸯之事，一长一短，启奏明。当时天子闻奏知,心中也觉骇异。想来狄青是母后侄儿,是寡人表弟兄了。又转言道:“庞卿,尔也太欠主张,不该混拿御戚为逃兵犯人。倘母后得知,罪干非小。”庞太师听了,吓得跪倒丹墀,抽身不得。在旁孙兵部也是一般。只有包公大喜,暗思道:不意一介小民,乃一显贵王亲也,只好戏弄得两奸臣着急的。当时又有制台胡坤在右班中,听见圣上责斥庞太师,并知狄青是圣上内亲,暗中怒气冲冲,思想如今难以报孩儿之仇了。当下狄青如何处分,且看下回分解。

第十八回　辞高官英雄血性　妒国戚奸佞同心

诗曰:降生武曲英雄将,扶助江山第一功。
　　　枉尔群奸交冒嫉,昭昭天眼岂朦胧。

当下包公一闻圣上责斥庞太师之言,暗暗大喜:不意这狄青是当今御戚,好作弄得这两奸臣也。是日,嘉祐君王喜气洋洋,传旨:“宣御戚上殿!”值殿官领旨,降出午朝门,引见官乃包龙图。狄青闻召,即叩问包爷曰:“小人乃一介小民,穿了这等服式,如何见得当今?”包爷曰:“圣上不许则已,倘动问来,尔原说太后娘娘赐尔所穿的,便无碍了。”时包爷领了小英雄至金銮殿,山呼拜舞已毕,圣上钦赐平身。细观狄青,气概昂昂,好英雄小汉,便道:“御卿,可将尔世系重新细细奏与朕得知。”当时狄青听了圣上动诘世胄,只得将祖上世谱官职,尽细奏明。上闻奏知,喜色洋洋,又遵着母后懿旨,即封赠为王。狄青一闻上言,倒伏丹墀不起,口呼:“虽蒙陛下天恩浩荡,咸感无疆。但无功而受此重爵,于理上难行,免不得满朝文武批论不公也。”

天子言曰:“此乃朕遵着太后娘娘之懿旨,那有非理之所可议者?御弟休得过辞。”狄青奏曰:“臣启陛下,念小人并无寸功于国,格外恩封重职,纵然众文武大臣不议,即小人亦有何颜面在朝?故断然不敢拜受此重爵也。”当时潞花王巴不能狄青受职,岂知他偏偏不受，心中甚觉不悦。便道："表兄，这是母后娘娘的懿旨，断不可违忤的。"狄青道："千岁啊！微臣蒙太后娘娘、万岁龙恩，原不敢违逆；但毫无寸功于国，难以受此厚禄耳。但臣有一言启奏陛下。"天子曰："汝且奏来。"狄青曰："伏乞万岁降旨，着令英雄武将与微臣比武，臣若强如一品者，愿受一品职；胜于二品者，服二品；不过于三品者，即受三品职。此上不负太后、万岁之恩，下不干满朝文武之议；臣列于班僚之中方不有愧。此乃量材拔用，方见公平也。"嘉祐君王听奏，微笑曰："御弟言来有理，实可准依，即传旨文武诸卿，次日清晨伺候，寡人亲临御教场看比武。"众臣皆称领旨。又言："御弟二人自回王府，明天早往御教场中。"潞花王、狄青称言："领旨。"时已辰刻，候驾退回宫，群臣各散。

潞花王表弟兄一路回归王府，进至内宫，挽手同参太后娘娘。狄太后开言道："侄儿，不是姑娘埋怨了你，原不该夜深人静外出王府去行凶杀这奸臣。若非内监回来报知，又是牢笼之鸟矣。"狄青禀曰："并不是小侄平白妄寻生事，只因想起孙兵部奸贼，忿恨难消，时刻也难容忍，思杀这奸臣。不料到了天汉桥，酒醉就糊涂了，呆呆不醒，反被二奸所获。多感恩官包大人稽察救脱，奏明当今。"狄太后曰："既然得包大人脱尔，但不知圣上封赠尔什么官爵？"潞花王曰："王上遵着母后，封他一家王位。岂知表兄偏偏说不愿无功受此重职，反讨教场比武，然后封官。故今圣上已经降旨，明日清晨亲临御教场比武。"

当时太后娘娘听了，顿生不悦，道："侄儿，尔为人真乃不知进退也。不费吹毛之力，当今即加恩封赠尔为王爵，正乃平步登天之易。尔缘何反要逞勇恃强，场中校武？大欠主张也。"狄青曰："姑母娘娘，不是侄儿不知进退。吾自幼许为顶天立地奇男子，必要光明正大的行为，不受着别人背后言谈，方为无愧。况且笔头尖上文官业，刀剑撑持武将威。情面上为官，有甚希罕的？借武艺高强，量材调用，此乃大中至正之明理。侄儿立志如此也。"狄太后曰："侄儿，尔言虽有理，但满朝武将不少，内中岂无本事强狠者，而你只言自强，还更有英雄的。倘怯弱与他人，即要当场出丑了。别人耻笑犹可，若被一班奸党笑谈,连我姑娘也少面光了。”狄青曰:“姑母娘娘不须过虑。虽然满朝强似我者亦有,然弱于我者不少。侄儿自有主见,姑娘且免挂怀。”

狄青虽然如此说来,但太后娘娘心烦不乐,唤声:“王儿,虑只虑庞洪、孙秀与他结仇冤,党羽之中岂无武官狠强的?定然被奸臣托嘱,暗中算计了。况且刀枪之上,乃无情之物,万一失手便伤身,如何是好?”潞花王摇头曰:“儿也想至其间了。无奈贤表兄不听劝言耳。倘有差迟,便遂了众奸权之愿。”当时狄太后想了一会,道:“我儿,做娘有个道理在此:若要保全侄儿,且暂借太祖的金刀盔甲与他穿戴起,还有那人敢在他身上动一动么?”潞花王曰:“母后之言甚属有理。”狄太后即时领了宫娥、太监,来至中殿太祖龙亭位,焚香俯伏禀告太祖公公,要求借用盔甲,以保全嫡侄之故。告祝完,有司管龙亭太监,就将八宝金盔金甲一齐请出。两名内监,一人捧甲,一人捧盔。太后娘娘接过,谢恩而回。还有一柄金瓒刀,其日乃东平王值管,潞花王亲身往借,请回府中,以备明朝之用。

按下西边,却讲东边话文。原表两奸雄是日退朝,孙秀与胡坤随着庞洪回至相府。太师心头大悦,道:“二位啊!我想那小畜生是个痴呆人了,现在的一个王爵不要做,反要比武受职,不知他甚么想头。”孙兵部曰:“岳父,但如今冤家愈结愈深了,总要将这小畜生收拾了才好。”庞太师曰:“这也何消说的。”胡制台曰:“不知老太师有什么摆布之法?”庞太师曰:“一些也不难。待吾即日传请几位武员厚交的:王天化、任福、徐銮、高艾到来,教他比武之时将狄青了结性命,何曾费吹毫之力。”孙、胡二人听了大喜,说曰:“果然高见不差。”

当下庞太师即时差家人分头相请,只言请至相府芳园赏桂玩菊。又吩咐备列酒筵。翁婿二人等候,不一刻,先后而来。吃茶已毕,一会邀至待月亭,七人就位畅叙,待酒自有旁童。八音齐奏,韵雅铿锵。酒过数巡,有徐銮动问曰:“老太师,不想狄青就是狄太后嫡侄。孙兄,尔三位欲收除此人,如今反把狄青光辉到这个势头了。”高艾答曰:“若是狄青受此重职在朝,好比山林出了大虫一般。靠着太后娘娘的势力,必然横冲直撞,我辈休矣。我们岂不倒了威风?”孙秀听了，点头称言：“二位想来透论了。”胡坤曰：“原为此事，故请诸位仁兄到此酌量。但凭小卒如此猖狂，这还了得！”有殿前校尉任福笑而言曰：“列位老年兄，这狄青乃太后娘娘内戚，与当今御表相称，看来难以作对。这段冤家只可解，不可结的。”庞太师听了，双目圆睁，带怒而言曰：“任兄之言，直也欠通。尔难道不闻：狠小非君子，无毒不丈夫。这狄青乃吾翁婿所深疾，胡兄的大仇人，如何容得他过？”王天化问曰：“不知老太师意欲如何？”

庞洪曰：“老夫特因此事，故请各位贤兄到来商议。明日比武之时，将这小奴才一刀一枪，了结其性命。”王天化曰：“老师，若要了结狄青是不难事，只恐太后娘娘加罪，圣上诘责，这便如何？”庞洪曰：“此事不妨。从来比武争雄，律无抵偿之例。如若太后有甚言词，自有老夫与尔分辩；万岁诘责，有老夫力保，包得无事也。”王天化曰：“如若老太师包定无事，即在吾王天化身上，立取狄青脑袋便了。”庞洪曰：“这是老夫保得定，无妨的。”有孙秀、胡坤齐呼道：“王将军，才算得尔英雄胆量！”王天化曰：“孙、胡二兄，那里话来！俺明日若不取狄青首级，愿将自身的脑袋献上。”孙、胡大悦曰：“休得重言。”计较已完，复又畅叙，交酣劝醉。用酒毕，四人作谢，告别归衙；孙、胡也归府去。此日闲文不表。

再说次日，是当今天子亲临教场看比武，非同小可，故御教场中打点得清清净净，采山殿上排得整整齐齐，龙亭座铺着虎皮毡褥，殿旁围绕玉石栏杆，说不尽奇灯异彩，兰菊四芳，金炉霭浓。复又设立两旁东西的位次，好待公侯将相排班。是日五更初，满朝武职文臣，纷纷入朝见驾。众王侯大臣，俯伏金阶，恭请万岁往御教场看比较武艺。未知何时起驾，候旨定夺。圣上旨下：于辰刻起驾，着令一品文武大臣随驾，二品、三品文武俱往教场而去。当时一交辰刻，天子燕罢，排摆金銮起驾。侍御数百名，太监数十对，一路行程，笙歌嘹亮，香馥满街。一到了教场外，早有二三品文武官数十员，俯伏两旁，恭迎圣驾。

当下天子下了八宝沉香彩辇，太监们侍御等随从。至采山宝殿，升登龙位。文武臣再行参见，已毕，站立分班。潞花王复奏：“狄青已带来至教场中候着旨宣。”当时天子降旨:“狄青进见。”狄青听召,即顶盔贯甲来见君王。天子一见狄青用起太祖盔甲,顿觉慌忙,立起位来迎接。若言到赵太祖驾崩之后,遗下一顶八宝金盔,一副八宝黄金甲,一柄九环金瓒定唐刀。先王旨意,将此金盔铠藏在南清宫,另用座宝龙亭,谨敬供奉,四名内监,逐日司管。这柄金瓒刀,发与五家王爷,六日一轮,轮流值管。若请得出此刀,人人由他斩去首级。请得盔甲出见,满朝王亲御戚大臣也要俯伏恭迎。即当今天子见了此盔甲,亦如见了赵太祖一般。今狄太后欲使侄儿不受他人之害,故今请借了金刀盔铠与狄青用。故天子忙问潞花王曰:“御弟,这副盔铠是那个主意与他用的?”潞花王曰:“是母后借与他用也。”嘉祐王曰:“如若狄表弟能用此盔甲,即宋室江山也可让与他了。御弟即速回宫,请问母后才是,如若臣下可用王家之物,尊卑无序,君臣难以辨别了。”当下庞洪等暗暗欢然。潞花王听了,一想主上之言原不差也,即时辞驾回至宫中,禀明母后。狄太后听言,想来言曰:“这原是我失于打算,免不得满朝文武私谈了。但今已借了侄儿所用,儿啊!决不又收还的。汝对圣上言明,只不计较是先王之物,只作狄青自用之物便了。但只一说,倘狄青有甚差迟,总要当今讨取的。”当时潞花王应诺,拜辞上马,加鞭回来,采山殿上将母后的言辞一一奏知圣上。嘉祐君王一闻此语,觉微微含笑言:“母后真乃浅见多心也。原来借此盔铠金刀与狄表弟用,无非是恐妨别人所欺也。但他是一王亲御戚,众臣中岂不留情面与寡人的?”

当下狄青见君,山呼万岁。天子降旨平身,又传旨意:“三品武员先与狄青校武。”三品中称言领旨。天子又言:“贤御表须要小心。”狄青言:“领旨。小臣告罪了。”辞君下了采山宝殿,连忙上了现月龙驹,手执百斤重九环大刀,豪气昂昂。有庞家翁婿、胡坤、冯拯与着丁谓、陈彭年、陈尧叟一班奸党,巴不得将狄青一刀挥为两段。只有包拯、呼延显、韩琦、富弼、文彦博、赵忠献等一众忠良,实欲狄青取胜,以扫奸臣之兴。不一刻,只见三品武员中闪出一位总兵官,姓徐,名銮,年未满三十。生来一张紫膛脸,颏下短短微髭,平高七尺身材,顶盔贯甲,来近采山殿,俯伏见驾。不知比武那人胜负,且看下回分解。

第十九回　御教场英雄比武　采山殿恶党被诛

诗曰：强中更遇强中手，逞勇还逢逞勇人。
　　寄语力微休重负，且看刚暴必伤身。

再说总兵徐将军，俯伏奏帝曰："臣徐銮愿与狄王亲较比。惟彼持着先帝金刀，将人压制，还有那人敢与交手？伏维陛下降旨，着令狄王亲转用械器方好交锋。"有旨意下来言："太后有旨，金刀盔甲不作先王之物，不须转换，只作狄青自用之物。卿家不须过虑了。"当时徐总兵领旨下殿，骑上花鬃驹，勇赳赳，手持丈二蛇矛。两旁战鼓轰天，四围肃静。狄青金盔、金甲、持执金刀，目睹威严凛凛。徐总兵在马上，拱手呼狄青："王亲小将，徐銮奉旨与尔比较武艺，望恕粗率之肆。"狄青也横刀打拱曰："请总戎大人指教。"二人言毕，放开架势。狄青飞动金刀一起即落。徐銮纵马持枪，急架相迎。徐总兵虽然武艺不弱，怎当得狄青刀重力狠。徐銮枪上一连三挡五架，枪如秤钩，手疼臂麻。勒退马曰："难对敌也！"狄青一见，也不追赶，喜洋洋曰："如此东西，也来胡混！"又呼："那位出马？"当中三品班中几员武将，多在徐銮之下，只见彼交手，只挡招得三四架，自忖不用献丑了，是至三品班中无人出马。有庞洪等暗暗心忙："不道他一介小卒，有此高强武艺。"

当下三品班中退缩无人出敌，只有二品武班中，闪出一位带刀指挥，姓高名艾，年方四九上下，身长八尺余，脸如淡烟密刷，浓眉环目阔颔，颏下半截短乌髭。黑甲乌盔，手提大斧，拍打乌骓马。二人拱逊已毕，双方迎敌逞强。若论高艾本领，比徐銮高两倍，彼由武进士出身，官升至指挥，二品之中，算他头领英雄。斯时恶狠狠飞动大斧，当头砍劈。狄青金刀急迎。二马相交已十余合，高艾已急喘嘘嘘，招架不牢。连忙退后，连呼："狄王亲也强狠，小将无能了。"高指挥退归班内。当日不独潞花王与一众贤臣心悦，嘉祐君王也见蔼蔼龙颜，暗想:喜得此英雄小将,乃寡人之幸也。当时只有庞、冯、孙、胡众奸羞愧成怒,满面红红。又有长沙小将石玉,官居御使,慕羡狄青武艺高强,思量欲与彼交手,见个高低。但思他一者是太后内亲,二者乃忠良之后,倘或胜他,日后也不好相见,不如退步为高。

不表石玉思筹,当日二品班中见高艾已败,武将人人不敢出班。忽一品班中跑出一员猛将,声如巨雷,此人乃九门提督王天化也。生来青蓝面,头大腰宽,獠牙露齿,身长九尺,宛像唐时单雄信转生之貌。这王天化乃庞洪心腹门生,故上时已先奉着太师之托,今日要取狄青首级。彼穿戴上青盔金甲,手执青铜大刀,有双钩半轻重。座下浑红点子马,飞奔而出,大呼:“狄王亲,小将今日奉旨比武,倘有妄动得罪之处,休多见怪。”狄青称:“言重不敢当。小子武艺庸常,还望将军大人疏容一二,足领厚情。”王天化听了,冷笑云曰:“休得谦言。”当日王天化轻视狄青,大刀当头砍下,狄青那里着急,持定金刀散开。王天化原自恃英雄无敌,故不将狄青放在目中,岂知被他金刀一撇,王天化在马上一连退后两步。想来他乃一弱少年,劣劣之躯,没有什么狠勇,岂期如此利害!当下使尽平生技力赛战,将青铜刀紧紧挥去,大刀左右飞腾。狄青见彼第一刀架开,即一连两振,知是个无用之辈。但想来彼乃官高职显,且相让一二有何干。且持刀一架一挑,并不回刀。

当有潞花王见此,心中暗急:想来九门提督王天化,有名无敌大将,倘或狄青败于他,母后定然不乐了。当日不独年少藩主心头着急,连及众位老贤臣人人惊惧,恨不能两边住手。长沙小石玉暗暗思量:狄青与王天化杀个平手,倘吾石玉出马,何难杀败这王提督?但比武场中不许协助。斯时只有庞、孙、胡三奸暗喜:想来名不虚传蓝面王也!何不早早一刀两段,取他脑袋,还要挨到什么时候也?嘉祐君王细细观看二人比武,想来:狄青谅难取胜。倘有措手不及时就不妙了,母后怎肯干休。想罢,即忙降旨鼓金。君王旨召,两位英雄方才住马歇手。两旁校军扛抬过大刀,二人相拱揖逊下马,二驹小军牵过。一并同到采山殿上,两旁俯伏。君王开言曰:“二卿家的武艺均平,略无伯仲之分。今天较比一场,谁高谁下,不必认真起来。”即旨命狄青授一品之职。

狄青曰："臣有启奏。陛下今天亲临御教场，各献武艺，岂可不分高下？既未分高下，微臣焉敢受此显职？这断然不可。"天子曰："依尔主见如何？"狄青曰："微臣之见，自然见个高低才是。"王天化暗言：吾因看太后娘娘面上，故不伤害于汝。岂料汝不知进退，定要见个高低，只忧性命难保了。此时嘉祐君王闻奏，也无主见。庞太师自言曰："这小畜生焉能斗得过王天化？原算吾贤契的狠勇，吾也明透了王天化之意，一心到底碍着狄太后怪责，故不敢将狄青伤害。如若不能断送狄青，枉尔王天化平日称雄逞勇。也罢，待老才唆动，来断送这小畜生，才得遂愿。"即忙出班，俯伏奏曰："臣启陛下，从来比较技武，定然见个高低。谅来王天化有碍太后娘娘诘责，是以带着三分情，让过狄王亲。至当者，立下一纸生死状，彼此有伤，皆不计及，方可从新再比。伏维我主准奏。"

嘉祐君王一闻此奏，龙颜冷笑而言曰："同殿中比武，如同玩一般，又不是阵中厮杀，岂可弄成真的。况二人武艺一般均勇，方才已见，如今何用从新再比，立什么生死状来？尔心明将狄青欺弄也。倘或狄青有甚差迟处，太后娘娘已有言在先，要在寡人身上赔交狄青，尔可担当否？"狄青又暗言："这老奸贼想差了念头，吾无非逊让三分，彼即疑吾难胜王天化，故特来请旨立文书。若将王天化了结性命，有何难哉？岂不是奸贼尔害了王提督也！"当时即出奏曰："臣愿立生死文书。"天子未及开言，潞花王曰："狄贤兄，汝如立了生死文书，万一有伤，母后定然与万岁吵气。尔因何如此痴呆不悟也？"狄青听了，微笑曰："千岁爷勿忧，纵然吾死在钢刀之下，全然与万岁无干碍，太后娘娘何得追究？且请陛下降旨，立了生死文书，以待微臣决个雌雄。"嘉祐君王又曰："贤御表休得狂躁。既然立了生死文书，倘被伤了，决无抵偿命也。寡人劝汝受职为高。"当时狄青见说论得长编，厌烦了，带着怒，高声呼道："陛下，臣今断不敢受职；如要受职，除非取下王大将军首级。"狄青此言，激恼得王天化怒气顿生，大声言曰："如若立了生死状，本将军不断送尔一命，誓不称雄汉！"顿时蓝面涨成紫色，高声呼曰："请陛下准立生死状，待臣再见个高低!”当时天子只得准奏。

内侍传下文房四宝,即于殿下各立生死状一纸,大意言御校场中比武,即遇伤人,并无抵偿的原由。各立一编,各觅一位大臣见证,书花押。当日王天化见证人是庞太师,只有狄青见证没有一人书押填名。众王侯、大臣想来,狄青本领怯于王天化,如若做个见证,倘他被伤,太后娘娘追责,祸必干连了。别的诸事何妨,只此桩重大事那里有此呆人担当?众位忠良大臣,不约同心,故他见证无人。只有潞花王心急,带怒圆睁双目,看着狄青,暗暗言曰:“世间有此执拗呆人!圣上也如此恳谕,不须再比,以授官爵,岂不现现容易一品朝臣之贵,因何尔如此执拗不依?实乃自寻死路的。倘失手于王天化,只干连着圣上与孤家与母后淘气了。”

慢言赵千岁心中烦恼,又谈石玉透想机关,自语曰:“据吾看起来,狄青之技艺还在王天化之上,方才见他所用刀法,乃是虚招浮架,并不发刀。察其情,又肯立生死状,定然复有本领使来,可胜王天化。可笑众臣无此胆量做个证人,待本官与他做个证人也何妨。纵然狄青死于王天化之手,即太后娘娘诘责,将吾处决了,无非将一命结交了此位英雄耳。”即出班见君王曰:“臣石玉愿与狄王亲作证人,伏乞准旨书名。”嘉祐君准奏,石御史即押填上名,仍复归班。有勇平王高千岁顿然不悦,双目注看石玉,言曰:“可笑贤婿,为人毫无智识也。倘然狄青被伤了,连尔一命也难保。”当时意欲阻挡,无奈圣上已准旨,又已书上姓名。

不表年老王爷烦恼,且说狄青得了证人,二纸文书呈于龙案之上。嘉祐君对王天化曰:“卿家须要谅情些。狄青乃朕内戚。”王天化曰:“臣领旨。”王天化自语曰:“生死状已经立了,还有什么谅情的!”二人离了采山殿,各请上马提刀。战鼓复响,九环大刀一起,青铜大刀架迎响亮,火光并出,闪烁交加。二马飞腾,已有三十合,还未见高低。若论王天化,也有千斤狠力,当日只见立了生死文书,要取狄青首级,故今舞动大刀,左右上下砍发,尽着平生技俩较比。狄青曰:“方才且让尔三分,如今顽真了,让尔不得,取尔脑袋下来也!”即将九环金刀紧紧挥逼十刀,杀得王天化只有抵挡之工,并无还刀之力。越觉两臂酸麻,双手振痛。正思量败走,却被狄青持刀背砍去。王天化慌忙大刀撇架,即要还刀,早被狄青顺转刀口落下,喝声:“去也!”向着王天化太阳斜半面劈下。喊叫得一声,王天化合体分为两片,跌于马下。狄青笑曰:“王将军,小子狄青得罪了,伏祈恕怪也。”将身一摆,下了雕鞍。庞太师等见了大惊,呆呆瞪着双目。有韩爷呼道:“千岁!”包公、石御使一众贤臣大喜,人人钦羡英雄武艺。

又表狄青身躯止得七尺余,王天化将有一丈之高,怎能从他上体劈下地中?只因现月驹比王天化青鬃马高多三尺,故而一长一短,两英豪比来原是一般高。当日劈死了王天化,各位武员、将士人人吐舌摇头,那里还再有一人出马。若云王提督身死,虽云庞洪挑唆,但彼趋炎附势,混交于奸臣党羽中,身居重职,不念君恩,未尝无罪。而今一死,亦自取哉,而且污名难免。前后有诗讥叹之曰:

为国致身臣子任,趋奸党恶必忘君。
扬名百世忠良铭,遗臭千秋志佞人。

当日君子降旨,着令狄青去了盔甲,更换一品朝服。狄青即称言:“领旨。”有庞太师出班奏曰:“臣有启奏。”天子曰:“庞卿有事且奏朕晓。”庞太师曰:“狄青虽云王家内戚,但未受王封,乃一子民耳。擅敢无礼,当驾前杀死大臣,应得取罪,未便赐其一品之职。望我主龙意参详。”不知嘉祐君王如何处分,将狄拟罪否,且看下回分解。

第二十回 奖英雄荣封一品 会侠烈晤对相投

诗曰:明君有道重贤良,风虎云龙此日当。
慢语赓扬难际遇,一朝期会见鹰扬。

当下嘉祐君王听了庞太师奏言,未及问答,早有潞花王奏曰:“思忖比武者,各逞平生技俩。况已当御前众臣耳目立下生死文书,是乃铁笔,无更异言,王天化伤了狄青亦不能加罪。老国丈言差矣。既唆言立生死状,又欲背约倾人,诚乃出乎尔反尔。尔亦拟青罪,其唆立状者其谁之咎?”天子闻言,点首开言曰:“御弟之言明而更公。庞卿勿得多辩。”即宣狄青更换一品朝衣。当日英明天子将庞太师面光扫尽,此老奸羞惭满面,呆呆不敢复辩。孙、胡二人,也恼得通脸涨红。时狄青卸下金盔金铠,着人请回南清宫收管,九环大刀送回王府收藏。狄青更换朝衣:一品蟒服,气象岩岩,轩昂雅质,俯伏面君。君王传召,钦赐御表弟平身。言:“武艺奇能,即授王天化缺职,再勿固辞。”狄青谢恩起来。传旨摆驾回銮,众文武随驾相送。又旨:“恩赠收殓王提督,用侯礼,世禄其子。”是君上加恩。王天化夫人闻报,哀哀痛哭。满门老小,恼恨庞太师害了王提督。

不表收殓事情,却说潞花藩王,手挽狄青并归王府,进宫朝见。太后娘娘好生大悦:“难得贤侄儿年少英雄,今已足抑尽众奸臣也,可与先人有光及吾姑娘壮气。”是日,南清宫内设张筵宴,潞花王弟兄把盏,先敬高年。

闲文少表,即日潞花王传旨:“着令王提督家属人口,限以三天内迁衙署,以待狄王亲接印。”连日新任提督先往呼府拜见静山王,谢了前日赠刀杀奸之情;复往谢韩琦叔父;后拜望各位王侯大臣;并谢石御史于教场内作证。众皆留款酒宴。内有领的领,辞的辞,长编之书,一难尽述。次日朝罢回来,又往拜谢包公,谈论一番,不觉已交辰候。包爷留挽,狄爷不好却意。叙间说起庞、孙翁婿二奸权,狄青曰:“未知缘由,与晚生结此深冤,好教吾难揣难猜这两奸徒了。”包爷听了,微笑曰:“狄王亲大人,尔还不明也。据下官看度来,不因别故,只为前时胡伦之父胡坤——他乃庞洪党羽,拜他门下,孙秀是为相助。今乃朝中奸党成群,犹如蛆附臭穴窠中,焉有美虫?尔前者伤了胡伦,下官看尔是个有用英雄,又除民害,将此开释免究。故此贼怀恼在心,上日借着演武题诗为由,将尔诘责要斩,也是如此。”

狄爷听至其间,方觉醒悟。曰:“包大人明见,猜测不差。”包爷曰:“王亲大人,下官想来也怪及于汝。是汝原有差处:当日也不该恃勇将胡伦打死。他虽犯法害民不少,死有余辜。论理,执政惟官吏可杀。若非下官知尔是有用之人,将尔开豁,一经到官辩理,定然依律抵命了。”狄爷曰:“这原是大人之恩德也。”包爷又曰:“即前日既奉命执金瓒刀杀这孙秀,不成即可了,缘何又力降狂马,被庞府家丁诱去? 是尔躁莽,不知机之过。并且昨夜醉得如泥,又要持刀往杀孙兵部,亦尔之差也。况乎子民杀官,事关重大。杀不成,又醉中被他拿下,这原是尔少年心性,轻妄不谙也。今已拘于官箴,以后须知切戒,方不误大事。”狄爷听了,曰:“大人金石教谕良言,晚生敢不佩服? 种种提拔之恩,没世不忘。”包爷曰:“休得重言。下官不过度理而劝言耳。即今尔虽高御戚,但庞老贼是圣上得爱之臣,宠妃之父,从不畏别人官高势重,暗恶阴谋,人人怯惧。尔须刻刻要当心。”狄青首点言诺。又曰:“敢问大人,这张忠、李义,未知怎样处分?”包爷曰:“下官原知彼二人亦是少年英雄气概,不愿将他归入重典,只拟个误伤人命,断个缓决之罪耳。”狄爷曰:“足见大人保赤之恩,惜重人材也。”

包爷又曰:“下官想来可发一笑。”狄爷曰:“未知大人所笑何事?”包爷曰:“笑只笑孙、胡、庞三奸,千般暗算。纠合众厚交党羽,又挑唆立下生死文书——欺着汝再无本事可胜王天化,故力唆立生死状。但这王天化乃武状元出身,果有一膂力千斤。今天老奸贼将尔计算,反把王天化一命断送了。可笑这党奸臣,空徒打算也。今王天化虽死,反害得他夫人年少无夫,子幼无父,觉也生怜。”狄青道:“包大人,不是吾晚生夸能。倘有日捉得奸贼破绽,定然削草除根也。”包公听了,只管点头称是,暗言:尔虽则英雄,原是个鲁直之夫。朝中多少能臣,也扳他不倒,尔初出仕的少年,虽有此志气,焉能即办得来! 当日谈论多时,重酌交酬已毕。狄爷作谢而别,却归王府,别无多叙。

却言提督夫人米氏,遵着潞花王钧旨,三天之外,衙署已迁清楚。当有吉期,狄爷进衙内,有相得大臣多来护送,衙役、伶人数百恭迎,别有一番庆闹。只因无关之论,却不重言。

又表狄太后喜得狄青,不啻见睹亲兄,故爱惜彼,不异亲儿一般。缘他是将门之裔,要将太祖金盔、铠甲赐赠侄儿。狄青推辞言:“先皇之物,臣下不敢动用。”太后又传懿旨,照式造成盔铠一副,九环金刀一柄,又将血鸳鸯一对嵌镶在金盔左右。此宝能避诸邪妖物,刀枪箭石不能侵。狄青谢恩拜受。

再言石御史，一天闲坐衙中，想来：与庞洪有不共戴天之仇，父亲无辜，一命被他陷害。又想上年与母初至汴京，屈指光阴又已一载。已经送母还乡，托了姐丈夫妻二人，代着本官承欢膝下，略觉无虑。第思去秋与母离乡别土，到汴寻觅父亲，中途困乏，后得奋勇斩蛇，今职御使。可恨庞老贼伤吾父命，未知何日得雪深仇，不觉为官蹉跎一载。又想：这奸贼又与狄青作对，不知为甚因由。前数天狄青一比武时，这些武将多人不是他的对手。一伤了王提督，旁目老奸臣满面怒容，定然二人合谋暗算狄青，故力请立生死状，亦此意也。吾前日收拾了白蟒怪，多言本官狠勇，岂期又出一狄青英雄，不在吾下。但吾二人，多是庞洪眼中钉。况狄青狄太后一脉之亲，上日彼来拜望，在先前时，他在王府中，不便往答拜，彼今已归署所，不免前往答谢也。

是日石郡马端正衣冠，高乘银鬃白马，十六对家丁拥护，相随一程，而至提督府门。令人通报进内达禀。若照官规，自有尊卑之别。狄青因彼是勇平王之婿，又曾与己作见证人，是个义侠之辈；而御使与提督之职，不分上下之官，吩咐大开中堂门，恭身迎接至后堂。分宾主坐下，叙说温寒一番，复提及庞太师。石爷曰："彼老贼是个弄权不法大奸臣，不知又与王亲大人何以作对，乞道其详。"当时狄青将包公忖度之胡伦事一一说明。御使听了微笑曰："这老贼好没分晓，为着他人事情，将个冤家担在自身。但思王亲虽乃英雄之汉，怎奈庞贼阴谋狠毒，甚于蛇虎，倘被他暗中又起波澜，难出奸臣圈困。这便如何?"狄爷听了，冷笑曰："石大人，庞贼奸谋，吾也原防早备。但削佞除奸志不忘。"石爷听了，点头曰："倘然如此，本官也感大人之恩也。"狄爷曰："郡马大人何出此言?"石爷曰："一言难尽。"将庞洪陷害，父仇未报，细细言知。

狄爷听罢，曰："原来郡马也是会中之人。"石爷曰："狄王亲，尔若除此奸佞，只消请了太后娘娘懿旨，则何难剪除庞贼众奸党?"狄爷曰："大人那里话来? 若靠了太后娘娘势力，将人抑制，则尽可杀人不偿命了。此言不必言也，说来只恐被人入耳笑耻，识智低了。庞贼岂无权势倾消破绽之日乎?"石爷听罢，觉得失言没趣了。即曰：

“足见狄王亲丈夫气概，下官失言了。”顿时告别。狄爷曰：“下官狂言差了，莫非郡马大人见怪？”石爷曰：“非也。莫逆之交，岂因言语中执泥者？”狄爷曰：“如不见怪，再请坐少时，奉敬数杯薄酒，略表敬诚，然后回府如何？”石爷曰：“不敢叨扰，改日再领情。告辞了！”狄青殷勤留款不住，只得送别。石御使回归府中，想来：狄青原是气量清高之英雄，只因思报亲仇，心急口快，恼怒而失言了。此时不可将石玉错看了，彼原赞美狄青志量宏高，心中敬爱。

慢语石爷思虑，书中再表狄青，因当日闲中无事，思起身入王家显贵，想出几条心事来：一者撇不下生身之母，未知死活存亡；二来抛不下张忠、李义英雄两弟。自于万花楼一别，至吾今日身荣安享，彼在牢中苦挨，不知何日得出牢笼；又思及王禅仙师救难之恩，道德清高，阴阳准断无差。原许我至汴京得会亲谊之人，前时未知因果，现今姑娘身入宫闱荣贵，三番数次，死里逃生，得遇姑娘，皆亏韩叔父之荐，方得今日身荣，可知师父之言不谬。但吾一心还期安邦保国，扫除外寇，灭尽内奸，是吾志也。

不表英雄思念，却言狄后娘娘，一天心头自悦，只因思起姑侄重逢，狄门香烟有靠，追思往事，如同春梦。自离故土已经二十年，南清宫内，身作王妃，生下王儿赵璧。未及半载，陈琳救得太子进宫，八王爷收育为己子，抚育一十六年。自太子一经救出，即晚火焚碧云宫，可怜李后遭其一难，只落得刘氏太后安享逍遥。即当今王儿，那里得知认仇人为嫡母。数载之后，八王爷殡天，先帝真宗数载后得胜还朝，不一载亦驾崩。早立了太子登基嗣位，年方十七，至今二载。老身今已安享晚年天福，但因故土心牵，难得今日姑侄重逢，狄门香烟有种。喜得侄儿虽然年少，生来烈烈英雄汉，心性清高，令人敬爱。无功受职不为，自要校场比武逞奇能，立下生死状，险也令人惊心。岂料他有此本领，伤却王提督，目今已一品高官。但未成配，须要寻觅贤淑娇娥匹配，重整先人宙宇、坟茔，振作旧家园，方不负侄儿显贵，吾之心愿毕矣。但连数天不会侄儿，心殊怅怅，不免宣来，谈及此事便了。顷刻便传懿旨。九门提督闻召，即刻端正衣冠，至王府内拜见。

太后娘娘心头怡悦，赐坐于旁。内监递过龙泉茶一盏。狄太后开言道："侄儿，想汝父亲弃世，母子相依，又逢水难，汝得仙师搭救，但母亲未知生死，汝今思念否？"狄爷曰："提及吾母亲，使吾心更切。一自耽搁仙山七载，日日思念老萱亲。但想当初身入波涛之内，怎得复有王禅相救？想来娘亲定然不在世了，只可怜身躯若浮萍飘泊于水晶宫。"狄太后听了，不觉心酸，下泪不语。半晌叹声，曰："贤侄儿，汝今已身荣一品，无奈故居府第，先祖庙宇茔坟被水塌坍，已成白土。今须重壮门墙，昭耀先人才是。未知贤侄意下何如？"狄青离位称："是。姑娘大人训谕，敢不如命！"太后曰："虽然如此，但汝乃一武员之官，那能抽俸费办？待吾发出黄金四千两，差两名得力官员前往料理可也。"狄爷曰："恩谢姑娘大人费心。"狄太后又道："贤侄儿，为姑娘还有事说与汝听。知汝今年少，官居一品之荣，无如内助人尚缺，待吾与汝细选贤淑作匹，以主中馈便了。"狄爷曰："姑娘此说，且慢酌量。待侄儿觅回生身母着落，如若果不在世，是终身不娶了。"太后听了，摇首曰："如此，是痴儿了！枉汝是一英雄汉子，理上欠通。汝不闻不孝有三，无后为大。为人又岂欲斩绝宗枝的？即汝母亲不在阳世，亦要继后传流。愿汝今天遵着吾言，倘得汝香烟种有赖，吾姑娘复有何忧？"狄青只得曰："谨依姑娘训谕金玉。"

言谈未毕，潞花王已至内宫，表弟兄相见，欣然喜色。叙礼复坐，叙谈一刻间，不觉设摆华筵，弟兄对酌，音乐和鸣。欢叙间，已是红日西沉。狄爷吃酒至半酣，用过晚膳，狄太后曰："恐妨侄儿酒醺醉了糊涂，又往外厢生事故。"止打发随从人等回衙，将狄青留宿于王府中。次日饭后，方拜别太后，又辞过潞花王，还至署中。数日后，狄太后选择吉期，发出黄金四千两，差文武官两员，竟往山西西河修建狄家坟茔第宇而去。不关正传，不须详言。不知后文如何交代，且看下回分解。

第二十一回　荐解军衣施毒计　趁承王命出牢笼

诗曰：英雄出现异寻常，蹈险行危不较量。
　　为国勤劳无别念，留名青史见馨香。

话说左都御使胡坤，前者儿子胡伦死在狄青之手，反被包公将他开释了，几次杀他不成，如今又是狄太后内亲，当今御戚，官封一品，那敢动他？一天，孙兵部与胡御使并车排道来见庞太师，议及一番。庞太师定下一计谋，呼声："胡贤兄与贤婿不必心烦。老夫想来，前月杨宗保一连三本，催讨军衣，如今军衣已经赶造完成，定于本月十五起解。待老夫保奏狄青做名正解官，那石玉这小畜生又是容他不得，保荐他为副解官，好待两条狗命一刻倾消也。"孙秀曰："岳父大人，即解送征衣，如何害得他二人性命？"庞洪曰："贤婿，尔未知其详。前月仁安县王登有书到来，言他金台舍驿中有妖魔作祟伤人。惟县丞乃老夫的门子，待吾修书一封，前往拜托，他照书而行，这双小畜生还不中计？"孙秀未及回言，有胡坤曰："石玉曾斩过白蛇蟒怪，狄青曾降伏龙驹狂马，这两名奴才何曾畏惧什么妖邪？倘然此计不成，也是徒然打算了。"庞太师听了，冷笑曰："此计不成，还有奇谋打算。再修书一封交寄潼关马总兵。此人姓马名应龙，是吾心腹家丁放升的，一见了老夫的来书，岂敢违忤。教他如此如此，纵他不在仁安县死，定然潼关上亡。尔们思此计妙否？"孙、胡听了大悦，曰："此连合计谋大妙也！"顿时双双告别。

至次日，庞太师奏知圣上，言："三十万征衣已经造备完成，惟缺能士解官。但臣遍观满殿文武官员，皆不可领此重任，惟狄王亲、石郡马二人智勇双全，此去可保万全。望吾主准奏。"天子旨下曰："依卿所奏。"即旨召取至二英雄。金阶朝谒已毕，旨命钦赐平身。曰："二位卿家，只因边关杨元帅催取军衣，即于急用。三十万已经赶备，惟缺能勇解官。兹有庞卿荐保二卿解送，狄表弟为正解官，石郡马作副佐官,不知二卿可往否?”狄青一闻此旨,想来:“莫非又乃庞洪用的奸谋?吾今若不领旨,反被他笑我无能,没此胆量。即解送军衣,也是非难事,即差吾往边关破敌也何妨?想罢即奏曰:“臣无功劳尺寸,身受陛下隆恩,不啻天高地厚,敢不遵旨而往?”天子又曰:“石卿之意何如?”石玉想来:狄青已领旨,本官岂得推辞。即奏曰:“国家有事,臣下当代劳。臣何敢忤旨?”

天子又曰:“狄卿,但解送一事,律有限期:定于一月解至,如迟一天,打军棍二十;迟误两天,耳环插箭;三日不至者,随到随斩。这是军法无情,将在外,君命有所不受,杨元帅执法,即寡人也不便讨饶。卿家二人也须立定意见,可行则行,不欲前往者,待寡人另立差官解送。”数句言词,乃圣上暗点狄青勿往之意。岂期狄青会意差了,想来:圣上也用反激我们。但吾有现月龙驹,不消半月可至,有何惧哉?即奏曰:“臣愿遵定限;如若违误限期,甘当军法。”天子曰:“倘卿果误了限期,杨元帅执法无情,必然处治,母后定然着恼,即朕也不安。”狄爷曰:“臣既不误限期,难道杨元帅还执责于臣的?”天子听了,舒颜点首曰:“传旨意,与兵部挑选三千锐兵,备下文书旨意,前操十万之师,且待调回招讨使曹伟,为后队进发。”

当时狄青又想:李义、张忠二人,尚且羁留于囹圄之中,不免趁此机会奏明圣上,将他二人释放出狱,庶不负当初结义之情,又得同伴前往,有何不妙?即奏帝曰:“臣启陛下,臣未遇之时,与张、李二人在酒肆中,因酒招灾,误伤了胡公子。曾经包待制判询明白,现发于狱中。但误伤者,原无抵命之罪。但二士虽乃一小民,然武艺超群,不居臣下。当初义结金兰之日,许以患难相均。伏乞陛下开恩,旨赦二人,与臣共往边关,以防路途虞阻,或可将功折罪。”圣上准旨,即命包拯询明定夺。是日退朝,各也不表。

单提狄爷回衙,下坐未久,有内役禀知:“石郡马拜访。”狄爷闻言,即开中门迎接,分东西阶并进后堂,弟兄相称。只因二人乃年少英雄,言谈得投机意合,今者又共往边关,故石爷特来拜望。当时二人见礼已毕,石爷曰:“狄哥哥,吾料庞洪荐吾二人解送军衣,谅非好意也,须提防小心。”狄爷微笑曰:“贤弟。”——又表明白,原来石玉年长于狄青三岁，乃敬彼是王家内戚也，是少兄长弟之意。当时曰："纵然庞贼群奸设施计谋，焉制困得吾英雄之汉？贤弟，尔若介怀畏怯者，吾自抵挡也。"石爷曰："哥哥，尔那里说来？小弟岂是怯劣之夫？如或惧彼奸谋百出，吾亦不愿在朝为官了，一心还要报复不共戴天之仇！"狄爷听了，点头曰："足见是英雄胆量了！须早打点动身。"石爷曰："这也自然。但还要请问哥哥，方才启奏这张忠、李义缘故，祈与弟知之。"狄爷即将结义在万花楼，打死胡公子之事，一一说知。石爷听了，微笑曰："哥哥既然结交生死之重，便当救他出牢笼，及早关照包大人，好待复旨圣上。"狄爷悦曰："弟高见不差。"当交辰中，狄爷留款，双双持盏欢叙闲谈，一言难尽。

用酒膳已毕，石爷谢别，随从多人回还府内。有彩霞郡主动问丈夫："未知圣上相宣如何，还祈达知。"石爷曰："郡主未知其详。只因庞太师这奸贼，在圣上驾前荐举本官与狄家哥哥解送征衣往边关应用，故有旨宣召。"郡主听了，顿时不悦，曰："君家，汝今领旨否？"石爷微笑曰："君王有命，为臣岂得推辞？"郡主曰："君家，汝可晓庞贼奸计狠毒，当初已把老公公谋害了，如今又妒忌汝为官近帝，犹恐君家要报复父仇，是以平地立起风波。今荐尔往边关，定然差心腹人在前途等候暗算，要斩草除根之意，如何是好？"石爷曰："郡主休得担烦。本官与狄哥哥乃是英雄杰汉，岂惧庞贼诡谋？今既奉旨，岂容推卸，有奸谋，也必往也。郡主奚用挂牵，但愿平安还朝，夫妻再叙。"当时郡主花容上眉锁不开，只为女流胆怯情柔，是皆如此。银牙切咬，大骂奸权，只得将此情由上达双亲。高王爷闻此，心头大怒；郡太夫人气忿不过，骂声："庞贼万恶刁奸，须千刀万剐不足尽其辜！贤婿在朝，吾得相依，今又使甚么奸谋，荐彼往边关。吾年老夫妻，止存一女。贤婿此去，吉凶未卜，倘被奸臣害了，倚靠谁来？"勇平王也是一般愁闷。

慢表高家不乐，再言狄太后得知，心中烦恼，即日宣至狄青。开言唤："侄儿，汝缘何全无主见，只听奸臣挥调的？况今已隆冬在即，朔风凛烈，大雪纷飞。倘然风雪将儿阻挡，耽搁了光阴，违误限期，杨宗保的军法如山，岂认得汝是王亲御戚，定然受亏了。教吾不尽挂牵，不免待吾打发王儿，伴汝共往。”狄爷曰：“姑娘休得挂牵。侄儿有此龙驹，限一月光阴也能转回。”太后听了，想来：侄儿乃卤直英雄。即曰：“汝一人自然仗得龙驹倚赖，一月可以回来。只今三千兵丁，难道人人都有龙驹的？侄儿且不往为妙。”狄爷曰：“吾自许是烈烈男儿，大丈夫些些小事看得甚也平常，管教此去毫无所碍，即月回朝。”狄太后想来：侄儿乃执性的硬男儿，须由他去，只命王儿伴他前往。

原来太后爱惜狄青，一来只惧庞洪暗算，二者恐他耽误了限期，杨宗保执法无情，故要潞花王与往，可保无碍之意。此是妇人爱惜之见，皆已如此。岂期狄青看得甚不介意，再三推却力辞。潞花王曰：“倘兄果误了限期，杨元帅岂徇情于汝，定然执法处正的。况又庞洪所荐，不知他又用什么阴谋。不若待弟伴尔前往，方可无虑于心。”狄青听得厌烦了，即言曰：“姑母娘娘，侄儿性命只付由天命，人或死或生，自有分定之数。若仗着姑娘、千岁势头，压制别人，反被群奸哂笑，非为丈夫也。”说罢，辞别娘娘，回归衙去。

当时太后娘娘想下一个主意，即传懿旨往天波无佞府，召宣佘氏老太君。旨下，太君不敢停延，即离却天波府，驾銮车竟至王府内，朝参太后，山呼之礼。狄太后即命宫娥扶挽，赐坐于旁。茶吃罢，佘太君开言曰：“不知太后娘娘宣召臣妾，有何懿旨？”太后曰：“劳宣太君到来，只因侄儿狄青，小小少年，初出仕于朝廷，不知利害，领了当今之命，解押军衣往边关。但此去只愁关山险阻，雨雪延绵，违却限期，犹恐令孙执法森严之缘故。”佘太君听了，曰：“原来娘娘为此挂怀。何不降懿旨叠往，吾孙儿怎敢违却？”太后曰：“吾的旨意也无如太君的手书更切也。故而请汝到来商议，有劳太君作书一封，待吾侄儿亲投与令孙，纵然他程途上多耽阻几天，也无妨碍了。”太君曰：“折枝小事，有何难处？待臣妾就此修书也。”太后大喜，即唤宫娥取文房四宝。佘太君举笔，大意只言：狄钦差领旨解送军衣，因他是太后娘娘嫡侄，狄门后继一人，倘然违了日期，须要从宽不究，凡事要周全，看体娘娘金面，叮嘱一遍之辞。书罢，送与狄太后。太后观看毕，欣然喜悦。当日佘太君不曾带得图印，立刻差人到天波府取至珍藏印，打上固封。太后接转收藏过，即排筵相款。佘太君领谢了，少停回归天波府而去。

话分两头，再说狄青是日打道前往见包公，只为张、李弟兄，言知包公明察，从宽复奏之意。包公曰："下官原知二人可为武职，今得狄王亲奏明圣上，下官可以从宽复旨。但王亲此去押解征衣，是庞老贼荐的，谅有奸谋，路途上须要提防。又属重任之事，倘然途中阻隔，误了批期，杨元帅执法无情，不认汝是王亲，定然正法不饶。如今下官预修书一封，汝且带藏在身，倘恐违限期，自有照应。"狄爷领书称谢，顿时告别回衙。次日，包公上朝奏明圣上："张、李二民，果无抵偿之罪，实乃误伤，跌扑死胡伦。二人仍禁于狱中，以候圣旨。"当有旨命："既胡伦自跌身死，焉能牵连得张、李抵命。今准狄卿之奏，恩赦二人，护从押解征衣，将功折罪，回朝赏劳升职。"包爷言："领旨。"当时气恼得庞、孙、胡三奸，暗咬铜牙，深恨包公开释二凶身。料想狄青先奏明二人护押征衣，再奏圣上亦不准。

当日退朝，有包公回衙，释出张、李。二人拜谢包大人，包公言明："狄青，太后内戚，今已官居九门提督。汝二人是他保奏出狱耶，可到衙门拜谢。"二人听了，喜从天降，拜别包大人，一程飞跑至提督衙来。狄爷早已预吩咐两旗牌官，引进二人，沐浴更衣。然后中堂三人晤会，彼此欣然。狄爷曰："二位贤弟请坐。"张忠曰："如今哥哥是王亲大人了，我们何等之人，焉敢望坐。"狄爷曰："汝言差矣。想当初结义之日，各愿苦乐相均，患难相济。岂料祸生不测，至二位贤弟身禁囹圄之中，为兄非但不能甘同患难，亦无能为与解纷，过意不及。今始脱罪，伏望贤弟大度海涵，不怪愚兄。"张、李二人听了知如何，下回分解。

第二十二回　出牢狱三杰谈情　解军衣二雄言志

诗曰：当兴运会出贤良，撑定乾坤佐帝王。
　　　佞者若登为国患，忠臣出现必安邦。

当下张忠、李义闻言，打拱曰："哥哥言重，使弟羞赧无措足之地了。"狄爷曰："二位贤弟既不见罪，且请坐。"二人欣然落坐两旁。内役献茶毕，二人合言动问："难得哥哥一朝平步登云，古今罕及。自从包公堂上别离，只道今生难期再会，但不晓哥哥一朝荣贵，祈言弟得知。"狄青曰："言来也觉长编。"将身投在林千总当步兵，后被孙秀陷害，幸逢五位王爷救脱；又将呼千岁赠金刀杀奸之事述说一遍。二人曰："哥哥，当日千岁赐汝金刀，未知汝有此胆量去否？"狄青曰："也愿往也。只杀这贼不成。"张忠曰："哥哥，不杀这奸臣既非英雄汉，又徒然负却静山王之心。"狄爷曰："二位贤弟有所不知。"又将降狂马，得庞府继英通线，逃难于韩园，后荐伏龙驹，得认太后娘娘，至比武得官为止之经过说了。张、李曰："哥哥既是太后娘娘亲人，如今岂惧庞、孙众奸再使刁的？"狄青曰："奸臣虽奈我何不得，但他狠毒之心未已，不知他又生甚么诡谋，竟在君前保奏吾二人解送军衣。"张忠曰："哥哥，这奸臣定必又生恶谋了。但未知尔今领旨否？"狄青曰："二位贤弟还未知，今日虽然是庞洪恶计多端，押解军衣乃圣上所命，如辞旨不往，一者逆忤君上，二者被庞洪哂笑，言吾无此志量。若畏惧他奸谋计算，辞旨不往，非为丈夫也。"张忠、李义齐曰："哥哥此语言来有理。汝还要何人同往。"狄青曰："愚兄为正解官，御使石郡马为副佐。"张忠曰："为此，我们也要随从哥哥前往来了。"狄青笑曰："贤弟，只因尔二人坐禁牢中，愚兄无日不切思，故特借此为由，保奏尔二人出狱，随同押护征衣，将功销罪。同到边关，见机而行，立些武功，有何不妙？"

二人听了曰："哥哥高见不差。"狄爷曰："贤弟，吾还有句衷肠之语，在别人跟前并不说出也。"李义曰："哥哥有何要语。"狄爷曰："目今西夏兵犯边关，久闻兵雄将勇，杨元帅前者有本回朝，来请救兵，目今难以退敌。不是愚兄夸张，不独杀退边关围困之兵，即领旨往平西夏，也是非难之事。"张、李二人道："哥哥说来，尔却愚了。"狄爷曰："何愚之有？"二人曰："汝何不即于驾前讨请旨意，前往征西，显些本事与庞、孙众奸贼看看，岂不更妙么？"狄爷曰："贤弟，吾若在驾前请旨征西，也不是希罕。押解征衣到得边关，即在杨元帅帐中，也不说明。但在此见景生情,将兵马出于意外,大破西夏兵,方使庞洪众奸党心头畏服。奏凯还朝,乘机将奸党拔除,方得朝中宁静。"张忠听得"奸臣"二字,觉得怒气顿生,曰:"哥哥,尔是个绒囊子,不中用的!尔既称烈烈英雄汉,王亲御戚大势头,前时被奸臣陷害,险些丧命,死中得活,那里还待得及奏凯班师! 小弟甚也容他不得! 倘哥哥若付三尺龙泉剑与小弟,若不将庞、孙、胡三奸首级拿来,即将己首级献上。"

旁侧李义冷笑曰:"张哥哥,汝且收忍耐些乃可,休思动凶。才得身脱牢灾,又思闯祸,倘若再犯时,脑袋难保了。"张忠曰:"三弟虽然如此,但这些群奸,令人一刻也难忘忍性了。倘杀得三奸臣,万死不辞,并无翻悔。"狄爷道:"张贤弟,今异于昔矣,也须耐着三分性子。前日身为百姓,一口一身,纵然死活,有何干碍? 汝今刺杀了奸臣,不独自身有罪,究起来,愚兄先有干连,难得到边关去了。不若权且忍耐,待奸权终有露破绽之日,然后削除,岂不得当?"李义连声称是,张忠默而不语。李义又言:"绸子、什物、银子,且交付周成店主也罢。"张忠曰:"如今何暇计及此事的。"当日狄爷吩咐,排备酒筵,三人持盏言谈多少,言难尽述,是日不提。

到了限期日,乃九月初八日,端备了三十万军衣,车辆满载,正副领了批文,张忠、李义押管三千兵丁,车辆粮草悉备,随从二位钦差,拜别忠良,不辞奸佞。有韩爷将书一封,交付狄钦差曰:"此书投送与打虎将杨青,他是同乡之谊厚交,见了来书,自有照应之意。"狄爷作谢,将书收藏过。是日,狄爷复进王府内,拜别潞花王母子。狄太后带闷交付佘太君家书。后又嘱咐曰:"侄儿,尔虽乃英雄少汉,只是程途遥远,苦冒风霜,进退小心为要,休得莽为。渡水登山,非比在朝安逸,倍加提防。庞贼众奸党,阴谋设陷定有也,须时刻当心。交卸了征衣,即须早日回朝。"狄爷跪受姑母娘娘训谕。当日,潞花王吩咐,早排筵燕饯别,弟兄对酌闲谈,无非饯行之语,不用烦言。燕毕,拜别姑娘母子,来至教场。顶盔贯甲,三千兵丁早班伺候。

又言石御使,拜别岳父母、彩霞郡主,也是一番饯别叮嘱之辞,不表。即日高昂骏马,已至教场。又言狄青众人有书付交照察,但这石玉并无一书。只因狄青是正解官,石玉是副佐,正解无事,副佐自然无碍了,故石玉无人付书也。

当日狄钦差头上金盔,内藏玉鸳鸯一对,闪闪霞光,直冲霄汉,可以驱邪避妖物,挡刀枪。手提金刀,左插狼牙之袋,右佩那锋利龙泉剑,坐上现月龙驹,真乃威严凛凛。石御使头戴银盔雪甲,坐下白龙驹,一双霜雪铁鞭分插左右,手捧长银枪,实乃浩气昂昂。即张忠、李义,虽无官职,也是顶盔披甲,高坐骅骝,押了车辆。炮响三声,旗幡飞动,离却皇城。所至地头,那官不来迎接?非止一天行程也,且按下。再说庞洪一心图害两位栋梁小将,尚早数天差家人送书一封与仁安县,一书送与潼关马应龙总兵。

不表庞洪暗计,再言河北陈州,一连遇饥荒数载,地头该当遭劫。至第四载,更倍饥馑凄凉,粒米无收。百姓饥死者填盈衢道,贫困者十不存三四。县主详文上司,是日本折进朝。君王览表,方知河北陈州饥馑,问治于群臣。有枢密使太师富弼奏上君王曰:"老臣当日曾莅任于河北,惟陈州之地,土豪恶奸甚多,诡谋百出。有豪恶积聚,不粜者狠多。惟地方官只图贫酷,焉有为国安民者。至强恶日增,用财可以买法。即丰稔之年,粮米不得贱粜。此事必须得包待制往陈州,赈济饥民,并收除土恶。有粟之家,自然出粜,虽年不丰熟,而良民自得食矣。"君王闻奏大悦,曰:"老卿家之荐得其人矣,可为朕分忧也。"即降旨包公往河北陈州,开皇仓赈济。御赐龙凤剑一口,不拘文武官员,如有不法,任卿施行处斩。当日包公领旨,拜辞同僚文武,限日登程,也且不表。

再说仁安王知县,得接庞太师来书,观毕即回与来人,复赠白金二十两,以作程途费用。又表:仁安县金亭官驿中,上年出一妖魔,是以众民沸扬起来,远近惧怕。即扬传至汴京城,也有知者。惟日午中有胆识雄汉方敢进驿中,至晚夜来,连驿外近地没一人跑走。当日王登依了庞太师吩咐,一心要害狄、石二位钦差。想来:纵然二人被妖怪吞陷了,也非吾之立心。纵然上司追究,庞太师来书说,自有他一力担肩无碍,还要升吾官职。当日即差唤役人数名,将金亭驿扫洒得洁净无尘,铺毡结彩,四壁熏香,以待安顿钦差大人。当时衙役人有多般议论，内有胆小者，进内洒扫，只得胆战心寒，迫于上人之命，不得不然耳。众役人曰："王老爷好泼天大胆，此驿中妖魔利害，屡说伤人，倘或钦差大人来，也被伤了，这还了得！况乎二位钦差势头狠大，天子内戚，追究起来，老爷焉能得保性命。倘有干连我们差役，也有不便之处。"当时议论纷纷，果有胆小的几人，也逃走了，且按下。

已是端备净驿中，仁安县王登天天伺候钦差大人。驿外平阳大地，安排营帐，安排兵丁。另设空场马厩，众武员束备武装，军马弓箭马匹齐备。是日乃十五日，忽报二位钦差大人到了，众文武员齐迎跪接。王登知县及文员，跪请二位大人下马驿中，安顿兵丁。当时二位钦差一进了驿中，齐揖见礼坐下。狄爷下令驻兵驿外。张忠、李义押管兵丁，小心巡逻征衣，在此留宿一宵。仁安县与众文武回衙，不必在此伺候。号令一下，炮响连天，安了营帐。二位钦差即卸下盔甲，穿过便服。十六名勇壮铁甲军乃亲随身役。当时日落西山，驿内灯烛辉煌，文武官员早备酒筵，款过二钦差毕。

是夜，狄爷曰："石贤弟，吾观此驿，一望空荒野地，吾二人且不安睡，明日黎明赶程也。"石爷曰："狄哥哥思虑是了。"二人同志，尔言安邦，吾思定国。时交一鼓，更锣响敲。石爷曰："哥哥，不觉说话之间，已是一更时分了。"狄爷曰："贤弟，吾与汝辞别汴京到此，已有八九天了。吾恨巴不能早到边关，交了征衣，方得心头放下。"石爷曰："小弟也是这个主意。还未晓此去三关还有多少程途，倘然违误了日期，杨元帅定然着恼了。"狄爷曰："贤弟，这也不妨。即误了数天限期，尚有谅情，杨元帅未必见罪，自然无碍也。"石爷又曰："哥哥，尔看好月色光辉也。"狄爷曰："贤弟，今天十月十五夜，月明如昼，地上如霜。曾记来八月中秋夜事，南清宫内后花园称言有怪，岂知乃龙驹出现，愚兄得会太后姑娘，亲人圆叙，犹如天上月缺而复圆。真乃光阴迅速催期快，而今又是阳春天了。"石爷曰："因尔言，小弟却也想起去年，也是中秋月圆之夜，有白蟒精变化人形，在勇平王府内摄去彩霞郡主。当时已将郡主拖入蟠云洞，高千岁着急。是时，小弟初至汴京，觅寻父亲，贫困如燃眉之急。故弟领旨探其穴，进其巢，与怪蟒争持，力斩蛇妖，救得郡主回府中。勇平千岁大喜，将郡主匹配了小弟,又奏闻圣上,加封官爵。瞬息间已是对岁一秋多,真乃光阴似箭,日月如梭也。”狄爷闻言,长叹一声,也想起困乏遇张、李弟兄时苦处,曰:“果也,世间凡事原难料,富贵穷通只在天。”

二人言谈之际,不觉二鼓更敲,顿时一阵狂怪风吹起,呼呼耳边响亮。弟兄二人立起,四周一看,十六个亲随壮军也觉心寒。石爷曰:“哥哥,此狂风非正风也。”狄爷曰:“贤弟,尔看此风又起来了。”果然又是一阵狂风,已将灯烛尽皆吹灭。二人呆想其故,此风又打从东北上吹来,明知是怪风,当时各拔出佩剑,面向东北上定睛一看,里厢并无一物。只见月光遍洒,耳边仍是呼呼响振,唬吓得十六名铁甲壮军,呆呆发抖惊惧。狄青大喝曰:“本官二人在此,妖魔敢来作祟也!”二人正呼喝之际,但见远远射出白光一道,跳出一雪亮人,身高长丈多,皱口攒眉,上身短短,下身尖长,飞奔而出,直向石玉跟前跳蹿。石爷呼道:“哥哥,此物莫非又乃白蟒蛇魔的?”言未了,见此怪扑来,石爷大喝,挥剑砍去。只见白光闪亮,不知此物是何妖怪,人妖胜败如何,且看下回分解。

第二十三回　现金躯玄天赐宝　临凡界鬼谷收徒

诗曰:神圣临凡赠法宝,他年破敌立功勋。
　　天生英雄扶真主,枉尔群奸用计深。

当时石爷大喝一声:“逆畜休得猖狂!”挥动起龙泉剑,光射寒霜。此物持铁棍如银光抵挡,人妖争持,光如闪电,兵刃交加。狄青意欲上前帮助,思量:且试他武艺如何,如若怯于此怪物,然后相助未迟。故旁站不动。当有石玉气勃勃,剑飞闪烁斩去。只见白人且斗且退,诱他至庭心。石玉一步步追出庭前。又闻狂风大作响亮,只见后厢门大开两扇,前面妖魔飞奔出外。外厢一带空荒,周围野地。忽妖魔口吐人言,喝声:“石玉,汝既逞强,好胆子出外见个高低。”石玉大喊:“吾来也!”即飞奔追出内厢门。狄爷笑曰:“真乃胆量英雄也!”高声接言曰:“贤弟,休得放走了妖魔,吾来助汝!”即手持宝剑,大步飞跑出至庭心。顿时一派白光射目,双眼昏花了。闻言曰:“狄大人,不可出外了。”狄青听了,即擦目一看,只见一人祥云乘体,身高丈多,披发仗剑,半离地土,约与檐齐,阻挡去路。狄青喝曰:“尔莫非也是妖魔?”此人言曰:“非也,吾乃北极玄天真武也。今夜贵人在此,特来一会。”

狄青听了,惊疑不定。细看一番,开言曰:“或者尔是妖魔,敢冒圣帝,也难分辨也。”此人曰:“狄大人何必多疑。吾乃北极玄天,只因本部下神将思凡,目前俱已流至于西夏,扰侵炎宋二十余载。全赖范、韩、杨、狄韬略能臣四人,振抚西夏,保邦安民。兹有两桩法宝付汝。此宝名‘人面金牌’,如遇西夏交兵,急难之际,将此宝盖于脸上,发念‘无量寿佛’,自然敌人七窍流红,归原了;此宝虽小小葫芦,内藏七星箭三枝,如逢劲敌,危败之时,发出一箭,其状捷如风,敌当授首。今赠汝二宝,是汝一生建立功劳,安民保国,尽此二物,须谨细收藏,勿得轻亵。倘成功后,二宝仍要收还。”当下狄青听了,满心大悦。原来今夜圣帝赐二法宝,即双手殷勤接转。细看“人面金牌”,倒像孩子们玩弄之物,只是金光闪闪。又将葫芦内覆出三枝七星箭,细细看来,约有三寸余长,两头尖小利锐,霞光炎炎冲起,方知宝贝之妙。看毕,将二法宝收藏皮囊中,跪伏尘埃叩谢。

圣帝吩咐:“大人不须多礼了。但叮嘱之言还须谨记:此去多灾转福,遇难呈祥,不烦多虑。”狄青曰:“谨遵圣帝法旨。但小子还有义弟石玉,追拿妖魔出外,未知吉凶如何,再求指示。”圣帝曰:“此非妖,乃变形物耳,石御使追赶去,须无碍。惟去而不返,难以相见了。”狄爷曰:“石弟去而不返,怎生复旨?”圣帝曰:“日后自得重逢,不必介怀也。”当时圣帝使起神通,龙袍袖一展,高起祥云,香生馥馥,霭射飘飘,光华冉冉而去。狄爷殷殷下拜毕起来,有十六名壮军,跪至上禀狄爷言:“方才石大人追捉妖魔,还未见回来,请大人定夺。”狄青一想,自言:“圣帝虽然如此吩咐,吾若不往追寻相助他,非是弟兄手足。”想罢,即跑进内厢。岂知四处周围敞阔,四壁围墙无路可通。狄青四方一瞧,曰:“奇了!方才见有门户一重,如今四周密壁,圣帝预定天机,言石弟日后自有相逢。罢了,如难以追寻石弟,只难免忧疑介挂胸中。”坐下只呆呆想象。旁从人点起明灯。

再说白人在前诱石玉,虽战且走。石玉偏不肯纵饶,高擎宝剑,大喝:“怪物那里走!还不早现形。”趁着月光如昼,紧紧追来。不知有多少程途了,妖人复兜转步,喝曰:“休赶!”持棍当头打去。石英雄那里怯惧分毫,剑上挥开,复手砍去。白怪急忙闪退,石爷飞进数步,剑如雨下。怪物架挡不及,将身一低,在地滚滚碌碌,团团而转。石玉目光跟定,细细观睹,不觉自笑曰:“奇了!只言此物是妖魔,却原乃三尖枪柄。”即拾起来舞动,只见霞光闪闪,与月争辉。心头喜悦,连称:“妙妙!今夜幸矣,皇天赐赠宝枪。不免叩谢上苍,然后回见狄哥哥。”石玉正思下跪,又闻香浓拂拂,云绕当空,一位仙翁乘云而下,五绺长须,微笑曰:“石贵人,你今虽得此神枪,只缘枪法未精,还不见尔之英雄,怎能与主保国安民?不如拜贫道为师,再传授尔兵机武艺,练习精通,才建奇功。尔如不准信,待吾试演双枪之法尔看来。”石爷曰:“仙师肯教习,乃深幸也。且请试双枪一观。”言毕,将双枪与道人。只见他大袖一展,双枪起时,左旋右复,宛似蛟龙取水,又如燕子穿梭。石爷呆呆而看,果见枪法精奇,迥异凡常。只见他使一路方完毕了,呼声:“贵人观枪法如何?”石爷一想,道:“也觉奇怪,不通姓名也相识吾姓名,料然是位有道仙翁。”又见枪法希奇,即曰:“愿拜仙长为师。但今日有王命在身,不能违误,待到了边关,交卸征衣毕,然后拜从赐艺便了。”道人曰:“吾非别凡人,乃鬼谷也。如尔到边关,再无机缘会吾的。即夜可随往了。”石爷曰:“今夜断难从命。我奉旨解征衣,杨元帅有限定之期,倘违定期,就不妙了。”道人笑曰:“小小事情,即过于介怀,岂是名将襟怀的?”语毕,口念有词,将枪尖挑起顽石二段,忽化作一对斑猛白虎,爪舞牙张,向石玉奔扑。石玉大喝:“逆畜慢来!”即拳打足踢。道人喝声,虎不敢动。即跨上虎背,又对石玉曰:“尔若骑上虎背,可胜坐马,倘出敌,百战百胜也。”石玉曰:“如此妙甚!”即跨上虎背。道人一见大喜,喝声:“起!”风一响,二虎即跑上云端。石玉惊骇呼曰:“倘跌扑下,吾命休矣!”鬼谷笑曰:“如此胆小,焉能出得沙场,杀得上将?”言话之间,跑得渐高,双入云霄,竟往峨嵋山而去。按下不提。

却言狄青独坐,心烦不乐,思量:方才圣帝吩咐如此,料然石弟难以相见,还不知他收除得怪物如何,不知走往那方,教吾实难猜测。方才果见后厢围壁中门户遥远,石弟追赶出外,因何霎时并无门户?想来乃神仙妙术变化无穷也。惟正、副二解官共事,今缺了石弟,如何复旨?少不免照此直言也。不觉天明,发令宣扬,众兵方知驿中有怪祟出现,昨夜摄去石郡马。狄爷言:“仁安县这狗官,定有机谋。”即传王登进内问供。护兵三千闻此,人人骇惧。张忠、李义私议称奇。当时王知县进驿参大人。狄爷喝声:“刁狗官,好生胆子!此驿中既有怪物,因何将本部留宿于此?昨夜已将郡马爷摄去,定然凶多吉少。尔这狗官,是受人嘱托,抑或自见主张?从实招供,以免动刑!”

王登听了,惊慌无措,倒跪叩头不止,腾腾振抖。上告:“王亲大人,此驿从无怪物,不知怪祟从何方而至。卑职怎敢生心,主谋暗害二位大人!”狄爷喝声:“胡说!这不是尔自主谋,定然受奸臣密托。若不明言,刀斧手斩讫!”庭下一声答应,上前扭起王知县,解去袍服,又除乌纱帽,吓得王登魂飞天,高声呼道:“大人饶命!此乃庞太师有书到来,压着卑职行此机谋的。他要害二位钦差大人之意,实非卑职敢生胆子,立此歪心也。”狄爷听了,点头骂声:“恶毒奸臣!岂知尔又行此阴谋毒害。但虽庞贼压制着你行此恶谋,尔既是正大之人,即挂官不做,亦不行此不义之事。尔今罪亦难免。”王登曰:“是!是!原卑职悔恨已晚了,虽有罪死无辞。只求大人姑宽开恩一线,世当衔草以报。”叩头不已。狄爷终于仁慈,况留他为证复旨。喝声:“本官王命在身,不能耽搁。王知县交府官,下禁狱牢。即着本地文武官员访寻石御使着落。待本官公务毕了,回朝于圣上驾前,与庞贼算帐,知县由圣上旨处。”当时王知县谢了大人不斩之恩,众文武官员多言“领命”。时交辰刻,本地文武官员备酒燕送行相款,休得多谈。犒劳三军,也无烦叙。是日,发令登程。炮一响,旗幡飞动,文武俱齐相送。张、李二将,仍押管军马征衣。只有石爷撇下坐骑一匹,狄爷仍令马夫带行,好生喂料。此日慢提。

又说王知县带往府衙而去，自己短叹长嗟，恨着庞太师："方才若不分明说白，险些性命活不成了。"只恳求府尊，申详文书，送投上宪，附达还朝。庞、孙、胡闻此，重重纳闷。言："狄青、石玉皆吾作对，今石玉已经中了毒计，定遭妖魔伤陷了；只有狄青仍在，只望他至潼关，不知此计成就如何？"是日君王一看表文，龙心大恼怒，曰："仁安县丞定议处决。"当日庞洪力与分辩保免，私传旨命复职不表。

再说勇平王得知大恼，郡主母女苦切万分，深恨庞贼设施奸谋，害了石玉。郡主道："母亲！去年白蟒摄去女儿，多亏丈夫救脱，收除怪物。不意今被庞贼所害，妖魔摄去无踪，还有何人救拔，定然凶多吉少了。"王爷、夫人终日安解女儿，也且不表。

却说潼关总兵官名马应龙，前月得接庞太师来书，想太师立心要除害狄王亲、石郡马，本总兵定然依命的。但关外地方，乃本镇所属，如何刺他？也须在百里外方可，虽是所管属，也隔远荒野，差刘参将前往下手方安。马总兵打点定，传备大小将官，明盔亮甲，候接钦差大人。一天未到，又一天。是日，狄爷一至潼关，马总兵与大小官员迎接，进关中坐下。众员参谒过大人，上请金安毕。是日盛筵设款，也无多叙。当下马总兵自语："太师书上言副佐石御使，因何不见到来？也须问个明白。"即询问王亲大人。狄爷将在仁安县上，被妖魔摄去说明。马应龙听了，曰："有此奇事也！但今潼关外面也是地广人稀，空荒之所，王亲大人须要小心。"狄爷曰："这也何妨？如今天色尚早，即速启关，以待本官趱途。"当此总兵领命放关，车辆纷纷，都出关城而去。马总兵送出关外而回，即日邀传参将刘庆。

又表明：这刘庆，年方二十四少年，身高九尺，面玄黑而光采。从幼得异人传授席云之技，来去如飞，故他混号"飞山虎"。以后当兵效用，膂力强狠，生擒凶盗，故先已拔为千户，今已升为参将，随同马总兵守潼关。年少父亡母存，一妻二子。今得为参将职，时常还望高飞，取得玉带横腰，屡思领兵灭西夏。但这飞山虎仗着席云本领，常想征西，不知西夏兵雄将勇，只些席云之技怎能抵当。是日遵着呼唤，进见打拱，曰："不知总爷传召有何吩咐？"总兵即将庞太师与钦差狄青作对，今他来书要结果他一命，一一说知。参将道："总爷，既云庞太师要取狄钦差一命,何不方才设燕时将他弄醉,一刀砍下头颅,有何难处?”马总兵冷笑曰:“尔乃粗莽之徒,那里得知?若在关中弄死,他况有三千兵,人岂有不知?况又有步将二人,十分凶恶之貌,不是良善之徒。故特放他出关,在百里之外,要尔往行刺了他,也无干咎我们。倘谋事成了,庞太师喜悦,尔我官爵定有加升了。”刘庆听了,笑曰:“这也非难,且至落雁坡地起云席结果他便了。”马总兵闻言,大悦曰:“参将须要小心。”刘庆允诺,藏了利刃,驾云而去。不知刺杀得狄青如何,且看下回再叙。

第二十四回　出潼关虎将行刺　入酒肆母子重逢

诗曰:图谋虎将重重计,恶党群奸个个狠。
　　转难成祥豪杰福,多谋佞者反遭殃。

话说刘参将奉了马总兵之命,驾上席云,离了潼关,向前途落雁坡而来。一路追上,将已七十里,早已赶上。在空中缓缓随着狄青,岂料他金盔上一对宝鸳鸯有霞光冲起,人下得来,大刀不能落下。今日方知玉鸳鸯之妙处:霞光冲起,刀斧不能砍下,真乃世间无价之宝,故刺客难伤狄青一命。当日乃九月二十九,已日沉西坠,天色昏暗。三人并马同行,催军前进,意欲赶个好些地头安扎。张忠不意抬头观看,连忙抽勒丝缰,叫道:“大哥、三弟!尔看空中这朵乌云,倏上倏又下,总正对着大哥头顶上,是何缘故?”李义曰:“果奇的。莫不是妖云也?”狄青曰:“不理论他妖云妖物,且赏他一箭罢。”即向皮囊中取一箭,搭上弓弦,照定乌云,嗖的一声放出。只见这朵乌云像流星飞去。当日一箭已射中飞山虎的左腿,好生疼痛。弟兄三人因天色乌暗,到底不知此物是什么东西。又见天晚难行,只得在平阳大地安扎,屯了军马。

是夜军士埋锅造饭,马匹喂料。张忠、李义巡管征衣,点起灯烛,四野光辉。狄青不觉步行四野,下得平阳地,远远见有灯火光辉,再跑数十步,乃丁字长街衢也。对面左侧,有酒肆一间,酒店主正在将上好美酒,小缸倾转大缸,香浓浓的,顺风吹送来。大凡爱酒之人,见了酒总要下顾的。狄青想来:此刻夜静更深,这酒肆还不闭门,夜来还做买卖。不免进内吃酒数钟,然后回营也未为迟。想罢,徐徐举步而进。店主一见,吓得慌忙下跪不及,满面涨红。但见此位将官,头戴金盔,身穿金甲,想来不是等闲之人,故店主跪地叩头,呼声:“将军老爷!小人叩头。不知驾临何事?”狄青曰:“店主不必叩头。你店可是卖酒的所在么?”酒保曰:“将军爷,此处乃卖酒馔之所。”狄青曰:“如此,有好酒馔取来,本官要用。”酒家诺诺连声,曰:“将军爷,且请至里厢下坐,即刻送来。”当时狄爷进内一看,只见座中并无一客,堂中一盏玻璃明灯,四壁周围四盏壁灯,两旁交椅,数张梨花桌,十分幽静。狄爷看罢,倒觉开心。拣了一桌,面朝里厢,背向街外坐定。

半刻,店主已将美馔佳酿送至。狄爷独自一个人斟酌。吃过数杯,偶然瞧看里厢西半角内,坐着一个妇人,年纪约有二十三四,面庞俊俏,淡淡梳妆,目不转睛的观看。狄爷见了,心中不悦,曰:“这钗裙真乃不识羞惭也,因何眼呆呆将本官瞧看?父母家若养了这等女儿,大不幸也!认他为妻子,必然家颠倒而衰落的。”原来狄青暗暗之言,乃他正大光明,不贪女色的英雄,故见女子目呆呆看他,恼他不是正性妇人。当下妇人唤酒保进去,便问此位将军姓名、住居、多少年纪。酒保曰:“奶奶,他是不意到店中吃酒,过路的客官长,你诘盘他何事?”妇人曰:“不要多管,快些往问清白来。”酒保应诺,暗言:“小奶奶甚奇,吾在他店中两载,一向谨细无偏,今教吾诘此位将军姓名、住居、年纪,定然看中了少年郎。”不觉行至桌旁,口称:“将军爷,请问尔尊姓高名,住居何处,乞道其详。”狄爷见问,不觉顺口言:“世籍山西,狄姓名青。”酒保曰:“多少年纪?”狄爷听了问曰:“你因甚诘起年纪来?”酒保曰:“我这里奶奶请问的。”狄爷称:“奇了!”即言:“吾年方一十六,你好不明礼体也!”酒保曰:“将军爷,休得见怪,吾回报奶奶了。”酒保跑进内言知。那妇人听了,喜盈于色,还要再诘。

酒保曰:“奶奶,还要再动问什么?”妇人曰:“问他世籍山西那府、那县、那图、那保,速问他来。”酒保强着应允,一路摇头曰:“我家奶奶好蹊跷。但想青春女子,谁不愿乐风流?怪不得见了年少郎君,春心发动。只恐你画饼充饥难得饱。我看此位将军,生来性硬无私,你在思他,他不来就你。”又到了桌边,道:“将军爷,休得动气。小人还要请问,贵省既是山西,请问那府、那县、那村庄?”狄青想来:为什么盘诘起吾的根底来?即说明尔知,且看尔这妇人怎奈吾何?便言:“吾乃山西太原府西河小杨庄人也。快去报知。”酒保欣然去了,将情达知。这妇人听了,眼睁睁的瞩着外厢少年将军一会,只得转身进内,开言叫道:“母亲,外厢有位年少将军,女儿看他举止容貌,好像我家兄弟。故查诘他姓名,又是山西太原西河,又同小杨庄,名狄青,分明确是吾弟了。但女儿不敢造次轻出,母亲快去看来。”孟氏听了,又惊又喜曰:“想起前七载,水灌太原,骨肉分离,多入波涛之内,只言汝弟死于水中,为娘时时伤感,暗暗忧思。今日万千之幸,孩儿还在世。”狄金鸾曰:“母亲休得多言,快些出外厢认明是否。”孟氏急步道:“女儿且随娘出外。”

金鸾随后,孟氏来至酒堂所。金鸾在后,轻指将军曰:“母亲,此人便是,汝可近前认看来。”孟氏即近前细看少年,点首大呼曰:“孩儿狄青,可知娘在此否?”狄小姐忙呼道:“兄弟,母亲来了!”狄爷停杯一看,立起来抢上双膝下跪,呼道:“母亲!姐姐!可是梦中相会么?”孟氏夫人手按儿肩,声言不出,泪珠滚流。狄青呼曰:“母亲休得伤怀。只因不孝孩儿自那日大水分离,已经七八载。儿得仙师搭救在仙山,无时无刻不挂念生身母。今宵偶会,好比花残复发,月缺重圆。”老太太曰:“孩儿,汝多年耽搁在何方,且起来说娘知。”狄爷曰:“不孝孩儿多年远离膝下,至虑老母愁苦,罪重非轻。待儿叩禀。”那里敢起来。孟氏曰:“这降自天灾,何独汝一人,且起来再谈罢。”小姐悲喜交半,又呼曰:“兄弟休言自罪,且起来相见。”狄青曰:“方才弟认不得姐姐了。”金鸾曰:“兄弟同胞一脉焉,有何不记认的?”狄青曰:“早时只为离别多年,不期相会,一时间记认不来。今日实乃天遣,母子弟姊重逢也。”小姐听了,含笑曰:“也怪不得兄弟。

汝只因水灾分离之日，年才九岁耳。”转声又对母曰：“且到里厢，然后言谈心事罢。”又吩咐酒保收拾残馔，闭门，不表。

当时母子三人进内坐下，太太呼曰：“汝一向身羁那里？怎生取得重爵高官？”狄爷曰：“母亲听禀。”就将被水灾之日，得师救上仙山，习艺七年，至得高官。但思亲之泪难止，将师父言应得数年隐灾，留阻不许归乡之事说了。太太听到此，也说：“为娘遭此水难，几乎性命难存。幸得汝姐丈张文驾舟相救了，留育在家中。前为潼关游击，故今在此藏身。不料姐夫去年被马总兵革职了，故在此开了酒肆。”狄爷曰：“如今姐丈那里去？”太太曰：“他往顾客家收取帐钞去。”狄爷道：“母亲，但姐夫曾经做过武官，何妨乐守清贫，因何做此微贱生意，开此酒肆？实乃羞颜也。”太太曰：“此乃素其分位而行，不得不然耳。”狄青曰：“姐姐乃女流之辈，又是官宦门之女，如何管理店内为生理？岂不被旁人议论，有何面目的？”又论狄青原乃直性英雄，是以有言在口，便按捺不住，就埋怨多言。金鸾小姐想来：因何兄弟初会，就怨言着奴的？便曰：“兄弟，此乃妇人从夫而贵，从夫而贱，事到其间，无可奈何了。”说完抽身往厨中再备办菜馔。

当晚狄爷言来烈烈轰轰，又见姐姐去了，心甚不安，悔错失言，招姐姐见怪。老夫人道：“孩儿，汝性直心粗，埋怨着姐姐，但今久别初逢，不该如此。”狄青曰：“母亲，这原是孩儿失言了。姐姐见怪，怎生是好？”孟氏曰：“不妨，待娘与汝消解便了。但汝方才将分离别后的始末才说得半途，怎生得官，如何受职，且尽说明白来。”狄爷将别师下山时起，一长一短，直言到目前领旨解送征衣。孟氏闻言，心花大放，喜曰：“前闻姑娘已归泉世，岂知今日仍存身作皇家母后之尊，相认孩儿，情深义重。可幸玉鸳鸯也有会期之日，但儿啊，你奉旨解送军衣，身当重任，不可耽搁了程途，早到的好，倘然违误了限期，罪责非轻。”狄爷曰：“母亲不妨也。得蒙姑母娘娘恐忧孩儿耽却程途，逆了限期，特宣到佘太君，授着一封书与杨元帅，还有韩叔父、包大人密书相保，倘孩儿过些限期，杨元帅也要谅情，决不加罪于孩儿。”孟氏听了，深感姑娘用情，并各位忠良厚爱。母子言言论论，不觉已交二鼓。狄金鸾烹好佳肴美酒，排开桌上，请母亲上坐，弟姊对坐，细酌慢斟,按下不表。

再说飞山虎倘是弱些汉子,被狄青一箭,早已当熬不住,岂不跌下尘埃。幸然飞山虎的本领狠好,雄壮身躯,左腿带箭,忍着疼痛,缓缓些落下云头,在着无人所在,拔箭头,捻出尽瘀血,再驾起席云,探得狄青落在张文酒肆中,又是远远落下,坐在一块顽石之上。想来:张文是吾同僚好友,待我与他商量,好去了结这狄青罢。刘庆正在思量,只见火光之下,有人一程跑来,原是张游击。刘庆欣然招手道:"张老爷,那里来?"张文止步一观,笑曰:"原来是刘老爷。夜深一人,缘何在于此?"刘庆曰:"有话与尔商量。但尔往那里回来?"张文曰:"收些帐目,遇友人留款,是以回归晚了些。但有何商量,快些说知。"刘庆曰:"非为别故,只为朝廷差来狄王亲解送征衣往三关,今已出潼关。但此人与庞太师作对,故太师有书来与马总兵,要害钦差一命,教吾行刺于他,即加升官爵。方才驾上席云,正欲下手,不知他头盔上两道豪光冲起,大刀不能下,实见奇也。今反被他放一箭,射伤了左腿,十分疼痛。如今打听他进了汝店中吃酒。尔回去若用计灌醉他,待吾去了结此人性命,将汝之功上达太师,管教起复尔的前程。"张文听了,道:"刘老爷,尔得包定起复吾前程,即帮助尔一力便了。"刘庆曰:"多在吾身上的。"张文曰:"如此,尔且在此候着,一个更鼓方好来的。"刘庆允诺,暗喜,在此等候张文回音。

这张文急匆匆来至家中,将门叩上几声。酒保早已睡熟,当时惊醒了,开了店门,曰:"原来是老爷回来。"又说这酒保,缘何称张文是老爷?只因他前上年曾做游击武官,人人称呼惯张老爷,即近处的百姓或厚朋,也是"张老爷"的惯称。当下酒保揉开睡眼,道:"老爷,今夜有亲眷人来探访尔了。"张文曰:"是什么亲人?"酒保曰:"老爷,尔不知缘故,待小人说知。此人年少,气宇昂昂,穿戴金盔金甲,一位武官。老太太说是他儿子,今进内与奶奶三人同吃酒,说谈心事。老爷还该进去陪伴吃数杯。"张文曰:"此人什么姓名?"酒保曰:"姓狄名青,老爷认得他否?"张文曰:"如此,果然是吾舅子了。"方才刘庆在张文跟前只说狄王亲,并不说出狄青名字,是致张文全然不知。如若他说出狄青之名,张文自然晓得是郎舅了,也不担承刘庆将他算计。

当夜张文自言:“岳母时常愁苦,想念孩儿,猜他死在波涛之内,日夕惨伤。岂知仍留于世,又得重逢,真乃可喜。”不知张文相会狄青,如何处置刘庆,且看下回,便知分解。

第二十五回　设机谋缚拿虎将　盗云帕降伏英雄

诗曰:奸臣党羽计谋多,欲把英雄入网罗。

天降将星难逆害,愈图愈福奈谁何。

当晚张文一路进内,思量喜悦。到了中堂,果见一位满身甲胄的将军,坐于妻子左侧,丫环两人旁立,当中老太太,一同举杯。又闻妻曰:“兄弟,酒虽寒了,再吃数杯,包汝姐夫回来。”言未了,张文进至,言曰:“待我来陪伴一杯可否?”金鸾顿时站起,呼声:“相公,我家兄弟在此!”狄爷见姐姐起位,他也站起来,抬头一观,呼声:“姐丈!”太太也言:“贤婿,吾儿子到此。”张文喜曰:“岳母啊!你今从此眉锁得遇钥匙了,真乃可喜也。”转声呼曰:“舅舅兄弟,请坐罢。”当时二人殷勤见礼,丫环又掇上椅一张,郎舅二人对坐,添上杯箸,从新吃酒。至数杯,张文又问及狄青别后之事,狄青将前话一长一短说知。

张文听罢大悦:“难得兄弟少年英雄,早取高官,人所难及。但吾有一言问及,汝前途中可曾遇有刺客否?”狄爷曰:“前途并未逢什么刺客。姐丈何出此言?”张文曰:“为此,还算你造化,险些儿一命送于乌有了。”当时太太母女大惊。狄爷问曰:“什么人行刺?你何以得知?”张文听了冷笑:“多是庞贼奸臣起此风波。有书到来,马总兵将要结果你命,故差飞山虎在前途等候。”狄青曰:“吾在程途二十多天,并未逢什么刺客。如今姐夫既知刺客,在那方埋伏?”张文曰:“你出关后可曾发放一箭否?”狄爷曰:“途中果见乌云对顶,或上或下,于空中不知何物,故放射一箭。这段乌云犹为鹰鸟飞去,到底不知什么东西,正见狐疑。”张文冷笑曰:“你不知也。此段乌云乃是马总兵手下的参将,姓刘名庆,混号飞山虎。曾遇异人,传授腾云之技,来去如飞,算得希奇绝技。方才刘庆对吾说知,身驾高空要行刺于你,不知何故,你盔顶上两道红光冲起,大刀不能砍下。又说反被你一箭伤了左腿。今打听得你进吾家中,教我灌醉你,待他来取首级,事成之后,许升复我游击前程。当时他说狄王亲,我不知何等之人,岂料是至戚谊弟兄。刘庆固属妄想徒思,庞贼毒计又不成了。"

狄爷听罢,重重发怒。母女深恨奸臣恶毒。老太太曰:"这玉鸳鸯原是一桩宝贝,若非姑娘好意,将此宝配于盔上,早已身赴黄泉了。"金鸾曰:"母亲之言不差,实得此宝贝之功也。"狄爷曰:"姐丈,这奸臣如此恶毒,数番计害。待飞山虎来,小弟宝剑先结果此人,后回关斩马总兵。他是一班奸臣党羽。"张文曰:"贤弟且慢,休得动恼。这飞山虎虽有行刺之心,乃是希图官高爵显之故耳。但此人秉性坚刚,最有胆智。虽然人非出众超群,然而算得一员英雄上将。只可用计将他降伏,不可伤其性命。"狄青曰:"倘或他不肯服我便如何?"张文曰:"不妨。他平素与我相交,不啻同胞之谊,吾言无有不从,须用如此如此计较,诱引他落圈中,还忧彼不降伏么?"狄爷听了,喜曰:"姐丈方算真乃妙用也。"孟氏母女也觉欣然。当时母子四人,酒已不用,金鸾命丫环收拾去了。张文计较已定,将狄青安顿在后楼阁中藏睡。若论张文,曾做过武官,是至房屋宽大,也是厅堂书斋,楼阁内外,多是幽雅洁净,不比俗中,肆灶旁是床帐,堂中是堆柴之所。

当下张文秉烛,命丫环将方才余馔搬出酒堂中,两双杯箸,一壶冷酒。这是张文的设施,只因要收服这刘庆,故而设此圈套。只言与狄青二人一同对饮之意,酒未完而青已先醉了。又唤醒酒保,吩咐曰:"少停刘老爷来时,不可说出狄老爷是我郎舅之亲。不要先睡去,犹恐要你相帮之处。"酒保应诺。张文即开了门,提了火把,来至衢中。一见这飞山虎,只言狄钦差早已吃酒醺醺大醉,如今睡于后楼中了。刘庆闻言,心头大悦,道:"张老爷,既然狄钦差被你灌醉,待吾前往赏他一刀,你的前程即可起复了。"张文曰:"刘老爷且慢。快的,倘或被他挣扎起来,你我不是他的对手,如何是好?"刘庆冷笑曰:"张老爷,不是吾的夸言,只一刀管送他性命,若再复刀,不为豪议了。"张文曰:"既如此,与你同往了。"二人进了店中,将门闭上,引刘庆至方才摆列残酒馔之所,然后唤酒保收拾去杯箸残羹,吩咐再取几品好馔菜,上美酒一大壶,吃个爽快,然后下手不迟。

飞山虎果然跑走至三更多,腹中饥乏了,况是好酒之徒,心中大悦。道:"张老爷之言有理,果是肺腑兄弟。说到'吃酒'二字,是吾意中之物。但屡到你家便吃酒,叨扰过多,弟过意不去。"张文曰:"刘老爷,你若说此言,便不是谊交爱友了。"刘庆喜曰:"足见厚情。但方才收拾的余馔,可是狄钦差食残余的么?"张文言:"是也。"当下酒保排开几品佳馔,一大壶双烧美酒,备办得速捷,皆因他店中馔酒尚有余多。二人对坐,你一盅我一盏,张文同吃,是有心算他无意的,杯杯都是虚食。飞山虎一见酒便大饮大嚼,顷刻一连进了三大瓶,张文杯杯殷勤而劝,不一时间吃得醺醺大醉,心内糊涂。张文大喜。忽时刻间,飞山虎喃喃胡说,已睡于长板凳中,呼呼鼻息如雷。张文连呼不觉,即唤酒保取到麻绳,将他紧紧捆牢了。又言:"刘参将的本领我却不惧,只妨他的席云帕跑走利害,不免搜将出来便了。"即解脱衣襟,内有软布囊一个,裹着席云帕子,即忙取了,又腰下一把尖刀,即也拿下。一一收拾停当,然后加上一大绳捆绑着,犹恐他力狠挣扎脱。拿了尖刀、帕子,回到后楼中,对狄青说知:弄醉他,绑缚了,并拿下尖刀,盗藏了云帕。狄青接转明亮一把尖刀,想来怒气冲冲,说:"可恼这党奸臣,必要害吾一命。我却怪这刘庆不得,他不过奉公命而来。只有庞洪、孙秀这两虎狼,行此毒意。今生不报复此仇,枉称英雄也!"将尖刀撂于地下,又将席云帕拿起一看,道:"姐夫,此物取他何用?"张文曰:"弟有所不知,飞山虎一生的本事全仗此帕,来去如飞。今夜盗了他的,就不是飞山猛虎了。且待他降伏,然后送还。"狄青笑曰:"果也,算无遗策了,吾不及也。"郎舅二人言谈有兴,言语烦多,不能尽述。

时交四鼓,四声鸡声,飞山虎悠悠醉醒了,呵叹一声,一伸一缩,动舒不得。呼曰:"那个狗囊将吾捆绑了么?"用力一挣,身躯一扭,挣扎不脱,便高声大骂:"那个狗奴才将吾捆绑,还不松脱吾么?"旁边酒保笑曰:"刘老爷,那人教你贪杯,吃得昏迷不醒的?那狄王亲是我们老爷亲舅舅,我老爷是他姐姐夫君。你今落在他圈套中,只忧今夜一命呜呼了。”刘庆听了,二目圆睁,大骂张文不绝口。郎舅二人同跑至外厢,张文抚掌笑曰:“刘老爷,为何如此?”刘庆骂声:“张文,我与汝平素厚交爱友,不异同胞,不当口是心非哄骗的。为什么将吾捆绑了?莫非欲陷吾性命么?”张文曰:“非也。刘老爷休得心烦。这狄钦差原与小弟郎舅之亲,他是当今太后嫡侄,贵比玉叶金枝,况他奉旨解送征衣,身担王命重任不轻。你今害了他性命,一则狄门香烟断送了,二来征衣重任,何人担当?即你害了他,圣上根究起来,太后娘娘怎肯干休?即庞太师也难逃脱,你与马总兵难道得脱干系么?”刘庆曰:“张文,既有此言,何不明言早说?将吾弄醉,捆绑身躯,是何理说?”张文曰:“吾不下此手,谅来你不依,活活一位狄王亲,岂不死在你尖刀之上么?”狄爷又唤:“刘参将,你既食君之禄,须要忠君之事,不应该听信马应龙的恶意,要伤害于我。况与吾平素非冤非仇,并无瓜葛,汝今依着奸臣,害吾一命,即苍天亦不佑汝。奸党之辈,终有恶贯满盈,失势之时,臭名扬播于人间,有何美处?即庞洪的作奸为恶,我也深知,有日捉拿他破绽,定不姑饶,必要削除奸臣党羽,肃正朝纲。待至此时,即马总兵也难脱。党羽中只忧此时,汝也要埋怨着这大奸大恶之臣了。”张文又道:“刘老爷,你与我平日故交,何殊贫篪一脉。但你立心入于奸党中,忘却君恩,图害钦差,即杀你亦不为过。弟念昔日厚交之情,不忍相害,故劝准狄王亲收录于你,随同前往边关。倘或立得功劳,与国家效力,即不为潼关上参将,也不希罕的。你原乃一位烈烈英雄,何必依奸附势,受奸人牵制,即高官显爵,总非馨香。况先王多少势大奸臣,王钦若、丁谓、林持等,前时威福炎炎,后来人人恶死焉,有好收场的?你今听弟劝言,便是你知机之处。”

当下飞山虎听了,想来:已入圈套中,况他郎舅串通,将吾捆绑了,不允依他,也不能的。即想来狄青是太后嫡侄,官高势重,年少英雄。虽则太师身居国丈,焉能及得此人。一出仕未及半载,已名扬姓显。况太师作恶为奸,立心不善,张文之言,果也不差,后来必无善报的。莫若听彼之言,随钦差到三关,倘立得战功,岂不强于在此为副佐武员。想罢便道："张老爷既有此美意，何不早与我商量？"张文笑道："刘老爷，若不如此，你未必丢此参将前程。"狄青又笑曰："可惜你乃堂堂七尺之躯英雄，不与国家效力，反附和奸臣，瞒心昧己行为，真乃愚人也。"飞山虎道："王亲大人，原是小将差了。"张文又道："刘老爷，如今汝果愿随我家舅舅否？"刘庆曰："固欲与狄王亲执鞭左右，只恨马总兵忿恨不容情，要害吾的家属也。且待吾回去提携家口而遁便了。"张文听罢，言曰："你见不差。若接来吾家中同处，未知尊意如何？"刘庆曰："张老爷若就相容，更妙也。但今狄王亲有王命在身，料难耽搁，请自先登程，待小将安顿了家眷，随后而来便了。"狄爷曰："你言是也。"当时张文跑过来，将绳索轻轻解脱了。飞山虎上前参见狄王亲，又将怀中一摸，不觉呆然了。即叫道："张老爷，吾这席云帕子被你收藏过，快些交还。待吾回关，打算回复马总兵的。"张文笑曰："若将席云帕交还你回关，犹恐不愿往矣，不再来了。"飞山虎曰："君子一言，快马一鞭，那有回去失言负约不来之理？况弟兄之间，何用多疑。刘某虽乃一愚卤之夫，颇知爱善，岂是奸诈之徒。"张文曰："这也不相干，你且回去，携了家口前来，方能还你。"飞山虎听罢，无奈只得拜别狄王亲，辞过张文。

此日话分两说，单提飞山虎徒步而走，一程回至潼关，不觉天色已黎明了。当日早晨，马总兵起来升帐，坐于虎堂，自言曰："昨夜飞山虎一去，狄青性命定然了结矣。"正在自语思量，忽见小军报上："禀启大老爷，今有参将刘老爷进见。"马总兵传说："请进来相见。"小军领命，起来出到关前，请进飞山虎。但不知他怎生回复总兵，如何脱身逃遁，且看下回分解。

第二十六回　军营内传通消息　路途中搭救冤人

诗曰：君子相交道义亲，芝兰气味与同群。
　　惟归是德无偏倚，方睹贤臣国宝珍。

当下刘庆传进，参见过总兵大人。马应龙一见，开言道："刘参将，昨夜此事成功也否？"飞山虎曰："马大人，不要说起昨夜，徒费而行。小将一驾上席云，即追赶至三四十里外，已赶至狄青。一下手，不想他顶盔上两道豪光冲起，大刀不能下，不知他盔上有甚宝贝的。一赶追去，已有二更时候，刺杀不成，反被他一箭射伤左腿，只得不追而回。"马应龙听了，曰："果有此奇事么？但庞太师特有此意，如若害不得狄钦差，被他看得我们是个无能之辈了。"飞山虎曰："大人不须烦恼，待小将今夜打算，定必了结他性命，才算小将不是口上夸言也。"当日马应龙点头喜悦。

刘庆辞别，回至家中，将言细说妻母得知。妻曰："夫言妾无有不依。但吾乃女流之辈，出关一事为难，怎能骗哄瞒得马总兵，共出得潼关？"母又曰："媳妇之言不差，须要打算而行，不可造次乃可。"飞山虎笑曰："母亲、贤妻，不必过虑了，如今不用出关了。"就将张文收留于家中一一说明，妻母二人应允。

按下刘庆与家属商量，且说张忠、李义只因昨夜狄哥哥一人信步去了，等候至天色微明，还不见回营，只得东西找寻，分途而觅。先说狄青，是夜原恐二人寻找，故要辞别母亲。孟氏太君唤声："孩儿，我母子分离七八载，死中得活，难得今日天赐重逢，实乃万千之幸也。但汝身承王命，做娘不便牵留。但今夜人马安扎了，不用趱程，且不宿睡罢，谈谈离别后事，天明你登程便了。"狄青不逆违母命，是夜，母子、姊弟言言谈谈，不觉天已微亮。狄青一心牵挂着征衣，又恐妨张、李二弟兄找寻不遇，故先差张文姐夫前往军营通知信息，说明一红脸的名唤张忠，一漆脸的名唤李义，"他二人是吾结义弟兄，有烦姐丈往言明，以免二人找寻，放心不下"。张文领诺顿时抽身出门。不及行走三箭之途，将近军营，只见一位紫脸大汉踩步而来。张文迎上前，欠身拱曰："将军可是姓张么？"张忠住步说："是也。你这人一面不交，问我何干？"张文曰："将军可是张忠否？"张忠喝曰："你是何等之人，敢诘吾姓讳么？"上前一把抓住。张文呼声："将军不必动恼，我特奉狄王亲之命，前来寻你。"张忠听了，言："狄王亲今在那里？"张文将情由一一说知。张忠听了，急忙放手不及，笑曰："多有得罪，望祈恕怪！狄钦差一命，又多亏张兄保存，实见恩德如天，待吾叩谢便了。”正要下拜，张文慌忙扶定，曰：“张将军，弟辈那里敢当！且请到前边弟舍相见如何？”张忠曰：“前边一带高檐之所是尊府么？如此，兄且先请回，待小弟寻找过李义兄弟，一同到府便了。”张文曰：“李兄那里去了？”张忠曰：“亦因不见了狄哥哥，故吾二人分途去寻访，不知他寻找到那方去了。待吾往寻找他回来也。”张文曰：“如此，弟回去俟候二位便了。”

慢表张文回归，言知狄青，却说张忠一程跨走，寻觅李义，东西往返。当时日出东方，只见前途连连叫喊哭泣之声。住足远观，只见前面有二十余人，多是青衣短袖，又见后边马上坐着一人，横放一个妇女，犹如强盗打抢光景，拥向而来。那女子哀声呼喊“救命”，连声不断。张忠一见，怒气顿生，抢上数步，站立定，大喝一声：“狗强盗，休得放肆！目无王法，抢夺妇女，断难容饶的！”一众闻言，犹如雷声发响，反吓了一惊。只见他一人，那里在心，蜂拥上前，动手打他。却被张忠双拳跌二人，一拳倒一个，打得众人躲的躲去，奔的奔逃。伸手将马上人拖下扶定，妇人站立道中。一连几拳，打得此人抵痛不过。喝声：“奸贼奴才！怎敢青天白日之下擅敢抢人家妇女！难道朝廷王法管你不得么？打死你这贼奴才不为过！”此人呼喊：“大王爷勿要打我，望乞宽饶！”张忠喝声：“你是什么样奴才？说得明明白白，饶你狗命。”此人道：“大王爷且容我说明。吾本姓孙，世居前面太平村。哥哥孙秀在朝，职为兵部。我名孙云，号景文。”张忠喝曰：“你这奴才就是孙兵部弟兄么？”孙云曰：“是也。且看我哥哥面上饶了我罢。”张忠喝声：“看你哥哥面上，正要打死你这狗畜生！”孙云呼喊：“大王爷恳乞饶命，不要打我，以后再不敢胡行了。”张忠冷笑曰：“你没眼珠的奴才，我不是强盗，呼甚大王爷！且问你，这女子是那里地头抢来的？说得明白时，便饶你性命；若是含糊，顿时活活打死。”

孙云未及开言，旁边妇人哭告曰：“奴居前面村庄，不逾二里。丈夫姓赵，排行第二，耕种度日。这孙云倚着哥哥势头，欺人多少。几番来调戏强蛮，要奴作妾。丈夫不允，前数天，强恶几人将我丈夫捉拿去,今日还不知丈夫生死。今早晨天色还未明,打进妾家,强抢了我。喊叫四邻,无人救援。今得仗义英雄救拔奴家,世代沾恩。"张忠听了,气怒倍加,曰:"有此事?真乃无国法、无青天了。可恼!可恼!"骂声:"奴才,你将他丈夫怎样摆布了?"孙云曰:"英雄爷,这不知何人捉他丈夫,休得枉屈我。"张忠听了,喝声:"你不知么?"一拳打在他肩膊上。孙云叫痛,抵挨不过,只得直言:"收禁在府中。"张忠曰:"既在你府中,放他出来方才饶你。"孙云恳曰:"望英雄放吾回去,方能将赵二放回。"张忠曰:"不稳当!放他出来方才饶你。"孙云只得大呼:"那人躲在林中?可急急回府放出赵二也!"当时众虎狼辈已走散,单剩得家丁孙茂、孙高,远远的走开,吓得魂不附体,又不敢上前救解,探头探脑的听瞧;一闻主言,二人同跑回府中。

又说张忠拔出宝剑一撇,喝声:"孙云你这畜生!你哥哥是个不法大奸臣,与我等忠良之辈结尽冤家。你这狗囊该当行为好些,以盖哥之愆,缘何倚势,全无国法,强抢有夫之妇女,该得斩罪否?"孙云苦苦恳求,声声饶命。正在哀恳之间,来了孙高、孙茂,拥着赵二郎而来。哭叫曰:"将军老爷,吾即赵二郎了。请将军爷放饶了孙二老爷罢。"张忠冷笑曰:"你是赵二郎么?"此人说:"小人正是赵二。"有妇人在旁边说:"官人,吾夫妇得亏此位仗义将军爷救拔,今妾又得脱离虎口,理当拜谢。"赵二曰:"娘子之言有理。"顿时下跪,连连叩首。张忠曰:"不消了。你被他拿到家中,可曾受他灾殃否?"赵二道:"将军爷,不要说起。小人被捉到孙家,不胜苦楚。将我禁锁后园中,绝粮三日,饥饿熬忍,逼勒我将妻子献出。小人是愿死不从,被他们日夜拷打,苦楚难禁。今日若非恩人将军救拔,小人一命看看难保了。"张忠听罢,言:"你今脱离虎口,且携妻子回去罢。"赵二曰:"将军爷,今日我夫妇虽蒙搭救了,得脱灾殃,只虑孙云未必肯干休,吾夫妻仍是难保无事的。"张忠曰:"既然如此,你且勿忧,待吾将这狗畜类一刀分两段,你便除了后患。"

张忠将孙云正骂言动手,只听得后面一声喝曰:"休得猖狂,吾来也!"张忠扭回头一看,只见一长大人,一铁棍打来。张忠将剑急挡架开,左手一松,却被孙云挣脱了。即呼喊:"孙高、孙茂二人在此打听这红脸野贼是何名字，那里来历，速回报知。”二人称言领命。当时孙云满身疼痛，一步步跑走回家中。且说张忠一剑挡开铁棍，大怒喝曰：“你这奴才有何本领，敢来与吾争斗么？”那人大喝：“红脸贼！你老子行不更名，坐不改姓，吾名潘豹，混名飞天狼也。你这贼奴才本事低微，擅敢将吾孙云表弟欺压么？你且来试试俺的铁棍滋味，立刻送你到阎王老子那里去！”言未了，铁棍打来。张忠急架宝剑相迎，共比高低，只有野旁地赵二夫妻巴不得张忠取胜，方能保得夫妻无事而回，倘或红脸汉有失，我夫妻难保无虞了。一边夫妇私言暗惧。若稽张忠本领、力气，原非弱于飞天狼，但这护身宝剑轻小，不堪用。飞天狼的铁棍沉重长大，故斗格不住。即大喝：“飞天狼，我的儿！果然利害！”大呼：“赵二郎，我也顾不得汝了，快些走罢！”他踩开大步望前而奔。潘豹那里肯放松，大喝：“红脸贼，我定要结果你的狗命！”一程追去。这张忠飞步而逃，喝声：“潘豹，我的儿！休得赶来！”后面大呼“休走”。

不说张忠被他追赶，当下赵二夫妻心惊胆战，妇人说：“官人你虽无力相帮，也该跟去看看恩人吉凶如何，若有差迟处，我夫妻打算去避离虎穴，方免后忧。”赵二曰：“娘子之言不差。汝且躲于树林中，吾即转回。”赵二飞步跑走赶去，先说赵娘子躲在树林之内，遍身发抖，早有孙茂、孙高先已看见。孙茂曰：“你看赵娘子独自一人在此，吾与你将他抢回府，送上主人，必有厚赏的。”孙高听了大喜。二人即向前，不声不响背上妇人而走。这妇人惊慌叫救，那孙高背着他，言曰：“你喊破喉咙什么用的？”一头说，一路奔。可怜赵娘子，喊叫连声，地头民家知是孙家强蛮，无人敢救。

此时将近太平村不远，真乃来得凑巧，原来前面来了离山虎李义。他与张忠分路去找寻狄青，寻觅不遇，一路看些野景人材，寻不见人，又无心绪。忽一阵狂风吹送到耳边，闻得姣声悲切哭泣，甚觉惨然。抬头一看，远远一人背负一女人，后面一人随着飞奔而来。离山虎大怒，使出英雄烈性，大喝：“两个畜生那里走！清平世界，名教乾坤，胆敢强抢妇女！”提拳奔向孙茂而来。孙茂喊声“不好”，发足走了。只有倒运孙高背负女子走不及，丢得下来，被李义拉定，挣走不脱。妇人还坐地上哭泣。李义曰:“你这妇人是那里被他抢来的?这两个奴才怎样行凶?速说明来。”当下妇人住哭,从始至末,细言尽说。李义听了,怒目圆睁,大喝:“奴才仗了主人的威势即行凶,今日断难容汝,送汝归阴罢!”说完,倒拿住孙高两大腿,他还哀求饶命几声。李义那里睬他,喝声:“容你贼奴才不得!”双手一开,扯为两段。笑曰:“来得爽快也!”望着荒地一撂。当时妇人慢慢上前,深深叩谢。李义摇头曰:“你这妇人,何须拜谢。你丈夫那里去?”妇人曰:“将军爷,奴丈夫只因红脸英雄斗败了,被飞天狼追赶,故丈夫追赶,看他吉凶如何。但小妇人亦不知追去好歹。”李义曰:“如此说来,是吾张哥哥了。但从那道途中去?”妇人一一说明。李义听了,心中着急,抛别妇人,一程飞奔而去。只有妇人仍从此路一步步的慢行,仍是胆战心惊。

不表孙茂逃回家中奔报,当日张忠被飞天狼追赶得气喘嘘嘘,幸得李义如飞赶到,呼声:“前面可是张二哥否?”当时张忠恨着逃走得迟慢,那里听得后头呼唤之声。赵二郎一程追随去,慌忙忙正在四方瞧望,欲找寻个帮助之人。一见此黑脸大汉,赶上呼唤,心中大喜,说:“好了!救星到了!”是日不知李义赶来救得张忠否,且看下回分解。

第二十七回　图奸惹祸因心急　别母登程为国忙

诗曰:扶民保国是忠贤,秉正朝纲所重先。
借势奸徒惟利己,损人奚惮有青天。

却说潘豹只顾追赶张忠,那里顾得后面有人追赶,却被李义飞趱上数步,一刀望他顶门落下,喝道:“贼徒!狗命活不成了!”飞天狼喊不半声:“痛死也……”一颗首级,砍落尘埃,头东身西。李义笑道:“不中用的东西,强狠什么?”便将刀穿上飞天狼的首级,一路赶上来呼曰:“张二哥不要走!”张忠被飞天狼逼昏了,呼道:“贼奴才,休得追赶!”口中喊叫,飞奔而逃。李义赶上前,夹领伸手抓住。张忠回头喝呼:“毛贼还不放手!”李义曰:“同伴合伙,还唤毛贼么?”张忠方觉是李义,问曰:“三弟从那里赶来?”李义放手言曰:“二哥,尔这等没用,日后如何出师对垒?”张忠曰:“三弟,我斗此人不过,只因剑短太轻,不称使用,却被他赶得逃走无门。”李义刀尖一挑,呼言:“二哥,你观此物是什么东西?”张忠一看是首级,笑曰:“三弟,你的本事狠胜于愚兄也。”李义曰:“他名飞天狼,如今目击他狠不得了。”说完将刀一撇,首级撂去丈远。李义又曰:“二哥,这班奴才如此强恶,白日抢掠妇女,不知是何等土豪恶棍的人?”张忠即将孙云借势作恶一一说明。李义听罢,带怒骂声:“可恶奴才!借着哥哥势头,欺压善良,真乃朝廷无法了!”

言未了,赵二到来,欣然呼道:“二位将军爷,小人夫妻得蒙搭救,且请到茅舍中,待吾夫妻拜谢,尊意如何?”张忠曰:“不消,我二人有国务在身,耽搁不得。且尔姓名吾忘了。”他曰:“小人名赵二。”张忠曰:“马上人挣逃去的是孙云,乃孙兵部之弟。但后来救孙云的一脸胡须,这是何人?尔可认得此人否?”赵二曰:“他是孙云中表之亲,唤之为兄,混名飞天狼潘豹也。平素恶狠如虎,本事高强,与孙云交通并恶,二人倚恃官家势力,欺凌万姓。个个憎嫌,人人被害怨恨,不知何日何时,收没此大虫也。”李义道:“二哥,若论孙秀是我狄哥哥仇人,他的兄弟如此不法,这还了得!不若吾二人到太平村杀尽孙家满门,方才出得我怨气,好待百姓家家平宁也好。”张忠也是粗豪胆量汉,言:“三弟主见不差,去罢。”赵二曰:“二位将军动不得的。若杀了孙云,不独小人夫妻性命不保,即本地头百姓也要累及了。”李义曰:“我们杀了孙云乃与民除害,缘何反害了地头百姓?此何故也?”赵二曰:“若将孙云杀了,朝中孙兵部得知,但二位将军已去了,他奏闻圣上,地头百姓岂不尽遭殃么?”张忠曰:“不妨。吾二人乃狄王亲部下副将,今领旨解送征衣往三关。今日倘杀了孙家,必然禀明狄王亲,自然拜本回朝,定然为国除奸,以安黎民。圣上必然追究孙兵部——恶弟在家借势行恶害民,圣上岂不加罪?扳倒了孙兵部,地方上万民永保平宁了。”赵二听罢大喜:“如此小人引路便了。”

当日张忠、李义随着赵二行程不上二里，住足曰："前面一带高大围墙，便是他的府门了。"李义曰："尔且站着。"二人一人提剑，一人执刀，一同跑近孙家府门处，喧闹不休，喝呼："孙云我的儿，仗了孙秀之势，强抢有夫之女，这等无法无天，今特来取尔脑袋！我两位英雄名唤张忠、李义，随同狄钦差大人解送征衣到三关上去，今日路见不平，拔刀相助。尔这狗奴才，即速出来受死。若再延迟，吾二人就杀进来了！"当下守府人飞报知，孙云大惊失色，连说几声："不好了！他杀了飞天狼表兄，料必利害英雄，众家丁那里是他对手。"吩咐关了府门勿启。孙府中家人大小，唬吓得魄散魂飞。幸得有位西席先生，名唤唐芹，乃教训孙云儿子孙浩习惯的。唐芹道："东翁不用慌忙。古言：柔能克刚。待晚生出府以柔而言，管教两位粗豪，转刚为柔而退。"孙云曰："先生出府，倘被他们杀将进来，如何是好？"唐芹曰："晚生包得不妨也。"

便教家人开了府门。一见尊称："二位将军请息雷霆之怒。"二人问曰："尔是何人？"他言："小人唐芹，也传闻狄钦差大人清正好官，并帐下张、李二位乃盖世英雄，有保国安民之志。幸到此方，不啻熏风冬日之仁爱也。"唐芹要解劝二人，自然要奉赞他几句。此言奉迎人意，那个不喜欢，谁人不爱听？二人冷笑曰："我们原与国家效力，收除尽刁奸强棍的英雄。"唐芹曰："二位将军之言是也。尔二位原乃当世英雄，要到边关立战功的。彼孙云没用东西，何足轻重，杀之不费吹毛之力。杀便杀了，但杀之污了器械，二位将军饶了他如何？"二人喝声："休得多言！这孙云可恶，不守王法，强抢有夫妇人，捉他丈夫，几乎困屈死，岂得轻恕此奴才！不须多说，速教他出来纳命。"唐芹曰："二位将军是个明事人，岂不知孙云是个村愚俗汉，不读圣书，不明礼法，是一时妄做。做下不法事，皆因表亲飞天狼不好，挑唆他行此事。今这恶徒被二位杀了，谅孙云再不胡行了。望祈二位将军赦他，老汉再不令他蹈前辙了。"张忠曰："既赦他强抢妇女之罪，但彼哥孙秀乃狄王亲仇人，这孙云趁此有罪，断断饶他不得。"唐芹曰："二位不知其详。若说孙兵部，与孙云虽是弟兄，岂知两不投机，犹如陌路一般。故兄官居兵部之职多年，孙云没有官做。况冤有直报,德有德酬,狄钦差与兵部有仇,理该去寻兵部算帐,若将孙云准折,岂不屈杀他？请二位将军参详。”张、李听了,李义曰:“孙云果与孙秀不投机么?”唐芹曰:“老汉怎敢欺瞒二位将军?”张忠曰:“三弟,我们果与这孙云无怨无仇,不过一时气忿。况冤家乃孙秀,他既与兄不睦,且饶他罢。”李义气易平了,说:“走罢。”二人踩开大步走跑了。

唐芹喜曰:“好不中用的莽夫！来时雄勇狰狞,不须老汉舌尖几点,一溜烟走了!”当时唐芹喜进内府堂,将言对孙云一一说知。孙云听了唐芹一遍之言,不觉怒从心上起,恶向胆中生,说曰:“原来这班狗畜类,与我哥哥为仇。我孙云倘不害他,终然有日被他们所害了。欲保全孙家免祸,不如先下手为强。”想定一计,暗弄机关,瞒着唐老先生,只因事关重大,不轻易露得风声。即回书房写下密书一封,取出五百两黄金,明珠四颗,打发一个心腹家人,名唤孙通,将书并金珠物件,吩咐如此,速去速回,不许泄漏,回来重赏。孙通领命而去。要知孙云用计,下文自有交代。

却说两位莽英雄不杀孙云,一依原路而回。赵二一见道:“将军,未知孙府中被杀得如何?”张忠想来,一盆火性承应去杀人,焉好说出一个也杀不得之话,只言:“孙云已趁手一刀割下脑袋了。”李义接言曰:“杀得干干净净,鸡犬也不留的。快些寻妻子回去罢!”赵二称谢不尽,叩头起来,往寻妻子回家。却说李义道:“二哥可曾寻找遇狄哥哥否?”张忠曰:“早已寻着落了。”李义曰:“找寻遇了方得心安。”张忠又将狄青会母,飞山虎行刺,反被降伏,一一说明。李义听了此言,拍掌笑曰:“原来狄哥哥母子相逢,姐弟叙会,真乃可喜！我二人同往拜见狄家伯母,尔意下如何?”张忠曰:“且先回营中去看看征衣,然后去也未迟。”

二人回营,已见微微红日东升,有丈余高,是辰时中了。但天色昏暗,红日淡淡。李义曰:“二哥,尔看天色像着阴暗了,倘若下雨,如何是好?”张忠曰:“三弟,东北角上重云黑黑,朔风紧紧,若非下雨,定然风雪狂飞。倘耽误在中途,征衣就过限期了。”李义曰:“二哥,算来批文御旨上限期十三解至关前,今日已是初二了,不知还有十几天程途,可赶得及限期否?”张忠曰:“吾前六载曾由本省至陕西一次,若一刻不停步,决不过限期。”李义曰:“就限期过了,也无干碍,有太后娘娘金面,难道杨元帅不谅情些么?”张忠称是:“倘迟三两天,杨元帅未必执责吾狄哥哥。只忧天下雪霜,军士受苦也。我们往催促哥哥频些赶程便了。”李义曰:“张文家中我却不认得。”张忠曰:“贤弟勿忧,愚兄得知了。”

当时吩咐军士造朝飧,好打点登程。弟兄一同来到张文家中,张文出迎,接进内见了狄爷。同说:“狄哥哥,难得尔今母子不意重逢,同胞完叙。我二人特来拜见高年太太。”狄爷曰:“二位贤弟如此美意,且请坐。待进内禀知母亲相见。”当时狄爷进内禀明母亲,老太太大喜,传请二位英雄进堂内。狄青引见,张文在后。二人一见太太,纳头叩拜。老太太双手挽扶曰:“二位贤侄请起。我儿前日飘荡到汴京,身穷落难,得蒙二位周旋,使老身感激不尽了。可恨众奸结通党羽,设计施谋,驾前保奏我儿解送征衣,在仁安县几乎被害,今出潼关,又险遭行刺。今全亏二位贤侄同伴,情谊如胞,更使老身铭感殊深也。”二人说:“伯母大人言过重了!”当时二人告坐,狄爷与张文相陪,吃过茶一盏。太太曰:“贤侄,若未逢会面,也不谈言,今日奉解三十万军衣,非同小可。我儿为正解,尔二人本属不相干,忝叨结义为手足,全仗二位贤侄小心扶持,一路防患保护到关,老身才得放心。”张、李答言:“小侄自然关心检点程途,不过所差十一二天的,老伯母且请宽心。”张文又对狄青曰:“贤弟久别初逢,心犹留恋,实思盘叙久几天,言谈别后长编之语。无奈限期迫速,且待交卸了征衣,再叙话便了。”狄青曰:“深感姐夫美情,但母亲在府全仗照管。”张文曰:“这也自然,何须挂虑。”狄青曰:“倘刘庆来,即教他早到边关。”张文应允。言语间早膳到来,四人用过。当时只为行色匆匆,离别言辞尚且谈不尽,张忠、李义那有工夫说出孙云的话来,是以当时母子众人尚未得知情由。是日,狄青又进内辞别姐姐,彼此言谈几句分离之语,然后转出拜别母亲、姐丈;张忠、李义也辞别太太、张文出门而去。当日老太太不见儿面,倒也绝其念,只为母子离别多年,才得相逢,即时别去,未免胆酸心酸,尚属依依。只因迫于王命,不得已母子天各一方,只有张文夫妇安慰不表。

单提营中众军兵已用过早膳，还不见狄钦差回营，多疑评论，有说犹恐过了限期，逃遁了不成？有言猜他到嫖妓家里去，尔言我语不一。书中有话即长，无辞即短。当下狄钦差与张忠、李义三人回至营中，众将士纷纷跪接进。狄爷传知："众将兵，本官已用过早膳，倘众军用了早膳，发令刻日登程。"众军上前禀复过。是日狄爷吩咐拔寨起程，仍是身披甲胄，骑上现月龙驹。张忠、李义也坐上高骏骅骝马，随侍两旁。数十辆车征衣在前，粮草在后。不想是日果然天昏地暗，细雨霖霖，一连四五天，已是寒风凛凛。又一日是初八，加些霜雪飘飘，军士多人着急。张忠、李义曰："我们大抵要停顿了。"狄爷曰："贤弟，今天已将晚，再停一刻，寻个地头屯扎便了。"当日冒着风霜而走。不知路途上征衣有阻隔如何，且看下回分解。

第二十八回　报恩寺得遇圣僧　磨盘山偶逢强盗

诗曰：英雄奇遇有仙缘，指点无差妙道玄。
　　厚福有归方得渡，人谋岂胜道根原。

当日众将兵三千军马，冒着风霜而走。张忠马上叹言："苍天何不方便我们数天的！"李义曰："二哥，果然有此大雪霜也。何不待我们到了边关，再飞雨雪，悉听风雨下到明年也何干。"次日，狄爷传知军士，各换上油衣油兜，并将油套套在车辆之上，盖好了。弟兄三人也用雨笼折子，仍复催赶程途前进。雨雪仍不断加大，狄爷思算程限不多，只得三四天，如若耽搁多一天，就违一天期限。虽有几封密书的倚靠，到底不违限期为妙。是以悉由天下雨雪，日则兼程赶趱，夜方屯扎。一连三天，已是霜雪加大，雨点浓浓，滑足难走。众军士叫苦悲嚎，颇有私言怨语。狄青对张忠、李义曰："二位贤弟，今天雪霜比往常倍加，军士们声声叫苦，于心不忍。无可奈何，只得暂且停顿，待雨雪略小些再行前进便了。"张忠曰："此地一片荒郊，四边受风霜雨打，在此屯扎，仍见吃亏，须要得个安固地头安顿才好。"狄爷曰：

“二位贤弟略且停车,待吾往寻个好地段安扎也。”张、李允诺。李义道:“哥哥寻了地段,速回乃可。”狄青点首,即提金刀拍马而奔。一瞧四处,荒冈野岭,多是银霜。算来:今天已是十一天了,计到三关路途差不多尚有三百里。我原指望再两天到得三关,交卸了军衣,销了御旨,事已毕也。岂料连天雨雪纷飞,可怜军士叫苦悲嚎。朝来雪似烟翻片片,此时绿水盈衢。目击军兵劳苦,又因并日兼程,真苦恼也。只得安顿,把限期耽误了。想来虽则耽误了限期,杨元帅军法虽乃森严,自然看太后娘娘情面,并且还有几封书暗佐,料得杨元帅决不加罪于我也。

一路思量,觉已有二十里程途。西风迎面而来,隐隐闻钟声在耳边而过。当日狄青只道行走四五里之遥,这现月驹乃一匹龙马,已走了二十里。又跑走半刻,狄青看见一座寺院十分高广,不觉满心大悦。说曰:“这个所在,正可停顿了。”想着,复加鞭如飞,迎着雨雪,但此龙驹既能翻腾波浪,何愁三尺途中霜雪?奔至山门首,只见石狮东西对立,左种是松,右栽是柏。山寺门漆朱油红,直竖金字牌匾一个,是“报恩寺”三大字。狄青跑进头门,下了龙驹。不觉内厢走出两个僧人,笑容欣欣,年方四十上下,拱揖曲背呼声:“狄贵人老爷,吾家师知今天驾到,故打发贫僧在此恭候。难得果然有贵人到来,方见家师之言神准也。且请至里厢叙谈。”

当下一人牵马,一人引道,金刀狄青自己拿着——只为刀重,二人拿得艰辛。狄青想来:和尚之言觉得奇骇。素未晤交,先知吾名姓,真乃令人疑惑难猜。当下到了内厢,正中央立着一位老和尚,下阶相迎。但见他脸黑如乌金,僧袍皂帽草蒲履雪白,三绺长须,双目湛澄,胸挂一串珊瑚念球,手执龙头杖一根。身高九尺多,腰圆背厚,宛似天神上圣下凡的庄严。狄青见他来接迎,但见此老僧形容古怪,未会面先知姓名,必然是一位有德善行高僧,故不敢怠慢于他,先打了一躬。那和尚只两手略略一拱,言:“王亲大人何须拘礼。”狄青一想:本官深决打躬,这和尚只拱手而答,必然是个大有来头的和尚了。便开言询问老和尚法名、年纪。老僧曰:“大人请坐,待老僧上告一言。老僧法名圣觉。问年纪,自唐至今三百八十五了。”狄青闻言,骇异曰："如此，一位活佛了。"和尚曰："王亲大人，老僧的父亲乃唐朝尉迟恭，吾俗名宝林也。"狄青听了，言曰："原来大唐天子驾下尉老将军的后裔。小将不知，多有失敬之罪了。"和尚曰："王亲大人休得谦恭，贫僧失乎远迎，望祈恕怪。"狄爷曰："那里敢当！但老师父既然唐朝大功臣之后，因何作了佛门弟子？"和尚曰："王亲大人，尔也未知其详。只因大唐贞观天子跨海东征之日，老僧也随天子进征。岂料大海洋中波浪大作，险阻无涯，君臣将士个个惊惶。当日天子志诚祷告上天，若得波浪平息，回朝后，情愿身入佛门，潜修超圣。祷愿毕，果得浪波平静，方渡东洋。后来征服东辽，班师归国，我王不忘此愿，要去潜修佛道。王亲御戚、文武大臣，多言万岁乃天下之主，臣民所瞻依，岂得潜修佛教，效着愚民所为？我王言：'君无食言，况祈许上天之语。'不依众臣谏言。当时老僧志愿代圣修行。我王大悦，即于此处敕赐建造报恩寺，是如此来头也。"狄青曰："原来有此缘由，足见老师父忠心为主，不愧万古流芳也。但今下官有请教于老师父。"和尚曰："大人所欲何为？"狄爷曰："下官只为奉旨解送军衣前往边关交卸，那知近数天雨雪纷飞，军兵苦楚。目睹伤心，又无地安营，故而特到此地，欲借宝山寺中安顿一二天。若得雨雪一消，即行前进了。"和尚摇头曰："不须借扎此地了。尔们数千万征衣尽数失去，休思此处安顿也。"狄青变色曰："老师父，这是圣上钦命征衣，断不失得。"和尚曰："是失去了，还说失不得么？"狄青曰："倘失去征衣，下官性命就难保了。"和尚曰："大人这征衣于来时候还未失去，今乃失也，此乃定数。如今申时候了，尔且在此权宿一宵，贫僧有言奉告。征衣虽然失去，大人不必惊心，有失自然有归，从中因祸而得福。老僧断然不误尔的。"狄青听了，心下惊疑："看观此僧，是个清高超越不群辈。又言有失有归，因祸而得福，言吾不用心烦疑，留吾宿此，想必一番缘遇，也不免在此耽搁一天，明早再行罢。况天色将晚，雨雪难奔。但只虑张忠、李义两人在中途盼望的。"

不表狄爷权宿寺中，与圣觉祖师叙话，却说杨元帅自真宗天子时已奉旨镇守雄关，只因杨延昭弃世后，朝中武将虽有几位王爷，但年已高迈，少年智勇者却稀。杨宗保年二十六七，袭依父职后，至仁宗帝即位，加封为定国王，敕赐龙凤剑，专主生杀之权。三关上将士专由升革，先斩后奏。他为帅多年，冰心铁面，军令森严，扬名当世。是日升帅堂，言曰："本帅自先帝时，已奉旨镇守此关。只因父亲去世，袭依父职执掌兵符。此关一向平宁十余载，岂知近年数秋，西戎兵连年入寇，兴动干戈。内有权奸当道，外有敌兵犯境，怎能有日向化邦宁也？屈指光阴，守关二十六载。自西戎兴兵争战多年，本帅只有保守之力，奈无退敌之能。目下隆冬霜雪之天，帐下军兵数千万，专候军衣待用。前者连连有本回朝催取，不料此时候尚还未到。前月正解官有飞文到来，言在于仁安县驿中被妖怪将副解官摄去。本帅犹恐有弊端欺瞒，是以飞差查探，果有其事，已经走本进朝去了。但限期一月，今日已是十二天了，是二十八日期，因何征衣御标不见到来？狄青既为钦命臣，可知隆冬霜雪，兵丁苦寒，早该急赶程途到关，为何耽误限期？可怜数千万兵丁寒苦，实见惨伤。"

当中杨元帅公位在中央，左有文职范仲淹，官居礼部尚书；右坐武将杨青，年高七十八，仍是气烈昂昂。年少时已随杨延昭身经百战，两臂膊犹如铁铸之坚，曾经见二虎相争，被他力打而服，故有名"打虎将官"，封"无敌将军"；还有多少文官武将，多在帐外东西而列。当时范爷见元帅嗟叹，微笑道："元帅不必心烦。圣上命狄青解送军衣，决不敢在途中延误。况今限期未到，何须过虑？"元帅曰："范大人，如此天气阴寒，兵丁惨苦，倘或被他再耽迟三五天，可不寒坏了多军也。"范爷曰："元帅，这狄青既为朝廷御戚，岂不体念军兵寒苦？或于限内到关也定论不得。"元帅曰："范大人，狄青既然奉旨，限了军期，莫非仗着王亲势力，看得军士轻微，故意耽误日期也？"杨老将军冷笑道："元帅，尔那里话来？如此连天雨雪，三十万征衣，车辆数百，途中好生费力，定然雨雪阻隔行程。如要征衣解至，除非雨止雪消。"元帅曰："老将军，若待雪消衣到，众军兵已寒死了。"范爷曰："元帅既不放心，何不差位将官往前途催钦差，意下如何？"元帅曰："大人言之有理。"元帅正要开言，只见部中一将匆匆跑上帅堂，身长九尺，膀阔腰圆，面如锅底，豹头虎目。上前打拱呼道："元帅，小将愿往领此差！"一声响振如雷。此人乃焦赞之孙名唤焦廷贵。元帅曰："焦廷贵，本帅着尔往前途催赶征衣，限尔明日午刻回关缴令，如违定斩不饶。"焦廷贵手执短刀，身乘骏马，带上干粮火料，离关飞马而去。此话暂停。

又说雄关之内，相离二百五十里有座磨盘山，山上有两名强盗，乃嫡亲手足，长名牛健，次名牛刚。弟兄是个英雄之汉，占据此山已有一十二年，喽啰兵约有万多，粮草也有三年。这两名强盗无非打劫为生，并不想什么大事。故杨元帅道他蝇虫之类，不介怀于心，又因西北兵连年入寇不暇，故不征剿他。又有李继英自在庞府放走狄青，与庞兴、庞福据了天盖山为盗。只因庞兴二人心性不良，只得一月，继英见他残忍害民，不睦分伙而奔，路经磨盘山，又结交牛家兄弟。牛家兄弟二人向与孙云有事相通。是日乃十月十二清晨，孙通有书送来，二人看罢，牛健曰："原来孙二老爷要害狄王亲，教吾劫他征衣。尔意劫也否?"牛刚曰："哥哥，孙大老爷乃庞太师女婿，并且他二房中孙武前时向有关照，我们岂可逆他之意？况有金宝相送，有什么劫不得?"牛健曰："劫是劫得，但这狄钦差与我并无仇怨，劫了征衣，害他性命，于心不忍。"牛刚笑曰："哥哥，狄王亲若向日与我弟兄有相交，今日原难劫他的；今妙不过一向无交，正好行此事了。"牛健闻言只得回了来书，白银五两赏孙通而去。顿时敲鼓传集众喽啰，吩咐毕，再请至三大王。

继英、牛家弟兄起位，三位告坐。牛健笑而言道："李三弟，方才孙二老爷有书到来，只因孙大老爷与钦差狄青有仇，如今狄青奉旨押解征衣到三关，故孙二爷托着我们劫取征衣，待他难保性命。有劳三弟管守此山，我弟兄各带喽啰五千下山往劫掠他征衣。"继英听了，呆想一番，摇首言："不可劫他征衣！这是朝廷之物，二位哥哥休得听孙云之言，莫贪此无义之财也罢。"牛刚曰："三弟之言却像痴呆者，哥哥不可听他之言。"继英又言："二位哥哥，那孙家乃是奸臣一党，奉承着奸臣，非为英雄大丈夫也，尔二位果要劫掠征衣，结义之情撒开便了。"牛健闻言，怒发于色，二目圆睁，喝声："胡说！尔是异姓之人，如何做得我们之主！尔要交情撒开，决不留尔的。"继英想来：看他们如此，料想阻挡不住了。不免待吾先跑到军营，通个消息，待狄公子准备便了。这继英装着假怒,气昂昂顷刻分离,单身上马,提了双鞭,即匆匆而去。牛健弟兄也不相留,即时召集喽啰,兴兵下山。

又说继英到山入伙之时,只言知是天盖山的英雄,牛家兄弟不知他是庞府的家人,为私放走狄青出来的,若知此缘由,定然不对他说此事。当日继英冒着风寒雪雨,跑马如飞。岂知一来道途不熟识,二来性急,慌忙走差了路途,故不能去保守得征衣,有些尴尬,亦是定数之难移也。是至张忠、李义,并不知此缘由,不作得准备,不表。

却说牛健弟兄留下一千守山寨,各带五千喽啰,是日,各执兵器,杀下山来。此日现阳光雪略消,但继英是迷失走差去路,是致牛健喽啰兵先杀到。牛氏弟兄在此山为寇一十二年,那个僻静地头不稔熟?料度东京到此,必从此道经由,必在此处安扎屯,如今果然不出所料。张忠、李义上一日等候狄钦差择地安营,岂知去久不回,故二人只得商量,屯扎于荒郊之中,四面受抵风霜之地。一面安营,又是埋锅造膳。军士人人抵冒风雨私言;张、李弟兄言谈曰:“怪不得言征夫劳苦。非此些小辛劳,今日身经担任方知也。”不表弟兄言谈,众军私论,不知强盗杀来,征衣劫得如何,且看下回分解。

第二十九回　磨盘盗劫掠征衣　西夏帅收留降将

诗曰:军衣一失害钦差,奸险小人立志歪。
　　关节交通强盗辈,英雄中计遂心怀。

话说李义道:“张二哥,今天乃十二日了,风雪雨霜已消了。但解官老爷因何昨天往寻地段安营扎屯征衣,如今不见回来?待他一回,好赶到关了。”张忠道:“三弟,我想这狄钦差实有些呆癫,前数天一人独出,险些被飞山虎结果了性命,今日又不知那里去了?”正言之际,忽有军士飞报:“启上二位将军,前面远远刀枪密密,不知那里来的军马。恐妨征衣有碍,请二位将军主裁。”李义喝声:“有路必有人走,有人马必持军器用的。我们奉旨御标征衣,谁敢动他一动!轻事重报的戌囊,混帐的狗王巴!”军士不敢再多言,去了。未久,又报启上:“二位将军,两彪军马杀近我营来了!”张忠、李义齐言:“有这等事?”一同出外观看,果有两支军马,分东西营杀进。刀枪剑戟重重,喧哗喊杀大呼,要献出征衣。牛大王五千喽啰冲进东营,二大王五千喽啰杀入西营。张忠、李义连声呼道:“不好!”即速上马,取家伙不及。李义拔出腰刀,张忠拿出佩剑,喝令众军抵敌强人。岂知牛刚、牛健的人马分左右裹将进来,好生利害。高声喊:“杀!献出征衣!”张忠、李义心慌意乱,各出刀剑迎敌,四人厮杀在荒郊。众军兵慌忙不定,保护征衣尚且不及,还敢迎敌?张忠挡住牛健,李义敌截牛刚,东西争战,那里顾得征衣。三千军又不知喽啰多少,喊战如雷,早已惊慌四散,纷纷逃窜,幸得早奔保全性命。当下三十万军衣及粮草盔甲、马匹,尽数劫上磨盘山而去。

再言张忠与牛健对敌,岂知手剑短小,抵挡大砍刀不住,只得纵马散走,却被牛健追了三四里。幸得继英尴尬,一马飞来接战,张忠复回马,二人杀退牛健,也不追赶。又言李义与牛刚大杀一场,亦因腰刀短小不称手,放马败走。牛刚见他去远,不来追赶,带领喽啰回归山寨,撞遇牛健,弟兄喜悦而回。

先表李义败回,想来心中大怒,言:“可恼!可恼!不知那里来的强盗,如此利害!”又有败回军士叙集回启上:“将军爷,征衣、粮草、马匹尽遭劫去了。”李义一闻,连声说:“不好了!”又问:“张将军那里去了?”军士言:“杀败而逃,不知去向了。”李义烦恼,正寻抽身帮助,张忠已至,又多出一继英。问明缘故,继英细细说知前情,方知是磨盘山上的强盗,受了孙云之托,来劫征衣。李义听了大恼,悔不当初杀却这奴才。又呼道:“二哥,不若我们带了军士,杀上山去,夺取军衣回来如何?”张忠曰:“三弟不可。方才我二人已被他们杀得窜败了,保也保不住,那里夺得转来?”继英曰:“军衣果在他山中,且待狄老爷来时,再行商量罢。”李义曰:“尔们且在此招集回军士,存顿于空营,待我去找寻狄大哥回来便了。”张忠曰:“你知他在那里,何方去找寻的?”李义曰:“人非蝇虫之类,长长七尺之躯,藏得到那里,有什么找寻不遇?待我去找寻回哥哥,将山中一班狗盗强人一齐了结!”说完,怒气冲冲,加鞭而去。张忠与继英只得招集回三千兵丁,守了空营等待,也不多表。

先说磨盘山牛氏弟兄、一万喽啰,回到山中,将三十万军衣收点停顿了,犒赏众喽啰,休得细表。弟兄开怀乐饮,谈言一番。牛健忽然想起,拍案说:“贤弟不好了!此事弄坏了。”牛刚曰:“哥哥因何大惊小怪起来?”牛健曰:“贤弟,征衣劫差了。”牛刚曰:“到底怎生劫差也?”牛健曰:“那三十万军衣,乃是杨元帅众兵待用之物,被我们劫掠上山来,杨元帅岂不动恼么?他关内兵多将广,经不得他差遣大军前来征讨。我弟兄虽有些武艺,那里抵挡得过他关上的多军?可不是征衣劫坏的么!”牛刚听了,顿然呆了,连声说:“果然抢劫得不妙了。杨元帅振怒必不干休的。哥哥,不若今宵速速送回他,可免此患。尔意下如何?”牛健曰:“贤弟,这是尔撺掇我去抢劫的,如今劫了回来,又教我送回,岂不是害我的么?”牛刚曰:“今已劫错了,悔恨已迟。杨元帅大怒,他兵一到,这万把喽啰必不济了。不若及早送还的妙。”牛健曰:“我弟兄做了十余年山寇,颇有声名,劫了东西又要送还,岂不倒了自己名威,而且被同道中哂笑不智了。”牛刚曰:“如若不然,怎生打算也?”牛健曰:“朝廷御标杨元帅征衣,擅敢抢劫,还敢大胆往送献,只好将脑袋割下送献,方得元帅允准也。”牛刚曰:“果然中孙云计的。”当时兄着急,弟慌忙,思来想去,酒已不食。到底还是牛健有些智略,呼声:“贤弟,我有个道理在此:不免我们连夜收拾起金银粮物,带了征衣喽啰,奔往大狼山,投往赞天王麾下,定然收录。若得西戎兵破了三关,西夏王得了大宋江山,尔我做名官儿,岂非一举两得也!”牛刚喜曰:“哥哥妙算不差。”二人算计定,传知众喽啰,将征衣车辆数百驾起,推出山前,并粮草马匹,一齐牵载出。二人收拾财物,然后吩咐放火烧焚山寨,下山而去。

不表牛家兄弟向大狼山而去,先说焦廷贵奉了元帅将令匆匆忙急,来到荒郊上,日夜不停蹄走,已是时交五鼓,寻觅不遇钦差。他在马上思量:奉了元帅将令,催取征衣,岂知鬼也不遇一位。元帅限我明天午时缴令,如今寻至天将大亮,回关缴令就不及了。如今我也不往找寻了。且进前边数里看看罢。手持火把,马上而奔行。行不觉数里，猛然抬头一看，只见火光一派冲天，山丘一片通红。焦廷贵住马曰："这座山乃磨盘山也。山上刚、健两只牛，二人做了十多年强盗，从来没有一些鬼孝敬我焦将军。如今山上放火，不免待吾跑上山去打抢他些财宝用用，岂不妙哉！"言罢，拍马加鞭，上到山峰。只见寨中一派火光，那有一物？便言："两只山牛多已走散了，想必财宝一空了。下山去罢。"打从山后抄转，且喜得一轮明月光辉，天犹未亮。跑下山脚，有座亭驿子，进内，仍有明灯一盏。焦廷贵此时腹内饥了，就将干粮包裹打开，食个爽快。解下葫芦壳，将酒尽罄喝了，已醉饱。且将马拴于大树根，打算睡于亭中。此言慢表。

却说牛健、牛刚弟兄，一路往投奔大狼山，打从燕子河过渡，但无船只可渡，冰坚塞河，只得沿绕河边而进。到了大狼山，天色大亮，阳和日暖，雪霁冰消。吩咐众喽啰将军衣、车辆、粮草、马匹停顿山下，弟兄上山，求见赞天王。有军兵进内，禀知其事。赞天王顿时升坐金顶莲花帐，百胜无敌将军子牙猜对坐，还有大孟洋、小孟洋左右先锋坐于两旁。赞天王传令："速唤牛氏兄弟进见。"当时弟兄进至山中帐下，同见赞天王已毕，仍然跪下。赞天王闻言诘曰："尔二人名牛健、牛刚么？"弟兄二人说："然，小人乃磨盘山上强民，乃同胞手足。"赞天王曰："尔二人既是磨盘山为盗，而今到此何干？"二人禀启："大王，小人久已有心要来投降麾下，奈无进身之路。幸喜得宋君差来狄王亲解送军衣到边关，道经磨盘，已被小人杀退护标将兵，劫掠军衣到来，投献大王。又有三年粮草并财帛、马匹、精壮喽啰一万二千，伏乞大王一并收用，小人弟兄当效犬马之劳。"赞天王曰："孤打听得朝中狄青，乃一员虎将，况三十万征衣，岂无将兵护送？尔弟兄有多大本领，杀退得解官，抢掠得征衣？莫非杨宗保打发来的奸细，欲为内应么？"二人曰："大王，小人并非杨宗保打发来的奸细。现在磨盘山今将火焚毁山寨，有凭有据的。三十万征衣余外，金银万余。喽啰、马匹、粮饷多在山下，并没有丝毫作弊的。"当天赞天王听了，吩咐大孟洋下山去查明。大孟洋领令，立刻下山，逐一检验讫，即进回帐中禀知。赞天王方才准了收录弟兄二人，一万两千喽啰兵，注名上册。粮草归仓，马匹归厩，金宝收贮了。又将三十万军衣给散众兵。又说这些西兵多是皮衣裘裤，比了大宋军衣和暖，有天渊之隔，是以众兵用不着，原封数百车一件也不乱动，待等狄青一到，原璧奉还。此是后话，也不烦言。

此书先说狄钦差上一夜在着报恩寺安宿，至次日早晨，天乃十二日。红日东升，急忙忙洗浴，用茶已毕，顿时告别老僧人。是日圣觉禅师微笑道："王亲大人，昨夜已失征衣了。但原有归还之日，大人不必介怀也。如今贫僧还有偈言数句相赠，大人休得多哂，即今此去，便有应验了。"当日狄青细思：这老和尚未逢面即知名姓，是个深明德性、潜修品粹高僧，故一心恭敬，于彼即言言入耳，句句中听。当下这老和尚言未了，向大袖中取出一柬，递与狄青。这狄青双手接过，口中称谢，曰："得蒙老师父指示，感德殊深也。"又将柬上一看，有绝句诗四句曰：

匹马单刀径向西，高山烟锁雾云迷。
防备半途逢刺客，立功犹恐被奸危。

狄爷看罢偈言，收藏进皮囊中。又说："小将此去边关，不知吉凶如何，还求老师再指迷途，更见慈悲之德。"老和尚曰："大人乃保宋佐主之臣，总有凶险，从凶而化吉，何须多虑。"狄爷听了曰："老师父妙旨不差，就此拜别也。"早有少年僧牵至龙驹，狄爷坐上，执起金刀，出寺而去。

先说焦廷贵在驿亭中睡醒转来，已是一轮红日出现东方。一揉开二目，说声："不好了！"插回腰刀，拿回铁棍，急匆匆的解下马，即跨上。只为奉元帅将令，要在日午后赶回关中，不然脑袋不保。此为何说？只因杨元帅军令森严，一过限期回关，即要受罚，是以焦廷贵睡醒，急忙忙的跑走。他用的镔铁长棍，倘有失时倒运之人，撞在他棍上，阻他马道，就到阎王老爷的去处了。当时飞马，心急回关缴令，只碍着雪成冰块，一见太阳就融化，冰滑马要快时，蹄滑难快。但这焦廷贵生来性情躁，急说："不好了！我赶回关去，尚有七八十里路程，如今已是辰时了，这马又行走不快，如何是好？罢了，罢了，不要坐这老祖宗，舍脱丢下他罢。"想完，连忙跑跳下马，撇在路旁。不知何人造化白得此马，书中也无交代。

当下焦先锋一程踏冰跑走,反觉快捷。只见前面来了一位黑脸将军。原来焦、李二位莽汉的尊容,黑得光辉,不相上下。原来此人乃李义,一路找寻狄钦差。当下路逢焦廷贵,诘曰:“黑将军可见狄钦差否?”焦廷贵见问,喝声:“尔这乌黑人,擅敢与吾焦老爷拱手么?”李义曰:“不瞒将军,吾乃狄钦差帐下副将,吾名李义,混名离山虎也。”焦廷贵曰:“离山老虎,果然凶也。吾今与尔斗上三合,强似我者,才算尔为离山虎;如怯弱于我者,只算煨灶猫儿也。且看铁棍来!”言罢,当头打来。不知二人如何顽战,焦廷贵如何回关缴令,且看下回分解。

第三十回　李将军寻觅钦差　焦先锋图谋龙马

诗曰:二缘一会总无期,不意知交更见奇。

　　只为勤劳同护国,丹心协力佐军机。

当时李义见铁棍打来,短刀架过,呼道:“将军休得动手!吾要觅寻钦差狄老爷,那里有闲暇日期与尔赛斗?”焦廷贵曰:“谈讲了半天,尔今往觅找那个狄老爷?”李义曰:“即正解官狄王亲也。”焦廷贵曰:“他与尔一程同走,一营同止,何用找寻。”李义曰:“只因昨天单身独马觅地安营,至今未见他回,故往找寻。”焦廷贵听了,喝声:“胡说!他既择地安营,怎说不见回?此言何解?吾奉杨元帅将令,催取征衣,尔反言不见了正解钦差。莫非尔得他钱钞,放他脱身走了么?”李义怒而喝曰:“这狄钦差又没有什么罪名,怎说吾贪财放走?尔这人言来太狂妄了。莫非尔暗中害了钦差性命,反向我们讨取么?”当日两人一言贪财放走钦差,一言暗中图害他性命,二人多是狂妄粗蠢之徒,在此痴言戏语。

焦廷贵曰:“吾今奉元帅将令,来催趱他军衣,怎说吾图害了钦差?倘尔这鸟人激恼了吾,焦将军就要动手了!”李义微笑曰:“尔来催取军衣,休得妄想了!军衣数十万已被磨盘山上的强盗尽数劫掠去了。”焦廷贵曰：“此话是真否？”李义曰：“吾半生未说谎言。为此我找寻狄钦差，前去取讨回来。”焦廷贵曰：“没用的饭囊！尔还说去找取磨盘山的强盗么？如今山上的鬼也没有了，不知走散在那一方。且请拿下吃饭的东西去见元帅！”李义听了，吓了一惊，言：“不好了！既然强盗奔散，狄钦差不见回来，怎生是好？可恼强徒，狄老爷性命休矣！”焦廷贵见李义着急，便呼道：“李将军不用着忙，既失了军衣，只求我焦将军在元帅跟前讨个情面，元帅决不计较了。”李义曰：“焦将军，尔休得哄我。”焦廷贵曰：“谁哄尔的？吾平生并未说些谎言。”李义曰：“如此，分头去觅寻钦差便了。倘一遇狄钦差，焦将军须要对他说个明白，言征衣虽然失去，幸喜军兵未受伤残，现停顿于荒岗，要他速速回营定裁。”焦廷贵应允，各自分途。

又表明：焦廷贵固属粗莽之徒，倒有些主意。想来：这班强徒既烧了山林，毁了巢穴，又不见投到我关，想必别无去路。定然劫了征衣，犹恐元帅发兵征剿，想来立身不定，投奔大狼山而去。一路思量，心中带怒。又见远远马上一员将官，真乃威严凛凛，金盔、金甲、金刀，盔顶上豪光现上。又想：这员小将的坐骑，在于冰雪堆跑走如飞，更兼马相如此奇异，一片淡赤绒毛，定然是龙驹马。不免打他一闷棍，抢夺此马回关，献与元帅坐乘，岂不美哉？焦廷贵想定主意，将身躲在一株大树的背后，等待此将而来。

当日狄青别却圣觉僧，依他偈言，望西大道而奔。行程不觉二十余里，果见烟透路迷，封罩树林中。狄爷自言曰：“老僧人偈言验矣！果然烟封林径了。”岂知此路是磨盘后山山寨，虽然焚透，然而山后顺着风，故烟锁山林。狄爷想来，既烟透道途，定然有刺客了。犹恐被他暗算，即发动大刀，前遮后拦，闪闪金光飞越。焦廷贵在着大树后闪将出来一看，不觉呆观一会。言：“此人好生奇了！难道知吾在此打他闷棍么？一路而来，舞起大刀，前劈后挡，做出几般架势来。他的刀法周密，那里有下棍之处？”焦廷贵曰：“一闷棍也闷他不得，不免做个挡路神罢。若不抢夺他马匹，不见焦老爷的厉害。”即跑出，迎面横棍挡拦，大喝：“马上人休走！腰间有多少金银，尽数留下来。”狄青住马一观，原来乃一条黑脸大汉，步走手提铁棍，要讨取金银。当时狄青亦不着恼,徐徐答曰:“本官只得一人一骑,并无财帛,改日带来送尔如何?”焦廷贵喝曰:“尔不遇我的,是尔造化;若遇了,路途钱定然要拿出的。”狄爷曰:“实实没有在身边。”焦廷贵曰:“当真没有么?”狄爷曰:“果也没有了。”焦廷贵曰:“罢了!航船不载无钱客。尔既经由我径,必要路途钱了。若果没有钱钞送我,且将此马留下准折,便放尔去路。”狄爷曰:“要本官的坐骑么?倘若不送此马,尔便怎的处置?”焦廷贵曰:“此乃放心,不忧尔不送;尔若不送此马我手中,家伙强蛮了。”狄爷曰:“吾固愿送尔,只有同行伴当不愿。如若同伴允了,本官即送尔了。”焦廷贵曰:“尔伙伴在那里?”狄爷金刀一摆,大喝:“狗强盗!此是本官的伙伴,今无别物相送,且将金刀送尔作路途钱!”金刀连连砍发。焦廷贵铁棍左右招架,那里抵挡得住,振得双手疼痛,大刀已将铁棍打下地中。大呼:“不好!真厉害也!马上将军,饶恕小将,休得动手!”狄爷冷笑曰:“尔今要钱钞、马匹否?”焦廷贵曰:“不要了,让尔去罢。”狄爷曰:“与本官速速送来路途钱,好待赶程。”焦廷贵曰:“吾既不要尔的钱马,尔反讨我的路钱,有此情理否?”狄爷曰:“没有钱钞送上,定然不去。”焦廷贵曰:“吾不知尔这俊俏人如此厉害。如今果没有钱钞携来送尔。”狄爷曰:“既无钱相送,且将一件东西抵押,我就趱程了。”焦廷贵曰:“没有那一件东西。也罢,且将头盔、铠甲送尔如何?”狄爷曰:“不要。”焦廷贵曰:“短扑刀、铁狼棍送尔罢。”狄爷曰:“要他没用处,焉抵得尔身上的好东西?”焦廷贵曰:“这不要,那没用,难道我身边好东西是鸡巴么?尔要急用也?”狄青微笑曰:“非要你鸡巴急用,只要尔的脑袋也。”焦廷贵曰:“这家伙实乃奉送不得。”狄爷曰:“这也何难,只消本官一刀撇下了。”焦廷贵曰:“这实难送的东西,倘拿下送尔,教吾拿什么物件饮食?”狄爷喝曰:“既不肯将脑袋相送,本官伙伴强蛮了。”提起金刀,光辉灿灿,正要砍下,焦廷贵慌张得着急了,高声喊曰:“尔这人,不要错认吾为强盗,我乃三关上杨元帅麾下焦先锋。尔若杀我焦廷贵,杨元帅要与尔讨命也。”

当下狄青听了此言,住手言:“边关闻有焦廷贵,乃是当初焦赞裔孙。想他既为边关将士,为何做此非歹之事?既然尔既乃杨元帅帐下先锋,缘何在此做此勾当?莫非尔贪生畏死,假冒焦先锋么?"焦廷贵曰:"那里话来!吾乃一个硬直汉,那有假冒别人姓名。"狄青曰:"既非假冒,乃为焦先锋,应当在关中司职,缘何反在于此劫掠,这是何解?"焦廷贵曰:"吾奉元帅将令,催取狄钦差军衣。只为关中众兵急需之物,限期已满,还不见军衣到关。吾也限午刻回关缴令,跑近此山,见此匹坐骑生得异常,意欲劫回关中,送与元帅乘坐。此是实言。"狄爷曰:"尔元帅差来催取征衣么?本官乃正解狄青也。"焦廷贵厉声喝曰:"尔何等之人,胆敢冒认钦命大臣,罪该万死!"狄爷笑曰:"一钦差官有什么希罕,何必冒认起来?"焦廷贵曰:"尔既是狄钦差,缘何一人一骑的耍乐?征衣不见,何也。"狄爷言:"现停顿前途,不出二十里外,在于荒郊中。"焦廷贵听了,大笑不已。狄爷曰:"尔发此大笑是何缘故?"焦廷贵只是笑而不言。狄爷曰:"尔这人莫非疯癫呆的么?"焦廷贵曰:"吾虽则半癫半呆,只是你们管的征衣尽数失去了。"狄爷闻言着惊而言曰:"果也应了老僧之言了。"焦廷贵还在那大笑不休。狄爷呼道:"焦将军,尔既知军衣失去,必知失去那个地头所在。"焦廷贵曰:"尔跟寻失却的所在,莫非要吾赔还尔么?"狄爷曰:"非也,只要焦将军言明失却在那方,吾自有道理。"焦廷贵曰:"失在大狼山赞天王贼营里边。只是朝廷差汝督解军衣,应该小心防守,怎么尽数失了,反来诘问于我?还不割下脑袋来见元帅。"狄爷曰:"失去征衣,原是下官疏失。既然尽失落大狼山,吾即单枪匹马,立刻讨取回,岂惧贼将强狠!倘若缺少一件,也不希罕。"焦廷贵曰:"尔这人正是癫呆的了,管守也管不牢,还说此妄言。单枪匹马取回,尔今在此做梦么?况大狼山赞天王、子牙猜、大小孟洋五将,英雄无敌,且具十万精兵,屡称劲敌。杨元帅血战多年,尚难取胜,尔这人身长不过七尺耳,一人一骑,不要说与他交锋,被他一唾液也灌淹倒。尔休得痴心妄想。尔若知识权变者,早些听吾好言妙语,不过逃之夭夭。待吾回关禀明元帅,只说强盗劫去征衣,杀了钦差。尔便遁回去,隐姓埋名,休思出仕,以毕天年,方保得吃饭东西。"

狄爷听了此言,不觉动恼,双眉一皱,二目圆睁,呼道:"焦将军非得将本官小视也。但吾非惧怯赞天王等强狠,十万精兵劲敌。吾自有翻山手段，管教他马倒人亡，才算得吾狄青平生本领。”焦廷贵曰：“吾今听尔说此荒唐之言，真乃要河边洗耳不堪听的。”狄青曰：“焦将军难道尔不知么？”焦廷贵曰：“岂有不知。固知尔是太后娘娘嫡嫡内亲。但太后的势头压不倒西戎兵将。”狄爷喝声：“胡说！谁将势头来压制贼帅！但本官在京刀劈王提督，力降狂驹马，赫赫扬名，谁人不晓？今宵定必伤了赞天王，单刀一骑，翻扰十万西兵。”焦廷贵曰：“倘尔杀不得赞天王，讨不转征衣，那时一溜烟走了，教吾老焦那处去寻？实准信不得尔。”狄爷曰：“吾亦不与尔斗唇弄舌，倘杀不得赞天王，愿将首级送尔回关缴令。倘吾讨取回征衣，焦将军愿在元帅跟前与下官讨个情，将功折罪，可允准否？并不知大狼山在于那方，还要动劳尔指引。”焦廷贵曰：“尔果也收除得西夏将兵，即征衣失去，元帅也不敢责罪了。大狼山路程小将更为熟认，如今不必多言，就此去罢。”说完，拾起铁棍，踩开大步而走。一对飞毛腿，跑捷不弱于狄青现月龙驹。

又说明：别位正人说来的言辞自然清清楚楚，那焦廷贵是个痴呆莽汉，言来七不答八，驴头不对马嘴。方才李义说明被磨盘山强盗劫去征衣，是有凭有据实事，并不提起，反说征衣现在大狼山赞天王营中，此是焦廷贵见磨盘山放火烧尽，是他猜疑测度，反当作真实为据的。今幸果然猜测准了，反助着狄青立下战功，这实乃出于意外也。当日二人迅速行程，已有数里，前面燕子河阻隔了前程，没有船筏可渡。若直河而走，只得五里之遥，倘沿河周围而走，却有十多里。狄爷勒马，二人商量，只得绕着河边而走。幸喜龙驹跑走得快捷，焦廷贵两腿如飞赶进，一连跑走十里多，其时日交巳刻了，相近大狼山不远。又只见远远一座高耸巍峨山，连天相接，密密刀枪如雪布，层层旗幡似云铺。又闻吹动胡笳一遍，声音嘹亮。有巡哨的巴都军，四山巡逻；许多偏将，驰骋飞奔。狄爷看罢，呼声：“焦将军，前面这座高山，一派旗幡招展，莫非即大狼山也么？”焦廷贵曰：“正是，只恐尔今见了此座山，魄魂也倾消了，还敢前往对垒争锋否？”不知狄青如何答话，到山讨战不晓胜败怎分，且看下回分解。

第三十一回 匹马力剿强虎寨 单刀倒搅大狼山

诗曰：一出惊人大将材，单刀匹马疾如雷。
沙场破敌功魁首，名表凌烟凤阁台。

当下焦廷贵正讥诮着，狄青言："焦将军休得多言。尔且看下官往讨转征衣回来，才见吾言非谬说也。"焦廷贵曰："尔一人果杀得赞天王，讨取得回征衣，算得尔仙人手段了。但吾不能帮助尔的，只好远远在此旷野之中等候尔。"狄青诺允，一连打马三鞭，飞跑到半山中，高声大喊："西奴才的叛贼赞天王，抢掠了征衣，速速送还，万事干休；不出会战，本官即杀上山来了！"早有巡哨军进寨报知。是日赞天王、众将同在帅堂吃酒畅乐，吹番笛，唱番歌，一片胡笳声彻响亮。闹庆之际，见小番进来跪报："有山下一小将，单刀独骑，十分猖狂，痛骂要讨取回征衣，必要与大王会阵，如无将士出马，他即杀上山来了。请定裁。"赞天王曰："有多大本领的宋将，如此狂言！他若讨取回征衣，且还他便了，这些军衣一些也用不着。"子牙猜曰："不可。吾自兴兵以来，威名远震，何曾畏怯？固这小宋将，一向强狠，岂可一朝怯弱还他征衣！"赞天王曰："孤这里众兵，一衣也不合用，还了他原无损益的。"子牙猜曰："大王若将征衣还他，不但我人人之耻辱，而且敌人只言我等惧战，畏怯了他，断然还不得征衣的。"言未了，又闻报："山下小将自称解官狄青，必要与大王见个高低，若再延迟，他就杀上山来。"赞天王曰："宋将如此猖狂，必要与孤家出敌，可恼！可恼！传左右，抬过兵器盔甲！"这赞天王生来面似乌金，两道板眉，豹头虎额，凛凛神威；朱砂狮子鼻，口阔唇方；长拖两耳，眼珠碧绿而圆；颏下花黑，半如灰色；长大身躯，一丈二尺；声如巨雷。他的本来面目无人晓，乃圣帝跟前一大龟化生也。穿挂上镔铁金铠盔，手持流金铛，骑上乌骓马，不异金刚神汉，乃西夏国首领英雄。赞天王想来：孤屡日沙场未逢敌手，这狄青单刀独骑杀来，取他首级，不费吹毛之力。如若多带兵丁去杀了他一人，反被宋人言吾领众欺寡了。故赞天王不带一卒，拍马加鞭，一声炮响，冲下山坡。子牙猜、大小孟洋出至山峰观看。

赞天王跑出山前，高持流金铛，大喝："宋朝来的无名小卒，有多大本领，敢来大虫额上捏汗么！速速回马，保全性命！"狄爷大喝："番奴休得无礼！吾乃大宋天子驾前官居九门提督狄青也。吾金刀之下不斩无名弱将，快通上姓名。"赞天王曰："孤乃西夏王御弟，今奉命为监军总管赞天王也。"狄爷大喝："叛贼畜生！还不知我主嘉祐君王，乃仁德之君，文忠武勇。屡次姑宽，只道由尔逞强，君主以惜悯生民为心，故略不行征伐，是尔造化。今又胆大，将本官数十万军衣劫掠。今日断难容尔狗命！"赞天王喝声："狄青休得妄夸大言。孤自兴兵七八载，百战百胜。杨宗保尚且不敢出敌，尔乃黄毛未退的小儿，休来送死！况我国自唐末时已世胄称王，今日兵雄将勇，取尔大宋江山易如反掌。且吃吾一刀！"言未了，一铛打来，狄青金刀豪光闪闪的挑开。若问赞天王身高一丈二尺，比狄青七尺之躯，虽则龙马高大，然比之赞天王矮了三尺多。他虽是王禅老祖门徒，仙传刀法，技艺精通，然赞天王实力很大。当时狄青与他兵刃交锋七八回合，觉得两臂酸麻，难以抵敌，斯时欲败而不可败，欲战又不能战。

这焦廷贵在旷野中探出头一瞧，高声大喊："大狼山翻不转，赞天王杀不成，军衣讨不还，流金铛挡不过了！"这几言送到狄青耳边，激恼他只得拖刀败走。赞天王拍马而追，狄青想来："圣帝赠吾的法宝，今日危急之际，不免试用起来罢。"勒住马缰，急向囊中取出七星箭一支，呼念"无量寿佛"，顿时祭起一道金光，飞绕空中。赞天王眼晕神乱，兵刃低垂。七星小箭犹如流星一般，嗖嗖声音。廷贵大呼曰："好个戏法来了！"只听得空中一响，宝箭飞溜下来，金光四射，向赞天王头盔心射下，复飞起空中。此时赞天王痛得难挨，自马上翻身跌下。焦廷贵一见，即要动强蛮，飞步赶上，拔出腰刀，将头砍下。扼发束系在铁棍上，踏扁铜盔，收藏怀内。狄青手一招收回七星箭。焦廷贵好生喜悦，言："不想尔有此妙戏法来弄倒了赞天王。这等看起来，打破大狼山却是容易了。"狄爷曰："焦将军，且收拾番奴首级。"

焦廷贵曰:“然也。但见此宝贝西瓜灯一般,狄钦差,尔云好看也否?”当日箭杀赞天王,龟将先归真武殿,只邀蛇将其成双。焦廷贵曰:“且再收除了子牙猜,夺还征衣,攻破大狼山,回见元帅缴令罢。”狄爷允诺大呼曰:“子牙猜,吾狄青在此,速将征衣献还,卷戈投顺,便饶尔等狗命;若再延迟,吾即杀进山中,不饶一卒!”

有子牙猜番将,见赞天王被他杀翻下马,大惊言曰:“不好!”番兵扛至铁铠,即刻上马,提持兵器。这子牙猜生得面方而长,淡淡青色;浓眉高竖,两耳兜风;阔额与大鼻相连,颏下根根赤短须;身高一丈余,膂力在赞天王之次。手执金楂槊,一丈八尺,十分沉重。乘上一匹追云豹,凶恶狠狠。他自言:“二狼主尚且被伤了,要小心些防备乃可。”即带领一万番兵,一声炮响,飞杀下山来。大喝:“小小宋将,本事低微,用此邪术伤人,有何希罕!”狄青大喝:“番奴可是子牙猜么?”番将喝曰:“既知本先锋大名,还不献上首级,何敢多言猖獗!且看金楂槊。”当头打来。狄青大刀急架相迎。又论子牙猜力量虽则次于赞天王,然而力强于狄青。当日二员猛将尔一刀我一槊,杀得征尘四起。番兵喊杀如雷,正要杀上前帮助,焦廷贵大呼:“不要平战,再变一套戏法,又好割脑袋!”狄青杀得看看抵敌不住,虽然未闻焦廷贵之言,然而却有此意。左手架槊,向怀中取出金面牌,带上念声“无量寿佛”。焦廷贵笑曰:“如今不弄戏法,竟在此演剧耍戏了。狄钦差乃趣人也。”有子牙猜见了此法宝,顿时晕了,目定睁睁,手足低垂了,金楂槊跌于地下。只听得半空中一声响亮,一阵霞光,子牙猜喊呼一声,七窍血流,直僵僵的翻于马下。狄青一刀枭去首级。焦廷贵大悦,笑曰:“妙!妙!戏文做得果然高。”又见一万番兵,吓得四散奔逃,狄青二人不赶。焦廷贵又将首级束发绑于棍上,大呼:“首级卖银子,五两一颗,两颗只取十两,是贱货而售!”狄青暗暗发笑:“世间有此痴呆的东西也!”仍踏扁头盔,塞于怀中,呼:“狄大人,已经收拾了二凶狠,余不足介意,快些攻散山上番蛮将兵,得征衣转回。”

狄青收回宝牌,大呼:“杀不尽的番奴,有多少,须速下山来,会吾祭刀!”有大小孟洋,吓得骇然不定,顿时提刀上马,尽领十万戎兵、众副将，杀下山来，犹如山崩海倒一般，将狄青团团围困，喊杀连天。狄青虽然武艺精通，但数千员番将，十万戎兵，非同小可。狄青飞动大刀，连杀番兵数百人。无奈兵多拥挤不能杀出。焦廷贵速速瞧见势头不妙，挑起两颗首级，如飞跑走，要回边关报告元帅，添兵帮助。此话慢提。

却说两牛力量英雄将，初出交锋被敌欺，密密刀枪狄青围中，左冲右踩，杀得血染征袍，人头满地。众番将坠马者亦不少，故众兵亦不敢逼近他马前。又复言狄青坐骑现月驹，乃一临凡龙马，所以特异于寻常，一灵不泯，当日大叫，嘶嗅一声，吓得众偏将与两孟洋的凡马儿纷纷跌扑，有缩跑数十步，反将众兵踩踏死者甚多。狄青趁此持大刀急劈，杀出重围而去。两孟洋、众将多吓一惊，言："狄青这匹马，分明是马祖宗也。"只得吩咐小番将二个尸骸抬上山头，着令牛健弟兄好生成殓，保守山寨；即带领十万兵到八卦山，去见伍大元帅，待他尽起大军，与杨宗保算账，并拿狄青。当日一路旗幡招展，往八卦山而去。大狼山单剩两牛弟兄，一万喽啰兵把守，按下慢题。

再言狄青杀出重围跑走下山，不见番兵来追赶，放心住了马。想来：戎兵众盛，一人难以讨取征衣。息憩一会，又见大队军马往后山远远去了，不知何故，即拍马又奔上山峰顶，大喝："番奴，还不送转征衣，必要杀尽罄才送么？"正在痛骂，牛健弟兄觉得惊慌，吩咐一万小兵放箭。狄青正讨债间，只见箭如飞蝗骤雨纷纷射来，将金刀舞动，纷纷撇下山中，一枝也近不着他。但此时十月中，天日是迅速，早已黄昏天了。狄青想来：日沉西，今天料难讨还得征衣，不免回营，明日再来讨索便了。

慢语狄青回营，先说焦廷贵棍上挑了两颗首级，喜色洋洋来到燕子河中，绕河边而走。这焦廷贵虽然步走快速，然绕河边而走，将有二十里，跑到五云汛上，已是初更了。十三夜，月色光辉如画。一路想来：到得关中，请到元帅救兵不及，狄钦差胜负已见，死活已分。不走了，连回关也无用，枉力的。不免先到五云汛上李守备衙中，不忧这官儿不请我焦老爷吃个大饱醉，况腹中已饥乏太甚。想罢，转向五云汛来。但只见守备衙门关闭了，只有巡哨兵丁，在此敲梆打报更筹,已是一更天,一只守备府灯笼点起光辉。焦廷贵到了府门中,大呼小叫,将门犹如擂鼓。大喝:“门上有人在么?快些教李守备出来迎接吾焦将军!”当下惊动了把首门兵,跑出一瞧,只见一位黑脸将军手持腰刀,铁棍上挑着两个人头,鲜血淋漓,好不害怕。不敢怠慢,呼声:“此位那里来的?到此何事相商?”焦廷贵喝声:“瞎目的王巴!吾乃边关杨大元帅帐前先锋焦老爷,多不认得么?”这兵丁听了,吓惊了不小,即忙下跪,言:“小役不知将军爷驾到,望乞宽容免罪。”焦廷贵曰:“吾又不来杀尔,又不罪尔,为何这等畏惧?好不生胆子之人。只这两颗人头要贱卖的,如今卖不去,速唤李守备出来买了。”这小兵诺诺而去,一重一重门的叩开。

有丫头传进话来,李成听了大惊,忙与沈氏奶奶酌议言:“边关这焦廷贵,呆头呆脑,不知那里将人杀害,拿人头来强卖诈银子。若不将他招接,必有是非寻扰。”李守备妻沈氏,虽乃一妇人,然有些胆识。他胞兄沈国清,在朝现为西台御使,拜在庞洪门下,也是不法奸臣。李守备单生一子,沈氏所出,名唤李岱,父子同守五云汛。这李岱年登二十,习学武艺,目下已为千总武职。当下沈氏听了,笑曰:“老爷休得惧怯。这焦先锋将人头发作者,无非借端强取些东西。”李成曰:“他若要我的财帛,这就难了。”沈氏曰:“他是上司,老爷是下属,上司到来,理当接迎。如彼来,若要财帛,汝原说吾是穷乏小武员,实难孝敬。又闻得此人是位贪杯之客,汝且请他食个饱醉兼全,管教他拿了人头,远远别方去发利市,也未可知。”当夜不知李成如何打发焦廷贵出衙,且看下回分解。

第三十二回 贪酒英雄遭毒害 冒功奸辈胆包天

诗曰:生死机关定数排,人谋枉尔用心歪。
　　　祸淫福善循还理,天视分明报应佳。

当下李成听了沈氏之言,大喜言:“贤妻高见不差。”即整衣冠出至府堂，言："不知焦将军夜深到来，迎接不周，卑职多多有罪。且请将军至中堂坐如何？"焦廷贵道："李守备，这两颗脑袋尔可认得么？"李成曰："实认不得来。"焦廷贵曰："尔真乃一名冒失鬼了！与吾拿此宝贝去罢。"李成允答，双手接过铁棍，背了人头，曰："焦将军请进来！"当时焦廷贵进至内堂坐下，喧喊啾啾道："李守备，比言上宪到来尔衙内中，孝敬东西该当送否？"李成曰："该当敬送的。"焦廷贵曰："吾今亲自到此，说什么周与不周的接迎，只明欺我的。好生胆子，想尔颈上多生一颗头么？"李成曰："焦将军请息怒。如若将军常常到惯的，自然不时伺候。况并夜深时，将军密地而来，卑职果于不知，伏惟谅请宽恕。"焦廷贵曰："也罢！尔既出于不知，不来多较。但吾今夜杀尽大狼山敌人，如今要转回三关，尚有百里多，未带得盘费，进不得酒肆，是以将两颗首级售于尔，速将盘费拿出来。"

当日焦廷贵对李成说此套话，无非希图些酒食。李成心中明白，想来：他说什么杀尽大狼山，我想大狼山兵雄将勇，如此东西焉有此手段！这两颗首级不知那个倒运的被他杀了，在我跟前夸张恐吓。即道："焦将军，尔只一身，又无坐骑，怎说杀尽大狼山？莫非哄我的？"焦廷贵曰："好个不明白的李守备！尔岂闻将在谋而不在勇，兵贵精而不贵多。为将者于军中队伍畏怯而退，乃庸懦之夫，非英雄将也。"李成曰："大狼山赞天王、子牙猜、两孟洋五将，乃英雄盖世，更具十万雄兵，杨元帅尚且不能取胜，焦将军只得一人，如何杀得尽他将兵？"焦廷贵冷笑曰："尔言吾杀不得西夏将兵么？这是赞天王的首级，此是子牙猜的脑袋，乃本先锋一手亲杀的，难道我偷盗抢掠的么？好个不识货的李守备也！"李成曰："果然是焦将军亲除此二巨寇，实乃可喜可贺，立此重大功劳。但不知怎杀法，求将军说明卑职知之。"焦廷贵曰："不瞒尔，吾一箭射倒赞天王，割下首级，一朴刀砍死子牙猜，取他脑袋。杀得大小孟洋、十万夏兵，四方奔散，杀得好爽快也！"李成曰："请问将军，并无弓箭，如何射得赞天王？"焦廷贵喝曰："以下属盘诘上司么？多管闲账也。"李成应诺，不敢再问。焦廷贵曰："两颗人头，吾要回关报功的，实不能卖送尔的。但吾既到此，尔是下属，今天怎生相待？"李成曰："卑职是个穷小守备，实难孝敬，只好奉敬三杯美酒，聊表微诚，且权屈一宵也。”焦廷贵曰：“请我食酒么？也罢，只酒要食得爽快，便不深求余外的别事了。”李成诺诺连声。进内与妻商量，言：“外厢焦廷贵说来箭伤赞天王、子牙猜，现有两颗首级在此，立此重大武功。吾今夜欲思谋死焦廷贵，明日拿首级往见杨元帅，与孩儿李岱冒了此功。待杨元帅奏知圣上，定然父子加封官爵，岂不留名于古的馨香么？”沈氏听罢大喜，道：“老爷好高见计谋也！”即时传与众丫环，往东厨安排酒馔。如今焦廷贵说话荒唐，哄着李成将功冒认，称己之能，岂知弄出天大祸事来。

当夜守备立心冒此功劳，故将蒙汗药放在酒中。焦廷贵是个贪杯莽汉，见此美酒佳肴，大饮频嚼，食尽不休，食得东歪西倒，不一刻已遍身麻软了，动弹不得。李守备一见，满心大悦，始对儿子说明。李岱是个胆怯少年，听了说声：“爹爹此事行不得的，还要商量才好。”李成曰：“吾主意已定，还用什么商量？”李岱曰：“爹爹，孩儿想这焦廷贵乃是杨元帅麾下的先锋将，倘或果然杨元帅差他出敌，立了功劳，而今爹爹弄死他，前往冒功，元帅不准信，盘诘起来，顿时对答不及，就要败露了。倘然机关一泄，此罪重大如天的。那时父子难逃军法，反惹人耻笑批谈。望爹爹参详乃可。”李成听了，冷笑曰：“孩儿，尔真乃一痴蠢呆人也。这是送来的礼物，焉有不受之理？吾与尔暗中杀了焦廷贵，神不知鬼不觉，拿了两颗首级到关，只言十三夜父子二人在汛巡查，只见赞天王、子牙猜在汛口上图奸百姓之妻，我父子不服，吾一箭射死赞天王，尔一刀了结子牙猜，故连夜拿了首级，特到辕门献功，杨元帅定然欢欣，自然申奏朝廷得知，稳稳一二品的前程了，强如做此守备微员，无人恭敬。千总官儿到老也贫穷，若问富贵荣华，谁人不想望的？”当时李岱听了父亲之言，上梯一般的容易，其心已转，便曰：“爹爹此事果做得周密便好。”李成曰：“有什么做不密？杀了焦廷贵，便放心托胆到三关去献功，轩轩昂做位大员，好不快意也。”李岱曰：“爹爹，既然如此，须要杀得焦廷贵暗密才好。”李成曰：“这也自然。”顿时取上一条大绳，就将焦廷贵缚捆牢牢。李岱只是浑身抖振腾腾。李成曰：“不中用东西！这点点的小事，就发振抖？”李岱曰：“爹爹，这个勾当孩儿实在没有做惯，故弄不来的。”李成曰："现现成成的一人杀不来，如何上阵打仗交锋？"李岱曰："爹爹，所以孩儿只好做一个千总官儿顽顽的。"李成曰："如此，且闪开些，待吾来也。"李岱曰："爹爹小心些，不要反被他杀了。"李成喝声："休得多言！"

即拿起尖刀磨刷，便道："焦廷贵，不得吾今天无理心狠的。可进禄加官，谁人不想念的？今日杀了尔，休得怨着吾不仁。"正言语间，说："奇了，为什么心也惊，胆也不定？不好了，因何两臂也酸麻起来？"李岱在旁自言想：我家爹爹有些硬嘴。曰："爹爹为何不下手杀他？"当时李成走上前两步，不觉胆颤心寒，莫言下手杀人，连刀也跌下地中央了。李岱叫道："爹爹，何故呆呆不拾大刀？"李成曰："我儿，且来帮助吾，一刻可成就此事。"李岱曰："儿已有言在先，此事我实实弄不来的。"李成曰："罢了！原来我来拿起刀，不觉手软发抖，又是跌下。想来莫非这焦廷贵不该刀上死，应该水上亡的不成？也罢，不免将他撂抛水中便了。"又等候一时，已是三更候了。这李成恐防众人得知，事风泄漏，故待至夜静更深，丫环、家丁睡去，外面兵丁人人睡熟。故焦廷贵如何被害，无人得知，单有守门的王龙晓得他放进了焦先锋，即闭回府门。当时李成父子二人取到棍索，将焦廷贵扛抬起出了府门，沈氏将门关闩闭回。父子趁着月明下，一路匆匆而走。沈氏府中等候父子回来，思量今夜害了焦廷贵，决无人知觉。明日父子辕门报此大功，杨元帅定然喜悦，差官回朝，奏知圣上，岂不加官封爵？奴随夫封赠，好不荣光。

慢言沈氏胡乱思量，却说李成父子急忙忙扛了焦廷贵，李岱道："爹爹，将他抛在那里？"李成曰："且到燕子河送他下去。"李岱曰："前面有山，山中有水窖，抛他下去，纵使淹灌不死，也寒冻死他。"李成曰："此算倒也不差。"二人扛抬至前山。但这冰窖，月光照下，乌光灿灿，深有丈余，还不知水之浅深。即将焦廷贵抛下，父子二人转回。岂期失手，连铁棍也跌下去。后来焦廷贵赖以不死，是人之奸谋断不能越于定数之外。故李岱不欲杀害，李成欲杀害而不能下手。不撂抛燕子河反投水窖中，又连铁棍丢下，有许多周折，实焦廷贵不该绝命，天使其灵之故也。当时父子欢然跑归，仍是一轮明月当空。

不贤沈氏正在等候，且喜父子回来。进内，仍闭回府门内。余馔，夫妻、父子仍酌。吃过数盅，李成曰："夫人，这段事情神不知鬼不觉，吾与孩儿拿了首级，连夜到关去献功的。"沈氏曰："老爷，如此速些登程乃妙。"当夜李成拿了赞天王首级，李岱持了子牙猜脑袋，二人上马出府，沈氏闭门安息。

话分两头，慢语沈氏，休表李成，却说狄钦差杀出重围，拍马飞程来到燕子河边，已是月色澄辉。当狄青到了燕子河时，乃焦廷贵进守备衙的时候，故一口难提二话。当有燕子河隔五云汛有十里程途。是日，狄钦差下得大狼山，已不见了焦廷贵，一到河边，方才想起焦廷贵，言："从河面过，仅得四五里，绕河边走，倒有十五六里。如何是好？"只因已有一更时候，心急意忙，要赶回营中，但大水汪洋，无船筏载渡，正要沿河跑走。加上几鞭，岂料现月驹闻言，站立不动。狄青言："奇了！莫非龙驹思渡水不成？"不意此马点头三搭，前蹄一低，后腿一纵，嘶唳一声，正要飘下河中。狄青紧紧扣定丝缰，言："马啊，下不得水也。倘被淹灌，尔我不能活命了。"此马闻言，倍加纵跳，嘶唳之声不绝，早已飞奔于浪波了。狄青紧挽丝缰，扣不定，身不由主，只得随马下水。但见此马发开四蹄，蹈水面犹如平地。月照河中，马蹄濯水，金光灿烂。狄青初时也觉怯些，及至半里，不觉大悦，笑曰："妙！妙！此马世所希罕了，能浮水面，是奇见也。但是，吾在南清宫降伏，尔出身原乃金龙，化成匹马的，故乃善伏水性。"当时半刻，已将狄青渡过燕子河，趁着月光，一程跑过数十个山冈。一到了荒郊大营扎屯之所，高声呼曰："张忠、李义二位贤弟可在么？"

当晚张忠、李义与继英找寻不遇狄爷，三人正在烦恼：征衣被劫去，又寻找狄青不遇，粮草又经劫尽，与着三千军兵人人受饥。忽闻呼张李贤弟之声，人也到了营中来。三人齐呼曰："狄老爷虽然回来了，但征衣已被抢劫完。"狄爷言："吾已得知了，粮、草、马匹齐全，尽罄的。"狄爷又曰："此乃小事也。"又问继英缘何得到此方。继英见问，将逃出相府后事一一说知，又要叩头。狄爷不许，连忙下马扶起。继英接金刀，带过马匹，交付小军去了。张忠、李义曰："狄哥哥，尔果好，往寻地头安顿征衣，一去日夜不见回来，却被磨盘山强盗劫抢了征衣;连夜放火烧山,逃遁而去,如今只剩下一座空营寨的。看尔如何到得三关,交卸复命得杨元帅?"狄爷曰:"贤弟,征衣失去也不妨,乃小事的。"张、李曰:"失了征衣还是小事?必要失了江山才算大事不成?"狄爷曰:"贤弟不知其详。征衣虽然劫去,今日立了大战功,杀赞天王、子牙猜、杀散十万西兵,到关也可将功赎罪了。"张忠曰:"哥哥愈觉荒唐了。赞天王、子牙猜英雄盖世,杨元帅尚且不能取胜,汝虽乃员虎将,到底一人一骑,他有十万雄兵,又闻精锐,那里杀得过,杀散他兵?休得哄着我们的。"狄爷曰:"贤弟,吾非谬言哄你们。"即将报恩寺内得遇老僧人,赠了偈言,路遇焦廷贵,方知磨盘山的强盗劫去征衣,献上大狼山。吾即单刀匹马与焦廷贵到了大狼山,箭除赞天王,金面宝收拾了子牙猜,细细说明。李义曰:"哥哥,尔既收除得二贼首雄,也该割下他两颗首级,前往三关献功。难道无凭无据,杨元帅便准信了?"不知狄青如何答说,如何到关,且看下回分解。

第三十三回　守备冒功奔报急　钦差违限趱程忙

诗曰:行险奸徒冒大功,生成狠毒立心凶。
　　只图自富行残忍,不畏苍天听视聪。

当下狄青闻李义之言,即道:"贤弟,这两颗首级是焦廷贵取下,难道他没有到营中?"李义曰:"并未有一人到此。"张忠曰:"不好了!焦廷贵拿首级回关冒此功劳也。"狄爷曰:"不妨,此人是杨元帅的先锋,乃硬直莽汉,决非冒功之辈。"继英曰:"谅他先回关通信息,杨元帅也是理论不得。"狄爷又诘继英:"方才尔言孙云有书与强盗,劫去征衣。但不知此人是怎生来历,要害我们?"继英曰:"小人自逃离相府,与庞兴、庞福同到天盖山落草存身,不料二人残杀良人,吾为劝言相失,与二人分伙,偶到磨盘山,又与牛健弟兄结拜为盗。不想孙兵部之弟名孙云,将金宝相送,打劫征衣,要害主人。吾即再三相劝,二人不允，只得反面分了手。意定下山通个信息与主人，不料心急意忙走差路途，未到营中，征衣已失。如今既立了大战功劳、失去征衣之罪可赎，不须在此耽搁，趁此天色已亮，即可动身。”狄爷听了曰：“尔言有理。”李义又将遇见孙云强抢妇人，吾二人搭救了，一一说明。“可恨这奴才，又通连两名狗强盗，将征衣粮草尽罄齐劫，弄得我们众人受饥抵寒，好闷人也！”狄爷言：“我们彼此一般。”张忠曰：“身为大将，挨饥一天二日，有什么难挨的！”李义曰：“又只苦众军兵同饥寒趱路也。”张忠曰：“一到关中，即膳用了。”狄青又理论孙云抢劫妇女，又串强盗劫征衣，理即擒拿定罪。但无实据，并今趱程在即，不能即办，暂且丢开。计程急走，明日到关，过限期五天。幸圣上外加恩限，多五日限，明日到关，实过期一天。即日拔寨，狄爷上了龙驹，张忠、李义、继英三人同上坐驹而行。三千兵丁，人饥马渴的，同赶趱三关，按下慢言。

先说李成、李岱拿了两颗首级，是夜趁着月光，一程飞跑，到得三关，已是巳时候。父子下马，早有多少关上的游击、参将、千百把总、多少官员诘询曰：“尔是五云汛的守备李成，千总李岱？”二人称是。参将曰：“尔父子离水汛而来，到此何干？这两颗大大人头那里得来？”李成曰：“卑职父子射杀赞天王、子牙猜此两凶狠的脑袋，特来元帅帐前献功。”众武员听了，又惊又喜，说：“妙！妙！能员的李成，英勇的李岱。”二人称言：“不敢当！”中军官言：“尔且在此伺候着。”父子应允。

又表杨元帅是日正用过早膳，坐于中军堂帐，浩气岩岩，威严凛凛。左有尚书范仲淹，右是铁臂老将军杨青，下面还有文武官员，分列左右。杨元帅开言道：“范大人！想这狄青为钦命督解官，征衣期限十四天，已蒙圣上多限五天，今天十五，尚未到，想他仗着王亲势头，故耽延日期。他若到时不即处斩，难正军法了。”范爷道：“元帅，这狄钦差倘或不是王亲，只故意怠惰延运，也未可知。他乃朝廷内戚，岂故延程，以伤圣上边兵？元帅明见参详。”杨青老将曰：“解官未到，只算他故意耽延，即迟到一天，不过打二十军棍，何至于斩首？元帅的军法过于太严了。”遂冷笑数声。元帅想来：范、杨二人因何帮助着狄青？莫非狄青先已通个关节？又莫非二人已趋奉着当今太后娘娘也？乃言："杨将军、范大人，如若狄青心存为国，惜念多军冻寒之苦，还该早日到关。如今限期已过，况大寒雪霜天，众军苦寒，倘遭寒死，此关如何保守？"范爷曰："关中苦寒，未为惨烈；他在途中跑走，迎冒风霜，倍加苦楚。"杨青曰："如若要杀狄钦差，须先斩焦廷贵。"元帅曰："焦廷贵不过催趱之人，怎的牵罪于他？"杨青曰："元帅限他十四午时缴令，今日十五，还未回关，此乃故违军令，应该正军法处斩的。"杨元帅听了默默不语。

正在沉想之间，忽见禀事中军跪倒帐前："启上元帅公爷，今有五云汛守备李成、千总李岱，同到辕门求见帅爷。"元帅曰："他二人乃守汛官儿，怎敢无令擅离汛地？又非有什么紧急军情来见本帅，与吾绑进！"中军官言："启上元帅爷，那李成、李岱有莫大之功，特来报献。"元帅曰："他二人又不能行军厮杀，本帅又不差他去打仗交锋，有何功劳可报，何功可立？"中军启禀："元帅爷，这李成言箭射赞天王，李岱杀却子牙猜，现有两颗首级带至关前，求见元帅爷。"元帅曰："有此奇事也？有此事，实乃可喜。传他二人进见。"范爷听了，微笑道："元帅，吾想他父子二人毫无智勇，如何将此二巨雄收除得？此事实有跷蹊动疑。"杨青曰："如此听来，是被鬼弄迷了，元帅休得轻信地。这该死的狗官儿，将吾辈欺负，好生可恶。"元帅曰："范大人、杨将军且慢动恼，若言此事，本帅原是不准信的。但想李成父子若无此事，也不敢轻妄来报，况且现有首级拿来，那赞天王、子牙猜面容岂无人识认？且待他父子进来，将两首级一瞧，可明白了。"当时父子二人进至帅堂，双双下跪，称："元帅爷在上，五云汛守备李成、千总李岱参谒叩见。只因卑职父子箭杀赞天王，刀劈子牙猜，有首级两颗呈上。"元帅当时令左右两边提近，还是血滴淋漓。元帅细细认来，点首面向东西叫道："范大人、老将军！看来两颗首级果也赞天王、子牙猜的，请二位看明是否。"二人细认来，言曰："果是不差了。不信李成父子一向无能，今日如何强在一朝？"范爷道："元帅，那首级虽然是两贼首的，但不知李成父子怎样取来也，须问询个明白。"元帅曰："这也自然。"又发令将两颗首级辕门号令，觉得人人害怕，个个惊寒。

当下元帅问道："李成，尔父子两人有多大本领，能收拾得此二雄？须将实情由言明本帅得知。"李成曰："帅爷听禀：前天卑职父子同在汛巡查，已是二更天时候，只见二人身高体胖，踏雪步月而来，吃酒醺醉沉沉，并无械器护身。询诘卑职，此地头有姿色妓女如何。当时吾父子见他不是中原人声音，即动问他姓名。这黑脸大汉自言是赞大王，紫面的是子牙猜。卑职父子见他二人已经醉了，吾即发一箭，射倒赞天王，儿子李岱刀劈下了结子牙猜。将二首级割下，今到元帅帐前请功。"

当时倘李成言在阵场中交战立功，自然众人不准信：他言是夜深了，二人趁他酒醉，无人保护，手无兵器，趁此出其无意中下手，说得理可凭。当是时，杨元帅、范爷、杨青俱已准信为真了，一同出位言曰："此乃贤乔梓莫大之功也。本帅之幸，国家宁靖可赖了。且请起。"李成曰："元帅、范大人、老将军，吾父子毫无所能，全仗天子洪福齐天，元帅雄威显著，是以二凶狠自投罗网而来。卑职父子偶然侥幸，何蒙元帅如此抬举，实为惶恐也。"元帅欣然扶起李成，礼部范爷扶起李岱，此番乐杀两愚夫。父子二人起来，曲背垂头。元帅吩咐摆下两个座位，父子连称："不敢当此座位。"元帅再三命坐，范、杨二人亦命坐。李成、李岱只得告罪坐位。帅堂上吃过献茶，元帅又吩咐备酒筵贺功。元帅曰："难得贤乔梓除此二凶狠，大小孟洋即不介怀也。待本帅申奏朝廷，贤乔梓定有赏功，重爵荣封了。本帅先奉敬一杯，以贺将来。"李成、李岱曰："元帅爷虽有此美意，但卑职断然当不起的。"

当日帅堂排开酒燕，李成父子正食得兴阑，忽闻报进狄王亲钦命官，解送至三十万军衣，现有批文呈上元帅。将批文拆开，上填三十万军衣，九月初九在汴京发进，圣上加恩限期多此五天，算今天十五也，算过限期一天。元帅吩咐："将狄钦差捆绑进。"范爷道："元帅，狄钦差此刻到关，也算差得半天。且念他风霜雪雨劳徒，该应免绑才是。"杨老将军也言曰："元帅须要谅情些。护载数百辆车、三十万征衣，途中霏霏雨雪难行，昨天不到，今日方来，虽说过了限期，不过差得几个时刻，便要绑进钦差，元帅太觉无情了。”元帅想来：尔二人受了狄青贿赂，所以屡次帮衬于他。便曰：“既然如此，免绑。有劳二位大人出关，点明征衣，倘差失一件，仍要取罪。”二人言：“领命。”

一同出关外。范爷东边立着，杨将军西首拱立。开言曰：“足下是钦差狄王亲否？”狄爷曰：“不敢当。晚生辈狄青也。请问大人尊官？”范爷曰：“下官礼部范仲淹也。”狄爷曰：“原来范大人，多多失敬了。”深深打拱，向锦囊中取出待制书一封，双手递过范爷，言曰：“此书乃待制包大人命晚生送与大人。”范爷接转曰：“重劳王亲大人了。”狄爷曰：“岂敢！当劳的。”此地不是看书之所，范爷将书藏于袖中。想来：包年兄料得狄青在途中必耽误限期，要吾周全之意。又问曰：“包年兄与各位王侯近来如何？”狄爷言：“一一安康。”又向囊中取书一封，不想取杨青的书，连佘太君之书一同取出。狄爷也不敢藏回囊中，且揣于怀内。又向杨青打拱曰：“此位老将军是何人？”杨青曰：“某乃安西将军杨青也。”狄爷曰：“原来杨老将军，失敬，多多有罪了！”连连打拱。杨青还礼。狄爷曰：“吏部韩大人有书命晚生带送上。”打虎将军笑曰：“原来韩乡亲不曾忘记我铁臂杨也。”此间不便开书，且揣于怀内。

杨将军不问忠臣，反诘奸党：“这些冯拯、丁谓、王钦若、吕夷简、陈尧叟、庞、孙一班奸党乌龟，近今如何？”狄爷曰：“不要说来！一班奸佞倚势陷害忠良，如狼似虎，君子退贬，小人日进了。”范、杨二人叹咨一声：“圣上原乃一明君，但终于仁慈，致奸臣胆大弄权，滔天焰势，可慨也！”范爷又曰：“狄王亲，元帅如今正在着恼，只因天寒冻苦，征衣待用，理该及早到关。但限期在于昨天，今天方至，莫非尔果有意耽误延迟的？”狄青曰：“范大人那里话来？晚生辈虽则蒙昧少年，但岂不知天气严寒，征衣乃众将兵待用之物？况且仰承王命，焉敢故意延迟，以取罪戾？无奈路途上风雨雪霜，兵丁寒苦，难走程途，不得已停顿。如今延迟一天，不过止差半日。范爷又询：“征衣可是齐到了么？”狄青曰：“到齐了，但现停顿在大狼山。”范爷听了曰：“是何言也？元帅委我们查点明征衣，方好给散众军人。如何汝反说停于大狼山？此是何解？”狄青曰：“大人不用查检了，谅也不差错的。”

范爷曰:“休得闲谈,速命众兵押车辆到来,方好查点给众军。”狄爷曰:“大人,这些征衣已经失去了。”范爷曰:“怎么说失去的?”狄爷曰:“被强盗抢劫去,解往大狼山。”范爷曰:“抢去多少?”狄爷曰:“三十万尽数抢劫去了,一件也不留存了。”范爷听罢高声说:“不好了!如今是捆绑得成的。”杨将军曰:“杀也杀得成了,有甚么理论说情的?快些走罢,勿来此混帐,休得耽搁,且走回朝中,不要在三关上作孤魂鬼。”不知狄青如何答话,被杨元帅执斩否,且看下书便识详细。

第三十四回 杨元帅怒失军衣 狄钦差嗔追功绩

诗曰:一念贪图冒大功,机关败露法难容。

须知作善膺天眷,行恶奸徒定必凶。

当时杨青、范仲淹并曰:“征衣既然尽失,须要逃走回朝,方得性命也。”狄青曰:“二位大人,征衣虽然失去,明日定然讨还。”杨青曰:“征衣失在大狼山,汝还想讨得回么?随口乱谈!休得多说,速些遁逃,没藏姓字,方保得头颅。”狄青道:“二位大人,晚生既未讨回征衣,如立下一战功,可以抵消此罪否?”范爷曰:“征衣尚然管不牢,被强徒劫去,还有什么大功来抵此重罪?”狄青曰:“小将匹马单刀,杀上大狼山,已经箭杀赞天王,刀伤子牙猜,杀退西戎两孟洋。晚生虽然有罪,但此功可以抵偿。伏惟二位大人明鉴推详,引见杨元帅。待晚生领些军马,刻日讨回征衣。”范爷曰:“缘何又是尔收除此二贼雄?吾却不准信。”杨青曰:“口说无凭,那人准信?由尔说出天花坠地,且自去见元帅,待尔分辩的。”

当下三人进关,杨、范二人踱至无人之处,将书拆开。二人看毕,范爷曰:“包年兄,若是狄钦差违了限期之罪,本部便能一力周全。无奈军衣尽失,除非代补赔了方得完善。”杨青也言:“韩大人,军衣一失,重罪难宽,教我二人如何搭插帮助他?除非圣上有旨颁到方免,不是朝廷赦旨,那人保得此罪?”当时二人将书收藏过。杨青曰:

"范大人,若在元帅跟前说明失了军衣之事,定然捆绑辕门立正军法了。"范爷曰:"这也自然的。"杨青曰:"且不要说明,待他自往分辩,我与尔见景生情,可以帮衬者帮衬,不可帮衬者,再行处置。范大人意下何如?"范爷曰:"老将军之言有理。"二人进至帅堂,杨元帅立起位,言曰:"二位大人,军衣可无差么?查点得如此捷速也。"范、杨曰:"一一无差,值得甚事?"元帅曰:"二位大人且坐。"范爷曰:"元帅请坐。"当下又传狄青进见。

又复言明:前日焦廷贵说明狄青功劳,李成断然不敢冒此功,如今只因焦莽夫夸口,扯下弥天谎语;今又已将焦廷贵弄死,故放胆前来冒功,是死无对质了。父子二人只晓得是焦廷贵功劳,不知狄钦差功绩。当是时,狄青到了,李成、李岱全不介意,只顾扬扬然于帅堂侧吃酒爽快。想到元帅定然奏知圣上,父子加官进禄,好生荣华,岂不快哉乐哉!古言:愚人作事亦愚,皆因不免个"贪"字,招取杀身之祸也。

当下狄青进见元帅,躬腰曲背呼声:"元帅,正解官狄青进见。"杨元帅见他的盔甲,乃是赵太祖之物,想:狄青虽是太后内戚,总为臣子,怎合用着先王太祖的遗物?定然太后赐赠于他。又言:此副盔甲前已交代明白,狄青以臣下不当用王家之物,故太后另加照式造成一副,与侄儿所用,故今元帅认为太祖之物,心头颇有不悦。即起位立着拱手曰:"王亲大人休得多礼。"又问曰:"批文上副解官石郡马何在?"狄青曰:"启上元帅,只因副解官石郡马在于仁安县金亭驿中被妖魔摄去,未知下落。小将已有本章回朝启奏圣上。"元帅曰:"关中亦有文书到来。狄王亲,解送征衣限期十四日,如今十五了,及早该体恤众兵寒苦,即早些赶趱到关,交卸才是,为何违却限外而来?本帅这里军法断不徇私,汝难道不知?"狄爷曰:"元帅听禀:小将既承王命,遵着军法森严,岂有不知。原要是日赶到关来交卸,并非偷安延缓日期。无奈中途雪霜严寒,雨水泥泞,人马难行,故违期一天,望元帅体谅姑宽。"范爷点头自语:"尔言言有理,只恐说出不好话来,就要动劳捆绑手了,看尔如何招架?"元帅曰:"若依军法,还该得罪王亲大人。姑念数天雨雪阻隔,本帅从宽不较。"即呼统制孟定国,吩咐速将征衣散给众军。

孟将军得令，正要动身，范、杨摇首，暗言："不好了！不好了！"狄爷打拱告曰："元帅且慢。"元帅曰："却是为何？"狄爷曰："征衣已失去，无从给散了。"元帅听罢喝声："胡说！怎样说的？"狄爷曰："征衣果然尽失了。"杨元帅顿时大怒，案基一拍："尔既管解三十万征衣，因何不小心？想必偷安懈怠。御标军衣，岂容失的？是欺君藐视本帅了！"喝令捆绑手，卸他盔甲，辕门斩首正法。两旁一声答应，刀斧手上前，跪参过元帅，如狼似虎，上前要动手捆绑狄钦差。这狄青两手东西拦开，道："元帅！小将虽然失去征衣有罪，还有功劳可以抵偿。"元帅只做不知不听。范爷接言道："元帅！钦差既言有功抵罪，何不问他明白，什么功可抵此重罪？待他可抵则准抵，不可抵者再正军法，未为晚也。"元帅将范爷一瞧，杨青一看，似乎道："尔二人说查点过征衣，一一无差少，为什么尽罄没有？还要多言插嘴的！"范仲淹俱已理会。二人想来：失了征衣，于我甚事？莫非要我们赔偿还尔不成？不然观看我怎的？

狄青曰："元帅，若问失去征衣，小将理该正法，但元帅的罪名却也是难免。如若要执斩小将，元帅理该一同斩首正法，独斩我一人，小将岂是贪生畏死之徒！元帅是畏死贪生之辈，没奈何将大罪卸在小将身上，只恐圣上察知其情由，凭尔位隆势重，天波府内之人也要正其罪法的！"元帅闻言，心头着恼，案基一拍，喝曰："尔失去军衣，难以卸罪。本帅吩咐捆绑起，不用多言！"刀斧手应答上前。杨青问曰："汝的征衣在那处地头失去的？"元帅曰："不要管他那个地头失去，此乃谎言耳。"杨青曰："元帅身当天下攘寇之任，督理各路军民，皆乃元帅所属。失了征衣，不独远方失警，元帅失察捕盗之罪难免。况这磨盘山离关不满二百里程途，尔既为各路捕督元戎，即附境之内管察不着？吾见尔按兵不举，旦夕偷安，元帅纵盗偷安之罪，将何功绩抵消得来？"当日若问狄青之罪，比之杨宗保之罪还有分别：譬之地头上失了东西，自然是地方官身上之事。杨宗保统管各路军民，难道二百里之内磨盘山的强徒即管察不及？须早已剿灭安民乃是，缘何日久纵容强盗，故于敢胆来打劫征衣？是杨元帅失捕近处强盗，比之狄青失征衣之罪加倍重大了。时狄青曰："小将在元帅关内地失征衣，理该元帅补偿还，如何反将本官屈杀？军法上全无此理。吾与尔回朝，面见天子，情理上看谁是谁非！尔今不过以势头恫恐相欺。但本官乃一烈烈丈夫，岂惧尔存私立法的！"范爷听了，暗言曰："此语却是有理有窍正论。"

元帅听罢，难以答话，只得说曰："尔失去征衣，罪该万死，还来顶撞本帅么？吾且问汝，言将功抵罪，实在有什么功劳于此？"狄青曰："收除西戎首寇赞天王、子牙猜不是战功么？"元帅喝曰："胡说！现有李成箭射赞天王，刀伤子牙猜是李岱，尔擅敢冒认么？不须多说，捆绑手，速将解官拿下正法！"狄青冷笑一声："杨宗保，尔当真要杀害我么？也罢！由尔便了。"即自卸下盔甲，脱去征袍，刀斧手将狄青紧紧捆绑了。元帅手拿出上方宝剑，旁边礼部范爷怒气满胸，打虎老将气塞喉咙。狄青厉声大骂："杨宗保！吾明知尔受了朝中大奸臣买嘱，串通了磨盘山强盗，劫去征衣，抹煞本官战功，忘却'无佞府'三字，故归于奸臣党羽中，辜负了圣上洪恩。尔虽生臭名万载；吾虽死百世之冤。"这几句言辞，将杨元帅几乎气倒帅堂。二目圆睁，首一摇，骂声："胆大狄青！敢将本帅枉屈痛骂么？速速将他推出辕门斩首正法！"狄爷曰："杨宗保，尔且住。如若要斩我，须将赞天王、子牙猜首级拿来还我，便由尔杀的。"元帅喝曰："尔有什么首级拿来，向本帅讨取？"狄青曰："交代与焦廷贵拿来，已经在尔辕门号令，怎言没有，何也？"杨元帅听此言，顿觉惊骇，心中有几分明白。忙问左右："焦先锋可曾回关否？"众将曰："启禀元帅，焦先锋尚未回关。"范爷听了，只是冷笑。杨青曰："既然狄王亲交首级与焦廷贵，须向他取讨还，方得分明此事。"

正说之间，偶见地下一封书，拾起一看，上面书着："长孙儿宗保展观。"杨青微笑曰："元戎的家书到了。"只因此书狄青卸甲解袍卸跌下来。当时杨元帅心中明白，那里按捺得定，只得立起位，一手还拿上方剑，一手接持家书，一瞧，乃祖母大人来的家书。只因在着帅堂上，不便拆书观看，且收藏袖中。明知祖母大人要保庇狄青之意，一把上方宝剑持定，发又发不出，放又放不下。正有些事在两难，便对范爷曰:“礼部大人,狄青两颗首级,他说是焦廷贵拿回,但今是真是假,须问焦廷贵才知明白。尔道如何?”范仲淹听了,冷笑自言想:方才要将狄青处斩,如今看尔杀得他成否?即言曰:“狄钦差过却限期,罪之一也;失去征衣,罪之二也;冒功抵罪,罪之三也;辱骂元帅,罪之四也。正他处斩之罪还轻,理该碎剐尸骸方正军法。”这几句言辞,说得元帅脸色无光,只转向西边,呼问杨青言:“狄青失去征衣,已该正罪,但有此大功,可以抵偿。然而焦廷贵回来方知明白。不知老将军怎样主裁?”杨青曰:“生死之权,多在元帅手中,缘何动问起小将来?倘吾劝谏不要斩他,又补赔不得征衣。此事牵干重大,吾实不敢担当多言喋喋也。”

当时言语,又说得元帅满脸通红,呆呆不发。只得吩咐刀斧手且住。又推转狄青,徐徐道:“狄青,尔即收除了赞天王、子牙猜,可将其情由细细言明本帅的。”狄青带怒大声曰:“杨宗保且听着!”将失征衣在磨盘山,后往大狼山杀了二将,交首级与焦廷贵先回关中报知,一一说明。复言:“吾立下此战功,可以抵偿了失征衣之罪。尔今实贪冒吾大功,害我一命耳。”元帅闻言,心中不安。杨青笑曰:“妙!妙!两颗人头,三人的功劳,这场官司打斗诉来,着实好看不过也。”

元帅即吩咐传进李成、李岱父子。二人闻令,即齐来进见元帅。只因官卑职小,自然该当跪下:父跪东,子跪西。言:“卑职李成、李岱谢帅爷赐燕。”元帅曰:“李成、李岱,这赞天王、子牙猜二将,乃钦差狄王亲箭射刀伤的,尔父子二人为何冒认了他的功劳?该当何罪?”李成见问及吓不了;李岱慌张得头也不敢抬。李成想来:只道功劳是焦廷贵的,故立心冒认了,希图富贵,岂知乃狄王亲功劳。也罢,事已至此,木已成舟,但抵罪不招,要冒到底了。遂道:“元帅爷,实实是卑职箭杀赞天王、儿子刀伤子牙猜,岂敢冒别人之功以欺元帅的!”元帅曰:“狄青,那里李成、李岱认是他功劳,现有两颗首级为凭,缘何反说是尔之功?李成、李岱现在这里,尔且与他对质来。”狄青曰:“既捆绑了本官,杀之何罪,何必多诘言的!”元帅即吩咐放了捆绑,觉得面无容光,上方宝剑只得放下。不知狄青如何对质分明,且看下回分解。

第三十五回　帅堂上烈汉嗔功　水窖中莽将逢救

诗曰：贫富穷通各有时，强求未必遂如期。
　　乐天听命何云辱，知足无忧古训辞。

当时杨元帅收回上方宝剑，道："李成、李岱，狄王亲在此，尔与他质对分明。"李成曰："是卑职父子功劳，不消对质了。"元帅又唤狄青："若是尔的功劳，为何并无一言与李成父子对话？"狄青曰："李成父子何等之人，教堂堂一品，青衣秃首，与他讲话的？"元帅又道："左右复还他盔甲。"狄青穿戴回盔甲，怒目纵眉，大言曰："拿首级回关者，乃焦廷贵。若要分明此功，须待焦廷贵回关见证。本官与这李成对质，终什么用？犹如虎犬同堂，岂不威光灭尽！"范爷听了，点头答言曰："钦差大臣如何与冒功的犯人言论？失了帅堂之威。"杨元帅喝声："将李成、李岱拿下！"左右刀斧手答应一声，顿时将李成父子拿下。可笑一念之贪，至弄巧反拙。元帅即差孟定国将李成、李岱管守，又拔令唤沈达速往五云汛，确查十三夜可有赞天王、子牙猜二人酒醉踏雪私行否。沈达得令，快马加鞭而去。再令精细兵丁查访焦先锋去处。"二位大人且与狄钦差做个保人如何？"范爷二人曰："事关重大，保人难做的，休来惠赐也。"元帅曰："暂做何妨？"言来只觉少面光，退下帅堂，进里厢去了。当时失去征衣的事情丢抛一边，重在冒功之事，只等待焦廷贵回来，就得明白。范仲淹见元帅退堂，笑曰："元帅方才气昂昂，只怪狄王亲。只因理上颇偏，又有佘太君书一封，要杀要斩，竟难下手。"杨青曰："方才险些儿气坏吾老人家！观王亲大人，好像一位奇男子，说得理上，烈烈铮铮的敏捷。但不用心烦，待焦莽夫回来，自有公论。且先到吾衙中叙话如何？"狄爷曰："多谢老将军！"杨青又道："范大人，同往如何？"范爷应允，三人同行。

又说关中众文武官员，尔言我语，喧哗谈论短长，不关正传不录。

有孟定国奉了元帅将令,收管李成父子,上了锁具不表。

又言李岱道:“爹爹,太太平平,安安逸逸,做个把小武官,岂不逍遥？因何自寻出烦恼,痴心妄想荣华？岂知今日大祸临身,皆由不安守天命也。”李成叹声:“我儿,这件事情多是焦廷贵不好,狄钦差功劳,他说己之功劳。若还说明是狄钦差战功,我也决不将他弄死,决不冒认此功了。”李岱曰:“爹爹,明日追究起来,招也要死,不招也要亡,如何是好?”李成曰:“我儿,挡抵一顿夹棍,即使断两腿,总然招认不得。”

不言父子二人之说,且表元帅进至帅府内,拆展祖母家书一瞧,看罢言:“祖母大人,若是狄青过了限期几天,孙儿敢不依命周全?无奈征衣尽失,大罪岂得姑宽？连及孙儿也有失于捕盗之罪。如若狄青果有战功,还可以将功消罪。但不知焦廷贵那里去了？想来定然李成父子希图富贵,谋害了焦廷贵,混拿了首级,到来冒认功的。倘焦廷贵果遭其陷害,这桩公案怎生了结?”是夜,元帅闷闷不乐,也且慢表。

再言副将沈达,奉了元帅将令,带了数十名兵丁,向五云汛而来。先说焦廷贵,一夜昏沉在水窖中。若讲水窖,差不多有二丈深,李成将他抛撂下去,跌扑也死了;纵然跌扑不死,天寒大雪,也寒浸死了。今日焦廷贵不死,想必要与国家效力,建立武功的,不当胡乱死于李成之手,故得地头上神祇救护,寒跌不死,亦造化定分也。但彼贪图口腹,满口胡言,冒了别人功劳,使人争论不明,罚他小小磨难,也是报复之公耳。一夜及至天明,蒙汗药已醒,焦廷贵即忘记了昨夜事情,反说浴堂内设了水窖,还要洗什么澡。手足一伸,呼道:“不好了！那个狗囊将吾身体捆绑了么?”口中大骂不止:“那个狗王巴要吾焦老爷的性命?”两手一伸,断了绳索,又将腿上麻绳解下,周围一看,说:“不好了！此方黑暗暗,是什么所在?”又细细想来:昨天要打闷棍打不着,做了挡路神;后同伙狄钦差往大狼山,一款戏法射死了赞天王,一剧戏文弄死了子牙猜;番兵大队杀来,吾挑了人头两颗,往三关讨救兵,打从汛上过,教李守备请吾吃酒。怎的吃到这个所在来的？是了,定然吾吃醉而回,却被歹人鼠盗劫了东西,捆绑身躯,撂在水窖里，冻得吾死了一般。想来：我的一空空如此，又无什么好东西、多金帛，莫非劫吾鸡巴去的？真乃可恶的狗强盗！大骂时，东西跳跃，但并无一处路相通。几次捞住铁棍板上，有二丈多深难以爬上。山高广大，人到又稀，只怜了焦廷贵！

到了下午时分，方得一樵子经过，只闻呼曰："救人啊！吾焦老爷也寒冻死了。"那樵子住步，四下一瞧，言："奇了，何处声声喊救？"不觉行至水窖，原乃跌下一人。又闻呼喊，曰："上面那人，拉了焦老爷上来，妙过买乌龟放生的。"樵子曰："尔是将烧焦老的人么？"焦廷贵喝声："胆大戎囊！吾乃三关焦将军，那人不闻名的，岂是烧焦老的？"樵夫笑曰："原来三关上的焦黑将军也，多多有罪了。"焦廷贵喝曰："吾不过面貌黑色，岂是烧老焦黑的么？不必多言，快些拉吾起来，到衙中吃酒。"樵夫听罢，笑曰："原来是个酒徒。"即将绳索放下。幸得手中还长二三尺，焦廷贵两手挽住麻绳，双足蹬着铁棍。这樵夫幸喜气力很大，两手一提，吊将起来。大呼曰："像着死尸一般的沉重！"焦廷贵上得来，喝声："多言！得罪吾焦将军么？"樵子曰："焦黑将军，尔方才言过请吾吃酒，休要失信的。"焦廷贵曰："尔要吃酒也何难，且随吾来。"樵夫曰："焦黑将军那里去？"焦廷贵曰："且到李守备衙中去，即有酒吞了。"樵夫曰："吾不去的。"焦廷贵曰："尔何不往？"樵夫曰："李守备那个儿子李岱，前月来吾家中强奸吾妻，被吾取尿一缸撒去，他方才奔了。我今若到他衙里来，此人岂不记恨前情么？定然要报雪此恨了。"焦廷贵曰："如此说来，尔定然不去，焦将军一人去也。"踩开大步，奔走如飞。樵夫见了，发笑不已："莫非此人是个癫呆的么？"

不谈樵子归家去，书接前文。莽汉因又到来守备衙中，高声呼喊门上的。有管门的王龙出外一看，呼声："焦将军爷，昨夜那里去了？为何今日又来？"焦廷贵喝声："来不得的么？速些唤这两名官儿来便了！"王龙曰："两位老爷都出外去了。"焦廷贵喝声："狗奴才！无非言我又要吃酒的，虚言相哄，言两个狗官不在么。吾今不吃酒，只要用膳了。"口中言，大步已踏到里边来，当中坐下，双手拍案，喧声响振。大呼："李成！李岱！在那里？"焦廷贵大骂，催取用膳。当时府内人免不得禀知。沈氏恭人闻言,吓惊不小,说声:“不好了！焦廷贵不死,即死他父子了。”只得吩咐备酒饭出去。奶奶思量下些毒药,怎奈日间人目众多,反为不美。沈氏当时心如焚烁。

却说副将沈达一路上查来,没有踪迹,只因此事李成说是初更已尽之时的事情,是以汛地上众百姓军民多说不知。一程又到守备衙中查问,众兵役也说不知。当日沈达一到,只有守门王龙理会,猜着:“定然老爷害了焦廷贵,拿了人头往三关上献功。这是胆大如天的行险也。如若焦廷贵死了倒也不妨,如今焦廷贵现在,老爷、公子便有丧身之祸了。”

慢说王龙自语自惊,有沈将军一到了守备衙中,进府堂内见了焦廷贵,不觉又惊又喜。呼声:“焦将军,尔吃酒好有兴的！还不快些回关去。”焦廷贵一见,笑曰:“沈将军,因何尔也到此处来?”又说明,沈达为人最是仔细,想来:这是事关天大,只好在元帅跟前方好说明白;若在此处说知,倘被他癫性发作,恶狠狠一刻杀出,不好看来了。若说明白,犹恐招惹违令之责,不若暂瞒了这狂莽酒徒的妙。即道:“焦将军,元帅差尔催取军衣,到底军衣到否？狄钦差在那里？为何尔也违将令而耽搁限期?”焦廷贵曰:“沈将军,不要说起来,吾昨夜食醉了酒,跌下水窖中,险些寒冻死了,还顾得什么征衣军令的鸟娘!”沈达曰:“元帅只因尔违误军令,大振发怒,特差吾来抓尔回去。如若再延迟,取下首级,然后回关。”焦廷贵曰:“迟些即取去首级回去？不好了！去了首级,用什么东西吃饭？速速走罢。”沈达曰:“刀马在那里?”焦廷贵曰:“失掉去了。铁棍也跌下水窖中。”沈达曰:“不中用的东西!”焦廷贵曰:“若是中用的,不在水窖中过夜了。”

慢表沈达带回兵丁、焦廷贵而去,又说李守备府王龙,当日被吓得惊呆不已,只悄悄到着三关打听消息去了。又言沈氏在内堂,倍加着急,呼天呼地呼神祇,只愿父子平安无事回来便好了。但想此事,原是老爷欠主张,及早杀了焦莽夫,方免后祸的,因何将他活活的撂抛在水窖里？岂料他偏偏不死,又得回关。如今凶多吉少,如何是好？免不得父子同归刀下而亡。

丢下沈氏心中惊乱,再说焦廷贵、沈达二人飞跑,马不停蹄,到得关来已有二更天了。内重关已紧紧闭下锁,沈达只得邀他到己之衙府中。顿时吩咐摆酒,二人双双对酌。尔一盅,我一盏,半酣之间,沈达向焦廷贵道:“焦将军,如今此事要动问尔了。”焦廷贵曰:“沈老爷诘问什么事来?”沈达曰:“元帅差尔催趱军衣,因何一去不回,反在水窖中过夜?又在守备衙中吃酒,是何缘故?”焦廷贵曰:“沈老爷不要言来,吾焦廷贵真乃倒运也。”即将来去情由细细说明。沈达听了,点首明白。又将李成父子冒功细细达知。此番焦廷贵大怒,咆哮如雷,火光直喷。呼叫道:“沈老爷!我原想不起怎生在水窖里过夜,原来是李成父子将吾弄醉,丢抛在水窖里,拿却人头去冒功。可恼!可恼!这还了得!待吾连夜回去,将他狗男畜女,大小齐齐杀尽,还出不得吾之气忿也!”沈达曰:“焦将军,去不得的。”焦廷贵曰:“有什么去不得的?只消吾两足飞奔,明天早到汛了。”沈达曰:“不然了,李成父子已经拿下。尔今不知,只要尔回来询质明白,李成、李岱的性命即难保了,何劳尔去将他杀的?是是非非,总在明天了。”焦廷贵曰:“沈老爷,待吾先往杀他家口男女,留下李成父子,难道没有凭证的么?”沈达曰:“军中自有一定之法。他虽有罪,但罪不及于妻孥。若尔不奉法令,擅自杀人,岂得无罪的?断然是动不得,不可造次也。”焦廷贵曰:“但气忿他不过的!但这个人情卖在沈老爷面上来,乃便宜了这班奸党了。”沈达曰:“焦将军,明日元帅审问起来,汝便怎生对质他?”焦廷贵曰:“吾只言狄王亲一弄戏法,射死赞天王,一弄戏文,刀劈子牙猜,吾代他挑了首级,道经五云汛,被李成父子用酒灌醉,捆绑,丢抛下水窖中,拿了首级,前来冒认功劳。汝道是否?”不知沈达如何答话,且看下回分解。

第三十六回　莽先锋质证冒功　刁守备强词夺理

诗曰:英雄量大福仍大,奸佞机深祸更深。
　　昧法瞒天终泄漏,千秋只染臭名音。

当下焦廷贵道:“沈老爷,小将明日如此证他冒功,管教李成父子头儿滚下来。”沈达笑曰:“忧他头儿不滚下的!”是夜不表。

到了次日,太阳东升,辕门炮鼓响鸣,文武官员穿袍盔甲,兵丁刀斧如银明亮。杨元帅升了中军公位,身穿大红文武袍,背插绣龙旗八面,腰围宝玉赤金绦,头上朝阳金盔戴起,双足战靴蹬踏,真乃浩气腾腾,威严凛凛,乃宋朝一位保国功勋,寄命大臣。有诗赞曰:

六尺之孤托大臣,边疆首重抚三军。
羹梅辅弼文官任,攘寇除凶赖武勋。

左位有范礼部,右坐有安西杨老将军。文员袍服分班立,武将戎装合集站。狄青上帐见礼毕,即于范仲淹位下摆,坐金椅位。昨天要正军法斩首,今天元帅不即深究,又命人摆了座位,实乃元帅心中明白了李成父子冒认战功。又有沈达上帐缴令:“启禀元帅,昨天奉令往五云汛细细查确,据众军民多言夜深人静,并不知其有无此事。但焦廷贵拿了两颗首级道经五云汛上,被李成父子灌得大醉,捆绑身躯,抛于水窖中一夜,直至昨天午时分,亏得一樵夫将他扯吊上,如今现在辕门候令。”元帅曰:“果有此事?李成父子冒功无疑了。”吩咐孟定国抓李成、李岱到来。孟将军奉令,展出虎威,抓拿到二犯,拍搭在地。父子不啻磕头虫一般,呼曰:“元帅开恩!卑职父子实乃有功之人。”元帅大喝:“该死的狗官!本帅已经差将查明五云汛上并没有赞天王、子牙猜二人酒醉夜出之事。尔敢无中生有,捏诳虚言,冒认功劳的么?”李成曰:“元帅,其时只为更夜已深,汛上军民多已睡熟,是以无人得知。”元帅喝声:“佞口的狗奴才!本帅且问汝,因甚用酒弄醉焦先锋,捆绑抛于水窖中?一心希图富贵,将人陷害,取了首级来冒功,忍心害理,畜类不如!”父子闻言,吓得大惊,犹比头颅上打个大霹雳。李岱想来:这件事情,料想抵赖不过的,不如招了,免挨夹棍之苦。那晓得李成立定主意,只愿抵死不招。李岱无奈,只得随着父亲抵赖不招。李守备只管叩头,“元帅爷”连连呼叫不已,言并不曾将焦先锋灌醉,抛下水窖中,岂敢在元帅台前欺心诳言,上有青天,下有地祇,三光日月内,焉敢将人谋害。元帅闻言,重重大怒,喝令传进焦廷贵。

这焦廷贵一进至帅堂,怒气冲冲抢上,靴尖将李成、李岱踢打不已。大骂:"好胆大的乌龟的李成!狗王巴的李岱!将吾弄得大醉,捆绑了丢下水窖中,至吾寒得几乎险死。可恼尔丧良心狼贼,一刻处死尔两个狗畜类,也难消吾忿气!"父子二人呼叫:"焦将军!望乞饶恕了卑职的狗命罢!"焦廷贵喝声:"狼心狗肺的戎囊,也要命么?难道本将军由尔捆绑了,抛在水窖中,拿首级来冒功,便不要性命?"李成曰:"焦将军休得枉屈了人,卑职父子那有此事?"焦廷贵大怒,喝曰:"还言枉屈尔么?好畜类!"靴尖踢打不已,父子二人呼叫将军不已的讨饶。范爷喝曰:"帅堂之上,不许喧哗。焦廷贵休得罗唣,失了军规。"杨元帅问曰:"焦廷贵,本帅差尔催趱狄钦差征衣,为何反在五云汛而去?李成父子怎生将尔弄醉,且细说明本帅得知。"当时焦廷贵从奉令未到军营,先逢李义寻找狄青,又说至生心图谋狄青之龙驹马。又略表明,焦廷贵乃一直性莽英雄,从来说话有一句言一句,即做贼盗,做乌龟也要说个明明白白,藏留不住一句,所以他连抢掠东西的行为也要直言出来。

元帅曰:"蠢匹夫!身为将士,立此歪心,一鄙陋小民耳!敢于本帅跟前胡说也。"焦廷贵呼曰:"元帅有些缘故。当时小将见此马乃一匹异色龙驹,意欲做个打闷棍人抢劫了这匹异驹,回来送与元帅乘坐。"元帅喝声:"该死的蠢匹夫!"怒基一拍,两旁吆喝齐声。焦廷贵慌忙打拱,再言闷棍打不进,直言得功,道经五云汛,腹中饥了,只得进守备衙中讨膳一饱,然后跑走。"不想被他父子弄醉,捆伏身躯,抛下水窖,几乎寒浸死。混拿首级来冒功,险将小将与狄王亲一命遭此恶狼毒手。这两员狗官,虽粉身碎骨,不足以尽其辜的。"

元帅听了,冷笑一声,喝道:"李成、李岱!焦先锋说得有凭有据。尔还不招认冒功么?"李成曰:"元帅这些虚言何足为据。实乃卑职箭杀赞天王,儿子刀伤子牙猜,现有两颗首级为凭,若是狄钦差之功劳,何故并无首级?卑职现有首级为凭,倒是假的;狄王亲没有首级可据,倒是真的?只求元帅将卑职父子与狄王亲、焦将军狠夹起来,便分真假了。"焦廷贵听得,怒气冲冲,抢上一抓提起,喝声:"胆大狗畜牲!吾的首级被尔盗来,自然没了凭证的。"又呼曰:"元帅不必问长问短，快将两个狗官正法便了！”元帅曰：“焦廷贵不必动手。”又呼曰：“李成，既是尔父子功劳，可晓得赞天王、子牙猜头上戴什么盔，身中穿什么战袍？须说得对准，才算尔的功劳。”李成想来：须要说得情形相配才好。又想：焦廷贵只有两颗光光人头，没有盔帽的。若说酒醉踏雪，决无有盔甲在身的。便呼道：“元帅爷，这赞天王头戴螺皮玄皮帽，身穿大红袍；子牙猜身穿玄色皂袍，头上红褶子。”李成说未完，焦廷贵高声大喝：“尔该死的狗囊！说什么皮螺帽子，乌尔的娘！”伸手向胸怀中取出踏扁头盔，呼曰：“元帅！这是赞天王的盔，这是子牙猜的盔，无意之中带藏在此。人多说我呆痴，今日也不算痴了。”李成想来：若吾知尔有踏扁头盔藏在怀内，早已拿出来了。元帅曰：“李成，如今还有何分辩？”李成曰：“元帅，不知道焦将军那里找来此盔搪塞元帅。揆其情，度其理，实乃钦差失去征衣，故以买嘱焦将军为硬证，冒着功劳，欺瞒元帅的。”范爷曰：“李成，本部且问尔：二贼人既有首级，被尔父子乘其不备所杀，岂无身体的？倘二贼人身体尚在，尔找寻得来，也算尔之功。”范爷询诘也诘得透；李成辩答也辩答得妙。即言：“他二人原有四个随从同走，已将身体抢回去了。”范爷曰：“他马匹何在？”李成曰：“他是雪夜步行，那有马匹？”狄爷听了，不觉微笑，叹声：“辩得清楚，好个伶牙俐齿的刁奸贼也。”

帅堂之上，正在审诘未得分明，忽有军兵报曰：“启上元帅爷，今有八卦山伍须丰合同大小孟洋统领三十万劲师，将四城围困了，要与钦差狄大人会战，要报赞天王、子牙猜之仇，十分猖獗。请元帅爷定夺。”元帅打发报军兵去了，想：西兵卷地而来围困，我也曾会敌过红须三眼将，身高丈余，十分凶勇，在八卦山屯扎，与赞天王大狼山相隔一百二十里，两边成列犄角之势，定称劲敌。今天尽起雄师而来，只因狄青杀了他二员猛将也。当下又呼曰：“李成，若果然是尔父子二人功劳，为什么贼将伍须丰反不与尔父子讨仇，偏偏要狄钦差会战，何说？”李成曰：“元帅，这个缘故，卑职却不晓得贼将伍须丰怎么与狄钦差讨战。那段功劳，只是吾父子的。”元帅喝声：“佞口贼！明白到此也不招认么？”忽又报到：“元帅爷！西兵攻打四关甚急，请令定夺。”狄爷听了，立起位，道：“元帅，既是西寇猖狂，待小将出马，或借元帅之威,以立寸功。”元帅正要开言,焦廷贵曰:“且慢!尔的仙法奇巧虽好,但今用尔不着。”又言:“元帅,李成父子既能收除赞天王、子牙猜,待他二人出马与西戎对垒,倘杀得退敌兵,便算他功劳;倘杀败了,是个无能之辈,休思此段功劳,是冒认已真了。未知元帅意见如何?”当时焦廷贵虽然鲁莽,却有些主见,倘他父子出敌,必被西兵一刀一个,岂不省却多烦折?元帅曰:“匹夫说来,乃不知进退之见,说什么!倘或李成父子杀了,不须言必被番蛮冲进关中,那敢担此干系?”焦廷贵曰:“不妨。倘他父子出敌,待小将随后掠阵,不许西兵冲进关来。”范爷曰:“焦廷贵也有三分近理。如若狄钦差在大狼山收除了赞天王、子牙猜,这大小孟洋定然认识他,见了李成、李岱,自然说不是狄钦差,仍要觅他交战的。果然西戎二将在五云汛被他父子所伤了,大小孟洋定然有说了,那时真假可立分的。”焦廷贵曰:“吾愿往做个见证。”杨青笑曰:“范大人言公断不差,元帅可准依。”元帅听了点首,既差李成、李岱领兵出敌,唯当小心。

父子二人闻令,吓得胆战心惊,父子叩首求元帅免差。元帅曰:“尔父子身居武职,必与朝廷出力。沙场对敌,乃武将之常,何得推诿?”李成恳告曰:“卑职父子虽云武职,只好守着近汛查诘奸民,若要打仗交锋,实在弄不来的。”元帅喝曰:“身作武员,如何畏惧对垒交锋?许多将士,谁敢违吾号令,尔敢不遵将令么!”焦廷贵大喝:“狗囊子!做了武官,全仗交锋对敌之劳。若尔这般贪生畏死,朝廷何用养军蓄将?倘不遵元帅将令,伸舒狗项吃刀。尔若杀不过敌人,自有吾在此帮助尔二人。”父子听了无奈,只得胆战心惊,令已领了,道:“元帅,卑职父子出关抵敌便了。”元帅给他盔甲、马匹,与他父子二人手持兵器,带兵一万而去。焦廷贵在着后远远跟随着。李成暗对李岱曰:“再不想冒功冒出这般事来,今日可以死得成了。”李岱曰:“爹爹好好的守着汛地上,吃的现成俸禄,逍逍遥遥,岂不是好?为贪富贵高官,拿了人头来冒功,连膝盖儿也跪得痛破了,不想仍要死的。”

不言父子一路出关,懊悔不已。有关内狄爷起位,道:“元帅,我想李成父子岂是西戎将兵对手!不若待小将出马,帮助抵敌如何?”

元帅曰："这伍须丰也是西戎一员有名上将，身为贼帅，本领不弱于赞天王、子牙猜二人。尔既出敌，须要小心。"狄爷称言："领令！"元帅复唤："狄王亲，须带多少军马，乃可退敌？"狄爷曰："须得二万兵丁。方才李成共足三万，尽足了。"当时元帅打发二万锐兵，与狄青出关接应；杨青老将也带兵一万，随后跟着。孟定国、沈达等另有一班武将、副将，一一不能尽述。炮响连天，冲关而出。当日杨元帅深知西戎将兵势大，故仍令众将领兵助战。时发兵已毕，与范仲淹登上高城观看。

却说炮响一声，关门大开，李成父子二人心惊胆碎，魄散魂飞。李成提枪不起，李岱低伏于马鞍，一万精兵纷纷涌出。只见西戎兵列成阵势，倒海推山一般，剑戟如林之锐。有西戎国大元帅伍须丰，座下花斑豹，手持钢铁金鞭丈余长，耀日光辉灿灿。不知李成父子如何迎敌，三关怎样解围，且看下回分解。

第三十七回　刻日连伤三猛将　同时即戮两微员

诗曰：运会兴隆将勇集，边疆破敌立功超。

　　五凤楼前登伟绩，麒麟阁上姓名标。

却说西戎主帅伍须丰列开阵势，左有大孟洋，右有小孟洋，三十万兵，旌旗密布，器械交森。这李成父子一出至阵前，惊慌得几乎坠于马下，枪刀早已落下尘埃。伍须丰一马飞出，大喝："宋将何名？因甚如此惊惧？莫非不是狄青？本帅金鞭之下不死无名之将，快些通下名来，好送尔狗命！"金鞭高举，吓得父子二人抖振腾腾，倒伏马鞍上，叩首不已，连呼曰："伍大元帅，吾名李成，现为守备微员。原无计谋力量，无奈勉强临阵的。望乞元帅饶吾一命，永沾大恩。"伍须丰听了，不觉发笑一声，言："杨宗保气数已绝，打发这样东西出阵混耍。也罢，饶尔的狗命。"李成曰："多谢伍元帅。"伍须丰又喝道："马上倒伏的，要死还要活？"李岱曰："元帅，恳乞勿动手，且开恩。

吾名李岱，是五云汛的千总官儿，从来不会相争相杀的。”伍须丰曰：“尔既不会上阵交锋，来到阵中何故？”李岱曰：“伍元帅，此是奉元帅所差。只因军令难违，无奈出阵，只求元帅开恩，留吾蝼命。”伏贴马鞍，叩头不住。伍须丰见了，言曰：“果然不济了，又是个没用的东西。杨宗保这般倒运，只打发此废物来奚落本帅，好生可恶。本帅的金鞭之下，惯打有名上将，今日取了尔小卒性命，岂不污了吾的金鞭，饶尔去罢！”李岱曰：“沾元帅大恩。”父子得命，喜洋洋心安了。焦廷贵一见，怒气冲冲，大喝：“两名狗官，为何如此畏死贪生，倒灭了吾元帅之威？”父子不回言答话，只转马跑回。廷贵只恐二人逃走了，上前一手捞一人，拿翻下马，交付与孟定国收管了；复又带兵一万出关。

伍须丰正带领众将兵冲杀进关，早有焦廷贵率众兵涌出。狄爷又统领二万铁甲军，一马飞出，拦阻伍须丰，金刀耀日，高声大喝：“叛贼奴！尔何人？且通报名来！”伍须丰曰：“吾乃西夏国赵王驾下灭宋元帅伍须丰是也。尔这无名小卒，可是狄青么？且报上名来，好送尔归阴。”狄青喝曰：“叛贼奴！既知本官名望，还不倒戈投降，献上首级来！且看刀！”言未了，金刀砍去。伍元帅一闪，金鞭复又打来。狄爷还刀、急架，拦腰复斩。二员虎将杀战沙场。西夏兵刀斧交加，宋将喝令数万雄师奋勇杀上。西兵势倒，各自退后，自相残踏，死者甚多。又言狄青与伍须丰，连人马相比，狄青还短四尺，所以交锋时伍须丰低头，狄青仰面，所以金刀发动处只好在他腰膊左右。但伍须丰的力狠强猛，狄青不过以刀法抵挡，冲锋十余合，觉得抵敌不能，只一马退后半箭，取出人面金牌带上，念声“无量寿佛”，只听得半空中雷鸣响振，一派金光罩目。伍须丰一马正在追去，忽然金鞭跌地，目定如呆不语，直僵僵的跌下马来，八窍流红——只为他多生一目，故八窍血流。焦廷贵早已见了，飞步抢来，破为两段。王天君归于圣帝殿中。有大小孟洋，气怒塞胸，一持大斧，一提长枪，大喝：“狄青！”飞马奔来。狄青法宝尚未收还，连连咒念“无量佛”数声，金光闪闪飞扬，一声轰响，二贼将翻身下尘埃，七窍血流。焦廷贵仍把割下首级三颗，共为一束，笑曰：“果好妙！妙仙戏！”又说明：狄青这两件法宝,只收除得圣帝殿前神将,这些副将众军,多不在其中,故而没有应验。如有应验者,岂不人人尽死,个个皆亡,狄青可以一战成功了?大孟洋是张元帅,小孟洋是邓将军,一日同归真武殿。西夏三十万贼兵,见主将尽死,吓得四散奔逃,却被宋兵奋勇追杀得真乃可悯可怜,尸横遍野,鲜血滚流,只逃走脱的数万残兵,跑回八卦山,合会在山的众兵,也有数万,走回西羌而去。未知又那将来争锋,下文交代。

当日沙场中,狄青收回法宝。焦廷贵大悦,拿了三颗首级,抛掷起空中又接回,大呼曰:"狄王亲好戏法也!"狄青意欲带兵杀上大狼山,要剿除尽贼营,只见天色已晚,只得收兵回关。杨元帅喜气洋洋,与范礼部齐步出关,迎接进内。各见礼,四人坐于帅堂,狄青刀马自有小军牵抬去了。元帅曰:"狄王亲如此英年神武,今复尽除敌寇,立此重功,本帅有何颜面执此兵符,居此重位?告归在即,托王亲也。"狄爷曰:"小将那里敢当?元帅重言谬奖了。"焦廷贵又提三颗人头呼曰:"元帅,好一段戏文,杀了三名贼将,真成仙戏了。"元帅喝声:"匹夫休得戏言!"吩咐拿出辕门号令。

又溯明:狄青到关,已有两天,缘何张忠、李义、李继英并三千军马不见提出?因狄青昨天性命尚且未保,故未对元帅说明。他一到了,即交归关内大营,张忠三人守候狄钦差回音,故略按下。当时元帅又曰:"狄王亲立下此大战功,实为可敬。圣上洪福,故天授此韬略英雄。"狄爷拱手曰:"小将罪重如山,还望元帅大度雍容,小将即感恩了。"元帅言罢,即吩咐摆宴庆功,并犒赏大小三军众将。又发令沈达,将被杀贼兵尸首觅地掩埋,未死的马匹、械器、盔甲一一收管,暂入军装库内。又将众将功劳一一记录毕,候来日再升。又传孟定国:"李成、李岱何在?"孟将军禀曰:"小将已收管在此。"元帅吩咐:"即速带来!"孟将军领命,即拘李成父子至帅堂,跪倒在尘埃。父子二人齐呼曰:"元帅,卑职是有功之人,如今不望荣华富贵,只求元帅爷开恩复职,父子便深沾大恩不浅了。"元帅大震雷怒,拍案骂声:"丧心毒贼!只贪图富贵,便忍心伤人,如此心毒意狠,真乃畜类不如也!"李成曰:"元帅,这功劳实乃卑职父子的。"焦廷贵喝声:"万死的狗王巴！差尔出敌伍须丰，为什么一见番将尔即叩头不已，倒灭了元帅的威名？可恶的狗官！”李成曰：“元帅，卑职原说过并不会相争相杀。”焦廷贵曰：“可恼的狗官，将吾扔下水窖中，便会得紧。”当下元帅喝令：“将李成父子捆绑起，推出辕门枭首正军法。”父子乞曰：“元帅开恩，休要屈抹卑职父子功劳。”元帅大喝：“死在目前，还要冒功么？”当时捆绑手将父子二人剥去衣帽，赤条条的，刀斧手顿时提起大刀，推出辕门。一声炮响，两颗人头落地，高挂上辕门号令，尸骸抛弃于荒郊野外。一心妄图高官显爵，立心伤害于人，是日过刀而亡，亦如斯狼心之一报也。

有王龙守门兵，上日急赶至三关，不分日夜在着附近打听，方知杨元帅将父子二人一同正法。他即日夜如飞赶回，次日方到衙中，进内报告沈奶奶。这沈氏闻言，吓得魂魄俱无，痛哭凄凄，咬牙切齿，深恨杨宗保：“若不伸冤抑雪，不算吾手段！”即日暗暗将父子的尸骸收拾掩埋了，又收拾好柜箱物件，带了两名使女，与王龙竟向东京西台御史沈国清哥哥处商量翻冤，计较告御状，又是一番混搅生端也，且慢表。

却说杨元帅是日大排筵宴，庆贺大功，犒赏众将士兵丁。且心爱敬小英雄，欢叙闲言谈国家政务，狄爷一一对答如流。元帅大加赞叹：“不意狄王亲如斯年少，具此韬略奇能，真乃当今洪福。”范爷、杨将军也是大悦。四人尔言我论，甚觉投机。元帅又言：“失去征衣，如何上本奏明圣上乃可？”狄爷曰：“元帅，今日西夏贼兵虽退，但大狼山余寇未除。且待明日小将领兵，借着元帅之威，或尽铲余寇，夺回征衣，未可知也。望祈元帅本上周全些小将之罪，便足感元帅用情之德了。”元帅曰：“如若夺得转回征衣，免了众兵丁寒苦，本帅即当上本奏知圣上，抹过失去征衣之事，只将狄王亲大功陈奏，明请旨荐尔执掌印令兵符，保守此关，本帅可以告退了。”狄爷曰：“元帅休出此言。小将乃初仕王家的晚辈，全无才德，敢当此万钧重任？况有误失征衣大罪，只可将功赎罪，还敢望嘉奖？元帅重于过奖了，反使小将赧颜也。”元帅曰：“不然。王亲具此少年英略，本帅足以放心重托边疆重任了。吾领守此关将已三十载，军务太烦，自思年迈，及不得英年精锐时。如今交此任与王亲,吾回京少奉年老萱亲、高年祖母几秋,以终天年也。”范爷、杨青曰:“元帅立意已定,王亲休得推辞。有此大功,为帅何言是赧颜的?”言谈已毕,是夜各归营帐。

次日,元帅道:“狄王亲,如今仍劳尔往大狼山,剿除尽余寇,夺回征衣,好待本帅备本回朝。”狄青曰:“元帅,小将如今要禀明了。”元帅曰:“王亲有何酌量?”狄青曰:“小将有结盟义弟,现带领三千兵,路护征衣,而现伫停关外。但张、李二将,本领不弱于小将,待他领兵往大狼山,自然夺取征衣而回。”元帅曰:“王亲既有二将随来,何不早说?”狄爷曰:“昨天小将自命几乎不保,那有心情及此二人。”元帅听了,言:“昨天错罪王亲,休得见怪。”言罢,拔令焦廷贵言:“本帅着尔出关外,速传张忠、李义到本帅营中,领兵二万,前往进征大狼山余寇,夺回丢失征衣,不得有违。”焦廷贵得令而出,传知关外两弟兄。张忠、李义领了雄兵二万,提了刀枪,杀气冲冲而去。

再说大狼山牛健、牛刚二人,一闻伍须丰已死,吓得惊慌不定。皆因一时之错,贪了些少金钞,误听孙云之言,劫去征衣,思害狄钦差。岂知投至此未满七八天,众贼兵尽消亡。想来:狄青本领非凡利害也。牛健曰:“谅他们必要讨取回征衣,倘他领兵剿捣,我辈怎能抵敌?如此危矣!”牛刚听言,冷笑道:“哥哥说此没用之言,倘被旁人知之,羞赧难当的。”牛健曰:“兄弟,据尔之见若何?”牛刚曰:“有何难处?如今打发喽啰,在着山前山后,山左山右埋伏,倘有兵来,四边发箭,他兵一退,即不妨了。”牛健曰:“此庸才算耳!能有多少箭的?倘放完了,便吃亏了。如劫了别的东西还小故,如今劫了征衣,杨元帅怎肯干休?他关上兵精粮足,被他经年累月来征剿,吾山中兵微粮寡,怎与争锋?”牛刚曰:“哥哥,如若不然,怎生算计乃可?”牛健曰:“吾也算计不来的。”牛刚曰:“罢了!吾二人不若即日带兵投奔到西夏赵元昊,或投取一官,即永远安身了。未知哥哥意下如何?”牛健曰:“贤弟若要做官,还在本邦故土的为美。据吾之见,弃此大狼山,亲到辕门边上叩见,退还军衣,想杨元帅乃宽洪大度英雄,倘允收留,不究前非,收录于麾下军前效力,要做一个小小武员,也何难的?想来强如在此落草为盗,是非结果收场也。况吾又不思九五之尊，无非靠着喽啰在山前打劫小民，既非善行，又思有日年高老迈之时，既打劫不得了，岂非无结果的？吾兄弟不如趁此机会，往投三关，待杨元帅收录了，这是正路行为。”不知牛刚如何答话，往三关否，且看下回分解。

第三十八回　大狼山盗降宋室　杨元帅本荐英雄

诗曰：天生豪杰护君王，保国安民赖将良。
　　运会当只贤者任，同心同德振边疆。

却说牛刚听了牛健之言，气昂昂道：“哥哥，尔如此胆怯，称什么英雄？既为男子汉，须要自作自为的。奈何哥哥一心畏怯杨宗保，要往投降的？”牛健曰：“贤弟，尔休得一偏之见，听吾之言，方是见机也。”牛刚曰：“哥哥尔言无有不依，如要三关投顺，弟断不往也。哥哥立意要去，弟亦不相强留。”牛健曰：“既然贤弟不愿同往，别有良图，也罢，与尔分伙便了。”牛刚笑曰：“倒也不差。”当时牛健将在山的喽啰兵带了三千，尽将征衣装载回车辆，出山而去。余外的物件，牛健一些也不拿，留与牛刚受用。牛刚曰：“哥哥，此去须要做个大大的官员，荣宗显祖，荫子封妻才好。”牛健曰：“贤弟，尔做强盗，也要做得长久称雄的方妙。”牛刚笑曰：“且待看谁算的高。”当下牛健吩咐喽啰三千，推押征衣三十万，并劫来粮草，一同推下。炮响三声，离山望三关路途而去。牛刚也不来相送。摇头长叹一声，道：“哥哥，尔缘何如此惧怯杨宗保，劫抢了征衣送交还？也罢，倘然他不允收录于尔，那时一命难逃，反吃一刀之苦了。”

书中不表牛刚之言，再说李义、张忠，奉了元帅将令，带领精兵二万，将近燕子河，只见前面一标军马，直望而来。李义曰：“二哥，尔看前途那支人马，那里来的？”张忠曰：“三弟，此路军马，定然是杀不尽的余寇也。”李义曰：“狄钦差立了大战功，我二人也立一点小小功劳，尔道可否？”张忠曰：“说得有理。”吩咐军士杀上前。当时二万雄师，齐齐队伍，杀奔上前。张忠、李义刀枪并举，勇赳赳的，飞奔杀去。大喝："杀不尽的反贼，那里走！"牛健一看，认得二人是护守征衣二将，知他是杨元帅麾下之人，今既去投降，必先向二人礼下，方是进见之机。即马上欠身打拱，口叫道："二位将军，吾不是西夏叛贼之党，不必阻拦。"二将曰："既不是叛贼，莫非强盗么？"牛健曰："吾原是强盗，如今不做了。强盗所为，非有结果的。"张忠曰："尔是那方的强徒？今欲何往？"牛健曰："二位将军听禀：吾本在磨盘山落草……"

说未完，弟兄重重发怒，骂声："狗强盗，尔一班狗党，劫抢去征衣，险些儿钦差被害，连累及吾众将兵，关中三四十万兵丁，俱受冻寒之苦。今日仇敌相遇，断不容饶！"言未了，长枪大刀齐砍刺来。牛健闪开刀，架过枪，即打拱呼道："二位将军，请息雷霆之怒，且容小的奉告一言。"张忠、李义曰："尔有话快言来！"牛健道："二位且听禀：念小人一时不合误听了孙云的言语唆弄，劫抢征衣，罪该万死。即日劫上山，已悔之不及，恐妨连于钦差有罪，原要即日送还到关。不想牛刚兄弟不明，言已误劫抢征衣，送还料杨元帅执罪不赦，不如献送大狼山。见日心忙意乱，吾也依他，即晚放火烧山，投奔上大狼山，献于赞天王，给赏众军。岂知他是西北外，所穿的多是皮袄毛衣，比中国征衣有天渊和暖之隔，故征衣原装不动。吾今连劫来粮草，送还元帅，立志归投效力，伏望将军引见元帅。"张忠曰："尔唤何名？"牛健曰："小的名牛健。"李义曰："还有一人在那里？"牛健想来：若说明在大狼山，他二人必往寻牛刚了。故言："他与吾已经分散，不知去向了。"张忠喝声："胡说！想尔们已经投顺赞天王，既为敌国叛寇。今将征衣为由，其中定有计谋，不然，差尔来作奸细，内应消息？"言罢，大刀砍去。李义长枪又刺。

牛健是有心投伏，故仍不敢动手，几次架闪开刀枪，道："二位将军，小人实有投降之心，望勿动疑。"张、李言曰："尔既有投降之心，也罢，且睹下誓来方准尔。"牛健闻言，道："天地昭然在上，吾牛健立心投顺杨元帅麾下效力，若有丝毫歹意，口是心非，上遇神明责谴，在阵过刀而亡。"张忠、李义是个直性英雄，见他立下重咒，即放下刀枪，言曰："我二人且留些情面，但作不得主张，且带尔回关，待杨元帅定夺。如若元帅允准收留，是尔的造化；倘然不准投降，便不干吾二人事了。”牛健曰：“深谢二位将军高义，还乞周全些。”张忠吩咐众兵丁：“就此回头。”二将押兵而回。牛健随后押着征衣车辆，仍从燕子河道而回。

有李义打算立功，道：“张二哥，吾与尔到元帅帐前须说些谎语，也可立些功劳。”张忠曰：“三弟，尔怎生说谎可以立得战功？”李义曰：“只言奉了元帅将令，杀到大狼山，杀得二牛大败，被牛刚逃脱了，牛健已被擒回，取回征衣，夺转粮草。如此，岂不尔我得功的？尔主见如何？”张忠曰：“三弟，元帅案前且勿谎言，方见光明正大。即拿回强盗，讨还征衣，也不算什么功劳。且待有日血战沙场，敌人授首，定国安邦，显标名姓，方见馨香也。假功劳有何希罕的！岂可效着昨天李守备父子行为？”李义曰：“二哥这句言辞深为有理，到底不说谎言不欺公的好。”张忠曰：“这个自然。”路上二人谈谈说说，已是红日西归，早已封锁关门，只得在外城屯扎一宵。

次早，元帅升坐中军帐，文武官员多来参见毕，有焦廷贵上帐说：“启禀元帅，于今有李义、张忠，带领大军前往大狼山，路逢强盗牛健投降，送还征衣，现于辕门外候令。”杨元帅喜色冲冲，连称：“妙！妙！”吩咐连传进二人。焦廷贵领令，不一刻间，张忠、李义报名，进至帅堂，参见过元帅，站立于两旁。元帅虎目一瞧二将：一人面如枣色，一人脸如淡墨，体壮身魁，凛凛凶狠，不凡将士。元帅开言道：“张忠、李义，尔二人带兵往大狼山讨取征衣，事体如何，且细言本帅得知。”二将齐禀元帅：“小将奉令，带兵未到大狼山，在燕子河即逢牛健，押解回原劫征衣并粮草。元帅，他自愿投降，军前效力，小将只得冒昧带同牛健而来。准其投降否，伏祈元帅定裁。”元帅闻言点头，又唤孟定国将征衣检点明白，给散众军兵，粮饷贮归军库。狄爷点首，自言曰：“今朝才应圣僧之言，有失有归，祸中而得福，毫厘不差也。”

不表狄青思忖，当日杨元帅吩咐捆绑进牛健至帅堂，跪于帐前，低头伏地。元帅带怒喝声：“牛健，尔据占磨盘山为盗，本帅一向全尔蝼蚁之命，故未来剿灭。尔蛆虫群队，今日擅敢劫抢御征衣，连累钦差、本帅，多有罪名，尔今又投于敌人麾下，今见贼人倾尽，进退无门，方来投顺，本帅这里用尔不着。”喝令刀斧手，推出辕门斩讫号令。牛健曰：“元帅爷开恩，听禀告一言。原只因孙云有书，投到磨盘山，教吾弟兄将征衣抢劫，原该如山重罪。一劫上山来，想起顿时悔已不及，料得元帅震怒，大兵一至，吾弟兄休矣。顿时原思送还，但当时吾弟牛刚不明，只恐元帅爷加罪，参唆吾发火烧山，投归赞天王部下。但今粮草征衣原装未动，今日小人悔改前非，特来献降，愿在元帅军前牧马效劳，以盖前愆。伏乞开恩，留残躯于一线，足见元帅爷仁恩。”元帅又问：“孙云是何等之人，与尔书信往来？且直言，休得隐瞒。”牛健曰：“元帅，那孙云的胞兄名孙秀，在朝现为兵部之职。”元帅曰：“如此，是孙秀之弟。”又道：“王亲大人，那孙云与尔为仇么？”狄爷细将情由说明，元帅方知其故。又问牛健：“那孙云的来书何在？”牛健曰：“放火焚山，其书未存，已烧毁在山中了。”元帅曰：“狄王亲，如若有书留存，本帅可以上本声明，收除此贼了。怎奈凭证全无，言词不足为据，如何是好？”狄爷曰：“元帅，孙云虽然有罪，但今不得书为凭，他的恶贯未盈之故耳，今且慢除他。小人立心不善，下次岂无再作恶之时？待犯了大关节，再行除他未晚。”元帅喜曰：“狄王亲海量仁慈，非人可及。”

又有焦廷贵半痴呆呼道：“元帅，小将有禀。”元帅曰：“尔有何商议？”焦廷贵曰：“牛健是个信人，断然杀不得！”元帅曰：“尔怎知他是信人？”焦廷贵曰：“他不是信人，怎肯听信孙云之言，劫了征衣，来害钦差，劫去又送还？况只有拿来犯人，没有自来犯人。元帅是明理的，杀这自来盗寇，不是元帅欺着信善之人？”元帅大喝：“匹夫胡言乱语。”又问：“范大人怎生处决？”范爷曰：“想大狼山寇尽除，饶了他谅亦无妨。”杨青曰：“他投降无歹心，何须杀却此人。”狄青见焦廷贵讨饶，料与牛健有瓜葛，就此呼道：“元帅，牛健也是一念之差，恕彼已知罪送还征衣，免其一死，仰见元帅仁慈。”元帅曰：“狄王亲既如此宽洪大度，本帅未便执法。死罪饶了，活罪难宽。”吩咐捆打二十，发在军前效用。当时打了二十军棍，起来忍痛谢了元帅之恩。元帅曰：“牛健，尔还有弟牛刚，如今何在？”牛健曰：“逆弟不愿归降，已经分散，不知去向了。”元帅曰：“何须猜测，定然在大狼山，少不得发兵征剿也。”牛健曰：“上启元帅，小人尚有兵三千，求元帅一并收用。”元帅命焦廷贵将兵点明上册，焦廷贵得令而去。牛健随后而出。又有孟将军上帐缴令，已将三十万军衣给散毕，并三千押征衣补归元帅麾下，粮饷贮归军库，缴还军令。狄爷曰：“元帅，小将有言告禀。”元帅曰：“王亲大人有何见谕？”狄爷曰：“五云汛守备衙，现今空缺，小将有一姐丈，名唤张文，向为潼关游击，被马应龙无故革除，望元帅着他暂署此缺，未知可否？”元帅允准，拔令差将前往，起复张文。此事慢提。

当日张忠、李义，元帅命作三关副将。独有三关上的官员要升要革，要死要活，悉凭元帅定裁，先行后奏。只因先帝真宗时，杨延昭守关之日，已敕授斧钺生杀之权，至宗保袭职，复赠赐龙凤上方剑，得专授官爵，扼掌重大兵符。当下杨元帅要备本回朝，一众商量，荐举狄青拜帅。只因失却征衣之事，须要怎生周全乃可。范爷曰：“若言失了征衣，其罪非小。大狼山破敌，功劳虽大，只好功罪两消，焉得圣上准旨拜帅？”杨青曰：“征衣虽失，不过三天已复还了，将此事抹煞去，有什么证考的？本上只言钦差征衣限期而至，进城数日，立下大战功，岂不省却烦思多虑。”元帅听了，依此拟备修本章赍奏，即日差将登程。吩咐一回汴京，勿与众奸党得知，须要亲到午朝门，通知王门官传奏。另有书一封，送回天波府祖母佘太君、母亲王氏夫人；狄爷一书，送至南清宫狄太后；范爷一书，送至包待制府中；杨将军一书，送交韩吏部府上。别无言语，无非关照狄青征衣解至的话，并破大狼山立下血战功。长编文义，实难细述。是日，只有狄青想来：生身母在张文姐丈家，一心牵于两地。今日起复张文为守备，母亲定然到此，待吾少侍晨昏，为子方得安心。是夜不表。不知后事如何，且看下回分解。

第三十九回 五云汛李张授职 临潼关刘庆冒神

诗曰：莫道英雄发达迟，只因忠硬被奸欺。

时来有会仍叨福，运至无亏天禄期。

当晚狄爷思亲之际，杨元帅退了帅堂，众将各归营。只狄青一切无差。单单差得忘却一位活命恩人，原来此乃庞府逃出李继英。他乃与张忠、李义同到此，是日，元帅只令张、李进见，狄爷已忘遗他在外营。忽一天，得遇张忠，他只言要见狄老爷。张忠反觉骇然，言："狄老爷忘遗了活命恩人？待吾与汝传知。"是日，狄爷正与杨元帅对坐，谈论圣上赠送岁币与北夷契丹之差处，有张忠上帅堂向狄爷禀知："继英要求见。"狄爷听了，忽觉醒悟来，言曰："果也忘遗了他，只算吾无情的。传命他速请进相见。"张忠领命而出。元帅忙问："那继英乃是何人？"狄爷细将得他搭救前情说明。元帅与众将多言："此等义侠人，实为可敬。"正言之间，李继英已至，参见过元帅，又拜见狄爷，狄爷即搀扶起继英；再参见范礼部大人、杨老将军、孟、焦等一班文武官员，众将敬他是侠烈士，不便轻慢。元帅又与他一座位于狄爷位下。谈论数言，元帅吩咐赏酒一桌。狄爷命张忠、李义陪燕，不用多表。狄爷又曰："元帅，五云汛上还缺一千总官，可命着继英补了此缺，不知元帅意下如何？"杨元帅曰："狄王亲即荐他，本帅且依命。"即着继英莅任五云汛，继英叩谢而往。此事暂停。

再说前文飞山虎刘庆前月依了张文之言，归随了狄王亲，但碍着妻子，又不能逃出潼关。当日算计定，收拾起金帛细软物件，丫环家眷送在一所僻静尼庵安顿了，又来见马总兵。他言："庞太师一心要害狄王亲，不想前月一连几次汝不下手，莫非尔与他有什么瓜葛，不肯下手的？"飞山虎拱曰："小将与他毫无相交，焉有违命不下手？但他盔上甚奇，日夜放光，冲开大刀，不能劈下。不免待小将再至三关走一遭便了。"马应龙曰："狄青到关已久，尔今此去，更难下手了。"

刘庆曰："不妨。小将此去，定取狄青首级回来，断不再误。"马应龙曰："既如此，速速前往。"飞山虎退出。想来：马总兵果也胡涂，乃贪财受贿之徒，实不可与此奸佞同群。按下刘庆不往别处，只往张文家。

又说孟氏太君，自与孩儿分别，终天挂念，只时值三冬，雪、霜飞下，倘道途耽搁，违了限期，犹恐杨元帅执法无情。虽有佘太君书一封，不知元帅遵从宽限否？金鸾小姐时常安慰母亲。张文又言："狄兄弟乃烈烈英雄，定然无碍的。"是时已十月下旬了，忽一天，报进杨元帅差官到来，反吓得张文一惊，只得接进来。武员见过礼，杯茶递毕，动问："孟将军，到此有何公干？"孟定国曰："只为狄钦差英勇，杀退敌人，即于元帅前保举张老爷为五云汛守备职。元帅有文书在此，请看便知明白。"张文曰："有此奇事么？"张文前日虽做过游击，但前程已被革去，因何孟定国仍称他为张老爷？只为张文是狄钦差谊戚，今又起复为守备，故孟定国特恭敬于他。当下张文看了文书，满心大悦，言："备酒款留。"这孟将军告辞而去。张文大喜，进内堂告知岳娘。太君孟氏闻言大悦，言："有幸！难得孩儿立此大功。"金鸾欣然道："母亲，果见兄弟为人胆正志高，具此奇能，如今愁闷尽消了。"太君曰："此乃苍天庇佑，至吾儿年少立此奇功也。"是日，张文选了本月吉日廿七，登程赴任。预早收拾物件，不用细言。

是日，又来了刘参将，言："马总兵必要谋害狄王亲，但吾已将家口安顿在尼寺，心中无挂碍了。张老爷可还吾席云帕也。"张文微笑曰："刘老爷乃言而有信之君子也。"刘庆曰："为人言出如山之重，岂容变更的！"张文曰："我家兄弟年虽轻，实见英雄骁勇，方到边关即立下大功。"刘庆曰："立了什么大功？"张文笑曰："首寇赞天王等五将，数十万敌兵，齐杀个尽罄；今又来保荐我做五云汛守备，尔道奇妙否？"刘庆曰："可惜！可惜！追悔已迟了。我何不及早跟随狄钦差的？若还早到边关，也立下些战功了，岂快哉！孰知耽搁来迟了，还有何面目往见钦差也？"张文曰："刘老爷何须着恼。尔今来见，小功还有，大功待后建立。"刘庆曰："张老爷且还吾席云帕，待吾刻日往见狄钦差。"张文曰："尔即日往三关，也终迟了。如今何须性急，小弟再两天也要动身，同往如何？”当时张文款留飞山虎，堂中排开酒燕一桌，二人对坐，吃得尽欢。

酒至半酣之际，谈论庞洪奸恶，马应龙附和趋权，要陷害狄钦差，张文不觉宽泛而言，道：“刘老爷，吾想庞洪、孙秀、胡坤与狄钦差结下深仇，要图陷害，也不计较；但马应龙与狄钦差并非宿怨，不该深信庞洪恶言，紧紧图害，他比之三奸狠恶，倍加锐毒也。他命尔往杀狄钦差，不若尔今反往杀这奸贼，取彼首级，拿到边关，待我家狄弟，言尔是个为国除奸英雄。但不知尔有此胆量否？”飞山虎听了，冷笑曰：“要杀奸臣到手，可得连将席云帕还吾，管教即晚取到首级来此。”张文曰：“刘老爷，果敢胆于去乎？”飞山虎曰：“畏怯于往者，非为丈夫也。”张文暗自言曰：“吾不过是戏言，岂知认作为真。待吾索性将他激恼，着除却奸党。”即道：“刘老爷，但下属擅杀上司，罪名重大，倘然杀害不成，尔命休矣，这是不稳当的。”刘庆曰：“尔休得小觑于我。如一诺允承，即赴汤蹈火也不辞，何独些小事情，有何难处？若无首级回见于尔，即将吾脑袋送割与尔。”张文曰：“如若杀此奸臣，也算除一国患也。”当日食酒已完，不觉红日归西，张文取出帕子，交还了飞山虎，再言谈一番。

时交二鼓，刘庆将腰刀紧紧束紧，驾飞席上来，至潼关还不落下庭中，在着他内府四城观望，想来：马应龙谅已睡卧了，不若特唤他出来，赏彼一刀矣。即大呼：“马应龙，吾乃上界速报神，今奉玉帝旨到此，即速接旨。”却言马应龙正在内堂与夫人食酒闲谈，已二更残，夫人先醉了，这马总兵还不住杯。想飞山虎的席云奇本领，但愿此去一刀两段，收除了狄青。除得此人，其功不小，庞太师定然材算，升吾的官爵。正在心中思想，忽闻庭外大呼喧唤之声，静听来言，奇了，什么上天速报神？忙唤丫环小使，岂期夜深多已熟睡了。他只得自持银灯，起位步出庭前。飞山虎看得明白，即厉言大喝：“马应龙身居武员，当为国除奸，今不念君恩，反附奸臣，断无轻赦！”马应龙早已吓得魄散魂消，抖振腾腾，跪下尘埃呼曰：“尊神在上，吾实无此事……”方说得一声“无此事”，刘庆已飞身而下，一刀血淋淋头儿滚将下来，提了人头，飞空而去。又腾空到临潼府内。

当日刘庆想来，不好！犹恐牵连近地官民。按住云头高呼：“临潼府太守何在？”是晚府太爷还在灯前批阅几款下属详文，忽闻半天中呼唤，不觉吓了一惊，抽身出外，喝问：“那方呼唤本府？”又闻高空曰：“临潼府听吾吩咐：我乃上界速报神也，奉了玉旨所差，至此地。只因潼关马总兵应龙所信庞洪奸佞之言，嘱托打发刘参将前往边关行刺狄钦差，此等恶狠奸臣，趋权附势，今已上于天怒。吾乃值日，奉差先往边关，取了刘参将首级，又回潼关，斩却马总兵。俱拿去首级复旨也。本神知尔是位爱民清正官，是以特此报知，此非盗杀凶手可延追的，不要累及近地官民，即庞洪奸恶险毒，后头自有报应诛之。”说完，嗖的一声去了。当晚府太守闻言并不惊慌，心中明白，进回书房中。

又表明：这位临潼府太爷姓白，讳山，字峻高，乃位公正无私清官。江西省人氏，两榜出身。年近五旬，办过多少公案，经历有年，岂不明白此事。自言曰：“什么上界速报神？本府久闻潼关参将刘庆善于席云之技，想必马总兵差他行刺狄青，刘庆反而刀枪杀了马应龙，犹恐累及他人，故来本府跟前言此诘诈之言。”想罢长叹一声：“刘庆，尔自不附奸臣党羽，却是尔正大光明立品。但不该胆大，擅杀上司。况且杀害官员事关重大，岂不干连近地头百姓、本府官员的，教我如何处决？此无凭无据之论，难以申详上宪。有此桩重案，如何了得？”想来思去，只得请来刑名、幕宾师两人商酌。两师道：“老爷，这桩重案不据此而办者，一府城文武员多有干碍了。依晚生愚见，只须据此而办，又须快马赶回朝，密禀冯、庞二相，送副厚礼，要挽求他周全，方保本府官员无碍。但老爷可连进关查确有无此事，方好播扬众官员得知。要先说明天遣神人责备之言方妥。”

白老爷听罢点首。顷刻传知众衙役，打道随从白老爷，一程来至马总兵衙中。见其丧命，实有此事，即吩咐差人分头往报知各官。城厢内外文武员，多有熟睡了，一闻此报，众员吓得骇惊不小，不一刻已齐到马府中。进中堂，只见是该身体，不见了首级，众员嗟叹称奇。当日府内夫人也信为确，哭得肝肠寸断。众文武议议论论，言：“若非白老爷连夜查明是神圣显灵，上干天谴，那里去捕拿凶手？此桩大事怎生完结?”当下天明,众官散去,少不得复会叙商,备厚礼申备文书本章投达东京。马府夫人只得收拾无头尸首,哭泣哀哀,不须多表。地头百姓私议称奇,正所谓湛湛青天,焉可欺也!

不表众民多论,却说飞山虎驾云走到荒郊之外,将首级埋藏于地土中,然后回见张文,细言其事。张文抚掌欣然曰:“刘老爷果也胆量包天。”时天色已亮,只有金鸾母女,又惊又喜:惊只惊杀人如同儿戏;喜只喜除了一奸臣,免了弟兄后患。次日是十月二十七日,张文已收拾齐备,携家眷在大舟水面运进。有五云汛上的兵役纷纷迎接进衙,又有李继英也来参见上司张守备。众兵人人叩首毕,一言交代,文不烦言。

却说飞山虎一到了边关,将此情由启知狄青。这狄青一闻此语,责怪他目无王法,彼虽乃附和奸恶之臣,但并非尔可杀者。又妨于累及此处官民,只得将此情由禀知杨元帅。杨元帅反敬羡他是义侠刚烈英雄,授他副将之职,又制造成四扇大旗上,取狄青为“出山虎”,张忠为“扒山虎”,李义为“离山虎”,刘庆为“飞山虎”,四围辕门,高高竖起。此时方得四虎将,后来石玉到关,加上一旗,名笑面虎,又成全五虎将。

又说狄青是日一见张文有文书到帅堂,他即日到五云汛见了母亲,喜色欣欣,又与姐丈、姐姐一堂谊叙重逢。叙话长编,不能细述。不知后文如何,且看下回分解。

第四十回　贤德夫人心报国　贪婪国丈计瞒天

诗曰:贤良诰命达君恩,劝保留全护国臣。
　　不负朝廷存大节,流芳青史女钗裙。

慢语狄青母子姐弟重逢,又言杨元帅身居二十六七载边关主帅,从无半点私曲徇情,唯独自今本章一道,周全狄青之罪,抹刷过失征衣,单提到关即退大敌,立下战功,李成父子冒功之事,一概不提,只候圣上准旨，封狄青为帅。岂料偏偏有李沈氏要与丈夫、儿子报仇之事，至失征衣事情仍然败露，故又有一番大大波澜兴出，搅扰一场。故杨元帅本章未到，他早到三天。

沈氏一程进城，到沈御史衙中，进内拜见哥哥，又与嫂嫂尹氏贞娘殷勤见礼，东西而坐、叙谈。各问平安毕，沈国清曰："贤妹，尔今初到来，似觉愁眉双锁，满面含悲，是何缘故？"当下沈氏呼声："哥哥，妹子好苦也！"未出言词，泪已先堕。言："丈夫、儿子，尽屈死于钢刀之下，故特来告诉亲兄作主。"沈御史听了，吓一大惊，呼道："妹子，且慢悲啼，速速明白说知。"沈氏含泪将夫、子身死情由，一一说明。沈御史曰："贤妹这段冒功事情，原乃妹丈差处，教我也难处决。"沈氏曰："哥哥，妹夫虽差，但杨宗保太觉狂妄了，即使冒功也无处死之罪。"沈国清曰："怎言无死罪的？死有余辜也！"沈氏曰："哥哥，但父未招，子未认，不画供，不立案，如何诛杀得？人命大事，故以妹子心实是不甘愿。抵死而至回朝，要求哥哥作主，将仇恨雪，即父、子在九泉之下，也得瞑目。"沈国清曰："贤妹，且开怀罢手为高，何苦如此？"沈氏曰："哥哥若不出头，枉为御史高官。赫赫有名，反被旁人耻笑尔是个没智量之人也。"尹氏夫人听了这些言辞，想来：这等不贤之妇，不明情理之人，世间罕有。不嫌已之歹心恶行，反怪他人立法秉公，言来句句理偏，乃不中听的。转身向内室去了。

沈国清曰："妹子，吾还要问尔，古言木不离根，水不脱源。尔言狄青失去征衣之事，须要真的，方可说来。"沈氏曰："乃磨盘山上的强盗抢劫去征衣，众耳目见闻，不但妹子一人所晓。"沈国清曰："尔若要报仇，事关重大，为兄的主张不来，待吾往见庞国丈商量方可。但有一说，这位老头儿最是贪爱财帛的，倘或要索白银一二万两之数，尔可拿得出否？"沈氏曰："妹子带回金珠白镪约有五万两，如若太师作主，报雪得仇冤，妹子决不惜此资财。"沈国清曰："如此，待吾往商量便了。"吩咐丫环服侍夫人进内。众丫环领主之命，扶引这恶毒妇人进内。沈氏心下思量忖曰："缘何嫂嫂不来瞅睬于我？难道没有三分姑嫂之情？"便命自带来两名侍女去邀请尹氏。这夫人只强着相见叙谈。是日排开酒宴，面和心逆，二人对饮言谈，多不表。

又言沈国清匆匆来到庞府,家丁通报,见过国丈,即将妹子之事,细细言明。有庞国丈想来:老夫几番计害狄青,岂料愈计算他愈得福,如此冤家更倍结深。此小贼断断容饶不得!即杨宗保恃其权势,目中无人,做了二三十年边关元帅,老夫这里无一丝一毫敬送到来。老夫屡次要起风波,搅扰于他,不料彼全无破绽,实奈不得。彼今幸有此大交关好机会,将几个奴才一网打尽,方称吾怀。但人既要除,收财帛也要领惠。待吾先取其财,后图其人,一举两得,岂不为美?开言呼声:“贤契,这段事情难办的。”沈国清曰:“老师,此何故也?”国丈曰:“贤契,尔难道不知么?杨宗保乃天波无佞府之人,又是个天下都元帅,兵权狠重,那人动他一动,摇彼一摇?除了放着胆子叩阍,即别无打算了。”沈国清曰:“老师,叩阍便怎生打算的?”国丈曰:“叩阍是在圣上殿前告诉一状,倘圣上准了此状,杨宗保这罪名了当不得,干及狄青、焦廷贵二人也走不开,杀的杀,绞的绞。他即势大封王、御戚,也要倒翻了。碍只碍这张御状无人主见秉笔,只因事情交关,所以尔妹子之冤竟难伸雪。”沈国清曰:“老师,这张御状别人实难秉笔,必求老师主裁方可。”国丈曰:“贤契,尔笑话了。老夫只晓得与国家办公事,倘然管闲事的,不在行也,且另寻门路罢!”

此刻庞洪装着冷腔,头摇数摇,只言难办。沈御史当时也会其意,明知国丈要财帛,即曰:“老师,俗语言,揭开天窗说明亮话。这段事情乃是门生妹子之事,只为门生才疏智浅,必求老师一臂之力,小妹愿将箧中白金奉送。”国丈冷笑曰:“贤契,难道在尔面上也要此物的么?”沈御史曰:“老师,古人言:人无利己,谁肯早起?况此物非吾之资,乃妹子之物。拈物无非借脂光,秀士人情输半纸。今日仍算门生挽求老师谅情些,足见情深了。但得妹子雪冤,不独生人感德,即父子在阴灵,不忘大德。”国丈曰:“此事必要老夫料理么?”沈国清曰:“必求老师料理的。”国丈曰:“御状词尔用何人秉管?”沈国清曰:“此状词正求老太师主裁;若老太师不承办,谁人敢担当此重事?”国丈曰:“或有言:持笔去墨取人头者,不益荫子孙。”沈国清曰:“非也。为人伸冤雪恨,无量之功,上天岂有不佑者?老太师休得多心。”国丈曰:“也罢,既汝此说来,也不计较多虑了。但还有一说,御状一事,非同小故。守黄门官、值殿当驾官一切也要借重使费,即用些面情,只抵微用,也要四万多白金,劝尔令妹且收心也,是省得费去四万多金。”沈国清曰:“既费去四万金,吾妹子也不罕惜。休言御状大事要资财费用,即民间有事于官门,也用资财。”国丈笑曰:“足见贤契明白的。但不知尔带在此,抑或回去拿来?”沈国清点头暗言:“未知心腹事,且听口中言。这句话明要现钞了。”便说:“不曾带至,待吾去取如何?”国丈曰:“既如此,尔回取至,待老夫订稿。”沈御使应允,相辞而去。

当时国丈大悦。好个贪财爱宝奸臣,进至书房坐定,点头自喜,自言:“老夫所忌者包拯,除了包待制,那怯惮别人?今幸喜他奉旨往陈州赈饥,不在朝,故老夫不畏他。那畏天波无佞府之人,天下都元帅威权狠重!那畏彼南清宫内戚,一张御状呈进金阶,稳将个狗男女一刀两段。啊!杨宗保,不是老夫心狠除尔,只因尔二十余年没一些孝敬老夫。”当日庞洪犹恐机关泄露,闭上两扇门,轻磨香翰,稠墨而挥,一长一短,吐此情由。写毕,将此稿细细看阅,不胜自喜:“不费少思,数行字迹人头落,四万白金唾手而得。但老夫不领,谁人敢取?”

国丈正在心花大放,外厢来了沈御史,已将四万银子送到。国丈检点明收领,即曰:“贤契,尔是个明白之人,自然不用多嘱。只恐令妹不惯此事,待老夫说明与尔,尔今回去将言说知令妹。”沈国清曰:“吾为官日久,从不曾见告王状之人,怎生一法,望老太师指教如何?”国丈曰:“贤契,这一纸乃是状词稿耳,只要尔妹眷书的更妙。”沈国清曰:“幸喜吾妹子善于书眷。”国丈曰:“又须要咬破指头,沥血在上。他虽有重孝,且勿穿孝服。”沈国清曰:“此二事也容易的。”国丈曰:“又须一身素服,勿用奢华,须要装成惨切之状。一肩小轿,到午朝门外侍候,待黄门官奏称李沈氏花绑衔刀。然而此事假传,可以行得,并不用花押绑的。”沈国清点头称是。国丈又曰:“主上若询问时,缓缓而答,雍容而对,不用慌忙,切不可奏称尔是他胞兄,他是尔妹子。倘圣上不询问也不可多言答话。又须将状词连连熟诵,须防对答状词不准,还防背诵。这是切要机关,教汝令妹须要牢牢记着。”沈国清听了，言曰：“谨遵吩咐。”沈御史即时接过状词。从头遍诵完，便连称：“妙！妙！老太师才雄笔劲，学贯古今，此状词果也委曲周章，情词恳挚。”看毕，轻轻收藏袍袖中。是日，国丈早已命人排开酒宴，留饮一番，少刻辞别归衙，便将状稿付交妹子，又将国丈之言一一说知。这沈氏听得，一注珠泪辞别哥哥，回至自寓内室中。若论沈氏虽则为妇人之蛮恶狠毒者，然而于夫妻情分却有无差之处，立心要与夫、儿报仇，拼着一死而不惜。即晚于灯下书正状词。记诵一番，待至明天五鼓，要至午朝门外进呈不表。

又言沈御史至夜深，回至内室中，只见灯前肃静无声。有尹氏夫人，一见丈夫进来，只得抽身曰：“相公请坐！”沈御史也答言而坐。又曰：“夫人还未安睡么？”尹氏曰：“未也。”沈国清曰：“夫人为什么愁眉不展，面带忧容，莫不是有什么不称心之事？”尹氏曰：“非有不称心忧怀。”沈国清曰：“是了，定然憎厌姑娘到此，故夫人心内不安也。可晓得他是吾同胞之妹，千朵鲜花一树开也，须念未亡人最苦。夫人，尔即日间冷淡他，也不应该的。”尹氏听罢，叹声道：“相公，亏尔也说此言。妾之不言无非假着呆聋耳目，我不埋怨于汝，何故相公反埋怨于妾，何也？”沈国清曰：“夫人，今日姑娘非无故而至，是个难中人。姑夫、甥儿多死于刀下，有何心乐？尔为嫂嫂，当看吾面份，多言劝慰，方见亲亲之情。何故这般冷落于他，还要埋怨下官怎的？夫人尔却差了。”尹氏曰：“相公，妾既冷落了令妹，尔该还亲热些。但这不贤之妇不冷落他也难令人喜欢的。可笑彼为人不通情理，不埋怨丈夫、儿子冒功，反心恨着杨宗保，强要翻冤。这事是他夫、儿己之干差，冒了别人功劳，希图富贵，将人伤害，人心变为兽心。岂知天理昭然，水落石出之时，罪该诛戮。如达理妇人即收拾夫、儿尸首，闺中自守，才为妇道。今日还亏他老着面颜，来见相公，打算报仇，岂非良心丧尽之人！妾实难与此恶狼情厚。只因他是相公合母同胞妹子，只得勉强与他交谈。相公官居御史，岂不明此理的？实是不该担承领助他翻冤。倘然害了边疆杨元帅，大宋江山社稷何人保守？奉劝相公，休得忘公惠私的，及早回绝了他，免行此事为理。”沈御史听了笑曰：“夫人，尔真乃是个不明白之妇也。杨宗保在着边关，兵权独掌，瞒过圣上耳目，不知干了多少弊端。”夫人曰：“相公尔知他作何弊端以欺圣上？”沈国清曰：“怎么不知的？圣上命他边疆把守拒敌西戎，如命经年累月，不能退敌，耗费兵粮不计其数之多，其中作弊处不胜枚举。纵使吾妹丈、甥儿干差了事，重则革职，轻则重打军杖即罢了，为什么这般惨薄，没一些情面，竟将他父子双双杀害？况且并不画供，又不立案，杀人杀得如此强狠，法过于律外。别人那个不忿恨？况吾的妹子，一个是丈夫，一个是儿子，焉得不思报仇？即铁石人也心上不甘，焉怪责他报仇是蛮的？夫人，尔错怪他了。彼今既来找哥哥作靠，岂有袖手旁观不帮助之理！”不知尹氏夫人如何答话，图害得三关将士如何，且看下回分解。

第四十一回　行贿得机呈御状　受赃设计害邦贤

诗曰：心狠欲毁擎天柱，受贿婪赃昧主恩。

灭法瞒天奸佞辈，朝纲败紊绝彝伦。

当时尹氏夫人听了丈夫之言，即曰：“不知相公如何料理审冤大事？”沈御史曰：“本官也料理不来，故与庞老师酌议，费去四万银子，做御状一纸，待妹子于驾前哭告。但愿得上苍默佑，得君王准了，天大冤仇可稳稳雪翻了啊！夫人，是亲必顾。从来说：那管得江山倒与坍也。尔是一介妇人，休得多管，休思阻挡。吾自有主意，断无不助妹子之理。”尹氏夫人自语曰：“大奸弄些伎俩，众忠良虽然凶多吉少，但思沈氏乃单微武员之妻，呈此御状，事关天大，料必君王未必准他。但沈氏身属女流之辈，如何起此恶毒念头？泼天大胆，又如蛇蝎之凶！投仗奸权作士谋，纵然御书状词做得狠切，看尔弱弱钗裙，怎到得巍巍五凤楼前？即圣上乃英明有道之君，尔要扳倒此大忠良，怎生准汝？岂不一场画饼充饥的妄想，反惹人笑话，万人羞也！”当时沈御史见夫人自言自语，又不阻挡他，只说出一番有紧无关之言，暗中挡他。便说：“夫人休得多言。尔且看冤仇翻与不翻，日后自见。

且请安睡罢。”夫人诺而不再言。

不表东边却说西，当日庞国丈收领沈御史四万两白金，喜色冲冲，是日即往见黄门官，言曰：“明日万岁临朝，有一妇人在午朝门外来叩阍呈御状，断断不可拦阻他。劳尔奏明圣上，一切言语之间帮衬些。”黄门官答言曰：“国丈大人吩咐，当得效劳。”若问庞太师女为宠妃，把握朝纲，赫赫有名一品，上下官员十有七在他门下，如今他对黄门官说了一声，那有不遵，谁敢强辩？是以李沈氏叩阍，名说费了四万银子，而庞太师一厘一毫也不曾破费，实乃一人叨惠了。

次日五更三点，东方未明，已有文武官员齐集。天子登金殿，香烟霭霭，氤气腾腾，但见：

文臣武将参天子，国戚王亲一体朝。

东西对面分班列，个个低头尽曲腰。

朝罢，圣上有旨：“文武众臣，有事出班启奏，无事即此退朝。”有黄门官俯伏：“启奏上万岁，有一妇人于午朝门外，自称李沈氏，花绑衔刀，手呈御状，俯伏哀泣，声言身负沉冤，无门申诉，冒死而来，乞求万岁爷作主。小臣即将该氏驱逐，该氏称言杨宗保误国欺君之语，不知是真是假。小臣不敢不奏明万岁定裁。”班中国丈暗点头，自语：“黄门官果也能言之辈。”当日众文武员个个心惊，不知真假，竟有此交关重大事情；独有庞洪、沈国清心头胆定。嘉祐君开言曰：“妇女之流，泼天胆子，敢到此间，那有此理，不知死活！有何海底极情之冤，敢于午朝门外呈此御状？寡人不是地头官司案民情者。恕他妇女无知，从宽免究，逐退午朝门，不许再奏。”黄门官听了万岁之言，焉敢再奏，口称：“领旨。”

正要抽身，只见庞太师执笏当胸，俯伏金阶，奏曰：“臣思李沈氏乃一妇人耳，据称身负大冤，无门伸雪，想必冤沉案没，故敢于吾主驾前求伸也。更言杨宗保误国欺君，此事必因国家而起。陛下若不究询明虚实，而该氏果有重冤者，何忍其申诉无门？至如杨宗保，倘果有欺君误国之弊，亦不便由其所作也。伏惟陛下睿鉴参详。”君王曰：“朕思杨宗保，世沐君恩，府居无佞，为将多年，只有保邦，从无误国。此事定然妇人听了别人唆惑而来。朕必不询究，卿勿多言。”天子果乃明君,参透此事。有众位忠良大臣猜测无言;独有庞国丈满脸透红,沈御史心如火炙,眼睁睁只看着庞国丈。这庞洪只得再奏曰:“臣思地方有司衙署,或有刁民藐视国法,以假作真,以曲为直,捏情诬告,刁讼唆斗者不胜枚举,姑所勿论。但万岁驾前,该氏若非沉冤重枉,焉敢冒死而来,以身而试法?况有误国欺君大款头,谅非海市蜃楼之虚也。伏望陛下,准收御状,以免此妇有屈难伸。重臣弊法,有碍朝廷纲纪,圣朝风化。臣待罪宰阁,不得不冒死罪上言。”

嘉祐王看看国丈,想:此事必是汝从中主唆也,故以着力为言。也罢,寡人且看状上情由如何便了。言:“依卿所奏,着黄门官取状进呈。”黄门官口称:“领旨。”去不逾时,取到李沈氏状词,呈于龙案上。嘉祐君御目一瞧,状曰:

诚惶诚恐,稽首顿首,冒死上言。诉冤妇李沈氏,现年四十五,江南松江府华亭县原籍。诉为冒功枉法婪赃冤屈,斩宗绝嗣,屈杀害命事:氏夫李成,曾为五云汛守备,仅有独子李岱,是汛千总。冤于本年十月十三日,钦差狄王亲领解征衣,已至关外荒地屯扎,悉被磨盘山强盗抢劫。至十四夜,氏夫、子经汛巡查,偶遇胡人赞天王、子牙猜醺醉逡巡,蹈雪履霜而至。夫思二恶乃西戎臣寇,中土大患,父子私算,乘其醺醉糊涂,伺机除灭。夫箭射赞天王,子刀伤子牙猜,二首并枭。双功望奖,父子共赴边关,献功帅府。孰料狄钦差尽失征衣,难弥其罪,重行贿赂于焦先锋,而为硬证,故钦差得以冒功卸罪。惟杨宗保徇情弊法,混将氏夫及子枭首辕门。痛思氏之夫、子,功凭级证,奈杨宗保恃职司权,凌属如蚁。嗟乎!人心何在?国法何彰?既掌三军司命,职司生死之权,理应秉公报国,乃竟有罪得功,因功惨死。在氏冤屈沉沦,绝嗣斩宗;在杨宗保昧法欺君,专权屈杀。至彼兵符统属,势大藩王,故氏无天申诉,不得已冒死午门,沥血金阶。倘黑天翻白,虽死之日,犹生之年。衔刀上陈,恳乞皇天电鉴,不胜哀惨痛切之至!

嘉祐君王看罢,将信将疑,推测不明。若说狄青征衣尽失,照依国法原该有罪;如无此事,这沈氏妇人怎敢轻告此词?也罢,寡人且自准他，将情由一询，看是如何？传旨：“李沈氏放绑卸刀，着进金銮。”黄门官领旨。当日天子吩咐将沈氏松绑卸刀，然这沈氏跪于午朝门外，并无背刀花押，无如是庞太师的权柄大，得了银子，在黄门官奏事官知会，弄了手脚，自然入奏沈氏背刀绑押，天子那里得知？这沈氏低着头，一身淡素服式，步至金銮殿俯伏下，两泪交流。当时圣上诘他情节，而沈氏照依状词上，句句对答无差。天子想来：此款状词十有七八是国丈专主的，故不诘及谁人代笔主谋，降旨：“将李沈氏发往刑部天牢中。但此案未分明皂白，寡人暂准此状，着令九卿四相，公同酌议办理，以三日内复明定夺。”当时退朝，群臣各散，俱各不表。

单言李沈氏，天子虽言降发他在刑部天牢中，但沈御史即日弄了些权势，只与司狱官知照说了数言，李沈氏仍归御使衙中。原因妯娌二人不甚相得，沈爷又差人悄悄将妹子送至一尼庵内，权且耽搁。一言交代，也不多提。

当日九卿四相、文武大臣，奉了圣旨，在朝房公议。当初忠义重臣，首相寇准、毕士安，仁宗即位元年已卒；次后则继而亡者：太师李沈、待制孙奭等已弃世。如今冯太尉、庞国丈、吕夷简秉政，欲拟狄青中途失去征衣，赌证冒功；杨宗保昏昧不察，妄伤有功两命，误国瞒公，其罪重大。又有左班丞相富弼、平章文彦博、吏部天官韩琦三位忠贤，驳论曰：“据妇人乃一面之词，岂得为凭，而伤边疆望重之臣？依私秉正，焉有此法律？如要力办此事，须要严审狠究李沈氏，方得分明真伪的。”此一天议不定，第二天仍复如此。

又至次日，五更晓，天子设朝，正在君臣议论此事，忽有黄门官入觐：“奏知圣上，有边关杨元帅差官赍表进呈御览，现于午朝门外候旨。”圣上当时传旨宣进。赍本官进阶俯伏，山呼“万岁”。有侍官取上本章，在于龙案上展开。天子看罢，其表上叙及“狄青征衣限内到关，力除西戎国五员骁将，杀败十数万敌兵，解了边关围困，特请旨荐保狄青为帅，彼要告驾回朝”之意。天子看完，欣然大悦，开言道：“庞卿，汝且将杨元帅折本看来。”当下庞国丈言：“臣领旨。”看罢本张，吓惊不小，顷刻满脸涨红，暗想来：再不想狄青有此本领奇能深算，他反得此重大功劳。今杨宗保又荐他拜帅。如若狄青做了边关主帅，老夫休矣。即忙俯伏奏曰："陛下明并日月。臣思杨宗保荐狄青为帅，但现据沈氏控他失征衣，贿证冒功，希图抵罪，此乃机关不对。而杨宗保本上于失征衣之事并浸了，既李成父子冒功正法，因何本上绝无一字提陈？是沈氏所呈确切而杨宗保弊端显然。但昧法欺君，理当究本穷源，仰祈陛下龙心明察，庶无负冤之妇，蒙弊之臣也！"当下君王听罢，想来：此事教寡人也推测不来，怎生是好？有首相富弼怒气不平，出班奏曰："陛下，老臣有奏。"天子曰："老卿家有何奏闻？"富相曰："臣思此妇敢于叩阍者，必有主唆奸臣。而李成父子若不冒功，杨宗保岂有屈杀无辜；狄青果然无功，彼焉肯欺君请旨拜帅？陛下如要明追此重案，先将沈氏泼妇交包拯严究何人唆诱，则李成父子冒功真假，彻底澄清矣。"此番话弄得君王心无定主，思想来：富卿所奏虽然合理，但想此事定是国丈主谋的。但凭贵妃情面，如何深究？倒教寡人左右两难。

当下庞洪又奏曰："臣思该氏冤大惨天，无门伸雪，到午朝上呈御状，实为极情，冒死而来，还有那人不畏死的，与他把持？如要究李沈氏，须先究明杨宗保。祈陛下降旨往边关，即将狄青、杨宗保、焦廷贵等扭解回朝，陛下发交大臣勘问，便分奸伪了。"有吏部韩爷出班奏曰："臣思边关重地，岂可一天无帅。若将彼等扭解回朝，一有泄露，其祸匪轻。契丹在北未平，西夏叛攻未服，此举万万不可。"天子闻奏，喜色道："韩卿所言至理。江山为重，非同小故。三位卿家且平身。"三位大臣谢恩而起。天子曰："朕想杨宗保失察征衣，狄表疏忽被劫，焦廷贵婪赃硬证，朕亦未深信；李沈氏诉雪夫冤，亦不便置之不办。待寡人差一大臣，密往边关，明为清盘库仓，实则暗查此事真伪，则无糊涂不决了。众卿以为何如？"富、韩两相都言："陛下之旨甚善。"当时庞太师也无可奈何，不便再奏。天子看看两旁班列，即下旨二品文员，此人乃工部侍郎孙武，往边关。庞国丈自言曰："此官差得有机窍了。"当此，富弼、韩琦、文彦博几位忠贤思："孙侍郎虽是奸臣党羽，料想杨宗保等立于不败之地，畏他什么！"是日只因功罪未分，天子于杨元帅的本章也不批旨，狄青的元帅也未封赠，且待孙武回朝再行定夺。时朝廷退驾,群臣回衙。不知孙武到边关,如何复旨回,看下回分解。

第四十二回　封库仓将计就计　获奸佞露机乘机

诗曰:代君保国是贤良,污利婪赃佞党行。
　　青史留名忠义辈,千秋唾骂是奸狼。

群臣朝罢回衙,俱各不表。单提庞国丈回归相府,自语曰:“只言几个畜生易于翻倒了,岂知这昏君心事不决,反差孙武往边关盘查仓库。汝这昏君,主意虽好,但这差官已错用了。孙武乃孙秀从兄弟,又是老夫的心腹人,不免邀请到来,嘱咐而行,岂不美哉!”想罢主意,吩咐备酒席,设于暖房。然后差人请到孙侍郎,进相府拜见庞太师。即于暖楼中,二人举杯,细细商量一番。国丈言曰:“孙兄,老夫请汝到来,非为别故,一则与汝饯程,二来有事相托。”孙武称谢,又曰:“不知老太师有何嘱咐之言?”国丈曰:“狄青乃老夫不喜,又是汝哥哥、胡坤二人切齿仇人,孙兄所知也。”孙武曰:“晚生也深知的。”国丈曰:“几番下手算帐,不独害他不成,反被他取高官,封显爵,又得此重大战功。这冤对如此,与孙、胡二位实不甘心的。即杨宗保身居二十六七秋元帅,眼底无人,不看老夫在目中,从无一些孝敬送回朝。此老狗囊,亦是容他不得,是以吾也刻刻恨恼于他。汝是吾的心腹厚交,今日圣上差尔到边关,古言:明人不用细嘱……”当下国丈说到此言词,孙侍郎即打了一拱曰:“此事多在晚生身上。”国丈笑曰:“孙兄乃明白之人,我也不用多言了。只是回朝如此如此,收拾此党也。”孙武连连应诺。再复持杯一刻,至晚完毕,辞别而回,道经孙兵部府,顺便传进,谈说之间,孙兵部与国丈不约同心。是日,胡制台亦在孙府把盏,心中大悦,总要力托计算狄、杨二人。孙武见二人之言,即说:“国丈方才已说过,小弟自必当心注意,无差误也。”孙秀曰:“若得如此,愚兄感激无涯矣。”孙武曰:“哥哥,弟兄之间,些小之托，何足介怀？”孙、胡二人听了大悦。孙武顿时告别回衙，打点动身。宴毕，胡坤亦告辞分手。

当日不表孙武出京，又说边关赍本官尚在京中，是日将杨元帅、狄钦差各书分途送达，还有一书要送投包待制，岂期包拯在陈州赈饥未回，故将书投送包府。是日，韩爷将杨青来书展阅，分明知果乃狄青功劳，只恨庞奸贼兴此风波，至有沈氏叩阍之事。当日备酒款了差官，又修书一封，带回边关，说明钦差孙武到关，明查仓库，暗则访失征衣的缘故。

又言天波无佞府老太君，是日接到边关来书，与孙媳穆氏、众夫人等拆书，一看，方知狄青初进，即杀退敌兵。众位夫人一同羡慕，不用烦述。然佘太君与众人俱不上朝，故不知孙武奉旨出京之事。

交代清楚天波府情由，又说南清宫狄太后得接侄儿回书，母子大喜，言：“难得此英雄，立建大功。”又表明：潞花王是朔望上朝，或一月一朝，平日间并不上朝，随着其便不等，故今孙武出京之事，又不得而知，即沈氏叩阍情由，亦无人提及，是悉有凑巧之端，不表。

再说庞国丈、冯太尉，一天接了几方密禀，方知潼关马应龙被神圣所诛，说出他用计恶处。冯太尉不知其由，只有庞国丈心下大惊。二人不敢陈奏圣上，即私自酌量，私放一官，赴任潼关总兵。用此暗里机关，圣上何以能得知？

不表二奸欺君昧法，却说边关杨元帅，见狄青力退敌兵，灭除五将，解了边关围困，一心敬重他乃当世英雄，国家有赖，随时设宴款叙。每日间谈论兵机、邦家、时政，觉得相投契合。忽一天，赍本官回关，元帅细问圣旨缘故不下，赍本官回禀曰：“朝廷未有加封拜帅旨意。但不日之间即有钦差孙侍郎到关，盘查仓库了。”元帅曰：“孙侍郎奉旨到关盘仓库么？本帅守关二十余年，并未见盘查仓库，莫非又是大奸臣的计谋也？”赍本官又将韩爷的回书送与杨青，然后叩辞元帅而出。杨青将书拆展，细细看明，发声冷笑：“可恼庞洪老贼，弄此恶奸谋，将此美事又弄歪了。”细细说知三人。元帅曰：“纵有钦差到来，我何惧哉！况乎仓库历年无亏，岂畏盘查的？”范爷曰：“这孙武乃孙秀族弟，庞洪心腹，料这老贼定然有计作弄；他亦必需索财帛，回京复旨，只言失征衣是真，李成父子冒功事假。我众人亦不在朝与辩，必中上奸计，不妙了。须要预早打算，不落他圈陷为高。”元帅曰：“礼部大人才高智广，如何打算便是？”范爷冷笑曰：“只略用半点小功夫可也。先将库仓封固了，只说仓库钱量亏空过多，要求请钦差回朝周全免盘查之意。想孙武乃贪财帛小人，送彼三五万银子，求彼万岁驾前只言仓库无亏无缺之言。如孙武得了银子，自然应允，待他转身后，预差一精细将官在于前途，埋伏拿下，踏住赃银子为凭，即备本劾他。他罪如天了，既陈奏李成冒功事假，失征衣事真，圣上也不准信他。自然扳顶出庞洪来，此为诈赃处赃之计，未知元帅尊意如何？”元帅听了，笑曰：“范大人智略高明，非人可及。所虑者，孙武倘然不上钩，如何再处治这奴才的？”范爷曰：“定然中计的，老夫稳稳拿定也。”狄青点首曰：“这众奸臣见了财帛，岂有放脱的！元帅休得过虑也。”言谈已是日落西山，帅堂上夜宴安排，四人就席把盏，书不烦谈。范爷又言：“孙武一到关，且依计而行。但焦廷贵跟前说不得明，倘被他癫癫呆呆，泄漏出机关，事不成了。”元帅曰：“范大人高见不差。”是夜不表。次早，元帅发令，将仓库悉皆封固，不许私开。

不言边关安排妙计，却言孙武一自离却京城，一路自恃钦差，故所至地方，文武官员多来迎接，留款燕宴，送程仪食物之官员不少。如若送馈得轻微些，孙侍郎便不动身，故一程耽耽搁搁，获发大财。孙武想来：这个买卖，果也做着了。但本官一到边关，必要将仓库查得清清楚楚。料想杨宗保领职边关二三十载，亏空的谅也不少，不忧他不来买求本官的。此款好美差也！”一程途喜欣欣。非止一日，到得边关。报知杨元帅，排开香案，孙侍郎气昂昂下马进关，开读罢诏书，方见礼，坐于帅堂，闲言一番。元帅又曰：“本帅职任此关有年，圣上从无查盘旨意。如今忽差大人到来察查，莫非又是庞国丈的主唆也？”孙武冷笑曰：“元帅之言说得奇了。下官奉了朝廷旨意，只因圣上常忧仓库空虚，是至差下官到来，一盘清白，岂是国丈从中起此根由？”元帅曰：“果是朝廷的旨意，本帅失言了，敢问大人，本帅有本还朝，请旨荐狄王亲为帅，不知何故万岁没有旨意下来？准旨也否，大人必知其详。”孙武曰：“元帅，圣上览表之后，并无语及准与不准，下官却也不得而知。”元帅冷笑曰：“大人竟不得知么？果然不得知也。”当时元帅也不多辩明言。是日，少不免酒宴盛款，那天只为天色已晚，是以仓库尚未盘查。

下一日，孙侍郎先要暗查失征衣之事，有关内的偏将兵丁，自然护着元帅，多言征衣未有疏失。即吩咐城中百姓，内有智识者，知他来访察杨元帅的底蕴，亦言不失。故孙武不甚查访得的确。又访察到李成父子冒功之事真假，众人多言冒功是实。这孙武此日又亲往打探库仓，岂知尽皆封固。自言曰：“杨宗保，不知尔亏空得怎样，尔若非个在行知事者，早在吾跟前说个明白，送我三五万两也不为过多。本官看了银子分上，自然在圣上驾前将为尔掩饰，只言仓库并不空缺，还将误杀瞒公之罪遮掩几分。”

是日，又进来见杨元帅，只见帅堂上早已安排早膳。叙席间，孙武开言道：“元帅，下官原奉旨盘查库仓，不知为何悉皆封固了，难道不许盘查以逆圣旨不成？”元帅曰：“孙大人有所不知，只因本帅在此领职二十六七年，那有一载不亏空钱粮的？向来圣上不曾降过旨来盘查，本帅也便糊糊涂涂混过了。岂知圣上今天忽然要盘查起来，特命大人到关，教本帅千方百计打算，难以弥补得足，亏空多年，一朝败露也。”孙武听了，想来：我料定尔亏缺仓库的。即言曰：“据元帅的主裁，叫下官不盘查了么？”元帅曰：“盘查是悉凭尔的。但本帅亏空之处，仰仗大人周全些为妙。”孙武一看，自言：“我又开不得口要借取他银子，但彼既要我周全，不免一肩卸在国丈身，当才易言也。”即言：“元帅若要下官回朝遮饰，这是不难。圣上可以瞒过，独有国丈瞒他不得。”元帅曰：“国丈如何不能瞒他？”孙武曰：“吾实言元帅得知，国丈明晓库仓有亏缺，故教下官彻底清盘。”元帅曰：“国丈既然如此，怎生料理的好？”孙武曰：“下官断没有不肯周全的。”元帅曰：“如此，国丈那边送他二万两，大人处奉送一万两，有劳大人与本帅在国丈那里说个人情如何？”孙武曰：“下官一厘也不敢领元帅之惠，但国丈那边还要商量。”元帅曰：“还嫌微薄么？”孙武曰：“国丈也曾言来，元帅二三十载，从无些小往来，此是真否？”元帅曰：“果然也。历久并无丝毫往来。再增一万如何？”孙武曰：“元帅，尔在此为官二十余秋，职掌重位，即一年计来三千，合总七万二千两。如依下官之请，不查仓库，也免国丈多言了。”元帅开言微笑曰：“奈何本帅乃边城一贫武官，七万二千两实难筹办得来。也罢，国丈三万两，大人二万，共成五万两，多也万不能筹办了。”孙武笑曰：“既元帅如此说，下官从命，如数五万两，不用查仓库了。”

正说之间，那知不的当，焦廷贵在左阶部中，听着大怒，跑上帅堂，不知情由，将孙武夹领一抓，拍搭一声，撂在地上，喝声：“贪财污利的狗王八！我元帅在此多年，从无亏空仓库的，庞洪奸贼要元帅的财帛，想是他做梦么！”已将孙武拿按地中。这焦廷贵那管什么钦命大臣不大臣，将拳犹擂鼓一般打下。孙武大骂：“无礼畜生！尔辱殴钦差，该得重罪！莫非杨宗保暗使尔这奴才如此的？”当时杨元帅气怒得二目圆睁，大骂焦廷贵，离位上前扯开。孙侍郎方得抽身而起，还是气喘吁吁，纱帽歪斜，怒气冲冲，喝道：“杨宗保，尔纵将行凶，可知国法否？”杨元帅想来：好个巧妙计，被这匹夫弄坏了。早知如此，不瞒他也好。今日此计不成，范公的机谋枉用了，只落得本帅有纵将行凶，辱打钦差之罪。只得骂一声：“孙武！尔也不该如此。圣上命尔到来盘查库仓，本帅此库仓历年无亏无缺，如何尔反听信庞恶，贪图诈赃银五万两？尔乃大奸党羽，本帅容尔不得。好生可恶！诈着赃银，欺君误国，王法已无。”喝声：“拿下！”与焦廷贵用两架囚车禁了，连忙写本章一道，差沈达解到京中，悉凭圣上作主。另修书一封，这一封书教沈达到了京，悄悄交送天波府，达知佘太君。沈达领命，带了十名壮军，押了两个囚笼，离了边关，向汴京城而去。二人不知如何发落，下回分解。

第四十三回　杨元帅劾奸上本　庞国丈图谋蔽君

诗曰：慧眼君王照万方，贤奸须辩察行藏。
　　倘然受蔽非轻祸，佞者得谋忠被伤。

却说沈达进京去了，杨元帅心头气怒，又觉发笑。然哂笑者，范礼部未事而先知，设成妙计，孙武已上了圈套；恼者是不遂其谋，被莽匹夫弄歪了，不得不将焦廷贵并解回朝中，总要朝廷议罪也。体念开恩，又有祖母佘太君周全，管取无碍。范爷长叹一声：“都是这莽匹夫，将机谋泄露了。虽然有佘太君保庇无妨，只忧这老贼臣又有风波兴作来。”杨元帅曰：“事已弄坏了，纵然朝廷执罪，也定论不得。”狄爷也是点头，长叹一声，言：“朝内有奸臣，实难宁静的。”杨爷曰：“从今之后，不可重用这狂莽之徒也。”

且住边关忠良语，又言沈达趱程途。一程无阻，不分昼夜而奔，其时过了残冬春又复。沈达到得东京地面，未进王城，思量：若将二人解进王城，圣上未知，奸臣先晓，倘或被他谲弄起来，便不稳当了。即于相国寺中将两架囚车悄悄寄放僧房内余地，着令兵丁看守。其时天当午中，处置停妥，先往天波府内投递了家书，佘太君接书，从头细看，冷毒笑一声，道：“庞洪！尔何苦将此恶毒计施来？虽则狠烈，只好将别人摆弄，我府中人休得妄思下手也！”太君吩咐摆下酒宴，留款沈将军。当日众位夫人也知此事，即日差人往朝中打听消息，倘有干系情由，即要报告，此说书中慢表。

又言相国寺中，焦廷贵将孙武大骂“奸贼”不休，一程出关，已是大骂喧喧，是日寺中更吵骂得凶。虽孙武欲即时通个消息到庞府，无奈随行家将人等，多被杨元帅留在边关，当时并无一人在身旁，只得忍耐，只由焦廷贵痛骂，且待来朝庞太师自有打点，按下不表。

至五更三点，万岁登坐金銮殿，百官入朝，参见已毕，文立东，武立西。值殿官传旨已毕，忽有黄门官奏知万岁：“今有边关杨元帅，特差副将沈达赍本还朝，现在午门候旨。”天子闻奏，想来：朕差孙武往边关查察，尚未还朝，杨宗保缘何又有本章回朝？即传旨黄门官取本进看。不一刻，已将本章呈上御案前。圣上龙目细细看毕，又向文班中看看庞国丈，明白他贪财帛诈赃的，便曰：“庞卿，杨元帅此本，汝且看来。”国丈领旨上前，在御案侧旁细看。只见上书曰：

原任太傅左仆射、统领银饷军机大臣、兼理吏、兵、刑三部尚书罪臣杨宗保，恭迎先帝皇恩浩荡，职任边疆将已三十载。复蒙我主陛下加恩，奚啻天高地厚，虽肝脑涂地，难补于万一。至臣铭心刻骨，颇效愚忠，敢替先人余烈，以紊六律章程。兹奉钦差工部侍郎孙武，至关盘查仓库，臣即遵旨，将仓禀库藏悉行封固，恭候稽查。孰意孙武阳奉阴违，诈赃索贿，仓不查，库不察，称系庞洪嘱托，言臣按照每年应得馈礼五千两，共合镒银十三万五千，而孙武言索送五万二千，每年二千两不为伤廉之语。依与则免费盘查之意，不允彼索，则回朝劾奏仓不亏为亏，库不缺言缺。当臣不遂其欲，即帅堂吵闹。悉有焦廷贵，忿怒激烈，不遵规束，辱殴钦差，与臣例应并罪。惟臣领职边疆重地，不敢擅离。先将孙武、焦廷贵遣差沈达押解回朝，恭仰圣裁定夺。臣在边关恭候旨命待罪，谨此奏闻。

当是庞国丈看罢大惊，想来：只言孙武是才干能员，岂知是个无用东西！今日驾前多文武之众，教我如何对答当今？只得奏曰："陛下啊，念老臣伴驾多年，深沐王恩，岂肯贪图索诈。前蒙陛下差孙武出城，何曾有言嘱托？况今孙武现在，只求万岁询问他便知明白了。杨宗保会使刁，自知有罪难逃，捏言谎奏，无据无凭，希图搪塞重罪。但现今纵将行凶，将钦差辱打，狂徒胆大，显系恃势欺凌。伏惟我主明鉴参详。"天子曰："庞卿平身。"即传旨焦廷贵见驾。当驾官领旨，宣进焦廷贵。他昂然挺胸，踩开大步，一至金銮殿，全然不懂山呼万岁见驾之礼，高声呼："皇帝在上，末将打拱。"天子见他如此，也觉可哂笑。想来：此人莫非呆呆的？早有值殿将军呼曰："万岁驾前，擅敢无礼，还不俯伏下跪么！"焦廷贵曰："要我下跪的？也罢，跪何妨事乎？皇帝，我焦廷贵下跪了。"天子倒也喜色洋洋："此人是一般呆呆腔的，只闻呆呆人老朴直梗，待寡人细盘诘他失征衣之事，定然分明了。"当日圣上缘何不问起辱殴钦差，倒盘诘起失征衣之事？原来法律重于失征衣。况殴辱钦差原由，为着失征衣而起，故先问征衣失否。向呆将讨固实信，如若失征衣事真，孙武诈赃事定假，诈赃既假，则焦廷贵辱殴钦差之罪不免。

天子曰："焦廷贵，狄青解到征衣如何？且明言来。"焦廷贵曰："征衣到也到了，只因不小心，被强盗抢劫去的，险些狄钦差吃饭东西保不牢也。”国丈在旁，心头暗暗喜欢：难得圣上先问失征衣事，喜这莽汉毫不包藏半言的。天子听了失去征衣，点首而问：“焦廷贵，征衣失去在那地头？”焦廷贵曰：“离关不过二百里，是磨盘山强盗抢去，那人不知，谁人不晓？”天子曰：“失去多少，留存多少？”焦廷贵曰：“抢去光光，失得尽罄，一件也不留存。”庞洪想来：圣上若再问诘下去，射杀赞天王、子牙猜事情必败露了，必须阻挡着君王问诘方妙。即俯伏金銮殿，奏曰：“臣启陛下，那焦廷贵乃是杨宗保麾下将官，今日已经招认，失征衣的事既真，一事真，事事皆实了。狄青冒功抵罪，杨宗保屈杀无辜，李氏呈他冒功屈杀之语，实为确切。孙武诈赃，显然并无事了。焦廷贵如此强暴，岂无辱殴钦差之事？但审供案情委曲周章程，恐有费龙心，伏祈殿下发交大臣，细加严鞫，询明复旨。未知圣意如何？”天子曰：“依卿所奏。但此事交关非小，不知发文何人可办。”国丈曰：“臣保荐西台御史沈国清承办，必不有误。”原来沈御史嫡名沈不清，只因圣上跟前，其名不雅，久后更名国清。

当日圣上准了国丈奏议，发交西台御史审询。当时沈御史口称：“领旨”，早有值殿将军拿下焦廷贵，他还是高声大骂，呼曰：“尔如此，真乃糊涂不明帝王了。怎么听了这乌奸臣的言，欺吾焦将军么？”国丈大喝曰：“万岁驾前，休得无礼！”焦廷贵乃一蠢莽之徒，怎知君王之尊威？还不断大骂：“奸贼！狗畜类！”当有值殿将军将焦廷贵拿推出午朝门外而去，押回入囚车。国丈又奏：“押解沈达不可放归边关。”天子诘曰：“此何也？”国丈曰：“臣启陛下，倘然沈达回关，杨宗保得知了，自觉情虚，恐有变端之弊。且将沈达暂行拘禁，待审询明之后释放方可。”天子准奏，着将沈达暂禁天牢。值殿将军领旨，顿时将沈达押下天牢。

赵天子退朝，当有忠义大臣几人，见天子事事准依国丈佞言，气怒不平，忿忿怪着圣上不念忠良勤劳王室，不以江山为重，轻听一面之词，而伤重托股肱之臣。他既不以江山大事为重，我们何用多言插嘴？众大臣几位忿气不平，不约同心，也不谏诤。又想：沈国清是庞洪奸党，朝内官员尽知，独有天子不晓，故发与沈御史公断复旨，众员索性由他。此朝所议，并无一臣答奏。

时文武各回衙，有庞洪、孙秀，一退朝，命人打开孙武囚车，同至庞府中。若问孙武也是犯官，因何沈御史既领旨审办，又不带去？只为一班奸党相联，私放了孙侍郎，独欺瞒得朝廷耳目。仁宗之世，原算奸臣势焰滔天。当日孙武随着庞洪、孙秀至庞府，胡坤悉来叙会。国丈曰："出京之日，一力担肩，怎生倒翻杨宗保之手？几乎及于老夫，实乃不中用的东西。"孙武曰："太师，非吾不才，他们早已暗算机关，装成巧计。"孙秀曰："岳丈大人且免心烦，如今埋怨已迟了。但焦廷贵已经招出尽失征衣，只要御史用严刑，还逼他招出狄青冒功之罪，何妨杨宗保刁滑势头，即佘太君、狄太后也难遮庇得狄、杨也。"四人正言间，沈御史也到了。"晚生特来请命太师，这焦廷贵如何审办？"国丈曰："沈兄，这些许小事，还来动问么？只要将焦廷贵用严刑拷究，失征衣之事，已经在驾前招认了，还要他招出李成父子功劳被狄青冒去，焦廷贵又受赃，做了硬证，杨宗保不加细察，反将李成父子糊涂屈杀了。再审得钦差孙武诈赃事假，焦廷贵殴打钦差事实。审明复旨，将这几名狗党斩的斩，杀的杀，好不沁心凉也！"胡坤曰："太师，但想那焦廷贵乃一铮铮烈烈硬汉，倘然抵死不招，便怎生设法？"国丈曰："他抵死不招，何难之有？做了假供复旨可也。"沈御史喜悦允诺。是日辰刻时候，顷刻中堂上排开筵宴，五奸叙酌。多言不能细述。宴别，各各告辞回府，俱已不提。

单言沈御史，进归内堂，时交午刻。尹氏夫人一见，道："老爷，今天上朝因何这般时候方回？莫非议政国大事？"沈国清曰："夫人，吾与汝夫妻之谈，言知也不妨。"即将始末情由细言明。尹氏夫人听了，心中不悦，顷刻花容失色，又道："老爷，此是他人之事，别人之冤，即妹子适人，已是外戚；何况胡氏之子死有余辜，胡坤不过与汝同僚，一殿为人。既出仕王家，须望名标青史，后日馨香乃可，缘何入此不肖党羽，将众贤良一网兜收？此事断然不可！万祈老爷三思衡量为高。"沈御史冷笑曰："夫人，汝言差矣。本官若非庞太师提拔，怎能御史高升？夫人汝也非此凤冠霞帔了。"夫人曰："国丈今日势头虽高，但他刁恶多端。上天岂得轻饶！有朝倒势之日，料这老奸臣遗臭千秋也。"沈御史听了"奸臣"两字，即怒气顷生，连骂"不贤泼妇"

数声,“不明情由,出语伤人,因何平风自浪,惹来淘气!”夫人曰:“老爷,不是妾身平空惹汝动气,也不过将情度理。劝君以免灾祸耳。”沈御史曰:“怎见吾有灾祸来?”夫人曰:“老爷这般奉趋奸相……”言未完,御史喝骂:“不贤泼妇,他何为奸相?奸在何来?汝且说知。”夫人曰:“妾是劝谏老爷忠君之美,何须动恼。但国丈作尽威恶,陷害忠良,贪财误国,即妾不呼他为奸臣,也难遮外人耳目。”沈御史曰:“汝知他害了那个忠臣?”夫人曰:“怎言不是?即今要扳倒边关杨元帅是也。尔可晓得他乃大宋世袭忠良将,保护江山老元勋。即提拔狄青,乃当今太后内亲,在边关立下此大战功,亦武勇之臣,为国家所倚重将士。若还灭害了众英雄,君王社稷那人撑持?但老爷食了王家厚俸禄,须当忠君报国,方得后世流芳,若趋炎附势的,千秋之下,臭名不免。倘君不入奸臣党羽中,妾即终身戴德了。”沈御史听罢,怒曰:“可恼贱人!你乃一无知妇人,休得多言。倘烦饶舌,逆吾之意,定断不饶!”不知尹氏夫人如何答话,劝谏得夫君依从否,且看下回分解。

第四十四回　贤慧劝夫身尽节　奸愚蔽主自乖名

诗曰:彼此不分男与女,但行仁义便称贤。
　　君恩洪荡臣当念,方见存心不愧天。

当日尹氏夫人呼唤:“老爷,妾是一片忠言谏劝,还望准从。岂期尔仍归奸臣党羽,难怪妾身多言,也还防日后有倾家荡嗣之祸,方知船至江心补漏迟,此日方懊悔不听妻谏之言,反落得臭名与后人笑话。”沈爷大喝:“不贤之妇!后日纵然有倾覆之祸,与汝何涉何干!”伸手两个巴掌打去。旁首众丫环趱近,扯着老爷袖袍,呼道:“老爷既骂夫人,也罢,乞祈万勿动手。”众丫环扶持主母,共归内房。夫人坐下,呼唤丫环素兰往外堂屏风后打听老爷将三关官如何审断,即回来复知。丫环领命而出,不表。

又言沈御史怒气冲冲，不听夫人劝谏，一出外堂，顿时传话升堂。早有差役带上焦廷贵。他早已上了刑具，一到御史堂上，高声大喝，立定呼道："沈不清！尔休得妄自尊大。"沈御史拍案，喝声："蠢奴才！法堂上还敢如此无礼！尔要怎的?"焦廷贵曰："焦老爷要回边关去。"沈御史曰："焦廷贵，今日本御史奉旨审询杨宗保乱法欺君之事，速将狄青失征衣、冒功劳，杨宗保屈斩李成父子，尔受狄青多少贿赃、怎生殴辱钦差，杨宗保妄奏诈赃事，细细供来，以免动刑。"焦廷贵大喝："沈不清的鸟御史！说什么话，吾焦老爷只不知，休得多问。"御史曰："本官也知尔不动刑法怎肯招认。"吩咐将他狠狠的夹起。差人领命，即将焦廷贵下脚镣，顿时赤足一双，套入三根木中。焦廷贵曰："这个东西人要足，甚趣！"沈御史拍案喝声："焦廷贵招罪否?"焦廷贵曰："吾焦老爷招取尔狗命！"御史再呼役人，将夹棍一连三收，两棍头又加数十斤。焦廷贵愈加大骂不绝，喝曰："沈不清，乌龟官！狗奴才！敢如此欺侮尔焦老爷么?"御史曰："焦廷贵，本官劝尔招了罢。"焦廷贵大喝："沈不清，尔取得下吾脑袋，才算尔的本领。"沈御史想来：焦廷贵原乃一硬汉英雄，谅他不肯招罪的，不免做个假招供也。吩咐左右，将他松了刑棍，上回镣具，发回天牢，待明天取他脑袋。

不表焦廷贵发下天牢。御史退堂回进书斋内，做备假口供，当有丫环素兰在后屏风瞧着，打探得分明，进至后堂，细细达知主母。尹氏夫人听了，顿时脸上无光，汪汪珠泪。打发丫环众人多出房外去了，夫人独自一人，将房门闭上，浓磨香翰，题绝命诗曰：

> 妾身一殒有谁怜？虚度光阴三十年。
> 但愿夫君偏性改，纵归黄土也安然。

诗罢，泪如涌泉，言："可怜十余载恩爱夫妻，一旦分离，未免伤情。第今日劝谏夫君不从，出于不得已，日后亦不免杀身之祸，反要出乖露丑。与其生不如与其死也。"言罢，自缢身亡。众丫环见夫人进房，耐久闭门不开。众人说："老爷从未与夫人淘气，今朝口语相驳，叱骂一番，又动手打两个巴掌，为着外人之事，夫妻惹起气来。今久闭门不开，不知夫人吉凶如何?"众丫环商议，甚觉慌忙，只得齐齐动手，打开房门一瞧，吓得惊慌无措。多言："不好！夫人当真寻了短见。"素兰呼道："金菊姐姐，尔等且看夫人，待吾往报老爷得知。"言罢，慌急忙忙去了。内房丫环将汗帕解下，哭啼呼叫，灌下姜汤，那知夫人身体早已冰冷，那得复苏？

不表众丫环张惶，当时沈御史在书楼中正做完假口供，写就一本，要来朝奏帝。自笑曰："此一本那管尔天波府势头高，杨宗保也性命难存，即狄青是太后娘娘内戚，也逃不脱狗命。"沈奸写就此本，正要连日去见庞国丈，看假口供本章。只见素兰丫环跑进，气喘喘而来，呼声："老爷，不好了！"沈不清喝曰："贱丫头，因何大惊小怪？"素兰曰："老爷，不是贱奴惊怪，只为夫人死了。"沈御史喝声："小贱人，敢来唬恐吾老爷！夫人毫无病症，怎言死了？"丫环曰："果然夫人自缢身死，我众丫环打开房室门，现有众人尚在房中救唤夫人。"御史曰："此不贤妇人，应该死的。"素兰听了，泪流呼曰："老爷，谁道口头上争闹几言，就断了夫妻之情不成？只可惜夫人乃一位贤良诰命，翰墨名家之女，死得如此惨伤，老爷还不速往看来夫人救活否？"沈御史喝声："贱丫头，胡说！尔们且救他，吾不往了。彼如此可恶，口口声声，只骂吾奸臣，还有什么夫妻情分！"言未了，又见两名丫环飞奔进来，啼啼哭哭，称："老爷，夫人缢死惨伤，我们多方解救，只不得还阳了。"

当日沈不清趋奉奸权，厌恼夫人谏阻多言，竟将夫妇之情付于流水。是日见丫环多来禀告，只得进内房，走近尸旁立着，冷笑呼曰："尹氏，谁教汝多管我的差处？为此，尔自寻死路，实乃口头取祸也。汝死在九泉，怨恨不得丈夫。"回身吩咐丫环："连唤家丁掘土埋他。"众丫环呼曰："老爷，不知怎生埋法？"沈爷曰："即于后园亭中掘个地窖，埋掩尸骸是也。"众丫环齐称："老爷言差了！主母夫人曾受王封诰命，二者是老爷敌体之贵，结发夫妻，今日寻了短见，死得如此惨伤，理应开丧超度，然后棺椁入土为安才是。"沈爷喝声："贱婢！休要你们多管。"众丫环呼曰："老爷，这是理该如此，算不得我们丫环多言也。"沈爷喝曰："这是不贤之妇，死何足惜？有什么超度棺椁成丧？那个再敢多言，活活处死！"言罢，出房而去。众丫环、妇女听了不敢再言,珠泪纷纷,人人苦切。言:“夫人死得好苦楚也!何故老爷心肠如此硬,全无夫妇半点恩情?夫人你在九泉之下,略有三分未泯,必须哭诉阎君天子,诉明苦楚才好。”

当日只得无奈遵命,唤至几名家丁,那一个不道及主人之差?即日带备锹锄,一至后园心,掘开泥潭数尺之深,众丫环伏侍夫人,沐浴了身体,更换新衣裳,头上插些花钿环钗之物。众人落泪伤心。其时候乃初更鼓也,前后有提笼灯火引道,将夫人抬起,是日乃三月初二,故月色早沉。来至后庭中,家人、妇女悲嚎惨切,已将夫人埋入土泥窖中,上面仍用泥土浮松盖掩,以免压腐体骸。这是众家丁、妇女怜惜夫人受屈,不忍之心,不然日后怎生全尸起还?后话不提。是夜众家丁、妇女,人人叩首,个个含悲。多言:“夫人受过王封,金枝玉叶之体,惨死了,不得棺椁安装,皆乃老爷薄幸不情也。”

不表家人痛泣主母,又言沈爷亲到后庭心,看见夫人埋于土中,言:“尹氏,你今死了,是尔命所该,勿怨着我丈夫无情。待吾来朝奏主,杀了焦廷贵,公事一毕,然后棺椁再埋葬。只因今日公事繁忙,不及备棺收殓,今暂屈尔涂泥数天的。”言罢,回进书房,头一摇,言:“罢了!那有这等多管闲事妇女、不畏死的裙钗!可恼他还留下诗辞四句,要本官改什么偏性来。”言罢,命家丁持火把往国丈府中。一至,令人通报进内相见,即将本章假供与国丈观看。国丈灯下看毕大悦:“此本甚是妥当详明,待明朝呈进相见。”沈爷曰:“夜深如此,告退了。”当日算得神差鬼使,尹氏自尽的缘由御史并不说明,是以国丈全然不晓。

沈爷回衙,二鼓将残了。归房坐下,不觉动起愁思。咨叹一声:“夫人死去,顾影孤单,今宵没有作伴了。”想至其间,心中烦恼,不免唤名侍儿作伴也妙。想来素兰年长了,有些姿容,不免命他陪伴罢。忙呼素兰到房中。沈爷一见曰:“素兰,吾老爷有句密语与汝言。”素兰曰:“老爷有何吩咐?”沈爷曰:“只为夫人死,衾寒寂寞,今夜汝来陪伴老爷,汝即承当敕诰凤佩了。”素兰听了,惊慌呼道:“老爷,奴婢乃一下贱丫环,况主母夫人待我们犹如子女惜爱,厚德深恩岂敢忘?老爷休思此歪念头也。吾又乃下贱之体,怎能陪伴老爷贵人?”沈爷听了,曰:“你这丫头,好不识抬举。今日陪伴老爷一宵,明日做夫人,与吾老爷敌体之贵,那个敢来轻慢你的?”素兰曰:“贱体福分微薄,承当不起,老爷免费盛心。”沈爷曰:“贱丫头胆大!吾老爷好意抬举,汝擅敢违抗么?”言罢关闭房门,已将丫环拦上牙床。素兰犹恳老爷:“吾贱质实有污老爷贵体,饶恕奴婢罢。”沈爷曰:“若再不顺从,活活打死,不许多言!”当日素兰年纪虽长,但心怯主人之威,出于无奈,只得顺从。是夜陪伴老爷,不多细表。只苦尹氏夫人死得惨然,并不安入土,魂在九泉之下,焉肯饶过此薄情薄幸丈夫?此言不表。

次日早,沈爷起觉,梳洗毕,穿过朝服,竟到朝房。少停万岁身登宝殿,文武朝参分列。值殿官传过旨意,有沈御史出班,俯伏奏曰:“臣奉旨审断焦廷贵,初则倔强不招,次后略用薄刑,招出狄青失去征衣,冒功抵罪;焦廷贵受贿为证;李成父子除寇有功,杨宗保反不察而屈斩;钦差孙武又被他封固仓库,不许盘查,纵令焦廷贵殴打钦差,反刁滑劾孙侍郎诈赃。”又将本章供状上呈。天子看罢,龙颜大怒,骂声:“泼天胆大杨宗保!朕只言尔乃边疆寄命大臣,看来乃一大奸臣也!深负国恩,目无王法。狄青既失征衣,不该冒功抵罪,屈斩有功良善。一班欺君藐法小人,断难轻恕。差官扭解进京!”国丈一看,如若扭解回朝,必被佘太君、狄太后出头,仍是杀不成。即出班奏曰:“臣庞洪有奏。”天子曰:“卿且奏来。”国丈曰:“臣奏杨宗保久镇边关,兵权统属,如若扭解回朝,诚恐被他闻风准备,万一路途变端,祸关非小。”天子曰:“卿之见如何?”国丈曰:“臣思焦廷贵招认罪名,无容再问,莫若密旨一道,赐其刑典,待狄、杨二臣即于边城尽节,焦廷贵即于王城处决,未知我主龙意如何?”天子准奏,仍命孙武赍旨一道,朝典三般,密往边关,着令杨、狄二臣速行受命;孙兵部监斩焦廷贵复旨。二奸得差大悦。又有众贤臣文武,人人惊恐,一同出班保奏。有富太师、韩吏部与天子语争辩驳,天子只是不依。众臣只落得气怒不悦,又无奈。此时随驾在朝,也不能往南清宫、天波府通知消息。

时兵部奉了圣旨,一刻不停留,即往天牢中带出了焦廷贵。这位将军还是不绝大骂:"奸臣乌龟!"一程骂到西郊。早有天波府家丁打听明飞奔回府报知。佘老太君自从沈达回朝后,得接边关来书,日日差家人往朝中打听,今一见绑出焦廷贵,即奔回府报知。佘太君闻言大怒,即时上了宝辇,亲自上朝面圣。犹恐救不及焦匹夫,先命杜夫人、穆桂英往法场阻挡监斩官,不许开刀。若问天波府几位夫人,十分利害。这孙秀虽乃王亲,见了二位夫人恶狠狠,也惧怯三分。二位夫人大喝:"奉佘太君之命,刀下留人!"这孙秀那里敢动?当下焦廷贵高声呼唤:"夫人!速来搭救小将,不然活活的人分作两段。"二位夫人曰:"焦廷贵不妨,如若杀你,自有孙兵部抵命。"焦廷贵曰:"如此方妙也。"不知佘太君上殿见驾,救赦得焦廷贵如何,下回分解。

第四十五回　佘太君亲临金殿　包待制夜筑乌台

诗曰:天波无佞府中臣,历世忠良建大勋。
　　岂料群奸行嫉妒,欲将一网陷贤人。

却说佘太君进至金銮殿中,俯伏见驾。天子即命内侍扶起,坐下锦墩。太君开言曰:"陛下,未知因何处斩这焦廷贵?他乃边关效力之将,况及忠良之后,即有罪于国法,圣上亦须体念他祖焦赞有血战大功,略宽恕几分,免折断了忠良后裔,方见陛下仁慈。"天子听了,觉得难将此事分明说,只想一会。国丈暗言:君王何不善于答辞?何不言君要臣死,不死不忠。吾亦不敢多言辩驳,只因这佘太君不是好惹争论的。

当下天子不言。太君曰:"陛下,臣妾丈夫、儿子数人,多是为国捐躯。苗裔只存一脉,好吾孙儿,领守边关,将已三十载,尽心报国,并无差处,陛下所深知。即焦廷贵随守边关,也有战功,未知犯了何罪,要处斩他?"天子见太君多问,只得言:"朕差孙武往边关查仓库,焦廷贵不该辱殴钦差;如殴钦差,即殴朕一般。如此目无王法放肆,理该处决。"太君曰:"孙武既奉旨查盘仓库,仓库不查,反诈取赃银五万两，钦差诈赃，犹陛下诈赃也。应该将孙武执法正处乃是。”天子又曰：“孙武并未诈赃，处决他岂不枉屈的？”太君曰：“焦廷贵辱殴钦差，并无此事，杀之无辜也。”天子听了，微笑曰：“焦廷贵辱殴钦差，已经明究招供，岂是枉屈斩他。”太君曰：“既重办焦廷贵，孙武何得并不追究？况殴打钦差，理该罪及杨宗保，如何独执焦廷贵？如此，非陛下刑法私立，法不当乎？”天子听了太君之言，龙首略一点，开言曰：“汝孙儿果也有罪，难以姑宽。朕且念彼是功臣之后，守关二十余年，不忍身首两分，特赠三般刑典，全其身首也。”太君听了大怒，大声言曰：“故臣妾丈夫、儿子十人，死其七八，俱乃为国身亡，不得令终。圣上毫不作念，也罢；即吾孙儿杨宗保，守关有年，辛勤为国，陛下轻听谗言，一朝赐死，其心忍乎？即此民间讼案，也须询诘分明，两造谁是谁非，方能定断；何况如天大事情，不究孙武，不诘宗保、狄青亲供，但据狂妄焦廷贵之言，便杀者的杀，赐死者的死。倘果也奸臣作弊，不独一死何所惜命，而且忠良受此冤屈，一生忠义之名化作万年遗臭之行，岂不冤哉！然沈御史与庞国丈是师生之谊，孙武是孙兵部手足，内中岂无委曲之弊？伏祈陛下暂免焦廷贵典刑，且将杨、狄二臣取到，陛下亲自询供。如果有实情，非但宗保之罪难免，则无佞府之名污矣，臣妾满门亦愿甘受戮矣。若此陛下不分明四人罪端，先将焦廷贵处斩，是立志存私，非立法之公也，何能服众臣之心，公论怎泯？”

又有国丈暗看佘太君，想来：今天稳稳的杀了焦廷贵，并无反供口对，那边关上两名奴才，易于收拾。不知那个畜生胆大，暗中往天波府通知消息，故这老婆儿到朝，说出一段臭言狠烈。君王犹如木偶一般，老夫好计谋枉用了，定然焦廷贵杀不成，狄青、杨宗保还在也。又有文阁老、韩吏部、富太师众良臣想来：老太君之言理明而公正，直破奸党衷肠，圣上定然准依了。当下天子闻太君之言，想来有理，只得传旨：“焦廷贵暂免开刀，仍禁天牢；孙武免赍朝廷典物，另颁旨意；召取杨宗保、狄青回朝，询明定夺。”太君又恳奏陛下：“将焦廷贵赐于臣妾收管，决不有碍。”天子准奏。又着旨太监四名，送老太君回归天波府内。

当时圣旨一到了法场，焦廷贵不用开刀，旨上又着令孙兵部送回天波府。有杜夫人、穆桂英冷笑，骂声："奸臣！佞贼！你敢向大虫头上捏汗么？"当日天子驾退，群臣出朝。有孙侍郎仍奏旨往三关，召取杨、狄回朝，次早登程。国丈回归相府，心中忿怒，也不多表。

再言佘太君与杜、穆二位夫人回府，众人带怒骂道："大奸臣！缘何平地起此风波？你要计害别人犹可，要计算我天波府内之人也难了。"太君曰："且待宗保孙儿回朝分明此事，复与众奸狼作对也。"当日焦廷贵到府，拜见老太君并列位夫人。太君曰："边关之事，实乃如何？"焦廷贵曰："狄青失征衣、立战功是真，李成父子冒功是实。孙贼一到，即诈赃数万，是以小将将他殴打。"太君曰："多是你打了孙武，中了庞洪众奸之计。"焦廷贵曰："太君不妨。庞洪这奸贼，断断容他不得，待小将往取他首级，方消此恨。"太君喝曰："休得闯祸！或是或非，且待元帅回朝再行定夺。"当日太君犹恐焦廷贵出府招灾闯祸，故以将他留款在府中，不许私出。又差人往天牢吩咐狱官，待沈达细心供给。此话不表。

又先说明：阳间世事可见可闻，方可为据，独有阴司杳冥，不见不闻，何足为凭？但据尹氏夫人还阳之后，泄出情由，方有此段之书。不然书上言及鬼神阴府之事，实见荒唐荒诞了。今略表明，以免看官疑议也。

有尹氏夫人死去，寿数原未终尽。哭诉阎君身遭惨死之由，阎君查阅夫人年寿有八旬八，目下虽亡，实属屈死，应得还阳。沈不清年寿三十六，本年三月初八应死于凶刑刀下。阎君开言曰："尹氏夫人虽被冤屈，但汝丈夫本年该凶死于朝廷法律。夫人可速回阳世，包待制那边告诉他，自有救汝还阳之法。"夫人上禀阎君："包大人往陈州赈饥未回，氏乃一亡女，如何越境远奔？岂无神人阻隔？"阎君闻言，即备牒文，差鬼兵二名，吩咐送夫人往陈州城隍司管收留，以待夫人告诉冤状回阳。二鬼卒领旨，护送尹氏夫人，一刻，乘风已至陈州城隍那边交代。

不能详表阴司之案，却说包爷上年奉旨赈饥，尚未回朝。前书言陈州地面连饥数载，众民苦度维艰，岁岁粟价倍增，只因蝗虫太盛，稼稻被蚀，十不存一。有产业之民犹稍可度挨，更有贫乏之家，老少多少，死于沟壑之中，灾殃可悯。故本府官员是年申详上宪督抚，文武拜本回朝。圣上恤民，敕旨包公，调取别省米粮到陈镇，低价而沽，济活多少生民性命。人人感沾皇恩，个个美戴包公大德。包爷又立法，不许富厚土豪积聚，倘查出多收积而昂价沽者，即要拿究，均施与贫民。是以恶棍土豪，不敢积粟图利，官吏粮差，不敢作弄卖法，人人惧怕着包拯利害。

当日乃三月初三日，包公督理饥民粮粟，正在转回来。三十六对排军，前呼后拥。包爷身坐金装大座轿，凛凛威严，令人惊惧。其时日落西山，天色昏暮，忽一阵狂风，向包公耳边呼的一声响而过。包爷身坐轿中，眼也乌黑了，众排军被此怪风吹得汗毛直竖。包公想来：此风吹得怪异，难道又有什么枉屈冤情事？想罢即吩咐住轿。即开言大喝："何方冤魂作祟？倘有冤屈，容汝今夜在荒地上台前托告。果有冤情，本官自然与汝力辩，如今不须拦阻，去罢。"言未了，又闻呼一声狂风，卷起砂石，渐已静了。包公吩咐打道。回至衙中，用过夜膳，即命张龙、赵虎："今夜可于荒郊之外，略筑一台，排列公位于台中，在此伺候，不得延迟。"两名排军领命去讫。是晚只为要迅速赶办，立刻在于北关外寻了一所空闲荒地，周围四野空虚。邀齐三十余搭浮竹棚人。不半刻，已搭成一坐棚，上中央排列公案一位。其时初更将尽，二人回禀知包大人。

包公赏了众人之劳，不带多人，止携两对排军董超、薛霸，合共张、赵二人，在着台下伺候。当夜，二人提灯引道，二人后拥相随。街衢中寂静无声，只闻犬吠汪汪彻耳。是夜初三，早收钩月，止有一天星斗。到了北关，约有二里之遥，包公一到郊野之中，空荒之地，住了轿。但见周围多是青青葱草，乱丛丛的，砖瓦坍棺古冢，东一段，西一块骷髅。包大人见了，倒觉触目伤心。见有筑台，四边清静，是用工打扫洁的。包爷上了台中，焚香叩祝一番，然后向当中坐下，默静不言。下面四名排军遵着包爷命，立俟于台下肃静。

已有二更中，台上只有包大人醒醒然的坐着，听候冤鬼告诉。当时台上止有一灯光焰。台下提笼一对。其时又闻三更初转，忽有一阵怪风,犹如冰霜,寒冒透肌肤,四排军早已毛骨悚然,双目昏昏睡去。当下包爷也似半睡半醒,于案中耳边尚觉阴风冷冷。朦胧只见一女鬼,曲腰跪下,呼曰:"大人听禀:妾乃尹氏,名贞娘,西台沈御史发妻也。"包爷又曰:"汝既云沈御史发妻,乃是一位夫人了,且请起。"当下包爷曰:"夫人,汝有甚冤屈之情,在本官跟前不妨直说。"当时夫人将丈夫沈国清与国丈众奸臣,欺君审歪了杨元帅、狄青,要为沈氏翻冤,欲杀诛了杨元帅三人。只为一心劝谏丈夫,不要入奸臣党,须要尽忠报国,方是臣子之职,不料丈夫不听,后是重重发怒,垢骂殴辱妾身。是以想丈夫既归奸臣党中,日后岂无报应?定然累及妻孥出乖露丑,不如早死,以了终身。这是妾身自愿自归阴的,是别无所怨。惟有丈夫不仁,妾虽死有不甘心之处。今已哭诉阎君,言妾阳寿未终,故求大人起尸,妾可再生了,感恩非浅。包公曰:"夫人,汝却差了。古言妇有三从之道,出嫁从夫,理之当然。尔因丈夫不良,不依劝谏,忿恨而死,不该首告夫君。既告证丈夫,岂得无罪?"夫人曰:"大人,妾自求身死,有何怨恨丈夫,但妾身曾叨圣上之恩,敕赠诰命之荣。丈夫既不念夫妻之情,死固不足惜,亦该备棺成殓,入土方安,何以暴露尸骸,将涂泥埋藏土内,辱没朝廷命妇?岂无欺君之罪?混将使女为妻,私承诰命,有乖人伦,纲常大变。妾若不申诉明,则世代忠良将士危矣。今现有钦差,往调拿杨、狄二臣回朝了,一付奸臣究问,二臣犹比釜中之鱼。若非大人回朝公办,擎天栋梁顿时倒,宋室江山一旦倾。妾今告诉,一来为国除奸,并非别意;二来诉明被屈,以免有玷清白之躯。但大人须速回朝,方能搭救二位功臣;如迟,二臣危矣。"

包爷听了,不胜赞叹:"你身属妇人,尚知忠君惜将之心,真乃一位贤哲夫人了。枉吾辈男子汉,七尺之躯,食着王家俸禄,尚不及你一妇人。"转声又问:"夫人,你今玉体在沈御史衙署中否?"夫人曰:"现在府中后厢内东首桂树旁,掘下涂泥数尺,便见骸尸了。"包爷听罢,怒曰:"果有此事!可恼沈御史糊涂不通情理也。尔妻乃一诰命夫人,缘何暴露尸骸,便埋土中?欺天昧法,莫大于此!更兼行私刑,做假供状,以欺瞒圣上,欲害忠良,以假作真,更为死有余辜。夫人且请回原处，待本官星夜赶回朝便了。"夫人即拜谢，冉冉而去，包公已悠悠苏醒，耳边仍觉阴风冷冷。想来似梦非梦，十分诧异，心中一一记清白。不知是夜回朝如何起尸救活尹氏夫人，且看下回分解。

第四十六回　得冤有据还朝速　奉令无凭捉影难

诗曰：莫道阴阳报应无，欺公瞒法罪难逃。
　　一朝势尽机关泄，天谴收除不错毫。

当晚包公醒觉起来，筹算尹氏所云，初二身亡，今日初三，赶得三日二夜回朝见驾，是第四天，起尸还阳，限期未晚，但早到些为妙。是以包公要星夜赶回朝，明奏奸臣，即要起尸的。主意下了，台棚四名排军早已醒定了，扶持包大人坐进轿中，持灯引道，一路回归衙署。坐下思量，定立下主意，发下钦赐龙牌一面，差两名排军："将奉旨往边关拿调狄、杨钦差阻挡住，不许出关。待本官进京见驾，候圣上准旨如何，再行定夺。"两名家将奉了钧谕，持了龙牌，连夜往关口而去。

包爷即晚传进陈州知府，嘱咐曰："本官有重大案情，即要进京见驾。所有出粜赈济一事，目下民心已宁，且交贵府代办数天。必须照依本官赈济之法，断不可更易存私。如有作弊，即为扰害贫民，贵府有不便之处，本官断不谅情，必须公办。"陈府邢爷曰："大人吩咐，卑职自当力办，岂敢存私作弊，以取罪戾？大人休得多虑也。"是日，包公将粮米册子，尚存多寡粮金，贮下若干，一一交代清楚。张、赵等众排军拥护而行，外役人夫持携，火把光辉，不待天明，连夜动身。众排军役人不知其故。当日只因起尸心急，故即夜登程。有陈州知府、州、县文武得闻，齐齐相送毕。众官议论："这包黑子做的事俱也诡诈难猜，不知又是何故，不待天明，竟自去了，倒觉可笑。我们众同僚想来，包待制在本州粜赈饥民，众百姓人称恩颂德，如今我们接手代办，比他倍外加厚，待百姓倍加喜，有何不妙？"众官称是，不多烦表。

再言包公是夜催速趱程，一心只望早回王城。一路思量言："庞洪只与一班奸党，妒贤病国，弄出奇奇怪怪事情。别人的财帛，尔或可贪取的，杨宗保是何等之人，尔想他的财帛，岂非大妄也！吾今回朝，究明此事，谅来圣上不依，扳他不倒，也要吓他个胆战心寒也罢。"行行不觉天色曙亮，再趱一天，将近陈桥镇不远，包爷吩咐不许惊动本镇官员，免他跋涉徒劳，不拘左右，近地寻个庙宇观堂，权且耽搁可也。薛霸启禀："大人，前边有座东岳庙，十分宽广，可以暂息。"包公曰："如此，且在庙堂中将息便是。"原来一连二夜未睡，一天行走，众人劳苦，是以包爷此夜命众军暂行歇止。当晚包爷下了大轿，进至宇殿中，有司祝道人，多少着惊，齐齐跪接，同声曰："小道不知包大人驾到，有失恭迎，乞祈恕罪。"包爷曰："本官经由此地，本境官员尚且不用惊扰，只因天色已晚，寻些地头夜宿，即明早天登程了，不须拘泥也。况你们乃出家之人，无拘无管，何须言罪。"众道人曰："领沾大人洋洋海量姑饶，且乞大人到客堂请坐。只是地方未洁，多有亵渎为罪。"包公曰："本官只要坐歇一宵，不费你们一草一木，休得劳忙。"道人曰："大人到来，夜深了，小道无非奉敬盅清汤斋膳的。"包公曰："如此，足领了。"包爷进内，只见殿中两旁四位神将，对面当朝大丹墀，两边左植青松，右树绿柳。包爷进至大殿，中央一座尊神大帝，凛凛端严。道人早已点起灯火香烟，包大人沐手拈香跪下，将某官姓名告祝。礼叩毕起来。是夜，道人筹备了上品斋素一桌，与包公用晚膳。众排军、轿夫另设别堂相款，不多细表。

当晚众道人只言包大人在此安宿，忙往预备一所洁雅卧房，请大人安睡。包公反说他们厌烦："本官不用息睡，且坐待天明，你们不必伺候，吾于大殿中坐立。"又吩咐众排军、役夫众人将息，五更天即要趱程。当时众排军人等先夜未睡，今日又跑走一天，巴不得大人吩咐一言，众人各各睡去。单有包公在大殿上，往往来来，或行或坐。内道人远远陪伴包爷，不敢睡卧。包公几次催促他们睡，众道人曰："大人为国辛劳，终夜不睡，贵体不惜。况小道乃一幽闲无用卑民，焉敢不恭伴大人，擅敢私睡？"包爷曰："这也何妨。本官路经此地，只作借宿于此。"众道人见包公说出此谦婉之辞，人人感激。不一会,又恭奉清茶。至五更天,众军役措目抻身,道人早已设备烧汤梳洗。此地近陈桥,离王城不远,即膳行程。包公先取出白金十两,赏与道人,作香烛之资。即时打轿起程,众道人齐齐跪送。多言:“包大人好官,用了两斋膳,却赏回十两白金。”

不表道人赞叹,却说包公催趱了一程,已是陈桥镇上。方到一桥中,忽狂风一卷,包爷打了个寒噤,一顶乌纱帽子吹卷,在滚滚碌碌,原来包公在西而下东来,当时这顶冠在轿中吹出在桥石上。张龙、赵虎即忙抓抢,岂料四手抢一冠,多抢不及,已滚跌于桥下,露出包爷光头一个。包公喝声:“什么风这等放肆也!”旁立排军呆呆答曰:“这是落帽风。”包公冷笑曰:“如此是落帽风了,不得放肆。”正言间,张、赵将金冠与包公升戴回。包爷一想,唤张龙、赵虎:“着你二人立刻往拿了落帽风回话。”二人想来:不好了!如今又要倒运来。二人启上大老爷:“要往拿落帽风,但此是无影无踪之物,何处可拿捕?乞恳大人参详。”包爷喝声:“狗才!差你些须小事,这等懈慵退避也!”二人曰:“并不是小人们贪懈畏避,只因无根之物,难以捕拿,求乞大人开恩。”包公喝曰:“该死奴才!天生之物,那有无物之理?明是你们贪懈畏劳。限你们一个辰刻,拿落帽风回话,如违吾命者,刀斧手在此。”言罢,吩咐仍转回东岳庙宇中等候。

却说张龙、赵虎吐舌摇头,赵虎曰:“张兄,吾二人今危矣。一连二夜睡得不多,如今又要拿什么落帽风。”张龙、赵虎二人正恼闷而行,张龙曰:“赵弟,到底什么是落帽风?怎生捕拿?”赵虎曰:“这阵风是上天无形之物,那得捕拿?实乃我二人倒运的。”张龙一路思量,又呼曰:“赵弟,此事我们办不来的。不免且觅寻陈桥镇上的保领,要脱卸在他身,将落帽风交出。若还交代不出,即拿这保领回去见包大人。你便意下如何?”赵虎听了笑曰:“这个主见倒也不错。”当日二人昏昏纳闷,寻镇上保领,是以逢人便问。内中有人言:“此地保人家住居急水乡。”二人又即查诘至急水乡——名却尴尬。保人在家。二人动问姓名。此人姓周名全。又问二人到访何干。张龙曰:“吾二人乃包大人排军。只因在桥上被狂风落帽,有此无理之风,故大人差吾二人取陈镇保人,立刻将落帽风拿回究罪。”此人曰:

"你二人既奉包大人差遣,岂无牌票拘谕?既无牌票,犹恐假冒官,真假谁辨。王城近地,你们休得逞凶也。如无印牌,吾不往,也奈我何不得!"二人笑曰:"这句言说得有理。如此,你且在家中候着,待吾请了大人发牌,再来动劳。"周全应允。

二人一程跑回东岳庙宇中,上禀:"大人,要签牌保人方肯将落帽风拿出。"包公听了大怒,二目圆睁,喝骂一声:"两个奴才!本官经由的地头,尚且不惊动别人,如今差你往办些小事,即要惊动保人,可恼奴才!"二人启禀:"大人,既要拘拿,只要据凭票牌,着落地方保人,乃能交犯人。"包爷喝声:"胡说!地方上保人只管得地头百姓,落帽风不是保人管领,何用惊动他们?况你二人还未知落帽风着落,你擅敢妄扰保人么?"二人再禀上:"大人,落帽风实乃无影无形之物,教小人如何捕捉?望恳大人开恩见谅,饶赫落帽风,早些趱路才是。"包爷喝声:"胡说!凡为承担衙役,总要捕风捉影。今日有了风,还捉不着影么?也罢,本官念你二人是个不中用的,准赏差牌一面,不许惊动保人,滋扰地方,再限你一辰刻即办拿落帽风回来问究,再若推诿,文武棍一顿打死两狗命。"二人领诺,拿牌跑出宇中,垂头丧气,长叹一声:"谁办此奇事也!"

当日若论包公不是当真要拿落帽风,故意难为二人。只因这狂风又来得奇怪,身坐轿中,能卷出乌纱,料然有些奇异事。这包老是多管事官员,故今知张龙、赵虎是个能智差役,故力着他二人捕风捉影查究,又不许他们惊扰地方保人,既免了一番周折,是包公深知差吏扰民之害。当下张、赵二人一路心烦意闷,恨着包阎罗,如差我二人捉霜拿雨也还有形可取,偏偏要捕落帽狂风之难。二人又跑上陈桥,立定了,左盼右瞧,当时何有些狂风?抑或多少人是那个名落帽风?呆呆立着,彼此交看。有过往多人。见二人瞪目交睨,不明其故。内有多言的,诘询他们,二人言:"奉包公所差,捕捉落帽风。只为伺候得久了,不见那人是落帽风之名。"内有一年少多言曰:"只有桥西侧药材店一人,名骆茂丰,且去拿拿他,看内有几人?"老成的曰:"多言乱说!此人乃一良善人,守分营生二三十载,并不招非作歹。你这人好没分晓的,倘不是此人,岂不冤屈错拿了他!定然另有落帽风之着落也。”张、赵听了，倍加闷烦，手中摩摩弄弄牌票。站立得足困了，只得坐于石桥上自语：“票牌包大人差我二人捉拿落帽风，如今寻抓不出，回去定然受责，如何是好？”二人想不着路，无奈只得叩首，禀告当空，声言“奉了包爷之命”，一番祝祷。当下如痴如呆一般又呼曰：“风也，你好作弄人，缘何将他纱冠吹滚下，令吾二人受此苦灾差也？”言未了，只见呼的一阵狂风，卷将迎面。二人势急，即忙立起，四手抢拿，只呼：“捉风！”岂知风捉不牢，反将票牌一纸吹卷过桥，犹如高放起风筝一般，已卷起半空中。二人并言：“危矣！风捉不牢，反将牌票吹卷去，如何回复得包大人？”

又言陈桥镇东角上有一街衢，名曰“太平坊”，是一所小市头，对衢两厢铺店稠众，来往行人不少。当这阵狂风实来得怪异，卷起票牌，吹至太平坊上，落在一副菜挑之内。那贩菜的人见了，言：“为什么这纸当票狂张吹来也？”已将担子停住，双手拾起来看。早有张龙、赵虎急忙忙赶来，大呼曰：“落帽风在此地了！”张、赵二人赶近了，要抢夺回那票牌。此人拿牢不放，反叱喝二人狂妄。张、赵也不争辨，只双手并扭挽牢，曰：“落帽风，你可知包大人在着东岳庙宇中等候尔讯究答，速些走罢。”那贩菜人吓惊得振抖抖，即大呼曰：“我是贩小经纪人，并不为非犯法，为什么无端将吾拘扭的？”张、赵并言曰：“不管你犯法不犯法，你且到包大人跟前，随你分辩。走罢！”不问情由，二人扭一人，推推拉拉，同并跑走。又有太平衢上众百姓，一见七言八语的喧吵，忿忿不平，一齐多少人跟随二人，看他将贩菜的扭扯往那一方。不知拿捕此人可是落帽风，包公如何审究，且看下回分解。

第四十七回　落帽风无凭混捉　真国母有屈详伸

诗曰：光明日月有朦时，何况为人祸到期。

身居国母朝阳贵，十八年前事可悲。

却说张龙、赵虎扭捉了贩菜小民，有太平街道上众百姓曰："这贩菜人乃郭海寿也，穷困苦度，每日间贩些韭菜小物，进得分文膳母，虽乃困穷，而不失孝顺，是以近处地头上人多呼他为郭孝子。素知他是个朴实守分人，又不犯法招非，包大人拿捉他何故？我等众人不服也。"齐要至东岳庙中，一刻间拥闹得成群结队喧哗，何下二三百人民、老少不等。已有人代他挑了菜担，倘包大人错拿处治他，一同力保，要求放释良孝人之意。

不表众民拥来东岳庙，先说张、赵扭拉此人进至庙宇中，启上大人："小人已将落帽风拿到了。"包公吩咐带上。二人牵他，当面喝声下跪。此人曰："小人并不犯法，尔冒捉良民，何须下跪？"包公将此人细细一看，倒也生得奇怪，年纪约来二十上下，脸半黑白之间，额窄陷而两目神光，耳珠缺而贴肉不挠，鼻塌低而井灶分明，两额深而地角丰润。当下包公细看此人，那里是什么落帽风？本官因为风卷冠帽，疑有冤屈警报耳。如今定然张、赵二役难查办暗谜，混拿此人来搪塞。且也诘究他，有何机窍的？

包爷反着发怒，喝声："你这人还不知法律么，本官跟前胆大不下跪！且细说明你的来历也罢。"此人启禀："大人在上，小的乃经纪小民，并不犯法，身无罪过。贵役不该冒捉无罪小民，故吾胆大，不下跪也。"包爷曰："你名落帽风么？"此人曰："启上大人，小民名郭海寿，并不是落帽风。"包爷曰："你是何等之人，居住何方，且细言本官得知。"此人曰："小人姓郭名海寿，乃陈镇一贫贱民。方出娘胎，父亲已丧，母亲苦守破窑。但前时亲娘街衢乞食，抚养小人。吾年交十五，岂知娘亲双目已失明。如今小民年纪长成十九，一力辛勤，积蓄得铜钱五百，近今几载，终朝买贩蔬菜为生，日中膳，方少足用。岂知近年二三载饥馑难甚，家家户户日见凄惶。米价如珍，每升钱资三十。小人生理不胜淡泊，日中只有一饭两粥，与娘贫度苦楚。今载有幸，上年十一月圣上差来包大人，好位清官，开皇仓平粜，方得米价如常，连及本地头官更也好了，不敢索诈良民，恶棍、匪棍、匪盗远循潜踪。本府数县，人人感德，个个称仁。但今小的乃一贫民，并不犯罪，大人拿吾来作落帽风，未知何故，恳乞大人明言下示。"包公想来：此人说来是个大孝之儿了。

正要开言动问,只见众百姓老少不等,何下二三百人,成群拥进庙首来,言言语语。内中有数位老成的,开言呼曰:“大人!”早有排军三十余人阻挡呼叱,不许拥入庙宇中堂。包公远远瞧见,吩咐众役不须拦阻,容众人缓进来,不许喧哗。众人遵着吩咐,缓进至宇廊中。包爷问曰:“尔民许多有甚事情?本官在此,敢来这里胡闹么?”内有几位老人曰:“大人在上,这郭海寿乃一经纪之民,勤劳良善之辈。家虽贫困而不失孝道供亲,此近地算他是个行孝少年。况向日安分守己,并不招非。我等小民,人人尽知。今日不明大人何故拿他。若是错捉了他,羁留了,彼不能做小生理,母在破窑饥饿死了。故吾众子民到,恳大人开恩,释放他回。倘大人不准信,现有他贩卖笠担为凭,祈大人明鉴。”包爷曰:“众民休得喧哗。”众民遵诺。

原来包公的性情,不肯自认差的。当下呼唤张龙、赵虎,喝声:“狗奴才!本官着你往拿落帽风,怎么混拿郭海寿来搪塞?可恶!”喝令打夹。二人连忙启禀:“大人,吾等有段情由启上。”包爷曰:“容你言来。”张、赵曰:“小人奉拿牌票,四下找寻落帽风。忽于陈桥又遇狂风,来得咤怪,已将牌票吹卷起半空中,吓得吾二人惊也不小,犹恐回不得命。一程追赶至太平衢上,只见挑小菜担人手中拿着牌票一纸。奉大人命捕风捉影,故将他拿来。”包爷喝声:“胡说!风吹落帽,风卷牌票,多是风的作怪,只要拿风之类。尔二人故违吾命,妄捉良民,应该重处。”二人曰:“大人开恩!待小的再往拿落帽风也。如若打伤小的,二腿难以行走,怎能奉命去拘拿?”包公曰:“也罢,限尔午时要拿回,如违重处。”二人谢了起来,一程跑出。赵虎曰:“张兄,我二人今日危矣。”张龙曰:“赵弟,这件事情教我们实难处置。且与汝再至陈桥阻捺一回,同归禀上,实办不出落帽风,抵生他除革身役罢了。”

书中不表张、赵之言,却说包爷呼声:“郭海寿,既然尔乃善良之民,本官且释放尔了。只作役人误拿错的,你们不必在此阻搁喧哗。”众民叩首,多言:“大人开恩,释了海寿,及他母亲可以活命了。”包公曰:“本官念尔是个行孝贫民,赏尔银子五两,回去做些小买卖,好供养母亲。人若行孝,天必佑之。”董超早已交他白银五两。郭海寿好生大喜,即谢大人,挑回笠担而行。众民多已散去,皆言包公仁德清官,也且不表。

却说郭海寿回至太平坊上,将担笠交付住所,还至破窑,将茅门一推,进内呼声:“母亲!”那瞎目婆娘唤道:“孩儿,汝去之未久,何故即回?”郭海寿道:“母亲,方才孩儿担挑笠子出了大街衢,还未有人与儿采买,方在太平坊上,忽一纸官牌票,风大卷来,儿方拾起,早有两位恶狠公差,拉扭儿至东岳庙。有位官员,浑身打扮皆黑色,面色黑,头戴乌纱帽,朝袍玄黑,朝靴黑。原初我不晓他是那位官员,只道本处官员要拿我的,故不肯下跪。后又查历吾长短来了,众人禀吾行孝。此位官员带喜悦,赏吾白银五两,做小经纪供亲,真乃幸也!故特回安慰母亲。”婆儿曰:“他如此爱民,是什么官员?”郭海寿曰:“母亲,汝双目失明,如若好目见了此位官员,只恐吓坏了汝,凶恶难观。他乃朝中包待制大人,名包拯。难道母亲不闻人说,包公是个朝上大忠臣,为国爱民的清官?”婆娘曰:“原来此官是包公,果验也。孩儿,你且往请他来,做娘有重大事与他面诉。”郭海寿曰:“母亲有何事告诉,且说与儿知晓,代禀上包公。”婆娘曰:“孩儿,吾的身世负极大冤情,满朝臣除了包公铁面无私,非轻可申诉也。吾儿往代诉,终于无益,必要与包公面言,方可历言。”海寿笑曰:“母亲之言,也觉奇了。吾母子住居破窑虽然贫苦,但无一人欺侮母亲,有甚极惨之冤?”婆子曰:“孩儿,此乃十八年前之事,你那里得知?速往请他来,为娘自有言告诉。”海寿曰:“原来十八年前事,果也,孩儿不得而知了。倘若包大人不来,便怎生是好?”婆娘曰:“你往言:吾母有十八年前大冤,要当面申诉。别官不来,包公定然到的。”海寿曰:“既然如此,孩儿往请他来。母亲且将银子收拾好。”言罢,奔出破窑。

先说张龙、赵虎两人奉令,商议若等候到明日也不中用,不如回去禀复大人,悉听他处治也罢。两人垂头丧气,战战兢兢,回转庙宇中,下跪启禀:“大人,小的奉命抓拿落帽风,实乃无影无踪之物,难以搜求。恳乞大人开恩。”包公一想:只道狂风落帽有什么冤情警报,只强押二人去搜求,既无别事,且罢了。况尹氏之事要紧,耽误不得日期。吩咐打道回朝。有张、赵二人放心。

正要喝道出门，忽来了郭海寿，呼道："大人！吾家母请汝去告状。"众排军喝曰："该死奴才！你莫疯癫的人！还不速退！"海寿曰："吾家母有大冤事，故来请大人前往告诉，你们不须拦阻。"包爷见曰："不用阻他。"原来包公情性古怪，办事也是迥异。况今日事情更又奇怪，想他怎么反要本官去告状？想这妇人说得出此言，定有来历。即道："郭海寿，汝母亲在那方？"海寿曰："现在破窑等候。"包爷听了，吩咐打道往破窑。当时郭海寿引道前行。又言："众人到门，不可吆喝，犹恐惊坏吾娘亲也。"包爷又命不用鸣锣打道。当日郭海寿先跑，后面差人肃静，却从太平坊上经由。旁人唤："海寿，缘何不往买卖，只管往来跑走，何也？"海寿言："母要包公到门告状说知。"众人曰："但不知包公来也否？"海寿曰："后面来者不是包黑么？"众人看见，果然排军蜂拥而来。多笑曰："这桩奇事，古今罕有。这化婆久住破窑，双目已瞎，年将五十，财势俱没，莫非犯了疯癫的？谅他没有什么冤情告诉。又少见告诉子民，妄自尊大，反要老爷上门告状。想来原乃包公蠢呆子也。"你言我语，随走观看。

当时海寿一至茅门，立着呼道："大人，这里就是了。"回转呼叫："母亲！包大人到了。"婆子曰："孩儿，且摆正这条破凳在中央，待吾坐下。"海寿领命摆正，婆娘当中下坐，海寿站立旁边。包公住轿，离茅居半箭之遥，命张、赵前往问妇人，速来告诉有甚冤情。二役领命到门，大呼道："妇人知悉，包大人亲自到此，有甚冤情，请速速出来诉禀。"这妇人答曰："教包拯进来见我。"张、赵大喝："贱妇人！好生胆大，擅敢呼唤大人名讳，罪该万死！"妇人曰："包拯名讳我却呼得，快速教他进来，有话与他商量。"张、赵二人又觉恼，又觉发笑，言："大人，目今官星不现了，至遇这痴癫妇人。"二人只得禀知包公，言："郭海寿的母亲是个痴呆妇人。"包爷曰："怎见彼是痴呆？"二人禀曰："他将大人的尊讳公然呼唤，要大人往见他答话。"包爷曰："要本官往见他的？"二人称是。包爷曰："这也何妨。"言罢，吩咐起轿。有众排军暗言："包大人真乃呆蠢官，如孩童之见。"更有闲看多人，称言奇事，论包大人乃贵显之官，随着这盲目污秽妇人要弄也，觉可笑可哂。

当时包公到了门首，张龙跑进茅屋中，呼曰："郭海寿，包大人到来，何不跪接？"有妇人接言曰："包拯来了么？唤他里厢讲话。"张龙喝声："狗贱妇人！这污秽所在，还敢要大人进来，休得做梦。"妇人喝声："胡说！吾也在此久居了，难道他却进来不得？必须他到里厢来，乃可面言。"张龙听了，不住的摇头，言："大人今日遇鬼迷了，回到京中乌纱冠也戴不稳也。"又来启上："大人，这呆妇人要大人进里边讲话，小人言此地污秽，不能够请大人进去。彼言住居久了，难道大人进去不得之言。"包公听了，心中忖度：这妇人出身定然不是微贱之辈，故有此狂大之言。也罢，且进他茅屋中，看此妇人有什么大冤情。当时包爷出轿进步，张龙、赵虎二人扶伴。包爷身高于茅门，故低首曲腰步至来。细将妇人一看，约有四旬七八的年纪，发髻蓬蓬，双目不明，衣破褴褛，面虽焦瘦，而貌却佳，似非闲贱之人。

郭海寿曰："母亲，包大人来了。"他说："在那里？"包爷曰："本官在此。"他说："包拯，你来了么？"包爷听了，又气恼又觉笑，胆大妇人，当真呼起本官之名。即曰："妇人，本官在此，你有什么冤情，速速诉明。"妇人曰："汝趱近些。"包爷又走近些，那妇人两手一捞一摸不着包公，又将手一招呼："趱近来。"此时包公无奈，只得走近，离不上三步，被他摸着了半边腰。他呼曰："包拯，你见了老身，还不下跪么？"包爷瞪目自语曰："好大来头妇人，还要本官下跪，是何缘故？"妇人曰："汝依吾下跪，我可诉说前情。"这包公只无奈，说声："也罢，本官且下跪。"张、赵二役见大人下跪，他也同跪地中。郭海寿见了，倒也哂笑起来。

当下妇人将包公的脸上左右遍摩一摸，至他脑后偃月三叉骨，将指头揿几揿，捺几捺，连说两声，曰："正是包大人了，一些也不错。"包爷乃好生疑惑，倒觉难明不解。忙问："你这妇人果有什么缘故大冤情，速速说明来。"只见那妇人泪珠一线，呼声："包大人，我果有极情冤屈之事。十八年前久蓄至今，谅先夜神人吩咐，想必今日伸冤有赖，只求包大人与吾一力担当，方得一朝云雾拨开，复光日月也。"包公听了曰："本官有要事在身，要急赶回朝。汝既有冤情，速速诉明，待本官与汝伸雪。”当时这妇人呼声:“包大人,且请起。”这包公果然跪得两膝生麻痛了,只得立起一旁。不知妇人诉说出什么冤情,且看下回分解。

第四十八回　候审无心惊事重　诉冤有据令君悲

诗曰:月缺重圆自有期,诉题前事实堪悲。
　　玉叶金枝栽秽土,遭冤千古最为奇。

当下妇人曰:“包大人,尔乃铁面无私的清官,审究明多少奇冤重案,只忧我此段冤情审断不白了。”包爷曰:“到底什么冤情,休得含糊隐讳。”妇人曰:“吾原乃先帝真宗天子西宫李氏,正宫即今刘后也。十八年之前,吾与刘后身同怀孕,其时真宗天子与寇准丞相往解澶州之围,御驾亲征,尚未还宫。我在宫中产下太子,宫娥内监已有知者。过不刻间,正宫刘氏忽又报生公主,谁知一刻祸生不测,起于当时。”包公听此,眼睁睁呆想来:若是真情,此是李宸妃娘娘了。当初先帝兴兵往澶州,去后二载,吾由开封府后升知谏院,身在朝中干政。遂问:“你在宫闱,有何人起祸?”妇人曰:“只为正宫刘氏心怀妒毒,与着内监郭槐同谋。忽一天,刘氏自抱公主到我碧云宫来,只言乏乳,要吾乳娘喂饲。当时刘后假装美意,怀抱吾太子,又邀吾到昭阳宫赴宴。我即顺情,即日同行。当时相遇内监郭槐,抱持太子同召。岂知早已藏过,我焉知是奸人早施毒计。后来饮宴已毕,要取回太子,他言郭槐怀送太子先还碧云宫。我并不多疑,至回内宫,有宫娥言郭槐方才将太子放下龙床,称说睡熟,不可惊他,又用缎罗袱盖了。我只道是真情,又思小儿子不多惊扰,直至晚才揭开罗盖,要看儿子。不料吓得死去还魂,床上盖的乃血淋淋的死狸猫也,方知刘氏、郭槐计害。是时,只因天子兴兵未回,怨海仇山怎发泄?岂知是夜刘氏、郭槐,泼天胆大,又生恶计,谋害于我,即晚放火烧吾碧云宫。当晚得寇宫女通知,盗取金牌,悄悄教吾扮为太监,腰挂金牌,连夜逃出后宰门。临去时说明太子已交付陈琳持抱去,故又指点明我,别无去路,且住南清宫八王爷府狄氏娘娘。况且他心慈善良之人,定然收匿,且待万岁回朝,然后奏明此事伸冤,奸后狠监自难逃脱。当日只是心忙意乱,依此而行……”

包公听到其间,连忙跑近数步,又跪下曰:“未知狄太后收留否?”妇人叹声:“我乃女流之辈,久居深宫,从不曾街衢一步,焉知八王爷府在那方,故觅寻不到南清宫。可怜黑夜中孤身只影,灯火俱无,步行步跌,顾影生疑。忽闻后面似有人追迫,胆战心惊,晕厥跌扑在民家门首。岂期此家是一孤孀妇,郭姓,夫君上年身死,但此妇中年人,身怀六甲。当夜救苏醒,邀吾进家,问及来由。我亦不敢说明露迹,只言夫死翁姑逼勒改节不从,私为逃避。但此妇为人厚道有情,收留作伴。后来生下遗腹子,仅得半载,可惜此妇一命归阴,只得吾将此婴儿抚育。不一载,又遇祸不单行,隔邻失火,累及遭焚,一物难携,止逃得命。出于无奈,远出京城。后来得闻圣上班师,岂知八王爷上年已归仙界。圣上归朝未及半载,又闻颁诏,先帝殡天。岂非老身无望还宫也! 惨守此破窑,屈指光阴将已二十载。”包公曰:“娘娘如何度日?”妇人曰:“言来也觉惨悲,守此破窑,那得亲情看顾,只得沿门求乞,以度残生。抚养孤儿长大,取名海寿,年交十一二即知孝顺娘亲。子母相依,实难苦捱。幸得他一力辛勤,寻下些小生理度日。不料连年米价如珍,至夏天身受蚊虫毒噬,天寒不得暖服沾身,千秋苦捱,直至今日。每思腹里苦来,只有自知。近数载,双目恼盲了,若非孤儿行孝供养,一命亡之久矣。”言未了,嚎哭起来,咽噎喉塞,说言不出。

郭海寿在旁顿然惊呆了:“原来我身不是他产下的,嫡母早归泉世。”包公亦带惊,又说:“请问娘娘,你儿子既长成,何不教他引汝到南清宫去,甘心受此苦楚,何也?”妇人曰:“大人有所未知,古言:画虎画皮难画骨,知人知面不知心。尚做了蝇投蛛网,思脱难矣。”包爷曰:“请问娘娘,当年太子怎生着落?”妇人曰:“方才说至寇宫娥通线救我,尚未说明。即日狸猫换去儿子,刘后差寇宫女将我儿撂抛金井池,幸他不忍加害,奈何欲救难救。喜遇陈琳进苑,怀抱儿子到南清宫,交狄氏收留。数年后,八王归天,那先帝班师回朝。后闻颁诏,册立八王长子为皇太子,故吾知当今是吾亲儿。只可怜母在破窑苦捱,受尽凄凉,弄得双目失明,子母无依。昨夜三更,偶得一梦,只见一神圣自言东岳大帝,言吾目今灾星已退,有清官可待明冤。当即问清官是谁,神圣言龙图阁待制包大人,乃忠梗无私清官,教吾将此段情由诉知,许我散开云雾,得月重圆也。我又问,陈州地面多少官员来往,那知谁是包公?大帝又言:要知的确包公不难,他脑后生成偃月三叉骨,是以方才摸有三叉异骨,方肯白露十八年前之冤。若得大人与我断明此案,感德如天了。"言罢,泪下一行。

郭海寿想来:可笑母亲,既然是当今太后,有此大冤,遭磨此难,在我并不泄出,直到今天才知他不是我生身嫡母。但太后遭此大难,不孝要算当今圣上。又有张龙、赵虎闻此遍言,吓得魂不附体,低伏地中,不敢抬头。包公又请问:"娘娘,那当今万岁是汝所产,有什么凭认否?"妇人曰:"何言没有记认?手掌山河,足踹社稷,隐隐四字为凭,乃是吾嫡产儿子也。"包公倒伏尘埃,吐舌摇头,曰:"可怜娘娘遭此十八年苦难,微臣也罪该万死!"妇人曰:"大人言差了,此乃吾该有此飞灾也。若究明此理,断饶不得郭槐。望祈大人为吾表白重冤,即死在破窑,也得瞑目了。"包公曰:"娘娘且自开怀,微臣今日赶回朝中,于此顶乌纱不戴,也要究明此冤。望祈娘娘放开心绪,且免伤怀。"妇人曰:"若得大人与吾伸明冤屈,吾复何忧?"包爷曰:"娘娘且耐着性,等候数天,回朝将此事究明,少不得万岁也排銮驾自来迎请。"妇人应诺。

当日包公差人,速唤地方文武官来朝见太后。宫院赶办不及,须寻座奇雅楼房,买取几名精细丫环。是时三月初,天气尚寒,赶办些暖服佳馔供奉。双目不明,速觅名医调治,若一人懈慢者,作欺君罪论。两名排军如飞分报。李氏曰:"大人不必费心,老身久居破窑,落难已久,侍奉又有孩儿,望大人不必动劳众官了。"包公虽然应允,但安顿了太后方得放心。当下妇人道:"我儿,汝且代娘叩谢了包大人。"海寿领命,上前道:"大人,吾家母拜托于你,祈代伸冤。"包爷曰:"多在本官担承。"海寿曰:"如此,待叩谢。"包公想来:此人目今虽是贫民,但与太后子母之称,倘圣上认了母后,他是个王弟王兄了。当时还礼起来,连称:“不敢当! 为臣理当报效君恩。”妇人又道:“大人站于何处?”海寿接言曰:“跪了许久也。”妇人曰:“大人,快些请起!”包爷曰:“谢恩! 娘娘千岁!”起来立着,细看娘娘,发髻蓬蓬,衣衫褴褛,实觉伤心。丢下龙楼龙阁、御苑王宫,破窑落难十余秋,幸得孤儿孝养,他实乃圣上救母恩人。

不表包公思想,众排军惊骇,有窑外观看众民,交头接耳,多称奇异,再不想这求乞丐妇人,是一位当今国母。一人言曰:“曾记前十载到门讨食,孩儿尚幼,哭泣哀求,被吾痛骂,方才踱去,后来母子不再来了。早晓他是当今太后,也不该如此轻慢。果然海水可量,人不可量也。”众人听了,皆是叹息,也且不表。

此时来了许多文武官,将闲人驱逐散,不许罗唣。只见破窑门首,立着包大人,众官员多来参见,垂首曲腰。众曰:“太后娘娘破窑落难,卑职等实出于不知,其咎难贷了。”包公冷笑曰:“本官道经此地,即知太后在此,可怪你们在此为官,全然不懂? 少不得本官还朝,奏闻圣上,追究起来,你们官职可做得稳安否?”众官员曲背俯腰,再恳曰:“大人格外开恩,卑职等不知太后落难,实有失于觉察之罪,求大人海量姑宽。”包公闪过一旁,曰:“你等文武员到此,理该朝见太后也。”众员应诺,即于窑门外,文东武西,通名道职,山呼千岁朝见。

海寿远远瞧见,叫道:“母亲,外厢许多官员,在此叩见。”妇人曰:“教他各请回衙理事,不必在此伺候。”郭海寿踱出曰:“众位老爷,且听吾家母吩咐,各请回衙办理,不必在此叩礼。”众员虽闻如此说来,仍不动身,共启包爷曰:“卑职方才奉命,已差人速办雅室,挑选丫环,供备朝服。”包公曰:“如此才是。”忙进内曰:“臣包拯启禀娘娘。”妇人曰:“大人有甚商量?”包爷曰:“臣因国家大事,却要还朝速办,故抛下赈饥公务事回朝,不想偶遇娘娘一段大冤,更不能耽搁。臣已着地方官好生安顿娘娘,臣即别驾,还望娘娘勿得见怪。臣回朝即奏明万岁,理明此事,即排銮来迎请了。祈娘娘且放宽怀,有屈多一天。”妇人曰:“吾身久贱居破窑,今何用奢华? 免劳盛心牵挂。且本地官员,政务太繁,岂可再劳他? 有烦大人传知众官,一概俱免,日中不必到来。”包公谢别，出窑门，有言谕众官：“太后吩咐，日中朝见问安，一概俱免，以省繁劳。此皆太后仁慈体恤之恩。但凤凰可栖于荒林之地，方才吾言必当依办，但本官因有急事还朝。”众官连连共诺。言罢即吩咐起程，众官相送，众差役一路呼道而去。当日张、赵二人安心了，私议曰：“落帽风实乃奇事，教吾二人好苦差也。不想拿落帽风搜出天大重事，大人又一力担承。但不知此事办理得安否？”

不表包公回朝，当有众官见包公已去，不敢进茅窑，只在门外站立。少刻有几位夫人，各带丫环进内，朝见请安，请娘娘沐浴更衣。岂知太后也不沐浴，也不更衣。言曰：“吾在茅居十几载，已经苦捱了，不必你们费心，各自请回。”众夫人俱觉不安。那知太后执性如山，众人无可处置。又有承办役人，禀上众位老爷，言：“已经觅了幽雅室一所，可权为宫院。”又请太后迁居，岂知太后又言：“茅居久住，不劳众官。多请且各回衙。”众官再三恳求，太后只不允请。众官无奈，只得于茅窑前后立刻唤工匠，赶造宇房。一日三次，丰膳参茸药，一切调停。众官商议：“太后不愿更衣，只求郭海寿可准了。”当下众官来恳求，海寿曰：“既吾娘亲不愿更衣，也非众位老爷之咎，且请回衙中，不然反激恼他了。”众官无奈，只得听其自然。当时定然男官一班，女夫人一群，天天来请安。太后有百味珍馐多不用，母子只淡饭清汤常用，仍居破窑。丫环一人不用，仍打发回众官衙。

少言太后多事，百姓私谈，却说包公不分星夜，赶回朝中。其时乃三月初五，尹氏夫人初二终世，不过仅得四天。包公一进开封府，天色已晚，回至衙署中，众衙役齐齐跪接住了。内堂夫人迎接坐下，先请安，复问：“老爷奉旨赈饥，如今回来，岂非完了公务也？”包爷曰：“赈饥公务，尚未清楚，但本官因国家大事而回。”夫人还要诘情由，包公曰：“国家政事，非夫人所知，不必动问。”夫人不敢再言，只命人备酒与老爷接风，言几句饥民苦楚，别的不言。不知包公来日面圣如何，且看下回分解。

第四十九回 包待制当殿劾奸 沈御史欺君定罪

诗曰：忠义贤臣惟护国，有如奸佞必欺君。

伦常不立徒瞒昧，泄露难逃杀戮身。

次日五更，包公进朝，先叙集于朝房，众文武顿觉惊骇。内有几位忠良诘曰："包大人，赈饥事已毕了？"包爷回言："未也。"内有众佞曰："既然赈饥未完，大人还朝何也？"包爷曰："有要事还朝，非此刻所言，少停便见。"众人听说，想来：包老是个怪东西，生成诡谲性情，暗里机关，谁人可晓？分加不悦的。庞国丈想：这包黑忽竟还朝，不知因甚事情。尽愿他月月年年不在老夫目前，吾心可活泼了。

少言国丈自语不喜，当五更初，只听得景阳钟撞，龙凤鼓敲，圣驾登座。东华门内文臣进，西华甬道武官奔，王亲国戚也不在正阳门而进。当日文武官金阶入觐已毕，执笏当殿。有黄门官启奏："万岁！有龙图阁待制包拯，在陈州还朝，现在午朝门外候旨。"天子传旨宣进。黄门官领旨宣进无私铁面贤臣，山呼万岁。朝参已毕，天子欣然传令"平身"，呼曰："卿赈饥公务完毕否？"包爷曰："臣赈饥未完，特回见驾。"天子曰："卿公务未完，何故忽回见朕？"包爷曰："臣启陛下，臣无事不敢私回。只为奸臣欺公瞒法，但国家大事，非同小故，岂容狼毒成群，暗里欺君误国？陛下虽然未晓，老臣在外尽知，是以不分昼夜赶回朝，要奏明陛下，削佞除奸，以免江山摇动之忧。"天子曰："据卿所奏，奸佞出于何方，且奏朕晓。"包公曰："臣知奸佞出在朝中。"君王闻奏看看两班文武，不知又是那人动了包黑之恼？当日有几位不法奸臣，多是面面相觑。

天子曰："满朝文武，人人赤胆忠心为国，卿家知道谁是奸臣？"当时包公向两班文武皆不朝头，只双目睹向沈御史，只有沈爷低下首，只恐他言彼是奸臣，心里只觉惊跳起来。包公奏曰："臣启万岁，那沈国清是奸佞之臣。"沈爷听了，越觉心骇，想来：不想他言我是奸臣。但本官虽然作些小不端小故,但今全无半点破绽,也难处分。君王听了,开言曰:“包卿怎见沈国清是奸臣?”包爷曰:“陛下,这沈国清是个欺君误国大奸臣,藐视国法之辈。”君王正要启言,有庞国丈出班曰:“臣启陛下。”天子曰:“庞卿有何奏?”庞曰:“臣奏包拯欺瞒陛下,藐视国法。因何赈饥公务未完,又非奉旨宣召,擅离陈州饥土,忽地私自回朝?摇唇弄舌,欺压朝臣,望吾君王不可听他惑言,原命彼往陈州赈饥,完其公务乃可,饥民方得沾恩。”天子听罢,微哂一声,正想开言,激恼了包公,即呼曰:“国丈!本上非干及你,下官所奏别官,尔今太觉多管了。”君王曰:“彼不干涉,庞卿何须多说!”当时国丈也觉无颜,只怒而不言。

有嘉祐君王想:包拯原乃正直之臣,不奉旨召,一日忽回,想必因国有紧要事情。即呼曰:“包卿有奏,速也明言。”包爷曰:“臣启陛下,杨宗保领职边关二十余秋,辛劳佐国,我主所深知。即狄王亲失去征衣,旬日讨回,又有大战功,可抵大罪。五云汛李守备父子,谋害焦先锋,冒功而被杀戮,此乃按照军法而办。岂料李成妻沈氏,不守妇道,胆来告呈御状,冒犯天颜。我主未明内里主唆之弊,委曲多端,差孙武往边关,岂知仓库不查,竟公然图诈赃银多少,乃欺君佞臣也。又被莽汉忿怒其诈赃,打辱钦差,犯了法律……”

当下包拯尚未奏完,吓得国丈惊骇不小,连忙奏帝曰:“陛下,包拯乃无凭无据之言。彼在陈州,远离边关数千里,边庭之事,焉能一一概知?况他不承宣召,民饥未赈毕,众民岂不仍受饥苦?望吾王仍命他往陈州救济饥民,方不废公务也。”包公曰:“国丈何须喋喋烦言。吾非国家大故,必不舍公务而私回也。特为国除奸,与汝何涉?”当时君王点首,呼曰:“包卿,尔在陈州,果也怎知边关委曲事情也?须细言朕知。”包爷曰:“臣启陛下,臣在陈州,不但边庭之事明晰,即朝中大奸权欺君弊法之事,亦已尽知,容臣细奏。前数天,朝内奸狠摆唆妇人叩阍,上呈御状。我主但听一面之词,准状发交沈国清审办。圣上那里知他存私,倒陷功臣,不究孙武诈赃,独究失征衣,严刑焦廷贵,屈责不能成招。胆大沈国清,传假口供以欺陛下。若非佘太君进朝分辩,焦廷贵固难免死,而功勋元老一朝倾殒于屈杀中。此等欺君昧法之臣，留为国患。臣故赶趱回朝，彻底澄清，定与奸党不两立于朝堂也。"言奏一番，吓得班中沈御史、孙侍郎暗暗惊惧，庞国丈也同心怯。君王又曰："包卿，尔果也明其内里原由，且细细奏来。"当下包公曰："三月初三臣在陈州，路逢怪冷风冒体，是夜似梦非觉，只见女鬼魂，称言尹氏名贞娘，诉说丈夫是西台御史沈国清也……"君王听至此间，向沈国清曰："此姓名可是卿之妻否？"文班首有一内阁大臣文彦博，欣然奏曰："彼尹氏者，臣中表之戚，自少年时，贤淑之德素著，果沈国清原配发妻也。"当时君王听了点头。

再说沈国清，当他方才闻见包公之言，已听出元神了，毛骨悚然，心胆战惊，不敢抬头，君王询他，答言不出，愁然不语。君王见此，满心疑惑：因何问他，口也不开？旁首国丈，好生着急：想来机关定然败露了。君王又问："包卿，这尹氏有冤屈，至告托于汝？"包公曰："据尹氏诉言，丈夫沈国清食君之禄，深负君恩。又沈氏，是他胞妹子，只因妹丈李成父子冒认了狄王亲功劳，被杨元帅所杀，故特来求兄，胆敢呈皇状。圣上准状，差官查库，孙武欺君诈赃。丈夫身入奸臣党，至他劝谏丈夫多少，不特不从，反遭其殴辱。又思丈夫作此歪心之行，日后终无结果之美，故早完性命，以望丈夫改善离奸之意，又为君扶保忠良，知晓忠君大节。此等贤良，名播人间，留芳青史。故臣得此一信，速赶回朝，以分清白，奏明陛下，速办众奸乃可。倘或擎天栋柱忠良，被其尽情一网打尽，圣上江山谁与保守？"君王听了曰："卿言若此，朕以前误矣。"

三位奸臣听了，心摇摇不知措置。孙侍郎、沈御史欲待强辩几言，又思量果然自己理亏，反驳反露真情。只因包公先奏明众奸机窍，至说得二奸嘿嘿呆呆。即庞国丈亦是干连重系人，原要将二人帮助的，只因包公比别臣不同，他是位骨硬执性的，难以硬对的。况方才与他辩论太多，似涉于自涉了，故他在旁不语，眼睁睁看包公。当日君王曰："包卿，惟据鬼魅之言，作不得真算，不得为凭也。况前数天寡人已差官前往边关，召取狄、杨二臣回朝了。且待寡人亲自问供，不必卿家费心。且不要耽搁在朝，速往陈州赈救饥民，待完公务，然后还朝，厚报卿劳。"包公曰："陛下，若云杨元帅领守边关，无事平宁之日，尚且不可一日失守，何况目前兵临城下之秋，若将杨元帅等召取回京，边疆重地，万一有失，江山即难保守了。这是断然动不得也。臣斗胆已将御赐龙牌将奉旨钦差阻拦止步，恭候圣命追转。若论陈州之饥，赈济十已八完工竣了，故臣敢于交代与州官代办，决无误民之虑了。兹有此警报，陛下勿云鬼魅幻境尽属虚诬，臣会历历见闻之梦，只有自裁自忖，臣拿得定是真情，是敢于力办，以辨清浊也。伏乞我主发臣司办，是非公断不循的。"

嘉祐君王还未开言，有沈国清忍耐不住，只得进阶，俯伏曰："臣也有奏言。"嘉祐君曰："卿家有何奏言？"沈国清曰："臣妻尹氏，乃急病身亡，并非怨忿自尽，岂有鬼魂警报，请求伸冤的幻事？此乃包拯狂妄诬言耳。伏惟我主睿圣天聪，勿准包拯狂妄诬言耳，仍命他速往陈州救济饥民为上，以免他在朝妄生枝节也。"包爷曰："臣也有奏。前时臣借着圣上三般活命宝，曾救民间妇活转。又今石御史被王恩内监所害，也是臣救活，我主所目击。目今尹氏虽然身死，望吾主再借三般宝贝与臣，尹氏定然活也。细细审询，定知内里委曲了。及明其曲直，免教忠良被屈。"沈国清曰："臣妻身亡多日，已经备棺成殓，埋入茔坟，皮骨已消化了，焉有死而再生之日！包拯强言要奏，无非思害臣一命耳。望吾主勿降此旨，方免死者不安。"这一番言激得包公怒气勃勃呼声："沈国清，休言此刁语！尔妻尹氏，曾经诰命，现受王恩，死了尚不备棺成殓，将尸埋掩泥土中。尔乃一刻薄之徒，今日驾前还敢谎奏欺人，说什么备棺成殓，什么玉体化的？"沈国清听了此言，心下犹如火炙，振抖腾腾，不敢复辩。国丈听了，也觉心惊。当日尹氏身亡时，沈国清在国丈前未曾言及，如若庞洪知此不法事，定然劝勉他备棺埋土的了。当日国丈也气得面色青红，呆呆看着沈御史，想来：不该土掩这王封诰命的夫人，实乃欺君辱爵，大不敬也。倘被包拯起了尸体，实罪加重，怎能轻赦？

不表庞洪自语，当下包公驾前请旨起尸，好追究失征衣冒功诈赃事。嘉祐准旨，即曰："依卿所奏，即着起尸救活尹氏，召回钦差，免取杨、狄二臣。此案重大，卿须严加细究，审明复旨定夺。"包公称："臣领旨。"天子又命内侍，取出先帝时高丽国入贡三般还魂活命宝贝,付赐包公,已毕。忽班中闪出孙兵部启奏。他一来不服包拯多招管事,二来帮助着孙武弟兄,连忙俯伏金阶,曰:“臣兵部尚书孙秀有奏。臣奏据包拯所语,尹氏的尸骸放于泥土中,是凭鬼魅邪说,乃一面之词。陛下也须问他尸骸埋于那处土中,如若起不出尸者,包公也该有谎奏欺君之罪。”包爷曰:“臣也有奏。臣据尹氏告诉之词,已知其尸骸于沈府中署内庭前东方桂花树旁泥土之中,伏祈我主询问及沈国清,可知真否了。”嘉祐君曰:“包卿之言是也。”又曰:“沈卿,此事果也是否?”当时沈御史听了,心中又惊又乱,发震寒寒,料想瞒不过,再强辩不得,只得奏曰:“臣妻尹氏,果也露体捏掩于后园桂树旁土内。”嘉祐君听了,龙颜触恼,喝声:“无礼欺君贼臣,断难轻恕! 王封命妇,不得备棺成殓,露体轻亵,全无夫妇之情,伦常倒置,败坏三纲,莫此为甚!”喝令值殿将军:“将此欺君贼拿下!”顿时剥除冠带。即国丈也难开口求饶,一班奸党尽吃惊慌慌;满朝文武多感吃惊。是日包公领了三般法宝,别了圣驾,带了沈御史,出朝而去。

是日天子退朝,文武各散,内有众官员多好议论者未回,仍在朝房内。忠良叙于一处,奸臣集会一方。有言:“这些奸佞臣作此暗室亏心之事,陷害忠良,如今一经包拯之手,看汝怎生逃脱的!”又有奸党也有一番议论。不知什么言论,且看下回分解。

第五十回 贤命妇得救还阳 忠梗臣溯原翻案

诗曰:昭昭天眼岂徇私,善恶分明报有期。
未到循还仍不悟,一朝败露祸难离。

当时朝房内与沈御史厚交的官员,尔言我语,多言:“沈国清不通情理,将王封诰命夫人不备棺成殓,暴露尸骸于土中,原乃欺君大罪。今被包拯拿定破绽,倘或起尸被他救活,你即难免过刀而亡了。”

不言奸党纷纷议论,又言包拯忖度自言:“倘将孙武释纵回衙,犹恐情虚而寻短见，反为不美。”着令张龙、赵虎领了三般国宝，包公又邀同孙侍郎带同沈御史往他府衙而去。又有孙兵部倒也心上不安，不知包拯果能起尸否？并他邀同孙武兄弟，以故放心不下，同至沈府而来。然当日包公缘何抹煞李太后之事不提，单奏杨、狄、沈、孙之事？只因尹氏的尸骸过不得七天，倘至七天，难以还阳了，故以救活性命为先，将李太后之事暂且丢下。此一番仍惊动多少人民，言言论论称奇，远远跟随观看之闲人不少。不关正传，不用多提。

包公一刻进了御史衙，孙家弟兄并至。招进沈国清，无数役人从后徐进内。沈御史只得引至里厢，大小衙役房吏人等吓得骇惊不小，议论私谈，不明大人犯了何法，至包公来抄没家产。当日沈御史引至后园内，沈御史指明埋尸之所。包爷与孙家兄弟一同举目，果见一株小小树，乃月桂也，是新种植之象。包爷立差排军将土泥挖开，扒去土泥，仍觉阴风飒飒之惨。忽见有女尸骸，面目如生，略不改色。包公叹惜曰：“可怜一位贤德夫人，遭此一难。”二孙弟兄也觉骇然。沈御史见了，心中烦闷，嘿嘿不言。包爷又曰：“这尸骸是你妻否？”沈御史回言：“是也。”包公又吩咐董超、薛霸二役，小心细细起尸，安放庭心静所。二排军领命，即将尸骸悠悠扶起，安放肃静所在。又命张、赵二人，将温凉揭子戴上夫人头上，还魂枕扶乘首下，返魂香放在身中，令四排军远离，传他内丫环侍女近前。

有二孙弟兄，心中焦闷，不想包黑之言，尽有应验，正要别了包拯回衙。有包公冷笑曰：“令排军速将孙侍郎拿下，他是朝廷重犯，那里放得？此法律当然。”排军领命，即上前将孙侍郎抓定。孙兵部见了大怒，挺胸直前喝声：“包拯！你非奉旨，怎生胡乱拿人？速些放了吾弟，万事干休；若不依时，与你面君。”包公冷笑曰：“这是案内，你令弟亦在其中。他原是朝廷犯人，是非且待尹氏活了，皂白已分。若询问明有罪时，应该追究；倘若错捉无辜，定罪下官。大人且请回衙，休得多管。”原来孙兵部依着王亲之势，羽党相联，横冲直撞，欺侮同僚，单惧包拯的硬性。当日含怒不言，吩咐打道回到庞府中，另有一番忿话。

单表包公，令排军两人押着孙侍郎、沈御史，一同收禁天牢中。

但孙侍郎不上刑具，只因不奉君命，止拘阻他不回衙，犹恐众奸谋反，又生枝节。当日沈府家人、妇女，吓得惊慌无措，素兰婢子，躲闪房中，紧闭房门。当下包爷在御史府中耽搁，只待救活了尹氏，然后回衙问供。又吩咐公堂上面炷上名香，包爷下跪叩礼，当空祝告上苍、过往神祇、地府、阎君、本都城隍，伏惟鉴察，信官包拯，一一说告奸臣误国之由，立心秉公报国之意。祷告已毕，仍起而坐于公堂，自有沈府家丁递送茶汤。是日天色已晚，夜膳设陈，佳酿美馔送至，包公用毕。是日包公在沈衙用膳，自然排军役人多在此用膳也，且不表。

又言孙兵部来到庞府拜见国丈，庞太师开言呼曰："贤婿，尔同往沈衙，可知事情怎办？"孙兵部曰："岳丈大人，休要提说！可恼恨这黑贼全无半分情面，一到沈府中，果于涂泥里起出一女尸骸，面目如生，而未腐消。又将吾弟阻留下，言他案内之中，难以放释回，与着沈兄一并收禁了。倘或尹氏果被这包黑贼救活还阳，只要追究明此事，吾弟与沈兄即难逃遁了。"庞太师听罢烦闷，转加深恼包拯不往陈州，特赶回朝，偏究此事，连及老夫也有干系，日夕多忧不安也。又呼曰："贤婿，吾想沈国清乃平日之间十分精细能士，今此事愚呆了。妻死缘何不备棺椁埋殓，胡胡乱乱埋于土内？况属冬寒霜雪天，自然肉体不消化了。圣上三般还魂活命宝，出在东洋高丽，太宗时入贡，留传至今。前者包拯曾救过被冤两命，今尹氏又经包黑领办，复活还阳必矣。被他究出真情，二人正法，难免一刀之惨，连及老夫有碍的。今日事情破绽尽泄，即深宫通线与女儿，也难解救得两人之命。"孙兵部听了，长叹一声："可怜吾弟一命断送于包黑贼之手！"

不表翁婿之言，回文只说包公。是晚用膳毕，已有一更残，只觉寒风凛冽，青灯一暗一明，家人侍女在旁，将尹氏夫人声声呼唤。少停，初交二鼓，包爷早已传命他家人，于夫人睡所远远用火盆四围暖炙。再一刻，只见夫人手足洋洋转动，口气一呼一吸。有张、赵二人远远瞧见，启上包大人："尹氏夫人转活还阳了，手足远观已活动的情形也。"包爷听了，言曰："他还阳好了。然他土屈数天，身体定沾了寒土之气。"吩咐速备姜汤与吞下。二役传言，有侍女连忙往取姜汤，倾灌夫人喉中。有包爷复叩礼上苍，已毕，已有三更时分。尹氏夫人身体移动，双目张开，落下珠泪。包公离位远远观瞧，心头喜悦。又命取回三般宝贝，略言："夫人身负冤屈，归阴数日，今幸喜还阳，皆赖圣上宝物之功。"又吩咐沈府家小："小心扶起夫人更衣。众侍女须要殷勤，左右不可睡卧，守候夫人为要。"又言尹氏死去数天，今夜虽则还阳，但尚未醒灵，比不得平时，心神尚恍惚，一言也说不出。只叫得一声："苦也！"当下众妇侍女遵着包公吩咐，扶挽夫人进内，小心伏侍，沐浴更衣。又有家丁、妇女不下百人，多说包大人神手清官，将我家夫人救活，交头接耳的喜欢。不言众人纷纷闲话，尹氏略略苏灵，当夜包公又唤役人将后庭上穴填回，吩咐从役一同回府，已是四更天候。

至天色黎明，包公带了三般法宝，要缴还圣上复旨。其时天色尚早，君王尚未坐朝，文武各员多在朝房候驾。当日尹氏夫人复活，文武员知者很多，私言："包拯是位异人，不久既将人救活，莫非他不是凡间之种，奉天差来搭救凡人不成？"不拘忠佞多少言谈，只有孙秀、庞洪心焦恼闷，有什么意气来答话？少一刻，圣驾登銮，文武大员参拜已毕，分班侍立。有包爷执笏当胸，俯伏而奏曰："老臣包拯见驾。"圣上一询问尹氏之事，包公奏曰："臣启陛下，那尹氏夫人已于昨夜二更时候还阳，然而再生之德，皆叨陛下洪恩也。今臣复旨，复缴还三般国宝。"天子听了，喜色洋洋而言曰："活人命，功法弥天。今包卿数次救活冤死之人，乃代天活人，其功浩大，上帝赐福无涯了。如此，朕也难及了。但以后如有被屈身亡者，纵然又请此宝，拿去拿来，岂不周折返费。如今将此宝贝三般，赐与卿自用收藏。以后若逢冤屈枉死，便宜行事救搭是也。"包爷谢恩，还有奏言曰："昨蒙陛下敕臣究审李沈氏呈状重案，伏乞陛下将边关杨元帅本章并沈氏御状一并赐交于臣，核对分白。并求敕发焦廷贵与臣，方能面质详明。"嘉祐君曰："依卿所奏。"命内侍敕取焦廷贵，一并敕交包公，究办明复旨。包公领旨，收接了本章、御状，吓得庞洪浑身汗下，手足俱麻。想来："昏君主见不善，发交本章犹可，这纸御状交关非小，包黑好不厉害，非比别位官员，可以求些情面的。况李沈氏乃妇女之流，倘查究起御状那人专写，那沈氏纵生铁舌钢牙，也难抵他刑法厉害。倘招出状词是老夫做的,那时乌纱帽子戴不牢了!"国丈自语着急。

当日包公将本章、御状一一看明,再启奏曰:"杨宗保的本章上,只有狄青一人退敌立功。又言孙武到关,仓库不查,只诈赃银多少,并不陈及失征衣冒功的缘由,与李沈氏所呈状上,情节毫不相关,此中是破绽机窍也。唯杨宗保身居边庭主帅,率统兵权,二十余载,数世忠良将士,为朝中栋梁臣。即圣上也知他是尽忠保国之臣。他怎肯私庇狄青而伤害有功李成,作此损益不均之事以欺陛下?他既非奸贪之辈,断无欺君之行。从来妇人呈状,定有主唆之人。臣阅历民案多年,十有九验。那沈氏女妇之流,那有此泼天胆量?内中岂无胆量势狠者唆拨他,故放胆叩阍,来冒犯天颜?当此之际,陛下也须追究主唆之人。若非尹氏弃世诉冤,险些奸臣以假作真,而忠良反遭枉陷矣。"天子听了,言曰:"当时原是朕之愚也。"又诘:"包卿,主唆呈状者,汝可知否?"包公神明推测,十将八九是国丈专主。但想:这奸臣非别人可比,女在宫中做王妃,得君宠幸的。想今日扳他不倒,吾且留些地步。也罢,倘若不提出唆状之人,反被这老奸言吾无知识,没用了,不免说出此机窍之言,恐吓他一下便了。

即开言曰:"臣观此状词,句句来言不胜厉害恳切,即平等人也吐达不出,定然朝中大臣主笔,方得有此狠烈之词。待臣严究出其人,定不轻饶。只求陛下准臣严究。"国丈听了包公之言,满面遍红而白,又插不得言。天子又曰:"包卿,朕思朝内大臣,虽则狠言,唯李沈氏在着边关,至此数千里,况微微武员之妻,怎能扳结朝内大臣?据朕思来,还是边关上书吏专唆,也定论不来。卿也不必深究其人了。"包爷曰:"臣启陛下,这不是臣定究主唆之人。但这主唆者看得法律甚轻,狠心太重,要害尽忠良,方得称心。据臣愚见,其状定必朝内奸肠曲心刁臣做的。若做奸佞,全不顾名节,只贪着财帛耳。李沈氏虽不识认朝内大臣,然只用了财帛,不结识而可结识了。"国丈当时满脸汗下振腾,可恨包黑贼,当驾前挑起老夫的心病,巴不得君王不将包拯询言,恨不能退了朝各散去。

岂知君王偏偏不会得国丈之意,想来:这包拯好放刁,尔既知朝内大臣主唆专写王状,着实指名那人,算汝狠也。即曰:"包卿既知朝内大臣秉笔,果也何人?”包爷又奏:“此状词是一品大臣,权势狠重御戚,方有此胆量摆唆妇人而来。”国丈暗曰:“如今看来,将说至吾身来了。”欲待插言论驳,又涉及于己;欲待不言,又妨这包黑说出他事来,实是两难,心头懊悔错干了此事。君王听了包公说到朝内一品大臣,君王心中岂不明白,无非国丈专唆的。倘或被他说出来,教朕如何处分?不如及早兜收的可也。又道:“包卿,朕思主唆之人,非是正案所关者,卿不须多究了。”当日包公也猜得君王之意,定碍国丈之故,只得做个人情,称言:“领旨。”是日退朝,不知如何审办群奸,下回分解。

第五十一回　包待制领审无私　焦先锋直供不讳

诗曰:萧何六律定难移,岂料奸臣偏有私。
以假灭真多误国,只贪赃物便相欺。

不表君王退驾,文武官员各散,只有庞国丈回归府内,心烦不悦,恼恨包公。孙兵部愁闷沉沉。国丈只因做御状主唆人,事关非小。孙兵部只因兄弟难免国法之诛。当时国丈即差家丁两名,前往打听包拯如何究审,好歹也要报知,按下慢表。

再说包公回转衙中,将君王所赐宝贝物谨敬收藏下,即差张龙往天波府请发焦廷贵,又命赵虎速往沈府请至尹氏夫人,薛霸立拘李沈氏,董超带上犯官沈御史、孙武及众人候审,各各奉差而去。

当此三路不题,单言天波府内,先有旨意敕发,佘太君、众夫人得知大喜,焦廷贵闻此心中活泼。正在打点抽身,又有包公差人邀请。当下焦廷贵别了佘太君、几位夫人,与张龙竟往包衙而去。有赵虎往御史衙请至尹氏夫人,一肩小轿,扛至包府。单有原告人李沈氏并无下落,薛霸禀明包公,带出沈国清,诘他沈氏在于何所。沈御史想来:岂不分明的,此件案情经了包黑子之手,必要追究唆讼之人。但吾之妹子女流之辈,被他恐吓,用起刑,当熬不起,又要招出国丈来。也罢！吾今拼着一命抵庄了，以免牵连国丈，又出脱了妹子。主意已定，呼声："包大人！那李沈氏本非汴城人，犯官审询后即行释放了，目前不知去向的，犯官那里得知？"包公听了，冷笑曰："尔还放刁相瞒的！"沈国清曰："包大人，犯官那有欺瞒？果然释放他不知去向了。"包爷喝声："胡说！这李沈氏是尔同胞妹子，况且此案未曾完结，尔如何便将他释放？显见是汝将他藏匿过，少不得严究来，不忧尔藏到那里去！"吩咐坐堂。一声传令，衙役人列于两行，肃静威严。

当下包公坐于法堂上，先传话敬请尹氏夫人上堂。当时若问告皇御状，乃李沈氏是原告，论阴告，要算尹氏是原告。凡听审情由，先要问原告。只因尹氏是位诰命夫人，更兼为谏夫保国，甘心自尽，不是罪犯，乃是贤良德妇，是以包爷不敢怠慢他，是以传请一声。尹氏一至法堂上，低着首，曲腰。早有左右两丫环，将蒲扇与夫人掩盖脸。呼曰："大人在上，再生妇尹氏叩见。"包爷立起位，双手一拱，曰："夫人身为诰命，本难亵渎尊体，因在法堂之上，权且告罪，有屈了。"夫人曰："贱妾已登鬼录，今得余生，皆叨大人洪恩也。"包爷曰："今日之事，夫人乃沈御史之妻，沈御史汝丈夫也。夫君有过，妻难控告。如此乃越礼之事，岂非夫人先有不合者？"夫人曰："大人听禀：妾虽女流，颇知礼节，岂不知今日有所不中夫礼？唯今日之事，为着国家之事、君事、公事也，是妾略去夫妻小节而就君臣大节。然妾少适沈夫君，承叨诰命一十三载，夫妻从来和顺无差。是非只为边关之事而至，容妾再诉明大人。"当此包公听夫人说出为国公事，夫妻小节，君臣大节之言，不胜赞叹："明理！品行俱全，千秋上古，不独女中所稀，即男子汉不易多寻。"时夫人将丈夫帮扶李沈氏呈御状事，一长一短诉明。只因此事上回书已经表白详明，今不用重复。包公听禀罢，请夫人进后堂夫人里边。又吩咐带上焦廷贵。

这位莽将军，仍复癫头呆脑，来见包公。他在金銮殿上见君尚且没有规矩，由于莽将不知礼法也，当时他见包公，大步踏阶曰："包大人！吾在边关，闻尔在陈州赈饥，不胜劳忙事情，怎的又有闲工夫来为这段案情？"包公见他如此，想来：这焦廷贵原来乃莽鲁匹夫。只装假怒，二目圆睁，怒棋一拍，喝声："焦廷贵！尔在本官法堂上擅敢没规矩,令人可恼!”焦廷贵冷笑曰:“吾在杨元帅虎堂也可横冲直撞,即前天在君王殿上也是步跑飞奔,何况尔这小小地段,有什么希罕!”包爷喝声:“胆大匹夫,休得胡说!”张、赵二役喝曰:“现中央供万岁圣旨牌,速速下跪。”焦廷贵曰:“尔这官儿要下跪,无非为着圣旨牌。”只发笑,叨叨下跪。包爷曰:“本官今天奉旨敕差究追此案,在别官跟前可以将真作假的胡言,在着本官案下,丝毫作弊也作不成的。须要实实公言,倘有半字虚诬隐瞒,一铡刀两断。吾且问汝,狄青如何失去征衣,又不该冒认功劳,反将有功李成杀害了?尔在边关,又不该辱殴钦差,即速一一招供。”焦廷贵听了包公几句言语,激恼起他性急火发,高声呼嚷:“老包黑炭头,尔蠢呆子!人多称尔是位大忠臣,清白之官,原来是个假名声,诓人耳目的。吾也知你入了奸臣党羽,贪了金银,有忠臣不做,要做奸臣的。”包公听了,不觉笑恼加半,喝声:“焦廷贵休得花言!到底狄钦差征衣失与否,且明言来,不许罗唣。”焦廷贵曰:“汝问失征衣之事,待吾从始说来,汝且恭听。”

焦廷贵由奉帅令催取征衣说起,至被磨盘山劫去,包公听至此间,不觉摇首自语:“狄青果也失去征衣,缘何本上全无一字提及?莫非狄青果也冒了功劳?”即道:“焦廷贵,狄钦差既然失去征衣,因何杨元帅本上并不宣提?即有欺君大罪。据李沈氏所呈,冒功屈杀,定然情真了。你还欺瞒的?”焦廷贵听了,怒曰:“你言差矣!吾元帅秉公报国,毫无私曲,焉肯庇着狄青,屈杀有功之人?况且与狄青毫无瓜葛,岂肯欺君昧己,以益他人?”包爷曰:“据李沈氏御状上,乃李成箭杀赞天王,李岱刺杀子牙猜,是凿凿有据。你言狄青之功,莫非汝受了他财贿,做见证也?”焦廷贵挺胸膛喝曰:“你这黑人,真不是个清官儿了!吾那里受他财帛?岂是李成父子杀的西夏将,实乃狄钦差的好仙戏好手段的戏法。”包爷曰:“你言什么仙法,什么戏法?你且说明。”

焦廷贵听了,从强盗劫去征衣,与狄钦差中途相遇,同至大狼山讨战说起,至自挑了首级,在五云汛上守备府中夜膳,“当时李成问及吾首级那里来历,吾即言……”这焦廷贵他倒也粗中有细,直里有勾,说至其间,顿住了口思想来:吾若说明来历,有冒功之弊,断断言不出的。且卸脱不出言为高。包爷目一瞬喝声:“焦廷贵,因何不说?其中必有隐情。若有丝毫瞒昧,以假作真,且看铡刀。”焦廷贵曰:“老包,你也欺人太甚!难道说了半天之言,不由歇一息之气的?”包爷曰:“如此,须速说来。”彼听了,即卸脱哄瞒李成之言,冒功在己之语,却将被李成父子灌醉抛下冰窖,得樵夫所救,后至父子投关冒功,险些钦差遭害说了一遍。

“小将回关,方得对质,显见他父子冒功,故元帅将他枭首。那晓沈氏一妇人有此胆量,奔朝呈告王状。吾元帅众人在边疆,那里得知?不过天天元帅摆宴庆贺狄钦差功劳,分加隆敬他英雄。忽一天,韩吏部大人书到,沈达回关,方知此事。孙武来盘查仓库,元帅早将仓库贴皮封固候旨盘查。只为历年无缺,只由查诘,有何怯惧!不料孙武这狗官妄自尊大,自认为是钦差官,一至边关即索酒吞,今日不查,明日不盘,反要诈取赃银七万多,不用盘查即回朝复旨。当时只气得吾焦将军火起攻天,忍耐不下,将这狗王八一掌打下。元帅顿时大怒,说什么殴打钦差,国法难容,将孙武与吾拿下,打入囚车备本,沈达押解回京见驾。岂知这鸟皇帝不公平,听了老奸臣言,发吾与沈乌龟官问供,将吾一味夹打。但焦将军怎肯以假作真,听悉他们夹打?这奸贼也无奈何,将吾送入天牢,想必阴谋恶念,妄做假招供,不然这昏皇帝不将吾处斩。后亏得佘太君上殿保吾回归无佞府,方存吃饭的东西。”

包爷曰:“汝言狄钦差收除二敌人,用什么仙法戏文?”焦廷贵曰:“言来也当好观看也。他与赞天王战,杀不上数合,只听得空中一声响亮,飞出一枝两头尖小小箭儿,高起云端,半空中雷声相似,小箭溜下,金光团绕,已将赞天王打扑在地。这不是戏法?他又与子牙猜索战,取出金面儿,盖于脸上,像着跳加官模样,咒言声无寿佛,恶狠狠的子牙猜已双目定瞪,身体不动如泥的,跌于马下。这不是仙戏?”包爷听了一番混语,想:这莽夫之言,三不对四,是什么仙戏奇词?料然狄青有此仙术之能,故得立除敌将也。当时吩咐焦廷贵下堂。他曰:“老包没有什么盘诘的,吾站在旁看看你审询公断,可否?”

包爷命取孙侍郎上堂。这孙武奸贼,平时恶狠狠的奸贪之辈,如今在着老包法地,刁奸狠不得,反心惊胆战,呼曰:“包大人,犯官孙武当面!”包爷曰:“孙武,汝食了朝廷俸禄,受了圣上恩典,理该秉公报国乃是。即汝平素行歹,吾也尽晰,今也不多诘汝。只今奉旨到边关,因何仓库不稽查,而索诈赃银数万?汝这贼臣,不念君恩,只图其利,欺瞒君王结党,要陷忠良。倘若屈害了焦廷贵,连于边关宿将元勋也遭此害。若此,擎天栋柱被砍折,锦绣江山岂不塌坠?可恨群奸结党,蛆蜂蛇蝎一般恶毒。但今在本官法堂,须招直供,倘一字支吾,刑法难免也!”孙武想来:包拯是个硬客,难以情面哀恳的,纵然乃巍巍王亲国戚,多畏惧此老。又审究过几番奇踪异迹的冤屈事,即当今曹国舅如此权势,尚且被他扳倒,何况吾今做了笼中之鸟。如经别官手,亦可以强辩,今也落在这活阎罗王手,倘糊涂抵赖,定必行刑,动了刑法。原要招供的,不如早供了诈赃,以免刑楚。况赃未入手,谅无死罪。但焦廷贵辱殴钦差,不怕包拯不究治其罪。又思卸脱了庞太师,好待他从中庇助吾些。

原来事至福至心灵,定然灾随志昏。若孙武牵连出国丈来,仁宗王定碍着国丈,纵然大罪,也要从宽而办,孙氏未必至于死地。然而庞太师的福运很好,是以孙武立下此意,卸脱他,好待帮衬于已,反落得斩罪。这是彼倒运时,故其立意好歹错落也。即呼曰:“大人!吾奉旨到关,岂料杨宗保将仓库悉已封固,言二十多年,岁岁亏空,难以彻查。若奏明圣上,还妨执罚,要犯官格外周全。但恨吾一刻差见,心利彼数万之资,故不查仓库,回朝复旨,只言仓库不亏。当时杨宗保恳吾,愿送数万白金。正言之间,焦廷贵已抢将来,扭着下官,辱殴不休。包大人但念犯官赃未入手,从宽免罪,足见大人洪恩。但杨宗保若无亏空,何故将仓库预先封固行贿,以免盘查?杨、焦二人,岂无欺君之罪?”焦廷贵听了此语,大骂:“狗官孙武!”抢进一足踹下,喝声:“该诛的狗囊!吾元帅领守边疆二十余载,一切军需库饷,按例开销,何曾有丝毫亏缺?彼忠君保国大功臣,耿耿无私烈汉,犯了罪时,不分至厚至亲将士,必不废刑法;有了功时,不论至微至低小军,定必奖赏。你这狗官一到，即速取赃银数万两，吾元帅焉肯送尔银子？奸贼休得妄言！”不知孙武如何答话，包公如何分断，且看下回分解。

第五十二回　复审案扶忠抑佞　再查库办公难私

诗曰：宋室若无包待制，奸臣越法更猖狂。
忠君方见留名后，误国惟斩缢不饶。

当下孙武听了焦廷贵骂言，即曰：“胡说！前者乃汝元帅自送银子与吾的。”焦廷贵喝声：“好刁滑狗官！吾元帅乃世袭侯王，兵权秉属，岂惧汝一群小鼠辈，送汝丝毫银子？狗官休得妄言欺公！”孙武又呼曰：“包大人，前日焦廷贵辱殴钦差，也该问罪；今日在大人法堂上，原是如此没规矩的。”包爷喝声：“焦廷贵不许胡闹！”喝令左右役推他出堂，焦廷贵下阶去了。包爷曰：“孙武今未动刑，招认了诈赃之罪，也算你造化，得免行刑。”喝他下堂。又吩咐抓上沈国清。奸臣初时抵赖不招，次后熬煎刑法不得，只愿从细招认明，只独卸脱了庞太师这奸臣。虽念平日师生之情，也是庞洪威福当盛锐时。

包爷又诘：“沈氏实藏那方？”沈国清料想瞒不过，不免招出，齐同死罢，只得言明沈氏在尼庵中。包爷立差张龙、赵虎往拿捕沈氏。岂期这刁妇人早已知风，他虽躲存在庵寺内，天天差王龙打探消息，正候着与夫、子报仇。是日忽见王龙气喘嘘嘘进内报说：“尹氏夫人被包大人起尸救活了，万岁又发交包大人审孙大人。沈大人一口招成了，今即差张、赵二役来捉拿扣阍告状人，倘奶奶去时，定然凶多吉少也，反不如速速逃生为妙。”沈氏听了，吓得魂飞天外，战惊曰：“不好了！不想今日大难临身。也罢，丈夫、儿子多已死尽，吾即留此残生也不中用了！”即打发王龙出外，急急忙忙正要悬缢死。又有七八名女尼跑进来，齐说：“包大人差人在外，立刻要夫人至案，速些去罢，不要干连我们。”沈氏曰：“妾已知了。吾犯国法，决不连及尔们。”当时只怜沈氏上吊也弄不及，即望向旁柱上抢头去狠狠两撞，破了天灵盖，脑浆并出，鲜血漂流，扑跌下而死。女尼数人，要救已不及，只由惊呆呆看罢，即齐奔出外，说与张龙、赵虎得知。二役闻言，并同进内看毕，回衙上复包大人。又言包公如闻别人之言，自然要相验分明。只因张、赵二役，乃包公得力用人，历历试测，秉直无差，谅无私弊，故免亲到相验。又议判曰：

李沈氏如若情真，立于不败地，何不挺身出堂？此乃情弊理亏，畏法自死。李成父子冒认功劳，事已显然；又见得杨宗保并无屈杀有功之人。然而焦廷贵擅殴钦差，应得有革职摘参之罪，姑念殴于诈赃之非，忿怒嫉奸激烈，从宽免议。据孙武供称，杨宗保库仓亏缺，尚应差官复往稽查明，倘果亏空，照数处分，依律定议。狄青失衣事真，幸其不日讨还，仍有血战军功抵罪，未便即封拜帅。李沈氏所呈王状，按律定，须严究主唆之人，存案定罪。但该氏早经殒命，无从根究。惟该氏刁恶，妄呈王状，有碍朝廷雅化，虽兹畏法毙命，然而典型未正，不便苟且，以从应请戮尸，以彰严明国法。孙武藐违旨命，擅稽仓库，私图婪赃，虽赃未现获，律无死罪，只昧心逆旨，利己欺君，罪加深重，律该腰斩。沈国清身居御史，享朝廷厚禄，不念君恩，昏弊私恩，小惠而图网尽忠良，假供欺主，死有余辜。例应罪及妻子，幸妻贤良，可盖坐及之愆。惟其谏夫受辱，雍容自尽，死后尚图忠君保国，略私恩而存大节，当代贤淑，亘古无双，应叨旌奖。卑贱婢女素兰，混叨诰命，虽为主威所逼，亦为负主不贞，例应绞决。呜呼！五刑不立，何以惩奸；功懋不赏，何以劝善？臣不胜待命屏切之至。

包公定断已毕，吩咐将犯官孙武、沈国清严加缧锁，收禁天牢；焦廷贵仍归杨府。又差家将护送尹氏夫人回转御使衙中。又着拿下素兰婢，好生收管。再命董超、薛霸将李沈氏尸骸严细看守，统候旨下正法。

当日不言二奸收禁、尹氏回衙，只言焦廷贵回转天波府，有佘太君、众夫人大喜，有话不提。

是日，包爷备下本章，又有庞府家人打听明，回归相府报之。庞国丈得知,心头纳闷;孙秀也是一般着急,只为素知包拯是硬烈之官,即王亲国戚也畏惧于他,而当今天子也怯彼梗直性情。次日早朝,将审案本章呈上。天子看毕,龙颜变怒,曰:"可恼贼臣,暗欺寡人!若非包卿回朝,险些害了边疆栋梁之将。朕今依议,包卿本上定断法律。"仁宗帝当即降旨下:

尹氏乃一女流耳,岂期具此贤慧,割略私恩,深明君臣大义,保国除奸,忠良免祸,朕也钦敬。洵为万古女师,足当表行。即于御使府改赐旌表流芳,加封恭烈元君,每岁额加俸银二万两。沈国清财宝俱归夫人所管,每逢朔望之日,文武员代朕一月两谒,以示荣翼加恩。生则永叨厚禄,死则附葬皇陵,享其庙祭。而边关依本差官复查定夺。狄青功罪两消,未得拜帅,着于边关效力,有功日再行封赏。焦廷贵虽辱殴钦差有罪,始念先祖功臣一脉,又出于忿怒嫉奸,情有可原,恩宽免究。即沈达跋涉被羁,加升一级,以补其缧绁无辜,并同回关,不得久留。二奸一婢正法,即着卿施行。

包爷称言:"领旨!"当日国丈心头放下。他初时只恐案内定有牵连,因何并不提及老夫?想必包黑畏惧老夫狠也。若问包公岂不知庞洪主唆的,然沈氏已殒命,死无对质,非但扳他不倒,反被奸权讨笑。二者圣上也明白谕他不必追究主唆者,这个人情不得不从权做的。

不表国丈洋洋快意,只恼得孙秀涨面红红,"可怜弟即一朝差,现依了丈人之计,免不得身遭国典了"。当日退朝。

却言包爷奉旨正法两奸,一刻难留,回衙吩咐调出二奸捆绑起,素兰并同拘出。这丫环苦恨满胸:前日做丫环时,是逍遥真乐;今老爷不仁,将吾逼害了。可怜这婢子乐得几天风流,如同一梦,做了枉屈幽魂。

不提丫环怨恨,当日包爷排道,威仪拥从至法场,众军人大刀绰起,押了犯人,排军抬押铡刀,哄动多少百姓闲人,远远偷瞻,言言论论:"好清正包大人,严比冰霜,法如山岳。不然众奸臣愈作威福,而陷忠良也。"不表闲人私论,只见沈、孙二奸押至西郊,犹如呆子不言，魂魄飞荡，倾刻铡分两段，鲜血淋淋，目现惨伤；素兰婢白绫绞决，全尸。是日打道回衙，多少人散去。

次日设朝，包公复旨。当日君王厚赐金帛与包公，想来包黑乃是不贪财宝硬人，故力辞圣上恩赐。君王只得传旨，排赐宴筵，命富太师、高太尉、韩吏部、庞太师相陪。包爷俯伏谢恩。就宴毕，复奏知君王："差着那官往边关再查仓库？"君王瞧着两旁文武，呼曰："包卿，汝欲那位官员可往？"包公尚未开言，庞太师出奏曰："臣有启奏。臣思狄青失去军衣，杨宗保本上缘何不提明？亦有瞒君之罪，未便置之不究，伏乞圣裁。"包公想来：本官放脱汝，汝反饶不过他人。随即奏曰："国丈保荐孙武查盘库仓，故违主命，仓库不查，反替国丈讨诈赃银起祸，他罪比杨宗保大加数倍也，该枭首正法，伏乞圣裁。"天子看看国丈未语，想来：汝何用多言插舌，反教朕如何分断？当下君王少不免因碍国丈，免不得两面周全，即曰："多是些小之过，一概宽免了。"国丈谢恩，又复奏，天子曰："庞卿不须奏了。"国丈曰："臣非奏别事，无非荐一官员复查库仓耳。"天子曰："卿荐那官？"国丈曰："臣荐兵部尚书孙秀可往，方得无私。"天子听了，唤："包卿，汝知孙兵部可往否？"包爷曰："孙兵部可当此任也。"当日君王即传旨："孙秀往边关复查仓库，须要实力奉行，不得徇私。回朝复命，赏劳加升。"兵部领旨。国丈曰："臣有复奏。"天子曰："卿又有何奏？"国丈曰："陛下不准封赠狄青为帅，也须降旨。莫若使孙秀赍诏顺附，以免又复差官，往返徒劳。不知圣意如何？"天子曰："卿此算倒也合宜，可准。"即诏交孙秀。包公暗语曰："好不知利害奸刁，还思作弄。孙秀好不知，教他又尝钢刀美味！"

当日群臣无别议章奏，君臣退朝。众文武领旨，多来御使衙首，代君参谒贤良夫人。早有夫人传话相辞，而当北阙叩谢君恩。又言尹氏夫人念着夫妻之情，早已收拾丈夫尸骸，不胜悲伤，备棺盛殓，挂孝尽情；又将素兰尸首掘土而埋。苦只苦沈氏立心不正，一念之差惨死了，又逢戮尸不饶，尸首示众。可怜亲属不周，飘零枯骨，这是恶人报应也。即孙武依了庞洪计，贪婪财帛，腰分两段，幸有孙秀备棺成殓，差人送柩，回归故土去讫。当日铁官自有提升补代。又有工部奉了圣旨,将御使衙改造"淑德观",待尹氏夫人在着里厢修行。静处正堂上供了当今万岁龙位,后楼堂供一尊观音大士,旁首奉着包大人的长生禄位,朝暮焚香,以报答活命之恩。素斋有期,以供丈夫牌位。每逢朔望,众官奉旨登谒,一概辞谢。谈不尽夫人多绪,且略不详。

又说包公一天到赵王府内见潞花王母子,于陈桥遇李太后之事,并不提及,只将狄王亲失征衣,立下战功之事详奏明。狄太后微笑曰:"包卿,汝觉太不情了。吾侄儿既立下此大战功,理上还该加升重职,杨元帅上本自让为帅,汝何故反阻挡圣上的?"包爷曰:"臣奏娘娘,狄王亲有此武功,该得升职;但他失去征衣,罪也重大。这是朝廷律例,有功得赏,有罪必罚。倘不计罪而计功,不独废弛国法,且难服众奸党之心。如若被他参奏明,反得无雅趣了。臣历历政办秉公,倘要徇私,宁断头难依,伏乞娘娘见谅。况王亲乃英雄汉子,自有大功在后,而显耀惊人。娘娘且请放心。"太后听了,欣然曰:"包卿若不说明,吾也深怪汝了。且设燕,待王儿略款数盅淡酒如何?"包爷曰:"多谢娘娘,臣不敢当赐了。"顿时告别。潞花王也留款,包公力辞,只由拜别而去。

包公一路自思:可惜高年太后,不明道理,错怪别人。只我将狸猫换主事究明,尔也忧着欺君之罪。一路自言。到了天波府第,焦廷贵闻报,忙出接迎。请出佘太君,包爷见礼坐下,杯茶而叙额谈。太君曰:"吾家孙儿被奸臣计算许多,亏大人一力周全,使老身感激不尽。未到府拜谢,又劳大人光降,心有不安。"包爷曰:"此乃各官与国家办事,那敢当太君重谢。"太君又曰:"吾孙儿既无亏空,库仓今何又往盘查,是何缘故?"包爷曰:"且告禀太君,下官当奏审究时,孙武称言元帅也有亏空之说,倘经别官领审,已将此言抹煞了,也未可知;惟下官出仕朝廷二十八载,由做知县官,案历万千,只依法律公办。故孙武供称言,也即奏知圣上。今天庞洪又荐保孙秀前往。"太君听了,不觉骇然,呼声:"包大人!老身久晓兵部是奸臣党羽,如今奉旨盘查仓库,此贼未必秉公,只忧作弊,又波浪兴翻,怎生是好?"包爷曰:"太君但请放心。孙兵部此去如有徇私作弊,自有国法与他理论,下官怎肯轻饶纵放?只祈太君早日发遣焦廷贵回转边关,不可羁延于此;况元帅未知情由不安的。”言罢告辞。太君曰:“大人再请少坐,水酒粗馔相款,望祈勿却。”包爷曰:“虽承太君美意,惟贱冗太烦,改日叨领。”

按下包公回府而去,只言佘太君即日说知孙媳,穆氏夫人早已修备家书一封,取付白银百两二人路费。书银交付毕,焦廷贵、沈达二将刻日用膳罢,拜别老太君与众位夫人等。家丁早已牵出两匹骏马,鞍辔整齐,二将欣然骑上。老太君又嘱咐二将:“路程小心,休得恃勇闯祸招灾。并孙兵部奸臣不日奉旨又到复查结库仓,此贼定然诡谋百出算账,说知元帅、众人,早作防备,勿坠奸贼计中为要。路途上勿阻延迟,须速回关,免元帅悬望也。吾嘱言须牢谨记。”二将诺诺答言,一程出了杨府,匆匆马不停蹄而跑。此说两分,不知孙秀奉旨往边关查仓库,怎生妙计,害得杨宗保、狄青二人否,且看下回分解。

第五十三回　孙兵部领旨查仓　包待制伸冤惊主

诗曰:中兴令主首尊亲,不比民间小孝闻。
　　不正乎名难主国,倒颠必失本来因。

一天,庞国丈排备下酒筵,差家丁请至孙兵部。国丈开言道:“贤婿,不想此事愈弄愈败了。但杨宗保、狄青二畜,断难容留他的。因汝今奉旨复查仓库,吾特备酒饯行。汝一至边关,须要见景而为,算账二贼,好思复旨劾奏于他也。须拿定破绽,免被黑包子又放刁,则不妙了。”孙秀曰:“有劳泰山大人费心。小婿至关,定然在意,待拿柄首,雪报弟仇。”言罢,用燕已毕,辞谢回衙,打点动身,拜别同僚。文武多官,齐送。御王亲众官不表,只有包公趱近,呼声:“孙大人,尔今奉旨到边关,须要秉公着力而行乃可。即有奸权嘱之行私,汝切不可依行。倘存私作弊,下官定然秉公与汝作对。”孙秀曰:“包大人,汝太多心了。此行那有旁人唆嘱徇私得来?吾此去定须秉公,决不负君恩也。”包爷曰:“如此,方为公也。”

不表孙秀离却汴京,是日天子设朝,包爷上殿谢君赐燕。天子曰:“包卿,陈州赈济未毕,速宜打点登程,免使万民悬望。”包爷曰:“臣还有一桩国家大事,也要理论分明,方往陈州。”君王曰:“包卿,还有重大事情,且奏知寡人。”当此庞太师巴不能包公早早动身去,不啻拔去眼中钉,即出班曰:“臣有奏。”仁宗王一想:国丈真乃多管闲账的,些小事也要多言喋舌。只得道:“庞卿,汝也有何章奏?”庞太师曰:“臣奏非为别故,无非为国保民耳。今陈州赈济未完,包拯半途不往,万民仍不免饥寒苦楚,望乞吾王不要留他在朝。若说国家大事,即有何难处,自有多少朝臣可办。只要他说得分明,那位官员不可办的?伏乞陛下准奏。”君王听了,正要开言复问,包公接言曰:“这是如天大事。上于天子,下咎人臣,即臣身受陛下隆恩,难免失察之罪。”当时众文武大臣听了此言,心内惊疑不定,只有奸党交行者倍加惊骇,不知又有何故,只因沈御使之事,实乃惊弓之鸟。君王当下急唤:“包卿,既如此交关大事,且速速细奏分明。”包公曰:“今陛下不是来历真天子,故臣要理论分明。”

仁宗听了,也觉他言奇说;两旁文武大臣一闻包公此言,吓得惊骇。庞国丈即出班俯伏奏曰:“包拯仰叨圣上隆恩深重,不思报答君恩,反敢戏谤君王,冒渎天颜,不敬莫大于此,罪大滔天,乞陛下将他正法,以警慢君之罪。”嘉祐天子呼曰:“庞卿平身。”天子虽然不悦,然而倒确问包公,言他为官日久,一向无错无差,丹心梗直之臣,何故发此戏言,说寡人是假天子,何也?且问他真天子在何方,呼声:“包卿,寡人是天子非真的,汝且奏明缘故。”包爷曰:“陛下若还说得出有凭有据,方是真的。”君王听了,也觉忍不得的微笑曰:“包卿,朕是君,汝是臣,缘何与君讨起凭据来?寡人断御已有七八载,在朝之官多是先王旧臣,目今所升选新官计来仅十余臣耳。新旧众官,并无一人言朕是假的,包卿何故发此戏言?”包爷曰:“陛下若是真天子,定有为凭。”君王曰:“这颗玺印可不为凭?”包爷曰:“陛下既接御江山,岂无玺印?这算不得为凭。只要陛下龙体上有何记认才是真凭据。”君王微笑曰:“此语包卿说来甚奇。要讨凭据犹可,缘何又讨寡人体上之凭?若问朕体上之凭,只掌中有两印纹,‘山河’二字,足中央也有‘社稷’两字，可得为凭据否？”

包公听了“山河”“社稷”，却准对了李后之言。即奏曰：“陛下实乃真天子，只可惜宫中并无生身国母的。”君王曰：“包卿，尔言差矣。现今南清宫狄太后是寡人生身母，安乐宫中的刘太后是寡人正嫡母。包卿妄言寡人无母也该有罪。”包爷曰：“国母本有，只因不见了陛下生身国母，狄太后只生得潞花藩王，他并非陛下生身母，只因生母远隔别方。”嘉祐王闻言，大惊骇然，忙呼：“包卿！尔言来不白，今朕难以推猜。既然明知寡人生身之母落在那方，何妨直说，缘何吞吞吐吐以欺侮寡人，此乃何解？”包爷曰：“只今郭槐老太监未知今在那宫？”君王曰：“若问内监郭槐，现在永安宫养静，卿何以问及于他？”包卿曰：“陛下要知生身国母，须召郭槐，问他便知明白了。”

天子听了，不觉呆然，想来包拯说话蹊跷，料此大事，他断非无中生有。又思南清宫狄母后，既非寡人生身，如何又冒认寡人为子？此事教人难以测猜。他又言内监老郭槐得知，不免先召郭槐询问明缘故。即传旨内侍往永安宫，宣召郭槐去了。天子又问：“包卿既知此段情由，也须细细奏知根底。”包爷曰：“陛下，臣若奏出情由，即铁肝心肠也令他坠泪。身居国母朝阳贵，屈于破茅窑，衣衫褴褛，垢面蓬头，乞度光阴，将二十载。双目苦恼失明，只因儿身登九五朝阳位，娘为乞丐下流。然我们主也有非，虽尊为天子，尚然孝养有亏，自然朝纲不正，要出奸臣乱法。家不齐，国难平治。”嘉祐听了包拯之言，色变神惶，急呼道：“包卿，破窑之妇，汝曾目击耳闻？”包爷曰：“臣若非目见稽查明，焉敢妄奏，以诬陛下？”天子曰：“即此可细细详奏，怎生起止？”

包公即将因尹氏之事，赶趱回朝，道经陈桥，被风落帽，疑有冤屈，至命役人闻风捕影；至郭海寿请去告状，当日李妇人将十八载被屈破窑长短，历情尽吐，力托于臣，言非臣不能代为伸冤力办之事奏明。“当此惊骇臣不小，不意拿落帽风，拿来此天大冤情，实乃千古称奇也。臣思彼时之前十八年先帝时，官升开封府二载，尚未得干预朝政，即火毁内宫，臣亦不得而知，当此将信将疑。故臣又反诘他，既知太子，即今见在那方？彼自言：得寇宫女交陈琳怀出，往八王府中，后闻长养成人，接位江山，即今王是吾亲产太子。当时臣也再盘诘他，有何凭认？他又言：掌上印纹是‘山河’字，足心有‘社稷’字，回朝且究问老郭槐，可明十八年前冤屈事了。陛下想来，儿登九五之尊，享天下臣民之福，岂知生身母屈身至卑贱苦楚之境，闻者如不伤心，非孝也；见者如不凄然，非仁也。若非孤儿郭氏子代养行孝，李娘娘早已赴归黄泉，身负沉冤，终难得白了。”

君王闻此奏言，吓得手足如冰，呆呆坐下龙位，口也难开。两旁文武官员，目定相观，暗暗称奇，还未明真假有无此事。内有几位大臣想来：十八年前之事，我们还未进位公卿。有国丈想来：我只言是非又涉及老夫，原来乃朝廷内事根由，不干我事，吾即心安了。

慢言殿上君语，先说瞒天昧法人。又言郭槐乃刘太后得用之人，是以仁宗即位，太后即传旨当今加封九锡，时年已八旬，奉旨在永安宫养静，随侍太监十六名，受享纳福，其乐无穷。仗着太后娘娘势力，人人趋奉，倘或宫娥、太监，少有服侍不周，即靴尖打踢，踢死一人，犹如摔死一蚁，利害无穷，凶狠惨极。人人对面，自然要逢迎为“九千岁”，背后众人咒骂怨他不已，巴不得此凶狠早日灭亡。偏偏郭槐精神满足，虽则八旬之人，精健猛于少年。一体肥腴，生得流圆面貌，两耳扛肩，头尖额阔，浓眉长一寸，鸳鸯怪眼，两颧高露，口方，莺哥尖鼻，腮颔大开。数十年来，安享于永安宫内，福禄叨全，快乐不异天仙，即当今王上也无此清闲之福。每日闲中无事，与刘太后下棋、双陆，或抚琴、弄瑟。

这一天，正在永安宫中与刘太后吃酒谈心，言言语语，彼此欣然，多不能尽述。忽闻内侍进来，报说圣上在殿上相宣。又说明：若然郭槐平日做人良善，结好上下，自然内侍官帮助些，说明李后陈桥告发之事，也使郭槐早已打算如何脱身的计谋。只为他平日凶狠，故人人蓄怨日深，内侍今得此消息，心中悦然，遂恨不能将他早日收除了，只说“万岁旨宣”四字，并不提及别的机关。郭槐听了，冷笑曰：“从来万岁并不宣吾，今有什么闲账？但咱家今天食酒，不得空闲，改天出殿也罢。”内侍暗语曰：“万岁爷多宣他不动，太觉狂妄自大了。”只得去复旨，将此言禀奏万岁。天子听了，龙颜变怒：“可恼贱畜逆旨！”

即呼内侍且再宣，言有国家大事，文武百官不能妥议，定再宣他上殿做个主见，看事体如何，今天必要奉宣，再不许逆旨。内侍领旨而去。若论君无戏言，只因当时郭槐不奉旨宣出殿，是出于无奈，将他哄出殿来，这事到其间，暂且从权耳。

当有内侍复走至永安宫，曰："启上老公公，万岁爷有一国家大事，文武各大臣不能妥议，必要老公公出殿定个主见。万岁爷在殿久候了。"郭槐听了，曰："厌烦得紧！咱家心不喜出殿，何故两次相宣？有何大事？别改一天也罢。"刘太后微笑曰："郭槐，既然当今两次宣汝，汝若不往，岂不失君臣之礼？难免朝臣批点不是也。"郭槐曰："娘娘，朝臣批点我什么来？"太后曰："只言万岁君王宣汝不动，太觉妄大欺主了。理上还该出去见驾，以免朝臣多评是非。"郭槐冷笑曰："娘娘，汝还未知，满朝文武，谁敢言吾一声不是！"太后曰："尔说那里话来！虽然对面无人说，背后防人把汝暗批。况国务非同小事，无人妥议，政令难行。当今宣汝，定然说汝年高智广，有政同商。劝汝再不可推辞。"郭槐听了，曰："娘娘既如此说来，吾且走走何妨。"太后曰："出殿回来，吾还等候共燕。"郭槐允诺，呼曰："左右扶吾出殿！"内监应诺，搀扶曰："九千岁慢些好。"太后曰："众人且小心搀扶。"当日并非年老难行，只为身躯肥胖异常，若独自行走多有不便。

四名内监绰绰拽拽，到了殿上。内侍先禀知，万岁宣旨。郭槐朝见，对君王曰："陛下在上，奴婢见驾。"君王曰："郭槐，寡人宣尔上殿，非为别故，只因内廷究事，有不明冤屈，故特宣汝究明奇事。"郭槐曰："未知陛下有甚内廷不白事？"君王曰："只因十八年前事，也觉奇哉怪哉，将狸猫换主；何故火烬碧云宫？为首是何人？李太后如何被害？今已尽泄机关，尔须将实情细细言明罢。"郭槐听诘此言，吓得呆呆，自语想来：因何今天一时提起十余、二十年事？不知那个狗王八提掇起此事。但这桩事情只有天知地知，刘娘娘与咱家得知，余外别无一人可晓。不知今日那人忽提及起来？也罢！吾只推不知当初之事，几句言辞撇开。君王见他不语，即喝道："郭槐！今日机谋尽露，何须隐讳不言！"郭槐即呼："陛下！奴婢实不知什么狸猫换主，那人放火烧宫，休来下问奴婢。孩子们，扶吾进宫。"四名太监左右挽扶。有包爷怒目圆睁,跑上金阶上,伸手当胸扭定,喝声:“郭槐慢些走!”郭槐喝曰:“尔这官儿是那人,擅敢无礼的?”不知包公如何捉下郭槐,下回分解。

第五十四回 嘉祐王痛母含冤 王刑部奉君审案

诗曰:齐家治国圣经言,南面为君首重先。
耕耨历山行大孝,上闻朝野觅高贤。

当下包爷喝声:“郭槐!尔既不识认本官,好!吾说出姓名,只忧唬吓死汝这老奸狼!吾乃龙图阁大学士待制官包拯也。”郭槐听了,曰:“尔是包拯么?当今人称尔是忠烈贤臣,即吾内宫也仰慕清名。既当今万岁加恩宠眷尔,不该胆大将咱藐欺。太觉狂妄了!”包爷冷笑曰:“郭槐,尔还不知么?”郭槐曰:“咱家知道什么来?”包公怒曰:“恨尔为人凶刁狠毒,十八年前擅将幼主换去狸猫,又纵火焚毁碧云宫,谋陷了李宸妃娘娘,多是尔奸谋。瞒天昧地,只言永久遮瞒,岂期今日天发其奸,今圣上驾前,还不直供!”郭槐听了失色,只得喝声:“包拯休得含血喷人,先红自口。尔缘何捕此无踪无影之言,妄唆圣上,欲害咱家?不知怎火毁碧云宫,什么狸猫换主。吾历内监数十秋,未闻此事,尔休得无端而寻唆鼓惑。擅敢当驾无礼,扭拉咱家。”喝令小太监:“拈他去!吾还宫去也。”包爷喝曰:“郭槐!尔今休想还宫了。”牢牢扭拉不开。四名内监只好呆呆看着,只因惧怯包黑子,岂敢妄动。众文武大臣,又无人答奏。君王心下也觉焦烦,喝令:“拿下!寡人定须追究烧陷真情。”有值殿将军凶狠似虎,即拿下郭槐,捆绑捺定。

郭槐慌忙中呼曰:“圣上可怜奴婢今已见年八十二之秋,静处闲宫并无差错,伏乞我主勿依包拯无踪无影奏相欺之言,恕奴婢还宫,深沾陛下天恩。”君王曰:“郭槐!尔将一十八年前一大事:狸猫换去小太子、放火焚烧碧云宫之事,一一奏明,即放尔回宫安养;如有支吾一字,定决不饶!"郭槐一想:若将此款大事说明,吾自抵罪必矣,又怎好害却刘太后娘娘?罢了,我也拿定主意,自愿抵死不招的。即呼曰:"陛下说什么狸猫换主,怎生火焚碧云宫,奴婢实唯不知缘由,焉有凭据上奏?"包爷奏曰:"此事交关重大,臣想郭槐是泼天肝胆之人,方能干此欺天害主之事,若将言词盘诘,怎肯轻轻招认?伏乞我主将他发交与臣,待臣严加细究,方能明矣。"王曰:"依卿所言。"

庞国丈自言:"不好了!发交包黑审究,郭槐危矣。审明又增他之威势也。"惺惺自是惜惺惺,奸臣只是为奸臣,并忌包拯之功,即出班奏曰:"陛下,这郭槐发不得包拯究审。"王曰:"庞卿,缘何此事发交不得包卿审询,何也?"庞洪曰:"臣思此事关天重大,谚语云:来言此事者,即此事有碍之人。今此事包拯独自言来,焉知真假?倘被他一顿极刑,唯郭槐乃八旬以外之人,那里抵挨得重刑?倘假事勘成真的,即大不妙矣。"君王闻奏,头一点,言:"庞卿此论却是秉公而言,朕今不发交包卿审究,还有那位卿家愿究此重大事情?"庞洪曰:"伏乞陛下,发交于臣,自必秉公而办。"包爷曰:"如将此案与国丈究断,必不秉公力办。倘被他存着三分私弊,十八年之冤终于不白,却将诞育生身之母永屈于涂泥中矣。"君王听了两奏之言,细思一刻,只得对包爷曰:"包卿,据尔主见,还须发交尔审办的么?"包爷曰:"国丈如此言来,臣也为涉嫌疑,不敢承办了。"王曰:"卿既不领办,可于文武两班中挑选一人,可否?"包爷称:"领旨。"

立起一看,左班首是富弼老太师,他是一梗直大臣,然是老耋高年,烦务之事不代劳矣,将头低垂。包公又看首相吏部韩琦,他一想:此案重大事情,领办来,一位是刘太后,一位是狄太后,两人是被告,教我如何审法?只是摇首暗嗟而已。包公又看阁老大人文彦博,他又目也不一瞧,似乎不约同心,皆思此案所关甚大。当下包公想来:尔们众臣也称是忠良之辈,如何这等胆怯畏死的?只须秉公正办,有何妨碍,如何人人不愿领办?如此尔们徒有忠节之名,算不得铜肝铁胆之臣也。包爷又看至西班内,一见刑部尚书王炳,二目相瞧,包爷一想来:王兄与我是同党里,并同科出仕,他平素秉性贤良,此段事情如交他办理,谅得妥当矣。

斯时包公一瞧，面头一摆，王刑部即出班奏曰："此事微臣领办，伏乞陛下降旨发交，自必秉公力办也。"王曰："包卿，王卿领办如何？"包公曰："王刑部果能领办不误也。"王曰："既如此，朕将郭槐发交王卿，定限三天内究明回奏。须要细心着力公办，如有半点私弊，即处决断不姑宥。"王刑部称："领旨！"当日散朝，王炳家丁带出郭槐。

君王还宫，庞贵妃迎接王驾，即请安，言问："君王何得龙颜不悦？"君王一闻动问，不觉触感孝行有亏之心，言："早朝据包拯所奏，朕不是南清宫狄母后生，也非安乐宫刘太后所产，尚有生身母在别方。"言毕，不觉龙目珠泪一行。庞妃闻言，也见骇然，却呼曰："圣上，既据包拯所奏，而必有因。我王何不询诘明他生育圣躬嫡母太后在于何方。"王曰："贵妃，朕也曾详诘他，包拯言，还朝道经陈市，有白发老妇人诉说十八年前之冤，言来确据分明。"当时，君王将前言一长一短，惨言尽吐，更觉感伤，纷纷泪下。此刻庞妃更觉心惊，不意有此弥天大事，未知真假。若还果有狸猫换主，此事郭槐罪重千条，狄、刘二太后俱有欺君之罪。只愿当初并无此事，两宫太后方保无虑，郭槐也无罪了，止将包拯罪其欺君谎奏，正了国法。若除了包拯，我父扼柄朝纲，畏惧何人？想罢，开言呼曰："我王且自放心。虽则包拯如此言来，臣妾细思此事，谅非真情也。破窑市井中老妇，非是狂癫之疾，定然妖人惑众。可笑包拯为明察之官，听信妄词，特犯惊君上。倘无此事，两宫太后一怒，这黑脸官儿岂活得成？况乎谎奏君上，谗污国母，罪该万死。我王乃至聪天子，岂从拯贼如此作弄尔圣心？我王其熟思之。"

庞妃虽然狡猾，如此言来，唯君王心下分明知包公乃是正直无私清官，岂是轻信无凭谎奏以欺上的？即破窑妇人，说得有凭有据，何云犯疾痴癫？倘此事是真的，寡人便有弥天重罪了。身登九五之荣，母在破窑苦屈，岂不被满朝文武议论于寡人，有何面目南面称孤？今虽发交王刑部究询，倘或被他存了私弊，好生猜疑难决矣。只祈天地神明悯佑，若得冤明会母，即退位不为君也心安无愧矣。是晚，贵妃观君王恼闷，传旨于宫排宴，一腔娇媚，趋迎君乐。只君王勉强进宴，何尝喜悦添欢？

慢语宫中君臣夜宴，再言安乐宫中刘太后想来：不知外朝有何疑难国政酌议，两次召宣郭槐，去而许久，尚未还宫。正盼思之际，忽有太监四人，匆匆报进宫曰："启上太后娘娘，不好了！"刘太后曰："我居宫闱三十余秋，从未闻不吉一字。"今闻此急言，不觉大怒，骂："狗奴才，何事擅敢大惊小怪！"众内监禀曰："只因当今万岁爷已将九千岁宣去拿下。非为别事，只因包大人奏明圣上为十八年前狸猫换主，火焚内宫之事。"刘太后听罢，吓惊不小，连忙立起位，即曰："万岁怎生分断的？"内监曰："万岁爷要九千岁招出真情，九千岁只言并无此事。万岁爷即喝值殿将军，顿时拿缚了九千岁，发交刑部尚书王大人审断去矣。"刘太后闻言，曰："果有此事也！你们退外去。"当时四内监出宫去。

刘太后想来，惶恐无心，又言："十八年前，将太子换去，暗害李妃，但机关秘密，无一人所知，因何故急发泄？但不知有那此冤仇人来作对，告诉包拯。又值君王偏听信他言，将吾心腹人拿下。若还究出当时事，郭槐固不免重刑处决，即累及吾老身，也难免欺君害主之罪矣。幸喜当今不是发交包拯审断，还有挽回之机。想来王刑部虽是位清官，不贪财宝，谅来及不得包拯铁胆铜肝之硬。且将密诏行下王炳，将金珠宝贝重赏他，岂有不受？难道他惧怯包拯，反不畏我的？倘王炳若肯周全郭槐，私留一线，郭槐无罪，我也无虑矣。"刘太后定下主见，顿时端修密旨一道，外有马蹄金五十锭，明珠三百颗，不下十万之金，打发心腹内监三人，另遣王恩赍了密旨，至将晚时候，潜出后宰门，往刑部府衙。太后又嘱咐一番，王恩等领旨，按下慢提。

再言王刑部，是日将郭槐暂禁牢狱中。进归内衙，有马氏夫人忙来迎接坐下。夫人开言呼曰："相公何事今日退朝太晚，又有不悦之容，何故也？"王爷曰："夫人，尔未知其由。兹今领了圣旨，为圣上内廷一大异事，是以想来实于难办也。"马氏曰："老爷官居司寇，只管得顽民匪盗刑务事情，如天子内廷大事，自有富太师、范枢密、文阁老、韩吏部等办，老相公不该管涉，何用心烦？"王爷曰："夫人，尔有所未知。此事如尽忠办理，不避斧钺之诛，则王府六部，人人可领办的。”当日王爷将包公还朝于陈镇，遇妇人诉冤始末，一一言知。马夫人曰：“既然陈州一贫妇有冤屈，自有本土官审理。”王爷曰：“夫人，尔休将破窑中老妇人小觑，他乃先帝李宸妃也，产育当今圣上，至尊之贵。”马氏夫人听罢，冷笑呼曰：“老爷，莫非今日包拯道途中冲逢邪祟？不独妾女流不准信的，即满朝大臣皆先王手上大臣，岂不知当今乃狄氏所出，经先王所立，只有包拯一人偏执妄言。”王爷曰：“包年兄乃一刚正无私之梗臣，岂有诬毁君上的？是得有凭有据而言奏也。”马氏摇头道：“老爷，你本是向来明理，为官十余载，难道不明此案关天重大？且交还包拯办理为上，尔何得多招烦恼，自寻忧恼。”王爷曰：“夫人，并非下官多招烦恼，亦只因没一人敢于驾前领旨。我因思来，一位当今国母，冤屈当灾，于心未忍；况吾与包兄是同里年交，同科一殿之臣，故在驾前领办此事。然为君受禄，定代君劳也。”夫人曰：“妾思满朝文武，多少官员，尽受君王俸禄，君恩人人可报效，何独老爷一人？想他众官知事关重大，故无一人承办。他们是明人，老爷是呆人，不谙事者。”王爷曰：“尔那里话来！倘吾将此案办明，难道圣上不见吾情分？即不厚加升爵，下官只愿留芳美名。”夫人曰：“老爷，尔且拿稳些，妾劝尔休得痴心妄想，倘要安稳时，须当依妾之言。不结怨于上，又无旁人嗔怪，久远安妥为官，岂不妙的！”王爷曰：“据夫人主见如何？”马氏曰：“此案即云是真，唯今口说无据无凭；况且内奸郭槐威权太重，外交党羽，内结太后，况事如天大，郭槐怎敢轻轻招认？他如不招，定必动刑。如此他立下一主意，留头不留脚念头，抵死不招，老爷怎奈他何？事既不得完，先结仇于刘太后，倘被他执一破绽，暗算起来，实难防避，只得身投于罗网中。那时包拯决不来看顾尔是同里同科之谊，破窑中贫妇也难救搭于尔。古云：识权达变者为豪杰。老爷也须三思得来。”不知王炳依从夫人劝谏如何，且看下回分解。

第五十五回　刁愚妇陷夫不义　无智臣昧主辜恩

诗曰:为臣食禄报君恩,何故愚人昧此因?
　　只因智昏无远虑,至教欺主灭彝伦。

当时王刑部听了妻言,烦闷昏昏,呆呆不语,暗骂一声:"不贤妇!"又表明王刑部有一畏惧不好言,听来:上则敬畏君王,是本然也;下则三分畏惧夫人。当时虽则怪着马氏,然而骂辱之言,不敢朗朗发于高声,只得将髭一弄,长叹一声,侧身呼侍环进上茶两盏,夫妻用过。夫人一看,又曰:"老爷,尔今缘何像着痴呆一般,不言而发此叹声,莫非怪着妾身劝谏之言也?"王刑部闻言曰:"怎敢见怪于夫人?下官只思代圣力办之难故也。"夫人曰:"老爷既然不怪妾,须依吾言的了。"王刑部曰:"夫人还有什么商量,尔且说来。"马氏曰:"老爷,我劝谏尔多一事不如省一事,一动不如一静。通达者结千人缘,懵懂者结万人冤。若将郭槐认真严审,不过奉承包拯耳,包拯无非说一声'动劳年兄了'。这也不足为老爷之增荣,早有刘太后,狄太后两位娘娘将尔怪恨,正是福不来而祸先至。如今老爷既承领旨提办乃是卸肩不脱了。莫若假混瞒真,声张审询几堂,并无实据,复了圣旨,只由圣上主见,是两不失其情。包拯危与不危,我也不多管,唯两位太后娘娘深感尔之用情,定然暗中提拔尔为官,势力之倚靠如泰山之稳重矣。倘老爷不依妾言,定取祸生不测也!"

王刑部曰:"此言差矣!本官若将此案审断明,圣上既得母重逢,满朝文武人人钦敬,好不荣光。即无极品偿劳,亦扬名于当世矣。"夫人曰:"尔乃斗筲之见也!全不想破窑中贫妇,乃是随口胡言,或是狂癫之疾,只有痴呆包拯听他诓哄的。如若果有此事,为何一十八年之久,他甘心受苦?况天下官员甚广,平日之间并不提起,直至今,冷灰复热,岂有是理?想这包拯目今昏昧了,妄奏当今,也有这般昏昧君,又听此狗官之言。老爷是一向明白人,今日为何却愚了？现现成成一位刘太后，威威凛凛的九千岁不去奉承，反因着一呆贫妇，真假未分，以结大势力的冤仇，岂非老爷目今也颠倒了？尔若力求承办此事，只忧今世今生也究不明的，反做了灯蛾扑火，自惹焚身耳，可怜要累及妻孥的。若待死在钢刀之下，悔恨已迟，不若为妻先别了丈夫罢！”立起位，将茶盏一抛，假装飞撞石栋中。此番吓得王刑部一惊，飞步赶上，双手拿抓定，曰：“夫人，死不得的！”夫人曰：“妾身这一命，定然害在尔手中。强不如早些死在夫君之前，岂不干净也。”王爷曰：“夫人且慢酌量，尔若一死，下官也活不得了，且再坐罢。”马氏首一摇，泪下纷纷。王刑部恰像奉敬如神一般，将夫人发鬓一一捏弄，戴正珠冠。

又说明：当初王炳原立下美意，为李太后鸣冤，今已被不贤马氏放刁弄坏，心偏别念。是以人生有贤良内助，有关乎一生名节。今王炳有此倒运夫人，犹如过鬼祟昏迷，一片铁石心肠，化为绵软，故做出欺君误国污名。当下又曰：“夫人，尔原一向智慧之人，只因性情屡是急躁，不拘好歹，便将性命来抵当。难道尔之性命是蝼蚁之贱？我劝夫人休得急恼，耐忍性子安也。”马氏呼曰：“老爷，妾劝谏尔万语千言，皆因欲尔免遭灾祸耳，岂知反怪着妾言，呆呆不语，怒目睁睁。倘依包拯之言，两位太后娘娘治起罪，为妻也难逃脱。故先死于老爷目前，以免遭别人之辱，非妾有意撒赖老爷也。”王炳听了曰：“夫人，尔言来句句金石之言，如不依从，我之差矣，如今且依夫人高见。”马氏喜曰：“妙！妙！老爷如肯听妾之言，管教指日之间，尔定有福禄高增之荣。”王刑部又曰：“此重案已经领旨，怎生办理，倒要夫人出个主意，下官照办，如何?”马氏一想，呼曰：“老爷，一些不难，只须如此如此，神不知鬼不觉，便能奏知圣上了。”王炳听罢，笑曰：“夫人倒有此机谋，下官且依计而行也。”当日夫妻言谈之际，早有侍环送上酒宴排开，音乐齐奏和鸣，夫妇坐定，畅叙细谈，无非商量此案情由，也且不表。

少停，日落西山，月儿渐起。又有家丁报进曰：“有王恩内监三人奉太后娘娘密旨一道，金珠之宝相赐。”当下王刑部传进私衙，读来诏书大意，密旨上要核他审得郭槐并无此事，罪归包拯，便要加官增禄,厚赏金珠;如不遵旨意,行将王炳取罪,定不姑宽之意。当时王炳打发去扛抬金珠二内监先回。又对王恩曰:“小公公,尔今且回上复太后娘娘,下官遵旨而办便了。”王恩道:“王大人,尔老依太后娘娘旨意而办,太后娘娘不独如此些小金珠赐赠,还须极品高官,指日荣升矣。”王刑部诺诺连声,顿时送别王恩去了。复进后堂,命家丁扛抬金珠物,将情说知夫人。有马夫人闻此,喜气洋洋,说道:“老爷,妾只是不差的,尔之智见反不如妾之见也。兹今一些皂白未分,太后娘娘即有许多厚礼相赐,后又得显爵高官,封妻荫子。若还依了尔自主见,顷刻间即有灭门之祸也。破窑中贫妇,岂见尔之情,怜尔遭殃的?”王炳闻言,拍掌喜曰:“夫人智见高明也。不必多说了,请用酒膳罢。”是夜,酒膳已毕,王炳又言:“太后有懿旨,并赤金五十大锭、三百颗明珠,不下十万白金厚赐,夫人且一并收拾起。”马氏欣然应诺,又道:“老爷,我想九千岁爵位尊隆,不该收禁天牢,速些差发家人请至内衙用酒膳才是。”王刑部曰:“夫人,果也周到,理该如此。但今天时候尚早,还防众人耳目,且待至夜深寂静些,方可邀请他。”

其时话分两头,当初真宗先帝时,包爷已为官十载,然庞洪还先出仕早包公五六年。包公自升朝内官,正值庞洪当道之时,一向恐奸臣有什么诡谋不测,故日夕留心稽查,弄得群奸及庞洪有权难弄。前时喜得包公往陈州赈饥,众奸正在活泼之时,岂知他忽又还朝,庞奸党好生不悦。当时这包公夜膳罢,吩咐密夜稽查,不乘大轿,不骑马,不鸣锣打道,青衣小帽,只带了张龙、赵虎、董超、薛霸四健汉手,四衢大道上跑来闯去。只见街衢寂静,深夜少人行,一轮孤月高空,光辉灿灿。不觉远远是刑部衙,忽遇王恩内监。但他三人同来,因何只得一人回?只因两人一交卸了金宝,即时回宫去。有王恩是等候王炳读明诏书,又交代太后叮嘱一番方回。当时他认不出包公,包公亦不知王恩,一人过东,一人下西。月光之下,包爷见他是名内监,即迎步对面曰:“尔奉那人差使?往那里?”王恩闻言,犹如做贼的心虚病,不敢回言,只管飞步跑去。包爷曰:“此人定有跷蹊了!”忙喝拿下。张龙飞跑上前,恰如鹰抓小鸡一般拿定。这王恩,未曾被拿,一些凶恶不发出,一被抓擒,倒狠凶起来。喝声:“该死的奴才!何等之人,擅敢将咱家拿下么?”张龙曰:“包大人问得一声,尔一言不对,发步走,何也?”王恩听是包公,吓得涨红两脸,一时呆着,对答不来。包公越觉动疑,即曰:“尔奉那人差使的?”王恩曰:“吾奉万岁爷差遣。”包爷曰:“差遣尔往那里去?”王恩曰:“差往刑部衙中。”包爷曰:“差往什么事情?”王恩曰:“圣上命着刑部认真办理狸猫换主之事。速放咱家回复圣旨。”包公听了冷笑曰:“尔言语支吾,岂是圣上所差。今日机关已经败露。”吩咐带转回衙。当下张龙勇赳赳押着王恩,赵、董、薛三人随伴包公,回至府衙。

更敲三鼓,包爷换了冠带坐堂,紧闭衙门,堂上四边灯烛,两旁排军三十二名。当时带上王内监。他立着喝声:“狂妄包拯,咱家奉了圣上旨差,尔有多大胆子,擅敢拿我误旨的!”包公喝声:“胡说!如若圣上旨差,何不差在日间,岂有夜静更深,并无火把,见本官问得一声,并不回答,一溜烟而遁,难道圣上差尔是这般光景?我早已明知刘太后娘娘差尔暗行贿于王刑部,命他不须严审郭槐也。须将实情招说,免教动刑难当。”王恩听了,心内惊慌,想来:包拯果然利害,有神明之慧也,我所行之事,被他一猜而破。但不供认明,焉能罪我!”即道:“包拯休得乱言!咱家天明奏知圣上,管叫尔驴头滚下。”当时包公捉得定他决非奉圣上所差,喝令左右狠棍夹起。

王内监痛楚得死去还魂,三番两次,只得想来:“久闻包黑贼执法无情,即圣上尚畏他三分。料想今也瞒不过他,不如招了,免受惨刑。况且我是奉差,是非自有太后娘娘在,于我何干!况且是不是,乃一位当今国母,岂惧包拯的!”主意已定,呼声:“包拯,尔好刑法,只算咱家今日让了尔,待吾实招也!”包公喝曰:“招供来便饶尔狗命!”王恩只得将奉懿旨一一招明。包公吩咐一一录了口供,松了夹棍,上了刑具,不禁狱牢,就于侧衙内,锁在一空房,用四名役人看守,不许外厢走漏风声,待等审明此重案,然后释放。役人领守不必细云。

包公暗想自语曰:“如今不是口说无凭的,刘太后反行贿赂于臣下,这是凭据也。我想王炳往日为官,却无差处,原是一良臣,故尔着他领办,我也放得下心。岂料刘太后竟将贿赂暗中而行。古云:酒红人面,财动人心。倘或王炳从中作弊审歪了,不独本官遭其所陷,李太后十八年之冤亦难明矣。或另有一说:刘太后行贿于他,而王炳不便即推却,暂或收领下,如审不明白时,抱赃呈首,或是这个主见,也未可知。王炳,尔若有此心,才算尔与本官是同僚年交故友;况明白了十八年前李氏之冤,得圣上母子重逢,年兄弟但为司寇之官,即极品当朝却不难。尔若贪婪贿赂,欺瞒君上,暗弄弊生,管教尔钢刀过项也。且罢,是非曲直,且不张声,暗察他机关为要。”

不表包公神算,再说王刑部是夜差心腹人到天牢,悄悄将郭槐扶引至内衙中。王炳鞠躬接迎,内堂见过礼。当中南面摆下一位,请郭槐坐下,王炳朝上面向东而坐。当日泼天胆狠郭槐,虽被拿禁天牢,却也安然无虑。想来:咱家虽被禁天牢,然太后娘娘得知,自然极力周全于我,不用心烦也。正想之间,今又见王刑部差人相请到,心头喜悦,定然太后娘娘关照之验也。即开言曰:“王大人,今日又不来审问,请咱家到来,是何故也?”王炳曰:“千岁老公公,只因包拯平风起浪,要陷害于尔,下官岂不心忿的,即满朝文武尽皆着恼。若非下官领办,圣上定然发与包黑。倘经他之手,老公公定必吃刑苦。”郭槐曰:“这也不妨,由他将吾放在铡刀之内,决不招认来。”王炳曰:“老公公如受他之刑法,不如下官不得罪的更妙也。”郭槐称是。又问:“太后娘娘有什么话来?”王炳即将太后行密旨并赐金帛一一说知。又云:“下官未得密旨,已存庇护之心,今又承懿旨,吾何敢不遵?但日间犹恐耳目招摇,故今夜静方敢候请。待下官敬上薄酒,以示负荆。”郭槐大悦,曰:“王大人是明白快士,且拿酒来,吾与尔细叙谈情。”当下郭槐公然正坐,王炳侧坐相陪,传杯把盏叙谈。还不知二奸如何泄漏,且看下回分解。

第五十六回　王刑部受贿欺君　包待制乘机获佞

诗曰:君王大节五伦先,报答王恩方是贤。
　　倘立偏心辜负君,万年遗臭愧青天。

却说是夜郭槐与王炳对酌之际，王炳道："老公公，下官将断之法定算过，照计而行，万无有失也。"郭槐喜曰："尔且将审法说与咱家得知。"王炳曰："下官并不忌别人，只忧包拯。他久惯搜人破绽，瞷人罅漏，须防他暗里来探着机关。又不好用刑审询，如要瞒人耳目，用刑审询，须觅一人，面貌相像老公公的，待他当起刑来，公公且躲避着，露发声音哀喊，别受着刑苦。老公公安然无事，糊糊涂涂询了一堂，便去复旨，那时包拯妄奏朝廷之罪非轻。"当时郭槐听罢，满面喜悦之颜，曰："王大人，尔若将此案办得妥当，不但咱家感尔之恩，即太后娘娘也见尔之情分也。今赐些少金珠，有甚希罕，还要升个极品之荣的。"王炳曰："全仗老公公。用酒罢。"尔一盅，我一盏，甚是机合相投。郭槐又将王炳面上一观，曰："王大人，尔因何忽然呆呆不语，似有所思的，何故也？"王炳曰："老公公有所未知，尔之事容易妥办，只难觅一人像俏老公公体貌也，下官是以心内踌躇不来。"郭槐一想，曰："王大人，已有此人。方才咱家下狱时，只见一犯人，生得身材肥胖，差不多与吾一体。咱家也曾问他名姓，他言蓝姓，没有名，排行第七，人人呼他为蓝七。乃是汴京人氏，只因打死人，问成死罪。尔若弄得他来，即可顶冒矣。"王炳听罢，欣然。

次早王炳差人往狱中，唤到司狱官进衙，将此事说明，许赏金银加封官爵。这狱官朱礼，乃是刑部的属下，怎敢违忤？立将蓝七带至。王炳目一瞧，果然生得身长肥胖，面貌亦略相像，单差得一张黑脸及一脸络腮胡子，总有差处不符，只得要他代着。即将此情由达知蓝七，吩咐他不得泄漏机关，事完之后，定然将尔开了死罪，还要赏赐东西。蓝七听了，上禀："大人，小人已是釜中之鱼矣，若受了些苦楚，得开此罪，实乃人生之德也。只待行刑夹棍收尽，小人只苦挨，无喊痛之音的。"王刑部大喜，曰："如此，尔尽会意矣。"即取过新鲜服色与蓝七更衣起，又赐赏酒食，不多细言。那时蓝七穿的服色与郭槐一般，且躲在内衙一个闲静所，以待候审。这王炳做成这般计策，一来忌着包公洞明探察，二来刑部衙役人多，只用两名心腹家丁来做夹军，教他不可泄漏风声。这是欺君大事，故特用此心腹家人，一名钱成，一名李春，及狱官朱礼得知此事，余俱不知。又表明：郭槐住着永安宫养静,已久常不出经道途的,他众衙役人多不识认得。且暂停此话。

再说刘太后娘娘,打发三名内监去,只得扛抬金锭内监两人回来,不见王恩回话,不知何故。倘或王炳不从,反将王恩拿下,前事即要明穿矣。自语自知,不敢发言。当晚刘太后心乱如麻,倒睡牙床,不能成寐。

不表太后是夜心烦,至次早天子坐朝,文武恭谒毕,君王开言,问王刑部曰:"王卿家,朕昨天发交郭槐审办,未知审断如何?"王炳奏曰:"还未审供。"君王曰:"缘何还不审勘?"王炳曰:"臣思此事关天重大,不便草率从事。况圣限三天,待臣细细严加勘究,依限复旨。"嘉祐君王曰:"卿家,寡人知尔是忠良之臣,此事须要认真办理,休得疏忽。曲直须当分明决断,受不得贿,容不得情。若究明此事,寡人得母子重相逢,王卿即有天大之功;如若存了私,欺瞒于朕,定加处斩,断不轻饶。"王炳称言:"领旨。微臣深沐王恩,常思报效,有此重案,自当公办理明。"天子点首退朝,百官纷纷骑马归衙。

有包公出至朝门,曰:"王年兄,乞念多年故里之情,务必诚心着力而办,使弟感激不尽矣。"王炳曰:"年兄何出此言?"包公曰:"王年兄,此事多因是小弟身上所关,年兄如若审坏了,小弟欺君谎奏之罪难免也。"王炳冷笑曰:"年兄言差矣!小弟与尔是同里故交,一殿同僚,相与伴驾,多年官同,何敢欺君,以害年兄?但有一说,如果然此事人假伪,也难审作真情复旨。"包公曰:"这也自然。只要兄秉公审断无欺就是了。但今天不审询,明天定然要审明复旨。倘明天仍不审断,小弟要劾奏尔故违钦限之罪名的。"王炳应诺,又言:"年兄言之公也。明天定然审明,不误事情罢。"二人一拱而别。

不言包公,却说王炳回衙,进内堂见了夫人,不谈别语,只言领审一事。夫人曰:"老爷,尔此事既然安排妥当,何不今日夜间审询一堂,好放下心。缘何应承着包拯,明朝审断?但闻这黑炭脸,最是把细明察,明朝若到确查,如一泄漏些风,即危矣。"王炳笑曰:"夫人,尔虽明白,下官亦非愚呆也。今故意哄诓他明天审断,使他今夜不小心提防。即此夜审过一堂,明朝既上朝复奏圣上,尔道妙算否?"马氏夫人听了，大悦曰："老爷，这是福将至，故生出心灵性巧也。"

少言夫妻闲说，是晚日落西山，王刑部尚未升堂，先将郭槐藏在桌案下，然后传谕候审夜堂。有一班衙役，俱已齐集在天牢内，调出假郭槐。法堂上挂一盏玻璃灯，是晚夜堂，不许多烧灯烛。又传谕出来，云：事关重大，须当秘密，衙役吏员人等，须要站立远远候着，不许近听审词亲询口供。这吩咐是王刑部怀着私弊之设：灯烛多犹恐认出桌下真郭槐；役吏近犹恐听出真郭槐口诉之音。当日众役人那里知此弊端，只依着王大人吩咐，远远排班。

当下王刑部调到"郭槐"，怒基一拍，大喝："郭槐！尔可将十八年前狸猫换去小太子之事明白招认来！若有半字支吾，难当夹棍之刑！"蓝七只不开言，郭槐在桌下，口口声声叫屈，呼道："王大人！尔休听包拯妄奏谎言，要咱家招出什么狸猫换主来。"王炳喝曰："本部也知尔硬强，不动刑怎肯招认！"喝令上夹棍，早有左右二名家丁，一声答应，恶狠狠提起生铜夹棍，将假郭槐夹起，可怜蓝七，痛楚得死去还魂。若问蓝七犯罪已经定案，只候一刀了决，余外没有一些痛苦，岂料今夜又在刑部堂中，再尝铜棍滋味。这是他倒运，祸不单行，又承马氏的厚惠。当时只夹得悠悠苏醒不呼声。郭槐桌下轻轻叫冤屈。一人真痛，一人假喊，其声音差不得尺远，不独站立衙役听不出假，即两名夹军家人也难分辨其喊叫之音。

先说包公，是夜又带四名健汉，青衣小帽，巡查夜出。侧耳听得街上两个行人，一人说："事关钦案，非同小可，但不知审得如何？"一人曰："既然开了衙门审询，缘何不许闲人走进看的？"一人曰："刑部衙门，威严赫赫，岂容闲人喧集的？"言言谈谈的跑去。包公听了，满腹狐疑，想来：王炳约吾明天发审，因何今夜晚堂即审？必然生弊端矣。即急忙忙带了四健汉竟向刑部大衙而来。但见门首大灯笼点起光辉，包公进步，即呼管门人："尔家王大人可是审夜堂否？"有把门官，认得包爷，跪而答曰："正是。"包爷又问："审询何事？"把门官曰："启上包大人，即审断狸猫换主之案情。"包爷曰："且待本官进去看着。"把门官曰："如此，且待小的通报，速接大人。"包爷曰："不消通报，本官与尔大人是同年故交，且略礼。"把衙称："是！请大人进内。"退去把衙。包爷招呼张、赵、董、薛,随后一程进内。一连进了几重府门,多言不用通传,直进至中堂。

只见差役远远两行班列,当时只在灯火之下,又值正在夹询假郭槐之际,这些衙役人等,面向刑部大人,小心于堂上,不当心于堂下。王刑部只顾问供假郭槐,那里有眼目看瞧堂下。不觉他主仆五人已悄悄打从堂侧之半黑暗中而上,伏于旁侧,立着远离刑部半丈之隔。只闻王炳呼道:"郭槐!速将真情招认!"一息不开声音,有桌案下哭叫冤屈之声不绝。王炳喝曰:"还说冤屈么!"喝令再收。原来包公天性明灵,当时况又分外留神,又肃静公堂,故听出声音不见惨切,不是犯人喊苦。踩开大步,跑上堂,呼曰:"王年兄,下边夹着是何人?"王炳侧身一看,吓得魂失去,犹如烈雷轰顶,立起位,硬着言曰:"小弟在此审询狸猫换王之事。下边夹刑者,乃郭槐也。"包爷曰:"据小弟看来,此人非是郭槐。"即持案烛,东西一瞧,伸手将桌围一撩,言:"在此了!"夹领一把抓定,呼张龙、赵虎连忙拖出。包公连忙扭住王刑部,两个巴掌夹面打去,不问长短,即呼董超、薛霸,将王炳锁住。当时一堂差役吃惊不小。如别位官员犹可,一见此位黑阎罗拿了王炳,好不惊骇,一哄而散。

当下包爷坐了王刑部的公位,吩咐薛霸放起犯人夹棍,大喝:"尔这奴才是何人?听了那人来顶冒当刑?招出情由,本官决不罪尔;若不明言,即上铡刀,分段不饶!"蓝七听了,想:包黑久仰大名,不是好惹的,如今料想瞒不过了,只得将情一一禀知。包公听罢,冷笑道:"王炳,尔果然弄得好神通!岂料我包拯偏偏又凑巧,又无通风密报,自来触破尔机关。本官不与尔多言,明日面圣再议。"王炳心中着急,只恳告:"年兄,小弟一时差见,望兄大德周全,宽容于弟,再不敢欺瞒,着力而办也。"包公全然不睬,命张龙将蓝七发回原狱;赵虎带锁王炳;董、薛带了郭槐回衙管束,明朝见驾。好一位堂堂刑部官,皆因听依不贤妇之言,欺君贪财,今已鱼投罾网。

慢言包公带去犯人,有王府家丁,慌忙进内报知夫人。马氏一闻,吓得战战兢兢,咬牙切齿道:"包公将丈夫拿去,定然凶多吉少,怎生是好?"一众使女丫环,也纷纷议论,不表。

却说包公回归府内,已是四更漏下,不去安睡,停一会,命四健丁持了提笼,带了两名犯人到朝房。众官均觉惊骇。庞洪道:“包大人,两名犯人是那个?”包公曰:“国丈,尔且认认,像是何人?”庞洪免不得走近一瞧,骇然曰:“这原是王炳,此是九千岁。”包公曰:“亏尔身居国丈之尊,还要逢迎奸佞,呼他九千岁,岂不自倒威权也!”庞洪还要诘问,只听得钟鸣鼓响,天子临朝。各官无甚章奏,只有包公出位,曰:“臣有事启奏天颜。”天子曰:“包卿有何奏闻?”包公即将昨夜二更天候,带领家丁稽查奸宄凶民,偶到刑部衙,将近时,有道衢中过往之民私语,方知刑部审询夜堂,又暗弄机关,遂一一奏闻。又言:“兹臣已将二钦犯人拿下,带至午朝门外,恭候圣裁。”嘉祐君王闻奏,不觉龙颜大怒,曰:“可恶王炳!有此欺瞒!”即差御前校尉,速拿王炳上殿见驾。御前校尉领旨。不知王炳宣进性命如何,且看下回分解。

第五十七回　包待制领旨勘奸　王刑部欺君正法

诗曰:即承君命必公行,法律如何容乱更。
　　不是包公多把细,含冤李后屈难明。

当时庞国丈想来:这包黑贼是难以些小瞒昧的,他在朝中,人人弄些破绽也被他捏持着。早有王炳带到,俯伏金銮,曰:“罪臣王炳见驾。”嘉祐君王龙颜发怒,骂声:“胆大的恶佞臣!寡人待尔并无差处,因何全不念君恩,欺瞒昧法?朕也曾再三叮嘱,托尔代办,如断明此事,自然朕也知尔之劳,见尔之情。缘何口是心非,只强词而对,力言公办,却贪婪财宝,辜负朕之相托?实乃畜类之臣也!可晓得湛湛青天,瞒昧不来。可知包卿乃神明之智,可作弊端否?尔今有何分说,只管言来。”王炳伏倒驾前,呼曰:“陛下开恩!罪臣初立定主见,即领旨将十八年屈事伸理明。只因不合听信了旁人参唆,故今做出欺君误国之事,悔恨已迟了。”君王曰:“尔听了那人参唆的?”王炳曰:“陛下,臣原不合软耳,恨误听马氏妻言,唆臣趋奉刘太后娘娘为上。破窑贫妇日久年多,不知他果是李太后否。或是此妇乃痴呆妄想的,审不明白时节,招两位太后娘娘嗔怪,官既做不成,命也活不得。误听了妻言,实乃罪臣志气昏迷也。万望我主念臣一向无差,法外从宽,赦臣重罪,深感天恩。”君王听了王炳之言,不觉笑怒交半,言曰:“亏尔身居堂堂刑部之尊,听了妇人言。别缓事犹可,今欺君坏法之行,如何听之而为?尔妻比之尹氏贤良,有天差地远之行也。”

当时君王又想来:一妇人家,断没有此胆量,还疑王炳推卸之词。一面无凭之言,不能深信,并要将马氏拿出,发与包卿质询。唯郭槐虽则拿到朝房,不用押他上殿,仍着包卿审询。当有国丈曰:“臣有奏。此案情倒也发不得包拯询审。”君王曰:“此是何缘由也?”庞洪曰:“如今包拯是个有罪之人,如何陛下还发他审询?”君王曰:“包卿有何罪可指?”庞洪曰:“臣启陛下,这王炳乃是包拯保荐的,荐来一个欺君坏法之臣,岂非包拯先有大罪的?”君王一想,还未开言,包公曰:“果然臣误荐王炳,愿甘待罪。念臣又有一功,可以将功消罪,仰乞龙心鉴察。”君王曰:“包卿有何大功,可奏朕晓。”包公曰:“臣前夜二更天,微行访察,路遇一人,月下观瞻,乃内监官,臣即诘他何往,他不回言,跑走如飞。是臣起疑,即捕他回衙审问明,方知刘太后娘娘行贿赂于刑部。他名王恩。用刑方招出:黄金五十锭,明珠三百颗。此是狸猫换主之实据,十八年前之冤白矣。俯唯陛下龙心详察,方准臣言非谬也。”国丈曰:“臣还有奏言。臣思包拯前夜拿了内监,何不昨天奏明陛下,直至今天启奏?内监不见拿到,乃是口说无凭,希图卸罪耳。伏乞我主依准不得他一片谎言欺哄之语。”

当下尔一言,我一语,反弄得君王分辨不清,只得默默想象。又有左班首俯伏一位老贤臣,曰:“老臣富弼有奏。”君王曰:“老卿家请起,有何奏言与朕分忧?”富太师谢恩立起,曰:“臣思包拯乃是忠肝义胆之臣,众民人人感德,个个称贤。目今此案所关重大,非比缓闲,乃是我主内廷重事。况此事乃包拯得据而来,他怎敢存私以取罪?伏万望陛下休听国丈饶舌之词。如托交别员究断,有些小弊端者,已有前辙,王刑部可鉴。且放开龙心,发交包拯,方能明白系十八年前之冤。况今王恩已被他拿下，看来不是无凭无据的谎言。再差官往刑部衙中捉拿马氏，并搜出金珠行贿之物，正如拨开云雾，复见青天。一事者真，诸事可白。望我主聪鉴参详。”天子听了此奏，点首言：“老卿家之言甚属有理，可准依。”又呼曰：“包卿，内监可曾拿捉下否？”包爷曰：“臣即晚已将王恩拿下。”君王曰：“现囚于何所？”包爷曰：“未发天牢，现押于臣衙署中。”君王即降旨内翰大学士欧阳修，往包府衙，将王恩押扭至金銮。欧相领旨而去。又差国舅庞志虎往刑部衙搜盘金宝，并拿下马氏，到来见驾。庞国舅正要领旨，有内阁中书文彦博连忙出班，曰：“老臣有启奏。如今此案情，这庞姓一人也用不着。陛下如差国舅往搜，倘存一线弊端，谎言贿物搜不来，即天大事情又属狐疑不决了。”有庞家父子暗暗生嗔，又不能强辩“吾领旨无碍”之说。有东班内闪出知谏院杜衍，此人又是忠梗贤臣，俯伏曰：“微臣领旨。如有少私，即与罪臣正法。”君王准信杜爷，曰：“二位卿家平身。”文、杜二臣谢主，而后杜衍领旨而去。

殿上君臣还是议论言谈，已是红日东升。又有黄门官启奏，欧丞相已将王恩拿到。当下天子宣进。王恩犹如万箭攒心，战战兢兢的，俯伏金銮，连呼：“万岁开恩！”嘉祐君曰：“王恩，尔今奉着何人差使，缘何在着包拯衙署中？一一奏与寡人得知。”王恩曰：“此乃太后娘娘打发奴婢往刑部衙署，赐送他赤金五十锭，明珠三百颗，密诏书一封。这是太后娘娘懿旨，奴婢如何敢违逆不往？还有两人同往，一交卸了金珠，二人回宫复旨。只有奴婢后回些，道中遇着包拯，被他拿下。”君王正要开言，有杜爷带了从人，将金珠贿物抬至驾前，一一交代。当时天子也觉无颜：只因她乃国母太后之尊，大不该行贿赂于臣下，教君王有何面目临臣下，统御满朝众文武的？当下龙颜不悦，面色红红。只得命王恩速速还宫，懿旨、金珠一并携回。刘太后得此，心中倍加慌忙着急，按下休提。

再言殿上君王命着包公，将男女钦犯尽发交他审断。君王曰：“须要严加细究，不容少缓。倘明了母后冤屈之由，卿乃寡人救母之恩人也。”言罢，圣上带着羞怒退朝，群臣各散。单有包公领旨，将犯人带转回衙。只有刑部的狱官朱礼，吓得寝食俱废，犹恐事有干连，身入网中。

慢言朱礼惊惧，却言包大人转回衙中，立刻坐堂不缓。公位排开，差役两行，嘿嘿吆喝威严，真乃：

法堂好比森罗殿，公位犹如照胆台。

包爷当中坐下，肃肃严严，怒基一拍，喝声："带上钦犯！"王炳只叹道："王炳昨天是堂堂刑部之官，今日做了犯人。"长链搭锁领项，一到法堂上，心下惊烦。当圣旨位，双膝下跪。往日"年兄""年弟"相呼，今日"犯官"自待。包爷曰："王炳，尔难道不知，食君之禄，必当君之忧？领了圣上旨意之先，圣上何等面谕？即本官也再三嘱托，倘皂白分明，国母离灾，君王母子相逢，即没有加恩升爵，也是扬名后世的美事。因何口是心非，欺君弊法？若非本官勤查，岂不混浊难分？显见太后娘娘金珠是宝，且也不贤妇之言易听从也。"王炳闻骂言，低着头，告曰："原乃犯官痴愚也，误听不贤妻煽惑之言，实无颜面的。只求大人法外从宽，便领大恩德矣。"

又言王炳当日若念夫妻之情，只不扳出马氏，实言刘太后行贿，则足以脱卸了马氏之罪。偏偏王炳恼恨着他妻："我原要做个留名官，却被尔言三语四，弄得我变节行歹。如今害得我如此光景，如我王炳一死，将此贱奴留存下，乃是一生未了之事。索性一同死去，岂不干干净净。"故以一口咬定于马氏。包公听了，冷笑一声，曰："亏尔堂堂刑部，七尺男儿，畏听妇言。为民上者，家既不齐，焉能治国？欺君误国，坏法婪赃。国法森严，岂容私废！是死有余辜，还望什么法外从宽的！况且尔身居刑部，知法岂容犯法，有坏官规！"王炳只是叩头，恳恳哀求曰："犯官果然昏聩。"求情不已。

包公吩咐：将王炳押过一边，又唤马氏上堂。有马氏低着头跪下，一双媚眼，两泪交流。若说包大人法堂上，纵凭尔胆大包天之汉，虎腹狼心之人，见此威严，无不惧畏几分。这马氏虽则狼心胆大，身出宦门，然到底女流之辈，久闻包黑利害官员，当时心中惊惧，发振腾腾不已。包爷曰："马氏，尔也曾叨诰命，应念君恩，好生胆子，不守妇道，挑唆丈夫，干此不法欺君之事！今日罪有应得，皆尔不贤之起祸也。且直言与本官知之。"马氏呼称："大人，休得听信王炳之言。

我妇女之辈,怎敢惑于男子?朝廷大事,岂有唆摆丈夫为恶?只因他不明差见,一心贪贿,要欺瞒圣上。妾曾将良言劝谏多少,不独不依,反嫌多言诤犯,要将妾处治,故生不睦。今事已破泄,仍怀恨于妾,定欲牵连在案,害吾一命也。”包公听此诉词,冷笑一声,叹曰:“好个伶牙利齿的娇娆刁妇人!”即呼王炳,且与对质。当时夫妻情面俱无,一个怨尔多言,唆摆于我;一个骂尔妄扳牵连,害妾无辜。包公见他夫妻二人对质不分明,吩咐将王炳夹起,又将马氏拶起。一人夹一人拶,夫妻二人乃贵宦之躯,那里抵当刑法,只得一同直供,招出真情。

包爷命人松了夹棍、拶子。又问:“王炳,尔妻唆纵在前,还是太后行贿在先,也要说个明白。”王炳曰:“实乃马氏唆摆在先,太后行贿在后。”包爷又诘马氏一番,口供原是一般。包爷得了口供,书明:“刘太后既为天下母仪之尊,不该行赂于臣下,倒置尊卑,大失于礼体。即陛下不知内宫邪弊,焉知天下之邪正,亦不免失于觉察。且待审明郭槐,然后定夺。”当日包公将太后、圣上也指出不合之处,失察之由,即比修史官执法如山,一定不移之法律也。又上本劾奏王炳职司刑部之权,身居司马之任,不思报效君恩,混听妻言,并贪财宝,误国欺君;马氏身为妇道,不守闺阃之条,唆纵丈夫,欺君太恶。此等刁恶妇人,一者欺瞒上,二者惑陷丈夫,一刻难容,应得与王炳一同腰斩,以正国法。当时审断明,仍将犯人一并发下天牢,连郭槐也押去,待次日上本奏明圣上再审。是日不表。

次早五更初,天子临朝,圣上准依包公定断之法,命下,着包公押斩决王炳夫妻。有众文武奸党,人人惧畏。庞国丈吐舌摇头曰:“如有包拯几人之辈,老夫的乌纱也忧保不牢。”是日,包公押出男女二犯人,捆绑至法场中。王炳怨着不贤妻唆纵于我,至今一命难逃;又有不贤马氏,深恨丈夫何故没一些夫妻之情,牵扳于妾,当时尔怨我恨。有闲民远远观看,涌道填衢。内有百姓曰:“包大人回朝不到半月之间,杀了几位官员。今日斩一位,明日杀一双,岂非不消一年二载,众官被他杀戮绝也。”有一人言:“杀的奸臣,是妙不过的。灭绝奸臣,待忠臣致太平之治。”

不表众民闲说,王炳夫妻时辰一到,包公吩咐,一铡刀一人,已是了结他性命。早命家人备棺成殓,命人运回故土,这是包公存心之厚处。当即喝道回衙。次日上朝,上复圣旨。缺了一官,自有挑选补缺,不用烦提。当日只有嘉祐君王龙心抱闷,皆因此案未明。不知郭槐发交那官审办,且看下回分解。

第五十八回　怀母后宋帝专差　审郭槐包公正办

诗曰:天性之恩焉割爱,情深骨肉迥难离。
　　含冤李后灾殃满,母子重逢会有期。

当日嘉祐君王龙心不乐,只因生身母后屈于涂泥之中。初时据包公陈奏,还属将信将疑,费心推测。岂知嫡母刘太后暗中行起贿赂于推官,又得包拯机智察出原赃,情真事实无疑矣,不意果然落难贫妇竟是寡人生身母。子为九五之尊,母屈衢廛乞丐,难道有此奇闻?天下臣民岂不言谈朕之差也。意欲即往陈桥,请母后还宫,但内中还有不安:郭槐尚未亲供招认,须待审询明白,方往迎请。圣上想罢,即敕旨包爷审办郭槐。包爷奏曰:"微臣不敢领旨。"君王曰:"卿如不领办,谁可领办?"包爷曰:"臣保荐国丈可以承办此案。"庞洪一想,曰:"这包拯昨前言老夫办领不得,今日反荐我承办,这包黑必然想下什么诡谋来算账老夫,他的罅隙利害,不可上钩。"即忙奏道:"前日包拯言臣领办不得,望吾主另委别官办理。"君王复问包拯:"如此发交何人方可?"包公曰:"如国丈既然辞办,别员总是力办不来。"王曰:"据卿所言,难道此事罢免不成?"包爷曰:"算不来的。莫若陛下当殿亲询审供,才得无偏可白也。"

当下君王烦闷,呼声:"包卿,尔曩日所办多少奇难异案,一片丹心,为国勤劳。今日国母遭屈灾难,因何不与朕分忧,故意推辞不领办,何也?"包爷奏曰:"臣启陛下,并不是微臣故意力辞逆旨,只因国丈曾经有言:'来说此事者,即为此事之由。'唯臣若不承办此案则已,如将此事发交于臣,只要办至彻底澄清的,正条律也连及安乐宫,刘太后娘娘也须定罪，难以私秘不提。如若定了太后娘娘之罪，岂非臣有藐君犯上大罪？国丈一劾奏于臣，是臣那里敢当抵其罪。望乞我主开恩，免发此案也。”君王听奏，想来：此论不差。即曰：“包卿且免多虑，如若太后娘娘应得定罪，亦难掩饰，依卿定断。倘国丈多言，亦当议罪。如今不须多虑了。”包公曰：“臣领旨。”国丈此时再不敢插言，惧着包公梗执之刚，只在班中气怒得二目圆睁，看观包拯。当下颁旨退朝，众臣各散，议论纷纷，不表。

却言宫中太后今又打听明圣上发旨包拯审供，深感不好的，心中着急。想来：如若别位官员，可以行旨恐吓，行贿私传。独有包黑，不惧风火烈臣，岂贪贿赂的？况此事是他得据而来，倘审询不明，他又有欺君大罪。此事总之不妙了。

不表太后心惊，宋君纳闷，只言包公退朝回衙，用过早膳，即传知吏役人，往天牢调出郭槐。顷刻间呼喝赞堂，正门大开，书役左右分排，包公正中坐，调出郭槐。又说明：此奸宦平日倚着刘太后恩宠，威权妄专，即当今天子也由太后执政，故他自逞自尊。是以王刑部领审时，越加看得轻微。今被包公捉破王刑部，又着人禁守天牢，即便有些芥蒂于怀。然而心中主见有定，言：“蒙太后娘娘待我恩深，自加封后，恩隆一十八载，今日平地起此风波，还来送金宝与王炳，尚图相救。岂料这包黑贼又来捉真破绽，领旨审供，但他比不得别官，免不得严刑勘断。彼的刑法虽狠，咱家自愿抵死不招，以报太后娘娘厚待我之恩也。”

当有四名健军，如狼似虎，将他当中拍搭一声，撂掼尘埃，跌得昏昏眼暗。郭槐骂声：“包拯，尔乃多大的官儿，将咱家如此欺凌的？圣上虽然隆宠于尔，只好压制得下属卑员，即朝内平官，尔也敢欺侮不得，今如此轻视我的！劝尔休得如此猖狂也，须留情一二才好。”包爷冷笑，大喝：“胆大奴才，图谋幼主，败紊纲常！汝欺瞒得人，湛湛青天焉可昧？今日恶贯满盈，不期穿发，分明报应有时。速速招出狸猫换主、放火焚宫的手段。倘藏半字托词，生铜夹棍，做不得情来！”郭槐听了，唤声：“包拯！尔真乃呆愚人也。世间多少刁民滑吏，将假作真，尔既为官清正，并无私曲，缘何今日混听破窑贫妇的胡言,竟来谎奏昏君?实乃无据无凭,无风自浪,比着刁民滑吏,又加凶狠矣。尔陷害了咱家也罢了,又扳害太后娘娘,以臣下诬陷君上,岂非大逆不道,罪叨天矣!据尔言,当初有此事,犹如海底捞觅绣针,悉听尔酷刑惨法,咱家断不胡乱招供,以害太后娘娘也。”包爷曰:“郭槐!尔这奴才休得强辩。若说当年无此事情,贫妇焉有此胆大,诉此大款头之冤?刘太后又暗中行贿,蓝七又作替身行刑。莫言贫妇诉词无凭据,他亲口言来:圣上手足‘山河社稷’四字为分,岂非是凭据之大端也!本官也知尔这奴才平素骄横,日久看得国法轻如鸿毛,今且尝此美味。”喝令健军:“将他狠狠夹起!”左右呼呼喝应,头号生铜夹棍,非同小可。如别人抵此刑,已经痛成发晕了,唯郭槐精神倍足于别人,当时抵挨疼痛,还不肯招认。包爷又喝:“收尽!”加上七八十斤,郭槐喊痛声,还喝:“包拯,尔之刑法虽狠,但咱家是难招认,以假作真,休得错了念头。”有包公自言曰:“这奸贼果然挨当得刑苦。但我也审断多少奇难冤屈案情,必也审出真情,分断明白,难道此办不来?如审不得口供,难以复旨。”

又说明:大凡案情事,不论官民之断定,有两造对供,询问了原呈又再勘被告;又有见证推详,反反复复,三推五问,自然有机窍可入手询明。只有此案,原告乃是李太后,被告乃是刘太后,对供二人皆不在法堂上,故只将郭槐一人究问。如郭槐硬帮却被告,是则原告输亏了。因他是正案人,又半是见证,所以包公与郭槐一般干系,原呈被告均及二人,唯郭槐抵庄。今日留头不留脚,宁死在他铡刀之内,只是不招供。当时也弄得包公摆布不来,只得从新盘诘,细细推问,郭槐反是高声狠骂。包爷吩咐将他上了脑箍。若问脑箍这件东西,原是极利害之刑,凭尔铜将军铁猛汉,总是当受不能。郭槐上了脑箍,两边略略一收,顷刻间冷汗如珠,眼睛突暴,叫一声:“疼痛死也!”顿时发晕了。有健汉四人,左右扶定,冷水连连喷射,一刻方得渐渐复苏。首摇摇,气喘嘘嘘。包公曰:“郭槐,汝还不招么?”郭槐曰:“尔若要咱家招供,此事除非红日西升,高山波浪滔滔也。”包公曰:“郭槐,在本案前,由不得尔不招。难道尔没有死的日期么?有日命归阴府,是阴府也要对案分明。阳间干下欺瞒事,阴府岂容作奸狼。有阎君明察尔也,可瞒可胡赖得成否?”郭槐曰:“包拯,咱家实对尔言:我若有一线之息,在着于阳世,凭尔敲牙碎骨,总只难招认;如若归阴,在着阎罗天子殿前,方能说也。”包公听了,自忖曰:“原来这贼奴单惧畏阎君的。”包公点首,即吩咐将他松刑,押回禁天牢。四名大汉扶他下了法堂,脚镣手锁而去。郭槐虽然精强神旺,唯生铜夹棍不是好玩要之物,且脑箍倍加利害,是一至狱中,两胫酸疼,头脑疼,竟觉身重脚轻,烦而不宁,恍惚如痴如醉,日间不知饥饱,夜里不懂坐眠,大大不如往日之刚健矣。

不表郭槐,再言包公,是日退堂,想来:这贼奴才自愿抵死不招,反说归阴在阎罗殿下方能实说。我不免将计就计,进朝奏知圣上,将御花园改办成阴府,等候更深夜静,然后行事。若得误认了,瞒过他,定然实吐原由。唯宫中刘太后知不得,庞氏众奸党也要密瞒。包爷定下计谋,更换朝衣,即到午朝门,对守黄门官说知,有机谋事面奏君王,有劳请驾。当日黄门官深知包公是清正之官,并且当今耳目隆重之臣,又将郭槐发交他审办,定因此事而来,故即允诺请驾,一重重传叩进王宫。君王一闻此信,龙心略觉开怀。言:“包卿定然审得机窍了。”连忙急步跨至大殿中,宣进包公朝见。君王曰:“包卿此地休拘君臣礼,且坐下细谈。今见寡人,想必审询此事得机窍也否?”包公谢主下坐,曰:“上启陛下,只因事关机密,若待明朝启奏,朝臣人人得知。倘然机关泄漏,事更难白矣。”君王曰:“卿既有机密,速言朕知。”包公曰:“臣即今天开堂严究郭槐,奸贼抵死不招,反说除非在着阎王殿上方招实言。故今臣将计就计,欲将御花园改造作阴府,人也如此如此。待至更深夜静,又如此作用,赚得他认不真,即可吐露出真情了。”当日嘉祐君巴不得早日会见生身母后,故于包公所言,无有不依。还赞叹曰:“包卿真乃朕手足心腹之臣也。”包公又道:“陛下,唯安乐宫中休得走漏与闻,倘太后娘娘得知,事难成矣。”君王应诺,又嘱咐道:“包卿,尔虽智足谋灵,但此大事还须倍加小心。倘朕得母子重逢,报卿不尽之劳辛矣。”包爷曰:“陛下何出此言?念臣之微劳,为臣尽忠,为子尽孝,理所当然。”君臣算计已定。是晚忙差人将一座御花园装作森罗阴府殿。刘太后宫中既不知晓,即众妃后圣上也不泄知。

包公别驾回转衙中。用过晚膳,已过初更鼓响,即于阶下吩咐排开香案,灯独辉煌,祷告当空,上禀:“信官某姓某名禀言:当今国母,身遭大难,将历二十年屈苦。信官道经陈州,得蒙东岳大帝梦中指示,太后娘娘在拯前诉冤,方知有此奇事。今夜奉君审断,只因奸监郭槐抵死不招,无奈将御花园改作阴府,以赚郭槐招认。但今夜月色光辉,狂风不起,倘李太后深冤得白,当今母子应得重逢,伏乞苍天后土,诸位神祇,威灵赫赫,降显神通,即夜施法,狂风黑云四起,蔽遮星月,帮助阴风,以瞒奸恶,得露真情,方得当今认母无疑,仰感天恩。”包公祷告毕起来。莫道无有神明,凡事论理至正无差。如世人孝顺双亲者,尚且感动天庭,赐其福祉。今包公只为君保国,恺切忠诚,祷告上苍,岂有不护佑乎?况太后灾难已满之日,又属东岳大帝指点,李后告诉包公,方可代鸣冤屈之由,故而神灵显应,力助于他。不交二鼓,已是乌云四起,漫布满天,狂风大作,星月无光。闲人多少称奇:“不见顷刻间如此狂风大作,树木拔摇,呼呼响亮。”还有胆小者惊慌无措,声言:“天宫之变也!”闲语休表。只有包公暗喜,心里自知有感神明,实乃当今圣上之幸也。

当夜包公又吩咐众军役人如此如此,依计而行,各人重赏;如有一个倘若泄漏者,可定不饶。众役人诺诺领命,依计而办。包公一出衙,一程来见圣上。其时已是二更中,有圣上扮为阎君王,包公扮作判官,还有数名内侍扮为鬼卒,多在两行,朝着阎罗天子。包公手下众健汉、役人搽花了脸,扮作夜叉、狱卒,四边绕立。其时扮齐妥当,往拿捉郭槐。但未知审得他供认如何,且看下回分解。

第五十九回　假丰都赚佞招供　孝天子审奸得据

诗曰:君王有道重贤良,宠任奸臣不久长。
　　李后多年遭苦困,只缘佞宦作灾殃。

却说君臣侍御军人等，装扮阴府事毕，并众军或朱紫涂脸，或黑水糊模，披发异装，四边绕立。其候阴风飒飒，冷气阴阴。推测其时，嘉祐君王该当母子相会之期，故包公禀告后，即感格天神地祇，助发狂风，吹动树木松竹，一派声音，呼呼啸叫。四围殿之前后，灯烛半明半暗。值当日正是郭槐罪恶满盈，该当报应之日，昨天受刑，押下天牢时，已是神思恍惚，如今似梦非梦，心下糊涂，想然鬼神暗里作祟于他，也未可知。当夜又见奇形怪状的狰狞凶恶催命鬼，手持钢叉，一到牵押，早已吓得仰面一跤，跌得昏迷懵懵认作死，一路只由拘锁而去。押至御花园首，只是阴风惨惨，冷气森森，东也鬼叫，西也鬼嚎。黑暗中一长高鬼，披发呼呼，厉声拦阻，喝曰："鬼门关那得私走！"有后边拘押众恶鬼喝曰："他有大罪在身，奉了阎君王之命，拿捉询究，休得阻拦。"有长大凶鬼呼的一声，闪去不见。这郭槐吓得朦胧之际略苏，言曰："不好了！果然我今死去，得到鬼门关而来。"尚不知黄泉路渺茫茫，行一步跌翻数尺。黑暗中，隐隐微光，风狂竹响，阴冷侵骨。只闻鬼神呼呼嚎泣，又闻处处铜锤、锁链之声，惊慌得魂魄离身。

忽声闻拘至森罗殿中了，郭槐微微睁目，见殿中半明半暗，阎君天子远远南坐，两旁恶鬼披发，凶狠惨叫。一赤发红脸，抓提上背，一掼扑倒了。郭槐伏倒发振腾腾，不敢抬头，低声呼道："阎君王饶恕！"阎君厉声喝曰："郭槐，尔在阳间，干此欺君恶事，可知罪否？"郭槐发抖，只是求饶。阎君喝曰："尔在阳世，将一龙胎凤种之君，希图谋害；又放火烧毁碧云宫，谋绝君嗣，罪孽渊深。阳间被尔瞒过，今阴府幽冥中，断难遮瞒。如有半字虚情，喝令鬼卒将此奸狠先撩入油祸之内！"早有青黄赤黑四凶鬼，"嗷"的一声，一把拖下。郭槐慌忙中喊泣曰："乞阎君饶宥！自愿招实无虚。恨我生时，原不该设计于刘太后，却自愚了。身为内监，还望什么富贵荣华。只因先帝北征未回，李宸妃娘娘于兴师之日产下太子，又值东宫刘氏产下娇娥。是时刘娘娘起了妒嫉之心，只恐先王回朝宠眷西宫诞生太子，必思将他母子早日陷害。当日吾与施谋，宰杀狸猫包裹固。刘娘娘是天亲往碧云宫，声言公主要喂哺乳，又值圣上亲征，实烦寂寞，邀请赴燕。有李娘娘不知机谋，将太子付与刘娘娘，又转交于吾怀去。只将死狸猫用锦帕遮盖，送还碧云宫，言知宫监，太子睡熟，不许惊恐，是李娘娘的嘱咐云云。是夜，刘娘娘又密差寇承御宫女，将太子撩弃于御花园金水池。我又言知刘娘娘，先帝还朝，李娘娘定然奏知，即不妙了，不若斩草除根方稳妥。故吾一夜放火焚宫。岂料寇宫娥想必早已通知李娘娘逃去，只烧死他宫中太监、宫娥百余人。后来寇宫女尸首浮于金水池面，方知不好。他死去前既通知李后，谅情未必肯将太子抛于池中。只四下差人密察李娘娘隐藏，并无踪迹，至今将近二十年，近此数秋不差访察矣。只今略知当今圣上非乃南清宫狄太后所生，实乃陈琳当初暗将太子怀归八王爷府中，狄后抚育长成。先帝回朝，只痛恨李后母子被火遭殃，那知吾之深谋作弄。只当今圣上经先帝册立时，只言是八王爷长子，实情乃李宸妃娘娘诞生也。如今句句实言，一字不讳叩实。哀恳阎君王爷开恩免罪。"

当时嘉祐君王听毕，心如刀刺，止不住龙目珠泪一行，暗想：可怜母后遭此劫难，苦挨至今，将有二十载。当初之事，暗如黑漆，朕那里得知？若非包卿明哲，胆量忠贞，屈冤沉沦，不孝之罪，朕负千斤矣！今日实乃君沾臣德之不尽也。只叹息："包卿如此勤劳于王室，今已年七十，缘何上苍不赐以后嗣之人？"语毕，乃命收禁去郭槐。包公早将伊口供一一录清，殿上灯烛复明，众军御洗净装扮形容。少刻，又见云开月现，君王颇觉略安。又呼曰："包卿，寡人虽得尔为吾明白了母后冤情，但朕实于孝养有亏，有何面目为君？又觉羞惭，难见生身之母也。"包爷曰："陛下龙心且安。太后娘娘当初遭逢此苦难，皆由刘太后妒心、郭槐诡谋作弄耳，我主正在哺乳之年，难将不孝以自待也。但今郭槐虽则招明，来日登朝，还要询及陈琳，既然曾将小主救出，缘何先帝回朝时又不奏明此事？"君王曰："包卿之言有理，深称朕心。"当晚早有内侍一众，四下持灯烛一遍引道伺候。君先臣后，同行出踱至偏殿，更换过衣冠。时将四鼓，君留臣燕言谈畅叙，也不烦陈。有御花园内假装阴府排层，自有一众闲人拆卸下。包公机智，非比别员，早已吩咐得力家丁四名看守天牢，不许一人私至狱中窥探。是夜，君臣叙谈燕畅。不觉已五更之初，百官齐叙朝房候驾。一刻钟鸣鼓响，圣上御临，百官朝拱毕，圣降谕旨："往南清宫宣召陈琳。”

溯之提老陈琳。自当初救主之后，狄王妃知他救主有功，言赐敕安，享年登九十二，虽然须发如银，尚得精神强健。常常想起当初郭槐同谋害主之事，缘何日久天眼不开，全无报应，安然无事？时时想念，只有自知。此一天早晨，正起来梳洗毕，忽闻有旨宣召，不知何故情由，只得应召。当日年老难行，坐上轿至朝房而下，两名小内监扶上金銮殿谒朝。山呼已毕，有宋君王唤曰：“陈琳，当初火焚碧云宫之日，尔既已救出小太子，先帝班师之日，缘何尔不即启奏分明，奏知奸陷？如今太子着落何方？须将真情奏知寡人。”陈琳见问，吓了一惊。口未开言，想来：奇也，君王为何倏忽诘盘起此根由？但思此事无几人得知，今当驾前教我说明，不得瞒，又瞒不得，如何答奏的方好？包爷明知陈琳事当两难之际，即朗言曰：“狸猫换主，火毁碧云，已经三审郭槐，招供得明明白白，故今圣上询及于尔，不过取对口供耳。尔乃有功无罪之人，须当直说。如若藏头露尾，反有干宄。”

陈琳听了包公之言，方才放心，言：“郭槐既经招认，我何妨禀言奏知。”即曰：“奴婢当初只因次日八王爷庆祝千秋，故早一天奉了狄妃娘娘命，至御花园采取仙桃花果。只见寇宫女珠泪纷纷，站立金水池边，手捧一小孩儿。问及情由，方知刘太后妒忌西宫李娘娘，寇宫女奉命抛弃太子于池河。当时奴婢也惊慌失措，无奈，花不折采，即将太子载藏于采花果盒中。幸得五更天未明，并无一人知觉。当时胆战心寒，匆匆奔归王府，将此情由上禀八王爷。其时千岁接上小太子，一惊一喜。又想来重重发怒，待候圣上回朝，要奏明奸陷，收除妒逆。这狄妃娘娘只权作养生儿。即夜又闻火焚碧云宫，内亲监宫人烧死百十人，想必然李娘娘也遭此灾殃无疑矣。只落得狄妃娘娘抚他儿，而常常忆恨耳。”

君王又曰：“尔既洞明此天大冤情，先帝征北回朝之日，何不将此事奏明？”陈琳曰：“陛下未知其详。只因先帝未回朝，八王爷先已染病，一日复重一日，年余而薨。次年先帝方回。即狄妃娘娘见八王爷去世，想来刘太后势大，不敢结怨于他，故未敢动。陈奴婢乃属下人，不敢多言少泄。”君王又问曰：“如今太子何在？”陈琳曰：“若言太子根由，即乃当今陛下也。”君王曰：“如此明白了，寡人不是狄太后所生的了。”陈琳曰：“陛下实乃西宫李娘娘诞育圣躬。奴婢焉敢妄奏欺君？”君王点首，尚见心烦未安。即传旨侍御：“左右扶起陈琳。”曰：“尔乃忠诚为主，善念堪嘉。待寡人迎请母后，再加旌表，以明朕得尔再造之恩。”又命内侍数人，帮扶持护送他还南清宫。去后，文武百官，尽皆称奇：“不意有此罕闻异事。如非包拯精明察理，谁能干办分明？”

当日君王传旨：“暂且退朝。”膳后，君王单召包公与几位一品老大臣：阁老文大人、平章富弼、国丈庞洪、吏部天官韩琦、枢密院欧阳修、参知政唐子方，余外官员不必伴驾。又带领内监、宫娥数十名，前往服侍李太后。且暂停表。

先说陈琳老内监，一程回归王府，想来：包公实乃神人，至圣如此。二十年沉密之冤情，被他一朝返白，不枉他四海远近标名。当今圣上全凭他作心腹耳目之臣也。言来不觉已回内宫，将此宣召情由禀明潞花王母子。有狄太后闻言，喜忧交半：忧只忧冒认先王太子为己子，亦有欺君之罪；喜只喜西宫李氏尚还在世，前之受陷冤情今得包公理办分明。刘后、郭槐故有千斤重罪，即我身也有些惊骇。冒认了太子为亲生之非，只为当初出于不得已也。有潞花小王，亦不知当今圣上非狄母后所出，至今方如明白，不胜惊异骇然。又说明：包公回朝十余天，所领办审郭槐数次，潞花王缘何尽不得知？只因小王爷身体有恙欠安，已经不登朝一月多，故郭槐之事，他母子一概不闻。即小王爷不是有微恙的，一月中或有十天也不上朝的，只由自便，也不多言。

又言刘太后一自郭槐被拿，包公又捉破王刑部贿赂，真乃计不成而机先泄露。今发包公审办，定然剖白当初之谋，招出真情，吾怎能逃脱国法森严？况非别故小关犯的，乃斩灭君王，断绝宗嗣，欺君固宠，罪大如天，今危矣！悔不当初勿作此歹心。当日刘太后心闷意烦，纵然珍馐佳味，玉液琼浆，也懒甘尝。坐卧不宁，心神恍惚，一连数天，倒睡龙床，翻翻覆覆不成眠。一至天明，忽有内监一人，急忙奔进：“启上娘娘，危矣！奴婢奉命探听，圣上设朝，已经先晚审明狸猫换主,是圣上与包拯亲审,郭公公招认分明。又宣召陈琳对实口供,一一丝毫无差。今圣上、包拯及几位大臣摆齐銮驾,往陈州迎迓李太后而去。”刘太后听罢,唤一声:“果也不妙,危矣!”顷刻面庞失色,玉手发振腾腾,曰:“包拯,我与尔定然是宿世冤仇,至此今生作对,特拿此事来认真。兹郭槐难免凌迟碎剐之罪,我亦难逃六律之诛。即今王儿不便加罪嫡母,犹恐李氏回宫怨报恨深,又有包拯执性唆挑,王儿不会容情的。”细想来安乐宫多年何限乐,岂知乐不到头祸反侵。也罢!不如早死了,以免受他人之辱也。”即打发宫娥内监出外,刘太后闭上宫门,下泪一行。即下跪宫房,拜叩先王,以辞恩德。心头惨切,三尺红丝,自缢于宫中。不知可能活还阳否,且看下回分解。

第六十回　迎国母宋君悲感　还凤阙李后荣回

诗曰:多年国母遭冤屈,今日方清被陷冤。
报应有期天眼亮,分明善恶岂容瞒。

却说刘太后自缢死于宫中,只怜他年十六进宫,安享十五年皇后之福,今将二十载正嫡太后之尊,寿交五十齐头,实因从前作恶,妒忌生心,今日红绫惨死,原由立心歹曲,自作之孽也。早有内监、宫娥尽知,吓得喧哗着急,飞报各宫妃后得知,打开宫门,纷纷解下红绫结索,救解多般。岂知刘太后该当大限难逃,三魂七魄,渺渺无踪,那里救得还阳?此言暂止。

先表嘉祐君王,銮驾一向登程,多少御前侍卫将军,剑戟如林,武士高头骏马的拥护,一队队的内监、宫娥,龙车凤辇同行,几位一品大臣随驾,威武扬扬,音乐喧天,哄动多少本土万民,远远偷观。当日摆驾来迎,乃包公先作头队,只为他先知根由着落。是日已至陈州。又表明:如若圣驾经临有定日期,自然地头官、百姓等整端备接驾。岂知此日吾王不期密地而来,是以官民人等未得早知,直知包公一到,传谕下来方着急。刻日赶办，上司转委下属，而下属又命着本土缙绅士人，顷刻间张绸挂彩，洁净街衢，安排香烟明烛，纷纷多絮，实难概述。

包公一到了陈桥下，住八抬大轿，数十名拥护铁甲军，步随包大人来至破窑门。虽然前昔言是破窑，污秽小舍，如今不比前之破窑了，只因本土文武员遵着包公之命，修造得破窑焕然一新，赶造雅致精工，不多细述。只因李太后不愿迁居别所，故众文武官不得已，在他破舍中继续改建高堂画栋，数十名丫环送至，伏侍太后娘娘。日用珍馐，式式俱备。郭海寿日中侍伴李后。只等候了十余天，李后曰："未知包拯还朝，可能代吾伸办得此重大冤情否？但他虽乃一忠梗良臣，然二十年翻沉天大案，犹恐难办理清。只可倚者东岳圣帝梦中点示之符验也。"天天盼望，日日思量。

此一天，只有郭海寿进至座前，曰："母亲，包大人来也。"李后曰："他到那里来？"海寿曰："现在门首外，他言要见母亲。"太后曰："我儿，且请包大人进来。"海寿领命出请，包公吩咐众军门外伺候，一至内堂，即叩首山呼朝见。李后曰："包大人休得拘礼，且请起。"包爷领诺起来。李后曰："大人回朝，未知此究办得分明否？"包公曰："臣启太后娘娘，已将郭槐三番审究，方得他招认分明。故今圣上亲排銮驾，到此迎迓娘娘还宫。"太后闻言大喜："今得分明此段冤情，实劳包大人担当千钧之力也。吾老身如不得回朝，抵当度至死也休了。只因老身屈不白之冤，仇人现享荣华，岂非天眼永久不开的？"包公未及答言，郭海寿笑曰："当今圣上也非明目之君，心歪不念生身诞育之劳，反认他人为母，岂非不孝之罪千斤？满朝中只有包大人是忠君为国耳。待他来时，儿且代替母亲娘娘骂他几声，方出此恼也。"包爷曰："尔言差矣！圣上今方二十二之年，当初乃一幼哺乳之儿，焉知奸人暗害，怎晓娘有覆盆不白之冤？尔言错怪圣上也。"李后曰："我儿休得咆哮。包大人之言果也不差，随娘在此，圣上到来，尔若多言躁说，有失君臣之礼，反取罪戾。这是国法，亲私不得也。"海寿曰："既然母亲如此吩咐，孩儿焉敢不遵！"

当下包公又言："请娘娘更换珠冠宫服，好待圣上到来迎请。"太后道:“大人!吾身落难已久,衣裳破碎褴褛,久已穿惯的,而今不合穿着此鲜美衣裳。”包公曰:“臣启娘娘,今非昔比,娘娘乃凤体贵躯。前时落难无人知之,是至衣食有亏,是该有此劫难。如今枯木花开,昏镜捻明,断不可复穿此褴褛之裳。况乎圣驾自来迎请,万人瞻仰,非同小可,娘娘仍穿此破服,有失威仪。伏望娘娘准依臣请,速换宫衣。”太后曰:“既如此,依大人良言。且待圣上来相见过,老身然后更换宫衣。”

正言之际,流星快马报进,言:“万岁爷驾到!”有包爷出外,一见俯伏于道旁。嘉祐王曰:“包卿平身!”当时圣上传旨,不须放炮,恐惊国母不安。又有众护驾军,众文武员臣,住伫于太平街道。天子不乘车辇,领与随驾五位大臣,宫娥、内监随跟于后。当日陈镇街衢,不独人民关门闭户回避,即鸡犬也肃静无声。但一程道路中,香烟灯烛扑鼻香浓的,恭迎圣驾,不啻迓降神祇。包公引驾至内堂,仍俯伏于一旁,朗呼曰:“臣包拯上启娘娘,圣上驾到了!”先又有众大臣也俯伏一旁侧。太后曰:“王儿在那里?”当时只因太后双目失明,即将两手伸扒的呼唤。嘉祐王见了娘亲如此形模,未开言心如刀剐,忍不住龙目珠泪滚流,焉能顾得君王尊体,抢上数步,当日尘埃早已铺上毡毯,君王下跪,垂泪曰:“母后!儿已在此。”太后手按君王膊肩,不觉珠泪掉下胸襟,曰:“王儿,自思十八年前逃难后,苦挨至今,只道母子永无相会之期,何幸得上苍怜悯,东岳圣帝指示于包卿,方得沉冤得起。落难时,若非郭海寿孤儿行孝,亦不能度命延挨至今。今天母子重逢,皆赖包卿、海寿二人之功力也。恩德重大如天,王儿切须念之。”言未了,喉中已咽,而难再声。

宋天子龙目泪如一线,呼曰:“母后,岂有娘遭苦难,身屈污涂,儿登九五,贵享万方?总为儿有弥天大罪,须当万死,还有何面目为君!只求母后娘娘将儿处决剐凌了;如仁慈不忍,可废弃幽宫,另立贤孝之君,以承宗嗣,补报孝养劬劳方可。包卿与郭兄,儿郎在世或泉壤,二人恩德定然铭于肺腑不忘。”说未完,惨切之状也不能再言,感触起几位大臣,也是人人下泪,个个动悲,原者天性之恩,人所不忍忘也。均同奏曰:“当初万岁正在襁褓幼年,那知奸人起此萧墙之祸。今陛下难将不孝自目，伏乞我主勿以伤心之言感贬，犹恐复触起前悲，两有不安也。惟今得上苍默佑，复得子母瞻依，正当接回王宫孝养，实为喜庆之秋，伏惟君主与太后娘娘准奏。”李后曰：“众位卿家虽有此念及之良，然吾老身已双目失明，是个残废之人，还宫之念久已灰心。身躯贱挨已久，不觉是苦酸。但得今天王儿明白了前之冤陷，即往破窑中度日，我心也安放了。”

众臣未答，宋君曰：“母后休言此语。今既不加罪于臣儿，正要迎迓回宫孝养，以补报罔极于万一，儿庶几赎却些小重愆。倘母后不还宫去，臣儿岂可独自回朝，也要处于此间，以侍奉母后的，方免被朝臣民庶私批不孝忤伦之君也。”太后曰：“王儿，尔休得自罪伤心。众位贤卿之言，理上不差。尔当初乃哺乳幼儿，焉知奸人诡弄，难将不孝以罪王儿。但今娘已双目俱瞽，即还宫，也无光采的。”天子闻言，觉得凄惨，抽身伏跪阶前，祷叩上苍：“今日寡人特到迎请母后还朝，只因双目失明不愿还宫。如母后不还宫，寡人也难回朝。恳乞天地神祇垂佑，念朕微诚，母目重明白。念陈州地，连岁饥馑，饿孚很多，寡人自弃财宝以惜生民，上体昊天好生之德，愿免十载国征粮税，并大赦天下罪人，以俾万姓。”祷祝罢，不期孝感神明，宽免百姓征粮十载，大赦缧绁囚人，实乃恩德无穷无量，是至神祇感格，李后复得重明。当时李后喜曰：“王儿，果也双目渐渐生明了。莫不是皇天怜念，神圣眷佑也?”君王大悦，众大臣骇喜称奇。郭海寿忍不住笑而曰：“妙！妙！母亲双目不期得圣上、神祇复明，好了！”

君王龙目一观，呼曰：“母后，这是何人?”太后曰：“这是孤儿郭海寿也，乃义儿，养供亲母。王儿且略去君臣之礼，谢谢此子如何?”宋君曰：“他是恩兄了。”又呼曰：“郭恩兄请上，受寡人一礼。”宋君王正要下拜，包公朗言曰：“尊卑有序，君不合拜臣，父不当礼子。碍于礼体，郭王兄须当力辞。”宋君无言可答，只不下礼，双手一拱，称言：“恩兄，母后全亏尔孝养，代朕之劳，方得复活至今，恩德天之大弥。且还朝，再行恩封，同享荣华。”又论当日海寿乃一贫贱小民，礼律一些不懂不知，今者福至心灵，一变起来，看见君王双手打拱，又闻包公大言曰：“君不合拜臣”，他即下跪曰：“臣不敢当！圣上的生身，我也蒙他抚育成人,也是儿子一般,焉敢受当圣上作谢也!”君王曰:“如此,恩兄且免礼请起。”御手相扶。

当日太后双目复明,还见众多大臣俯伏下,忙言曰:“众位老贤卿,还不请起!”几位大臣谢恩起来。君王又命:“郭王兄上前拜见众大臣。”海寿领命下礼,众大臣体仰君王、太后之面,要行参见山呼若臣礼,海寿那里会懂,只是答拜。只有君王曰:“他乃后辈少年,那里敢当众老卿一品之尊人,休行参见大礼,且平礼可也。”众臣依命。礼毕,当日众臣喜悦。单有首相吕夷简、庞国丈不悦,自言:“吾等一品之荣,不当与此乞丐子见礼,真是羞辱耻也。”又有包爷曰:“请娘娘更换宫妆,起车驾。”太后准依曰:“今已过劳包大人,且回朝再作谢也。”包爷曰:“微臣于劳何有,敢望娘娘赐谢的!”早有宫娥、内监一同叩首罢,起来请娘娘更衣梳发,众大臣退辞,出外伺候。君王又命内监与王兄更换冠袍、玉带,一同还朝。内侍领旨,拿上四爪龙袍、冠带,俱下跪两旁,请王爷更穿。有郭海寿摇首曰:“我久服粗破布衣,只甘淡泊,岂敢用此美服龙袍?倘过分穿着此好东西,岂不折尽平生之福?”正要退出,李后呼曰:“我儿,尔与前时受了许多苦楚,今日理该同享荣华,休言折福之语。”君王呼曰:“恩兄陪伴母亲二十年,苦挨方得朕母子叙会,功力万钧。速换衣冠回朝,厚加封赉,少尽朕知恩知报之情。”海寿曰:“圣上所命,臣本不敢逆。然吾一自长成,久已甘守清贫,生成野性,实不愿奢华;伏望圣上由吾于此窑中度过光阴足矣。”太后曰:“我儿休逆圣上旨意。他虽与尔是弟兄之称,然他是君上,尔是臣下,为臣忤君,犹如子逆父母。况君言深为合理,尔若定逆不随娘回朝,我心有不安矣。”海寿曰:“母亲如此吩咐,儿焉敢不遵以逆亲,遵命!”圣上欣然。海寿更上衣冠。圣上又传谕陈州地面官员,要将此窑宇起造王府,照依王宫之次,所费用银均于国库开销,限期赶办竣工,以待郭王安享。一道旨意发出,本地官自然遵旨照办,不表。

当日太后登上宝辇,宫娥、内监拥护两旁,宋君也驾上銮车,众大臣与海寿共同十位,起坐金镶大轿,众护驾武员,骏马高乘,铁甲军排开队伍,一路笙歌,音乐悠扬,金炉香烟馥馥。道衢上结采铺毡的肃迎。太后心花大放，想来：不道落难中竟有回朝之日，算来实得东岳帝神灵托梦，指示包拯，闻得他一力担承而办，方得今日母子重逢。回朝发出万金，重建庙宇，维新金躯，以酬神明大德，加爵包拯，以表其忠劳，我心方安也。不表太后自言，到处万民私论纷纷。不知太后还朝如何了决众奸陷，且看下回分解。

第六十一回　殡刘后另贬茔坟　戮凶狠追旌良善

诗曰：兢兢守法作忠良，奸计机谋是佞行。
　　　但得存心无内疚，仰天不愧行堪扬。

话说李太后还宫，早有在朝文武官员时刻俱有探马通递消息。是时忽闻报銮车到了，一众官员纷纷出城外恭迎。只见旗幡招展，一派进城。一见天子銮车、太后宝辇，即两旁俯伏。君王一进王城，传旨："接驾文武员俱退，不必在此伺候。众御林军校速归本部，另日赉颁。"又命："光禄寺赐颁御燕，款御王兄，着几位随驾大臣陪燕。"慢表。

又有曹皇后带领嫔妃、三宫六院，多少内监、宫娥拥护，迎迓太后进宫。先是天子朝参过，曹皇后朝礼毕，各妃子宫嫔人人都来朝见。请安罢，李太后传命各还本宫，不必在此伺候，只有君王留坐下。李太后叹嗟而言曰："想起前情，不在王宫已将二十载，只言永在陈州破户中归世。岂料今复得回王宫，皆赖神祇与包拯之功力也。"君王又诘起母后得神明之由，方知东岳圣帝梦中指示与母后，告诉包公，方得他认真力办，又得神佑之力。天子又言："且待国务暇些，数天后差宫发出库饷之金，再建庙宇，重塑金躯，以答神圣洪恩。但今郭槐凶恶施谋陷害，必须重正行刑。惟安乐宫中刘氏太后，算来罪重不轻。既南清宫狄母后亦有偏处也：欺瞒先帝，冒认儿作嫡生，岂非名有不正者？然吾乃是儿子之辈，必须母后主裁乃可。"李太后言曰："王儿尔枉为南面之君，即此事已欠明决了。当日陈琳救尔到南清宫,全亏狄氏襁褓抚育长成。虽非十月怀胎之苦,也有三年哺爱之恩;虽非亲诞尔躬,比着劬劳无异了。即今刘氏,虽然心狠意毒,须念他乃先王原配,尔也奉养他多年,名目为嫡母,中外尽悉。而今乃得子母叙圆,且免提追究;况子难执母罪的。惟陈琳是救主恩人,须当厚报。寇宫娥已自惨亡,须当阴封旌表。此事须当与参政大臣商议。但凶恶郭槐,断然姑宥不得,速命包拯将他正其重刑。"君王诺诺领命。又言:"母后仁慈,世所希也。"李后又曰:"王儿,娘今日还宫来,谅想刘氏无颜到来见我的。我倒要进安乐宫相见他,看彼怎生光景,有何言语为情。"言罢,太后即唤李宫娥引道。

有旁侍宫娥,上启禀万岁爷与太后,言:"刘太后于上日圣驾出王城之后,自用红绫缢死于宫中矣。"天子曰:"既有此事,为何询及起方奏,如何不早说明?"宫女曰:"东宫娘娘早已吩咐,言太后还朝,既是喜事,不须早报,且待缓些奏知。故奴婢等依命,不敢即奏闻。"李太后听罢,嗟叹一声,不觉垂泪一行。只因李后心怀慈善之贤良辈,即言:"可怜他畏罪先自寻死了,岂知我心并不计较他之前非。"宋君王曰:"刘太后既然自缢死,可曾入殓否?"宫娥启上万岁爷:"曹娘娘又言:刘太后乃是有罪之人,要等候万岁爷回朝作主,是以尚未成殓。"李太后曰:"须念他是先帝正宫,既不罪他,彼已先寻自尽,且好生之德,以安葬于王陵,以早成丧。"宋君王曰:"此事不可!母后也未知其详,他虽先王原配,惟罪千斤,想他欺瞒先帝,灭自子孙,世无此妇。比之唐朝武后罪之相等。倘将彼殡葬于王陵,先王在天之灵岂不嗔怪:有重罪者反得附葬于王陵,是加恩于有罪之人,将来无罪而有功者,又何以待之?母后虽有容人之量,然情理上有偏也。还将棺柩另立坟茔,方见示贬无偏理之无碍也。"李后曰:"王儿处分有节,是可依也。"当日宋天子传旨:将刘太后棺椁成殓了,另寻一土,立树坟茔,不举哀成丧。又谕:刘太后乃是先王的正后,只因一念之差,死于非命,不成丧不举哀,中外百官不挂素,只用棺柩一口,静悄悄的收殓下;又不容安葬王陵,犹如死了无位一宫嫔的一般。

交代明刘太后身亡之事,再言南清宫狄太后,只因有冒认太子之非,是以进宫来见李太后。当日狄太后要行君后下见礼,李太后执意不容,竟如姊妹平礼。相叙毕,对坐下。惟狄太后心有不安,正乃良心发现处,局促赧颜。岂知李太后反是再三致谢,曰:“当初我幼儿身遭大难,多蒙贤妹肯慨然收留,抚养长成,接嗣江山。洪恩大德,何以为酬?今朝母子再叙完聚,皆亏贤妹维持之力也。”狄太后曰:“那里敢当!姐姐云谢,言重,说来更使愚妹羞愧无颜也。冒认太子之罪弥深,但当时迫于势所难言,一说明此事,先结怨于刘娘娘,实乃事在两难。然亦不知寇宫女通知姐姐逃出别方,只道被奸监火焚一害耳。今贤姐仍叨天佑,得活人间,实乃可喜。”姐妹正在言谈交谢,有宋天子进宫,朝见狄母后,狄后反觉羞惭。当日李太后又差内监往无佞府,邀请佘太君进宫。太君到了,请安毕,叙谈一番。顷刻间,内宫排开筵燕,三尊年一同畅叙。各宫多排喜燕,不能一一细述。

一宵晚景不提,次早,天子临朝,百官参见已毕,宋君王开言曰:“包卿,朕思寇宫女曾将寡人母子搭救,随即受惨而亡。今陈琳现在,亦有救主之功。然生死之恩,据卿如何旌赠乃可?郭槐罪恶滔天,如何正法,卿家也须待朕处分。”包爷曰:“启上陛下,寇宫娥有功惨死,应得追封,可起柩附葬于王陵脚下,再建造庙祠,追封为天妃元母,是旌表流芳,永受香烟食禄。陈琳身为内监,救主忠贞,加封公爵,另建府第,御赐宫监,伺奉晚年安享,生则永沾王家厚禄,死则敕归太庙,永享香烟。郭槐害幼主于先,谋主母于后,斩绝王家宗嗣,十恶之罪,无逾于此。例应抽筋割舌,粉骨扬灰。臣拟如此,伏乞圣裁。”宋君曰:“依卿所拟。”即着包卿押郭槐赴市曹正法复旨。包爷曰:“臣启陛下,郭槐、陈琳俱为内监,郭槐害主,其心险恶,陈琳救主,其善堪嘉,二人之心,有冰炭之不同。可着陈琳督同往观正法,使其悦目爽心,庶不负他救主之忠劳也。”宋君闻言,喜色洋洋,曰:“卿处置的当,深称朕心!”即传旨下南清官,宣召陈琳。是日退朝,众官各散,不表。

却说包公一回衙中,顷刻传出百十差军,往天牢调押郭槐。只因他连日饮食不进,也不知饥寒,问询他不言不答,犹如痴呆一般,当时提押至法堂上。包公与陈琳先后齐至,见礼毕,二人分东西对坐。郭槐赤着身,捆绑坚牢,朝对下跪:正乃善恶相朝。包公吩咐行刑。刀斧手领命，当时因为大凌迟之刑，故设放一大木桶在侧，刀斧手上前拱跪过，称："启禀大人，逆犯行刑了。"往彼肚腹上一尖刀戳去，通于背后。此刻郭槐痛疼惨切，双目曝出，手足绑缚于木桩，不能振动，只摇头张口。左手一刀砍下，右手一刀截断，手足皆分，血流遍地。又将刀破腹，肝肠五脏，俱卸出来，膏血滚流如注。狠毒人一命勾消，还将头颅斩下，俱抛于木桶中。有老陈琳点首长叹一声，不觉呵呵发笑曰："郭槐，可恨汝当初立心不善，欺君害主，罪重渊深。只言历久年深，并无报应了，岂知天眼昭昭，不容脱漏，分明不应不爽也。如行恶之人，即远遁高飞，只差迟早报复耳。此番乐杀老陈琳！"抚胸大笑不已。只因他年纪已近百岁期，气息精神到底弱衰矣，一刻间笑至气不返，复有呼无吸，而绝倒俯伏交椅中。包公即命左右侍卫呼唤他，乃不见答言。众人多吓一惊，启上包大人："陈公公笑得气绝了，唤之不醒，想必死去。"包公听罢一想，言曰："不用喧哗。倘若救解不来，奏知圣上，然后成殓可也。"众军领命，速取药到，又将火堆烈烈焚起，郭槐尸骸骨肉抛下，顷刻化作飞灰。单留首级示挂，以警将来。今报应了要奸人，多少人议论叹息不提。是日奉命救解陈琳的，取至通关药末之类，下气参汤，岂知愈灌滤，久而体渐渐冷冻如冰。一众役人禀知包公，言："小人用药，力救之不活，莫非又劳大人的御赐法宝可救？"包爷曰："陈公公并非冤屈而死，纵有外邦之宝，难以救之。"吩咐："且将尸骸看管，待本官进殿奏之圣上，然后开丧收殓。"众军领诺。包公离座，走近一看陈琳，长叹一声："可惜陈公公，今日反是包某弄害尔身亡。念尔年高九十有零，未全期颐，今返蓬莱，只未沾圣上酬恩，先归泉府。惟生死有何干惜，为人只要馨香百世，青史流芳，即死犹生也。"言罢喝道："进朝复旨。"宋君王一闻，又悲又喜：喜只喜郭槐正法，报却母子宿仇；悲只悲笑死去老陈琳，未得沾恩而先丧。即颁诏文武官员："代朕设祭，合宫内监尽至法场伺候，人人挂帛穿素，以成举哀。"皆言："嗟叹郭槐害主，粉骨扬灰，深正其罪；钦羡陈琳忠心救主，功劳重大，只可惜未受君恩而先死去。今日又得君王知恩报恩，命许多大臣祭殓，差不多天子之丧也不竟如此。"

不表众民争羡，又言郭海寿久惯清贫，不贪奢美繁华，不愿为官受职，只因自是一小民，出身微贱，仪文礼度不谙，实不思在朝，倒思回陈镇居处，自得其乐。宋君留款他不能，李太后不觉动悲，唤声："孩儿，我子母相依十八载，受尽多少苦楚，而今离灾得贵，儿理当在朝伴驾，娘也得时当见尔。因何执意要回陈州，撇别为娘？实不该当的。"海寿曰："母亲休得愁烦。儿也原是久乐清贫，母也洞知。况在朝礼数不周，实多惭歉，岂非见笑于各位文武大臣。娘今与嫡生儿已得叙会了，今非昔比矣。况陈镇地所只隔三天程途，儿可常来往谒。而今承欢膝下，但有圣上供行，儿已放心别去。望乞圣上、母亲恕臣儿逆旨命之罪，深沾洪恩矣。"海寿虽然如此言来，早已合着一汪珠泪。只因他天性至孝，原不忍离亲，只是不思在朝耳。然李太后与他相处将有二十年，岂有不知尔之性情，万事未有一次逆忤母意，今不愿留，愿出万不得已的。故太后不苦留他，下泪呼曰："儿且等候数天。前者圣上已着令陈州地面官赶造府第，且待王府工竣时，差官送尔荣回。"郭海寿依命等候。当其时，有潞花王、静山王、汝南王等大卿、四相、大臣多敬他是当今王兄御弟，又知是大孝贤良，所以今天我请燕，明日尔邀迎，不能细述。

却言李太后今乃苦去甜来，居处宁泰宫，安享暮年之乐。君王、妃后每早请安。当日李太后细加思索，众后妃之中，庄重不一，惟有庞氏贵妃，虽则花容月貌，姿色娇妍，然而柳眉生杀气，玉貌现凶形，看来此女决非循良之妇，实乃刘氏后一般人也是。一天，妃后俱不在侍，李后叮嘱："王儿，勿将庞妃加宠。他的佞心滑性，妒忌生成的，如加恩倍宠，他即猛蛟得水，便要作浪兴波。"宋君谨遵母命。太后又言："寇宫女、陈琳死去，未沾国家一点之恩，须及早追封，使彼仙灵有感。包拯有此忠劳，也须加恩隆爵。又郭海寿，他执意回陈土，不用强留，且加封官爵，赠赐赉颁，以酬供孝之德。儿须早日颁旨也。"君王领命。不知如何，下回分解。

第六十二回 安乐王荣归结缔 西夏主恃暴兴师

诗曰:寿夭穷通须待时,强求未必遂如期。

时来风送滕王阁,运去雷轰荐福碑。

当日宋君王母子商议恩封有功之人,君王又道:“母后,前在陈州时,儿已禀告上苍,母后双目得明,愿免陈州十年国课。今果得母后双目重明,儿岂敢诬哄上天乎?即今要颁旨下传知悉。”太后曰:“王儿言之有理。今日既得母子团圆,正该免脱陈州国课;即天下犯囚,须当减等恩宽。况陈州地连岁饥,讨丐遍市,贫民很多。虽有十中一二富厚之民肯施见怜,无奈一连六七载,粮粒无收,即富者免渐生饥馑了。目今得皇苍指济,略得岁丰;王儿今又颁免征课之旨,实乃万民颂德无疆。”是日,天子领诺,旨意敕封寇宫女为天妃淑德元母娘娘,陈琳谥忠烈公,各造庙堂,春秋二祭,永受血食香烟。郭海寿敕封安乐王,颁赐黄白金数十万,并赐宫监一十六名,当穿服色,永享王府,不上朝谒主,陈州地文武官,朔望请安。包待制加进龙图阁枢密院正一品,恩赐上殿座位,五日一登朝谒主。大赦天下囚犯:十恶大罪俱减等,小罪一概赦免。陈州国课免征载。旨颁一下,各省均沾太后洪恩。又当日建造郭王府,并陈琳、寇宫女庙祠,开销国库白金一十八万两。

包公受爵加封,正要辞驾,继续赈饥公务事情。是日朝中接得陈州赍本,因建造王府已竣工。宋君王降旨包公、国丈二人,护陪郭王荣归。国丈先回朝,包公仍留陈州,完了赈济,然后回朝。当下忠佞二臣领旨,钦天太史选定良辰,即登车驾。更有文武官俱来送别。郭海寿又进宫拜别母后娘娘。太后嘱咐不尽的母子安慰言辞,又言须要一月一来朝,安乐王诺诺连声。母子洒泪而别。又拜辞天子,众大臣纷纷饯送。王城内外,民家店户,多排香烛,不能细述。有众文武送别数里俱回,只有庞国丈、包大人一路全程,处处地头多有官员迎接。

一天到了州城，动着多少本土人民，纷纷私议，言："郭海寿幼年时，母子二人也曾乞丐多年，后来长成，方得肩挑背负，市贩东西度日。然他虽一贫如洗，仍不失奉贤，原算他是一孝顺之人。今有发达之福，皆由孝养中得来，天之眷赐也。"当日郭王未进陈州城，早有大小文武官员、本土缙绅耆老，车马纷纷的等候恭迎。一路旗晃剑戟、月斧龙旗、文武军棍，一队队拥护，何下千人长道。音乐雅韵，悠扬一派。进至王府中，奢华夺目，不啻金銮殿之威模。郭王爷当中坐下，众文武官员参见：大员内官打拱，小文武官员俯伏尘埃未起。又表明：郭海寿本是个小户民出身，饭食也讨过，日劳奔走津廛中，昨者虽则包大人也见过，圣上也参谒过，然君臣之礼尚属全然不懂，坐定金交椅，由得众官叩首，也不说声"免礼"，不说声"请起"。只有庞国丈好生气恼，暗暗生嗔。倒旁有宫监代说一声"免礼"，众卑员起来。庞国丈向包公对面，首一摇，目一睁，似乎烦大人待我说一声，不好在此耽搁，我没好言与丐子说话。包公会意得，即言："千岁，国丈职佐中书之任，不便在此久于耽延，且速还朝公干为要。"郭王曰："那人留他耽延？由彼自便回朝去也。"包爷曰："下官也要辞驾了。"郭王曰："包大人，尔是去不得的！且在此，吾与尔作伴顽谈，未知尊意若何?"包爷曰："只因赈饥未毕，不得久留，故亦要相辞千岁，公办去也。"郭王曰："如此，包大人别去。尔们本土众位文武官也须退回，不必在此。且天天不用到拜，反动劳烦，两有不便。"众文武拜谢千岁，并国丈、包公，俱已登程去讫。原来郭海寿是小狭胸襟，不经诗礼王爵，那知朝廷有一定之规，为官有无二制体，故彼当日只吩咐本土官员，天天不用到拜，是借劳烦两有不便之说，实乃他不知官规的本来面目，只乐得本土文武官员天天省却请安之劳，暗自喜悦不提。

是日，包公、国丈殷勤别却安乐王，分程而去。国丈自回汴京，包公仍往执赈饥公干。不觉光阴迅速，一连三月，已是秋稻晚成，十分岁丰。万民赞颂天子、包公恩至之德。是岁民乐丰登，语休烦絮。

只有郭海寿，今日得贵受封，一贵一贱，迥异天壤，脱形换骨，生成好相：胖而腴，黑而白，丰姿体态，焕然一新。居处王宫，自得逍遥。

又乃当今圣上一王兄御弟之称，本土文武员故不敢简慢，敬谒之际，不异本土帝王。又言本陈州有位先王时出仕宰相的，姓王名曾，只因年老告假归隐。有女孙儿名美珠，年方及笄，尚待字闺帏。生来中当之貌，只性淑端庄。已知安乐王尚未婚娶，想是有意丝罗。一天，包爷赈务事毕，到来拜望。王老太师言及招亲之由，包爷一诺担承，曰："包某依命。"即言知安乐王，此良缘料亦和谐也。王太师喜曰："此事全仗包大人，只是有劳大驾不应当耳，容日叨谢如何？"包公曰："此乃和谐美事，何足言劳的？"顿时告别。王太师送出中门外相辞，包公登轿而去。一到王宫，会见安乐王，坐下。他言："包大人，尔连发王仓赈济劳忙，何暇到此？"包公即将本土王太师有孙女，年方及笄，未曾受聘，生来性情端重，意欲送进王宫，以侍巾帨。包某特来作伐，望千岁见允勿辞。郭王听了，微笑曰："吾乃出身微贱，偶然得遇王母后，不期显贵，岂敢私心妄想欢娱。虽然向日贫时，也蒙太师周济粮食，他乃积善良门，甚觉相宜。惟王小姐乃千金贵体，我卑寒出身，岂敢扳登的？望包大人转知，另寻佳偶乃可。"包公曰："此乃太师有意招亲，尔虽前时寒苦，今日贵显王封，他是名门阀阅，两相匹配，甚觉相当，千岁休得过辞。"当日安乐王听了包公劝言，不好当面力辞，只得言曰："感包大人情意殷勤，只我陋性不恋奢华，不贪欢乐的愚汉。今既大人有此美意，且为吾奏知圣上，待旨允准如何？"包爷曰："千岁高见有理，待下官与尔修本申奏明言罢。"抽身作别，仍还相府，将情复达王太师。太师大悦，曰："奏明圣上，君王作主，更觉有光也。"

当日包公别去，回归署寓，修成本章，差官赍送到京。非止一日，有一天到汴京，黄门官接本，上呈御览。君王看毕，喜色冲冲退进宫，达知母后。有太后闻言，喜悦欣然。言曰："陈州地，久仰王太师为人忠厚，子孙世袭，乃先帝功臣。此段姻缘，实见相当。况儿已封王，显贵中匮，正当有佐。"太后即赐宫粉资十万两，珠翠金钿满匣。圣上敕命：王小姐封王妃夫人，御赐珠冠玉佩，本章准批，着包公为月老，钦赐完婚，迥异寻常。是时，老太师送孙女到王宫，此番庆闹非凡，本州大小文武官员，尽皆两相拜贺。王府外殿、内堂，多排酒燕，十分丰美。王曾设燕，贵品多般，不能细述。是日，一片音乐歌声。一连数天燕乐，郭王夫妇和谐，话休烦絮。

交代完陈州，又言朝内。宋君王自得国母还宫，朝中文武各加升赏。又再差官赶上孙兵部，不用清查库仓，只依杨元帅本提战功，加封狄青为副元帅之职，与杨宗保一同镇守边关。其时焦廷贵、沈达也奔赶回关中。众将士俱有加升官爵。元帅、众将谢恩已毕，天使回朝复命。不多细述。

当日，反恼得国丈纳闷昏昏，一心算计狄青，反被他们联成一党，养成羽翼，威势炎炎，老夫的威风渐减了。今喜得包拯不在朝，且正寻机会算账他们。岂知这昏君，依着包拯言，调回贤婿不究库仓，谅来又弄不得狄、杨二畜生，反又加狄青为副帅之职，真可恨包黑贼也！

不表庞洪烦恼，再说边关杨元帅见四员虎将均沾圣恩，封赠统制之官，狄青又加封副元帅，关上文武官员，人人喜悦。忽一天，因副帅不意染一患恙，卧病不起，一连数天，水米不沾，呻吟疾苦。杨元帅与范爷、杨将军自然延医调治，三虎弟兄，天天来帐前问候。患疾十天未痊，杨元帅心中忧闷，只得与范、杨酌议，赍本回朝，奏知圣上。即日差官而去。

次早正升帐，有探子报上：西夏王复兴兵三十万，遣上将薛德礼拜为灭宋元帅也，驻兵城外五十里。杨元帅闻报，当日自仗本领英雄，兵精将勇，全不介怀。即令孟定国传齐部将，岳刚传知众兵，俱至帐前参见元帅候令。是日，贼营内战书投发进关，杨元帅批回“决战”之词。不一辰刻，有飞报进：“启上元帅爷，贼将薛德礼，带兵城下讨战。”元帅闻报，拔令焦廷贵，领兵一万，与薛德礼会阵，须要小心。焦廷贵口称：“得令！”上马开关，轰天炮响，手拿铁棍，杀气腾腾，一马当先，一万精兵，旗幡飞扬，呐喊如雷。焦廷贵一看：西戎贼将生得蓝面獠牙，三绺花须，丈余高猛。手持一柄大钢刀，坐下一匹五色花鬃豹。焦廷贵胆气豪豪，一马拍近，铁棍当头即下。又言薛德礼乃西夏国有名上将，焦廷贵那里是他对手，冲锋不上二十合，连喊数声：“利害！薛德礼，我的儿！”即带兵逃走回关。薛德礼催兵追赶，只见城上箭如雨落，反被射伤兵丁数百，只得招兵回营去了。

内城元帅帐中坐下，勇将齐列两行，范礼部坐于东首，杨将军坐于西边。忽焦廷贵至帐，尚是气喘嘘嘘，上前打拱称："元帅在上，末将杀不过薛德礼。这贼将十分利害，人雄马壮，一柄大刀，大如板门，打过来沉重如泰山。"又谎言："小将与他交锋五六十合，抵敌不住，只今败个羞回，望元帅恕罪。"元帅曰："胜败乃兵家之常，尔本事低微，何得夸着别人之勇？尔今出关，午刻即回，不像五六十合的工夫，岂非谎言的？"焦廷贵听了，忙说："小将言错了，原十五六合耳。"杨元帅想来：西夏贼兵初阵逞强，谅弱者也不来。谅贼将本事高强，兵虽锐利，但本帅城中雄兵四十万，文武并标官，教尔马倒人亡而回也。此日闲文休细表。

来朝红日透扶桑，又报进薛德礼指名元帅会阵，十分猖狂。杨元帅即发令张忠出敌。战至四五十合，大败进关。元帅又差李义出马，薛德礼连胜了三员虎将。杨元帅好生不悦，言："薛德礼果也骁勇，狄王亲患疾未愈，待本帅明日亲自出马，与他见个高低也罢。"是晚休提。

次早又报薛德礼讨战，杨元帅择定此日亲临赴敌，上马提刀，浩气炎炎，好位保国的老元勋。银盔高竖赤帻，背插八角彩旗，银须三绺，雪白飘扬，高乘银獬豸。三声号炮，三万铁甲军，拥随左右。焦、孟先锋护卫首阵，张忠、李义冲头，一同飞拥出城。薛德礼一见来将生得威风凛凛，比昨天来将，大有分别不同：手执金刀，高骏白马，身长丈余，白脸银须。薛德礼冲近，喝声："来将可是狄青否？"元帅冷笑曰："无名小卒有目无珠，人也不曾认得，还来混扰！"他言："尔既不是狄青，且报名来！"元帅曰："本帅乃天波无佞府山后老令公之孙，官封定国王，开基大宋天子驾下敕受天下招讨使杨宗保也。"薛德礼听了，不知如何答话，胜负怎分，且看下回分解。

第六十三回　杨元帅中锤毙命　鬼谷师赠扇遣徒

诗曰：擎天铁柱杨元帅，保宋辛劳第一功。

独惜中伤遭殒命，梁材忽折怅何穷。

当下薛德礼言曰："原来尔是杨宗保。尔若识时务者，献降边城，投顺我主，难道不封尔一侯王之位？如不听好言，只忧尔此番性命休矣！"杨元帅大喝："叛逆贼，敢夸大言，看本事知强弱！"金刀一起，耀目光辉。薛德礼青刀急架相迎，真乃龙争虎斗。南北两员虎将，各为君王，杀到难解难分。薛德礼虽则西夏国一员勇将，到底及不得杨元帅老当益壮，刀法精通。两位元帅，冲杀百合，德礼招挡不住，大呼曰："杨宗保老头儿，果然利害！本帅杀尔不过，且让了尔多活一天。"拍马败走。杨元帅大喝："贼奴，那里走！"飞马追赶。薛德礼心下慌忙，即取出混元锤，回马当头打去。有万道金光罩目，杨元帅觉得目花昏乱，闪躲不及，混元锤打在左肩上，疼痛难当，拿不定大刀，口吐鲜血，翻身跌扑雕鞍下。早有张忠、李义飞步赶上前，一人挡阻贼手，一人背了元帅，飞逃回关。薛德礼此番催发西兵卷地杀将过去。宋军见元帅被伤，大惊四散。焦、孟抵挡不住，众兵被杀得七零八落。三万精兵折损一半，余众走回城中。众将败回，紧闭城门，严防攻击。

再言薛德礼，大胜回营，洋洋喜气，言："妙！妙！杨宗保乃宋邦主帅，有名上将，本帅却杀他不过。今被吾打了一锤，也不过三天，化为血水而亡。今日除了杨宗保老英雄，惧什么狄青！少不得一同伤他性命。宋主还有何人抵敌本帅？岂不功居第一！"是夜，西夏贼营排颁筵燕，犒赏三军，也不多提。

再表宋军败回城中，元帅受伤，范爷一见大惊，忙召医生看治。杨青气恼得二目圆睁，骂声："可恶叛逆奴才，战不过元帅，用锤伤人，真可恼也！"当日元帅睡倒牙床，范爷吩咐，四方城门紧闭。惟有元帅受伤,那知服药不效,是夜几次发晕。众将长夜看守,只见元帅昏沉不醒,众大小三军惊慌无措。范爷连夜修本来朝,差岳刚飞赶回朝。若问薛德礼的混元锤,是妖人传授,非比凡间兵器之物。如此人中伤一锤,由尔英雄健汉,不出三天之外,也化为血水而亡,是药饵所难救的。今元帅被打了一锤,遍身疼痛,死去还魂,也无一言说出,只昏昏沉沉,一身肌肉,渐渐消磨。悯怜元帅,一生为国辛劳,今日死于肌消肉化,只留得一堆白骨。范、杨二人惨切伤心,文武官员、大小三军无不堕泪。只得收拾骨骸殓了。范爷是日又追上一本,即差沈达并送骨骸回朝。先说薛德礼,因伤了杨元帅,领兵直抵城下,天天攻打,关门甚急。范爷权执帅印,发令四门加倍弓箭石灰炮火,日夜当心巡查。此时狄副帅患疾未痊。

慢表边关危急,先言云梦山头,鬼谷先师清晨正混用元气元神,神占一课,已知西夏复兴雄师,杨元帅被薛德礼用混元锤伤了,化血身亡,实乃定数难逃,不能搭救。但薛德礼有此混元锤,宋朝虽有上将英雄,也不能抵敌此锤,即贤徒狄青亦难收取此锤。不免打发石玉下山,收取此锤,以免西戎猖獗也。即差小童唤传至小英雄。

又言石玉在仙居,已经一载,习诣双枪,已经纯熟,只是时忆念老萱亲、岳父母,又丢不下美贤郡主,实乃音信难传,那知我耽在此仙山,岂不忧坏我之母、妻也。忽一天,见童子来呼唤,言:“师兄,师父唤尔,速随我来。”石玉应允,即随童子,转却弯弯曲曲,一到丹墀,参见过,即曰:“师父在上,弟子石玉参见。”仙师曰:“贤徒免礼。我今唤尔至跟前,非为别事。只因西夏将薛德礼有一混元锤,非凡兵刃可抵挡。杨元帅被打一锤,已经化血身亡。宋朝虽有上将英雄,但难以抵挡此锤。我今赠汝风云扇一柄,到边关上除敌。彼用锤飞打过来,尔只将宝扇轻轻一拂,可收取此物了。原薛德礼乃巡海夜叉,凶恶星转世,应得凶恶死亡。尔今回关,与狄青贤徒一同立功,显扬于当世,誉美于千秋,方不负为师收留尔二人一番。还有八句偈言相赠,是尔一生结果,取功名富贵尽于此矣。”言罢,袖出一柬。石玉复双膝跪下,双手接转,收藏过。又言:“弟子有蒙仙师带上仙山习艺,已经一载,传授枪法,已得精妙,深沾洪恩,难报万一。即此拜别。”鬼谷师曰:“贤徒不须多礼了。”石玉叩首已毕,起来,抽身又别仙童、师弟,藏好风云扇,持着两刃三尖枪,下了仙山。当日上山时,并无马匹,故踩开大步而奔。当时又得老仙师一朵云,已送至边关下。石玉将师父所赠之柬拿出,外有数重纸包固。拆开一看,并无一物,只有七律诗一首。其诗曰:

仙缘无分不须求,叨福人间建业优。
年少只遭颠沛困,中途惟喜战功稠。
三番历苦登麟阁,二次平西进凤楼。
早运未通奸妒害,晚成除佞报亲仇。

石玉看罢,自言曰:“师父赠我诗偈,说我没有仙缘,只好立功取贵。但少年灾困,历尽苦楚,方得成功。又许,我能报父仇。但思庞洪奸贼,正在势头盛日,未知何日可报复不共戴天之仇耳?”

丢开石玉中途语,却说边关一段情。杨元帅身亡,狄副帅病体虽然轻些,然而还未如平日强健,在着后营静养。范爷早已吩咐众人:“元帅身亡之事,切不可言知狄王亲。”是以众将依言瞒着,狄青并不知外厢缘由。惟西兵日日围城攻打,范礼部已飞本还朝,不知何日救兵到来?当日飞山虎乃一鲁莽之徒,大怒曰:“西夏贼奴的薛德礼,他之铜锤如此利害,不知何物做成?待吾驾起席云,进彼大营,悄悄的一刀结果他性命,拿了此锤回关,起发大队军马,杀他片甲不回,方报却元帅之仇。”想罢,即禀知范大人。范爷不许,言:“刘将军乃粗莽之人,若不小心,反为不美,不可造次也。”刘庆曰:“范大人休得多心。我既刺不着贼将,定然盗他此锤,也不惧此贼奴了。”范爷纳闷不言。

是夜初更,刘庆驾上席云,一至番营大寨,四下一看,只见灯火光辉,是犒赏三军,正在那里吃酒。刘庆看见天色尚早,难以下手,按下云头。听候一会,已是二更中,只见薛德礼徐徐伏倚中军帐交椅中,醺沉大醉。众将兵尽皆散归自营寨去讫,近身只存一番女。此刻飞山虎暗喜,落下营中,悄悄迈步进中营。一到薛德礼身旁,正要拔刀行刺,只听得姣嫩声喝道:“刺客慢来!”

又表明:此少女娘,乃薛德礼之女,名唤百花,也是一员女将,习得家传武艺，随父行军。是晚出营，伺候父亲吃酒已完，谈论一刻，薛德礼已醉得沉沉，倚伏身入睡乡，呼呼鼻息。百花女也伏案假寐，一见人影近前，喝声抽身。飞山虎反吓一惊，驾云不及，被他一把扭住，挣扎不脱。但百花女原一将门出身，两臂刚健，刘庆左手打去，他右手招，右手飞来，左手迎。二人扭结定，百花曰："汝这南蛮，谁使尔来作刺客？早说分明，好送尔归阴。"刘庆心慌意乱，犹恐他呼喊醒贼将，只得言："我乃宋营中虎将刘庆也。只因吾元帅被薛德礼打了一锤，化为血水身亡，是吾心忿恨，特来尔营作刺客。这是实言的。"这百花女看上刘庆乃位英雄汉，不觉有私行招亲之意。又见父亲鼻息如雷，轻轻呼声："刘将军，薛德礼是奴生身父，尔今夜思来行刺难矣。这边来罢。"一把扯牢而走。飞山虎暗想自言："这小丫头好生奇的，不知他拉扯我何也？"此时只得随他跑走。曲曲弯弯，到了后营一所，灯光如昼，目前侍女十余名。百花女吩咐众侍女多出外厢。众小环评论曰："此位将军不是我邦人，因何我小姐拉他进来？像什么？好羞人也。"有几人言曰："吾家小姐未有丈夫，要拉此中原将军来做夫妻。如今且先叙会，也快哉，奚分羞耻？"

不表侍女闲言，再说百花女看中了中土将军，当四顾无人，呼唤："将军请坐下，奴与尔细谈。"当时刘庆猜着："他生来有此姿色非俗，今又如此柔和，想必有意于我也。惟吾一粗直之人，岂将女色介怀的。况有妻儿了，如与吾结对，真乃冰炭不交也。"若问百花小姐，生长西北外荒野之夷，年交及笄，有此美质，又因本邦男子多是奇形怪状，粗俗不堪的，是他父故尚未与对亲。当日刘庆虽非美貌惊人，但比之他北外蛮邦也有高低之别。今见刘庆乃烈烈少年，故欲仰扳。又言："刘将军，尔敢于今夜来行刺吾父亲，好生胆子！欺他酒睡，若非奴拿下尔，我父一命休矣。但别将拿下，将军的性命也难活矣。"飞山虎曰："若问小将行刺尔父亲，无非两国相争，各为其主，怎顾得利害交关？倘小姐用情，放我回关，小将自是感承恩德。"百花曰："将军既进我营，休思回去。"飞山虎曰："小姐此言何解？"百花曰："将军，奴看尔一烈烈英雄，谅必武艺高强。惟今边关死了杨宗保，大宋还有那人撑保江山？奴劝刘将军投顺吾邦，撇却宋朝。"刘庆曰:"小姐此语一字不须言。如要吾投降尔邦,今生难矣,除非来世依命的。"小姐曰:"尔若不甘投顺,回关休得妄想矣。"飞山虎曰:"既然小姐不放我回关,即甘愿一死,岂有悔怨之心。"百花曰:"将军之言差矣!尔既为堂堂大丈夫,因何全无智量?倘投降于我邦为官,美貌佳人却也不少,觅一位与尔作配,有何不妙?仰恳将军依奴劝谏,是知机之辈。"飞山虎听罢,冷笑曰:"小姐,吾刘庆岂是贪花好色之人?又已有妻儿的,谁人贪蛮尔邦佳人结缔!今日既入尔牢笼,有一死而已,何须多劝投顺不入耳之言。我刘庆虽然一粗鲁之夫,顶天立地自许,岂肯叛君而投降敌人?休得妄思量也!"百花听了,自言曰:"岂知此将有了妻子。也罢,我今囚禁不放他回关,且待明朝爹爹发落的。"言罢又呼勇侍女儿人,拉扭住,将彼囚禁后营,好生看管,好待他心服归投。即时囚禁下。飞山虎大怒,大骂"狠毒贼丫头"不绝。此语慢提。

次日,百花女梳妆已毕,来至中军帐,拜见父亲,说明:"昨夜二更时候,宋营中一将名刘庆来作刺客,已被女儿拿下,囚禁后营。禀知爹爹,如何发落定夺?"薛德礼曰:"可恼南蛮,怎生混进大营来作刺客!若非女儿把细,为父一命休矣。且押出一刀两段,方见不敢小觑我们。"百花曰:"爹爹,此人乃宋邦猛将,倘困得他投顺,与我们做个里应外合之人,此关唾手可得矣。"薛德礼笑曰:"女儿倒有此机谋。如此,且囚禁下慢劝彼降顺,做个内应也。况且此关坚固,又防守严密,守城炮火弓箭利害,近数天攻城,反伤去兵万多。得内应人甚合。"不言父女机谋,未知边关如何退敌,且看下回分解。

第六十四回　破混元大败德礼　解重围扫灭西师

诗曰:天命难违定不移,恃强轻敌枉偏思。
　　　顺存亡逆从来理,造化玄机应有期。

慢言西夏营中父女议敌,再言石玉得鬼谷先师施法力,一阵狂风,送至边关,说明缘由,范爷等方知石御使郡马公。又言知仙师赐赠来宝扇,正可破混元锤,众位将军大悦。是日,范大人吩咐排酒筵,与石御使接风。石玉是个性急英雄,即言曰:“待小将破了混元锤再回吃酒的。”范爷曰:“昨夜刘将军往劫贼营图行刺,要盗取混元锤,今天不见回城,谅得凶多吉少。他是粗莽之徒,不依劝阻。今石大人马上出敌,且探他消息如何?”

石玉应允,即领精兵一万五千,顶盔贯甲,命人牵回昔日领解征衣遣下之马。是骑熟脚力,顿时跨上,气象岩岩,炮响关开。横持双枪两柄,大呼曰:“西夏贼听着!今石将军特来候战,速唤薛德礼贼奴出营纳命也!”早有小军报进,薛德礼立即上马提刀,带兵飞出阵前,大喝:“小小犬儿,擅敢口出大言,且祭本帅大刀。”当头劈下。石将军喝声:“好家伙!”使动双枪架开。老少各显强狠,斗杀冲锋,自辰时交至午刻,不分强弱,薛德礼自言:“不好了!这员小小宋将,看不出有此利害双枪。看来难以取胜,不免又用混元锤伤他的。”将刀一隔,即带转马而逃,取出混元锤在手。石将军早已提防他,大喝:“逆贼!又思用物伤人。”即持宝扇高张,一见锤飞来,轻轻一扇打去,真乃仙家妙用,相生相克,混元锤早已拨于尘土。薛德礼大惊,拖刀不敢拾取此锤,被宋队掠阵岳刚所拾。石将军拍马追赶,大喝:“贼奴才休走!”正在赶上,忽有百花女冲出阻挡,双双接战。

百花女一见石玉生得貌如美玉,比刘庆迥别悬殊,不胜羡叹。如擒拿得回营,胜刘庆万分矣。岂料这石玉乃仙传枪法,薛德礼尚且不能取胜,百花女焉能抵敌?顷刻被生擒过马。众西兵杀上,要夺回小姐,有宋兵万五千大队卷杀去,西兵纷纷倒退,自相践踏,死伤遍地,不成队伍,四处奔逃。薛德礼几乎被冲倒,那里还敢杀上前夺取女儿,只得弃马杂于乱军中,招集回残兵一路回营。仰天长叹曰:“不知那石玉是宋军中何等之人,好利害!破收宝锤,又捉去女儿,伤去兵丁万余,真可恼。也罢,待本帅明日与他决一死战的!”

不表贼营内事,且言石玉生擒女将回城,大获全胜。范爷大喜,记录功劳,即日又上本回朝。捆绑过百花女,他竖地立而不跪。范爷喝曰:“反叛小丫头,今被擒下,敢生胆子,立而不跪!”百花曰:“南蛮听着，奴非下辈之流，乃薛元帅之女。既被擒来，甘代一死，岂肯屈膝下跪敌人。”范爷冷笑曰：“尔乃一介小小丫头，倒也胆大狠大。吾且问尔，我们一位将军刘庆进尔营中，今在那里？”百花女笑曰：“好老面皮的南蛮，既云上邦中国，堂堂义师，因何效有刺客之流？今不能抵敌，便希图行刺。已经被我们拿下，苦劝他投降不依，故现牢囚于后营中。”范爷听了，心头放下，明日且如此救出刘庆矣。石玉闻言曰：“既刘庆被擒，现在贼营，待小将杀进，讨取回城，如何？”范爷曰：“石大人休得轻躁。如今天色已晚，且待明日讨救他未迟。”又吩咐将百花女囚禁于东后营看管。是晚，帅堂内外，大排筵燕，并犒赏三军，庆表战功，殷勤敬款石玉。范爷、杨将军大加赞叹：“郡马一到关，即立战功，与狄王亲一般年少英雄。关上有四虎将军，今石大人有名笑面虎，且又加上一绣旗笑面虎，共成大宋五虎将军。惟同心协力，扫攘外敌，保国安邦，圣上之幸也。”石爷谦逊毕，又言：“刘将军被擒去，定须明日杀踩贼人大寨夺回，方成全五虎。”范爷曰：“吾已算度定，贼人捉去刘庆，谅情定不放回。幸喜郡马大人擒得百花女回关，不如明日以女易男，两相调换耳。”石爷曰：“范大人高见不差。”

众人燕毕，石玉邀同李义、张忠来看狄青患恙症。原来狄青染病已经痊愈了，然而精神尚未强健，故尚未出登帅堂，在着后厢安歇。即西贼来攻城，范爷不令人说知。当时一见石玉，惊喜交半，及问明，方知鬼谷师妙用，撤去贤弟。又及关内事，方知元帅中锤，化血身亡。吓得神色惨变，不觉虎目泪下一行，长叹数声，心中烦恼。弟兄三人各各劝解，惜念患病不宜感伤之意。是夜，四人长说谈叙，直至天明。

是日众文武官员在帅堂上正酌议破敌，忽军兵报进：“贼将薛德礼领了大队精兵，指名石大人、狄大人出敌，十分猖狂。”石爷听了，冷笑曰：“杀不尽的贼奴才！”言罢，即披挂盔甲，上马持枪。三万精兵，冲关而出。石玉飞马当先，大喝：“贼奴才！昨天杀得大败，饶尔多活一天，还不自惜其命，退兵回去，早献降书，送还吾刘将军，便饶尔贼奴一命。可细想来！”薛德礼冷笑曰：“小小人儿，休夸大言。尔若还了本帅百花女，吾即还汝飞山虎，然后会战也可。”石玉曰：“既如此，且准依尔。”一边吩咐往后营放脱飞山虎，一边关内跑走女英雄。男女二人,各归本阵,面赧颜羞矣。当时薛德礼与石玉复又交锋,一连百合,未定高低,两下军兵混杀一场。时已日沉西角,彼此鸣金收兵。

石将军带兵进关,与范爷、杨将军细谈西夏贼赵元昊强盛,自当今御位之初,至今用兵二十载,两相用兵,损去不下二百余万军兵,悯死良深可慨也。范爷曰:"这是气运该当有此劫杀,即上数载,加以契丹北侵掠,损兵折将亦不下百余万。惜乎真宗先帝时,不依寇准丞相之谋,当得胜之日,不要制其称臣,是机会之大失也,故至当今又不免侵凌之患。总之民不聊生,武夫之劳悴遭殃也。"三人正言谈嗟叹时,刘庆上前拜谢救脱之恩。是晚不表。

次朝计点昨天出战兵,折去五百名。西夏兵营,一点起亦折去千多。是日狄爷忍不耐烦,竟出帅堂,对范大人言知出马。范爷曰:"王亲大人贵体尚未痊愈也,须忍耐安歇,未可造次冲锋。"狄爷曰:"薛德礼自兴兵以来,如此猖獗,晚生患疾中,全然未晓。只深恨元帅死于西贼之手,如此惨伤,小将恨不能与此叛贼雷同粉碎其躯。如非他死,便即我亡,并不暇及矣,那里还待候得多天?且吾患恙已痊,岂可坐视,由得贼人猖獗?今且出城,定然见别高低。"范爷正要开言劝阻,忽军兵又报进言:"薛德礼喊战,领了大队军兵驻附城下了。"狄青吩咐扛抬上金刀披挂,坐上龙驹。范仲淹、杨青二人阻劝他不住,只得差孟定国、焦廷贵、张忠、李义四将领兵接应。石玉又言:"待我与彼掠阵。"焦廷贵大呼曰:"尔众人勿忧,副元戎有名名仙戏,岂惧薛德礼强狠!"当下狄青顶盔披挂,果也非弱。金刀一摆,龙驹连打三鞭,号炮一响,数万精兵拥关而出。一望敌兵,果也剑戟如林,排开阵势,喊杀如雷,锐气正盛。狄爷勒马抡刀,高声大喝:"来者叛贼奴,可是薛德礼否?"贼将曰:"然也。尔是何名,通报上来纳命!"狄青大喝:"夸口贼奴,死在目前,还敢大言。吾乃副帅狄青也。"薛德礼冷笑曰:"本帅只道狄青怎生的大英雄,岂知一小微人耳。"狄青气忿喝声:"夸言贼,看刀!"二将冲开坐骑,大刀架劈,火焰飞腾,叮当响亮,杀在一团,将及两个辰刻,惟狄青患疾后力气未足,如常看看抵不住。有石玉掠阵,一见狄青刀法将乱,即忙飞出,大喝:

"贼奴休得逞强,石爷在此!"双枪照面门刺进来。贼将薛德礼好生着忙,闪开大刀,急架双枪。金刀又起,当时薛德礼只抵得敌一人,那里招架得两般军器?正要放马奔逃,大刀一慢,腿上早中了一枪。喊声不好,狄青金刀一挥,中他肩膊,已跌于马下。焦廷贵赶上,割下首级,喝声:"贼奴!前天杀败吾焦将军,又战我元帅,不过用妖锤伤人。往日狠强,于今何在?"

不言莽夫妄言,此日二十万西贼兵,一见主帅身亡,军心惊乱,不斗战而四散逃生,不成队伍。宋兵数万,四边追杀。狄爷大呼:"愿降者免遭杀戮!"内有逃不及者,多已投降。一睹杀死者,尸横遍野,满地流红,实惨然可悯。宋军所得刀枪、马匹甚多,扛牵回关而去。有百花女闻败兵报知,哀哀痛切,谅来父亲已死,抵敌不来,不敢杀去,只得弃了大营,领了男女兵数万,逃回西夏而去。当日关内杨青老将,提了百斤铁锤,与众小英雄领兵接应,抄杀进他大营,并无一卒,只得收拾遗下粮草、马匹、军器运回关中。范爷大喜曰:"二位王亲、郡马大人,果乃国家栋梁之辈,永固宋室江山得倚矣!"狄青、石玉并谦言:"那里敢当!范大人过誉。得除敌寇,乃天子洪福,又得众位将军协助之功,非晚生二人之独力也。"范爷又言:"王亲大人患疾后,元气未复,筋力先劳,还该将息尊躯才是。"狄爷曰:"有劳大人费心,惟不胜感激。已足履动如常了,不用介怀也。"范爷又吩咐焦廷贵将薛德礼首级号令于辕门。众兵及将卒各归营里候赏军功,刀枪、马匹、粮草各点归廨为中。又着令孟定国招令丁夫于沙场之上,将贼兵尸骸埋掩于间土中去讫。范爷即晚着排酒筵于帅堂中,与众将庆功。各营哨兵多有犒赏,惟助战得胜兵丁数万,倍加犒劳,金钱银牌赏格均沾。所赏项费、所用之项,自然国库奏饷开销,不须多述。众将开怀燕乐一宵晚,略叙休提。

次日,众将兵只因杀散贼师,解了城围困,正闲暇中无事,各归营寨。只有范爷、杨将军、狄爷、石御史四人,在帅堂言及起杨元帅一生为国辛劳,年交六十,未得一日安闲,一旦丧伤惨死。想来出效力于邦家,身当武夫之任,睹此,宁不灰其心?说起此言,众人均觉伤情感触。又言及起前月圣上有颁召到来,言当今国母李宸妃娘娘,十八年前被郭槐唆惑刘太后，陷害太子，放火焚宫，今被包拯审究明，李后还宫，郭槐处决，有此天大事情。范爷曰："当先王真宗自北征时至今二十六七载，先王起兵去后三年之际，果也火毁碧云宫，内监、宫娥被火灾，死却百十多人。言李宸妃母子已焚死在内，只付之叹息而已。其时我也官居知谏院，是目睹其事，惟怎知李妃逃难，越出宫闱之事？今将二十载，被包拯一朝究明，有此异闻，算他果也神智，非人可及也。"狄青、石玉二人并言："吾是晚辈，此事是前二十载，毫不得知之。"杨老将军曰："若云内朝火焚宫一事，也有诏旨得闻，计其时年，杨延昭老元戎终世二年，吾与宗保元帅俱已得知。但范大人在内朝官，不知李妃逃难出宫，吾与元帅领守边关，自然不知的。"言谈之际，不觉日坠西山，又是一宵晚景，也无枝干别言，且看下回分解。

第六十五回　悼功臣加恩袭嗣　诏拜帅厚赏边军

诗曰：英雄虎将敌人惊，力佐江山永保宁。
　　洪福当今添国颜，全师奏凯大功成。

不表边关众将言谈，却说朝中宋天子，一天接得边关一本，心下着忙：一者西夏大起雄师，二者狄青染病不起。又过五天，一本又到，吓得大惊：杨宗保一命遭殃，边关干将一殒，犹恐江山动摇不安。且喜石玉仍回，与狄青破敌有功。君王想来：杨宗保老帅，在先帝时已职任边关，为国劳忙，历经三十载。藩卫邦家用武，并不得安闲，功勋屡著，一旦遭此惨伤，是折朕之栋梁也。天子龙目中纷纷下泪。是即颁旨往无佞府：圣上钦赐御祭，用以王礼；朝内文武官员俱服素衣一月，加谥耀武王；其世子文广，年方十七，应袭厥职加封绍烈侯。是居丧之际，又因年轻，不必到边关赴任，且随朝伴驾。当日杨门一闻凶信，骇惊不小。穆氏夫人哀哀恸切，佘太君悲苦失声，众夫人垂泪相劝，解慰一番。是日少不免外椁内棺，王侯殉殓，烦用多般，不能细述。

不表杨家丧制，却言宋天子，只因杨元帅弃世，朝中武将虽皆分镇边疆，功臣世袭之子曹伟（曹彬子）、仲世衡老将二人，乃智勇兼备，惟其时北狄、契丹入寇多年，兵势甚锐，二将早已领守边城，即在朝吏部韩琦，亦已出镇延安府，宋天子只得加封狄青为天下招讨元帅。石玉一回关即破敌，立下大战功，加封招讨副元帅，同守边关。众文武官员俱加升三级。诏旨发往，下文自有交代。当日宋天子追忆念老功臣不得安然正毙而亡，况勤劳王室有年，故特加恩敕旨：文武大臣往杨府致祭，代主之劳。忙乱一番，也不多表。

又言南清宫内，狄氏娘娘母子，一闻狄青在边关又败西戎，立下军功，杨元帅已阵亡了，又颁旨授彼为边关正帅，母子欣然大悦。太后曰："不料侄儿倒有此高强武艺，马上建立功劳，实乃先灵凭借有光也。"

慢语潞花王母子喜悦之言，又说庞国丈，自从李国母进宫之后，郭槐已死，心腹同党羽翼被包拯除去数人，是以凡事心寒了，权柄渐减却些。这日闻讯，想来：只因目下喜得杨宗保死了，那日老夫正在驾前保荐孙贤婿领镇边关，可称此职，免却狄青、石玉二奴才，得此兵柄权势，否则吾老夫休矣。当日圣上略有允准之意，无奈有富弼与韩琦两老匹夫，阻挡圣上。二人言吾贤婿只可作文员之任，在朝伴驾耳，不合往边关当此征战之劳。又奏言狄青、石玉等乃年少英雄，又得范仲淹、杨青老诚慎重维持，屡次立功，敌人畏惧，合当拜帅，接杨宗保之任，方为用武之才。圣上不准老夫之请，只依二贼之言，真令人可恼恨也，又可哂笑。这昏昧之君，一接得边关本章，闻杨宗保死了，即便纷纷下泪的痛惨，连日设朝，并无喜色。吾想杨宗保死了，有什么干碍的？好不明昏昧。隆宠这班狗党，只今收除不得狄青，连及石玉也回关。前时只道在仁安被妖魔吞陷了，岂知又得仙人救去，一回关又立下战功，诏旨封敕副元戎。一班老少贼，联成一党，势大权高，教老夫算帐他不来了。又思：吾女儿自进宫数年，圣上宠眷十分，说来之言，无有不准依。一自李太后进回内宫，不知圣上何故将女儿略略冷淡些。想必女儿与国母不相投机也，是以唆着圣上疏冷淡吾女儿，也未可知也。惟女儿不得圣上喜欢，老夫有机窍事与女儿通关节，思不准了，怎生是好？惟现今且喜包黑、韩琦等一班狠烈狗党俱不在朝，老夫把弄日中并不介怀畏怯，且待有了机窍，再行设施，定必倒弄却边关这些狗奴才，方称老夫之心愿也。

正在自思之际，有家丁禀上，言："孙大人、胡大人到拜！"国丈传命："请进相见。"孙、胡二人进至内堂，国丈起位相迎，一同见礼坐下。国丈言道："杨宗保死去甚妙，正在打点保荐贤婿，往任边关。有富弼、韩琦两个老奴才阻挡，圣上反去保荐狄青、石玉二小畜生为正、副元帅。今被他于边关上联成一班狗党，老夫正在心烦，又奈何他不得。"孙秀曰："前者奉旨复查仓库，正要将机就谋，回朝劾奏。不料圣上于半途召回，一场打算又落空了。"胡坤曰："老太师且免心烦。我想狄青、石玉今已权高势重，谅情弄他不得，吾儿子之冤难以报复的了。"三人言论，只是闷烦着恼，按下休提。

却说勇平王高琼老千岁，是日接得边关贤婿之书，喜悦万分，方知贤婿上年虽被奸臣算计，果有妖魔陷害之事，又得仙师带上仙山习艺。今天圣上颁旨加封副招讨使，与狄青同守边疆，真乃妙！妙！老夫从此丢下愁烦也。即进内堂，言知夫人、女儿。夫人与郡主真乃喜从天降。是日，一门父女，叩谢上苍，喜悦不尽。即日高王爷命郡主修家书一封与丈夫，待交付赍本钦差，顺往边关。郡主欣然领命，是晚修书，也不多叙。

再表边关上，狄青与石玉对坐下私谈，狄青曰："如今边关围困虽解，敌兵尽数勾消。今圣上虽乃仁贤之君，惟边庭武备不足，故契丹强悍于北方。今西夏赵元昊屡次侵扰，实由朝廷立法不严，专主姑息，礼宥奸臣，多缗岁币于外敌之过，而自削弱也。"石玉曰："身当武将之任，恨不能于疆场马革裹尸，以报圣上知遇之恩。惟朝内奸佞，怎惜马上辛劳；只顾苟安一时，私着一身一家之计，那知君国危与不危的。想来真乃令人可恼，奸佞贼臣也！"狄青曰："庞贼翁婿与胡坤，屡次算计图害，恨如渊深。目下虽得身荣，怎奈奸党未除，而心实有未平也。"石玉曰："小弟亦与庞贼有不共戴天之仇。惟目今乃庞洪当道盛时，借女庞多花得宠势头，想来未知何日得伸报父之仇冤。若得报冤，即不为官，心如所愿矣。"

二人正言谈间，有范爷笑容满脸进帅堂，二将起迎。众将军又到，随同见礼下坐。范爷曰："二位王亲与众位将军力退西戎贼兵，不日旨意颁来，狄、石二位王亲，定敕主帅之权。只可惜杨元帅一命升天，身遭惨死耳。"狄爷闻言，长嗟一声言："杨元帅乃保国功臣，多年血战，未得一日安闲。劳当国务末年，身受惨伤，想来令人伤感也。"言毕不觉虎目中堕泪一行，感动起杨老将、范爷二人。只因与杨元帅戎守此关多年，乃情投意合，今言起一旦折去栋梁，也忍不住的纷纷下泪的。狄爷又道："范大人，如今杨元帅升天，老成谙练将帅弃世，犹恐西兵复扰。晚生辈乃无知少年，才庸智浅，难当招讨统领重任，还宜上本力辞。待圣上另挑老成别将为元戎，力当厥职。"石玉曰："哥哥高见不差。我二人一般少年后辈，怎能服得众三军？上本退辞为宜也。"

范爷未及回言，有杨青老将军曰："不然。狄王亲、石郡马武艺非凡，智勇兼人，敌兵惧怯。立此重大军功，理当登坛拜帅之任。兵符统属，焉可妄让于庸劣之人？"孟定国曰："西夏贼人，屡次被我们杀得片甲无回，料他再不敢轻视小觑我边疆了。"飞山虎闻言笑曰："事端不测，人所难料。虽然不是畏怯于他，到底也当防备，以免兵临再设施谋也。况他未有投顺表文，焉知他贼心幡悔否？不若待小将驾上席云，跑到西夏打听这叛党怎生主见，以定虚实如何。"范爷曰："刘将军之言有理，须要小心。"狄爷又叮嘱飞山虎，须当见景生情，不可被他们看破机关，须要早去早回，休得耽搁才好。刘庆曰："小将理会得来，休得多虑。"

当时刘庆正要动身，旁有焦廷贵大呼曰："众人休得听信他言！昨昔往敌营作刺客，一遇见百花女子即被其迷困，反被擒拿下。全赖石郡马出敌，将百花女活捉回关，方得调换而回。如今又到西戎地去，定然贪爱娇娆。当又被拿下时，如今更无别物可相更换的。"当日飞山虎听了一席妄诞之言，反羞惭得口也难开。石玉看刘庆羞惭，好生没趣，即曰："焦将军休得妄言多说，如今彼此有分也：前番刘将军粗心莽为，急思了决敌人，故有此失；如今只要小心，不可妄动，速去速回，以安众心是也。"刘庆曰："小将领命。"焦廷贵曰："况今敌兵尽杀个寸草不留，正好吃此太平酒，享此太平安逸福，因何尔众人又定必去寻些打仗交手的工夫？莫非尔众人还嫌杀得这些敌兵少，不厌足，寻些来顽杀不知？”范爷喝声：“胡说！胆大焦廷贵，军中无戏言，尔敢乱军规么？”焦廷贵曰：“范大人休得着恼，小将乃是直言，并无勾曲的，奈何尔们不听的。待等刘将军被百花女子迷恋了之时，方知吾焦廷贵之言真不谬也。”杨青冷笑曰：“怪不得杨元帅在日，言焦廷贵是个呆痴莽汉，正办事只作小儿戏弄一般。只一味多言罗唣，只不分上下，弄唇翻舌。前时殴打了钦差，险些儿累及了元帅。若非包拯回朝公办，尔的吃膳东西也难保牢，看尔还得在此呀呀多言否？”众将官听了，人人忍耐不住的发笑不止。焦廷贵曰：“尔们众人言来，皆是至当公言，吾说的皆戏弄多言。从今吾闭口不言，像个木偶人一般。”闲语不多表，当下飞山虎辞别过众人，顿时高驾席云而去。此事暂停。

又一连数天，有朝廷钦命官，颁召旨到来。外厢传鼓咚咚响亮，狄爷传齐众将，一同出帅堂，吩咐大开正南城门接旨。早已摆开香案，天使开读诏书，敕加狄副元帅为招讨正元帅；石郡马一到关即立下战功，敕加副招讨元帅。张、李、刘三将战功多立，俱封将军之职。边关旧将俱加升三级，并颁赐厚赍甚多，不能一一细述。各军兵俱有奖赏。只因军功乃朝廷所至重，故其奖励甚厚也。敕命罢，元帅宣众将与赵忠献钦差见礼。他官居参知政事之职，此位大臣亦忠梗之辈，史称赵爷，与包公并列，二者皆宋室之贤臣也。当时君命在身，召宣毕，即时告别。狄爷众人款留不住，只得殷勤送别。出至城外，相辞登车而去。

当时元帅、大小三军回进帅府，范、杨二人相见称贺。正、副元帅一同见礼下坐，狄爷曰：“今因杨元帅升天，又蒙圣上洪恩庇荫，敕旨忝居帅位，只忧才庸德薄，难当此重权。伏望范大人、杨老将军诸事指点，又借诸位将军褒赞成功。”范、杨与将曰：“元帅二位立此大战功劳，今蒙圣上加封拜帅，甚合其宜。吾等皆借有光，实实合称厥职，二位元帅何用言来太谦虚的？”狄、石二帅称谢，言：“难当此重奖。”石爷又曰：“目今虽然兵解，还未得西贼降书。须当早备战策，各要协力同心,机随时转,制胜出奇,方不负圣上重托,杨元帅之遗志也。”狄爷曰:“石大人之言甚属有理,小心远虑,吾不及也。”是日两人相让,调遣将兵不竟。狄青乃正元戎,自然是他先发调众兵。但未知刘庆往西夏国探听得如何,且看下回分解。

第六十六回　守边关勤劳尽职　贪疆土复妄兴师

诗曰:贪利终须败厥道,猖狂逞勇必凶危。
试看西夏偏邦主,辱国丧师有所亏。

却说赵钦差去后,是日石玉得接付搭家书,即晚自于灯下看观明,已知岳父母康健,郡主来书贺喜添欣。石玉自思回来后,已上家书问候,只因道途遥远,未得妹丈回音,未知母亲近日体健否?但今奉了君王城守重任,怎能忠孝两全的?

不言石玉思量,次早正、副元戎升坐中军帐,左右对坐大小文武。三军参见已毕,狄元帅拔令箭一支,呼唤道:“张贤弟,有屈尔统领偏将十员,精兵一万二千五百,俱穿青衣青甲,在东门镇守。大旗上大书‘虎’字,城上灰石、弓箭、滚木齐备。倘有敌兵举动,连声以号炮为警,西南北俱有照应。”张忠领令,立刻不停而去。元帅又拔令呼:“李贤弟,尔也统领十员偏将,一万二千五百精兵,各穿红衣红甲,在南方镇守,红旗幡上大书‘虎’字,倘闻号炮之声,各即接应,不容慢缓。”李义得令而去。元帅想来:焦廷贵乃任妄之徒,不堪当把守之任,但刘庆未回,具着他暂署权理,待刘庆回来,再行交卸是也。元帅呼曰:“焦将军听令。”焦廷贵踩步上前,大呼曰:“二位元帅,有何军令差遣?”元帅曰:“北方尚缺领兵之人,只因刘庆未转回城,如今有屈将军代为把守北方,待彼回关,再行交卸。尔今领十员偏将,精兵一万二千五百,俱穿黑衣黑甲,在北门,黑旗上大书‘虎’字。一闻号炮响声,即要接应,不得延迟。如违,定按军法,决不姑宽。”焦廷贵领诺而去。自言曰:“难道我焦廷贵做不得领兵项目的?为什么偏偏要待刘庆回关？真乃看我不值毫厘之轻也！吾今只不来分辩，且有自守有日，兵权自属。那时独自成其功业，方显我焦将军非居人下者。”

是日，元帅分派已定，自与石副帅镇守正西。五万精兵，俱穿五色：青、黄、赤、白、黑。大纛旗幡，亦分五色。另建高大白旗，上大书“五虎卫金汤”五字，均着东西南北四门城上，真乃杀气冲天。一番号令威严，众将兵那人敢不遵服？

不表中原主帅调兵，又言西夏王得报败兵，心头恼闷。只因一心贪图中国一统，故发差精兵猛将，只言锦绣江山，垂手而得。岂知兴师有年，不料胜败参差，计来折去精兵百余万，勇将数十员。昨差首将薛德礼再攻瓦桥关，杨老将身亡，只道大宋稳拿掌。不意又出少将狄青、石玉等一班小奴才，均同猛将，杀得吾邦兵残将戕，孤心实有不甘。倘得一智勇兼备英雄领兵，再复搅扰他一番，侥幸得胜，即亲统倾国锐兵，杀进汴京城。倘若不能取胜，心下方休，然后度势而为，未为晚也。言未了，部班中闪出一员凶狠武将曰：“臣闻中国狄青小将，善用一铜面鬼脸，吓死我邦上将无数；更兼箭法高强，故屡借二物取胜。今臣手下有部将二员，善于喊叫声，敌将一闻，犹如烈雷打顶，声似山崩，其人即心惊意骇，跑走不及。平日已于臣部署中试验，众将人人惊惧的。今臣愿领兵攻进宋境，以擒拿狄青。伏我主之威，胜之必矣。”元昊曰：“将军果有此二部将之能，即封为左右先锋，卿为统兵主帅，领兵二十万，往除灭狄青，以报御弟赞天王、薛元帅等之仇，少解孤心之恼。”当下孟雄领命，往传命教场中，点足二十万精兵，带了左右先锋：一名吴烈，一名王强；百花小姐愿冲头阵，要报父仇。

按下西夏调兵，先说刘庆一连三天，席上云端，一到西戎地，早已探听得分明。当日于他营教场点兵之时，恨不能一落下云头，将他领兵主帅割下首级。只因一人本事纵然高强，怎敌得彼千军万马之众？倘有不测差迟，岂非又被焦廷贵耻笑的。况且当起行时，众人曾叮嘱不可莽为，中彼陷阱中，不免早些回去也罢。惟今算吾料测得准，果然今又兴兵侵扰。吾今早日回关，报知元帅，好待预备迎敌之策。不分昼夜的驾起席云速奔。一到关中，只见刀枪密密，剑戟森森，旗幡招展，漫布兵丁，东西南北四门，皆是一般威模。刘庆曰："这又奇了，难道贼师早已到关攻打不成？我驾云，他步走，岂比我倍加捷速？谅来决无此理。定然元帅调拨将兵，在此镇守，故今队伍肃严，刀斧交连。待吾先从北门而进，看其动静如何？"只远远又见黑旗上大书"虎"字，尽是黑盔甲的军兵，不知何人在此把守。想来：狄青虽乃一少年，今杨元帅死了，他为副元帅，果有武略将才，调度有方，怪不得杨元帅敬重于彼。"是时嗖的一声，飞进城垛。守城巡逻军一见，认得是刘将军，打听军务而回，即去报知焦将军。

有莽将想来：刘庆必然是跑走回家，耽搁数天，焉得是打探西戎消息？待吾顽耍他的，然后禀知元帅，交卸此北门与他。想罢，呆头呆脑的跑上城垛，喝声："刘庆！尔回来的，好胆子，不令人早通知我！命尔往探听西夏军情，且一一禀明于吾焦老爷得知。"飞山虎闻言，顿觉惊骇：因何焦廷贵出此无状大言的，凌喝于吾的，何故也？即呼曰："焦将军，尔今领兵在此么？"焦廷贵曰："刘庆！尔还未知其详。自那日尔动身去后，圣旨下来，敕封狄王亲为正印元帅，我又敕封为副元帅。尔不该如此怠慢，不敬吾副元戎，有失军威的。"刘庆曰："焦将军，果如此，抑或尔妄言哄我的？"焦廷贵曰："谁来哄尔？且观几员战将归我管下，数万精兵由吾调发，难道是假的？"飞山虎曰："但不知圣上颁来旨意，末将的名上有升提及否？"焦廷贵曰："圣上诏旨全然未有提及尔之姓名，想必尔无名小卒，一撇去闻，只好做个军前巡报的探子耳。我当初原教尔不要去打听的为高。如今且在我帐前做个赏差得力之人，有功之日，候再升提罢。"刘庆听了，好生不悦，曰："岂有此理！难道我刘庆只做个探子当差之辈？吾自愿隐藏，做个耕农园圃，无忧无虑，以度光阴，何苦强在军营，效力疆场，危地争锋！"焦廷贵曰："刘将军休得动气。到底尔打探得西贼军情如何，且说知明白。待吾送交帅所，让尔统辖军兵，我却在尔麾下听令，全凭差遣。这便如何？"刘庆曰："此言差矣。尔承圣上敕命官爵，怎让得别人？待我说知西贼之事。可笑西夏主不知见机，从新又兴动大兵二十万，领兵主帅乃孟雄，更有二位先锋，百花女将为头阵，不日杀奔到来。”焦廷贵曰：“如此，果也元帅虑得到。尔也算打探得分明。看来这副元帅只好让尔做的。”当时焦廷贵说得糊糊涂涂，飞山虎听得将信将疑，尚未知底止如何，且待通报了正元戎得知，方为正理。焦廷贵又呼曰：“刘将军，尔可在此管辖众兵，待吾与尔报知元帅。”刘庆曰：“这是不可！尔乃执掌帅印之尊，如何教吾代管，敢当代报的？待吾自进帅堂报禀，方合宜也。”焦廷贵闻他此语，只得听彼自进去了。

刘庆一路想来：这焦廷贵言此说，只道当真封敕为副元帅，故今统领将兵在北方门保守。一心思量不悦，气忿不平：“因何兵符副帅属了此人？这样蠢夫做什么元帅，如何提兵调将？呆头呆脑的莽匹夫，岂不败坏了大事！如此圣上也非知人之聪哲也，此职权真乃错交此人的。况即今西夏元昊又起大队雄师到来，又有一番狼敌，看尔怎生发调众军是！”又过东门，只见高高扯起青旗，上书个“虎”字，众将兵青衣青甲。又见南红西白，四方城门俱有将兵把守。进至中堂，正要通报，忽又见圣旨下来。原因狄青少年，尚未结婚，范大人有小姐，正当及笄之年，超群美颜，范爷久已留心于狄英雄，故前月附搭上本，奏闻圣上，求君王作主，不由狄青不依。又觉面对，难于启齿，故并未发言知狄爷。今宵圣旨一下，范爷早已明白，又闻诏旨允准钦赐联婚。一番朗诏，范爷喜色洋洋。狄帅想来：军务未完，那有闲暇心议此婚配事？当日狄爷辞谢推却，范大人笑曰：“此乃君王美意，理当早谐花烛。小女虽然不才、陋质，下官不及仰攀。但念旨命难违，乞允小女权执箕帚，王亲大人休得推辞。”当日狄元帅不便执意推辞，只言：“虽蒙大人过爱，圣上隆恩，但今军情事急劳忙，且待兵退稍暇之日再议可也。惟有劳大人即可具本奏复圣上，晚生也有本章达呈。”当时赍本钦差乃杨元帅之子杨文广也。他在朝奏知圣上，要到边关助敌，建立武功。天子见他虽乃少年，实乃将门之裔，是以准旨允请，并颁旨附带范、狄联婚之事。当此会见正、副元帅，范、杨等众位将军，齐同见礼下坐。又有飞山虎到来，将西夏兴兵之由，一一禀知。有狄爷曰：“范大人，可恶西夏贼，复又兴动干戈，如今且理明军务，再订婚姻便了。”范爷闻言，无奈，只得允肯，暂停姻事。连夜修备本章,差人赍送,狄元帅也备附一本,达呈圣览。

话分两头,却说夏将孟雄带领二十万雄兵,左右先锋攻冲。头阵一到边庭,探子报上。离城不远,孟雄吩咐于五十里之外安营,不表。

再言宋将刘庆,是日回关,已领守回北城,方知焦廷贵是满口胡言的狂妄之夫。忽一天,探子报进,贼将带兵攻城。狄元帅一传令,众将候差伺立,真乃明盔亮甲层层密,五色旗幡色色新。当时元帅差发刘庆往冲头阵,着焦廷贵去助阵,叮嘱小心为要。二将领兵二万,炮响出关。刘庆一马飞出,大喝:"杀不尽之贼奴!可恶的西夏狗主,败而复来送死!一班逆党,今日休思逃脱了。"西夏贼吴烈大怒,不回言,一铁棍打去,刘庆大斧急架相迎。战杀一场,吴烈不意大喊一声,实似天崩地裂,马也惊退数步,地也震了。刘庆不预意,早吓得几乎跌于马下。这吴烈是惯家,趁敌人一惊,手略一慢,即一棍打下。刘庆早已席云起上空中,已将马首打碎,跌扑尘埃。焦廷贵一见大怒,喝声:"狗奴才,休得逞强!"一棍打去。吴烈接马交锋,各逞强狠。一连冲杀数十合,焦廷贵一生狂莽,恶狠狠,虽非惧怯敌人,但本力欠三分,一刻抵敌不过,心中着急。想来:可恼飞山虎,吾与尔掠阵助战,岂知一跑上空中,脱身而去。贼将又利害不过,如今不妙了,果然抵挡不住。却被敌将铁棍略打在肩上。焦廷贵侧身一闪,已打中手腕,只手打得血滴淋淋,大喊一声:"不好!"忍痛拍马奔逃。贼兵呐喊如雷,追杀上来。

宋阵上,张忠、李义押兵奋勇杀上,贼兵散乱奔逃,却杀去数千。吴烈大怒,又来争战,大喝一声轰响,宋兵吓得倒退回,不敢追杀。只有张忠、李义亏得尔倚我靠,不觉惊骇杀上,刀枪并刺,吴烈贼将不能抵挡得两般军器,只得复喊一响。当时二将听喊了数次,全然不惧,吴烈只得败走。又有王强截杀,上前助战。四将杀在一堆,胜败未分,不知如何,且看下回分解。

第六十七回 美逢美有意求婚 强遇强灰心思退

诗曰：凶危逆德是鏊兵，何故元昊不忖情？
古训贪狠多败戾，回思失利是攻征。

当下大宋、西戎四员虎将，战杀得烟尘滚滚，各逞奇能。正在不分胜败，王强忽也大喊一声，比吴烈倍加响震轰天。二匹战马跳跑惊慌，张忠、李义几乎跌下尘埃，心下慌忙，刀枪略慢。狄元帅在旗下，对石玉言："二将稍弱，且收军为上。"石玉曰："狄哥哥小心慎重，唯合行兵之法，且收军罢。"即下鸣金。张忠、李义即带兵而回。西夏二将也收兵回营。张忠进关，呼曰："元帅因何一刻收军退回？"元帅曰："二位贤弟，未知其详。吾与石弟看来，两名西将本领强狠，一时恐二位贤弟有失，况焦廷贵先已受伤。想来二贼将是劲敌，然行军是莽为不得，兵骄必败，为将者小心持慎为要也。今且收兵，明日别作良谋。吾等同心合志，何惧西兵强盛哉！但尔二人劳苦半天，且往后营将息也。"二将谢别二位元帅而去。只见焦廷贵已在帐中，呼呼叫疼痛，只怪刘庆走脱，不上帮助，自逃走了，至吾一人抵敌，故被贼将所伤。当时用止痛药敷上，略略将息睡去。

不表三人后营安歇，又有刘庆至帅堂缴令，曰："小将奉令出敌，不意贼人大喊之声甚觉利害，彼吼闻时犹如天崩地裂之声，烈雷霹雳之恐。小将驾云走快捷些，战马已被打碎。有此利害奴才！"元帅曰："胜败乃兵家之常，何须挂齿。刘将军且退，明天出敌，自有败敌之谋。"刘庆诺退。

不表宋军归队伍，再提贼将两英雄，收集兵丁，计点折去军兵八千余人。一进大营来见元帅，言知交锋情由："初阵打退二将，一将飞跑上云头。第二阵又冲出两员宋将，本事高强，不畏咆哮喊声，杀个平交。只因宋兵甚锐，反伤去军兵八千之数。今日只作败阵奔北，望元帅恕罪。"孟雄听了呵呵冷笑曰："二先锋休夸奖宋兵之勇，灭自己之威风。尔且看本帅明朝亲临出敌,自必取胜,尔二人方知吾言非谬也。”当宵晚景休提。

至次日,西戎主帅点挑精兵五万,带领左右先锋,百花女也后阵随出。一至关前,喊声连天。宋阵中狄元帅冲头阵,左孟定国,右沈达,中佐石副帅,精兵三万;杨文广押掠后阵;飞山虎暗驾席云看观战场不表。炮响出城外边。主帅会敌,二马交锋,各逞平生技俩。西夏阵中,飞出左右先锋,宋阵中,孟定国、沈达也拍马接应,后面百花推动兵丁数万,杀上宋阵。后杨文广小将军也掠押宋兵杀上。此战将有将逞能,兵有兵斗勇,杀得征尘四起,雾锁长空。喊杀声音大震,两边战鼓不断,如雷催杀。当时两位元帅兵刃交加,格杀本事相均,尔不饶我不舍。狄爷曰:“西夏将也有此本领,杀个平交,不免用穿云箭伤他取胜也。”当时大刀一隔撇,正要取出宝箭,只闻二员敌将大吼一声,真觉震天响亮。狄元帅也觉心惊,收回宝箭,复又斗杀。但王强、吴烈是个躁力,全亏混气元神强逼精力喊叫,过一刻渐渐力疲困了,必须又要莽顿气息,一会方得叫响如初。更加力气不及足,故筋疲力竭之际,抵敌宋将沈、孟不住。又有孟雄与狄青杀个对手平交上下,石玉一马飞出,大喝:“逆贼休走!”双枪刺进。孟雄闪开,大刀斧钺一挡,三马交腾,兵刃飞响。孟雄怎能抵挡得两般军器,实觉两臂酸麻。不走性命休矣,拍马招兵而逃。狄青指挥众兵追杀,西夏兵见主帅一败,心慌忙乱,抵敌不能,四边奔散。后阵百花小姐一骑飞出,杨文广小将军悉值拍马冲迎。二骑对面,百花一见宋阵上一小将军,生得像粉装玉琢,心下惊骇,细细一瞧,只生得:

两道秀眉分八彩,一双美目有精神。
五官六腑多端正,错认仙童下俗尘。

杨文广亦是翩翩少年,一逢美丽,未免留神注意,将百花小姐一看,果也生成一朵娇花之艳:

媚眼一双澄湛美,两眉弯月线丝长。
琼瑶山荚樱桃口,体态风流迥异常。

当时小将军看女将生得似玉如花,想来:不道西夏外邦西域边夷,也有此绝色佳人,这也奇了。看来吾中土可赛并此女之花容者亦甚希矣。当日百花女呆呆看着小将军，生得丰采，瞧看入了神的赞羡。只闻两边男女兵喊战，二人方醒悟是交兵阵前。各通姓名，百花女方知此小将乃杨元帅之子。久闻杨元帅威仪凛凛，穆氏夫人美质无双，是以此位杨公子美貌如斯也。惟思：奴的母亲早丧，随父南征，父又遭败丧于沙场。故国又无弟兄亲属挂怀，不免归投中国，得匹配此位小将军，足胜为后了，是一生叨福无涯，有何不妙？想罢，男女冲锋，不上十合，小姐拍马诈败而逃。一奔至郊外无人之所，即抽转马头，杨文广追至，催马数步，大喝："小贱婢休走！吃吾一枪！"言毕，照面门刺去。百花女长枪架定，呼唤："杨公子休得动手，容奴奉告一言。"

又另言飞山虎虽不奉元帅将令，众将兵出敌时，彼已起在云端。当下只见众将兵人人得胜，心中暗喜。正要跑下助战，只见杨公子追赶百花女，远远飞跑。他一想来：杨公子虽乃将门之子，但百花乃一员利害女英雄，况公子年轻，初出敌见阵之人，倘追赶去，不知进退，万一有失，即不妙了。是以刘庆在云头一路随他跑去。只见百花拍回马，打拱于公子。刘庆早已会其意，知他一心思匹杨公子——只因前番被擒拿下求匹偶，是故今心中明白。只闻百花女呼声："公子，奴今本国父母俱亡，国王大势已瓦解，实有心归顺天朝，亦预早自为之志，未知公子肯容纳否？"杨文广听毕，言曰："尔若果真诚降伏，我亦体念众军好生之德，并不深究。但尔今即欲随吾回关，待尔达禀元帅，抑或尔回营做个内应，以破敌军。"百花当时欲言又止，但四顾无人，只得言曰："公子，奴实立心归宋，惟思己乃一青年弱女，无可为依。今实欲上托微躯于公子，未知尊意如何？"杨文广听了怒曰："尔乃青年一少女，缘何不知廉耻？岂有不凭媒妁之言，未由父母之命，而私婚姻者，有是理乎？尔虽乃美丽超群，亦何所取哉！"当时百花女听了，羞得玉脸上泛桃色，半晌无言。只得又呼曰："公子，奴非贪淫贱行、理上不分明者。然为终身无所依归耳，故忍垢含羞言此衷肠情中事，又不能实托他人为言，伏望公子谅情鉴察。"

公子未回言，飞山虎落下尘涯，反吓得二人一惊。刘庆笑曰："杨公子，既然小姐一心归顺我邦，尔亦何妨顺情俯就？况尔二人乃青年美质,实百年伉丽相登。”文广曰:“刘将军之言差矣。他既云青年少女,也不该阵上言婚。既不畏羞惭,便为淫行之女,何促取哉!吾去也。”催马回关而去。刘庆曰:“小姐,尔既愿一心归我天朝,公子婚盟一事,多在末将担承。尔今不必畏羞,方才尔心事之言,我已洞知,不必隐讳。小将虽然一粗莽之夫,但一心公正,并不虚言,断不耽误尔两人佳偶良缘也。”小姐正羞愧得面色遍红,又闻刘庆言婚配事,他肯一力担肩,况前言早已被他听得明白,只得开言告曰:“叨刘将军如此鼎力相扶,奴感不尽海涵之恩。我今回营,做个内应,以立寸功。惟专望将军帮持,以成就奴初心归顺,勿虚所望为感也。”飞山虎允诺。又言:“此事末将定必一力缀成,小姐休多过虑。如此请也。”仍驾席腾空而去。百花不觉称奇曰:“宋朝有此异人辅佐,实乃真命之君。我偏隅微弱小邦,妄想侵扰,岂不损兵折将乎?但今刘将军许我缀成公子匹配,未知应允如何?倘姻缘该配合,千里也牵丝。”一路自言,回营而去。

单表刘庆回进城中,细将此事达知元帅众人。有狄元帅询曰:“但未知杨公子意见若何?”文广曰:“彼乃外敌偏邦之女,况于阵上订婚,未禀母命,焉可行之?望祈元帅休听刘将军之言。”元帅未及答话,有范爷微笑曰:“此乃成功匹配美事。此女今愿归降为内应,目下可以一战成功。既是人材美丽,老夫定为贤侄执柯,奏明圣上作主。尔休言阵上招亲为非理,即杨元帅亦乃阵上招亲于穆夫人,是老夫所目睹也。贤侄休得多疑。”杨青笑曰:“范大人真好记性也,又将元帅四十余年招亲之事一提说起来,令人可慨叹也。想吾老杨,自随延昭老元戎领守此关,算来已有六十二载。人生在世,犹如大梦一般耳。回头一想,吾年已七十八,岂非光阴迅速乎?吾幼贤侄休得推辞此段婚姻美事。范大人必不误尔于不义也!”众位将军闻言,人人感叹。又言:“老将军之言是也。”尔言我语,杨文广也不强辩。狄青也会其意了,言:“此事须待小姐归降,是必奏知圣上;再有书达知穆夫人,然后可也。”公子曰:“二位大人与元帅之言未必理上有差,小侄那敢不依?”范、杨听了喜色欣欣。是夜只因大胜敌人,少不免犒赏众将兵,也无烦说。

只说孟雄败回营中,计点折去二万余兵,受伤残疾者万余,二将又战败。看来难以取胜。不如带兵回见夏主,禀明求和为上。吴、王曰:“元帅不可因一败便灰了心,不若明日再决一死战如何?”百花曰:“不可!两次出师,看来不独狄青智勇,即众宋将人人俱是年少英雄,兵精将锐,料难取胜,不如投降为上。”孟雄曰:“小姐高见不差,明日整备还邦矣。”当夜膳用不表。

次日五更,夏营正要拔寨登程,忽一队军马来投伙。此人是牛刚,在大狼山自与牛健分手后,又想起杨元帅,只忧他来征剿,故带兵回磨盘山。忽遇庞兴、庞福,三人今为一路,日在磨盘山打劫,又到各处居民村庄抢夺。李继英是五云汛千总,张文是守备,二人几次打退他。想来三盗为患不浅,有害居民,是日二人一同离汛而来,禀元帅动兵征剿,不思牛刚三人来投了西夏。当日孟雄正在打点动身回国,不意中得此数万兵又来投。三将初时还疑宋人奸细,问及起,方知乃本地头强盗,故收录下,从新整兵,离营尽数而出,单留一万与百花女守营。

却说狄元帅等在关前,是日有巡查军士,拾得百花小姐箭书一封,方知磨盘山强盗投到西夏营助战。狄爷对石玉曰:“此乃疥癞之疾,何足惧哉!”忽又有继英、张文进到,要请元帅发兵征剿山寇,二人不知他等降了西夏。元帅即说白三盗原由,张、李大悦,曰:“此三盗合当灭除。不劳动一兵,更妙也。”是日一闻报西夏讨战,二位元帅即分派四路军马迎敌,另点一旗暗抄后面,踏破敌营,待他败回,无有归宿营盘驻足。分拨已定。不知宋、夏胜败如何,却看下回分解。

第六十八回　因兵败表求降附　赐婚配赍赠团圆

诗曰:历数惟归有德君,逆天好杀必伤军。
　　将亡兵败初幡悔,方信贪狠是祸根。

却说宋营元帅调兵拔令一支,着张忠、李义领兵五千抵敌头阵,又令沈达、刘庆领兵五千抵敌二阵，尚有焦廷贵前天受伤未痊愈，又令岳刚、牛健领兵五千抵敌三阵，李继英、张文抵敌四阵。当时即发兵一万，与小将杨文广，放火烧焚西夏大寨，待他败回，并无屯扎，以成一鼓而擒之势。分拨五路军马已毕，两位正副元戎各带兵五千，攻击中军。即日吩咐放炮开关。是日两边军马不约而同，亦是分路而出。张忠、李义二人头阵，两马飞出，五千锐兵喊声如雷，杀进阵场，正遇吴烈挥兵，混杀在一方。张、李弟兄，奋勇动兵，吴烈抵挡不得两般军器，逃走不及，已被杀于马下。一万西兵见主将被杀，惊得四散奔逃。宋兵杀上，死者甚多。

不表张、李得胜，又言王强押兵一万，正骂战间，有刘庆、沈达领兵，二马飞奔，不问情由，双刀并举，王强急架相迎。宋兵卷地杀上，西兵怯惧，早已立脚不定，喊走奔逃。王强押止不住，又抵挡不得两人，只得拍马而奔。沈、刘二将那里肯放纵，正追杀之间，张忠、李义一见，抄杀来，截住去路。王强着急，只得兜转马。刘、沈赶至，双刀了决归阴。尚剩西兵数千，尽皆投降。

又说岳刚、牛健领兵五千，正遇牛刚率兵一万而来。牛健大呼曰："兄弟！尔今做了西夷人否？"牛刚曰："哥哥，尔做了宋朝高官未？"牛健曰："虽非做了高官，只不忘父母之邦耳。见笑于古人者，中土而投降于外也。一向既为兄弟，尔未投降于外邦，尚有兄弟之义，为兄尚有劝谏尔之言；今尔既投顺外邦，即为敌国之仇，弟兄之义绝矣。今日刀枪之下，断不容情，以私废公也。"言毕大刀一起劈下来。牛刚呵呵冷笑，一枪架定，曰："哥哥乃大英雄之度，兄弟也不怪尔也。"二人动手杀将起来，本领不相上下的平战。岳刚住马，不明二人说的言辞何意，只道牛健劝此人投降，岂知言罢，一阵杀起来，不分胜败。岳刚拍马一推，大刀辗动，牛刚实挡不住两般兵刃，手略一慢，却被岳刚一刀挥为两段。宋兵杀得西兵星散奔逃，岳刚二人催兵前进，也且不表。

再言继英、张文领兵五千，攻过第四阵，二马当先东进，正逢庞兴、庞福二人，排开一万西兵，扬威耀武。继英大喊："该死的狗强盗，也有今日送死之期！地头百姓，被尔狗畜类辈残害不少，今日正罪盈满贯之时，自投罗网，正好赏尔一刀！”二庞不语，刀斧一起，张文、继英急架相迎。杀了半刻，庞兴弟兄本事低微，那里抵敌，早被张、李杀死于马下。夏兵被杀得七零八落，纷纷逃窜。单剩得中军主帅孟雄，提柄大刀，抵住中原两位正副元帅。看看抵挡不住，又只见宋将纷纷杀至，人人俱拿首级，部下兵丁四散，方知不妙。那里顾得败残兵丁，即闪开刀枪，拍马而逃。数万精兵，十不存二三，降的降，死的死，全军殁覆了。

又提杨文广领了一万兵丁，一至夏营，正在喊杀放火，有百花女即跑出营前，一见杨文广，便呼称：“杨公子且慢用火，内有马匹、粮草颇多，况有兵万余。不若将粮马带运回关中，有何不美？”文广曰：“小姐高见不差。”百花进回营，大呼众兵：“今日元帅大败，逃回本国，尔等愿投降者，免遭杀戮。”众兵皆曰：“愿降！”百花吩咐，尽将粮草、马匹、辎重齐同搬运出，文广方命人放火，将大寨前后尽皆焚烬，一同百花统挥投降兵，一程回关去。

又先表宋之将兵，人人得胜，宋帅鸣金收军回关，众人献功单。因不见了杨公子回关，元帅心里着急。有飞山虎笑曰：“人人对垒者，尽是军兵敌起，只有杨公子领兵去焚毁营寨，守营者乃百花女。小将昨天看测公子言虽推此婚盟之事，然心实有所愿也，故我敢决于一力担承百花之约。今未回关，彼必与百花知会，合兵而回矣。元帅何须多虑。”范爷微笑曰：“此事被刘将军猜着矣。百花晨早有书来，说明磨盘山强盗投进西夏。今百花守营不出，公子今奉令往焚破敌营，测度其理，定必不久合兵而回矣。”元帅曰：“虽然如此，只为杨公子乃杨门接嗣贵公子，非别将等比也，万一有失，即不妙矣。不免着刘兄弟出关探听如何？”当日飞山虎正领诺抽身，有军士报进：“杨公子并投降女将领了降兵万计，现在辕门。”元帅等大悦，即着请进，一同见礼下坐。当日元帅对范爷说明：“不若将百花小姐送至大人府中，待等赵元昊纳降之日，一折奏知圣上，以待公子完婚。大人尊意如何？”范爷曰：“元帅之见，理之所宜。”即日驾车送百花到范府闺阁中，与范小姐并同处下，也且慢提。是日正、副元帅将众位将军的武功，一一酌量注明，少不免是夜通排筵燕，合城大小三军俱有犒劳，畅叙交酢，至更深方罢。只为当日已将敌人杀败逐讫，逃走回邦，士卒俱已投降。故一夜各将士兵丁虽用酒过多些，也不妨有碍军情。

不表当晚宋营犒劳排筵，再言西夏孟雄逃阵而出，止望回营与百花女收拾众兵归国，奏知夏主，言大宋将兵精锐，难以取胜，谏劝国王求和于宋君，以免屡次损兵折将之意。只一到了大营，又见火焰冲天，吓得心下惊骇，不意宋人又焚毁大营，兵卒不留一个。想来：不知百花女逃走回邦，抑被宋人所害？想来长叹一声："不知大宋有此能人，杨宗保既殁，又生出狄青几个英雄。但本帅悔不当初恃勇，领了夏王之命，统兵二十万，战将一十员。如今剩下几百残兵回邦，真好羞惭也！"

此行非止三天两日路程，水陆难以琐言。忽一天，归至本邦。次早国王设朝，孟雄入谒领罪，将兵败情由一一奏知。夏王听奏大惊。当日孟雄俯伏谢罪，只求夏主开恩。夏主曰："卿家平身。此非尔不用意，不忠于孤。只因狄青兵精将勇，果以用智力，实难与争锋。卿且回家养息一月，待孤家赏劳。"当时孟雄谢恩而出。夏主又与群臣酌议，众文臣皆言："大宋将兵英勇，难以动取得彼江山。如今我主屡次兴兵，扰侵他土地，倘彼乘得胜之师，到来征伐，原理曲在我邦，他出师有名，未见我邦之利。莫若趁早他兵未至，而先下了降书请和为上策也。未知我主圣意如何?"元昊曰："众卿所奏有理。事有不可为而为之者，如今由于不得已，且修备求和表文，打发一文员进关，见狄青等，一并附呈宋君可也。"是日，夏主端了表文，传旨于库中，取到金珠土物，用车辆载起，然后封赠过阵亡将士，赏赍孟雄军劳。

这是败军之将，原该有罪，而夏主反厚赏之，虽与法律有不当之处，然量力不能与争，是略去罪而加奖，故臣下感德，而后还有肯为国家出力臣很多。是夏主厚待于臣下之验也。当日夏主备下降表之书，并金珠土产之物，差文武员各一人，即日登程，望边关进发，非只一日程途。其时西夏强狠，一连寇宋二十余年，今已略悔初心。只因自兴兵以来，损折去猛将数十员，雄兵百余万，粮饷困竭，其心方息也。

再言边关正、副元帅酌量："谅必西夏兵竭将疲，不敢轻睹我们了,想必求和于我邦矣。”石玉曰:“可恼西夏屡次兴师,侵犯边疆,如非各智勇之臣,分镇西路边城,则山西全省之广,非朝廷之有矣。”范仲淹曰:“其故非今日之患也。始初酿成者,只因吕夷简专权,圣上又务姑息为安,奸佞夏竦、晏殊共相济党夷简之恶,君子正士纷纷贬黜,西夏聚兵于西北,成后日之患。斯执政之偏公,论所难泯。惟奸佞只图私己之利,岂顾后日遗秽,是目乎!”众将听毕,莫不感慨咨嗟。元帅是日备修本章,刻日差武将孟定国赶回朝中,达呈天子。

其时包公已完赈饥之务,复命还朝。此日天子设朝,孟将军达呈表奏,俯伏金阶。本章上大意言:西夏复又兴兵二十万,攻进边关,已被杀败逃回。遂将众将某人某人武功,一一疏明。又有百花女美丽超群,一至关即降伏,与杨文广订结盟婚,亦有战功于本朝。是至臣等允其降伏,然于招亲一事,臣不敢自专,恭候圣裁之意。天子观罢奏章,龙颜大悦:“战却西戎贼师,乃寡人之幸也。既然女将美丽超群,投降而有功于国,正该与杨文广匹偶。待寡人作主,赍旨往边关,加升众将武功。然狄青职司主帅之任,不能离关,即于关内与范氏完婚。杨文广年轻,况杨门人口已缺少,且同百花回朝归府完婚。边关将士俱加爵禄。”即着孟定国颁旨回去,不用别差钦差往返。传旨:“暂回杨府安顿,候旨回关。”孟将军谢恩起来,退朝。

次日,有黄门官启奏:“西夏国差使臣,有求和表章并土仪之物上贡吾王,现午朝门候旨。”嘉祐君王传旨:“宣进使臣官。”当下一文一武进至金阶。只见两班文武,人人侍立,个个鞠躬,威严气象,中土外邦迥别悬殊。二使臣官俯伏下,战栗呈一表文,略曰:

> 西夏臣赵元昊表奏圣主御案前:罪臣不自忖度,不迩偏思,弱邦危主数数,妄动干戈,有损天威临莅,罪归于臣,无容分辩。第臣固不德,而妄于犯土,然臣之臣下武夫皆恃其强暴,百般唆诱,妄动以兵戈。臣敝于聪而不加毫察,利欲心动,至兵越上邦境界。究不深思:普天之下,莫非王土,莫非王臣之训欤。迨雄师丧于疆场,暴将亡于越境,方知猛勇,幡思兵凶战逆之戾。兹伏乞仁圣泽被万方,恕臣罪愆。臣当世守臣节,历悔初心,不敢再萌妄念。兹奔贡献,恳鉴微诚。僻境遐方,惟呈土物,冒渎天

颜，曷胜战粟，冰兢之至。

嘉祐君览毕，天威和霁。又见附表后其贡土物，乃珊瑚、玛瑙、沉香之类，外有赤金五万两。宋君曰："外邦使臣平身。"文武二人山呼万岁起来。君王曰："二卿家，尔主赵元昊屡年妄动兵戈，理该征讨。今既知罪悔过，寡人且免究，许其自新之路。二卿家还邦去达转尔主，自今须要永守臣节，各分边界，不宜再妄生心。倘再蹈前辙，朕断不姑贷也。"二使臣俯首呼曰："仰感圣主洪恩，扩括海涵。微臣君臣感激无疆，焉敢复怀邪念，以负圣恩?"当日宋天子券册元昊为夏国王，厚赐使臣，着他即此还邦而去。自此宋、夏相和，不复用兵。按：史是仁宗癸未三年，而西夏平伏，后传至第九主，至宋理宗宝庆三年，元灭之，与金同亡。此是后事，休多烦表。嘉祐次日传旨，颁至边关。

又言孟定国回归杨府，达交公子家书一封与母亲。穆氏夫人与佘太君大喜，曰："杨门有幸，出此将门之裔。今已立下战功，圣上敕赐完婚，更仰荣光也。"是日，天子敕旨："孟定国复回边关。"刻日拜辞佘太君、众夫人，登程而去。数十天水陆程途，方回至关。小军报进，元帅着令传见。孟定国言启："上有旨命赍颁。"元帅命排班接旨，仍是孟定国宣读旨意大略：狄青加升公爵，范小姐诰敕一品夫人，吉日在关完婚。加升石玉为侯爵。张、李、刘三将入五虎振国将军。孟定国升威武将军。焦廷贵升威烈将军。岳刚升忠勇将军。沈达升义勇将军。杨唐封参将。张文封轻车都尉。继英封都司。投降牛健封千户。杨青加授龙虎上护军。范爷召取还朝，入阁拜相。其时因吕夷简被众谏院众臣劾他专权误国，弃逐忠良，他亦知难掩公论，辞相位而致仕告退。宋君准旨，故召回范爷入相。

又表杨文广袭父王爵极品不复加升，只诰敕百花一品正夫人，回朝完婚。当日副将、偏将何下百十余员，只论功升爵，一一不能尽述。厚赏众兵之礼，也不纷烦交代。

狄青当日只得遵旨于帅府完婚，大设筵燕。大小三军、众将士庆叙，俱沾天子颁赍之恩，也不烦提。次日，杨公子奉旨回朝，范爷同往拜辞正、副元帅、众位将军。百花少不免另设大舟，有女娘服伺不表。

众人殷勤送别回朝。非止一日路途，狄青先已修书，接取母亲、姐姐同至边关完聚。又有书一连五封,附搭杨公子回朝:一封与潞花王母子并请金安及已成功完婚一事;一封送与呼延显老千岁请安,并感前提拔之情;一封送与韩府吏部叔父,亦是请安之语;一封送与包府,情叙多辞;一封送与佘太君,敬请金安并贺喜。一一并无提及传书情由。

且叙杨公子一回朝,先至金銮,叩谢君恩;回府拜见佘太君、穆氏母亲,并众位夫人;先已选定吉期,是日完婚,花烛庆叙。文武大臣多来道喜,御赐结婚,王侯设燕,言不尽丰美,山珍海味,富贵礼繁,一连数天庆闹。

不表杨公子夫妇和谐,又言石玉也有书回归长沙故土,接取母亲、姐丈夫妻到门完聚。一书送回朝中高王府,向岳父母请候金安,并接取郡主到关叙会,也不多表。有刘庆在边关,也对元帅说知,要回潼关接取母亲、妻到来叙会。元帅曰:“今已国家平宁了,有家者正该完叙。贤弟须当早日动身。”刘庆大悦谢去。

此书事事毕。单言潞花王母子接书,喜悦万分,不意狄门有幸得此雄材武略英雄,至使狄门昌大,实乃天眷善良,方有裕后光前也。不表母子欣然。只有庞国丈、孙兵部、胡制台三人不遂其谋,狄青、石玉反得重权,为正、副元帅,只是闷闷不开眉的交谈不表。

又说明:此书与下《五虎平西》一百一十二回,每事略多关照之笔,惟于范小姐招赘完婚事有不同,然其原古本以来已有此笔,悉依原本,不加改作,看者勿深求而议之可也。

五虎平西演义

（狄青前传）

第一回　赈民饥包公奉旨　图谋害庞相施计

诗曰:圣主登基天下宁,万民欢乐兆升平。
　　妒贤国贼开端衅,导引君王费饷兵。

话说大宋开基之主太祖赵匡胤,此位天子原乃上界赤龙临凡,英雄猛勇,豪侠情怀,创开四百年天下。陈桥兵变,黄袍加身,代位于后周而归一统。前书已有《两宋》表明,兹不絮谈。且说大宋相传继统四世仁宗嘉祐王,当时天子英明,群臣为国,四方宁靖,百姓安康。前者宋太祖既殁之后,杨家父子众英雄相继而亡。今者人得五虎,英雄佐弼,保护江山,扫除国敌。后话休题多表。

忽一日,仁宗天子临朝,但见祥光灿烂,瑞色辉煌。是时众文武百官朝参已毕,文归文位,武列武班。有值殿传宣官说:"万岁有旨,众臣有事启奏,无事卷帘退班。"不一会,有陕西本章一道启奏天子,奏本官呈上奏表,天子展开御案看罢,只为着陕西地禾稻失收,十分饥馑之岁,万民冻馁,苦楚难堪。天子看罢一想,复又开言呼声:"包卿啊,此一段忙劳,又要你代朕施行。只为陕西饥年延缠,不得不要准日起程,到此开仓以救众民。"包爷说:"臣沐我主隆恩,虽粉身难报,何独小小之劳!"天子大悦,拂袖退班,众官归府。次日,天子降旨金銮殿,大排筵宴,与包爷饯别。众大臣俱到金銮殿与包龙图饯别之际,百官各敬三觞,也有一番行别之言,不须细表。宴毕,包爷众官谢过君恩退朝。

单说包爷回转府中,不敢停留,即要登程,有夫人早已安排饯别宴。夫妻对酌,夫人说:"愿相公一路平安,完了公务,及早回来。"包爷称是。吃酒数盅,抽身辞别,即日行程。众文武官员俱来送别,包爷一一辞谢。相别众官,三声炮响,一路渡水登舟而去。所有城都内外,众百姓一闻包爷起程,水陆一路俱有香花焚烛送行。这包公非是汴京众民知他是个铁面无私的忠臣,就是普天下也知他断明多少疑案奇冤事,救尽不堪枉屈被陷人,或有鬼魂告状,或夜梦诉冤情。有传说他日断阳间屈,夜察阴府冤,倘枉死尸骸未腐,还能救活回阳。此话也难辨真是否。但当时百姓知他是个大忠臣,是以恭敬如神,一路香烟不绝,不多烦说。这包公一路而去,有各地方上文官武职迎送纷纷,包爷倒觉安然,径往陕西延安府去了。非止一日程途,暂且不表。

再说此时大宋朝内九王八侯以下文武官员,忠臣为国居多。独有一党权官居群上,位压百僚。此人姓庞名洪,仁宗王选了他的大女儿为贵妃,侍御宫中,隆宠非凡。他正是仁宗王的国丈,现为宰相钧衡之位。他之为人,立着妒贤嫉能的狠心,怀着诡计凶谋的恶念。在朝所惧包公一人,与着狄青素不相睦。又有二女婿姓孙名秀,此人也为兵部之职,与狄青有杀父宿仇。这狄青何故与他结下此仇?只因狄青之父狄广在朝与孙秀父亲不睦,后被狄广所杀,是故孙秀怨恨狄青。所以翁婿串通一党,二人独畏包公。当日见他领旨赈饥去了,却中二人陷害之怀思。

一日,孙兵部摆道来到相府,家人传进,这庞洪吩咐请进相见。孙兵部下轿走入中堂,见礼毕,吃过香茗。这二人闲谈一会,庞国丈叫一声:"孙贤婿啊!想起三关狄青这小畜生,与老夫作对,贤婿你也尽知。前者西辽国王兴兵侵犯瓦桥关,包拯这老儿保举他提兵前往救瓦桥关。此时老夫与着王天化女婿商酌要夺此功劳,当殿比武,王天化死在他金刀之下。此女婿身亡,皆因这小畜生而来。圣上怒责他误伤之罪,又被狄太后救了他,赦其斩罪,领了兵马,大破辽兵。后来西辽复兴兵犯境,所以老夫仍荐他出敌,料知此日兵强,辽将勇猛,意欲借刀杀人,消了胸中忿恨。不想这小畜生本事果然厉害,更有一班小狗才亦是凶狠不过的,西辽兵将依然又被他杀得大败,杀却赞天王、子牙猜、大孟洋、小孟洋、薛德礼等,辽兵数十万杀个尽罄尽绝。圣上十分大悦,封他为平西总镇大元帅,镇守三关,威风显耀,隆宠非凡,其实想来气他不过。前时包黑子在朝害手害脚,不能算帐。得他如今黑子去了,我想下一计摆布他了。"孙兵部说道:"岳父,小婿原为着狄青这小畜生,故此特来商议。不知岳父有何妙计摆布他,说与小婿得知。”国丈说：“贤婿，明日只消如此如此，上本奏闻圣上，必然准奏。那时岂怕狄青好汉，四将英雄，管叫他身丧番邦之地！他纵是三头六臂的英雄，焉能保全？”孙秀说：“岳父且慢快情！倘若西辽国果然兵微将寡，杀他不过，情愿投降，岂非他的功劳又更大了？此一节也要算到，方为妙用。”国丈说道：“若然狄青一去，则三关必调别人镇守。待老夫在圣上驾前保举贤婿调往三关，如此如此摆布他，你道如何？”孙兵部这才大悦，说道：“岳父果然好妙计！待我明日奏知圣上罢了。”此时，孙兵部告别出了相府，转归府中不表。

且说次日天色黎明，五更鸡报晓，百官谒龙颜，文武官员叙集朝房内。少停间，万岁登了金銮殿，排开龙案，文武朝参已毕，分列两行。有值殿官传旨说：“万岁有旨说，众文武有事启奏，无事卷帘退班。”旨意一传，忽左班者闪出庞太师，俯伏金阶说：“陛下，臣有事启奏天颜。”万岁开言说：“庞卿有何事，且奏上来。”国丈奏说：“臣因西辽国去年曾经兴兵侵犯我中国，全亏得五虎将军英雄，尽把他人马杀得大败而去。虽然目下安然无事，想来这辽王念头不少，一时未必肯倾心归服，恐防有再起风波。况西辽乃偏邦小国，理合年年纳贡，岁岁来朝，岂敢擅动干戈，兴兵犯境，有损天威，与叛逆可比。虽经狄青杀退，不过暂解一时之患耳。望陛下龙心详察。”万岁开言说：“依卿主见若何？”庞国丈说：“陛下在上，臣思下国冒犯天朝，律该兴兵问罪，岂容轻恕！依臣愚见，莫若及早兴师问罪，使各番王知道陛下天威，严御强莅中国，则我中国永无侵凌之患。臣虽不才，但忧国之心太重，伏乞陛下准臣所奏，天下安宁，臣之愿也。”

嘉祐王闻奏，开言说：“卿所奏者，无非使各异邦畏服，知道大宋有人故耳。依卿主见，保举何人提兵前往？”庞洪说：“臣思西辽国雄兵猛将尚还不少，我邦虽有几家武将，奈何不堪往的。呼千岁、高千岁已经年迈，以下看来亦无可当此任之人。况且目前杨宗保如此英雄，尚且亡于此地。如今天波无佞府只剩得这些寡妇孤零的裙钗。杨元帅虽有子文广，奈他年少，武艺未精，舍此之外，别无可往之人。想来除非雄关狄元帅与四虎将。若然差他前往征剿，必然成功。”万岁听罢，就开言叫一声：“庞卿，朕思这西辽小国虽然无礼，他还为一国之主。一时愚见,兴兵犯界,朕意想他败去以后,未必敢再来了,可略宽饶。且命狄青提兵前向西辽去,见景生情便了。"庞洪说:"抚恤小邦,仰见陛下圣德仁慈,但国法森严,焉可草草宽恕! 将来各小邦见陛下国法从宽,效着西辽,终为不美。伐国问罪,乃照律而行,以正国法,为何陛下命狄青前往见景生情? 微臣所不解,伏乞圣上谕臣知之。"万岁说:"庞卿有所未知。朕意差狄青前往,如若西辽王畏罪求降,则准其年年献贡,岁岁来朝;若不畏服求降,然后征讨便了。"

这等分说,原是嘉祐王一点仁慈不忍之心。庞洪听了,也不敢多言再奏,俯首不言,又生一计,奏说:"陛下,臣闻西辽国曾有一桶珍珠烈火旗,乃是人间至宝。如若归服求降,须要此旗贡献,方可准其投降。若无此旗,不准他降,仍以兵征伐。伏乞陛下准臣所奏。"万岁说:"依所奏。但思三关要地,狄青五将提兵去了,差何人前去镇守才好?"庞洪说:"臣思兵部尚书孙秀可往。此人足智多谋,用他守此关,万无一失。"万岁开言点头说:"卿是朕的御连衿,他去守关,朕才放心。"即忙降旨杨户部,往三关调取狄青,孙兵部奉旨守关。二人领旨谢恩既讫,万岁拂袖退朝,各臣回府。此时庞洪得计,孙秀也要打点行程,前往三关代守,此回有分教:

英雄虎将边关去,嫉妒奸臣陷害来。

第二回　孙兵部到关权理　狄元帅奉旨征西

诗曰:忠佞从来各异途,一人误国一人劳。
　　奸谋啜主干戈动,五虎兴师枉用劳。

且说三关狄元帅平生梗直,铁性无私,智勇双全。自从幼年山西家乡遭逢水难,王禅老祖救了他,带上水帘洞传授兵书武略,知他仙道无缘,王侯有位。学艺数年,命他下山扶助宋君,原是一条国栋金梁,与单单赛花公主有宿世良缘。自从押送征衣,上年大破西辽,仁宗天子知他英勇,杨宗保败亡,便封他镇守此关。号令威严,兵遵将应，就是朝中文武，何人不看重这小英雄？又是狄太后娘娘的侄儿，外有包拯、潞花王提弼，所以庞、孙屡害不遂。

这狄元帅不独一人镇守此关，还收得四位英雄与他结义拜为兄弟，如同亲情手足。一名张忠，一名李义，一名刘庆，一名石玉，四位英雄与狄元帅为五虎将。若各小邦闻得五虎将之名，闻风而惧。帐下又有二位英雄，一姓焦名廷贵，他是焦赞之后；一孟定国，是孟良之后，二人亦在狄元帅帐下，多是情同意合。自从前时狄元帅箭杀了赞天王等，大破辽兵之后，狄元帅仍令四虎将天天哨探，以防辽兵复作。

忽一天，元帅升帐，与范仲淹、老将杨青谈言，一会二人辞别去了。原来范仲淹、杨青御史，仁宗任命他到此同守雄关。老将军杨青是当日杨延昭的家将，跟随守关，立了多少汗马功劳。二人在此与狄元帅同志合心，是以常常在此叙谈国务。

当时元帅独自静坐，计念前时，叹声说："可惜杨宗保元帅当世英雄，沙场丧命，化血身亡，忆想起令人实乃惨伤也。本帅叨蒙圣上洪恩浩荡，简授都总，已戍守边关三载了。细想本帅前时当殿考武，只为伤了王天化，几乎身亡。幸亏狄太后救了性命，死里逃生。不想这庞洪与孙秀二人结为一党，计害多般。幸托上苍庇佑，屡害本帅不成，皆吾之造化。又思前日西辽国兴兵犯界，难得杀他大败逃回，犹恐这辽王一时未必肯倾心畏服，还有防干戈之患，是以本帅天天令四位贤弟前往哨探，日日操习军兵以防不测之虞。又得兄弟四人不惜心劳，与本帅分忧，真难得也。但愿得四海升平，君民安泰，本帅深望也。所虑者庞、孙二人，贪婪财贿，拨弄朝纲，久后犹恐国家不宁。"

狄元帅正在计思，忽有小军进来说："启上元帅，四位将军进来交令，候元帅爷将令。"元帅吩咐进来，不一刻四虎将军一齐到了，来至帐前，参见元帅说道："启上元帅，末将等奉令操军已毕，如今来交令了。"元帅说："众位将军多受辛劳了！"传令各将士兵丁俱有犒赏酒筵。出令毕，又说："你们众兄弟且往后堂吃酒罢。"四将与焦、孟六人谢过元帅往后营而去，卸下盔甲兵器有小军抬去，牵出马匹喂料，六位将军然后开怀畅饮。当时元帅又请至杨、范二人同酌，此夜关内众将大小三军一同吃酒。这狄元帅缘何忽又犒赏众军？只因众军奉令操军,乃军情过于劳苦,故有此犒劳,乃元帅一点爱将恤兵之心。

当晚众将欣欢,各无挂念。独有石玉小将军一心怀念母亲,思念妻子,二人在汴京城岳丈赵千岁府安身。自从随着元帅在此关三载有余,不知母亲身体康健否;思妻郡主身怀六甲,未卜生女生男,身心两地,好不愁烦。

慢言石玉是夜思念着母亲及妻子,却说狄元帅威镇三关,名扬敌国,不独边夷畏服,就是关城内外鼠辈毛盗也不敢动兴,众百姓安靖,此日闲中无事,这狄元帅与杨老将军、范大人对坐,说起西辽王屡次兴兵侵犯,有四将说与元帅:"小将想这西辽国人马已经杀得片甲不回,未必敢复来侵犯了。"元帅听罢,微笑说:"众位将军有所不知,凡事备求未至,况乎为将用兵!必以慎重为先。且西辽乃强悍蛮邦,彼虽一时败去,雄兵猛将还多,焉肯罢休侵凌之念!本帅既领君命把守边疆,倘有疏虞,恐有丧师辱国罪,极非轻了!"众将闻言齐说:"元帅高见不差,非末将等所及也!"

众将言毕,帐下忽闪出一人高声呼:"元帅勿忧!若防番狗再来,我们何不先点齐人马,做个先动手为强,直攻进西辽,索性杀他一个尽罄尽绝,斩草除根。省得零零琐琐,杀得这班番奴不爽不快,元帅又防他复兵侵扰的!"你看那将是谁?原来是焦廷贵。此人生来品质鲁莽,是粗心愚蠢之徒。当下元帅闻他说,喝声:"胡说!这辽王虽是一时犯界,妄想天朝,但如今圣上也宽恕了他,又何用你多言!倘若兴兵征伐,未奉圣旨,怎生前往?二者辽王原为一国之君,他若不来就罢了,再来时奏知圣上,请旨征讨才是。"焦廷贵说:"元帅到底是个善良人,造化这番奴了。"言谈之际,不觉金乌飞坠,玉兔升空。晚膳毕,各归营帐不表。

次日,狄元帅仍令四将出关抄探,是日闲暇,把兵书观看。忽有小军报:"圣旨到!"元帅吩咐大开中门,恭迎到中堂,排开香案。元帅俯伏阶下,钦差开读:

旨到跪下听宣。诏曰:兹有首相庞卿,陈奏西辽兵犯中原,虽经狄卿杀退,但这西辽既一小国之君,焉敢兴兵犯上!即同叛逆相等，重罪非轻，岂可宽恕！今命狄卿率同众将统领精兵，前往西辽征伐问罪。若辽王畏罪求降，彼邦有一镇国之宝，名曰珍珠烈火旗，要将此旗贡献，年年进贡，岁岁来朝。如其不顺，即行征讨平定，班师回朝，论功重赏以报卿劳。但因三关无主，今差兵部孙秀来权理。毋违朕意，即日提兵，肃此钦哉。

元帅谢过君恩起来，与杨钦差见礼毕。杨户部不敢久留，连忙辞别。元帅送出关外，杨钦差回朝复旨不表。

再说关中众将尽知，各各咬牙切齿骂道："庞洪这老狗才哄奏圣上，轻动干戈，差遣元帅及我等，真乃令人可恼！将他一刀两段，方消此恨！"元帅说："你们不必多言。虽庞洪所奏，然今圣上所差，你等不可独怪着庞洪。待等孙兵部到来，即要起兵前往了。"范大人说："元帅，正是江山易改，本性难移，真乃奸兵只为奸臣。那贼心狼，那里改得这场干戈之患？又是由他来的！"杨青老将军说："我想这庞洪忽奏圣上，要差元帅出师，料必有什么奸计，元帅须要提防他为妙。"元帅说："老将军，目下兵权多在下官秉持，谅他有计难以施行，何足为惧！老将军但请放心！"焦廷贵说："元帅！小将前日曾讲过这西辽兴兵前去，杀个爽快才是。元帅说没有圣旨不能前往。如今奉了圣旨，前去西辽，见一个杀一个，杀得这些番狗干干净净，方才晓得焦将军的本事！"元帅闻言大喝："好匹夫，何用你多言！还不速退！"焦廷贵说："元帅不必动怒，小将说差了。"即忙往内去了。是夜，元帅暗说道："我想那珍珠旗，乃是西辽传国之宝，如何圣上听信庞洪之言，要他贡献出来？倘或西辽吝惜不肯，下官难以复旨，眼见得干戈不息，奏凯难期，如何是好？"此夜元帅闷闷不乐，惆怅一夜，直至天明。

再候三天，孙兵部才到。原来这孙秀，是个贪财好酒之徒，一路而来，有地方官迎接他，请他吃酒，礼一概收领。有此缠延，所以杨钦差先到了数日，他方才得到。狄元帅原与他不相善，此时闻报，只得同杨、范二人与众将大开关门出迎，同至帅府。四人分宾主坐下，两行立着四虎将军，不免四人客中闲话。一杯香茶饮过，兵部开言说："元帅既领王命征伐西辽，为何至今尚未起程？"元帅说："孙大人有所不知,只为此关乃边疆要地,岂可一天无主!大人一日不到,下官一日不离。大人今既到了,下官明日即便兴兵。"孙秀不答,点头辞过元帅,与范、杨二人进关内去了。是夜,元帅查点明兵粮马匹及平西所用一切之外,其余的即晚造成册子交付孙兵部权掌。此日,元帅对范大人、杨将军说:"奸臣孙秀在此,二位须当留心打点侍候,本帅托圣上洪福,平西回来再与二位大人叙首。"二人听了,点头说:"但愿元帅此去一路旗开得胜,马到成功,及早回来再叙。"元帅微笑称谢。

此日元帅升堂,便问众将中何人熟识西辽道程,可为向导官。焦廷贵说:"元帅,小将前者与父亲曾到过西辽,熟识此程。"元帅说:"既如此,点你为先锋,孟定国解粮。"当时元帅与四将领兵五万,分开队伍,别过孙、范、杨三人,祭了帅旗,高高树起一扇大幡,上书着"五虎平西"四字。三声炮响,马壮人雄,威威武武,出关望西而去。关外众居民香烟不断,齐齐跪送,元帅大悦。

只说西辽犯界,狄青杀败了不敢再来侵犯,此乃君王坐享民安国逸。不料被庞洪哄奏君王,得伐西辽问罪,须要献出珍珠旗,自愿投降。这西辽国乃强悍之邦,焉肯献旗?这场干戈杀戮只为庞洪、孙秀算计狄青之由,究竟不知征战何时得息,真乃:

家生逆子家颠倒,国出奸臣国不宁。

第三回 火叉岗焦先锋问路 安平关秃总兵阵亡

诗曰:向导先锋焦莽夫,火叉岗上错征途。

从今单单干戈动,虎战龙争枉用劳。

话说狄元帅奉旨征伐西辽,以为本事高强,所以只带得五万雄兵,四员虎将。点兵三千,令焦廷贵为前部先锋,点孟定国领兵三千为后队解粮官,大队人马排开行伍向西辽大道而行。且喜天色晴明,风和日暖,正是行兵的时候。一自出了雄关,行有十余天,人烟稠密地方还属中原辖管,也有文官武职接送,纷纷不绝不断。元帅一路甚是安然,日行程夜睡宿,不再烦谈。

又已行得了半月,人居渐渐地稀疏了,多是荒郊野地,但看高山叠叠,古树森森,虎啸猿啼,禽鸣兽聚,却是凄凉枯槁的光景了。焦廷贵为向导官,带领三千人马,逢山便要开山岭,遇水还须搭水桥。一路行走了三十余天,到了一个地方,名为火叉岗。一条道路分出两条来,一路向西北,一路向东北,中央一带是高山,走不通路的。两条大路如此光景,焦廷贵一见,便有军士禀知。他想一会,说道:“俺认不来的,但不知这条大路为何分作两路,不知从那一方走才是。”呆想一会,说:“罢了! 待等一个乡民到来,问个明白。”遂吩咐众兵暂住。岂知地方上乃是人烟疏稀之所,等望半日不见一人来,此时焦廷贵等得十分烦恼,急起来。再等一会,方才有个白发公公,七十开外的年纪,远远而来。焦廷贵一见,忙忙催开坐骑,飞马赶去,急急加鞭赶近这老人,向他对面冲来,勒住坐骑,摆开铁棍横拦住去路,大喝道:“你这老头儿,俺家问你西辽国两条大路从那一条去的? 若说得明明白白,饶你老狗命;若不速急说明,俺将军就照头一棍,把你的脑浆打出来,无处讨命!”

当时那乡民是本处山上人,看见这位马上将军恶狼似的形容,暗说:“从来问路没有这样问法,你看这人,是难以言语相争的。罢了! 待我作弄他错走别国便了。”此时这老人叫一声:“将军爷,你且耐着性子,既然问路,何必动怒! 你且望着那东北上这条大路,八十里之外乃是孩儿岗,再过一百五十里便是棋盘岭,又行一百二十里是麒麟埔,又过一百五十里之外是安平关,就是西辽地面。”焦廷贵大喝一声:“你这老狗才,俺问到西辽国去,因何说得许多岗岭、许多里来!”原来这焦廷贵是个粗心愚蠢之人,听闻那老者说得几个地名,就恐要忘记了,所以动恼起来。此时焦廷贵说:“老头儿,你不必多言得许多吱唔,此去向那东北上还有多少路方得到西辽?”那老者又说:“将军,小民指引这路途,说得明明白白,为何这等着忙? 向此东北至西辽境界,还有四百余里,到安平关是西辽头座关了!”这焦廷贵信以为真,老者退去,吩咐众兵起程,望着东北大路而行,不觉又是红日归西明月上，安扎营盘，埋锅造饭。次日，拔队起程。此回不独焦廷贵一人走差了国度，狄元帅大兵在着后队，多随错路而行。一路旗幡招展，剑戟如林。一连走了七八天，已到了安平关。一口难分两处事，按下宋军慢表。

且说安平关乃单单国头座关，守将名唤秃天龙，国王封他为总兵之职，命他镇守此关。那一日，在关中吃酒，半酣之际，忽有小军报说："宋朝天子不知什么缘故，差遣大队人马，移山倒海地杀奔来了！"秃将军听罢说："有这等事！离关还有多少路程?"小番禀道："只有三十余里。"秃天龙喝声："再去打听！"心中大怒，气冲云霄，立起身来说道："我那狼主是个顺天知命之君，自数十年来归服宋朝，岁岁贡献无亏，为何忽然无事兴兵，前来惹气，是何道理？若不出关与他理论，不算本帅英雄！"

此时这秃天龙，一来是饮酒半酣之际，因他也是性急之徒，不待宋兵安营下寨，投递战书，即忙顶盔贯甲，上马提刀，带领一千精壮人马，炮响一声，大开关门，一马当先冲出关外。此时宋兵正在安营之间，有番将秃天龙带兵杀来，高声大喝："宋将有能者快来纳命！"早有军士报知。焦廷贵闻报，不觉吃上一惊，说："可恶番奴，尚未安营就来讨战，待俺前往送他到阎王老子处去罢！"连忙飞马冲去。一见番兵，一字排开，杀气腾腾。来将脸如朱砂，眉浓眼大，赤发红鬓。焦廷贵一见，大喝道："番奴，你且通名来！"秃天龙说："俺乃安平关总兵秃天龙是也！但上邦下国久已相和，为何忽地兴兵犯界，是何道理？你且快快通上名来，待本将军取你首级！"焦廷贵大喝一声："谁教你狼主从前无国法，兵犯上邦！所以兴兵征伐你国，早献上头来，待俺老爷立头功！"只因秃天龙此时酒已醉了，听得焦廷贵之言，糊糊涂涂两处未曾说明，所以秃天龙大怒，喝声道："胡说！你宋王昏君也！我狼主归顺宋朝数十年，你邦无故兴兵，贪利忘义，好生可恶！"提起大刀，当头就劈。焦廷贵全然不惧，呵呵发笑，把铁棍往上架开，二人杀起来。一场龙争虎斗，有三十回合。

再说狄元帅后队大兵已到，早有军士报知。元帅大怒，说："尚未安营，这焦廷贵不奉军令，怎敢私自开兵！"传令速速鸣金收军，把焦廷贵捆绑起来。令一出,即时不住地鸣金。谁知焦廷贵杀出了神,由他连连不住地鸣金收军,只是不听,说道:“我焦廷贵不挑得番将下马,不为好汉!”果然秃天龙被酒醉了,招架不住,却被焦廷贵铁棍枭开大刀,拦腰捣去,打翻了跌下马,割取首级,以为头功。焦廷贵满心欢喜,提起铁棍,撒开大步,把番兵乱扫,打得七零八落,各自逃生,四散东西,多往正平关飞报去了。焦廷贵哈哈大笑,回顾后队高叫道:“安平关已到手了,众人快些来进关!”他一马当先,抢入关中去了。狄元帅又恼又喜,只得传令众兵丁挨次而来。元帅大兵进了城中,这些番兵走散,百姓一并逃生,只剩得一座空城。

元帅进到关中,升了帅堂,众将兵参见毕,又到了焦廷贵,要报头关功劳,走到帅堂元帅跟前,提过首级来请功。元帅一见大怒,喝道:“焦廷贵,你好生胆大!因何不奉军令,私自开兵?本帅传令,还不收兵;不从将令,军法难容!”喝声:“刀斧手斩讫,以正军法!”两旁刀斧手一声答应,正要动手,焦廷贵急称一声:“元帅你在后队,不知前队事情。小将正在安营间,忽有番将秃天龙带兵杀来,不许安营,即要交锋踹营,来势十分凶勇。若被他踏破营盘,元帅的威风减尽;若请得军令来,已不及了。方与他交战,正在性命相关之际,顾不得鸣金了。若然元帅要杀我焦廷贵,分明要赖我功劳的了。得了安平关,我焦廷贵原有功无罪,如何元帅要杀我?你好不公心!”这几句话,倒说得元帅顿口无言。忽闪出四虎将军,上前一同力保焦廷贵,说:“元帅!这焦廷贵不奉军令,私自开兵,虽然有罪,但番将不投递战书,即日杀来,亦是凶狠之辈。焦廷贵原是不得已开兵,望乞元帅,念他取关有功,赦其斩罪罢。”元帅见四虎将军保他,便说:“焦廷贵虽取关有功,但不遵军令,功罪两消。”焦廷贵起来谢过元帅,又谢四位将军保救。此时元帅吩咐,将人马安顿关中,所有粮草马匹,金银什物,查点分明。一面出榜安民,又将秃天龙的首级尸骸埋葬了。暂停三天,留偏将二员、三千兵丁守关,元帅与众兵将又要西行,按下慢表。

再说正平关主将,名唤秃天虎,他生得身高一丈,勇力异常,使一把丈八蛇矛,万人莫敌,秃天龙是他胞兄,年纪只得三十光景。原来这正平关与安平关离有二百五十里路程,所以此时并不知道失关之由。且岁岁平宁,并无探子在外。这一天关中无事,夫妇正在闲谈,忽有安平关上奔来了几个官儿,几百兵丁,慌慌忙忙前来一一报知。秃天虎吃了一大惊,怒气冲冠,咬牙切齿,说:“罢了!我邦与宋朝,未曾动过一兵一卒,两国久已相和,狼主岁岁入贡,天朝为何突然起兵前来征伐?破了关,把我哥哥伤害,此恨如何得消!待我带兵前去,见一个捉一个,拿回关砍为肉泥,方泄我胸中之恨!”多花夫人说道:“无事兴兵,果然无理。但大宋五虎,威名素重,相公需要小心。”秃总兵应允,又连忙写表,即差小番奏达狼主。次日天明,点齐人马,放炮出关,带了五千惯战貔貅士卒,杀往安平关而来。此时若不是这焦廷贵问路不得,走错此路,如何战杀伤害这许多生灵?这也原是狄元帅、八宝公主有宿世良缘,合着:

气运遭逢开劫杀,姻缘会合应佳期。

第四回 正平关焦廷贵大败 单单国秃天虎原因

诗曰:莽汉先锋逞勇刚,岂知番将更猖狂。

沙场大败奔逃窜,方信强中复有强。

却说秃天虎带兵出关,要与哥哥报仇。此日天气晴明,狄元帅正要催兵前进,忽有探子报进,说:“启上元帅,今有正平关番将秃天虎领兵前来,要与元帅爷答话,请令定夺。”元帅说:“再去探来!”探子说声“得令”去了。不多一会,小军又来报:“番将讨战!”元帅正要点将出马,旁边闪出焦廷贵。因他前日杀了秃天龙,自道英雄,不知厉害,连忙上前说:“元帅,不怕死的番奴又来送命,且容小将出关,将他首级取来报功!”元帅说:“上阵交锋,休得轻狂,小心才是。”焦廷贵说:“元帅勿忧!想那秃天龙尚且死于小将之手,谅这秃天虎本事也不过如此。小将也不伤他,待我活捉他回关,献与元帅看看。”元帅说:“既然如此,你领兵一千出关会战,须要小心。”

焦廷贵忙说声："得令！"即时上了花鬃马，提了镔铁棍，耀武扬威，带领一千精兵，一声炮响，一马飞出，来到阵中。只见番将生得凶恶异常，人高马骏，番兵列成阵势。焦廷贵便高声大骂："番狗乌龟，快来纳命！你可是秃天虎么？"秃天虎怒道："正是。你这南蛮，狗头狗脑，口出大言，且通过名来！"焦廷贵说："爷爷老子乃大宋狄元帅麾下前部先锋焦廷贵，你若献关投降，饶你狗命；如若半个'不'字，多照着秃天龙榜样的，死在俺铁棍之下了！你好不怕死的狗番奴，不以性命为重，看棍！"提铁棍打去。秃天虎大怒："原来是你这狗南蛮伤害我哥哥，极大冤仇，不取你命，誓不为人！"把长枪架住铁棍，回枪当心就刺。二人兵刃交加，大战三十回合。这秃天虎本事果然高强，杀得焦廷贵浑身冷汗，招架不住，看看不好，架开长枪，大喝一声，拨马就走，败入关中，秃天虎追赶不上，只得勒马回营。

且说焦廷贵败进关来交令，说："元帅在上，这番将秃天虎果然厉害，小将杀他不过，捉他不得，求元帅宽限一天，明日准拿来！"元帅说："你且退去，休得多言。"焦廷贵退去。到次日，有小军报说："秃天虎讨战！"元帅即令石玉出马，带领精兵一千，大开关门，一马当先。二将会面，各通姓名。秃天虎一见来将不是焦廷贵，便开言说："石南蛮，你且听着！我邦狼主，最是英明。有道两国久已相和，未曾动过刀兵，年年入贡天朝，为何上国白白兴无名之师，前来征伐，不知何故？古人有言：日月虽明，难照覆盆之下；钢刀虽利，不斩无罪之人。你兵犯安平关，杀害我胞兄，从此冤如深海。快些献出焦廷贵，待俺将他心肝来祭了兄长，消了仇恨，再作道理！但你师出无名，犯我边疆，其中必有个缘故，也要说个明白。"

石玉听了番将之言，冷笑说道："秃天虎！依你说来，句句有理之言。但你邦狼主，好无分晓，妄想天朝锦绣江山，几次兴兵侵犯上国，岂不罪名深重！故我主万岁，命狄元帅提兵到来征伐，问个犯上之罪，何谓出师无名？"秃天虎说："石玉，休得胡说！我邦数十年来，归顺天朝，从不曾兴过一兵一卒，怎说起屡次兴兵犯上之言？"石玉说："秃天虎，你休得巧言，怎不认罪名？前数年屡次兴兵侵扰，幸得杨元帅屡屡杀退你邦人马，不计其多少。自去年秋季，你狼主大兴人马,赞天王子牙猜等围困瓦桥关,声声要夺取中原。全亏得我狄元帅杀得你邦人马大败,雄兵猛将一齐消灭,至今才得干戈止息,怎言并不兴过一兵一卒?莫不是你初到番邦,新做官的不成?故不晓得从前缘故,胡说无理之言?"

秃天虎听罢,哈哈笑起来,说:"如此是你们走差了路,这里不是西辽地方。"石玉说:"既不是西辽,是什么地方?"秃天虎说:"我这里是单单国,与你大宋无仇,忽然兴兵前来,夺关斩将,令人可恼。既然西辽国犯了你们,也该前去征伐西辽才是,为何不去寻它,反来兵犯我国?这是宋王的主意,还是狄青胆怯了西辽,欺侮我单单国中无雄兵猛将的不成?"石将军听了,心中明白,连忙欠身打拱,叫道:"秃将军!如此说来,是我们走差了路?"秃天虎说:"不是你差是我差么!"石玉说:"将军请息怒,待小将回关禀知狄元帅,前来与将军赔罪便了。"秃天虎说:"石南蛮,休得胡思乱想!杀我胞兄,赔罪也消不了我的怒气。"喝声:"南蛮看枪!"石将军见他动手,也把银枪架开,自知理亏,不与交锋,带转马如飞奔过关去。番将赶他不上,住马带怒,仰天长叹说:"哥哥呵!大宋要去征伐西辽,误来我国,可怜把你一条性命白白送了,如今他肯干休退兵,但害了我哥哥。必要拿住焦廷贵,碎尸万段,方消我恨!但正平关兵微将寡,不免通知吉林关添兵相助,再上本章奏知狼主,打点迎敌罢了。"不表番将回营。

且说石玉回到关中,低头丧气,面色无光。元帅见此光景,即问胜败如何,石玉说:"启上元帅,这场事情错了!此地不是西辽,乃是单单国,走差国度了。杀错这番将,这秃天虎声声要报仇,原来是我们的不是。故小将不好与他交战,奔回关来,禀知元帅,商量如何定夺才好。"元帅听罢说道:"怎见得这里是单单国?"石将军说:"方才小将与秃天虎答话,他说这番王最是英明有道,数十年来归顺天朝,从不曾兴过一兵一卒,何故上邦忽兴人马前来征伐?小将又说起西辽侵扰缘故,这秃天虎说明此去乃单单国,不是西辽。他口口声声与胞兄报仇,不肯干休之言,必要拿捉焦廷贵,想来此事,如何是好?"

元帅听罢,怔呆了一会,还是将信将疑,吩咐传令焦廷贵来。不一会,焦廷贵来见元帅,说:"元帅在上,呼唤小将有何差遣?"元帅说:“焦廷贵,你说熟识西辽路途,故本帅点你为向导官。你因何不走西辽邦,来单单国是何缘故?”焦廷贵闻言,吃了一惊。想一会,呆一时,叫声:“元帅,这话那里来的?”元帅说:“今日石将军出战,秃天虎说此处不是西辽,乃是单单国。这便如何?”焦廷贵说:“元帅不要信他,这番奴自知杀我们不过,故虚言哄弄的。”元帅喝道:“胡说!你走差了别国,还说强言,欺着本帅!”焦廷贵说:“元帅,小将实认得路途,明明白白,那有此事!若果走差别处,小将理当军法。”这焦廷贵一口咬定不差,元帅听得心中疑疑惑惑,说:“且罢了,待本帅来朝亲自出马,便知明白了。”吩咐是夜埋锅造饭。

到来日天明,有小军报上元帅说:“番将秃天虎,坐名要焦廷贵出马。”元帅喝声:“再去打听!”自己连忙穿过黄金甲,戴上紫金盔,上了现月龙驹马,手执定唐金刀,气宇轩昂,真好一位少年英雄!扶助宋室江山,乃社稷所重之臣。点了五千人马,带了四虎英雄,分为左右,随后有铁甲步军五百。三声炮响,冲关而出,旗幡招展,来至关外,队伍摆开。秃天虎一见来将,比众不同,真乃威风凛凛,杀气森森,便把枪一摆,喝声:“来将通上名来!”狄元帅说:“本帅乃大宋天子驾下、敕封平西元帅狄青是也。你可是秃天虎么?”秃天虎说:“既晓得本总威名,何劳动问!”元帅叫声:“秃天虎,你邦原是西辽国,因何称为单单?莫不是你邦原无雄兵猛将,怕死贪生,虚言哄着本帅不成!”秃天虎说:“狄南蛮!我邦猛将如云,雄兵如雨,狼主驾下尽是英雄豪杰,那有诈言贪生畏死之理!本总可笑你身为主帅之职,统六师重任,作事甚是糊涂,以桃为李,以羊为牛,出无名之师,侵犯我国。你官又杀害我哥哥性命,全无道理。掌什么兵权,何不及早回头,做一个农夫罢了!”

元帅说:“秃天虎,据你如此说来,此地既不是西辽,有何为凭?”秃天虎说:“我也知你等必从火叉岗走差路的。”元帅说:“怎见得在火叉岗走差的?”秃天虎说:“你一定到了火叉岗不向西北而去,却到东北而来,岂不是走错了路,到我邦单单国么?”元帅闻言,暗说道:“曾记得到了火叉岗有两条大路,向导官从东北方而走,此事乃焦廷贵这匹夫弄坏了本帅也。欠主张点错这鲁莽之徒为向导官,走差别国，惹起祸殃，圣上必然归罪于本帅，无可分辩。”想罢，即欠身打拱说：“秃将军，请息平空之怒，听本帅奉告一言。”秃天虎说：“狄南蛮，有何话说，慢慢讲来！”不知狄元帅说出什么言语解劝他，且听下回分解。正所谓：

不是英雄真长敬，却缘莽将便差途。

第五回　秃总兵生擒二将　狄元帅认错求和

诗曰：天朝虎将被擒拿，只为当时走路差。

逞勇以强终自失，偏邦到底弱中华。

当日狄元帅自知理亏，在马上欠身打拱说：“秃将军，向导官走差路途，误来贵国，错犯你关，原乃本帅之失。秃将军且请息怒，待本帅来日亲到贵关，赔了错失之罪，即日收兵前往西辽便了。”秃天虎说：“狄青，你休得妄想！你身为主将，执掌兵符，事事全凭你指挥，差使向导，如何走差得路程？不到西辽，反侵我邦，无端杀害了我哥哥，说什么赔罪息怒之话，于情理上断难容你这匹夫！”说罢把手中丈八长矛向心窝刺来。狄元帅即忙把金刀架开，放下笑脸，叫声：“秃将军，本帅已走差了，赔罪也罢了，因何你还不干休？到底主意若何？”秃天虎喝声：“狄青！你若误走国度，不伤我邦人口，还情有可原。你兵一到，便夺关斩将，伤了我哥哥，此仇此恨，与你冤如深海，今朝与你必要见个雌雄！”又是一枪刺来，元帅又用金刀拨在一旁，复开言说道：“秃天虎，你全不依理论定，如此凶狠。只为本帅一时走差了你国，误伤了你兄，乃本帅差错，所以三番两次，即你动手也不较量。若问误伤你兄，今既死，已不能复活，本帅已经殓殡埋葬，待平定西辽，回朝奏知圣上，超度他的灵魂，封坟墓以补报他。我劝秃将军休得认真起来，古言山水也有相逢，将军你可想得来！”秃天虎喝声：“胡说！无辜侵犯，你把我兄杀害了，就是这等罢了不成！若要俺的干休，除哥哥复活还可，休想别的求和。有仇不报枉英雄！”

说声："看枪！"又刺过来。

元帅金刀架住，暗想："看他如此硬性，料想以善言相劝，未必和谐，不免与他交战，杀败了他，方知我兵厉害，然后讲和自然允诺了。"复高声说："秃天虎！今本帅自知理亏，以理而言。你却执一之见，不听本帅之言，如若必要交兵，倘有差迟，悔之晚矣！"秃天虎说："狄青！你既伤我胞兄，俺便与你势不两立，不是你死，便是我亡，有何悔恨之理！"元帅听罢，回顾左右说："那一位将军与他交手？"闪出扒山虎张忠说："元帅，待小将拿他！"元帅与三将一起退后，此时张忠一马当先，提起大刀砍去，秃天虎长枪急架相迎。二将交锋，杀到六十余合。秃天虎果然武艺高强，张忠抵敌不住，却被他拦开大刀生擒过马，喝令众兵丁捆绑了。元帅一见大怒，正要出马，旁边又闪出一将，是李义，说："元帅不必心烦，待小将拿这个番奴！"说罢一马飞出，提起长枪，当心就刺。秃天虎把长矛架开，大杀一阵，战有五十个回合，李义招架不住，又被秃天虎活捉捆绑了。

石玉心中大怒，不待元帅将令，拍马上前，舞起双枪乱刺。秃天虎连拿二将，那里看得起石将军！在此战到三十余合，不分胜负。原来这石郡马乃是王禅鬼谷的徒弟，与元帅同拜一师，前者老祖把枪法传授与他，比众不同。因赞天王部将薛德礼的混元棍厉害，故赐他风云扇破他混元棍立功。但风云扇只破得混元棍，别样物件破不来的。况且此时乃用力战斗，纵有法宝也不中用的。秃天虎实有万夫不当之勇，石玉那里是他的对手？但他是仙传枪法，所以还抵挡得住。此时沙场内杀得烟尘滚滚，日色无光。冲锋到八十个回合，元帅见二将杀得难解难分，恐防石玉有失，传令鸣金收军，二将退回。

秃天虎得胜回营坐下，吩咐小番绑过二员宋将。张忠、李义二人英姿勃勃，立在一边。秃天虎叫声："二南蛮，你既已被擒，何不下跪？"二英雄喝声："秃天虎，休得大言！俺乃天朝上将，焉肯屈膝跪你！"秃天虎说："我且问你，两国从来相和，为何兴兵侵犯，恃勇称强，夺关斩将，是何道理？今日被擒，尚且强项！"张忠听了冷笑一声说："秃天虎！这是你的糊涂，反说俺的无理。"秃天虎喝声："好花言的南蛮！你们无礼，反来说俺的不是。"张忠说："秃天虎！可见你外国之人,不读孔圣之书,不达周公之礼。古云:正理一条,蛮行千样。你的强蛮令人羞杀。"秃天虎听罢,气得火烟直冒,怒跳如雷,立起身来,须眉倒竖,双眼圆睁,喝声:"你这等说,难道本总差了么!"张忠说:"为何不差!"秃天虎说:"俺怎生差处?你且说来!"张忠说:"我们奉旨征伐西辽,误走路程到来你国,也是平常之事。我兵初到来,营寨尚未安扎,你的哥哥秃天龙若问明情由,说明此处不是西辽,自然即日收兵前往西辽,如何不好!谁由他恃着强蛮,领兵杀来,把天兵看得如同儿戏,定要即刻交锋。岂不晓得刀枪乃是无情之物,二虎相争,必伤其一。论起来,不说明即要战杀,还是你来犯上,还是你兄自来寻死,叫那人偿他的命?俺今日好言问道,你不明白细细思量得来。俺二人乃是顶天立地的硬汉,既被擒拿,要斩就斩,要杀就杀,何惧之有!"

李义在旁,见他说此硬话,连忙说道:"张哥哥何必教导这番奴,既被擒来,谅情要做刀头之鬼,何必与他较量许多言词!"秃天虎听了喝道:"要杀也不为难!"二将说:"秃天虎!你可晓得我邦元帅为人有大将之才,前者一人杀败西辽数十万雄兵,你邦纵有雄兵猛将,那里是俺元帅的对手!征灭扫平你邦,有何为难!若杀了我二人,就是狼主求降也难依了。况且焦廷贵误伤你兄,与我二人何干!"

原来这些外国之人,虽是强蛮,到底愚直,这秃天虎听了二将之言,不觉想了一会,暗说道:"俺听这回南将之言,也觉有理。论起来我哥哥好不狂莽,俺与他原有几分不合之处,但无事被杀,总要报仇的,既然焦廷贵杀我哥哥,想来那里要他二人偿命!罢了,待明日拿了焦廷贵,然后放还他二人便了。"秃天虎主意已定,吩咐小番:"张忠、李义二犯打入囚车,押在后营好生看守。待等拿了焦廷贵,然后放他们回去。"二将听了秃天虎不杀之言,方才安心,只虑不拿得焦廷贵,一人也放不成了。在下不表番营二将。

且说狄元帅收兵到关坐下,传令吩咐焦廷贵来见本帅。不一时,焦廷贵得令,还不知元帅何事,立刻上前说:"元帅在上,末将打躬。不知呼唤有何吩咐?"元帅大喝一声:"匹夫!你说到过西辽地,熟识路途,故此本帅点你为向导官。你行到了火叉岗,不向西北而走,却从东北而行，混来单单，走差国度，罪于本帅。你又不问明缘由，便杀无辜的秃天龙，怪不得秃天虎不肯干休！”焦廷贵说：“吓，元帅！当真走差了么？”元帅喝声：“该死的匹夫！若不走差了，本帅焉能怪着你！单单国向来与我国相和，如今忽动起这场刀兵，祸端皆由你这匹夫之人！刀斧手上来，拿去斩讫！”两旁一声答应。

这焦廷贵心中着急起来，倒身跪下，说：“元帅请息怒，末将还有辩言。”元帅大喝：“匹夫有何辩言，快快说来！”焦廷贵说：“元帅，你为一个千军万马之主，事事多要听从元帅，选他的才干调用。你用末将为向导官，若是末将不从，又恐违了军令。元帅应该查明果然谁人熟识西辽路途，为何乌乌糟糟点小将做个向导官，开路先锋？大兵一到了火叉岗地方，小将就有些疑惑起来，两条大路像个火叉的形模，想去思来，记得不清，不知那条路是走西辽，只见山脚下有一老乡民，故小将随即问他，这老人指点的路，我一一照依而行。就是走差国度，乃元帅错用了人之过，若将我焦廷贵斩首，甚是不公平。”元帅听了高声道：“本帅怎样不公平？你且说来！”焦廷贵说：“方才说过，大凡行兵调将，统凭元帅量才拨用，末将做不来的，元帅不该点我为向导官。”元帅喝声：“匹夫！你说到过西辽，故此本帅才点你的！”焦廷贵说：“元帅，我虽然到过一次，只因月久年多，就忘记了。走差国度，乃平常事，难道将末将斩首！”元帅大喝道：“好利口的匹夫！走差国度，本帅已有欺君不细之罪；妄杀秃天龙，他的兄弟不肯干休，本帅再三赔罪，他却执一之见不肯依允。况且二将被擒，不知性命如何，皆因你断送了。照依军法，断难宽恕！”喝令：“刀斧手斩讫来！”刀斧手一声答应，顿时把焦廷贵捆绑，推下阶来。不知焦廷贵性命如何，正是：

莽将难逃严法律，阴魂从此绕边疆。

第六回　石郡马沙场斩将　多花女雪恨兴兵

诗曰：烈烈轰轰逞勇强，番军难免阵中亡。
　　与夫雪恨多花女，未报夫仇先被伤。

当下狄元帅将焦廷贵推出关外斩首，焦廷贵心下着急，高声说："元帅请息雷霆之怒，末将还有分辩！"元帅吩咐推他转来，大喝道："有辩快些讲来！"焦廷贵说："元帅，你责小将走差了路途，元帅与四虎将军还有多少兵丁在后，难道内中没有一个惯熟路途的？若内有知者，应该说一声不是这条路上走的。为何号炮一声不响，随着这条错路而来？若说众将兵皆不熟路途，众人多要杀了，连元帅也要斩首。此时到了安平关，营尚未安，就有秃天龙杀到营来，也不问明缘由，难道此时由他割去首级不成！他又不说这里是单单国，不是西辽。此时他不说明，小将那里知道？所以大战起来，斩了秃天龙。元帅说小将不奉将令，私自开兵，赖了我的头功。次日应该差末将前去建二功才是。为何元帅差张忠、李义去出马？这两人又不是真材实料的英雄，自然一并拿去。此乃元帅行兵不通、调将不是之故。若今朝杀了我焦廷贵，众夷邦外国闻知，也耻笑着元帅屈杀将士的了。"

狄元帅听了他这些七颠八倒的鬼话，不觉呆了，答应不来。旁边闪出笑面虎石玉、飞山虎刘庆，上前打拱说："元帅在上，焦将军走差路途，理该问罪，但秃天龙不说明缘故，混行交战，也难分辨谁是谁非。错走路途，望元帅法外从宽，饶他初次犯界，留在军中将功赎罪，望乞元帅准末将之言。"元帅见二将讨饶，便喝道："饶了匹夫死罪，活罪难饶！"吩咐捆打四十大棍。小军领令，把他打了四十。焦廷贵起来谢了元帅不斩之恩，往后营去了。

且说元帅十分烦闷，只因误杀秃天龙，几番劝解，自认差错，秃天虎总是不允相和，反被他捉去了张忠、李义，倘有差迟，失了英雄两弟兄，如何是好？便与刘庆、石玉商议此事。二将同声说："元帅今日阵上认了多少差处，秃天虎总是不依，如今没有别的什么打算，且到来天待小弟二人杀败秃天虎，他自然和伏了。”元帅说：“二位兄弟，算来实是我们理亏，杀了秃天龙，怪不得秃天虎不允。虽然焦廷贵这匹夫走差了国度，算来原乃本帅之过，不该点过鲁莽之夫为向导。如今主上得知，本帅罪已非轻。”二将说：“依元帅的主意如何？”狄元帅说：“本帅意欲修书一封，着人送与秃天虎，再依理讲。他如若允从，便收兵往西辽；若不允从，另行计较便了。”二将说：“元帅之意不差。”此时，元帅定了主意，即日修书一封，连忙差军士送到番营。秃天虎接过书一看，上写：

> 平西总帅狄青书拜秃总戎麾下：伏以大宋、单单，天朝偏国，向日相和，毫无构怨。缘因征伐西辽，误来贵国，乃本帅之差错。杀无辜将士，乃本帅之失，追悔无及。将军胞兄与各番兵皆非可杀之人，本帅好生不忍。既死难生，平西还国之日，奏闻我主，墓顶荫封，以偿无辜被陷；免贡三年，以修向日相和。伏望将军海涵允诺，不较前非，足见情长。肃参投达，翘望好音。

秃天虎细细看罢来书，不觉呵呵冷笑说：“这狄青如此胆怯，那里做得主帅！”就在书后批回：

> 哥哥复活，两国相和；既然不若，永动干戈。

写罢打发来军回复狄元帅去了。原来这狄青乃是依理而行，所以修书讲和；岂知这秃天虎说他胆怯，也是意思会差了。

且说狄元帅观见回书大怒，说道：“秃天虎如此狂妄，全无一些礼律之言。本帅只为自知理亏，所以忍气求和。谁知他执一不悟，无理逞强，我何惧他！也罢，明日必要与他见雌雄。但得张忠、李义二将无害，本帅才得放心。”是夜不必细表。

且说次日各将士饱餐战饭，又有秃天虎前来讨战。元帅命石玉领兵出马，笑面虎便一马当先冲到番军阵前，把双枪一起，喝声：“番奴看枪！”秃天虎闪回，举手急架相迎。二人犹如龙争虎斗，杀得天昏地暗，沙卷尘飞。战了八十余回，石将军看看抵敌不住，败将下来，飞马逃走。秃天虎拍马赶去，喝声：“你那里走！”紧紧追上。早有飞山虎在关前看见，连忙驾上席云帕，看定一箭射去，正中秃天虎的左颊，负痛一声，转马逃走。石玉在马上一枪刺去，中他肋下，疼痛难当，翻身跌落马下。石将军拔剑取了首级。

刘庆叫声："石四弟，趁此打破营盘，杀散番兵，放了张忠、李义，去见元帅罢！"石将军说声："有理！"喝令众兵杀上前去，二虎将一同杀去，把番兵犹如砍瓜，各自逃生四散。二将打入番营，放出张、李二人，说明缘故，四人哈哈大笑，命军士放火把番营烧得干干净净。张忠说："众哥弟，趁此天色尚早，我们带兵去赚了正平关，你道如何？"石玉说："不奉元帅将令，不可妄动。且自收兵交令，再行区处才好。"三将说道："既然如此，且收兵罢了。"众将收兵回关，下马入见元帅交令，说明杀了秃天龙情由。

元帅听了纳闷昏昏，说："走差国度，妄动刀兵，连伤两员番将，只怕番国君臣怀恨，不肯休息干戈。本帅千军万军，何足畏惧！只忧征错无辜单单国，纵然得胜还朝，本帅终须有罪。想到其间，实难处置。"说罢低首不言。无奈只得吩咐秃天虎首级不必号令，配尸骸备棺盛殓，与秃天龙的棺柩安放在一处，杀的番兵好生掩埋。等候三天，如若番兵没有动静，然后回兵，复往西辽；若他又有兵马到来，再作道理。闲话休题。

再说正平关秃天虎的夫人名唤多花女，在关内心中不安："狄青兴无名之师，杀害我邦兵将，相公起兵前往进敌报仇，不知胜败如何？"夫人在关正在思想，只见众小军报说秃总兵阵亡。夫人一闻此报，悲哀大哭，骂声："狄青，杀害我亲夫，我与你誓不两立！"原来这多花女是番王驾下兵部尚书脱伦之女，也有些武略。他闻得丈夫阵亡，要报仇雪恨，等不到明日，连夜点齐人马杀奔安平关而去。两关相隔有一百五十里之程，一夜不能得到。

且说狄元帅在安平关候了几天，忽有探子报知多花女杀奔前来。元帅闻报，长叹一声，传令四虎弟兄且不必开兵，以礼讲和为妙。四虎将齐说："元帅之言有理，末将等焉敢不遵！"忽闻号炮震响连天，停一会有小军报上："元帅爷，多花女讨战！"元帅即差石玉出马，吩咐先以礼讲和为是。石玉得令，连忙上马提刀，英气凛凛，领兵杀出关前。跑到阵中，看见这番女手持双刀，满面怒容，石将军暗说道：

"元帅叫我与他讲和，料想杀他丈夫，焉能听从？说之无益，不必讲，不免与他见个高低罢。"提起手中双枪刺过去。多花女双刀架开，一男一女战杀，一去一来，胜负不分。这多花女虽然是将门之女，有些本事，到底不是石将军的对手。这石玉一则见他丈夫已亡，二则他是女流之辈，所以让他几分。岂知这番女要报夫仇心急，认做石玉本事平常，被他舞起双刀战到六十余合。石将军一想，如此看来，让他不得了。忙把双枪一连挑了几枪，多花女两臂酸麻，眼花力微，却难抵挡，被石玉一枪正中心窝，翻身落马而亡。李义、张忠大喜，假传元帅有令快些前往抢关。三将喝令众兵杀上前来，把番兵大杀一阵，四散奔逃，尸横遍野，满地鲜血成河，死者甚多。大小三军进了关中，满城百姓四散逃生，不必多谈。

石玉连忙安了众民，然后恭迎元帅进关，要把金银粮草点查。元帅说道："错杀番邦无辜将士，抢占他的城池，本帅已经差之万倍，悔之不及。关内之物，不可妄动，尽数交还才是。"元帅军令森严，谁敢不遵！此时元帅心下十分烦恼，双眉紧皱，面带忧容，说道："如此罪名越大了，如何是好？种下祸根，乃是这莽夫弄来的，纵将他斩首，也不中用的。本帅之罪，仍复不免，好不令人烦难也。"只得吩咐将番兵尸首好生埋葬，又把多花女的尸首一体备棺盛殓，与秃天虎的安放在一方，待等干戈平定，再行超度灵魂，少尽本帅之心。是夜，狄元帅闷闷不乐，不知后事如何，正是：

胜败已分终有碍，战征虽是不为功。

第七回　狄元帅求和受辱　乌麻海中箭身亡

诗曰：阵上求和似可羞，只缘莽将少筹谋。
火叉岗上行差道，致与东番单单仇。

再表吉林关主将名唤乌麻海，乃是单单国头等有名的一员上将，年方四十余岁，脸如锅底，环眼浓眉，身高体胖，武艺精通，力敌万人，持一柄宣花大斧。前十余天得闻秃天虎的飞报，气得他二目圆睁，双眉倒竖，说道："狄南蛮，你这等无礼！我邦狼主归顺宋朝已久，狄青你为何无风自浪，白来寻事，杀了安平关秃天龙？我想正平关秃天虎，他武艺高强，胜过胞兄，必然无败。但愿他杀败南邦人马，把狄青拿住，方消得俺家此恨。"正烦恼之间，忽有秃天虎的夫人差小番如飞报到，称说秃总兵阵亡，要求将军爷提兵火速前往破敌，不然正平关有失。次日，乌麻海正要整顿军马兴兵，忽又报道："多花女已被杀，正平关已失。"这乌麻海闻报，大怒如雷，气得面如土色，说："可恼！你狄南蛮无故连伤我二将，尚且容你不过，那多花夫人乃是女流之辈，为何也伤他性命？这还了得！狄青啊，前两关由你夺去，若要到我吉林关上，就万难了，若容得你一兵一卒过此关，誓不为人！"他又想一回，说道："秃天虎尚且死于狄青之手，大宋这主将不是好惹的，须要提防一二才是。"天色已晚，埋锅造饭，是夜不题。

再说次日，乌麻海点起一万雄兵，顶盔贯甲，上了一匹乌龙驹，手持一柄开山大斧，领了一万番兵，一声炮响，大开关门，杀奔正平关来。喊声讨战，早有宋兵飞报入关。狄元帅亲自出关，来到阵前，四虎将军在后跟随，元帅一见番将，在马上欠身打拱，开言叫声："马上将军尊姓何名？"番将说道："本将乃吉林关主将是也，你是何人？"狄元帅说："本帅乃大宋天子驾下平西主帅狄青是也。"乌麻海说："原来你是狄青！俺且问你，既然宋君差你征伐西辽，为何兵反向我国？况且我邦狼主久顺天朝，年年入贡，你忽兴兵马，妄动干戈，连伤二将，眼底无人，欺我单单国，是何道理？"元帅听罢，放开笑颜，说："将军且请息怒，听本帅告诉一言。本帅奉旨征西，只因向导官走差国度，错走东方，误来贵国，本帅罪无容辩。到了安平关，误杀秃总兵，悔恨无及！"乌麻海说道："既不知地理，点他为什么向导官？若不识贤愚，做什么元帅！今日宋王差你总军元帅，前八百年倒运了！"乌麻海数言说得狄青面上无光，脸红面赤，把头一低，开言说："将军，这也原是本帅的理亏，所以亲自出来见将军，万望海涵，不较前非，足见将军大德也。"乌麻海说："狄青你可是做梦吗？连伤我将，夺我城池，莫说是你要求和，就是宋王亲来说，也不能了。既然你亲来出马，俺与你见个高低!”说罢,提起宣花大斧,当头劈将下来。元帅想道:“说也徒然,谅他必然不允了。”忙把定唐金刀往上架开。二员大将在沙场杀得天昏地暗,东西难分,战鼓之声不绝,冲锋到八十余合,不分胜负。自辰时杀至午刻,再战时:

沙尘滚滚惊天地,刀斧交加各逞奇。

豺狼虎豹藏山洞,野鹊乌鸦不敢飞。

当时又杀了一百个回合,你我不休。狄元帅自知杀他不过,又不肯失势与他,只得退后数步,取出金头鬼脸戴起,念一声:“无量佛!”只道拿他下马,岂知这法宝全然不灵验。这乌麻海见他戴上鬼脸,不知何意。赶上数步,把大斧当头劈下,狄元帅全不知觉。只因他的金盔上藏着血结鸳鸯,一道毫光冲起,大斧不能下。四将一见,飞马上前,奔至元帅马前,除其鬼脸,一同跑回关去。乌麻海追赶不上,也自收兵回营,坐下说道:“那狄南蛮杀俺不过,取出一个鬼脸的东西戴在脸上,也觉可笑。但俺用一斧,只道结果他的性命,不知何故,他盔上冲起一道红光,不能下斧,这是什么缘故?也罢,待他今夜再活一天,明日擒来,也要死的。”不表乌麻海之言。

且说狄元帅败进关中坐下,四虎弟兄安慰一番。元帅闷闷不乐,说道:“乌麻海这番将本事高强,几乎失手于他,亏得众弟兄杀退。但不知因何法宝不灵验起来?如今杀败,如何是好?”四虎将军说声:“元帅勿忧,胜败乃兵家常事,何必烦心。且到来日,小将等出敌便了。”元帅说道:“众位兄弟,本帅尚且不能取胜,只怕你们也不济了。如之奈何?”四将说:“元帅,如若小将不能取胜,只消用计伤他便了。”元帅点头,吩咐众贤弟且回营,到来日再作商议。四将回营去了。此时狄元帅说道:“想来那人面兽既不灵验,这穿云箭只怕也不中用了。但这二物乃神人所赐,不可轻毁。目下虽然无用,且好收藏吧。”若说狄青的人面兽既是法宝,为何今日不灵验?只因玄帝殿下的神将,化生于西辽国内,故神圣将两件法宝赐于狄青,待他收回各将立功。只因单单国的番将,不是玄帝殿前神将化生,所以这人面兽用不得了。此时元帅心下十分不乐,身负欺君重罪,恐防庞洪弄权来暗算,纵有南清宫姑娘,又忧他不晓得内里缘由,难作主张。罢了,我忧不得许多,听天而已。此夜元帅纳闷,不必细表。

次日天明,众将来参见元帅。正与众将商议,忽报番将杀奔关下讨战,元帅即差飞山虎刘庆出敌。刘将军得令,领兵出关与乌麻海交手。战不上四十合,败进关中。元帅又差张忠、李义,又不是乌麻海的对手。连战数天,宋兵大败。狄元帅不悦,说道:"既是番人不肯和,惟要杀败了他,情愿求降,方能前去征西。岂知乌麻海本事厉害,与他力战不中用了,必须用计除他,方可使得。"是夜元帅见风清月明,卸下戎衣,穿起便服,带了张忠、李义两人,步行出关数里外,四面观瞻。只见关左有座黄石岩,石岩高耸,林木森森。三人看罢,回转关中。此时已有三鼓更深,即与四虎弟兄商议定计。命刘庆往山后埋伏,石玉引战,此计必然成功。四将奉令,领兵分头而去,此夜三军不睡。

次日天明,闻报乌麻海讨战,元帅令石将军出马,杀出关外,与乌麻海大战六十余合,石玉大败而逃,乌麻海紧紧拍马追赶。石玉奉了元帅将令,且战且败,诱他到了黄石山,败进山中去了。乌麻海不知是计,奋勇当先,追赶上去。忽听得一声号炮惊天,喊杀如雷,宋兵杀奔而来。此时乌麻海方知不好,急急回马,早有飞山虎在山后一马赶上,喝声:"番奴,你往那里走?今日休要活了!"乌麻海大怒,举斧正要打去,岂知张忠、李义喝令兵马杀上,三军箭如雨落,好不厉害。乌麻海看来不好,把大斧舞起,左挑右拨,就如蛟龙取水,宛如二凤穿花。乌麻海挡箭约有一个时辰,果然没有一箭着身。无奈不敢杀出,恐防被伤,此时危急,心慌力竭之际,手略慢了一慢,肩上早中了一支。顾得肩上一箭,又中了肋下一箭,支支多中,可怜单单国一个头等上将,今日在黄石山下遭此一劫,中箭七十余支。自料不能活命,大叫一声:"狼主啊!臣乌麻海不能扶助你了!"说罢就在腰间拔剑自刎,翻身落马而亡。石将军看见,回马会同三将,带领兵马,乘势抢了吉林关,众兵一散,余者皆已投降。一同回关交令,恭迎元帅进了吉林关,埋葬了番将尸首,出榜安民不表。

且说石亭关主将,名唤巴三奈,也是英雄无敌,手下将广兵多。是日闻报,心中大怒,骂声:"狄青,你好逞强也!"即日带兵杀到吉林关讨战。狄元帅闻报，差焦廷贵出关迎敌。战了三十余合，焦廷贵抵挡不住，正要逃走，却被番将大刀拦开铁棍，生擒去了。次日复战，又拿去李义。巴三奈得胜回关，把二员宋将一并囚在后营，说道："待等拿尽南蛮，把狄青等解上狼主，定罪开刀。"自此日日交锋，胜败不等。狄元帅此时欲回兵，只为焦廷贵、李义被擒，番人不肯和息，只得在吉林关守候。终朝不悦，夜闷沉沉，不知何日东国干戈休息，西辽降伏，这是后话，不必烦谈。正是：

一月光阴容易过，巴三上表达番君。
风火鸳鸯开两座，添兵助杀宋朝人。

第八回　巴三奈坚守石亭　八宝女兴师议敌

诗曰：巴三番将也称能，坚守营关与宋争。
表达狼君添勇将，召宣公主领兵临。

话说单单国虽是外邦番地，这国王知达天时，登基以来三十余载，归顺天朝，岁岁无亏贡礼，就是本国诸臣，多是忠肝义胆之臣，匡扶这番君。狼主看待群臣，也无差处。邻邦各国相和，从无干戈侵扰，君臣共享太平，百姓安康。忽一天，闻知大宋兴兵犯界，人马到来征伐，势如破竹，夺去安平关，杀了守将秃天龙，此时番君闻报，忿气冲霄。凡为人知情达理的，凡事必然知情理为先，情理差了，必要动气。这番王一想，并无差迟于大宋，如何无端兴兵到来，夺关杀将，是何道理？越想越怒，说："孤家立位以来，并未亏贡于大宋，如今无故兴兵犯界，杀害大将，此恨难消！"即日降旨，着令："鸳鸯、风火、石亭、吉林、正平各关主将，为之一路，与他交战。必要把狄青活的拿来，待孤家亲自开刀。孤家并无过犯，宋君为何大兴兵马到来，夺关斩将？且看狄青怎样，然后兴兵杀上汴京，并非孤家去寻他，别国未必有说孤家不是的。"降旨不上八九天，又闻报占了正平关，秃天虎夫妇一起阵亡。狼主闻报，忿愁难当。又至第三天，飞报到："吉林关总兵被害，城关被宋将夺去，狄青一连夺去三关，狼主须当打点迎敌才好。”番王一闻此报，大惊，一发心头大怒，说：“狄青，你这等猖狂也！”

是日会同众文武商量，众臣多说道：“吉林关乌麻海，正平关秃天虎，乃是我邦头等的上将，尚且死于狄青之手，看来以下武将虽多，只怕一个也不是他的对手。”番王听了大怒，喝道：“难道由他杀到银安殿上不成?”文武官员各不回言，独有兵部尚书脱伦，只因狄青杀了他女儿多花女，深恨狄青入骨，即便出班奏说：“惟望狼主，依臣所奏。”狼主说：“卿家有何主见，就奏上来。”脱伦道：“臣闻西辽国几次兴兵，要夺大宋江山，赞天王子牙猜等，还有多少英雄上将，俱死于狄青之手。他把这些西辽人马杀得片甲不回，所以西辽畏惧，不敢再犯。他的本领果算高强。南邦五虎英名素重，能伤我邦乌麻海，果然名不虚传，料此人不是好惹之辈。我邦虽有武将，差去迎敌，却也不济。要捉拿宋将，有何难处，须得我狼主的公主娘娘前往，不用吹毛之力，个个南蛮多要捉尽。”这狼主盛怒之际，一闻此言，说道：“依卿所奏。”即宣公主上殿。不一时，公主出来朝见父王，说：“愿父王千岁，千千岁。不知父王宣儿臣上殿，有何吩咐?”番王就把宋君差狄青无事兴兵犯界情由，细细说明。公主娘娘闻言说道：“父王，宋朝狄青，夙称英雄无敌，任他五虎威名素著，那里在儿臣心上！待女儿提兵前往，拿尽众南蛮。”番王说道：“女儿，救兵如救火，明日就要起程了。”公主说：“谨依父王之命。”拜辞父王，回宫去了。

番王吩咐退朝，群臣各散。退进后宫，有番后娘娘接驾，说声：“狼主，方才臣妾闻女儿说，大宋君臣无故兴兵，杀到我邦，抢关杀将，这等猖狂，可有其事么?”狼主道：“怎说没有？连伤四将，夺取三关，所以孤家深恨这狄南蛮。但他英雄无敌，曾经杀得西辽军马大败，我邦乌麻海尚且被他伤害了。目今武将虽多，却难与敌，孤家故差女儿前往拿捉这狄青。”番后说：“狼主，倘若女儿前去，仍不是狄青对手，如何是好?”狼主听了，说：“御妻不必心焦。女儿本领，何人可及？得圣母传授他的法力、八件宝贝，领兵到石亭关，何愁宋将英雄?”娘娘听得，点头说：“待来朝女儿前往，但愿退得狄青，女儿回来，奴家方才放得下心。”

若讲得单单国王，年登五十，生下二个太子，一个公主。大太子五岁夭亡，二太子十一岁时上北樵山，须臾被虎负去了。如今单存公主，名唤双阳，因他貌美超群，宛若嫦娥下降，故名赛花公主。十二岁时被庐山圣母收为徒弟，在仙山学法三年，传授许多武略。临回国之时，命他下山，圣母又赠他八件法宝，驾云还国。回见爹娘，说明缘由，父王、母后十分欢喜。如今有了这八件宝贝，更名“八宝”。圣母赠宝时曾对他说：“你虽生东番，身属中原，倘遇刀兵起日，是你婚姻之期。”公主谨记在心，从不说与爹娘知道。这公主常在御花园内试演仙法、武艺，教习女兵三百人，勇猛胜似健兵。摆列阵图，多是训练精熟，已经三载。这脱伦明知公主有此仙传武艺，更兼法力精通，料想狄青不是他的对手，启奏请公主提兵出敌，报了杀他女儿之仇。这公主一因父王之命，二因有法不用，学也徒然，愿意前往与南蛮比比手段。意见已定，传令女兵三百，吩咐一回，众人领命。

到了次日，狼主升坐，众番臣朝参已毕，有兵部尚书脱伦启奏狼主：“今臣已点足雄兵五万，伺候公主娘娘了。”狼主即宣公主上殿，少停间，公主上殿：“见过父王，父王千岁、千千岁。”狼主说：“我儿平身，兵部脱卿已经点起兵马五万，候女儿起程。我儿速速前往走一遭。但此去须要小心，你虽然学得仙法，切不可自恃英雄。况且南邦五虎将，非比寻常将士，也须防他有神通妖术，事事务要小心。但愿我儿此去旗开得胜，马到成功，把狄青生擒活捉了，方消为父的恨。”公主说声：“父王，休得介怀，且自放心！任他五虎将纵有通天本领，多要生擒活捉。儿臣如今前往，就此拜别父王。你休要挂念女儿，不待三天五日，就班师回来了。”公主辞出，百官齐送，说：“臣等请公主娘娘就此起驾。”公主说：“知道了，卿等回去吧，不必在此伺候。”

此时公主转回宫内，拜别母后，娘娘这番叮嘱再三，公主一一应诺。取出八宝囊藏在怀中，辞过母亲，带了三百女兵，步出朝门外。文武俯伏相送，说：“请公主娘娘上马。”公主上了宝麒麟，手持一柄梨花枪，头带百合冠子，雉尾翎毛分开左右，金圈珠环皆是海外奇珍。五色鲜明，光彩夺目。怀中压了护心镜，腰挂龙头宝剑，威风凛凛一位女英雄,桃花粉脸,国色天姿,看来这公主浑如昭君出塞一般,独是梨花枪与琵琶不像。闲话休题。此时各官俯伏相送,公主说:“众位卿家请起,不必远送了。”众番臣应语退去。公主吩咐队伍摆开,五万番兵,一路旗幡招展,炮响三声,向石亭关而来,三百女兵紧紧随着公主左右。

先说石亭关巴三奈早已闻报,打点关内,备着地方,待公主安歇。此时公主路上威威武武,到了鸳鸯关,又无耽搁;风火关中也不停留。一日,到了石亭关。巴总兵带领众副将、兵丁到关外三十里恭迎。公主进关,巴总兵参见毕,公主传令分开男女兵,然后开言问巴总兵:“近日交兵,胜负如何?说与俺家知道。”巴三奈说:“臣启公主娘娘:大宋这等无礼,兴无名之师,连抢三关,伤害四将,损了数万人马。石亭关臣日夜留心把守,头阵两场,把他二将生擒了,牢禁在后宫内。近日交兵,不分胜败。今日娘娘驾到,必然成功了。”公主又问:“这狄青手下共有多少人马?战将几员?”巴总兵说道:“启奏公主娘娘,那狄青手下焦廷贵、李义被臣拿了之外,只有张忠、石玉、刘庆这三员战将,与臣曾交敌几场。兵马却有限的,不过五万余光景。”公主娘娘说道:“哎!我想他兵微将寡,能连伤我邦四员大将,占去三关,料不是无能之辈。且待俺家明日出关,与他对敌,一定把南邦五将生擒了,才晓得俺家的手段。巴将军你且暂退,明日待俺家出敌便了。”巴三奈点头称是:“微臣告退了。”此时公主独自一人坐下,二十四个宫娥分伴左右,三百女兵排列两行,听着公主娘娘教习武艺、枪刀之法。是夜二更时候,公主方才吩咐众女兵往后营安歇,四鼓将鸣,便要起身听令。此回公主领兵到来,明日开兵不知胜负如何,且看下回分解。正是:

秦晋未谐仇敌至,姻缘惹出甲兵来。

第九回　乾坤索生擒宋将　石亭关大破南兵

诗曰:八宝多能法力高,擒拿宋将众英豪。
　　石亭关外施仙术,五虎将军尽捉牢。

再说这八宝公主奉了父王的旨意,仗了仙传的法宝,要拿尽五虎英雄。到了石亭关上,耽搁一宵。次日五鼓时候起来,传令男女兵丁饱食战饭,枪刀锐利,盔甲鲜明,放炮来到关前讨战,指名要狄南蛮出马。早有宋兵飞报入关中,狄元帅思想一回,说道:"本帅与番将巴三奈交兵一月有余,胜负未分。本帅意欲收兵回去,一来番邦只道我畏惧了他兵,反为不美;二来焦、李二将被拿去,虽然未见首级号令,到底不知生死如何。所以权在吉林关安扎守候,这番王如何不差战将提兵,只打发女儿到来?不知有何缘故,令人难解。毕竟他来者不善,善者不来。故不差战将,却令女儿到来迎敌。"就与三将商量说:"大凡行军对敌,须防僧道女流。不是妖术伤人,就是练成暗施刀箭,须要小心提防这员女将才是。"三位将军点头说:"是。"元帅即差刘庆出马说:"刘将军,着你领兵三千,前去会这番女。须要小心,不可粗心逞强,马不可乱追进,须防他有什么暗物伤人。"

刘庆说声:"得令!"即顶盔贯甲,上马提枪,领了三千人马,气昂昂,一声炮响,飞马出关。来到沙场,果见一班女兵,中间马上一员青年女将威风凛凛,但见花容俊丽,身材窈窕。刘庆暗想:"谅他有甚本事?单单国番王真倒运了,差他来送死何益?"公主一见关内冲出一支人马,为首一员大将,便问:"来将何人?通上名来。"飞山虎暗说:"俺不是好色贪花的,听了这样声音,却也有趣。何须用力与他交手,只消伸手拿他回关见元帅吧。"便说道:"俺飞山虎刘庆是也。"公主说:"你叫刘庆?为何狄南蛮不来会俺家,难道惧怕了不成?"刘庆说:"小贱人,你就是八宝吗?"公主说:"你既晓得俺家的大名,应该早早送过首级来,免俺动手。"刘庆哈哈大笑道:"我看你这小小年纪，倒会说大话。你是女儿家，理应拈针刺绣。而今不知死活，难道不知自己没鸡巴的？还来交锋对敌，你好不顾廉耻也。”公主道：“咄！刘庆，你休得胡言！俺家看你是一莽之徒，不是我的对手，快唤狄青出来下马受缚，拿他回去见俺的父王。”刘庆闻言大怒，二目圆睁，大叫道：“小贱人！休得把我元帅这等小觑了！他曾杀得西辽大败，番兵番将胆丧魂消，盖世英雄多要丧命，岂惧你这小小弱质的小贱人！只消俺将军一枪，你就要翻身下马，杀鸡焉用牛刀！”公主听罢大怒，举起梨花枪，照面就刺。刘庆急架相迎，却被公主一连几枪，几乎把刘庆捺翻下马。刘庆一连晃了几晃，想道：“这小丫头，看不出果然好气力。元帅吩咐俺小心交战，不可粗心杀败了，待俺用力抵敌便了。”此时：

一来一往分高下，又迎又架定输赢。

当下公主想道：“伤他有何难处？但父王也曾吩咐俺家，把宋将生擒活捉回去，不若先将刘庆拿住，再算帐便了。”主意已定，战得二十余合，带转马退回数步，按下梨花枪，向宝囊中取出一条乾坤索，往空中一抛，只见一道霞光闪烁，早在空中旋旋飞舞，落将下来。刘庆一见，说声：“不好！”眼花昏乱，正要取席云帕子逃走，岂知乾坤索已落下来，把他身躯捆绑，拖下马来。公主喝令女兵押捉回关而去。

公主复又讨战，说：“大宋还有那一个南蛮出来受绑？”早有败兵飞报入关，元帅闻报大惊，说道：“本帅原知道此女将来者不善，却不料真乃手段高强。拿去刘将军，如何是好？”张忠大怒说：“元帅，让小将军出去拿他！”元帅吩咐说：“八宝女英勇厉害，须要小心。”张忠说声：“得令！”提刀上马，赶出关外。威风抖抖，来到公主跟前，不问情由，提刀乱劈。公主长枪急架相迎，刀枪并举，杀不上四十合，张忠大败，逃走入关。元帅心中烦闷，免战牌高挂，不出交锋，来日再商量。

且说公主见挂出免战牌儿，吩咐收兵，洋洋得意，回进关中。巴总兵迎进坐下。女兵抬过长枪，吩咐将刘庆解下乾坤索来，仍把他押进后营，囚禁到焦廷贵、李义之所。焦廷贵一见说：“刘将军，为何你也来了？”刘庆说：“不要讲起，气煞人也，失在没鸡巴阴人之手。”李义说："怎样没鸡巴阴人?"刘庆说："李三弟，我们元帅意欲收兵回去，一来只恐被蛮兵看轻了，二来因丢你二人不下，故此忍耐留住，在吉林关等候。岂知这番王便差女儿领兵前来，名唤八宝，俺看他轻躯弱质，小小年纪，决不是英雄武勇之辈。岂知这娇娆番女十分作怪，不消二十合之外，就被他擒了。我想这贱丫头如此厉害，一定有些来历的。"焦廷贵听了，发声大叫："八宝！你这小贱人！若捉得完五虎英雄，方算你本事高强！刘将军席云帕的本领何人可及，何不腾云走脱了?"刘庆说："焦将军你有所不知，俺正要席云逃走，岂知这贱丫头抛起一条小小索子，好不厉害，顿时被他捆绑下马，羞愧难当。"焦廷贵说："刘将军，我们在此二三十天，十分寂寞，得你来了，倒也热闹了。"

不提三将之言。且说八宝公主，次日出关复来讨战，有石将军自恃英雄，请命带兵出马，舞动双枪，与公主战在一处，杀在一堆，好不厉害，但见：

交加刀斧惊天地，杀气腾腾逐鬼神。

战鼓两边频侧耳，双枪并举刺纷纷。

这石玉小将也是仙传枪法，与公主杀了八十合，还没有高低。公主一想，把梨花枪架开双枪，退后数步，向八宝囊取出乾坤索，丢起空中。石玉一见，连忙回马跑走，谁知这法宝快同闪光！把石玉捆缚下马，小番押入关中去了。一切枪马，多已抢去，宋兵不敢上前追夺，大败回关。报与元帅得知，元帅心中愈加烦恼不乐。到次日，张忠出战，也被擒了，一并禁在后营。焦廷贵大笑道："好！好！一个个被这贱丫头拿了，单剩得元帅一人，还不快快逃回本邦去，在此空关做什么?"四虎将军同说："我们四人多害在你手内，还有什么快活发此大笑?"焦廷贵说："哎，你们说那里话来！古言：万事不由人计较，一生都是命安排。应该死在东番地，所以不走西辽，走来单单国，被他一刀两断，仍复去中原投胎，何等不美？你们要如此埋怨，俺岂不差了，这乃是命该遭此劫数。"四虎弟兄闻他之言，好不气恼。按下四人囚禁不表。

再说狄元帅又见拿了张忠，心中烦恼，叹声："罢了，我狄青误走他国,原是我万分差处。从前本帅还想去征服西辽,取了珍珠旗回朝,还可将功抵罪,不为官职也自愿了。岂知这番王差女儿领兵到来,把五将拿去了,却不见首级关前号令,莫非此时尚未开刀?想他乃是一个小小丫头,为何如此厉害?我想一定有些蹊跷的,莫非他是个旁门左术的?兴妖作法拿去众将?若是个旁门妖术之人,倒也不妨。妖法必须神法破。本帅的师父乃王禅老祖,也曾学得些仙法、咒语、真言,况且还有人面兽、穿云箭,曾伤过西辽几条番将性命。如若这番女果然有妖法,本帅还有正法可破,待等明天,本帅亲自会阵便了。"主意已定,闷沉沉又过了一天。

次日,正用过战饭,有小军报上:"元帅,有番女八宝坐名要元帅出马,十分猖獗,请令定夺。"元帅吩咐:"再去打听。"此时带领大小三军随着出关交战。先吩咐孟定国:"你且暂为把守吉林关,本帅今日出敌,倘能得胜,不必言了;如若有什差迟,速带人马回返国中去吧。"孟定国说道:"元帅出兵,自然大获全胜的。"元帅说:"孟定国,本帅吩咐之言,须要谨记。"孟定国允诺,说:"小将领命。"此时元帅顶盔贯甲,手持定唐金刀,跨上现月龙驹马,领了大小三军,吩咐放炮开关,杀到阵中与公主对敌交锋。不知胜负如何,且看下回分解。正是:

雄心岂畏番蛮女,御敌还须大宋戎。

第十回　狄元帅出关迎敌　八宝女上阵牵情

诗曰:姻缘非是今生定,五百年前宿有因。

暗里情牵丝挂碍,须然仇敌复相珍。

且说狄元帅因番女捉拿了四虎弟兄,是日亲自出马。炮响三声,关门大开,催开坐骑,加上三鞭,那匹龙驹十分作怪,一连三鞭,不肯跑走。狄元帅好生疑惑,想了一回,说声:"马吱,今日本帅正在计穷力竭之际,若是困守关门不出,束手待毙不成?况且四弟兄已被擒拿,不由不出,纵有什么吉凶祸福,本帅也去走一遭的。"将马加上几鞭,又是不走。狄元帅此时心中烦恼,说道:"莫不是今朝本帅临阵多凶少吉、有性命之忧吗?你莫若听着本帅主意,纵有祸福吉凶,不干你事,快走吧!"又加上几鞭,这龙驹此时听了吩咐之言,前后蹄一纵,元帅方得出关。大小众将得跟随左右,一马跑到战场。

公主早已排开队伍相待,二人马上一见,各自想象,元帅想:"本帅只道番邦外国,生来丑陋,男女皆非中国貌容,岂知这八宝番女……"但见:

含情一对秋波眼,杏脸桃腮画亦工。
小口樱桃红乍启,纤纤玉手逞威风。

当下狄元帅看这公主身材窈窕,丰姿秀丽,全无一点凶狠相貌。如此看来,有什么英雄本领?只好在深宫内闲来刺绣,怎能上阵交锋、拿捉了本帅的众兄弟?"此时元帅暗赞番女花容,又想他未必有此本事,竟忘却交锋事情。这公主凤目一瞧,看这宋将,比前数天几个被擒之将大不相同,但见生得:

杏脸生辉双目秀,清奇两道卧蚕眉。
口方鼻直长梳耳,背阔肩宽八面风。

此时公主看这狄元帅,年方弱冠,颏下无须,堂堂一表,白袍相衬锁子黄金甲,心想:"他既然出阵交锋,有刀不举,因何事有意无言,却尽着发呆,只把俺家看着?我想本国男子,多是粗俗,生来奇形怪状,何曾见有及得这南邦小将的容颜!俺家想来,前日拿来数将难及他,中原男汉,还算他魁首。"

此时公主看这狄元帅也呆了,忘他是敌人。但闻两边战鼓不停催战,众女兵见公主住马不言语看着,家将个个难以猜测:"若不交锋,何不带马回营,莫非他两人有些意思,公主娘娘看中了这南将,所以交兵事情,心灰意懒起来?不知他两人看到几时,我们空自陪他。"内中有几个忍不住的,上前禀道:"请娘娘打话交锋。"此时提起公主心事,不觉满面含羞,将脸泛出桃花,便把手中梨花枪一摆,说声:"南蛮通下名来。"元帅听了,只为走差路途,总是自认差错,为此在马上欠身打拱,答道:"本帅乃大宋天子驾下平西主帅狄青也。"公主一想说道:“原来此将就是狄青,真好气概也!”元帅也问:“女将军是谁,莫不是八宝公主吗?”公主说:“狄青,你既知俺家大名,还敢前来相会?”狄元帅说声:“公主,本帅有言奉告,所以亲自出关面告。”公主说:“既然有话,你且说来。”元帅说:“请公主暂止女兵喧哗。”

公主吩咐止了喧哗,两边战鼓不响,此时刀按金鞍,枪擎玉手。公主开言说:“狄青有话快些说来。”狄元帅说道:“公主,本帅奉旨征伐西辽,并不是到你贵邦侵扰。”公主说:“既然你去征伐西辽,因何兵犯我界?是何缘故?”元帅说:“只因兵到火叉岗上,不从西北去,反向东北而行,一差百错,误到贵邦,原是本帅之失。”公主说道:“胡说!你既知误走我邦,因何不早早收兵回去,又连伤四将,占夺三关,这般狂妄?明是有意而来,今见势头不好,巧语花言哄得谁信?”元帅说:“公主你屈煞了本帅。大兵到了安平关,营尚未安扎,有秃天龙不问因由,提兵杀来,刻日即要交战,猖狂不过。偶遇莽夫焦廷贵,也不问明缘由,伤了安平关秃天龙。本帅心中不忍,好生埋葬了。杀错秃天龙,怪不得秃天虎不肯干休,大兴人马,要报兄仇。本帅自知理亏,三番五次求和,他却不依,不免刀枪相向,伤了他。至吉林关求和于乌麻海,他却不允休息。连夺三关,伤了四命,皆本帅之罪,愿公主大量恕我。狄青明朝亲到朝见狼主,剖明心事,请罪求和,收兵前往西辽,感恩不忘了。”公主听罢暗说:“行军乃重事,为何如此粗心?到底后生家人,宋王为何用少年之人为主将?”

此时公主越看这狄青越可爱,又叫道:“狄青,你若走差我国,不伤我邦大将,不占我关城,有何妨碍?自然允你回兵,我邦另差大臣护送你出疆,送你的礼,两国平和,何等不美?如今休说徒然话,可晓冤家结得深。你既伤我邦人口,今朝总要见个高低。”说罢,把梨花枪慢慢摆弄。元帅见此光景,暗说:“这番女却也奇怪,口中说些硬话,何故枪上似有留情?莫非他女儿家一念慈心,容我回去,把假言恐吓我。待本帅再将好话与他,说得情意恳切,或者肯和,放还擒将,收兵前往西辽,有何不可?”复又开言说:“公主,我狄青果然身负千斤重罪。只求公主大量慈悲,念恤本帅身为中原上国之臣,即有千差万错,还求公主宽恕,放还被擒五将,此德此恩,没齿难忘今日之情。”公主听罢这一番言，暗想：“这狄青不是等闲之辈，俺家曾记得下山回国之日，师父有言吩咐：虽然生长番邦地，该配中原上国人。狄青正是中国大臣，堂堂仪表，是俺家心中所愿。他看我不做声，我看他枪也懒举。他若有情，我也有意，莫不是此终身该属这员小将？俺家若放了他回去，谅情决不再来了，岂不当面错过？不免将他活捉回去，另行处置便了。”

此时公主假作怒色，开言说：“狄青，何必多言！你前者曾杀得西辽国大败，原是个英雄无敌的好汉，为何今日见了俺家，就未进而先退？且来见个高低看看，何必细细烦言，把时刻延挨！”元帅说：“公主既知本帅杀败了西辽，可见英雄好汉不是怕人的，无非本帅自知于情理上亏了几分，故此向列位说明。你今既不肯干休，也说不得了，本帅就与你见个高低，定个生死。”提起定唐刀，金光闪闪，公主也摆开梨花枪，两边战鼓复响，一男一女杀将起来。但是公主有意南邦将，虽在交锋不认真，二人枪去刀迎，叮当并响，一连战了五十个回合，各无胜败。狄元帅暗说道：“本帅今朝已在计穷力竭之际，只这一战之下以决生死。况且他是番邦之女，本帅又不想他为妻，管他什么有情没情。既不肯和息，与他决一个胜负便了。”紧拿着定唐刀，只见金光闪闪，不见人形，或一上，或一下，砍个不住。公主见此，想道：“俺家不过道他丰姿飘逸，故不忍伤他，却有怜惜之心。不料你认真起来，如此模样，俺家岂可饶过他？”梨花枪一摆，梅花万朵齐开，左一挑，右一刺，恰似蛟龙取水，宛如二凤穿花。又战了三十余合，仍不分胜败。

公主想道：“他的本事果然骁勇，五虎英名果不虚传。与他力战，延挨时刻，费尽多少力气，不若用法宝拿他吧。”连忙架开大刀，喝声：“狄青，俺家战你不过了！”虚晃一枪，勒马诈败而走。狄元帅提起大刀，拍马赶上，喝声：“番婆！杀不过本帅了，你休走！”公主回马喝声：“狄青，休得夸口！看俺家的法宝来了。”元帅听他“法宝”两字，料必是妖法，急取出穿云箭在手。公主向八宝袋取出一条乾坤索，向空中抛起，霞光一道，在空中转旋。狄元帅发出穿云箭，要伤公主的宝贝。岂知元帅这神箭，只收得西辽之将、旁门妖术。此宝是庐山圣母的法宝,穿云箭、人面兽多不能破得。公主见他发出一支箭,微微冷笑,把手往上一扬,倒被他收去这穿云箭。狄元帅一见,心中大惊,连发出三支,都被公主收去。不知狄元帅被擒如何,下回便知端的。此时:

四虎已遭罗网陷,宋帅争强倒又危。

第十一回　狄元帅被捉下囚牢　八宝女克敌思佳偶

诗曰:五虎英雄虽被擒,天生女将助贤君。

姻缘定后称心愿,护众帮夫建大勋。

当下狄元帅的穿云箭,尽被公主收去,急得心忙意乱,倒亏得金盔血结玉鸳鸯,两道霞光冲起,故此这乾坤索不能落下。此时公主见法不灵验,心中着惊。没奈何只得收了乾坤索,仍提枪相杀。元帅想道:"神箭既不中用,不知人面兽灵验否?且取来试一试吧。"此时狄元帅戴上金面,念声:"无量佛!"公主笑道:"什么无量佛?"把手一招,此物即到了公主手中。此时元帅心中越加着急,舞起金刀乱砍。公主长枪急架,又杀起来。公主心想一计,回马诈败而走,去取圣母法宝一件,乃是锁阳珠,撒在空中,有霞光万道。这颗宝珠非同小可,全然不畏玉鸳鸯,一声打下来,狄元帅此时头晕眼花,跌下马来。公主一见,满心欢悦,急唤兵丁:"好好将他绑了,决不可伤他。金刀、马匹一概收拾藏好。"女兵应诺。谁想这现月龙驹,见擒了它主,好生着急,发开四蹄跳跃,大吼三声,公主说:"马哎,你不须着急,好随俺家回去,也不把你难为。主将虽然被擒,不得被害。"此马听了公主之言,便不跳不叫。公主心中大喜,说道:"此马性灵真真是好的。"吩咐小番好生收管喂养它,金刀不许闲常玩弄。吩咐已毕,又向宋营队伍中大叫:"南兵听着,俺家念你等是上邦人马,故不忍伤你等之命,愿降者,投于我邦;不愿降,听各自还去吧。"宋兵皆不肯投降,奔回吉林关,报知孟将军。

孟定国闻报，长叹说道："我父孟良也是宋朝一员名将，随着杨元帅建立多少汗马功劳，生下俺来，虽然颇晓武略，但想五虎英雄尚且如此，俺孟定国出敌，那得济事？不免收拾残兵，弃关去吧。在于附近安闲之所，打听元帅的吉凶如何，再作道理便了。"遂带了众兵出关而去，又过正平、安平二关，觅得空闲之处，名曰白杨山，此山可能屯聚得众兵马。按下孟定国在此山屯聚。

再说公主拿尽来将回关，有巴三奈总兵参见毕，公主吩咐说："卿家，三关无主，你去替掌管便了。"巴总兵说："是！"作别退去。公主又传令带过狄南蛮，两旁响声答应，把狄元帅押至公主跟前。公主微微冷笑道："狄青，你乃上邦一员名将，因何没有道理？宋王差你去平西辽，不往西辽，反来寻我无犯之邦，夺关斩将，自恃英雄无敌，欺人不是这等极情。前日的威风今者何在，看得俺家如何草莽？只道女流之辈有何本领，今日被擒，可见我的武略原是不低。"狄元帅听了呵呵冷笑，说："前事也曾一一说明、苦劝，说尽多少，你只是不依，自然要在刀枪之下见个高低。如今失手于你，我既不能回朝，有什么挂怀？要杀何容多说，再言前事？"公主说："狄青，要俺家杀你，非为难事，可惜你丢下堂上双亲，房内妻子。"此时公主说到这句，乃是试探狄青有妻无妻之故，要引出他的口气来。狄青是心中无意的，焉省得其中缘故。圆睁虎目，说道："番婆！何必你多心！俺狄青父死娘存，若然侍奉母亲，有姐姐侍奉；妻房未娶，有何牵挂？要杀快些开刀！"直言随口冲出，公主听罢，不觉喜溢于色："幸得他还未有妻室，正好与俺家配偶。"心花大开，此时吩咐小番："把南蛮打入囚车内，与前擒来宋将，一同解送狼主，听从正法。待候俺家明早启程，不得有误。"

众小番遵旨，押送狄元帅往后营，有焦廷贵大喝："好了！"刘庆闻得元帅也来的，四虎弟兄呆了，说："元帅为何也到这里来？"元帅说："列位兄弟，这八宝番婆法术厉害，故此失手于他。"众弟兄说："不想番邦有此贱人，如今怎生是好？"元帅说："众兄弟，事到其间，说不得了，生死由天便是。"焦廷贵说："元帅，我们众人怎能变个神通法儿逃去，就活得成了。"元帅大喝道："狗才！我们众人性命多被你断送了，还说此无根之话，岂不恼人么！”焦廷贵不敢再说。四弟兄说：“元帅，你有两件法宝，是神人所赐，因何在阵上不用，任他拿捉了？”元帅说：“众兄弟有所不知，本帅如今必然是断了仙缘，这两桩宝贝多用不灵验，反被番婆收去。”四弟兄叹说：“真倒运了。”正说之间，只见四个小番送到两席酒馔与众英雄吃。众人说：“我们在此挨了几天，都是粗肴淡酒，不堪下食的。因何元帅到来，有盛设款待？这倒也猜它不出什么缘故。”焦廷贵说：“不要管他，且吃得干干净净，明日好做个饱鬼。”

不题众英雄吃酒，且说公主这日得胜，拿完宋将，干戈休息，犒赏三军。公主一心怀念着狄青，故送这酒筵与他。番营各将士开怀乐饮，公主帅堂上独自一桌，宫妇旁边侍酒。公主吃酒之际，想到心中爱慕之人，想道：“狄青这员小将，生得唇红面白，神威浩气，雅度非凡，莫说我邦从不见过这等气概，只怕中原也是无双的。幸得我胸中主见有定，将他拿了，待等回朝去见过父王，保举不要伤他性命，暗暗托母后暗中调停，方能成事。谅父母必然依允，独难于启口。如若早放他还国，须与他面定明白，也难猜度得英雄之心。想来这狄青不是等闲之辈，又闻他是太后娘娘的侄儿，当今宋王的至亲，乃金枝玉叶，中国的大臣，他虽然去平服了西番，若失却俺家的计较，岂不枉费我热肠一片爱慕之心？虽然赤绳系足，乃五百年前所定，到底不可当面错过。一旦父王赦他还国，不依俺家，轻放去了……曾记得他在阵前再三认错，哀告俺家，并非我无情不恤这小英雄，一则父王着我前来破敌保国，若私自放他还国，于理不合。若使放去，又不能面订此事，岂不永无相见了？今将他拿住，若得成事，与这员小将结为夫妇，就吃口清汤淡饭也是称快。狄青哎，我在这里想念你，不知你在那里可想念俺家否？看你在阵上时，并无怒色，一声称叫公主，恳恳告诉俺家，不是我定然要你争杀，只因众眼相看，须提防旁人猜测，便硬着心肠拿了你，自知无礼。方才闻你无妻室，好不令人开怀也！自想俺家的容貌，不为丑陋，虽然抵不过中国，我本邦番国定是少有的。若我两人得成鸾凤之交，岂不两家有庆？”此时公主呆想了一会：

放下杯儿全不举，抛开箸子总无声。

此时侍酒宫娥见公主娘娘如此光景，心想："莫非他今朝上阵损了精神，故此酒肴不用了？"上前禀道："请娘娘用酒，恐防冷了。"公主含笑饮上一杯，想念难会的心上人。此时红日西坠天色晚，关中各处点明灯。公主吩咐即撤去酒筵，各兵丁将士用酒已完，是夜公主酒不醉人人自醉，花不迷人人自迷。回归罗帐，睡卧不宁，正是：

二更时分朦胧眼，梦见年轻小狄青。

双双携至鸳鸯枕，共吐知心说话云。

公主正在云雨巫山之梦，却被更锣冲散了。长叹了一声，耳底闻敲四鼓，挨了一会，只得起来，传令起程回朝。早有巴总兵同众将一齐送出关外。公主又令押送六架囚车，一车内坐着一位将军。焦廷贵一路高声大骂："八宝番婆，淫贱小妖精，欺负天朝将士，拿得如此精光，真乃狠毒心肠的狗番婆！保佑他万世千年不转轮。"元帅喝声："匹夫！休要骂得大呼小叫。"众人都说："焦呆子莫要高声。"焦廷贵说："死在目前，骂他一个痛快也心甘的。"不言宋将囚车去。

且谈公主起程，带了三百女兵，众番兵、巴三奈远送十里之外。公主传令说："卿家不必远送了，回关去吧。"巴山奈领旨带兵回转。

且说公主一路起程，风火关有人，鸳鸯关有将，都来迎接。这公主越过两关，多不停留，一程直至锦霞城。狼主一闻此报，龙心大悦，即降旨众文武出城迎接。所有城厢内外的众居民，多是香烟喷鼻，灯烛辉煌，摆开衢侧伺候。这公主一到城外，把这些番兵交还脱伦兵部，吩咐女兵："随着俺家入朝见父王去吧。"此时众番兵押至六架囚车，有番官、众文武来观看，骂辱不停声。狄元帅塞埋两耳由他骂，英雄四虎不答言。只有焦廷贵听得心头火起，也骂这番狗番畜死乌龟，骂不绝口。狄元帅喝道："我等六人俱乃笼中之鸟，已经死在须臾，何必与他斗骂！"不知焦廷贵如何回答，此时若是五将不是被擒，何等威风，破敌如龙似虎，被擒坐在囚车内，好比：

蛟龙原困沟河内，鹏鸟宿埋岩穴中。

第十二回 美公主得胜班师 硬将军断头不降

诗曰：班师得胜女英雄，退敌回朝父宠隆。
暗保南邦忠勇将，只缘匹配悦心中。

当下焦廷贵见元帅说他不必与番臣相骂，死在目前，且由他吧。焦廷贵说："元帅，我焦廷贵全不吃亏于人的。他骂我们，我骂还他，此乃公平相交之理。我焦廷贵不像你们这等好性儿，由得番奴，骂不回言。"不表宋将之言。且说公主入见狼主，下马步行，来到银銮殿上，俯伏尘埃，朝见父王。这狼主一见女儿，满面笑颜，开言说："王儿，你且起来赐坐，把交战的事一一说与为父知道。"公主谢恩起来，坐下说："父王，这狄青乃是奉宋王之命，前往征伐西辽，错点先行官走差国度，并不是有意前来与我邦争战。"狼主说："女儿，你休听信他的巧语花言。既然走差国度，乃是平常之事，何不早自收兵回去，因何占关斩将？明是有意而来寻我邦的。"公主说："父王，此是三关四将自家不好，不许狄青分辩，定要与他厮杀。这狄青出于无奈，与他们争战。谁料杀他不过。这宋将占去三关，四将丧命，想来是他自取的。在阵前狄青细细说明缘故，苦苦哀求，女儿不敢私自放去，今将宋将俱已拿来，现在朝门外。父王，但是狄青众将，非是无名小将、闲等之流，皆是英雄无敌、武艺超群，不可将他伤害了，免得可惜了大宋擎天栋柱的英雄。如今到来我国，非易得的，但得宽容处且赦他几人。"狼主说："女儿，若依你的主意，放他回去么？"公主说："父王，依女儿的主意，莫若用良言劝解投降我邦，有何不可？"这番王听了，微微笑说："女儿之言有理。你且进宫内安养精神，为父且问明他，然后劝他投降便了。"公主说声："女儿领旨。"拜辞父王，先安顿三百女兵，然后得意洋洋，往宫内去朝见母后。娘娘亲为更换宫服，母女另有一番言说，不必细表。

再说番君传旨："带上南邦五将，单调狄青来见孤家。"番兵领旨,即推囚车。狄青一见推上囚车,与番王对面,在囚车内说:“狼主,念狄青刑具在身,不能朝见了。”番王暗说道:“这狄青原是个有礼之人。”定睛把狄青一瞧,见他乃弱冠之年,唇红面白,双目神威,气宇昂昂,堂堂一貌,心想:“这宋王真倒运灭福,为何差他往外邦,死也不归,生也不回。岂非折了国家栋梁之将?”即开言说:“狄青,你无事寻端,从来两国相和。因何起兵到来,占关斩将?今已被擒,可知罪否?”狄元帅说:“狼主在上,狄青已曾在公主跟前细细说明。只因奉旨要往西辽,走差路途,误来贵邦。尚未安营,先有秃天龙领兵杀至,猖狂不过,所以误伤他命。后来向秃天虎夫妻、吉林关乌麻海几人认差赔罪,他却不肯依允,所以伤了三关主将,原是罪孽渊深。”狼主说:“你既然走差国度,后来知了,连伤四将之后,何不收兵回去?尚敢占住吉林关,又与石亭关主将争战?明明地倚着上邦,欺孤下国,借伐西辽之名,要夺我邦。今日被拿,无奈何巧语花言,哄骗孤家。”

若议到狄青不是贪生畏死,说这些软话,只因果然自己差了,是以认罪不清,免得番王疑他无端侵扰,便说:“此时若伤了四将,私自回兵,非是丈夫所为。又因焦、李二将被擒,故不得已在吉林关守候。”番王听了,想一会,暗想:“孤家与大宋,本无相犯,想必误走到来,狄青也不是虚言的了。不如信了女儿之言,劝他投降便了。”说声:“狄青,你的前事,孤家不与你理论。但是‘还朝’二字,休得妄想。往西辽之念,也要息了。无故夺关斩将,罪大如天,将你斩首不为过。孤家念你天朝将士,免你死罪,投降孤国中为臣,你意下如何?”元帅闻言,说声:“狼主,我狄青身为天朝上将,深沐君恩,怎肯投降你邦为臣?宁可一刀两断,决然不把臭名遗于后日。”狼主说:“狄青,你不肯投降,不独你一人有身首分开之苦,还连累五将了。且你正在青春年少之时,该及早图高官显爵,如若在我邦丧了性命,五虎的英名何在?就是你走差路途,妄伐无辜之国,已有欺君之罪。孤家发怒起来,兴兵杀上长安,也要把你问罪。此地活不成,回邦也活不成,纵使孤家放你,还不免为刀头之鬼。不如听了孤家之言,一人投降,保全五人性命,何等不美?”

狄元帅听他一番劝降之言，激得心中大怒，说道："本帅乃中国大臣，误到你邦，自知不合，既已被擒，甘心待死。要我投降，万万不能！快些开刀，本帅尚为刀下鬼，何妨五将尽遭殃？"番王听罢，暗说道："只因方才女儿有言叮嘱，要留存他六人性命，所以孤家用好好良言劝解这狄青投降。怎奈这南蛮执一不依，如何是好？"

番王正在踌躇之际。只因兵部脱伦恨着狄青杀他女儿，恨不得立刻一刀两段，将他斩首，与女儿报了仇。脱伦即忙俯伏奏道："臣脱伦奏启狼主：臣思狄青身为主帅，走差国度，是个无能之辈，留他何用？不如斩首才好。"番王听了脱伦之言，心中一想，说："女儿方才叮嘱之言不能依了。孤家若不听这脱伦之言，恐众文武再奏，又是一番议论。我想谁人不贪图性命，今看这狄青如此光景，句句说得斩钉截铁，谅情未必肯依投降了。"连忙传旨："捆绑六将，押出西郊之地，斩首号令。"即着脱伦为监斩官。

此时脱伦十分遂意，吩咐小番，把六架囚车打开，把六员宋将紧紧捆绑起来，一路押往西郊而去。四虎将军甘同元帅受死，独有焦廷贵心中不服被他所害，大骂："番狗，畜类，伤害天朝将士，少不得有日大兵到来，报仇问罪，把你国扫为平地，虫蚁不留！"

不表焦廷贵之言。此时公主娘娘虽有留恋狄青之心，惟是难以向父母跟前说"我要他做丈夫"之话，是以当殿叫父王不可伤他六人，那时慢慢打算成亲之法，此是他的本意。此时在宫中没想到父王原要把他六人来斩首，若是公主得知，焉能杀得他，偏偏不晓其事，所以难得救解六位，正是：

只缘先锋走路差，英雄五虎遭擒拿。
虽然身丧东番地，臣节无亏足羡嘉。

且说六位英雄押至西郊，是尽头之路。此处不是做到危急之处，无中生有，做出仙家来救，然而果有其事，故照此而书。在八宝公主未进锦霞门的时候，王禅老祖正坐在蒲团之上。忽有清风一阵，吹到耳边，老祖即袖卜一卦，已知二个门徒有难："因误走单单国，大徒被八宝公主用镇阳珠擒去。但这八宝乃庐山圣母的徒弟，看他师父面上，又不好前往与八宝理论；但徒弟狄青、石玉俱被拿去，贫道为师，有何面目？岂可坐视不救？不免前去见庐山圣母,看看如何。若是置之不理,然后伤情便了。”王禅老祖神通广大,驾起祥云,不消一刻,来到玉区宫,通知仙姑,圣母出来迎接。二位仙师进内,分宾主坐下,老祖就把徒弟被擒因由一一说知。圣母微笑,说声:“老祖休得着忙,他二人原是预定夫妻配合的。若非八宝公主,这狄青一对夫妻焉能今日得会?”老祖说道:“原来如此,贫道怪差八宝了。他二人既然一对夫妻宿有良缘,还该圣母前去说明救解才好。”圣母说:“不待老祖到来,贫道早已打点抽身了。”此时老祖心安无挂虑,即刻相请出洞门,驾上云端而去。

且说圣母吩咐仙女守营,将着一根拂尘拐,一路驾上云头而来,片时间已到单单国地。只见怨气冲云,圣母已知武曲星与众星官有难了,忙把拂尘一拐,喝声:“刀下留人！若杀了南邦六将,先杀监斩官。贫道是庐山圣母,前来有话与狼主说明缘故。”此时脱伦一见云内来了一位仙母,称说是庐山圣母,原来是公主娘娘的师父来了。连忙立起身来,说:“仙母在上,容下官参见了。”圣母说道:“这也不消。但公主娘娘与宋将狄青有宿世良缘之分,目下正该完叙,不可胡乱杀得的。待贫道前去见狼主。”脱伦说道:“依仙母之命。”此时圣母去见番王。脱伦听了仙母之言,叹说:“狄青,你杀害我女儿,理该一刀两段,岂知仙母到来,说他与公主有宿世良缘,只得不敢违旨。”此时若不是仙母到来,宋将六人已经斩讫。正是:

捐躯只为全臣节,杀死无怨报国恩。

第十三回　证姻缘仙母救宋将　依善果番主劝英雄

诗曰:烈士英雄只有君,岂容投降作番臣。

捐躯赴难成全节,喜得仙师到解分。

再说仙母到来,狄元帅、五将都看见他是道姑打扮,也闻吩咐脱伦之言。众将听了,不觉哈哈大笑,说:“元帅,我们只道缓一刻就做刀头之鬼,如今看起来杀不成了。只因元帅与八宝公主有宿世良缘之分,倒要在单单国来做驸马了。”元帅喝道:“休得胡说,死了为妙。”廷贵听了,哈哈大笑,说:“元帅你为人好无见识,岂不闻在生一日,胜死千年。在单单国招了驸马,总是我们众人天天要吃喜酒了。元帅好不快活也,岂不是两全其美!”元帅听了,大骂:“好狗才!说什么鬼话!此事是你之过,害了本帅,还敢再言!”焦廷贵不敢再说。

狄元帅想道:“本帅只道这番婆学得旁门法术,原来他乃庐山圣母徒弟,所以有这样神通。倚着仙传法宝,拿捉将士,如同反掌。本帅只道我的师父神通广大,岂知庐山圣母法力更是高强。拿了本帅,我师父罪之无及。若还不是圣母到来,此时众人已分为两段,如今谅情六人性命无妨,虑只虑要本帅成亲,如何是好?”

不题狄元帅有虑,且说圣母来到朝门外,门官一见,喝道:“你这道姑,那里来的?这是什么所在,你好没分晓也!”圣母说:“贫道乃庐山圣母,公主娘娘之师,有事而来,快去报知狼主。”门官一闻此言,速忙入报狼主得知。狼主想道:“女儿师父有何事情,离却仙宫来到孤国?”即忙降旨,众文武出迎。停一会,圣母已到银銮殿,正要稽首,狼主一见,下殿还礼,请圣母坐下,有小番献上净茗。狼主开言说道:“不知仙母到来,有何见教?须当指示明白。”圣母说:“狼主,贫道到来,非为别事,只因宋将狄青奉旨征西,走差路途,此乃平常之事。占关斩将,是他差处,我徒弟拿他不为过。但这狄青,一来乃是宋朝保国之臣,二来与公主夙有姻缘之分,目下正是完叙之期。故此贫道特地前来说明白,祈狼主须听贫道之言,把公主娘娘配与狄青,好接承后代,两国永不动刀兵,单单从此亦永康矣。”狼主听罢大悦,微笑道:“承蒙仙母到来指示说明,方知因由,险些误杀小将。”既忙降旨:“着小番往西郊赦了六员大将,来见孤家。”小番领旨,飞奔出朝去了。此时圣母也要辞别,回归仙府。狼主相留,说道:“待孤家宣女儿上殿陪侍,以尽师徒之情。”圣母说:“狼主,无别的话叙谈,不消劳动公主了。”说完,抽身拜辞出朝门而去,把拂尘一展,驾上云头。君臣频步相送。圣母回归仙洞,将言复达王禅老祖师,不必细表。

且说番王放赦了狄青六人,原在朝外,番王独宣狄青上银銮殿。

狼主一见，说声："狄青哎，今日本该把你斩首，只因公主的师父到来，说你与公主有宿世良缘，所以赦你转来，说个明白。你不必推辞，在吾邦作个驸马，岂不贵似玉叶金枝？"狄元帅听了，说声："狼主，君臣之义，狄青略知三分。臣身为天朝将士，奉旨征西，身受王命，虽有庐山圣母之言，岂可忘公而先为私事乎？狼主，此事决然难依。"番王听了，哈哈冷笑，说："好一个硬性之人！难道你生长中原不读诗书？一些时务不识，不达权变。在我邦贵为驸马，岂不胜身死在外邦？真乃匹夫也！"狄元帅说："狼主你自己不知君臣之义，反怪我不识时务，不达权变。休得轻视于我，我狄青一点丹心报国，何人希罕你外邦玉叶金枝之贵？却不知道我何等之贵！南清宫狄太后是我姑娘，我乃当今万岁御表亲，比你这里下国荣华，如泥如土，只好自谈自赞。待我征服得西辽，完了公事，还朝复旨，奏知圣上，免你入贡三年，可能做得来。若要在你邦为驸马称臣，除是红日出西，铁花开放。"番王听罢，说："狄青，你征西还国之念休想！活也活在我国，死也死在我国，仙母之言，岂得违误！你征西还国，孤家决然难容。"狄元帅听了，说："狼主，你要我投顺成亲，不如依然斩了我狄青，以全臣节，免得遗臭万年，感恩不浅了。"

此时番王听了仙母之言，要招赘这狄青，奈他心如铁石，执意不从，甘心待死。这番王苦劝他不依，又罢不得的。忽左班中闪出一位大臣丞相，名唤达垣，启奏："待臣同归府内，从缓而言，劝他从顺便了。"番王闻奏说道："既然如此，凭卿家劝从他，孤家所深愿。"众臣退班。达垣太师带回六位英雄，请往衙内，整顿衣冠，以礼恭迎进府，一同坐下。众弟兄五人，问着元帅："番王放了我们，有何言语？"元帅把他要招亲之由，一一说知。张忠听了，说："元帅，外国招亲，原非礼也。但是仙母前来吩咐，料必是姻缘所定。识时务者为俊杰，不如权且应允了，然后再作道理，如何？"元帅说："张贤弟，你说那里话来？国度走差，应该有罪，正中庞洪陷害机谋。若平服得西辽，还可将功抵罪。如若成了亲，在此为臣，万年遗臭。"张忠不敢再言，五人也不做声。有达垣宰相，重重解劝，元帅全然不允。此时天色将晚，达垣吩咐摆上酒筵相待。英雄六人是夜在相府住宿，慢表。

且言狼主还至贤德宫，番后母女俯伏迎接。狼主坐下，番后娘娘说声："狼主，女儿拿来南朝六将，未知如何发落？"狼主说："御妻有所不知，女儿曾对孤家说过，不可伤害了狄青六人，所以孤家劝他投降为臣。岂知这狄青铁石心肠，执意不允投降我邦。"番后说："若此，如何处决？"狼主说："孤家劝他不从，正在没主意时，有兵部脱伦奏说：狄青奉旨提兵，征伐西辽，走差国度，是个无能之辈，要他投降何用？所以将他斩首。"狼主说话未完，公主好不着急，忙说："父王不知可曾将他斩首否？"狼主说："脱伦这句话，孤家若然不依，犹恐满朝文武不服，所以将他六人押至西郊去了。"公主听了，一发着急起来，满身犹如烈火焚炙一般，坐立不安，说："父王哎，并不是女儿护庇南朝将士，只因他赫赫威仪，英雄无敌。前者大破西辽，外邦远国，谁人不知。岂非大宋栋梁之将？我邦将士，没谁及得这等英雄。六人降顺我邦，何为不美？父王为何定要把他斩首？女儿之言不准，外臣之言却依，可惜六位英雄了。"这公主是个智人，若单说狄青，犹恐父王起疑，故把六人统说。番王焉能醒悟其意，说声："女儿哎，并非你言不是，依了臣言。只为他不肯投降，甘心待死，叫为父也没奈何。"公主说："父王，只恐大宋知道了，中原上国，岂少英雄猛将，兴兵前来征伐，如何是好？结怨已成仇敌，我国干戈永无宁息。"狼主听罢，摇首道："女儿你不必心烦。幸得六人尚未开刀，亏得你师父圣母到来，说你与狄青有宿世姻缘之分，劝为父饶了六人，招赘狄青为婿。仙母之言，岂可违逆？所以六人还在。"

那公主听父王说要招赘狄青之言，无限羞愧，粉脸泛出桃花来，低头不语。狼主正要开言，番后说："狼主，妾想仙母之言，谅非虚谬。但不知狼主意下如何？"番王听了，微微笑说道："仙母指示，怎能不依？姻缘乃前生所定，愿把女儿与狄青配偶。"番后说："狼主，你虽如此，狄青不肯如何？"番王说道："他执意不从。孤家苦劝他多少，只是不依。今交与丞相达垣劝解去了。"番后说："狼主，到底狄青生得人品如何？"番王哈哈发笑说："御妻，这狄青生来人材出众，质度魁雄，岩岩气概，磊磊丈夫，慷慨宜人，不似我邦单单国中的人，我邦谁人及得这员南邦小将？如若与女儿配合，却是佳偶相当。"番后说道："狼主，但狄青必不允从，如之奈何？"番王说："如若不是姻缘，难以勉强。古言姻缘该配合，琴瑟可调和。"番后听了，微微含笑。独有公主面惭不语。是夜天色已晚，叙谈一会，公主辞别父王母后，回到自己宫中。公主闻知父王允婚，这狄青却自愿推却联婚，心中闷闷不乐，怨着狄青。正是：

人情难比鸯鸳义，物谊无如并蒂莲。

第十四回　却姻缘公主苦怨　暂合卺宋帅从权

诗曰：事到其间无奈何，英雄勉强结丝罗。
虽然仙母临凡示，前定姻缘配合和。

且说公主回到宫中，坐下想道："想哀家二九之年，姻缘注就，犹恐配着本国之人，不称哀家之意。常常想起，烦闷不过，情愿终身孤独，再不想到与天南地北的狄青夙有良缘之分！哀家一见这英雄，是心中所愿，奈非父母媒妁作合，哀家实是打算不来，难以明言，喜得师父前来说合。所恨者脱伦好无分晓，谁要你出言妒忌，师父不来解说，险些杀了这小英雄，误哀家终身大事了。"又呆想一会儿，自说道："狄青哎，哀家实恐父王伤了你性命，所以预先在父王跟前设言护庇，保全你六人性命。哀家却有你在心。你因情分太薄，不肯投降，我也不深怪；成亲配合，为何也不允成？若是别人说的闲话劝君，推却不允也罢了。哀家的师父，圣母之言，也违逆不依。莫不是嫌着哀家外邦弱女，薄柳之姿，怪着把你擒拿？狄青哎，你若允了成婚，与哀家结为夫妇，要到平原也去得成。如若执一之见，推却不允，休想回朝之日。"公主是夜闷闷不乐，愁恨满胸，不必烦述。

再说狄元帅六人，在达垣府上，安宿一宵，心烦不悦。思去想来："只怨焦廷贵走差路途，想来进退两难，祸患不轻。困在此地，纵有三头六臂的英雄也难逃脱。谅孙秀知了情由，必然有本奏知主上，国法无亲，难以徇情。南清宫纵有姑娘，只恐公事公行，做不得私情。

若能征伐得西辽,取得珍珠旗回国,还可将功抵罪。如今在这里,好如鸟在笼中,逃不得出,如何前往征得西辽?又可恨这庐山圣母,说本帅与八宝番婆有宿世姻缘之分,特来说知。番王劝尽多少言语,只是本帅一心在着中原。若与番婆成了亲,怎生回朝见君?若在番邦为臣,臭名万载。况且在众弟兄前,怎好面允,联成婚事,犹恐他私议本帅,所以由他蜜语甜言,我耐定性子,情愿抵死,为刀下之鬼,死后无有臭名沾染。"烦闷思量,不觉又是城头五鼓。

有达垣丞相上朝去了,停一会儿,朝罢回来。又有右丞相奇哈,请去议事。五将一同说些闲话,无非与元帅消些愁闷。元帅只是叹息而已。焦廷贵呆头鬼脑,说声:"元帅,你为人好呆也,不允成亲,情愿肯死。不如允了,在此做个驸马,岂不胜似死的?"元帅听罢,大喝一声:"匹夫!休得妄言!本帅允与不允,何容你说?"焦廷贵说:"元帅,末将总不开口的,开口就是'匹夫',若依了'匹夫'之言语,包管有个回朝日子。"石玉听了接口道:"依你便怎样的?"焦廷贵说:"依我的主见,应允与他成了亲,乐得睡它几夜,快快乐乐,报了活捉之仇。做了驸马,那个敢来欺侮元帅?那时打点逃走,见机行事,并力同心去伐西辽,有何不妙?"众人听了,哈哈大笑:"此话说来倒也不差。元帅若要回中原,今日须当依着此言。"你一声,我一句,说得元帅心乱如麻,说道:"罢了,罢了。列位弟兄,本帅今日事到其间,只得依你们之言,将计就计。但是所言必败,切不可走漏机关为妙。"众将说:"元帅放心,这个自然。"焦廷贵说道:"如今不是'匹夫'了。"说说谈谈,已是辰时了。

达垣回来相见六位英雄,谈说几句闲话,又吩咐排设早膳。众人用毕,达垣又来劝解狄元帅,说道:"元帅,你在上邦,身为主帅,奉旨平西,理不该在我下国招亲。惟是走差国度,误伐无罪之邦,任你有大功劳,宋王也要加罪,料难宽恕。况且既在我邦不能逃去,更有庐山圣母特地前来说元帅与公主有姻缘之分。若在我邦作了驸马,谁人不敬,谁敢欺侮?上国也做官,下邦也为臣。一来成了姻缘美事,二来不逆仙母之言,百官敬仰,狼主心欢。望元帅依了下官之言,乃是成其美事。"劝解再三,狄元帅只是呆呆不语。有张忠在旁假劝说:“元帅你为何心如铁石？你一人要做忠臣,累了我五人性命。我们众人做了刀头之鬼,总要怨恨元帅。你既不听丞相之言,须依仙母吩咐。”又有石玉、刘庆、李义三人齐说:“元帅,你且回心转意,允了吧。我等众人性命,多活数十年。”你一言我一语。焦廷贵接言,高声说:“南北两朝皆是吃饭,中原外国也是穿衣。为何元帅苦苦要还朝,莫不是中原乃不死之地？元帅定然要归本国,我们决不跟随元帅的,死也死在这里,活也活在此地,做一个逍遥自在官员,也是好的。”达垣听罢,呵呵大笑,说:“元帅,众位将军俱不肯回朝,想你一人那里去得征西？望你听我劝言,依了仙母的话,从权处事,乃是英雄之作用,请自三思。”狄元帅低头想一会儿,只得勉强应允。达垣心中大悦。停一会儿,又是天色将晚,摆上酒筵,六位英雄用过。达垣来上朝,奏知狼主。番王闻知,甚是欢喜,吩咐即刻成亲。不独番后娘娘大悦,公主更是欢天喜地,从此不埋怨这狄青了。

且说文武众官员,人人私议此事,有的说道:“狄青真乃是名将,杀得西辽片甲不回,名声远震。如今弄得这般光景,真是他倒运了。”有的说:“若无圣母到来,已作刀头之鬼。如今身为驸马,那个敢去推拒他？说什么倒运之话,这个是他的造化。”有的说:“公主美貌超群,若招了别人为驸马,犹如一朵鲜花插至牛粪之上。如今配与狄青,真是一对好夫妻。”有的说:“‘姻缘非是偶然’这句话,方是真言。如今我们倒要奉承狄青了。”众官员说:“这话自然。”一切众官闲话休题。

再说狄元帅一日见达垣不在衙中,与众将议论说:“本帅成亲之后,先把你们安顿了。只在一月之后,当心打点逃走,休得各生异志。”众人应诺。元帅又说道:“三关孙秀必然有本进京,庞洪岂不竭力加攻,朝廷谅必不相容。想来虽有太后,料必周全不得本帅。母亲又远在山西,想本帅不在此当刑,灾殃必及亲母了,犹恐未卜存亡。刘兄弟,你有随身本事,三五日到得汴京,烦你前往打听得分明长短,速速前来通知,免得本帅心中长念。”刘庆说:“元帅,些须小事,何足挂怀。待小将即往汴京便了。”

不言宋将商量,且说一日吉期已至,国王降旨在太平殿上排列花烛,与公主完婚。大排筵宴,一、二品官在于某处饮宴,三、四品官在于某处饮宴,文武排列班位,又有王亲、国戚、公侯等扶从驸马成婚,其余宋将,即在达垣衙内饮宴。此时太平殿上花烛辉煌,挂灯结彩,笙歌彻耳,音乐悠扬,好生热闹。且说公主是夜更衣,穿过大红吉服,金钿异宝,装扮得仙姬相似。此时:

宫房未晚灯先挂,异宝奇珍各处排。

当下一口难分两话,再说狄元帅无奈,满身穿过番邦国服,王亲国戚一路多到相府内来伺候,狄元帅只得随着番官一路而来。今日上殿参见狼主千岁,狼主御手相扶请起,又参见过番后娘娘。狼主吩咐宫娥,往宫中请起公主娘娘。宫娥与太监领命,双双分开左右,伺候公主出殿来了,与狄青参拜天地,又同参拜狼主千岁、番后娘娘。狼主又吩咐宫女,将他二人送进宫房。太监、宫娥领命,送至宫中,众宫女各出宫去了。扣上宫门,公主开言说:"上阵交锋,如同仇敌,焉知有今日和谐之事?从前奴家身犯之罪,切望驸马宽洪大度,饶恕罢了。"狄青说道:"公主,我狄青误走贵邦,得罪得罪,蒙狼主宽恕,招赘了我,不记前愆,此乃感恩不浅了。"公主说:"说那里话来?你言太重了。"狄青说:"前愆怨恨,既成夫妇,且自了却,此念丢去了不题。但闻更鼓三敲,夜已深了,请睡吧。"公主说:"驸马请。"此时夫妻二人双双携手,同归罗帐,解带宽衣,兴云布雨,共效于飞之乐。八宝公主趁了一见钟情之愿,狄元帅愁闷暂消,此夜欢娱快乐,难以形容,不多烦述。此时若不是焦廷贵走差单单国,狄青、公主乃是天南地北之人,焉得结为夫妇,所以合着古语云:

有缘千里来相会,无缘对面不相逢。

第十五回　假哄娇妻番王封爵　真嗔烈将张忠说因

诗曰:假投单单哄番妻,达变从权志不低。
强顺外邦非素愿,能伸能屈丈夫为。

前说狄元帅误点先行，向导官焦廷贵走差国度，错动刀兵，被公主捉拿，有庐山圣母前来与公主合了姻缘。狄元帅思算逃不出单单国，只得勉听众人劝解。成了亲之后，夫妻二人千般恩爱，万种风流，都不在话下。三朝已过，狄元帅与公主商议说："公主，前被擒五将，难以回转中原，若在此处，又无官职，无事情可管。下官想来，目下三关无主，可着五将去此把守，不知公主意下如何？"公主说："驸马所言有理，待妾说与父王知道便了。"狄青说："公主，还有一说：三关主将无故受戮，须经盛殓，埋土为安，下官欲烦公主一并说知狼主，差人择地安葬，免我心怀挂念。"公主听了含笑说："驸马作事，常存天理，所谓不忘好生之德。亡魂在九泉之下，也无怨恨了。"

此时公主别过丈夫，往贤德宫来拜见父王，参见母后，就将此事说知父王。狼主允准，传旨封张忠为正总兵，刘庆为副总兵，镇守安平关；李义封正总兵，焦廷贵封副总兵，镇守正平关；石玉封正总兵，镇守吉林关。给回枪刀马匹，专心办事，有功之日，另加升赏。五将得旨，各带番兵而去。阵亡四将，各受追封，该家属领棺埋葬。狄元帅的盔甲、马匹、金刀，公主娘娘早已令人收拾，藏过不表。此时南邦五将，权在外国为臣，分守三关。独有刘庆，前时奉了狄元帅之命，回归三关打听孙秀，及往汴京探听庞洪算计如何。到了安平关，就与张忠说知，张忠说道："此事要紧，休得耽搁。但此去须要小心，决然不要露着奸臣之眼。"刘庆说："三弟不消挂怀，自然小心的。"此时已是红日归西，晚膳已到，趁着夜静无人，刘庆即带了干粮、银两，驾上席云帕子，驾云而去不题。

再说孟定国自从元帅被擒，即夺了石平关，带了人马，在白杨山屯扎，天天小心打听元帅的消息，一连数日，打听不出，到底不知生死如何。那一日，探听得分明，张忠在安平关做了总兵，料想已投降了。孟将军仰天长叹声说："元帅啊，你乃一个顶天立地的汉子，从来不畏凶狠厉害的，曾经立下多少汗马功劳，天朝五虎将享过多少雄名，食了天朝俸禄，往日行为何等英烈。因何今日没一点主意，投降外邦为臣，臭名万代。"想罢一番怒气腾腾，说声："罢！待俺家带兵前往安平关与张忠答话，把这些狗乌龟一刀两段，方消我恨！"意思一定，即日带兵，一路杀到安平关，对张忠大骂，喊战如雷。早有番兵进内报知，说："启上总兵爷，关外有一员宋将，自称姓孟，带了许多人马，耀武扬威，要与总兵答话，请令定夺。"张忠说："知道了。"想道："姓孟者必然是孟定国。他只道我等六人真已投顺了，所以心中不服，前来寻我。不免出去说明缘故，待他心中明白便了。"即忙顶盔贯甲，上马提刀，领了番兵，一声炮响，大开关门，冲出关来。

孟定国一见，怒冲霄汉，喝声："张忠，你这狗强盗！生是中原人，死是中原鬼，方是英雄豪杰。为何你等食了宋朝禄，做了宋朝臣，不思忠君保国，怕死贪生，投降下国称臣？有何面目还来见我！"张忠说声："孟定国，休得发狂！为将者多是听从元帅指挥的，如今元帅投降于此，我等自然一同投顺了。你却要怎样的？"孟定国喝声："狗强盗，我要你这个头。"张忠说："不必逞强，快快送首级过来，免我动手。"孟定国激得怒气难消，提起大刀当头就砍。张忠把刀一隔，战不上十合，张忠诈败而走，拍马加鞭，向荒野逃去。孟定国喝声："狗畜类休走！"催开坐骑，提刀飞马，一路紧紧追来。

约有五里程途，张忠勒马呵呵大笑，拍手说道："孟将军你好愚莽也。且住坐骑，待俺说与你知道：我是个天朝大将，怎肯投顺外邦为臣！只因身已被擒，不能逃脱，这番王苦逼元帅成亲，投降他国。元帅思量无计，只得诈降他邦，哄骗番王，限在一月之内，见机行事，一同逃去，仍去前往征伐西辽。"孟定国听罢，说声："将军，这句话可是真吗？"张忠说道："谁来哄你。但不知孟将军连日躲在何方？"孟定国说："俺在白杨山头住兵，打听元帅的消息。只道你们当真投降了，恼得我怒气难消。若不说明，那得知道？直到此时，方得明白，正所谓水清方见底。"张忠说："孟将军你且耐着性子，屯扎众兵，在白杨山等候元帅，来时自有日期。"孟定国说："张将军，前时冒犯，休得见怪。"张忠说道："不晓情由，也怪不得。但是你到白杨山，切勿泄漏机关与众将兵得知才好。"孟定国说："这也自然。我今诈败，你且赶来。"张忠允应，孟定国一路败走，张忠拍马追来，到关下已追不及了。张忠带兵入城，脱下盔甲，小番扛去大刀，牵去马匹。张忠坐下思量："这孟定国也是忠肝义胆之人，但愿元帅逃走得成，离了此地，众人同心并力，仍去征伐西辽便好了。"不题张忠之话。

再言公主夫妻二人新婚，却有无穷之乐。那日在宫中无事，夫妇闲谈，公主含笑开言说："驸马，看你年少，官高爵显，因何丝萝未定？"狄青说："公主有所不知，既为夫妇，岂不实言相告？下官世代住在山西，年幼之时，父亲早丧。无亲无族，无人照管。亏得亲娘用心，抚育到了九岁，忽家乡遇水患，母子分离，不知去向。此时山西地遭此一劫，害了百姓不少。下官在波涛之内，几乎性命不保。幸得王禅老祖救至仙山，学习了七年武艺。师父打点说：下官仙道无缘，不能享受清福，仍命下官前往汴京，保佐宋君。此时奉了师命到京，未得身荣，先有奸臣妒忌，几次三番被他算计。岂知下官全叨上天护庇，逢凶化吉，颠颠倒倒，直至如今。我想君亲之恩尚未报答，岂可先将家室成了？"公主听罢，含笑说道："可敬，可敬。全忠全孝真君子，知仁知义是丈夫。只可惜婆婆尸首漂泊得无踪无迹，不能埋土为安。"狄青说："公主啊，萱亲幸赖皇天怜悯，得人救起，未为波涛之鬼。"公主说："既然未死，在于何处居住？"狄青说："前岁有令，解送征衣，隆冬时与娘亲得会。他如今在山西家乡小杨村与姐姐同居。"公主闻言贺喜："婆婆幸赖尚全，但未知他寿元多少？"狄青说："公主啊，娘亲今岁已有五十又九了，十月十九是他生辰。"公主说道："如此，来岁冬闲时与你同往山西，贺贺婆婆六十寿诞，你道如何？"狄青说："深谢公主盛心了。"公主说道："夫妇之间，说什么相谢，况且前往拜贺婆婆，理当如此。"狄青暗想到："我狄青心怀报国，恨不能插翅高飞，回归故国见主，死也死在中原，活也活在上邦，如何等得来年与你同行！"正是夫妻各说胸肠，按下慢表。

却说三关孙秀，自从狄元帅领兵征西，误走国度，才入了单单国三座关头，已经打听得明明白白。此时孙秀得报，满心欢喜，暗自大笑说："狄青你一班狗党，不该死于西辽，应该死于单单国。由你五虎英雄，纵然灭了单单国，也有欺君之罪。若是单单国兵强将勇，众小狗才尸首无归，本官之幸也。待本部先将狄青走差国度、误陷无罪之邦缘故，奏上一本，看是如何？"便于是晚修本章一道，有书一封传于岳丈庞太师，差家人进京投递。此时范仲淹、杨青二人心中着急，杨将军说声:“范大人,我想孙秀劾奏狄元帅一本,圣上必然要加罪了,如何是好?”范仲淹大人说:“我想为元帅之任,应该件件小心才是。这个向导官原是差了,你点这个呆头呆脑、鲁莽匹夫的焦廷贵为先锋,当时与下官之意已不合了,又不能明言他做不来的。既然走差国度,及该早日收兵转回,罪名还小。咳,我想后生家有勇无谋,也是不希罕的。”不表二人叹息。光阴似箭,日月如梭,不觉又是两月有余。忽一日,又是闻报。此时孙兵部一闻此报,更加大悦,杨、范二人心中大惊。此时不知为何奸臣喜、忠臣忧,乃十分蹊跷,且看下回分解。正是:

图害忠臣今日遂,保扶良将此时忧。

第十六回　闻飞报图害中机关　强奏主奉旨拿家属

诗曰:佞党联谋屡害忠,乘机就隙算英雄。

高年狄母天牢禁,狠毒生成一片胸。

话说孙秀闻报狄青走差国度,攻入单单国,势如破竹,连夺三关,杀却四将,番将中他机谋,已经连夜差人上本去了。忽这一天得报,他已被八宝公主拿去,狄青众人已经投降了,又在他国招为驸马。此时报到三关,孙秀更加大悦,说:“狄青啊,你奉旨平西,反去征剿别国,已有欺君逆旨之罪;又投降敌人,背国招亲,这是你差之远矣。待本官再上一本,先把你的母亲取了首级,然后待圣上差人提兵来拿你。”遂呵呵大笑说:“如今看你怎生逃得脱的。”即忙具表一道。杨青心中好不焦急,暗说:“元帅,你岂不晓得庞洪、孙秀屡屡要图害于你。走差路途,及早收兵才是,有智的人为何投降下邦称臣?招亲于仇敌,罪逆浩大,如今臭名难免了。孙秀此一本上了,萱亲之命丧在你手,免不得千古皆传不孝。”范大人心中也是烦闷不乐。二人几番劝他,谅情阻挡他不住的,本章且由他奏闻主上吧。按下二人忧虑。

再表庞洪自那日接得孙秀前一封书,本章一道,他此时思量:

"若劾奏他走差路途,误伐无罪之邦,须有欺君之罪。到底圣上心慈,况且又是爱宠他的,必然宽恕了,仍命他去平西的。"所以庞洪思想劾奏他不倒,故此本隐而不奏,着他误伐单单,看以后还有别事陷于他之算计否?是日又接到此信,果不出他所料,好不欢喜,说道:"贤婿有本说他误伐无辜之国,欲扳倒他,老夫总怕做不来,所以不上此本。如今他罪大如天,定决送这小畜生之命了。"

到次日,见驾已毕,奏上一本。嘉祐王闻奏,龙颜不悦。庞洪开言说:"此事狄青误走国度,罪之一也;大杀无辜,不奉旨而行剿,罪之二也;投降敌人,背国招亲,罪之三也。陛下若置而不取罪,何以正国法而服忠臣之心?伏乞圣裁。"原来嘉祐王岂不知狄青之罪重大,只因碍着太后,此时想庞洪之言,狄青罪已深了,免不得的,便说道:"庞卿如何定他之罪?"庞洪一想,暗说:"你做了万乘之尊,主意不定,反叫我想一主张起来,不免奏上,先把其母伤了。纵然狄太后得知,也难怪老夫,此乃公事公行的国法。"即便奏道:"依臣愚见,狄青三罪并为一律,原该全家诛戮。一面差使前往单单国拿了狄青。若单单国抗拒,然后大兵征讨便了。"嘉祐王一想说:"庞卿所奏,一点不差。到底狄太后之面,总要从宽一二。"庞洪听了,摆布不来,只得随着天子,降旨一道,差官前往山西,把狄青之母扭解回来,监禁天牢;又差一官降旨,前往单单国,着令狄青带罪平西,有功抵罪。倘再抗孤旨,再行擒拿,以正国法,决不姑宽。

此时天子降旨陈年前往山西,差遣张瑞前去单单国召取狄青。二位钦差领了圣旨之命,即日束装,骑马分道而去。庞洪见圣上如此分断,好生着急不悦,若然再奏,恐防圣上嗔怒,只得罢了。天子拂袖回宫不表。狄太后早已得知,长叹一声说道:"我想侄儿你既然奉旨平西,重任非轻,如若走差路途,也该早早收兵,罪还小些。如今投顺外国招亲,罪也该斩。幸得当今仁慈,法外从宽,不听庞洪之言,不肯加刑。所虑者嫂嫂真乃苦命的,颠颠倒倒有十余年,今日才得安身,忽又白白起此风波。老身回想侄儿自小看他烈烈威威,好一个男儿汉,只道狄姓香烟已有托赖,谁想又做断绝香烟之客!岂知侄儿你君亲之恩尚未报答,忽改变了心肠,当今若听了庞贼之言,祸灾不小,累及萱亲了,但能平服得西辽,还可将功抵罪,倘若贪图欢乐,还不醒悟,岂非中了奸臣之计?”不表狄太后忧虑之言。

再说陈年钦差一路不停,一日到了山西太原府,早有知府、知县来迎接钦差。陈爷吩咐一声,带他到小杨村狄府内去。原来狄太君的大女儿金銮小姐配与本省守备张文,只因狄青自从镇守三关,远离太君,所以张文常常在狄府内管理。此时正值钦差奉旨来拿犯人,狄太君听了大惊,张文夫妇魂飞天外,老少几人战战兢兢,小姐惊得面如土色,太君说:“我儿,你两个不必惊慌。吉凶祸福皆由天命,我儿既犯了重罪,自然累及于老身。你夫妇且在家中看守,莫为我伤损了精神。或者苍天一念,一路到得汴京,候圣上怎生处置便了。我儿不必伤心。”金鸾小姐纷纷下泪,叫声:“母亲啊,想你年已花甲,风烛之期,焉能抵得风霜劳苦?叫女儿焉能舍得母亲远去!我也要与母亲一路同住。”张文听罢说:“贤妻,你去不得。况且家中无人管理,你是女流之辈,即使与母亲前去也济不得什事。我今一同前往,送岳母到京,此是实言。”太君说道:“不必贤婿同行了,老身带得两个家人足矣。”张文说:“岳母啊,正要小婿送你到京的,若非小婿同往,你女儿也放心不下。”说完转出外堂,求恳钦差:“大人宽容我伴岳母同行进京,感恩不浅了。”陈爷不是庞洪党羽,便说:“张文,我有王命在身,不得久留。既要伴送同行,快些收拾,立刻就要动身。”

张文应诺,转入内厢,叫声:“贤妻,快些收拾,打好衣包,带了白金百两。”此时金鸾小姐无限悲惨,意乱心忙,包整衣被。太君一见,流泪不止,说:“女儿不可为娘悲伤过度哭坏了,相见自有日期。”今日可怜母女分离,好不痛心也。小姐扯住娘袖,依依不舍,切切伤肝。在旁观者,铁石肝肠也流泪。张文看见他母女光景,忍不住滔滔下泪,劝道:“贤妻不必如此痛苦。吉人天相,母子相逢,自然有日。如今且免愁烦,莫多增母亲烦闷。但你生性贤良,我也深知,还须慎重才好。小使丫头,须禁他穿街行里;一切女尼道姑,不必招接进门。”金鸾小姐说:“相公,一切家中事务,妾身自为,不必挂怀。但此去须要好生携伴母亲进京方好。风霜路程,相公也要保重前行。”太君要起程,此时叫一声:“女儿!”喉中咽噎,钦差知府又频频催促,太君只得出至外堂。金鸾小姐呼天哭地,钦差吩咐将太太上了刑具,打入囚车。只因国法难以徇情,张文武职细小,只是步行随着太君后头。两个家人挑着行李,一同行走。知府、知县远送钦差起程,小姐倚门观望母亲去远,肝肠寸断,哭进内庭。只是世上万般凄楚事,无非死别与生离。小姐坐在内庭,想来兄弟犯了滔天大罪,今日累及娘亲,只望苍天怜念,无有大灾,早日得见娘亲之面,妾身方能放得下愁怀。按下不表小姐愁苦。单表陈爷带至狄太君进京复命,此时圣旨发下,狄太君下天牢,也慢题,下文自有交代说明。

再说飞山虎前者奉了元帅命,回归打听汴京消息、孙庞计害如何。是日探听得明明白白,仍自席云走路。一连走了五六天,复到单单国来寻候元帅,按下慢表。且说狄元帅身在番邦,心在中原。一日,心中思量:"这公主举止端严,知情达理,文武双全,今日为了我妻,不辱我天朝将士。只可惜他生在外邦,父母双双单靠一女,谅情不肯与我同转中原。我在此间住一日,犹如住一年,如若他不愿同行,我自当永别了他,回归故国的了。前日叮嘱了兄弟,叫他前往汴京打听消息,不知他一去如何不见回音,令人好生愁闷也。"是日天和日暖,狄爷独自来到御花园游玩,莫道北方无景致,奇花异草比南边,亭台水阁如图画,巧笔摹描别有天。此时元帅正在游玩,忽有一人在云端上轻轻叫声:"元帅!"若论此时,并不是刘庆知道了元帅在此游园,因他腾云了三日,寻觅元帅,见他总在宫中,眼目甚多,不好说话,故在空处现身,寻个机会,方好相见。这一日,已是第四天,恰遇元帅游园,刘庆一见,满心欢喜,四下无人,按下云来,不知有何话说。

英雄受困原思主,虎将奔逃只念亲。

第十七回　飞山虎汴京探听　狄元帅痛母囚牢

诗曰:探知母被禁天牢,不忍伤亲暗哭号。
当道虎狼难躲避,分明报应后焉逃。

却说飞山虎前次往汴京打听明白消息,找寻着狄元帅,四下无人,落下云来,口称:"元帅,小将奉令回来了。"遂打了一躬。狄元帅说声:"刘兄弟,你我俱在患难之中,何须如此！快往这里来吧。"二人一同悄悄来至空静处霞亭内,元帅说道:"刘兄弟,你可曾到汴京与否？打听得奸党如何？"刘庆说:"元帅,不好了！小将奉命,不辞劳苦,到了三关。这孙秀好奸刁,一连上了三本。圣上已经出旨,钦差官到山西要捉拿太太,收禁天牢,但不知吉凶如何。"元帅一听此言,五内皆崩,说:"不好了！既有此事,娘啊,多是孩儿不孝,累及你了。好不痛煞人也!"纷纷下泪,又不敢高声痛哭。只是心内犹如刀刺,说:"刘兄弟,罪及母亲,为子之心何安?"刘庆说:"元帅且免心焦,小将又打听得,圣上差张瑞前来了。"元帅说:"若他前来,敢是来拿我么?"刘庆说:"非也。圣上仍要命你为元帅,前去征伐西辽。如若平服得西辽,将功抵罪;若是抗违天子诏命,即时捉拿,决不姑宽。"元帅说:"既有此诏,本帅还有生机也。刘兄弟,见机逃走,仍去平西,在本帅未成亲时,早已立下此意。如今恐有人来不稳便,你且去吧。"刘庆允诺,驾上席云帕去了。又往吉林、正平、安平各处关头,通知众将,好待元帅逃走。张忠又使刘庆,悄悄前往白杨山,知会了孟定国,整顿人马,候元帅到来。说完,飞山虎仍到安平关,与张忠叙话,不必多题。

却说狄元帅见刘庆去了,心中烦闷,说:"圣上,念臣误走国度,勉强招亲,实出于无奈,若照萧何六律,罪该全家诛戮。今蒙圣上宽宥,仍命臣去征服西辽,将功抵罪,粉身碎骨,难以报答天恩了。今日虽又已有生机,无如公主怎肯放我去了。须要盗回刀马,预先埋了地步,方能脱身,所虑者,内有三关阻隔,但出得三关,逃走便成了。细想母在天牢受苦,为子任他水火刀山,也须要赴了,岂虑这三个关城。待有机会逃走,再作算计便了。"此时狄青也不游宫园,转回宫内去了,公主一见,立起身微微含笑,说:"驸马,你今朝往那里去玩耍?"狄青回说:"园里百花开放,啼鸟喧哗,百般热闹,妙不可言。下官去游赏一会,久而不厌。"公主说:"只怕及不得你中原花鸟景致的。"狄爷说:"下官虽在你邦未久,各俗例、日用民物,已看得几分了,惟有人物不雅，其余常物，各项相同。"公主说道："妾的容貌如何？"狄爷说："公主的花容美丽，就是中原也少有。"公主说："驸马休得谬言哄我，只恐哀家的容颜不称你心怀。"狄青笑说："公主那里话来，你的花容既然不合下官之意，为何交战之时看呆了？正是：三更魂梦思相会，恨少水人月老翁。"公主说："驸马，你总是虚言哄我，谁信得你来，既然有心于哀家，为何到了我家，父王重重劝你投降，你却不依？"狄爷说："公主你有所不知。那日狼主只要我投降，未有招亲之言，自然不允了。"公主又说："哀家师父圣母之言，你为何也不依？"狄爷笑道："你好愚也。只因此时众将多在身边，他们乃是结义的兄弟，若下官轻易允了，犹恐众人耻笑。等待他众人劝我，方可允成的。"公主听罢笑道："原来你有此缘故，妾身错怪你了。"狄爷说道："公主，我两人相处，多少情浓，你贪我爱，并无半点违忤，怪不得仙母到来说前定夫妻，故此南北相逢。"公主说道："若不是师父到来解说，我二人焉得和谐？险些又被脱伦这匹夫出言伤害了。但不知驸马你在此边还想念家乡、愿回朝否？"狄爷说声："公主，下官已经身负千斤重罪，还有何面目回见宋主？我在这里，一般荣华过日，有何别的不足之处？"公主说："如此说来，不想回朝了？"狄爷说："回朝就要做刀头之鬼。我想上下两邦，多是做官，在此有何不美？只有一件事情放心不下：有母在着家乡，母子分为两地。或能用计，把娘亲悄悄携到此处，娘儿叙会，乐庆芳辰，我的心头就放下了。"公主说道："这亦容易。待想出一个计较，搬取婆婆到来，使你心安便了。"狄爷说声："多谢公主。"

此时狄青说得言辞恳切，公主那里知他别的心肠。对坐言谈许久，狄青又说："公主，我是王禅老祖的徒弟，你师是仙山圣母，为何你的法宝却好，我的武艺平常？欲求公主教导，不知可否？"公主说："驸马呀，哀家的身体尚属于你，些须小技有何难处？明日同往花园演习便了。"说到天晚，夜膳用过。是夜夫妇双双同归罗帐。公主说："驸马，妾今日已有重身，欢娱且以后言谈吧。"狄青允诺，暗想："我已定了远走高飞之志，像做假夫妻一般。"暗叹说："可惜他待我一片恩情了。"只是暗中闷闷不乐。

再说到次日，夫妇双双来至花园内，公主演武一番，狄元帅演习一回，看来公主武艺果然不低。演习一会儿，天色尚早。此时狄青坐在霞亭内，公主偶然将丈夫一看，但见他愁容不语，似有所思。公主问道："驸马，你好好玩乐，为何忽然愁容忽起？莫不是有什么别样心事？"狄爷说声："公主，下官身居大宋，想着南清宫内，与我姑娘相会之时，盔甲金刀，乃是姑娘赠与我的，更有一匹坐骑，名称为现月龙驹，下官平日随常所用的。今朝演武，回想起来未知此物何人所得了？所以心中不悦，负了我姑娘之心事。"公主听罢，微微含笑道："原来你为这几件东西，妾早已着人收好在此。你且放心，待我一并送还你吧。"元帅爷说："我还只道失去了，原来尚在公主这里。"公主说："哀家明知驸马惯用之物，理当收拾，岂可轻毁。"狄爷听了，说："多谢公主了。"

公主此时即忙差人往取。少停间，刀马盔甲俱以取到。公主说声："驸马，你的刀法甚好，何不试演一回，与妾观看？"这句话正中了狄青之意，当时应诺。即换盔甲，提起金刀，那龙驹见了主将，连吼三声，四蹄不住的跳，狄爷说："马啊，与你分离一月光景了，见了面，你在此叫跳么？"即忙跨上那龙驹，就不叫了。公主笑道："此畜真乃性灵，比哀家的赛麒麟，却是依稀。"此时狄元帅头戴上金盔，压上血结玉鸳鸯，霞光灿灿。身穿上黄金甲，手执定唐金刀，园内并着太阳影射，照得这狄青遍身金光闪闪，满体光色森森，更兼这现月龙驹，又高又大，比往常加倍神威、气宇。公主看见丈夫光景，好不开怀。想道："这驸马少年美貌，赫赫威风，轩昂气概，哀家得与这员小将为夫妇，方能称了平生意愿。看他今日在马上玩乐，更胜前番，须天长地久相处，就清汤淡水，度苦也甘心。"莫言公主心中快乐，就是众宫娥，看是狄爷舞起金刀来，但见金光射目，只见刀闪，不见人形，龙驹奔前奔后，看得眼花缭乱，也是得意洋洋，不绝称赞。狄爷舞了一回下马，小番便抬过金刀，带了马匹。狄爷说："公主，你呆呆看下官，却是何故？"公主含笑说："妾今日看你这般操演，比往常更加威武，从今尽可随常用了。"狄爷说："承公主你褒奖。"暗想："如今有了马匹、盔甲，可以逃走得成了。"此时公主又着小番收管盔甲、马匹、金刀，就

放在东宫空房:即为驸马取用之便。小番领命往收,此时天色已晚,夫妇携手进到宫房,宫娥内里已排宴侍候,夫妇就席。正是:

欢娱好比鸳鸯鸟,契合真如并蒂莲。

第十八回　八宝女真情待夫主　狄元帅假意骗娇妻

诗曰:公主真诚信待夫,妻情一片事英豪。
只缘烈士忠君国,一月夫妻骗走逃。

却说狄元帅是日骗回盔甲、刀马,假冒演武为名,到了次日,仍往园中演习武艺。此时,狄爷又问道:"公主,你平日说庐山圣母曾有八件宝贝赠你,内中法力无穷,神通广大,今日闲暇无事,可试演一回与下官一看,未知可否?"公主说道:"演弄不得! 仙家之物,非比寻常,无事而耍弄,临事就不灵验了。"狄爷说:"原来如此。"又说道:"公主,下官还有一事相求,前日的人面兽与穿云箭两般物件,曾经公主收去,谅必好好收藏过。日后终须有用之处。"公主说声:"驸马你在这里安居过日,又没有刀兵杀伐之患,还有什么用处?"狄元帅一想失了言,转言说:"公主,我今在此处,虽然安居自得,犹恐怕大宋君王不肯干休,倘或兴兵到来,干戈复动,就是有用的。必须要此二物为防身之宝,出阵交锋方得利用。"公主说道:"这也虑得长远。原来妾与你收拾好在宫房内,如今无事不必动它。"狄爷点头称是。此时又是一日光景,回转宫房。

次日狄爷对公主说道:"自到你国,不知外边如何,一经天气晴朗,欲往郊外打猎一回。"公主信以为真,吩咐二十四个小兵跟随驸马出郊打猎。又说:"驸马,你须换了盔甲前去,以壮其威。"元帅暗暗心花大开,此言正中他机谋。即时换了盔甲上马提刀。十二对小番跟随左右,转出宫来。一路出到荒郊野外,看见一座高山,岩岩高峻。狄爷问小番这座大山是什么名。小番禀道:"驸马爷,这座山名为狮子山。"狄元帅说:"山上可有兽物否?"小番说:"很多。只怕驸马爷收捕不完的。”又问道：“这边丛林是什么所在？”小番说道：“是万花林。”又问道：“林内可有禽鸟么？”小番说：“这是飞鸟所聚，只怕驸马打捉不尽。”元帅又问：“前面粉壁是何方？”小番说：“这是卧虎岗。左边大路是直通鸳鸯关的。”又问：“有多少路程？”小番说：“约有三四十里光景。”又问：“东边这壁厢是何名？”小番说：“名为落雁台，那一处直通乌龙坞、青牛岭等处地方。”这狄元帅一心要做离笼鸟，所以搜问地方去路，先将路程记明白，然后放心打猎慢表。

再言公主独坐宫内细细思量，丈夫人材出众，上邦名将招赘了哀家，足称心怀，暗想：“父母生下我弟兄三人，单养成哀家。若然丈夫肯白首相处，一心愿在我邦，或得生下三男两女，父母终身有靠。”公主正在思想，只见宫娥走入，禀上说：“国母娘娘有些病恙，特来禀告。”公主听了说道：“母后娘娘有病，待哀家前去请安便了。”公主即忙抽身，吩咐宫娥道：“你等只在宫门伺候。若然驸马回来，只消叫他略坐片时等我。”说完，带了两个宫女来到贤德宫见了母亲。参朝毕，开言问道：“不知母后娘娘身体欠安，问候来迟。孩儿有罪，望母后宽恕。”番后说：“孩儿，我不罪你，且宽心坐下。”公主说：“多谢母后姑宽。但不知有何不耐烦，说与女儿听。”番后说道：“女儿啊，娘昨日尚是平安，到了黄昏，身中寒而转热，今朝起来喉干舌燥，此刻还是气闷不过的。”公主想：“想必母亲受了些风寒。待女儿见过父王，速招太医官来看治便了。”娘娘说：“孩儿，些须小恙，不用看治了。”母女言言谈谈慢表。

且说狄元帅回到宫中，问过公主那里去了。宫女宫娥禀道：“只为王后娘娘有恙，前去看问，尚未回来。请驸马少坐片时。”狄爷说：“好，取茶过来。”宫女送上茶来，驸马饮过想道：“我已一心安排地步逃走，但今夜已来不及了。且到来日见机而逃，必须离了此地罢，且将公主丢开便了。”停一会，公主已到，狄爷起位，夫妇一同坐下。公主开言说：“驸马，今日出郊打猎玩要，可有兴么？”狄爷说：“公主，下官只道你邦风景平常，岂知景致与我中原仿佛相像。各处游玩更觉有兴，山川岩穴里，各路飞禽十分多，捕取不尽，多藏穴巢之内。今日一天玩要不尽，待下官明日再去玩乐便了。”公主说：“驸马啊，想你在中原总与国家出力，日夜辛勤劳心国政，如今在此，大小事情你不干涉，自在安闲，逍遥快乐，岂不好么？”狄爷说：“想来前时，我已追悔不及了。”公主说：“你悔恨着何事？”狄爷道：“悔却从前出仕，勤于国务破败西辽，杀害番兵番将多少生灵性命，遍地尸骸，满江红血，看来好生不忍。阴魂地府，岂不怨恨于我？还防罪过深重。早知今日在此逍遥快乐，何必去平西？立的汗马功劳辛苦不堪也。”公主说：“驸马，你说什么话？若不是助宋平西，怎生得到这里来。”狄爷说：“公主之言有理。”又说：“公主，我早听宫女说，母后娘娘有疾，未知有何不耐烦。下官也须前往请安才是。”公主说：“母后是感冒风寒，些须小恙，待妾与你转达便了。”

夫妇言谈一会，不觉天色已晚。宫中排上夜宴，二人对饮。已将二鼓，宫娥收拾残馔，闭上宫门。原来这狄青虽然在此快乐，身心两地，心内好不愁烦忧虑。是夜，所以多吃几杯，沉沉酒兴。说声：“公主，夜深了，请睡罢。”此时，彼此宽衣同归罗帐。又是过了一宵。次日起来闲暇无事，这狄青此时立心逃走，立下脱身地步，急欲远走高飞。奈何人面兽、穿云箭二物不知公主藏在何处。时时意欲开口与他讨取，又怕公主动疑不稳当。猜测出情由，未必逃走得成。此时虽在说说笑笑，但满胸不悦，闷闷加倍。公主在旁把眼一瞧，问道：“驸马，妾见你日日开怀自得，今日为何满面愁容？妾想男子汉须要常常宽泰，因何驸马却似小孩子之见，忽然欢怀，忽然愁烦，你有何不悦在心？”狄青听了，低头想了一会儿，开言叫一声：“公主啊，下官前时在本朝解送征衣的时节，路逢真武帝君。赐赠两桩法宝，曾有言叮嘱，叫下官须当好好收拾，百灵百验。独有吩咐得一言，下官不好说的。”公主道：“夫妇之间，有话就说为是，若半吞半吐，含糊隐讳，非为丈夫也。”狄爷说：“若是讲求，犹恐公主动恼。”公主曰：“妾身决不恼的。你且说来罢。”狄爷说道：“那日帝君赠宝时，曾吩咐这两桩法宝，如若入于他人之手，下官的罪过不轻；如若入于妇人之手，下官必有三年灾晦。想到其间，十分烦闷。”原来这公主一则心爱丈夫，二来性直心粗，不想及到他原要逃走的念头。当时听了他言，微微含笑说道：“谁人稀罕你这两件东西？为此两物心烦太重，待哀家拿来送还你罢。”狄爷说道：“公主啊，下官不要也不要紧，要紧的只恐违了上帝圣命，犹恐有甚灾祸事的。”公主说道：“我要它也是没用，省得你有甚的小小病恙，也怨恨于我。不如交还你的好。”公主连忙把小箱开了，取出这两件法宝，交还了丈夫。

狄爷此时得法宝交还，欢喜说道：“法宝啊，只为从前劳你收了几员辽将，目下抛疏一两月光景有余，乃是下官亵渎神物了。若得帝君神圣降凡，一并将二宝收回去了，好待下官心无挂虑才好。”公主听罢，也笑着丈夫痴呆之言。此时早膳已到，双双共桌同餐，用膳已毕，公主立起抽身道：“驸马啊，昨日母后娘娘有病，今日未知安否，待妾去看看就回来。你且少坐片时。”狄爷说道：“有烦公主与下官代言请安才好。”公主答声：“晓得。”即带了两个宫娥辞过丈夫，往宫中请安去了。狄元帅此刻满心欢悦，此时不走更待何时！不知以后逃走如何，正是：

拆散鸳鸯从此日，分开连理是今朝。

第十九回　全大义一心归宋　怨无情千里追夫

诗曰：君亲不负是英雄，骗走西行全孝忠。
公主情丝难割爱，追夫千里急匆匆。

当下狄元帅与公主同用过早膳已毕，夫妇闲谈一会。公主想起母亲有病，别过丈夫，说声：“驸马，哀家去看看母亲病体如何，你且坐片时。”狄爷应诺，公主进宫内去了。狄元帅心中大喜，暗说：“趁此机会要走了！”想起长叹一声，自说：“若然私自走了，犹恐公主追来。我也不怕他的武艺高强，只怯他的法宝厉害，必须要藏过他的为妙。”此时，又见众宫娥在此，便心生一计，叫众宫娥：“我身体困倦，你们且往外边去罢，待我打睡片时。”众宫娥领命去了。狄爷即时闭上宫门，各处搜寻这八宝囊，直搜至第三只箱子内，仙法正在这囊中。想道：“今日拿了它去，就做了薄情薄义人，非为大丈夫。且把它收藏好，放在暗处。公主没有这几件法宝，他就追来，本帅不妨有害了。”即将八宝袋收过一个暗处。急急忙忙，心慌意乱。又将自己两件法宝藏好怀中，性急匆匆开开宫门，出屋而去。宫娥问道：“驸马爷，因何不打睡？”狄爷说道：“身体欠安，欲思打睡不能安稳，往外边玩一会就回转。若公主回房，说不在花园就在近地玩耍去了。”宫娥说：“驸马爷，玩耍一会，须要早些回宫才好。”此时，小番那知其意？小番即忙将盔甲、金刀、马匹取到，说声：“驸马爷，今日出郊游猎，用小的跟随不用？”狄爷说道：“如今路途已熟，不用你们了。”

狄爷连忙上马提刀，穿戴盔甲，催开坐马，一路出了宫来。恐防迟久公主闻知，就走不成了。所以狄青一路出了城外，向前日出猎时小番指明的往鸳鸯关的路途，奔走如飞。一路心中不安，叹惜道：“公主与我夫妻相处之际，甚是情浓，一片真情，一团和悦。今日不是我狄青薄情无义将你抛弃了，只因人生天地，为臣要尽忠，为子要尽孝，岂可轻轻投于单单招赘外邦？背君辜母，贪图欢乐，不忠不孝，叫我有何面目立于世上？今日本帅私自抛弃了公主，算来原是我狄青辜负了你，使你终日怨恨，于我也出于不得已，还望公主不要怨恨苦坏了才好。罢了，今日夫妻难到底，来生与你再相逢。”

顷刻间，走了二十余里，再走一程已是鸳鸯关了。狄爷想道：“前面是鸳鸯关，不知可有阻隔否？”来到关下，大叫道：“关下人快些开关。”小番看见说道：“原来是驸马爷。”小番叩头。狄爷说：“我要出关游玩，快些开关！”小番说：“请驸马爷少待，等小的禀知主将才开关。”原来守关主将名唤士麻其。此人是个粗心不细之辈，说：“他既在我邦为驸马，要出关游玩，下官岂敢不遵？”吩咐小番把关门大开，亲自出来迎接，说声：“驸马爷，卑职有失远迎，伏望恕罪。”连忙拱手。狄元帅说：“将军少礼，我不来罪你。关外可有好玩的么？”士麻其说：“关外好玩的去处甚少，风火关外的地方好玩耍的甚多。”狄爷说道：“我要往风火关外游玩，未知打从那一条大路去的？还有多少路途？”士麻其说：“驸马爷，这路途共有五十多里，行走的快才有玩耍的时候。此去地方弯曲甚多，你一人难以走路，待下官差两个小番随驸马爷到风火关，不知驸马爷意下如何？”狄爷暗想：“我不认得路途,又恐公主追来,又怕走错了,耽搁时日,反为不美。不如允了小番同行。”说道:“就叫小番快些引路去罢。”士麻其即差小番两人把关开了,亲自送出关去,说:“驸马爷,前去玩玩片时,早些回来。”狄元帅应允,说:“将军不必远送了,请回罢。”士麻其听罢,只得回关去了。

且说狄元帅得小番引路,果然前边路途十分弯曲,若不是小番指引,只怕要走差了。不觉走了十八里,狄爷这宝驹走得快,小番赶他不上,只得又要下马等他。狄爷想道:“一路要等这小番,犹恐误了时辰,不免问明前面路程,吩咐他二人转回。”狄爷飞马走一个时辰,已到了二十余里;再走一回,前面已是风火关了。狄元帅至关下通知,有守关番将,名唤哈蛮,知驸马叫关,想一回说道:“他关内有几多好玩处,今要出关去,倘有什差迟,岂非公主要归罪于我?”这位番官倒有些深见,即悄悄传令,关门上了锁,然后出来迎接,说:“驸马爷,鸳鸯关内地方还广多,好玩的去处也不少,何不在里面玩耍?”狄元帅说:“关内地方多已玩尽,所以要往关外走走。”哈蛮叫声:“驸马爷,你不知详细,风火关内外没有什么风景,不必出关去了。”狄爷说:“好胡言!鸳鸯关士麻其说风火关外十分好耍乐的,你因何阻挡于我?敢是把我看得甚轻么?还不快开关,放我前去!”哈蛮说:“驸马爷,但是鸳鸯关可出,风火关难开。驸马爷不要前去罢。”狄元帅说:“为何难开?”哈蛮说:“此关若是别人把守的,听由驸马爷出入。如今下官奉了狼主之命把守的,不敢轻轻开放,请驸马爷转回便了。”

狄爷听罢,心头着急,心想:“若是迟滞耐久,难以脱身。如若再阻耽一回,公主追来,就逃走不成了。也罢,待我略略行凶用势,他或者害怕,然后肯放行,也未可知。”想罢,即摆开金刀,金光烁烁,喝声:“哈总兵,你有多大前程?你今若不开关,人虽有情,刀没有情的!”哈蛮见他如此光景,一发动了疑心,暗想:“他既要玩耍,因何顶盔贯甲,手内提刀,一个人也不带随?不肯开关,竟是这样着忙,好生可怪,一定有些蹊跷。莫非他思想逃走的?未晓公主知也不知,狼主闻也未闻?若开关放了他,犹恐干系于下官了。”主意已定,开言叫声："驸马爷，莫要烦怒，莫要怪着下官。你要出关，非为难事，只要有些凭证，下官就开关送你过去。"狄爷说："你要怎样凭据？你且说来。"哈蛮说道："或是狼主的旨或公主的令一到，小将即开关了。"狄元帅说道："我是何人？你敢是如此强阻么？"哈蛮说："驸马之言差矣。下官既奉狼主之命，职司此关之主，不论何人，总要有了路凭，然后开关出入。"

狄爷越是心中着急，怒目圆睁，提起金刀，心想："罢了！待我杀了他，方能出得关去平得西辽。"欲想动手，又住，大叫声："哈总兵！你的头颅可是生得坚牢么？"哈蛮道："小将的头虽生得不坚牢，总是驸马爷无票，小将就不敢开门。驸马爷且请回转罢。"狄元帅大喝道："好大胆的官儿！本官就砍你的头颅下来有何难处？只因万物皆贪生，并且与你同为一殿之臣，何忍伤你性命？你若再违拗不肯开关放行，叫你性命难保！"

哈蛮正欲开言，只听得远远娇娇的声音叫声："狄青，慢些走，哀家来也！"狄青回头一看，吓了一惊，只见远远公主赶来。狄爷说声："不好！"忙忙纵马向关左斜路而走。狄元帅因见妻子追来，羞颜见他，因此急急逃走。哈蛮一见，发声冷笑，说道："下官持定主意，不肯开关放他，果然迟一刻公主赶来，原是逃走的。下官见识却也无差。"此时，番将大悦，自夸其能。即开关上前跪接公主娘娘。公主吩咐道："你快些将关加上锁罢，若驸马爷出去了，是你的罪。"哈蛮诺诺连声。此时，公主怒气满胸，着令女兵紧紧同追。这现月龙驹原是好马，公主的赛麒麟也是宝驹，走得也快。况且元帅人生路不熟，弯转十分不便，怎经得公主一路赶来的逼迫？这狄元帅走得浑身冷汗，正所谓：

追夫千里缘情寡，骗妇一心报国深。

第二十回 狄元帅骗关逃国 八宝女感义从夫

诗曰:一月夫妻不忍分,为存忠孝只离群。
英雄原无心头念,贤女从夫就仁仁。

话说狄元帅要骗了风火关,有守关将猜测狄元帅逃走,不肯放关。正在嗔论之际,却被公主知了,一路追来。元帅心中着急,又觉惭愧,不分前途有路没路,催开坐骑而走。若论公主焉能知他逃走,如此一人追来?只因母后病体好些,谈讲几句话,即时回宫。只见宫娥禀道:"驸马爷说他身体不安,往外游耍去了。"这句话公主也不介怀。忽见桌子上不见了人面兽、穿云箭。此时,公主细细搜寻,又见他的箱子金锁开了。此时狄元帅心急走路,忘记与他依法扣上金锁。所以公主开箱一看,件件多已在此,单单不见了八宝囊,满心大怒。方知丈夫脱身而去。此时,恨恨之声,不及禀知父王,取过枪马,带了女兵,一路急急追来。到了鸳鸯关,方知他出风火关去了。此时并不是公主前来拿捉丈夫,只因恨他没一些夫妻情分,要问个抛弃他的情由,并要讨回八宝袋。所以一路紧紧追来。

远望见公主急急赶来,狄元帅料想逃走不成了,只得回马抡刀,叫声:"公主,下官出外玩耍,你赶来何事?"公主喝声:"你休来哄我!你平日之间说,生长中原的人氏在外国招了亲,这般姻缘非是偶然,不是今生所定,正是五百年前结下来的。今朝既然结为夫妇,不回中原做官,勤于国务,日夜劳心,在着你邦逍遥快乐,件件满足,今生再不想回去了。这是你常常所说。哀家信了你的真情,岂知一片的巧语能言,竟被你瞒得颠颠倒倒,到底你抛弃了哀家,有何缘故?"狄元帅说:"公主啊,这原是下官身负重罪,负了你一片真情,望求海量宽恕。"公主喝声:"匹夫!你原是一个奸猾心肠之徒,世间薄情之汉是你为首。平常夫妻尚有三分情义,你竟把哀家抛弃,到底你有何不足之意?快些实说!"狄元帅说声:"下官多承恩爱了。"公主说:"既然如此，因何抛我而行？”狄爷说：“公主啊，事到其间，下官不得不说了。我是生在中原之地，祖上世代扶助宋室江山，几代相传，忠良自许。家门不幸父母单生下官一人。自小立定了主意，一点丹心报国。前日投降于你国，并非我所愿。勉强与你成了亲，乃是一时权变。身虽在此，心在中原。”公主说：“既然你一心归宋，何不早早说明？口是心非，岂大丈夫之所为？”狄元帅听了，说：“公主，下官从前原是不肯投顺的。多是你父王不好，苦苦逼我成亲。下官只是事到其间无奈何，勉强允承了，不过权为与你作伴。”

公主听罢丈夫之言，纷纷下泪，咬牙切齿，恨声不绝，骂道：“你真乃一个无情薄幸之人，全不念与你成亲一月恩情多少，全不念我腹内的亲骨血，全不念哀家待你义重如山。当初，只道你是真情重义的男子汉，岂知你是不情不义的蠢汉。今日与你一月夫妻，抛弃我回归大宋，弄得我青不青白不白，哀家虽是番邦之女，决不肯再抱琵琶的。今日你既一心归宋弃我，料也难留于你，总是青灯独对，乃我命所招。”公主此时说到伤心处，泪如雨落，湿透衣衿，早有女兵抬起枪递上公主。

狄元帅见此光景，心下好生不安，想起他侍奉之恩情，今日骗走，果然辜负了他，也觉惨然，不觉忍不住下泪一行，马上打拱说：“公主啊，这原是下官之罪。我劝你休得伤怀罢！”公主叹道：“哀家一心真诚待你，你却无半点夫妻之情，好不恨煞人也！”元帅说：“公主，下官若未与你成亲，也不多讲。今既为夫妇，彼此多存夫妇之情了。”公主说道：“若念夫妇之情，也不该弃我归宋了。你不该一片虚情鬼话来哄骗于我。”元帅叫声：“公主啊，并不是下官虚言哄你，望你万不可伤心苦坏了。下官与你一个商量。”公主说道：“怎样讲？你且说来。”公主吩咐女兵退后些。狄元帅把刀按在鞍桥上，把马催上一步，马头对马头，人面对人面，叫声：“公主啊，这不是下官今日没意，辜负你一月夫妻万种之情。只因下官奉旨平西还未成功，反投你国招了亲，岂非不忠不孝？在此贪欢图乐，母禁天牢又惊又苦，岂非不孝不义？何以为人？今日公主不放下官出关，我愿在公主马头请以一死，以谢公主前日有待恩情便了。”公主含泪说：“若放你出关便如何?”元帅说:“公主,你若放我出关,待下官与众将去平复得西辽,取得珍珠旗回国,将功赎罪矣。天子最是英明,岂不放还我娘亲离却天牢之罪?这是忠孝两全了,免是臭名遗后,足见恩妻大德矣。如若下官征西回来,此时国务已完,母子已安,那时为官不为,自得其便,回来与你白发相处的。”

公主听言,止不住地两目滔滔下泪,说道:“此言若是你早早来商酌,自然与你好好调停。因何虚言哄我,私自奔逃,全不念夫妇之情?往日多少真言还算不真,你今要出关休得想望。如若再多言,刀枪上与你见个情分。”说罢,把梨花枪略略一摆。狄元帅金刀轻轻架开,说声:“公主啊,你平日为人最是有情,今日下官好好良言哀告于你,因甚总总不依?望公主大发慈悲,速速回兵,容我起行。如若执意不从,休得怪我刀枪相向,惟恐有伤。”

公主正欲开言,忽听空中有人,乃是飞山虎也,连驾席云帕赶来。元帅此时被阻,听得明明白白,这刘庆也是鲁莽之徒,遂大喝一声:“贱妖!”一棍打将过来。公主慌忙闪开,棍尖早已稍中,公主觉得疼痛,提枪要刺刘庆。刘庆飞奔空中,还是大骂。元帅大喝一声:“这莽夫不该如此无理!”飞山虎说:“元帅,这样无情无义之人,要他何用?既然与你为夫妇,应该前往帮助平西才是,因何苦苦牵留你,不愿放行?无非贪图风月开怀,不怕旁人说短长。这样东西,稀罕他什么?就将他一棍打死,有何妨碍!”元帅大喝一声:“匹夫休得乱说,快些下来赔礼罢。”刘庆说:“要我赔罪,今生休想。”说完,仍驾云逃走了。

此时,公主听了刘庆之言,倒也醒悟了,想道:“此人说话倒也不差。哀家不放丈夫去平西,旁人个个说我不贤,贪图风月罢了。我今且自由他罢。”把娥眉一蹙,开言说:“驸马啊,此将何人?因何在空中驾在云雾中,莫不是有仙术的异人么?”元帅说:“公主,此人姓刘名庆,为人粗莽,曾受得异人传授席云之法,来去如飞。”公主说:“好一件帕子!”元帅又道:“公主,你如今莫要留我。待下官前往征西辽成了大功,好再来迎你,人人赞羡你贤德。宋天子定然钦褒你了。”公主说:“妾也不想这些好处,总是自怨红颜薄命。父王作主把你招赘，又被庐山圣母前说与你宿世姻缘。如今正在成亲一月，指望共你连理和谐，相依白首。岂知你一心归宋。可怜今日此地分离，仙母之言莫不是一月夫妻的姻缘么？好似棒打鸳鸯，各飞一处，今生料想后会无期了。只可惜你腹中根苗骨肉，后来不知是男是女，没有爹爹称叫的，好与我苦命娘亲相伴寂寥。”此时，公主说到伤心无限之处，止不住的秋波珠泪千行，苦切不堪。

元帅摇手说：“公主啊，你且免愁心，放开怀抱。下官虽然一匹武夫，也恰知你一片心情。况且公主为人情义两全，何人可及？下官岂肯将你抛弃？但愿我早建得功，既建功劳，罪也消了，似云雾吹开磨明古镜，仍归来与你相会，断然不做薄情之徒。况且，你腹中已有了香烟之种，下官岂有舍却明珠抛在半途？公主啊，下官只这一言是实，如今即要与你分别了。”此时，公主难舍得与丈夫分离，流泪叫一声：“驸马啊，你今前往西辽，只恐兵微将寡，待妾助你几员番将番兵。若然粮饷不敷，也须带足前往。你意下如何？但愿你马到成功。”说罢，又令番女前往各关通知，休得阻拦，让驸马爷出关，休得延迟。狄元帅感激相谢。不知夫妇分手如何，下回便知端的。正是：

割断情丝劳国务，分离恩爱救萱亲。

第二十一回　出风火夫妻别离　离单单五虎征西

诗曰：风火关前夫妇离，鸳鸯隔散在今时。
平西抛却心头恋，连理分开不缓迟。

当下狄元帅得公主醒悟为孝忠之言，情愿放行，又说他兵微将寡，要添兵助粮之说，元帅听了，满心大悦，说：“公主啊，此言足见你一月夫妻心迹了。你回去不要为着别离心中烦恼，且须开怀。下官此言切要紧记莫忘。我粮草丰足人马多，扎顿在白杨山等候。公主不必费心。你且请回，下官去也。”公主说：“驸马且住，你还有两件法宝，我吩咐去拿。”元帅说：“现已藏在身边。”公主说：“驸马要的八宝囊之物,你不会用,带去也无益。”元帅说:“公主啊,就是下官用得,也不敢私取你的。此宝在宫中床顶之上,你可取回收拾。公主请回,下官就此告别了。”公主说:“驸马啊,你且慢去,妾身还有一言相告。”此时,公主凤目忍不住的珠泪沾襟,噎声说:“驸马啊,虽则你是英雄无敌,须知西辽兵强将勇。他国一个天宝将军,名为黑利,国王的公主飞龙与他为配。这员番将名声远振,你此去须要谨谨提防才好。”说完,心如刀刺,肝肠欲断,粉面流泪,不胜凄楚,依依不忍分离。元帅见妻如此,好生不忍,说:“公主啊,今朝暂分离,后会有日,何必如此心烦,切记下官前告之言。”

夫妻正在十分难舍之际,飞山虎又在空中叫声:“元帅,他不放你出关,小将又要将棍打下来了。”元帅大喝一声:“匹夫!不得无礼!你还不走!本帅就此出关罢。公主你且请回,下官去了。”此时,少年夫妇分离之际,公主好生凄惨,看着丈夫悲切痛苦难言。元帅虽然称是虎将,见他如此不忍分离,虎目中暗暗泪垂,无可奈何,只得硬着性子,叫声:“公主,且免愁烦,请回便了,下官去了。”催开坐骑。哈蛮番将得公主吩咐,早已关门大开。哈蛮恭迎驸马爷,送出关外。此时,狄青出了风火关,又到吉林关。巴总兵因有公主的令在先,不敢拦阻,遂大开关门,送驸马爷起程。

是日,又到前三关,是五将把守。此时,就在石亭关会齐五将。众将一见元帅大悦。早有飞山虎知元帅出了关,先往白杨山通知孟定国前来相会。有焦廷贵说:“元帅,这个向导官,还是小将做罢。”元帅喝声:“匹夫!用你不着。”孟定国上前说:“元帅,这向导官,待小将做罢。”元帅说:“你既愿为向导官,要小心认明路程,若走差了,即按军法,决不姑宽。”孟定国说:“得令!”传令焦廷贵押送粮草。此时,元帅略略开怀,又令四虎将分开队伍,祭过大幡旗,三声炮响,杀气腾腾,一路起程,出了三关而去,暂且不表。

再说八宝公主看见丈夫出关去了,好不凄惨,一路转回,长叹一声:“可惜一个青春虎将,谁能够及得他烈烈威威的气概?只望与他同谐白首,岂料成亲一月就要分离。自今朝一别,未知何时再会?又不知他心地如何,虽然声声许我,平西之后,仍旧回来。犹恐未必心口相对。如若不来，哀家有个主意——他若在大宋为官，把我抛弃于此，定要奏于父王，兴兵杀上汴京，与他理论便了。但这刘庆看得哀家如同草芥一般，辱骂我几声，又敢把哀家打了一棍，此恨焉能得消？罢了，如今且由他，日后有甚机会，终须要雪此恨的。”

此时一程回朝，直进宫中，将丈夫逃去情由说与父王母后。狼主一闻此说大恼，怒气冲冲，说声：“狄青啊，你的罪大如天，孤家尽行不究，把你招赘，原不亏负你的。岂知你一心逃走归宋，把孤家的年少女儿抛却了，误他终身，情理难容。你这小狗才！”公主说：“父王，且免愁烦，骂也无益。他说奉旨征西，走差国度，罪已难免，目下娘亲禁囚天牢，若是在我邦贪图快乐，背君弃母，是为不忠不孝，难以为人。故此，女儿且由他去了，但愿平伏得西辽，待他回归大宋去罢。”狼主听罢，只是叹恨。番后也是不乐。此时，公主辞过父王母后，自转宫中。怀念丈夫，放心不下，往床顶上取出八宝袋，收拾放好。公主在御园中夜夜烧香拜求天地神明，庇佑丈夫早早平伏得西辽，奏凯而回。按下不题公主怀抱伤心。

且说五虎大兵以孟定国为向导先锋，一路出了单单，望西北大路进发。狄元帅犹恐扰掠百姓，所以，一路预早出榜安民，毫无扰犯，百姓安宁。此乃狄元帅一点爱民之心。此时大军一连行走二十余天，阴雨三天，人马不走，约有一月光景。却说孟定国开路先锋，这一天有手下兵军报道：“启上将军爷，今有我邦天使张大人奉旨前往单单国诏取元帅，因在火叉岗误走西北，到了西辽国，方知错走路程。如今转来，闻知元帅大兵已到此，故请元帅接旨。”孟将军说：“有这等事。”连忙飞马来至大营，将此事禀明。元帅听得大喜，说道：“既在火叉岗走差路程，今有天使作为证凭，搭附奏明天子，本帅十分大罪可减三分。”传齐众将，迎接圣旨，跪听宣谕毕。元帅谢过君恩，起来与钦差见礼，说声：“张大人，下官从前不细心，走错国度，既已有罪，单单招亲，罪重如山。如今原要去征西，不想圣旨到临，与大人在此相逢，多多有劳了。”张瑞说声：“狄王亲，不要说起。下官行走到了火叉岗，即动问土人指引明白路程，他说要到单单国，须打从西北上走，岂知一程错到了西番。下官想来方知错走。所往西北而行，历尽风霜劳苦，方知不是单单，正在烦恼转回，幸得此处与列位相逢。”元帅道：“原来是大人也在火叉岗走错了路程，下官若得班师回朝，必须立一石碑，省得行人错走路途。”张瑞说：“狄大人之言有理。”元帅说：“张大人，下官还有一句不知进退之言，欲劳烦大人之力，未知可否？”张瑞说：“狄大人，有何吩咐，下官无有不依。请教何事？”元帅说：“下官罪重如山，已蒙圣上恩宽，仍命前往征服西辽，将功抵罪。但今不能回达天颜，意欲修本一道，劳烦大人还朝上呈御览，以表下官心迹。不知可否？”张大人微笑说道：“这有何妨？你且修来。”元帅听了，令取过文房四宝，修了本章一道，转交张大人。此时张爷接了取藏，顿时告别起身。狄元帅与众将一路相送出营，还朝去了。此话休题。

再说狄元帅送出钦差，一路起程，催赶大兵，出了火叉岗。此地原系大宋边疆，一连大兵行走了十余天，此地方渐渐人稀地广，尽是沙漠程途，就是番邦地面了。此地是：

山高岭峻烟疏地，虎聚狼生草满方。

此时，又行走几天，已近西辽头座关城。原来西辽国番王几次兴兵杀到中原，要夺大宋江山，势如破竹，直抵雄关。幸得杨宗保把守坚牢，后来又被狄元帅率同四将，杀得西辽兵将片甲不回，反夺回三关外一带地方。所以西辽王把狄元帅恨如切齿，一心要夺中原，誓不罢休。况且他又要拿住狄青，消了胸中之恨。只因目下未有大将提兵，所以番王日夜忧怀。番王有一女名唤飞龙，生得容颜如花，招一驸马黑利，实有万夫不当之勇，官封天宝将军。番王意欲差他提兵侵宋，到底忌着狄青。倘然仍照赞天王等，有甚差池，岂非误了女儿的终身？因此略略罢却此念。所以对大宋兵戈略息。如今正欲另择能征惯战英雄，装束锐兵待等粮草丰足，然后发兵往取中原。岂知今日五虎兴兵先来征伐。正是：

方欲兴兵侵上国，先来五将伐偏邦。

第二十二回　景花沙献关投降　张将军斩将立功

诗曰：五虎英雄大国军，旗幡招展似天神。
　　背君辽将知难敌，投顺中原免戮身。

却说西辽国第一座关名唤七星关，守关主将名景花沙，武艺不算高强。这一天正坐关中无事，忽有小番来报："启上将军爷，今日有大宋遣五虎统领雄兵前来征伐我邦，请令定夺。"景花沙听了大惊，说："有这等事！离关有多少路？"小番禀说："只有百里之遥了。"便说："再去打听。"当下，景花沙听报，呆想了一会，暗道："我邦狼主好贪心，妄想要夺取大宋江山，奈何夺不动中原，反自损兵折将，耗费钱粮。到了今日，宋主却不肯甘休，前来征伐，差五虎将督兵前来。我想本邦有名的英雄上将赞天王、子牙猜、大孟洋、小孟洋、薛德礼五将，有万人莫敌之威，尚且死于狄青之手。俺景花沙莫想出敌取胜，必定被他伤害了。俺今何苦白白送命？不如献关投顺，免得满城百姓受尽灾殃，有何不可？"主意已定，即传令："众番兵打开七星关，恭迎元帅入城。"

狄元帅此日到了关下，见此光景，心中还疑惑说："这番将有何计较？"忙传令捆绑了他。五虎大兵一同进关，查点内外，无什么奸细。元帅方才放心。顿时放炮安营，放了景花沙，然后问道："景将军，你邦关城有几座？能征惯战之将还有多少？"景花沙说："启上元帅，小番除了这座七星关，还有乌鸦关、白鹤关、黄花关、碧霞关四座关头。过了八百余里是和平城，就是狼主的宫院了。四关主将虽然英勇，能征惯战，焉能及得元帅？众虎将的英雄大兵一到，自然成功。"元帅说："你邦狼主有珍珠烈火旗一面，是镇国之宝，可是真么？"景花沙说："元帅，果然有的。"元帅说："景将军，本帅奉旨前来征伐你邦，你可帮助一臂之力，成功之日，另行升赏。"景花沙说："小将愿效犬马之劳。"是夜，元帅吩咐大摆宴席犒赏众军各将士。次日元帅传令,养马三天,再行前进。又行文书飞送番邦,叫他早早献出珍珠旗纳降,保全一国君臣,若再倔强不醒,玉石俱焚,悔之晚矣。即投文书一角去了不表。

再说乌鸦关主将名唤亚从善,一听此报,心中大怒。接着元帅文书,犹如火上添油,说声:“可恼!可恼!我想这狄青乃是奉了宋主之命,来征伐的,俺也不怪。只可恨这景花沙狗乌龟不思食了西辽俸禄,竟自献关投降。这狗强盗令人可恼!俺家死也与宋将见个雌雄。”就将文书留下,打点明日交锋。原来这员番将是个性情激烈之人,那里等得三天两日。到了来朝,就要出关厮杀,立刻传齐关内千把官员,点起两万小番,是日饱食战饭,众兵将盔甲鲜明,刀枪锐利,传令:“要先拿了景花沙,然后与宋将交锋。须要同心协力,不得有违。”众将兵一声:“得令!”此时即要进兵。亚从善顶盔贯甲,带领三军发炮起行。一路到了七星关,坐名要景花沙出马。

有小军飞报入关,元帅闻报说声:“景总兵,今有乌鸦关主将亚从善指你之名讨战,你是出马还是待本帅另点别人?”景花沙说道:“小将若不出去会他,只道惧怯了。”元帅明知其意,便说:“别在元帅跟前,不好说抵敌不过。既然他是坐名讨战,你可出敌,若抵不过,可将好话劝他投降,勿与交锋为是。”景花沙应诺,领兵三千披挂上马,提刀杀出关来。景花沙至阵前说声:“亚将军,下官在此,不知你有何话?”亚从善大喝:“景花沙,你这匹夫!既为西辽国之臣,食了狼主俸禄,不思报效国恩,却献关投顺南蛮。俺今容你不得,特来取你性命。”景花沙全无怒色,笑道:“这是狼主从前无主见,妄思胡想侵扰中原,要占夺宋室江山。赞天王等如此英雄,五将一同为刀下之鬼,我邦众将多杀不过南朝五虎。今日他大兵到来征伐,料想我邦无人抵敌。莫若早早献关为上,算来不是下官差处。”亚从善听了大喝道:“放你的狗屁!做了一个男子汉,如何讲出这些话来!亏你羞也不羞!”景花沙道:“亚将军,你休来怪我。自古识时务者为俊杰。我若不献关投降,性命难保。”此时,亚从善听了大怒,骂道:“这狗党贪生畏死,非为好汉,俺今日来取你性命。”提起大刀就砍来。景花沙大刀架开,亚从善左一刀左架,右一刀右架,一连架过三刀,说一声:

“亚从善，并非下官怕你，但是念着同朝一殿之臣，故此让你三刀。”亚从善喝声：“你今投顺南蛮，与你不是同殿之臣了。”又是一刀，景花沙闪过，回手大刀也砍去，二将交锋，杀了二十回合。景花沙招架不住，兜转马头大败而逃。亚从善追赶不上，只得住马说：“罢了，饶你多活一天。”遂带兵回关，怒气不息。不表。

且说景花沙败回关中，见了元帅，满面羞惭。元帅安慰道：“胜败乃兵家常事，将军不必心烦。且待来天本帅另点将罢。”到次日，又报上元帅，乌鸦关番将仍要景将军出马。元帅说：“景将军，你却敌他不过，不必出阵。待本帅另点别人前往便了。”景花沙应诺。此时，元帅拈令一支说声：“张将军听令：你带领五千人马出关迎敌，须要小心。”张忠说声：“得令！”上马提刀，炮响开关，一马当先，冲到阵前，各通名姓。张忠大刀当头就砍，番将急架相迎，杀了三十余合。亚从善抵挡不住，被张忠架开刀，起手一刀劈为两段，跌于马下。张忠哈哈大笑说：“这样东西也来混帐。”大喝众番兵：“你们要性命的，快快献关投降。如若不然，多做无头之鬼，悔之晚矣。”众番将齐声愿降，请将军爷进关。张忠大喜，即差人报知元帅。元帅满心大悦，传令众军，将大兵前往进关。留下精兵五千，着令孟定国把守七星关。元帅进了乌鸦关，查点明库仓，出榜安民，埋葬了沙场尸首，记了张忠头功。元帅说：“本帅只道西辽兵强将勇，岂知两关多是无能之将，一关投降，一关被破，只愿前关多是照此，番王那有不投顺之理?”不表元帅之言。

再说白鹤关守将名唤酥而岱，一闻连失二关，心中大惊说：“狄青有多大本领，来寻我邦？待本总前往与他见个高低罢。”次日正要整兵出关，忽有来营文书劝降。忙拿来拆开一看，不觉哈哈大笑道：“大宋王好糊涂也。这珍珠旗乃是我邦狼主传国之宝，非同小可的宝贝，因何要我邦贡献起来？在你为中国之主，好像小孩童一般，劳役兵将耗费军粮。也罢，待本总一面写表入朝奏知狼主，一面与他交锋。”连忙具表，差人去了。又飞文前往达知碧霞关段威，要他亲领兵马到来助战，杀退众兵。此日领了手下武官千百把总，又点兵一万，一程来至乌鸦关。离关十里放炮安营，又令小番投递战书，约定来日交锋。到次日，两边用了战饭。酥而岱领兵讨战，元帅闻报说："景将军，本帅奉旨前往征伐你邦，因思万物贪图性命，不忍即行征伐，为此先行晓谕，着令年年进贡，献出珍珠旗，本帅即可收兵还朝，岂知白鹤关主将如此倔强，反来抗拒，不知此人本领如何？谅必你知。"景花沙说："启上元帅，这酥而岱本事虽有，看来及不得元帅。列位将军英雄若与交锋，彼必有伤。但他与小将平日间相交情密，如兄似弟。倘他被伤，小将于心不忍。莫若待小将出马，以好言劝他投降元帅，免动刀兵，岂不两全其美？如若他不允降，再行征伐。元帅意下如何？"元帅说："既然如此，你且将兵一千出关答话便了。"此时景花沙说声："得令！"即时上马提刀，一千精兵随后，一声炮响，大开关门，一马跑出，欠身打拱说声："酥将军，小将在此。"不知后来景花沙劝得他投降如何，正是：

投降将军重劝降，破关之将复守关。

第二十三回　景花沙战死白鹤关　李将军大败酥而岱

诗曰：背君降敌景花沙，投顺献关免捉拿。

岂料阵场仍丧命，不如全节死邦家。

却说降将景花沙奉了元帅之令，出关来劝这酥而岱。此时彼此相会，酥而岱说："景花沙，你已经投降了宋朝，出来见俺何事？"景花沙说："酥将军，下官奉了元帅将令，特来告禀一言。"酥而岱听罢大怒，喝一声："你这狗才贪生畏死，献关投降敌人，不忠于狼主，还敢来劝本总么？"此刻景花沙复开言说："酥将军，且请息怒，听下官告禀一言，我邦狼主贪心谋占宋朝社稷，几次发兵遣将大兴人马，已经三载。事又不成反招其祸。"酥而岱怒道："招什么祸来？"景花沙说："我狼主贪心侵宋，如今宋王却不肯干休。今日差五虎将前来征伐，我国兵微将寡，焉能与五虎对敌？并非下官要做不忠，犹恐不能对敌，玉石俱焚，悔之晚矣。打破关来，百姓俱遭涂毒。凡英明之士，须要见机而行,将军何必动恼?只因我两人是多年好友,故此直言相告。我劝你今日不必与宋交锋,投降天朝,免得白送一命,岂不为美?这乃大丈夫审机而行。”酥而岱听罢,气冲霄汉,怒目圆睁,大喝道:“休得放屁,谁人听你不忠之言?”举起宣花月斧当头就砍。景花沙就把钢刀架住,说:“酥而岱,休得一偏之见,我与你是个同朝厚友,所以劝你投降,免得一命被伤,于心不忍,愿将军听我劝言。”酥而岱喝声:“没良心的匹夫!古言养军千日,用在一朝。你今日食了狼主俸禄,当与狼主出力分忧。若国家太平无事,吃了太平俸禄,做了太平官,安居快乐,自在逍遥,好不受享。到了今朝国家遭乱之际,敌临城下之日,贪生背主,投敌献关,还亏得你尚有面目前来劝我归降!真乃忘恩负国之徒,骂名千载!今日痴心妄想,要我投降,万万不能!”说罢,又是一斧砍来,景花沙料他不肯归投,回手一刀架开。二将一来一往战杀起来,有二十余回。景花沙招架不住,被酥而岱一斧劈作两段。有败兵奔进关中,报知元帅。这景花沙乃是新降番将,今日阵亡,元帅到底不介怀。

不一会又报酥而岱讨战,请令定夺。元帅闻知,令李义领三千精兵与酥而岱对敌,嘱他须要小心。李将军英气勃勃,上了花斑马,手提丈八长矛,飞马出关,跑到阵前,不通姓名,提枪便刺。二将在沙场内杀起来。正是龙争虎斗,难解难分。一连冲锋八十余回,酥而岱抵挡不住,大败而逃。走到关下,过了吊桥,闭城不出。李义追赶不上,得胜回关交令。自此,宋将天天讨战,酥而岱日日杀败,番兵死者甚多。酥而岱心中着急,前已有书往碧霞关求救。此日段威亲自领兵到来助战,又不能取胜,只得挂出免战牌,文书急告狼主。

是日番王闻报,忙问道:“众卿家,宋朝五虎将如此猖狂,怎生打算才好?”此时,西辽众臣闻了五虎将之名,不独众文臣害怕,就是朝中武将只是呆呆不语。有左班首相乌登上前俯伏,启奏狼主:“臣思我邦兴师三载有余,非但中原天下不归于狼主,而且损兵折将,不计其数,前者赞天王五将,乃我邦有名上将,盖世英雄,尚然如此,除此之外还有何人强于彼者?依臣愚见,伏惟差遣驸马提兵前往,或者成功。一面再往红泥城调取扳天将星星罗海前往助战,宋朝将兵由他如龙似虎,也须大败而返。”番王听奏,无可奈何,传令驸马上殿。不一时,天宝将军黑利已到殿前,俯伏金阶说声:“狼主,不知宣召儿臣有何吩咐?”狼主说:“王儿啊,只因大宋差来五虎将占取七星关、乌鸦关,他兵强将勇,幸得白鹤关把守坚牢,免战高挂,十分危急。奈何国无良将与孤分忧,今欲差王儿提兵前往,如若退得南邦五虎,方能保全邦国。”黑利听了说:“儿臣领旨。”转身又说:“狼主,非儿臣夸口,妄出狂言,由他五虎威名远震,俱不在儿臣心中。须要杀他片甲不回,前来交旨,君臣共享太平,方显儿臣手段。狼主龙心且自开怀。”狼主听罢大悦,即忙传旨:“发兵十万,有功之日,厚加官爵,以报驸马勋劳。”黑利领旨,番王退朝回宫去了。

再说一班武将文臣退朝谈论,多道:“宋邦五虎将非同小可,昔时杀得我邦人马七零八落。如今又起大队人马前来征伐,我国全无勇将,就是天宝将军黑利虽是英雄,竟不知杀得过南邦五虎否?如今祸福未分。”又一人说道:“赞天王子牙猜等尚然死于狄青之手,岂但这驸马?狼主虽差他前往,也不中用的。”又有人说道:“不妨。如今狼主差人前往红泥城调取星星罗海到来助战,退敌一定无妨。”又有人说:“杀退得大宋人马,保全我国,是君臣之幸也。”又有人说道:“此事皆因狼主差见的,如何妄想夺取中原,反自损兵折将。前者下乐与丞相曾有言劝谏,但这狼主念头一开,那里肯听众臣言?岂知众将恃勇逞强,多说带领一旅之师,宋朝江山可得。此时狼主好不兴头,听了众将之言,大兴人马,岂知阵阵将解兵消。发兵已将四载,反叫国饷空虚,兵将遭劫。看来宋王必然深恨,如今差来五将如此猖狂,倒怕把西辽社稷让他了。”不表众官之言。

且说黑利驸马回归府内,说与飞龙公主知道,说声:“公主,可恨这南蛮狄青兴兵到来,占去了七星、乌鸦两关,白鹤关守将无能,几次交锋,杀他不退,只得守住关城,前来求救,急得狼主无计可施。”公主听罢,说:“驸马,敢是父王要你提兵前去么?未知驸马肯去否?”黑利听了,哈哈大笑:“公主,你又来了。我与你夫妇相亲已有几载,难道你不知下官的心肠么?国家有事,为臣理当奋力向前,俺岂是贪生畏死不与君主分忧的?”公主说:“驸马,虽然你一片赤胆忠肝,帮助我父王退敌。哀家见你万分持重，犹惧着五虎将，况五虎名声素重，只忧杀他不过，临阵切须小心才好。”黑利说：“公主不必挂怀。下官此去，管叫马到成功，早早班师复旨。”公主说：“但不知驸马何日动身？”黑利说：“公主啊，边关危急，难以缓迟。来日黎明就要起兵了。”公主道：“既然驸马明日起程，今日哀家理当饯行。”黑利说：“公主，不劳费心了。”公主说：“理应如此。”连忙吩咐宫娥排上筵宴，夫妇双双对酌，交酢对酬。公主有多少叮嘱之言，按下不表。

且说来日去部挑选精兵十万在于教场，候驸马起兵，并预备粮草。此时西辽国内并不是没有武将，番王因何如此着急？只为赞天王五将实是他国头等的英雄上将，也被狄青伤了，其余二等三等，料想杀他不过，所以番王这等着急，众文武彼此惊慌怯惧。此时，十万番兵在教场伺候。天宝将军辞别公主，一路往教场，点齐队伍，进入金殿拜辞狼主，祭过大旗，放炮起程。后队解粮官呼且明领一万人马护送粮草。文武各官纷纷齐送驸马。此日，黑利出了和平城，十万精兵一路威威武武，催赶程途。一连行走七八日，方才到碧霞关，段威恭迎驸马。出了碧霞关，连走三天，到了黄花关，再走行二日，方是白鹤关。酥而岱闻报，与众将迎接进关，安顿了十万大兵。是日，酥总兵排筵席款待驸马爷。黑利问起交兵事情若何。酥而岱说：“驸马爷，下官无能，不能抵敌，只得挂出免战牌。”黑利听了，吩咐收去免战牌，即忙修战书一封，差人送去乌鸦关交狄元帅。元帅看过，即批回来人去了，说：“众位将军，前日景花沙曾经说过他国有一天宝将军，名唤黑利，有万夫不当之勇。如今领兵前来，我弟兄须要小心才好。”众将一齐答应不表。且说来日有军士前来报说：“番将黑利讨战。”元帅听了说：“再去打听。”不知元帅着何人出敌，胜败如何？正是：

兵家胜败真常事，卷甲重来未可知。

第二十四回 白鹤关黑利逞威 沙场地狄青破敌

诗曰：由尔辽军烈烈烘，天朝五虎猛如龙。
失机兵败关城失，赫赫威名总是空。

当下狄元帅闻报番将黑利关前讨战，即令刘庆带领二千健卒出敌。飞山虎奉令冲出关，来到阵中，大喝一声："狗番奴，我乃飞山虎刘庆，奉元帅之令特来拿你，快些送首级过来。"黑利大怒，喝声："你不是我家对手，快唤狄青出来受死。"刘庆听罢大怒，举斧当头就砍。黑利把长枪架开，反刺飞山虎。刘庆虽然英雄，岂是黑利对手？杀到三十回合，抵挡不住，大败逃走入关。黑利见了，哈哈大笑说道："南蛮不知怎样凶狠，原来不中用的。"遂大喝："关上南蛮听着，可有本领高强者，出来与俺见个高低，如若照这样的，休来混帐！"正在耀武扬威，元帅闻报，又令张忠出关对敌。不上两个时辰，战不上六十回，张忠大败回马逃奔。黑利拍马追赶来，几乎冲进关中，众兵阻挡不住。亏得石玉、李义前来拦住，杀退黑利，旋即收兵回营。自此一连数日交锋，番将黑利果是英雄无敌，四虎人人杀败。元帅十分忧闷，说道："这黑利果然本事高强。待本帅来日亲自出马，与你见个高低便了。"

旁边闪出飞山虎，说声："元帅不必亲自出马。待小将今日驾起祥云悄悄探到番营，刺死这黑利，何等不美？"元帅说声："刘将军不必如此。凡为大将者，须要在临阵时堂堂正正见个高低。如若你去行刺，纵然侥幸成功，还不算真本事，岂是英雄大将所为？"若论为人各有一个性格，从前狄青与南清宫狄太后姑侄初相会之时，狄太后就要降旨把狄青封个官爵，若是别人快活不过的，岂知他反推辞不要，说男子汉大丈夫若要为官，总要自己手头打下来的。若傍了姑娘之势，自己为官受俸，有什么稀奇？所以比武劈死王天化，几乎性命不保，反反复复吃了几次苦楚，多是命内所招。如今飞山虎要去刺杀黑利，他说不是上阵明枪明刀，纵然成功得胜，不算真本事的英雄，亦是他的品格硬铮，正大光明，当时刘庆听了元帅之言，只得住口不言。

到了明早，有军士入报："番将讨战。"元帅听报，着令张忠、李义二将把守关城，须防番兵暗算。又令刘庆、石玉二人随同本帅出关。元帅头戴鸳鸯盔，身穿淡红袍，衬住锁子黄金甲，手执定唐刀，骑上龙驹。三声炮响，把关门大开。带领一万精兵，二将分随左右，众兵摆列队伍跑至阵前。黑利一见，把长枪照前刺过来。狄元帅提起金刀架开，喝声："番奴，你是何人？通下名来。"黑利喝声："南蛮听着，俺乃西辽国王驾下天宝将军驸马爷爷黑利是也。你这孩子是何人？"狄元帅闻黑利叫他孩子，喝声："番狗，你且洗耳恭听，本帅乃大宋天子驾下敕封平西大元帅狄青便是。"黑利说："你这孩子就是狄青么！"又冷笑一声："俺素闻大宋有狄青之名，只道掀天揭地英雄，原来是一个瘦怯小儿。俺想你黄毛未退，乳气未除，如何上阵交锋？倘然死在我枪之下，岂不可惜！不若快快收兵回转，免得把性命伤了，只道大人欺小人儿！"狄元帅听罢哈哈大笑道："黑利休得大言夸口，因何你邦狼主痴心妄想要夺宋朝社稷，三番五次兴兵犯上，却被我们杀得片甲不存？本帅今日奉旨征剿你邦，知事者速速献关投顺，教番王献出珍珠旗奉上降书，年年纳贡上邦，还可姑宽前愆。如若再要倔强抗拒，把你邦踏为平地，有何为难？"黑利听了喝声："狄青休得胡说！那珍珠旗乃是镇国之宝，我邦数代流传，如何你主妄想这念头来？你这宋王，既为上国之君，因何这般无理，妄动干戈欺我下国，妄想宝旗？你中原上国岂无异宝奇珍？如今妄想这件东西，劳兵损将，徒为无益。不如快快收兵回转，免我伤你性命，这是便宜了你。"狄元帅大喝道："黑利休得妄言！你既为下国之臣，理当年年进贡，岁岁称臣，因何你主妄想天朝，兴兵犯界？本帅今日奉旨提兵问罪，你反说上邦无故欺你，可晓得前赞天王等五人本领高强，尚且死无葬身之地，况你一个无名下将！如识时务的，奏知番王早早投降，本帅姑且准你。如若再执迷不悟，尚敢抗拒天兵，指日之间将你踏为平地，玉石不分，叫你君臣受死。"黑利听罢大怒，喝道："狄青，休得夸能！放马过来与你比个高低。"手起一枪就刺。元帅把金刀架住，全不放在心头。但见天宝将军本事果然厉害——使开长枪,紧一紧,梅花闪现;串一串,雪点纷纷;慢一慢,枪光遮日;按一按,天地皆惊。真好枪法也。狄元帅那里怯他?把手中定唐金刀使开,金光遮日,闪烁飞霞,上一刀劈破风云雾,下一刀斩开铁石山,果然刀法奥妙无穷。只见军中刀枪交击,这场大战好生厉害。正是:

窗中才子停文笔,闺内佳人住绣针。

当下二员大将杀得沙尘滚滚,烟雾腾腾,自辰时至未刻,战有二百余回。黑利渐渐气力不佳,招架不住,虚晃一枪,回马就走。狄元帅趁势拍马赶来。这黑利拨转马头,喝声:"狄青,休得逞强!看我的法宝!"元帅心说:"这番奴杀不过本帅,要用法宝。他有法宝,本帅也有法宝,怕他什么?"停住金刀,就拿上穿云箭。但见黑利撒起一颗明珠,闪闪旋舞空中。狄元帅一见,忙发出神箭,一声响亮,相生相克,珠逢箭落,散了毫光。这明珠顿时坠地,已成无用之物。黑利一见明珠穿破,心中大惊,喝声:"狄青,你敢破我的法宝么?"元帅收藏起穿云箭说:"黑利,一粒泥弹有什稀罕的?"黑利大怒,又杀起来。他仍战不过狄元帅,又取出一粒惊天弹,一道华光射目丢在空中,化作万道金光,非同小可,一声响亮落将下来。狄元帅心说:"他不知有多少法宝?"又取出第二支穿云箭放起在空中,顷刻毫光散乱,响亮俱无,弹子顿时坠落尘埃。狄元帅哈哈大笑,把手招回神箭说道:"黑利,你这弹乃不中用的东西,休得拿出来。"黑利说:"狄青,休得猖狂,俺的法宝又来了。"忙把背上葫芦解下来,口中念咒,把盖揭开放出一只乌鸦似火的一般,张开血口要啄来。狄元帅一见,忙把第三支神箭射去。呼的一声,这支神箭不上不下却锁进乌鸦之口,射在地下。黑利此时怒气塞胸,提枪奋勇杀来。元帅舞刀相迎,想道:"倘他再有法宝,本帅无物可破了,不如先下手为强罢。"算计已定,一手提刀架枪,一手忙向豹皮囊取出人面兽戴在脸上,念声:"无量佛!"此时黑利身体犹如泥塑一般,背后站着一个长人,身高二丈四尺!黑利在马上四挺八直仰面跌翻下马。石将军飞马上前,枭取首级,一道真灵往真武殿去了。

当时狄元帅除下金脸,吩咐刘庆、石玉快些趁势前去抢关,二将得令飞跑而去。元帅勒马催兵抢关，此时二员武将一路赶去，把番兵杀得犹如砍瓜切菜，其余各自奔走逃生。酥而岱在关中闻报，预先紧闭关门，又惊又恼，说道："下官只说天宝将军到来，必除宋将，岂知也遭狄青之手。南蛮如此厉害，我邦还有何人杀得他过？"传令城内番兵用心把守关门，由他攻击便了。一面写表入朝，奏知狼主，自说："狼主啊，臣今若不做忠臣，昧却良心早已献关投降了。只为不忘狼主之恩，故此日夜坚守。待等星星罗海到来与大宋军马见个高低，决个生死。"不知后来星星罗海到来如何迎敌，退得宋朝五虎，正是：

犬豕何堪共虎斗，鱼虾岂得与龙争。

第二十五回　闻兵败辽王议敌　夸骁勇太子兴师

诗曰：败兵飞报达辽王，番王闻知甚恐惶。
太子兴师夸骁勇，总然难免阵中亡。

却说狄元帅斩了番将黑利，传令刘庆、石玉乘势抢关，酥而岱早得飞报，把关守牢。二将见城门紧闭，进不得抢，打不得开，只得收兵来见元帅。此时元帅吩咐暂回关去，另行酌议。尚有杀剩番兵逃走不及，看来不好，多已投降了。元帅一一取用。阵中拾得军器马匹，不计其数。此时各将士回关，元帅吩咐把黑利尸首号令，又令将番兵尸首尽行掩埋。自此之后，四虎英雄日日领兵到白鹤关前骂战，酥而岱只是坚守不出，百般侮骂只是不理。星夜告急文书，狼主得知好不惊惶。飞龙公主闻知丈夫被害好不伤心，一跤跌翻尘地人事不省。番王番后听知大惊，呼唤宫娥急取药物，解救多时方醒，流泪叫声："父王啊，南蛮如此英勇，倘被他打破王家，如何是好？须要早早定计退他才是。倘若迟延，为祸不浅。"狼主说："女儿啊，为父也是十分着急。只等星星罗海领兵前来退敌，方能与驸马报仇；杀退宋邦五虎，我国方保无虑。"公主含泪不言，番后带泪开言道："女儿你休要过于伤怀，人死岂能复活？待等星星罗海前去拿尽这南蛮，然后与驸马报仇。”

公主正欲开言，有二太子前来见父王。若讲到西辽王，共有四位太子，大太子名泽波罗，二太子名达麻花，三太子名凤眼郎，四太子名盖哈拉。三、四多是没本领的，只有二太子，年方一十九岁，身高一丈，力敌万人，平日使一柄开山大斧，常常自夸未逢敌手。说是妹丈黑利，他也不让其能。只因番王爱子如珍，故以从前出师不肯差他前往。如今二太子闻知妹丈死于狄青之手，父王的威风削尽，怒气勃勃，即上前叫声：“父王不必烦恼，休得惧怕。这狄青本领高强，待儿点兵一万前往，包管捉他南朝五虎回朝。”番王说：“王儿，你小小年纪，休得夸言。你妹夫英雄无敌，尚且被他所伤，何况于你？为父已降旨往红泥城去了，且待扳天将前来，谅狄青难以取胜。”原来这二太子，你若让他听从，须要好话称羡他，或者肯听。他原是一个逞能之人，生来性急，性急如火。今日听父王说他不是狄青对手，心下好生不悦，说声：“父王，莫道孩儿年纪幼小，自古英雄出少年。可恨狄青欺藐我西辽，把我邦看得甚轻之极。虽有扳天将前去抵敌，以狄青之凶狠，还防稍有疏漏。不免孩儿前去助战便了。”公主在旁说：“二哥平日本领果是高强，若然提兵同往，一定旗开得胜了。”三位弟兄齐说道：“二哥二弟果然武艺精通，父王何不差他前去退了南蛮！”

此时飞龙公主要与丈夫报仇，只因自己本事低微，恨不得哥哥前去杀了狄青报夫之仇，消却胸中忿恨，故在父王跟前称他本事。这弟兄三人，因何也保举他前去出敌？只因平日间二太子以力为强，把弟兄三人屡屡欺负，所以弟兄皆恨着他。如今要他退敌，若被狄青一刀两段，大家均快。此时番王无可奈何，允保他提兵。又有大太子要难他一难，叫声：“二弟，听得宋邦五虎将名声最大，到底闻其名未见其人。不知二弟可能个个捉拿他回来见父王否？如若生擒回来，待为兄看看五虎怎样的，方算你本事英雄。”二太子听了哈哈笑道：“要拿完五虎有何难处！”三太子说：“二哥休得夸口，只怕你没有此本领的。”二太子说声：“三弟，不是为兄的夸口，此去捉尽五虎将，才算本事。”四太子也说道：“二哥说的话倒也无差，定然马到成功。如若拿尽五虎回来，我们哥弟不可不服。今日我弟兄三人与你赌赛个东道，若你拿得尽五虎回朝，我三人各各跪敬三杯美酒，插柱花红为贺；如若你拿不得前来，这便如何？”二太子道：“我若拿他不得，悉凭父王治罪便了，你哥弟三人多把我欺负的。”番王说：“休得多言争执。倘或拿他不得，可收兵回来，不可勉强前进，犹恐有误大事。”二太子说：“父王休得挂心，孩儿自有本事捉却宋将回来。”是日不表。

到次日，达麻花只要三万人马。番王恐他兵少，多发一万共成四万。这二太子是心急之人，那里等得三天两日？所以不选日期，即时别过父王、母后、弟兄，顶盔贯甲上了骏马，带领四万番兵祭旗起马。众番官文武一同相送出了和平城，竟往前程进发。按下不表。

再说红泥城乃是西辽国紧要的所在。这头地方有城一所，周围八十里，与七星关隔东南角，路程一千五百余里。文臣不少，武将千余人，城厢内外人烟稠密，店户乡民不少，乃是一个极热闹的地头。这镇守官身高一丈一尺，背阔身宽，腰粗膀重，年方三十余。生成一张蓝面，赤发红须，狮子大鼻头，豹环眼，善使两条狼牙棒。这位将军，再高大之物也可扳得下来，故名扳天将。番王命他镇守红泥城，加封百胜将军。前日一闻得大宋王差狄青前来征伐，便怒气满胸，只因无狼主的旨不能动兵。这一日又闻得献了七星关，失了乌鸦关，酥而岱杀不过宋将，只是坚守不出。星星罗海闻知更加火上添油，说狄青有多大本事，这等猖狂！此时心头恨恨要去会敌，奈无旨意。忽一日接到狼主旨召，即日点齐人马，部下精兵十万，就把红泥交帐下文武官员权为管守。此日安排军粮十万，后军解送。三声炮响，大兵起程，一路旗幡密密望白鹤关而来。却有一千五百余里，非止一日程途。按下慢表。

先说二太子达麻花领了四万人马一路而来，到了碧霞关、黄花关，各关迎接，俱不耽搁。一连数日，即赶行程，一路径到了白鹤关。酥而岱出来迎接，二太子进至中堂。酥而岱恭见礼毕，二太子吩咐众兵回关安扎。番兵领命回进关毕。忽听得金鼓齐鸣，炮声不绝，达麻花问道：“因何喧闹喊杀之声？”酥而岱说：“自从驸马阵亡之后，宋将天天到关讨战，日日攻城。臣无能，只得坚守不出。”达麻花说道：“既是南蛮这等猖狂，待孤家就出关对敌便了。”此时达麻花自恃英雄，只听得一声炮响，一千番卒冲出关前，适遇刘庆领兵攻城。达麻花吩咐众兵队伍排开，大喝道："南蛮为何大动干戈扰侵吾国？快报名上来，孤家好砍你首级。"刘庆喝声："番奴听着，俺乃平西大元帅狄青麾下有名上将飞山虎刘庆便是。"二太子说："你叫飞山虎，你是五虎将之列么？"刘庆道："然也。"二太子说："既然如此说来，俺要活捉你回朝了。"刘庆大喝："番奴，你是何人？须递下名来。"达麻花道："孤家乃是西辽国王驾下二殿下达麻花是也。"刘庆听了冷笑道："亲生儿子也差出来，可见西辽国内没有英雄了。"二太子大怒，持起大斧当头砍下来。飞山虎把双斧齐架，二将杀起来。刘庆本领到底不是达麻花对手，杀到三十回合，抵挡不住。二太子一斧单开，双斧双砍。刘庆闪得一闪，却被达麻花伸出长臂拿住刘庆盔甲，用力一扯已捉过马来，喝声："番兵捆绑了。"吩咐且押入关中。此时番兵冲杀过去，宋兵大败，死者不计其数，早有败兵飞报入营。狄元帅只因被杀的兵原是投降番卒，倒也不放在心。所虑者飞山虎被擒，不知死活如何，即点石玉领兵三千出马。石将军得令冲营而出，正是：

上邦虎将须称勇，下国辽军又算能。

第二十六回　达麻花遇宝归原　扳天将兴兵拒敌

诗曰：日擒二将逞英雄，赫赫施威小番龙。

忽遇玄天人面宝，返本还原刀下终。

当下笑面虎石玉领兵出关，来至阵中，各通名姓，放马交锋。双枪并举，好一场龙争虎斗。枪斧交加，战有七十余合，石将军逐渐支持不住，急欲放马行走，早被达麻花放开双枪活擒过马，又令众将捆绑入关去了。二将的兵器马匹，有能干军兵抢回，牵入营中，报知狄元帅。

元帅大惊说道："达麻花比黑利本事更加骁勇。"不一时又报："番将挑战，口出狂言，要捉尽我邦上将，请令定夺。"元帅听了，心头烦恼，想道："本帅只道西辽没有雄兵勇将，岂知番王差来儿子，有这等英雄，把二将拿取。本帅意欲平伏西辽，免得母亲受天牢之苦，因此抛别恩爱之妻。想到前日分别之时，看他依依不舍恋恋不离，他原是一个多情有义之女，本帅报国安邦心头太急，此时那里顾得私情，所以硬着心肠与他分离了。只望平伏得西辽，回国救出萱亲，完了国务，然后奏明圣上，与公主两下完了姻缘，是我本意。岂知今日在此地日夜不宁，劳烦太重。如今虽不损兵折将，此身反羁外国，母亲挂念不安。番王不肯投顺，反差个达麻花前来助阵，擒去二将，想这员番将却是劲敌。如今石玉、刘庆俱已被擒，若张忠、李义料难取胜了。"思虑一会沉沉烦闷。

张忠、李义见元帅沉沉不语，知他为达麻花骁勇，擒去二将，不知生死之事。二将上前说声："元帅不必烦恼，番将虽然英雄无双，不如待小将二人一齐出马，可以取他首级。然后发兵打破白鹤关，救回二将，如何？"元帅说："你二人休得轻敌。这达麻花本事高强，你二人出马未许全胜。不如待本帅亲自出兵，或者法宝灵验，除了此人也未可知。"闻言不再。

是时元帅即装束盔甲，上马提刀，带领大小三军，令李义押阵，吩咐张忠守营，此时一万雄兵排开队伍，来到阵前。二太子一见，各通姓名，一齐搭手，杀在阵中。两边战鼓如雷贯耳，三军叫喊杀气连天，一个征服西辽，要伤番将性命；一个扶保社稷，要拿宋帅回关，一连战了八十余合。正是：

棋逢敌手神难测，将遇高强虎斗争。

此时狄元帅想来只与他平平交手，何等费力，不免取出法宝来一用便了。算计已定，连忙虚斩一刀，回马就走。达麻花拍马赶来。狄元帅一路跑时，早已取出鬼脸戴起，回马念一声："无量佛！"只见达麻花坐在马上直挺不动，不一时即翻身跌下马来。元帅顿时收了法宝，金刀一起砍为两段，一灵直往真武殿去了。元帅喝令："兵丁乘势抢关！"早有李义看见元帅斩了番将，急忙一马当先飞出，杀得番兵们犹如砍瓜切菜，血流遍地，尸骸堆积。李义一马抢进关去，酥而岱正欲迎敌，却被李义抢入一刀砍于马下。关内番兵四散奔逃，前去告知黄花、碧霞二关。二位守将不敢来对敌,只得紧守关城,防备攻击慢表。

再说狄元帅吩咐大小三军一同进关,点查金银、粮草、马匹、器械,又放出后营囚禁刘庆、石玉二将。狄元帅留兵三千,着令焦廷贵把守乌鸦关。焦廷贵道:"如今要我把守乌鸦关,又没有番兵相杀,好不冷冷落落,真好生难过也。"书中不表焦廷贵之言。此时狄元帅传令出榜安民,将番兵尸首尽行埋土,又行文与黄花、碧霞二关。二关只是坚守不出,告急文书差人报与狼主知道去了不表。狄元帅在白鹤关歇马三天,正欲起兵前进,早有探子报知:"番主调来红泥城扳天将大兵十五万,一路来到,离白鹤关只有二百余里。"狄元帅闻报,只得在白鹤关屯扎三军,待星星罗海到了,然后开战。

却说星星罗海大兵从东路直抵西辽,路经乌鸦关,摆开人马,喊杀连天。焦廷贵奉了元帅将令把守此关,闻报即点齐三千人马开关迎敌,却被星星罗海杀得大败,带兵逃往七星关而去。他将此事说与孟定国得知,孟定国说道:"不知这支人马从何处来的?你且在此关安扎了众兵。且看元帅开兵如何打算。"不表焦孟二人。

且说星星罗海领兵杀进乌鸦关,是日打听,方知狄青杀了二太子,伤了酥而岱,占取了白鹤关。遂放炮安营,投战书至宋营。狄元帅批回,准次日决战交锋。次日,决战交锋,点张忠出马,被杀得大败回关。元帅一连数回点李义、石玉、刘庆等出马,俱已败阵,宋兵被伤死者甚多,来日狄元帅亲自出马对敌几阵,又不能取胜。只因星星罗海手下战将甚多,有十五万人马。宋营只有万余人,虽用了人面兽、穿云箭,皆不灵验。因何这两件法宝皆不灵验?原来星星罗海乃是真武神将化生,所以二宝皆不灵验。狄青只得退回守关。自此一月有余,杀一阵败一阵,虽不折将甚多,关内只剩得一万人马。这星星罗海十五万番兵把白鹤关困得水泄不通,昼夜攻打,号炮如雷。狄元帅好不着忙,长叹一声说道:"本帅想来好生不幸也。自从出身与国家出力,就逢庞洪、孙秀嫉害。幸得几次陷害不成,今日柄握军权之任,二贼尚是嫉妒不容,哄动圣上伐西取旗。不幸走差国度,番王强逼招亲,负了千斤重罪,中了二贼机谋。又得蒙圣上洪恩宽宥,命带罪立功,得胜还朝,将功抵罪。就是本帅到此征伐以来,一路势如破竹,黑利、达麻花俱已被诛,非是将兵无能。岂料星星罗海这等凶狠,本帅几次不能取胜。番兵十余万,围困城池,星夜攻打,幸得众将准备灰石,日夜留心把守。倘得打破此关,我将此等汗马功劳一旦付之流水。"

元帅正在思虑烦心,只听得金鼓齐鸣,号炮连天。有军士报道:"启上元帅爷,番兵攻打甚急,请令定夺。"元帅闻报,传众将军小心把守。元帅此时心中烦闷,又闻喊声连天,轰轰炮响,犹如天崩地裂,满城百姓惊惶哭泣,哀声频频。狄元帅真乃无法可施,说一声:"圣上啊,臣受深恩如海,敢不尽心报国! 就是番兵打破城池,臣愿一死以报主上洪恩便了。"但听得杀声震地,炮响连天。莫说百姓恐慌,就是元帅也觉不安,不免上城一望。但见长枪阔斧、铁棍大刀密密交加,旗幡招展,战鼓喧天。番兵将城迭迭重重围困得水泄不通,好不厉害也! 任你三头六臂的英雄见此围困光景,一见也觉魂消。张忠说:"元帅,你道番兵重重密困好不厉害,还亏得滚木灰石保守之具全备,因而保守得住。"狄元帅说:"全仗贤弟等劳神费力,只恐辽国再添人马,就难保守了。"

正说之间,只见远远旗号是碧霞关领兵五万来攻打东门,主将是段威。黄花关主将哈列领兵五万攻打西门。番王又差武将兰成虎、毕定龙各领番兵十万攻打南北二门。此时四虎弟兄保守关城,犹防失误,安得出去迎敌。元帅无计可施,四将心头麻乱。有刘庆说声:"元帅勿忧,待小弟驾起席云帕前往汴京奏闻万岁,请发救兵前来帮助,定解此围。"元帅摇首说道:"此话休提了,庞洪狼心深妒,恨不能本帅早日身亡,纵然刘将军到得汴京,庞洪岂不阻挡圣上? 救兵必不肯发的。岂不是徒有一番跋涉之劳!"正是:

朝内有奸功弗立,国中无将主何依。

第二十七回　扳天将围困白鹤关　飞山虎求救单单国

诗曰：辽将扳天称勇强，貔貅十万猛凶狼。
　　中原五虎遭危难，有日天兵困小邦。

当下刘庆说声："元帅，庞贼虽是奸臣，朝中还有包大人及崔大人几位王爷和南清宫太后，这几人岂不竭力分辨是非曲直的？"元帅说："刘将军你有所不知。若本帅一路征服西辽不曾走错国度，纵然杀败了，还朝取救，孙、庞二贼难以抗拒不发兵粮。今日走错国度，投单单外国招亲，有此一番缘故，若前往回朝求救，庞洪这些奸党定然借此缘故阻挡，救兵难以得到。岂不是枉费兄弟你一番奔走之苦？况且此去汴梁路途遥遥，目前番兵攻打城池势急，纵然有救兵到来，只怕远水难救近火。"飞山虎说："元帅，如若不往汴京求救，怎奈此处兵微将寡，如若迟延，犹恐攻破之患难免。还须早定良谋，方为上计，请元帅三思。"狄元帅说声："刘兄弟，本帅早已想过，回朝中去不如修书一封，着你到单单国去投公主娘娘，求他亲提兵前来救解，则无妨害了。"刘庆说："元帅，如今这等危急，小将则赴汤蹈火，也要前去走一遭。请元帅速速修书，待小将就此走路便了。"

狄元帅听罢，草草修书一封，密密包好。元帅吩咐："刘兄弟，你到单单国见狼主，此书莫投与他观看，须要交付公主才好。紧紧收藏，勿要遗失，夜宿寓所，美酒休得多吃，酒是耽误大事，断然要小心。遇有旁人查问，休要直道，切须紧紧牢记。若得公主见允，肯前来相助，是万幸之事也；若公主不肯前来相助，必须恳切求告于他，断然不可狂言莽语。"刘庆说："元帅不须多嘱，小将领命了。"说罢，即带了些干粮路费，拜辞元帅，别过三位弟兄，驾起云端去了。番将那里知道？只顾奋力攻打城池。

却说狄元帅差刘庆去后，亲自加紧日夜巡城，多加灰石，百计保守。幸得白鹤关十分坚固，番兵虽是日夜攻击，难以震动。按下慢提。再说孟定国、焦廷贵二人在七星关上彼此闻报好不心烦。焦廷贵说："老孟，我二人虽是将门之子，能以上阵交锋，曾经立过汗马功劳，奈何星星罗海武略非凡，元帅五人尚且被困关中，不敢出战，何况我二人！老孟，你要想个计较才好，不然，元帅五人就死在西辽之地了。"孟定国说："我二人不可袖手旁观不去帮助。只是番将厉害，围困番兵数十万，我手下人马稀少，焉能对敌？不如待我奔回汴京，奏知圣上，请得救兵到来，方能解得重围，救得五人，有何不可！"焦廷贵说："老孟，此言十分有理，只是兵稀粮少，困守此关也是无用的。我二人同作伴前往也好！"孟定国说道："既然如此，丢了七星关同去一遭便了。"二将说："元帅！并非我二人弃关逃走，犹恐众人困在孤关，中无粮草，外无救兵，城池一破就误了大事。所以，出于无奈，我二人奔回汴京，请得救兵前来破解重围，得回归故国，也是同其忧同其乐，方是小将之心。"此时二人手下残兵共有一千余人，计点关内粮草还有三个月之用，吩咐众兵把守关城："我们回朝请了救兵，即便回来。"二人是日各带些干粮，离了七星关，不分昼夜赶赴路程而去。前往汴京，非止一日路途，按下不表。

再说单单国八宝公主，与狄青只得一月夫妻，分开两地。自从分别之后，终日怀思，愁眉不展。兔走鸟飞，光阴迅速，不觉分离后十月已满。分娩时，一胎生下两个孩儿。这两弟兄非是无来历的儿胎，一个是左辅星转世，一个是右弼星临凡。这两个星宿临凡，公主用心抚育。细看这两个孩儿，都像着父亲。弟兄面貌一般，啼叫声音一样，生得眉清目秀，额广头圆。公主欢喜，长的取名狄龙，次的取名狄虎，用四个乳娘，好生调养。日后长大成人，一个接了狄门后代，一个传了本国宗枝。这也是公主的好意。闲话休提。

且说公主闲中无事，坐在宫中日日怀念丈夫，说道："并不是哀家留你贪图欢乐，只为师父有言，与你夙有姻缘之分。故此他在南方，我在北地，颠颠倒倒，不觉来到我邦，正是万里相逢。但想今日预定宿世夫妻，还该相逢白首，不该一月分离。想他乃大宋之首称无敌，当世英雄，真乃英雄烈汉的性情。不过成亲一月，他要前去平西，全不念哀家真情美意。他用尽多少虚言妄说瞒骗于我，全不念夫妇三分恩爱，私逃骗走，令人可恨！想那日分别之时，哀家怎肯放他出关？只因他说去尽忠尽孝恳切不过之言，只得由他前去征西。若然成功回来，可能将功抵罪，救出天牢之母，全了忠义尽了孝，这是成了丈夫的美名。他又见我顺情之贤，但此去西辽征伐，许久并无消息来音，不知胜负吉凶如何？使我终朝放心不下。况且西辽不是无名之国，兵精将勇，乃强悍之邦。五虎虽是英雄，还防西辽王一时未肯投服中国。况他带领有限兵马征伐，犹恐深入重地，有损兵折将之事。所以前日奏知父王，差人前往打听明白，待回来便知分晓。"公主一心怀念丈夫，天天愁闷不乐。忽一日天气甚是晴明，公主想："日中长永，独坐无聊。不免趁此天色晴明，前往荒郊打猎，玩耍一回，以解愁烦。"想罢，脱下宫装，取出团花大袄，外衬银红织锦袍，腰间挂一口龙泉剑，手执一柄梨花枪，吩咐小番牵过赛麒麟骑上。带着三十六个女兵，跑出宫房，一路来到荒郊外，把些飞禽走兽赶得纷纷乱跑，按下慢表。

却说刘庆驾上席云，不分星夜，一路出了西辽国，向东北而走。一连数日，已到了单单国城外，正是上午时分。按落云头，往街中赶路，心中一想："元帅叫我此书不要投递狼主，只可交付公主观看。但想这公主在深宫内院，如何觅他投递？"正在思量，一路行走，只见南首有一间酒店在此。想道："临行时，元帅吩咐俺不可多吃酒，犹恐有误军机大事。若我依他吩咐不吃，酒香扑鼻。鼻子也攻破了，好不难挨。不免进去吃三两碗，悄悄驾起祥云，寻着公主宫院，将书投递有何不可？"定了主意，走进酒店坐下。有酒家一见起身迎接，说声："客官，可是要吃酒么？"飞山虎说："正是。有上上好酒拿来吃。"店主说："既然如此，客官且请进里面少坐一刻，要吃什么好酒肴，待小的随意拿来便了。"刘庆听了，忙忙走进里面坐下。

酒家将刘庆左望右望，十分猜疑，暗说："这人与画图上的面貌身材相像，不知是也不是？不若上前探问明白。"此时酒家将好酒肴送上摆开，立在一旁，问道："客官你是那贵邦人氏？"飞山虎道："卖酒的须拿酒来吃便了，何必多言查俺？"酒家说："我看客官声音不是此方人氏，所以动问一声，客官何必动恼。"刘庆说道："我乃大宋朝来的。”酒家笑道：“原来客官乃大宋上邦来的。不知客官上姓尊名。”刘庆说：“俺乃宋朝五虎将姓刘名庆混号飞山虎。那个不知俺家大名，你却不知么？”酒家说：“小人乃是一个字不识的愚民，何以认得天朝大将？小人叩头。”刘庆说：“罢了，可拿好酒来。”酒家答应取酒去了。

看官你道酒家为何问起刘庆姓名来？只因有个缘故：从前狄元帅在单单国与公主分别时，公主被刘庆毒骂打他一棍，公主虽然知情达理品性柔和，到底自小长成娇生贵养。一时怒恨在内，故此出令描出飞山虎图形，差官晓谕民间各处张挂。如有大宋刘庆到来，本国有能拿住，解送公主娘娘发落，给赏黄金十两。公主之令，本国臣民谁敢不遵？所以这酒店也有一幅刘庆图形。如今店主见刘庆与画上形体一样，故试问他的来历、姓名。这飞山虎原是一个莽夫，一问即说出真名来历，不知酒家如何算计拿他，且看下回分说。正是：

计就南山擒猛虎，谋成北海捉蛟龙。

第二十八回　贪酒食刘庆被擒　询因由公主得书

诗曰：飞山虎将猛英豪，求救偏邦单单途。
只为当初欺女将，今朝难免被拿牢。

当下这酒家见刘庆说出真姓名，知道公主要捉拿他的，他贪着十两黄金给赏，那里肯轻轻放过去。这刘庆那能得知，见酒便饮，见肴便吃。这酒家取酒时暗暗下了蒙汗药。此时吃了三杯，此药真乃厉害，飞山虎已醉得人事不知，四肢无力，软倒在地。酒家一见，满心欢悦，引齐店中伙伴一齐动手，将麻绳把飞山虎捆绑得紧紧牢牢。已惊动街上过往行人，上前动问：“因何青天白日，将此大汉捆绑何故？”酒家答道：“此人就是大宋朝的飞山虎刘庆，乃是公主娘娘画图上要拿的。到如今被我们拿住，待等明天押往公主娘娘处，发落领赏。这十两黄金乖乖到手了。”此时，看被捉绑的飞山虎，越看人越多，街市这些闲人纷纷拥进店中,也有问他何故被拿的,也有袖手旁观的,挤满酒家门前。

正在喧哗之际,早有公主的女兵打猎回来,经过此地。只见酒肆中喧闹,公主传旨,令女兵二个上前查问何事喧哗?不一刻女兵回来启上公主:“酒肆中拿得大宋飞山虎刘庆,众人在此观看,所以喧哗。”公主听罢说:“岂有此理!宋将刘庆随着驸马征伐西辽,岂有平日无事到来我邦,料必错拿了人!”又想一回,暗说道:“前者哀家一时忿怒,要捉拿刘庆,消了毒打一棒之恨。所以画影图形,传旨各民张挂,也是一时仇怒之差,想来悔恨已迟了。如今店民拿得刘庆,如若拿错了还好。若刘庆果是到来我邦,事就有些跷蹊不妥当了。不是驸马边关危急,就是有甚吉凶前来报知。”想罢,急忙吩咐拿这刘庆过来。不一会,只见酒家数人把刘庆扛抬到来,内有一人上前双膝跪下说:“娘娘在上,小民是酒店中的,名唤享宝。”公主说:“你是卖酒的么?这人可真是飞山虎刘庆么?你如何认得他?”酒家说:“小人一见他入店中时,与画图上体貌相同,所以动问他的姓名。此人亲口说出姓名。小民料想是宋朝虎将,犹恐他厉害凶狠,拿他不住,故将蒙汗酒先醉软了他,然后拿住。请娘娘亲自验他貌容,便知明白。”此时刘庆醉软得人事不知,酒家将他扶住,抬起头来。公主定睛细看,说:“不好了,此人果然是刘庆。”心中一想,说:“酒家,且回店中,明日再来领赏。”酒家叩头说:“多谢公主!”起来好不快活,这十两黄金稳稳到手了,乃是夫人的彩头,十分欢悦而去。这些观看的众人,只因公主娘娘在此,不敢喧哗,走开远远观看,不知将此人如何发落,看来他死生未卜。

此时公主吩咐女兵说道:“此人不知可真是刘庆否,可先将他身上细细搜验。可有什么文书物件,便知明白了。”当时女兵细细搜寻已毕,上前禀道:“启上娘娘,这人身上并无别物,只有一囊袋,内有帕子一条,一封书启,还有一些银子干粮之类,请娘娘观验。”此时,公主别物不拾,玉手只将书札拆开,把凤目一瞧,只见书上面写着:飞投单单国公主收览。此刻公主看了,吓了一惊,暗说:“不好,这书乃驸马的,上写着飞投二字,必有紧急事情了。”吩咐女兵且让闲人远避。公主娘娘的懿旨，非同小可，顷刻之间，各店户、街中众人避得远远走开，当下公主拆书一看，书中上写着：

劣夫狄青书拜公主贤妻妆下：

自从风火关上相离，已有一载。自离贵国，带兵直至西辽，蛮王不沐王化，不肯顺投，是以动兵劳将，所过旗开得胜，一路马到成功。奏凯班师有望。不料番王又差星星罗海带领雄兵十万，部将百员，凶勇难当。几次交锋，俱已失利，宋兵十伤其八，危困白鹤关中。内乏军粮，外无救援，目下此关危在旦夕。关内军马存者只有八千，却被番兵昼夜攻击，无计可施。出于无奈，今着刘庆带书到来，求告贤妻。若念夫妇之情，刻日前来救援，共破西辽，方解此厄，恩德没世难忘；倘若坐观成败，不独王事不终，五人性命难保，军马一旦尽灭于西辽，与妻不得团圆，白发萱亲何靠？孤关翘首，引领候音，祈妻见谅。

当时公主还未看完，先已泪落，将书收藏在怀，想道："丈夫围困白鹤关，兵微将寡，危急十分。哀家前时苦苦相劝他，不要前往西辽，他执意不从，却也是为国为亲不能深怪，只恨他不辞而去，私自逃去。如今事急前来求救，今日方知我是你妻，看来此书，若不即提兵前往解围，眼见得他大难临身了，为妻的不去为夫解难，还有何人出力！但这刘庆被酒家作弄的人事不清，到底不知如何？总是哀家错恨前非，一时忿怒，出令画图拿他，是以如此。"想罢即传命酒家到来，店主双膝跪下说："娘娘在上，有何旨意吩咐。"公主说声："酒家，哀家画影图张挂，要拿他活的，问明说话然后处治，你为何把他弄死？"酒家说："启上娘娘，小民怕他凶狠，犹恐拿他不住，故将蒙汗酒把他醉倒了。娘娘若要他活的，待小人弄他醒来。"

此时刘庆翻身说声："好酒！"双眼一睁开，说："因何把我来捆缚了？"用力一伸一缩，身上麻绳寸断，立起身来要走，众女兵连忙扯住。公主开言说："刘庆，你可认得哀家否？"刘庆听了，回头一看，说声："奇了，不期相遇。原来公主娘娘在此！"公主说道："刘庆，你可记得前时打哀家一棒么？"刘庆听了说："小将罪该万死，望乞公主娘娘宽恕。"正要上前行礼拜见，公主说："刘将军且住，前事丢开不提。

你今复到我邦,为着何事?”刘庆说:“启上公主,只因大兵一到西辽,势如破竹,旗开得胜。岂料番王差来星星罗海,凶恶异常。手下随精兵数十万,把白鹤关围困得水泄不通,日夜攻打。元帅无奈,着小将驾云到此,要求公主出兵解围,感恩不浅。如若延迟,关城攻破,元帅众人休矣!”公主说:“既有文书,可拿来观看。”飞山虎说:“待小将取来。”伸手向身中一摸,说:“不好了!”说声:“酒家,你这歇店就会杀人害命了,所以先把酒迷醉了俺家,将身上袋盗去。几两银子俺赏了你,这帕子囊中书信可拿还我!”酒家说声:“将军爷,这是天冤地屈了。小人并不曾拿你袋中什么帕子书信。”刘庆说:“如今何故不见?你既无此事,因何将俺捆绑了?”公主叫声:“刘庆将军,既然元帅如此兵危,你还如此贪杯,吃得昏昏大醉,岂不耽误了军情重事!今朝若不是哀家到来,失了书信,告诉何人?”刘庆说道:“这是小将之罪,以后再不吃酒了。”公主说:“刘将军如今不必多说了。延迟等候同哀家前去,犹恐元帅悬念;如今你且先回,通知元帅,哀家救兵即日便到。”刘庆大喜说:“多多有劳公主娘娘了。但是小将赶路来去如飞,全仗袋中的席云帕子,如今不在囊袋中,望娘娘查出,交还小将,方才能回去通知元帅。”公主一想说道:“此帕子倒是一件宝贝了。”吩咐女兵交还席云帕子与银子一包。

此时刘庆放心,上前拜辞公主。正要走时,这酒家急急上前,扯住刘庆说:“将军,你食了许多酒肴,如何不还银子就走?”飞山虎说:“酒保,我没有碎银子,改日还你便了。”说完推开酒家,走上席云帕走了。酒保不住的叫将军爷,公主见了开言说:“酒保,他吃了你多少银子酒?”酒保一想这刘庆已去了,没有对证,待我多报几两也有便宜的,说:“娘娘,他用的大酒大肉,狼食不堪,共算有九两多银子。”公主说道:“这也有限,些少银子待哀家明日并赏的十两黄金,一齐赏给了,你去罢。”酒家不敢再多言,只得叩谢回到酒店去了不表。不知公主回宫如何解围提兵前往西辽。正是:

宋邦虎将来求救,单单雄兵到解围。

第二十九回　却求救番君劝女　明大义公主提兵

诗曰：番君深恨小英雄，只知小节不知忠。
　　公主恳求解围困，天朝将士出牢笼。

却说这公主一者为夫遭着围困，救兵军情延迟不得。二则分离已久，思念丈夫情切。一接来书，恨不得即刻兴兵前去。此时一路回朝，在朝中细细奏知父王。狼主闻言，顿觉痴了，一会儿说："女儿，狄青乃是无情无义之人。不愿在我邦，私自而行，不思念你有重身之事，抛弃了你。他执意要去征伐西辽，扶助宋君，由他成败，与我国何干？女儿你自放怀，不须过虑，弄坏身体，为父尚靠何人！"公主听罢，带泪叫声："父王，不是这等说的。如若前时不招赘了他，由他有啥灾难，有何干涉？女儿既与他成为夫妻，虽然一月分离，并非驸马无情无义，岂有为子在我邦坐享，娘在中国天牢受苦，于心何安！三年哺乳，十月怀胎，深恩罔极，一旦留恋于此，忘了亲难，岂非不孝！既然奉旨平西，反在我邦，为臣背君逆旨，岂非不忠！人生天地，忠孝为先。既为夫妇，嫁鸡随鸡乃古人之言。"狼主说声："好！你嫁鸡随鸡，你却一念不忘于他，他却无意于你。无事之时，抛弃于你；今朝有难，势急便来求你，不要睬他。况且你虽知武艺，终是女流之辈，岂可一路领兵前往，受得风霜，如何是好？回宫去罢，休得再说，由他别路求救便了。"

公主听罢，两泪交流，说声："父王，不是女儿老着面皮，不知羞耻，多言逆父。只因成了夫妇，岂无一分恩爱。今日丈夫有难，女儿焉能不去？"狼主说："未满匝月，不辞私走，有何恩义？"公主说："父王，他逃走了，是为忠尽孝，怪不得他。况且与女儿分别之时，再三叮嘱女儿不要挂虑于他，恐我苦坏身体。待平伏了西辽，将功消罪了时，他仍回来同享太平。"狼主说道："你不要听他，这是花言巧语哄弄你的。"公主又说："父王，他是男子汉之言，如铁如石，不得口是心非,把女儿丢了。纵然驸马有甚差处,万望父王念他已有后嗣,他若丢得了妻,难离得子,待平西后终须回来。”狼主听了,只是不依,也不开言。

公主高声说:“父王,你既不许女儿前往,愿为一死,以免妻不能为夫解难。我想禽兽尚惜二分屠杀,今日孩儿坐视丈夫大难临头,想来为人不如禽兽了。既然父王不允女儿出兵,我就死在金阶之下,也不回宫了。”说罢泪如雨下,不胜凄惨。这番王独有此女,并无别嗣,所以常常惜怜如玉,见他凄惨如此,好不怜惜。况且句句多是有理之言,便叫声:“女儿啊,不要苦坏了。但容你去解围助宋,西辽国王岂不怪为父么?”公主说:“父王,我邦与西辽国从无来往相交,目下西辽欺着我邦,父王还不知么?”狼主说:“怎见得欺我国!”公主说:“这西辽岂不知狄青是我国招赘了他,如今他国大发雄兵与猛将围困住驸马,倘若驸马有甚差迟,我国也觉无光了。岂不是西辽欺着我邦?”

狼主听罢一想:“狄青虽然不是,到底是我邦驸马,目下已有两个后嗣。况且女儿这般年少,如若狄青失在西辽,岂不耽误了他终身?必然归怨于孤家。不免准其出兵前往,免他愁苦,狄青又得成功班师,有何不可?”叫声:“女儿,这句话倒也不差。狄青乃孤家爱婿,倘若失在西辽,为父的威风灭尽。女儿,救兵如救火,你且速速进宫打点提兵,不要延迟。待兵部另挑雄兵猛将与你前往解围便了。”公主说:“父王,若容女儿前去,不用多将帮助,只挑选得数万精兵即可。女儿有女兵三千,武略高强,任他三头六臂英雄,不在女儿心上。父王且自放心,来日五更时候就起程了。”说完拜辞父王,进宫内禀知母后娘娘。料他阻挡不住,况且狼主已经准他去,不过叮咛几句。

此时公主辞过母后回到自己宫内,传令说:“女兵三千明朝在保安门伺候。”狼主又降旨:“兵部侍郎莫达,挑选精兵十万,预备粮饷马匹,次日五更黎明,众兵齐集在教场伺候。”

且说公主戎装打扮,母后嘱咐一番:“风霜跋涉,须要小心。如若解了城围,即时归本国了。”狼主说:“女儿,愿你马到成功。但驸马班师回归大宋,由他回去,你不可跟他去,须要早日回来。”公主说:"父王,这也自然。孩儿上有父王母后,下有孩儿两人,那里丢得下同去了？自然回归本国,故把两个孩儿交与各自两个养娘,四人调看,但起居还望留意。"王后娘娘听了,流泪说:"女儿,为娘止育成你一人,这两个孩儿好不怜惜的,何用叮咛？且自放心。"公主又将两儿一手抱在怀中,说:"儿啊,不是为娘硬心肠,抛下了你。只因你父有难,为娘前去解救,为娘好不痛舍了你,但不得不由要去的。"两个孩子面有笑容,舞手蹈足,此时公主交还乳母:"乳母,我也不用再三叮嘱,只要你们用心抚养。"四个乳娘一同应诺。公主又回身叫声:"父王,母后,女儿就此去也。"狼主、番后同叫:"女儿,风霜险阻,须要慎重起身,万事小心才好。"公主应诺,拜别二亲上马,众宫娥相送出了保安门,有女兵先已齐集三千,在此伺候。此时天色光亮,公主一路来到教场中,点齐人马,吩咐放炮起程。摆开队伍,男兵为前队,女兵为二队,文武百官一齐相送。大兵一路出城向西辽进发,按下不题。

却说焦廷贵、孟定国二人,弃了七星关,快马如飞,不分昼夜,要到汴京取救兵。是日到了雄关,高声喊叫:"关上有人听着。"有守关军士问道:"何人在此大呼小叫?"焦廷贵说:"我二人乃狄元帅打发来的。只因元帅兵困白鹤关,命我们前往汴京取救兵,快快开关,待我们走路。"军士说:"既然如此,二位将军少待一刻,待小的禀过孙老爷然后开关。"二将说道:"快些去报!"此时军士即进关中禀知。这孙秀闻报,想道:"本部迭闻边报,狄青征伐西辽有胜无败,本官满心大恨难消。如今这小狗才既危困在白鹤关,如无救兵前往解围,他就活不成了。如今势急,差人前往汴京求取救兵,本官若不放来人入关,救兵焉能得到？眼见这班小狗才多丧在西辽。"孙秀此时定了主意,心中暗喜。好不恶毒的一个误国奸臣！此时孙秀传令,二将进关,来到帅堂帐下,只见孙兵部坐居中位,左有范大人,右有杨将军。二将上前见了孙秀之面,恨不能一拳一脚打死这奸臣,方才合意。只因此时要求救他的,不得不低头。二将至滴水帐前说声:"孙大人在上,小将们打拱。"孙秀喝声道:"本官是何人？你是何人？头也不叩个,怎敢公然打拱么!"二将冷笑说:"孙大人,军情事急,何暇见礼?"

孙秀喝道:"军情什么紧急?快些说来!"二将说道:"只因元帅征西,如今被困白鹤关,十分危急。特差我二人回转汴梁讨救兵解围,快快开关放行。"孙秀说道:"你元帅奉旨征西,因何投降外国招亲?他已经犯下滔天大罪,可晓得国法禁严,焉能宽恕!说什么兵困白鹤关,明是暗藏诡计,私通外国,诈言入关取救,凶谋莫测。快把真言招来,不然本官要拿你动刑审问。"此时,孟定国性子倒还忍得住,焦廷贵鲁莽性急,听了孙秀之言,气得头上烈火冲天,那里忍得住,管什么上下尊卑,威权重大?即高声说:"孙秀,你讲什么话!我元帅走差国度,乃平常之事;单单国招亲是出于无奈。如今原是奉旨平西,一路取关斩将,元帅劳心,我等劳力,有何罪说来?"孙秀听罢大怒,不知如何。正是:

二将忠心劳国务,一奸毒计报私仇。

第三十回 到三关焦孟讨救兵 出单单公主逢二将

诗曰:欲绝边关被困兵,奸臣狠毒险非轻。
立心公报私仇念,千载污名史册惩。

当下孙秀闻焦廷贵之言,心中大怒,喝声:"好匹夫!你敢称说本总名讳,好大胆狗才!既然你元帅有胜无败,为何又来求救?"焦廷贵说声:"孙秀,你不要多言罗唆,延迟我赶路有误军机。只因西辽扳天将手下番兵数十万,战将百员。他兵多将众,我元帅并非无能,实因兵微将寡,不能对敌。如今被困,有燃眉之急,你今不必多言,耽误我们,快快开关,放我二人,请得救兵,解得重围,好待直进西辽,把番王拿住,班师回朝。这是十分好相见的。"孙秀大喝道:"匹夫,休得刁言!狄青已投降了番邦,差你二人到此,不知用什么谎计来侵犯,还敢狂言,冲撞我么?刀斧手何在?绑去斩讫!"焦廷贵大怒,喝声:"孙秀,你这狗乌龟不肯开关,放我进京取救,反来杀我,你休得放屁!"此时焦廷贵怒气塞胸,已骂不出声。孟定国虽然气怒,只得耐住，叫声："孙大人，不用多疑，实情是元帅兵危紧急，差我二人前来取救兵的。并无他意，大人不用多疑。"又有范仲淹、杨青二人，心中气愤，立起身来说："狄元帅困在白鹤关，已经有报。圣上已赦他带罪立功，况且孟定国、焦廷贵二人是忠良之后，决无别意。望大人放他出入取救，免得误了国家大事。"孙秀只是不依，大喝刀斧手斩讫二人。

此时焦、孟二人一发大怒，看来难以入关，大骂几声："误国奸臣畜类，休得狂凶，终须有日灭尽你一班逆党！"二将又见刀斧手来动手捉他，却被二人乱拳打倒，众刀斧手飞跑。二人归路出关，上马加鞭而去。原来孙秀不是真要杀他二人，无非不肯放他二人进汴梁求救的意思。如今见二将仍回归原路，满心喜欢，假意喝令快些赶上拿回。有兵丁回禀："启上老爷，二将军上马走了，拿他不住。"孙兵部笑道："少不得两个官人要死在西辽。"吩咐紧闭关门。孙兵部此时暗暗心欢，说声："狄青，你平日靠了南清宫太后些些势头，不看本总在眼内，如今困在番关，眼前你要送性命了，枉费五虎的汗马功劳，今日一旦付于流水。"孙秀想一回，不觉呵呵大笑。有杨老将军看见他二人不能入关，依旧仍归原路，十分忿怒，说声："万岁，狄青倘若有甚差迟，犹如砍断了擎天柱。还有何人与你平西立功？"孙秀闻言，说声："老将军，难道除了狄青之外，普天之下就没有英雄不成！"杨青说："除了狄青之外，要算孙大人了。"孙秀说道："下官到得那里？"只是呵呵冷笑，也不回言。按下不提孙秀欢怀，范杨忧忿。

再说焦、孟二人，只因孙秀不肯开关放走，反要斩首，二将仍出三关归原路。孟定国怒得气冲霄汉，焦廷贵气得脸红面黑，离关去远，还是高声大骂："孙秀狗乌龟，与元帅做尽对头，不肯开关。拿你这班败国狗强盗奸臣，千刀万剐，方消我恨。"孟定国说道："如今既不能入关，骂他也是枉然，且回七星关去罢。"焦廷贵说："去守此孤关也不济甚事。老孟你且想来，还有别的解救否？"孟定国一想，说："罢了，如今料不能入得三关往京求救，不免前往单单国，求见公主，将情细细达知，求恳他出兵，你道何如？"焦廷贵说道："甚妙！甚妙！就此走路便了。"二将同心协力，快马加鞭，昼夜不停，饥餐渴饮，跋涉艰辛。一连跑走十来天,已到了火叉岗地面。

焦廷贵一看前面,叫声:"老孟,你看前面大队人马来了。上面大幡旗上有字,我二人多不认字的,不知何处来的人马?不免我上前问个明白便了。"孟定国说:"你且去问来!"这焦廷贵鬼头鬼脑,拍马上前,喝声道:"嗨!你这支人马,何处来的?说的明明白白,放你过去!"有头阵军士见他如此,认做强盗,喝声:"狗强盗,来取你首级的。"焦廷贵大怒,喝声:"好狗党!"提起铁棍,乱打进队中。一班军士大怒,把刀斧乱劈。焦廷贵那里惧怕?直打进二阵。公主女兵十分骁勇,将他围住,拿下马来。孟定国远远看见,气忿说道:"这匹夫,又惹出祸来了。"又不敢上前,只得住马看他如何。

且说女兵拿了焦廷贵,禀知娘娘。公主喝道:"你这狗头,何等之人,怎敢拦阻哀家去路?"他说道:"俺乃焦廷贵。只因主帅兵困西辽国,要到汴京求请救兵。今日但被你们拿住,杀了我焦廷贵也不希罕的。"公主想道:"从前驸马已经说过,有一将名焦廷贵为向导,误走我邦,莫非此人就是他?"便叫声:"你既往汴京求救解围,因何阻挡我军去路?说得分明,饶你性命;若有半字吱唔,你休得想活。"焦廷贵叫声:"女将军,内里缘由,你也不知。只因我们到三关,孙秀这狗乌龟真不是人。"公主说道:"却也为何?"焦廷贵说道:"这奸臣说我元帅投降外邦,招为驸马,假言取救,要回来算帐。他不肯开关,是以转回。"公主说:"你如今要往那里去?"焦廷贵说:"今要前往单单国,求恳公主娘娘发兵往西辽救元帅。望女将军快些放过,免误了我元帅军情大事。"

此时,公主听了暗说:"这将虽然鲁莽,倒还是个直性汉子。可恨孙贼与我驸马因何结下如此深冤?如若不是哀家今日领兵前来,驸马必遭此难,众人也难回到中原了。"叫声:"焦廷贵,单单国你也不必去了,哀家正从单单国来。此因你元帅兵困白鹤关,特差飞山虎来到我邦报知。哀家所以如今起兵前往西辽,破解重围。事有凑巧,不意在于此处相遇。着你做一个开路先锋,一同前往西辽罢!"焦廷贵听了说:"原来女将军就是八宝公主!小将不知,冒犯,多多有罪了。"公主说:"焦将军,你一路前行,休得鲁莽,不可伤害性命。如违定按军法。”焦廷贵又说：“公主在上，小将还有一伙计孟定国，望娘娘一并收留同往何如?”公主说：“既然如此，着他为后队先锋。速去唤他前来，快些往西辽去。”此时，焦廷贵心花大开，一路行来，说道：“难得公主起兵前来救援。到底一夜夫妻百日恩，夫妇之情丢不开的。”说完不觉来见孟定国，说明原故。孟定国也大喜，一同来见了公主，一人在前，一人押后，往西辽大路而进。一口难分两话。

先说飞山虎自从见过公主，允肯出师，先遣他回复元帅。此时刘庆犹恐元帅悬念，不敢耽搁日期，不分星夜，数日间已到西辽白鹤关。只见番兵围得密密层层。飞山虎是个莽夫，在空中高声喊道：“星星罗海狗番奴，你若识时务者速速退兵，是你造化。如若恃强不退，救兵一到，你就死无葬身之地，悔恨迟了。”扳天将忽闻空中有人叫骂，吓了一惊，即命众兵放箭。刘庆说：“不要放箭，这是好话，不听就罢!”进关去了。

再说狄元帅正在挂念刘庆的回声，此时见他到了，将情由细细说知，元帅略略放心几分。天天盼望救兵到来，四将日夜用心把守。

却说星星罗海，见宋将在半空中说的厉害话，想道：“宋营中有此异人，所以他兵势如破竹，杀得我邦大败，连破数关，斩将数十员，伤兵数十万，又说有什么救兵到此，倒要提防些。”仍是自恃英雄，因说即有救兵到来，何足为惧！只是攻打不破，如之奈何？只好攻打一天又一天，城内四虎把守甚坚，攻打不动。一日，探子来报：“启上元帅，单单国八宝公主领兵杀来了。只离关三十余里，请令定夺。”扳天将听了说：“有这等事！单单国与我邦无仇无怨，因何兴兵到我邦？助着大宋，真乃可恼。”此时番将心中大怒，说：“这贱婢，如若有些武艺，看你济得什么？待他到来，问个明白，然后取他性命。”这番将全然不在于心，但不知公主到来交锋，解得重围如何。正是：

单单救兵来解围，西辽猛将尽遭殃。

第三十一回　八宝公主大破重围　星星罗海沙场丧命

诗曰:辽邦骁勇独推君,统领貔貅困宋军。
只道英雄专自许,只如失与女钗裙。

却说辽将星星罗海统领番兵数十万,围困白鹤关,水泄不通。是日探子报知,单单国公主起兵前来,心中大怒说:"公主有何武艺?"不知他是庐山圣母之徒,有仙传法宝,是以全不挂怀。当时,单单国救兵已到了,是焦廷贵为开路先锋,一路喊杀连天而来。只见白鹤关前面,远远烟尘滚滚,剑戟如林,围困得好厉害也。早有军士报知公主说:"前面到白鹤关了!"公主闻报传令:"孟定国、焦廷贵随着哀家冲杀上前。"二将领命,一同拍马上前,冲杀番营而来。公主舞动梨花枪,犹如出山猛虎。番将上前抵敌,但见纷纷坠马而亡。焦、孟二将,左右杀进,把番兵砍得犹如抛瓜切菜。三千女兵冲进阵来,番兵不能抵挡;十万精兵一齐杀入,番兵番将遭此一劫,死者无数。冲透围困兵七层大营,已经冲动得七零八落。

星星罗海闻报,提了狼牙棒冲营而出,向公主杀来,喝声:"来者女将,通下名来!"公主说声:"番奴听着,哀家乃单单国赛花公主是也。你是何人?报上名来!"星星罗海说:"本帅乃西辽国王驾下、镇守红泥城、官封总兵之职、加封百胜将军,星星罗海是也!"公主喝道:"你是星星罗海么?看枪!"番将大怒,架住喝道:"小贱人,我邦与你国永无关犯,因何今日兴兵前来侵扰?这是何人所使?是你自家主意,还是你父王主张?你快把真情实告,与你决一死生。"公主大喝道:"匹夫,你邦既为下国,理合年年纳贡,拱伏天朝。因何屡次兴兵侵犯上邦,害却多少生灵性命,扰掠黎民不安。并不是大宋无故征伐你邦,只是下国侵凌上邦,律该征讨,国法岂得宽容,所以宋王差来五虎将到你邦。如若投降,献出珍珠旗,也不深究。岂知你国君臣还不醒悟,不遵王化,尚自倔强,还动兵戈抗拒,又把众英雄围困了,这是你君臣万错千差。今日哀家到此,你若知事者,迅速收兵,与番王早早商量投降,献出此旗,是你造化知机。如若执迷不悟,以力为强,不独你一人受死,带累着众将兵俱遭屠戮,你可想来!”星星罗海听了大怒,说:“休得逞能,今日我西辽与大宋兴兵干戈,与你邦何涉?快些收兵回转便罢,倘若妄助宋朝,死在本总棒下,岂不可惜你一朵鲜花一命而亡!”公主大喝:“好不知死活匹夫,尚敢胡说,不听良言,想必死期到了。不必多言,放马过来。”公主梨花枪一起,着心刺去。星星罗海狼牙棒急架相迎,自仗英雄骁勇,欺着女子无能,岂知公主仙传枪法精通,一男一女冲锋八十回合,不分高下。焦、孟二人见公主与番将动手,焦廷贵说:“老孟,待我二人上去帮助主将。这番奴些许番兵到得那里?”二将拍马上前,一齐动手,围住星星罗海撕杀。

却说众男女救兵杀得番兵惊天震地,四散奔逃。四虎英雄日夜城上保守,只见此时番兵围城的营中大乱,号炮响雷连天,喊杀之音不断,似有兵马冲杀番兵营头。远远只见打起大旗是单单国旗号,方知救兵到了,连忙报知。元帅闻报,即令八千军士,四虎兄弟,一齐杀出,内外夹攻,帮助公主成功。令一出,大开关门,四将出关,非同小可,把番兵砍的尸横遍野,血流成河。可怜这些番兵,恨着爹与娘少生两足,今日在战场做了无头无脚之鬼,星星罗海手下虽有百员战将,怎经得四虎英雄一齐截杀?乱刀砍刺,纷纷落马,个个皆亡,只剩得星星罗海这柄狼牙棒来得厉害,与公主冲杀有百多回合,胜败不分。

焦、孟上前相助,焦廷贵喊音不绝:“前日威风,今日何在?你且慢慢挣命,快快下马受死,不然俺焦廷贵送你到阎王殿去罢。”即把铁棍打去。孟定国把大刀就砍。此时这星星罗海只好抵得住公主的梨花枪,焉能再挡得两般军器?只杀得周身困倦,两臂酸麻,挡不住三人兵器,回马大败而逃。公主催开宝驹赶去,二将拍马跟随,石玉说声:“众位哥哥,公主追赶番将,我们上前拦截他去路,帮助一臂之力罢。”各称有理,正要向前截杀,远远看见焦、孟二将前行,公主在后,枪尖上挑着一颗血淋淋的首级。众将见了大悦,一同下马,接见公主,各个打拱说:“公主娘娘在上,小将等叩头。迎接来迟,望祈恕罪。”公主说:“列位将军,那里话来,休得拘礼相见。如今星星罗海已被杀首,但不知围城番将众兵散去否?”四将军说:“启上公主娘娘,围城将兵已被小将们协同救兵杀散了。独逃走了番将一员,已经去远了。”公主说:“一员番将何须介怀!如今元帅何在?”众将说:“元帅现在关中把守,请公主就此进关。”公主说:“列位将军,请!”此时,公主传令,男女兵俱在关外安排,与六员将一同转回。

一路行来,但见鲜血满地,尸首横空,沙场地刀枪器械不计其数,马匹跑走四散。公主看罢,也觉可怜,叹惜道:“并不是今日哀家残忍好杀,实由辽王自作之孽,气运当遭劫杀。”说罢,不觉已到关前。狄元帅早有军士报知,即忙出关迎接,说声:“公主,多有劳驾了。请下马进关。”公主含笑说:“驸马,请啊!”连忙下马,有从人牵马,接去长枪,夫妇同进关中,六位将军在着关外,张忠叫声:“众位哥弟,这位公主,果然生得飘逸也!”刘庆说:“他貌美不足为奇,况且勇力无双。”李义说:“不是目击,准信不得了。他乃年轻女子,却有此本领!”焦廷贵说:“你们多被他捉过,独有我与老孟不曾与他交手,到底我们本事厉害些。”四将军齐说:“我等被擒有何希罕,元帅也被他擒了。”孟定国说:“星星罗海好生厉害,耀武扬威,今日也死在公主枪下,天既扳不得,只好去钻地了。”不提众将谈论。

且说狄元帅夫妇来进关中,双双见过礼,相对坐下。公主说:“驸马,自从那日分离之后,我天天思想,日日不安。想你虽是英雄,更有弟兄四将相助,但恐西辽兵将凶狠,并防黑利骁勇,不知胜负吉凶,所以常挂怀不乐。岂知黑利被诛,又有星星罗海这等强狠,深入重地,被困在孤城。幸得刘将军带书到我邦,此时接到来书,恨不能顿时插翅飞临,解了重围,方算夫妻患难相处。”元帅闻言连声称谢,说:“公主贤良,世所罕希。若非提兵前来救援,城破之日,本帅一定为国捐躯,焉能再望与公主重逢?此恩此德,没世难忘。”公主说:“驸马啊,妇人所主,为夫是依;丈夫有难,为妻不救,还有何人?但不知分别之后情事如何,且说与妻得知。”

元帅正欲开言,忽听得金鼓齐鸣,号炮惊天,有人禀道:“报上元帅,今有番将蓝成虎收回手下残兵,复来讨战。”公主说:“星星罗海尚然如此,岂但这个无名小卒,待哀家出关收拾了他罢!”此时,辞了元帅,点齐三千人马,号炮一响,领兵杀出关前,看见番兵列成阵势,公主拍马上前,不通姓名,一枪照定蓝成虎挑去。番将急架相迎,不上二十回合,被公主架开大刀一枪挑于马下,三千女兵杀上,把番兵乱砍。元帅又令四将围住去路。数万番兵只好投降。公主斩了番将,元帅传令收兵,请公主下马,与众将士一齐进关。元帅吩咐大排筵宴,犒赏三军,所有阵亡番兵尸首埋土掩了,所有沙场刀枪器械马匹,宋军收拾,得者不计其数。不必细表。是夜狄元帅吩咐宰猪杀羊,大加犒赏众将大小三军。此时一同开怀乐饮,不觉天色已晚,关中点起灯烛辉煌,娱情宴乐,好不热闹。不知西辽王如何纳降,献出珍珠旗。下回便知端的。正是:

今朝奏绩真堪乐,此日成功足赏欣。

第三十二回　解重围夫妇诉离情　下文书番王议投降

诗曰:一自当年拆凤凰,离情消息两茫茫。

至今破敌重相会,诉尽前时别后肠。

且说宋营是日犒赏大小三军,宰杀三牲,大排筵宴,大小众兵俱在营外就席,六位将军席居关中,狄元帅公主排筵关内。慢表众兵乐饮,六将欢悦。且说狄元帅酒至半酣之际,说道:“下官兵危白鹤关,若非公主前来退敌,怎能今日安心乐意,饮杯成功?待下官奉敬三杯。”公主说:“驸马,你说那里话来,此乃大宋君王的洪福,驸马是天差虎将,立汗马功劳,与国家出力,做妻的有何德能?今朝成就大功,正当贺喜,待妻奉敬上三杯才为合理。”夫妇劝酬饮罢,公主说:“驸马,你将别后至西辽一路交锋之事说与妾知。”

此时,元帅就将兵到七星关景花沙投降,一直到兵困白鹤关,细细说明,转声说道:“公主啊,下官自与你别后,时时想念你有重身之喜,但是分娩后安康与否?也未知男女。”公主见丈夫问至此事,不觉满面含羞,低声说道:“一树果成双结子。”元帅听了大喜,说道:“原来两个俱是男儿,此乃下官之幸也!但不知产后身体如何!”公主说:“妾身托庇,却也安然。”此时,狄元帅满心大悦,说:“公主啊,不知两个孩儿生得容貌如何?”原来狄元帅犹恐番人生来多有丑陋不堪的,也防这双生儿子也是奇形怪状,岂非徒然空快的?公主微微含笑说:“驸马,你却也问得希奇。父母产下孩儿不像父就像母,孩儿容貌何劳动问?”元帅笑道:“下官知了,必然一个像你,一个像我。”公主停杯不语。元帅说:“公主,下官取笑了,请酒罢!”此刻夫妻交杯畅饮尽欢。元帅又问:“公主,不知可与孩儿取个名否?”公主说道:“父王已经取下,一名狄龙,一名狄虎。驸马啊,你可合意否?”狄元帅说:“两名取得甚好!下官还要动问,但不知那日私逃后,公主可有言语怪责否?”公主说:“为何没有?你不别而行,就不必怪责,你也把我欺负了许多。”元帅说:“这原是本帅差错。皆因立志于救母,料必公主为我在狼主跟前婉转周旋。”公主说道:“你还不知,前日妾身接到你边关的书,我心烦缭乱,急欲发兵到此。那时禀知父王,岂知他责怪你不辞而行,说你是无情之汉,怎肯容我发兵?代你说了多少无差之言,将你不得已征西逃走之说,苦苦说情,劝尽万般解释话,方得父王依允了。”元帅说道:“难得公主待下官如此调停。但如今下官奉旨征西,屈指光阴一年有余,边关之困虽解,番王尚未投纳降书。如若一有降书,还要珍珠旗,恐防再要兴动干戈。”公主说:“驸马啊,若然再动干戈,又要劳兵动将,岂不伤生害命更多,深为可惜。不若行文宣谕,催其投降,如若辽王不从,再行征伐未为不可。”元帅说:“公主金石之言,下官岂有不依!”

言谈燕尔,不觉更夜已深。元帅吩咐收拾余馔,请公主进内安睡养神。公主含笑抽身,早有使女持烛进内衙。此时早已罗帐布开,铺床已备,使女退去。元帅四顾无人,说声:“公主,下官与你成亲一月,便已分离。今幸相逢,本该与你同伴衾枕,奈因军务未完,心烦意乱,无暇伴你同眠。且待班师回国,安享太平之日,再尽夫妇之礼,下官然后于中补漏便了。”公主听了,羞颜含笑说道:“云情雨意之心,好在本公主却也不生。隔壁须防有耳，窗外岂有无人？驸马戏言少说。”元帅说：“公主所言有理。”又谈说几句闲话，辞别往外去了。

公主坐下想道：“丈夫真乃宋朝一员虎将。夫妻分别一载有余，在别人焉能罢却云情雨意之念。他却尽谈分别之事，如今仍复出堂而去，举动行为实称哀家之意。南北程途千万里，岂知正是好姻缘！只恨一月恩情便已分离，只道今生难以再会，岂料在于此处相逢。虽然未尽夫妻之礼，今日相逢，衷情诉尽，一心也安。但愿早日平定西辽，那时安享太平，年少夫妻却有无穷之乐。”不表公主快心。

且说元帅转出外堂坐下沉吟，不觉听得更敲三鼓，暗想：“前日说本帅公主两人正是不意良缘，算来倒是圣母为媒，本帅却是勉强成亲。岂知公主一心无异念，看来义重如山。只为君亲事大，岂可留恋欢娱，而为不忠不孝？算来本帅骗他逃走，原是理亏，负他一片真情。如今急难前去相求，又得他不辞劳苦，提兵到此解了重围，算他一心为着本帅。但愿得番王投顺，相携公主回归本朝，拜见萱亲，看看双生儿子，一家完聚，子母团圆，然后同返山西，侍奉娘亲过日。”思前想后心中却也十分快意。想罢，不觉连宵五鼓。

却说天明狄元帅备下文书一角，打发飞山虎前往黄花关投递。此日黄花关主将早已闻飞报：“单单国赛花公主兴兵前来，帮助狄青大破重围，毙却扳天将，蓝成虎、毕定龙二将阵亡，数十万围城兵俱已扫尽。”意欲出敌，想来星星罗海如此本领，尚且丧于非命；我国众英雄俱已丧尽，难以对敌。一见文书到来，只得应诺归投。有刘庆领他回去，上复元帅。此时飞山虎回关仔细禀明，元帅大喜。

再表碧霞关主将段威闻报，想要出关对敌，奈何自家本事平常；意欲献关投降，犹恐被合邦人唾骂。事在两难，只得吩咐众兵小心把守。正要写本奏知狼主，狄元帅的文书已到了。段威想道：“前关已经投降了，这单单国又兴兵来助他，杀得我雄兵猛将一概瓦释冰消。倘若一日打破此关，我狼主蔽障只有此城。如若碧霞关一失，和平城就难保了。我狼主安身何处？算来不若投降，献出此旗，待等宋兵退了，有何不妙？但不知狼主意下如何，众臣怎肯商量？”此时开关接进刘庆，分宾主坐下，段威开言说：“刘将军，你元帅大兵到此，小将早欲献关投顺,犹恐合邦人笑骂不忠。如今元帅行文切谕谆谆,仰见仁慈大德。小将明日写本进朝,奏知狼主便了。但思狼主见此光景,料想不降也自降了。有烦刘将军上达元帅,暂住养军停屯半月,待狼主定了主见,自然送上降书,献出珍珠旗,好待元帅班师归国,下邦再不敢侵犯。如若不遵切谕,元帅另行征讨未为迟晚。"刘将军听罢笑道:"段将军言之有理,待我回关上复元帅便了。"即忙起身告别,段威送出关外。

此时刘庆回关禀知,元帅听了说道:"番王倘若不肯归投,是大患了。且自停兵半月,看他如何罢。"其时正是闲暇无事,有焦廷贵、孟定国二人对元帅说起:"三关孙秀不肯开关放我们回汴梁求救,反要杀小将二人。这样欺君误国奸臣,饶他不得。如今元帅班师回国,须要奏知圣上,把这奸臣正了国法,零刺碎割,方消我们之恨。"元帅听了,摇头说道:"做不来的。本帅有滔天之罪未消。况且这孙秀与庞洪通同一党,依着庞妃势力,奏他徒然无益,除他不得,权让他罢了。"焦廷贵说:"元帅,你说那里话来。他靠着庞洪势力,元帅你有太后娘娘出头,为何怕他!"元帅喝道:"胡说!难道本帅怕他?只叫大人莫认小人之过,日后有了大关犯,然后与他算帐便了。"孟定国说:"元帅既容了他,难道末将有容他不得之理!"焦廷贵说:"元帅,我们既饶恕了这奸臣,是造化他了。孙秀,我的儿啊,日后不要犯出大关节来才好。"按下不题元帅、二将之言。

再说西辽国王驾下文武大小官员,连日闻报,君臣慌乱,朝中商议只是不决。狼主全然无甚计较,长叹一声说:"苍天啊,狄青围困在白鹤关无人救解,只在三天五日就要收拾五虎将。岂知单单国八宝贱人为救丈夫,帮助着大宋杀却三员大将,伤了数十万兵。又闻黄花关已降,倘被他打破碧霞关,孤家只坐内城难以保守。今降旨众臣酌量退敌,一连三日,只是不决,如何是好!只得退兵而去。"不知如何定计,退得宋朝五虎大兵。正是:

贪心到底终无益,轻敌须知屡败兵。

第三十三回 飞龙定计报夫仇 黑利阴魂现妻眼

诗曰:公主飞龙性烈全,为夫被杀把躯捐。
风霜历尽投中国,不惜辛劳只报冤。

话说西辽国王商议退敌不能决断,朝罢回宫。此时飞龙公主已得知大宋兵将厉害。兵临城下,满朝文武不能退敌。他常怀恨着狄青杀害了丈夫,结下此冤,立心图报,见过父王说道:"丈夫之冤、兄弟之仇若不图报,枉为世人。"狼主说:"女儿啊,你还在此说什么呆话?退了敌兵,乃为要紧,因何反说要报仇之话。"公主说:"父王若依得女儿之言,兵也退了,仇也报了,宋室江山何愁不取!"狼主听罢哈哈笑道:"女儿啊,依你之言,却也如何?"公主说:"父王,只许女儿混进中原,如若如此下手,就可杀了狄青。此时八宝贱婢,一定回去单单,再不帮助大宋。父王然后前往各国调雄兵猛将,宋朝没了狄青,那时占取中原何难之有?"狼主闻言说道:"女儿却也有此机谋,为父且依计而行。只是你是女流之辈,焉能到得中原,为父母岂不挂心?"公主说:"父王弗忧,女儿虽赴汤蹈火也要混到中原。如若到得中原,伤害狄青,如探囊取物。"狼主说道:"倘若泄漏机谋,如何是好?"公主说:"父王啊,女儿自会见景生情,决无妨碍。"

此时番后闻他父女之言,早已含着一包珠泪,说:"女儿啊,你驸马与哥哥既已为国捐躯,焉能再活?你乃一年轻弱女,岂可妄想到得中原行此险事?万一谋事不成,反遭其害。我劝女儿不要前往。"公主说:"母后啊,你不必伤怀来挂念女儿。随着投降献旗时候,混进他队伍中,必要行刺了狄青。倘若强办不来,女儿悄悄逃回,见机行事。女儿必要报了此仇的。"番后说:"既然如此,须要小心,若下不得手,须要早日奔回才好。"公主应诺。狼主即日传旨丞相度罗空,说知其事。连日造成一面假珍珠旗,与真的大小无异,款式一般。是日公主穿过一套衣,像着中原小军的样。狼主又备下降表,金珠彩绸四大官箱,又封好珍珠旗。此时公主扮做中原军士,拜别父王母后。番王番后再三叮咛,诸事须小心,事就不能成,须要速速回归。公主连声应诺。又拜别三位哥哥出宫,随了丞相度罗空而去。

此书单表度罗空领旨,拜别狼主,带了众从人坐着一匹高头马。后边番卒推着箱四口,是珠宝彩绸,中央放了一面珍珠旗,五色绢绫包裹,出了和平城向前而去。行程数日,已有碧霞关段威闻报,立刻开关,迎进帅堂,香茗已毕,段将军叫声:"丞相,今日天色已晚,且在关中权宿一宵,待来天小将先往宋营说知其事,然后丞相面见宋将便了。"度罗空说:"段将军言之有理。"是夜摆上酒席相待,预备铺毡安席,不必多谈。

再说飞龙公主,深知这件事情攸关秘藏,内里除却狼主番后弟兄,外边只有度罗空知道。若然漏泄消息,所害非轻。所以同丞相一齐走出城后,分为两路。饥饿时只把干粮用些,到了天晚,私回黄花关空野之处,暂为歇息。咬牙切齿,恨着狄青,想到因他杀害我丈夫,暗暗心中苦楚,低声叫道:"驸马啊,哀家与你成亲三载,彼此和谐。只恨狄青提兵到来征伐,杀了别将也罢了,又将驸马伤害,此仇此恨哀家怎肯罢手甘休?今日虽赴滚水烈火,也要伤了狄青。驸马啊,你的阴魂可随妾身去,助我伸冤。"长叹一声:"咳!苍天啊,我若与丈夫报了此仇,虽死在九泉也瞑目无怨了。"

若讲到外国之人,分透五伦大义却少,颇重人伦之礼居多,如今单有飞龙公主与丈夫异常恩爱,情义非凡,自从丈夫被杀,一心立着报仇之念。他说若杀了狄青,报了此仇,即死九泉也是瞑目无说。想来他的节烈不独边夷外国少有,就是中国上邦也不多。此夜,公主一念不忘丈夫。黑利阴魂不散,深为公主悲哀仁感。此时正是三更时候,公主悲哀之际,忽有鬼魂叫一声:"我公主贤妻休得伤怀,你果要报仇,我当助你一臂之力。你当放心前往。"只闻声音并不见面,公主惨切,叫一声:"驸马啊……"叫得一声,一阵狂风,鬼魂已是无影无踪,不见以应,公主伤心不已。又听得漏下四鼓,歇一会,东方升起一轮红日,天明就在白鹤关附近空闲之处,悄悄埋伏,随机应变,混进中原,要报丈夫之仇,后文交待。

却说度罗空早已打发段威通知宋将，然后带齐献降之礼，命八个番军扛了四只官箱，两人抬了一面珍珠旗，一路到了宋营。古言：官有尊卑，役无大小。番君与宋帝有君臣之别，上邦下国臣子总是一般。所以狄元帅敬他是辽邦一个宰相。此时整顿衣冠，带领众将出营迎接。进营中坐下，施礼毕，小军献奉茶一盏。此时，度罗空开言说："元帅，从前我邦狼主因无主见，妄想中原，轻动干戈。前有杨元帅镇守三关，雄才大略，我国兴兵战阵败亡。以后又有元帅帮扶，赞天王等俱已丧灭，将亡兵败。狼主料想不能成事，所以常常悔恨痛改前非，岂知上邦万岁不轻饶恕。今日命元帅职掌兵权，差来征伐。既然知道大兵临境，狼主早欲归投。岂知众将自恃英雄，不知进退，又来抗拒大兵，是以损兵折将。至今朝势急，然后甘心投顺，恳切求和，如今呈上降书和珍珠旗一面，此乃下邦传国之宝。还有本国程仪、珠宝一并四箱贡献。遵旨从今永不侵犯，望祈元帅仁慈大量，恕却前非，广施恩泽，允诺投顺，则本国君臣沾恩如同雨露了。"

狄元帅听罢笑道："丞相，此事皆因你狼主贪心妄想，害却许多生灵。下国侵犯上邦，应该问罪，屡动干戈，罪尤深重，扫平你国，不足为过。"度罗空说："既然狼主万万之差，望祈元帅宽恕前非。好生之德，元帅莫大之功。自今以后永远拱伏，再无别念了。"元帅说："既然狼主恳降，丞相求和，本帅若然不允，觉得执一之见。自今之后，如再动干戈，大兵一到，玉石俱焚。"丞相说："元帅之言有理。"

此时，元帅传令，把四大官箱打开，尽是金珠绸缎。众将人人来看这珍珠旗。又细细点明珍宝，加上元帅的封皮。又将降书、降表一一看毕。这珍珠旗乃西辽镇国之宝，莫说中原人不曾见过，就是西辽国收在库内，本国众臣也不曾见过。此时，元帅众人那里认得出真假？谁想到他用假的哄看！狄元帅点查毕，叫声："丞相，今日本帅既准投降，前去各处关地，仍归贵国经营，各分疆界。但是本帅伤去兵数万，约计降兵五万，本帅要带归中原去了。"度罗空说："元帅高见不差。"元帅又说："丞相，下官如今择日班师了。"度罗空说："元帅班师回去之日，少不得小国君臣要来送别。"元帅说："丞相要来送别，就不消劳驾狼主了。"此时度罗空起身别过众位英雄，领了从人，归到和平城,将情由细细奏知狼主。狼主说:“丞相,公主此事机密交关,假旗之事甚大,切勿漏泄风声。”度罗空说:“微臣晓得。”狼主驾退回宫。独有番后娘娘一心忧虑女儿说:“他立心要去中原为刺客。想他一女流,此去到底吉凶祸福难分。”不提番后怀忧。

且说狄元帅择日班帅,说知公主。当下公主叫声:“驸马,你班师回国,今日妾身也要回归本国去了。”元帅听了公主之言,不觉呆了,说道:“下官一心算定,班师时要同公主回归中原,拜见母亲,为何公主说要回归你国?望公主依着下官同回中国,意下如何?”正是:

恩义夫妻何忍别,孝贤烈女却难留。

第三十四回 归单单夫妻分别 降辽国宋将班师

诗曰:夫妻一会复分离,一念君时一念亲。
从此何天重聚首,他年旌诏得成群。

再说公主闻丈夫班师要带同他回转中原之说,便说:“驸马啊,妾若与你到中原,一来父王母后难以割舍;二来圣上虽知招亲之事,你却不曾奏明,未曾有旨宣诏,况且又防西辽怀恨于我邦,趁妾不在,兴兵杀到。虽然不惧怕于他,总有刀兵之患,父王岂不归罪于妾身?若然驸马有心记念从前夫妇之情,回朝奏知天子,此时受了诰封,有旨宣召,然后转到中原,夫妇团圆,自然有日。”此时,公主说话之际,早已含着一包珠泪。狄元帅虽然一员虎将,烈性英雄,只因公主是个义重多情之女,说道:“今日分离,伤心之话尤觉伤心,公主,你这等说来,下官又不好勉强于你。今朝分别,我却也放心不下,如何是好?”公主说:“驸马,你今班师回家,公务已完。若有心记念于妾,奏知天子,有旨旌诏到来。此乃光明正大,未为不可,既有姻缘夙愿,为何我夫妻两人这生南北万里程途?驸马啊,今日虽暂分离,不知会在何天?虽然与你为夫妻,谁知妾的心肠!”说罢纷纷落泪。

元帅看见公主伤心，好生不忍，说道："公主万勿伤心。既然你一心回归本国，暂且分离，待下官回朝，国务一完，即奏知圣上，降旨前来迎接于你。团圆之期不远，公主何必伤怀？望你依着下官之言，回去万勿愁烦才好！"公主说："谨依驸马吩咐！"

此时元帅择日班师，公主也要告别登程。是日元帅传令，摆下筵席饯行。夫妻对酌之间，元帅说："公主啊，今日分别，你我各归本国，望你上达尊公母后，代说下官不是无情之汉，只因国务羁身，幸得如今平复西辽，少不得日后再到请安。"公主含悲说："驸马啊，总是相逢未卜，何时得见？"狄元帅再三安慰了多少话，说："公主啊你且免愁烦，请用酒！"此时夫妇分别，说不尽许多语言，并叮咛嘱咐好生抚育二子。这些男女兵丁多有犒赏。宴毕，公主吩咐男女队伍分开，上了赛麒麟，相别过丈夫，出关而去。元帅与众将殷勤相送，有十里之遥。公主说："驸马与众位将军何必远送，请回便了。"元帅、公主此时只得马上揖别，含泪分离。男女兵向东北而去。元帅在马遥望，不见旗幡影映，只得转回。狄元帅并非恋他的颜色美丽，只因公主情真意重，不辞千里之劳，来解重围，今日一时别了，元帅也觉不忍分离。此时只得回关。

过了三天，已是上吉日期，传令众将拔寨起行，安排队伍，五色旗幡，三声炮响，三军起程。辽国君臣闻知，频来相送。狄元帅辞过众辽官，不必细述。所取关城，仍归西辽管辖。此时宋将兵一路威威武武，奏凯而还。登山涉水，非止一日程途，所过地头，毫不侵扰，百姓安居，按下慢表。

却说三关孙秀，自从前日闻狄元帅兵困白鹤关，赶逐孟、焦不许他出关来，故时时想起心欢，只望他众将早日尽丧西辽，才得安心。忽一日接过边报，方知单单国八宝公主兴兵前往，大破西辽解了重围。孙秀一闻此报，吃惊不小，说："不好了，本官只道狄青围困孤关，救兵不至，必然一班狗党尽丧西辽，谁知又被八宝贱人救了。但愿西辽还有雄兵猛将，连八宝这贱人一齐结果，死在番邦便好了。本官前日已经动了一本，劾奏他按兵不动，通了西辽，要先把他母命伤了。"若说孙秀前时果动了此本，只因仁宗是个明哲之君，因思："前者张瑞回朝复旨，陈奏明白，并有狄青本章附呈朕览。足见他忠心为国，怎肯退后不举投降了单单，又去投降西辽？天下没有这等人。莫非孙秀谎奏了，且有了实证，再行定夺。”就把这道本章隐藏不发，按下慢表。

且说天牢狄太君，虽然在天牢囚禁，已有狄太后娘娘关照，又是平西元帅之母，那狱官司事怎敢轻慢。所以日中用四个老妪相伴。食用日给比家中也差不远。此时狄太后终朝想念侄儿，怨他原不该走错国度招亲。又幸得今上仁慈恩赦了他，仍命平西。如今一载有余，但不知何日班师，消了前罪，那时方得母子重逢。就是吃碗清汤过日也为安逸。不提狄太后之想。

再言三关孙秀那日正在关中闲坐，忽闻报道：“启上孙老爷，今有狄元帅征伐西辽，国王献出珍珠旗，如今奏凯班师，只得百里之遥，特来报知。”孙秀说：“有这等事！再去打听！”说：“不好了！本官只道西辽国兵将凶狠，重围难解，料想狄青不得还朝。岂知西辽国真的没有雄兵，投降了，献出珍珠旗。如今又得还朝，焉能摆布得他来？咳！总是天不从人愿，岳丈徒然用计了。但是本官前日已经上本，奏他按兵不动，私通西辽，如今一班狗党又得回朝，下官已有谎奏欺君之罪，如何是好？如今反弄了自己身上。不若修书一封，差人进京，送上岳父，待我安排妥当便了。”是日即修书一封，即差得力家人孙吉带盘费星夜赶进汴京去了。慢表。

又说范仲淹叫声：“杨老将军，那孙秀一心要害这狄元帅，岂知又被他征伐西辽，收得珍珠旗回来，此番又是逢凶化吉了。”杨青说：“正所谓任君百计图谋巧，自有皇天作主张。但这奸臣如鬼如蜮，今又打发家人去做什么勾当。我也知了，他报知庞洪，必然又要商量什么鬼计。看他怎生害得这英雄将士。”不提杨、范之言。到了次日，炮声一震，元帅大兵离关三十里。停一会又报道：“元帅离关不远。”孙秀只得勉强开关，传请范仲淹、杨青一同出关迎接。只见大兵一齐已到关下。杨将军说：“我们只道元帅兵困白鹤关，没有救兵，不得还朝，不想被他征伐西辽，取得珍珠旗，班师回朝。此乃天不欲绝这小英雄也。”范爷说：“皇天庇佑这英雄，也是当今天子洪福。只差得孙大人心中不快。”孙兵部说:“哎！你们说那里话来。说征伐西辽,下官有何不悦？你听,号炮之声,元帅到了。我们出关迎接便了。”

此时,孙兵部与二位忠贤走出关外。此时狄元帅到了,传旨安营,有孙兵部见了,免不得叫一声:“狄大人,如今班师回朝,贺喜了!”范、杨二人也说:“请下马进关!”狄元帅说:“下官身负欺君重罪,不知圣上罪赦如何？何劳三位大人远迎？狄青何以克当!”三人说:“元帅,那里话来,如今成此大功,罪故已消,圣上还要旌奖了。”元帅说:“焉有此望!”连忙下马,一同进关。有焦廷贵把孙秀一看,怒目圆睁,高声说道:“我们元帅真乃英雄,没有救兵,何为希罕？今日大破西辽回来,那个奸臣误国贼,敢来杀我焦廷贵?”元帅大喝道:“匹夫,休得多讲!”

此时,已入帅堂上,各各见礼,依次而坐。孙兵部开言说:“闻得元帅不伐西辽,先在单单国招亲,下官失于贺喜,大人休得见怪。”元帅说:“孙大人言重了,下官奉王命征伐西辽,在火叉岗走差去路,左边东北是单单,右边西北是西辽,走差单单国,招下大祸,险些逃不出罗网。”孙秀说:“招亲是喜事,怎说是招祸?”范爷忍耐不住说:“孙大人,今日元帅班师,只说目下言谈罢。为何只把痛心话来伤刺。”杨将军说:“孙大人,为人没有喜事,难过日子;若不招祸,倒不是个责任英雄。喜有要来,祸有要来,方是历尽艰苦的丈夫。且待元帅把征伐之由,细细说与我们知道。”此时天色已晚,摆上便宴,二人揖让就席,众将开筵,厚犒得胜将军。正是:

莫道奸谋多误国,岂知天眼眷英雄。

第三十五回　到三关忠佞谈言　回本国宋帅复旨

诗曰:五虎班师到本邦,忠奸叙会不相当。
图谋不遂心中愿,恨杀胸中暗毒肠。

当下狄元帅酒吃至半酣之际,就将误走国度,错杀番将被擒,勉强成亲，一月逃走，直至西辽兵困白鹤关，请得八宝公主到来大破重围，一一说知。范爷说道："如此说来，幸而公主前来救解，不然兵困白鹤关，焉有还朝之日！"杨将军说："此乃我主洪福齐天，所以得公主提兵救了众将兵，此保国英雄也。"元帅说："若非公主前来，下官一定战死沙场，捐躯报国，岂肯贪生畏死，负却圣上洪恩。今朝岂望圣上旌奖？若蒙赦却重罪，放出天牢母亲，就回退家乡，淡泊自处，母子觉得安乐逍遥。不为官也罢，免得吃惊受苦，母子不安。"孙兵部接言说："元帅，你立此重大功劳，莫说消了前罪，一定当今还要加官倍宠，封赠母子团圆，旌赐夫妻完聚。真是满朝文武谁能及得，功遮宇宙，名著千秋！倘下官有甚参差，全仗大人周全些！"元帅说："孙大人，你赤胆忠肝匡扶社稷，有何差处？纵有差迟，有国丈大人庇盖，下官在这些奸臣术中，岂敢动作？"

当下范仲淹、杨青四眼相看，想狄青今番不比前时了，侃侃言谈。又看孙秀一张铁面孔青着，想元帅冲撞之言，奸臣岂不怀恨在心？罢了，且做个好人作收科便了，说："两位大人多是王家国戚，均为一殿之臣，总尽心为国，竭力乾坤，便是主上洪福。莫说同朝一殿之臣，就是庶民家邻里也有相济的。相济扶危，君子之道；见死不救，枉作世人。"此时元帅不答，孙秀也变色不言。

停一会孙秀又说："狄大人，公主既到西辽，因何不带进中原，一同见驾？听他独自归本国，这是差了。"元帅说："孙大人，他是外邦之女，不奉圣上旨诏，带进中原，此非礼也。"孙秀说道："他功劳浩大，况是元帅夫人，就是同进中原，来见圣驾，有何妨事！"元帅笑道："孙大人，你却知其一，不知其二，下官紧蹈坚牢地，须防足下浮。圣上虽然不罪，下官还防国丈不肯宽饶，所以打发他回归单单去了。免得飞蛾扑火，自烧其身。"孙秀说："好好言谈，大人因何说到国丈来？下官正是不解，乞道其详！"元帅说："下官也不解。不知国丈为了什么原故，牵着于我？平日无仇，往日无怨，却与下官做尽对头。仰赖上苍庇佑，深沾天恩，倘得宽饶前罪，必要辞驾，望乞求归乡，养了性命，又得心安，有何不妙！"孙秀闻了，冷笑说："大人，国丈何曾与你做对头？休得枉屈了。"范爷接言道："庞太师乃当今国丈，元帅不去趋奉，他自然怪看于你。”杨将军说：“元帅，只要你一心正直无私，总听凭皇天作主。纵然国丈深怪于你，做个对头，且由他罢！孙大人，你道这句话，差也不差？”孙秀此时见三人你一言我一语，气得满脸通红。范仲淹想道：“这奸臣说不过了。若再讲时，仇恨愈讲愈深。”便开言笑道：“吃酒不谈仇怨事。众位大人，且请酒。”当晚，平西六将，大小三军，各各畅怀吃酒，连飞龙女也在其内。是夜不表。

且说狄元帅一平西辽，应该拜本报捷。只因又怕三关阻隔，所以不曾有本进京。如今到了三关，即备下本章一道，打发孟定国还朝报捷去。是夜在关中歇宿一宵。次日孙兵部说道：“大人，既然珍珠旗是西辽镇国之宝，但不知款式如何？怎样宝贝？何不拿出众人一观，看看此宝？”狄元帅一想，若不拿出观看，道本帅有甚作弊。便命左右取出此旗，元帅揭去封皮，打开包裳，众人一看，但见宝旗不甚大的，周围结方二尺余，中央结绒丹凤，四角五彩云霞，正面八八六十四颗珍珠，每四角一颗顶大宝珠，中央也是一颗，四围乌云滚边，看来款式不过如此，到底不知有何妙处在内。若是真的，款式模样，大小也是一样。只有五颗大珠，不是真宝，反面淡红血点，处处破漏。众人那里识得此宝，辨得出真假？少不得赞扬几句。看毕，仍收归箱囊中，贴回封皮。孙秀说声：“大人，此旗真乃西辽镇国之宝，被你取了他的，只怕西辽王深怪于你。”狄元帅说道：“这也是国丈的美情，保举下官，奉旨不得不然耳。”

是日，用过早膳，元帅传令众将众兵，拔寨起程。三人说：“狄大人，再请少留，且把军马安息一二天何妨？”元帅说：“王命在身，不得久留关外。”早有四虎与焦五将，依旧摆开队伍，伺候元帅起马。此时元帅盔甲上马，气宇昂昂，辞别孙、范、杨三人。只听得号炮三声，三军旗幡招展，队伍分明，两军扛抬四箱珠宝——内有一箱是珍珠旗，大兵出关而去。有范爷、杨将军满心喜悦道：“难得当今圣上洪福，所以出此五虎英雄，护佑大宋江山如泰山安稳。”二人欣然面色，孙秀闷闷不乐，也不敢做声，只得一同回进关中。不表。

再说庞国丈前时接到孙秀来书，说狄青兵危白鹤关，心中大喜，暗说：“这狗才，平常靠了姑娘的势力，不把老夫看在眼内，争夺功劳，与吾作对。老夫要摆布于你，有何为难？只须用些许小技。如今兵困边关，没有救兵解围，眼看不得回朝。非惟不得回朝，尸骸也要丢下沙场地。任你有通天本事，盖世英雄，立尽多少功劳，不免做无头之鬼。倘狄青一死，刘、张、石、李、焦、孟一班小狗头，休想活命。一同丧在西辽，才显我国丈手段高强。”

此后，有两月余，有家将启上：“太师爷，今有三关孙老爷打发孙吉到来求见。”国丈说：“着他进来！”庞洪想道：“不知贤婿什么事情，打发孙吉到来？是了，莫非狄青身丧西辽，先来报信与老夫知道？”不觉孙吉到来，叩过头。太师说：“道途辛苦，不必行礼！你家老爷近日好么？”孙吉说：“家老爷近日甚安，今有书来与太师爷观看。”庞洪接过说：“你且往外厢用酒罢！”孙吉叩谢去了。国丈将书拆开，低头一看，不觉呆了，一会说：“不好了。原来狄青又被单单国救兵大破重围，反被他征伐西辽。可笑番王真没用，竟将镇国之宝献出，畏惧了一班小狗头。前日贤婿有本进京，说狄青投了西辽，圣上藏了批本不发。如今这小畜生又班师回朝，贤婿理亏，写书到来，托老夫于中补盖，叫我如何遮盖得来？且待狄青到来，然后见景生情便了。”从此庞洪烦闷不过，又难以再计算。

单表狄元帅差孟定国先进京奏捷。是日到京，将本投递相府。庞洪一接本，大惊说：“孟定国乃天波府内人，这本章谅情搁捺不得。待明朝奏闻圣上，再作道理。”

再说孟定国投本后，转来到无佞府，禀明佘太君说平西得胜回朝。太君大悦，一班寡妇欣然，说：“难得小将狄青英雄，不中庞洪奸贼计，今又得胜还朝。庞贼，枉你用尽千般奸计，自有皇天庇佑这英雄。”佘太君又吩咐孟定国：“在此府中安歇几天，等待元帅罢。路上辛劳，往外用些酒饭。”孟将军称谢，又往南清宫通报喜信。狄太后、潞花王母子好不开怀。随后又到天牢禀知太太。报知九王八侯、崔爷等，各忠贤俱已得知。多道：“此番足气煞庞贼了。前者孙秀这狗党，有本奏上投降西辽，幸得主上英明，留下此本不发。如今一班小将奏凯回朝，看圣上把孙秀怎样主张！”有净山王呼延赞笑道：“孙秀奸贼是御连襟，有这老奸贼遮庇，只上一个假本，圣上必不究的。还

恐庞奸贼有别的算计狄青。”九王八侯说:“呼延兄,狄青今有莫大之功,料想如今害不成了。”正是:

忠良小将人人爱,嫉妒奸臣个个嫌。

第三十六回　杨宗保显圣逐黑利　狄元帅伏罪见君王

诗曰:丹心报国杨元帅,辅宋驱邪不泯忠。
逐散冤魂归地府,英雄小将弗成凶。

慢说众位大臣言谈狄元帅班师之事。再说西辽国飞龙公主立志代夫报仇,随到中原为刺客,在度罗空将分路之日,已经混入宋军中。只因数万军中多是投降辽兵,多一人那里认得出?因何前时不早表明?只是一口难分两处话,一言难表两回书。

此时飞龙公主随着宋兵混进三关,已是放心大胆了。只因元帅一路到汴京见驾,飞龙公主早寻机脱身了。几万人马,少却一人,也难查确。只是单身独走,自觉凄凉。飞龙女立志与夫报仇雪恨,日间奔走京城路,夜宿无处泪暗流。这番女要报夫仇,抛下玉叶金枝,抛离双亲,竟不辞跋涉之劳,流离到外国,真乃节烈堪称。所以黑利死后,因他怨气所感,阴灵不散,现形亲自叫他前往,代为报仇。只是这黑利在生之时,虽然威武,岂知死后做了鬼魂,威风显不出来。况且三关乃是重地,本国山神,并有杨元帅之忠魂阻挡住三关,岂容外国鬼魂出入?那番将的阴魂难以进关,只得退归旧路去了。若讲到杨元帅的忠魂,既将黑利冤魂赶逐,何不连飞龙公主一并收除?只因杨元帅做了神道,故知飞龙、狄青生死相关,自有定数,不先除他,由他进关而去。此时公主一路伤心不止,只因身穿军士衣裳,恐人盘诘,又到近地衣裳铺买了一套民间便服,寻一个空野之处,周身改换而行。此部书说了多少飞龙要报仇之话,到底如何收科,看官不用心急,下文自有交待。实事后话休题。

却说五虎大将一路登山涉水进京。是日汴京城厢内外,早已知道狄元帅得胜回朝。这些百姓,家家户户,俱是挂彩焚香,张灯燃烛,敬重有功之臣。满朝文武俱出城在十里长亭之外迎接。此时狄元帅到了,吩咐众将,把人马安扎营盘,滚鞍下马,说声:“列位大人,罪将狄青何德何能,感蒙各位如此抬举!使我置身何地?”有的说:“狄元帅如今平西有功,我们理该迎接。”元帅说声:“不敢!”有潞花王叫:“表弟,孤家奉母后之命,要你同归府内去,叙叙离情,来日见驾罢。”狄元帅说:“千岁,这也使不得。若然先到了南清宫,拜见姑母,犹恐涉私,被人谈论不美。不若来朝见过圣主,把误走国度,征伐西辽一一奏明。倘得圣上开一线之恩,赦了前罪,然后即来谒见老尊年,今宵权宿华亭驿,烦千岁回府,代为禀达。”这几位王爷大人,同声赞道:“果然有智识的一位直性无私的英雄,可敬!可敬!既然如此,就在华亭驿内权宿一宵,待来日候着圣宣便了。”

此时同进华亭驿内,众将早已安排,众兵华亭驿外屯扎,潞花王早已吩咐,预办酒筵。众三军自有犒赏,众王侯与元帅依次而坐就席,六将乐饮。交酬宴毕,已近黄昏。狄元帅吩咐:“焦廷贵速即往国丈府中,禀请奏明圣上,本帅班师。”潞花王说:“表弟,你班师回朝,待孤家与你奏知圣上,何用庞洪!”狄元帅笑道:“千岁,国丈屡屡怪着我狄青,不知是何原故。如今要他呈奏班师,却也不妨。”众王侯笑道:“这也说得是。”此时,众大臣别过元帅,抽身告别回衙,元帅相送,不表。

且说焦廷贵到了相府外,下马高声说:“奸臣门上何人?”有一把门的喝道:“你是何人?敢在这里大呼小叫!”焦廷贵哈哈大笑,说:“你老子乃焦廷贵,随狄元帅征伐西辽,如今班师回朝,各大臣出城,十分恭敬。想你这老奸臣庞洪妄自尊大,不来相见。”把门家将喝道:“胡说,我家相爷,乃当今万岁的国丈,只有人奉承他,从不肯去奉承别人的。”焦廷贵大喝道:“放你狗屁,俺家元帅,乃是太后娘娘侄儿,比你家这个奸臣的势头大得多哩。你若不去通报,待你老子打进去罢。”门官拦不得,连忙进内禀知。太师传进去。此时,这焦廷贵进至府堂,见了庞洪挺起当胸,也不行过见礼,圆睁环眼看庞洪,高声说:“你是国丈么?”庞洪喝道:“匹夫,你是焦廷贵么?”焦廷贵道:

"那人不知我的大名,你问怎样?"庞洪大喝道:"你一个小小武夫,见了老夫一品当朝的,焉敢这般模样!"焦廷贵听了,呵呵大笑道:"我虽是小小武夫,跟随元帅的功劳浩大;而你虽是一品当朝,只好坐食了皇帝老子俸禄,用尽计谋害人的性命。这是你的本领,你与国家有什么事?你且行说来。"庞洪大怒,喝道:"你见老夫害了什么人?满口胡言,这样放肆!"焦廷贵听了,冷笑道:"老庞啊,我家元帅原与你无仇,因何你几次把他谋害?幸喜他运好命好,如今害他不成,反立下大大的功劳。今日征伐番王,取了珍珠旗回来,元帅差我前来,说与你知道,来日可奏知圣上,不可又设奸计来算计元帅。俺焦将军去也!"摆开一步,跑出外堂,上马加鞭而去。

此刻庞洪见焦廷贵如此言语撞犯,气得他怒上加怒。一来怀恨狄青得胜回朝,如今又遇焦廷贵激恼一番,好不气闷。便说:"焦廷贵,你这狗党,今日老夫受了你的气,少不得也在老夫手内。如今狄青既到了,且待来日奏知圣上,慢慢打算便了。"又说:"狄青啊,我却只想要你残生,却屡屡害你不成。老夫亦做过多少事情,倒失于这个小奴狄青。害他不成,正是枉为人也。"此时,国丈越想越恼,只是说不出来。

再说次日五更三点,各官聚集朝房内,天子尚未升座,众官开谈一会。忽听得景阳钟声响亮,龙凤鼓次第而鸣,扬鞭三响,香霭氤氲,珠灯引道,天子登了龙座。有这九王八侯,文臣武将,公侯伯子循序而朝。山呼已毕,文武分班列行,值殿官传万岁旨意,说圣上有旨,各班有事出班启奏,无事卷帘退班。忽左班内闪出国丈,说:"臣有事启奏。"俯伏金阶,说:"臣前者保举狄青征伐西辽,如今得胜回朝,特此奏闻候旨。"此时众王侯暗说道:"这贼好刁。奏说'保举'二字,又要追功了。"当下万岁降旨:"既是狄青班师回朝,即要宣来见朕。"停一会狄青到殿上,俯伏金阶,说:"狄青见驾,愿吾主圣寿无疆。"圣上说:"卿家平身!寡人命你征伐西辽,为何不遵旨命,投降了单单?国外招亲贪欢,误国之罪难逃,既在单单国招亲,如何又去征伐西辽?今日把前事细细奏与朕知。"

狄青说:"圣上,臣沐天高地厚君恩,岂不图丹心报国!前日禀遵主命,往征西辽。只为火叉岗上分为两路,走差单单国。一到他邦,守关武将怪臣无事兴兵侵犯,一时忿怒,杀将起来,拒关斩将。后来方知错走路途。臣以后自知理亏,再三以理讲和休息。岂知彼等不从,致有刀兵之患。臣到关前求和,他邦众将一心要战杀。此乃欺臣,欺臣即欺陛下。是时请旨已不及,只得与彼国交锋对力。先平单单,后征西辽。阵阵交兵得胜。后来了番女赛花,英雄无敌。倘若力战,臣亦不惧。奈他是庐山圣母之徒,法力甚高,把臣与众将一并拿去。番王苦苦劝臣投降,臣抵死不从,番王将臣等一并押去斩首。忽有圣母到来,说知番王,说臣与赛花有宿世姻缘。陛下,臣思自祖父以来,忠良自许,至臣身受国恩,未曾报答,岂可背旨招亲,以犯国典?奈何身被拘囚,倘若不从,要吃一刀之苦。非臣惜此微躯,既承王命征西,若然一死,岂不有误军情一事?只得勉强成亲。一月后逃走,复回火叉岗,路遇钦差,臣已附本章一道,谅必陛下龙目看明,乞体谅微臣本心。后来臣一到西辽,旗开得胜,借陛下天威,只道番王即日可以投降。谁知他又差了星星罗海将来雄兵数十万。此时兵困白鹤关,近日焉有救兵?势已急了,只得差人前往单单国,请得八宝女到来帮助,方才打破重围,众将兵方解此危。后来番王见雄兵猛将一并尽消,只是哀求,愿献出珍珠旗,另有投表降书,金珠绸锦四箱,恳准投降,自愿年年贡献,岁岁称臣。此时,臣非敢自专,妄允请降。因奉旨前往之先,已蒙圣谕,但得番王顺命,则准他投降。故臣今日收兵还朝,赛花只在西辽就已回归单单。微臣重罪不赦,但得放出天牢母亲,感戴天恩不尽矣!"正是:

奏主当年平虏事,原因今日谒天颜。

第三十七回　奏诉前因明君剖断　叙谈远别狄后萱亲

诗曰:高年狄母下天牢,只为奸谋计害图。
今日方能离禁难,苍天不负寡孀孤。

且说狄元帅当金殿奏明上年奉旨平西，走差国度，单单留亲等缘由。当下仁宗听罢一想：“从前孙秀陈奏说狄青投降西辽，实是假的，如今不必再提起此事了。”降旨要将贡献之物一齐呈来观看。狄爷听了，即忙步出午朝门，令军士将四箱贡礼、一柄珍珠旗呈进金銮殿上，一一打开。万岁看毕，然后又将珍珠旗拆去包镶，君臣一同观看。这柄旗没有一人见过，君臣各人，焉能辨得出真假？无非众人赞个“好”字。君臣览毕，圣上传旨，内侍一并收归库内。狄元帅又将降表、册籍呈上龙案。万岁看过降书，又看册子上是原日统领人马若干，损去若干，收降番兵多少，用去粮饷多少，尚剩若干，并将众将兵功劳簿开载明白。御览已完，传旨说：“狄卿原有重罪，兹今姑念跋涉一番之劳，如今有功不计，有罪已消。另日有功，再加升爵，收降人马兵部收回，余粮户部收回。”万岁传旨往天牢放出狄元帅之母。

元帅正要上前谢恩，早有国丈庞洪说：“臣启陛下，这狄青未伐西辽先投单单，误国招亲，罪该万死，功小罪大，抵消不得。伏乞我主圣裁！”万岁听了一想，说声：“庞卿，你太无情了！这狄卿乃你保举的。他既有不赦罪，庞卿岂无保举不力之过么？寡人劝你差不多些也罢。”庞卿听了圣上之言，羞惭满面，低头不语。此时，九位王爷、八位侯爷一班忠臣好不开怀暗喜。

此刻嘉祐王退朝，群臣各散。狄爷退出午朝门，见国丈也出。狄爷说：“国丈，你我也差不多些，既为一殿之臣，同僚之谊，何不一同辅主？你我相安，有何不美？”庞洪听罢，道：“你的话好无分晓，老夫是公平直断之言，那有生心与你结仇作对！”说完登了坐轿回归相府，满怀不悦，暗道：“圣上原来宠爱于他。老夫总要摆布这狗头死地，方才罢休！”不表庞洪烦恼。

且言众位王爷并不是惧怕狄爷，要奉承他，只因敬他平西有功，是个忠良将士，劳于汗马，乃江山鼎力之臣。内有几个庞党奉承，是面从心违的，一班硬重直臣则是实情。相应的你邀我扯，狄爷此刻也分身不暇，有潞花王叫声：“表弟，母后着你去相见，与孤家去罢！”狄爷微笑道：“难得姑娘这等好心，当先往拜见才为合理。”便说：“列位大人，容下官去拜见姑娘，然后再来奉谒列位大人便了。”众王侯齐声说道:“不敢!”拱手相辞,登车起马各回府中去了。元帅又吩咐众将在华亭驿所安屯便了,且待圣旨到下再行定夺。此时,狄爷乘上现月龙驹。潞花王爷骑上白狻猊一同并马而行。

先说有高年的赵千岁乃是石玉的丈人,这位王爷早已差人来请石郡马回府。这石玉此时巴不得拜见母亲同着郡主,即时别过张、刘、焦、李四人,一路到了赵千岁府中。原来这位赵爷乃仁宗天子的叔父,年已将七十,单生女一人。狄元帅有功,四将一同受封之日,赵千岁已招赘了石将军。他自从随着元帅同守三关,远离母亲郡主已有五载,按下不表。

再说狄爷一路随了潞花王到王府门首,二人下马直进至南清宫,一见太后娘娘,狄爷说:“姑娘大人在上,侄儿狄青拜见。”此时,太后娘娘见了侄儿,不觉心酸起来,叫声:“侄儿起来罢,休行大礼了。”狄青一连三叩首,娘娘说:“我儿扶他起来。”潞花王搀挽起狄爷说:“表弟请起!”此刻狄爷起来,娘娘吩咐下坐,弟兄一同依礼而坐。正是姑侄相逢之际,应该喜悦才是,为何狄太后反而凄惨起来?因想哥哥只有这点骨血,死里逃生方得出仕,又被奸臣几番计害,倘若征西丧在边疆之地,狄氏香烟倚靠何人?幸喜侄儿有此本事,平伏西辽。细想侄儿屡被庞洪所算,几番逢凶化吉,转难成祥,到今日方见侄儿之面,想到此间,心中惨楚起来。狄爷香茗吃毕,启口说:“姑娘,侄儿奉旨,往守三关,远别许久,不曾候到金安。”狄太后道:“侄儿的身体如何?”狄爷说:“侄儿一向身体甚安!”娘娘说:“侄儿啊,自从那年你解送征衣之后,杨宗保既殁,圣上命你往守三关,不觉五载有余。只望你高官显爵,耀祖荣宗,尽忠尽孝,清史流芳,才遂吾愿。岂知与你相会之初,几至身亡,已受奸臣暗害,吃尽苦楚几番,方得母子少安。这老贼又哄奏当今,妄施巧计,保你往征西辽,登临险地,祸福难分。喜得今日得胜回朝,且把交锋之事细细说明,与老身知道。”

狄爷听罢,细将错走单单直至得公主到阵解重围,番王献出珍珠旗一一说明。娘娘说:“今日取到珍珠旗,早间上殿见圣上,把你怎样相看?”狄爷说:“姑娘,侄儿今日见驾,细把前情奏知,蒙主上洪恩降旨,此事功罪两消,另日有功,再封官爵,并赦母亲无罪。岂料这庞洪奏罪大功小，抵消不得。圣上说，庞洪你也有保举不力之过，与侄儿之罪也差不多的。”太后说：“这奸贼实乃与你做尽对头了。”狄爷说：“姑娘，我想母亲安安稳稳住在家乡，皆因不肖儿累及他受此苦楚。今蒙恩赦，侄儿要往天牢去看看母亲，以安悬望之心。”狄后说：“既如此，你去见母亲就来便了！”有潞花王说：“母亲，待孩儿同去迎接舅母可好么？”太后允诺。狄爷说：“千岁若然别的去处同往却也何妨，这个所在却去不得，不劳千岁大驾了。”太后说：“孩儿，表弟说的不差，不去也罢，停一刻也来相会了。”又叫侄儿：“你何必称我儿为千岁？虽云朝廷尚爵，你二人骨肉至亲，何必如此？以后只须兄弟相称便了。”狄爷说：“谨依尊命。”

此时穿过便服，别了姑娘，带领四个从人，随出王府，步行而去。未至天牢，赦书已到，太太乘着小轿出来，张文步随。狄爷一见，叫了声：“姊丈！”张文说声：“舅郎，我那日见过你，只因一班王侯大臣在此，不好呼唤。”狄爷说道：“这也何妨！”转又叫母亲：“孩儿奉姑娘之命，来迎接母亲去。”太太说：“孩儿！我正要到南清宫去，叙叙数十年姑嫂分别之情。”狄爷亲自扶轿陪行。街上百姓多是叹息，忠臣孝子名不虚传。到了姑娘王府，有守门官进内，禀知潞花王。传命大开中门，亲出来迎接。张文不进去，狄爷叫他在华亭驿与众将处去了。

又说狄青虽然出仕，做了官，只因未久，未曾请得诰命于狄太太，然而，他父亲狄广在日做官之时，太太已受过诰命。当今新主封赠，还要候恩。此时进得王府，狄爷扶娘下轿，直进南清宫内。娘娘亲自出迎，正是久渴怀思，今朝相会，好不喜欢。姑嫂见礼，太太要拜见，说：“姑娘虽是骨肉至亲，然尊卑不同，礼当老身拜见。”太后那里肯从？说道：“只行常礼罢。”潞花王说：“舅母大人在上，待愚甥叩见。”太太说：“千岁，老身那里敢当！若行常礼，已是过分。”太后道：“嫂嫂，骨肉至亲，况且初见，受他两礼何妨。”此时太太起身，潞花王拜，狄爷扶起，又叩首母亲，即说道：“孩儿不孝，至母亲受惊吃苦。”太太说：“儿啊，这是奸臣算计，与你何干？老身只道今生为狱中之鬼，岂料孩儿又得班师，母子得赦，逢凶化吉，实是感赖上苍。”正是：

善良自有天心眷，奸佞终须国法收。

第三十八回 南清宫姑嫂谈心 赵王府娘儿聚首

诗曰：骨肉分离二十年，今朝相会叙前言。
情浓姑嫂多亲谊，恤寡怜贫狄后贤。

当下狄太后娘娘与太太姑嫂对坐，下边左右坐着两位青年。香茗用毕，潞花王请过舅母之安。正是姑嫂久别二十余年，此时太后开言，说："嫂嫂你在天牢内，不是我姑娘冷眼相看，若求圣上赦出你，犹恐众臣议论。料得决无大事，只好暗中略略照拂。幸喜侄儿仰赖上天庇佑，平伏得西辽，姑嫂重逢，母子叙会，真乃枯木逢春。"太太说："姑娘啊，许多周旋，皆赖叨天之力，莫大之恩，报答不尽。所恨者庞洪、孙秀两个权奸，妒忌忠良，几番侵害我儿，险死还生，算来此命罢了，罢了。"太后说："嫂嫂，湛湛青天，不可欺得来。庞贼害人，行恶已多，看他归结，未必有安然不败露之理。"

此时，太太又把姑娘细看，不觉心酸顿起："记得当日先主点秀与你分手之时，好一个冰肌玉貌的少年。如今虽说玉容依然不减，总然难及当初年少之日。自从与姑娘分别二十余秋，音信全无，今日姑娘得到如此，真乃洪福齐天。我儿若非姑娘提携，焉能年少仕皇家？"太后说："嫂嫂，今朝想起前事，犹如做梦一般。先主点秀分别之后，月月年年思回故土。以后差人探问，岂料山西地面遇水灾，全府地面百姓淹没殆尽。只道你母子双双身葬鱼腹，以后踪迹渺无，弄得我时时思想，愁闷倍增。直至前数年，方才与侄儿相会。他说幸赖仙师救上仙山，收为门徒，教授武略。就是嫂嫂得活于世，也未得知。直至以后侄儿有书投达，方知你母子得会。此时喜得为姑娘的心花大开了。今朝又得姑嫂重相会，间别情怀尽消。"太太说："姑娘啊，若是从前事讲说不完了。前时母子株守家园，岂料水淹山西，太原百姓家家遭了此难，母子被水冲开。母说孩儿亡在水府，儿道母亲葬在水中。此时老身幸得小婿张文救了，得过一年又一年。前年方得母子相会，今日不意与姑娘重逢，真乃喜从天降。"太后说："嫂嫂你不说我也忘记了。你说到女婿张文,老身却记得还有侄女一双。前日侄儿有书到来,又不分明写上,只说母子相逢,一统达言。”太太道:“这是月久年深,自然忘记了。次女银鸾已亡故了。只有大女金鸾配与张文,因他武职细小,就是前日奉旨拿我,也是他伴送来的,至今尚在京中伴老身。”太后说:“这也难得他如此着力。”

此刻姑嫂讲话多时,太太又问:“我儿,你既奉旨西征,因何不往,反在单单国投降招亲?贪欢误国,实乃逆旨欺君。到底怎长怎短,可将实情细告为娘知道,不许藏头漏尾。”此时狄爷就将走差单单直至番君献旗投降细细说知。太太听了,又惊又喜,惊的是公主厉害,喜的是得胜回朝。狄后说:“嫂嫂,这公主倒亏得他解围救了侄儿,有功于宋了。想他是个有情之女,待逢降旨,当今差官直往单单,接取他到来,待你婆媳相依罢。”太太说:“多蒙姑娘盛心。”此时姑嫂久别相逢,讲话甚多,难以一一尽述,只是略书一夕之言。当下太后着四个宫娥,服事太太香汤沐浴,侍候更衣。又吩咐备酒开筵。太太叫声:“姑娘,我有两个丫环使唤,不用宫娥了。”潞花王叫声:“表弟,你劳顿已久,今得空闲,如今与你外边去玩玩可好么?”太后娘娘说:“我儿之言甚是,外边玩玩然后进宫饮宴。”潞花王应诺。是日排筵,太后、太太同一席,王爷千岁弟兄同一席。席间言谈些无关的话,也不烦载。太后娘娘早已吩咐备齐铺床在宫房,待太太安身,狄爷另有书房安歇。是夜宴毕,有一番言语不表。

再说孟定国在无佞府安歇数天,一闻元帅到了,即别过佘太君一路到了华亭驿众将处,与张文也是彼此兄弟相呼言谈。不表。

再说赵王爷差人请到这石郡马,上前拜见岳父母,又叩见母亲,然后夫妻相见。石郡马自从跟着元帅解送征衣,直至今日平伏西辽,将已三载,抛妻别母,今始得叙首,甚是开怀。郡主见丈夫回来了,心头大悦。此时千岁略谈数言,吩咐备办酒筵款待郡马,有太夫人说声:“孩儿,你别却为娘几载,为娘不能独自归去家乡,又蒙亲翁亲母再三款留。不知你在外数年可记念母亲妻子否?”石将军说:“母亲,这叫做事君不能事亲。孩儿久违膝下,不孝之罪难逃。目下幸叨天子洪福,西辽投顺,得息干戈。孩儿自当奉母暮景之年,还要打点回归故土。别后不知娘亲如何?”太夫人说:“为娘却也甚安。如今郡主贤媳已经产下麟儿三载,外祖已命名‘继祖’。”石玉哈哈笑道:“这名甚好。不知孩儿生来品格如何?”老夫人说:“这孩儿生来甚为乖巧有趣的。”石玉说:“母亲,因何不见他进来?”太夫人说:“孩子正在睡熟,停一会看他便了。”

少刻间红日归西,天色将晚。郡主着乳娘领出公子来。石玉把孩子一看,果然是眉清目秀的不凡之儿。郡主叫声:“继祖儿,这是你爹爹了,快些上前叩个头。”这孩子仅得三岁,已会晓得上前跪下,叫声爹爹,扶拜一番。起来走回郡主跟前,扯住娘的衣。石玉说:“孩儿过来,你父与你玩可好么?”孩子只不来,扯住郡主衣。碎絮之言,不必细述。此时一家完聚。夜宴已毕,赵千岁说:“贤婿,老夫年经花甲,奈无后嗣承接香烟,单依靠于你。岂知你完聚不久,又要远出边关,虽然五虎平西成功名,但不能安安稳稳过日。如今平伏得西辽回国,狄元帅之罪已消。谅必众将皆已恩赦,庞洪再不敢寻事了。你从今必然安闲过日,娘儿早晚相依,夫妻朝夕相见,老夫妻晨昏相处。石门已有承祖继后,赵氏香火尚属子虚。若待两姓已有香烟之种,老夫才得心安。”石玉一想暗说:“岳父这话,不过要想我抚育儿子,不去打仗交锋远出之意。”便说:“在沙场劳苦,立汗马之功,显扬于世,此乃大丈夫之创立。若后代之计,乃为其次。岳父大人何必忧虑?今日天下已平宁,有幸郡主多育几个孩儿,便是宗枝承继。”赵千岁听罢,微笑无言,抽身转进内厢去了。

是夜,石将军进房与郡主言谈,无非夫妇分离之言,也不烦言录载。是夜言谈一会,要回华亭驿。别了郡主,禀过母亲、岳父,只为君王尚未降旨,到底不知如何,是以众将还在驿中等候,按下不题。

再说次日,到四更将残,天色尚早。天子尚未临朝,只有两边红丝灯两对。潞花王、狄爷到了,众大臣道:“朝过圣上,狄大人可往下官小府细谈罢。”狄爷连声应诺说:“不敢当得列位大人见爱厚情。”此时庞洪听说,在旁暗暗心焦,勉强叫声:“千岁,今日也来上朝么?”潞花王听了冷笑道:“众臣欢喜孤家,敢是你不许么?”庞洪说:“臣怎敢不许的。”狄爷叫声:“国丈请!”庞洪说:“王亲请了。”狄爷说:“什么王亲?”庞洪说:“你与太后娘娘是骨肉亲,岂不是王亲?”狄爷说:“若在国丈,正靠着王亲;单我狄青不靠着什么王亲势力,全靠两条膊子把江山定,丹心报国把社稷安。自今以后,国丈不可把王亲称。若说王亲,是有多少臭气的。”国丈听罢,低头暗想:“这畜生说此刁言!明明把老夫播弄,必须将冤家弄死在手内,才得甘心。”停一会,净鞭三响,嘉祐王登殿,文武朝参,两边站立。有狄青俯伏金阶说:“微臣狄青见驾,愿吾主万岁!臣母蒙主恩宽赦,微臣代母谢恩!”天子一见说:“赐卿平身!”又有潞花王俯伏金殿说:“母后有旨,狄青罪大功小不可抵消。余罪休得置之不究,伏惟陛下公平分断,免得群臣私论。”天子听了奏言,微笑道:“此话无非要朕加封官爵,不好明言,说此反话。”连忙降旨:“御弟平身!”不知嘉祐王如何封赠狄青,且看下回方知详细。正是:

臣有功时君懋赏,法无私处国绵兴。

第三十九回　论功封爵狄青封王　立志报仇番女密访

诗曰:五虎平西立大功,班师归国宠恩隆。
今朝受诰王恩厚,奸佞图谋却是空。

话说狄青平西还朝,只因将功抵罪,未有加封。有太后狄娘娘传旨,潞花王上朝奏说狄青罪大功小,余罪要天子公断。岂知嘉祐王乃是英明之主,闻奏之言,无非母后要加封狄青之意。仁宗看看两边文武,又有国丈,但只见他默默不言。想来二人皆朕的至亲,厚不得庞洪,薄不得狄青。

此时仁宗天子问着众文武:“功罪何为轻重?”内有奸党几人见国丈不开言,便也不敢做声。这些众王侯等巴不得狄青封个极品,把庞洪减些威权。有左班中闪出一位大臣,乃司天太史崔信,启奏道:“臣崔信启奏陛下,臣思前者西辽兵犯瓦桥关,被狄青杀得他片甲不回。以后屡屡杀退辽兵,并未过犯。如今平西走差国度招亲应该有罪,可将此罪抵去前功。今又征伏西辽,如若兵困白鹤关时,倘非单单招亲,焉能得八宝提兵破敌?算起来功多罪少,伏乞圣裁。”宋仁宗听奏,龙颜微笑说:“崔卿却也说得公平不差。”又问:“加封何职为公?”崔爷说:“陛下,依臣愚见,封他一个王位也不为过。”天子又问:“众卿认为如何?”有汴山王呼延赞、吏部天官文彦博、大都督苏文贵、巡抚御史欧阳修齐说:“正该加封王位!”此时庞洪暗中咬牙切齿,深恨这几人,只又不敢抗言阻挡,只得勉强从中附和,做个好人。仁宗又问道:“庞卿,崔卿之言公断否?”庞洪说:“陛下,崔大人之言果也公平。”天子说:“封他王位,卿可信服否?”庞洪说:“老臣巴不得狄青匡扶社稷,稳保江山,有何不心服的?”天子说:“既然如此,降旨封狄青为平西王,刘庆、张忠、李义、石玉四将加封镇国将军。孟定国、焦廷贵照本职加封三级。”

此时狄青出班奏道:“臣启陛下,念臣年轻功薄,何德何能,敢当此重位?况臣家门不幸,父亲弃世已久,母亲孀居,至九岁又遭水患,母子分离,前年才得母亲相会。如今西辽已降,天下永宁,伏乞圣上,赐臣母子归乡,侍奉母亲桑榆之景,少尽人子报答劬劳,深感天恩无尽矣!”庞洪一想,如若圣上准他回乡,老夫摆弄他不得了,急忙出班奏道:“狄青乃当世英雄,国家栋梁,谁能可及!大宋锦绣江山亏他保障。倘若他回返故土,只恐西辽复兴人马,又扰江山。犹望我主勿要准他所奏。”嘉祐王一想:“这老头儿莫非回心,不与狄青作对了?他若不奏,朕也不放这狄青回去的。”便说:“狄青啊,古道英雄出少年。卿家建此莫大之功,理该受此职封赠的。为何要胡想还乡?”狄爷又奏说:“陛下,臣深感皇恩浩荡,虽碎身粉骨难以图报万一。但今国务稍安,臣故欲奉母少尽孝心,乞赐臣伴母归乡,感恩不浅。”天子说:“狄青既不愿为官,权且在朝伴朕几载。若为萱亲无人侍奉,不若在京建造王府,此时君也事了,亲也奉了,忠孝两全,岂不为美?卿家再勿多言,遵依朕旨,且耐着性子罢。”狄爷暗想:“庞洪虽不怀好意,圣上主见却也不差。我若执之一见,反觉无情逆旨。”只得俯伏谢过圣恩。天子降旨:“国丈率同众卿,约来日在麒麟阁备设御宴,款待狄卿。”又命工部建造平西王府。众臣谢过君恩,圣驾回宫。

这仁宗好不明白,原知国丈与狄青不合,故以赐宴为名,待他同吃御宴,说些好话,让他两人和睦些。此是圣主英明,睦臣之意。此时群臣退班。有赵千岁邀了平西王同归王府,又差人前往华亭驿请到六位英雄,一同相见。狄爷说:“天子恩封,待等建造好王府,然后受职。”众将多感天子洪恩。闲话休题。

是日天色已晚,赵王爷备办酒筵款待众人英雄。吃酒之间,焦廷贵在下首大叫道:“圣上封我做官,我们没有地方,没有衙门,叫我们如何做?”张忠说:“我们与狄大哥结义之时,誓同生死,苦乐相均。如今他有了王府,我们愿在他处,要什么衙门?”众弟兄听了哈哈笑道:“这句话说得不差。”赵千岁听了大悦,道:“难得你众英雄义气相投,如今众位将军休要到华亭驿,就在老夫此处屈居数日,待等建好王府,然后众位同去便了。”众人连声称谢。只有狄爷犹恐母亲悬念。此时谢过赵千岁,辞过众人,回到宫宇,将情禀知太后。然圣上加封狄青,早有潞花王退朝禀知。按下不表。

再说次日庞洪奉了圣旨,免不得邀齐众大臣,在麒麟阁吩咐备设御筵。众王侯大臣上殿谢恩,然后就席。席间国丈对狄爷说的密语甜言,狄爷乃正大之人,那里计较?只是随应随答,心中总不介怀。此时众人御宴已毕,复上金銮,谢了圣恩。狄爷然后先往天波府拜探佘太君,以后又往拜各王府,忙了一连十天,方得空闲。此时狄爷母子在南清宫等待造起王府,然后迁居。忽一日张文来见狄爷,说声:“贤舅郎,我前时伴着岳母来京中,早已有一载。你姐姐在家乡音信全无,他在家岂不挂怀?如今闲下无事,意欲回转家乡,省得你姐姐挂心,你道如何?”狄爷说:“姐丈之意不差。”即进内禀知太太。太太说:“我儿,娘也有意欲回家庭,待他同伴我回去,见过女儿,娘才得放心。”狄爷说:“母亲去不得。孩儿九岁,母子分离,到今十几载未能奉侍一天。今幸国务稍安,孩儿正要侍奉承欢,少尽人子之心。”太太说:“儿啊,只要你在京中丹心伴驾,孝道为娘倒也不屑。我今回转家园,自有你姐姐陪伴过日。”狄爷说:“前日圣上有旨,命母亲在着京中,好待孩儿奉养,如若回转家乡,又有逆旨之罪。不如待过三年五载,待孩儿告假,然后母子还乡有何不可?”太后娘娘说:“嫂嫂,侄儿之言却也不差。况且你我分离已久,方得相逢。何忍遽别?望祈嫂嫂依了侄儿之言罢。”太太只得应允。

太后宣进张文,张文拜见,又拜潞花王。狄爷即修书一封,付寄金鸾姐姐通知详细。太后取出黄金五百两,送与侄女为脂粉费用。因何娘娘不送银两与侄女而要赐黄金?只因金乃细小之物,一程便于携带。此时张文拜领收藏,用箱子装好,书信一并收拾好,拜谢太后,辞别他母子四人。狄爷送出,至赵王府,传知张忠、刘庆、李义、石玉等各各辞别过。张文上马加鞭回返山西去了。按下休题。

却说飞龙公主,一心要报丈夫之仇。此时已混进汴京,女扮为男,在着城中寻了一个下处。终朝暗暗打听,访了两个余月消息,知庞大师与狄青作对。飞龙想了想说:“好了,这便是机会。不若求见国丈,与他说明,然后下手。此事必须如此方妥。”此时到了相府门前,大着胆上前,守门官一见喝声:“你是何人?”飞龙说:“我姓李名飞雄。家住三关,出外营生,到过汴京数次,如今又到京中。打听得一段机密事情,要求见相爷,有烦通报。”门官说:“怪不得你声音不同本地人,原来是三关外的人。但你要见太师翁,俺门上的规矩你可晓得么?”飞龙说:“什么规矩,我倒不知道。”门官说:“我们靠山吃山,靠水吃水。倘若有人求见相爷,只要这般查查物件。”飞龙道:“这也容易。”即向囊中取出一锭银子,门官接过,连忙进内启上:“相爷,外边有个三关外人李飞雄,说有机密大事求见。”国丈听了一想:“三关外的人李飞雄?我从来不认得他。不知有何机密事,吩咐唤他进来便知明白。”正是:

一心居正邪难入,素性行歪魔易来。

第四十回 番公主相府诉夫冤 庞国丈书房思偶合

诗曰:飞龙公主到中华,混入奸臣宰相家。
欲报夫仇无异志,能全节烈实堪夸。

再说门官带进飞雄，来到书房。飞龙女说："太师爷在上，李飞雄叩头。"国丈把他一看，年纪只有二十外，面如堆粉，美玉生辉，声音不是中原人。"你今到此有何话说?"飞雄说："太师爷，小人有机密事情，求太师爷屏退左右，方好将情形禀知。"庞洪回顾，叫书童、门上退去。太师掩上书房门，回身坐下，说："飞雄，你有何机密事，快快说与老夫知道。"公主说："相爷啊，我不是飞雄，乃西辽公主叫做飞龙，我驸马名黑利，被狄青杀死，一命归阴。所以立心要与丈夫报仇。今日历尽风霜，身投中国，必要伤了狄青，方消此恨。"庞洪听罢说："你是西辽国公主？老夫却难以即时准信于你。"公主说："太师爷，你若不信，我耳上珠环有九个环眼，恐被人看出，故将环眼粉了。"此时国丈细细将他左右耳一观，果然左右耳上有九个环眼。若说西辽国内，平等人家女子耳上只得三个环眼，官家之女七个环眼，公主有九个环眼。这是他国例如此，并不是无中生有的妄言。飞龙犹恐中原人看出，故用着胶粉将九环眼塞了。一时大意看不出，细看才能辨得出来。

庞洪此时呆想一会，立起身来，轻轻叫声："公主，先前老夫多有简慢，休得见怪。请坐，待老夫告诉一番。凡为将者，上阵交锋，不是彼死，就是此亡。既然你驸马死在狄青的手，谅情本事平常，为何公主这般怀恨?"公主说："太师爷，若说驸马的本事，在我西辽是赫赫有名的上将。倘若他战场交战杀死哀家驸马，我心不恨，断然不想报仇之念。"庞洪说："怎样死的?"公主说："他用法宝伤了驸马，所以哀家誓死不休。"庞洪说道："你既要报夫仇，必要有个报仇之策。且说与老夫得知。"公主说："太师啊，哀家混进中原，用尽多少细心访听，方知相爷原与狄青不相合的。特来求见，伏望太师怜念我难中苦人，用些许计谋伤害狄青，自身就是碎尸粉骨有何遗恨？哀家若得报了丈夫之仇，来世定当衔草报答深恩。"

庞洪听了，也觉可怜，叹息他乃节烈之女。暗想："细观他容貌十分悦得老夫的心怀。待我留他在府内先来成了美事，料想必然允从。然后用计，帮他伤了狄青。"想定，叫声："公主，若是老夫与狄青不是对头，你也枉到此地，驸马之仇，焉能报得来!"飞龙说声："相爷,哀家到此暗暗打听月余,方知太师与他作对,故来求见。”庞洪说:“公主,你也算得胆大包天,一路不提防人诘问。你且在此安歇,机关切不可泄漏的。况且你不是中国口音,须要学习我邦言词,方好行事。如若造次而行,恐防近虎不成反为不美。”公主说:“太师高见不差,深感周旋大德。倘得报了丈夫之仇,生生世世不忘大恩。”庞洪说:“公主言重了。老夫与狄青深有宿仇,几次害他不得,难得公主到来,帮助我一臂之力。但你在这里恐防众家人疑惑,你只说三关孙老爷差你前来投送书文,路逢强盗抢劫可也。”公主应允称谢。

原来庞洪一心要算害狄青,如今他班师回国,圣上恩宠,正在算计不来。如今见飞龙到此,专心为夫报仇,正中他心怀。又见飞龙生得风流少艾,顿起淫心。此时,开了书房门,唤到小使,吩咐道:“这李飞雄乃三关孙老爷差来递送书的,路遇强人抢劫,快把衣裳与他换了。”小使领说:“李兄,这里来。”慢表飞龙进去。此刻庞洪在书房内想起公主:“老夫只道番邦人物丑陋不堪,岂料这飞龙公主真有沉鱼落雁之容,令人可爱。想他青春年少没有丈夫,岂不思想云情雨意。待老夫将他挑动,看他怎生光景便了。若得佳人陪伴老夫枕席,直得我半世风流之乐。”庞洪如此想了,心花大开。

少刻飞龙换过衣服到来。这公主更衣,不过卸去外衣,不换贴肉衣裳,众家人焉能得知。又是天生成一双大脚,穿上靴来易于走动。国丈见他装扮得如此,不觉看住公主呵呵大笑。见四下无人,说声:“公主,若说兵部差官,不该留在书房之内。奈何你是个女身,若外厢安歇,一则轻了公主,二来犹恐破露机关,不若在南楼书房安歇罢。”公主连声称谢。国丈唤小使引进南楼书房。是晚送进美酒佳肴与公主用过。又齐备帐铺安歇。此时,这些家人不知所为何故,猜疑不定,此间闲话休得多提。只有飞龙公主心中暗喜:“有了杀害狄青的机会,丈夫之仇得报了。”

当晚国丈独在书轩内,有心要调戏飞龙公主,饮酒至更将二鼓,叫这家人自去睡。暗想:“不知公主睡了否?待我拿灯火到南楼会他便了。”一路走,只见堂侧的家人俱已睡下。就又转到堂中,见月色光辉犹如白昼。已到南楼,只见里面灯光影出纱窗之外,侧耳但闻叹息怨恨之声。国丈放心,轻轻打上门槅几下。公主里面闻声,即便道:“是谁叫门?”国丈说:“老夫在此,公主快些开门。”公主暗暗想道:“更深夜静,太师到来何干?”急忙起身开了房门,庞洪直闯进来,说声:“公主啊,此时已夜深了,还在这里恨恨之声,却也未知何事?”飞龙说声:“太师请了。只因大仇未报,哀家焉有不恨之理。若然早日得报丈夫之仇,我死在九泉之下也觉心安。”国丈说:“公主,你且免愁烦,这件事性急不来。总要有得日期,自然成功有日的。”公主说:“多谢太师关心。为何夜深不睡,独自到来?有何缘故?”庞洪说:“公主,老夫因屡屡计害狄青总不得,所以时时在心,日短夜长,安睡不得,特来与你讲话,或者心事还开得些。”此时一双色眼把公主的花容目不转睛地呆看。

公主想道:“太师的形景却也奇怪。莫非他有什么邪心于哀家不成?难道年老之人还是好色么?”飞龙说:“太师,夜已深了,且暂请回安睡,有什么话说,明日讲罢!”庞洪说:“老夫总是睡不安的,谈谈心事却也何妨!”又说:“公主,老夫与你讲了半天的话,到底不知你今年纪多少?”公主说:“虚度年华二十四岁了。”国丈说道:“你青春二十四岁,老夫看将起来只像十七八岁的光景。公主,看你的花容好比一片美玉无瑕,恰似初开碧桃秀嫩。可惜与英雄驸马阴阳隔别,今日弄得你不胜寂寞凄凉,孤帏独宿,其实可怜。想到凤友鸾交之日,可把狄青千刀万剐,尚未息胸中之恨。”公主听了庞洪一番之话,心中想着,知他不怀好意,便说一声:“太师啊,哀家虽然生长番邦外国,为妇从夫之节,我略知三分。雪月风花非我所乐,保全节烈以从夫这是哀家的本心。这些风情浪语,太师休说罢!”庞洪一想,他说话来得坚硬,但不知他是真是假。转声又说:“公主,休得瞒我,你是青春年少之女,雨意云情焉能丢得下?就是老夫年纪花甲之人,风流不减得的。虽有妻妾几人陪伴,只甚少公主的花容美丽。公主你乃如花如玉的美人,谁不想风云之际会!”公主听罢,粉面含羞,低头不语。庞洪此时伸手扯公主的袖衣。公主着急,立起来叫声:“太师,你是当朝一品,为何这般无礼,不顾廉耻?不知俺飞龙为何样人。枉你如此高年,轻浮太甚,来调戏哀家。”庞洪听罢,呵呵大笑道:“啊!

谁叫你生得花容娇嫩？谁叫你孤身独自投到我府内？惹起老夫风流之念。今日不期而会,乃是宿世姻缘,公主休得推却。”正是：

纲常烈女何堪犯,淫欲奸臣枉用痴。

第四十一回　荐行刺庞洪托友　居王府狄青思妻

诗曰:身居相位大奸臣,图害忠良负主恩。
党羽同谋多误国,至教番女报夫仇。

当下飞龙公主见国丈至书房来调戏于他,心中焦闷,暗想:“这老头儿如此痴心好色,错投他相府了。叫哀家今夜如何脱身？罢了！不若设言哄退他便了。”说道:“太师啊,既蒙见爱,哀家岂有推辞见却之理？只因未报夫仇,岂得先与太师有此耍乐！且待我杀了狄青,消却宿恨深仇,方可与太师欢娱。倘若今夜要苦苦逼勒哀家成事,就是颈付清泉万万不能了。”庞洪听罢,只好呆呆看看飞龙,反觉没趣,惭愧起来。暗想这番女倒也心如铁石,节烈可嘉。如今倒使老夫没趣,不能收科。只得又叫声:“公主,若待你报仇,又非三朝两日可能办得来。叫老夫性急之人那里等得,岂非闷杀人也！不若趁此夜深无人,何不先赴阳台就却楚王之梦？”公主说道:“这也断难从命。太师啊,你位列三台之首,看得飞龙如草如芥。请太师速去安睡罢！纵有多少蜜语甜言,哀家总付之流水,你休再言。”庞洪说:“公主,犹恐你报仇之后忘了今夜之言,岂不辜负了老夫一片怜香惜玉之心？”公主说:“太师休得挂虑,哀家断不是负心之人。报仇之后,愿陪伴太师共效于飞之乐。”

此时庞洪乃真没趣,连称:“公主节烈可敬！可敬！老夫多多冒犯了你,且安睡罢！事后休得忘了老夫爱慕之心。”公主说:“违却太师,是哀家之罪,但等报仇之后自有会合之期。”此时庞洪辞别,已是更鼓三声。公主闭上书房门宽衣而睡,想道:“庞洪实也可笑。只道他是身居极品的老尊年,岂知他花甲之年将已就木,还要贪淫好色,把哀家这等欺侮。驸马啊，今夜若然从顺了庞洪，岂不是哀家不能与你守节了。总是哀家一心与你报仇，望你阴灵护佑你妻。”不表飞龙之言。

再说这庞国丈复走回书房，坐下自说：“老夫想他是个釜中之鱼，拿得稳稳牢牢，共效于飞之乐。岂知一场空快乐，还弄得老夫羞惭而还。想他生长番蛮之地，夫妻之情却如此真重，却也难得。但是老夫要算计狄青，尚无妙计。难得有此机会，飞龙要与丈夫报仇，必当打算成功，杀了狄青，此时两家欢欣，老夫心愿遂了。但想狄青单单国已有妻子，只怕他不要纳这飞龙为配，如何是好？并且他言语不是中国的，必要学习中原的话，才好行事。想来狄青素与老夫不睦，圣上也知，若亲自出头来，定不能成事。必须要旁人作主，待老夫鼎力，此事方能成就。”想了一会说：“罢了，老夫有一好友，乃名杨滔，现为户部尚书，他有两个亲生女儿，大女儿为鸾姣，已匹配了江西韩君祖。只有次女凤姣，尚未出门。不若请他过来，悄悄商议，把飞龙代作凤姣，奏知圣上与狄青为配。待老夫在旁为媒，方可从中行事，他人何能得知内里？我想圣上作主，谅狄青拗不来的。这个小畜生若作了刀头之鬼，老夫好不快乐！”慢表庞洪奸谋之言。

次日朝过天子，庞洪回衙即差人去请杨滔。不多时杨滔即到来，进入内堂，分宾主坐下，国丈细将情由说知。杨爷摇手道：“国丈，此事下官做不来的。倘他杀了狄青，圣上必然追究起来，必然反坐于下官身上。”庞洪笑道：“杨大人，你一向心雄胆壮，如何今日这等畏怯起来？如若追究于你，老夫自当出头顶力，决不牵连于你！况且这番女报得夫仇，死也不惜，是他亲口自言的。如此焉能干系得你？且自放心。”原来杨滔屡屡奉承这庞洪的，正是他的党羽，只得应允。国丈即唤公主见了杨滔。杨滔将他带回府，将家人使女各各瞒过。细将此事细细说与夫人知道，凤姣小姐也在旁。此时飞龙公主更换过女衣，殷勤见礼，就在着凤姣小姐房中安歇。他是一个灵聪之女，当心学习中原声音，一众丫环那里得知缘由，多不解其意，猜测不出。他官家法严，就是有些知觉亦不敢传出风声。只有夫人愁闷不悦。这一日并无丫环在旁，夫人叫声：“相公啊，你奉着国丈，图害狄青，倘若弄出事来,如何是好?”杨滔说:“夫人啊,下官岂有不知?只因下官与庞国丈相交好友,二来他的官高我的官小。若不是他数年提拔怎得今日这等高官?此事若不听从,岂非下官没朋情?若是平安无事,自然金银酬谢于我。若有甚差迟,自有他出头顶力。夫人不必挂怀!”不表杨滔夫妇之言。

再表工部老爷奉了圣旨,购买民地建造王府,差用泥匠工人千余,日夜赶工已有一月余,方能筑成。完工之日,复奏天子,嘉祐王降旨,令狄爷进居王府。焦、孟等六将当殿受封,谢过圣恩。此时,平西王禀知太后娘娘并母亲,择日迁居。此日狄千岁一路进王府,好不威仪:排开王旗,刀斧手数百,摆道而行,金瓜月斧两行不绝,一程炮响连天,后面家丁一队队何止数千。此时太太再三深谢姑娘,狄太后亲自送出皇宫。此时,太太坐上金镶八宝轿,潞花王一路亲送至王府。二位王爷乘着军车前呼后拥。前面四位大将军多是高头骏马。太太轿后又有焦、孟二将军。城厢内外,大小官员齐来赴送这平西王。一路笙歌音韵悠扬,金炉香烟喷鼻。街衢上百姓远远回避,两旁多是一派香花灯烛辉煌。旁人已多赞羡他功高爵显,乃大宋社稷藩臣,此乃当今万岁洪福齐天,故天特降这英雄忠义之人,以佐辅江山。不表众民之言。此时狄王爷一路进了王府。是日,仁宗天子钦赐白金六十万两,黄金五万两,绸绢五千匹,御酒千樽。狄太后娘娘也是赐送厚礼,也不过金银珠宝之类。天波府内佘太君众女将打发家人扛了四大箱盛礼也送进王府。一众王侯,文武大小官员,多来送礼,不过金银之类,不能一一细述。狄爷亲身道谢,忙乱了几天方得安闲。

一日,太太叫声:“孩儿,前日山西故土一遇水灾,母子分离十有三载,今日不想枯木逢春,娘儿复得叙会。你虽建得功劳,蒙天子降此隆恩,亦得众将军之力,方才立得此功。今日太平安享,吾儿不可忘了众将军勤劳之功。南清宫也是骨肉相看,不分彼此,却也难得。他一心照管于你,须紧记在心。当今主上恩如渊海,当赤心少报天子之恩。”狄爷诺诺连声,说:“谨依母亲训诲。”次日五更时分,狄爷上朝谢过圣恩回来,吩咐大摆筵席邀请众藩王、文武百官在王府内满堂乐饮。又是忙乱了半个月光阴,方得安闲,狄王爷终日想念公主贤妻，暗道："公主真乃多情义重之女。想来本藩前者哄他逃走，私往西辽，辜负他深情，却被他赶到风火关前。此时本藩见面十分惭愧，只因是本藩负他恩情。后来讲明忠孝之节，公主醒悟，放我西行。此是他割离恩爱，能明忠孝之义。分离之际并无怨恨于我，只是恋恋不忍分离。只说我虽是英雄，犹恐西辽将勇兵强，须要小心。千般恩爱，万种离愁。此时本藩也是十分不安。只因吾焉可背母，难以相抛，只得硬着心肠，两下分离。后来兵困白鹤关，又承他前来搭救。又说劝尽父王多少话，方才放他提兵救解，看将起来他真乃一心看待，出在至诚。岂知班师之日，他又要回返单单。此时本藩一心要带他回国，岂料他要鸾凤拆开。如今国务少尽，岂有负了他么？奈何日下天属隆冬，霜寒得紧，且候待三春和暖之日，将此段情由奏知皇上，求恳降旨，差官前往单单，接取公主到来。此时夫妻完叙，婆媳团圆，下官才得放心。"想罢转进内堂告禀母亲。太太说："我儿，这公主乃是一个多情女将，正该如此。且待春来和暖之日，行人易于走动，然后奏知皇上前往迎接贤媳罢了。"此时天天闲暇无事之日，更觉易过。光阴似箭，瞬息之间新春已到。文武百官朝贺新喜元景。此时正是天子有道，喜稻丰隆，万民安享，瑞雪纷飞。好话不多提。且说飞龙公主一心要报夫仇，在着杨府内与凤姣小姐早晚盘桓，用心学习中原口气语言，好待行事。但不知庞洪、杨滔如何用计去陷害这位英雄。正是：

整备窝弓射猛虎，安排香饵钓金鱼。

第四十二回　假结姻缘奉旨完娶　真迎花烛不进洞房

诗曰：奸臣国贼私通辽，力赞姻缘圣上调。
暗里图谋施毒计，只如天眼显昭昭。

再说飞龙公主在着杨府与凤姣小姐同住一卧房，学习中原语音。这户部杨爷乃是江西人氏，自然夫人小姐多是江西的话。这飞龙公主立心要报夫仇，在杨府耽搁了两月余矣！常言天下无难事，人心自不坚，况且飞龙乃是伶俐女子。此时两月有余，满口江西之话多已肖着。当时他十分心急，要往报仇雪恨。况且庞国丈一来巴不得伤害了狄青，二来还要打算他为妾，所以催促杨滔速速，明日上朝，如此如此。

好一个失时倒运的杨滔，见庞洪催促，来朝上殿，出班俯伏说："臣有事启奏！"嘉祐王龙目一看，乃是杨滔，说声："杨卿平身。何事且奏朕知！"杨滔说："臣有次女凤姣，年登十八，尚未许字。臣也不敢自称绝色无双，若与平西王匹配，实称佳偶。"仁宗天子听奏，微笑道："杨卿之女虽然未招坦腹，怎奈平西王在单单已有妻室，岂可把结发之妻中途抛弃了？此事寡人难以作主。杨卿且自另择英豪匹配罢了。"杨滔暗想万岁不肯作主，如何处置？原来这杨滔与庞洪作为党友是个刁奸之辈，想一会奏道："平西王在单单国虽然招赘了赛花公主，他仍然居住他国，南北分开，目下平西王犹自孤身独处，虽有夫妇之名，并无夫妇之实。望我主明察。"天子听罢说道："杨滔，你好愚也。赛花虽生长外国，与狄青已经做了夫妻，况且兵危白鹤关时亏他带兵救助平西王，有功于寡人，岂可将他抛弃？万事须要循理。待等天时和暖，寡人即降旨前往单单国取了公主，来到中原，待他夫妻叙会，婆媳相逢。寡人之心如此。无奈班师之日已近隆冬，行人艰于来往。杨卿啊，此事不谐了。"

庞洪听了，好生不悦。只道天子必定准奏，岂知总是不依，急忙出班奏道："依臣愚见，却也不难。"天子说："庞卿有何主见，速速奏来！"庞洪说："臣思我主切意于臣下如此，仰见龙心诚意精详。既然杨滔自愿将女儿许配平西王，何不作为偏室？即平西王功重位尊，一妻一妾也是应该，望我主圣裁。"天子一想，国丈这句话助着狄青，倒也不差，即问杨滔道："卿家之女肯与平西王作偏室否？"杨滔说："即使做偏室也愿的。"此时，狄青出班说："臣启陛下，臣在单单国招亲，依律罪该万死，已蒙圣主宽宥。况且赛花虽生于外国，义重情深。为臣被困白鹤关时，非他兴兵解困，众臣焉能得全性命？他不负为臣，臣岂可忘他！伏乞我主不依杨滔之言，以免陷臣于不义，足感天恩不尽矣！”嘉祐王听罢微笑说：“狄卿，朕岂不明此事？若杨卿之女要主中馈，朕也不依。既为偏室，卿家可允。如今不必推辞，寡人与你作主执柯。庞卿代朕料理迎娶事情。”庞洪说：“臣领旨！”心中大悦。惟有狄爷闷闷沉沉，料想难违君命。

圣上回宫，群臣退班。平西王转回府中沉沉不乐，只得将情达禀母亲。太太闻言大喜，叫声：“儿啊，不必为着八宝贤媳违了君命。你为极品之尊，就是三妻四妾也不为过，岂但一夫二妻？况且你不是无情负他少年。日后候请了圣旨前往单单国迎请他前来就是。杨滔又愿将女给你为偏室，圣上之意果然不差。目今先与杨小姐完婚，等待满月，请了旨往单单国接娶贤媳到来，共享荣华，何为不美？”狄爷勉强答应母亲，回到书斋坐下，心如乱麻。此时，六位将军多已知道。众英雄大悦。这平西王正是双美团圆了，闲文不表。

且说国丈回归府中十分爽快，他原要代圣上为媒的。杨滔回府又说知飞龙。此时，这番女放心去报丈夫之仇。独有夫人小姐心中不悦，犹恐吉凶祸福不分，夫人又是难以阻挡丈夫。此时钦天监太史择了吉期与狄王爷成亲。此时，王府铺结绸彩，音乐齐鸣，摆开奇珍异宝，烛灯交辉。文武官员纷纷送礼。庞国丈也来王府与狄爷相见，说了一番好话。狄爷虽与他不合，奈他是奉旨代媒特来称贺，也不敢轻慢。百官齐集，府堂上盛设华筵。少刻红日归西，狄爷叩拜萱亲已毕。

再说杨滔，是日先将女儿凤姣藏避过，命丫环四个陪嫁。杨爷嘱咐说：“你们前去王府，伏侍小姐，断然莫要说出真情。违者活活处死，顺者多赏金银。”此时四个赠嫁丫环与公主装扮得齐齐整整。此是未受封诰，先沾天子恩。圣上御赐凤冠宫服，白璧黄金。李太后是日也命两名太监赐他奇环异钗。狄太后也有赐赠。无佞府佘太君有许多物件相送，不必烦言。是晚王府华堂生彩色，珠翠拥宫房。吉期已至，邀请双贵人同参天地。狄爷是日不能违圣旨，又不能逆母命，参拜天地毕，又请母亲坐定，儿妻殷勤叩礼，送入洞房，合卺交杯。飞龙公主要报仇，先已藏下尖刀一把在身。独有平西王送客已完，堂上坐一回，时交二更，犹不进新房，仍在书房安歇。此夜飞龙等得厌烦不过，暗说："狄青啊，想你青春年少，岂不思云情雨意？今夜新婚燕尔，应该共枕同衾，好待哀家一刀结果了你，免得心怀长挂的。为何此时候还不进房来？"只得打发丫头先睡了，单差小翠去请王爷进房。小翠去了一会，回来禀知说："王爷已往书房睡了！"飞龙暗怒，说："小翠，夜深了，不必侍候王爷，去睡罢！明朝要早进房！"小翠去了。公主暗说："狄青想你今日不该死，来日断难容你。"停了一会，见他仍不进房，长叹一声，将房门闭上，卸下梳妆睡去。

且说小翠丫环去睡，暗想："这野婆乃小国之人，可笑我家老爷真没主张，自己亲生之女二小姐这等美貌，难道嫁不得狄王爷？这个野婆举止轻浮，欺着我众丫环，不时呼唤。我小翠前时已不轻贱。我父亲乃秀士，只因命蹇时乖，不曾取得功名。后来父母双亡，并无兄长可依。上年恶叔骗诱于利，将我卖到杨门为奴，取名小翠，伏侍二小姐。如今赠嫁于狄府。他来时我却疑惑。只是老爷前日吩咐我四人断然不可说与别人得知。这句话说得古怪，其中必有缘故。我也不必管他冷眼，看他做出什么事来便了。"不表丫环之说。

次日五更三点，狄王爷上朝谒见天子。谢过隆恩回来，也不去见妻房，进内参拜母亲。太太说："我儿，凤姣媳妇贤否？"狄王爷假说："母亲，杨氏妻房十分贤慧。"太太笑道："儿啊，这是狄门有幸，所以有此贤良媳妇。儿啊，你万勿恃勇欺压于他。"狄爷说："孩儿领命。"太太又说："儿啊，圣恩谢过，众客未酬，今日可去各王府拜谢才好。"此时狄青奉了母命，谢过各王爷大臣。一连两日烦劳，方得安闲。心烦不乐，又不进妻房去，只往书房躲着。家人送进夜膳，只有六位将军吃得大醉，往西楼内睡得七颠八倒。是晚，飞龙又等不见冤家进房来，又唤小翠去请千岁进房安歇。小翠领命去了，即便回来说道："千岁说有些心烦，今夜不进房，待过三朝，然后相见。"飞龙说声："小翠，千岁爷如此说么？"小翠说："正是！"飞龙公主原不是贪欢图乐，只一心要结果狄青，与丈夫报仇。今见他不肯进房，且成亲三日，未见一面，便又差小翠去请他。见他又托有些心烦不来，好不恼恨，默默不言。

忽有一个丫头名紫燕，发起牢骚来说："你去请王爷不来，待奴请他来便了。”一程出到中堂，来到书房，把门打上几下。狄爷开门一看，又不是先来这丫头，便问：“你叫何名？”紫燕说：“千岁爷，小丫头奉了小姐之命，要请千岁爷进房相见。”狄爷说道：“前曾说过，我有些心烦，不便进房。且过三朝，然后与小姐相会，你快些回去禀知小姐，不必再来了。”紫燕说：“千岁爷，三夜新婚不进房，今朝总要结成双。做亲若再孤鸾宿，美貌青年不在行。千岁啊，小丫头奉了小姐之命，前来请王爷，王爷若是不进去，我家小姐说你不知情，又要打小丫头，说我邀请不力了。千岁爷快些请进房去罢。”狄爷听了丫头之言，骂声小贱人，此时不知狄千岁进房若何？正是：

　　重义英雄全大义，报仇烈女报夫仇。

第四十三回　平西王守义却欢娱　狄太君知情调儿媳

诗曰：忠孝能行义必全，一心守待赛花缘。

　　只因君母尊严命，权作和谐美凤鸾。

当下狄爷一闻小丫头说出许多絮絮叨叨之言，好不耐烦，喝声：“小贱人，早间已说过本藩身心不快，候三天进房见你家小姐，因何你却说此胡言，还不快些回去！”紫燕说：“千岁勿要动气！并不是小丫头自主来迎请千岁爷，是奉小姐差使来的。我想，既成夫妇，为何不见我小姐一面？今朝小丫环定要千岁爷与小姐成双了。”说罢伸手过来扯住狄爷的袍袖要走，那里扯得动分毫。狄爷此时带怒喝声：“小贱人休得无礼，本藩跟前好不放肆，还不快走么！”轻轻把他手一脱，紫燕叫痛哭起来。原来狄王爷力大手头重，轻轻将小丫环手扒开，犹如板夹一般。此时这紫燕谅得千岁爷必然不肯进房，心中恼恼烦烦，拿回灯火急急进内去了。

此刻狄爷闭关书房门，心中烦闷，说道：“本藩原不愿与凤姣成亲，只因君母之命难违，无奈勉强奉旨，迎娶了他，立意不愿与他同衾共枕。倘若与凤姣尽了夫妻之礼，公主待本藩恩情何在？倒做了薄情不义之人,于情理上乃不合的。如今既遵了君亲之命,迎娶了他。本又不相亲,有谁谈论的。”叹了一声:“凤姣啊,你父亲却误了你终身也!强奏圣上作主,要配着本藩,如此做亲反做冤家了。”

话分两头。且说紫燕回到房中,一一说知小姐。飞龙听了,气得满面通红,呆呆不语。想一会,恨声不绝,又不敢说骂高声。犹恐众丫环知透机关。只得吩咐四个丫环出房去打睡。狄爷抛却三天不进房,飞龙是夜愁烦不乐,直到天明。又过了三朝,狄太后只道他夫妇和谐,如鱼得水,这老人好不心欢。岂知乃是宿世冤家,今生相会。此日又至第八夜,狄爷仍不入房。飞龙等得不耐烦,暗想:“莫非有人泄漏机关不成?”只得又差紫燕往书房连连请数次,狄爷仍是推却不来。紫燕一路回复小姐。公主一想,不若将此情由禀知太太。即命丫环至后堂一一禀知老太太。

太太闻知,也呆了一会,满心不悦,暗说:“老身只道他夫妇正在新婚燕尔,恩爱相投。岂知尚未尽一分夫妻之礼。”连忙吩咐两个丫环两头去请王爷、夫人到来。停一会,夫妻二人已到,见太太礼毕,夫妻不免见过礼。老太君说道:“我儿,初婚数日,尚不进房,有何缘故?”狄爷说道:“母亲,孩儿只为前日征西劳顿已久,身体欠安,故不进新房,耽搁了贤妻,孩儿之过了。”太太说:“儿啊,这也难怪于你。既然身体欠安,原该息养。既是夜间不进房,也该日里进来与媳妇说明缘故,讲论些闲话,省得妻房怪恨于你。他怪着丈夫,还要怪老身了。纵然媳妇贤慧无言,到底你久不会他,还防也起怨恨不和了。我儿若不听为娘的吩咐,只算得逆子了。”狄爷听了说:“母亲啊,不是孩儿疏间夫妻之情。平日性情母亲你也晓得,孩儿是个不恋妻奴之辈。所以前日犹恐耽误了杨小姐,孩儿苦苦辞婚。只是君主不准,况且母命难违,只得勉强成了婚姻,倒觉添了许多烦闷。”太太闻言说:“孩儿你哄为娘的。你既不恋妻奴,那单单国两个孩儿那里来的?”狄爷说:“母亲啊,也是孩儿无可奈何的。是以成亲一月,就要逃走了。”说罢,又向妻叫声:“杨小姐,你与本藩成为夫妇,只好有若无罢。久闻你是贤德之人,料想你决不是贪欢浅薄之行,怪恨着丈夫的。”说罢,就要跑出外厢去。太太见他要走,又叫声:“孩儿,你且转来。为娘在此劝你,竟一言也不听,公然走了么?”狄爷说:“母亲,孩儿心里烦闷,要去睡一觉。”太太说:“媳妇房中睡不得么!”狄爷说:“儿要往书房打睡的。”太太怒道:“我偏要你往媳妇房中去睡。”

此时太太一手扯住孩儿,一手挽着娇娘,狄爷无奈,顺着母亲随他拽挽进去。一众丫环暗暗笑个不住,说:“太太为人,却也知情识趣。好比药中甘草,能调和百药一般。”此时,只有这位假小姐羞惭得满脸通红,只有随着太太而走。心中烦闷,想到太太如此光景又觉好笑,想道:“若果然是你媳妇,也不亏你如此调停。今日却正是冤家遇见对头人。”

三人扯扯拽拽,不觉到了宫房内。太太双手挽住儿、媳,早有两个丫环点着明灯。太太微微含笑道:“我儿、贤媳,你二人且与老身共坐下,我有句话讲。”此时夫妻二人见过礼,齐声说:“母亲,请坐!”飞龙只得叫:“婆婆啊,媳妇不是贪欢爱乐无耻之辈,就是丈夫胸中不快,心下尚烦,不尽夫妇之礼,媳妇何曾有半点怨恨之心?虽然如此,但想既成夫妇,若然身体不适,数日以来也该进房说明。你媳妇焉有再疑?如今成亲八日,夫妇尚未相见,其中必有个缘故。只须千岁说个明白,奴家省得心疑了。”太太听了,点头说道:“媳妇啊,你真乃大贤大德之人。孩儿到底你有何缘故,数日不进房相见,尽其夫妇之礼?且说明罢!”狄爷烦闷,说道:“只是因身体连日劳顿、繁忙。加以数天口中饮食不下。且再迟了几天,孩儿自然进房的。”太太闻言,连忙唤叫道:“媳妇,想他的话,谅非虚言。劝贤媳不必心懊,休疑别的。儿啊,今夜且听娘之言,须在房内坐坐,可以叙叙言,谈谈论。次夜再要书房安睡也由你就是。日间可进房内,使你妻安心不怨恨——到底你疏间于他未必心悦的。儿啊,今夜须顺母命,在房中安睡。”说完抽身,儿、媳齐送出房。丫环二人扶行,一同持灯照路去了。按下慢表。

再说四虎英雄,单有石郡马不在,到赵千岁府内安歇,不在王爷府。此时有刘庆、张忠、李义、孟定国、焦廷贵五人在着府中西窗内饮酒,天天醉闹不休。这一天说起狄大哥不肯进房成亲,想必凤姣生得丑陋不堪了,焦廷贵又说呆话道:“纵然生得丑陋不堪,这件东西总是一样的。想来不是嫌他貌丑,必然另有缘故。”刘庆道:“有什么缘故,狄大哥是个不贪色的英雄,所以如此。”焦廷贵说道:“他有老婆还不肯去睡;叫我们打算一个来,也没有得,天道不公,岂不可恨!”张忠道:“你说什么话来?我们多是烈烈轰轰,以豪杰为称。只晓上阵交锋,与国家出力,谁将女色挂怀!”李义叫声:“三哥,此事我们何必多管于他,且吃酒罢了。但你的酒量,比我更胜,昨夜也吃醉了,一夜如泥,直至日上三竿,方才醒来。”张忠说:“四弟啊,昨夜俺们吃酒过多了。”刘庆说:“你们吃些酒子,也称醉了,看来多是不中用的!”焦廷贵说:“只有我的酒量厉害,从早晨吃至三鼓也是不醉的。”张忠笑道:“既然你的酒量高,吃不醉,为何被人抛在水里面,冻到天明?你夸什么海口。”焦廷贵说:“此时吃了酒,人已睡熟,所以如此。”孟定国道:“如今国内平宁,君安臣乐,岂不称快,须要众人吃个尽醉方休。”众人多说:“有理,请吃酒罢!”按下众英雄吃酒慢题。

却说狄王爷顺从母命。只得在新房中安歇。是夜飞龙只一心要结果这狄青,又想他是员虎将,勇猛异常,须防弄他不倒,必须将他灌得大醉,然后下手,方为妥当。此时急忙吩咐往厨房备办酒筵一桌。若讲别的人家办酒,总要耽搁工夫,如今王府中非比民间之家,况且喜事未完,酒筵未毕,海味珍馔多已齐备,即使五桌十桌也能配合得来,何况一席酒筵?当下狄王爷叫声:“夫人,非是本藩薄情,不与你相亲。果然前者劳顿太过,身体欠安。今日休费盛心,纵有香醪美酒,我也不敢多用的。”飞龙说声:“千岁,你前日征西过于劳顿,怪不得身体欠安。但是成亲之后,不能奉敬两盏三杯,今宵幸得千岁进来相近,待贱妾奉敬上数杯,表妾一些恭敬之意。”狄爷说:“多谢夫人盛情。”无奈只得就席。飞龙亲手斟上了满满一盏,立起身来,双手献过来。狄爷也起位接杯在手,叫声:“夫人啊,本藩没有盛情于你,怎敢叨受夫人这等厚情。”飞龙说:“千岁啊,你说那里话来?既承千岁不弃为夫妇,休说客套之言。无非贱妾借花献佛,以表寸心,请千岁上坐。”狄爷说:“夫人请坐。”即干饮一杯,一连饮过三杯,狄爷也回敬三杯,然后夫妻谈说些闲话。不知此夜狄青被害如何。正是:

仇人今夜同相会,孽债斯时已尽消。

忠良理直何为惧,佞党心歪虚着惊。

第四十四回　从母命遇害却除害　报夫仇图杀反被杀

诗曰:强从母命燕新婚,只道贤良淑女身。
　　岂料冤家同匹配,交杯把盏是仇人。

再说狄王爷夫妻对酌,谈说一番闲话。飞龙又问起:“西征劳苦已有三载,想来他邦如此强悍,不知辽将有多少凶勇的?”狄爷说:“夫人啊,若说西辽守关众将,皆是无能;只有番王差来太子达麻花、驸马黑利二人,果然有些厉害。众将杀他不过,本藩用法宝才伤了他二将。之后要算扳天将星星罗海本事高强。本藩虽不惧他,他也算得西辽头等英雄。”飞龙说道:“莫非又用法宝伤他么?”狄爷说:“夫人啊,那法宝后来不知为何不灵验起来。当时兵微将寡,却被他领了数十万番兵,数百员战将,困在边关。本藩无计可施,亏得飞山虎到得单单国请得公主到来,方能大破重围,奏凯班师。”飞龙暗想:“他既有此法宝,但不知他是何法宝,有如此厉害。”即说:“千岁啊,但不知你用的是什么法宝,那里来的?”狄爷说:“是玄帝神明所赠。两桩法宝,一名人面兽,一名穿云箭。赞天王武将等多死在两桩法宝之内的。”飞龙说道:“这法宝如今藏那里?”狄爷说:“本藩上阵交锋藏于怀内;若不出战,焚香供奉,如今现在书房桌上。”飞龙说:“可与妾一观否?”狄爷说:“这也不妨。待本藩请来与夫人观看便了。”飞龙说:“千岁啊,妾身不要看了。”狄爷说道:“却为何不看?”飞龙说:“你若出去,必然不转来,又在书房安睡了。”狄爷说:“夫人啊,母亲之命,如何违逆得?待我取来你一看。”

若说狄爷,原是个真性英雄,况且又是出于意外风波,如何省得其中作弊?此时见母亲如此着意,若是执意不从,即同逆论,只要不与他交合便是。此时拿进两桩法宝向桌中放下,叫声:“夫人,此为人面兽,此为穿云箭。”飞龙看了一会,说:“千岁啊,看来二宝是平常之物。”狄爷说：“你休言法宝是平常之物，本藩立的汗马功劳，皆亏二宝之力。”飞龙道：“原来如此。”暗中怀恨二物，恨不得顿时毁拆了，此时只得放开笑脸说：“千岁啊，妾身还要请问，既然二宝神通广大，因何在单单国被擒？何不用他？”狄爷说：“夫人，这法宝却也奇怪，在单单国总不灵验。况且公主法力高强。”飞龙说：“单单公主与千岁成亲，如何看待？”狄爷说：“他待本藩真乃情深意重，恩爱相投。只为本藩要去征西，只得抛别。后来被困在白鹤关之日，他看见求救之书，即提兵救解，方能得胜班师。”飞龙听罢说道：“原来千岁心在单单国，恩义你妻，无意于妾，故以如此。”狄爷说：“本藩并非如此。”

当时狄爷不欲再多言，便说：“夫人，本藩身心不宁，要去睡了。”将这人面兽、穿云箭放在桌中，思量上床去睡。飞龙一心要灌他大醉，然后下手，叫声：“千岁慢些睡，妾还有话言。”狄爷说：“夫人还有何言，且讲来！”飞龙说：“千岁啊，难得你今夜进房，妾有话请教，千岁何以要睡，莫不是贱妾恭敬不谨么？”狄爷说：“夫人啊，你言太重了。”狄爷只得重新坐下说：“夫人还有何言请教？”飞龙说：“千岁啊，妾身还要奉敬你三杯美酒，说说闲话。”狄爷说：“夫人，酒是吃不下了，既是夫人的美意，敢不领情！”飞龙唤丫环把玉盏满满酌起一杯，飞龙双手送上说道：“此杯恭贺千岁，征伏西辽，功劳浩大，加官进爵，一门福禄叨天，千岁请饮此杯。”狄爷说：“多谢夫人如此厚情。”接杯饮干。飞龙再斟上一杯说：“此酒贺喜千岁身为中国大臣，又在单单国中招驸马，光宗耀祖，何人可及！”狄爷笑道：“单单招亲，原是出于无奈，有何显耀？”飞龙说：“若不是单单招亲，谁人解得重围？正是福禄双全，皆是招亲原由。”狄爷只得饮过。又酌上一杯：“此杯喜得千岁位至极品之尊，五虎平西，威名四达，于君王龙宠非凡，永保宋室江山，流芳青史！”狄爷说：“夫人啊，本藩有何德能，敢当此称赞！”狄爷一连吃过三大杯酒，飞龙又唤丫环满酌一杯。狄爷说：“夫人自家一杯不吃，杯杯多是本藩吃么？请奉陪一杯便了。”

以后你一杯我一杯。彼此又谈说一番。狄爷十分厌烦，装着假醉，斜身坐椅欲睡。飞龙只道他上当了，吩咐丫环扶千岁睡下。此时狄爷原是酒量太高，并非真醉，和衣下睡。飞龙只说他醉了，满心欢喜，吩咐丫环收拾残肴，不必再来。飞龙此时卸下梳妆，宽了裙服，脱好宫鞋，剔亮银灯，进来卧房。一看狄爷便叫声："千岁，为何不宽衣而睡？"狄爷原是防他要图欢乐，所以装着假睡熟。飞龙连呼不见答应，暗暗心欢，走到桌中拿了人面兽，口称："可恨！"扯为四块，又拿起三枝穿云箭折为六枝。此时走回卧房，欲取尖刀，觉得不便，即将壁上挂的龙泉剑取下。飞龙是胆雄性烈，执剑在手也觉心寒，战战浑身发抖，呼呼气喘。他走近床边，见狄爷仰面朝天卧着，叫声："千岁，宽衣服睡好！"狄爷仍在假睡不应。飞龙喊声："杀害我丈夫，我来报仇！"连忙一剑砍去。

狄爷闻此言，剑未落早已闪侧一边，喝声："慢来！"复将身一进，照定飞龙，一脚踢在他小腹。飞龙痛不能当，一交跌下尘埃，剑也已抛出丈余。狄爷飞步上前，心头大怒，拾起龙泉剑，喝声："好贱人！本藩与你平日无仇，往日无冤，因何起得这包天之胆？"飞龙忍痛立起来，走上前照定狄爷怀中撞去。狄爷骂声："贱人，你要怎样？"飞龙高声道："要你的性命！"思量要夺这宝剑。狄爷大喝一声，手起头落，但见鲜血满地流红。

今日飞龙欲报夫仇，岂知夫仇本报，反先丧了性命。若说飞龙公主，真乃女中豪杰，立心为夫报仇雪恨，其心不以生死为论。如若狄青被他所伤，料亦难逃，亦必从夫于泉壤矣！其心至死不变，诚为千古节烈之堪称者也！

狄爷怒恨不息，"贱婢啊，你要我的性命，谁料你的性命倒送在本藩之手内"。当时一手拿着宝剑，一手拿着首级，又想："这杨氏说杀他丈夫，要来报杀他之仇。这句话好不明白，到底他的丈夫是那一人？姓什名谁？也当说个明白！因何不说明便行得如此凶性？咳！我想你这贱人真乃包天之胆。"说完拿了首级一路向堂中跑去。

此时众人多已睡了，只有孟定国与焦廷贵在此西楼窗内吃酒，用着两个家人侍立酌酒，猜拳行令，呼五喝六之声不断。一人说："老孟，你请饮此杯。"又闻一人笑道："又是我饮么！"此时狄爷一路来到王府中堂，看见西窗内灯烛辉煌，焦、孟二人还在此饮酒，连忙登楼说道："本藩人也杀了，你们还要吃酒！"此时两个醉汉只见狄爷手中拿了首级宝剑,孟定国急忙立起身问道:“千岁!为何今晚伤人?”焦廷贵说道:“是了,千岁在西辽国杀得番兵不足,所以今夜又杀个把来也无妨的!”狄爷喝声:“胡说!他是杨滔之女,行凶要杀本藩,反被本藩杀了他。”焦廷贵高声说:“不好了,如此说来乃是夫人!”狄爷说:“他是什么夫人?乃是来行刺的奸细!”焦廷贵说声:“原来杨氏是来作奸细行刺千岁么?这还了得!”焦廷贵真乃鲁莽之人,此时不问情长情短之缘由,伸手去夺了首级,也不拿灯笼火把,一路跑出外堂去了。狄爷不住口地叫道:“不要走!快转来!”焦廷贵说:“千岁,不要管闲帐,末将送他回府,去杨滔处报功领赏就回来!”狄爷不悦,又差酌酒的两家人拿了火把,赶去叫他转来。此刻焦廷贵跑开大步,先开了中门,一路跑出。又闪过五重府门,方到边厢,两个家人赶上叫声:“焦老爷,千岁特差我们来要你回转府中。”焦廷贵听了,喝声:“你休多管,快拿火把,走到杨府那里去!”两个家人只得持着火把一路同往杨府而去。不知杨户部如何,下回分解。正是:

英雄福厚祥原厚,奸佞机深祸亦深。

第四十五回　莽将军夺首级报信　刁佞党乘机隙施谋

诗曰:飞龙立志报深仇,定数安排命不犹。
未雪夫冤先丧命,奸臣乘隙复施谋。

按下慢表焦廷贵前往杨府。再说孟定国虽吃酒过多,到底心中还是醒的,想一会也觉心惊。这孟定国不独前时出阵杀过多少将兵,就是目下征西,也不知伤了多少番兵性命。他原是上阵英雄,何故此刻着慌起来?只因想到狄爷完婚只得六七夜,闻他天天在书房内安睡,今夜一刻把夫人杀了,到底不知何故!慌忙叫声:“千岁,为何将夫人伤害了?”狄爷说:“杨滔叫女儿来行刺本藩,今夜杀了此女,除却祸根。”说罢,复回书房坐下。

此夜孟定国满心疑惑,总要问个明白,又进书房说:“千岁,到底夫人有何不是？望求说个情由。”狄爷说：“你不要管，且往外边去罢！”孟定国说：“只恐杨滔不肯甘休，如何是好？”狄爷说：“这也不妨，顶天大事自有本藩承当，你且去罢！”孟定国心中疑惑，出至西楼，唤醒了三位英雄说知其故，彼此皆惊，齐到书房来动问。此时狄爷将其情由细细说知。众人猜测一回，刘庆说：“千岁，你在本朝无非杀过一个王天化，并无伤害第二个人，如何杨氏说‘与丈夫报仇’？却是奇怪了。”张忠说：“这杨滔恳请圣上为媒，千岁奉旨成亲，非同小可。杨滔之女乃是个黄花女子，那里有丈夫的？必然千岁听错了。”狄爷说：“那里话来，本藩自是听得明明白白的。”李义说：“想那杨氏是个黄花之女，焉能有与丈夫报仇？事之定然千岁错听，屈杀他。”狄爷说：“就是错听了，你们且往外边去罢，本藩要睡了。”四人听罢，连忙退出外厢，你言我语，说他必然多吃了几杯，发起酒癫来杀害了此女，只怕杨滔不肯甘休，又有风波在目前了，且不管他，待到来朝便知分晓，不表四人之言。

再说狄爷在书房内想去思来，觉得怒气冲壮，又难以测度其原由。想了一会，叹声：“莫非又是庞洪之计，与杨滔同谋来算帐的？”冷笑一声说：“若是庞洪用计，显然恶毒。岂知计又落空，陷害不成了。且待来朝奏知圣上，处分便了。”又想：“想来母亲业已睡了，不可惊动他。本藩坐等天明便了。”此时想起两桩法宝，复进房中，一见吃惊非小，恨说道：“罢了，你这贱婢，毁坏了法宝，把你尸碎为泥尚不足以当其罪！”只得一并拿至书房，待明日将此为凭奏知圣上。此时，狄爷昏昏沉沉，坐待天明。按下休题。

再说莽人焦廷贵，想来这杨滔之女要杀害狄爷，一路行走思量，心中大怒，拿了首级，跑开大步，已到了杨府门首立着，将大拳打门，犹如擂鼓。府中门上人还未寝，听见府外边大声喧哗的打门，急忙拿了灯火，出外开了府门，大喝：“那个狗头，夜静更深，敢大胆在此吵闹！”焦廷贵喝声：“瞎眼的蠢物，且看看老子手中是何宝贝？”门上将灯一照，吓得大惊失色，连忙问道：“因何你拿个首级在此？”焦廷贵笑道：“你倒也好眼力。快去报知你家杨滔，我乃狄王爷的焦廷贵。今夜王爷杀了你家小姐，如今拿首级来还老杨，快去罢！”门上说：

"不好了,杀害了小姐!"焦廷贵说:"这有何希奇! 我家王爷征西杀了多少人,何况个把女子。"说罢跟随了门子一齐直进。此时杨爷还在书房看书未睡。若是主家未睡,一众家人手下也不敢睡。门子一重重叩门而进,直至内堂上。焦廷贵尚未见到杨爷,便高声叫道:"老杨快出来! 你家女儿回来了。"杨家人见他手拿血淋淋的人头,大惊,连忙动问。

此时门上进内禀知,杨滔闻说,吓得目定口呆,急急抽身出外,问道:"焦将军,这个首级何处拿来的?"焦廷贵说道:"你自己的女儿也不认得么? 你且拿去看认分明罢。"此时,杨滔虽然知道不是亲生女儿,也觉惊慌,假意说道:"因何成亲几日就送了命? 儿啊,到底有何缘故? 为父全然不晓,可怜你死得好惨啊!"又问焦廷贵说:"为何你家千岁把我女儿伤害了?"焦廷贵说:"这是你女儿不好!"杨爷说:"到底有何不好!"焦廷贵说:"他要与千岁同睡,岂知千岁偏不喜这件事情,你女儿放起蛮来要杀千岁,反被千岁杀了。老杨啊,我今还你女儿,且拿去收藏好。"说完转身跑出府来,家人持火引道,一直回归王府去了。不表。

再说杨滔把飞龙首级细细一看,长叹一声说:"飞龙,你一心要报丈夫之仇,混进中原,投身相府国丈,施下巧计,下官将就好机谋。岂知你夫仇未报身先丧,弄得今日下官毫没主意。怎生调停是好!"想了一会,说:"罢了,不免连夜去见国丈,看他如何打算罢了。"此时也不换衣,随身便服,即吩咐小使持了灯笼,乘了小轿,四个家人跟随而去。此刻二鼓将残,只见街道民家灯收夜静,寂寂无声。直到了庞府门首,家丁把府门叩开通名。若问做了当朝宰相,真乃劳碌非凡,各省奏章,一切国务,一一留心细看,好待明朝达呈御览,不到二更不能睡,到了五更又要上朝。所以合着古语两言:

只爱做官千日好,不及农夫半日闲。

此时太师正要安睡,忽见家人传说户部杨老爷有急事要见太师爷。此时庞洪一想,这杨滔此时候还来相见,有何急事? 也觉心疑不定,又有两句古言:

日间不作亏心事,半夜敲门心不惊。

庞洪想一会说:“莫不是飞龙杀害了狄青前来报知?”急忙传命请来相见。国丈便服出了书斋。杨滔走进府堂中,因有众家人在旁,同到书房坐下。杨滔叫声:“国丈,不好了!飞龙要杀狄青,反被狄青杀害了。差焦廷贵把飞龙首级拿来还我。这件事情还是私下调和了,还是奏明圣上?下官事在两难,思想不来。所以深夜到来,请国丈高明主见如何。”此时庞洪听了,好像半空中照定头脑打个大霹雳一般,说:“飞龙啊,老夫只道你善者不来,来者不善,因此用出机谋,力荐你去。指望你把冤家除了,使我翁婿心中遂愿。岂知今日你画虎不成,真乃可惜了这飞龙也。”杨滔说:“国丈,如今长言不如短语。到底怎样调停为妙?”庞洪听了想一会说:“杨大人,如若私和了是造化这小畜生的,飞龙性命岂不枉送他手!此时一不做二不休,你来朝奏明圣上,只说狄青无故杀妻,伤害了你女儿。况且圣上为媒,非同小可,那怕他势大封王,照依国法森严,若是犯罪,也是一体。”杨滔说:“倘飞龙有甚破泄之言,听入狄青耳中,他执此为凭,如何是好?”庞洪说:“这是死无对证之言,那里作得证?如凭若圣上姑宽不究,老夫定然在旁顶力,说他无故杀妻,应该抵命。此时看他小畜生逃得那里去!”杨滔说:“既然如此,明日奏明圣上便了。”庞洪说:“又有一句要紧关的,说话切不可露出‘飞龙’两字,总要认定凤姣女儿,这场是非,包管赢的。若除了狄青,老夫不忘你的情,愿谢金银与你杨大人。我还要慢慢奏知圣上,加升吏部之职。决不相负的。”原来杨滔最是贪财物之辈,听了国丈之言,得意洋洋,作别而去。

再说五更三点,天子尚未登坐金銮,文武官多在朝房叙候。众文武耳风一闻此事,尽皆着忙。杨户部说声:“狄千岁,后生家何必作此威头,仗着太后娘娘的势力把我杨滔欺负,无端杀害妻子,全无国法,下官女儿之仇一定要报的。”狄爷冷笑道:“你为人定了禽兽之心,使出这样毒计,思量要陷害我狄青,幸喜我命不该终,不中你奸计。今日你害人还害了己,正是灯蛾扑火自烧其身。”二人争论不一,庞洪假意来劝解说:“二位何须争辩,少刻奏知天子,自有国法公论。但他无故杀妻,过于残忍,罪却不小,狄千岁也应知其法律!”狄爷听了说道:“纵然偿命,我狄青岂是贪生畏死的么!”国丈说:“千岁不如听老夫的言,私下调和了好。若要认真起来,总要抵命。王子犯法,与庶民同罪,太后娘娘也是遮盖不得了。”狄爷说:“你差矣!我狄青并不用着娘娘的遮盖。所以前时不愿无功受职。当殿比武,险些丧了性命,皆因不把太后娘娘倚靠。解送征衣,到外邦之后,又蒙国丈美情保我征西。若然倚了娘娘的势力,决不使天牢禁母。所以屡被奸臣美计所算,平服西辽,苦乐皆由自己担当。今日圣下自有国法处分,是非曲直悉凭圣上公裁,何劳国丈之言!”庞洪听了,呵呵发笑,说:“是极,原是一个硬性英雄,老夫失言了。”

第四十六回　奏冤陷玄天收宝　命审断宋帝差臣

诗曰:玄天赠宝付英雄,征伐西辽立大功。
　　却被飞龙轻毁坏,腾空收去显神通。

却说狄爷与国丈驳说一番。又说各位王爷平日间或上朝或不上朝,就一月不上朝,天子也不来查究,所以这日大人一个也不在此停一会。听得景阳钟一撞,龙凤鼓一响,金鞭三下,圣驾登銮。文武官员朝谒已毕,值殿官传旨未了,文班中闪出杨户部,武班中闪出平西王,二臣各说有事奏闻。天子一想,他二人乃是翁婿,有何事启奏?即降旨:“二卿平身。有何事情,文的先奏!”庞洪一想:“先奏,便是一点便宜之处了。”

杨滔奏道:“臣有次女凤姣,多蒙圣上天恩,赐臣女与狄青成亲,才得七夜。臣女并无差处,不知狄青何意,竟将臣女杀害了,差焦廷贵将首级一颗,于昨夜二更时分,交还与臣。陛下,古言钢刀虽利不斩无罪之人。臣女有何差处,也要查察分明,方能定罪。他又不说与臣知,倚着王亲势力,擅自行凶,将臣青年弱女,身首分开。可怜臣年已花甲,单生两女,如今幼女无罪被害,今日并非翁婿,要结深冤,伏乞陛下究问平西王,臣女有何差处?”

狄爷说:“臣有奏闻,臣蒙圣恩浩荡,把杨滔之女赐与臣成亲。

臣看待他无甚差错,那晓得杨氏不知他立心何故,昨夜与臣吃酒,自家一杯不饮,多劝臣吃。臣已厌烦了,酒也不吃,先去睡了一会。凤姣手持龙泉剑,立在床前,喊声'狄青啊,你杀害我丈夫,我来报仇',一剑砍来。幸得臣不该死在他手,急忙闪脱,剑已落空。臣赶上夺了他剑,手起挥为两段,却是真情。陛下,但想此女说话有因,立在床前,说他与丈夫报仇,然后落剑,想来分明不是杨滔之女了。是作奸细前来陷害于臣。伏乞陛下,细把杨滔究出真情,免得混清不分,一同作弊。"

此时,国丈在旁吃惊不小,想道:"这飞龙自己把机关泄漏,如今圣上查问起来,如何处置?"天子又问杨滔:"那凤姣到底是你女儿否?从前匹配与何人?"杨滔奏说:"圣上,臣女凤姣乃是黄花闺女,从前并未有丈夫,满朝文武也有知的。臣何敢将有夫之女欺君?臣女是处女。"天子说:"既不曾有过丈夫的,因何他说要来与丈夫报仇之话?"杨滔说:"圣上,这是狄青一面之词,死无对证之言,谁人肯信?"狄爷又奏道:"凤姣无差,臣断不敢无故杀妻。不惟他说话有因,且臣两桩法宝也被他毁坏了。"嘉祐皇说:"是何法宝?"狄爷说:"陛下,这法宝一名人面兽,一名穿云箭,前时奉旨解送征衣,路逢玄帝,命臣随身上任,若遭西辽骁将,用此法宝伤他。神箭能除妖术,试用几回,多已灵验。实是神明法宝,竟被凤姣未死之先,已毁坏了。他死后,臣见满地抛弃,所以带来上殿为凭,伏惟陛下立法,将杨滔究问,便知情弊了。"

杨滔此时也觉心慌。庞洪也是着急,暗道:"此事飞龙弄坏了,恐防我也有干系。"当时天子看有两桩法宝,觉得好笑——此乃三枝小箭,折为六段,一个紫金胎面具,却是孩童玩弄之物,这是什么法宝?正想之际,忽听得空中一声响亮,犹如天崩地裂。一阵狂风,吹透满殿,龙案上两桩法宝吹得无影无踪,转换红笺一纸,金字两行,写着:

今日玄天收法宝,辽邦有将猛如龙。

此时天子大惊,方知法宝是神圣的。若问玄帝既收法宝,何不一发明了这段疑案事情?但如若大小事情多是神明出白,凡间不用官员了，所以单将法宝收去，不将疑案点明。嘉祐皇因此敬信是神祇之物。只有杨爷、国丈惊惧，犹如烈火炙烧，好不着急！众文武虽则无干，也觉难辨其缘由。当时仁宗天子亦不能分断，只有呆呆思想。庞洪犹恐他想出不好听的话来，连忙出班奏道："臣有奏。"仁宗王说："卿所奏何事？此事重大，可听奏来，不中听的不必多言了。"庞洪说："臣思凤姣乃未出闺门处女，焉有与丈夫报仇之说？二则成亲数日，无怨无仇，如何下得这毒手，敢大胆持剑杀害丈夫？实是一面之词。凤姣既有报仇之说，狄青何不问个明白，杀他未迟，现在死无对证，准信不来。就是两桩法宝，狄青杀害了凤姣，无可抵塞，自己毁坏了也是理论不得的。况且凤姣实在以前没有丈夫，众臣共晓，怎么说与丈夫报仇？据臣愚见，陛下免费龙心，发交三法司审个明白如何？"嘉祐王听了，想道："庞洪此话倒也相宜。但无能干官员，审不得这桩疑案，三法司朕也不用他。"遂降旨无私文彦博、硬直崔卬命从公审理，"断明前情，奏与朕知"。原来这两个大臣，是正直无私的，不是庞洪党羽。无奈审断公务，不十分明办得来，且这桩公案实是难办的。但圣上之命，如何不依，同说："臣领旨。限臣等五天审明，复旨便了。"天子拂袖退班，众臣各归府去。崔、文二位公爷，差人往杨府将头调出，然后同往狄府。

此时午昼了。杨府内夫人小姐早已得知，彼此着惊。狄府中男女下人多已知道，只有老太君吓得惊慌无措。到了房中，看看尸骸，好不惨伤。欲向众将问个明白，岂知已多往午朝门外打听去了。太太骂声："好畜生，为何如此薄情！杨氏纵有差迟，可告诉为娘，也能理论得来，因何胡乱将他伤害，没有半分夫妇之情！"太太此时不知埋怨了孩儿多少。这些家人也议论纷纷。正说之间，报说："千岁爷回府了。"同了文、崔二位大人，众将军随后同进中堂，石将军也到了。狄爷到了中堂银銮殿上说："二位大人请坐！"二人告坐。有家人禀知太太有请。狄爷说："二位大人，下官失陪了。停息一刻，即来奉陪。"二公爷说："千岁请便！"

此时狄爷走进内厢见了母亲，太太连骂："畜生，因何故杀妻，不畏萧何法律，看你如今怎生逃脱？"狄爷说："母亲，不必心烦。"细将情由禀知。太太又吃一惊。此时杨夫人亲来到府内见女儿尸首，假装悲哀。若说这位夫人，原是忠厚之人，杀了飞龙与他什么相干？只因丈夫要他去假哭女儿，方得省人疑惑。哭后又要吵闹，方为妥当。夫人只是难违丈夫命，到来无非哭了几声，叫他那里能吵闹得出来？太太倒也过意不去，叫声："亲母且宽心罢！原是我畜生不好，狠心杀害你女儿。"夫人说："太太啊，妾身只有两个女儿，大女儿鸾姣嫁着江西本省，只有次女凤姣早晚相依的。那晓得做亲之后过刀而亡。若是病死的倒罢。似这般惨死，好不痛心！"太太说："夫人啊，听小儿说来，乃是令嫒不好，持剑要杀丈夫，反被小儿伤了。今日真假难分，且待来日审明便知明白。"

且说崔、文二位，由狄千岁引道，杨爷在后，直至房首。太太、夫人避过。二位大人把尸首验毕，配合过首级一点不差。又说："千岁，那凤姣纵有差迟，却是你家的人，理当收殓。"狄爷说："这也自然。"文爷说："三天成殓了第四天齐集审明，好待下官复旨。"说完二人告别，杨滔也转回衙不表。

再说庞洪独坐书房，叹声："飞龙，老夫叫你必然害了狄青，纵害他不成，也不得说出与丈夫报仇，破漏机关。倘杨滔有甚差迟，只忧他又扳出老夫了。若差了别人审也能通个关节。岂知差了这两人，有言难说，有贿难行。倘被他审出真情，杨滔之罪难免，老夫也不安稳。"不表庞洪忧虑。

再表四虎将军、焦、孟你言我语的猜疑不出杨滔之女的真假，待等崔、文二位大人审明，便知分晓。是日免不得备棺成殓，超度亡魂，做些功德。后来不知如何。

第四十七回　审疑案二忠辞办　完民饥包拯回朝

诗曰：二忠领旨断奸谋，岂料庞杨狡计稠。
专力不能分剖白，幸有包公力搜求。

话说狄王府将飞龙尸骸收殓了,做些功德,超度亡灵。岂知王府中比不得等闲之家,外国阴魂那里存顿得住?飞龙一死,魂魄早已渺渺茫茫不知去向。此时老太太十分烦乱慌忙。此日杨滔的夫人仍在狄府,见太太这般忙乱着急,也觉心中不安,过意不去。欲说明白,丈夫性命不保,不得不含忍在心。此是忠厚人心事每常如此。是日成殓已毕,原来汴京并无坟墓,少不得寻了一个空隙地停了棺柩。夫人回杨府,叫声:"相公,这件事情果乃干得不好。倘若审出真情,祸事不小。"杨滔说:"夫人,不妨,无事的。下官总是一口咬定要与女儿报仇,怕他什么!"

此时三朝已过,至第四天,文、崔二位钦差奉旨审询狄青。狄爷照奏主前言并无改更。杨滔一口认实女儿惨死总要伸冤。又不能用刑,两位大人没有法想,审过一堂又有一堂,一连审过二日,不能审明,难以复旨。是日,天子临朝,问崔、文二臣:"狄、杨之事审得如何?"二臣同奏道:"尚未审明。陛下且限臣三天,审明复旨便了。"仁宗王说:"依卿所奏。"圣上退回宫。二大人又审了三日三堂,不独凭据追不出,而且狄、杨的口供对质,与前日的不差分毫。这事情真乃苦差难办的。这两位大人,商量无计可施。暂且不表。

再说包龙图大学士,奉旨赈饥已毕,回朝复命。此时大宋朝中奸臣屡屡联络不绝,所以处处年饥。包大人往各省赈饥,甚是劳忙。上年陕西赈饥,下年早稻丰稔,物阜民康。这时公务已完,又到粤东赈饥去了。所以连年不在朝中,那晓得国家许多事情动作。是年粤东公务又毕,一路回朝,渡水登山,非止一日,已到汴京。进城天时已到午后了,此时未去朝天子,先来见众僚。到了九王府中,多去探望悉过。是日众王爷叙会,正在谈论狄、杨之事,包爷到了,一同相见坐下。食过茶一杯,各说候问之言。问起赈饥事情,包爷细细说了一回。

众王侯说起狄青之事,说:"包大人,你原审过多少疑案事情。单有此事,莫说崔、文难以力办,就是大人也难以担承了。"包爷听了微笑道:"老千岁,如若圣上与下官审断,少则一日,多则二日必要审明。"潞花王叫声:"包大人,孤家也想过,若是大人在朝,何用三朝两日就断明了。故孤家正在思念你。今幸喜还朝,来日奏知圣上发交大人经手力办,未知尊意如何?”又有汝南王千岁说道:“若是包大人承办,不用一刻,必然明白了。”众王侯你一言我一句褒奖这位铁面无私之臣,感激他正直硬性。包爷便说:“列位千岁,待下官来日见驾,请旨承办。如若圣上不准,不干下官事了。”众王爷说道:“自然。若然大人请旨,圣上谅必准的。”

此时包爷拜别去了。又往探同年文大人,到府门家人投帖,文爷吩咐大开中门迎接。进中堂施礼坐下,又报崔大人到衙了。包爷、文爷一同迎出来。这包爷说:“崔年兄请了。”崔爷一见说道:“原来包年兄已回朝,失迎了。”三人一同复到中堂,殷勤告礼而坐。文、崔同说:“包大人,你多年跋涉,辛苦国务,我们常常挂念。今幸还朝,谅必赈饥公务已完了!”包爷说:“多已完了。今日回朝做个闲暇官罢了。”崔爷笑道:“包大人,你又来了,你是个能干的人,日断阳间,夜断阴府,当今天子也亏得你。如非包年兄忠心为国,怎得当今陈桥认回母亲?如今大人不在朝中,奸臣庞洪屡屡陷害狄青。”包爷假做不知,问道:“怎生图害的?”文爷细将保他征西的事一一说知,又道:“如今又有奇闻一个。”包爷说:“又有何情?”崔爷说:“只为狄青杀害了凤姣。”一长一短说知。包爷说:“不知二位大人如何审结?”崔爷、文爷说:“不瞒年兄,我们审过几堂,总是不明。今日又审一次,口供原是不改一字。难得年兄还朝,请教高才,如何审断才得明白?”包爷说:“二位大人,不是下官笑着你,若办这事情,经二位大人承办,恐审到来年也不好明白的。待下官来朝见驾,复了圣命,然后请旨承办,管叫是非曲直明白。”崔、文二大人巴不得脱了这段苦差,听了包爷之言,二人大喜,同声说:“包大人,若明审此桩疑案,真乃神断了。”包爷说:“此乃容易之事,二位不必费心。下官告别了。”文爷说:“二位大人俱在,请后堂小酌,然后起车罢!”包爷说:“不消了!”一路至府门,一拱作别而去。

崔、文二人仍进中堂。崔爷说:“年兄,小弟前来非为别事,只因审断之事不明,到来商量。难道包兄一力担承,看他如何审断复旨的。”文爷说道:“曾记得他前时三审郭槐,用了许多摆布,也审得明明白白。今日他担承此案，料必云开日现，复见天明了。”崔爷笑道：“年兄，此乃你我的兴头，遇他还朝。”此时崔爷也作别回衙，二人心头放下，不表。

再说潞花王回到南清宫，叫声：“母亲，孩儿见崔、文二臣审询表弟这段事情，总是不明，今幸得包拯回朝，一力担承，来日请旨审明这段事情，必然审明的，母后且自放心。”太后带愁说：“儿啊，包拯虽是神明，到底不知审得明白否？我儿且慢欢心。”不表南清宫之言。

且说庞洪一闻包公还朝，不觉吃了一惊，说：“不好了。倘他担承审办，此事就有些不妙。满朝文武老夫多是不介怀，单有这个包黑子，老夫最是忌他。且自今以后，须要着实提防才好。”吩咐一班奸党大众，须小心些罢。

话休烦絮。且说包爷一回来，便去相探交厚的各王爷。平西王那边本也该去探望，只因他欲担承力办这桩公案，若先去拜探他，犹恐旁人议论，疑着暗中相通关节，避了嫌疑。所以包爷只做不知，别了崔、文，不往狄府，独自回衙，夫人接见，闲文不表。

次日五鼓黎明，各官叙集朝房内。庞洪见了包爷，只是胆寒不安，开言叫声：“包大人，未知何日回朝？”包爷说：“下官昨日回朝。只因天色已晚，未曾探望得老王亲，万勿见怪。”庞洪说道：“不敢当。老夫不知包大人回朝，失于接候，多多有罪了。”包爷说：“不敢。下官又闻杨大人有女儿匹配狄王亲，是老国丈作伐的么？”庞洪说：“这是圣上执柯，命老夫代劳的。”包爷说：“但闻狄王亲无故杀妻，崔、文二公审断不明，国丈既然作伐，何不与他们办理分明，为何坐视旁观？这等为媒，三岁婴儿也会做的。”国丈说：“包大人，不是老夫爱执柯，乃是圣上委老夫做的。老夫不是奉差承审此案，我也管不得他们的事。”包爷冷笑道：“老国丈，你的话好糊涂。他无故杀妻不知真假，你还不知妻房要害丈夫，串同情弊，须要在媒人身上追查？老王亲因何推得这等干净的？”包爷原是乱撞木钟之语，国丈却不觉触着心虚病。包爷一看他面色，思量又是这老头儿作弊，正要有言，忽闻景阳钟一响，天子坐朝，众臣参见。

值殿官传旨毕，左班中闪出包爷，俯伏金阶说：“臣包拯前时奉旨往陕西赈饥，继后又往广东赈灾，如今二省百姓沾恩，岁已丰稔。公务已毕，臣今还朝，复命见驾，愿吾主万岁！”仁宗天子不见包拯，正是君臣不会已经三载。此时龙颜大悦，钦赐平身，赐坐东首。即命侍御送上香茗一杯，说：“朕屡屡承劳包卿之力，辛勤国务，道路奔波，朕心常怀念。今幸还朝，奈无别职再以加升，只好送些宝玩金银，莫怪朕之不情。”包爷奏道：“微臣深感王恩，粉身难报，岂敢加爵受恩？但愿清肃朝政，臣下沾恩，微臣所望。”天子大悦，道：“包爷真乃朕股肱贤弼。”

君臣言谈毕，有崔、文二臣俯伏金阶说：“臣等见驾，愿吾主万岁！”天子说：“二卿审询狄、杨之事如何？”二臣奏道：“昨天又审一堂，仍无凭据。实因事有委曲，非臣不为力办，伏惟我主参详。”嘉祐王一想，看看包爷说：“朕有一桩疑案事情，欲烦包卿办理，不知卿意若何？”包爷奏道：“陛下有何难事？若可办者，敢不丹心力办！若难似郭槐事情，臣亦难以承办，伏乞恩宽。”天子把狄青无故杀妻一一说明，包公思道：“原来如此。但思杨滔有女，年已如此，理该择配，因何专候狄青至此方为匹偶？又愿作偏房，要君作主，其中必有别样心肠。臣且领旨审断，如若狄青无故杀妻，臣不敢徇情于狄青；倘杨滔果有别端作弊，臣亦不敢置之不究。限臣三日内审明复旨便了。”今日包公还朝，承审此事。正是：

混浊流清分水底，云霞吹散见天心。

第四十八回　包公奉旨审疑案　杨滔委曲掩真情

诗曰：杨滔佞党与庞洪，全害忠良把主蒙。
包拯待君公审断，奸臣二贼急匆匆。

话说包龙图领旨承办狄、杨此案，圣上回宫，百官退朝，各回府衙。独有杨滔见包公领旨承办，急得心犹如火煎一般。退了朝也不回自衙，悄悄来见国丈。此时庞洪正在书房闷坐，忽见杨滔到来，说道:“老国丈,此事又来了,如何是好?若还不发包公审问,我也全不在心,如今圣上发与他审,这黑子不比别人,他审过多少稀奇的事情,日断阳间,夜查阴府,倘被他审出原由,我的性命难保了。”此时庞洪正是十分不安,害怕包公审断,只因对杨滔怀着一个鬼胎,要做出不害怕不介怀的光景,好待杨滔放心,对审赢得狄青就无害了,便大笑道:“杨大人不必心烦。由他审断厉害,只要你想定死无对证,求他为女伸冤,那怕他黑子厉害!”

杨爷听了,也无奈何,正要辞别回衙,只见两个杨府家人匆匆忙忙进来禀上,说:“大老爷,今有包大人到来,张龙、赵虎立请大老爷前去听审。来差等得已久,所以催速小人前来寻请老爷速回。”杨滔口说:“即刻回去。”心大不定,意欲回府叮嘱夫人要话,无奈路遇张龙、赵虎,说等久了,犹恐包公嗔怒。所以不得回衙,只得同他们一路到包府中。狄爷早已在此。这包爷命闭了府门,然后审问。这也并不是怕人观看审问,只因此事干于秘密,方得根由。吩咐排军不许开门放闲人窥看,是以杨府夫人、庞国丈差人各打听不出。

且说包爷坐了法堂,犹如生阎王一般,冰霜凛凛,铁面无私。两边侍立无情大汉,阶下刀斧手肃静无声,行了私曲之人,见此光景,岂不害怕?当下包公先唤杨滔审询,叫声:“杨大人,你的女儿唤做何名?”杨爷说:“下官的次女名凤姣,年纪十九岁了。”包爷说:“可曾受过聘否?”杨滔说:“并未受过聘的。”包爷说:“你有了女儿,只要相女配夫,门当户对,就是佳偶。因何不配别人,偏要狄千岁为婚?又不差媒人作合,竟去请旨作伐,明明是恐防千岁不允,故请旨为媒。况且千岁在单单国已有中馈之人,你又愿将女儿为偏室,敢是你与狄千岁有什冤仇,抑或旁人摆算,同谋计害千岁的么?”杨爷说:“包大人,这是枉屈人了。只因下官择婿之心太高,东西不就,误到目今。因见平西王龙威虎相,美貌青年,若差媒说合,还防千岁不允,因故强奏圣上为媒,方能成就。一则贪他是帝王内亲,二则因他年少官高。岂知他如此无礼,竟将国法看得甚是轻微,恃着功隆位显,靠了南清宫之力,无故将我女杀害,望求大人立法断明,待为伸冤方好。”

包公听罢说道:“本官想这平西王有忠君报国之心,岂无夫妇伦常之义？妻无过犯，岂可胡乱杀之？亏你身为品第之流，情理全然暗昧，必然你有串同作弊，图害于他是真。”杨滔无言可答，心内惊慌。包爷说：“杨大人，请过这边。狄千岁请上来。”狄爷上前说：“包大人在上，狄青犯官在此。”包爷说：“狄千岁，你平日立下重大汗马功劳，今已官居极品之荣，若天子为媒匹配，正宜琴瑟调和。凤姣有甚差迟，将此女杀害了？本官奉旨审断，并无偏倚留情，到底是你无故将妻杀害，还是凤姣有何别的心肠？你且公道说来罢。”

狄爷说：“包大人听禀：我狄青初在官就有奸臣暗算，大人尽知。后来奉旨征西辽，班师归国，足还未立定，这杨滔不差媒作合，辄然请旨招亲。下官奈因主命难违，国丈代圣为媒，只得勉强迎娶了。至室与凤姣和谐相处，岂知他心怀不善，娇娆面美，笑里藏刀。”包爷说：“怎见他笑里藏刀？”狄爷说：“那晚曾经用过夜膳，杨氏必要备酒对酌。谁知他一杯不饮，多劝下官来吃。此时下官有些醉意，和衣先睡了。杨氏顿时持剑在手说：‘狄青啊，你杀我丈夫，我来报仇。’顿时剑落，幸喜下官闪脱，剑已落空。下官抢上夺剑砍他两段。这是真情，望大人鉴察。又有法宝两桩，却被他毁坏了。”包爷说：“是何法宝？”狄爷说：“前时解送征衣，路逢玄帝所赐，一名人面兽，一名穿云箭，命我随身带用，倘遇西辽骁将，用此二宝自能取胜。征西之时，也曾用过几番，善能取胜。前日呈上御览，已经被圣神收去，这是君臣共见，非我狄青妄言。”

包爷听罢一想：“如此说来，这人不是杨滔之女了。”便说：“狄千岁，这凤姣既有与夫报仇之说，应该不即杀他，细细查问就知真假。如今人死无凭，杨滔抵赖，必要为女伸冤，如之奈何？”狄爷说：“大人，这是下官狂莽了。”杨滔又说：“包大人明鉴万里，只此一言立见分明，这是死无对证之言，小孩子也会说的，岂但狄千岁！要求大人公断，抵偿女命，足见厚恩。”包爷说：“你还要抵偿女命么？翁婿之情，不要认真罢。倘认起真来，谁假谁真尚还未定。但今日事关钦犯，不论大臣，难以徇情放回府衙，暂住天牢，明日再审。”吩咐看官小心奉侍。

司狱官是夜备了两桌酒筵，送于二大人用。这包爷不是必要拘禁二人如此，只因此事疏虞不得，犹恐杨滔回去又使何诡计不测，故包公拘留住他，纵使他有何想象，难以施行。这是包爷机密妙用处。包爷退了后堂，用过夜膳，夫人说声："相公，古云能者必多劳。方得还朝两天，圣上又有差使。"包爷说："夫人，下官身受国恩，岂不丹心图报！天子有命，为臣任蹈火赴汤不辞，岂但审断些许之劳，敢不效力？此时尚未审明，今夜就要审清了。"夫人说："相公，若审明此案，名声更大了。"包爷说："这也何足为奇。"

又吩咐张龙、赵虎前往如此如此。二人领命去了。一会儿回来禀说："小的前往狄府，据太太说杨氏赠嫁丫头只得四个，如今一并唤到了。"包爷吩咐带进来。此时这四个丫环进衙见包公跪下说："大老爷命我们前来，有何吩咐?"包爷说："你四人唤做何名?"丫环齐说："我名凤云。""我名月梅。""我名紫燕。""我名小翠。"包爷说："你等是向在狄府中，还是跟随小姐赠嫁到狄府的?"四个丫环说："大人，我等是杨府人，跟随小姐赠嫁的。"原来这四个丫头见了包公这副尊容，战战兢兢的害怕。包公说："你家老爷共有几个亲生女儿，唤叫何名？说与本官知道!"这凤云说："我是初来的，月梅姐姐说罢!"月梅道："好吧，就是我说。大老爷，我们老爷单生两位小姐，夫人两个。"包爷道："据你说来共有四个了。"月梅说："只得两个，那有四个?"包爷说："你言说夫人两个，老爷两个，岂不是四个?"月梅说："不是，夫人老爷实是一样，总共两个。"包爷喝道："胡说！你家老爷说有三个女儿，你因何说两个?"月梅道："真是两个，大小姐叫鸾姣，二小姐叫凤姣，配与狄千岁王爷，做亲七夜，做了无头之鬼，想来真好苦也!"包公又喝道："你满口胡言。你老爷说，鸾姣的丈夫死在狄千岁之手，大小姐要报丈夫之仇，所以代顶二小姐凤姣嫁去狄府，要行刺千岁。你因何谎言哄我?"月梅说："大老爷，他正是谎言了。我家大姑爷活活的现在江西。"包爷说："既不是鸾姣代嫁，到底是那个顶冒凤姣嫁的?"月梅失口说："是飞——"旁边紫燕轻轻咳嗽一声，月梅即住了口。包爷喝声："你这几个丫头，方才你言'飞'字，快快说来!"月梅说："大老爷，丫头说的是并非别人顶冒二小姐的。"包公命张龙、赵虎把凤云、紫燕、小翠带了出去，把月梅夹拷十指。这月梅不知何招出根由，正是：

奸佞深谋须狡曲，智囊密赚果神明。

第四十九回　询丫环真情透露　赚凤娇曲折详明

诗曰：龙图神断古今稀，审尽难猜曲案奇。

宋室若无公辅弼，奸臣乱国益昌弥。

再说月梅，乃是个小丫环，那里忍得十指疼痛？想道："我家老爷吩咐我等勿要泄漏机关，但今日我十指痛楚难忍。我也顾不得他长短了。且招出原由，免得痛苦罢了。"遂说："大老爷，且松了手指，等我禀明罢。"包爷道："说明了自然放你。"月梅说："大老爷，小丫环曾记得去年隆冬时，有个西辽国公主名飞龙到来。我家老爷不知何故认他做亲生女儿，与二小姐相伴在绣阁。今年才嫁到平西王府，顶冒了凤姣小姐之名。"包爷说："他冒名嫁到王府，你可晓得他有何缘故？"月梅说："小丫头那里得知？去年老爷带他回府时，他鬼头鬼脑，言谈多不懂他的。"包爷又问："这飞龙嫁到狄王府之先，老爷有何吩咐你等？"月梅说："老爷万千叮嘱，叫我们勿要疏言，总要认定二小姐的称呼。"包爷说："飞龙与千岁成亲后便怎样？"月梅说："大老爷，他两个名为夫妇，千岁数日未进新房。飞龙也是孤眠，千岁也是独宿。"包爷又问："千岁既不进房，因何把飞龙杀了？"月梅说："此夜飞龙叫紫燕往书房请千岁，岂知他总不肯进房，推却身体欠安。后来小翠禀知太太，这太太唤齐两人到跟前，左手拿一个，右手扯一个，扯拿至新房中，无非要他夫妻和合。"包爷说："既是太太劝他进房，千岁因何此夜将飞龙杀了？谅你必知他的缘故，且说明来放你回去！"月梅说："太太逼千岁进房，他就出去了。夫妻对饮，谈谈说说十分情浓。千岁吃酒醉了，飞龙呼我等扶他上床睡了。千岁沉沉大醉，也不宽衣而睡。飞龙打发我四人一同出房，小丫头直睡到天明，才晓得他尸首分为两段。若问被杀的原由，要问千岁爷方知明白。"

包爷听罢，吩咐松了拶指，并将凤云、紫燕、小翠一齐带进来。包爷又逐一一细问情由，三人犹是抵赖不肯实招，包爷也是刚中带着仁慈，不复加刑，便说："月梅早已招供了，你等何须隐藏？本官也知道了，你们犹恐累及主人有罪，故不肯真说么？"三个丫环只不做声。包爷说："此事总要分明的。月梅早已说明白，你们且说来罢。"月梅又叫："姐妹啊，杀人自然抵命。我四人无罪，我十个指头几乎夹断，你们若不肯说，只怕一夹上痛得难当。劝你三人不如说明罢，省得大老爷动恼。"三人听了，只得个个细细说明。包爷听见四人一样之言，吩咐四人共留在内衙，好生看待，丫环退去。

包爷又差董超、薛霸，吩咐依计而行。二人一程前往到了杨府，传进说："你家大老爷已经被包龙图审明，杀死者乃是外国飞龙公主，顶冒凤姣小姐的。杨大老爷现在我衙中，我家包老爷差我们前来请二小姐去讲几句话就送回来。如若小姐不去，你家老爷就活不成了。"杨府家人听了大惊，连忙进内禀知，夫人、小姐吓得面如土色。小姐惊慌说："母亲，原是我爹爹毫无智识，听了国丈之言陷害狄青，今日害不成人，反害了自己。母亲，叫女儿去也否？"夫人心如乱麻，全无主意。原来这位夫人，心慈忠厚，凡为忠厚人，没有奸曲，心性原直，叫声："女儿啊，你若不去，包大人不肯干休，并且连累父亲受苦。你且大着胆前去走一遭。你是无干之人，想包老爷决不怪你的。"小姐听了母亲之言，也不更衣，只是随身便服，别了母亲，带了两个丫环，心头忙乱，夫人携出中堂，母女含了一汪珠泪。凤姣小姐坐轿中，董超、薛霸随后，两个丫环左右跟随，一程到了包府。

董超、薛霸进内禀知，包爷吩咐两个丫环："请杨小姐进内衙细谈，须要小心扶他进来。"丫环领命出外，扶了小姐进内。小姐一见包爷，低头含羞，只得上前拜见。包爷以客礼相待，起身还礼，叫声："小姐，休得拘礼，请坐罢！"小姐低头说："大人在上，凤姣焉敢坐？"包爷一想，他自己通出名来，是个老实人了。包爷说："此处不是法堂，你又不曾犯法，不必害怕。你且坐下，好好细谈。"小姐不知是何缘故，便说："大人有何吩咐，凤姣洗耳恭听。"此时小姐告坐了，丫环递奉过茶，包爷说："小姐，今日本官请你到来，非为别事，只因你令尊干差了事，全不想食君之禄，报君之恩，为何窝留外国飞龙公主在府中，顶冒你名，把他嫁与平西王要报丈夫之仇？今日害人反害了自己，这是令尊大差之处。若将此事奏呈天子，按其国法罪在你令尊。故本官特请小姐到来言明，莫怪本官为人不做些人情，事干重大，法律难以存私的。”小姐听罢，含泪低头，叫声：“大人，我父亲虽然犯法，只因误听庞洪国丈之言。”

包爷一想，原来又是庞洪之计。便说道：“小姐，令尊也说是庞洪主意，小姐也说令尊误听他言，足见是这奸臣害了令尊。到底那庞洪怎样哄诱令尊行事的，你且说明原故。本官劾奏于他。”小姐叫道：“大人，前日父亲说庞国丈有个飞龙公主，是西辽国王之女，丈夫名黑利，番王命他领兵被狄千岁伤了。所以他要报夫仇。趁宋兵班师回朝，飞龙扮为男子杂于军士队中，混进本邦，投入相府。国丈后带来送于父亲，叫他顶冒我名，奏闻圣上，赐与狄青成亲。此时，父亲听了国丈之言，母亲劝他多少，只是不依。今日祸发，罪首实由于庞洪太师，望大人笔下开一线之恩，父亲大罪略松些，足感深情了。”包爷说：“这也自然。请小姐里面去，今将夜深，在本衙且住一宵，明日送你回去。”小姐说：“大人，犹恐母亲悬望不安，望大人放我回去才好。”包爷说：“早上已经着人禀明令堂了，小姐不必挂心。来朝还有商议。”吩咐丫环扶小姐进后堂，夫人已排下酒筵相待，不用多谈。

原来杨小姐乃聪慧之人，焉肯直说原由害着父亲？只因包公讲起飞龙的长短，犹如他父亲说的一般，小姐只道父亲早已说明缘故，小姐说出根由多在这庞洪身上，原想父亲之罪减些。包爷犹恐凤姣见了四个丫环，故预先吩咐带入后厢一处。此乃神出鬼没之机，外边人那里得知？

是夜包公思量道：“庞洪心肠恶毒，屡屡暗害狄青，结下如此深仇，今朝眼见得你大祸临身了。但是飞龙女扮为男，混入军中，私进中原，狄青失于查察，也该有罪。下官既承王命，不得丝毫偏倚，待复审明白，请旨定罪罢。”次日上朝，先请旨意，带上狄、杨开棺复验尸骸。其时虽是春天尚寒冻的。尸首埋不多几日，是以皮肉未消。验得周身无故，只是左右耳上有九个环眼，前时虽用胶粉塞满，如今死了几天,血脉不行,胶粉脱落,环眼显露。包公说道:“杨大人,此女不是你女儿了。看来是外国之人。”杨滔说:“正是下官亲生女儿。大人说他外国之人,有何凭据?”包爷冷笑道:“你说没有凭据么!现今耳上有九个环眼,明是外国飞龙女,你还要认他为女?”杨滔大惊,硬着头皮说:“外国之人焉能到得中原?实是下官之女。”包公想道:“且由你一口抵赖。停一会刑法森严,看你怎了?”又吩咐棺复钉了,亲到狄府勘验。狄爷指明飞龙死的所在,又调杀他的宝剑验明。又搜一回,搜出尖刀一把。狄爷说:“大人,犯官不进此房,故不见的。今日方知有此尖刀,求大人严询。”包公命将宝剑、尖刀带回贮库,回衙复审。狄太太差人打听包公审断,实是欢喜。庞洪着人打听,只是担忧。

当时包公打道回衙,坐在公堂,此回容放闲人观看,扰扰拥了多少百姓看审。包爷说:“杨大人,本官已经细查明白,死的乃是西辽飞龙公主。他私进中原,与丈夫报仇,要伤害狄青。庞洪与你同谋,把飞龙顶冒女名赠嫁。本官已得其真情,你休得抵赖。”杨滔听了吃惊不小,想道:“不知他如何查明的,若招了,罪大难免;不招,又恐加刑。”事在两难,只得不言,像着泥塑的一般。包爷又说:“大人,本官劝你招了罢。”杨滔说:“大人啊,这是枉下无据。大人所说,并无凭证,下官如何招得?”包爷说:“你道没有凭证么?”命人带出四丫环。左右一时唤出月梅、紫燕、凤云、小翠。包爷说:“你看他们多是你家的人,有凭有据说的。”杨滔见了这四个丫环,吓到魂飞天外,伏倒在地,颤抖不住,说:“大人,四个丫环是赠嫁去的,受了狄青买嘱,是以无中生有,屈隐了我。”包爷说:“这也由你分辩,到底死的是何人?”杨滔说:“实乃是次女凤姣。”包公道:“实是你女儿么?不要认错了。”杨滔如何招出真情,且看下回详说。正是:

惧法终须常守法,蒙君定是每欺君。

第五十回　露奸谋杨户部招供　图免罪庞贵妃内助

诗曰:奸谋断白得根由,国法严森岂复留。
只因庞妃为内助,佞臣气数未应收。

当下,杨滔说声:“包大人,被杀的果是小女,下官并不说谎的。”包爷说:“杨滔,只怕你句句说谎的是真!”吩咐旁人去请小姐来。包爷说:“杨滔,本官劝你招了罢,摆布不得,抵赖不来了。”杨滔说:“大人,念杨滔幸沐君恩,焉肯私通外国?休得听信丫环之言,总要究问狄青无故杀妻方好……”此时,凤姣已到,包爷说:“杨滔,你认一认这是何人?”杨滔把眼一瞧,此时恨不能插翅腾空飞出外,恨不得将身钻入泥土中。包爷说:“杨滔,你丫环是别人买嘱,你的女儿难道也受了狄青买嘱不成?”这凤姣小姐大惊:“只道爹爹先已招出根由,岂知包公哄我到来,诱我说明原故。果然他神出鬼没之谋,我也知多害在这四个丫头之手。爹爹,叫女儿害了你。”包爷说:“杨滔,抵赖不得的。如再不招来,要用刑了。”杨滔一想,已被他四面埋伏,倘若受了刑时也要招的。况且包拯平日为人铁面无私,犯到他手,丝毫难饶。只得一一从头实说,把国丈牢牢咬定,当堂画上口供。包爷吩咐凤姣与四个丫环仍到内堂。又差张龙赵虎前往相府请国丈到来。此时狄青方知内里委曲:原是黑利之妻飞龙要与丈夫报仇,被他混进中原。庞洪用计前来图害,虽然他是好计巧害,岂知今日又是落空。不言狄爷之想。

且说庞洪早已差家人打听到包公审明此案,惊得一身冷汗,魂魄俱无,说:“黑贼果然厉害!如今老夫也是走不脱的,如何是好?”正着急之际,又闻报说,包大老爷打发张龙、赵虎来请太师前去讲话。国丈说声:“胡说!包龙图太觉猖狂了,老夫岂是你请得动的!”打发来人说:“有话明早朝堂商量。”此时又想一会,悄悄进至后宰门,去见女儿,暂且慢表。

且说张、赵二差，回归衙内，回复包公。此时包爷命排军送押杨滔回天牢。平西王且转回府。送还杨小姐回衙。四个丫环仍发回杨府。然后把本章修明，待明日奏闻圣上。

先说狄王爷回归王府，将此情细禀母亲。太太听了，长叹一声："庞洪，你这番计害我儿，用此毒计，今朝只怕要遭刑了。再想不到这番婆混进中原，要报夫之仇。儿啊，如今若没有包大人，那个审得明白？"狄爷说："母亲，但是飞龙改扮为男，混军中进了中原，儿有失察之罪。"太太说："儿啊，纵使失于查察，决无死罪的，抵桩革职归乡，安居淡处，也安乐逍遥。"狄爷说："母亲之言有理。"按下不表母子之言。

又说凤姣与四个丫环同归府内，小姐一见娘亲大哭道："多是女儿害了父亲，已将根由说出了。"此时小姐双膝跪下说："母亲，父母养育之恩，尚未报答。岂知今日养虎为患，女儿不愿偷生人世了。害父遭刑，其心何安？母亲啊，祸根皆从庞洪这奸臣。断送父亲性命，皆由这奸臣的。"夫人说："我儿，你且起来，不要哭坏了。我杨门不幸，你无一兄两弟。父母单生你姐妹两个，你姐姐虽然嫁在家乡，但今我随你父在京，远离江西故土，你娘跟前只有你一人陪伴，况且这是包公的巧计，任你何人，总要上当。而且你父为人原是不好。你娘劝尽他多少，叫他不可依附庞洪，他只是不听，必要趋炎附势，要害狄青。岂知反惹出大祸临身。就是这四个丫环早已招供了，也是包公之计，用了刑法，不得不招。女儿不必痛心。事到其间，忧也免不得的。且看圣上怎生定罪！"慢言母女伤心。

再说国丈心烦不乐，到了后宰门，管门太监名唤丁忠，为人最是贪财爱酒之人。国丈当时要与娘娘讲话，总要从后宰门出入。丁忠一见说声："国丈，许多日不来，今日到此，必与娘娘有何话说，待咱家去禀知罢。"国丈说："丁公公，若万岁同在，可不说了。"丁忠说道："晓得。"去不多时回说："万岁在昭阳宫内，如今娘娘请国丈上望花楼相见。"国丈说："有劳公公了。"此时直至望花楼，贵妃已在楼上扶着梯首说声："爹爹小心些罢。"国丈到了楼上，见礼毕，贵妃启口说："爹爹请坐，你许多日不来，爹爹康健，母亲安好否？"国丈说："爹娘多已安康。”贵妃说:“只为多日不见我爹爹来,女儿近日放心不下,正欲差人去探望。”国丈正欲开言,忽见宫娥送茶到来,便向女儿丢个眼色。娘娘会意,打发宫女尽下楼去了。国丈说道:“女儿,为父到来,非为别故。只因有件难事没处安排,所以特来与你商量。”娘娘说:“爹爹,不知有何难事?说与女儿知道。”国丈就将飞龙混进中原起,说到包公审断明白止:“这件事情,为父的有欺君之罪。别人调理还好,单有这包拯毫厘不存情的。为父想来无处调停得来,所以必要女儿打算周全,为父的方得无碍。”娘娘听了,叹一声说:“爹爹啊,狄青与你有何仇怨,因何必要害他?害他不成时反惹出这等大忧,从今以后,不要与他较量,太太平平过日也好。”国丈说:“女儿,这是飞龙不好,非关为父之事。如今不要埋怨了,总要你救为父的方好。自今以后再不与狄青结仇了。”庞妃不语,想此事叫我如何调停得来?难抵当得包拯,只好在万岁跟前讨个情罢,说:“爹爹,休得着急,待女儿去求圣上。但得圣上开一线之恩,爹爹可保无事了。”国丈说道:“儿啊,为父的重重托你,必要你救我的。为父去也!”庞妃应诺,此刻庞洪回府,夫妇细谈不必再述。

且说是夜贵妃迎接圣驾,先已排开御筵。庞妃满斟玉盏三杯敬上,君王赐坐,谈说闲话,贵妃闷沉不语,万岁一看,金口微开,说声:“爱卿,朕见往常花容喜悦,因何今日愁容满面?有何缘故心中不快,须当说与寡人知道。”贵妃说:“陛下,臣妾并无别故忧愁,从前几载忧国忧民,今幸国泰民安了。”万岁说:“这便好了,还有何忧处?”贵妃说:“陛下啊,臣妾因想起爹爹,年纪已高,风烛之期,已近夕阳,深沾帝德,如今重沐王恩,往常代君办事,并无差错,万岁是深知臣父之心的。”仁宗天子听了,却也不知贵妃心事,因说起国丈,便说:“国丈近来有何差处?朕也不知道的。”庞妃说道:“臣妾父亲如今年老,非比年壮精神了。”天子说:“国丈不过五旬外之人,何为老迈?他就白首苍髯,也皆因辛勤国务所致,贵妃不必多虑。且自开怀与寡人吃酒罢。”庞妃又说:“陛下,臣父虽说未老,到底将近花甲之年了。一日老一日,一年老一年,料想退归林下,君王不准;如若在朝伴君,犹恐中途不得结果。”嘉祐王听罢,笑道:“贵妃,你也出此呆痴之言了。

你父亲为极品之尊，贵为国戚之位，职掌朝纲大权，数十年来，居官多已熟稔。前时得仗洪恩，今日又邀朕宠，满朝文武如何及他，谁人敢来欺侮？因何爱卿虑到不完局之言？”庞妃说：“陛下，只因臣父年纪近乎老迈，作事岂能及得少壮之时？人老心必躁乱，倘或一朝错办了国家事情，有国法森严，陛下岂肯轻饶？岂非爹爹辛勤为官大半世，一刻国法难容，便做不结局的？”天子说：“你原可忧及如此。贵妃，你不用心焦，如若国丈有甚差迟，寡人总不究罪便了。况且国丈往日并无差处，寡人又极怜惜老迈之臣，爱卿不必多虑，且放心畅饮罢！”庞妃听了万岁之言，顷刻心花大开，谢天子洪恩，殷勤奉敬美酒，是夜不表。到来朝万岁临朝，包公奏本，庞、杨如何定罪，且看下回。正是：

为国忠良徒为国，欺君奸佞复欺君。

第五十一回　勘奸谋包公复旨　消罪案宋帝偏亲

诗曰：国法无私立法篇，缘何宋王不为然。

偏亲当恶遮奸罪，只是娇娆内应言。

不提宋帝宫中夜宴，再说龙图阁包学士，审出此事根由，杨户部料不能抵赖，当堂画上招供。是夜包爷进归衙内，用过晚膳，坐想一会，时交二鼓。暗思：“庞洪老奸贼，前时几次图害狄青，今日干下此段欺君重罪来。明日当殿劾奏于他，必要除却这欺君误国的奸臣。”是夜不睡，将庞洪为首之罪疏明，杨滔附就奸谋的案书及狄青失于查察，军队伍中让飞龙混进中原之忽略，注明本上。又述杨滔求亲，万岁作主，也为龙心失于盘察。修本已毕，时将四鼓，穿过朝衣，拿了象牙笏，左右排军，持了金丝提笼，来到朝房。

且说此一天，只为包公审出了平西王被奸臣的冤陷，所以九王八侯，齐齐上朝，看包公如何奏法，圣上怎生分断。不一会净鞭三响，天子登殿。各官次第参见毕，两班侍立。只有庞国丈怀着鬼胎，心中着急,更有一班奸党代他担忧。万岁龙目向左班一瞧,见了包公,开言说:“包卿,寡人命你审狄、杨之案如何?”包爷出班俯伏金阶奏道:“臣包拯,奉旨审询狄、杨这段案情,今已审明,特来复旨。有本章一道上呈御览。”天子说:“赐卿平身!”包爷谢恩侍立旁首。嘉祐王从头至尾一一看明。口中不言,默然不语,暗说:“原来有这些委曲!”若问聪明不过者,天子也。万岁想,这庞洪做下此事,所以昨夜贵妃有此一番言语。若依国法,他为罪之首,是祸之魁。但若把他正了国法,庞妃面上不好相见,况且君无戏言,昨夜的话今已悔错了。又将本章细看一回,立了一个主意,就叫声:“庞卿!”庞洪说:“微臣在此。”即俯伏金阶,犹如身蹈寒冰地惧震。天子说道:“你乃总振朝纲鼎鼐之臣,承燮理阴阳重任,身受国恩不浅,今已三十载。往常办事件件不差,目下所为乃关国法。”这庞洪奸刁之人,闻圣上说他往日办事无差,就顺风而上说:“老臣罪该万死。求陛下念臣平日办事无差,开恩一线,臣没世不忘。”天子说:“西辽黑利被狄卿杀了,他的妻飞龙欲报丈夫之仇,投为军士,混进中原,你却不该收留他,送杨滔认为亲生女,奏朕赐婚,图害狄青。所以包卿本上说朕主婚失于觉察,也该有罪了。”

此时庞洪只是叩头抖震石柱,天子见了,微笑想道:“世间有这样的呆老东西!若依国法,原难宽恕,只因众罪相牵,非同小可。”便叫声:“包卿,这件事情审得明白么?”包公奏道:“臣多已审明白了。只因庞国丈未有口供,故不曾定案。”万岁说:“包卿,据你本上说,寡人做了主婚,该得何罪,卿且定来。”包公听了,忙说:“陛下,臣所定罪,无非按律而行。世无臣定君罪,只求圣上金批御断是了。”若问这位包爷,实也奇的,原不该把天子失于觉察奏上,只因他铁面无情的,不怕风火。这人差了,只说差的;这人不差,只说他不差,再无一点私曲。所以“包龙图”三字名扬天下,千古流芳,至今尚在。

此时,圣上又叫声:“包卿,寡人判断起来,这一件事情认不得真。如若认真起来非但庞洪、杨滔有罪,而且寡人罪亦难免。就是飞龙乃外邦敌国人,冒混军中进来,狄青身为主帅,重任之职,执掌军中生杀之权,军情队伍必要留意稽查,因何被他混进王城?倘有别的变端，如何是好？狄青之罪与庞洪相次耳。崔卿、文卿相验尸首之时，并无认得环眼九个，胡乱钉棺，相验不实，岂得无罪？今日一枝动，百枝摇，君臣之罪，皆为一体。认真起来，焉能轻恕！如今飞龙已杀，君臣之罪一概开消了罢。君无罪，臣也无罪。自今以后，君臣一心，永为相得。倘庞洪、杨滔再有差迟，定罪不饶他。"包爷听了天子之言，即出班说："臣包拯有奏。"嘉祐王说："谈言已定，不必奏了。"

此时天子为着国丈，连杨滔也得赦了。当下庞洪心头放下，连忙三呼万岁，谢过王恩。只有包爷心内虽然不合，只是君言不得不依。今日除不得误国欺君奸贼，谅他未必痛改前非的。倘或有些破绽，必要扳倒了奸贼，然后朝中方为清净。只得勉强谢恩退朝。有众位王爷气塞满胸，在午门外嚷闹喧哗。这国丈呼声："包大人，多承美意照察。老夫若非圣上洪恩，这个头儿已滚下了。"包爷喝道："老匹夫，休得猖狂！你欺君误国，陷害忠良，生成人面兽心，依靠女儿的势力，遗臭万年。你从今安稳头颅，再做无法无天事，再试你女儿手段来！"国丈也不回言，回归府内，心中大悦，道："全凭女儿之力。"此刻包公回衙也叹圣上偏私没法。

又谈狄爷回归王府，将情告与母亲，太太听罢，叹声："国出奸臣，非天子之福。欺君罔上，如同儿戏，生成一片狼心陷害忠良。儿啊，这非天子不明，只是宠爱这娇娆妃子，既宠其女，难伤其父。目今虽是平阳大道，到底路近山林，防有虎狼的。"狄爷听了说道："娘言是了！"又听得身边众将喧声嚷闹，说声："可恼！可恼！庞洪、杨滔这等害人，还不将他斩首，说什么认真不认真，这还了得！"众英雄多已不服，七嘴八舌，喧哗不止。千岁跑出中堂来劝解说："你们不必喧哗。庞洪靠着女儿势力，杨滔依庞洪为头，当今仁慈之主容他横行无忌，播乱朝纲。"众位将军说："千岁，若是仁德之君，赦些忠臣贤士方是仁德。若今赦了庞贼，当今不想坐享这王位了。"狄爷喝声："胡说！前朝多少奸臣，过庞洪百倍，若到了罪恶满贯，就不能逃脱。今日且由他罢，上天必有报应的！你们不必多言。"是日，王府又来了众位王爷，崔、文等多少忠臣前来贺着千岁脱离冤陷。说起天子庇盖庞洪不公，无非闲话，不题。

次日，狄爷来到南清宫，见过娘娘，说及此事。狄太后深恨庞洪，叫声："侄儿啊，出此大奸臣，在朝掌权，你要小心。古言明枪容易躲，暗箭最难防。他如此行为，未必不深恨于你，必然还有算计，你须要小心提防他才好。"狄爷说："侄儿领教。"说完辞别太后，一路思量："全亏得包龙图审断明白，理当前往拜谢。"便一程直至包府，无非谈着庞洪之话，短长之言，也不另载。

且说杨滔得圣上赦了复回旧职，犹如再度重生。夫人苦苦相劝说："相公啊，你世受君恩尚未报答，原不该与国丈串为一党，陷害狄青。妾身曾劝过你多少言词，只是不依。朝中有个包文正，焉能做得欺君奸臣？喜知今日死里逃生，从今望祈相公勿负帝德深恩，做个忠臣，靠个美名，有何不妙。况且行恶之人，不是在自己即报应儿孙，愿相公听妾之言。"杨爷叫声："夫人，下官不听你良言，大祸临身，险些为刀下之鬼。得蒙圣上宽赦，正是已为余生，纵不为官，也是甘心。"夫人正要开言，只见几个丫环，慌慌忙忙报说："小姐在房寻短计自尽了，老爷夫人快些进房。"夫妻听罢大惊，跑入绣房，只见女儿自缢在房中。夫妻见了，好不伤心，连忙吩咐丫环解下尸骸，已如冰冷。原来凤姣小姐昨夜自悔："方才已说出根由，害了父亲，必然要正了国法。"所以三更时候小姐便已自缢。此时夫妇见救不活，抱着女儿尸首痛哭，好不伤心。一众丫环纷纷下泪。房内一片哭泣之声，实是凄凉。杨爷夫妻正在悲痛苦楚之际，有丫环说："老爷，壁上有红笺一纸，字迹数行，不知何言。请老爷夫人观看。"夫妻带泪近前一看，只见房壁上柬笺写着：

罔极劬劳未报恩，缘何养虎反伤身？
从今不见慈亲面，且向黄泉见父魂。

当下杨爷看罢，大叫一声："女儿啊！"双脚一蹬，顿时跌倒下地，人事不醒。不知杨户部性命如何。正是：

莫道害人无报应，岂知反自把儿亡。

第五十二回　悔前非杨滔解组　送骨柩张忠往辽

诗曰：害人反害女儿身，作恶难逃把罪刑。
　　不是庞妃谋救父，杨滔早已丧幽魂。

再说杨滔见了女儿壁上诗词，顿时气死在地，吓得夫人魂不附体，带泪连叫数声："相公苏醒来！"丫环急拿姜汤灌他喉内。此刻杨爷渐渐苏醒过来，叫声："女儿，为父自家不好，谁人埋怨你？你却寻此短见，好令为父痛心也！"夫人也悲哀大哭说："女儿，你今日身亡，乃是你爹爹害了你。养虎伤身之言，明明恐你父亲恨着你了。"杨爷说："儿呀，为父今日死里逃生，皆蒙圣上洪恩。想起从前作过之事，已悔之不及了。正要思量做个好人，立定主意不再归庞党，要报答君恩。岂知女儿先到了黄泉。叫我爹爹何处觅你的！要见除非梦里相逢。"夫妻痛哭一场，杨爷免不得吩咐家人备了棺柩，盛殓女儿。过了两天，盛殓已毕。

自此时候，杨滔把庞洪冷淡了，不去依附他。忽一日叫声："夫人，下官如今想来，如若淡疏了庞洪，犹恐他怪我，倘或谋害起来，祸患不免。并且做下此事，实情羞见同僚。意欲退归林下，以终天年，夫人意下如何？"夫人说声："相公，这句话说得有理。犹恐万岁不准依，徒然费想的。"杨爷说："夫人，且待下官明日上朝，谢过主恩，奏达天颜。若是君王准奏，退守林间，做个逍遥人，无拘无碍，可省得多少思虞。"是夜不题。

次日杨滔上朝，谢过王恩，奏道："臣今得活微躯，皆叨圣德。杨滔意欲退归林下，念佛吃斋，清闲度岁，以改前非。伏乞圣上垂鉴准臣致仕归林，感恩如海矣！"天子一想："量他无颜在朝，故有此奏。留他在此，总是国家之患，不免准他回去罢。"此时圣上准奏，杨滔谢恩，退归衙内收拾。夫妻商量，选了吉期，别过同僚，所有内堂物件，多已收藏好。与使女家丁带小姐棺柩同归故土埋葬。一路回转江西暂且不表。

此时朝内平安无事已有一月。忽一日天子临朝，百官无事启奏，嘉祐王说："众卿听着，孤思西辽已经征服，何故飞龙私进中原要害功臣？孤思推算，莫非其中有甚详意？其中必有缘故。众卿与孤议来。"当时文彦博等一众文臣，呼延赞等一班武职同声奏道："西辽王已有降书投送，贡献出珍珠旗，谅无诈意了。飞龙私进中原，无非要害狄青，与夫报仇之故，决无诈意，陛下勿费龙心。"天子又说："飞龙私进中国，辽王不行劝阻，其所作为，亦属不该。孤若兴兵问罪，又觉国法过严。今欲差人将飞龙骨柩送还辽邦，降旨宣谕番君，使其方知天朝文如秋水，武比细君，不能丝毫作弊。卿等以为何如？"众臣奏道："圣上如此仰见高明，臣等焉敢逆命？"天子向武班中说声："狄卿家，你与众将前日曾到西辽，今当着一将前往。"

狄爷一想，刘庆、孟定国、焦廷贵多是莽夫，不如保举张忠前往罢，即奏道："臣部下几员将内有张忠，为人极有酌量，可差前往。"天子说："依卿所奏。传命张忠携带骨柩，前往西辽。还朝之日，加升爵禄，以赏卿劳。"狄王领旨，归王府说知张忠。张将军说道："圣上所命，何敢不依。"狄爷又差家丁将飞龙棺木焚烧，用净桶装了，密密封固已毕。张忠次日进内拜辞太太，别过众兄弟，带了八员家将跟随。乘上高头马匹，离了汴京，一路洋洋得意而去。想道："从前几载在山落草为寇，今日做了钦差奉旨之臣。昔时，想不到有此荣华。如今只因跟随了狄大哥哥，祖宗有幸，故有今日之荣。"不表英雄一路之言。赶路二十余天，到了三关，见过孙秀。这奸臣方知这段情由，暗想："岳父害不成狄青，却反加威显。这冤家不死，好不恨煞人也。"当时张忠出了三关，别过孙、范、杨三人，一路去了，按下休题。

再说汴梁城狄千岁，自从为着飞龙之事，时时忌着庞洪算计，意欲与母告驾归乡，君王不准，正在进退两难。一日，母子正在言谈，忽报圣旨到来。狄爷吩咐开中门，排香案，衣冠跪接，天使读宣完，辞别抽身。狄爷送出府门，仍回见母。太太说："儿啊，圣旨到来何干？"狄爷说："母亲，只为主上隆恩，说孩儿既在单单国招亲，并且公主帮助平西亦属有功。怜我一月夫妻即分散。今喜太平，圣上不忍使儿夫妇分开，为此降旨一道，着儿即日差使能人，前往单单国接取公主，归宋团圆。仰见君恩浩荡，帝德汪洋也。”太君听了，微微含笑说：“儿啊，君心正合着娘意。趁着天气和暖，正该挑选何人，前往单单接取贤媳来家，与为娘婆媳相依。”狄爷应诺，即日唤刘庆、李义说知，交了圣旨。二人即别过太太母子与石将军，一同上马。跟随家将二十名，带了路费银两，行程非止一日，不必细表。

再说张忠到了西辽国，一连几日过了几道关津，直至碧霞关。段威开关接进，分宾主坐下，各叙寒暖。递茶毕，张将军说知其故。段威听了说：“张将军且宿一宵，来日小将差人送你进城。”张忠称谢，段威是晚排下酒宴相待，不表。

却说来朝辽国众臣多多闻知，原来公主自送了性命，急忙报达狼主。辽王听了大惊，悔惜女儿，更有番后得知，伤心痛哭，苦楚不堪说：“女儿啊，你立心为夫报仇，岂知又害在仇人手。今朝只得白骨还乡，不见姣儿之面，为娘好不伤心。”不表番后痛心。是日番主迎过圣旨，收拾飞龙骨殖埋葬了，送张忠在荣阳驿备酒款待。番王又密召众臣商议：“从前假造珍珠旗贡献出宋王，不过是缓兵之计。所以又往各国借兵，只待等公主除了狄青，那时还好兴兵夺取中原。岂知公主反死在狄青之手。如今宋王将尸骨送回，把孤国君臣面光扫尽。今日冤家越结越深。如今各国雄兵猛将，将次到了。狄青尚在，如之奈何？众卿可有良计否？”忽班首闪出一人说：“狼主，臣有一计。”番王说：“丞相有何妙计？”度罗空说：“狼主，只消如此，如此，狄青必然死了。公主之仇已报，然后发兵进攻中原，占夺宋室江山，易如反掌。”番王听了大悦，说：“丞相果然妙计。”连忙修了谢罪本章。张将军即带了本章别过辽国君臣，回转中原去了。

此时番王依了度罗空之计，备了几件宝贝，复修本章一道，差得胜将军秃狼牙细细叮嘱一番。明则入贡天朝，暗则图杀狄青。秃狼牙领旨而去。先说张忠一路饥餐渴饮，夜宿晓行，非止一日。这一天到了雄关，出关又赶路回京而去。这张忠本是惯为赶路，所以早进三关。秃狼牙又迟走三天，又缓缓而行，所以迟了十天来到三关。传上守关军士报与孙秀，孙秀想：“张忠奉旨还骨柩，番王已有谢罪本章，附达天朝。今日因何又要差臣到来贡献,这是什么缘故?”孙秀猜疑一会说:“莫非又是蹈飞龙前辙,企图混进我中原,所以诈称入贡不成? 待本官查明缘故才好。”若问三关之称,原有三座关口,一座名雄关,一座名雁门关,一座玉门关,孙秀主受的乃是雄关。这三关乃是重要之地,关外七百里属番地,七百里内中原该管,所以辽兵一至直抵雄关。闲话休题。

此时孙兵部满心疑惑,此时范仲淹、杨青因何不见? 只因孙秀在此关时,比不得杨宗保、狄青在此镇守,多是情投意合,所以天天叙会。如今孙秀管了此关,二人多不投机,所以各管民情国务,三人叙说太疏。此日二人不在,孙秀想一会,只得吩咐放他进关。但见番使有两个跟随,秃狼牙上堂与兵部见礼。孙秀看这番官不甚威武,只是形容丑陋,便问他官居何品,甚因要进中原? 秃狼牙说道:“孙大人,小将乃西辽国得胜将军,不是官卑职小,只因狼主犯罪天朝,所以差俺拿这宝贝贡献朝廷。伏乞大人开关放行。”孙秀说:“前日上邦天使来你邦,狼主已有谢罪本章,附呈钦差,因何今日又差你贡献礼物? 既有贡献,何不前日一并付交上邦天使带回? 必然不是真情。下官领守此关,总要稽查。说得分明,才放你出关。不然休得妄想。”不知番使出得三关如何,下文分解。正是:

辽国今朝施巧计,英雄此日受灾殃。

第五十三回　辽王定计贡天朝　国丈私通受贿礼

诗曰:忘君背主大奸臣,敌国交通辜负君。
害却梁栋忠勇将,番兵指日聚如云。

当下秃狼牙闻孙秀不愿开关放行之言,便说声:“孙大人,你休得多疑。虽然前日上邦天使到来,但我小邦狼主若将礼物交付钦差,犹恐万岁怪责狼主,自不差官前来,即便附交天使呈贡。岂非狼主差了? 所以狼主至诚恭敬,差小将来呈贡上邦,并无一点虚诈之情。”

孙秀听他言辞恳切,只得传令开关。秃狼牙上马加鞭,一拱而去,一路思量笑道:"孙秀啊,你既然疑我作弊,因何不将身一搜?如若搜出身上的私书私宝贝,就难以过关了。只笑孙秀,你是个莽夫,枉你有许多盘诘之言,也不中用。如今去寻着庞洪宰相,除了狄青,狼主然后发兵,若攻占了三关,先杀你这匹夫的。"所以俗语云:

得放手时且放手,得饶人处且饶人。

如今西辽献这巧计,乃是宋王自取出来的。既杀了飞龙,不将尸骸送还他,待辽王疑惑不决就罢了。偏偏又去责罪辽王,送还飞龙尸骨,好待辽国君臣,畏伏天朝之意。旨上称出"飞龙投入庞相府中",所以辽臣度罗空遂知庞洪不是个忠臣,所以使出这计谋来。此是宋王闭门放火,自取其灾的。秃狼牙出关时不知孙秀是庞洪党内人,故遮饰瞒骗出关,一程赶行汴京而来,不表。

且说扒山虎张忠,每日渡水登山,快马加鞭。是日来到汴京,下马进了王府来禀知狄千岁。是晚,千岁与他洗尘对酌不表。次日狄爷奏明天子。嘉祐王龙颜大悦:"张忠来去快捷,果然称能有功。王室加官三级,以偿其劳。"王府一番热闹,不过庆贺吃酒,不表。

再说庞洪独自坐书房,呆呆想着:"老夫连连用计,总是落空。自从包拯审明飞龙之事,险些性命难逃。亏得女儿之力,救了老夫。至今无面在朝。见别人倒也无言,所恨着包文正、呼延赞这两个狗才,常常把冷言暗语讥诮甚多。老夫乃寒天吃冰水,点点在心肝。若把这些狗党除了,方悦得我心怀。"正想间,有守门官启上太师,说:"外来有三人,说是西辽国来的,有些小物相送,还有机密事商量。"国丈一想,吩咐:"勿与外人知,悄悄传他到书房相见。再有人来,只说太师欠安,早已睡了。"门官应诺,到府门带了三人来到书房。国丈看见三人拿了几个拜匣,便吩咐门官去了,即闭上房门。有辽官说:"国丈,小将西辽国得胜将军秃狼牙拜见。"国丈说:"将军休得拘礼,请坐罢。"秃狼牙唤小番两个上前叩见太师爷,国丈说:"休得如此!"又想:"他说有礼物相送,这两个小匣必然是西辽宝贝,因何番王送礼与我?必有缘故了。"想罢说:"将军,你那狼主差你到来,不知有何见谕?"秃狼牙说声:"太师爷,小邦狼主有书一封与太师观览，匣中小物几桩相送与太师。”国丈说：“老夫有何德能，敢使你狼主费心？”忙拆书一看：

西辽国王书拜奉庞丞相座前：昨飞龙小女有蒙庞丞相将就机谋，周旋恩德，孤心感念不忘。岂知小女的夫仇未报，反丧仇人之手。孤家此恨难消。故特差来小使，恳求丞相报雪深仇。前者狄青带回珍珠旗达呈天子，此旗乃小邦新假造，倘丞相奏明天子，狄青难免欺君之罪。虽有浩大功劳，国法岂得过宽？小女倘得雪冤，丞相恩同天地矣！兹来玩物数桩，望祈鉴领，原非诚敬，且与丞相消闲，聊表孤寸心。

国丈看罢，将书收藏，便说：“将军，你那狼主如何知道老夫与狄青作对？”秃狼牙说道：“丞相，只因前日万岁旨意提及太师尊名，所以知的。”国丈说：“这珍珠旗真假如何分辨？”秃狼牙说：“丞相，那真的乃小邦镇国之宝，五代留传，已有一百八十五载。颜色烟采，针线发锈了。狄青带进这假的，虽然款式是一样相同，但新造起的颜色鲜明，针线发新。只要将此两件分别起来，就知真假了。”国丈听罢，拍手笑道：“那日狄青班师，圣上将旗与众人看。老夫也看此旗果然颜色新鲜。若不是狼主今朝书到，焉能知其真假！”秃狼牙说：“太师何如？今已分真假了么？”国丈说：“果到如今，才知真假。昔日飞龙在我杨、庞二处，对旗之真假并没说起。”秃狼牙又叫声：“太师，匙钥在此，请开匣一观。”二小番捧匣在桌上。国丈正要执匙开匣，忽小使送茶来吃。这小使看见这秃狼牙吃了一惊，只见他面如锅底，旁立两人也是丑陋，同与太师对坐，不知何处来的，又不敢动问。太师说：“阿厮儿，这是三关孙老爷来的差官，速备酒筵。”小使应诺去了，想道：“孙老爷的差官因何与太师对坐？却也奇了罢。我是小使，管他何用？”即往厨房备办酒席去了。

秃狼牙听了庞洪对小使说他是三关孙老爷这句话，便问道：“这孙大人是太师什么人？”国丈说：“他是老夫的小婿，与狄青也是冤家。”秃狼牙说：“原来是太师的贵婿。”国丈此时把一匣开锁，有礼单一纸在面上。拿起礼单，只见匣中光彩射目，内有玻璃盏一对，月华镜一面，醉仙塔一座，醒酒珠一颗。看罢又开第二匣，又有礼单，是元宝十锭,黄金十锭,每锭百两,白璧一双,碧玉花瓶一个,水晶盅一枚。国丈看罢,笑得眼也不开,说:“狼主何用送此重礼到来,只好取下一半,回一半已是当不起了。”秃狼牙说:“总要一概收下,些须玩物,休得重抬。狼主只要早早杀了狄青,与公主报仇,小将早日回邦去。须要速速行事才好。”国丈说:“这也自然。待来日上朝奏明圣上,取旗复验,验出狄青之罪,如何能赦?管叫他一刀两段的。”正在讲话,小使送酒筵到,摆开桌上,银烛交辉。国丈吩咐小使,往后边去,不必在此伺候。

吃酒至半酣,国丈问起这玻璃盏有何妙处。秃狼牙说:“太师,若问这玻璃盏,斟了美酒在内,就有笙歌细乐吹奏,我邦算他是宝贝之魁。”国丈听了大悦道:“真乃有趣的宝贝。”又问月华镜有何妙处,秃狼牙说:“每逢八月中秋之夜,不论天阴晦雨,将此镜照耀,犹如日月,五彩呈祥,故名唤月华镜。也是小邦一桩宝贝。”国丈笑道:“这宝贝一法更妙了。这醉仙塔又有何妙处?”秃狼牙说道:“呔,若将此塔放于大些器皿之内,用热酒酌在塔顶上,如若取下来,吃不多一杯,就要醉倒如泥。”国丈大悦道:“这宝贝如此,可有解酒之法否?”秃狼牙道:“可将这颗醒酒珠含在口内,立时大醉可解了。”国丈听了这几件宝贝如此趣妙,心中不胜大喜。说罢二人又是畅饮一番,宾主交筹,两个跟随来的小番自然另有小厮款待,不必烦言。

且说这庞洪有一长子,名叫飞虎,年纪不过二十外光景,一同跟随母亲上汴京的。只因仁宗王选了庞洪女儿,他的夫人随女儿也到京来。庞洪原有四子,只有长子飞虎跟随母亲到此,三子仍在家园。这飞虎虽是奸臣之子,亦非有德之人,然而赋性略有些知识,胜过其父一副狠毒之心肠。早间闻知西辽差官到来,他早已打听明明白白,想道:“爹爹为人,多乃不正,知识俱无。朝廷忘了也罢,因何今日又要私通敌国?如若风声少泄,性命难逃。欲行陈谏,他又在书房中与这番官对酌。罢了,且忍耐少刻,待爹爹进来,说话谏阻罢。”不知飞虎如何劝谏得父亲依允。正是:

纵有良言金石美,奈何狠毒性情坚。

第五十四回　国丈通辽害狄青　宋王信谗惑奸计

诗曰:婪赃受贿把君欺,暗合宫闱患女儿。
宋主信谗蒙毒计,忠臣被害中奸机。

不题庞飞虎谏阻父亲之言。却说庞洪在书房内与秃狼牙对酌已完,言谈之际,时敲三鼓,即唤家中打点帐褥,与三人安睡。又听一番谏阻,自回进后堂去了。有众家人私议,说道:“他若是孙大老爷打发来的,因何太师爷作宾主相待?却也奇了。”又见他三人生得与鬼无两样,到底这人是那里到来?何故有几人说这是边关野地,所以出这样人来。有一家人说:“他就是一番蛮,但我们吃了现成的,穿了现成的,管他什么?况且太师爷又吩咐门上不可说与外人得知。如违重重处责。我等管他何用?众人安安逸逸,不要惹这段是非有何不妙?”众人多说有理,休言家人私论。

再说国丈进归内堂,细细说与夫人得知,夫人听了,含笑说:“相公,与狄青两人虽然有些仇恨,也罢了。相公不要与他作对的好。人可瞒,天不可瞒。古云:天亦难瞒。何必作此啖食担忧之事!”庞洪说:“夫人,你也不用说了,若弄不倒小狗才,我也不要做人了。”说未完,旁边走出飞虎,说道:“爹爹,如今西辽国送来礼物,不知爹爹意欲何为?”庞洪说道:“这辽使便说飞龙公主死在狄青之手,辽王深恨于他,所以差官送礼,前来说明从前珍珠旗是假的。狄青已有欺君之罪。为父的奏闻圣上,岂可不将狄青斩首么?”飞虎说:“不是孩儿多言阻你,如若奏明圣上,就有祸事到了。”庞洪闻言不悦,说道:“因何见得招祸,你且说来!”飞虎说:“爹爹,前者飞龙在我府中出头,如今满朝尽知。目下辽王差人到此,又是爹爹陈奏起来,就蹈了飞龙前辙,必道爹爹与西辽是相通了。如一查明,这辽差一到京来,先要经过雄关之地,早累及姊丈疏忽之罪了。前者飞龙之事,险些家散人亡,今日劝爹爹勿要贪财爱宝,平平安安过日何为不美?”庞洪一想此话,果然不差,但又舍不得几桩无价之宝,况且杀除狄青已有机会,若不趁此除他,以后就难了。夫人又说:"相公啊,依了孩儿之言才是!"庞洪说:"你母子不必多言,我自有主意。"不理妻儿,往外去了。

庞洪静坐偏房,想道:"这件事情又要与女儿商量方妥,且慢奏明圣上,免得自家之累罢。细想女儿虽是女流,倒有深谋识见。待他在圣上跟前寻个机会,慢慢打点此事,必然成功。"是夜定了计,来日上朝。因来到书房内,秃狼牙便问国丈:"朝见圣上,可曾奏知否?"国丈说道:"已经奏明。悉遇朝中有事,不得空闲,圣上说明日验旗定夺。"秃狼牙道:"又要多候一天了。"国丈说:"屈驾多留一天也何妨?"秃狼牙说:"岂敢!"国丈吃了早膳,又坐小轿一乘出了相府,到后宰门,丁太监一见,进内禀知。贵妃一想爹爹没有事决不来的,今日必然有话了。吩咐丁太监请国丈到望花楼讲话。丁太监领命,请国丈进来,到了望花楼,父女相见坐下。庞妃请安已毕,叫声:"爹爹因何呆呆不语,有何缘故?"国丈细将情由说知。庞妃听了叹声:"爹爹,你年已将花甲,雪鬓满头,后来的光景无多得,还是暂且退步吧!从前为着飞龙之事,要女儿打点,连我也担忧。用了多少曲折之言,转弯之语,方能说得君王心准,此乃皆因事已成了,所以女儿出于无奈而为。如今又要行此事,我劝爹爹勿为此事罢。"庞洪闻言,顿觉呆了,两眼光睁看着女儿,想一会,长叹一声说:"女儿,不是为父的必要如此,只因我与狄青恨同切齿,日后不忘的。我不伤他,他必伤我,这个冤家是解不开的。女儿你今日若推辞不就,我为父从今不进此地来,即辞驾归林,父女之情,永远离了罢!"庞妃听了,娥眉一蹙说:"爹爹年纪已是日高,你休得动气。我劝爹爹安分守己,那晓得爹爹要定作此念头。女儿若不从顺,诚为不孝,今朝只得尽力为你打算罢!"庞洪点头说:"多谢女儿。"顷刻,愁闷散去,喜欢复来。叮嘱一番,连忙辞别女儿,回归府内坐下,心头大悦开怀,说:"狄青,你这小畜生今番死了,老夫好不安心。"

不表庞洪得计。再言晚上天子回宫,庞妃接驾,御宴排开,满斟美酒,递敬君王。贵妃一想,不可特然起,须要远远说,转弯抹角然后说到珍珠旗方为妥当,便说:"陛下,臣妾常常忖度自念,微躯只像鸡群伴凤一般。有幸得受圣上恩波,时常又恐福薄难以消受。”嘉祐王含笑道:“庞爱卿,休得说此谦虚之言,你今与寡人相亲,恩爱成双,便是你福厚之处了。”贵妃说:“陛下啊,从前外国兴动干戈,臣妾曾闻陛下说起来,心中惶恐不安。喜得如今天下平宁,心无挂虑,乐度岁华,皆叨我主福禄齐天。”嘉祐王大悦说:“贵妃啊,你若提起外国兵力,感动寡人,忆起功臣,实觉伤心。”贵妃说:“那一个功臣的?”天子说:“镇守三关杨宗保,智勇双全,乃忠义之臣。可惜他一朝命丧沙场,死得惨伤。如今天波府内,已无人了。只有杨五郎早已少年修行了。苗裔只有杨文广,其余已是钗裙寡妇了。想他家冷落,真乃伤心也。”贵妃说:“陛下啊,此谓:瓦罐不离井上破,将军难免阵前亡。既然我主念及杨宗保,还宜阴封旌奖。”天子说:“朕亦有此意,足见与卿同心。”庞妃说:“陛下啊,那杨宗保阵亡之后,目今上等英雄还有何人?”天子说:“爱卿,前日朕已曾说过,英雄要算狄青,更喜他与众将同心协力,平定了西辽,得珍珠旗回朝。西辽投降,安稳国家,一国投顺,各邦畏服。从此江山永固,赖他之力。”庞妃说:“陛下,那珍珠旗到底怎样的?陛下可曾看过否?”天子说:“非但朕已看过,而且满朝文武俱已共目,人人称赞,实是西辽镇国之宝。”庞妃说:“惟独臣妾不曾观看的,不知陛下可赐与妾一观否?”天子说:“贵妃,你要看么?”即着穿宫内监奉旨,把库房开了,取出珍珠旗速拿来到。

万岁吩咐开了锦绣囊,宫娥把旗展开,贵妃凤目四角一瞧,看到几回,假作呆了。天子说:“全亏五虎英雄,杀败了西辽,番王心急,故把宝旗献出。从此料想他再不敢侵犯天朝了。”贵妃说:“陛下,此旗是番王差送,还是狄青带回朝的?”天子说:“狄青带进回朝,寡人与众文武一同共目过了。”贵妃说声:“陛下啊,臣妾从不曾见此旗,今宵看起来倒也疑心。众臣虽赞美称扬,妾看来还是假的。”天子说:“爱卿,怎见得是假的。”庞妃说:“陛下,此旗若是西辽传家国宝,乃是年深月久之物,颜色必然烟采,针线必然发锈。今看此旗,颜色甚是鲜明,而且周围针线又是新尖。不知是辽邦新造假旗来骗我主,还是狄青作弊更换了,存却欺君利己之心。”天子听了此言,不觉呆了。便叫宫娥取过来,待朕复看。二宫娥一个执旗,一个执烛。天子细看一回,说道:“爱卿,果然颜色鲜明,针线簇新,此旗谅非真的,朕前日却胡乱收了此旗,来日临朝究问狄青罢。”贵妃说:“陛下,狄青如今有了欺君之罪,须当追究,切不可又是仁慈不认真了。”若从前杨滔劾奏狄青无故杀妻,天子庇盖庞洪,所以不认真的,今日庞妃乃是巧话说,不要自己仁慈又说认真的。天子说:“这事朕必要查明真假来,若是真的,不必言假的,必要究明原故的。”贵妃又说:“陛下,若是假的,狄青却有欺君之罪,还把他正其国法否?”天子说:“认真查究明白,方能定罪!”说完吩咐内监,把旗收藏回库,复又宴饮一番,言谈尽兴,正敲二鼓,玉手同携,罗帐双双,其乐于飞,难以再白。不知来日嘉祐王临朝查问验旗,如何执罪平西王,下回详说。正是:

任尔英雄称哲睿,亦可蒙蔽惑阴谋。

第五十五回　验假旗狄青触君　求赦斩莽将飞报

诗曰:当殿叱君理也非,法场枭首不为奇。
只缘中却奸害计,致使忠良受佞欺。

话说前夜庞妃验出假旗,次日五更三点,仁宗天子升座,金銮殿众文武朝参已毕,各官无事启奏,嘉祐王问说:“众卿家,且听朕言。今有狄青在西辽带进这珍珠旗回朝,岂知是假的,寡人误被他瞒了。”众大臣听了天子之言,多吃一惊,一同奏说:“陛下,从前臣等众目共观此旗,就是陛下也曾龙目同观的。因何今日说起假的来,臣等俱属不知。”天子说:“卿等那知其细。”即命内侍取旗与众臣观看。

各官细细看来难分真假,独包爷说道:“前时臣不在朝,未曾看过,今日据臣看来,也是假的。”天子说:“包卿也知假的么?”包爷说:“旗实是假的。惟是朝中已有人私通外国了,陛下,还须查究。”此时国丈在此,心内着惊:“这老包刀笔也,莫非有人泄漏机关不成?”天子又说:“包卿,怎见得有人私通外国?”包爷说:“臣思此旗,西辽前者贡来,众人多已看过,彼此无言。如今已久,忽然有人说是假的,定然有人私通外国,说起是假的,方才晓得此旗是假。伏乞我主先将私通外国之人查明究办,然后追究狄青才是。”天子听罢,微微含笑说:“包卿,休得欺压众臣,不是他等说起,乃是寡人看出假的。”包爷说:“既如此,陛下私通外国了!”天子说:“包卿,你好胡说!朕昨夜与贵妃偶然说起此旗,取来看的。贵妃看出了假造之弊。然后朕取细看,方才得知。”包爷说:“如此庞娘娘私通外国的。”天子听了,又恼又觉好笑,说:“包卿,你言得奇了。贵妃焉能私通外国?你也说这句奇话,好糊涂也!”包爷说:“臣启陛下,旗真乃西辽镇国之宝,中原焉有一人见得的?因何独有庞娘娘说是假的?岂非娘娘私通外国,然后得知,望吾主查究娘娘才是。”此时众文武个个无言,独有庞洪,暗暗慌忙。

天子又说:“包卿,宫中内室,焉能与外国相通?休得枉屈了女钗裙。众臣听朕说!”众文武同声道:“伏乞陛下宣谕,臣等知之。”天子说:“昨夜贵妃看此旗,说道既是西辽流传国宝,年深月久,必然四周针线起锈了。如今旗线簇新,颜色鲜明,是系临时新造起来的。但不知是西辽作弊,还是狄青造假换真。若说西辽更弊,狄青疏失难免。若是他将假换真,其罪尤深了。”众臣听了,呆呆不语。有包公说:“臣启陛下,此旗是庞娘娘与陛下讨来观看,还是陛下与庞娘娘看的。”天子一想,暗说:“不好了。包拯的话难讲的,哄他一哄才好。”便叫声:“包卿,旗是寡人赐与贵妃看的。”包爷说:“只恐还是庞娘娘与陛下讨看的。”此时包爷猜透其中原由,天子带怒起来,说声:“包拯,这事与你无干,休得多管罢。”

嘉祐王复问武班中,叫声:“狄卿家,你且把真情奏来,到底这假旗儿怎样来的?”岂知这狄爷听了天子驳论之言,早已气得目定口呆了,一言已说不出。天子几次问他,只是气昏了,忘却君臣礼,冲撞起来,便说:“悉听庞娘娘话,把我狄青正法斩首罢。”天子说:“旗是你经手办来,是真是假,总要问你,因何说悉听庞娘娘把你斩首之话!”狄爷说:“西辽献旗出来,臣将此旗带还朝。平日不说,今日提起,敢是娘娘要害我狄青么?陛下是天下之主,万乘之尊,妇人之言不可听信的。听信妇人之言,江山必败。”嘉祐王听了狄青触冲之言,心中大怒，忘了他汗马大功，骂声："泼臣！怎把朕欺侮？这等猖狂，目无君上，国法难容！"即降旨将他绑出午门斩首，正了国法，说道："不斩王亲，不能儆众！"刀斧手即时捆绑起狄爷。庞洪暗暗心花大放："今日冤家杀得成了。"众忠臣多来保奏，天子只是不依，吩咐押出法场，差国丈为监斩官。众王爷大臣气得怒塞满胸。国丈洋洋得意，顿时领旨，绑狄爷往法场去了，只等时候就要动手。

原来前时杀人随到随杀的，只为前三载时，狄爷斩了王天化，太后娘娘解救，时到午时三刻，故把狄爷救了。所以目今多转了此例。狄青一路无言，街上人人叹惜。此时合当有救，悉遇焦廷贵在郊外游玩，一见之时，二目圆睁，上前拦住，问其情由。狄爷喝声："焦廷贵，我狄爷今日身死，你休得多管！"焦廷贵见千岁不肯直说，大喝："庞洪，你慢些威风做这监斩官，你若把俺千岁杀了，我把你庞家杀完。"即纵马加鞭飞跑到南清宫，滚鞍下马，喧声大震，说："反了！反了！"此时潞花王不在宫中，还在殿前，早有太监出来问明其故。太后即时宣进焦廷贵禀知，怒气尚是塞喉。太后听了大惊，即传懿旨一道，着焦廷贵速往法场说："刀下留人！若杀了千岁，监斩官一同斩首。"焦廷贵领旨，飞马到法场大喝："庞洪听着！南清宫太后娘娘有旨，刀下留人。如若杀了平西王，即杀监斩官。"庞洪听了，眼睛只看着焦廷贵。焦廷贵又说："庞洪，你若杀了狄千岁，我焦爷也不轻饶的。千岁啊，不要心焦，如今有太后娘娘出头，你这吃饭东西安稳了。"

书中不载焦廷贵之言。再说金銮殿中君臣议论珍珠旗之事，众大臣说："此旗乃是西辽之物，狄青不曾见过的，焉能知其真假？况且还朝复命之时，圣上龙目与众臣俱已共睹，那一人知道是假的？就是番王既已降顺天朝，如何敢将假旗欺骗我主，且狄青耿耿忠义之臣，立了多少汗马功劳，焉敢利己欺君以取其咎？决无此理的。"天子说："他只依功劳，竟把寡人欺负，全然没有一点君臣之礼。若不将他正法，岂非渐渐地把寡人欺了。"又有潞花王想道，不知有无有人去通知母后，狄青有无有救了，正在心头着急。忽有王门官来奏万岁，说："南清宫太后娘娘抬了太祖龙亭到午朝门来了。"众忠臣暗暗喜欢。难得娘娘前来做救星。天子此时一闻知，即离金殿，步落金阶而出。众文武随跟天子而行。那太祖龙亭乃天子的祖宗，为子孙者，岂有不迎接之礼！狄太后虽不是生身之母，但是三年乳哺之恩焉能辜负！

此时，天子出迎，前有太祖龙位，后来了太后娘娘，直至金鸾殿方住。天子随来说道："不知母后娘娘何事出朝，请下凤辇来。"太后愁烦不语，下了凤辇，就于殿侧排下位来坐下锦墩，不觉珠泪已流，天子一见惊得呆了。众臣同来朝见说："不知娘娘因何出殿来？"太后娘娘含泪说声："众卿平身。只因我上下无亲故了，只有狄青一点骨血，狄门香烟望他承继，纵然犯法，应该处斩，须念他有功，可略宽容一二。既然忘他汗马功劳，还当看老身情面。但今日不知犯了何法，必要将他斩首？就将他斩首，众位卿家也该保奏才是，因何个个皆是如此袖手旁观？"众文武此时俯伏无言可答，又不好说我们已保奏了，只因万岁不依这句话，只得同声说："娘娘，这也问万岁便知了。"太后娘娘又问天子说："王儿，狄青有甚差迟，须要将他正予典刑的？"

此时嘉祐王也不藏头露尾隐言，就将复验珍珠旗，疑是假的，所以动问狄青。他抗言冲撞失了君臣之礼，就恐别人效尤，以臣凌君，故将他处斩等话讲了一遍。太后娘娘说道："原来要把我侄儿做个榜样，以儆戒别人么？就算他失了君臣之礼，将他定个罪也罢了。因何必要将他身首分开的？侄儿啊，可怜你青春年少，狄氏一脉香烟至今绝矣！你数年立的汗马之功，今日已成画饼，犯了些小小无碍之法，如今要斩首之罪了。只因我做姑娘的，难及得一妃子之言，所以救你不得。早知你归结吃一刀之苦，何必出仕王家，辛劳数载，却要娘亲送你归泉，何不若做个农夫，奉母以终天年，何为不美？"狄太后之言，不知天子怎生处决，狄青得赦如何，下回分解。正是：

父女专心图陷害，英雄一命险些亡。

第五十六回　平西王死中得活　嘉祐王发配功臣

诗曰：苍天不绝小英雄，险死还生到驿中。

只为灾星犹未退，奸谋屡害迭重重。

再说嘉祐王听了狄母后之言，说到他为娘的难及得当今贵妃之语，是以难救得侄儿。天子听了这句话，担当不起，心中觉得惭愧，忙上前曲背弯腰，尊声："母后娘娘不用心烦，如今即差官前去救他罢。"太后娘娘说道："此时只恐头儿堕地了。"众文武说："臣启娘娘，此时天色尚早，狄王亲还未正刑。"当时天子即差值殿官急往法场救转狄爷。此时国丈怒容满脸，焦廷贵得意洋洋，大骂一声："庞贼！"快马加鞭回归王府，报与高年太后。太太听罢，惊惶之际流泪说："儿啊，想你吃了许多苦楚，受了多少辛劳，方能征服西辽，只望你平安人吃平安饭，岂知今日又起风波，大难临身。幸得姑娘出朝去救，圣上必然恩赦了。"按下不表太太之言。

再说狄爷得救，进了金銮殿，叩谢君恩赦罪，多蒙太后娘娘活命之恩，又参见太祖龙亭。国丈也参见了太后娘娘，太后说："你是国丈么？"庞洪说："臣不敢当的。"太后说道："你堂堂天子的国丈王亲老大人，你既为极品之官，何必如此生成一片妒贤嫉能之心，几番陷害我侄儿？你做人为何这等狠恶奸刁的？"庞洪说："这是臣不敢为的。"太后说："胡说！好好地保他前去征西辽，要借刀杀人，你还强辩么？"庞洪说道："娘娘，是老臣一心为国，犹恐西辽又动干戈，因思没有勇将可当此任，是以保举五虎英雄前往，若不是老臣保他前往西辽，狄王爷焉能加官进爵，势位封王。"太后说道："他封了王位，你满怀恨着，又与杨滔同谋把飞龙顶冒凤姣来行刺，我侄儿几乎死在番婆之手。又亏得皇天庇佑，这英雄又是死里逃生，皆得包卿之力。就是今日这条计，全亏得老身早已知情，如若不然，我侄儿身首分为两段。到底狄青有何不好，你与他结得如此深冤，定要生心害他？今日可将冤家之由实实说来，休得隐讳。”庞洪此时伏倒金阶，头也抬不起，只得连称：“娘娘啊，臣实无此意，休得枉屈了老臣。”太后娘娘说：“今日老身与你讲个明白，自今以后劝你要做个好人罢。倘若仍要做奸臣，不独臭名万载，只恐罪盈满贯之日终须有报。近则报在自己，远则报在儿孙。”此时国丈也不敢于答奏，只得诺应连声而退。

太后娘娘又问当今道：“若说珍珠旗是假的，庞国丈是个能手，何不命把他真旗取到，如取得真旗回来，目今这旗是假的，然后定罪如何？”天子一想，若要国丈去，明是叫他前去吃苦了，说：“母后，旗之真假，如今一刻之间到底力辨不清，且从缓而辨。但狄青有失君臣之礼，如若置之不问，有干国法，难服众臣之心，还望母后谅情处断。”若讲到嘉祐王在庞妃面上，原来不肯吃亏的，只因狄太后出朝，虽赦平西王，到底还要问他定罪名，多少遮遮面光。此时狄太后想来失了君臣之礼，原是难正国法处斩的，今日罪名不依，恐被众人私议，便叫声：“包卿，你是个忠心正直之人，须判定他一个什么罪名，方为妥善？”包爷说：“臣启娘娘，若论臣失君礼，即与欺君之罪相同，本该立时斩首。惟念有功于前，从宽减等定他一个徒罪，实为至当。”太后说：“包公判断公平，可准依的。”说完即起，扶辇回宫而去，随即又抬送回太祖龙亭。此时仁宗天子、众大臣一同相送，狄太后放心回宫中，不表。

且说嘉祐王便说：“包卿既把平西王定了徒罪，还该定了地方才好。”包公一想，这是试我面光的，乃据理而行，有甚相干！即奏道：“离京一百里，发配游龙驿，万岁龙心如何？”天子说：“准卿所奏。可着一员官押解狄青到驿中便了。”包爷说：“臣领旨。”又奏道：“陛下，那珍珠旗是真是假，不易辨分明，伏惟我王定夺。”天子说：“包卿，且收藏库内，另日再行定夺罢。”就此退班。此时天子摆驾回宫，见了庞妃，就把情由说知，也不再表。

且说众臣退班，各回衙府。有狄爷说声：“包大人，犯官回去一见母亲，就来听候起解了。”包爷说：“悉凭王亲，大人何日登程，决不来催促的。”二人一拱相别。狄爷到了王府门首，众弟兄一见说：“如今恭喜千岁了，得太后娘娘做救星。”狄爷说：“是了。”忙退进堂，见了母亲,就将此事说知,太太听了切齿骂声:“奸臣,明明又作奸计,内通女儿作线,我儿险些做了刀头之鬼。多亏得焦将军往南清宫报知姑娘,方得出朝,要当今赦罪。儿啊,姑娘恩德深重,你须时刻铭心。”狄爷道:“这也自然的。但如今孩儿定了一个徒罪,发去游龙驿的,今来拜禀母亲,明日要动身了。”太太听罢,心中烦闷起来,含着一汪珠泪,说道:“儿啊,母子团圆还是未久,如何今日又要分离?为娘好不心焦!”狄爷说:“母亲且免愁烦,若说游龙驿,离京有限路程,孩儿此去,可以常常来往的。”

是日狄爷打点往游龙驿,有众英雄闻知,进来说声:“千岁爷,不必前去,有我们保护在府中,差官若来催促,待他试试我们手段,打他一个七零八落,回去叫他远远不敢来惹千岁的。”狄爷闻言,喝声:“胡说!万般情面,要看包爷。他若到,不可恐吓他。况且乃是国法旨意,与这解官何干!”焦廷贵说道:“何不把这座王府改作游龙驿,住在家里好不便当。”狄爷喝声:“休得多言,本藩自有道理。若然不去,又有欺君之罪。为人顶天立地,出仕王家,‘忠’字离不得的。”与众人正在言谈间,有狄太后传懿旨,请平西王到南清宫叙话。此时,狄爷进内辞了母亲,出王府去了。有二位英雄齐说:“可恼啊,可恼!今日好好一个平西王做不成,倒做起徒犯来。我们叫他不要去,他偏偏要去的。罢了,我们苦乐相同,跟随千岁到游龙驿,以得早晚相见,患难相均,方才合理。”众将闲话,休得烦言。

却说狄王爷来到南清宫,先叩谢姑娘活命之恩,又与潞花王见礼,然后坐下吃茶。太后说:“侄儿啊,不是姑娘埋怨你,原是你的不是。君即是君,臣则为臣,因何把朝廷顶撞?大为不合。论来原有欺君之罪,如若不依当今问个罪名,犹恐国法森严,满朝多有议论你。今到着游龙驿,我有一句言语叮嘱于你,须要谨记留心。”狄爷说:“不知姑娘有何训谕,侄儿洗耳恭听。”太后说声:“孩儿,你今此去,犹恐庞洪害你之心,不肯休息,又有怎么暗箭射来,你须刻刻在心。此去驿中每日费用,所该多少,或一千或八百,须问国库中取用,不可拿出自己财帛来用。此去须要常常回来,不可久别娘亲。说要去三年,自然我慢慢调停,只在半年一载之期,自必叫你回归,决不使满三年的。”狄爷听罢,说声:“多谢姑娘,恩同渊海,教育良言,侄儿刻刻在心。”此时太后又吩咐备酒席,两位表兄对酌,潞花王说声:“表弟啊,你此去游龙驿,须要常常通个信息到来,免得我母子时常挂念。此言须要切记的。”狄爷点头应诺,弟兄又用酒一会。饮酒毕,狄爷拜别姑娘,辞了表兄。狄太后暗暗恨着庞贼,弄得侄儿又要分离了。此时潞花王送狄爷一程,出十里之外,方才作别转回。狄青回归王府对母亲说出姑娘吩咐一番言语,表兄叮嘱之言。太太烦闷之际,听了此言,心中十分感激,姑娘骨肉相看,情深意厚,潞花王千岁也是一般情厚。是夜,母子言说。不知狄青到驿,后事如何?正是:

只为奸臣条巧计,至教母子两分离。

第五十七回　国丈图谋托驿丞　狄青起解游龙驿

诗曰:英雄灾晦未能除,故教奸佞屡相欺。

报应待时终有日,只争来早与来迟。

话说包龙图奉了狄太后命,把平西王定了一个徒罪,天子又差他押解。是日进朝回归府中,委了一个解官,备了一角文书。吩咐解官倘狄千岁未起程,不催速于他。押解官诺诺连声而退。一口难说两话,先说庞洪朝罢回归,独坐内堂,只是烦闷沉沉,说道:“好好的一个机会,好好的一个计策,眼看得狄青即分为两段,岂知焦廷贵这死遭瘟天杀的到南清宫通了消息,至此又惹这婆婆出头,弄回狄青不做刀头之鬼。反把老夫骂得羞惭,难以见人。又可笑圣上真没主张,假旗欺君,倒不追究,只把那顶撞圣上之律,问了一个徒罪。今日又是一段好机会化为乌有。如今我若罢了,犹恐他日后还来寻我报仇的。且西辽差官天天等候,催速老夫除这小畜生,辽王送来财物,老夫已经收下,这几桩宝贝,我也爱得甚紧,若是交还了他,岂不可惜!况且些些小事,老夫办理不来,岂不被这辽官暗中取笑么?罢了,待我细细思量一个好计谋,必要除了这狗头,方才罢却心烦的。想来这秃狼牙在于我府中，一日两天还好，倘若收留长久，外人知觉，事就不美了。这便如何是好？”

此时一心筹算，左思右想，计算不来，只是沉沉纳闷，思量一会，忽想起一事在心，说道：“忘记了，那游龙驿驿丞官，乃是老夫的家人，因他屡日办事能干，无有差错，故我把他提拔起来了，做了这个驿丞官。屈指光阴，已有六载，不免今日修书一纸，差人拿去，说要把狄青摆布身亡了，然后打算升他个七品官员，也是妙算。”

此时庞洪想出这条计策，心中放下愁怀。即转入书房，对秃狼牙说：“秃将军，老夫昨天奏明万岁，调旗复验，要把狄青首斩，谁料狄青咬定旗是真的，圣上疑信不定，发交三法司勘问，老夫也在三法司那边知会了，要他审实是假旗，正了欺君之罪，包得取他首级了，只是有屈将军多住几天的。”此时秃狼牙听了，只得安心等候。次日国丈又差家人打听狄青到了驿中否，然后再把书信投递。

却说狄王爷一连等候三天，不见解官到来，在着王府等得不耐烦了，只得差人前往催促。这解官想来，只以发配人延迟不愿往，如今狄千岁倒来催促起程，实是忠臣，可敬可敬。即时拿了文书，来到狄王府叩见狄千岁。此日，狄爷戴了小帽，穿上青衣，便唤解官：“将本藩上了刑具。”解官说：“千岁爷，这是小官不敢的。”狄爷说：“这是王法如此，非干你事。”解官说：“这也实是小官不敢的。”狄爷道：“本藩已说过不来罪你，快些上下上了刑具罢！”解官只得说道：“如此小官告罪了。”叩过千岁，把刑具上了。狄爷进内，别了母亲，老太太一见伤心不止，说：“儿啊，你好好一家王子，乐处安居。如今弄得如此光景，皆因庞贼父女相通，害得我今母子分离，好不凄惨也。”狄爷叫声：“母亲，休要伤心，孩儿今日亏得姑娘救了性命，如今到游龙驿，只得百里之遥，比在朝一样的，母亲若虑无侍养，前时圣旨到单单国接娶公主，目下应该到了。便有媳妇陪伴了。”

再三劝解母亲之际，忽有几位将军进入中堂，说要同千岁前往。狄青说：“你们不必前去。”岂知这些众弟兄义重情深，必要同去，死也死在一堆，亡也亡在一处。平西王听了含笑说：“你们要做官的人，食了朝廷俸禄，要与王家办事，不能同本藩同去。”众位将军说：

"千岁,我们吃什么朝廷俸禄? 自今之后我等官也不做了,跟随千岁的好。"狄爷哈哈大笑道:"你们众兄弟,若丢本藩不开,常来常去,何等不美? 你们若必要同去,待我一剑自刎便了。"太太又叫:"列位将军,你们不必执一己之见,我儿说话却也不差的。你们如听了他说,或来或去时时通个消息与老身也好。"四位英雄只得无奈何,骂声:"庞贼,把你碎尸万段,难消我恨!"当时狄爷别过母亲,转身出来,张忠说:"我等必要送千岁的。"焦廷贵道:"如若不许我们送千岁,休得想去。"

你一言我一语。狄爷笑道:"本藩有什么好处,倒要你们如此这般,却也难得。"吩咐解官:"就走罢。"解官说:"请千岁乘轿。"狄爷说:"我有王法在身,如何坐起轿来?"解官说:"千岁必要坐轿的。"狄爷一想,平日间没有刑具,看着撒开大步走路好不爽快。如今上了刑具,行走艰辛不便,坐轿而去便了。此时这乘轿,并不是随常用的布帏小轿,乃是一品坐的逍遥八抬金银大轿。狄爷说:"此轿太好,用不着的。"解官说:"千岁再要好的也有,如要常轿没有了,请千岁上轿吧。"狄爷明知多有常用的轿,只因解官畏惧着本藩,故来好好地奉承,连忙上轿坐了。太太倚在府门首,心中凄惨。府门外多少官员百姓前来相送。狄爷暗暗想来称奇:"自己没有什么好处,因何百姓这等敬重于本藩? 却也难得众百姓如此。"众位英雄也觉好笑,从来没有见个徒犯比看起任官也依稀的。此时太君又放心不下,打发八个家人跟随去。又备衣箱四个,发扛夫挑了同行。

解官手下四名来到驿中,天色将晚,驿门要闭。解官一见说:"驿子不要闭门,有包大人文书在此,快些去投送你老爷。"此时驿子即忙进内,说:"启上老爷,今有包大人文书一角,请老爷观看。"驿丞说:"包大人因何文书至此?"连忙接上拆开看罢,吓得忙忙立起身来,说:"驿子啊,快把我的冠带拿来。"驿子说:"老爷如此慌忙,取冠带要做何用?"驿丞说:"有个大势位徒犯来了。"驿子忙问:"老爷,是什么大势位徒犯?"驿丞说:"南清宫太后娘娘的侄儿,当今万岁表戚,五虎平西的头目,有功于社稷,王亲大人目下职授于平西王狄千岁也。如今犯罪问徒三年,发到这里来的,快些取冠带来,待本官出去迎接。”驿子听罢，说：“不好了！”吓得大惊，浑身发抖，冷汗淋漓。说：“老爷啊，这个官不要做了，快些走罢。”王驿丞喝声：“胡说！快些取冠带来！”驿子连忙取至衣冠，驿丞即忙更换。也是心头畏怯，出至驿厅外，一见狄千岁，连忙下跪说：“小官游龙驿丞王正，迎接千岁爷。”一连叩头。狄爷说：“驿丞你且起来，本官是你管下，何必如此？”王驿丞说：“小官不敢的，请千岁爷下轿。”

此时，狄爷出轿，王驿丞双手相扶，一众英雄随后也到了。只见驿中颓烂不堪。王驿丞请千岁进了驿中，坐了，又重新叩过头。焦廷贵说道：“你这个官，想是磕头虫变出来的。只管磕头也是无用的。我焦爷不要你叩头，只要你把千岁扶侍得周到，千岁要吃蚊子肝，你就进蚊子肝，只要顺不要逆，千岁见你奉养他殷勤，心中爽快，你就有好处了。”狄爷听了，便喊声：“焦廷贵，你这蠢才，全没有一点规矩。”焦廷贵不敢再说。狄千岁又吩咐王正立起来，说声：“王驿丞，本藩有王法在身，自今之后，你且不要拘礼了。”王驿丞应诺起来。有张忠在旁，说声：“王驿丞，狄千岁乃是玉叶金枝贵体，偶然犯了些小国律，圣上暂且问一个徒罪之名，虽说三年，不过一年半载，就要恩赦还朝，切不可慢待千岁才好。”此时王驿丞诺诺应声，不知后事如何？正是：

英雄此日拘囚禁，国贼如今又计谋。

第五十八回 到驿中平西王遵旨 嘱王正庞国丈催书

诗曰：国贼生成妒嫉心，多端百计谋图深。
催书暗嘱游龙驿，欲害英雄命丧阴。

当下王驿丞诺诺连声，说道：“这些小官焉能有慢待千岁！自然要好生看待的，将军爷不必介怀。”众将军又说：“驿丞，一切供奉需要小心，晨昏进馈，必要丰隆酒饭。非但我们弟兄安心，就是太后娘娘也见你情分，你要高升大官，有何难处！管教你一年半载就高升了！”王驿丞只是应诺，此时驿子又送香茗来，与千岁并各位将军用过。焦廷贵说：“王驿丞，你今日就差了，千岁爷晨早用了饭，一程就到来，肚中已饥了。我们众位老爷腹中也饥饿得紧了。你因何不去备办夜膳来吃？还在这里呆着什么！”驿丞说声：“将军爷，小官已经着人备办去了。”焦廷贵说：“如此才是。”狄爷把头一摇，说道：“他是个穷官，有啥大财帛，何必要他来破散？你们休得多言，趁早回去罢，免得太君在府中又是悬念不安。回去虽要紧记守着法规，倘若你们弟兄丢本藩不下，朔望之期每到一回，日常休要多来往，省得旁人疑议。”众英雄说：“千岁之言有理，我等依命回去便了。”狄爷又吩咐众弟兄回去叫马夫好生喂养现月龙驹。众将说：“千岁不用多嘱了。”此时狄爷又将太太打发八个人来扶伺他的，狄爷只收下四个衣箱，八个家人仍旧打发回府。驿丞又备回一角文书，交解官上复包爷，又备了提笼火把与众将回去不表。

狄爷原乃宽大人之体，谅这驿官穷淡的，是夜即发出白银几两，待明日以作供飧。那驿丞假说：“千岁爷，这三飧供奉，自然是小官供承的。”狄爷说：“驿丞，你这里所在有何资产？那里供给得本藩的？”驿丞说：“如此仰感千岁爷洪恩体惜。”此时王正接了银子，以待明日备办珍馐。是夜所办之酒筵，乃王驿丞的。只因他一闻狄爷到驿，早已差驿子去备办了。一桌上上席筵，此时送到摆开排列丰隆，多是海味珍馐贵品，此乃王家常常所用之肴。所以狄爷不甚觉着。此时王正请狄爷上位，亲自下来酌酒。满斟一盅，狄爷微笑说：“驿丞，你是管下本藩的，你如此恭敬，实乃不应该的。”王正说：“千岁啊，那里说来，只是小官恭敬不周，地屋污秽，有慢屈留，千岁爷万勿怪责就是了。”狄爷含笑说：“驿丞，你言重了。”此时欢然吃酒，若狄爷起解之时，自要上了刑具，如今到了驿中，自然要去了刑具。此时酒膳用完，王正又吩咐驿子，端正床铺，灯烛预备，各用物件，须当取齐。驿子领命去了。进房间端正床铺，把千岁爷铺陈打开，非锦即缎，毡褥张开，多是新新鲜明，光华闪目。驿子想道：“若然千岁日后去了，我求千岁爷赏赐这铺陈与我，不知他允不允？”时敲二鼓，狄爷沐浴过，驿丞持着灯烛，请千岁归房安睡。狄爷进了房，略可安然，只是一心怀念着母亲，已是无言，不多烦表。

且说天明王驿丞伺候千岁起来，梳洗已毕请问过安，献奉茗茶。狄爷又问驿丞："你管下共有多少的徒犯？"王正说："千岁啊，小官名下共有一十六名。"狄爷说："你且唤齐他们过来。"驿丞应诺，转出偏厢，吩咐众徒犯道："这位狄千岁爷乃玉叶金枝贵人，平西的大功臣，今来唤你们，必有些好意，去叩见他须要远些走开。"众犯应允，随驿丞进内，远远叩头。千岁狄爷看见众人多是衣衫褴褛，犹如乞丐一般。狄爷说："驿丞，他们可有夫头否？"只见旁边人闪出说："千岁，小人就是夫头。"狄爷说："你是夫头，所以又觉光彩些。"李巧说："千岁爷，小人也是一般困苦的。"狄爷说："本藩赏银子五两，待你等做件衣服。"即往衣箱内取出银子一十六小锭，各领了，众犯人喜欢无底，叩谢千岁而去。前日狄太后命狄爷到驿中该用银一千或八百，须向库内取用，岂知狄爷仍旧自拿银子来驿中用的。如今赏赐众人，也是自己金帛。按下狄爷在着驿中慢表。

却说庞洪命着家人打听狄爷已到驿中，急忙修书一封，着家人庞福吩咐他到游龙驿，悄悄交与驿官王正。等待他看过要将原书带回，切不可与别人知道。庞福领命一程直至驿中，将书悄悄交了驿丞。王正当时拆开书看明，顿觉呆了。暗想太师爷因何这等狠心，来书说要将千岁害了，这还了得！我又没有摆布推害他，不肯为奸，叫我如何打算？只好说与来人道："你回去上复太师爷说，王正知道了，但要从缓而行，性急不来的。"庞福说："此事总要老爷快些为的。"驿丞说："这也自然。"庞福即时带了原书回去了。此时王驿丞心中烦闷，想来事在两难。平西王乃将中魁首，平日与我无仇无怨，岂可害他性命，若是太师之命，又难以违背，如我不害他性命，我不升这七品官亦不靠庞家势力罢了。只日日延迟，听凭他催促罢了。今已延迟了半月有余，国丈一连催了几封书。王正回说只在几天之内了。

庞洪又被秃狼牙催逼不过，只得用半假半真的话回他，说前三日三法司审问，因有包文正在旁督审，所以审不得私歪，把他问了一个徒罪，已经发配了。秃狼牙说："那徒罪不能够死的。"国丈呵呵大笑道："要他死有何难！我已把书送至驿官，让他三日断送了狄青。"秃狼牙说："太师可是真么?"国丈说："老夫与他仇同切齿，巴不得他即日身亡。"秃狼牙说："如此，再候几天罢。"国丈此两日又是两封书。王正回言总说不是来朝就是两日将他断送。庞福只得回复太师。他想这辽官等不耐烦了，倘他发恼起来，说不打算害这狄青，要讨还几桩物件如何是好？罢了，不如哄骗他回邦去了再作道理。转入内假意笑道："秃将军，好了，狄青已死。"秃狼牙说："太师，果真死了么?如何死的?"国丈说："不瞒将军，他问罪到游龙驿，这驿官是老夫的家人，是将他用药毒死的，但是这件机密事，将军切不可在外边揭露。"这秃狼牙原是个直心人，听了大喜，即要打点回邦。庞国丈犹恐外人知道，便说："将军，你那日来的恐被人看见，今幸无人知觉。如今回去，须要晚去的才好。"秃狼牙依允。是日至晚膳用过，即时辞太师。庞洪说："老夫不回书了，烦你回去代为拜谢狼主罢。"秃狼牙说："老太师休得套谈，小官在此多多叨扰了。"说完带了两名边卒，出了相府。国丈送出府门，一拱作别出了王城而去。不表。

再说国丈此时略略安定，说道："这秃狼牙虽然去了，但狄青未死，我也不安。可恨王正这狗头，老夫几次催他，他连次哄我。罢了，如今再修书一封，发狠嘱一番，待他早早下手罢。"即修书一封，唤庞福送至驿中。此时王驿丞看过说道："你且回复太师说，准准两天定然下手，决不再误的。"庞福听罢去了。王驿丞十分愁闷，想来此事如何处置才好。太师啊，我想狄千岁乃是大宋擎天栋柱，五虎五人他为首，秉平西偌大功劳，与你有甚么冤？生成一片狠毒之心，必要害他性命，送书连连催逼我，一月到来，已有书一十三封，今日还来一封，大发怒于我，倘我再延迟，连我性命也难保了。罢了，我也顾不得主翁之情了，不惧他势位凶狠，若要我王正害此英雄，断断难依你了。况且我没家属累身，不若将此事说知千岁，然后挂官远遁，没其行迹罢了。"此时王驿丞定了主意，说与狄爷得知，不知挂官遁走如何?正是：

恶毒终为恶毒计，善人必作善人心。

第五十九回 存厚道驿丞告害 点门徒王禅赐丹

诗曰：王正为人厚道全，不从主命害忠贤。
一言直告奸臣计，忠心英雄白屈冤。

话说王驿丞见庞太师一月余间，有书一十三封，要害平西王性命。此时驿丞立定主意，不肯陷害狄青，自愿挂官遁迹。等候至红日归西，排开酒宴狄爷坐下，把金壶满满斟上几盅。狄爷抬头一看王驿丞。但见他：

愁眉不展缘何事，神色沉吟却有因。

狄爷看罢说声："驿丞官，本藩看你满面愁容，是何缘故？"驿丞说："小官有些心事。"狄爷说："有何心事？"王正说道："身家性命不保，所以心烦不悦。"狄爷说："有甚心事，说与本藩知道。"

此时王正回复，便轻轻叫声："千岁，小官原是庞府家人，因干事无差，太师爷把我提拔起来，故做了这驿丞。自从千岁爷到此之后，庞太师一连有十三封书信，要小官把千岁爷性命害了。只因我受过太师一点之恩，又难以推却，只得将实言告明。"狄爷说："就把本藩摆布了罢，这有何不可？"王正说："千岁，你何出此言？你乃当朝铁石擎天柱，大宋驾海紫金山，立建多少汗马功劳，保护大宋江山顶力之人。小官焉敢做此无法之行！如若我依了太师之命，要陷害千岁，小官也不来实告了。"狄爷说："如今你意见若何？"王正说："太师今日来书一封，内说倘小官仍不下手害千岁，连着小官也要收拾了。"狄爷说："如今他十三封书何在？"王正说道："千岁，十三封书多是他来人带回的，并无一字存留。"狄爷冷笑道："庞洪，想你几番害我，屡屡不成功，因何息不得此心，必要算计于我？可惜原书不存一纸，何作为凭！"驿丞说："千岁，太师是个有主意的人，焉肯把书留在此处？小官当时见了一书延挨一次。如今延挨不得了。所以小官告明此事。来日挂官逃走便了。"

狄爷听罢摇头说:“驿丞,你休得心烦。本藩思量一个妙计安稳你做官,何须逃走?”王正说:“千岁,只怕这件事没有思算得来。”狄爷说:“若打算不来,本藩纵死何辞?”驿丞说:“千岁,你断然死不得的,若千岁有甚差迟,如同大宋砍断擎天栋柱,而且小官性命难保,妙计不过小官挂冠逃走的。”狄爷道:“王正你休要逃走了。庞洪原要算计本藩的,你且放心,待来日要打算一个两全其美的计策。我命无妨,你安稳做官才是。”王正无奈应诺。

此时狄爷无心吃酒,略用了几杯,即唤收拾去。说声:“驿丞,你且去安睡罢。”王正领命去了,只有狄爷归房独坐,闷对银灯,说:“庞洪啊,我到底与你有何冤仇,你苦苦必要生心图害于我,不畏上天!而且欺瞒君上,串同女儿惑迷圣上,倚着内助势力作恶过多,罪盈满贯,终然有日报应。但恐庞洪要害我,若有来书为凭,方能把他摆布,如今就无凭证,说之无益。我若不死,他就要算计王正了,如何打算才好?”思想到烦闷不堪处,即抽身转出房外,只见庭前月色如银,天河云净无烟,少停孤雁高飞,鸣声哀切。狄爷对此凄凉之景,触感愁怀,不胜悲烦。叹声:“庞洪,你今日害得我既不见君面,又不见母面,孤伶独处,还不知母亲悬望于我如何苦切。”恨想一番,虎目中不见英雄之态。

此时已是更敲三鼓,忽见天边五彩祥云霭绕,见远远云端落下一位仙翁,呼唤:“贤徒,缘何在此伤怀?”狄爷一见,原来师父到来。弟子拜见,即请师父坐下庭前。王禅老祖开言说:“贤徒,前时为师差你到汴京助宋平西,做保国之臣,今日你被拘留此地,又见你怨气冲天,至此为师特来点你。”狄爷说:“师父啊,一言难尽。自别师尊以后,到京就与国家出力,志在朝廷立功劳。岂知出仕未久,却被庞洪三番五次图害于我。上年取得珍珠旗回国,圣上收入国库已久,直至今年已有一载,圣上忽然传说是假旗。此时弟子忍耐不住,触撞朝廷,押出西郊斩首。幸得姑娘救了,方免过刀之苦。今日问罪流徙此地,岂知庞洪又不容弟子。月余之间连次十三封书付托驿丞,要害弟子性命,幸得王驿丞存心仁厚,将此说知弟子,正在进退两难。我若不死,庞洪焉得能饶王正?所以弟子在此月下思量,犹疑不决。未知怎样处决这奸臣才好。”老祖听了，微笑说：“徒弟，你不必过虑心烦，那庞洪父女气数未尽，那里处决得他？你今且听我言，权为隐避。少不得西辽又复动干戈，此时仍要你督兵取得真旗回国，奏凯班师。以后天下平宁，庞洪父女权势已尽，贤徒自此福禄叨天了。”狄爷说：“师父，那旗还有真的么？”老祖说：“为何没有的？”狄爷说：“真旗弟子未见过，未知怎生分别的，师父可知道否？”老祖说：“为师说与你知罢。可谨谨记着。”就将真旗的式样一一说明。狄爷谨记在心，且到日后平西试验真旗。此是后话。

此时老祖取了灵丹两颗，说声：“贤徒，如今与你丹丸两颗，收藏身边。”狄爷说：“丹丸后来如何用的？”老祖说：“你记而行，你且权为隐避，只宜四虎将与你母知道。切勿多泄一人。倘日后更有灾难，为师再与你解救。”狄爷诺诺连声，深深拜谢师父提携指示之恩，就把灵丹收藏下。王禅老祖说：“贤徒，为师去也。”即驾上云端，狄爷跪在尘埃中翘首殷勤相送。祥云复霭，仙师去了。狄爷起来，想一回说道：“却也好笑，本藩正在愁烦之间，忽然师父到来，说明真旗之妙处，又命我诈死埋葬，避奸权隐，且依计而行便了。”不觉满怀愁闷，顷刻已消了。又听得更敲四鼓，即回转房中坐下，想来庞洪父女屈害忠良，本藩只道他报应在即了。岂知正在盛时之际，动他不得，只犹恐他害尽忠良，奸佞就得志，江山诚恐不安宁了。且罢，忧也忧不来的，成事不能强为，不必恨这奸臣了，且待后来报应他。

此时和衣睡了，至天明起来，洗过脸毕，即装成大病模样，有驿丞早早恭见请安。狄爷说：“王正，本藩今日身上有些欠安。”驿丞说：“千岁有何不安？”狄爷说：“昨三更时分，朦胧睡去，只见西辽国内七八员阵亡番将前来与本藩讨命，此梦想来不祥之兆了。如今不能久居人世的，今朝觉得身体不宁，心乱头晕，眼花神闷，且差人本藩府中报知母亲、众将罢。”王正说：“千岁啊，梦寐之事，何足为真？谅必千岁冒了些小风寒小恙的。”狄爷说：“非也。”驿丞说：“莫不是为着庞洪动了气恼么？”狄爷摇手说：“不在于此，实是辽将讨命的。我若一死，正中庞洪之计，又脱了你的干连，倒也好的。快快差人到我府中，不可迟延。”驿丞应诺。即时差了驿子，前往狄府去了。狄爷依着尊师之命,暗把灵丹一粒吞咽肚中,在床狂叫之声不绝。王驿丞只道狄爷真病,立刻往请医生到来,将脉一诊。说:“看过多少难奇病症,今不识此症,但脉气已尽,只忧难过三天。”王正一想,太师要害千岁,正在无计安排,岂知他病起来!送医官去了不表。

再说驿子奉命奔到狄王府报信,名称百里,实得九十里路途。这驿子晨早上马加鞭,将近黄昏时候进了王城。不认得那处是狄王府中,问旁人乃得指点明白。便到王府门首忙下马,但是气喘吁吁,看见王府威模,当中几位管门官坐着,又不敢上前,正在门首探头探脑。管门喝道:“你是何人?”驿子说:“老爷在上,小的是游龙驿子,只因千岁爷有病,着小的前来报知。”正是:

不是奸臣施毒计,如何小将死埋名。

第六十回　装假病真诚嘱将　遵师言诈死埋名

诗曰:遵依师命避灾星,服下灵丹埋死名。
　　四虎将军无异志,同心协力众群英。

当下管门官闻知千岁有病,连忙进入中堂禀知,三位将军听了此言,心内一惊。即传驿子进府中来禀明。此时驿子进内,见了三位将军气象严严,吓得战战兢兢。众将军说:“驿子,千岁如何病恙起来?”此时驿子跪下,慌忙禀道:“千岁爷昨夜尚是安然无事,今日早晨起来,忽说身体欠安。”张忠说:“可有医生看治否?”驿子说:“医生也曾来诊脉,不识此症。又说脉气已尽,不得过三朝,即就活不成了。所以打发小的前来报知。”三位将军说道:“有这等事!你且先回去,我们即刻来。”驿子上马飞跑而去。三位将军说:“千岁往日从无些小病恙,因何故忽然起病?其中必有缘故。”此时刘庆、李义往单单国未回,石玉又在赵府安歇不知,只有张忠、焦、孟三人在狄府。此时连忙进内堂禀知太君。老太太闻知大慌,说:“我儿因何忽有些奇症,若是风寒冒病,人人所有。忽然疾病,医官也不识此奇症,况且我儿平日疾病甚少。”便说：“三位将军前往看来，须要再请名医调治才好。”三人应诺，同出中堂，快快用过夜膳。因何三人如此心急？既闻千岁有病，又说脉气已尽活不来的这句话，这也更加着忙，一刻耽延不得。吩咐四名家丁，提了灯笼火把，立刻别辞太太，三人上马不停，奔走如飞而去。

一程到了驿中，此刻时交三鼓。驿子未到，三位将军先到，驿丞闻知，忙出来跪地迎接。三位将军叫他起来，引入后房，三人立在床前，轻轻叫声：“千岁！”原来千岁吃了师父的仙丹，病是假的，听了他们呼唤，微开二目，见有焦廷贵在此，不好讲话，只唤声：“张贤弟，你们来了么？”张忠说：“小弟来了，千岁为何玉体欠安？”狄爷说：“贤弟，我昨夜三更时分，朦胧睡去，见西辽国内杀死几个小将与我讨命，醒来一身冷汗，已成此症。”说完又大叫一声：“冤魂又来了！”三个说：“千岁，在那里？”狄爷说：“多在门外的，焦廷贵，你快些赶他出去驿门外罢。”焦廷贵大怒说：“老孟，你也来同赶这些冤鬼罢。”遂大喝声：“众冤魂休得猖狂！我们来也，你不往别处去么。我焦爷一拳打得你永不投生。”与孟定国一路追出去了。

狄爷有心哄了焦廷贵出去，看房中无人，扯住了张忠的手叫声：“贤弟，我今夜有话叮咛，你要紧记在心。”张忠说：“千岁有何吩咐，小弟自当代劳。”此时狄爷就说：“庞洪连发书十三封，要王驿丞陷害我性命，这王正为人心好，说明缘故，不肯害我。昨夜师父前来，说庞洪正在盛时之际，奈何他不得，又与我两颗丹丸，叫我如此作用，所以我依计而行，如今只悄悄说与你知，贤弟啊，只好母亲与你并李、石、刘、孟五人知道，焦廷贵知道不得的。你今回去，悄悄说与母亲，免得悲苦才好。”张忠说：“原来如此，小弟知道你真是有病，所以急急赶来。”狄爷又说：“贤弟，我还有一颗丹在此，你拿去小心收好，我死之后，又要如此依计而行，不可忘了。但我今朝服了此丹，如今觉得声气不接，想必丹丸作动欲死，如我亡后，言须要牢记。”张忠应允，收好灵丹。

焦廷贵进来，孟定国在后，他犹呼呼气喘，张忠暗暗好笑。焦廷贵说：“如今好了，这班冤魂被我们赶得奔走无门的叩头求告。说一时无知，冒犯了千岁，如今仍回西辽，再不与千岁打斗了。如今赶散这些鬼魂，千岁病体定然轻了。”狄爷闻言，暗暗忍笑。“这莽夫满口胡言，却把本藩欺骗妄言。”又有孟定国说：“张将军，千岁如今怎样？”张忠叹道：“孟将军你看千岁问不答、呼不应，昏昏沉沉，气息全无了，谅必凶多吉少，叫驿丞快些请医官来，看是如何？”焦廷贵说：“驿丞这王八狗因何不见了？”焦廷贵正要抽身，只听千岁床上叫声：“冤家果来了，我命休矣。”两足一齐伸直，四肢均皆不动，张忠假做慌慌忙忙，连呼千岁。焦廷贵大喝道：“把你这班剥皮冤鬼尽行打杀，早间说不再来，如今又来了么？”望着房口拳打足踢。孟定国也道真情，拱手下拜道：“冤魂，你且听着，我千岁征西，并不是自家主意，乃是奉当今圣上所差，就是伤生害命，也由关于气运当然，你不怪差了来索命，快远去吧！倘若千岁身体安宁，定然做些功德来超度你们，如何？”当时张忠假说：“不好了，千岁口眼一齐睁开，身体冷如冻了，气头已绝。”焦廷贵、孟定国说：“果然气绝了么？”焦廷贵走近床前说：“罢，不好了！老孟，果然千岁死了。”连忙跑出驿前，说：“王正，我千岁气绝身亡，你不去救，还在此呆看么？”又唤家人持灯火，上马如飞，回归王府，报知太太去了。

且说驿丞想来：“可惜了汗马功劳的虎将，方得锦衣荣华，因何寿元不长，一旦归阴？太师连次有书要我害他，想他乃有功社稷之臣，焉忍下此毒手？岂知他被冤魂索命身亡，算起来合着我的机谋。只可惜今朝砍折了大宋擎天柱，再有何人稳保宋室江山？”想了一番，心中安泰，近床前连呼几声“千岁”。不见他答应，长叹一声：“可怜一员少年虎将，因何上苍不佑于他，不知何故，住此月余而亡，着实可哀。”说完泪珠滚滚。

孟定国不知狄爷暗死埋名，所以不明王正是好歹人，便说：“我知你用阴谋之计，听了庞洪之言，受他财礼，不知用何毒物与千岁吃了，所以忽然一日归阴。快些直说，便饶你狗头性命。”王正说声：“将军，卑职实无此意，休要猜疑错了。”只因庞洪做人不好，屡屡要害狄青，岂知害不成，落得害了自己名声不好，动不动就说是庞洪。如今狄青一死，虽则是庞洪图害之意，却实不是图害而亡。当时驿丞说："卑职实无此意。"孟定国说："你言实无此意，我想实有此意，快些说出，支吾半句，断不饶你。"扭住他胸衣，驿丞高声说："卑职实无此事，将军休得错疑。"张忠上前劝道："全然不关他事，早间千岁有言，王正为人甚好，实冤魂讨命，快些放手罢。"张忠想："大哥叫我瞒焦廷贵，我今连孟定国也瞒过了。"就叫驿丞即时出文书投报。

此时张忠假作痛哭，说："千岁啊，曾记得当时结义之时，说五人患难相济，生死相交，如今平得西辽，实指望苦乐相均，荣华同享，岂知才得少安就命归阴府，不能同享荣华，良可悲也。"说出无限伤心之言。孟定国说声："张将军，人死不能复生，哭也无益。如今不见焦廷贵，必然回府报知太太去了。"张忠听罢，一想焦廷贵回报岂不苦坏这老人家？即说声："孟将军，你在此处看守，我也欲进城去了。"孟定国应诺。此时张忠出了驿房，忙忙速速上马加鞭，东方已是渐明，不持灯火飞跑而去。

却说孟定国在驿房中，细将千岁尸骸面目一看，忍不住英雄之泪滔滔滚滚，说声："千岁啊，你的容颜与着在生时一般无二。只少了一息之气，只是不知家中太太凄凉怎样，只望你一儿侍他的老，岂知今日小燕偏将老燕丢。恨只恨庞贼千方百计巴不得千岁身亡，今日死了，尽遂他心愿。千岁啊，你今日一死，不独太太凄惨，可怜公主只得一月姻缘永远鸳鸯拆散。"想罢一番，不胜凄惨。单剩得他一人对着尸骸痛哭，英雄之泪，不知落了多少？正是：

世上万般凄惨事，无非死别与生离。

第六十一回　莽将军飞报凶信　仁慈主悔忆功臣

诗曰：前时发配大功臣，闻死方知悔恨心。
孰若当初谗弗听，奸徒焉得遂谋心。

当时孟定国对着狄青尸首痛哭，单剩他一个。只因驿丞在外堂写备文书，是以不在。只待文书送到上司，转达代奏知天子，待狄青府太君亲到看验,然后收殓。有一众徒犯闻知,众人叹息,说:“这位平西王爷是个宽宏厚量之人,在此二三日我等也沾他恩典,赏赐银子,因何只得一月余就死了?岂不可惜此忠臣仁厚君子!”又有驿子前时一心想着狄爷的铺盖,待他起罪回朝之日,求千岁爷赏赐。今见狄爷死了,在驿丞跟前说声:“老爷,小的在此五六年,跟随老爷苦了五六年。如今小的求老爷个恩。”驿丞说:“何事?”驿子说:“老爷,千岁爷未死,小的不敢说,如今千岁爷已死,小人才敢说。如今千岁爷这几个衣箱,求老爷恩赐与小人罢。”驿丞喝声:“狗才,我老爷尚且不想,你倒想起来,敢是做梦么,还不快滚!”驿子诺诺应声而退。一生想望已成空,不题驿子无味。

且说莽夫焦廷贵飞马到了王城,是晨时了。下马直进王府。天生他一副大喉咙,大喊:“不好了,千岁死了!”踩开大步,直喊进九重王府,有众家人男女,吓惊非小。此时太太正在思想孩儿不知是何病症:“若在家里有人服侍,做娘时刻见面,如今病在驿站,叫我身心两地不安,想必他自仗壮年健强,冒着风寒了。前日动身之时,老身原打发家将随去服侍他,谁料他一个也不用,仍打发回来了,今已无人服侍,也不知驿官还在请医生调理否?”太君正在思念孩儿,一闻焦廷贵叫喊进来,说声:“不好了,千岁死了!”太太吓得大惊,忙问道:“为何忽然死了?到底是何病症?”焦廷贵说:“毫无病恙,只因千岁在西辽杀死番将几员,这些冤魂前来讨命。”太君说:“何见得冤魂来讨命?”焦廷贵道:“这是千岁自己说的,小将亲眼见百多鬼魂,多是发红脸花的,在千岁房中,拥挤不开。小将赶了去,又复拥来。昨夜三更时,千岁大叫一声‘冤鬼来了!我命休矣’。当时气绝身亡,这班冤鬼跟随去了,我等没有主张,特回报知。”太太一闻此言,说:“还有这等事情?”叫声“我儿”顿时发晕了,连人事不知。焦廷贵唤众丫环:“你等快些唤醒大人,我往南清宫报信去也。”踩开大步,跑到南清宫报知,又跑往天波无佞府,飞报凶信。佘太君与众寡妇叹息心慌,不在话下。

此时不道弄得狄母七死八活,就这南清宫太后苦切凄凉,潞花王大声痛哭。想来真乃多谢这焦廷贵的美意,他又往一众王侯大人等处飞报，各官员尽皆吃惊叹恨。当时驿丞的文书未到，各官先晓，独有国丈闻知快意无穷，满心大悦。笑道：“那里是什么冤魂索命，明是王正把他弄死了。”大悦道：“老夫不可言而无信，打算一个七品官与他做罢。”不说庞洪称快。

再说焦廷贵报信已完，也不回狄府看看那年高太太，思量又到游龙驿去。快马加鞭，不独来往之人让路，几乎踏杀路上的小孩童。在着半途，与张忠相遇。一个来一个往，两个各不交言，按下二人不说。

且说狄府众丫环救醒了老太君，犹是哀哀大哭，说声：“儿啊，为娘只道你些许小病，服药调停就好了，谁料你一病而亡。若说冤魂讨命，情或者有之，若在西辽杀人多少，所以冤魂报仇，大是难为。原乃奉旨征西，并不是你自己一心图荣的。若是交兵不杀人，焉能得分胜负？早晓得今日，有冤魂讨命之事，倒不如扒田种地，母子苦守清贫，何为不美？何不胜似你枝叶青青早已被折。儿啊，想你空立汗马功劳，不得衣锦荣归，太平坐享，抛离白发亲娘，分拆少年妻子。想来目下少年媳妇不久到来了，只道夫妻叙会，婆媳团圆。岂知妇未到来，妻不见夫，子不见父了。岂不苦坏了女钗裙的么？”这太太痛哭到伤心之处，一众丫环也流泪。又见小将石玉闻知到来，看着太太，也是纷纷落泪。虎将含泪，只得解劝太太。

此时外边又来了张忠，若问这几位英雄，乃是狄爷的金兰兄弟。所以王府内外，不通报知就进去。就是太君房内，也走进去得。张忠本来不慌忙的，犹恐焦廷贵报知苦坏了太太。所以快马赶来直进王府，滚下马鞍踏步进来。只见太太哀哀大哭，石玉在此，满面忧愁。数十个丫环并众妇女多是眼边红红，张忠进来吩咐丫头小使各各进去了，此时单剩他三人。张忠摇手说：“伯母休得伤怀，石贤弟不用心焦。”张忠就低声把庞洪定要陷害之由，千岁依着师父之言细细说知。太太方住了哭，说道：“倘早知道王禅仙师法力，我儿可活得来，我何用苦楚。”张忠说声：“伯母，这件事情，只可我们弟兄知道，他人泄漏不得的。所以千岁在焦廷贵跟前瞒过，他不明白，只道千岁真亡了。所以他星夜赶来报知。侄儿明知伯母心烦，也是即时赶来，说明原故的。”太君说：“贤侄，早间焦廷贵说了，吓得我魂魄俱无，恨不得与儿同为一路,如今方得贤侄赶来说明。所恨者庞洪又用此毒计,仍要陷害我儿。”张忠说:“伯母啊,他在盛时之际,奈何他不得。”又说:“跑走路途,腹中饥饿得紧,拿饭来吃。”太太即吩咐丫环,备办早膳,与张忠用过,又商量免验自行收殓的话。

石玉说:“大哥,你且去问问包公,他主意如何?”张忠应诺,即日至包府。见过包爷说即要自己收殓之言,包爷说道:“徒犯死了,也要相验,何况狄千岁!因何要免验,这断然不得。而且庞洪正与他作对时,如若不验,倘有情弊谁人知道?”包公如此分说,张忠无言可答,无奈只得转归王府,回复太君。前时发配狄青时,乃包公作主,出文书委书起解的。所以今日驿丞文书,原是回复包公当是。包爷即日奏知圣上,请旨定夺,差官看验,仁宗看了本章,大惊,叹声:“可惜他一员少年虎将,征伏得西辽未久,不能安享太平,伴佑寡人。”说完,龙目滚滚下泪。回想前时,将他处斩,不过一时触怒,幸亏得母后救了他,另因他把朕顶冲,问个徒罪之名,遮脸之羞,原在三五月间,就要赦他进朝,岂知有冤魂索命之事,今日身亡,大约安排定数。”若说这仁宗天子,原是个仁慈之君,从前把平西王押出斩首,乃一时之气,如今气平了,心中十分追悔。说三五月就赦他回朝,岂知今日狄青一死,龙心伤感,即批传旨,狄青身亡,谅必情真,不必相验了。着令庞国丈二品以上的文武官员代朕设祭。此时天子恩批下来,有庞洪心中想道:“圣上真乃仁慈之君,到底不忘他的汗马功劳。”此时无奈,只得遵旨。邀同二品以上文武各官员齐往游龙驿祭奠,按下慢表。

再说狄府太君对张忠说:“若是我儿真死,老身不必到驿中去。但是今日要掩人耳目,必然我亲到,在此收殓方才妥当。”张忠称言有理,即忙备轿。老太君也穿了素服,四个丫头也乘了轿。且说太君坐在轿中思量:“这王禅老祖,许多神通妙法,何不把庞洪作算也好,因何要我儿诈死起来。倘若真的死了,如何是好?”一路度量,只且放心不下,一程到了游龙驿中。王驿丞恭身迎接。焦廷贵见了太太,即引他直进房中。太太到了床前,把孩儿一看,见他面色不过如常一般,只少了鼻中一息之气,将手臂抚他身体,犹如冰冷,太太见了倒觉心疑。正是：

老祖灵丹须妙用，为亲心事尚慌忙。

第六十二回　众文武祭奠平西王　二将军迁柩天王庙

诗曰：仙师点引小英雄，诈死埋名避祸凶。
四将弟兄多义气，一同藏隐庙宇中。

再说老太君已经知道孩儿吃了王禅老祖的灵丹诈死，埋名免祸，亲到驿站主葬，以遮旁人耳目。当时见他果然气息全无，心中疑惑，低声细问张忠说："贤侄，我儿明是真死了，你因何用此假话来哄我？如今眼见他气息俱无，浑身冰冷，焉得回生之理？"张忠叫声："伯母啊，请自放心，大哥曾受了王禅仙师的吩咐，依计而行。送他入了棺木，封钉七七四十九天，总是不死的，再服此一丹，便能苏醒。如若过了四十九天，难以活命。请伯母放心。不必挂怀。"太太此时方才无疑，装成假哭凄凉。张忠就在驿中办理丧事。所有费用钱财，俱是奉旨开销。石玉、焦、孟二人各有事情置办。张忠又当心备了一副上等棺木，内中的情弊，下文交代明白。僧道一班，叙于驿后，左边细乐笙歌也叙归一处。

此时游龙驿热闹非凡。狄府家人使女等各换孝服，狄爷手下将官各各挂白。朝中文武官员，是日庞国丈、大学士、崔爷、文爷、包爷、王爷二品以上三十余位官员多到来了。驿中地方狭窄，驿丞命人早已搭开大场，众官员多在此叙集。车马纷纷联络而至。这狄太后意欲亲往驿中，犹恐旁人私议。只得打发潞花王到来致祭。

当下包爷说声："庞国丈，若说徒犯死了，总是相验的，所以下官请旨，差官验看。不知圣上有何原故，降旨免验。下官今日倒要违旨了。"国丈说："包大人，你因何逆旨要验的？"包爷说："想那狄王爷何等英雄强健，那里有些病症？忽然死了，死得不明。下官倒要看一看。"包爷这些话，疑着庞洪用计弄他身亡，故特请旨相验。倘有验出些形迹,包公又要追问原由。偏偏圣上洪恩,恐怕亵渎了尸骸。所以降旨免验,并无别意。谁料包爷定要看验尸骸！果然国丈心怀鬼胎,只道驿丞下手,犹恐验出形迹,包公又要追问,所以用好话劝解,说:“包大人,他平日是有大功于国,圣上洪恩恐防亵渎了千岁尸骸,为何包大人不依?”包爷说:“老国丈,并非下官不依圣命,只为狄王亲的对头甚多,而且死得奇怪,总要看看。逆旨之罪,下官愿承了。”又说:“列位千岁大人,一众也要大人看看。”众王爷说:“包大人为什么事？我等看了,倒觉也惨然不忍,不能领命了。”有潞花王爷,乃表亲之情,便说:“孤家倒要看看。”包爷说:“国丈,你也去一观,有何妨碍?”说完,一手扯住他。国丈原是心虚的病,只无奈何,勉强同着包公前去,满心怀恨于他。潞花王同走。

张忠一见,立起身来见礼,已知包公来意,即说道:“小将禀上大人,我家千岁乃是冤魂索命身亡,求大人怜惜,不必验了。”国丈听罢,暗暗心开,说:“这张忠倒也知趣。”包公闻言,想罢就说:“今日并非相验,无非同朝之谊,一殿之臣。今者一观,永无见面之日。你却因何阻挡？莫不是有何私弊不成?”张忠说:“末将不敢。我与千岁结义金兰,情同骨肉,焉有别心？只因千岁临终,亲嘱要求免验的。”国丈呵呵发笑,说:“包大人,不是老夫说你,圣上旨意免验。”张忠又说:“狄王爷曾有遗言,为何必要相验？如此太觉多事了。”包爷一想,真乃抱鸡鸡不斗,气死抱鸡人。但本官言出如山,就是这等没摆布,我也要找找面光便了。说声:“国丈,下官顶了逆旨之罪,那管狄王亲的遗言,总要看一看才得放心。”国丈只得同上前去看验了。但见千岁面貌如生,口眼不闭。包爷说声:“狄王亲,你是当今首重朝臣,辛劳为国,没有几时候安宁,平西方得少宁,岂料骤然得病归阴,可惜你盖世英雄,如此不寿！虽则是冤魂作祟,下官却是疑心,只因你在生时,有几个冤结,待下官与你鸣冤。免得九泉含恨不下。”把个国丈听了,真是气闷,呵呵冷笑说:“包大人,你与狄王亲对说,他不知如何答应于你。”包爷说:“国丈,下官与狄王亲讲说,与你何事?你又不把他谋害,因何着急起来?”国丈又笑道:“包大人你既会日断阳间,夜查阴府,何不查明狄千岁何人所害,怎样身亡,省得疑惑心内。”这几句须是庞洪硬话,谅情心带恐怯。包爷听了动恼道:“老国丈,休得多言欺负,冤家有头债有主,如若他果屈死的,下官也力为伸冤,可能力办。”

老太君在内一闻包公之言,想他真乃赤心忠肝的忠臣,句句言来刺着奸臣,我儿若非先师指点,老身也动疑,必要他相验了。今日非庞洪所害,倘若听了他相验不出,就惭愧了。他即令丫环传言出来:“启上包大人,我家太太说千岁爷急病身亡,并无别故,求大人不必验了。若是果有冤情,自必阴灵告诉的。”包爷一想,老婆子不知好歹,不识好人,下官一心无偏倚,他毫无分晓。也罢,既然他为母如此说,下官不相验也何妨?且自闭门推出窗前月,任他春花自落开。潞花王也是心头气闷,与包公同走转出驿中来。国丈招手说:“包大人转来,久看些也何妨!”包爷不理他的话,众王爷大臣代君祭奠狄王亲已毕,各各辞别回衙。国丈回府,在书房洋洋得意说道:“狄青一死,老夫拔出目中钉,除却心腹疾。但这包黑子,老夫与你不是冤家,何苦倚着狄青,寻我作对,偏要相验尸骸,谁料狄青之母妇人见识,说他疾病亡身不要验,弄得包黑子罢了下来,原来老夫之造化。”此时满心欢喜,也不烦言。

且说收殓千岁之日,万岁又差众文武前来送殓,游龙驿内只是一番兴闹,有车声马匹,纷纷齐集驿中。收殓盖棺之时,各官员叹息。潞花王千岁伤心不止,苦切凄凉,老太太不住泣哭,抱住尸骸不肯放下。独有孟、焦二人不知真情,心中苦楚,英雄之泪滔滔滚流。张、石兄弟做成蹬足捶胸,孟定国哭声:“千岁啊,你乃一忠臣孝子,盖世英雄,上天不悯,早已身亡。今日丢下了白发萱亲,无人奉侍,真乃令人听见可怜!”哭声不止。焦廷贵说声:“千岁,你是英雄大将,杀得西辽番狗片甲不留,因何怕起鬼来,被他活活捉去。这些冤鬼如若出现我焦爷之眼,定然一拳一脚打他入泥,永不超生。”也是哭声大振。又说这副棺木,乃是张忠用力办来的,原来这棺柩是推笋封的,盖上不用钉贯,以待事毕之后,易于开盖。此棺若是时常棺柩,原有这样款式,所以不动众人猜疑,众目共看来,狄千岁果已死了。这是王禅老祖灵丹之妙,吃下此丹能延四十九日期。此时收殓已完,众文武大臣各已散去回衙不表。

再说当时张忠悄悄与老太君商议说:“来朝待小侄与石玉前往此处近地寻个好地方,然后就与狄大哥出棺。”太太说:“贤侄之言有理。”当时太太众丫环暂且回归王府,一刻坐轿而去。且说次日,张忠、石玉二人唤焦、孟送太太回府去了。此时张、石弟兄往各处找寻,在游龙驿三里外,凑巧有个天王庙,这庙宇僧道全无一人,只剩得一间冷落凋零庙宇。原因五年前庙宇中传说出了一个妖怪,日午还算定净,晚上就不得平宁。人传说妖怪作弄死人,所以至今还无人敢在此出入。此地原是十方所在,如今平西千岁在此暂停棺柩,怎敢言个“不”字?此时张忠、石玉二人看见此庙直进去,只见庙内一连三大进深后厢,还有厨子房,龛箸俱齐。张忠说:“好了,此地正是大哥隐居之处。”二人十分如意,说待第三天然后迁棺。至此兄弟商议定不回驿中,一程快马回归王府,将此说知太太。老太君说:“二位贤侄调停就是,总是有劳二位,老身反觉不安。”二人说:“伯母,何出此言!此乃小侄应该之事。”暂且不表。不知狄爷如何出棺,下回分解。

第六十三回 灵丹药狄青还魂 天王庙仙师赐宝

诗曰:灵丹妙药果非凡,顷刻还魂不等闲。
　　赐宝深沾师大德,他年破敌灭群奸。

前书说,张忠、石玉找寻得住所,商议到三朝然后出殡停棺。不觉光阴易逝,又到了第三天。众家人、各将士穿缟素,齐至游龙驿出殡,往天王庙停顿棺柩。众将、太太早已打点在驿中,原设立灵位要遮掩人耳目。焦、孟二人不知真情,张忠令他仍回府中看守灵位。驿中灵位自有驿丞打点香烟。

张忠、石玉遂滔滔对太君说:“我二人守棺柩,仍往天王庙,调算回大哥苏醒才得放心。”太太吩咐:“贤侄之言不差,快些前去罢。”

张、石弟兄一程到天王庙，闭上庙门，二人动手开棺。此棺木虽然上好坚固，只因二人气力猛狠，先将子孙钉起了，然后把棺盖轻轻推开，叫声："千岁，小弟张忠、石玉在此！"只见他口眼仍然不闭，颜色也像前时。张忠怀中取出一颗灵丹丢入他口中，一刻尚不见动静，再候了半个时辰，但见他微微气喘，眼动手伸，即时抽身起来。张忠、石玉大喜，笑道："千岁果然活了！"狄爷说："二位贤弟，我却不曾死，连日只觉半睡半醒，耳边略觉众人之言。只是有劳二位贤弟帮忙。"说完深深拱揖相谢。二人说："大哥，何必如此！实得先师妙灵丹丸的。"狄爷说："贤弟啊，前日师父嘱咐我说有一年灾星，送过灾星，方得厚享平康福禄。"二将军说声："大哥，所以小弟找寻此地，正合着大哥隐居避祸之地。如今我等只说守伴棺灵，在此一同作伴。"狄爷微笑说："贤弟，我们同心并胆，真也难得。但想此处所在，只好我一人暗隐。若你二人也在此处，犹恐旁人知道，泄了机关的。况且我母亲下落又是不知，不若贤弟回府，耐久暗来一次乃好。"张忠说："大哥放心，小弟瞒了焦、孟二人在府中守灵，太太不应无人问候了。"

说完三人同进内府观看。石玉说："二哥，你看此处床铺无备，焉能住落？"张忠说："四弟，我有个打算的，你且出来闭回庙门，我去即回来。"石玉说："二哥，你往那里处？"张忠说："我去寻铺盖饰物来，若有人打门，不可放进来。"石玉说："这也自然。"

此时，张忠出了天王庙，一路思量：此庙地虽是十方之所，我们既在此耽搁，总要与近地乡民问个明白，免得地方百姓只道我们用势力占霸此庙。行程一里，有开豆腐小铺。张忠见了直进说声："老丈请了。"老人一见要下跪。张忠忙来扶住，说："老丈，不必如此，无事不来踵扰。只因狄千岁已死在游龙驿内，如今近地只有天王庙内可以停柩。我们弟兄四人要在庙中守棺，到来岁春时，太太就要扶带柩还乡了。远近百姓不必前来进香灯烛，自然王府着人照理。明日便有示张挂。如今不过来你近地说个原由。"老人听了，摇首说："将军爷，原由不说，你也不知。此庙前三年已出了妖怪，当时出现迷人，所以众光头不能立造，今已丢空两年余。如若千岁爷停柩十年八载也可，若众位将军爷在此藏身，犹恐经不得妖精侵扰的。"张忠听罢，冷笑说:“我们乃是英雄豪杰,自己如何惧怕起妖怪来?如若果有妖怪来惹,我们定然捉拿的。”老人笑道:“若是将军爷不惧,竟在此住宿,有甚相干?”张忠听了,即时辞了老人去了。又往各处近地细细谈说。众民多说:“亏得五位英雄,杀败西辽国番人,没有众英雄,我等汴梁百姓焉保得住?若众将军爷在此居宿,擒拿了妖怪,庙中就平宁。”慢表众人之言。张忠又怕千岁肚中饿,先去买些食物,后往驿中,对王正说:“千岁尚有衣箱铺盖什物,要唤人扛抬到天王庙内。我们守柩应用的。”王驿丞听罢,即唤扛夫几名,就将衣箱所有日用什物扛进天王庙,石玉一一收回,亲拿进去了,不许旁人进来。张忠又拿食物回来,即闭回庙门,已是红日归西。

是夜,张将军做了厨房之人,去安排夜膳。弟兄三人对酌,你言我语,不觉二鼓将来。狄爷说:“贤弟啊,我已复生,但母亲未晓,来朝速可回去通知母亲罢。”石玉说:“待小弟来朝去禀知便了。”狄爷道:“还有一言,李义、刘庆前往单单国,目下也该到来了。未知公主到否?倘他弟兄一到,须要早早说明,不然防他性子不好,弄出事情来,有违师父之命。”张、石应道:“这也自然。”

此时乃是七月中旬外,时交二鼓,明月已升,星光灿烂。这天王庙久已无人居住,今夜留存三位英雄,野鬼阴魂皆也远遁,独有这妖怪不畏人。三位英雄弟兄三人正在言谈,忽然一阵狂风吹得满山树叶俱落。张忠说道:“此风竟是古怪,莫非妖怪来了么?”狄爷说:“早间外人说,此庙中有妖怪,所以无人居住。”说罢未了,一阵怪风又来阶下,飞沙走石,寒气侵人,三位英雄立起身来,望着后厢观看,又是狂风吹到。月下观去,果然来了一妖怪,十分面恶,头如巴斗,两眼毫光,血口铜牙,身长一丈,披发乱须,手持长棍,耀武一番。狄爷说:“贤弟,这妖怪若不惊动我们,我也不必前去惊他。”正说间,只见妖怪指手划脚,对着他三人在后厢大步踏将出来,并不言声,直奔至张忠面前。张忠喝一声,奈何手下无兵刃,连忙提起板凳打去。那怪全然不惧,长棍架开板凳,回棍打来。张忠见凳不便,着忙抛了,偏拳打去,石玉飞步大喝:“妖怪休得逞强。”奔过上前抢了长棍,在手乱扫,这妖怪却是厉害,闪上闪下不着,二人拳棍胜败不分。直闪至庭心阶前,明月一耀,看便分明。

狄爷见英雄两弟不能打倒此怪,便大喝一声:“何处畜生,休得无礼。元帅狄青在此,速现原形饶你性命。”狄爷说了此言,却也奇怪,但见此怪跑开几步,望着地下碌碌旋旋,一道华光闪烁,三人眼也开不得,去了光华,妖怪不见,三人近前月光下一看,乃是一块镜子闪闪寒光。狄爷连忙拿起一看,又复从背一看,只见镘镌成字两行:

宝镜王禅赠狄青,收藏上阵勿违诚。

交锋能破迷魂虏,此日成功定太平。

狄青看罢,笑道:“只说是什么妖怪,原来师父又赠法宝与我们。”即时兄弟三人一同下跪,望空拜谢。三位英雄满心大悦。一齐原归房中坐下。狄爷说:“二位贤弟啊,你二人若往外边去,不论谁人问起,你只说原有妖怪大闹,只因我兄弟暂留一月之久就回府了。不可把仙师赠宝说出真情的。”二人应诺。是夜时交三更,三人睡去。

到来朝,石玉起来赶路一程,归到狄王府,已是午昼时候,连忙下马进入后堂,禀知老太太。太君听了喜欢无比,欲往前去看看孩儿,诚恐泄漏机关,只得不往。此时进来了焦廷贵,叫声:“石将军,你二人在着天王庙冷清清有何好处?不如去了此地,来与府中,大众同伴才有兴头。”说未完,孟定国又到来,当时石玉说声:“焦将军,你有所不知。我们前日弟兄五人结拜时,誓同生死,如今千岁已经身亡,我们不死,已为不义。古云‘同林好鸟不分巢’,我四人必须守柩一年半载,稍尽我们一点之心。孟将军你二人在着府中,凡事休得淘气生非;况且太太如今年老,膝下正没了个儿子,一并家务事情,须当代劳。千岁九泉之下,也不负你功德。”焦、孟说:“我们二人门边不出,犹如孝子一般罢。”石玉说:“如此才好。”正是:

义气处交交义气,仁慈待将将存仁。

第六十四回　接公主二将回本邦　观星象太史断武曲

诗曰：天王庙内隐英雄，星象垂天焉可蒙。
　　崔信思忠怀念切，夜间察斗识埋踪。

当时石玉解劝焦、孟二人守理王府，代狄千岁之劳，二人应允。说完，石将军拜别太君，相辞焦、孟出了王府，一程归赵王府中，拜见岳父母、母亲。是夜，石将军进房，狄爷假死还阳的原由，并不说知郡主，为着金兰手足，瞒着妻身，仍要别离。这是石将军相交义重出于寻常。当下说声："郡主，不是我常常把你丢抛了，如今狄大哥又身亡，前时结义说有福同享，有祸同当，今日又不能同归泉下，就伴灵守柩一年，稍尽一场交结之情，所以下官与张二哥在着天王庙内朝夕盘桓，免得阴魂怨着我无情，如今不得已，抛别贤妻。郡主伊乃贤德之人，还求勿怪为夫薄情，抛弃于你。"郡主听罢，微微含笑说："相公出言，足见情长于义，想你又无三兄四弟，今日不异同胞，同劳于国，今朝不幸失却为首英雄，相公你切放心前去守柩，不必把哀家挂怀。"石将军听了大悦，道："难得郡主这样通情。"

是日，仍将此言告知母亲、岳父母，次日上朝告假守灵柩，圣上不准说："狄青既死，不能复生，四人莫守此空荒之地，即可回朝伴朕罢。"庞洪见狄青已死，大妒四虎将军，不欲他在朝伴主。见圣上不准石玉之奏，急忙出班奏道："臣庞洪有奏，凡为人者必要忠义两全，才得名扬宇宙，豪杰为称，如今石玉等五将平西立下汗马功劳，即为忠也；金兰兄弟身亡，甘心愿往守柩，即为义也。为人既得忠义两全，诚为可敬。望吾主降旨准如所奏，着令四将一同假给三年陪伴棺灵，非但得全四将之义，狄王亲阴灵亦沾陛下洪恩矣。伏乞吾主准奏。"仁宗一想，这也无关得失之事，传旨准奏。

石玉叩头谢过圣恩，退出朝一路回归平西王府，见了太太说明。正要动身，忽然刘庆、李义二人回来，已到后堂拜见高年太君。此时狄爷灵位，设于西府中，所以二人回来，不曾看见。石玉见二人回来，正是来得凑巧，三兄弟又见个礼，太太说："有劳二位贤侄一番，老身实情过意不去。"刘庆弟兄说："老伯母啊，这是劳而无功的。"太太说："二位贤侄，何出此音，莫非公主未到么？"二人齐说："小侄一程到了单单国，见了狼主。他说国母娘娘身故，才得几天，公主且慢到中原，待等来年秋季，送来上国，夫妇团圆。但这狼主说，我们跋涉路途，苦留一月，我只得耽搁一月而回。"太君就说："原来如此，不来也罢。"石玉看见有丫环在侧，即忙招手说声："哥哥，外厢来讲话。"此时三人直出中堂，转到书房内，四顾无人，石玉细将情由一一说明。刘、李弟兄听罢，又气又恼又好笑，恨来恨去只恨庞洪。但这王禅老祖因何叫大哥假死，避了奸臣？石玉说："二位哥哥有所不知，只因大哥命内灾星未退，命他隐迹埋踪，隐避一年，就有此事了。这机谋只有伯母我弟兄五人得知，其余知不得的，就是那焦、孟已经瞒他。"二人应允说："我们明日复过圣旨，然后共往天王庙，与狄大哥叙会，我弟兄一同作伴罢。"

是夜，安歇一宵，次日上朝复旨，石玉前天已奏闻奉旨守柩三年，再着回朝伴驾。二人谢恩辞朝，与石玉已拜别太太，后辞焦、孟弟兄，上马加鞭，直至天王庙而来。一叩门，张忠认听声音，放进三人进至后厢，与千岁相会，细把公主丧母未来原故说知，狄爷也不介怀。

再说自此之后，五虎英雄在着天王庙，犹如做了家庭一般，闲时犹恐外人撞进来，所以常常闭门，住庙内，若在外边，只说天王庙内的妖怪果然厉害，吵闹难堪，又说这妖怪身长丈余，非凡厉害，要吃我们弟兄四人，终夜提防。不谅这所在，难以延迟耐久。所以近地百姓远远传言，这妖怪模样凶狠。三四位将军有此本事，不能降伏，我等焉能奈何？当时传播起来人人害怕心惊，不独不敢进庙，街衢行走，也稀疏了，情愿远些而走，不表众民畏怯。再说狄爷自此隐遁天王庙中，虽然思念母亲，只是无由得见。日常无事，弟兄说论兵法，评论国政，安心待时，仍与国家出力不表。且说焦廷贵、孟定国在着王府，真如假做了孝子一般的，尽心守孝，而且代劳一切事务，也不多谈。

又说钦天太史崔爷因自狄青死后，常是嗟叹不已。说道："好一员少年英雄虎将，杀退辽邦贼寇，大宋江山全亏五虎之力，名扬国外，略息兵戈，方得泰平安享，倏然暴疾而亡。只落得汗马功劳，一旦成空。思量到底害在庞洪手里，屡次将他暗害，屡屡谋害不成。这奸臣串通女儿，说是假旗，一时他触怒君王。把他押出西郊处斩，险些一刀两段。幸亏得太后娘娘出头，免得一刀之苦，又要徒罪三年，抵却当殿诈君之罪。在游龙驿中，因何无灾无病，称说冤魂作祟，霎忽身亡？真乃死得奇怪。所疑者没有别人，皆是庞洪与驿丞官同谋陷害了这英雄。那日包年兄上本请验，圣上偏偏降旨免验，真乃中了庞洪的机谋。包年兄观看尸首之时，这张忠与狄母多说疾病身亡，并无别故，不相验可耳。想来甚是稀奇，猜度不出什么原故。但想四位英雄实乃忠义之人，无得为中作弊。今日狄青死去，堂上老太君谁人侍奉？丢下外国青年妻子，思前想后，却也可惜他白发母亲。公主虽然年少青春，但今日刘、李回朝复旨，他又未到中原，不知长短。”这崔爷终日不得开怀，叹惜狄青，想这庞洪屡屡算计狄青，就是发配到游龙驿，原是庞洪的主意，各位忠良大臣原疑着庞洪，况且毫无病症，立时身死，又见稀奇。并且驿官王正乃是庞府家人，岂不顺从庞洪的主意？夫人见丈夫崔爷终日愁闷，便说：“相公，他的母亲尚然不要包公相验，你是旁人，何用如此担忧？”崔爷长叹不言。

忽一夜，崔爷用过晚膳，直进阶前，月色如昼，云净无烟。崔爷仰望星月，细看天衢，察其星斗，又见贪狼星乃是庞洪宿度，光华灿烂，实在盛时之际。又见武曲星半明半暗，在于东南方，想来星尚在，人已死了，好生奇怪。星没人亡，古今所定。莫不是狄青未死，隐居僻静之方，避了奸臣？若说狄青还在，前日送死之时，众目共观，他明是死了，如若不然，棺中尸首，乃是何人？想一番，观星斗一会，笑道：“此星现在总是未死的。若说是死，只好骗愚夫妇耳。不知他隐身何处？想来他畏惧庞洪，就退避了，枉为英雄，没有一点胆量的。”不题崔信之言。又说庞国丈当时认定了王驿丞弄死狄青，满怀得意，欲要今日升他一个知县之职，恐防惹人疑惑，只得缓缓升他不表。

又谈狄太后娘娘，自狄青亡后，时时凄惨，日日怀思，正是生离死别凄惨。况且狄太后想念亡兄单留一点香烟之种，一心指望他继着前人功烈，重庆光耀家园。喜得他年少英雄，早已出仕皇家，平复得西辽，只望从此母子荣华，外邦公主接到，婆媳团聚，夫妻叙会。岂知出仕未久，已遭庞贼暗害，几番险死还生。原得皇天庇佑，不中奸贼之谋。又到验旗，触君发配游龙驿徒罪三年，一时病症，只说冤魂索命，立刻身亡。今日眼见得狄氏香烟已断，单单国中，虽有双生儿子，还不知公主心意如何？况他乃远居外国，国王单生长这一女，一闻丈夫已亡，国王未必肯送女至中原了。倘若他到来我邦寡居，婆媳度岁，自然寡母抚育孤儿的。若然这公主不记着丈夫恩情，不想回归中原，此是侄儿嫡血双生子已经乌有。这狄太后娘娘终日怀念侄儿，长嗟短叹。又有潞花王常时忆着英雄表弟，不禁潸然珠泪交流，母子为着狄青一死，不知泪流多少。正是：

分离骨肉情何切，惹起愁思意不胜。

第六十五回　西辽国兴师犯界　大宋朝君臣议敌

诗曰：边国西辽强悍邦，英雄既没复猖狂。
干戈蜂起从今日，退敌兴师谁可当。

话说狄太后母子心怀狄青身亡，但太后的心肠甚好，因嫡侄死了，嫂嫂必然苦切，所以常常打发宫娥到狄府探望。有时接到宫中叙话，多言解劝。实有一段亲亲之情。狄母太君想来，娘娘如此厚情，必然他为着我儿也惨切了，不如实告了，免此心烦，他母子断然不泄漏的。遂将庞洪计害狄爷之仇，师命埋名原故，细细说明。太后此时喜从天降。是日，多谈庞洪计毒。

话分两头，慢题姑娘之言，京中多事。再说这西辽国狼主志在大宋江山，此心不息。单忌狄青五人，并又伤了飞龙公主，此仇越结深了。故前日依了度罗空之计，当时又往新罗国借取雄兵猛将，所以先差秃狼牙，私进中原，把数件宝贝金宝镏珠，送与庞洪，说明旗是假的，害了狄青。一则与附马公主报仇，二则中原战将再无狄青之勇，兴师夺取宋氏江山，唾手可得。只等候秃狼牙回国，方知狄青下落，才好发兵。忽一日狼主早朝，传报得胜将军回朝。狼主即宣上殿。秃狼牙将狄青陷害情由细细奏明，狼主大悦，说："劳动卿家，升官二级，免朝一月。"秃狼牙谢恩出朝。

辽王正要退朝，忽报到新罗国王命铁金钢麻麻罕为元帅，外有四员猛将，一名通迷、一名达脱、一名哈天顺、一名石天豹，统领雄兵十万，在午朝门外候旨。狼主大喜，请进亲赐御酒三杯。又命他兼领本国人马十万，偏将百员，共来兵二十万。重托麻麻罕领兵，定于明年三月初旬黄道吉日提兵往取中原，麻麻罕领旨。

不觉光阴似箭，已是此年三月初旬，元帅即日拜辞狼主，与众臣一路长驱，发兵杀气腾腾，已至中原境界，势如破竹。拿了雄关外多少地方，直杀至三关，无人抵挡。若说雄关孙秀，乃是酒色之徒，无谋无勇，如何抵敌交锋？还亏得杨青，虽然年老，原是上阵英雄，老当益壮，几次开关抵敌住辽兵，雄关坚固难攻。此时孙秀心中着急，叩声："杨老将军、范大人，下官只道干戈宁息，岂料西辽复又猖狂，倘若雄关一失，必被辽兵杀进京了。这件急事，如何处置？须要大众酌量才好。"范仲淹说声："孙大人，你是雄关之主，凡事多要大人主裁，如何要我们定夺起来？下官之言平日间也准信不得的。"孙秀听了范仲淹之言，心烦意闷，实是着忙。又说："杨老将军，我与你同是宋朝臣子，受了国恩，须当报效才行。怎样退敌，须要细共商量如何？"杨青听了，呵呵冷笑说："孙大人，老夫也是这句话，你我一殿之臣，同受皇恩，理当报效。大人做了一关大王，平日间大小事情，多是大人作主，我们有了说话，插不落的，因何今日没主张，来要我两人做主商量？若不是老夫连日抵敌，三关早已付西辽了。老夫做了武将，不过拿几筋力气，前去苦命斗争，那辽将声声说：'狄青身亡，必然定要攻破三关，占夺三军，取了中原，若然狄青提兵到来，我国依然投降，除了狄青多不肯畏惧的。'孙大人，你道狄青死得好不好？"范大人说道："这些奸臣，巴不得他早死了，然而据我的意思，狄青永远不死，方能稳保宋室江山，今日狄青死去不久，西辽复又猖狂，孙大人须要自定良谋，方能免得玉石俱焚之患。"

孙秀正欲开言，忽有小卒报说："有个将讨战来，说若然没有对手的，休要出阵，他就要杀进关中了。"孙兵部此时摆布不来，只得吩咐："连挂免战牌，待本官拜本进京，请旨发兵便了。"范爷叫声："孙大人，当初杨延昭始守此关，边夷丧胆，以后杨宗保继守三关之日，有胜无输，从不曾挂过免战牌。为何今日尚未开兵，先要高挑免战？"杨青说："中原锐气扫尽了，长他人志气，灭上国威风，前辈英雄眉毛倒尽了！范大人啊，不独前辈守关威振，就目今狄青在此关，西辽屡败，掌了雄关，必要上阵立功。既然大人这胆怯怕，掌不得雄关之主。"这几句把孙秀面光扫尽，只得急备本章，说西辽兵犯三关，又求万岁掣他回朝。孙秀一则为着雄关危急之际，二来听不得范、杨讥诮之言。即差人进京，报本去了。传令兵丁严加把守。又幸得其时乃是初夏，天气炎热，倒应停征。所以番兵不来十分攻击。况且三关坚周，所以无碍，按下慢表。

再说庞洪一自狄青死后，心无挂碍，终日与着同党厚交，开怀乐饮，你来我往。又说："干戈宁息，我辈正该乐饮娱情。"忽一日，接得边关来信，心中大惊："老夫只道西辽王只要与女儿报仇，杀害狄青便罢了，岂知狄青一死，就兴兵侵扰，今日杀至雄关，孙贤婿无人代劳拒敌，免战高悬，今有告急本章，求请救兵。想来朝内没有英雄，不知何人退得辽兵罢了。我也不管他，来日奏闻圣上，听凭他定夺便了。"次日见驾，就将孙秀本章呈奏。天子看了此本，心内大惊，想了一回，并无主意，降旨众文武共议退兵策。百官个个推着庞洪，说他极品之尊，朝纲统领，岂无出师退敌之计。庞洪说："列位大人，我为文事，不识武略，还有众位王兄，曾经上阵交锋，可以提兵前往，救解三关。"天子正要开言，武班首闪出净山王爷呼延赞，俯伏说："陛下啊，臣等身为武职，义不容辞，若能杀退辽兵保安社稷，以报国恩，何为不是！况且在前王侯除了潞花王之外，多是南征北讨之人，在少年强壮时，谁敢推诿？今日无奈俱已年老力衰，将为就木，纵然提兵前往，非但辽兵难退，徒费兵粮，而且又误国家军情事，况且三关乃汴京首重之方，倘有疏虞，祸关非小，前亏得狄青五将杀他片甲不回，后来又征服他邦。狄青在日，兵戈不起，如今狄青寿夭已亡故，所以辽王复又猖狂,说要狄青出敌,仍复投降,狄青不有,必要占夺中原。夸张恐吓,欺我大宋无人。今日雄关外地尽皆失去,可知辽将勇猛,番兵厉害,望我主早定良谋,挑选智勇双全为督兵主帅,发旨意往游龙驿,着天王庙四虎不必守柩,暂且回朝,调他挑选精兵前往,我主龙意如何?”仁宗天子听罢,开言说:“朕固体谅卿等年老力衰,难当此任,说也徒然,狄青已死,言之无益。今朕依卿所奏,文着庞洪、武着老卿家会同各大臣议当。如别方有勇将,即为保举本奏,协同四虎将提兵退敌便了。”众臣领旨。

天子退朝,龙颜不悦,回至东宫,有曹王后娘娘接驾,坐下绣墩,曹娘娘看万岁颜容似有不乐之色,便问:“陛下,为何似有重忧光景?”天子说:“御妻啊,目下西辽番兵犯界,直抵三关,亏得狄青杀退。不想狄青一死,辽王复叛,占去三关外多少地方。雄关孙秀无能抵敌,请旨掣回。寡人欲待有将出师,然后掣回孙秀。朝中武将多是年老力衰,不中用的。寡人因此烦闷,思算何人提兵前去拒敌。倘若失了三关,朕的江山难得了!”曹娘娘说:“臣妾请问陛下,从前已有狄青征复西辽,至今未久因何又起兵戈?”天子说:“御妻啊,你有所不知,狄青不是等闲之勇,深通武略,年少英雄,还有四虎将帮助。前时西辽兵雄将猛,侵犯三关,却被五虎将杀得胆丧魂消。如今一闻狄青已死,故西辽复兴兵前来。”曹后娘娘说:“陛下啊,若然说起狄青,臣妾也曾思量过,想他前往征西受尽多少辛苦,才得取旗回国,满朝文武,多已共目。后来庞妃说出旗是假的,算来不是狄青欺骗陛下,实乃西辽王用退兵之计,欺骗陛下了。当时何不复差五将再去责伐西辽,取了珍珠真旗回朝有何不可?为何陛下反将这小英雄押出西郊斩首?若非狄太后出朝救了,险些屈斩了这有功之臣,陛下问心何安?”曹后说此一番,不知嘉祐王如何答说了,且听下回分解。正是:

国宁只有文臣显,世乱还须武将高。

第六十六回　宋帝闻兵思勇将　包公夜月访英雄

诗曰:兵戈复起忆功臣,无事抛疏有事珍。

今日方思忠勇将,当初何必信谗人。

当时仁宗天子听了曹后娘娘说他复验珍珠旗,险些屈害了忠良将士,亏得狄太后娘娘出头放了。此时嘉祐王说声:“御妻啊,不必埋怨寡人了。前事已错,说也枉然。这狄青还是在游龙驿中暴疾而亡的,不是寡人伤害了他。”曹娘娘说道:“陛下啊,你等不把他发配游龙驿,在着朝中已是不死了。”天子说:“御妻,你那里话来!人生吉凶祸福,毕是定数无差,他不该刀下身亡,已是驿中丧命的了。”曹娘娘说道:“陛下,你言差矣,狄青有此汗马功劳,不能荣宗显祖,而且自遭国法,想来后生家性子方刚,岂不气忿么?今朝明是气恼死了英雄小将,说什么冤魂索命,暴疾身亡,别人信此是真情,独有臣妾断是不信的。”嘉祐王听罢,说:“御妻啊,如此说来,实乃朕之愚了,既然看出假旗,及早应该再差他五人前往辽邦,取换真的回朝有何不美?原不该胡乱将他处斩,算起来倒是朕把狄青欺了,幸有母后出头,免他一刀之苦。何不可乘此机会,复命他前往西辽,胜似发配他游龙驿。辽王又不敢兴兵前来,复至猖狂了。想到此间,原是朕之差了,但悔已不及,但不知今日差遣那人前往三关退敌了?”曹娘娘说:“陛下啊,除了狄青之外,没有一员勇将了么?”天子说道:“勇将谁能及得狄青智勇双全?况且番将狂言称说狄青出敌他邦,照旧投降;若是别人,一个多也不惧,必欲攻破雄关,杀进中原。”曹后说:“如此想来不好了。”天子说:“实不好的。狄青死得不妙了!”不题君主之言。

再说国丈庞洪协同文职,净山王呼延赞率武官同商议,众文武多推着庞洪,岂知他只挣得一副屈害忠良的本领,焉能有定国安邦的良策?一连议了三天,还未复旨。此事慢题。再说钦天太史崔信是日进来见包龙图,说起西辽真乃可恶,狄青一死又来兴兵侵扰,可恨这老奸臣一谋不出，犹如泥塑一般。包爷说声："崔大人，可惜了一根擎天栋柱，汗马功臣；可惜他乃国家重用之人，寿元夭促，今朝目击主忧臣辱了。再有何人前往三关，抵挡辽兵？"崔爷微笑说："包大人，你道狄青死了么？"包爷说："自然死了，何必再提说起他来？"崔爷呵呵冷笑道："小弟说来，狄青不曾死的。"包爷说："怎见他不曾死的？"崔爷说："小弟前时偶观星象，只见武曲星半明半暗，正是英雄围困之象，近来几夜星光比往常加倍灿明，这位小英雄定落在东南方上。目下辽兵复起，只须要访出这英雄，国家之患方除了。"包爷听罢，呵呵大笑说："崔年兄，你的话哄着何人？送殓之时，众同共观，狄王亲已死了，惟是面目如生，此乃是真的。"崔爷说："包年兄，倘若不信，今夜且到小弟观星台那边共观星斗，就知明白了。"包爷说："崔爷这等说来，你不必回去了，如今已是下午时候，待小弟办桌小席，与兄对席同酌，到晚上同观星斗便了。"崔爷说："怎好叨扰年兄？"包爷说："便酒粗肴，休嫌简慢。"

此时包公吩咐备了一桌酒筵，二人逊让坐毕，吃了几杯，言谈国事一番，不觉黄昏时候，二人携手步落阶前，面对苍天。崔爷说："包兄，你看东左角这颗明星，正是文曲星。"包爷见了说："这颗明明是贪狼星么！"崔爷说："正是此星，乃庞奸贼也。"包爷笑道："庞洪凶星倒也光彩啊！"崔爷便说："他是盛时，所以倍加光彩。"包爷点头说是。崔爷又说："东南上这颗大星，如金光亮，乃是武曲星狄王亲了。但观今日光亮倍于前，谅想如今该出仕朝廷了。包年兄，你也曾办过多少奇难疑案，人人共知，名扬宇宙，朝中那一人可及你如此智量高才，非小器辈所及也。年兄何不得到东南方上，访出狄王亲来？"包爷说："崔年兄，本命星既在，人果未死，小弟担承访察出来便了。但如今只可你我得知，切不可泄于别人。待等访着实了，另行计算罢。"崔爷说："年兄之言不差。"此时观星斗完毕，复就席用过夜膳。时交二鼓，崔爷揖别回衙去了。

独有包公回房，坐对银灯，想来武曲星如此光亮，狄青实然未死。倘若他未死，前日入殓的尸骸，难道顶替的？猜思一会，说道："稀奇异怪，莫不是庞洪又来算帐，这英雄故用此金蝉脱壳之计，在着幽处埋藏了？狄青纵然未死的,有人仗义顶替,那里有容颜如此相像的?我也判了多少奇难事,单有此事推猜不出,思想不出。也罢,但愿早早访出,全不费力,这就妙了。又想来这天王庙近游龙驿中不远,正在东南方上,前时四虎弟兄皆说在此守柩,活人伴死人,岂有伴到对年的？事有可疑,且待明日往天王庙暗暗细察便了。倘若对问四将,还防惹他起疑,反把狄青藏过,就坏事了。本官有个道理,总要暗暗密访,方为妙算。"是夜休题。

到来日上朝已毕,用过早膳。包爷吩咐打道出行,不乘大轿,骑了高头骏马,只带了四对排军,靠紧相随。夜静更深,只作出城外巡查,直向东南路上行了九十余里。众排军不知其故,且人马并无一刻停留。天色已晚,排军点起灯笼火把,并且一路原要查问,倘有奸宄不良,即要带拿一程,担捺到得游龙驿,已是二更时候。但见郊衢寂静,少有人声。此时明月当空,天灯明朗,只闻四壁虫声,音鸣不断。此刻包爷住马,开言吩咐:"张龙,快马上前邀道驿中。"张龙即到驿门,举手连连打叩。驿丞尚未安眠,驿子早已贪睡,王正一闻敲门响亮,连忙抽身开了驿门。驿子喝过才醒觉,心下大惊起来,闪避不及,包爷已到。双膝跪下,战战心寒,说:"大老爷,小人驿子叩头迟慢了,罪该万死。"包爷说:"不罪你,起来罢。"驿丞跑上前迎接,驿子快些拿茶来吃。王驿丞上前迎接包爷至庭前,请大老爷下马坐下,连忙跪下叩头,说:"卑职游龙驿王正叩见包大人。不知大人到来,有失远迎,望祈恕罪。"包爷说:"驿丞请起。"驿丞叩首起来,侍立一边,包爷说:"驿丞,本官只为巡查至此,夜已深了,借你驿中暂歇一宿。明日回去。"王驿丞说:"包大人,只是地居污秽,屈渎大老爷的。"包公说:"这也不妨。"

此时王正不知包爷匆忙到来何事,但见他坐下呆呆气象,默默思量,两边排开八个无情大汉。驿丞当下猜思不出,狐疑不定,又不敢开言动问。暗暗思来,如此其中定有原故。此刻驿子送香茗上前,包爷吃毕。又嘱咐驿子备办酒席来,款待大人。这包爷是个仁人君子,体谅穷官。听了驿丞吩咐办酒席,便说:"驿丞,本官并不贪酒的,不必备酒了,况且你为这官,没有大财的。有夜膳备些,与了八家人用罢。”驿丞说：“足见大人体恤小官，但是大人一日赶路到此，劳动肚饥了。”仍吩咐驿子，往厨房安排酒膳去了。此时包爷又问王驿丞：“想你这个官，原是没趣么？”王正说：“包大人啊，实是没有趣的。”包爷说：“如今有趣了。”驿丞说：“大老爷何出此言？”包爷说：“驿丞，如今有大官做，岂不是有趣的。”王正闻包公半吞半吐之言，十分狐疑不定，忙说：“卑职何德何能，焉敢妄想。”包爷冷笑，看看驿丞说：“你在庞府十几年了，国丈提拔你，做此官几年了？”王正说：“大人，做官有五年了。”包爷说：“王驿丞，你与太师办事得力。”不知包公试探驿丞如何，正是：

劳忙为国忠臣志，狡猾欺君奸佞心。

第六十七回　忠诚直告王正原谋　代主分忧包爷密访

诗曰：辽兵犯界甚猖狂，退敌无人为边疆。
包拯劳忙原为国，星霜夜月访忠良。

当下包爷说声：“驿丞，你与太师办事，果然能干无差，所以太师心内喜欢于你，明日不高升为府，定然为道了。目下虽然做这穷官，不日就有苦尽甜来的。”王正听了，心中着急，不知他何故说此话来盘诘，即忙上前，打拱说：“包大人，此官原是国丈提携我做的，实乃无能。焉敢妄想加升官爵的！”这包公原是机密访寻狄青，一心又疑着庞洪要王正串同谋害于他。故用许多捕风捉影之言，来引赚王驿丞。又冷笑说：“王正，你家太师，要害狄千岁，已曾有书来往，要你害了狄千岁，升你官职，但别人由你瞒过，本官你断难瞒得的。快些直说明白来。”王驿丞听了，暗暗着惊，此话说来有音，但不是我害千岁的，何畏惧这包龙图多言盘诘？便叫声：“大老爷，你休得多言，太师何曾有书到此？卑职焉能把千岁陷害？果无此事，大人不必多疑。”包爷喝声：“胡说，已有冤魂，来到乌台告状，说你听了太师之言，将他暗地弄死。所以本官前来问你，尚敢抵赖么？”

王正听罢，一想：岂有此理。太师书来，要害他身亡。我想他是大宋功臣，与我无仇无冤，不忍伤他性命。情愿挂冠逃走，此乃下官一片好心肠。他自家急病身亡，与我何干？因何他反在包公跟前，告我同谋害他。想来真是好人难做的。包公见他如此沉吟，便说：“驿丞，本官劝你老实招来罢。”王正说：“大老爷真乃天冤地屈的。前时千岁有疾病时，忽然说身体不安。卑职就日请医官来诊脉。便说不识此症，难以定夺。后至张将军赶来时，还是讲说得出话来。倘若小官谋害他，千岁岂不说知张将军么？当时千岁乃说西辽冤鬼，都前来索命，不能服药，命即归阴，实与下官无干的。”包爷说：“有千岁阴魂告状，难道是假的？你说到是真么？你不知本官的厉害，断过多少无头疑案，你可记得狸猫换主三审郭槐的事情，李太后含冤一十八载，郭槐抵死不招，后来如何审出真情，你难道忘记了么？你今若不说明，难受刑法之苦，终须要供认的。”

驿丞带怒说：“包大人，今日真乃冤屈下官了，我家太师与狄千岁作对，与我何干？”包爷一想，有些口风露出了。便说：“驿丞，本官还晓得你是个好人，不忍下手。到底庞太师怎样摆弄他身亡，你且明白说来。倘若不说明，审问起来，你要吃苦了。”王驿丞一想：“包龙图这人做事到底追透骨方休。想来这平西王如此功高华宇，尚且夭亡，岂但我这小小驿官，死何足惜！太师一心谋害功臣，品行非端，况且行恶甚多，终非结局之美，我将此事说明，并非我陷害他的。焉能要我抵偿他性命，就是将我抵了命，也是前生孽障，怨尤不得的。”便说：“大人，卑职实言便了。前者狄王亲一到驿中几日，庞太师就差人送书到来，要卑职谋害了狄王亲性命。许升我一个七品官。卑职想来，狄千岁乃大宋保守江山社稷所重之臣，平日与下官无怨无仇，问心焉敢下此毒手？况且屡败西辽，皆他五人之力，汗马辛苦，不独圣上赖以匡扶，就是我国众臣民，亏他杀退番兵，方得坐享太平。此日又因太师之命难违，只得应允。拖延不行，岂知庞太师接连来书十三封，把下官怨恨。此时下官自思没有妻子绊身，定意挂冠逃走。救了千岁性命，将言告禀千岁。岂知千岁不许我挂冠逃走。过了此夜，到得来朝，他就身体不宁，说道难保性命，我只道他出口无心之说，岂料到三更后，千岁竟归阴了。实情卑职不知他如何病症，怎样身亡的，望求大人鉴察真情。”

包爷一想果然正是庞洪算弄他的。便说：“驿丞，只恐这千岁不曾死，或者有人顶替，你可知么？”驿丞说：“不然，这一天，众英雄多来送殓，就是下官也目击他入棺的，明是千岁的尸骸，焉有别人顶替下他？”

包爷听了，复出庭外，驿丞随后。包爷走到庭外，仰面观天，这颗武曲星仍然金光灿灿。又问驿丞：“这里是何所在？”王正说：“前面是百花径，再过去半里，名钓鱼墩，向正东南角就是天王庙，狄王亲停柩之所。”包爷暗忖思，这崔信之言，果然不差，这颗武曲星光辉金彩，必然英雄在世未死。故前时狄爷之弟张忠多说急病身亡，推辞相验，定然他们用了巧计。如今想来，狄青已在天王庙了。此时驿丞旁观包爷如此光景，甚是可怪。又见他仰面观天，不知何故，又不敢开言动问。

当时回步庭中，有驿子说：“启上老爷，晚膳摆开了。”驿丞尊声：“包大人，休念卑职是个贫寒下吏，况且夜深无物相敬，淡酒粗肴，多有亵渎，望大人恕罪。”包爷说：“驿丞，休得套言，本官原说过不准备酒的。”驿子对着八个排军说：“列位请来这里用膳。”包爷说：“你们去吧！”八人跟着驿子去了。包爷一头吃饭思想来，此事难办，又思王正为人忠厚，深知狄王亲乃国家倚重之臣，不从主命奸谋，立心存了功臣性命，志足可嘉。本官有日提升他官职，庶不负存心忠厚之人。此时用膳已完，时交三鼓。说：“驿丞，你且去睡罢。”又吩咐排军：“你们各人去睡，本官且独坐在此，不要你们在此。”包爷虽然如此说，众家人谁敢去睡？驿丞说声：“大人此刻只得半夜，如何坐等天明，粗俗床帐，请大人权为安息如何？”包爷说：“一夜不睡，有甚要紧！你去睡罢。”王正思量真是气闷，想他到来，真乃奇怪，是否果有冤魂告状，亲身前来，访察根由的？我今已把真情深露与他，听他如何发断？还望他不要留恋此地才好。

不题是夜驿丞烦闷，再言来日五更三点，众官员参见君王。此日上殿，包公不来见驾，今日不见他上朝，天子也不动问，按下朝中不表。

再言包爷此日吩咐张龙、赵虎如此如此。二人依命而行。王正只道包爷就要回去,岂知他又不动身,只得吩咐庖人备办早膳,有驿子悄悄来问驿丞说:“老爷,到底包大人为何霎忽到来?”驿丞说道:“包爷前来访察狄千岁的事:只为阴魂在乌台告状,他所以到来。”驿子听了心惊,说:“老爷,有这等事!幸得千岁不是老爷谋死他的。”不题驿子之言。

且说张龙、赵虎奉命打听,此时回转驿中,禀上包爷说:“小人奉命往天王庙查问,左右邻人多说,庙中有妖怪出现,现如今千岁的棺木停在庙中,四位将军守柩。别的事情,多不知道。我们又问他进庙否?众人说妖怪厉害,不敢进去参神。”包爷听了,想来说有妖怪之言,又是五人的传言作弊。本官若然直进庙中,倘然狄青不在,岂不惊觉了他?倍加深藏埋隐这英雄了。算来不知他藏在此庙否?罢了,本官自有道理。”原来包爷计策甚多,想一回定了主意。且待候至日落西山,吃了晚膳,不坐马匹,带了八个排军徒步悄悄同行,至半个时辰已到了天王庙。将已二更时候,左右人家多已闩门闭户,庭园寂静无声。此时星辉月朗,包爷又是周围观看。此庙有三大进深,四方围壁,只有庙前门,并无后户的,但是后座墙壁是南方,这壁矮些。但不知如何访遇千岁,正是:

忠心尽力匡扶国,权佞无材莫慰君。

第六十八回　包公密访探英雄　狄青埋名逢铁面

诗曰:遵师遗命服灵丹,待满灾星除佞奸。
暗隐忽逢包拯赚,英雄复又谒龙颜。

却说包公深夜来到天王庙,四周观看,只见后座墙壁低些,可以扒上。即唤过高松、张吉,吩咐这两个排军如此如此探听。二人听了暗说:“这大老爷办这事,鬼头鬼脑的,如今又叫我二人做起贼来,扒上屋顶打探，真乃可笑的。”此时张吉跪下，高松两脚踏在肩头上，张吉在地上腾腾立起身来，此名为矮子接长人。此刻高松双手扳扒围墙，两脚在他肩上轻轻一送，早已登上瓦面。四周一看，寂静无声，只得在瓦面东边，扒过西边去，静听一回，西南角隐隐有人言语声。高松又扒过西南角，果有人言语。轻轻扒开瓦块，岂知尚未扳离，早有灰泥跌下来，只得不敢动手。无奈不掀去瓦块，不见其人，只得伏于瓦面静听。

只闻一人说声：“大哥，休得心焦，我们各敬三杯，且自开怀乐饮罢。”又听一声说：“贤弟，我的心事甚烦，叫我如何吃酒呢？庞洪原与我没甚大冤仇，三番五次陷害于我，幸而屡屡不中他奸谋。虽然今日不计较这奸臣，但使我母子分离。虽然你们常常走回去探望母亲，到底使我远离膝下，不能侍奉晨昏。倘得母子相依，我也不愿拜相封王，不如乐守乡园，深耕浅耨，淡水清汤，倒也消遥自在，胜如显爵高官，忧怀不免的。”又闻说声：“大哥你那里话来？你是个当世英雄，立建功劳多少，才得玉带横腰。前日师父有言，埋名一载，到后来福禄齐天。目前灾星已满，如何还有愁烦？有日出头，定要扫平庞贼，消了大恨，方得国家安宁。但小弟前日悄悄回去，探明太太闻得目下西辽又兴兵杀来，直攻围困三关，孙秀无能抵敌，告急本章回朝，只因没有大将提兵前往，所以君忧臣愁。但得天开云雾，大哥原要领兵退敌的。”又闻说：“贤弟啊，你休得说了，我是看透世情多假局，前者汗马辛苦，今日身羁此地，想起来富贵身荣，如此浮云耳。就是征西，杀害多少生灵，虽然为国，到底冤魂结怨。今日辽兵杀进三关，我也不介怀了。”又听一人哈哈大笑道：“大哥，这句话却说差了，庞洪陷害于你，并非圣上之故，为何大哥说起此言的？”又闻说：“贤弟，我岂有不知，前日庞洪假哄奏主，我们征西劳顿一番，方得平伏，取了珍珠旗回朝，害我之谋又不遂。后来父女通线，在万岁跟前说是假旗，险些身首分开，多蒙太后娘娘救了性命。如今问罪到此，庞洪一连十三封书，使王驿丞害我，亏得王正心好，不然我命化为乌有。几番被害，还想什么汗马功劳，荫子封妻？庞贼在朝，犹如狼虎，又有宫中女子依靠，我今且保全余生。悉听朝廷自主宋室江山，岂无他人保护，就少我一人有何干系?”又闻说声:“大哥,说到此间,也怪不得你反了心,不若待小弟架起云梯到庞府把这奸臣一刀刺死,待大哥平了气,再去征西如何?”又闻说:“贤弟,这事动不得的,若行刺庞贼,必然害了近地百姓的性命,况师父前日有言,说庞贼正在盛时,奈何他不得,如今暂且隐耐由天罢了。”又有二人同声说道:“奸臣容他多活几年,少不得罪恶满盈,报应昭彰,与我观看。”又闻一人说道:“从今不必说起庞洪这奸贼,免使大哥纳闷不安罢。”众声说:“有理,从此不提这奸臣了,我们众弟兄吃酒罢。”

高松此会只闻吃酒罢,尽说交欢之言,并无别话。高松听得明明白白,才晓得包爷巧计,方知古庙中闲着几位英雄。即时打从原路,一步步扒回后庙矮墙壁招手望下,张吉一见,仍接他下来,悄悄将此言一一禀知。包公大喜,吩咐众人转回驿中,已是三更时候。这包公为国分忧,辛劳国务,有诗赞曰:

史称刚毅包龙图,大宋一人千载无。
铁面无情平素莅,丹心日月青史留。

当晚包爷回至驿中,王正迎接中庭坐下,饮过香茗。包爷说:“你们昨夜不曾安睡,你等今去睡罢。”众人齐声说:“大老爷不睡,我等如何敢睡?”包爷说:“本官有心事,你等如何得知?不用多言,去睡罢,明日早些起来。驿丞你也辛苦,去睡罢。”众人听说,各各散去,闭上驿门。包爷独坐沉吟,说:“今日知道狄青未死,全亏得崔信观看星斗,但不知前日棺中尸首何人替代?来日问狄青便知了。”呆坐一会,又想一计,不觉天明了。梳洗毕,有驿丞请安恭拜。包爷说:“王正,狄千岁在乌台告状,昨日本官已查明白了,今日要到天王庙走走就要回朝了,你须同去走走。”王正应诺。是日,早膳用过,包公上马,带了排军八个,王正随后,离游龙驿一程,到了天王庙。包公下马,吩咐张龙叩门。不要说本官在此,须说太太差来探望千岁的。张龙领命,上前叩门。

庙中李义说:“谁人打门?”张龙说:“太太差来探望千岁。”李义一想,我们常常去见太太,叫他不要打发人来,因何今日差人前来探望?到底母子之情,怪他不得。即时开了庙门,忽一队人一哄而过,包爷吩咐将庙门关闭。李义一见吓了一惊，忙道："包大人，因何到此地来？"包爷冷笑道："你们干得好事！"李义说："小将不曾干什歹事。"包爷说："你等藏了千岁，说死了。如今本官访查得明明白白，特来见千岁。"李义说："包大人，我家千岁死过已久，并非藏过他。"包爷道："你休得胡说，本官自去看来。"即唤高松先走，李将军好不着忙，飞跑进去报知。狄爷听了一惊，正在闪躲，外面来了包公。高声说："千岁，不要躲，下官来也。"此时狄爷无可奈何，呆呆看着包公，只得叫声："包大人，怎晓得我狄青未死？有劳车驾，失迎之罪，乞望姑宽。"包公说："不敢当，千岁啊，别人由你瞒过了，下官是瞒不过的。"说完呵呵发笑。狄爷默默不言。

四将又来恭见包爷。王正在旁心中暗喜，只道千岁身亡，岂知今日还在世间，果然包黑子非人可及！驿丞也来叩见千岁与四将军。狄爷说："包大人，到底你怎知下官未亡？"包公说："狄王亲，只因目下西辽闻你身故，复兴兵杀到雄关，无人抵敌，所以圣上思想于你，众人深恨庞洪。是夜崔信观星斗，见王亲星象未退，今日倒有光辉，故知王亲尚在人间。所以本官特来查访，今知王亲埋名此地，是以前来叙会的。"狄爷说："包大人，你只当狄青死了罢，访我做甚？"包爷说："狄王亲，你说那里话来？你是大宋金梁栋柱，掌持社稷之臣，世代簪缨之辈。食了王家爵禄，眼睁睁难道将宋朝基业付与西辽？"狄爷听了，说："大人啊，狄青何德何能，敢当谬赞？小将比燕子学飞，翎毛未长，偶征西辽，侥幸成功，班师回国，深沾圣恩，叨享厚禄。奸臣几番陷害，大人尽知。想来禽畜尚贪生，小将白发亲娘劬劳未报，如若被庞洪害了，老亲却倚靠何人？今日要我们出仕，断断不能了。宁为农圃，劳苦于泉壤，侍奉萱亲，免遭奸臣毒手，小将早已立下此心。"包爷说："王亲，你言差矣，你是当世英雄，因何今日反误了？庞洪由他大奸大恶，终须报应有时。狄王亲为何连圣上也怪了，不愿退兵保国的？"狄爷正要开言，有四将同声说："包大人，你有所不知，我家千岁是个忠心为国之人，无差无错，征服西辽，正思吃安逸的饭。忽然庞洪使计，把这飞龙叫杨滔认做女儿，配与千岁，希图行刺。仰感王天有眼，全叨包大人正直无私，审断明白，活了千岁性命。这样大刁大恶大奸臣，一波未退一波来，内通女儿，说珍珠旗是假的。幸得太后娘娘出头救了。不然千岁早已亡了。”此时不知包公如何答话，狄爷允肯出仕朝廷如何？正是：

奸权屡施谋人计，虎将冷灰汗马功。

第六十九回　访遇英雄包公劝仕　金銮立状国丈签输

诗曰：奸臣屡次害谋深，至此英雄灰冷心。

今日包公重劝仕，雄关方得免凌侵。

再说包公劝狄千岁之际，有四虎英雄答言：“千岁屡被庞洪施计，又说验假旗，得狄太后救了，问罪游龙驿中三年徒罪也罢，庞贼又连发书十三封，要驿丞害了千岁，岂知这王正与千岁一无瓜葛，尚然不肯下此毒手，若像庞洪的狼心狗肺，千岁久已赴归九泉了。所以今朝恩断义绝。故立心把着从前汗马功劳一齐付与流水。悉听辽兵杀到金銮殿上，自有庞洪与万岁抵敌辽兵。一兴一败，庞洪可能定夺得准，与我千岁何涉？我等情愿甘守为农，断然不去提兵的。”包爷听罢，开言说：“列位将军，休说此言。庞洪奸恶，自有下官与他理论。总之圣上无亏于你。还宜为国分忧才是。”四将说：“怎言圣上无差？听了庞洪的话，忘了千岁的大功，绑出法场处斩，不准保奏，必要斩的。这等没良心之人主，若千岁再去领旨提兵，是个无能没用之人了。圣上若然知我等在天牢，愿吃一刀之苦，再要我等征西，断断不能了。”包公说：“列位将军，你言差矣！句句言来，非为忠君爱国之语。”转声又说：“王亲大人，凡人生天地，须要忠孝两全，才得名扬四海，方是豪杰英雄。圣上虽然差了，还宜体谅，历代厚沾国恩，狄王爷你岂不明此理的？”

又闪出驿丞也上前解劝。千岁嗟叹一声说：“包大人啊，我众目昭彰，说已身亡了，而今忽然枯树逢春，岂无欺君之罪？庞洪又有嫌隙可乘了。”包爷说：“这也不妨，下官自有方法的。”四将说道：“只要包大人保得定，庞洪没有得计害千岁才好。”包爷说道：“如今谅这奸臣再不敢了。”转身又问王驿丞：“这庞太师的来书，如今还在？”驿丞说：“启上大老爷，这十三封书多是来人带回，并无一字留存的。”包爷说：“这老奸臣果然厉害也。狄王亲，下官还有请教，前日庞洪要害你，你依然在世，怕他什么？何必作弊潜踪？这是什么缘故？”狄爷就将王驿丞说知算计，想起王禅老祖吩咐之言，尊命依计，细细说知。包爷听了，微笑说：“下官从不被人愚的。如今算来，却被你欺了。若非崔信观星斗，怎知道王亲在此！”狄爷说：“包大人，你也查防得机关巧密，下官在局中了。”包爷笑道：“下官不办疑难事情，谁人可办？狄王亲若不去提兵，谁人敢当！”狄爷说：“大人，虽然如此，但下官身亡已久，今又说复生，圣上跟前如何陈奏？”包爷说：“只消如此如此便不妨了。”四将听了一齐说：“包大人，你平生是个铁面无私的，如今也要存私了。不知欺君罪律若何？”包爷说：“列位将军，本官也不过为着国家军事重大，不得已权行耳。”四人笑道：“小将原乃是一时取笑，大人休得见怪。”狄爷又说：“大人，这是驿丞心存忠厚，不听庞洪用计害人，小将日后不忘他恩德。”包爷说：“是，下官也知他是个忠厚人。”王正连呼不敢。

此时包爷叮咛五位英雄，来日依计而行，抽身作别。众英雄送出庙门。驿丞拜辞千岁弟兄，回转驿中。包爷也不到游龙驿，直进归回京城。

却说英雄闭上了门，张忠说道：“这包龙图果然忠心为国，用心访出大哥，算来妙计如神的。”刘庆说：“如今我们原去提兵调将，把辽国踏为平地，才知道我们弟兄五虎的英名。奏凯回朝，然后取决这老奸臣。”狄爷笑道：“你休把西辽看得太轻，今此兴兵，非比前日，雄兵猛将，倍加厉害，胜败尚难预卜的。”不题五将之言。

且说驿丞回至驿中，大笑不止。驿子在旁说：“老爷是吃了笑药么？”驿丞喝声：“狗才，胡说！快取茶来！”此时驿丞想来思去，说其事乃奇哉也。那日目击千岁尸骸收殓在棺，只道皮消血化已久，岂知今日尚在世上！总是令人难测的事，来到此间，真乃好笑，大抵皇天不负栋梁材。不题王正心中欢乐。再说包爷快马行程，不归自己衙门,转见崔信,细谈此事。崔爷说:“包年兄,这平西王埋名不出,全赖你访出来。但是圣上跟前,如何陈奏?”包爷说:“下官先言狄青乌台告状,自称命未该终,皮未化,肉未消。要小弟救他,请旨开棺,原用三生法宝,假称还阳之说。”崔爷说:“但是一年之久,只妨圣上不准信,便如何?”包爷说:“小弟一力担当,料必准奏的。”崔爷说:“如此全仗包爷年兄之力,若得平定西辽,皆年兄之功也。”二人哈哈大笑,包公辞别回衙。

次日上朝见驾,各官朝罢,行列分排。圣上开言说道:“目下西辽兵困三关,朕命呼、庞二卿会同武职文臣连朝议得如何?”当班中闪出庞国丈,庞洪奏说:“臣奉了圣上旨意,叙会众臣,只因未曾议妥,再容臣等议妥,奏闻便了。”天子闻奏,龙心不悦。净山王呼爷正欲开言启奏,包公俯伏金阶,说:“臣有事奏知。”天子说:“包卿,莫非与朕分忧,有何计议退敌,快些奏来。”包爷说:“臣奏为狄青昨夜在乌台告诉为臣,称说屈丧幽灵,飘流阴府,恳臣救取他还阳。臣说他已经亡久,骨肉已消,救不及了。狄青又说命未该终,皮肉未化,必要臣力救他的。臣不敢自专,今特请旨定夺,然后开棺。”这句奏言,国丈在旁听了,暗暗心中想来,人死即成僵尸,如若过了七日,皮肉多已消灭了,纵有救法,也救不活了。如今已有一年,任你三生法宝厉害,料想不能成功。

此时仁宗天子,一来见边关危急无人退敌,正在思念狄青,二来这包龙图的说言,总是信服的。即忙传旨包公说:“狄青有鬼魂告诉,如此包卿能救取还阳,是包卿大功,倘若一救他还阳,即来复旨。”包爷说:“微臣领旨。”嘉祐王正要退班。左班中又闪出庞国丈:“臣也有启奏,臣思从前包拯说过,凡人屈死者七天之内,可能救活还阳的,如若过了七天,就救不得活了。如今狄青死去已有一载,虽云皮肉未消,还防日久已是焦枯了。倘救不活狄青,包拯应有妄奏开棺之罪。不是臣之多言,想是萧何定律,万古无更,若然圣上不定开棺妄言之罪,朝廷法律,是不行于臣下也。”嘉祐王听了庞洪之言,把头略略一点说:“庞卿,这句话何用你多言。包卿不是等闲之官,岂有妄言哄朕之理?且待开棺之后,救不活,然后定罪不迟。”包爷奏道:“陛下,臣今立下开棺罪状,免得国丈心中挂怀罢了。”天子说:“救活了御弟,是包卿之功;倘救不活,且待开棺,事后罪与不罪,寡人自有定见,何须你们立状!”包爷说:“容臣立状,然后开棺,好待国丈放心。但臣救活了平西王,国丈也要如何?”嘉祐王说道:“便降他三级,罚俸三年,以补包卿救活功臣大功。”天子即命内侍取出文房四宝。包公想:“如今庞洪倒运了。”当时国丈也想救不活狄青,杀了包拯,肆无忌惮了。内侍此时取出文房的物件,包爷提笔,立了开棺罪状。书完,在开棺状脚下立了花押。包爷说:“请国丈书立花押。”庞洪就在降三级下鉴了花押。包公呈上御案,圣上一观,即命内侍收过,吩咐退班。

各官员退出午朝门。包爷说声:“国丈,劳你同去天王庙,看下官救取平西王,你意下如何?”国丈便说:“包大人,你是个正直无私的君子,有何私弊?况且救活狄王亲,总要见面的,决不能拿一个假的来调换欺骗圣上。老夫不得闲工夫同大人前去。”包公一拱作别,不去越发更妙了。转声又问:“那一位大人同去看看?”有净山王呼延赞说:“包大人,你从前说过,如若生人碍目去催促,就救不活了,因何今日要人同去帮助起来?”包爷微笑说声:“老千岁,生人假如碍了眼目,待救不活狄王亲,下官又正了国法,妄奏开棺之罪,老国丈岂不快哉?”呼延千岁呵呵笑说:“本藩也有此心,众人一同去看,连得包大人正了立状之法罢。”带笑作别,各回衙门。不知救活狄千岁否,不知后来如何?正是:

英雄今日灾殃脱,奸佞他年法律亡。

第七十回　包龙图立状开棺　武曲星埋名又现

诗曰:佞臣恼恨救英雄,当殿签输立状同。
　　妒嫉生成心性僻,勋猷千载别奸忠。

却说包公当殿与国丈立了开棺降级罪状。是日,回转府中,吃过早膳,就时带了八个排军,拿了三件法宝,不过要遮人耳目。又取出白金二锭一百两,交排军周胜收贮。一路到了游龙驿。这二锭银子,偿给王驿丞,王正即时欢喜,说道:“包大人显见不是白食的人了。”此时包爷先到了游龙驿,坐了一时,然后启行,一路往天王庙而去。

先说平西王狄青对着四位弟兄说道:“这包龙图陈奏,圣上不知准奏否?倒使我心中疑惑。”张忠说:“大哥,小弟想来包公说话,圣上一定准信的。但不知他何日领旨开棺,好待大哥复谒当今。”飞山虎说:“待小弟去探听一回,便知明白了。”狄爷说声:“贤弟之言不差,还防有别位官员同来,好待本藩预备的。快些去罢。”当时飞山虎驾起席云去了。只有四弟兄,又是言谈一会,这刘庆早已落下庙中,步进中庭,说道:“如今包大人来了,只有八个排军跟随,并无别位官员同来。”弟兄五人言谈之际,不觉日落西山,天色将晚。

再说包公一路到了天王庙。只见庙前站立四虎英雄。此时张忠、李义、刘庆、石玉,只因此间狄千岁吩咐他四人多在庙门首俟候包公到来。当时包公到了庙门,滚下马鞍,四位英雄恭迎接庙中,排军八人马夫进庙中。关闭了庙门,包公吩咐马夫不必进来,且在外厢伺候。这个马夫不知何意,说道:“里面是狄千岁停棺之所,大老爷到此何干?”众人多也不解,各有猜评之言,也不多表。且说包爷直进庙中,狄爷抽身迎接。二人见礼,又有四虎弟兄来参见包爷,已毕,一同告坐。狄爷又问包公如何陈奏,圣上准奏否?包爷就将奏知圣上准旨开棺,复与庞洪立状,一一说知。五人同声称谢。狄爷说声:“包大人,小将乃一介武夫,大人如此周全,未知何以为报?”包爷说:“狄王亲,何出此言?你我乃是同僚一殿之臣,既为臣子,食了王家俸禄,须当报效国家。为君有事,为臣当代其劳。古云:文臣执笔安天下,武将提刀定太平。狄王亲啊,目下西辽复动干戈,必须你们提兵,方能平伏。况且你隐居此地,终无了局,趁此机会,前去见主领兵,退却西辽人马,建立功劳,封妻荫子,方为豪杰英雄。”弟兄五人闻包爷劝勉之言,应诺作谢。刘将军又奉茶一盏,六人谈论许多言语,不能细述。

且说天王庙外,左右附近居住百姓,原是人烟稠密之所,又近王城,内有好事之民,打听得包爷往天王庙要救活狄千岁,所以一人传起,远远扬名。明日你我同约来庙中观看,不知多少人民。且说是晚,包公与五虎弟兄用过夜膳,众排军马夫多有小席赏赐。包公又叮嘱四将开了棺盖。虚设一个救尸的所在,待来日倘有众官,以便遮人耳目。四人答应,备办去了不表。此夜众人不睡,也有一番言谈,不多烦载。到次日天明,包公叮嘱狄爷装着死而复活的形状,又命李义取唤一乘八抬大轿伺候不题。此时狄爷包公犹在庙中谈说,此时仍闭着庙门。

且说来朝,众百姓多少队伍,前来到天王庙外等候言谈。有说:"狄千岁死了许多日,岂不皮消肉化了,如何包大人也救得活?"有说:"狄千岁闻他是阴魂告状,所以包公奏知圣上来救他。倘若狄千岁不该死的,自然皮肉未消化的。"有众人多说:"包大人真乃神人也,断过多少疑难公案,审明多少冤屈事情,如今又救了千岁爷。"此时众百姓越来越多,约有千百人,纷纷讲论,挨挨挤挤,拥满天王庙外。只见庙门紧闭,众人只好呆呆看着等候。一会不见动静,内中有几人等不耐烦的,将庙门犹如擂鼓的一般,乱打乱喊道:"里面差官老爷,望乞快些开了庙门!"里面排军张吉、高松听见庙外喧哗、大喊,不住地打门。心中大怒,喝声:"这里什么所在? 你们敢大胆在此喧哗? 还不快些走。"有刘将军在里面出来,众排军禀上。刘庆说道:"这些百姓,知我们老爷死了,所以来欺藐的,且出去惊散他罢,笑笑便了。"连忙起来席云,出了庙门。只见众人在庙外,群群队队,不下数百。飞山虎落下云头,大喝一声,犹如天崩地裂。这些百姓早已一惊。又喝道:"你们不要走,我奉了狄千岁包大人命,前来捉拿你等。各打三十大棍。你们快开庙门,来帮我捉到庙内。"排军高松也是个莽夫,把庙门大开,高声答应。此时众百姓恨着爹娘少生两脚,顿时走散,犹如风卷残云。顷刻间,庙门首一个也不见了。刘庆、高松大笑,仍进庙中,复闭庙门。

此日狄青吩咐办酒,与包公二人对饮。四将同府下人仍有赏赐。众人取膳。只作昨晚救活千岁的。如今庙门大开,早上来的百姓都被飞山虎吓惊散去,再也不敢来了。有些未曾领教过的,所以又是成群结队的，一路多到天王庙而来。多少说说笑笑的言论。天王庙内有妖魔厉害祟人，劝说不可前去的，这乃胆小之人。内有胆大的说道："既有五虎英雄居此，如今又有包大人在内，岂惧这个妖怪？"当时众民又是一班挤挤拥护而来。庙中包公、狄爷用酒膳已毕，抽身一同出庙。众民远远跑开，个个一齐跪下叩头不住。狄爷一见众民如此敬重，心中大悦。包爷远远观看百姓不住叩头，个个欢容喜悦，也觉心花大悦。包公、狄爷并马行程，洋洋得意。包公对狄爷说："狄王亲，你看这些百姓，尚然心迹好，因何庞洪生成这样心肠？"狄爷说："包大人，这奸臣虽然狠毒，但报应不远了。下官师父之言，却是不差的。我今何必与他较量，大人你道是否？"包爷说："王亲之言不差。"又传命百姓不必跪送，不要喧哗，当时众民渐渐散去，二位大人一路起程。狄爷只因未有家将在旁，这衣箱铺盖让发夫挑回，庙中日用什物不带回去，就给与王驿丞，王正一程相送二位大人。包爷吩咐不必远送，驿丞自归驿中去了。

又有张忠私到天王庙见那老乡民说声："老丈先归，千岁起程去了。再得余生，皆亏包大人之力。本官又来，非为别故。"这老人一见将军，连忙下跪，张忠扶起。老人说："将军到来，有何吩咐？"张忠说："某家前时蒙老丈指点，今日千岁复活回朝了。但庙中日用什物，千岁不带回府中，约值白银四百余两，某家一心赏与老丈，见你如此贫寒，岂料千岁早已给了驿丞官，但庙中还有杉木棺一口，是上好的棺柩，本官待你扛抬回来，也值三百余金。"老者闻言，心中大悦，便说："将军爷，但小民全无功劳于事，怎好受这至贵之物？"张忠说："老丈，这不相干的，此棺虽好，千岁已不要了。"老人大喜，拜谢张将军赏给，请扛夫到庙将棺抬回店中。张忠一程赶路，回了王府。按下狄爷慢表，张忠慢题。

又言狄府老太君一自孩儿远别，天天思念。说："孩儿隐居天王庙内，如被浮云遮盖，不知何日扫开云雾，复见月明，免使母子天各一方。虽然四将常常来往，说我儿安然无事，只是老身放心不下。前时王禅老祖说我儿灾晦一年，如今算来，已有一载，为何我儿还不出头？"此时太太正在心中烦闷之际，忽见这莽夫焦廷贵进来哈哈大

笑,不知何故？下回分解。正是:

母子情原难离别,弟兄义重不分离。

第七十一回　活英雄国丈忍气　复君命包拯抑奸

诗曰:英雄灾晦已消除,不复埋名暗隐居。

妒嫉奸臣深忿恨,君前立状又惭输。

前说老太君正在思念孩儿之际,忽见焦廷贵飞跑进来,大笑不止。说:“千岁爷已复活重生,目今转回府了,小将特来禀知。”太太一想,前日我孩儿依着师父之言,暗隐瞒着焦廷贵,因何他忽然知了起来？太君也是会意的人,假作不知,开言说:“焦廷贵,我儿死了一载,为何你讲起此话来？”焦廷贵说:“太太你却不知仔细,如今将军刘庆,现在府中,说与小将知道的。”太太闻言,说道:“既然如此,你快些请他进来。”焦廷贵出外说:“刘将军,太太请你去相见。”刘庆说:“我去见太太,你在外厢伺候千岁回来罢。”焦廷贵应允。又唤声:“老孟,你也出府堂来同等候罢。”孟定国应允。焦廷贵说:“老孟,我家千岁死了一年多,只道尸骸消化了,阴魂去别处投了胎,那知道今日复活还阳！难道一年之尸皮肉尚然不化？老孟,你道稀奇不稀奇,古怪不古怪？”孟定国说:“原来你尚不知其详说。早间刘将军说千岁吃了王禅老祖的灵丹,所以尸骸月久年深,不消化的。今又得救活还阳,多亏包公之力。”焦廷贵听罢哈哈大笑,说道:“原来是他师父赠灵丹与他吃了,故得尸骸不朽。实由千岁命不该终。”不表焦、孟之言。

且说飞山虎进内见了太君,将崔信观星斗、包公访查到驿、他昨天奏明圣上准旨、包爷救活还阳、如今一同到府来了、千岁先差小侄回来一一禀知。太太听了大悦,说:“真也难得:包大人使我母子相依,真乃感恩不尽。”太太正在言欢之际,又有丫环报说:“千岁爷同包大人已进府了。”太太听了,连忙转身出外。狄爷下马,先拜谢包爷,包爷还礼毕,然后叩拜母亲。太君说:“孩儿,为娘不用你叩礼了,且叩谢包大人罢。今日母子重逢,皆是大人之力,谅必见罪,君王宽宥,深恩厚德,母子永远难忘。”包爷说:“太太,你那里话来?大宋江山,皆仗令郎之力,总是一般为国,一殿之臣,下官不过为主分忧,免使辽兵猖狂,有何恩德呢?太太休要重言过奖了。”此时四虎、焦、孟俱来参见过包爷。与千岁分宾主坐下,家将送过香茗,太太开言说:“包大人,我儿近日与国丈无什大仇,因何屡次生心来陷害老身?总不明其故,还望大人公事公办,把前日奸谋,奏知圣上。如若不奏明天子,若是这奸臣再用毒计陷害,倘然又把我儿陷害了,叫老身倚靠何人?况且狄家香烟断送了。”包爷说:“太太,若论庞洪此番再害千岁,原可驾前陈奏明,奈他十三封书,并无一字留存于驿丞。无据无凭,难以陈奏,老太太且忍耐,不用忧愁。庞洪有日落在下官手里,定见除灭了他,下官今日当心压制,决不使这奸臣再施诡计,有害千岁的。”又说:“狄王亲,凡死而复生者,精神及不得往常,下官来日上朝陈奏,你调养三天,才得上朝见驾。”狄王亲称谢,当下包公告辞。五人同说:“大人,再请少坐,用杯淡酒如何?”包爷说:“不消叨扰了。”顿时别过狄爷母子。五位英雄殷勤送出包爷回府,弟兄又言谈一番。独有焦、孟二人,非凡大喜,即将灵位拆毁了,奉到火德星君里去。又有厨人排开筵宴,四虎、焦、孟在中堂同席,母子在内堂吃酒。太太说:“我儿,王驿丞有恩于你,日后不可忘他。”狄爷说:“谨领母言,孩儿自然不忘他的恩。”按下母子之言不表。

再说庞洪在府中,想来狄青已死过一年,因何又在乌台告状,想包拯虽有救人之法,但是七天之内可救,今则已有一年,料他未必救得他活,到底放心不下,又差家人去打听。是晚,独坐书房,这时家人回复:“启上太师爷,包大人在天王庙救活了狄千岁,早间已回归王府去了。”国丈闻言大惊,说:“罢了。你这黑贼,老夫与你无关无犯,因何与我做尽对头?狄青有何好处?你必要把他救活?”此番气得庞洪忿怒难消,通宵不睡,直至四鼓将残,闷沉沉带了四名家将,一路来到朝房内。

各官未到,又来了包大人。包爷把手一拱,说声:“老国丈请了。”庞洪说：“包大人请了。你来得早啊，老夫请问大人，救平西王的事情如何？”包爷说：“全叨老国丈的福庇，狄王亲已得再活还阳也。”庞洪说：“这与老夫何干？此乃大人神手也。”包爷说：“国丈，此刻没有别人在此，下官有句话告禀。”国丈说：“大人有何言语？老夫请教。”包爷说：“国丈，狄青乃是太后娘娘嫡侄，老国丈乃当今内亲，算来乃有亲亲之谊，一殿之臣，何苦成仇，有伤情面？况且目下西辽又兴兵侵犯，退敌安邦，全仗他之力。老国丈，世情须要看破一二。古道冤家宜解不宜结。”庞洪听了，说：“包大人，此言差矣，狄王亲身死，又不是老夫谋害了他的。大人因何与我讲起这话来？岂不可笑！”包爷说：“国丈，你虽不加害他，还有些误国奸臣，将他算计，若没有下官，谁人救活得狄王亲？倘然施计破折擎天柱，今日边关退敌，倚靠什么人？”正说之间，又来了众王爷大臣，各各见礼毕。众人说：“包大人，闻你神手，救活了平西王，真乃国家之幸也。此皆是大人功劳。”包爷说：“岂敢，此乃圣上洪福齐天，下官功劳何有？”众大臣说：“包大人，你那里话来！若没有大人，狄王亲如何得活？此乃大人功劳不小，如今狄王亲不死，国家有赖了。”包大人说：“列位千岁，这狄青虽得再生，但是惧怕奸臣算计，难保性命之虞。故不肯提兵破敌，自愿为农奉母隐居埋名。下官再三劝解，奈他执意不肯应承。这等想起来，难道有奸臣把他谋害死的？列位千岁，我想他在生之时，威威烈烈，那有一病俱无，即死了的？”众大臣说：“大人所疑不差，他原是死的奇怪，但不知何人将他暗害了，大人何不向他问个明白。”包爷说：“下官也曾再三动问，他总不肯直说，只言日后自然明白的。”众王爷说道：“原来如此，但言狄青做人倒也不错，但不知那个妒嫉奸臣狗畜类将他谋害起来？”你一句我一句，众王爷大臣骂不绝口，国丈在旁，真好气闷也，只是敢怒而不敢言。

停了一会，金鼓三响，天子临朝。金炉烟渺渺，銮殿瑞纷纷。文武官员序爵，进朝参见毕，分列班行，天子龙目看见，左班中包爷侍立，即开言说：“包卿救取狄青事体若何？”包爷说：“臣启陛下。”即出班奏道：“臣奉旨救取了狄青还阳，他果然尸骸未烂，臣用三生法宝，已是灵验，如今救活还阳了。”此时天子闻奏，龙颜大悦：“狄青既然复生,即宣来见朕。”包爷奏道:“但他徒罪未满,而且精神未复,不便见驾。望吾主龙心详察。”嘉祐王说:“如今恩赦狄青无罪,令其调养精神,即着包卿引见寡人。”包爷说:“微臣领旨,但臣还有启奏。前日臣所主开棺罪状,救取狄青不活,罪及微臣。如今狄青已活,臣已无罪。国丈立状,还要圣上处分。”天子正欲开言,庞洪连忙出班奏道:“臣启陛下,包拯虽说救活了狄青,但今还未见面,口说无凭,伏乞我主圣裁。”天子一想说:“这老头胆寒了。”即传旨,且待狄青见驾之后,然后处分便了。天子拂袖退班,群臣各散。国丈回衙,闷闷不悦,想了一回,满胸怀恨着龙图包拯不题。

且言各位王侯大臣,一心欢悦退朝,齐到狄王府来探候。狄爷一闻,吩咐四虎弟兄,若有众官员来探问,只说本藩身体尚未安宁,且容另日相见,四将听了,即传言出外,此时众王爷大臣,闻四虎之言,各回衙去了。有潞花王早已明知狄爷埋名隐避之由,又因前时太太说明王禅老祖点化他儿子埋名,免得太后思侄伤心,此时潞花王也回宫中。母子大悦,另有一番言语。也不多载。

且说狄爷候到了三天,包公来到狄府,面见狄爷,说:“狄王亲,你来日见驾。如若圣上问起因由,怎样身亡,一来无凭据,扳不到庞洪,二来倒也牵连王正了,此事不必提起的。”狄爷说:“大人之见不差。”包爷辞去,不知次日见主如何?正是:

厚道忠臣存厚道,狼心奸臣果狼心。

第七十二回　输立状庞洪降级　承君命五虎提兵

诗曰:妒嫉奸臣失便宜,君前降级把忠欺。
害人害己诚何益,千秋难免臭名遗。

再说狄千岁等候至来日五更时候上朝,到了朝房,早有众王爷文武大臣已到了。即齐来观看还阳虎将,人人拱手称贺。同说:“王亲死中得活,全亏包大人之力,苍天不负英雄,复得圣上效用,实圣上洪福齐天。”狄爷拱手说:“列位千岁大人,我小将年轻愚昧,小小与国家出力,不才感蒙列位大人抬举,焉敢当此谬赞。”众人还要有言相问,忽听得轻敲龙凤鼓,缓撞景阳钟,天子登坐,金銮文武官员按爵进参圣主已毕,此时文武大臣,个个纷纷入朝房,有平西王在午朝门外伺候。包公奏知圣上。天子在朝,有值殿官传了万岁旨意。有文班中闪出包爷,说:“臣包拯有奏,如今平西王狄青,精神如昔,现在午朝门外候宣。”天子闻奏,即降旨宣进来,不一会平西王上殿,参见圣上,说:“罪臣狄青见驾,愿吾主圣寿无疆。”天子说声:“御弟平身。”包爷在旁一想,从来圣上不曾叫过御弟,今在用人之际,叫起御弟来。

此刻嘉祐王把狄青一看,颜容不过如前,原来嘉祐王自闻狄青死后,日日怀思,君臣间别已久,今日重逢,心头大悦,说:“御弟啊,你前日征伏西辽,功劳不小,及早君臣共享荣华,朕因一时之怒,忽使君臣两地分开,朕悔莫及。前日闻卿身丧,朕心好不栖惶,只道今生难得君臣再会,亏得包卿救你还阳,此乃寡人之幸。”此时思量圣上也会说好话,狄青听了,说:“圣上啊,微臣深沐君恩,粉身难报,蒙我主赦臣斩罪,发配三年,罪完之日,深望再观天颜。臣岂料到驿中未久,却被冤魂作祟,一命归阴。阴府阎君细查生死轮回,却知臣命不该终,只因杀生太重,致冤魂不忿,特着臣一年在阴界牢守鬼关,一载方得还阳,后来阎君给文与臣命,将引道至乌台告状,又得包龙图救活还阳,又蒙君恩,赦臣无罪。圣上洪恩,为臣难报万一耳。”包爷一想他的鬼话倒会说的。

天子听了微笑,说:“真有此事也奇了。御弟你征西杀人,原觉太多,但辽王无礼,要侵夺朕之江山,杀贼无辜,由他所以,至今又起兵攻三关,非御弟不能退敌,今幸御弟还阳,仍要劳你往三关退敌。”狄爷说:“臣启陛下,念臣年纪尚轻,智略俱无,朝中还有别将可以领兵,臣实无能,不堪当此重任,诚恐有误国家大事,罪在不赦,乞赐微臣归籍,足感陛下龙恩不浅矣。”天子说:“御弟你狄门世代为官,忠心报国,永留忠义之名。御弟你今在朝,虽有君臣之别,算来乃是骨肉之亲,如今你乃国家内戚,还不与寡人出力,再有何人与朕分忧?若然御弟果是无能之辈,也不差你去提兵。今日西辽兵将,厉害非凡,雄关外一带州府城池俱已失去,目下雄关有燃眉之急,你不提兵前往,谁人敢当此重任?望御弟勿辞此劳,火速提兵去解了三关之危,与朕分忧。如若退得西辽兵马,国家安宁,朕心才得放下,回朝之日重赏厚禄,以报卿劳。"狄爷思起用人之际,说尽退归之言,料想推辞不脱,只得说道:"微臣领旨。"龙心大悦,仍加封平西总帅,该用将兵多少,任卿主持可也。

左班中忽有庞洪有奏。天子说:"庞卿又有何事奏闻?"庞洪说:"臣奏前验过珍珠旗是假的,西辽王原有欺君之罪,今次若不伐尽西辽,我国久留后患,而且别邦效尤,伏乞圣裁。"天子一想,这句话也不差,即降旨狄御弟,说朕如要灭尽西辽,我心不忍,可命御弟将假旗倒换真旗回朝,以抵欺君之罪。如彼不从,然后再征伐未迟也。狄爷说:"臣领旨。"国丈在旁,心中暗喜。此时天子降旨,内侍速往库房,取出珍珠旗,交与狄爷,天子正要退朝,早有包爷出班说:"臣包拯有奏。"天子说:"包卿有事且奏来。"包爷说:"臣奏救活狄王亲,庞洪该降三级。"天子见有主状在先,只得依奏。批庞洪暂降三级,就此退班。众朝臣退出午朝门外。

只说平西王回到王府,六位将军迎接进内,同见太太,就将此事说明。太太开言说:"儿啊,为臣原要报君恩,既然圣上差你岂能违逆?早日成功,可慰娘亲之愿也。"狄爷说:"母亲啊,孩儿如今此去非是半年三月,久久总要三年两载,方得还京,儿并无挂虑,只有娘亲在此,无人侍奉,实是放心不下。"太君说:"儿啊,自古尽了忠时难以尽孝,你娘虽老,身体尚康健,不要把为娘挂在心头。"众弟兄多说:"老太太之言不差。"当时狄爷定了出师良辰。一面行文与兵部,挑选十万精兵,自有四虎将同焦、孟弟兄同往破敌,不用别挑战将了。来日又往各王府以及崔信、文爷、包公众大臣府中辞别叙谈。不能一一细说。次日又到天波府,拜别佘太君。也是一番叙话不表。

狄爷又到南清宫,见了姑娘,说明领兵缘故,辞别原由。太后只是恨着庞洪,说声:"侄儿,这庞贼如此凶狠残毒,少不得报应有期。但你又要提兵解围,此去须要事事小心,愿你马到成功,早早回朝。"狄爷说:"承姑娘训谕,不敢少违。"潞花王说道:"表弟啊,你有王命,万事且自丢开，待等奏凯回朝，这奸臣有了破绽，必要降了当道虎狼，班中才得宁靖安然。”狄爷说：“表兄之言有理。”狄太后又吩咐排开酒宴，表弟兄对饮用酒已完，狄爷辞别，回归王府。

再说庞洪自降了三级，终日恨忿包公，原是又因救活了狄青。想了一回，即忙修书一封，悄悄打发家人，前往雄关送与孙秀。叫他留心打算，害这狄青。自言用尽千方百计，摆布他不得身亡，如今实算他不得了，贤婿可有妙计，须要摆算他。原是包拯救活这小畜生，不日提兵即到了，书意如此。即着家人投递去了。前日孙秀告急本章，请旨掣回，此时天子因何绝不提起？只因前日正在停征罢战之时，并且未选得能人去掌管。如今原有五虎将兵前去，所以仍着孙秀守关。好歹自有狄青承当，所以至今无掣回的旨意，不题。

再说狄爷奉旨提兵，换这珍珠旗。此时是六月天时，正值炎天暑热，所以行军稍缓，若是边庭危急之际，顾不得天寒暑热了，即要兴兵。如今是停征罢战之时，耽搁多几天，也是无妨碍。是以狄元帅发兵之期，定于立秋之后吉日。光阴迅速，已到立秋，此时狄爷不敢再缓，不觉已是七月十一日。狄爷先来辞别圣上，又往各衙辞过众大臣，又行文兵部，点兵伺候。兵部即时挑选强健雄兵十万，都在教场上伺候去了。狄爷又令焦廷贵、孟定国二将，可往教场上收管，众将即往南清宫别过潞花王、狄太后，又有一番小心嘱咐之言。潞花王说：“表弟，此行须要小心，舅母在此，自有为兄照管，不必操怀。”狄爷应允称谢。此后狄太后母子与狄爷有许多言语，不能细叙。当时拜别他母子，回到府中，与四虎、焦、孟一同进内，拜辞了太君。当时太太只为孩儿出兵，须要吉彩的，只得强忍别离珠泪，再三嘱咐孩儿，又叮咛六位将军，众英雄一同连声答应，安慰太太一番。府堂上又排上酒筵，各将用过了。有石将军说：“千岁，小弟也要到赵王府去别过母亲、岳父母，即回来的。”狄爷说：“贤弟正该如此。”石玉即时离了狄府，一程到了赵府中。拜别母亲与岳父母，又拜别郡主，也有叮咛分别之话，不能细述。不知后事如何？正是：

母子分离因国务，夫妻间别立军功。

第七十三回　救三关五虎兴师　言讥诮兵部忿气

诗曰:英雄五虎到三关,奉旨提兵破敌番。
忠佞不知反惹气,言讥语诮恨心烦。

却说小将石玉到赵府拜辞母亲、岳父母,相辞郡主,赵千岁吩咐备酒饯行。石玉饮过数杯,即时拜别。赵千岁送别时,叮嘱贤婿一番,回到狄府去了。此夜,狄王府众将军多是不睡,直至五更,伺候元帅到教场去。到了天将黎明,狄爷顶盔贯甲,骑了现月龙驹,真乃威风凛凛,气宇严严,传令众将,同下教场。前有四虎英雄,跟随左右,后有焦孟二将相随。狄爷的人面兽、穿云箭二宝,被飞龙毁了,只在天王庙所得开阳宝镜带在身边,以备应用。此时众王侯文武,奉了万岁旨意,多往教场内送别。平西王此时十万雄兵早已伺候了。是日埋锅造饭已毕。元帅吩咐四虎将军将教场人马一一排开队伍。元帅点兵一万,着孟定国为前部先锋;健卒五千,与焦廷贵为后部解粮。四将各带一万,分为四队,元帅自领四万,偏将百员,分排已毕,祭过大旗,三声炮响,上马登程。旗分五彩,大兵次序进前。众大臣一齐相送,狄元帅一概辞谢,马上一拱作别,有众官各转回衙。狄元帅大兵一路向雄关进发。

话分两头。却说雄关孙秀,前时自得接岳父的来书,说狄青身死,日日开怀,说尽多少欣幸之言。纵是西辽兵今者忽来攻打,好不心惊。前时有本回朝,只望圣上掣回,这范仲淹与杨青常常叹惜伤怀,可惜他年少英雄,定国安邦大将,宋室江山全凭他五人保护。岂知享禄无多,忽遭暴疾身亡,何其天不佑英雄也!狄青死去,尸肉未寒,西辽兴兵杀至雄关,危急可叹。那孙秀奸臣无能之辈,常常免战高挂。有本告急回朝,不知圣上差点何人为将?因何本章一去两月余,全无消息。不知圣上怎样主张?不提杨、范之言。

且说孙兵部天天盼望掣回的旨意。是日,接到国丈的来书,拆开一看，惊得目定口呆，心焦火起。说狄青一死，我孙爷已是千欢万喜，何故包拯黑贼定然救活了他的。如今仍旧提兵到来，国丈书中说不能下手害他，叫我焉能摆布得来？想这狗头死了一年，尚然活了，料想他命不该死的。且待他来，先退了辽兵，然后再算计他罢。急忙打发来人回京去了。

又说狄元帅未起程之先，早有书到来。杨、范二人一见狄爷之书，大笑欢欣。范爷说道："狄青重生，国家之幸也。杨老将军，下官想来，这包公之力，实是能人，狄王亲死去一年，可以救活得来，倒是一桩奇事也。"杨将军说："是哎，我也想他已经死了一年，这包龙图还有此手段，能治他还阳，真乃神人。但今日五虎将领兵来，西辽人马倒运了。"不表二人喜悦。

再说狄元帅大兵，分为五队，孟定国为开道先锋，一万人马，一路涉水登山，一日忽到了雄关。时正值八月初旬，是有探军飞报入关："启上大老爷，如今圣上差发救兵到来，狄王亲统领四虎大军，雄兵十万，已离二十里了。"孙秀听了，无可奈何。杨、范二人率领千百把总与各偏将兵丁部下，戎装披挂，出关迎接。

停候一会，六队大兵，次序而来。解粮官焦廷贵在后面，还离关二十里。五队中内有探子报说："启上元帅爷，今有孙大人、范大人、杨将军出关迎接。"元帅听罢，传令张忠、孟定国五将择地安营毕，元帅即出队伍中。一见三人伺立，滚鞍下马，孙秀免不得拱手，呼声。范、杨二人见了狄爷，彼此春风满面，色动颜舒，说了几句套谈。四人同步进关，到了帅堂上，分宾主坐下，各询请平安之言。孙兵部说声："狄王亲，前日你命归阴府，今又得重生，乃是当今之福，仍得五虎将全，今朝领旨，复大破西辽人马了。"狄爷听说微笑，说声："孙大人，本藩为人，只是对面相，有这些冤家仇人，多怪本藩，巴不得我早死一天，有人称快多一日。却有忠肝赤胆的包龙图，只为兵戈复起，圣上日夜忧闷，孙大人无力退得辽兵。但有章乞求圣上掣回朝中，又无猛将雄兵，所以包龙图救活了我。如今又令提兵，但是下官无能，难当此任，倘有差迟，还望大人周全一二才好。"孙秀就问："狄大人，你说那里话来？你两次杀尽西辽人马，想他闻风丧胆了。如今大人救兵到来，一定旗开得胜，马到成功。”狄爷说：“孙大人，若是忠心为国之人，恨不能我等杀尽西辽，得除国家后患。岂知有这些奸臣狗党，怪着本藩，巴不得我们杀败，死在沙场，方得称心足意。倘若杀败西辽兵马，就不遂奸臣之志，岂非是没趣?”此时狄爷几句冷言，反把孙秀说得羞愧起来，暗暗想来，原乃指名骂他，心中好不气忿。只是不能以争辩，呆呆不语的。范爷听了元帅之言，冷笑说：“狄王亲，你言果说得透知不差也。”杨将军说道：“虽是这些奸臣，心迹不端，后头必得祸由自取。自身必不免为刀头之鬼，子孙为盗为娼。”此刻，杨青几言，越骂得残毒。孙秀脸上红光无言。默言已久后，便说：“这些话，说他什么？只要王亲大人自己无差，忠心报国，就虽战死沙场，也落得千载芳名便了。”

说言未毕，军士已排上酒进来，四人坐下。席间，酒至半酣，说起西辽兵戈事情，孙秀只是心中带愧，全无话可言。杨将军又开言说：“孙大人只晓吃酒，说闲话的，辽邦人马，厉害强狠，问他无益，辽将英雄枭勇，只是免战牌高挑的本领而已。”狄爷又说：“孙大人，虽然你职掌了雄关之主，自应出敌破番。因何总凭他们猖狂，倒要挂起免战牌来？非但自己无威，中原失势，杨元帅九泉之下，也无光了。”这几句话，说得孙秀更加羞惭满面，忿恨在心，不怨自身无本事，只恨着包龙图救活这冤家，倒来讥诮于我，叫本官如今怎有面目，受得他们乌气的，但愿他死在沙场中，还要打算这包黑贼两个冤家，本官断断容不得的。狄爷又问：“孙大人，看你是烈烈轰轰的，因何反惧畏这辽兵人马，难道辽兵将比你还凶狠么?”孙秀说声：“狄大人，下官须蒙圣上调守此关，乃是文家出仕，手无缚鸡之力，焉能与番人对敌?”狄爷听罢笑道：“孙大人，不是这说。常有言‘将在谋而不在勇’，孙大人身虽不勇，且喜谋多。何不立一计谋退敌？如今大人又无一谋可发，想来枉食君王俸禄，直于孙子一般也！困守雄关无主，只管急告朝廷，求请万岁掣回朝中，今日仍要本藩提调救兵到来，你乃应该坐享太平，我等原是本当沙场劳苦的?”孙秀闻此一番言语，羞愧得面上无光，好生气闷，强说道：“大人前事丢开，休提罢了。”狄爷说：“孙大人，并非本藩怪着你，只有误国奸臣，谋害多端，心中残毒，来算帐于我。倘然下官一朝遭其毒手,今日那人提兵到此,这三关光景,目击难以保守了。孙大人只有高挂免战牌的本领,万一辽兵势大攻破三关,圣上江山难以保守,大人之罪难逃了。你道奸臣妙计,可害下官否?”孙秀听罢,低头不语。范爷、杨青看见这孙秀如此光景,默默无言,只得做个和事之人。范仲淹说声:“二位大人,从前的事,今日不必多提。你看天色已晚,安排明日之事,早些下了文书,然后开兵,完了国务罢。”狄爷说声:“有理。”即时再酌同飧。是晚,众将三军,多有酒席犒赏,不必烦言。不知来日开兵,胜负如何?正是:

五虎大兵称锐敌,辽邦猛将果倾消。

第七十四回　破大敌宋辽对垒　立功劳石玉交锋

诗曰:大宋江山稳保牢,英雄五虎立功劳。
精兵勇将辽邦主,不及天朝大国豪。

话说狄元帅带领精兵十万,前来救解三关围困,是日到了雄关,孙、范、杨三人与元帅接风洗尘。是日吃酒,天色已晚,不能投递战书。到了次日,狄元帅批了战书,即差飞山虎前往投递。再说辽邦主将麻麻罕,攻至三关数月,只因天气炎热非凡,不能开兵,是以吩咐大兵屯在关外五十里。如今候至秋天了,正欲打算开兵,忽有战书下来,麻麻罕看过了战书,满腹狐疑说:“奇了。西辽狼主说狄青已死,因何书来又是他领救兵的?”想一番说道:“莫非中原没有勇将,把这死过狄青图名来欺压本帅的?罢了,我不管狄青在与不在,明日总要开兵,看他何人上阵,试试中原将士本领便了。”即时批回书,明日交锋,打发来人去了。飞山虎回关呈上回书,狄元帅看毕,早已着令其四将,把人马安排,明日正是中秋十五日了。关中众将大小三军,候至三更时分,狄元帅吩咐埋锅造饭,众将兵用完,时交四鼓。众副将满身披挂,多是刀枪利锐,盔甲鲜明。直至五更天明,随着焦孟将军听候元帅将令。停一会天色尚是黎明,帅爷升帐,众将参见已毕。但见元帅好不威严，坐下中军虎帐。真乃大宋栋梁朝臣。正是：

掀天揭地英雄汉，烈烈轰轰大丈夫。
平西扼掌三军任，五虎头名国栋梁。

狄元帅左右，是四虎英雄，气冲雷霆。下边焦、孟将军遍体神威。兵丁队伍，肃静无言。当时元帅说声："列位将军，本帅有言嘱咐，须当牢记。"众将齐说声："元帅，有何吩咐良言，小将等岂敢有违！"元帅说道："西辽王几次要兴兵侵犯我邦，如今还防他将兵厉害，较胜前时。众位将军虽然骁勇，须要小心，不可倚仗英雄，轻敌致败。又不可畏怯，不敢奋勇直前，须要见机退敌才好。倘若违令，军法森严，难以姑宽。"众将连声诺诺。

言未了，有军士启上元帅爷，今有辽将讨战。元帅闻报，即拔令箭差孟先锋带领五千精兵开兵迎敌，须要小心。初次交锋，须要取胜为锐。孟将军说声："得令！"顶盔贯甲，手提大刀，飞身上马，炮响三声，大开关门，五千健卒随身，一马冲出关外。跑到阵中，孟将军抬头一看，只见番兵列成阵势，这石天豹生得头大颈粗，青脸浓眉，眼如鸡卵，鼻似莺儿，两只兜风大耳，一连下颔无须，身长九尺，腰大数围，坐骑犹如木牛，独无二角。提着两柄金锤，威风杀气。一见孟定国，大喝："宋将通下名来！"孟将军喝声："辽将听着，俺乃大宋天子驾前、平西大元帅麾下、正印先锋孟定国是也，你也通个名来！"石天豹说："俺乃新罗国王驾下飞虎大将军铁金刚大元帅麾下、大将军石天豹也！"孟定国喝道："你既是新罗国，向与天朝无隙，因何今日帮助叛逆西辽侵犯上邦？全无国法，还不及早收兵回去，倘然天兵一动，教你片甲无回，悔恨已晚。"石天豹喝声："南蛮休得胡说！你邦狄蛮子把西辽人马杀尽杀绝，又逼献珍珠旗，太觉狂妄了。我邦兔死狐悲，物伤其类，故允借兵复来报仇。既是狄青未死，他不出来对敌何故？你这无名小卒，不是本将军对手。倘然断送了你，只道本将军欺你无名下将！"孟将军大怒喝声："番狗，休得狂言，与你分个高低！"催开坐骑，大刀一摆劈下来。石天豹双锤架开。两边战鼓如雷。二将刀锤交对，大杀一场。番将果然骁勇，战到三十回冲锋。孟定国想本这番将果然厉害，杀他不过了。只得架开双锤，带转马大败回关。

飞山虎在关前大喝一声："番狗，休得逞强，俺刘庆来也。"长枪当心就刺。石天豹架住相还，原来元帅明知辽将厉害，犹恐孟定国有失，故先差刘庆在关前接应。此时刘将军与番将斗杀到三十余合，看看抵敌不住，说声："石天豹，你不必赶来，今日刘将军有些不快，明日来取你狗头。"拍马趋走。番将逞强，大喝："不要走！"飞马紧急追来。刘庆一想这番将果然厉害，待我用计断送了他。即带转马来笑道："石天豹，看俺刘将军的法宝，取你石天豹！"对面勒住了马，抬头一看，早被刘庆一枪，照定心窝刺去。石天豹说声："不好。"闪得快，才被他长枪已刺在腿上。忍痛难当，大败而逃。众兵看见主将挟伤，只得逃走回营。刘庆不追，得胜回营交令。元帅上了他头功不表。

再说石天豹受伤，败进营中下马。麻麻罕一见石天豹行走不便，即说："石将军，因何这般光景？"石天豹说声："元帅，小将中了南蛮计，先与宋将孟定国交锋，已经杀败他逃去后，跑来一将，自称刘庆来接应，亦已杀退奔逃。小将即时赶去。可恼这狗蛮诡计多端，住马说用法宝来，小将勒马看一看，已被他长枪刺过来中了腿，在马上疼痛得急，用力不便，只得败回来交令，望元帅恕罪。"麻麻罕说："石将军，胜败乃兵家常事，何必着恼？石将军你且往后营养息。着取金枪药，敷于伤处，不可勤劳，保重身体，且待痊愈了，然后再作道理。"石天豹说声："多谢元帅。"即往后营去了，不表。

当下麻麻罕想了一会说道："久闻大宋狄青五虎之名，英雄无敌，所以屡屡杀得西辽大败。如今石天豹败了头阵。本帅手下还有三员勇将的。也罢，明日且与他见个高低便了。"到来朝五鼓，宋营用了战饭。狄元帅差石玉出马领兵五千出关讨战。麻麻罕闻报，即差大将哈天顺，带领番兵一万，杀出营前。石将军举目看见这番将，生得奇形怪状，犹如夜抓鬼一般。二将各通名姓，双枪并举，两马交腾。这石玉乃仙传的枪法，这番将须然本事高强，焉能及得石将军？战到五十个冲锋，却被石将军架开绰婴枪，回手一枪挑于马下，割取首级。喝令兵丁杀上前，把番将杀得犹如风卷残云一般，辽兵伤了一半，余剩四散奔逃。败残小卒飞奔入营说："哈将军阵亡了！"麻麻罕闻报大怒，说："有这等事？"叹声："哈将军哎，想你为将在本国也是英雄好汉，自夸本事高强，今日一战身亡，想这狄青果然名不虚传，伤了一将，杀了一将，又伤了许多人马，如若不杀尽五虎，有何面目转回邦国?”若问大凡为将，必要智勇双全，方能统领六师重任。如若有勇无谋，乃匹夫之勇耳。这麻麻罕无非仗个英雄骁勇，谋略全无，必要生拿活擒天朝五虎，自出狂言，轻敌甚矣！后来大败而回，此非为将之才也。后话休题。

到次日早饭方完，忽有小番报上宋将讨战，一味猖狂辱骂。麻麻罕听了即大怒，遂令通迷领了五千人马出敌，冲到阵前。李义一看见来了一队番兵，为首一员番将，耀武扬威。见他身高一丈，膀阔腰粗，年方四十外，黑脸乌发，好似汉朝周仓再世还阳，手提一柄镔铁宣花月斧，坐下一匹赛乌龙驹，一程跑将过来，不通名姓，提起大斧杀来。李将军长枪急架，二将催开战马，各拼高低，杀了一场。沙场内但见烟尘滚滚，关营中只闻战鼓冬冬，三军战杀，助威挡敌。两员大将，冲杀到八十余合，通迷抵挡不住，只得放马逃生，李将军追赶番兵，死者甚多，李将军得胜收兵回关。正是：

辽国英雄虽猛勇，天朝五虎更强雄。

第七十五回　张将军出敌斩辽将　焦豪杰林内救英雄

诗曰：龙争虎斗动干戈，辽王贪心自伤多。
邻国借兵仍败阵，原来失利是新罗。

却说李义杀败了番将通迷，收兵回关缴令。次日，张忠出马讨战。番官通迷败不甘心，仍复出马飞跑出营，与张忠搭手交锋，一场龙争虎战非凡。张忠本事高强，杀得通迷招架不住，勉强支持，杀得两臂酸麻，汗如珠雨。此时，通迷想来不好，拨开大刀放马逃走。张忠把坐骑一催，紧紧赶上，马头撞马尾，把番将军头砍马下。宋兵杀上前把番兵砍杀，犹如斩瓜切菜，五千番卒杀得四散奔逃。张忠得胜回营，狄元帅大喜，记了功劳。吩咐将首级号令，埋葬尸骸。

慢言宋将庆贺功劳，再表辽邦主帅麻麻罕只见败残兵卒逃回，报说通迷被杀，此番气得麻麻罕无明火高了三千丈。说声："罢了！从前西辽国狼主说狄青已死，故我狼主允准借兵差俺前来夺取中原，平分天下。岂知狄青尚在，将勇兵强，连伤我两员大将。况石天豹腿伤未愈，如今只有达脱一人在此，他的本领与通迷二人差不多。如若点他出阵，须防难以取胜，还防有失。如何是好？"正在气怒间，达脱上前叫声："元帅勿气，莫言小将本事低微，小将出马定然擒几员宋将回营的。"麻麻罕笑道："将军休得夸能，待本帅亲自出马还可抵敌得宋朝军马，你且守住大营。"达脱说："元帅既然用小将不着，小将在此何用？不如还邦去罢！"麻麻罕说："将军，并非本帅用你不着，只为宋朝五虎果然厉害，将军出阵未必成功的。"达脱说："元帅，不是小将夸口，来日出马不拿捉得宋将回来，非为大将也。"麻麻罕说："既然如此，明日开兵便了。"此时，麻麻罕又修了两道本章，一道呈于西辽狼主，一道达奏新罗国王。差人两路分途而去，按下休题。

再说麻麻罕想来宋朝五虎将，但闻名声传到新罗，到底不曾上阵交锋，直至今朝方知中原五将果然骁勇，杀得本帅阵阵损兵折将，今日达脱虽然夸口，犹恐他未必取胜得宋邦五将。麻麻罕日日愁怀，满腹纳闷，昏昏过了一宵。次日，张忠讨战。达脱即上前说："元帅！乞付三千人马，待小将出战如何？"麻麻罕说："将军既要出阵，你且点三千精兵，须要小心临阵才好。"达脱说声："得令！"即去顶盔贯甲，乘高头骏马。原来这达脱也算新罗国一员上将，生得凶恶异常。一张鬼脸犹如朱砂，狮象鼻形，身高九尺，头如斗，耳如梳，年方三十，小海下短短红须。当时领了三千铁甲军，拿了钢刀，上了花斑豹，飞出阵前，番兵随后。张忠看见来得辽将凶恶形容，各通姓名，两口大刀相交飞舞，一高一低，一来一往。正是：

将逢敌手难分胜，战过平交弗辨输。

当下二员勇将各逞神威争战。原来这达脱在麻麻罕跟前夸了大口，要把宋将活捉回营，献显手段。岂知扒山虎厉害非凡，那里敌得他，只好杀个平交。麻麻罕在营中想来，犹恐达脱有失，即传令鸣金收兵。自此之后，达脱与中原四将，日日轮流交战，各无胜败，将战一月。此时已是十一月，狄元帅只恐再去征西粮草不足，即令焦、孟二将往各处催粮去讫。

又说麻麻罕想来，达脱虽然夸口要捉拿宋将，岂知一个也拿不动。且亏他战斗一月，不打败仗。此时，石天豹腿伤已愈，上前说声："元帅，小将前日被刘庆所伤，待我出马活擒了他，报了一枪之恨。"麻麻罕说："将军你且调养，腿愈方可出阵。"石天豹说："小将伤处已痊愈了。"麻麻罕说："既然如此，阵上须要小心。"石天豹说声："得令！"带领五千人马，英气凛凛，坐名要刘庆出马。飞山虎亦不介怀，请令带兵跑出阵前。二马穿梭，双枪并举，战了五十余合。刘将军看看招架不住，伏鞍大败，拖枪回营。幸有石玉出了阵，提起双枪，飞马接应，大喝番奴，即来截杀。战有四十余合，石天豹气喘少停，抵架不住，即纵马败走回营。笑面虎追赶不上，只得回关。此时，辽邦一帅两将，宋营四将一帅，又战半月，胜败参差。只有辽兵受伤者多。

这一天，麻麻罕打点，亲自出敌。吩咐二将把守营中，带了一万番兵出营讨战。关中闻报，扒山虎出阵，看见这员番将身高一丈，面如黑漆，手执大刀。二将答话通名，催开坐骑，战了五十合。原来铁金刚麻麻罕乃是新罗国一员头等上将。所以，国王差他提兵调马，帮助西辽。此时，张忠败了，欲走回关，心急意忙，竟向荒郊败走，麻麻罕拍马如飞赶去，笑面虎上来掠阵，飞马来助张忠。达脱又冲出辽营挡住石玉交锋，杀了七十余合，方得战败达脱走了，各自收兵。石将军回关，禀上元帅说："张将军与番将交兵败了，反向荒郊而走，番将追赶去了，不知下落。小将正欲上前助战，又被一员番将接住交锋，战了半个时刻，方得他败走。所以，小将来禀知元帅，有要接应否？"元帅道："不知他败到那方，何处去找寻。刘将军你有席云之技，如今你可即去寻着他接应帮助。"刘庆得令去了，顷刻驾上云端飞往。

此时，又说张忠一路飞马败走，麻麻罕紧紧如飞追赶一程，已有二十余里之遥。张忠且败且战，喝声："番狗休得赶来！"麻麻罕喝声："南蛮还不下马受死？"拍马又紧紧赶来。多是一派荒郊野地，树木森森不见人烟之所。张忠此刻被他赶得浑身冷汗淋漓，只得回马提刀大喝："番奴，你今要怎么的？"麻麻罕说："南蛮，本帅要取你性命!”张忠喝声:“胡说,某乃天朝将士,怎肯失手于你。也罢,与你见个高低!”即时,再战到六十多合,张忠到底招架不住,枭开大刀,仍复败走。这麻麻罕逞威大喝:“南蛮那里走!”拍马又追来,有数里路途。张忠正在急忙叫救之际,只见树林内赶跑出两个人来,乃是少年大汉。一个脸如紫色,额广头圆,手执铁钢叉。一个生来脸白神清,口方鼻直,手拿长枪棍。二人大步踩开,赶出茅林,大喝:“何人敢在此处大呼小叫?”张忠一见二人,说:“我乃本邦虎将张忠,后有辽将追赶而来,望乞二位英雄救援,感恩不浅。”二汉说:“原来如此,将军休得着急,且住马在此,我们抵敌。”二汉步迎大喝:“番奴休得逞强,试试我们手段!”一柄钢叉、一条铁棍乱打,这麻麻罕见他是步战,不分前后的打刺。张忠也来帮阵,三人来围住,麻麻罕大败而逃。张忠正欲追赶,两个大汉说:“将军休赶,这番奴少不得有一日擒拿他的。”

此时,张忠连忙下马,放下钢刀,深深拜谢二位英雄,说:“小将若非二位相救,必伤于番奴之手了,理当拜谢。”二位英雄说声:“将军休得如此,路见不平,拔刀相救,个个皆然。况且,将军乃朝廷大将,我等乃本国小民,理当救援的。”张忠说:“某看二位英雄,气宇轩昂,必非等闲之辈。不知二位上姓尊名,住居何处?乞道其详。”这紫脸英雄说声:“不敢,小的名唤天凤,下姓萧。父母双亡,四方凋零,住居就在前面这带平阳地,采樵度日。”张忠说:“此位是你令弟么?”萧天凤说:“非也,此人姓苗名显,表字楚江,倒是一个官家公子。父亲苗学深就在关外双龙汛做个守总,如今亦已身故,单留母亲、妹子。后来,房屋被火烧得干干净净,一贫如洗。自小他与小的厚交不浅一如同胞,是度日艰难的。他所以投了我的生涯,双双入山采樵谋生。”张忠听了,叹道:“英雄不得志,涸水困蛟龙,信不诬也。”苗显说:“张将军,你看太阳已渐渐归西,回关却有三十余里,不若往茅舍宽宿一宵如何?”张忠说:“承蒙苗兄美意,只防元帅在关悬望不安,实要回关的。”萧天凤说:“将军你若回关,只恐番奴在于要路埋伏,终归不美。不如请往草庐,权过今宵,明日天亮,小的弟兄护送回关如何?”张忠听了,想来麻麻罕果然骁勇,倘然在要路埋伏,就不妙了。不若在此权宿一夜，来日回关也不妨碍。主意已定，说声："既承二位如此见爱，某家领命便了，只是叨扰不当。"不知二位英雄如何答应话言，如何结局，再看下回。正是：

英雄运至离茅野，圣主昌明得将星。

第七十六回　遇英雄张忠劝仕　逢勇汉元帅收留

诗曰：山林埋没二英雄，运未亨时困乏穷。
今日将军蒙救援，他年功绩受王封。

当下萧天凤、苗楚江说："张将军何必谦言，请上马去罢。"张忠说："二位不坐马，某家也自便步行走了。"即时提刀带马而行。二人前行引道，行走路程不多，只见平阳地一间茅屋。苗显说："这边来。"推开门直进。张忠答应，随步进去。萧天凤接刀带马，拴绑在屋边树下，然后进内放了大刀、钢叉。三人告礼坐下，略谈数言。苗显进内说知母亲，立刻烹茶，三人用毕。苗显说声："哥哥，天色将晚了，你去备办酒肴来与将军用夜膳吧！"萧天凤答应去了。即时买着鱼肉等回来，与苗母炊烹。不一会，里边拿进酒肴，排开桌上，燃点明灯。二英雄说声："将军，寒门无甚佳味可敬，淡酒粗肴，不过聊且充饥。如此不恭，将军休得见怪。"张忠笑道："二位如此说来倒也言重了，张某已承搭救，感激不尽。今夜又来叨扰，着实不当。小将是个大老实人，不说套话的。"萧天凤说："既然如此，请坐了。"三人坐下，苗显满斟美酒，殷勤奉敬。

酒至半酣，二人问起一向交锋事情，张忠细细说知。二人听了，呵呵大笑说："久闻五虎英雄，杀得西辽大败，君民所赖以安。可恨辽王不自揣度，又动干戈，又劳众位英雄费粮动兵，扰乱人民，真乃辽王可恼。"张忠说："为臣须当尽忠报国，某看你二人气宇不凡，人材不俗，正在年少青春，因何做这樵客，自轻埋没了英雄，真乃可惜。"二人说："不瞒将军，小的兄弟一般勇力，而且向日学习过武艺了，欲图效用，恨无提拔之人。只好困守乡流，樵耕苦度。”张忠说：“二位若果有高飞之志，这也何难引荐，待某说知元帅，收录你兄弟，同心协力，前去平西。倘你建立下功劳，岂不胜过樵采度日。”二人说：“若得张将军肯力荐提携，小的弟兄情愿执鞭左右。”张忠说：“二位那里话来，少年英俊，正当建功立劳，显扬父母，方为豪杰。有功劳同为一体，何必谦言。”此是席间，初见情深，言语甚多不能细述。

且说苗显之母周氏，在内厢门偷看张忠，见他人才出众，气概轩昂。想他五虎平西，名声大震，我女儿已有二十二岁了，只为家贫，耽搁的未对亲。趁他与我儿说得投机，若是他未有妻室，女儿得配此人，必有夫人之分。等一会孩儿进来，周氏笑而述说此事。苗显说：“母亲，他乃天朝上将，妹子乃民家之女，不知允否？待孩儿试探问他罢了。”他出堂坐定说：“张将军，你数年立下汗马功劳，不知有几位夫人？”张忠听了笑道：“因何苗兄问起这句话来？劳劳碌碌的马上功夫，那有闲暇干得这件事情。所以，今日犹是一身，没有妻房陪伴。”苗显说：“将军真是英雄，从不贪图女色的。但是，古话有言，不孝有三，无后为大，后嗣之继人所重也。”张忠听了，点头说：“苗兄言之有理，待我公务完了再议此事便了。”张忠之言，苗母里边听得明白。停一会，苗显进内。周氏叫声：“孩儿，此时交兵之际，不必提起此事了。且待日后身安兵息，再与他商议罢！”苗显应诺：“孩儿还有一言告禀母亲。”周氏说：“你也不必多讲，为娘早已听得明明白白。早间，张忠叫你与哥哥同去投军，扶保宋室，若要去时，由你去的。有了功劳，岂不胜作樵夫么！”苗显说：“母亲，孩儿去了，还防日食不敷，妹子无人照管。放心不下，如何是好？”周氏说：“这也何妨，前时被火之日，你妹子还留得金环一对，金镯一双。少有了还值百两银子，母子已有三年日子可给了。”这苗家既是一贫如洗，因何还有二金器？只因二物是小姐平时随身常戴用的，所以，被火奔逃之日，只存二物。今日得来彩头，作日给之费，也是他们之幸。当时，周氏说：“你弟兄是个英雄汉子，恨没有提拔之人。今日既有机会可乘，理当出身图功业，若有了寸进，不独为娘免受辛劳，你爹爹在黄泉也心安了。”苗显听了娘言，诺诺答应。转出来悄悄将母言说知萧天凤，商议来日同到雄关。是夜安排张忠睡了。按下慢表。

却说刘庆奉了元帅将令打听张忠,在云端已经看得明白,不与张忠相见,即回关禀知,元帅听了想,这二人能退麻麻罕,必是英雄之汉。留宿张忠,必然义气相投。且待来日他来,试看武艺高低,量材取用便了。不题元帅之言。再说茅屋英雄是夜母子弟兄谈言一会,然后睡去。次日天明,苗显出去换金镯、金环,完备了粮米食物之类。安顿娘亲度日,叮嘱妹子奉侍母亲。翠鸾说:"哥哥放心,妹妹领令。但此去刀兵相对,二位哥哥须要小心。"二人应诺。张忠几次催促,周氏抽身出外说:"托张将军照管两个青年。"张忠说:"老人不必挂怀,小将在内,自然以手足相看的。"此时,日出已高,早膳用过,张忠急提了大刀,说:"我三人就此告别。"他二人说:"请将军上马!"张忠说:"我坐马你步行,如何使得?"二人笑说:"将军,你坐马我步行比你脚力更快。"闲言休絮。萧天凤拿钢叉,苗显执了铁棍,叫声母亲:"我们去了。"三人出门而去。

苗母在门前望不见三人之影,方把柴门关闭。翠鸾说:"母亲哎,我想两位哥哥是个英雄汉子,奈无人提拔。今幸张忠到此,同去投军,但愿有了功劳,得了官爵的。"周氏说:"女儿,所以为娘由他去了。"不表母女之言。再说三位英雄一路无阻,到了沙场。只闻战鼓喊杀之声,却是李义与麻麻罕交锋正在不能招架。两员步将与张忠杀到,把番兵乱砍,刀斩叉伤棍打,一同杀进垓心。大喝番兵休得逞强,一齐动手。麻麻罕见了,吃一惊,把大刀就劈。那里挡得四员大将兵器使起,四英雄刀叉枪棍乱刺!这番将心中慌乱,拼命逃出,拖刀大败。幸亏得达脱接应,挡了一阵,一同败走回营。众兵丁伤不少。他们把番兵大杀一阵,尸首堆积如山。众人说:"我们不免拼力杀上前去罢,抄了番营,再去见元帅!"此时一齐杀进番营,正遇达脱,被萧天凤一叉刺于马下。张忠三人杀进兵营,兵将纷纷落马而亡。石天豹见此光景,料不能保守,只得弃营逃走了。此时辽营内,尸骸堆积如山,刀枪军器抛弃沙场,番兵四散荒郊。张忠合宋军收拾了粮草军器马匹,然后放起火来,把番营烧得干干净净。宋兵被伤甚少,此时单走了麻麻罕、石天豹二员番将。李义便问二位英雄尊姓大名,因何而至。张忠就细说其情由,李义笑说:“昨日刘庆打听回来说,有二位英雄退了麻麻罕,二哥方得无碍。原来是二位,果然本事高强,乃圣上的洪福,故得二位英雄帮助。且请进关,待元帅记录功劳。”四人同进关去,整理队伍,刘庆、石玉接见,各通名姓,欢叙言谈不表。

张忠进见元帅,将路遇两英雄的搭救详细,一一禀知。元帅心中明白,吩咐传进两位英雄:“待本帅看他两人生得气宇如何?”张忠领命,传进二人。此时,李义、刘庆、石玉,引了二人,一同进内叩见。元帅爷说:“二位少礼,请起罢。你二人是中原百姓,还是西辽子民?”二人禀道:“小的是中原百姓。”元帅又问:“你们平日作什么事情。”二人说:“元帅听禀,我二人自小是金兰兄弟,胜比同胞。只是一般家业全无,樵采度日。西辽屡屡侵犯,时时欲立功劳,因无人引见。昨见番奴追赶张将军,不意杀败的,非是我弟兄之功。如今,只望元帅收录帐下,我兄弟得随执鞭左右,图得出身稍有寸进,免得负薪之苦,元帅恩德无穷矣!”元帅正欲开言,李义、刘庆禀上元帅说:“小将军正开兵,被麻麻罕杀败,正在招架不住。又得二位英雄帮助杀退,一同踹破番营,杀散番兵,烧了他营。所得辎重马匹甚多,只逃走了麻麻罕未曾拿住。”元帅听了大喜,不知收录否?正是:

只因虎将败郊野,至使英雄出困途。

第七十七回　破辽营狄元帅奏功　败番将新罗国添兵

诗曰:新罗番将铁金刚,狂逞英雄独擅强。
今日败回威灭尽,弱邦何必动刀枪。

当下,狄元帅听了樵汉助杀番兵,打破番营之因,心中大喜,说:“难得二位英雄本事高强,樵采度日,埋没了英雄,岂不可惜。今日你二人已有功劳,如若立志,图个出身,这也何难!且随着本帅同心协力去平西,有了功劳,班师回朝之日,奏闻圣上,自然加官受爵以赏劳的。”二人听了大喜，一同叩谢元帅收录：“蒙元帅收录，我弟兄愿效犬马之劳。”此时元帅又记了二人功劳，令他帐下调用。待再立功时，然后奏知圣上受职。又给发盔甲器械马匹，二人谢了元帅，是晚摆宴庆功，收拾番营粮草等物，掩埋尸首，大犒三军。是夜休题。次日，捷音回朝，奏闻圣上。只因时值三冬，纷纷大雪。其本章大意只言天寒地冻之候，待来春和暖，即发大兵平西，倒换珍珠旗回国。但新罗敢借兵于辽王，甚属无礼。并伐新罗可否？请旨定夺。捷音飞报回朝，此话慢表。

再说焦孟二将，前时奉了元帅将令，各路催粮已有两月，早得军粮十万。是日，带进关缴令，与萧、苗二人各通姓名，说明来历。也不烦言。有范爷、杨青，见元帅退了番兵，洋洋得意。独有孙秀纳闷昏昏。狄爷见孙秀闷闷，索性取笑他几句，便说：“孙大人，你是当御连襟，名说君臣，实乃至戚，应该为朝廷出力。因何由西辽兵杀至关下，袖手旁观，高挑免战，听凭辱骂。自己的威风全灭，反长他人志气。下官不提兵到来，辽兵杀进关中，大人将宋室江山付与辽人。难道悉听辽王做了君，大人做了臣，你虽称快，独有忠臣烈士怨恨大人的。”这番言语几乎气死了孙秀，即说：“狄王亲，下官是个无能之辈。做此官，乃是圣上所命，又不是我自家要来守此关的。若是狄王亲容我不得，听凭你处决本官罢，何必用许多絮絮叨叨的话，难道没有一些同朝之谊?”狄爷听了，微笑道：“此乃大人容我不得。”孙秀说：“怎见得下官不容于你?”狄爷说：“大人，若要人不知，除非己莫为。大人何必问我，自家所为，只问心是了。大人，你岂不知么？古语流传说得好：欺人即把上天欺，劝你莫行私谋事，举头三尺有神明。”孙兵部听了数言，口也难开，抽身关内去了。悄悄写了一书，暗地差人送带回京交岳丈开看此书。只因他在着雄关，害他不得。狄青讥诮，又难以算计害他，要求国丈请旨掣回。

住语两头。话说麻麻罕大败奔逃，十万番兵败残全走，只剩数百兵，几员战将。又不见了达脱、石天豹，二人不知生死。大营已被烧破了，只得收拾残兵，回归本国去了。

先说新罗国王。从前麻麻罕有本章回国，狼主看了大怒，狄青如此厉害，欺人太过。正要打点添兵帮助，幸有几位大臣奏说：“我邦原与大宋相和，于今辽王与宋朝争战，前来我国借兵，然而狄青已许与西辽战，不是与我国争锋，原不是他来犯我国，我主却兴兵帮助西辽，此乃我国无礼于大宋。伏望狼主勿以西辽为重，而反轻天朝。如若添兵，万万不能，伏乞狼主三思。”国王听了众臣一篇有理之言，所以渐缓添兵之意。是日，忽见麻麻罕败回，国王怒气冲冲：“可恨狄青藐视孤家太甚。如今，不准群臣之奏，管什么中原上国，纵然我国不动干戈，狄青也不甘休了。趁他未来征伐，我先兴大兵前去，与他见个高低，就是兵粮不计及了。”定了主张，仍差麻麻罕提兵，挑选十二员战将、副将二百员，精兵十万，务要活擒中原五虎还邦。“待孤家看看狄青怎样人材，如此厉害。把他碎尸万段，方消孤恨。”麻麻罕领旨出朝，挑选十二员将，名：其青龙、其青虎、殷光灵、龙飞海、牙里波、乌山罗、哈成寿、沙面虎、爱金雄、韩恩宝、哈成福、怛怛温。

这十二员战将多是青年猛勇、英雄无敌的将军。内有牙里波是通迷之子，非但英雄好汉，而且是花山老祖的徒弟。法力精通，有呼风唤雨、撒豆成兵之术，烘天雷的法宝，要与父亲报仇，愿随麻麻罕出兵。此时，麻麻罕点了十万精兵，择了吉日，拜辞狼主，向汴梁进发。按下慢表。

又以说西辽国王，前次接到麻麻罕的本章，心中大怒，即宣秃狼牙问明：“孤家差你前往中原，探明狄青身亡。你还邦奏说，他已经死在游龙驿中。因何今日麻麻罕本章说狄青还在？兵又败了，又欺君误国，哄骗孤家，绑去砍了！”秃狼牙此时分辩不清，亏得几位大臣保奏，将秃狼牙贬去看畜牛马，劳苦不堪。按下不表。辽王又想麻麻罕将勇兵强，因何仍然杀败。既不能取胜，新罗不能助我国，麻麻罕必有本章回邦，为何国王置之不理。此时，辽王日日烦恼心焦。未满二日，又闻飞报，方知麻麻罕杀得大败，逃回本国去了。狼主一闻此事大惊，长叹道：“孤只说大宋杨府英雄伤尽，杨宗保死后没有能人。所以，大兴人马，抢夺他江山。岂知，中原又有狄青五虎，非常骁勇，屡次杀得我国无人敢领兵前往。飞龙女儿去行刺他，岂知反被他害了性命。秃狼牙通线庞洪，如今还在，只落得新罗国损兵折将罢了。

若夺不得大宋江山，狄青五人，孤家总是容不得的。必要分碎其尸，方消孤家心中之恨。”有度罗空出班说：“臣启奏狼主，前日有星星罗海之弟，名唤兀格松，见臣说，在家得师，教习武艺，已有几载。武略精通，要为胞兄报仇，不惧中原五虎。故臣令他试演一回，果然枪法精通，英雄勇猛。伏惟狼主宣他上殿，看察人才如何？”

此时辽王正在用人之际，闻奏准之，即宣他上殿。不一时，兀格松上殿，朝见狼主，赐他平身。一看这兀格松，生得虎腰戟眉，脸紫发赤，一双环眼，头如斗大，口阔无须，狮子大鼻，颈下还有八尺身高。狼主看罢，心中大悦，开言说：“卿家，你今年纪若干？”兀格松说：“臣年已二十有四岁，星星罗海是臣胞兄。”狼主说：“你也是国家大将，不做官是何缘故？”兀格松说：“臣年纪尚轻，只图玩耍之乐，不愿为官，只是在家侍奉母亲。臣有千斤之力，前数年又得师父教习武艺。前日，哥哥死在狄青之手，爹娘闻到双双气死了。所以，微臣深恨狄青入骨，立志要杀完五虎将，方消胸中之恨。”狼主听了，心中大喜，命他把武艺当殿试演与孤家看看。兀格松口称领旨，就在殿前演武一番。武略精通，枪法奇妙，狼主心花大开，众臣称赞，即日加封灭宋大元帅之职，领兵十万，前往新罗国，再请添兵助将，共除五虎，夺取大宋江山，平分天下。兀格松授了总兵之职，就有许多武将官员前来称贺，属下武官多来参见。这番将立心报仇要紧，过了三天，点齐十万兵马，辞了狼主，一意登程，先往新罗国。

未到新罗，路逢麻麻罕，说起情由。麻麻罕说：“本帅如今奉了狼主旨意，再领雄兵十万，健将十二员。今日中途相遇将军，同心协力，共擒五虎，本帅洗了前败之耻，将军雪兄之仇。务要同力向前，有功于国。”兀格松称说：“元帅之言有理。”即令队伍向三关进发，尽是山岭崎岖。行罢，又是沙漠烟瘴之地。连行十余天，还未到雄关。不知两军对垒如何。正是：

莫道天朝多勇将，且看下国有雄兵。

第七十八回　荐勇将辽主复兵　伐新罗宋军大战

诗曰：新罗党恶助辽邦，大战奔逃兵将伤。
弗悔自非反恨宋，雄师复起战争场。

慢表西辽与新罗合兵一处，往三关进发。先说中国汴京庞国丈，忽一日接到孙兵部来书，满心不悦。是日，又接到狄爷本章，料也瞒不过去，只得勉强奏知圣上。天子降旨，着令狄爷先平新罗，后征辽国。旨意既下，非止一日，到得三关。狄爷遵旨而行，定于二月十五日发兵。征伐新罗日期已到，是日，天气晴明，正好行兵景象。此时，大兵排开队伍，号炮冲天，队伍次第出关。杨青、范冲淹殷勤相送，孙兵部少不得勉强同行道别。元帅仍令孟定国为开路先锋，十万雄兵，六将分排带领。只有焦廷贵做这解粮官，恼闷不堪，一路叹气说："我焦廷贵真是倒运的，曾经上阵杀过多少番兵辽将。只因在火叉岗上走差了路途，自此之后，元帅总不点我前行。如今做个解粮官，实乃没趣的，到战场上杀了几个辽兵玩耍，岂不有趣儿？"

不说焦廷贵烦闷，再说狄青大兵一路浩浩荡荡，行了半月。早有探子报道先锋爷，前面就是狮子山，有番兵扎营阻路。孟将军听后，吩咐再去打探，即时报知后队。元帅传令，就此择地安营。元帅号令一下，三军大小将士，步军停步，马将驻马。孟将军择了一段平阳地段，三声炮响，安了大营。又有流星快马，飞报元帅说："小的打探得新罗国逃将麻麻罕，复领大兵十万，战将十二员，手下副将数百，还有西辽国兀格松，领兵十万，战将几员。两支人马，并同为一路，与我邦交战，请令定夺。"元帅赏了探子，吩咐再去打探，探子谢赏去了。元帅吩咐众将："如今说麻麻罕合兵于西辽，料想兵多将广，比着前番倍加厉害。你等以后须要小心。"元帅一言，帐下众将诺诺连声，不表宋营将士之言。

再说这狮子山，乃是大宋该管地头，是日，麻麻罕安营此处，正在打点拔寨进兵。忽有探子来报说:“天朝五虎将领兵前来征伐我邦,今已在对山平地安下大营阻路,特来报知。”麻麻罕听了大怒,说道:“我们尚未打点前往破关,岂知狄青已到,来征伐我邦。今日,必要与他见个高低雌雄。”此时,麻麻罕仗着十二员战将,十万大兵,正是目中无人。以为安然必胜,推倒天朝五虎英雄,抢夺宋朝天下,看来易如反掌。今日一闻此报,那等得下战书约日交锋?即时打发前部先锋怛怛温,领兵五千,先要取胜,挫挫他的锐气。先锋怛怛温得令,披挂上马,手提画戟,带领五千番兵,一路喊杀连天,番将雄赳赳冲出阵前讨战。狄元帅闻报,差点孟先锋提兵三千,前往对敌。一声炮响,冲出阵前,孟将军一见,不通姓名,大刀当头就劈。怛怛温尽力急架相迎,二将一来一往,六十合不分胜败。孟将军见杀了半日,心中大怒,杀得性急,大刀乱砍不住。怛怛温气力不佳,喘息不绝,大败而逃。孟定国快马如飞赶上,大刀向脑后砍去,一只胳膊跌落尘埃,孟将军割了首级。宋军追杀,辽兵四散奔逃,鲜血满地,得胜回营。狄元帅执笔记了孟将军头功。拿去首级回营号令。

麻麻罕此时闻报,怒跳如雷说:“要挫他锐气,岂知反被他挫了我们的锐气!”传令将尸骸掩埋了。次日,又差大将韩恩宝,杀气腾腾,领了五千步军出营讨战。宋营中跑出萧天凤。如问萧天凤的本事,莫道四虎可比,就说狄元帅的武艺也高他不多。这韩恩宝虽是新罗国上将,交战本领到底及不得这樵汉。二马交锋,萧天凤铜叉架开大斧,回手一砍,在腰间将番将分为两段。宋兵追杀,番兵逃走回营。此时,萧天凤牵了军马,讨战麻麻罕,早有败残兵报知。麻麻罕心头着急,忙差爱金雄、沙面虎二员大将,领兵一万,出营迎敌,双战萧天凤。杀到黄昏,又被萧天凤刺死爱金雄,活捉了沙面虎,入营全胜。狄元帅大悦,众将尽皆称赞萧天凤之能,我等深服之至矣。萧天凤连称不敢,此乃圣上洪福,当灭番寇,末将何足为能?当时,元帅传令将沙面虎囚禁后营,将两颗首级悬挂营前号令。

慢表宋营赏功。再说败残辽兵回营报知,麻麻罕气得面如土色,说道:“本帅十二员勇将,尽称无敌英雄,料得三关必破,五虎必擒。岂料狄青如此将兵厉害,杀了三员大将,沙面虎又被擒,这还了得!”

麻麻罕此时越想越气,恼怒不息。有兀格松上前说声:“元帅,狄青杀害我胞兄,小将与他有不共戴天之仇。岂惧他三头六臂的英雄!他五人就有通天本领,本将军只看他如同草芥一般。如若出阵,必取胜的。”麻麻罕皱眉说道:“将军虽是少年英雄,人材强壮,武艺精通。但是怛怛温、爱金雄、韩恩宝、沙面虎,乃我新罗国有名上将,尚然死的死了,拿的拿了。将军,你休出此狂妄之言罢!”兀格松说:“元帅勿把小将看得无能,明日出马,不能取胜,即时回国,永不到此地争雄。”麻麻罕说:“既然如此,天色已晚,且待来日出马便了。”

到来日,用了战饭。兀格松自点本国辽兵一万,麻麻罕说:“将军出马,不可自仗英雄,须要小心。”兀格松应诺,顶盔贯甲,手持丈八长矛,跨上一匹斑点豹,威风凛凛,杀气腾腾。一万雄兵,旗幡密布,喊杀连天。正骂战之间,宋营一声炮响,苗显一马飞出。各通名姓,一枪一棍,大战起来。二将冲锋二十合,苗显要败下来。若问苗显本事及不得萧天凤,兀格松的力气比萧天凤又更好些。此时,苗显抵敌不住大败奔逃。番将大喝,拍马追来,幸得飞山虎立在营前看见,拈了搭箭,嗖地一声响亮,射落他的头盔。番将惊了一跳,方才勒马,不敢追赶。大声呼喊:“狄青快些出来纳命,你前日杀害我哥哥,我来报仇。如若迟延退避,本帅进营来,叫你人人狗命难逃!”萧天凤大怒,抢出营来大喝:“番奴休得逞强,我来也!”二人搭手交锋,这场大战非比寻常,犹如猛虎争食。若说萧天凤的本事,原是及不得兀格松,因何此刻对敌得住,只因此辽将先与苗显战过一阵。所以,如今略略慢着与萧天凤战个对手,杀得沙尘滚滚,日色蔽光,虎豹深藏,神鬼皆惊。自午刻杀至申时,太阳渐渐坠西,两边各各鸣金收军。

自此之后,两军争战数日,不分胜负,只有兀格松一人骁勇。元帅思量道:“本帅原晓得此次番军比前更加厉害的。”张忠说:“元帅如今怎样打算?”元帅说:“贤弟,凡为将者,力不能取胜,必要用计。兀格松乃星星罗海之弟,他说与兄报仇,显见得他已是奋力而来。古说,一人拼命,万夫莫当。目前,众将多不是他的对手,如今用计便了。”即差张忠、李义,吩咐如此如此,二将依命而行。次日,忽报兀格松讨战,要元帅爷出马,百般辱骂,十分猖狂。元帅即点张忠出马,杀出营前,与兀格松双双大战了四十余合。张忠看看抵挡不住,败走荒郊,兀格松紧紧追来不舍,已及半里,忽又来了李义,冲杀接战,二人双枪并举,又战了十余合。李义又败走,由张忠败走之处而逃。兀格松大喝:“宋将那里走!”飞马追来,越加逞勇,一马抢过前边。即说声:“不好了!”张忠、李义二人回马,呵呵大笑说:“番奴,你如今逃到那里去!”顷刻间,铙钩索捆绑他下马。不知番将性命如何?正是:

瓦罐不离井上破,将军难免阵前亡。

第七十九回　辽将军逞勇被擒　狄元帅沙场破敌

诗曰:新罗辽国合兵坚,与宋争锋战斗连。

毕竟后来难取胜,生民涂炭枉徒然。

前说张忠、李义,依了元帅计谋,诱番将追赶。正跃马进前,忽跌入陷坑去了。四围铙钩一紧,捆绑坚牢,番兵慌张逃走。二将押番将回营,元帅大悦,记了功劳,传令把番将押进来。左右一声答应,顿时推进兀格松上帐。他铁铮铮立着,骂声:“狄青呀!你杀害我胞兄,仇如渊海。今日被擒,料也难免刀刑,快些动手。”元帅看这番将却是一条豪杰,可惜生于外国,今日为亡叛之虏了。便叫声:“兀格松,本帅看你原是一个轰轰烈烈的英雄,只可惜情理上一些不晓,全不想你的哥哥帮助西辽,来欺上国,自然要砍头的。”兀格松喝声:“狄青,自古两国相争各为其主。我哥哥吃了狼主俸禄,必须为狼主出力的。”元帅说:“他是逆理而行,死何足惜!你也不推度其情理么?既是两国相争,不是你死,就是我亡。有何深恨要报仇的,你是不以情理为先。一个凶狠之辈,今日被擒了,还倔强么?难道真乃甘心待死?”兀格松听了,哈哈大笑说:“狄青,今日既误中汝奸计被擒,早已抵死,一刀两段。请快开刀,不必多言。”元帅哈哈冷笑说:“好一条硬汉子。”喝令刀斧手,把他推出砍了,兀格松哈哈大笑,叫声:“哥哥,为弟与你报仇,岂料今朝天不从人愿,如今同归一路,地府仍作兄弟罢!”忽听号炮一响,头已落地。刀斧手拾起首级,元帅吩咐将首级号令。

不一时,探子又报辽将讨战,要元帅爷出马,口出狂言。元帅说:“既然必要本帅出阵,这也何难!”当时,元帅盔甲装束了。拿了定唐刀,乘上龙驹马。左有张忠,右有李义,带领铁甲军八千,放炮出营,神威赫赫,浩气严严。跑到阵前,喝声:“来将通下名来!”番将说:“本将军乃牙里波也。你是何人?且通名来。”狄爷说:“本帅乃大宋天子驾下、平西主帅狄青是也。”牙里波说:“你就是狄青么?我父通迷死于汝手。今日正是仇人相遇,分外眼明。”元帅听罢,冷笑说:“番奴,你好愚也。既为战将,拼命于沙场,乃性命攸关之地。不是你死,就是我亡。若杀了一将,就有人来报仇,从前本帅杀却了多少番将,眼见得有多少人来报仇的?你看,高悬首级是兀格松。他也要与亲兄报仇,今日被擒,身首分开。本帅劝你休了报仇之念,领兵回营。以后万不可出马,方才保得性命。”牙里波大喝:“狄青休得胡言,古道:父母之仇,不共戴天。立心报仇已久,今日方见仇人之面,凭你有通天本事,我何惧哉!且看枪!”说声未了,照心窝刺去。元帅金刀架开,并不忿怒,叫声:“番奴,你不要恃勇倚强,看看兀格松首级,倒不如收兵回去为高。”牙里波说:“狄青,你休得花言巧语。俺奉了狼主旨意,元帅将令,要捉尽你五虎将,方显本将军的手段。”元帅听了冷笑说:“你好口出狂言,要捉我们五虎将军么?那一位将军与他交手?”张忠拍马飞出说:“我来也!”纵马提刀,当头就砍。牙里波说声:“南蛮休来送死!”长枪架开大刀,喝声:“我杀了狄青,方消我恨!”张忠大喝:“番狗,你口出狂言,拿捉我们五虎将,俺是扒山虎张忠,正是五虎名内的将军。想你死期到了来寻我们么?”说完,把大刀乱砍,牙里波急架相迎。各凭本领高低,一来一往,争强争弱,战鼓喧天,声震沙场。一连战了五十合,不分胜负。

此时,李义在旁,见二人杀得难解难分,即冲到阵前,喝声:“番狗,休得想活命。”提枪又刺来。这牙里波,焉能抵得两般军器,即时纵马大败而逃。二将拍马赶上,牙里波回马喝声:“宋将慢来,看我法宝取你性命!”顿时起一颗丸弹,在空中光华飞舞,要落下来。张忠、李义看见大惊说:“不好了!”连忙回马就走。这弹子果然厉害,向他二人头顶飞追。幸得狄元帅盔上血帕鸳鸯红光冲起,丸弹不能下来。元帅又把金刀向空中撩了几撩,说:“妖物慢来!”果然,弹子被光华冲散,落下尘埃。元帅的盔甲有此奇妙,能破妖物,只因他的盔甲刀马皆是鬼谷仙师所赠,所以妖法不敢近前。当下,牙里波看来不济,只得收回法宝又战。张忠、李义奋力攻击,刀枪并对。番将抵挡不住,只得大败回营,番兵随逃去了。元帅吩咐,不可追赶,以防番将妖法。众将回营,元帅坐下说:“列位将军,今日与番将平战,不能取胜,其仗妖法伤人。幸有本帅在前,方得无碍。他既有妖法,以后交锋须要小心才好。”众将答应。是夜元帅沉沉带闷,只忧牙里波番将又是个旁门道术之人。想他今日虽然败了,还不知他再有什么妖术来。

不表是夜元帅烦闷。次日,牙里波又带兵来讨战。元帅即点萧天凤出马,狄元帅亲自出营掠阵。若论萧天凤本领原高于牙里波,所以战到五十余合,牙里波抵敌不住,说声:“南蛮好厉害!”走开一箭路,口中念咒,顷刻间,乌云遮日失去光明,飞沙走石,大作狂风。宋兵慌乱,萧天凤虽是英雄,到此时也觉心惊,有力难施,几乎跌下马来。幸有主意,急急逃回本阵,牙里波拍马追来要拿他。此书载这狄青因何会用法术,只因王禅鬼谷子前者收他为徒弟,仙山习艺七年。这些避水真诀,破火咒言,除风息雾,岂不教习?因前时对敌不曾有人用妖法,他所以也不施出仙术。前日在单单国交战时,公主的法力乃庐山圣母教习仙法,并非妖术。他被擒是镇阳珠法宝,此宝非咒语可破。二者两人夙有姻缘之分,所以被擒于公主。今日遇了妖法,元帅左手向中天指定,咒念真言,顷刻间狂风顿息,日色复光,飞沙不起。牙里波一见心中大怒,喝声:“南蛮破我仙法么!”抡枪冲来,萧天凤飞马挡住相迎。牙里波又招架不住,又念火诀真言。但见空中一团烈火,照宋军阵上吹来,众兵慌乱,各自奔逃。萧天凤急急败回,元帅一见忙念拨火咒。这团烈火向番兵冲去,烧得番兵焦头烂额,叫苦连天,众兵四散,俱窜奔逃。牙里波看来不好,连忙收了法术。萧天凤只要元帅除了妖法,平战却不惧这牙里波,提起钢叉乱扫,牙里波大败奔逃回营,狄元帅大悦,方知王禅师父法宝妙用。得胜回营,众将大喜称贺,今日乃是元帅之功也。这狄青说:“非本帅之功,实乃当今洪福,又得众将之力。”不表宋营贺功。

再说牙里波杀败回营,一路招集逃回散败残军,烧伤者甚多,用药敷治,不必细谈。牙里波进见麻麻罕,觉得满面无光。禀明法宝被破,杀败回营。麻麻罕说:“将军你夸了大言,必要捉完五虎将为父亲报仇。岂知小卒也拿不得一人回营,又遭大败。以后将军休得出马,枉费神劳力,伤残士卒。”牙里波听了只得气喘不息说:“元帅,狄青与我是杀父的仇人,若不捉拿尽五虎将,不算新罗国的英雄。”麻麻罕说:“将军,你平战也杀不过宋将。用法也不胜狄青,如此如何是好?”牙里波说:“元帅不必心焦,且容小将今夜作法,摆一个迷魂阵,包管网尽南蛮五虎。”麻麻罕说:“如若再不济,这便如何?”牙里波说:“倘若再不成功,愿将首级送与元帅。”麻麻罕听了,却哈哈大笑说:“本帅乃取笑,休得认真起来。你且去预备摆阵罢。”牙里波说声:“得令!”是晚,用过夜膳。候至二更时分,牙里波上了将台,披发仗剑,书符咒语。法水连喷东方三口,呼喝毕,就把豆子四方布散。不一会,就有数千鬼兵变化出来。此时,新罗、西辽二国,合兵有二十多万,因何牙里波一个也不用?只因这迷魂阵法用阴兵,不用士卒。不知困得宋将否?正是:

妖术用来擒敌将,阴兵差去胜天朝。

第八十回　番将迷魂阵困英雄　宋帅开阳镜破妖法

诗曰:番将旁门道术精,迷魂阵内困群英。
幸亏鬼谷开阳镜,烟雾收除妖法倾。

再说牙里波,只因杀败了,要摆起这迷魂阵来。是晚,书符作法,撒豆布演,阴兵多已齐集。牙里波手执黑旗,一队队四方带引点明。

但觉阵内阴风惨惨,冷雾腾腾。四方八面,无兵把守,俱有门户可进。阵图布毕,也是四鼓催残。然后下了将台,入营见元帅缴令。麻麻罕说:“将军,这阵摆得如此快速。”牙里波说:“元帅,小将的师父乃是花山老祖。曾经学法多年,撒豆成兵。阵已布成了,诱得宋将进阵,至三朝魂魄俱无,命归阴府。入了此阵,凭他三头六臂英雄,铜皮好汉,也跳不出的,若除了五虎,岂惧他雄兵数十万么!”麻麻罕说:“将军既如此,你点兵二万去助威。若擒得五虎将,其功不小。”天明,牙里波即领二万番兵,上马跑出营前。麻麻罕与众将在本营看见阵中黑气冲天,不鸣金鼓,不知此阵果有何厉害。

不言番将观阵,且说牙里波独马单枪来营门,指名要狄青出马会阵。狄元帅是时闻报,对众将说道:“这牙里波是个妖术之人,既摆得阵图,须要打破。倘若不破得他的阵,辽将要轻视我们中原大将了。但不知他阵势如何?待本帅出营看看便了。”着令萧、苗弟兄守营。带领四虎,焦、孟跟随,点兵一万出营。牙里波喝声:“狄青!你既为主帅,职掌兵符,可知此阵何名?”狄元帅细细观看,别的阵图俱可识得,单有此阵兵典上所无。不觉呆看一会,说声:“番奴,此无名之阵,休来混帐!”牙里波呵呵冷笑说:“狄青,你不识阵图就说是无名之阵。你敢打么?”狄元帅未及回答,张忠说:“元帅,小将去打阵。”元帅说:“他阵图黑气冲天,必然厉害,进阵倘若势头不好,即可回马。”张忠答应。拍马进前与牙里波战了二三十合,牙里波退进阵门。张忠大喝:“番奴休走!”提钢刀奋勇冲入阵中。但闻阵内呼呼喊杀,烟雾迷人,风狂蔽日,黑暗不辨东西,但觉冷气侵人。张忠着急,拨马转回。岂知昏暗不辨五指,全无出路,说道:“此番性命休矣!”

牙里波冷笑,复出阵前说:“狄青你不但无能破阵,点将进了阵门不得出的。”元帅听了说:“本帅原晓得这番将有旁门妖术,如今张忠在阵内不知吉凶如何?”便喝声:“番奴休得逞能,凡为英雄大将,不能以实力本事见高低,就以智谋来取胜。你今兴妖作法,非为丈夫也,纵然取胜,有甚怕你!”牙里波冷笑说:“狄青,明明是不识阵图,难以打破,说什么妖法不妖法。若有方略,你识得此阵,你也前来打破，才算你是英雄。不然休来混帐！”李义大怒，喝声：“番狗，狂言休说，我来破你妖阵。”拍马追赶牙里波。进到阵中，但觉烟雾昏昏，寒侵肌骨。四边犹如铁壁，两目恰似失明。李义心惊了，说：“不好了，中了番奴之计。”张忠说：“入阵者何人？”李义忽闻声答应：“李义在此！”张忠说声：“贤弟中了番奴之计，寻不得出路的。”慢表二将困在阵中。

此时，石玉、焦孟二将说：“元帅，我们三人一齐杀入或者可冲散此阵。”元帅正要开言阻挡，三将跑进阵中，又被困了。只剩得元帅、刘庆二人。刘庆说：“元帅，此阵众人进去不见复出，不知如何？待小弟驾上席云探听众将吉凶下落。”元帅说：“须要速去速回。”飞山虎应允，连忙驾云而去。有军士报上元帅说：“牙里波要元帅会阵。”元帅说：“本帅自有道理，不必通报。”一会，刘庆回来说：“元帅，这阵内昏暗生烟，冷气侵人。众将多已不见，又不见番兵番将一人守阵。却是奇怪。”元帅想来说：“天王庙内收得开阳镜一面，乃是师父所赠与我的。说是后来可破迷魂阵，至此今日紧紧收藏。想来此阵如此奇怪，莫非就是迷魂阵不成？不要管它，待本帅就拿此镜进阵，如果是迷魂阵，必然可破。若不是迷魂阵，与众将陷入阵内也是天数。当初太祖陷在迷魂阵中，得萤虫放光引出救了。本帅进阵带了开阳镜，不知救得出人否？不带兵丁进阵，一万兵交刘庆管守。倘本帅破阵，你可差兵接应。”刘庆应允。元帅取出宝镜，左手提刀，右手拿镜。这宝镜光华射目，彩色冲霄。元帅催开坐骑至阵前，牙里波假意与元帅战了十合，拍马而逃，诱元帅进阵中。牙里波进了阵，呵呵发笑说：“狄青，你不进阵来，算你造化。如今你进阵来，你倒运了。”吩咐番兵外围相屯，不要放走一人。

且说元帅进了阵中，果然四边昏暗，冷气侵人，即将宝镜擎起，只见万道霞光四围飞绕。一刹之间，烟雾消除，狂风不起，冷气俱无，只见四将还是东西乱撞。元帅大呼众将说：“本帅已将阵图打破，拼力共擒番将罢！”众将同说答应，大喊如雷，大刀枪棍一起乱打蛮刺，把辽兵犹如砍瓜切菜。牙里波一见破了此阵，吓得魄飞魂散。刘庆见破了阵，一万宋兵追杀番兵，死者甚多。

此时，牙里波正要施法，岂料众英雄六般兵器团团围住。牙里波枪法散乱，气喘嘘嘘，可怜无人救应，大叫一声："天绝我也！"麻麻罕闻报破了阵图，即差成福、成寿、其青、其贵来救应。四将杀来，张忠早已一刀劈死牙里波。元帅正要传令收兵，只见四将来与张、李、焦、孟四人混战。忽见其青坠马，其贵心慌要逃，李义一枪挑于马下。成福被孟定国一刀分为两段。焦廷贵生擒了成寿。石玉、刘庆把番兵大杀一阵，死者不计其数。元帅即传令收兵回营，明日共破番营。此战大胜，四将与焦孟功劳元帅各各记讫。三首级号令，又藏好宝镜，众将还未晓破阵之由，众人动问，元帅说："天王庙内所得开阳宝镜，你们忘记了么？今日带得此宝，故能破得迷魂阵。"四将大悦。只有焦、孟、萧、苗四人不知其根由，石玉将情细细说明，四人方知。元帅又令掩埋尸首，大犒三军。元帅说："本帅还有一虑。"众将说："元帅所虑何来？"元帅说："诸将用兵大胜，须防敌人劫营，番将今日这般大败，谅情气闷不过，料着我军得胜，乘其不备，今夜必来偷营劫寨，众将须当留意如此，以保无虑。"众将说："元帅智虑深远，足见高明。"又有小军禀上："元帅爷活捉这两员番将如何发落，请令定夺。"元帅说："留此二人何用？"传令刀斧手并将擒来之人一并拿去砍了。可怜新罗国二员大将，顷刻一刀一个，命丧黄泉。刀斧手即时献过首级，元帅吩咐拿出营前号令。

按下宋营慢表。再说麻麻罕点出四将，俱已阵亡。牙里波二万番兵逃回千多，多是受伤的。麻麻罕此时又惊又恼，叹声说道："我麻麻罕在新罗本国也称英雄大将，岂知狄青如此厉害，两次将兵杀得大败，平战不得胜。牙里波用法又败，十二员战将今剩三人，如何是好？细想宋朝五虎这般凶勇，欲待收兵回国，纵然狼主不执罪于我，还有何面目见众臣？若与他交锋，又不能取胜。想来毫无主见，如何是好？"有部将乌山罗口称："元帅不用心烦。"麻麻罕说："将军，败得如此光景，叫本帅如何不忧。"乌山罗说："小将有计商量。"麻麻罕忙说："将军有何妙计，快些说来。"乌山罗说："元帅，我想狄青今日大获全胜回营，决无防备。待小将今夜三更时，带领人马，悄悄去劫他营寨，必然杀他人亡马倒。"麻麻罕听了大喜，说："可速依计而行。"

今夜乌山罗领兵偷营劫寨，有分教：

命丧沙场真可悯，尸不还邦实可怜。

第八十一回　劫宋营乌山罗中计　败回国麻麻罕捐躯

诗曰：井蛙之见用谋深，劫寨偷营破敌群。

岂料苍天原佑宋，不成功绩反丧身。

话说乌山罗定了偷营劫寨之计。是晚，点起精兵二万，饱食夜膳。候至更鼓两敲，乌山罗顶盔贯甲，上马提刀，带齐火料，二万番兵排开队伍，真乃兵肃静，马衔枚，出营而去。是夜月色微开，星光朗朗，三军已到营前。但见宋营中寂静无声，更锣不响。乌山罗大喜，果然无人守营，想必众人熟睡，吩咐众兵跟随杀入踹营，众兵答应，一齐动手杀进空营。有灯球火把照耀如同白日，长枪、刀、锤、斧乱打进营，喧哗喊杀。乌山罗一马当先冲进营内，大喝："南蛮今夜活不成了，俺来踹营！"杀进营中，凶如虎狼。狄元帅早已令众将埋伏，一闻喊杀之声，追定火把之所，四边杀人。众英雄大喝："番奴休来送死！"各领兵丁重重围定，狄元帅令众人不要放走了番奴。乌山罗此时方知中计，舞定大刀，前遮后挡，只顾逃走，却被宋将团团围住。一口钢刀焉能挡得六般兵器，心中烦乱，被苗显一棍捣于马下，石玉一枪结果了性命。焦廷贵、孟定国带兵，一路追杀。番兵二万，可怜逃脱者少，被杀者多。元帅吩咐，趁势杀进番营，不得有违。众将尊命，领了大队人马跑奔番营。麻麻罕在营中思想，不知乌山罗此去如何。忽闻报乌山罗早已被宋将杀死，如今大队宋兵杀来了。麻麻罕心内着惊，急差殷光灵、龙飞海分兵一半去抵敌。二将虽然骁勇，怎杀得过八员宋将？早被石玉抢挑殷光灵，刘庆刺死龙飞海。二万番兵被杀得四散分逃，宋兵直进番营，可怜黑夜交兵，麻麻罕营中有雄兵二万名，却被八员虎将，十万宋兵纷纷突入，不能逃脱，只得齐声愿降。独有麻麻罕一支长枪左冲右撞，奋力杀出重围，手下兵将不能招回，只得急急逃奔一程。此时,东方渐渐发白,众英雄就在番营点查粮草马匹军械,禀知元帅。元帅大喜,吩咐将尸首掩埋荒地,但是麻麻罕不能捉获,须防后患。众将说:"元帅,麻麻罕屡败之将,乃鲜疥之患。就是三头六臂的英雄,也何足挂怀。"元帅回营,大赏三军,是夜慢表。

次日,元帅吩咐养兵三日,再行前进。行文先赴晓谕白马关。书曰:

> 西辽国实已无理,屡次兴兵,冒犯天朝。本帅已经提兵征服,岂料辽王痴心未改,复动干戈。你邦狼主擅敢借兵助虐,本帅曾经请旨先伐。你邦麻麻罕既败,逃遁无迹。兹者大兵即日临城,识时务者,速达番君亲来求降。本帅略念好生之德,矜全你国君臣。否则天兵一动,满城玉石不分,追悔不及。

慢表狄元帅书下白马关,先说麻麻罕走脱重围,盔甲全无,跑至天明,再走过几座高山,又与石天豹相见。这石天豹前阵自败走回国,心中不服。闻元帅又兴兵,他带了些干粮,走了四五天。当下忙问元帅,为何如此模样,麻麻罕说:"将军,不要说起情由了。"就将大败根由,宋室江山夺不得,不如早早还邦,再作道理,此时麻麻罕无奈何,与石天豹一路同走回,一连四五天,到了白马关,大叫开关。白马关主将名唤海驼龙,一闻此报,想来麻麻罕两次兴兵,败到一卒不回,亏他还有面目回邦,吩咐不许开关。又一时复报,他在关外十分痛骂,请令定夺。海驼龙说:"他自无能,反来骂我。待我亲自上城与他说话。"即登城上大叫:"麻麻罕,我想你平日间常自夸骁勇,如今两次兴兵,败得如此回来,亏你羞颜不顾。"麻麻罕喝声道:"海驼龙,你休得多言讥诮,胜败乃兵家常事,快快开关,待我奏知狼主,领雄兵前去报仇未为晚也。"海驼龙听说笑道:"你还想领兵么,真乃痴心妄想。失机的败将,国法难容。况且两次出兵,败得片甲不回,罪如天大,还想什么复兵报仇之话。初次容情,勉强开关,今日难以徇情了。"麻麻罕怒道:"海驼龙,你言差也,我奉狼主之命,恨不能大破宋兵。今有天朝五虎将厉害,用谋计把我们杀败。难道我自己要做出来的么?不必多言,快些开关。"海驼龙说:"麻麻罕,你今要开关,除非捉得大宋五虎将回来。若缺少一人,休想进关。”麻麻罕听了,气塞喉咙,说不出话。石天豹说声:“海将军你且容情一次,开关如何?”海驼龙呵呵冷笑,说:“你二个人共合兵三十万,战将十二员。丢下副将不计其数,俱已败尽。你两人回来,若放你进关,狼主岂不归罪于我?况且我邦有限的兵将,如再被你杀败了,岂不把新罗国付与大宋!非我今朝故作难你,若是不拿得五虎,此关断断难开的。”麻麻罕大怒,指定海驼龙大骂:“谅你不肯开关,我也知你必贪生怕死,要投宋人。”又说声:“狼主呵,并非臣负你洪恩,只因进退无门,从此永别狼主了。”即拔剑自刎而亡。石天豹见了,也把海驼龙痛骂一番,亦撞死于关下。海驼龙一见,冷笑说:“麻麻罕,前我在你手下时,被你打过四十军棍,至今怀恨在心,谁叫你无能杀败回来,俺今公报私仇,断送了你。石天豹与我无仇怨的,我本愿放你进关,难得你一心愿做黄泉之客。”即开关令军士埋葬尸首,收拾马匹器械进关。

海驼龙想来麻麻罕既死了,上本只说他们俱战死沙场罢。正要写本,狄元帅的文书又到。看过了,即照此情写本,差人呈送狼主去了。又想我国原与大宋相和,没有战事。只为西辽国王前来借兵,我狼主如孩子之见,听了西辽狼主之言,贪图平分中国。岂知大宋将如龙似虎,反损去雄兵数十万,大将数十员,耗费了多少钱粮。狼主哎,你被西辽王所愚,只落得狄青反来征伐我国。书谕上边写着,说早早投降,保全我国。倘再迷而不悟,满城玉石俱焚。不是为臣惧怕狄青,想来麻麻罕如此雄兵猛将,不能对敌,何况微臣一人!我且紧守此关,待狼主旨意到来,然后再作道理。又吩咐众兵副将,小心防守,以防宋兵攻打。这海驼龙一心等候狼主旨意。过了八九天,有小将报说,中原人马已经大队到关外安营扎寨了,这海驼龙仍是按兵不动。又闻关外炮响连天,探子飞报中原大兵水泄不通安扎了,围我之关,请令定夺。海驼龙听了,即上关观看。但见大宋营盘,旗幡密密层层,马嘶喧闹,结得齐齐整整十座大营,腾腾杀气。此时,海驼龙看罢说道:“大宋狄青,果然名不虚传。你看他大营扎得这等坚固,五虎将威名常常传到我邦。麻麻罕乃我国头等英雄也杀败了,大宋兵将厉害可知。本总虽然身为武职,奉守此关,谅情开关去抵敌,未必胜得大宋军马。”

此时看罢一番,连忙下了城,复进帅堂,坐下思量:这中原大宋朝从前曾有杨家父子保护,个个多是能征惯战之人。目下杨家勇将英雄去世了,又有狄青五虎保护乾坤,各邦畏服,五虎扬名。看起来大宋这座锦绣江山犹如铜造铁铸,代出英雄护佑,此乃苍天原佑他国的。辽王屡次兴兵俱已失利,乃是妄想痴心耳。海驼龙正在思想之际,有军士报上将军爷,不知军士报说何事,下回分解。此时正是:

贪心到底终为损,图利必然反得空。

第八十二回　闻兵败新罗国议降　允投顺狄元帅班师

诗曰:大宋新罗本两和,只因辽国动干戈。

将亡兵败方知悔,求降军前益若何?

话说海驼龙正在思想宋朝五虎将英雄,忽有番军士来报,中原主帅差人下战书,请将军爷观看定夺。海驼龙看罢即上城头对宋将说:“已经写本进朝,上达狼主,劝其投降。望乞元帅暂且按兵一月,如若狼主畏惧天朝降伏者,免动干戈,保全我国万民,则是元帅好生之德,伏祈元帅允准,则本国君臣深沾厚德无穷矣!”此时军士将言禀知元帅,元帅听了说道:“守关将既然如此说来,本帅且暂停兵守候罢!”

慢表宋帅守候,且说新罗国王本无夺取中原之意,只为西辽王前来借兵,他也不忍却邻邦之谊。故差五将十万雄兵帮助西辽国,岂知反被杀得大败,逃回本国。这狼主心中气忿不平,此时一不做二不休,复命麻麻罕挑选十二员战将,十万雄兵,百员副将,谅必大获全胜。若捉完五虎将后,兴兵直进中原,与西辽王平分天下,方泄前败之恨。这一天早朝,众文武参见已毕,忽左班中闪出一位官员,俯伏金阶:“臣奇罗多宝有事奏闻。”狼主说:“卿家有何事情,且奏来。”奇罗多宝奏:

闻前日差麻麻罕领兵帮助西辽，欲取中原天下，不想反被五虎将竟杀完十二名，麻麻罕战死沙场，十万雄兵十伤其八，余残兵多已投顺。如今兵临白马关，先有宋将文书呈于海驼龙，又有本章达呈，请狼主龙目观看。

狼主听奏吃了一惊，细将谕文本章从头至尾看罢。说声："可恼！宋朝五虎将既然如此猖狂，传旨众大臣速与孤家主裁，如何退得中原五虎？"此时，众大臣一同启奏："从前大宋与我邦向为和好，乃西辽国有犯天朝，又求我国助兵，致起干戈之仇，至落得我邦损兵损将，枉费军粮，至于麻麻罕乃本国头等英雄，并有牙里波法力相助，一同共殁于沙场。毕竟大宋江山有狄青五人顶力，断乎摇动不了。若依臣等愚见，勿助西辽，顺投大宋，方保我国平安。望狼主龙心鉴察。"

新罗国王到此真无可奈何，满心大恨，只得允纳众臣所奏，转怨恨着西辽，即速降旨，备办金珠异宝，降表降书，着令奇罗多宝前往献降。奇罗多宝说："臣领旨。"当日即备了宝贝金珠，备齐了降书一道。奇罗多宝即坐上高头骏马，带了五十名健卒护送金宝，拜辞狼主众臣，出了铁丘城。一路三天过了青龙关，又至獏狼关。一连十日程途，竟到了白马关。海驼龙闻报，忙出关迎接。进了帅堂坐下，问起原由，海驼龙就将五虎兵势厉害说知。又有小军禀请将军爷用酒宴，此时日落西山，乃用夜膳。海驼龙请上钦差大人就席，盛筵款待，不必烦言。

宿了一宵，次日天明，奇罗多宝先差两名小军前往大宋营中禀知元帅，然后着令即日起程。载了四辆金宝，亲携了降书。狄元帅闻报即出营迎接进番官。奇罗多宝进了宋营，寨中威严，又看了八员虎将，更觉心寒，坐立不安，欠身打拱，尊声："元帅！小邦向与上国相和，原是西辽无礼，屡屡兴兵犯上。数年争战，干戈不息。敝国中雄兵猛将已被元帅及众位将军杀得冰消瓦解，又差官到来小邦借兵，仍妄想天朝社稷，小邦狼主作事糊涂，不准众臣谏阻，竟自发兵帮助西辽，甚是无礼。岂知上国原乃天生虎将护佑圣主的锦绣江山。今日乃雄兵尽陷，勇将消亡。至今日上国兴兵到来，狼主方才追悔前非，特差我呈献降书，并有些小金珠四辆，贡献上邦天子，略表小邦狼主微诚之心。愿求元帅广开洪恩,不追前失,全我一国君臣,退返收兵回国,望求元帅允纳,我国感恩不浅。”狄元帅听了,冷笑一声说:“你国王全无一点见识,却被西辽王所惑,贪图平分天下。故大兴人马,帮助西辽。至今雄兵勇将化为乌有,乃孩子之见,贪心不自揣度,焉能做得一邦之主!”奇罗多宝说:“元帅,这原是小邦狼主千差万错,只求元帅开恩,允纳收录降表。”元帅说:“若要踏平你国,不是为难。姑念一国君臣,满城百姓。所以,先行文谕。今既求降,且待本帅收兵回朝,待恳圣主开恩罢。倘然下次再犯者,断不姑饶。”奇罗多宝称谢诺诺连声。旁边众将环眼圆睁,把番官大骂。元帅喝退众英雄,有一将校送上茗茶。元帅将降表贡献一一查收,投降番兵照点送回,依自原分地界。奇罗多宝作别,深谢抽身。元帅亲自送出营外,一拱相辞而去。

奇罗多宝领回降兵,回朝将情上达狼主,此时狼主方得放心。想起前情,原因西辽国前来借兵,我邦大败,他却在旁观看。今日既损兵败将,皆由于彼,孤家意欲兴兵前去寻他。即与众臣商议。有几个大臣启奏道:“狼主,前者西辽到我国借兵时,说夺取中原平分天下。臣等也曾谏阻,无奈狼主不准。缘狼主一来念着邻邦之谊,二来贪想大宋江山。目下中原夺不得,反与西辽构怨,正是自家窝里鸡争斗,岂不见笑于邻邦!若前时借兵于他,乃是狼主厚情,今日岂可因情复又伤情?况且宋将仍要去西辽倒换珍珠旗回国。我望狼主休得生气,今日大宋兵戈已止,只落得做个人情与西辽国罢。所以,国有道则昌,无贤则丧,信不诬也,一言而兴邦,一言而丧邦,圣言千古不易之法。”这新罗国众臣句句乃是达理之言,所以感动国王龙听,降旨阵亡兵将情殊可悯,于白马关外七七四十九天超度亡灵,稍尽孤心。又着降兵收回,仍归兵部。各官领旨退朝,按下新罗不表。

话分两头。狄元帅也怜被杀将兵,把祭仪礼物散祀亡灵数天,此乃元帅仁慈恻隐之诚。又先差孟将军捷音回朝,吩咐他不必再来随征,且在王府守候。不表孟定国回朝。元帅择日回兵,是日,三声炮响,拔寨登程。点苗显为先锋,接连二队乃是萧天凤、五虎、焦廷贵。一路大兵对百姓秋毫无犯。大兵离了新罗国,登西北大道,行程非止一日。先说三关孙秀常常闻报狄元帅阵阵得胜，只是终日闷闷不乐。叹声："王天啊，我巴不得狄青死在沙场，岂知他阵阵交锋得胜无败。若是狄青不死，下官如何放得下心！"这时只有范爷、杨将军喜悦万分，称赞狄千岁之能。又得四将扶助，庞洪、孙秀枉用尽奸谋。这一天孙兵部正在帅堂闷坐，忽有小军报说："狄元帅差孟将军回朝报捷，故来禀知。可开关否？"孙秀一想，莫非狄青又是杀败了，假言回朝奏捷，实要求讨救兵不成。若果如此，原要像前时不放他进关求救，难道又是八宝贱丫头去解救的吗？吩咐开关放他进来，要盘问狄青胜败事情，然后见景生情。小军此时开关，孟将军昂首直进，拴了马匹，见孙秀两目圆睁。这孙秀乃是作对之人，所以孟将军一路得意而来，此时见了孙秀，顿时怒容满面。此刻进了帅堂，范仲淹、杨青也在此，孟定国勉强称说："孙大人，小将孟定国打拱！"又参见范、杨二人。孙秀说："你既称本官是王亲，见了我怎屡屡不跪？"正是：

奸臣枉有矜骄志，硬将奚能屡伏心？

第八十三回　奉帅令孟将军报捷　伐西辽扒山虎破关

诗曰：征服新罗大功成，本章奏捷达朝廷。
英雄五虎功劳重，宋室江山永保宁。

话说孙秀怪着孟定国，因他端然打拱不跪下叩见。此时孟将军说："大人哎，狄千岁也是王亲，小将也不过拱手参见。"孙秀又问："本官问你，如今出关何干？"孟定国说："大人，你看俺背的是何物件？只因我元帅征服新罗国，大破迷魂阵，杀死妖人牙里波，大兵直抵新罗国。这番兵惧怕，献出降书，又贡献许多金珠异宝。如今千岁仍要西行，故先打发小将回朝奏捷。"孙秀说："从前圣上命你元帅征伐新罗国，为何不将新罗国剿灭？不请圣旨，擅准归诚，这是何故？"孟定国说："孙大人，我家千岁乃宽洪量度。想来天既有好生之德，人岂无惜生之念？况且新罗国的人马已被元帅伤得过多，国王既愿求降，焉可无许？”孙秀喝声：“胡说！既有旨征伐新罗，不灭尽叛党，自准投降，你元帅已有欺君之罪，又有逆旨之罪了！”孟定国说：“孙大人，你是安坐关中，不知千岁征伐跋涉山川，风霜历尽，方得平伏新罗。我千岁悯念上天好生之德，允准归降。孙大人，你的本领只有被辽兵攻打困关，不能出敌，将免战牌高悬。以计退敌无能，只得将告急本章回朝，朝内君臣议论不决。全亏包龙图救活了千岁，方得今日又领兵征伐。你这王亲大人如此，只好大家呆看，凭得番兵破了三关，免不得宋朝天下让与新罗国，今朝反说这倒话！我们众人多是有功于国，大人何必驳辩多言！”孙秀听了大骂：“匹夫！你敢顶撞我。”孟将军哈哈冷笑说：“顶撞不顶撞，我也无罪，你要怎样的？”又有范爷说：“大人何必说这等没要紧之言，有罪无罪悉听万岁主张。容他进京复旨，方可定得千岁之罪。”孙秀听了，气闷不过，只得吩咐开关放他进京去了。又修书暗暗差人回朝送与庞洪，要他摆唆圣上把狄青问个欺君之罪。忽一日，庞洪接得书看罢，叹声说：“他既征服新罗国，料想做不来了。”终日气闷不题。

且说孟定国出了三关，快马加鞭，一连二十余天，已到汴京。跑过包学士府门，孟将军当即进内禀知包公，细将长短一一说明。包爷大悦，说：“狄王亲果真韬略雄才。”叫声：“孟将军，你且将此本留下，待本官明日奏呈天子便了。”孟定国说：“多谢大人，小将拜别了。”包爷说：“你今往那里去？”孟定国说：“小将回王府禀知太君，再往南清宫、天波府去报喜信。”包公说：“你意也不差。”孟定国即辞别包爷，上马加鞭回归王府，传进书来，太太看过大悦，说：“自从我儿去后，心内悬悬，朝夜不安。幸得皇天庇佑，至今才得我儿征服番邦。但愿平平稳稳取得珍珠旗回来，母子团圆，同归故土做个安逸太平人。此乃我老身之幸也。孟将军你赶路辛劳跋涉，如今不必再去随征，且在本府中安屯，候着我儿回来。”孟定国说：“多谢太太，将临行之时，千岁吩咐我不必再去。”是日用过早膳，孟将军禀知太太要到南清宫报喜讯。太太说道：“此去即可回来。”孟将军应诺。即日到了南清宫投呈书信，孟定国就在外堂，故未见潞花王母子之面。是时，母子看过喜信，大喜，即传旨赏了来人黄金二锭。孟将军领赏而回，转身又到天波府，进内见了佘太君众位夫人，有书呈上。众夫人开读完，老令婆大悦，问起一路征伐情由，孟定国细细禀知。即时拜别了高年太君与众夫人，回至王府。是夜不表。

次日，天子临朝。包公就将狄青的本章呈上，天子御览，龙心大悦，开言说："御弟果实英雄智略，新罗国一战已平伏了。但愿此去西辽，早早班师回朝。孟定国回朝奏捷，中途劳顿一番，先加一级以赏其功。候御弟回朝，论功升职便了。"天子旨下，是时退班，群臣各散。众忠臣大悦，单有国丈怒气满怀，从前大仇恨狄青一人，至今连这包拯一并怀恨了。好好地他死去，一生大事已定，岂知被这黑贼救活了。他指望这小畜生在沙场上战死，今日又被他征服新罗，真乃天不从人愿。但愿此去西辽，这些番兵番将倍加厉害，将这小狗头一刀砍作两段才好。不言国丈心中烦闷，不表朝内君臣。

且说狄元帅平服新罗国之日，西辽国内常有人飞报他的君臣，人人尽知大宋朝五虎厉害非凡，如今又要来征本国。此时君臣日日商量，无谋可设，且待他兵临我境再作施谋。书中有话即长，无话即短。却说狄元帅大军一队队，行程半月尚未到西辽国。时逢六月天气，暑热非凡，且安营等候秋凉后进发。扎营候了两月，秋风习习，元帅吩咐登程。一路无恙，跋涉三十余天，已到西辽国头座关三十里外，元帅吩咐发炮安营，即下战书与七星关，关中主将也是辽邦一员武将。是日，闻报宋军临境，想来本国多少英雄上将尚然不济，谅本总不是宋军对手。但受了狼主之恩，断无献关投降之理，若是与彼交锋，又杀他不过。想罢，只得吩咐各兵将小心坚守。即时备了本章，飞投狼主去了。

再说狄元帅安营三天，是日说道："本帅三日以前行文与七星关主将，奈何毫不见动静？"即日差张忠去讨战取关，不得有违。张将军说声："得令！"装束上马提刀，五千精兵直杀至七星关，喊杀连天，番将左天雄不出战，坚心保守，宋兵把城池重重围困。轰天大炮攻打数日，困得水泄不通。左天雄料难保守，只得带了手下丁将部将逃奔前关去了，满城百姓惊慌无措，哭泣哀声大震。张忠破了关，传谕一一安慰说："你国王侵犯大宋，与你等百姓无干，我元帅严禁大兵掠犯。"此时方得哭泣之声稍停。张忠又差人请元帅大兵进了关,元帅大悦,记了功劳,养马三天,命李义领兵前往攻打乌鸦关,大兵进发好不厉害。

先说前关左天雄逃往乌鸦关说知其事,守将段威只有防守的伎俩,没有出敌的强能,闻知好不着忙。不觉五六天,闻报宋兵已至,段威坐卧不安,说:"狼主哎!并不是微臣按兵不动,只因大宋兵将厉害,非比寻常。新罗国将广兵多,尚且被他杀得大败,关中虽有兵丁十万,到底不是宋兵对手。况且狼主又不发救兵接应。本官倘若出战,死何足惜,只恐此关一破,后关也难保守了。所以,日夜小心提防保守,只望狼主速发大兵到来,方能保得此关。"这段威正说话间,忽闻连珠号炮响亮,声如天崩地裂。小军又报说:"宋兵攻城急切,请令定夺。"段威听了无计可施,城中百姓多已逃散。子找爹娘,兄寻细弟,如此光景,真是可怜。当时段威见军士报宋兵攻打,心如麻乱,只得吩咐各兵将多加箭石紧守。上城一望,好不惊慌,人马围困,刀斧重重,叠叠旗幡,密密层层,飞弓箭弹纷纷打上城头,炮响连天,直向城上攻击,此时段威见了十分着急,想来不若施个缓兵之计,暂退他兵,即往城下高声说:"大宋将军,且缓攻城,小将已有请降的本章奏闻狼主去了,望乞将军把人马退出,免得满城百姓子散妻离。况且我邦只有有限的雄兵猛将了。谅情狼主见此光景,必然献旗投降,望祈将军暂退了大兵如何?"李义大喝:"番奴!"不知李义如何回答。正是:

下国屡兴兵犯上,天朝今遣将攻城。

第八十四回　惧大宋辽王逢野道　议破敌老祖领兵符

诗曰:新罗既降复征西,只为辽王贪意迷。
屡动干戈侵宋境,无如天命有攸归。

话说李义听了段威之言,骂声:"番奴!我中原上国,四夷拱服。

缘何独有你国不尊王化，年年吵闹，岁岁干戈？从前被我元帅杀败情急，称说投降，假造珍珠旗贡献，我元帅是个忠厚之人，被你君臣搪塞过了。我兵还朝后，又遣飞龙贱婢混进中原，暗图行刺我元帅，谋害不成，又往新罗国借兵犯界。亏我元帅英雄韬略，先已平服新罗国，今日大兵到来，必要灭平你国！休得巧言花语，快快献关，饶你蚁命，不然本将军就要攻破你城池！”段威再三恳告说：“将军，此原乃我狼主贪心至败，得罪宋王，灭尽我邦，也怪怨不得。只可惜关中百姓，数十万生灵，倘城一破，枉死良多，情殊可悯。还望将军大发慈悲，暂且收兵，停顿半月，满城军民深沾恩德。”此时，段威总以百姓为由，苦切恳求。这李义原是直性英雄，便说：“罢了，既然如此我也定夺不来，回营禀知元帅准了，然后收兵。”说完即飞马回营将辽将之言禀知狄元帅。元帅听了，想一会说道：“既已如此，暂且收兵，守候半月，然后再酌罢了。”李义奉命收兵回营，段威见宋兵退去，方得少安，即修本告急回朝而去。

非止一日。这一天狼主得接本章，惊慌无措，正在早朝，与文武众臣计议间，有黄门官启奏：“有一道人，自称花山老祖，法力高强，来与徒弟报仇，能力除五虎将，求见狼主。”番王一想，不知那人是他徒弟，有何法术，可能退得宋邦五虎？不若宣他进殿。即降旨，不多时，花山老祖进至银銮殿，说：“狼主在上，贫道朝参，愿狼主千岁，千千岁。”辽王说：“道长平身！”细将他一看，只见道人生得形容古怪，一张血点朱砂脸，赤发红胡长须，浓眉长一寸，身高八尺多。看来也有道骨仙风体态，想这道人半像妖魔半像仙，便说道：“仙长贵洞何方，到来何事？”老祖说：“狼主在上，贫道从前在于花山修道，故名花山，潜修苦炼已经八百余年。神通广大，法力无边，新罗国内通迷之子牙里波，曾拜贫道为师，奈他功夫未足，法力未精，伤于狄青之手。所以，贫道要为徒弟报仇。只要狼主差一个将军，三百健卒，待贫道略施小术，岂惧他铜皮铁骨英雄，管教狄青五人个个叫做黄泉之客！”番王说道：“道长，既然牙里波是你门徒，何不前去帮助新罗国反来帮我？”老祖说：“如今他已经投降他国。今闻狄青又来此地，所以贫道立心特来除他。只要兵丁三百，大将一员，包管伤了狄青五虎。”

狼主未及开言，有众文武齐奏道：“狼主哎，道长虽然如此说来，若依臣等，求降为上，若然造次动兵，倘若仍不复胜，求降时恐不及了。”花山老祖听罢，呵呵笑说：“列位大人，勿将贫道小觑，八百载的工夫，非比寻常。呼风唤雨，倒海移山，五行正法件件皆能。更有掌雷妙法，打中三天，由他中原五虎，数十万雄兵，人走不出。贫道一到，不用吹毛之力，顷刻齐完。除了五虎，狼主夺取中原何难之有！”众番官道：“道长既有法力，可能当面试验否？”老祖说：“若要试验，却也何难！只要一所广阔地段，待贫道试验便了。”当时狼主听了，即传旨摆驾往御教场，众臣领旨随驾。

老祖当驾前把拂尘向空中一振，口中默念咒语，忽见空中坠下一朵白云，他即踏上，腾空高起。说声：“贫道先往教场候驾去也！”此时，君臣多称奇异，说他白日腾空，果非凡夫惑众，必是仙传妙术。

当下君臣共到教场，狼主坐下銮车，文武分列左右。老祖先已到了，上前请问狼主要贫道试演什么法术。狼主说：“由道长试演罢！”老祖说：“如此，只呼风来罢了！”忙向背后拔出宝剑，对着西北方念动呼风咒语，剑书灵符在当空。不一时，狂风大作，飞沙走石。君臣多赞说：“道长果然法力精通！”狼主吩咐收去大风，老祖又念咒一回，顷刻收去狂风。狼主说道：“既已呼风，何不唤雨？”老祖微笑，又提宝剑向正北方书了灵符，默念咒语，霎时间乌云四起，红日埋光，顿时大雨淋漓。狼主大悦，说道：“快些收了大雨！”顷刻间云开日现，狼主说道：“还有妙法否？”老祖说：“狼主，这是些小法力，还有多少大法力的，待贫道移座山与狼主看看便了。”即念移山咒语，向南叩礼书符毕，转眼已有高山一座在前，许多奇峰怪石，古树丛林。此时狼主君臣十分惊讶，齐说：“仙长果不虚言也！”又见他退去高山。老祖又向空中念咒作法，对面茫茫大海，水天相接，波浪滔滔。狼主心花大开，又命收去移山倒海之法，顷刻教场平复如初，狼主不胜心悦，又思夺取中原，说道：“仙长！孤家正在计穷力竭之时，难得仙长到来帮助，既有此法力，谅必中原五虎可除。但如今保国夺取宋朝天下，全仗仙长帮助扶之，若成其事，其功不小，孤家铭德不忘。”老祖说:“贫道一心特来报仇,助着狼主。”番王大喜,传旨众臣回转殿中。老祖仍驾起云,一同到殿,日已午中了。

老祖落下云头,再参狼主说:“乌鸦关甚是危急,请狼主差一员武将,点兵三百,贫道一同前去,先除五虎,后取中原。”狼主便问:“那人领兵去?”此时众文武并无一人敢领旨。老祖指着一员武将黑吞,说:“此位将军可能前往,何不领旨?”狼主闻言即差此将,降旨毕。黑吞慌忙俯伏道:“臣实无能,请狼主复选别人,方得不误大事。”老祖说:“将军不必推辞,此去凡事有贫道担当。”狼主听了老祖之言,总要黑吞前往,只得勉强领旨。别了狼主,回归衙内,说与夫人知道,即戎装上马,拿了宣花斧,带得三百精兵与老祖登程。此时,老祖步行与黑吞并马起程。狼主率众臣相送,又对众卿家说:“孤家该不失国,故有此道人前来相助。但愿他收除五虎将,何愁不得大宋江山!”众文武点头称是。按下君臣言语不表。

再说黑吞一路思量,却不知此去吉凶如何?与老祖行程十余天,过了三座关,前面就是乌鸦关了,先遣小将报知段威。段威闻报,想来这道人有什么本领破得五虎大将?此番若杀退得狄青五人,方能保得我邦。尚再杀不退宋军,此关一破,后二关也是无能的,将三关失去,狼主休矣!此时,只得勉强出迎,接进帅堂见礼。三人坐下言谈,段威看他形容怪异,不知他是怪是仙,有何法力。停一会摆上酒筵,款待老祖。老祖说:“将军,贫道修行已久,证果仙班不吃民间煮火之物了,将军不必费心。”段威说:“仙长,你既入仙班,因何又到红尘,伤生害民,岂是慈悲道念么?”老祖说:“贫道只为狄青猖狂不堪,伤我徒弟性命,故忿恨特来报仇。”段威说:“仙长原乃如此。”段、黑二人告礼就席,老祖不相陪,往后厢去了。吃酒间,黑吞细说老祖试演呼风唤雨移山倒海之术,段威此时听了方才略略放心。次日,老祖说:“黑将军,贫道看你愁容满面,实有惧怕之意,待贫道送你一丸,吃下必壮其胆气,力量倍加。”即取出一丹,大如豆子,命取阴阳水化服。此时黑吞接转吃下,停一刻果觉精神加倍,胆大心雄。遂谢了仙长,心中大悦。老祖说:“黑将军,你可领兵三百,出关讨战。贫道随后即到阵中了。”黑吞应允,带兵上马,手持大斧冲关跑出。有段威挡住,还疑到底不知道人有何本领退敌。又见他把宝剑向地画了书符,口中有词咒念,喝声速变,阶下顽石忽然变化作一只青毛兽马,不像马,多了两角,略像牛。老祖连忙乘上,不用加鞭,此兽自走如飞跑出关去。段威方知他真有本领,果有法力,但不知此去胜负如何,且看下回分说。

第八十五回　施法宝花山逞能　遇妖术虎将被陷

诗曰:花山妖道逆天为,称说报仇强助西。
　　宋将险遭雷掌陷,王禅老祖到扶危。

当下老祖乘上怪马飞跑出关,来至阵前,会齐黑吞,向宋营讨战。狄爷说:"列位将军,本帅不知西辽王主见如何,一连候了二十天,停兵待他献旗投降,至今还未闻消息,不知辽王或战或降?"众将说:"元帅,倘若他国君臣畏惧,又肯投降,元帅准否?"元帅说:"只要他献出珍珠旗,便准投降。"众将说:"元帅,倘若圣上怪辽王反复,不准他,若何?"元帅说:"圣上原乃英明仁德,定然允准的。"言谈未了,忽有小军报说:"启上元帅爷,今有西辽王打发一将名唤黑吞,只带得三百名兵前来讨战,请令定夺!"元帅闻报说:"列位将军,我想此将只带得三百兵丁到来,必是个劲敌。此番只要小心迎敌才好。"张忠说:"元帅,前日两国交兵,多少英雄被我们杀得尽绝,岂惧今日这个把番奴?只消小将走马横刀,杀他个片甲不留!"元帅说:"你休得狂言,此番只恐又有一场恶战。刘将军,你领兵一千小心出敌。"刘庆得令,提枪上马,领兵一千,飞马出关,各通名姓,搭手交锋。黑吞本领不高强,与飞山虎争战一场,招架不住,回马奔逃。飞山虎拍马追来。花山老祖跨坐骑而出,口中念咒有词,雷掌一起向着刘庆对面虚空一掌,喝声:"来将还不下马?"半空中一响,一道金光直射来。刘庆喊声:"不好!"身闪不及,被掌打在肩上,疼痛难当,翻身下马,幸有阵中的军士飞步抢回。飞山虎奔回关去,一千兵卒惊慌逃走回关。

花山老祖收了雷掌法，黑吞大悦，称羡老祖法力精通。

老祖复又呼唤狄青出马来会贫道。喊战之声未了，石玉一马冲到阵前，大喝一声："何方妖道，敢来讨死。你伤我刘将军，休得活命。且吃我一枪！"说罢，把双枪乱刺花山老祖。花山老祖冷笑一声，把宝剑架过双枪，也是一雷掌打去，中在石玉背心，疼痛难当，几乎落下马来，拖枪大败逃回关，跌下马来，声声呼痛。元帅一见大惊，命军士扶到后营。二位将军倒睡床上，叫痛之声不止。被妖道雷掌所伤，不独中伤之处痛疼，满身骨节也麻痛难忍。随你英雄上将，不出三天命归阴府。

此时，狄元帅心中焦闷，说道："西辽雄兵猛将，本帅尚且不介怀，无奈异人妖法，连伤二将，痛楚如此，还不知性命如何？"元帅正在忧闷之间，忽报辽将黑吞坐名要元帅爷出战，元帅吩咐小军去了。帐下萧天凤大怒，上前打拱说："元帅休得心烦，待小将出马擒拿妖道番奴。"元帅说："萧将军，你虽骁勇，只因妖道用妖法伤人，倘如石、刘二将军被伤如何是好？"李义说："不妨，倘若除不得妖道，他又用法伤你，萧将军你不要恋战，即可跑走回关来。"此时萧天凤英气抖擞，顶盔贯甲，上马提叉，领了健卒一千，出营而去。元帅对张忠、李义说："萧天凤此去会阵不知吉凶如何？你二人随同本帅出营观阵。"二将答应，又吩咐苗显守营。三人刚出营，只见萧天凤已被雷掌打中，负痛逃回关中。元帅心中着急，吩咐军士扶他去后厢安歇。

忽又报，黑吞必要元帅爷亲自出马，元帅说："必要本帅出阵，如若不去，只道本帅惧他，且出关会这妖道便了。"即顶盔贯甲，跨上龙驹，张忠、李义相随左右，点兵三千，摆开队伍。出到阵前抬头一看，只见一辽将耀武扬威，后边立着一红脸道人。形容古怪，眼色异常，原像有些来历。黑吞喝声："来将快快通下名来！"狄爷说："本帅乃大宋平西主帅狄青也，你莫非黑吞么？"黑吞说："既知俺的大名，何不早早下马送过首级来！"元帅大怒，喝道："你乃无名下将，怎得夸此狂言，看刀！"金刀砍出，黑吞月斧一架，喊声："不好！"马退数步，几乎跌下马来，月斧拖地回马奔逃。老祖看见，劈面冲来，提起雷掌打过来，狄爷喝声："慢来！"用金刀将霞光一拨，这道光从旁边侧出了。此时，花山老祖大怒，喝声："狄青，你敢破我仙法么！"狄元帅大喝："妖道，你且认认本帅何等之人，你用此旁门妖术有甚相干！别人你可摆弄，在本帅跟前休得出丑！"说罢，金刀砍去，老祖用宝剑架住，又是一掌打来，狄爷把金刀拨出霞光。老祖喝声："狄青！你又破贫道法宝，要你死无葬身之地！"一连三个雷掌，也被狄帅拨开。狄爷大喝："妖道！你还有什么妖术休得作弄，枉你自己面皮。"老祖大喝："狄青，休得逞强，看看法力取你！"老祖口中念咒有词，顷刻乌云遮日，狂风大作，飞砂走石，滚打得宋兵各处奔逃，黑暗不辨东西。张忠、李义也觉心寒，不敢上前。狄元帅即忙念破风咒言，不一会又得盔上血结鸳鸯一道金光，灿灿霞光冲散乌云，杲杲一轮红日复现。元帅提起大刀砍杀不住，几乎中着老祖身上。

老祖大怒，怪眼圆睁，囊中取出法宝，名曰乾坤砚。祭起空中，真是厉害非凡，金光灿灿，响声铮铮，左旋右转落下来。这件东西乃老祖修道山中日月炼成的，你开阳宝镜，金盔上宝鸳鸯全然不济，王禅老祖授秘诀避妖物真言也抵阻不住此物。此物如电光飞压下来，元帅把金刀乱挑，那里躲闪得过？却被打在肩上，狄元帅喊声："痛煞也！"忍痛转回。幸有龙驹快马如飞，早有张忠、李义飞枪弓箭保护元帅，回进关中，宋兵也惊慌逃回。此时，二将扶元帅下马，倒睡在牙床上，痛不可忍。张忠又吩咐紧闭关门，按下慢表。

再说花山老祖收了法宝，呵呵大笑说："狄青哎！贫道的雷掌被你破了，那乾坤砚你却破不来！今日管你盖世英雄的汉子，活不了三天。如今狄青受伤，徒弟之仇报了，岂不称快！看来天色将晚，暂且回营，来日除尽宋将，好待狼主发兵，直进中原。"此时，老祖转回，黑吞大喜，与老祖一同回关。段威迎接进帅堂，三人自有酌量之说，不能烦述。

且说狄元帅受伤回关，疼痛难当，忍耐睡在牙床，辗转身躯，声声呼痛。张忠、李义心中忧闷，与苗显一同问候。但见元帅口也难开，一句话也说不出，只是摇头叫痛。后营被伤刘庆、石玉、萧天凤三人也是如此喊痛，伤处又无药可调治。此时，三将好不着急忧心，张忠说："这泼妖道妖物凶狠，打着就痛楚如此，犹恐还有性命之忧。"三将商议，只是心烦，张忠叹声说："若元帅应死在西辽，何不死在天王庙内，岂不胜乎死于此地么！可笑王禅老祖说二取珍珠旗再平辽国才得奏凯还朝，国家无患。本想他是道德清高的仙翁，岂知原是哄骗凡人之说。若不是妖道来帮助西辽，我元帅行兵数载，有胜无败，从不曾至身体受伤。就是想来昔日薛德礼混元锤厉害，只伤得杨元帅，我们五弟兄从不曾受伤一人。岂料今日一战，一日连伤四将，看此光景乃自有死无生了。"李义说："刘庆、石玉、萧天凤死了也罢，倘元帅一死，大宋江山已冰消瓦解了。早晓得这场收科，何必多劳国务，历尽风霜辛劳，并不得一日逍遥。尚未成功，先亡外国，真乃师父害了元帅！"二人同怨着王禅老祖。四将被伤，危在旦夕，还不知如何解救，且看下回。正是：

　　受伤四将成危险，望救三人更着忙。

第八十六回　鬼谷师灵丹救将　花山祖赛法沙场

诗曰：天朝虎将遇花山，妖法重伤命险关。
　　　鬼谷临凡施妙药，英雄方得再平蛮。

当下张忠、李义见四人受伤，元帅中了妖道乾坤砚，不住叫痛，心中烦闷，一同抱怨王禅老祖。此时苗显在旁，见二人不住怨言，便说："二位将军，元帅虽已如此，你怨王禅老祖也是枉然无济，眼下须要定个主意才好。不如前往水帘洞仙山走一遭，求恳他师父前来搭救四人性命，你看如何？"张忠说："做不来的。此去仙山，非刘兄弟去不得。如今他又被伤，还有何人可往？"苗显说："不然如何是好？"李义说："我也无计可施。不如拜诉天地，祷告王禅仙师，若元帅不该绝，或得神明搭救，或得他师父到来，也未可知。倘元帅有救，他三人也无妨碍了。"张忠说："这是孩童的识见，如何济得甚事。"苗显说："若诚心拜告天地，仗着大宋天子的洪福，天地神明有感，得王禅仙师降临，有灵丹救回四人性命，也是出于无奈的思想。"此夜，三位英雄只得在关中烧香,叩首望空祷告一番,待至三更。

慢言宋将祷告上苍。再说水帘洞王禅老祖静坐蒲团。忽耳边吹过一阵狂风,即袖断时课,方知徒弟狄青被花山道人用乾坤砚打伤肩背,命在须臾。石玉、刘庆、萧天凤背受雷掌所伤,也不过三天。倘不即去救难,以保全四人性命,要动摇大宋江山。忙即取出四颗丸丹,又带了几件法宝,吩咐仙童守山洞中,老祖顿时驾上云头而去。祥云霭霭,一程云端跑走。凡人走路,一日之间走得二三百里已是过多了,岂知仙家乘云而走,个把时辰已行一千八百里的路程。所以,老祖半夜间驾云,来到关中日已初升了,一路原有四千里。

此话先说宋营中狄元帅与三英雄身体受伤,半日一夜,多是昏迷不醒,又不见呼痛,命在须臾之际。此时,三位英雄心内犹如火焚一般,看看元帅和三位英雄,无计可施,只得又到阶前祷告一番,又呼禀王禅仙师:"刘庆、萧天凤与你无干,这元帅、石玉乃是你门徒,也该前来解救。为何我们祷告一夜,仍不见到来,为何冷眼旁观?花山妖道伤了你徒弟,乃欺人太甚。你为师的威光灭尽!"拜告一回,东方渐渐黎明。三人到后营,只见元帅尚存一息之气,奄奄呼吸,呼唤他只是不答应。刘庆、石玉、萧天凤也是一般昏迷,想来必不济了。三位英雄说:"圣上啊!倘元帅有甚差迟,宋朝社稷的保护依靠何人?只忧锦绣江山要付与西辽的。"三人正在烦恼之际,却说鬼谷仙师到了,落下云头,早有宋营中军士看见,齐说:"不好了!半空中落下这道人来,定是花山道人打发来的,我们快快报知将军爷,快些逃走罢!"老祖呼:"你们军士不必惊慌,贫道乃王禅老祖,特来救活你家元帅,快些前去报知。"众军士说:"原来仙师到此,元帅爷有救了,我们快些去报知!"

此时,关中三位英雄正在烦恼之际,忽闻军士报知,出营叩首恭迎,说:"仙师若不来搭救,我元帅与三将一死,难留旦夕。"老祖说:"贫道正为着四人被花山妖道所伤,若过了明朝,难以活命,故特赶来搭救。"三人听了老祖之言,心花大开,说:"请仙人进关!"老祖进至关中,三人再拜见,老祖说:"三位将军休得重礼,快些引贫道去看他四人。"三位英雄答应,即引老祖入后营到元帅房中,但见他尚有一息之气，左肩被伤之处青黑肿胀，不出三天性命难保。老祖取出一颗仙丹，大如黄豆，吩咐张忠取些阴阳水化开，先扶起元帅与他服下。老祖又取出三颗丹，命调服三将。老祖出房坐在帅堂等候，不消半个时辰，元帅苏醒了，疼痛立止。大叫"泼妖道，你敢害我"，睁开两眼四边观看，原来张忠、李义、苗显三将在此，忙问道："我被妖物所伤，为何一时平安如前？"三将说："元帅，你难道不知王禅仙师降临，调化灵丹与你服了？"元帅说道："原来师父到来搭救，如今何在？"张忠说："现在外堂。"元帅说："待本帅出堂拜谢便了！"三将说："元帅身体初愈，且自保重，不可再劳。"元帅说："不妨了！如今痛楚全无。"即时抽身整衣，一路出来，三位将军大悦。

见了师尊连忙叩礼，说："不知师父降临救拔弟子，忙来叩谢活命之恩。"老祖说："贤徒起来罢了！"元帅问："师父如何得知弟子有难，前来搭救？"老祖说："贤徒，你在仙山数载，难道不知仙家妙用么？蒲团净坐，阴阳袖卦占，故已得知此妖用乾坤砚打伤了你，雷掌又伤了三人，生死不出三天。所以为师特用心血挟指丹救回你四人。"此时，元帅连忙叩谢。张忠三人也来答谢。元帅又说："师父，后营三将也被妖道打伤，不知能救回否？"老祖说："为师早已知道三将被道人雷掌所伤，也是过了三天不能活命。"张忠笑道："我们早间扶了元帅起来，忘了他三人，也已服了丹丸，不知如何？"张忠正要往后营去，三位英雄早已走出帅堂来。这三将昏迷一日一夜，忽退去痛楚，倍长精神，不知自己如何平复如前。见了老祖，石玉方知师父到来搭救，连忙叩见拜谢。刘庆、萧天凤问明原因，不胜大喜，一同上前拜谢老祖。

老祖说："贤徒，从前的事也难细说。这花山妖道乃系赤蛇原身，修炼成人形已有八百余年。牙里波就是他的徒弟，被你用开阳宝镜破他迷魂阵，杀了他，故这道人前来报仇。我想花山祖造孽伤生，如何归还得仙班？待为师破他法术，降了雷掌、乾坤砚，料想这逆道无有别物，将他收服归山，好顺天命，奏凯班师便了。"元帅正要开言，忽见小军报说："辽将讨战。"元帅说："师父，黑吞就是妖道引战之人。"老祖说："平西王也差一将军引战为师，前往破法收妖罢。"张忠说:“小将愿随仙翁出阵杀这黑吞,待仙翁收服妖道便了。”即时上马提刀,带领雄兵一千,老祖念咒,向空中一拂,云端降下仙鹤,连忙乘上而去。狄元帅带领众将在城上远远观看。

却说张忠一马飞出,大喝:“你是黑吞么?”他说:“然! 南蛮你且通下姓名来!”张忠通名毕,喝声:“看刀!”话未完,大刀当头就劈,黑吞持斧急架相迎,战不上二十合,黑吞大败而逃。张忠正要追赶,忽冲出花山老祖,喝声:“宋将休得逞能! 看法宝来。”就起雷掌,张忠放马奔逃,王禅老祖跨鹤早已跑到,大喝:“逆畜赤蛇,快快回山去罢! 不必妄助西辽,违逆天命!”拂尘一扫拨去了金光。花山见了大怒,喝声:“王禅,想你虽有法力,我何俱哉!”又是雷掌打过来,王禅祖将金光扫散。花山祖怒气冲冲,又念咒语,祭起法宝乾坤砚,万道金光盖下来。王禅祖即拿出法宝名曰冲天弹,曾在山中炼成的宝贝,亦祭起在空中,金光万道,呼呼作响,左旋右舞。此时,一双法宝在空中斗赛一回。这乾坤砚却被这冲天弹打破,跌下尘埃,一声响亮打得粉碎。不知花山老祖再有何法术赛斗王禅,且看下回分解。正是:

妖道虽云法广大,仙师又是道深高。

第八十七回　斗法术花山逞能　收野道王禅借宝

诗曰:花山蛇怪也称能,弄法沙场赛斗争。
仙妖交锋无胜败,分明邪正岂容更。

话说王禅老祖的冲天弹把乾坤砚打落,跌碎地中,犹如粉齑。此时,王禅老祖又喝声:“妖道你不现原形么?”喝声:“法宝,速除逆畜!”空中的冲天弹光华射目,照着花山老祖打将下来,好不厉害!花山看见大惊,慌忙伸手向混海囊中拿了法宝。形如方砚,望天丢去,空中有五彩金光射目。此宝名曰日月帕,祭起遮蔽得日月无光,昏天暗地,即把冲天弹打下。王禅老祖忙把冲天弹收回,心中也觉惊骇。虽有神通广大的咒语真言,无人可破,倒被他打将下来,王禅老祖只得拿了八卦筒,祭起高空,筒内吐出霞光,闪在云头,相斗一番。二宝俱不下来。花山说:“王禅贫道,你徒弟伤了我徒弟,所以特来报仇。你法力虽高,我的法宝倍加厉害。倘你今破得贫道日月帕,我就服你。你若破不得,劝你休要与贫道争斗,速速归山去罢!”王禅老祖想来,我的法宝虽多,不能除这妖物。又怕不如他,反被这妖道逞舌强言。即大喝:“逆畜,休得猖狂! 从来邪正分明,仙妖异路。你说贫道无物可破你的日月帕么? 但今未曾带得宝贝来,且待明日要你伏现蛇形。”花山听了,呵呵冷笑,说:“王禅,谅你再无别的法宝来斗贫道了,如今且容你一夜,明日看你拿何物来破我的法宝。”即向空中把手一招,顿时收去日月帕,王禅祖也收回八卦筒,各自收兵。

花山回进关中,喜色扬扬,黑吞忙问道:“仙师,不知这老道士是何处来的? 看他法力虽然广大,到底斗不过仙师。此时,何不将他剪除了,灭尽众南蛮,我大众好进兵。”花山说:“将军有所不知,这道人名唤王禅鬼谷子,在云梦山水帘洞修真,狄青是他徒弟,所以前来相助,他纵有法力,那里及得我修炼的功夫! 若是贫道今朝即除了他,只说我没有些仙家面情,明日再赛法宝,然后除他。”黑吞说:“仙师,又恐这王禅法宝尚多,除他不得,这便如何?”花山祖说:“将军,由他法宝多般,那里斗得过贫道的日月帕! 管教这王禅只在来日便远远归山了。”黑吞听了大喜,说:“此乃我邦狼主之幸也!”慢表番将之言。

再说王禅老祖未能除得妖道,回进关中,也觉无颜。元帅忙问:“这妖道因何有此法宝?”老祖说:“徒弟,这花山妖道乃一蛇畜耳! 若他物件般般可破,单有日月帕乃是妖蛇的原神所炼。炼了七七四十九年的功夫,幸亏八卦筒挡住,倘若不然,为师也要吃亏。”元帅与众将听了好生不悦,元帅说:“既破不得日月帕,就除不得妖道,这却如何?”王禅说:“贤徒且免心烦,为师驾云往庐山圣母宫中借取镇妖球,可破日月帕,收除此妖。”元帅听罢,方始放心。老祖即驾上云头,跑走三个时辰,已到了庐山仙境。此时日渐西归,明月初起,圣母早已知道,吩咐开了洞门,亲自迎进碧云宫,分宾主坐下。王禅祖说明来历,圣母听了,含笑说道:“宋朝社稷无人佐弼,所以上帝差武曲星临凡。如此数年争战，杀运已完，江山永固，岂知这逆畜全不醒悟，修炼功夫有年，再修二百年后即登仙班。原不该坠落红尘，起了杀生之念，已将根本尽坏，前时功夫一齐倾了。”老祖说：“仙母，贫道无非为着宋室乾坤，故亲临收除此妖，待五虎成功，班师还国。岂知破不得他的日月帕！故特来借取镇妖球，收服妖道归山，望圣母与贫道拿了孽畜，即日送还。”圣母说：“老祖，若镇妖球在此，理当拿去用，只是不在此了。”老祖说：“因何此宝不在此了？”圣母说：“昔日已赠与徒弟赛花公主八件宝贝，镇妖球亦在其内。”老祖说：“令徒公主与小徒狄青已成夫妇，既是宝球在于彼处，待贫道即往单单国与公主借取便了。”圣母说：“老祖，你去不得。你若去而复还，已耽搁日余了。还须防逆畜恃强，先伤了五虎英雄不妙了。不如你且回七星关内等候，待贫道取球回来，亲到西辽便了。”老祖说：“只是有劳圣母，贫道不敢了！”圣母说：“老祖说那里话来！彼此无非为着大宋江山，所以各不辞劳耳！”老祖点头称是，即抽身辞别圣母，仍驾云回到七星关中。天色未明，将言说知徒弟，七位英雄多多感谢仙师不表。

再说庐山圣母也不迟延，吩咐仙女几言，连忙离了碧云宫，驾上云端而去。若说仙家赶路，伏着一朵祥云，飞驾一日一夜，万里程途可至，所以，古云：山中方七日，世上几千年。此是仙家之语，不是做书妄说的。此时，圣母腾云跑走，往单单国有三千二百余里，走到天将黎明。

先说公主自与狄青成亲一月，已分离二载，在西辽破解重围，方得聚会。但交兵之际，只是讲叙离情，岂暇同衾！辽邦降顺之后，你转中原，我归单单。这公主原是一个多情之女，自分离后常思丈夫，许班师复命再来我国宣召。岂知一别渺无音信，至今令人倍增思念。至旧年方得中原万岁旨来宣召，当时只因母后身亡未久，所以逆了天朝万岁旨意，父王推算今岁八九月间，送我到中原，后来父王又丢不下我，所以耽延日月直至今日，又闻西辽复叛，与新罗借了兵，仍要夺取宋朝江山，却被驸马杀得大败，征服了新罗国，大兵复进西辽。又闻报说，仍杀得西辽无人抵敌，真乃好一员虎将。我想西辽国既投降了中原，只宜安分守己为是，如何痴心反复不一？国无兵将，又求借于邻邦。可恨新罗国借兵与他,后来反惹得损兵折将,自取其辱。倘今日征西,若是驸马杀败了,哀家自必要前往解救的。今幸喜他旗开得胜,料想这西辽国已稀少雄兵猛将了,必然依前求和投降的。如今八九月期已过,又是对年四月了,只望他早早班师奏知,万岁有旨宣召哀家。想起来虽是夫妻,还要奉养老婆婆,但不能见父王了。想起来又丢不下父王,既是姻缘有定,不该远离他国。但天子再召,父王难以推辞,但他必要留一个孩儿,长育成人,接姓以传单单宗支。父王哎!为女儿舍不得远离膝下,又无两弟一兄侍奉于你。此事公主想起烦闷,国王亦终日不悦心怀。自从狄青私逃之后,恨他抛弃女儿,并无半点儿婿之情。好笑女儿全无知识,时常思念这无情之汉,心向天朝丈夫,无心于父母。只悔恨当初把女儿错配与狄青。这狼主常想起,烦恨之心,不能细述。

这日五鼓,国王坐朝,文武参见毕。有黄门官启奏说:"朝门外有一道姑,自称庐山圣母,要见狼主。"狼主听了,不知圣母到来何故?他是仙家,到此定有缘由。即率众文武亲自迎接进银銮殿坐下。狼主说:"圣母降临有何见谕?"圣母说:"狼主,贫道前来非为别事,只因驸马狄青征西兵败。"狼主说:"圣母,狄青二次平西,孤家也得知,但只闻其胜,未闻其败,如何危急,乞道其详。"圣母说:"狼主,驸马在西辽七星关,有花山妖道帮助西辽用法,连伤四将,驸马几乎身亡,亏得他师父王禅老祖,将灵丹救回性命。但这妖道仗着日月帕宝贝厉害,拒阻宋兵。王禅老祖法宝虽多,只破不得这日月帕。若不收除逆妖归山,驸马难以平定西辽,何日得班师回朝?"狼主听了,说:"妖道这日月帕如此厉害,有什么法宝可破?"不知这圣母说什么话来。正是:

　　只因妖道扶辽国,惹出仙家降俗尘。

第八十八回　劝番军仙母善点化　离单单公主再西行

诗曰：妖道帮辽阻宋军，仙师圣母下凡尘。
宝球降伏原形现，灭逆存顺古所云。

当下狼主说："妖道这月月帕还有何法宝可破？"圣母说："他的日月帕并无别物可破，只有镇妖球乃是贫道之物，已赠了令公主。所以，贫道前来要公主往西辽破法收妖。待驸马奏凯班师，母子团圆，夫妻完聚。伏望狼主速差公主前往。古云，救兵如救火，延缓不得。"狼主听了说："圣母的徒弟乃一女流之辈，从前兵困西辽，我女曾经前去解围，如今不要去了。若要法宝，即请圣母拿去，若要女儿再去交锋，难从命了。"圣母说："狼主那里话来！既将公主匹配了他，理应帮助平西，况且前时被困，待公主解围。如今不使公主前往，难道听凭驸马当灾不成！"狼主说："圣母，若说狄青与我女儿虽成夫妇，他却无夫妇之情。勉强成亲一月，竟是不别而行，至今孤家想起气恼之极，这汉子真是无情无义之人，无事时丢却孤家父母，一日有难，又思小女扶助。如此薄情人，有何亲谊关照！"圣母说："狼主哎！你有所不知，这驸马生长天朝，忠孝传家，身受皇恩，理当事君亲为重，所以定然要去的，狼主你却错怪了他。辽国与新罗尚有邻邦之谊，借兵相助的，狼主与驸马有半子亲情，反忍坐视不救之理！就是大宋天子国家有难，狼主也该帮助一臂之力才是，况且驸马将一战成功。伏望狼主高明龙心祥察，勿因小故错怪驸马，失了翁婿之情。若然公主是女流之辈，不敢差他往沙场历险，今喜是个女中英雄，丈夫有难，为妻理当解危急。伏惟狼主休执一偏之见，速命公主前往西辽，解丈夫危急。待驸马奏凯还朝，宋王必有旌奖到狼主贵邦。"

圣母用好言劝解，狼主听了圣母一番善言，无奈只得命宣公主。不一会，公主上殿，朝见父王，又参礼师父。圣母说知此事，公主闻言，心中暗急，即开言说："驸马危急，即刻点了人马，立即前往！"圣母说："你也不必带兵的。如今事急，一日难停，只要你拿了八件宝贝与为师驾云前往。"公主听了应诺，即忙回营，对两个孩儿吩咐说："你父在西辽有难，为娘前往解救。你弟兄休慌，为娘去不过数日即回。"一双孩儿果然乖巧应诺，公主又吩咐叮嘱乳娘一番，不必细说。且言公主顿时戎装，但见：

头戴金冠雉尾毛，身穿五彩凤鸾袍。

足下战靴花簇簇，腰拴碧玉衬金绦。

公主扮了戎装，藏了八宝囊，手执两口绣鸾刀，过去公主用枪，只因枪、刀、剑、戟，公主件件皆能，随意所用。此时，急急忙忙出宫，到银銮殿，说："父王在上，女儿拜别了。"狼主说："女儿，如今此去，若平西后，仍复回来或跟随丈夫一同到中原，你且实说。"公主说："父王哎！女儿与师父破了妖道，即日转回，不必挂心。"狼主说："只是为父花甲之期到了，狄龙、狄虎弟兄不知饥饱的孩儿，这两句话听凭你的主意便了。"公主说："父王何烦多虑，女儿不是无知之辈，养育恩深未报，岂敢舍抛了父王、儿子到中原！"圣母说："徒弟无紧要之言，休得多说，破法之后，仍复回来，速速驾云同去罢！"公主应诺，圣母就把拂尘向空中一展，口中念念有词，招了两招，但见两朵祥云，从空而下，师徒登云而起，各官员望空相送。但见祥云渺渺茫茫，师徒云内远去无踪。狼主不悦，叹气回营，不表。

再说圣母在云端说："徒弟，为师的不得与你同往，你到西辽把镇妖球破了日月帕，将五龙绦收了这逆畜，不可留恋辽地，速带这物前来见我，我还有话说。"公主说："谨依师命！"当时，师徒分路，圣母离却红尘，自回仙宫。公主赶路慢言。

先说王禅老祖借宝回关，次日，又报说花山老祖讨战，在关前辱骂，说要与仙师斗赛法力，请令定夺。元帅说："圣母未到，这妖道又来讨战，如何处置？"老祖说："贤徒不用心烦，待为师出关会他。"老祖把拂尘招下空中仙鹤，乘上出关，带了张忠、李义二员虎将。花山一见说声："王禅，贫道与你各为徒弟，你我更有法力。昨天，你斗贫道不过，今日再来会阵么？你若破得我日月帕，贫道即隐归山。我破了你的法宝，你也不必在此了。"老祖喝声："逆畜休得弄舌，贫道是上仙,你是蛇妖,难道上仙让你怪物么?无非念你八百载修行,不久也要归入仙班,所以,昨日宽容了你。你必要寻入罗网,今朝却不饶你。"即咒念真言,撒起金钱打去,花山把宝剑一拨,钱已落地。老祖大怒,用第二个金钱打来,一连三个,皆被花山拨去。又念咒言,提剑向天一招,顷刻乌云漫天,狂风大作,宋兵好不惊慌,元帅在关前看见了,道:"这妖道只得八百年功夫,竟如此厉害。师父与他赛斗不知胜负。"此时,只见飞沙走石,地暗天昏,对面不见人形,伸手不见五指。风势猛狂,张忠、李义也觉惊骇。老祖冷笑,即取出一颗定光珠,祭起高空,光华万道冲开昏暗,依然一轮红日,狂风不起,沙石不飞。花山说:"王禅,此法你破了,法宝又来!"宝剑向南书符念咒,空中一座大山移来。老祖即收了宝珠,拿出托山轮,托去高山。又念化山真言,退了山形,即大喝:"妖道!你还不现原形?"花山冷笑说:"你道我无能么?"宝剑向东一指,对面已成一条大海,白水滔,波浪滚,来淹宋军。老祖见了,用拂尘书符,又复为平地,大水不见,喝道:"逆畜!这些小法何足轻重,还不快现原形!"花山见破了法,又念咒火诀,驱了一团烈火,风卷到宋军阵上。老祖忙招北方壬癸水冲去,烈火又消了。即喝:"逆畜,你速现原形,即饶你性命。再要弄些小法,你现原形也不饶你。"此时,花山无甚别法,只得又祭起日月帕来,老祖仍用八卦筒,赛了一会,不分胜负,只得各各回关。

花山想来:"这八卦筒没什么法宝可破,若不得破王禅之法,八百载的功夫用空了。罢了!贫道往蟠螺山寻友,借取藏天袋,必破王禅八卦筒。收完宋将,连王禅收入袋中,狼主大事定矣。"说知黑吞,吩咐不可泄漏,勿被兵将得知,小心守关。花山即腾云去了。再说王禅老祖回进关中,元帅接见,坐下问道:"师父哎!不知妖道如此厉害,亏得师父法力破他。若非师父到来,谁能抵挡?众人性命难保了!但不知仙母何日到来,愿他早到此,速除妖道才好。"石玉说:"师父何不袖占一课,便知圣母来的时候了。"王禅说:"贤徒之言说得有理,且断一课,看是如何?"此时老祖推算阴阳一会,说:"贤徒,公主原来带法宝来了,仙母已回山去了。今夜三更必会公主。"元帅说:"师父,请再一卜,看公主到来能破妖道否?"老祖又占一课,细推，不觉一笑，众将问其缘故，老祖说："天机不可漏泄，天晓便明白了。"众人听了，心内狐疑，不知怎样妙算天机，只得安心等候，只有刘庆想来，我不管他什么天机不天机，实在等不到天明了。今夜且瞒了众人，不使元帅知道，驾席云悄悄到乌鸦关，把花山妖道一刀结果了。管他黑吞、白吞，段威不段威，进关中去，黑夜杀得干干净净，岂不美哉！这飞山虎定了主意，是夜候至三更时分，瞒了元帅、众人，悄悄驾云而去。此书先说花山老祖离了七星关，到蟠螺山道友处借取藏天袋，来破鬼谷仙师的八卦筒。不知取到藏天袋可破王禅否？但看花山老祖妄助西辽，逆天悖理，有分教：

八百修行成枉炼，千年善果已无功。

第八十九回　镇妖球云内收蛇怪　飞山虎私夜劫辽营

诗曰：八百余年苦炼修，花山何不悟回头。
　　嗔痴一念前功失，未证仙班形现收。

当下飞山虎前往乌鸦关行刺慢表。且言花山老祖往蟠螺山，一路驾云而走。约有一半路程，前面来了赛花公主。当时公主看见前面云光闪闪，不知何处来了妖魔。说未完，只见一个红脸道人驾云而来，两家各不相识，公主连忙按住云头说："来者何人？留下名来！"此时花山老祖也认不得是公主，即回说："贫道乃花山老祖是也！女仙何处来的？也须通个名来！"公主说："你且慢问我的姓名，我先问你往何处去的？"花山说："不瞒女仙，贫道帮助西辽破宋，只因王禅的八卦筒厉害，我的日月帕破他不得，所以特往蟠螺山与道友借宝破他。女仙休得阻着贫道的去路了！"公主听了，怒气冲冲，圆睁凤目，骂声："逆畜！你八百载修行，功夫不浅，因何不想登入仙班？逆天破戒，妄助西辽，可惜前时功夫，今朝一旦倾了。哀家正除你，速现原形，方可饶你性命。倘再违逆，即教你原形性命难逃。"花山听了，喝声："女妖！你有何本领，口出狂言！贫道若把你一剑挥为两段，只道我欺你这小女妖无能。如今,你走你的路,我走我的路,恕你过去,若再胡言乱语,宝剑上断不客气!”公主大喝道:“逆畜!休得夸能,你要哀家让路却也不难,只要你认得哀家是何仙佛,说得分明,立即放行。倘若说不出来历,休想去路!”花山听了大怒,喝声:“无名女妖,本事毫无,敢大胆阻贫道去路,眼见你活不成了!”便把宝剑砍来。公主双刀迎敌,在云头二人刀剑交锋,不分高下的争战。

花山老祖想来,这女妖倒有些本事,我今要往蟠螺山去,不知与他斗到何时方止,不免用日月帕伤他性命便了,忙伸手向混海囊取出日月帕,祭起天空,一声响亮。黑夜天昏,此时帕光冲起,掩了明月,此帕向公主顶上落下来,公主不慌不忙,向八宝袋取出法宝镇妖球望日月帕上一抛,但见霞光灿焰,彩色遍空,光辉照耀得犹如白昼,在空中施舞,由你什么妖物见了此球不能收回。当时听得空中响亮如雷,已将日月帕打碎地中央。这帕乃花山道人蛇魔的原神所炼,今日被镇妖球打碎,这花山周身骨节疼痛难当,踏驾云头不稳,跌下地中。正要遁走,岂知镇妖球追下地来,打在妖道后心,即大叫一声现了原形,乃是一条赤火蛇,长有二丈余,浑身犹如火炭一般,翻来滚去。公主落下云来,取出五龙绦一搭,捆绑了长蛇,方才不敢作动。却也奇怪,这赤蛇先有二丈多长,被五龙绦捆绑了,其身渐缩至七寸长。公主又向八宝囊取出混元瓶,对着小蛇说:“逆畜!今日本该除你一命,又念你八百载修炼功夫非浅,暂饶你一死,速归瓶内去罢。”瓶口出一道毫光,蛇儿即进瓶中去了。公主收了五龙绦,收藏镇妖球、混元瓶,手持双刀,依旧驾上云头向七星关而来,按下后题。

却说莽将飞山虎驾席云帕走至乌鸦关,但此时星光灿灿,月色溶溶,只得悄悄向黑处闪入关中,但见两员番将各坐东西桌上,灯烛辉煌,一班士卒在帐外站立。刘庆想来为何不见花山妖道?趁这番将没有提防,杀个措手不及便了,花山妖道纵有神通也来不及了。按下云头,进关大喝一声:“番奴,今夜活不成了!”两员辽将大惊,被飞山虎一枪刺倒段威。长枪一拨把辽兵副将乱刺,番兵大乱,纷纷逃走,自相践踏。黑吞慌忙唤人取斧来,被刘庆一枪刺进面门,黑吞头不见了。关中虽有番兵副将,但黑夜慌张,又不知宋兵多少,自相残杀,早已大开关门,顷刻四散奔逃。飞山虎大喝:“花山妖道,快些出来纳命!”连呼数声,不见动静,跑进关内外各处搜寻,并无一卒,但见尸骸满地。飞山虎一想,这妖道惧怕我的长枪,先已脱身去了,笑说:“妖道哎!虽然你已走去,我已将辽兵辽将杀得好不爽快也。且回关报知元帅罢。”仍驾席云飞走,赶不上数里,前面一朵祥云。刘庆一想说:“莫非花山妖道在空中走了。”即大喝:“来者何妖,往那里去?”“刘将军,哀家在此!你快去禀知元帅,说哀家要求见元帅。”飞山虎一闻此言大喜,说:“原来公主娘娘到来,小将只认作妖道,险些冒犯了。如今收了妖道么?”公主说:“正是!”此时二人一同驾云来到七星关,已是二更。

落下云来,刘庆先进入关中,向元帅呈明乌鸦关兵已被小将杀得尽绝了,单单逃走了妖道。元帅听了心中暗暗欢悦,假作怒色,喝声:“匹夫!不奉军令私自劫营,倘有差过,死于非命。刀斧手拉出斩首以正军法!”元帅军令一出,刀斧手即上前将飞山虎绑了。刘庆发笑说:“元帅,今夜小将虽未奉军令,然而有益无损之事。元帅将小将正了军法,岂敢逃脱,只是小将杀尽辽兵,也有些功劳,望求元帅鉴察,赦了小将之罪,感恩不浅。”这狄爷原喜除了番将,逐去妖道,并不是真要杀他。只因军法所立,只得掩人耳目,此时又不好自己收科,看看旁边三个兄弟,石玉、张忠、李义、萧、苗兄弟一同求恳元帅宽恕。元帅听了,命刀斧手放了刘庆,说:“本帅行兵数载,多是堂堂正大的交兵对敌,从不曾偷营劫寨,侥幸成功的,倘或一时措手不及,你既伤于无名之地,本帅还有疏失之罪,若非众位将军讨情,断难轻恕。死罪饶了,活罪难饶,吩咐捆打四十以正军法!”五将同声说道:“不奉军令,私自偷营,本该治罪,但念他有功于前,平西在即,不可先丧了自家将士,求元帅一并饶了这棍。”元帅本不定要打他,趁众人讨免之时,即喝他起来。

飞山虎见免了捆打,谢过元帅,又谢了众将,说:“元帅,小将杀散辽兵之后,云中遇逢公主。公主说已经收除了妖道。”元帅急问:“公主如今何在?”飞山虎说:“公主先打发小将回来禀知元帅。”元帅听了心中暗喜,难得公主再来收除妖道。一别许久,今朝得会,方慰前日恩情。即吩咐开关,灯球火把照耀如同白日,元帅与众将出关迎接。公主已下云等候,此时接进关中,众将在外堂,元帅与公主见礼坐下,开言说:“公主,下官自与你分离之后,时常牵挂。上年奏知天子,前来旨意宣你,又因国母身亡,所以未得到中原,难得今朝再会,平时想念,略略安慰了。”公主说:“驸马,承蒙挂念,足感盛情。从前分别之后,只道辽邦永服天朝,岂知辽王痴心未改,又向新罗借兵,侵犯天朝,亏得你五人征服新罗国,哀家一闻边报才得放心。今日伐西,又有妖道猖狂,哀家未有得知,所以不曾早来相助,以至驸马当灾。来迟之罪,望乞宽恕。”元帅说:“公主,你那里话来!只为下官征服新罗时,曾杀一将,名唤通迷。他的儿子名牙里波,与父报仇,摆了迷魂阵,众将被困阵中,幸得下官师父预赠我开阳镜一面,破了迷魂阵,杀了牙里波。他是这妖道徒弟,故这逆畜特来报仇。仗这旁门法术雷掌,连伤三将,下官也受乾坤砚之灾。亏得师父到来,赐丹吃下,四人才得无虑。师父与妖道赛斗一番,岂知他有日月帕,厉害非凡,师父的八卦筒只能挡他日月帕,斗个平交,不能破得此物。师父只得特到庐山见圣母,借取这镇妖球来除妖道。如今又得公主前来,除了这妖道逆畜,下官深感之至矣!”此时下文不知公主如何答话。正是恩爱夫妻,一别已三载,今日叙会,真乃:

二次平西夫妇会,他年旌诏凤鸾谐。

第九十回 收野道夫妻重叙会 遵师命鸾凤再分离

诗曰:当年一别会期稀,今日夫妻复叙时。
只为师言遵嘱命,降西鸾凤再分离。

当下狄元帅见公主除了妖道,夫妻各说欣幸感激之言。公主说:“驸马哎!若非王禅仙师前来见我圣母,哀家也难得知。又亏得圣母到我邦说明,所以哀家立刻前来,云中遇着妖道,说往蟠螺山借宝,破老祖的八卦筒,恼得我心中气忿不过,故将他收入混元瓶中了。”

元帅说："既收了老妖在瓶中，公主且拿出来，众人一看也好。"公主忙取出瓶来，玉手在瓶口一拍，但见冲出七寸蛇儿，浑身如火。元帅传齐众将观看，笑声不止。元帅呼声："逆畜，你雷掌法术厉害，如今何在？日月帕宝贝往那里去了？谁使你逆天帮助西辽欺着本帅？你八百年功夫枉用了。若要再登仙班，只在着瓶中重新修炼。"

正说间，天色已明，老祖来了，众人起立。元帅说："公主，这位是本帅的师父，你须向前见礼。"公主应诺，即上前口称："仙师在上，赛花稽首了。"老祖说："公主不必拘礼。"元帅说："这妖道已经收伏于混元瓶了。"老祖说："这是圣母的法宝厉害。这妖道只因一念之差，八百载功行送尽。"转声又说："公主，贫道劳你一番跋涉，心甚不安。"公主说："仙师说那里话！驸马与众将军被雷掌所伤，非仙师到来，已活不成了。仙师若不到庐山，圣母不至，我在宫中焉能得知？今朝得除妖道，皆仙师、圣母之力，赛花些小之劳，何足挂齿！况帮助平西，为夫解难，理当如此，不知干戈以后平息否？还望先师指示。"老祖说："昨天贫道已推算阴阳，得知干戈从今永息了。贫道还有一言相告嘱咐。"公主说："仙师有何训谕，赛花自当恭听。"老祖说："公主与我徒弟姻缘簿上有名，前时常有刀兵侵扰，所以夫妻久别。目下兵戈宁息，夫妻叙会之期不远。宋君有旨宣诏你，须早到中原，夫妻相会才好。"公主听罢，俯首含羞，说："谨依仙师吩咐。"

老祖又呼二位贤徒："那开阳镜你们如今不必用了，拿来还我，为师即要归山去也！"元帅、石将军说："再请仙师耽搁一天。"老祖说："贤徒，为师不恋红尘。但前日天王庙吩咐之言，切须谨记，旗儿要细细验明才好。"狄爷诺诺应允，二人取出宝贝，交还师父，此时老祖即刻动身，拂尘一招，空中降下一朵彩云，老祖跨上，腾空而起。七位英雄，一员女将，齐齐望空拜送老祖回归仙宫去了。此时元帅只因昨夜飞山虎偷破乌鸦关，吩咐众将领兵三千前往。如有尸首未埋者，速速埋葬，安抚百姓，岂知众番民早已逃散。慢言众将领兵埋掩辽兵。

且说元帅与公主在关中，将自西辽分别之后，细细诉说一番。又吩咐摆上酒筵，夫妻对酌。元帅问起两个孩儿长成如何？公主说：

“一双儿子长成真悦妾怀,生成一样非俗,弟兄一般之气象。若然再过几载,必与驸马一样威仪了。”狄爷闻言,扬扬喜悦说:“公主,下官身承王命,干戈扰攘之时,未能得一日安定。我白发萱亲,不能侍奉,夫在东南,妻居西北。方才师父说,目下干戈宁息了,我若班师之日,即奏知天子,差官接取你,这是下官的主意,不知公主心下如何?”公主说:“驸马,嫁鸡随鸡,古人有言。但恐父王仍不许,如之奈何?”狄爷微笑道:“有了天朝旨意,何愁狼主不依!”公主吃酒数杯,又要告别登程。狄爷说:“公主,你因何要去如此之速,且待平伏辽邦,军务已完,然后分别回去不迟。”公主说:“驸马,非是妾硬心肠即忍分离,只因圣母有言,叮嘱收除了妖道之后不可耽搁,带了妖蛇到他仙山。师父之言岂敢不依。”狄爷只得应允。公主说:“虽如此,也是恋恋不舍,无奈师命难违。”夫妻谈言一会,狄爷又叮嘱一番,说:“公主你见过圣母,未知可要即时还国?”公主说:“见过圣母,要即时还国的。”狄爷说:“倘若钦差到来宣你,即可早日动身,切不可再迟延,免得下官切望。”

公主应允,辞了丈夫,驾上祥云而去。一程到得仙山,见了圣母,说了破法收妖之事。圣母点头,接过混元瓶说:“逆畜,想你修炼的功夫八百余年,再过二百年若不犯仙戒,便入仙班。今朝一念之差,造下恶孽,今日念你虽有伤生之迹,但未伤宋将一人,容你活了一命,前功已费,如若净心修炼,一千年不犯仙规,仍带归仙列。”圣母将混元瓶一摇,倒出火蛇在地,蛇头对着圣母把口张几张,不会言,似有求告圣母之状。圣母将混元瓶放下,命公主牵了五龙绦,把蛇儿带了,送山脚下镇压了。圣母又取还八件宝贝,唤声:“徒弟!为师有话吩咐,你姻缘配合在中原。你与狄青已配了,难道一月夫妻不成!因辽国干戈时时不息,必要五虎英雄方能保得大宋江山,所以你夫妻常常会少离多,皆由不息干戈之患。幸喜如今宋室永康,你夫妻会期不远,满门福禄齐天了。你且回邦候中原有旨宣诏便了。”公主说:“弟子谨依吩咐。”此时,公主拜辞圣母,驾云回归本国。见了父王,禀明收妖原由。狼主笑道:“我儿是个凡间之女,却有仙缘的。你且还宫安歇。”公主抽身辞过父王,转进宫中。一对孩儿欢悦万分,母子安然，按下不表。

再说七星关狄元帅，送别了公主，天色将晚，有众英雄奉了将令埋掩辽兵事务已毕，来请元帅进关，方知公主回去了。次日，元帅大兵进了乌鸦关，着令张忠守七星关。话分两头，再说碧霞关主将早已闻报，心中慌乱，料想此关断难保守，只得献了关，投降元帅。元帅又差李义把守乌鸦关。大兵进发白鹤关来。关中守将坚心保守，又急告入朝，不见救兵接应，怎经得大兵虎将攻城半月，早已打破，辽将左天雄死于乱军之中。狄爷又得了白鹤关，出榜安民，养军三日，领兵攻城。此时十万大兵围困了和平城，好不厉害。满城百姓尽皆惊慌，欲要逃生无路，出城奔走，免不得被刀砍伤。皆怨恨辽王引起祸根，连累我等做刀头之鬼。

慢言百姓慌张怨恨，且言城内君臣俱惊慌无措。众臣皆说："中原人马厉害凶狠。"众武将不敢领兵出城对敌，多说再去求降或允许收兵，亦未可知。此时，辽王无奈，只得打发度罗空与拉里、沙哈、锦勒两文两武四国官去恳求宋朝元帅。四位辽臣勉强领旨，狼主传旨先安慰了百姓，哭声方觉稍止。君臣又上城一望，真吓死人也，连声炮响不绝，三军战鼓不停，枪刀密密，剑戟重重。将兵不啻六丁六甲，神将四固，刀枪交并，喷出火光。君臣看了惊得浑身冷汗，说若被他拥进城来，这还了得！便高声说："城外将军听禀：我邦狼主情愿投降，望求禀知元帅收兵，待我们出城请见元帅。"岂知城外喊声之大不绝，战鼓擂得如雷，焉能听得城上呼声！度罗空无可奈何，只得写就一封求降的书，绑箭头射将下来。军士拾到禀知石将军，石玉即来献交元帅。狄爷拆开细看，看毕大喜，传令众将暂停攻打，待番臣进来。众将得令，即将队伍退回。度罗空见宋兵退去，即与三人下城，辞别狼主，一程到了白鹤关，心内惊慌，四人进来，不知狄元帅有何责罚之言。正是：

前日贪图中国利，今朝惹起大兵侵。

第九十一回　西辽臣恳切求和　狄元帅仁慈允降

诗曰：无礼西辽屡动兵，贪图中国锦江城。
　　奈何天意原归宋，猛将雄师一旦倾。

话说四位辽官进了白鹤关，走上公堂，恭见元帅，各各通上姓名，站立旁侧。元帅怒容满面，说道："从前你国兴兵犯上，让本帅杀得人亡马倒，难道不知大兵厉害？就是前时苦苦求降，本帅无非念着好生之德，姑且宽恕，你君臣却假作贡献，欺了本帅，后来又遣飞龙假扮为男混入军中，私投我国，原图行刺，幸得本帅不该死于贱婢之手。后来又往邻国借兵，仍复痴心妄思中原，只道本帅死了，欺着上邦别无勇将，猖狂直抵三关。我且问你，新罗国麻麻罕何在？花山妖道何能？从前求降，可以允许，如今二次抗拒天朝，罪逆更重，今日求降，断难依得你了。"四番臣听了，战战兢兢，齐说："元帅，这原是小邦狼主无知，冒犯中原，怪不得上邦万岁龙心振怒，今日又难怪元帅不准归降。如今小邦狼主千差万差，立心痛改前非了，情愿再献降书，永远投伏，不敢再犯了。只求元帅恩准，小国君臣沾恩不尽矣！"元帅说："你君臣将假旗贡献，本帅被你瞒了，还朝呈上，天子验出假旗，本帅有欺君之罪，几乎性命难保。后又遣飞龙行刺本帅，险些性命难逃，本帅尚有容人之量，你狼主容不得本帅，今若不剿除，终留后患。"番官四人听了，无言可答，只是好话苦苦哀求。

此时，元帅正欲开言，忽有军士报说："启上元帅爷，关外有一辽民求见，小的前来通报。他说有机密事，必要面见元帅。"狄爷听了，想这番民不知有何机密事，吩咐他进来。小军领命，去一会将番民带进，俯伏在地，口称："元帅在上，小民秃狼牙叩见。"四位辽官见了秃狼牙吃惊不小，想来前日狼主差他送宝贝与庞洪，以后还邦复命说狄青身死，岂料后来兴兵仍在。狼主责他欺君之罪，将他处斩。亏得我众人保奏，活了性命。罚看牛马。料想来此非为别事，必然记恨狼主,所以特来出首前事,狄青必不准降,狼主不妙了。此时,元帅说:“秃狼牙,你是西辽百姓么?有甚机密事来与本帅说明原因?”秃狼牙说:“元帅听禀,小人并不是西辽百姓,身为武将,职居得胜将军。从前狼主贡献假旗,实是缓兵之计,却不是真心投降的。所惧者,元帅英雄,故以飞龙混进中原,刺杀元帅,然后兴兵。后来飞龙反送了性命,骨还我邦,实乃天子洪恩,岂知小邦狼主心怀不忿,又备了几色宝贝,乃无价之物,打发我混进三关,送与庞洪,说明珍珠旗是假的。庞国丈贪心,收了小邦的礼物,就把假旗之事奏知万岁,害了元帅身亡,然后新罗国借兵。岂知元帅今朝仍在,狼主怪我办事无能,竟要斩首,幸得大臣几人保奏,方免一刀之苦,削职为民,罚看牛马,至今受尽万苦之劳,妻儿不见面,母子不相逢,此仇此恨皆因庞洪哄我。至今日特到元帅跟前剖白,元帅回朝,处决这奸臣,我恨方消。望祈元帅班师必要谨记,奏明天子,除了这奸臣,我死也甘心。”

元帅听了,一声冷笑,想这番官恨着庞洪,所以前来说明此事。想来庞洪原来要害于我,此事还小,私通外国事关重大。前时,师父说他盛时之际,动他不得,如今已应该这奸臣倒运了。必然要带秃狼牙回朝,以作凭证,任他有庞妃势力,到得其间也遮盖不了。忙又吩咐小军把秃狼牙好好收管,又说求降是断然不允准。

四位辽官听了,无奈何一同跪下,恳切哀求。狄元帅到底是个仁慈君子,此日是故意不允准,使辽王以后不敢再犯天朝。便说:“若论你邦狼主两次再三欺君、欺上,原不客气,看你四人恳切哀求,本帅如若不准,心也不安。罢了!须要将真旗贡献,再备降书,本帅权且收兵还朝。但我也做不得圣上的主,倘若圣上准了投降,就是你狼主的造化。若圣上不准,休得怪着本帅。还有一说,珍珠旗再献假的,本帅即日打破城池,断不姑宽。你们去罢!须请狼主到来相见方好。”四个辽官连声应诺,拜别元帅、众人,出关去了。回至城中,吩咐仍复四门紧闭,禀明狼主不表。

再说狄元帅此日心中喜悦,是时传令众将兵四门人马收回进关,暂停攻打,若无真旗献出,然后破城。帅令一出,众将收兵,一齐缴令。元帅将番臣恳降又得秃狼牙说知众将,众将大悦。刘庆说:“元帅,今有了这秃狼牙出首,乃奸臣倒运了。且还朝奏知圣上,看他怎样分断!若把庞洪正了国法,我们并力同除这害人的奸贼。若除他不得,我们各各归隐,不要佐这昏君了!”元帅听了大喝:“休得乱言,且待还朝再作道理!但此事泄漏不得,倘若庞洪藏过西辽这些宝贝,就无凭证了,除不得这奸臣了。”众将应诺,慢表宋将之言。

再说和平城城外攻打之兵退去,不独他君臣略略放心,就是众居民慌张也减去几分。且说度罗空四人回来,奏知辽王,狼主不觉坠下泪来,说:“珍珠旗乃是孤家镇国之宝,五代留传,已有一百八十五年,若把此旗献出,祖宗在泉下也怪恨孤家。若不献出真旗,宋兵不退,又有失国之虞。”众臣此时也无保旗保国的计谋,齐说:“狼主,这原是从前不该用此计谋,前者已将降表送了狄青,回朝又不该通线庞洪,图害于他,不该借兵邻国,复侵宋境,岂料狄青尚在,早间秃狼牙尽情说知,要出首庞洪。若是狼主不通线庞洪,宋王怎晓得旗之真假?狄青也不恨狼主了。如今逼取真旗,如不献出,必不肯退兵。烦恼不来寻狼主,乃狼主去寻烦恼。臣等别无计策,听凭狼主处裁便了。”

番王听了,重重发怒,大骂众臣一番,气忿回宫去了。只见番后娘娘与众妃子哭声喧振,尽怨狼主差见。此时,狼主见此惨情,走近前说:“御妻,孤家自悔不及了,原不该痴心妄想宋朝。至今日马行栈道抽缰晚,船到江心补漏迟,如今求降已得狄青准了,只为他要真旗方肯退兵。若不献出旗来,恐失国了。若舍将此宝归宋,先祖在九泉也怪恨孤家,如何是好?”番后娘娘听了流泪大哭,左右还有几个妃子同声称说:“狼主,你若要保得国不能保旗,若然狼主不舍此物,倘再执迷,动了狄青气恼,旗也归宋,国也失了。”你一言,我一语,狼主心头烦乱,只得又出殿坐下,召齐众文武,问道:“众卿真没有良策为孤家分忧否?”众臣说:“臣等别无良策,只好献出真旗,狄青方肯退兵。”狼主听了,叹声说:“将此旗献出,使孤家生不甘心,死不瞑目,九泉之下,怎见先王之面?”众臣说:“狼主哎!事到如此,若不舍此,他决不肯收兵回国的。如其失国,不若权且失旗,以待五年十载,人马丰盛,再用良谋除了狄青。复兴兵杀上汴京,索这宝旗,以泄今日之耻。”若此众臣几句说话乃是宽慰国王之意。勿说五年十载,三十年也不能如此了。当时,众臣别无计策,狼主无可奈何,传旨往库房把珍珠旗取出,又备了许多珠宝金银,降表降书,仍命文武四人前往。四人又说:“狼主,并非臣等今日不肯前去,无奈狄青必要狼主亲到关前献旗投降,方为允准,当臣回时有言的。”此时不知狼主肯允亲往宋营如何。正是:

图利贪赃多取辱,痴心妄想必成空。

第九十二回　辽王贡献珍珠旗　宋将验明传国宝

诗曰:辽王屡次动干戈,兵败今朝益若何?
贡献真旗传国宝,方能大宋准求和。

再说辽王已把珍珠旗献出,众臣又说:“狄青要狼主亲到他处求降,如若不往,犹恐狄青不肯退兵的。”此时狼主闻言大怒,说:“你等今朝勒逼孤家,若要孤家前去受辱,除非砍下孤家的头来!”此时,度罗空无奈何,只得与拉里、沙哈、锦勒商议,想来狼主亲往原也难以讲话,不若我等仍去走一回罢!再用好话恳切哀求或能允肯也未可知。四臣辞别狼主众臣,狼主回后宫安慰后妃不表。

再说狄元帅想来并非自己无情面,恃强必要他献旗,然后收兵,只因圣旨难回,这是庞洪之害,所以必要真旗,纵要留情也不能了。元帅正思量间,忽有小卒报上:“元帅爷,今有西辽国王差遣四位官员贡献珍珠旗来。”元帅听了吩咐众将说:“今日比不得从前,胡乱收取,必要验得明明白白,方可收得。略有一些假混,断不可收。”众将说:“元帅之言有理。”众将站立两旁,元帅命小军取水一大缸,烈火炭一大盆,以备验旗所用。军士领命去了,又大开关门,传唤四名番官进入关中。这元帅爷肃肃威严,刀枪密密,剑戟重重,元帅坐在帐中,两旁立着四员虎将,杀气腾腾,阶下军卒齐集。四名番臣见了,毛发悚然,慌忙至帐前,立阶下一旁。元帅问:“度罗空,为何你狼主不来相见,其中必有缘故。”度罗空说:“元帅听禀:狼主本要亲来求降,一则无颜来见元帅；二来惊恐已成疾，现卧床不起。求元帅宽洪海量，准他免到，感恩不尽。今将真旗献上，贡礼四车、降书一道，打发卑职等代狼主送上。小邦狼主已有滔天大罪，只求元帅开一线之恩，狼主如今知罪了，以后决不再胡为。”

这狄元帅并非必要辽王亲到，无非要他看看军中严正，当面劝训一番，让他悔改前非，永不敢再犯。今辽王不到，假装发怒说：“本帅也知你君臣了，并非你狼主惊忧成疾，说什么无颜有颜的话，无非不肯低头降伏。你们休得巧语花言来哄本帅，狼主不到说也枉然。快回去说知，总要狼主亲自到来讲话，本帅方允退兵。”番官四人听了心中着急，又是恳求一番，说了许多好话，元帅故意推却，便说：“本当要你狼主亲到，本帅方允。如今你等如此恳求，暂且准了。但这旗之真假，必须看验明白，免得又将假旗蒙混了。”度罗空说：“求元帅验看分明。”

狄爷传令：取火摆于阶下，将旗试验。众番臣想，他们不在行，无非胡乱看看罢了，岂料他把火炉摆开。这旗未曾到过中国，未晓何人说明此宝，幸喜旗是真的，凭他试验罢了。元帅命取出真、假旗当众目细观，看其款式一样，大小相同，五颗大珠是假的，仍分四角中央。但锻旗颜色鲜明，针线簇新；真的红色烟采，针线发起锈了。元帅看罢，命将假旗放在炉中，顷刻烟火盖住，顿时烧化，单存珠宝。元帅又命将真旗放炉中，见炉内火不沾旗，烟不冲起，烧一会，拿出旗看仍复如旧，不损分毫。因真旗内有避火珠，所以遇火不能焚化。元帅想火不能化，这旗已合师父之言。又命取水来，军士答应，即抬去火炉，抬来一缸清水，放在垓心。元帅吩咐将旗浸于缸内，停一会，并无一点水沾于旗上。这是旗内有分水珠的妙处。但定风珠，必须狂风大作之时将此旗展动，风可止。有风必有尘，旗上又有避尘珠。此时无风尘，自然不能试验。元帅又吩咐取浓墨一瓶，将此墨水泼于旗上，但见浓黑之水，一点不沾，颜色如初，此乃移墨珠之妙用。此时，狄元帅喜悦，五将发笑称奇，真乃人间至宝！元帅试验分明，命将旗收了，卷入锦囊，又将降书贡礼一一检点明白，谨谨固封，交与石将军收管。元帅又对辽臣说：“天朝如今法外从宽，须说知你狼主，自今以后不得妄思侵扰，谨守臣规。倘若再萌妄念，一国生灵尽为乌有，断不能再饶。所取地方，一概交还，照前各分疆界。”四员番官连声诺诺，拜辞元帅与众位将军回城去了。将情上达狼主，辽王听了，心中怀恨着五虎将军。无奈只得传旨往城中内外安民。宫中后妃方得安心。不说辽国君臣有话。

再说狄元帅是日出榜安民，又差焦廷贵先回朝中上本奏捷。焦廷贵一想，我焦廷贵如今出头了。前时做这解粮官，真是气闷得紧，如今回京一程爽快，岂不有趣么！是日，拜辞元帅及众位将军，回朝去了。此时狄元帅取得真旗后满心欢悦，说声："众位将军，本帅有赖大家帮助，又亏公主到来，收了妖蛇，才得成功。本帅欲修书前往单单国，免得公主挂怀，又免国王记从前之恨，众位将军以为如何？”众将说："元帅高见不差，正该如此。”元帅命大排筵宴庆贺众将兵之功，大小三军，多有犒赏。天色已晚，元帅吩咐帅堂上不设灯烛。众将问是何缘故？元帅说："这珍珠旗上有避火珠、分水珠、移墨珠多已试过，尚有定风珠、避尘珠、夜光珠三珠不曾试。今无风尘，二珠不能试了，今夜且不用灯烛，将此旗展开，看夜光珠如何？”便令石玉将旗展开。一刻，毫光灿烂，堂上生辉。元帅欢喜，称赞妙绝，众军士议论称奇。此旗在堂中犹如火珠，元帅将旗作烛，开怀吃酒，说："列位将军，旗果妙也！”众将说："元帅，旗虽是真的，但还不过多几颗珠子，圣上宝库中难道没有珠子么？”元帅说："列位将军，从前本帅不知其细故，所以胡乱收旗。在天王庙，师父与我说，旗上有六颗珠子，可免水火之灾，风尘之患。圣上原无取旗之意，乃是庞洪哄奏圣上，差本帅征西。倘取旗不动，身丧西辽。圣上听了庞洪所奏，那知道这是来图害我的。如今害我不成，又有秃狼牙对证，要把私通外国情由陈奏明白。纵使万岁宠幸贵妃，也遮盖不了这事。”众将呵呵发笑。元帅之命收去旗，帅堂上点尽灯烛，再作乐吃酒，是夜不表。

次日天明，狄爷修书一封，着刘庆前往单单国，投送国王，限期半月回来，一同班师。飞山虎领命，带些干粮，驾上席云去了。狄爷养军一月，择日班师。又设祭祀被杀冤魂，书中慢表。再说飞山虎奉了元帅之命，席云一程无碍，走了数日，到了单单国投送书信。当日国王、公主见了来书，觉得心安。狼主回书复交刘庆，款待酒席数日，作别而去，仍驾云头走路慢表。又言公主想念丈夫说："他既征服西辽，又平新罗，立下汗马功劳，保护中原宋王。哀家得这小英雄也是姻缘善果。今看刘庆投书，说西辽已服，不日班师回朝，定有钦差前来迎接我去了。"公主之言如此，不知后文如何？正是：

久别夫妻将叙会，常依父母暂分离。

第九十三回　五虎将平西还国　狄元帅奏凯班师

诗曰：五虎英雄大国军，腾腾浩气似天神。

西辽征服班师转，奏凯还朝面圣君。

当下公主见丈夫书说道西辽已投降了，即日班师回朝，奏知天子宣召于他，想来心中十分爽快。得其夫妇完聚，婆媳相依，但回头又舍不得父王。长叹一声说："父王啊！不是女儿不孝，只是女儿百岁难在身旁的。我若到中原时，交回一个孩子与你便了，以接承香火。"这公主立心到中原，所以日用心爱的物件，一一收拾好，等待钦差到来接取。只有狼主日日心烦，为何把女儿配与狄青？前时，只想他不回归大宋，永在我邦，岂知他一心回宋。如今又平定西辽，取得真旗回国，定然陈奏天子，宣取女儿到中原。孤家若不许女儿前去，一来违逆圣旨，二来误了女儿终身。若他去了，撇了孤家，那里割舍得，如何是好？不题国王烦闷。

再表刘庆驾云不停赶路，回到白鹤关，将国王回书呈上，元帅拆书细看，无非是贺喜平西的话，问候平安的套谈。忽一日闲暇中，苗显说："张将军，我有一言告说，前时你在我家茅舍时，家母见了将军，欲将胞妹翠鸾许你。一则贫贱之家，二则交兵之际，故前未敢告说。今日闲暇，故敢启齿，但寒贱不能仰攀，未知将军意下如何？"张忠听了，哈哈发笑说："某是个粗鲁之人，焉能与令妹匹配，恐他嫌我丑陋，这是做不得的。"苗显说："将军说那里话！我舍妹也不是国色天姿,如何憎恶将军！若将军不弃贫贱,便是良缘。将军若是允了,我当作伐。”张忠说:“妻室是我必要的,只是如今身心未定,且待还朝之后再行定夺便了。”苗显说:“是!”

光阴迅速,等候一月,班师吉期已到。元帅传令六位将军把人马派点整齐,排开队伍,缓缓而行。吩咐要约束三军,所过地方均不许惊动百姓,奸淫妇女,酗酒喧哗,违令者斩,军法决不宽容。众将齐声答应。元帅又命带出秃狼牙。元帅对秃狼牙说:“本帅准你狼主投降了。本帅留你只为庞洪,他是一大奸臣,屈害多少忠良,谋害本帅,今又私通外国,私收财宝。今日本帅要除国家大患,所以带你回朝见主。你须要实实证他,切勿虚言,若除了奸臣,我邦自有多少忠臣感你之情。”秃狼牙听了,心中明白,叫声:“元帅,庞洪真恨杀人也！他说已将元帅害了,我原是一个直性人,信以为真,回国将情奏知狼主,后来元帅尚在,险些我一命不保。庞洪正是我的仇人,今日元帅吩咐,愿见天子,竭力攻他。”元帅听了大喜,说:“张将军为头队,余人分五队,拔寨起行。”西辽国文武齐送,众百姓俱远远跪送。扯起五虎平西大旗,正是鞭敲金镫响,人唱凯歌还。

再说雄关孙秀常常怀恨狄青,愿他战死沙场,方得快心,岂知边庭报他征服新罗,今又报捷,降伏西辽,真旗献出,即日班师回朝。孙秀急得心如火燎,想来无计可施,急忙修书投送岳丈。是日,庞洪接书看罢,仰天长叹说:“用尽几次妙计害他不得,莫非天意如此？这小畜生功劳越大了。”只是纳闷昏昏。且说焦廷贵到了汴京,先到包爷府中禀知包龙图。包龙图闻言大悦,次日上朝奏知天子。嘉祐王听了奏说,龙颜喜悦,降旨等候有功之臣,众文武代朕迎接。各大臣齐称领旨退班。当日众王侯大臣多少忠良好不喜悦,都说:“狄王亲年少英雄,功劳浩大,五虎果称名将。宋朝天下若非他保护,早被西辽夺了。”崔爷说:“天子的洪福齐天,故出此英雄佐弼。如今不日回朝,圣上必然隆宠了。”呼延千岁说:“如今圣上隆宠他,且看庞洪再有何计害他?”按下众大臣之言。且说焦廷贵到了狄王亲府内报知太君,又往南清宫、天波府二处飞报,人人欢悦心安,不表。

再说狄爷一路班师到了狮子岭,再行几程已近雄关了。元帅传令安扎，打发萧天凤、苗显回家安慰母亲，但不可耽搁，即时回来同到京，候圣上封官。二人领命回家见母，将助战平西说知母亲，又把翠鸾许配张忠之事说明。周氏听了欢喜万分，二人不敢久留，取出些银两交付母亲，安慰数言，一同上马而去。只半日到了三关，孙秀勉强开关迎接，范仲淹、杨青一同相迎，进帅堂齐齐坐下，见礼毕，把平西事情略谈一会。此时天色已晚，孙兵部免不得吩咐备设酒席款待众位英雄，同征将士多有犒劳。是晚开怀乐饮，真乃热闹非凡，不能尽述。当时，狄元帅犹恐到了三关，秃狼牙见不得孙秀。只为他前时奉命私进中原，图害狄青时已过雄关，如今只防孙秀认出了秃狼牙，就把机关泄露，除不得奸臣。故狄元帅先令他穿了中原军士衣服，杂在十万大兵之内。这孙秀一夕那能认得出来！此时孙秀心中烦恼，吃酒间焉有心问及平西之事，只是陪着，呆呆不语。只有范、杨二人与狄爷谈谈说说。酒至二更，方吩咐收拾残肴，四人告别，狄爷与众将关中安歇，军士在关外安营。

次日天明，狄爷吩咐起程，即时别过孙、范、杨三人，出关而去。若是一个大臣过境也有官员迎接，何况狄爷乃是狄太后娘娘嫡侄，当今天子外亲，功大封王，正是功勋汗马之臣。所以，所到地方皆有大小文武官员，备酒宴送程仪。狄爷一概俱已不受。又有悬灯挂彩的迎接，狄爷心中反觉不悦，说："本帅不爱奢华，何必如此费用？朝廷钱粮就是百姓的脂膏。"此时，一概命收撤去。这些官员没趣，即忙撤去灯彩。所到地方，百姓无不喜悦，香花灯烛恭迎。大兵一路到了汴京，有文武大臣王侯一众领旨，出王城十里迎接。狄爷出令，吩咐安营。此时众王爷大臣见了狄元帅，下马齐齐向前拱手，叫声："千岁！下官等奉旨代圣上迎你。"狄爷欠身打拱，呼声："列位大人，小将乃一介武夫，有何能处！敢劳各位大人移玉远迎，下官何以克当？"众文武齐说："王亲大人，你两次平西，功劳莫大。下官等特奉圣旨所差，代接有功之臣，理所应当。"狄爷连说："不敢当！"又有许多套话，不能尽述。

当下有庞洪斜目看狄青，想来他威威烈烈，较胜前时。原不知这畜生平生有甚本领，一人四将能撑住宋室乾坤，屡谋害他不得，如今西辽平伏,国内安宁,老夫想来一计,且待来日上朝,我把这珍珠旗验看,倘若又是假的,他又上当了,旗假原有欺君之罪。

不表国丈之言。且说众大臣请狄爷回府,好待来朝五更见驾,狄爷应诺,即传令众将暂且在营内安顿,伺候来朝有了圣旨,然后定夺。又令石玉带了四车贡献,一面宝旗同行。此时有孟定国、焦廷贵领了许多狄府家丁,前来迎接,狄爷骑了现月龙驹,带了焦、孟二将,各官拥护而行。正是文武相随分左右,看来不啻随天子御驾一般,如此一人之下,万人之上。正是:

虎将功勋今浩大,宋朝社稷又紧牢。

第九十四回　成大功归家见母　复圣旨当殿参君

诗曰:汗马功劳大绩臣,班师奏凯达朝廷。

英雄自此方休息,母子团圆欢乐中。

再说狄爷一路来至王府中,笙歌彻耳,音乐连天,好生热闹的光景。王府是日纷纷车马临门。狄爷下马进了府堂,吩咐不必发放大炮,一来恐怕号炮轰天,有惊天子龙驾;二来近有各王侯府宅,皆犹恐着惊,此是狄爷一点诚心。此时回到王府,殷勤辞别各位官员,独留住了包龙图,携手共进内堂,分宾主坐下,家将送上茶一盘。吃毕,说起平西事情。有庞洪私通外国,私受外邦财宝,狄爷细细说明,包爷听罢大悦,说:"狄王亲,你既带进辽臣,是来作证,此乃智识深广处,来日奏知圣上,凭他纵有庞妃势力,只是难以作情了。今朝能扳倒这个大奸臣,如此则四海升平,永无国患矣。但所虑者,这面珍珠旗,下官还要问,你真假可实实分辨否?"狄爷说:"包大人,此旗下官当时已经叫众将验试分明了,且请放心。"包爷说:"若果真旗,王亲没有破绽了,就不妨与奸臣讲话的。下官告退,明日朝房讲话罢。"

此时狄爷送出包龙图,复进内堂,见了太君说声:"母亲在上,孩子拜见。"太太说:"儿呀,你一路劳心,只免礼罢。"狄爷说:"母亲,孩儿久违膝下,不能侍奉晨昏,今见娘面,正当叩礼的。”即时深深四拜起来。又有家将妇女一同叩头千岁不表。当时,老太君一见孩儿便呼:“儿哎,为娘只说你在外邦沙漠瘴烟之地,久已耗损精神,归来定是容颜改变,原来不过与从前一样的。”此时怪不得太太之言。比方经商客旅在外回来归家,面貌多有改变。或脸白改黑变黄的,或貌少改苍老的。如今狄爷一些面色不改,是何缘故?只因他在游龙驿内服了王禅仙师灵丹之妙处,虽不得长生不老,然而服了此丹,精神倍长,到花甲之期与少年一般。颜色不衰,也是得仙丹之力。狄爷说:“母亲你说孩儿面容不改,但孩儿貌虽不改,然母亲头已白了,但不知孩儿去后,母亲身得安否?姑娘贵体若何?我要亲往南清宫相会姑娘。”做了官到如今,只有三人是他放不下心的:一者是生身之母,二是大恩的姑娘,又有一人是他妻公主也。这公主虽是未久夫妻,想他一心无二,两次兵危,他一闻知,亏他即来搭救。恩情两尽,真乃女中豪杰。狄爷所以放心不下的。所以请了母安就要问姑娘了。太太说:“孩儿,自从你去后,为娘日夜挂心。身体平安,还赖上天庇佑,今朝虽不算强健,也无患病之灾。喜得你今日还朝了。姑娘母子幸赖平安。他平日待你如此怜惜,去后也必挂怀,丢你不下。但你往征西,辽国又如何肯献出真旗?你且细细说与娘知。”狄爷将西辽交锋,战杀长短一一说明,但前书已表过,如今不必复谈。

太君听了欢然大悦说:“难得仙师下凡,贤媳再助,今日降西回来见驾,圣上必然隆宠。孩儿如今有这番官对质,庞贼难逃脱的。”母子正在言谈,忽报说石将军进来了。此时石玉就将贡礼宝旗交明狄爷,又来拜见老太君。太太含笑说声:“郡马,老身小儿深感你们同心协力帮扶,方才得今日使我母子团圆,真乃我母子的恩人了。”石将军连称“不敢”,说:“太君哎,此乃与朝廷出力,小将又蒙千岁提拔,感激不尽的。”此时与太太言谈一会,又说:“千岁,此刻天色尚早,没有什么公事情,容小将往岳父那边去看看母亲,就回来的。”狄爷说:“贤弟,正当如此,来日朝房相见便了。”石玉此时别过他母子回归赵王府,拜见岳父母、母亲、郡主,也有一番叙别之谈,长短之话不关紧要的,书中不表。

且说狄王爷母子言谈分离之话一番,日已中午了。别过母亲又到南清宫,拜见太后姑娘,请安毕,狄太后春风满脸,把侄儿细问一番。狄爷说起平西之事,又说庞洪私通外国,收藏财宝,一一禀明太后。娘娘听罢,心头大悦,说:“贤侄,你明朝面圣可陈奏明,如若当今仍溺爱不肯罪他,自有姑娘出头相与理论。”狄爷应诺。又有潞花王进来相会,表弟兄言谈无非说平西、庞洪的事。是日瞒了宫人,排上酒宴,狄爷吃酒一会,拜别回府,娘儿再说长篇的话,休题。是晚,狄爷灯下写本一道,志在除奸的。来日五更三点,梳洗更衣,就差焦、孟二人押送贡礼到午朝门外伺候,狄爷家将提灯引道,但见处处朝房文武先后而来,见了平西王许多趋奉的套言。停一会,龙凤鼓敲,景阳钟撞,净鞭三下,天子临朝。文武官按爵而进,朝参天子,分列两班。有值殿官宣传旨毕,忽文班中出班奏道:“臣龙图阁学士包拯有奏。今有平西元帅狄青征伏西辽,班师回朝了,现在朝门外候旨,伏乞圣上宣召。”嘉祐王即降旨宣进,英雄即俯伏金阶,天子见了有功之臣,龙心大悦。即传旨:“御弟平身,赐坐东首。有劳御弟劳神费力,与寡人出力再平西辽,功勋浩大。但往换真旗回来,这扇旗可带上殿与朕一观。”狄爷奏道:“臣托吾主洪福,先到新罗征伏他邦,已有降书降表求和,并将贡礼呈献。如今西辽再降,亦有书表投呈,所换来真旗亦一并俱在,容臣呈送御览。”狄爷出朝门取至真旗呈上。

仁宗天子看过降书,即要复看珍珠旗如何,即闪出国丈俯伏金阶说:“臣庞洪有奏:从前狄王亲费了多少辛劳取得珍珠旗回朝,岂知是假的。如今二次平西,倒换得此旗,须当立验真假,免得辽王把陛下欺着。”天子说:“庞卿之见不差。”传旨取旗验观。有值殿官解去锦绫囊,将旗展开,天子一观,龙颜欢悦。此旗款式与假的一样,然而颜色烟采、针线发锈,必是真的了。又命两班文武观瞻,多说真的。内有庞党几人都不开言,单有国丈说:“此旗真假还未分晓。”天子说:“庞卿怎说未分真假?”国丈说:“臣思此旗乃西辽传国之宝,必有几件宝贝在上,如今只有几颗珠子在上,有何稀罕的,到底不是真的!”狄青呼声:“国丈,你说旗是假的,未晓真旗有何宝贝在上,有何妙处可将真假分明?当面再验试,如果不是真的,然后再行处决下官的。”众大臣多称有理。天子又道：“庞卿，御弟所言不差。卿乃朝中老臣，必然分晓的，你且说分明，然后验旗罢了。”庞洪此时倒也顿口无言。包爷说声：“老国丈，你是一位当朝宰相，练达老臣，既晓得珍珠旗是假的，可把真的说明，有何宝贝的妙处。若试验假的，狄王亲又有欺君之罪了。”当时众位王爷大臣多怪着这奸臣，一同动问，急得他无言可答，带愧又羞。天子又说：“庞卿，你若知道便说明白，若是不知竟说不知，默默无言是何缘故？”国丈说：“陛下，臣也不过揣情度理而言，想那珍珠旗既是西辽传国之宝，必有人间罕见之宝，如今旗上几颗珍珠，乃天上最多，亦人间尽有，想来是不真的，何用大的妙处，臣实不知。”嘉祐王说：“你既然不知，何必多言！”天子又问：“众卿家可知道否？”众臣说：“陛下，臣等着实不知，故不敢多言。”国丈说：“如此狄王亲必然知道旗的妙用处，何不说分明？”狄爷说：“老国丈，我若不知，怎得安心回朝的？”天子微笑说：“御弟既知，何不说明此旗的妙处，免得真假狐疑。”狄爷说：“臣启陛下，那旗上六颗明珠，一名‘定风珠’，倘遇狂风可定；一名‘避火珠’，逢烈火可避；一名‘分水珠’，纵然万丈波涛，见珠即退；一名‘移墨珠’，如染墨污，见此珠即无痕迹矣；一名‘避尘珠’，若有此珠则纤尘不染；一名‘夜明珠’，夜间黑暗，珠亮如火。有此六珠，可永无水火风尘之患，实是人间至宝，天下奇珍也。”国丈又说：“此乃口说无凭，必须面试方知确实。”狄爷听了一笑说：“国丈，下官在西辽试验无差。”天子便问道：“御弟哎，未知怎生试验？”狄爷说：“只要一盆烈火，一缸清水放在金阶之下，便可验了。”此时不知验旗之后如何，有分教：

流传国宝天下少，旷代奇珍世间无。

第九十五回 当金殿试验真旗 达朝廷鸣攻国贼

诗曰：取得真旗回本邦，当朝试验宝珍彰。
六珠罕见人间少，圣主龙颜喜悦扬。

前书狄爷呈进珍珠旗，满朝文武也不知此旗之妙处。当时狄爷又奏说："陛下如若要试验此旗，速备一火炉，一水缸来，便验出真假了。"嘉祐王听了，即传旨穿宫内侍即时取到清泉一缸，放在金阶之下。狄爷提过这扇旗浸放缸中，此时仁宗天子步落金阶，文武百官皆随下殿，只有庞国丈满脸通红。当即旗浸一会，拿起一看，旗上无一点清泉沾染，君臣一同赞羡，单单庞国丈呆呆不语。少刻，红炉火又扛进金阶，狄爷又放旗在红炉火中，国丈斜目而视，默默无言，不知心下有何嫉妒想象。君臣多说：不要焚毁了，拿起才是。狄爷微微含笑说："不妨的，臣在辽邦已试验过了，旗上有'避火珠'一粒，凭你长烧不能焚化的。"如此已有半个辰刻，提起来看，君臣共目，与未曾落火的一般。君臣看了，称赞不已。狄爷又说："臣启陛下：此旗水火不能侵，皆因避火、分水二珠之妙处的。"天子点头说："果然妙哎。"此时天色尚未光明，狄爷说："再请陛下命内侍隐去灯火，将旗展开，立试'夜明珠'便了。"嘉祐王传旨拿去灯烛。将旗展启，但见满殿红光，照耀如同白日，君臣大喜，个个称奇。此时天还未明，又交"移墨"试验，墨水浓泼，果不能沾。狄爷又说："陛下，如今风尘不起，'避尘''定风'二珠必须狂风大作，方能试验分明。"天子闻言说："四珠已试验过，料想这珍珠旗不是假的，且待有风尘起再验。"即降旨将旗包好裹在锦袋中，扛去水缸、火炉。又将贡礼检点分明，收藏库中。

狄爷又说："臣尚有众将功劳册子上呈御览。"天子看明降旨："候孤另日论功封职便了。"狄爷奏道："臣还有一本上渎天颜，请陛下详看。"天子取本，展开御案，龙目细观，不觉勃然发怒，便呼声："庞卿，你在朝有多少年份了？"庞国丈奏道："臣在朝三十有七年了。"天子说："先王待你如何？"国丈奏道："先王待臣恩如渊海；陛下之待微臣如天之高地之厚也。"天子说："既然恩德分明，何不丹心报国？定然寡人薄待于你，故不肯忠心报国。"庞洪听了，大惊，圣上说来，言语不好，未知狄青本上如何劾奏于我，即奏道："臣深沐君恩，时常存报国之心，历年伴驾，为国为民，并无差错，伏乞我主参详。"天子说："你既说忠心报国，不该暗通西辽的！"庞洪听了圣上之言，心中越加着急，俯伏阶下奏道："陛下吖，臣并无私通辽国之情，此乃无凭之说，准信不得。"天子一想，说："你这句话也推得清白。狄青本上说来，西辽初次投降，原献出假旗后无多日，番人秃狼牙私进中原，送你几桩宝贝，要你奏称假旗，贪赃害国，除却狄青，西辽方好兴兵夺取中原天下。你若心存报国，不该私受外国财宝。既然你说无差，因何受贿图害功臣？害了御弟，没了勇将，是何道理？如若你贪有限的珠宝，便把孤江山轻轻付与那西辽之国，机谋尽露，还将忠君爱国之说欺哄于孤！"庞洪听罢，吓得浑身冷汗如雨，面如土色，说声："陛下吖，这是狄青与臣不善，无中生有，捏情谎奏陛下的，我主不可听他。还求陛下详察究问。狄青纵有小怨，也不该捏情谎奏以欺陛下。"

狄青又出班奏道："国丈说臣诬捏于他，臣也分辩不清，圣上也彼此难信。幸喜微臣还有主张，班师之日，臣已带进秃狼牙，只要圣上勘问这辽臣，便知谁是谁非。"天子准奏，即宣进。秃狼牙见帝金阶，俯伏说："罪臣秃狼牙见驾，愿我主万岁！"此时庞国丈见了秃狼牙，浑身犹如火炙，心内恰似油煎，恨不能展翅腾空了。一班奸党也为他担忧。有各位忠臣，心中大悦，旁眼看看庞洪，暗说："这庞洪奸臣，今日倒运了，且有对证，从何抵赖！"当时天子呼声："秃狼牙，你是西辽国内之臣么？为什么官职？国王差你有财物宝贝送与庞洪，图害狄青此事真伪，你须直说。若是狄青买嘱于你，也要直说，恕你无罪，一一从实奏来！"秃狼牙说："罪臣启奏陛下，初次大兵征伐小邦，狼主的雄兵猛将一齐消灭了。狼主心头着急，众文武又无良计。后来，小邦公主飞龙定了一计，假造旗儿一扇以为缓兵之计，混进中原，要刺伤狄千岁。一来与丈夫报仇，二来再好兴兵。岂知反被狄千岁伤了。后来，圣上将骨柩送回小邦，狼主又生一计，备了玻璃杯一盏，月花镜一面，醉仙塔一座，醒酒珠一颗，又有猫儿眼、璧玉、金珠等物，打发小臣混进上邦与庞洪，对他说明，珍珠旗乃是假的，要他奏明陛下，除了狄千岁，小邦狼主然后再复兴兵。此时，庞国丈将宝物股股收领了，又款留罪臣数日。等候十余天，他说已将狄千岁性命断送了，小臣信以为真的，即时回邦说明，狄千岁已被庞太师除害了。是以狼主与邻国借兵，再犯天朝。岂知狄千岁未死，复又领兵到来，此时狼主说臣作事糊涂，更有欺君之罪，几乎把小臣首级落了地。亏得众大臣保奏，方得免一刀两段之苦。罪臣官居得胜将军之职，不是下吏。只因被庞太师哄了，狼主罚我看羊牧马之苦，所以，常常痛恨切齿于他。一闻千岁征伏我邦，特往告知千岁。今日驾前，罪臣实说，一字无差的。”

天子听罢奏言，龙颜发怒说：“你今尚有何抵赖的？真乃欺君误国的老贼！”此时庞洪吓得魂不附体说：“陛下啊！这是狄青行贿买嘱辽臣，捏言妄奏我主的，臣从不曾见过这秃狼牙，何曾收他宝贝？”转声说：“秃狼牙哎，我平日与你无冤，往日与你无仇，何苦受了狄青的贿，将我陷害了！”秃狼牙说声：“太师哎，你好佞滑口才！真乃刁奸之辈！我与你原是素无仇冤的，因你收了狼主的宝贝，险些害了我身首两分。你在中原安享，我受看羊牧马之苦，你心何残忍如此！上有天，下有地，怎好冤屈太师？况狄千岁乃光明正大的英雄，怎肯瞒心诬捏于你？今朝料想难以推卸的。在圣上跟前必要实说的。”又有包爷出班奏道：“臣包拯有奏，臣思庞洪私受西辽宝贝，大罪非轻，怎肯轻易实言！秃狼牙对证之言，必非虚假。但是如今争论不清，依臣愚见，何不多差几位官员，多带几个兵丁，前往国丈府中搜了宅？如若搜出真赃，国丈再难以争辩了。”天子说：“包卿之言，正合朕意，即烦卿前往搜寻。”包公说：“臣一人去不得。”天子说：“这是为何？”包公说：“臣一人前往，庞洪必定说臣有私了，又要强辩。须多差几位大臣，好使庞洪没有推却了。”天子听奏说：“包卿之言有理。”抬头看看两班文武，文差钦天太史崔叩命、吏部天官文彦博；武差大都督苏文贵、静山王呼延赞，同着包公文武官员五位，奉了圣旨，辞驾即刻出了午朝门而去。只急得国丈魂飞天外，魄散九霄，浑身流汗，只恨无一人先通了线，到府藏过了宝贝，方得活命延生，不然，今日失害在狄青之手了。此时正当天子震怒，好不慌张，心中思算，看来眼见得死在面前。

不表庞洪慌乱，慢言五大臣。先说庞贵妃也知了此事，吓得慌张无主，即差太监王仁从头说明，即速到了相府，不必通报，直进内报知母亲,要他快把西辽财宝收藏了,如若搜出,大难临门。这王仁即往跑如飞,来到府门,一直进内,与国太禀明此事。府门外已来了五位大臣,一千兵卒,团团围住相府,吓得众家丁、大小妇女喧哗盈门,手足无措,要奔逃性命。岂知前门后户,七重相府也被众兵密密困住,并无一处可逃走,好不慌乱。以后,搜出西辽赃物,此乃庞洪屡次欲害狄青,今日反害自己。正是:

善恶到头终有报,只争来早与来迟。

第九十六回　搜相府贪赃败露　证国贼瓜葛相连

诗曰:作恶难逃自古言,奸谋败露命难延。
贪赃误国欺君上,今日弗遮前日愆。

话说文武五位大臣带兵一千把庞府围了,不独府中家人惊慌,连王仁太监困住府中,慌张无主,一字也说不出。这班家丁到底不知围困他府中何故,只得开了府门逃走。王仁是心怀了鬼胎的,趋趋缩缩,正要踱出府门而走,岂知五位大臣进了府堂。有呼延千岁,环眼圆睁,喝令将他拿住,待迟一刻,拿去见圣上。这王仁道:“乃是贵妃娘娘打发我来探望国太的。呼延老千岁,不要认错了的。”呼延千岁说:“本藩不管你,到圣上跟前你再讲话!”此时,庞国太还未听明白王仁之言,急急忙忙走出外堂,就说声:“列位大人,我家不犯朝廷律法,为何众大人带兵前来吵闹,是何缘故?”包爷叫声:“国太休要心烦,我们奉旨而来,要取西辽国送来的几件宝贝。圣上要拿去看看的,问国太藏在那里?快即拿出来罢。”国太说:“大人哎,这是没有的。”包爷说:“送礼之人,现在金殿上,国丈亲口说出是有的,国太休得推辞,快快拿出来,以免动搜。”国太说:“大人哎,实真没有,叫老拙那里去觅来?”崔爷说:“包大人,谅他不肯拿出来。”文爷说:“不必理论了,且去搜来。”苏爷即吩咐众人速速分头查搜。这百余人即领命查搜,庞府家丁纷纷逃匿。

此时国太已心震胆寒说："相公不知如何露出机关的，平日我时常叫他及早回家乡去罢，可恨他日延一日，只说不妨回答于我。今朝倘然搜出了，其祸不小。望神明遮过众人眼目，搜不了真赃，方保无虞的。"

此时，包公走进他书房，想这奸臣平日还有许多奸端，今日趁此机会，细细搜查，或者还有什么私弊、破绽处也未可知。四处查检，只见书房内桌子上有一小匣，包爷揭开一看，有拆碎封面家书两封。包爷拿起细看，这封书乃庞洪送与王正的第十三次的原书。又一封乃是孙秀与岳父的。这两封信一连今日败露出来，由庞贼立心不善，作恶太过，所以，日久月长以来，失于检点。当即拾起来看，庞丞相写去回书也在此匣，未曾烧毁。只为这是他内书房中，除了庞洪妻子之外，家丁、使女俱不许进去。若楼外书斋，家人要进去，也得进去的。故二书留在内书房，他不以为意，今朝落来包公手内，平日机谋，如今一旦败露。

包爷即将二书藏于身中，步出书房，说知四位大臣，俱各喜悦，说："这庞洪往日用尽千般鬼计陷害狄王亲，他今恶贯满盈，反使奸谋尽露，虽有女儿势力也不能遮盖了。如若圣上仍要宽恕他，我等众人齐口合攻，必要除了他的。"五位大臣正在言谈，只见众兵拥进大厅，上前禀明："搜了几桩精奇物件，藏在国太房中，是小匣两个，藏了此物，不知是否？请列位老爷分辨。"此时五位大人开了拜匣，内有西辽王礼单一纸，众人看过，将物件照礼单对过，一点不差。众大人各说："庞国丈欺君大逆，固罪重如山，国太也不能无罪的。"即吩咐兵丁将国太押解了，跟随五位大人出了府门，进了午朝门。

五位大臣呈上赃物，奏明天子。当时龙心大怒，喝声："你这老狗才，如此欺孤，所行全无国法。如今真赃现在，还有何言抵赖？"此刻庞洪虽极奸刁，也刁不出来了，一见西辽物件搜到来，内心战战，呆呆俯伏金阶之下，口也难开。又有呼延赞奏道："臣等奉旨前往国丈府中，有内监王仁见了臣等慌慌张张，形状甚是可疑，臣将他拿了，伏乞圣裁。"包爷也出班奏道："臣在庞洪书房内，查了两封书，一封是庞洪送与驿丞王正的；一封是雄关孙秀送与庞洪的。今臣带进，上呈圣览。”仁宗天子细看二书，骂声：“老狗头！好欺君误国也，毫不念惜国恩厚享，只图私利，谋害功臣。你与御弟均是寡人至戚，且同为一殿之臣，为何与婿同谋一心，必要除他，到底有何深恨？今已机谋败露，快把真情招了，细细奏上来！”此时庞洪越觉战战兢兢，说：“陛下哎，老臣罪该万死！只求恩典，赦臣木石之躯，免臣身首之分，臣百世沾恩！”

这奸臣已像磕头虫一般的，连连叩头不住，千言万语地求天子开恩。这仁宗终于仁慈，见他苦苦哀求，心中不忍，有些回心转意的光景。呼延千岁一看，说：“不好了，圣心有赦放奸臣之意了。如今若不趁此除了奸贼，何日得朝中安静？”即出班奏道：“庞洪罪行满贯，死有余辜，按以萧何六律，碎粉其尸，不足尽其咎，我主何用多疑？不若发与包拯，审明正法，伏惟我主准奏。”此时又有众王爷、各位忠贤一同俯伏金阶，同声合奏说：“陛下哎，凡百姓人家有罪，必须官员审断明白，谁是谁非，从公定夺，国法森严。今若庞洪，乃官居极品之臣，孙秀职为司马，二人既是王亲，久蒙圣上恩宠，理该忠心报国，岂容私通外国？翁婿同谋，欲害功臣？倘狄王亲身遭其害，西辽兵起，谁人退敌安邦？并且驿丞王正有无通同谋害之事，未曾明白。如若圣上亲询，恐费龙心，伏乞我主，发与包拯审断明白，当罪则罪，当赦则赦，免使朝臣个个心怀深愤。陛下哎，春秋史笔还不谨言的，伏乞我主参详！”

当下庞洪一人怎经得二三十大臣众口齐攻，凭你有女儿作泰山依靠，也难挡数十人推山大炮了。此日就是仁宗王听了群臣之言，也再难分辩，只得允准奏言，就降旨：“命包卿审断分明，回复寡人便了。”包爷奏道：“臣启陛下，此段案孙秀也是同党，必须降旨雄关，拿进京来，对质王正，也是应当审其详。且王仁内监乃是庞娘娘打发进去的，臣疑必是通风藏宝之弊。庞娘娘也该到案质询。”天子说：“包卿哎，若说孙秀，孤即降旨差官拿他回朝便了。若说宫中贵妃，谅也不敢欺寡人，岂有通风藏宝之弊？卿家休得心疑。”包爷一想，圣上心果偏爱庞贼。如今欺君悖逆，尚且还这等舍不得这奸妃子。又奏道：“难免臣心狐疑，如若贵妃娘娘没有通风藏宝之意，因何王仁天色尚未大亮就在庞府中的？圣上若交臣审办，娘娘必要到案的。”仁宗王听了包公之言，不觉气恼起来，即开言说：“包卿必要贵妃到案，众犯不必审了！”包爷说：“陛下哎，如此欺君卖国的奸臣，若不审明正法，将来我朝文武俱可效此为由，臣也要私通外国了！”天子听了一想，这句话又是不错的，便说：“包卿若要贵妃口供，须询王仁的。若果贵妃有了罪，孤准依正法便了。”包爷想来：“若逼他庞妃到案，尚恐连这班奸臣也审不成了，且待审断后，再作理论罢。”只得称言说：“领旨。”

又有呼延赞说：“臣有奏。”此时天子也恢恢烦絮了，便说：“呼卿又有何事奏闻？”呼爷说：“臣思庞洪私通外国，贪赃私己，屈害功臣，罪大如天。为此，臣将国太拿下，现有兵丁押在相府，作何定夺处分，伏乞圣裁！”当下，仁宗天子被大臣驳奏一番，心头觉得不快，又见庞洪如此作为，龙心震怒，甚是不安，只闻呼爷奏说，已将国太拿下，叹声：“凭卿如何处分便了。”呼爷说：“庞洪罪逆已深，依臣愚见，其妻子均法不能容的。可将国太暂禁天牢，全抄家产入于国库。其子亦须差官当即拿捉回朝牢禁了，待包拯审断明白之后，问罪正法。”天子说：“众卿之言，恰为不差，但罪名未定，也须从宽缓罢。”不知庞洪如何定罪，且看下回分解。正是：

丧尽良心奸佞辈，过逾法律罪深臣。

第九十七回　嘉祐皇违法私亲　平西王荣封赐爵

诗曰：二次平西汗马功，撑持宋室五英雄。

班师奏绩君隆宠，将士沾恩受荫封。

当下仁宗天子说：“呼卿你言恰是。但众犯未曾审明，且须从缓罢。他府中财物查抄入库，妻暂禁天牢，其子且容留便了。”此时天子格外开恩，皆由庞妃之力，包爷原是心中明白。只得领旨，又命武士将国丈衣冠剥下，与着国太及内监王仁一同下天牢去了。天子又降旨往雄关,拿孙秀回朝,不差文职,只命武将前往。又命呼延千岁前往相府抄查家产,有西辽送与庞洪的几件宝贝,亦归国库。又降旨平西王以及众将:“明日候寡人封官晋爵,随战的兵将,暂交兵部收管,明日也犒劳。秃狼牙仍交御弟带回,待等审问明白,然后该赏该罚,再行定夺。”狄爷听了,出班奏道:“秃狼牙乃是臣带回朝的,又是国丈的对头,若交臣收管,无私却有私,岂不被旁人谈论的么?”天子说:“既然如此,发交包卿收管便了。”包爷说:“臣领旨。”天子此时拂袖退班。群臣退朝,还有许多谈论。

再言天子回归宫院,有庞贵妃自己打听明白,吓得惊慌。庞妃一见君主驾到,即俯伏跟前,泪流不止。天子见此情形,不觉哀怜,即将御手扶起,说:“庞爱卿,原来你父为人不好,他平日许多差错,朕也暗中愤怒的。今日弄出私通外国,罪大如天,众臣愤怒,齐口来攻,倒叫寡人遮盖不得。如今发与包卿审询,又差官往三关拿孙秀回朝同审。且待他审问明白,方才定夺了。”贵妃听罢,珠泪盈盈说:“陛下哎,今我父虽犯了国法,乞念他年老,伴驾多年,况且圣上从前说过,凭他有罪,纵不追究的。古道‘君无戏言’,我主谅未忘记了。”天子说:“你父罪逆过多,若不宽恕原宥,早已正了国法,只因有你在朕身边,是以诸事且宽容了,岂知你父不念寡人待他恩处,反贪赃卖国,谋害功臣。岂知作事不成,被他们拿住把柄,满朝大臣齐言劾奏,使寡人作不得主,无处免他的罪名。就是王仁内监,也是你打发去的,不迟不早,又被呼延赞拿住,说你通风藏匿赃物,包拯也要你到案听审。只是寡人不依,这原是你错了。寡人待你的恩非薄,今朝却来欺骗寡人。”庞妃听罢,吓得浑身寒抖,带泪说:“陛下哎,若说王仁,乃是臣妾差去探望母亲的,并不是打发他去通风藏匿赃物的。”嘉祐王说:“你休来哄朕,王仁昨夜里尚在宫中,你纵要探望母亲,也该天色大亮才去,那有天色尚在黎明,打发他去之理?必然是今天方去的。此言你哄三岁孩儿,方才使得。”庞妃闻言,心愈着急,羞愧含悲,苦求天子。原来,嘉祐王虽如此说,但见贵妃脸如美玉,泪流满面,苦苦求恳,好不惜怜,御手相扶说:“爱卿且自宽心,你父亲纵有大罪,朕也须宽恕几分。爱卿有罪,朕也不究的,不必忧心。”此时庞妃方才放心,拜谢君恩,相备宫宴不表。

又说这庞洪共有四个儿子:长名飞虎,次名白虎,三名黑虎,四名彪虎。多在陕西家乡中,倚着庞妃之势,仗着国舅之威,横行不法。后文交待。前日秃狼牙在着庞府送礼之时,庞飞虎前时劝阻父亲,前书已表过。这飞虎随同母亲进京数载,只说京中好玩要,一向不曾回家。那日搜赃宝之时,上晚住在红番院内,宿娼欢乐,所以得脱身。次日闻知此事,吓得魂不附体,悄悄出逃王城,避于僻静之处,暗暗打听不表。

且说呼延千岁领了几个文武官前往相府查抄物件家产,一一登册分明。男女下人,吩咐尽皆放释。这是呼千岁的恩德。前后门户,概行封锁。入朝奏明天子,金银财宝,一并入库。有精巧杂物许多,也归朝廷。只剩得粗用东西,不值多金之物,赏与搜赃手下军兵。此日众大臣个个欢怀,庞洪奸党人人心急,闲话休题。

再说孙秀的夫人庞氏一闻此事,吓得胆丧魂消,终日啼哭,不在话下。

又说平西王回转府中,细将此事说知母亲。太太闻言,心头大悦,说:"孩儿哎,将这奸臣万剐千刀,何日一刀两段,方消平日屡遭谋害之恨也!"此是母子闲谈,不必细表。是晚,狄爷奉了圣旨,着令众将把随征兵马一一点明,发交兵部收管。当时石将军住在赵王府安歇,其余众英雄多在狄府中安居。一闻庞洪被众大臣扳倒了,人人大悦。狄爷往拜探各同僚,杨家天波府又忙乱一番。这一天,老太君叫声:"我儿,想你两次平西,功劳浩大,身受国恩,为娘毫无所虑了。只忧孩儿,还是中馈乏人,前曾奉旨前往单单国,诏取媳妇,又不到来。我儿今日夫妻不得完叙,为娘婆媳亦不得相依。孩儿何不奏明天子,请再降旨,诏取媳妇到来。为娘见了孙儿,好不喜欢。然后一同回转家乡,祭祀先祖,拜扫坟墓。"狄爷说:"母亲之言却是。但目下天时寒冷,且待春和日暖,然后奏明天子,前往迎接便了。"老太太含微带笑说:"为娘终日心中悬望媳妇早日到来,一家团聚,得尽天伦之乐。"母子正在言谈,忽有南清宫太后娘娘差太监范公公到来,诏取狄千岁与众英雄赐饮平安宴,众英雄大悦。往王府饮宴毕,叩谢回归。狄府只有狄爷进内，禀知庞洪被扳倒之话不表。

次日，天子钦赐众功臣御宴，着令众大臣代君陪宴。只因前日血战多年，是以君臣今日共餐，安享太平酒。御宴已毕，众臣来日上朝谢恩。是日，天子传旨，狄爷带领征西众将，当堂摆开香烛，天子敕令加封，天使即宣诏曰：

奉天承运皇帝诏曰：功懋懋赏，朕所念怀。但狄御弟虽则功劳浩大，无如位至封王，职品已极，难以复加。但为出将入相，儿孙五代荫袭祖职；王则追封三代，享以春秋二祭。子沾国恩，母封一品太夫人，钦赐璧玉龙头杖一根，九凤朝阳金冠一顶，五绦黄蟒四对，宫娥、太监四名。四虎将随同御弟两次平西，数年争战，得隆国典，功劳非小。张忠加封平西侯，李义封为定西侯，刘庆封为镇西侯，石玉敕封兵部尚书，补了孙秀之缺。孟定国、焦廷贵是功臣之后，兹复有功于王室，一封镇国将军，一封安国将军。收录勇将二员随征，亦属有功于国，授职当赏其劳。萧天凤敕封正总兵，苗显封为副总兵，着令镇守三关。有妻室俱封诰命，无妻室子孙，一同候娶，再行加恩。肃此钦哉！

天使宣读毕，众将谢过圣恩，天子赐宴毕，退了朝，狄爷、众将回归王府，个个欢欣。次日，天子又差官前往单单诏公主到来，然后诰封。老太君闻了大悦：“孩儿，你言隆冬寒冷，不必接取媳妇到来，岂知圣上与娘同心，如今差官前去接取媳妇到来，尚未立春时节。”狄爷笑说：“母亲因何如此性急的？回来还有四五月路途，两月焉能到京？”

不表母子之言。却说孙秀自从代守三关，妻庞氏未随同往，原在衙门居住。一切兵部事情，另有官用印，只不进衙中。今日石玉做了兵部，庞氏必要出让衙了，因他是正印，不是署理官。庞氏收拾移居别处不表。此时，石兵部母亲、夫妇同进府衙中。当时，兵部太太思量回转家乡，只为隆冬寒冷，等候春天暖和再作商量，话休烦絮。

却说众英雄住在狄王府，一日闲谈，苗显、萧天凤说起翠鸾亲事。苗显又提招赘张忠，张忠不知肯允与否，且看下回分解。正是：

赤绳系足非今定，连理和谐岂偶然？

第九十八回　孙兵部回朝到案　包龙图勘断群奸

诗曰：罪恶满贯是庞孙，枉有前时扼佞权。
　　　奸党瓜连同败露，龙图勘断罪推原。

当下张忠听了苗显说招亲之言，便说："既蒙过爱，且待下官建立了府衙，再作此事便了。"苗显大悦。萧天凤说："如此，媒人喜酒多吃数杯的了。"众英雄正在谈笑间，忽闻报道："天波府差人来请千岁同列位老爷。"原来这是佘太君的美意，备了酒宴，相邀列位英雄将士。狄爷与八将一同前往赴宴。太君着令玄孙文广奉陪，杨府中又有一番热闹。当时，又有众王侯大臣各个陆续请宴。狄千岁领的领，辞的辞，劳劳顿顿，又十余天。

兔走鸟飞，光阴迅速。孙秀到京后，将他囚禁天牢，钦差回复圣旨。是日，包龙图奉旨审问，回府即日升堂。排军带出众犯，王驿丞已先唤到。包爷询问秃狼牙。这秃狼牙口供，与前日圣上跟前一样，包爷喝他退下。又传王驿丞。前时，包公在游龙驿已知王正是好人，今日问口供，无非证实庞洪之罪。便呼："王正！你是游龙驿，也食朝廷的俸禄，如今听了庞国丈的计谋，把狄王亲陷害，受了国丈的多少贿赂？须当说明，招认上来！"王正的主意早已定了，暗想："国丈今番料不能逃脱，我今不怕他再起波澜，须当将情透白，何容遮瞒？"便呼："包大人在上听禀，从前狄千岁到驿之时，卑职焉敢轻慢？以后，太师爷连连发书一十三封，要卑职摆布千岁身亡，许升我一个正印官，七品之职。斯时狄千岁乃大宋保护江山的得力之臣，焉可将他暗害了？是以卑职亦不贪图想升这七品官，情愿我王正不活，抑或弃官逃遁。倘大人不信卑职之言，现有狄王亲可以对质，望大人参详！"包爷说："这十三封书如今何在？"王正说："来书多是庞府来人带回，卑职那里有一字留存？"

包爷又喝退一旁，又挪孙秀上来，左右答应一声，顿时绑上，推扑在地。因他有罪欺君,故以如此。包爷呼声:"孙秀!想你身为司马,厚享国恩,不思报效,屡次暗害狄王亲,到底与你有何仇怨?且从实说来!"孙秀说:"包大人,念下官身为司马,一点丹心报国,并不曾暗害狄王亲。大人勿听旁人谗言,无凭无据,冤屈了下官。"包爷喝声:"胡说!若是他人说话或者假的,这封书是何人笔迹?你且看来!"即将书丢下。孙秀一看,顿觉呆了,暗自说:"这封书乃我上年在雄关写的,差人送与岳父,要把这冤家算计。岂知这年老糊涂如何落到包黑子之手?今日叫我怎生推说?"便说:"包大人,这封书不是下官亲笔,大人休得错疑。"包爷喝道:"此书在你岳父书房搜出来,真名实姓俱在,你还抵赖么?"吩咐:"夹起来!"孙秀说:"包大人,下官求你开一线之恩。乞看同朝之谊,何苦如此认真的?"包爷喝道:"你要做奸臣欺君卖国,若念同朝之谊,一殿之臣,也该不生屡害狄王亲之心了!倘若留你,就要砍折擎天柱,我主江山付与西辽了!你翁婿串通一党,丧尽良心,全不思报国君。你可知本官断不以情面相容的。纵然王亲国戚,不在我心头。究竟如何你须要老实招认的。"喝声:"快将孙秀夹起!"这孙秀从不曾受过苦楚的,那里经得夹棍之刑?忙叫:"不要行刑,待我招说便了。"包爷听罢,命松去夹棍。

孙秀说:"大人,只为前时平西王之父狄广与下官父亲结下冤仇被杀,所以犯官欲报父仇,屡屡图害狄王亲。从前只望他战死沙场,岂知又被他征服西辽。自料不能下手,是以传书与岳父,摆布于他的。"包爷听了怒道:"好奸臣!因着宿怨,不愿辅主。枉你身为司马,道理全无,立心不善,名秽千秋!"骂得孙秀无言可答。包爷要他将口供写上,又询他私通外国,放进秃狼牙。孙秀说:"大人哎,这也是冤枉的,只求大人明察才好。"包爷说:"你又抵赖么?若不私通外国,如何放进秃狼牙进关?你还不讲直言说明么?"孙秀说:"包大人,前日番官一到雄关,犯官也要盘问。他说,奉狼主之命,进贡上邦天子。犯官即以为真,是以放进这秃狼牙,如今现有番官可对。私通外国,果是冤屈,疏失之罪,犯官愿承。"

包爷吩咐退开一旁,取国丈上来。如今不比前时,两旁无情汉,将这奸臣一推而上,曲跪丹墀。包爷呼声:"国丈,因何你私通外国,图害功臣？不要含糊隐讳，须要实言招供的！”原来庞洪早已立下主意，心想：“判官分断，可以强词夺理。这黑子厉害非凡，料想抵赖不得，况且秃狼牙口供实招，赃物搜出，并有私书为凭，若要抵赖，反吃他刑法之苦。受之刑法仍要招的，不若说明，省得受刑。”国丈一到堂，便低头叫声：“大人，这原是我犯官之差，见识全无，屡思陷害狄王亲，受了西辽礼物，说明不是真旗，奏知圣上，好歹杀了狄青。”庞洪说到此间就住口不言。低头细想：“这样事情乃是孩儿飞虎苦谏于我，所以自己不便奏知圣上，进内通线于女儿。今日若说来，连累亲生女儿了。”包爷看见，喝声：“你想什么机关，不说下去？快把真情透说来，本官才不动刑的。”国丈说声：“大人，这是犯官贪了西辽礼物宝贝，奏明圣上重新验旗，要把狄青处斩了。”包爷喝声：“胡说！从前你并无启奏天子的，乃是你做党蒙君，你女儿陈奏的，本官记得清清白白。你敢推脱女儿，希图自己一人抵罪么？”庞洪一想道：“如此不得强假了。”便呼声：“包大人，犯官若自己陈奏天子，犹恐天子动疑，所以入宫通线女儿，要他奏明天子，害了狄王亲。岂知又害不成。问罪游龙驿中，暗通王正，连发书一十三封，方得狄青中害身亡。后来又被包大人救活他。如今句句真实，并无一字虚言的。万般也是犯官所为，伏乞大人开恩，放松一命！”包爷听了，摇头说道：“你欺君误国，屡次陷害功臣，贪赃卖国，深负君恩，不顾朝廷，希图私己。今日奸谋败露，抵赃一刀两段，何必畏死贪生？你真禽兽不如也！”当下，包爷对着庞洪痛骂。庞洪又呼声：“大人，如今犯官痛改前非，永不再犯了。求念一殿为臣，笔下超生，感恩非浅了。”包爷冷笑说：“如今来不及了！纵然本官容情与你，只恐圣上不依。正所谓‘马生栈道收缰晚，船到江心补漏迟’，本官且问你，到底你与狄王亲有甚冤仇？明明说与本官知道！”庞洪说：“与他也无甚冤仇，只为前时考武，他伤了王天化，我女身亡了，女婿孙秀与他有冤仇，是以屡屡同谋，将他摆布。岂知谋害不成，这冤仇越结越深了。今求大人笔下超生，得归故里，足感深恩。”包爷摇首，只要他画上招供来！

又传手下带上王仁，喝声：“你因何前往庞府去通藏赃宝？”王仁终于不肯招供，即将夹棍夹上了，痛甚难当，顿时死去还魂，抵受刑法不起，只得将实情禀知。包爷说："松去夹棍拶指，将供写上！"众犯奸臣，一齐收入天牢去了，吩咐退堂。

有夫人说："相公哎，方才此案情由可审断明白？望相公说妾得知。"包爷接过茶一杯，将情由细细说明。夫人听罢，长叹一声说道："庞洪作恶过多，方不能逃脱。两次三番计害狄青。如今画虎不成，反为狄青害了自身；又来私通外国，罪大如天，只落得当朝一品，做了犯人。天道报应不差，焉能草草可混淆的？"夫妇言谈一会，天色尚早。是日，包龙图进回书房内，仔细将几人之罪，依照国法，细细议实，又备了本章一道，待来日奏复圣上。但不知如何除得众犯人。欲知详细，且看下回。正是：

试看此日诸奸佞，方见今朝尽网罗。

第九十九回　定奸罪包公上本　溺庞妃宋王生嗔

诗曰：国法如何存得私？包公按律定奸书。

君王不舍娇娆幸，至与硬臣嗔论殊。

是夜，包爷将众人照依国法定罪，备了一本。上写曰：

龙图阁学士包拯奏：为微臣审办群奸，讯得孙秀与狄青宿有私仇，欲图报雪，致与岳父庞洪串通为党，屡行图害。庞洪、孙秀二犯除图害狄青未死之罪已过多。孙秀混放秃狼牙进关，虽不与外国私通，应照疏失之罪，理该斩决。而庞洪贪赃私己，图害功臣，而使西辽兴兵犯界，罪该凌迟，法该灭族。有贵妃庞氏，前者验旗，既已欺君，又助父为虐。而兹复差王仁通风，匿藏赃物，亦属父女同谋，顾亲不顾君，法难轻恕，须当斩首正法。王仁须从主命所差，行为不善，有关国法。姑念不图渔利，从宽一等，然欺君之罪难辞，亦当绞决。秃狼牙私进中原献宝，欲害忠臣，虽非己心，亦有党恶欺君之罪，姑念事后首明，得除奸佞，应得褒旌，释放回邦，功罪两消。王正欲保功臣，不遂奸谋暗算，志行堪嘉，应照本职加升三级，以奖其忠厚。妥拟表奏，冒渎天颜，伏乞降旨，各犯正法施行，肃清朝政，海晏升平，微臣有望矣。临表不胜，待命之至。

包爷写毕本章，便说："庞洪哎，谁人叫你为奸作恶的？今日除去国家大患，本官才得心安。犹恐圣上溺爱庞妃，难舍娇娆爱宠，女儿牵及父，要改轻罪名，如何是好？也罢，待来日在朝房通知众王爷、各大臣，倘若圣上不除庞贼父女，众口攻击便了。"包爷定了主见，候至次日四更天，来至朝房，候齐各大臣知会了，众人欢然应诺。少停，天子临朝，文武参毕。包爷将本呈上，天子龙目看罢，心内暗暗着惊。便说："包公定罪太重了，孙秀之罪，却也该当，国丈之罪还须改轻些。贵妃侍奉寡人，包拯也须谅情些的。"包爷一想，说："我原料圣上定然要改轻庞洪父女之罪。"便说："臣以为国家大事，必当以公办公，如何存得私的？各犯之罪，应该如此，那里改轻得来？"天子说："包卿虽素无私曲，单有此案，望卿谅情一二罢了。"包公说："庞家父女，罪犯滔天，死有何惜，罪断然难改轻的。圣上准臣所奏，则是依律公断，如不准臣所奏，要改轻庞洪父女之罪，臣做不得官了。望陛下放归故里，臣忍耐不得国法不行的！"这几句话乃侃侃铁言，天子原知他品格如此，假装发怒，呼声："包卿！你难将朕抗勒的。往日般般准依了你，单有此案，寡人不准，要从宽些。"包爷高声说："陛下，要改轻罪名也不难，先把萧何定律改过，然后把庞洪的罪名更改，有何难处！"天子听了此言，真觉怒起来，说："寡人事事依你，单有此本不准，你若必要如此，寡人让了你罢！"包爷怒容满面说："陛下，这本不依臣拟，朝廷法律不须设了！这庞洪贪赃卖国，屡害功臣，父女同欺圣上，死有余辜，望吾主勿顾宫中贵妃，速行正法，以警乱臣贼子之心。如若不准微臣所奏，伏乞陛下先将臣斩首，以正逆旨之罪罢！"天子一想："这包黑子实是铁硬。"又说："你要朕依你所奏，万万不能的。"

此时，又有众王爷大臣，共有三十余位，一齐出班奏说："奏陛下，这包拯与庞洪不是有甚私仇，无非为国家除奸，按以萧何定律耳。"天子说："什么萧何定律？朕也不较罪拟太重，要轻些耳。"众臣也知圣上说的是蛮话。又再奏道:“陛下,若是别的小过,尚且依律定罪,但此案事大如天!庞洪外通辽国,内合女儿,倘将功臣害了,辽国将兵厉害,圣上尽知。况且雄关孙秀,又是庞洪同党,岂不被他们将锦绣江山,一旦付与西辽?陛下,今朝若不除奸党,倍加纵他了,倘或变端复起,事难料测。”众臣同奏,此时天子反觉羞惭面赧。暗想:“国丈为人原不好,冤家尽结。满朝三十余人,没有一人保奏,只齐口合攻。朕若准了包拯所奏,又舍不得庞美人,也不便留其女诛其父。若父女一同治罪,朕心何忍?只左思右想,龙心不定,带着闷气,呆呆不语。包爷又说:“陛下,庞妃事小,江山事大,不可没了主意。”众臣催速,天子龙心不悦,立起身来说:“众卿休得性急,还宜从缓再拟。限三日后才定夺。”即退班回宫去了。众文武落得呆看,多说:“圣上因何如此庇护庞洪?”只得同退出午朝门。

包爷忽生一计,邀同众大臣商议。众文武说:“包大人,你却虑得到,再不想圣上宠爱庞妃父女如此之深,包大人还有何高见?”包爷说:“列位大人,圣上如此溺爱,执迷不悟,若留下庞洪父女,终为后患。下官欲同列位前往南清宫,面见狄太后娘娘,奏明此事,待他作个出头,先除了贵妃。若除贵妃,圣上无心牵挂庞洪了。”众文武笑道:“包大人果然妙算!只恐太后娘娘乃贤良德性,圣上又恳赦了,这便如何?”包爷说:“太后娘娘已深痛恨庞洪父女屡行暗害狄千岁,恨不能早早除他。”众臣说:“既如此,事不宜迟,我们就此去吧!”各官员一路先到了狄王府,按下且慢题。

再说嘉祐王回进宫中,龙心烦闷不乐。贵妃接驾问:“圣心因何不快?”天子将群臣强逼勒奏说知。庞妃听了战战兢兢,俯伏尘埃,泪珠满脸说:“陛下哎,可念臣妾伴枕六载,平时并没有半点差迟,目今初次犯了一罪,求圣上恩宽,父女同沾帝德无涯了。”天子说:“贵妃,若论你父平日间做人不好,冤家结尽。满朝只有参本没有保本的。朕若将你父正法,在你面上于心何忍?如若一体同刑,那里舍得你的?听凭众臣怎长论短论,朕自作主张。包拯本章奈何我不得。”贵妃只得悲哭,天子连忙扶起,安慰:“爱卿不用心烦。”庞妃在地叩谢,起来讲话。

有内监到来启上:“万岁爷,有南清宫太后娘娘驾到!”天子听罢,顿时惊吓:“母后因何忽地进来?”只得抽身往接迎。太后娘娘离下凤辇,宫娥、太监两边分排。天子请问:“母后娘娘何事降临?”太后说:“所来非为别事,要到安乐宫去,与李太后谈心散闷。”天子说:“原来如此,请母后进宫。”又着太监报知各宫迎接母后娘娘。太监顿时通报各宫。正宫曹后想来:“狄太后今来何事?必非无故进宫。”即往会同张妃子、庞妃子共迎。太后驾到长春殿,礼参毕。忽有宫娥到来启禀:“李太后驾到!”君后起身相迎,原在长春殿两后相见。礼毕,姐妹相称,二面对坐,君后参见生身嫡母,各妃叩礼毕。李太后呼:“儿、媳共坐。”君王、曹后领命左右坐下,张、庞二妃侍立两旁。太后送上茶,吃毕。高年姐妹,略叙寒暄,各各问安已毕。狄太后开言说:“王儿,这边立侍者何人?”嘉祐王说:“启上母后,这是贵妃庞氏。”狄太后说:“原来是庞妃,他的父亲是谁?为娘倒也忘记了。”仁宗天子是个聪慧之君,知母后不是好意,当时勉强说:“他父名唤庞洪。”狄太后叹声说道:“就是贪赃卖国奸臣之女儿么?昨日包卿已审理明白,定了什么罪名?”天子听罢,暗暗着惊,又觉难以回复。只得说:“母后哎,包拯定罪,尚未奏闻。”太后喝声:“你说什么话!‘君无戏言’,从古所说。你如此谎言,岂是为君之度?今朝我侄儿朝罢回来说,包卿已上本奏明众犯了!”不知天子如何答话。正是:

前时父女交通恶,今日君王保不康。

第一百回　狄太后扫除君侧　庞贵妃绞死宫中

诗曰:君王溺爱庇庞洪,只因情恨妃子容。
幸有高年狄太后,娇娆正法绞宫中。

当时狄太后说:“王儿,你休得谎言!我侄儿今朝上朝,说包拯本上除奸正法,无奈王儿不准,要把庞洪父女罪名改轻,怎说包卿未有本奏？你还来哄我为娘么！”天子听了，心中惶恐，只得转说：“包拯确有本章，一时错说他未有奏陈。”狄太后说：“王儿，既有本奏明犯人，定了什么罪名？”天子说：“孙秀定了处斩之罪。”狄太后说：“如此太轻了！”又问：“庞洪定罪如何？”仁宗天子见问至庞洪之罪，就心中着急，住口不言，难把他罪名说出。此时，庞妃在侧，心如火灼，又如小鹿撞胸。此时李太后虽是年高，性情不异少年，开言说：“王儿为何默默无言，闭口不开？”狄太后冷笑说：“我也尽知王儿之意，舍不得庞妃小贱人。因女儿难伤他父，故王儿把罪名改轻的。”又呼：“李姐姐，这庞洪、孙秀不知与我侄儿有甚大仇，几次三番，阴图谋害，必要将他除了。幸得般般用计不成。他二人谋害功臣也罢了，但庞洪身为极品，又是王亲，不思尽忠报国，反受贿贪赃，暗通西辽，父女深受国恩，不图报效，心向外邦。可记前时先王在日，王钦若私通外国，做下多少弊端！庞洪父女就是前辙后头人。我想，宋朝天下非容易开创的。太祖劳尽多少心力，方得今日流传四代，险些锦绣江山送在庞洪父女之手！王儿虽不是我亲生的，但用了三年哺养，方得育长成人。所以今朝讲话，做得三分之主。庞洪父女串通误国，断然难容！包拯本奏必然依的。姐姐，你道愚妹之言是否？”李太后说：“狄贤妹之言，果也不差。包卿乃我宋朝的大忠臣，人人共知，断事毫无私曲。庞洪受了西辽礼物，要害有功之臣，倘然令侄遭其所害，辽王猖獗，复又兴兵，还有何人抵敌？宋朝社稷必然让与西辽。若是奸人常常在国，一辈忠臣焉能日日保存？若江山被别人占去，庞妃难以在枕边作伴，相爱相怜，自有他人恩幸。王儿有何面目见先王的？若贪花好色，未有不为败国之君。若不诛庞洪，众臣不服，不斩庞妃，正为祸之根源。”

原来嘉祐王前听狄母后之言，后闻李母后之训，他原乃心中明白，只因为着贵妃的花容美宠不是合意。同心陪伴，同衾六七载，枕上多少温存态度，何忍将他一刀之苦？龙心纳闷又惊惶。此刻，庞妃吓得魂不附体，忙下跪哀求二位高年太后说：“臣妾父亲伴驾多年，从无差错。近因年老昏懵，作为有干国法，理正典刑。臣妾虽然德薄，但伴君数载，也无过处，一时错听父亲之言，今日原该身首分开，但恳求太后娘娘开一线之恩，好生之德，姑免了初次，留我残生，感恩不浅。”狄太后喝声：“小贱人一刻也难容！”李太后叫声：“王儿，你保守江山为重，这妖娆妃子事小，何恋恋不舍？”仁宗天子无言可答。庞妃苦苦哀求，向狄太后连连叩首，只是不依，吓得面如土色，手足如木。只得转身求告曹皇后：“望娘娘与妾讨一个面情，救得臣妾一命，世世不忘娘娘大恩！”曹后娘娘虽不是与他胶漆，也是两不相干，况且在着君前，权做个假人情，即时随身跪下，求恳太后娘娘说：“庞氏虽然有罪欺君，但念他初次，还求太后娘娘饶他性命，臣妾亦感大恩。”狄太后喝声：“休得多言，你是庞妃同党的，不用你再言！”曹娘娘不敢再说，只得起来。

天子此时亦坐立不安，只是说：“母后哎，庞妃犯法，理该正法处斩，念他是个轻年女子，不明法律，万般只看臣儿薄面，今日臣儿讨个情，求免他一刀之苦，将他贬入冷宫如何？”狄太后想来：“王儿真乃溺爱这娇娆，今又仍留庞妃，庞洪罪也轻了，我将何话答应包拯？”便呼：“王儿，别的事情般般依你，若要留这小贱人，断断难依。我今做的三分主，你终身怪着为娘罢！”即传懿旨，令刀斧手速正典刑。贵妃哭倒在地，落下珠冠，青丝披散，无限凄凉。膝行扯住万岁龙衣：“望吾主看臣妾侍奉前日一场，救了臣妾一命的！”急得天子心中凄惨，料难解救，说：“贵妃哎，非朕不肯用情搭救你，只可怜你一时错听父亲行恶。今要过刀惨死，独惜你待孤一番恩情多少，今日身亡，孤心不忍。”庞妃说：“陛下哎，妾如今痛改前非了。从今以后不想锦衣安享，不思玉食风光。愿留我残生，甘心永住冷宫。”嘉祐王听了这凄惨之言，腹内犹如刀割，想去思来，心中大愤。回身又叫：“母后，望你大发慈悲，开恩一线，饶他一死，永禁冷宫，情愿将他父庞洪正了国法也罢，望母后准依臣儿之言！”

当时不是狄后心妒庞妃，定要除他，只恨父女同谋，反复验旗，险些侄儿被害。仇恨是以刻刻在心，今要宽容他，又违准了包公、众大臣所奏，是以今日总总不依当今之言。有李后性情素日心软，看见贵妃如此凄惨，与当今不忍之言，凤目早已包着一汪珠泪。呼声：“贤妹哎，既是王儿如此说来，饶他身首分开，可赐白绫把他绞决，做了全尸罢。”天子又双膝跪下，再求狄母后存他一命。狄后摇头叹声：“你身为万乘之尊，为了妃子如此恋恋不舍，今朝不将这小贱人正法，人人俱可效尤败国了！权依姐姐之言，免他刀刑。”传旨不用刀斧手，速取到白绫。一座长春殿做了法场。

此时庞妃心如刀割，痛哭凄凉。天子不忍观看，悉听他们动手，心怀愤愤踱出，龙目含着一汪珠泪而去。太后喝声：“动手！”将绫搭粉颈，双膝向南。曹皇后、张妃也觉心惊。但见太监两边将白绫一收一紧，金莲撑蹬几撑，顿时两眼洋洋白了。未及半个时刻，气已断了。三魂七魄，缥缈已无影无踪。实是可怜一个冰肌玉骨红颜，只为一时差见，错听父言，死得实为可哀。在庞妃伴主多年，亦无甚大过犯，岂料今朝身受惨死，实乃庞洪作恶，害了年少女儿耳。

当时，绞手太监见他身硬了，即时住手，上前启上太后娘娘：“庞娘娘气绝了。”太后传旨，请来当今。是时，嘉祐王到来，见了庞妃如此，五内皆崩，伤情之泪，从眼中落下。狄太后说：“王儿为君，岂像孩童之见么？若留这奸狡妃，实乃国家之患。如今速把庞洪斩决，不可改轻包拯所奏！”天子应诺。太后又传旨：“尸骸用上上棺柩盛殓埋了。”刀斧手领命去讫。天子吩咐在长春殿安排饮宴，款待高年两太后。曹皇后与各妃交替敬酒。姐妹谈心，语言多少，也不多谈。酒宴已毕，狄太后抽身相辞，李太后、曹皇后与众妃一同相送，狄太后身登凤辇，欢然而去。李太后也回宫去，张妃、曹后俱觉安然。只有仁宗王愁怀满腹，复进庆云宫内，触景伤情，龙心惨切，怨着包拯：“你与寡人结冤家，可怜断送了爱妃。若不是三审郭槐这段功劳，孤必要取你的首级！”

不题天子心烦，再说狄太后还宫，将此事说知孩儿，潞花王大喜。即差太监相请平西王到府说明。狄爷深感姑娘，言说一会，拜别往见包爷，传说众大臣，人人心悦，也有庞党个个心惊，犹恐有牵连之罪，不表。次日，包爷上朝奏明，要将庞洪正法。此时，天子只因溺爱庞妃，故将庞洪宠重。庞妃虽死，心犹愤恨，念及贵妃，不忍将国丈正法，奈何被包爷催速。想：“终免不来，若将他正法，罪名可减轻些罢。”不知天子如何减轻庞洪之罪，且看下回。正是：

天道岂无公报应，人心何不善为行。

第一百一回　正典刑奸臣被诛　忆妃子宋主伤情

诗曰：害人反害自身亡，到底奸臣不久长。
　　作恶难逃终报应，今朝正法在刑场。

当时包公听了万岁要改轻庞洪之罪，然后正法，即称："陛下哎，臣乃照律定罪，如何改轻的来？"天子说："包卿，贵妃的斩罪已蒙太后娘娘减等赐绞，难道庞洪孤赐他不得绞么？"包爷说："启陛下，这是太后娘娘的恩典，贵妃的造化。"天子说："太后娘娘的旨你依，难道孤你必不依么？包卿太把寡人欺了！"包爷说："圣上哎，庞洪除去谋害功臣的罪且不计较，只把私通外国，贪赃枉法而论，重罪如山，那有可赦轻之处？"天子说："包卿何故如此，劝你不要执偏，逆忤寡人吧！"包爷说："臣为受陛下洪恩，未得报效，除却了奸贼，一刻之念难忘。照律除了欺君卖国之臣，稍尽臣报国之心。"天子说："包卿，你太愚了，你既知法律，岂不晓得从无宰阁之刀？你自家条律未明，又不依从孤旨，必要将庞洪照本罪断凌迟，除非你再到南清宫，待太后娘娘仍旧出头为主，方能准你。"包爷说："陛下何须无宰阁之刀？但庞洪自有滔天大罪非轻，若减轻了，不能警戒乱臣惊惧之心，伏乞我主依臣所奏，照律将庞洪正了典刑，则朝政肃清，人心悦服了。"

此时，包公与嘉祐王许多辩论，天子心中带怒说："你真乃一个无情面之臣！故意违逆寡人之命，也该当何罪？你须讲明说来。"包爷说："臣逆旨该斩。陛下，且将臣斩首吧！"当时，天子呆呆不语，包爷也不做声，有众位公卿大臣，看此光景，一同俯伏金阶，同声奏道："臣等请问陛下，照若包拯所定之罪，圣上龙心以为太重，如今圣上欲定何罪？乞祈降旨。"天子说："依朕主见，庞洪亦照贵妃赐白绫，未为不可。"包爷说："庞贵妃本是枭首之罪赐白绫，伏乞龙心详察。"天子说："众卿家公断如何？"众臣说："臣等只求陛下将庞洪照依贵妃枭首之罪，正法便了。”天子一想，总是庞洪活不成了，只得准奏。将庞洪枭首，恩免夷族，妻儿回籍，安分守法。内监王仁改为军罪，余具依拟施行。传令苏文贵监决复旨。当时，包公也难再奏，天子驾退回宫。众臣多退回朝，人人也说，天子心慈，皆由庞妃面上来的，闲话休题。

再表苏都督回转府中不延迟，即差人吊出天牢犯臣。当日，庞洪、孙秀两个奸臣，懊恼前日为非，一心图害狄青。害他不成，反害自身，要受过刀刑。是时，有千千万万的百姓，远远观瞻。当时，国丈还在牢中，未曾释放，所以不得来送别。有庞飞虎在外打听明白，吓得魂飞天外：“我得圣上天恩，妻儿无罪，所以方敢前来送别父亲。”孙秀的夫人抱了三岁的孩儿，也来送别丈夫。当下，子哭父，妻哭夫。庞洪呼声：“我儿，你不必伤心了，包公将我定了凌迟夷族之罪，全叨圣上天恩，减轻处斩，还是死来的造化。但我死之后，你与母亲收拾棺柩与妹丈的棺椁，一同还乡吧。弟兄四人手足和顺才好。如今朝内无人，势头也没有了，须要回去守分度日，侍奉母亲。”飞虎泪如珠雨，哭倒尘埃。孙秀叫声：“夫人，今日你休来埋怨于我。若我死后，你还故里，与我娘、兄弟苦守门户，养育孤子，长成传嗣，免得孙门绝了香烟，遗言切紧记的！”夫人只悲哀痛哭。时刻将到，这些远远旁观的人，拥至越多。三刻时分到了，即时刽子手开刀砍下头颅两颗。子捧父头，靴底踏穿，妻把夫头，哭泣晕迷，苏爷打道回衙，先往说知包公，然后往天牢放了庞洪夫人，前往法场收拾丈夫尸首。包爷又备文书一角，委两名官差吩咐庞家子母、孙秀之妻，限三日内起解回籍，不许在京担搽。内监王仁得活性命，即行发配。王正加升三级，多叨天子洪恩。

包爷又吩咐秃狼牙：“你混进中原，应该有罪。念你出首说明奸臣之案，兹且姑宽，放你回国。”秃狼牙说：“包大人，我今回邦，思量狼主容不得我。如若不还故国，丢不下儿女，实在两难，如何是好？”包爷一想，说：“你也虑得不差。罢了，你且耽搁一天，待本官来日奏明圣上，请旨一道与你，自己还邦与狼主观看，要你复还旧职便了。”秃狼牙称谢不已。次日，包爷上朝，有苏爷复旨启奏：“已将庞洪、孙秀正了典刑!”天子听奏点头,暗暗咨嗟。又有包爷俯伏说:“臣包拯有奏。”天子说:“包卿如今没有说了,还有何奏的?”包爷就将秃狼牙之事奏明,天子准奏。降旨一道,着令秃狼牙自带赍文还邦。是日,吏部天官文彦博升为首相,抵了庞洪之缺,不必多谈。包爷朝罢归府,付银子二百与秃狼牙,以作路费回邦。秃狼牙大悦,叩谢而去不表。

再说仁宗天子回宫,暗暗伤心:“追思庞贵妃的玉貌花容,娉婷袅娜的体态,深悦朕心。陪伴宫中六载,别无差错。单有父女递连,想他为其女而护其亲,乃人之常情也。原是庞洪为人不好,又不该贪赃入己,与外国私通。只道暗为,瞒得众人耳目。又不该暗中图害狄青,害他不得,反伤其身。他两次平西奏绩回来,功劳浩大,多少众臣得为助于他。今日庞洪败露机谋,乃连累了孤的美人,死得实乃伤惨。若是包拯议罪,群臣共效,必要寡人作主,庞家父女决不死于如此刑惨!偏偏是母后出头。他无非要与侄儿报仇,折散寡人的美对鸳鸯,孤心何日放得下愁怀?”叹道:“贵妃哎,你玉骨冰肌,抛荒何处?但不知卿魂还在宫否?”又思他魂渺渺茫茫地府中,不知何去了。越想越伤心,目中的珠泪纷纷滚流。宫中物件般般在,单单不见相爱相怜的美人。“咳!寡人每临幸此地之时,只见庞夫人袅娜轻盈,上前接孤。芙蓉玉貌,带喜带羞,殷勤尽礼。莺声细语,慢慢言来,皆实为孤之爱。鸾凤衾中陪着朕,温存体态,多少的美情!有无穷之妙,无限之趣。指望同偕白发,岂知平地风波起,使孤恩情永绝。今朝物在人亡,玉体抛荒野外,深可悲也。咳!美人哎,非是今日寡人辜负于你,谁知父亲与狄青结下深仇,连累你的。包拯一班同党,助着狄青,同口同声奏参你父,又使狄母后为主,内外夹攻,使你父女一刻同日而亡,总是弄得寡人从此无人陪伴。美人哎,你有多少妙音可解寡人愁怀!”这多情天子伤感之际,忽想起一事在心,瞒了母后,不与王后、妃子得知,即差一内监,私出宰门,吩咐关了贵妃坟,并国丈尸骸好好收殓。另赐黄金千两与国太,以为扶柩回乡的路费。这仁宗天子为着庞妃面上有许多用情,只为爱其生,如今不忍其死。加宠国丈所以如此。从此龙心终日恢恢纳闷,不怪他人,只恨着包文拯。他虽然正直无私,然而与寡人面上太觉无情的。

不言天子烦闷,再说太监何荣奉旨藏了千金,悄悄出了后宰门,觅着庞妃停柩所,命人扛抬了,来寻国太。先说庞飞虎痛恨着包文拯、狄青是杀父仇人,后日图报的。当下国太来到法场,看到尸首分开,心中痛哭哀哀,好不凄惨。又思量长女伴君,深得宠幸,岂知今日白绫赐死!儿哎,皆由你父连累,害你死得好惨刑也!丢下老娘,魂归阴府,渺然无踪,未知他可能随娘得转故乡否?如今单剩下次女飞凤在身旁,女夫又被国法正了典刑,母女双双为嫠妇,此仇此恨,教老身怎生清消?国太正与孩儿收拾尸骸之际,忽来了太监何荣,丢了贵妃棺柩,到来交待黄金,说明天子之意。正是:

生离死别心何切,义重情深念不忘。

第一百二回　遵国法庞孙回籍　叙奸苗作恶多端

诗曰:奸苗仗势害良多,国法全无众受磨。

自从权倾威福尽,昭昭天眼报如何!

话说国太正在收拾丈夫尸首,悲哀之际,忽然圣上差太监何荣到来,将天子之意说明:"国太,今日收拾尸首回籍,国太不必过哀。今日万岁爷赐赠黄金千两,以为国太作路费之资,你且收藏了,并娘娘棺柩在此。"何荣交出黄金,回宫复旨去了。

单表庞飞虎母子尚然说此蛮话,说:"圣上堂堂九五之尊,一些主意全无。凭从狄青、包拯胡行,被他压住,伤了宰相之命。只恐江山不久要让狄青了!"飞虎含泪说:"母亲,事已如此,如今不必过伤了,且暂收拾父亲还乡吧。家中幸赖尚有家产过日,还有三兄弟,皆是英雄气宇,日后寻个机会,必将杀父仇人杀尽,方消了此恨罢!"国太听了,只得收拾。孙秀夫人悲哭哀哀,没有收场的,国太劝慰女儿一番。包公又有兵差到来,不出三天就要速出京。旁人百姓,谁人不笑庞洪前日靠了女儿势力,凶如狼虎,屡屡冤屈良民不计其数,容纵家丁欺压平民，只道他女儿做力一程，直厉害到底。岂料今朝女儿死在宫中，父斩法场之上。还叨圣上天恩，不罪妻儿，不抄家产。想来善恶必然有报应的。若不报应，世人个个为非了。又有几人说："奸相平日屡屡剥削良民，今日犯此大罪，过了刀刑，还是造化了！理应该丢去油锅内，割舌抽筋，再将他千刀万剐，方尽其辜。"内有几人说："庞洪屈剥我百姓过多，将他一刀两段也便宜了他！还恐上天不容他，天火也焚他的棺柩。家中妇女为盗为猖，后人为奸为拐，此天报应以不祥的。"一路而来到一处地方上，百姓谁不骂他父女？母子听闻心中暗暗伤心。庞飞虎暗暗发怒，只由得人咒骂。有日必要报仇，将汴京削为平地，看你们还骂得我否？不理旁人说短道长，一路饥餐渴饮，夜宿晓行，历尽跋涉辛劳，一月多方到家园。有包公差官把文书交本省官、本处官接领，即回详复包公。取了盘费，二解差一路回京不表。

却说这大国舅飞虎娶妻无子，二国舅白虎、三国舅黑虎、四国舅彪虎，多是年少青春，因没有美貌佳人，故俱未就婚。纵是有几个乡宦小姐花容美俊的，父母俱说庞门作恶过多，不肯配他弟兄。然而年少，仗着父亲、姐姐的势头，屡屡又害地方，每每欺着良民，白手娼嫖，平空捏诬。若逢女子有三分颜色动人，抢劫回家。俗语说："肉随砧。"从他则活，逆彼则亡。弟兄也是一般作恶，有些怕死的女子，或是贪欢的妇人，自然从他。或半年不用，赶逐出转回娘家，害得亲事不能对，岂不罪过更深？兄弟如狼如虎，万民怨恨。若告状鸣于官，只畏庞门势大，也不敢准告。

这一天，哥弟分路出去玩耍。又讲一妇人正在窗楼观望，只见他家翁对楼上大叫："媳妇，二国舅来了，还不下楼去！"这妇人听了，好不慌张，急急关了窗牖。又说二国舅白虎正在街上游玩，只见家人飞跑到跟前说："二国舅爷不好了！一家大祸非轻的。"二国舅喝声："狗才，何事大惊小怪？"家将说："不是小人大惊小怪，只为太师爷身受大灾被杀了。如今大国舅与太夫人扶柩回来了，现在码头上。二国舅爷不要游玩，快速回去料理丧事的！"白虎变色说："这话可是真么？"家将说："有飞福家人先回来报知。"白虎说："有这等事，不好了!”吃惊不小,说:“你跟随来吧!”即快马加鞭,如飞去了。

又说到黑虎三国舅,一路而来街上玩耍,有妻的百姓民家,家家一闻三国舅远远在此游行,即飞奔回家,吩咐密关了门。有姐妹的也是如此。只是众人被害过多,所以如此惊惧。也有一民家婆子立在门前,年纪六十多,脸上皱纹多起,还是擦脂抹粉的扮俏。要为年已高,还作青年妆,实确可笑。立在门前,看看来往之人。忽听得庞黑虎来到,吓得慌忙扶了杖,急急关了门。黑虎正在街坊上寻觅钗裙美女,带了七八个家将跟随。忽来了家人庞寿来报知凶信,三国舅闻言,犹如雷打脑顶,急随家人回转。

再言四国舅的行为。陕西本省近地有个酒肆,名曰“岳阳馆”,步进酒馆,十分热闹。一座有二十余人谈笑吃酒。正在闹热之际,忽有店主跑来说:“列位贵客,快些算账,不吃酒了!”众人说:“你那里话来,酒还未吃完,因何忽要算帐?”店主说:“庞家四国舅来了!”各客听了大惊。单有一人自酌饮酒,是山东来的客人李大麻,说:“店主,他怎样狠恶,我是不惧的。待这老狗狼来,俺老子活活打死他!”只见恶狠狠几人跑进来说:“四国舅爷来了!”众酒客人说声:“不好了,大家快走吧!”顷刻间,个个都跑了,只剩得山东客,自仗英雄,不知厉害。原来这人是前一天到来的,所以不知庞家势力。说:“我也不犯他,他也奈何我不得。”店主劝道:“贵客,不要取祸,快走才好!”他只是不依,端然坐下。有四国舅爷跑进来,下了马,店主人跪接。彪虎进内,两边一看,喝声:“大胆这狗才,敢在大虎头上抹汗么?家丁快些捆打这狗强盗!”一声呼喝,一班家将如狼如虎,拥上前要捉李大麻。他见了,不得不慌,顿时下跪磕头求饶谢罪。四国舅正在骂他之际,有家人庞禄赶进店中,说声:“四国舅爷不好了,小的往各处找寻,原来在此,快些回府吧!”四国舅喝声:“狗才,我有事情不回去的!”庞禄说:“京中太师执罪被杀了。”四国舅闻言大惊,说:“那人敢杀我父亲?快快说来!”庞禄说:“小的不知底细,只见大国舅与国太扶柩而归,现在船中,就要来到家里,所以小人分头找寻,国舅爷回去吧!”彪虎慌忙说:“你言可真么?”庞禄说:“小的焉敢哄国舅爷的?”彪虎听罢,即忙上了马,飞跑了去。当时店主几人哈哈发笑说:“朝中国丈被诛,他弟兄无势力,从此地方可以宁静了,这些年少妇女去了大患。”李大麻笑道:“他倒运的狗才,欺着我李大麻,怪不得他父亲要砍了头的!”复坐下又吃酒。店主说:“我说叫众人不要吃酒,且算了帐,谁知众人个个不肯。后至小狗才拥到,众人才奔走散去,如今做了折本生理。”李大麻说声:“店主不必心烦,今须折去本钱,但各市上食物俱已卖尽罄了,你店中还有许多食物,卖个加倍利息,就可还本了。”丢开店主,闲言不表。

再表近地百姓,被庞家扰害不少。如今得闻此事,人人传说喧哗,多道朝中国丈被杀害了,地方从此起运,众民安稳做生涯,从此不用大惊小怪的忧心。此时陕西一省地方,众百姓远近传说。正是:人人欣幸,个个安心。言言语语地叙谈,一一不能细述,话休细烦。

且说庞家三位虎狼舅爷,此日齐齐会叙,已到码头船中,见母亲、兄长,即问父亲被害原由。国太见三子动问,含泪就将与狄青作对情由,细细说知。三虎兄弟听罢大怒,泪落纷纷哭父。时又忆姐姐,痛恨着狄青,呼声:“大哥啊,我们兄弟并胆合意,待等三年之后,杀父之仇定然报的!”庞飞虎呼声:“三位兄弟,此仇不报,枉为人也!为兄也等不得三年五载的。”国太贪悲说:“你弟兄不要言长语短,且将棺柩迁移上岸,回家安葬吧。”正说话间,有孙云到来。不知此人是何来历,下回分解。正是:

由尔刁奸凭势力,终为罗网伏众微。

第一百三回　萧天凤领守三关　张将军洞房花烛

诗曰:英雄未遇一樵夫,发达时来禄位高。

海水不量人不谅,焉知贫者是人豪!

当下这孙云不是别人,他是孙秀嫡弟。平日也恃兄长之力欺压良民,强占人之妻女,种种作恶多端。因甚前书不详叙于他?若不涉正书关紧,不能尽述。是时,孙云得知胞兄被杀,气得二目圆睁,即跑上船头，对着庞飞凤叫声："嫂嫂，何故哥哥被害？"庞氏将前时被害细细说知，孙云听了，怒气冲冲说："嫂嫂，如今哥哥已死，不能复活，且到家中把棺殡埋了，抚养侄儿长大成人，与父报仇便了。"又进船中与庞家母子谈说此事一回。此时，抬到两乘轿子，母女分头上岸，各各回家。庞氏弟兄随娘回转，孙云与嫂嫂归家，各自埋葬。纸短情长，难以尽白。从此，庞、孙势力俱无，不敢妄为。不过借些家产度日，须有报仇之志，亦是妄想虚言耳。不过正传略略表明，休得长叙。

再说京中。一日，狄爷对萧天凤说道："雄关乃要紧之地，不可久无主将保守，须早日打点赴任才好。"萧天凤应诺连声。萧总兵又将苗氏、张忠婚事禀知，狄千岁说："此乃美事。"便说："张贤弟，你可一同到苗家完了花烛，然后再来叙会吧。"张忠便道："但小弟有话告禀。"狄爷说："兄弟再有何商议？"张忠说："从前小将没有住居，曾在盖天山打劫往来为生。如今意欲到此地造几间房屋为家。千岁，你道可否？"狄爷说："贤弟，不知此地可有主经管否？"张忠说："没有人管的。"狄爷说："既然如此，待本藩明日奏知圣上，差官到彼处，应该粮赋若干纳讫了，建造房屋住居便了。"张忠称谢。千岁次日上朝奏明，天子准奏。狄爷回府，即差孟定国赍带千金，吩咐前往盖天山左近地方，建造府宅。只宜速办不要延迟。孟将军领命。次日，拜辞千岁与众将军，带了八名手下将，跟随去了。

狄爷又问："李贤弟，你是北直顺天府人氏，你从前说过的家中无人料理，想必房屋也是塌烂了。"李将军说："不瞒千岁说，我的命运蹇否，自幼父母双亡，几间房屋被火烧了，目下变作空荒之地了。"狄爷说："粮税几年，何人管纳？"李义说："千岁啊，至今一十二载犹未完税粮。"狄爷听了，即发出千金，吩咐焦廷贵："前往顺天府该管地方，完了一十二年国税。料理兴工建造住居，须要快捷，不可迟延。"焦廷贵说："千岁，若造得快，烧得快，到底延迟为妙。"狄爷说声："休得胡说！"焦廷贵说："小将没有胡言的，只说造得快，烧得快的。"狄爷说："你原是这等痴呆的？"焦廷贵说："不瞒千岁，小将的老人家焦赞也是痴呆的人，如今怪不得小将痴呆了。"狄爷说："休得多言，明日早些起程。"

到来朝，焦廷贵带了千金起程，一月到了北直顺天府，先将十二年税赋完清。又说李将军祖地已被他人占了。原来，本府有个土豪，家资万贯，逞富欺贫之辈，名唤王强，前数年已占了此地，建造了大厦楼房，出租别人。焦廷贵当时查察明白，心中大怒说："狗乌龟，将李姓的地业占了，收租受用，好生可恶！本将军不要你赔还，不为好汉！"气愤愤地跑到县堂喧哗喊叫，县主惊疑，升堂问明原故，即拿到王强究问明白，乃私占土地的。如今断还李姓地业。焦廷贵大叫道："断判不公，还要断！"县主说："将军，但不知要怎生断的？"焦廷贵说："王强收租，李姓完粮，今单把房屋断送李姓，焦将军岂不动气么？禀知狄千岁，你这官儿做不成，王强的性命也活不成了。"县主说："据将军的主见若何？"焦廷贵说："须要王强拿出银子一千两，准了赋税之缺，将这狗强盗问个边远充军之罪。"县主说："罚他五百两银子，不必问罪如何？"焦廷贵说："罪也不相干，若银子短少分厘也不依的！"县主只得判断王强罚出银子一千两，限三日交出。王强气恼，叩头去了。县主吩咐衙役："寻个所在，待焦将军安歇。每日三餐，酒食必须丰盛，倘费用若干，禀明给发。"衙役答应连声。焦廷贵毫不称谢，日日贪杯，醺醺大醉。到第三天，在县堂问："这王强银子可曾交待否？"正说间，王强正在衙门外伺候老爷坐堂呈缴，衙役报进，县主吩咐唤他进来。王强来到案前跪下，呈上一千两银子，兑进不少分厘，王强气闷回去了。县主命衙役扛抬银子，到焦廷贵歇所。焦廷贵命自带来的从人，一一置备家伙什物，件件齐全。按下焦廷贵慢表。

再说朝中萧总兵要往镇守雄关，奏知天子，择日登程，拜别狄千岁、众大臣。是时，平西侯张忠要往结亲，故与萧、苗二总兵同行，下属官员俱来送行，一路地方官接迎，不必细表。行程二十余天，已到雄关。范爷、杨将军闻报大喜，率同部下各将官带兵迎接。当下，范爷、杨青看见张忠也在其内，是时，一同进关。范爷呼声："张将军，你也奉旨同来守城么？"萧总兵说："非也。苗总兵有胞妹，他母亲从前曾许婚姻，今日禀知千岁，是以同来完婚。"范爷听了，哈哈笑说："这也有理，老夫贺喜方是。"张忠、苗显说："范大人，小将不敢当的。”杨将军说：“贺喜不贺喜，总要吃喜酒。”是夜，大排筵宴，各各就席。次日，苗总兵在雄关七八里寻了地方，名为十锦村，即差家丁，督取工匠，兴工造建。工匠人多，不消一月已建造成了。相迎母亲、妹子居住了，收买丫头数十个。如今比前日住破屋小窑，大不相同了。母女好不欢欣。翠鸾小姐倍加称快，想：“哥哥身为总兵之职，奴又得配张姓人，他乃征西一员大将，今封侯爵，奴家也是一品夫人了！再不道与母亲苦守破窑，还有今日？”不题小姐心花大开。

是日，苗显禀知母亲说：“狄千岁今命张将军在此完婚。”周氏听了大悦，说道：“孩儿啊，但是日期须要张忠定的。”苗显应诺。翠鸾小姐闻知，又惊又喜，惊为倒凤颠鸾未惯，喜是偶配荣封，也不多谈。当时，苗显回关说知，张忠定了良辰吉日。是日，苗府内张挂彩绸，乐韵齐鸣，真乃闹热！如今苗显身为总兵之职，谁人不到奉承？就有许多白日不相识认他，也来认亲。好比俗语两言：贫居闹市无人问，富在深山有远亲。又有下属武官文职，纷纷齐到苗府，不能详叙。苗总兵是日来迎张将军、萧总兵、范大人、杨将军，此日佳客盈堂，高朋满座，好生热闹。吉期已至，张将军更换了大红吉服，苗总兵即唤使女请小姐出堂，与张将军参拜天地，以成花烛。是夜，笙歌彻耳，音乐怡人。拥送入洞房，铺床撒帐，俗情另有一番做作，合欢交杯也是套话不表。此时，堂上客酒已完，个个称谢告辞。苗总兵纷纷送客，也不多表。

且说张忠是夜洞房，这小姐颜容并非绝色，却也体态动人。张将军自家原是个武夫粗莽，也不计较妻子的颜容，所以多少相亲，甚是相当。当日张忠既成了花烛，日中闲暇，仍到关中叙谈，暂且慢表不题。

又说京中刘庆。一日，禀知狄千岁说：“小将久别父母妻儿，常怀挂念。今已无什么公余事情，意欲归家，看看父母妻儿，故此禀知。”狄爷说：“正该如此的，但本藩还有一事相托。从前未遇之时，本藩曾被庞洪在花园暗为图害，全亏得继英搭救了。受他活命之恩未报，今有书信一封，黄金五百两，可与本藩带去交与继英收领，以表微心。”飞山虎领诺。次日，早起来拜别老太君、千岁，刘将军快马加鞭而去，且也不题。

又说武都督苏文贵有女儿，年方二十，名叫赛玉，花容俊俏，还未定婚姻匹偶。一日，夫妇清谈无事，苏爷对夫人商议，要招赘定西侯李义。但不知此段姻缘和谐如何，且看下回分解。真乃：

征西劳力今朝息，美对良缘此日谐。

第一百四回　苏都督入赘纳英雄　安乐王奉宣朝太后

诗曰：出仕朝廷汗马功，君王赐爵宠英雄。

至教都督招赘婿，诰命夫人指日封。

话说苏爷一日与夫人商议说："夫人啊，下官看李义身高体胖，昂伟丈夫，然而平定西辽，原是一员上将，今日身为侯爵，四海扬名。下官欲把女儿配合与他，故与夫人商议，不知你意下如何？"夫人笑说："相公，你如意，便是妾的如意了。你须意愿，但不知李义肯允否？"苏爷说："夫人啊，这也不难。待下官对平西王说知，要他作主，此事必然和谐的。"夫人点头称是，是夜不题。次日，苏爷对狄爷商量，狄千岁一力担承，说知李义。就请石兵部为媒，选了吉期良辰，共迎佳客，又有一番热闹荣耀的光景，不要絮絮烦烦。洞房花烛已过三天，上朝奏明万岁，天子恩封赛玉为侯爵夫人。定西侯夫妇和谐不表。

却说石玉本要荣归故里，早差家将往故土，托长沙府买了旧府左右地，建造新府。等待狄爷还乡，然后回归故土，按下不题。

狄爷的书信一日平安寄到山西，与姐丈、姐姐观看过，金鸾小姐不胜大悦，难得兄弟英雄，平定西辽，功大封王，只待候英雄弟妇来到，一同还乡。正是：骨肉团圆，门风重改，真是有兴。慢言小姐欢欣。

再说狄爷如今两次平西，圣上恩宠显耀封王，满朝文武王爷大臣敢不钦仰？以及天波府各府钦赐功臣，也常来往。老太君暗暗心欢，只待媳妇到来,同归故里。光阴迅速,又是新春了。

又说嘉祐王生母李太后,思念起有个干儿郭海寿。原来这郭海寿乃太后恩人。前十八年,太后被刘妃谋害,逐出宫闱,街头丐食,得郭海寿卖瓜菜为度养活他。十八年苦楚捱尽,至太后灾满之日,郭海寿运起之时。时天子得包公陈桥认母,郭海寿乃天子救母恩人,故认为御弟,加封安乐王之职。这一日,思量起十八年苦楚,亏得他之力,方得身安。太后叫居处朝中,母子常常得叙,岂知他说"君子不忘旧",仍在窑宫安身。已封为安乐王之职,富贵荣华,无忧无虑了。但妻无子,单生一女,深为可虑。近来与他别久,常常使我思念有恩孩儿。罢了,且宣他进京相见了,才得放心。忙传旨与当今。嘉祐王听命,即日差官去了。再讲这安乐王,虽然受封,他乐不忘苦,贵不忘贱。原在窑府居住,朝廷恩泽宠隆,又封赠王爵,他性格不移,行为件常,俱不像王家气度。不独不似王家所为,他夫妻有堆积百万金银,也不轻用,只有家人、一使女自作自为。单生一女,他夫人终日思量:"丈夫须蒙圣恩封王位,乃太后干儿,当今御弟,显贵谁人可及?因何丈夫独不像王家势头,有时出外买些物件,还是亲自带携,岂不见笑于陈桥之人?那有一家王爵如此模样的?他不听妾劝言,为妻也难逆丈夫之命,且自由他吧。"长根之话,多是闲言。

这一日,天色晴明,王爷夫妇正在闲话,忽有家将来禀知:"启上千岁爷,圣旨来了。"王爷吩咐大开中门,排开香案恭迎。钦差开读毕,说:"千岁须作速登程,免得太后娘娘悬望。"王爷说:"有劳大人跋涉,孤家即日起程了。"钦差即日辞去。王爷将言说与夫人:"母后思念我,宣念孤家回朝。"夫人说:"千岁,既如此,应该速往。"

次日,王爷起程,别了夫人。这位王爷不用施威摆驾,上马带了八名家丁,不用鸣人喝道。这一日到京,众大臣得知多来迎接。有呼延千岁携到衙所,有二位官僚要行君臣之礼,王爷笑道:"天无二日,民无二君,况且众大臣是有功之臣,孤家乃微贱出身,若以平礼相见,孤家已是僭越礼数了。"二位大臣微笑。各官依次坐下,吃过茶。到了黄昏,摆下酒宴,席间说起庞洪的事情,安乐王称赞狄王不已。交杯传盏,宾主尽欢。时交二鼓,众文武辞别散去。郭千岁就在呼延千岁府中安宿。

次日上朝,净山王奏知:"郭千岁到了候宣。"天子大悦,即宣安乐王进至金阶,俯伏候旨。天子即呼声:"御弟久不进朝,母后常常怀念,今日御弟到来,母后想安慰了。"安乐王称:"陛下,微臣有何德能,敢劳母后切思,圣恩浩荡,臣感恩不尽,犹如渊深。乞陛下降旨,待微臣拜参尽礼,免得臣有慢君之罪。"天子说:"御弟,你须不与朕同胞,乃朕救母恩人,今日休拘行君臣之礼。"说完即令内监相引安乐王进宫朝参母后。安乐王谢恩辞驾,随着太监去了。此日众臣也无事启奏,天子退朝。

却说太监引道郭千岁来进宫内,太监禀知,太后娘娘大喜,宣进宫中。王爷进内俯伏叩首说:"母后娘娘在上,臣儿郭海寿叩见。"太后一见,即欣然命宫娥扶起,说:"儿啊,你休行大礼见,以常礼罢。"吩咐宫娥排位,与王儿坐下。此时王爷请安毕,太后说:"为娘思儿啊,因你别久,常常心怀挂念。近儿媳安康、孙女聪明么?"王爷说:"启上母后,儿媳托赖母后洪福,俱得安然,女儿长养。但臣儿须则常常思念母后,奈无旨诏,不敢私自进京的。"太后说:"儿啊,你太愚了,为娘没有你,怎能今日活养天年?须则当今与你两姓,算来你也是大恩人。若没有儿你,我母子焉能得会?从今你听娘吩咐,你若喜居京,今日则在此建宅,倘喜旧居,来京也有限的路程,须要常常到来看看为娘的。须则当今没有旨诏,你若进京来,决无罪的。"王爷诺诺连声,宫娥递奉上玉盏香茶,王爷吃毕,母子再谈言。无非闲别多年之话。少刻,宫中排上酒宴,王爷谢恩就席。宴用毕,不觉天色渐渐将晚,郭王爷告别抽身,禀知母后要往呼延府中安歇。太后娘娘许允说:"孩儿,你不必上朝了,且在呼延府歇宿,不用旨宣,你须日日进宫来。"郭王爷应诺,拜辞母后,到呼延府安歇。

是夜,郭王爷思量,当初好不苦楚,一贫如洗,卖菜为生。供养太后娘娘之日,吃尽万苦千辛,只道今生一世没有好日期的,不料王宫内由孤出进,当今主上与孤同坐同行,母后过爱,圣上厚恩,孤家好不心欢。忆昔当年困苦,比着今朝,犹在梦中一样,但愿夫人产下一孩儿,接了郭氏香烟,孤家就毫无忧虑了。

不表郭王爷心欢，再说镇西侯刘庆到了故乡，见过父母、妻儿。是时，夫妻、父母叙会少不得问起平定西辽，另有一番谈说，不用烦言。飞山虎一日寻找计英交待了狄爷书信、五百两黄金，仍在家中耽搁了一月，即拜辞父母，吩咐妻儿，席云二日到京，见过狄千岁，仍在狄府安身。

又说张忠在雄关外苗府成亲，已有一月余。一日回朝见了狄爷母子，将成亲完毕之由细细说知。次日上朝奏明天子，圣上恩封苗氏，御赐凤冠霞帔，话休烦絮。又过几天，孟定国、焦廷贵也随后而到，将承办公务一一禀明。狄爷又呼："张贤弟、李贤弟，如今你二人的住宅俱已建造筑成了，你们须要打点，荣归故里吧。"张忠、李义同声："千岁，小将且待单单国嫂嫂到来，护送了千岁母子还乡，然后我兄弟请旨回旋的。"千岁听了微笑说："多蒙众位贤弟盛心。"不觉之际，红日归西，排开盛宴，差人往赵府请石兵部到来。五位英雄一同欢叙畅乐吃酒，不须细谈。

此时已是三月中旬了，却好单单国王前日接到天朝旨意诏宣女儿，国王逆不得旨，只得命四位大臣，宫娥二十四个，太监四名，三千军马护送还公主。许多乡中物件，多装载车中。又有四车贡礼，表文一道呈贡天子的。时交四月，一路而来，风光好景。进了雄关，公主回头一望，不觉生了凄惨，凤目中暗暗垂泪。原来，公主乃孝心之女，想来今日须则已到中原，但今一别故国，他无见父之日，所以进雄关回首一望，不觉惨切，岂忍抛疏？况公主乃孝贤柔顺，所以他一想，凤目含泪也。

第一百五回　遵宣诏公主到中原　大叙会狄府排筵宴

诗曰：二次平西会复离，今朝奉诏不延迟。

夫妻从此团圆叙，婆媳相逢弗用期。

慢言公主进了雄关，一路行程，再说狄千岁在府中，安闲无事，忽有流星快马到府禀明:“公主娘娘已到,离城八十里了。”狄爷闻报,满心欢喜,直进内堂禀知母亲,太太闻言喜悦万分,说:“为娘望贤媳眼望穿了。我儿,耽搁不得的,速速差人前往迎接吧。”狄爷应诺出堂,打发焦、孟二人带了百名家将出王城而去。四虎英雄当时大悦不表。

次日,狄爷上朝奏知天子,嘉祐王呼声:“御弟,既弟妇到来,朕也要排同辇迎接的。”狄爷说:“陛下,那里话来,微臣焉敢当的?”这仁宗天子原来是口头来的几句好话,人人会说。难道天子真去迎接不成?无非明主厚结臣心耳。此时又降旨:“众王侯大臣代寡人迎接吧。”当时,狄爷苦辞不脱,各大臣领旨而去。狄爷回转府中,不一时,头报、二报说:“公主到某处某处地头了!”一连七八报说,公主离城数里了。那边公主吩咐:“不必放炮,上则有惊圣驾。”正在吩咐,众兵安营。忽有小番报上:“公主娘娘,今有万岁爷差各位文武官来接娘娘,离营不远了。”公主听罢,脸生喜色,心花大开。正喜欢间,狄千岁进营下马,夫妻见面,喜气洋洋。公主说:“千岁啊,蒙圣上洪恩,差众位大人迎接,千岁亦不代为相辞的?”狄爷说:“公主,本藩已经苦苦相辞,圣上执意如此。众大臣敬重十分,坚辞不脱,也无奈何。”公主说:“叫哀家如何消受得起?”忽又一报到:“启上千岁爷、公主娘娘,各位王爷大人已到迎接了!”公主说:“千岁啊,你快些出营辞谢各位大人吧!”狄爷又说:“公主,你须望关拜谢王恩。”公主道:“我即拜关谢恩。”狄爷不乘马,步出营辞谢,呼声:“列位大人,公主说不敢当有劳众位大人,反说下官不力辞,心反不安。如今望阙拜谢了。望祈众人请回衙吧。”此时狄爷殷勤辞谢,众大臣回朝去了。单有狄府六位英雄,人人进营见礼。公主开言:“列位叔叔,哀家焉敢当众位远迎,叫我竟置身何地?心反觉不安。”众位英雄同说:“理该如此,公主何必谦恭?”

狄爷又请公主起行回府。当时,公主就命贡礼车辆、四位押官随着焦、孟将军先回王府而去。狄爷道:“公主,我有两个儿子为何不见?”公主说:“千岁啊,两个孩儿该一同带进来,只为父王无后,要留住狄龙接承香烟,故妾单带狄虎进中原。现在后营交与宫娥携带,但此刻劳忙得紧,待进府之后观看孩儿,千岁意下如何?”狄爷说:“公主,只是狄龙尚还年幼,如何离得母亲?应该一同带来,长大之时,送去何妨?”公主听了含笑说:“千岁啊,我也如此说的,无奈父王不依,反把妾身痛骂几声。”狄爷闻言,心中不悦。四位英雄说:“千岁,事既如此,不必说了,且待一两载,不拘兄弟那一个,总须到单单国看看小爵主的。此日同行起马,吩咐三千番军安营在此,待等贡献领旨,一同还邦的吧。”狄爷众人上马,四位英雄前行,公主乘辇车,一路二十四对宫娥、太监拥护。跟随车箱什物,另有从人发运。还有宫娥怀了爵主,坐轿而行。街上行人多羡美平西王的显贵,比万岁爷差不多,远远观看。又说外邦公主果然美貌,仍穿外国宫妆,恰像了昭君一般。

不表旁人议论,先说焦、孟前行,把番官四人安排书房内,后进内堂禀知太君,太君早已吩咐府中内外,结彩开筵,笙歌细奏,安排得热闹非凡。又传请石郡马太太、郡主母女。有狄太后不用相请,早已排銮驾来至王府。又差人请天波府佘太君众人。此日佘太君闻请大悦,叙齐众媳,欲要看外国女英雄怎么体态,与两个番邦生长的小爵主怎样仪容。当时一同多到狄王府。众命妇夫人先拜见高年太后娘娘,然后见礼太太,分宾主坐下。正谈说之间,忽报:“相府的夫人又到了!”众夫人齐来相见,重新见礼坐下。狄府家人妇女正献茶毕,有家丁进来报说:“公主娘娘进府了!”太太吩咐家人使女齐齐跪接。狄爷与公主齐到,笙歌合韵,音乐齐鸣。进府仍不放炮,四位英雄齐齐侍立,先接过千岁。狄爷下马说声:“列位贤弟,不必拘礼,请往书房陪四位番官吧。”四位应诺而退。合府家丁多来两旁迎接。

当下众宫娥扶公主下了辇车,夫妻先后而进中堂。轿中宫娥抱出小爵主,喜悦万分。众宫娥跟随公主进内,夫妇一双步行,早有诸位夫人立起,居远见公主花容,众人称羡不已。太君见媳妇花貌婉约,心中暗喜。只有公主一时呆了,低声说:“千岁,不知这些是何人?多是凤冠霞帔贵人,也有年尊的,也有年中的,叫我如何见礼得来?”狄爷说:“中央这位是下官的姑母太后娘娘,你可上前见礼朝参。”当时公主初到来,不会行中国礼,上前称说:“太后娘娘在上,侄媳朝参。”把头一低袖一摆,一只金莲从后一起。太后含笑呼声:“贤侄媳,不必拘礼,你且来此行拜见婆婆的礼,然后见客礼才是。”太太说:“礼当先拜客的。”众人说:“今日公主初进中原,礼当先见礼婆婆,太太何必谦恭?”当时,公主向太太行礼,太君大悦说:“媳妇休行大礼。”反手相扶,向众人说知。公主又个个见了礼。狄爷又向太君见礼,在众夫人前深深作揖,夫人个个还礼毕。又命宫娥带来小爵主,生得威仪气概,众夫人喜气洋洋,多羡小爵主像着父亲。太太手挽孙儿,喜得眼也细微了。这爵主笑嘻嘻地说了几句番话。狄爷近前说:“孩儿,你在着中原,要说中原言语。”小爵主只笑嘻嘻。太太说:“贤媳妇,我儿说是双生子,为何今只得一个的?”公主即禀上:“婆婆,父王因无后嗣接宗,故留住狄龙在本国。父王之命,媳妇如何敢逆?故今独携一子到来。”众夫人说:“这爵主未知人事的小孩童,母子如何分得两地?想来国王真乃差见不通也。”此时狄爷吩咐:“孩儿,且往母亲宫房更换了中原服式吧。”当下宫娥带爵主更衣去。狄爷转出外厢,进了书房,同着四位番臣、四兄弟不表。

书中原说内堂中此日老太君吩咐厨人备办酒宴,众丫环排开席位,东西两行座位一一安排停当。不一会,桌上摆上酒宴。此是王府备办的宴馔,非比平常。玉液琼浆,浅斟玉盏,珍馐佳味摆上。当时,席上公主花容,但觉三分羞赧。又说公主阵上交锋,男将见过多少,不独说害羞,还是威威烈烈的女将军。为何今日所会者,个个多是妇女,如何反害羞起来?书中必要详明的。前日上阵交兵之际,乃为国君公务事情,所以像着男汉威烈气概。今日公主乃初到来会亲,乃家庭私会的私事,所以带着三分羞怯的。此时,太君定了席位,太后娘娘首坐中央,佘太君、各位太君俱居东首,众夫人西阶,俱序齿依次而坐,旁边丫环侍立斟酒。当吃酒之际,公主想来,我国与天朝馔席,犹如天高地厚的相悬。我邦的馔食乃獐鹿禽狼,腥膻之气,岂似天朝的精美珍馐?想来不独膳馔相殊,就是我邦的人物,生得奇形怪状,怎及得上邦人俊雅风姿?服式衣妆另别一样,怪不得西辽王屡想夺中原之地。今日哀家得到天朝之国,岂非三生有幸的么?当时公主心中快乐,不知席间太后与夫人有何叙谈,正是:

祯祥母子荣中贵，福禄家门锦上花。

第一百六回 平西府骨肉谈心 狄王爷达呈贡礼

诗曰：赛花奉诏到中华，太后驾临王府家。

骨肉满门今叙会，谈青说白乐无涯。

当下公主想来天朝气度之美，心花大开之际，有太后娘娘呼声："贤侄媳，老身看你身材袅袅，体态柔柔，焉能有此武艺胜比男儿？不畏凶狠有此胆量，两次杀退辽兵，为夫解难。细想细思，尚还不准信。今朝老身何幸，与英雄侄媳相逢。"公主正要开言答话，杨府佘太君满面春风说声："太后娘娘，这是当今万岁洪福齐天，故出此英雄女将。算起来令侄若非错走国度，焉得相逢公主？又怎得公主前往西辽破敌解围？此乃国家有幸，又是令侄良缘，老太太的福荫，狄门有光。"此时太太连称不敢当。又呼声："贤媳，究竟你怎能习得武艺，因何有此神通？细细说明众位得知，不必含羞不语。"公主听了，说声："婆婆，媳妇自幼学法于庐山圣母，收为门徒。父王、母后依了师父之言，带上仙山几载，传习武艺，略赠了法宝，教传腾云雾遁之术，学全兵法，吩咐帮助天朝，这是圣上洪福，岂是妾身功劳？"众夫人听罢大悦，更有一番席上之言，余不必载。

却说狄爷在着外堂，弟兄五人款待四位番官，当时见公主带来的箱中物件，有扛夫抬进府中，府内家人点查收讫，交与宫娥细细收拾过。随来太监、宫娥各有小席款赐，你谈我说，共羡中原之地华美。各日用什物，裳服膳馔，比着下邦气度差之万倍。我等只愿一生一世不还转国中。也罢，无奈舍不得爹娘的。不表闲言。是日，众番兵在营，狄爷也有赏赐酒食。内堂宴毕，红日归西。众位夫人、三位老太君拜别太后、太太，婆媳一路送出中堂，各各坐轿而去。独有太后尚在府中，姑嫂、侄媳是夜在内庭灯下，细将从前之事说一番。说到庞家父女、孙秀三个奸党，狄太后恨声不止。太太说："这庞洪如此欺君不法,可笑圣上原要宽恕他的。”太后说:“嫂嫂啊,若被当今恕了庞妃,赦其女必赦其父,只忧削草不除根,犹恐再发之虞。今得这奸臣尚有四个儿子在,日后还会有再发萌之弊。”狄爷听了微笑说:“姑娘啊,倘或他儿子不比庞洪心术,知道父亲行恶,理该正法,就不敢胡为,谨慎安分守业,做个善良人,也未可知。”太后说:“若依得侄儿之说,乃国家之幸也。但如今侄媳已到来,国务已完,侄儿可奏知圣上,辞驾归乡祭祖才是。”狄爷应诺。太太开言说:“姑娘你也离了故土四十余年,目下年尊也无别事,何妨一共转家园?”太后点头说:“嫂嫂之言,正合我意。想起爷娘、先兄,不由人不断肝肠。”

太后娘娘说起,泪珠垂落。太太也触动愁心,追思昔日丈夫狄广在朝,名声最重。不幸与公婆相继而亡,此时寡妇孤儿幸喜有些田产留后。只望苦节抚孤,以承狄氏一脉。岂料又遭水难,儿只说娘死,母只道儿亡。两命亏得上苍庇佑,十年中分而复合。后来孩儿解送征衣,方能使母子再会。历尽许多苦楚,今日方得我儿贵显。想起前情,犹如春梦。说完不觉也流泪一行。公主此时见二年尊伤感,便称:“婆婆啊,离而复合,月缺又圆,世间所有,人有难而不死,此乃该有今朝显贵。所以庞洪弄权,屡次将千岁陷害,后逢鬼谷仙师点化,反得高官极品,乃婆婆的福荫,该有后头甜的。今日事倒亏得庞洪弄权之力。婆婆须宜快乐,何须记念前时,说起伤心之语?”狄爷说:“公主之言,却为有理。”太太说:“我儿何出此言?倒使为娘不解。”狄爷说:“母亲,若非庞洪具奏孩儿解送征衣,焉得母亲、姐丈相逢?又不得领三关统领之职。以后庞洪保奏孩儿征伐西辽,索取珍珠旗还国,屡屡伤害孩儿,岂知今日得为高官显爵,夫妻圆叙,母子团圆?若以公论国法,庞洪原有滔天大罪,碎剐凌迟也不为过。若以孩儿私论,庞洪、孙秀也是孩儿得力之人。”姑嫂闻言,半悲半喜,谈谈说说,不觉二鼓摧残。太太吩咐各归安睡。

是时,两位尊年多不表,单叙美夫妻。狄爷是夜进房,吩咐宫娥出外,近前说声:“公主。”不觉一笑:“你还未睡么?”公主起身说:“妾还未睡。千岁有何话,且请坐。”狄爷说:“公主,下官有句话与你商议。”公主听了顿时脸泛桃花,低头含羞不语。狄爷说:“公主啊,你疑下官有甚别事么？所以这般光景的。原我与你明说，夫妻只得一月早已分离，一经五载，今日才得相逢，不该仍各东西，理当同伴衾枕。无奈近日劳动着忙，下官意欲回归故里后，料理门庭，办完公务，下官少不得效比鸳鸯于中补漏，竭力同欢。若不说明，还防公主见怪。”公主含笑说：“千岁之言，却像痴了。你难道欺着妾是下邦之妇，郑风为比么？谁人思量与你同宿？你太将妾看低了。”狄爷微笑道：“公主贤良之德，人所难及。不知几时回归家园，云情雨意，未卜何期，公主不思此事，下官也悬望久了。”公主带愧低声说：“千岁休得谑言。既不同宿，快出房吧，妾要睡了，省得外人动疑。”狄爷微笑说：“下官去了，公主睡吧。”此时，公主关上房门，灯前细想：哀家在本国时常烦闷，只忧误配着本国丑陋蠢夫，一生不遂哀家之愿。今朝有幸得配上国英雄，非凡气宇。又是太后内亲，极品显贵，大大功劳，名扬宇宙。姻缘须乃前生所定，原亏得仙母指点我，今须是心安身乐，但未知何年再转本邦朝见父王，看看狄龙孩儿才放心。想罢，卸下宫妆，宽解罗裳，不嫌独宿。正乃一觉放开心地稳，梦魂行不到家园。

不言公主安睡，再说狄爷也不可睡，静坐灯前把兵书观看。不觉到了四更将尽，狄爷梳洗了，穿过朝衣。命家丁将单单国送来的贡礼扛抬到午门伺候。当下，狄爷来到朝房内，众文武大臣相见，互相言谈。众大人说：“千岁，公主既到来，你该奏知天子，一同告假，荣归故里。狄千岁，你意下如何?”狄爷说：“列位大人啊，下官原有此心，但未知圣上准奏否。”正说之间，天子坐朝，百官参毕。两旁侍立，俱无表奏，只有狄爷出班奏说：“单单国赛花昨天已到。国王今差官四人，贡来礼物已带进候旨。”将礼单表文呈上，仁宗天子大悦，看罢传旨扛进四车礼物，近臣检点分明，降旨：“收归国库，番官不必朝见，御弟暂且留款他三五天。”狄爷称：“臣领旨。”正要奏请还乡，天子先开言呼声：“御弟，这弟妇女英雄曾助你平西，有功于国家，来日可同上殿见朕。”狄爷说：“臣启陛下，这赛花乃一女流，如何见驾，诚恐不便，伏乞圣裁。”天子说：“御弟啊，朕心如此，不必推辞。”狄爷只得领旨，退朝回归府内，吩咐弟兄款留番官。他进内堂请过姑娘、母亲安，与公主分左右坐下，把圣上要宣公主来朝见驾，孩儿在君前力辞不脱，圣心执意如此说毕。姑嫂闻言，心头大悦。只有公主心中不悦说："千岁，妾身乃一女流之辈，又是初到上邦，要上朝见驾，实觉不安。"狄爷说："公主，少不得下官也同上朝的。你且放心。"太太说："媳妇啊，无非君王见你有功于国，宣你朝见以示恩宠之意的，还有恩赐赠赏与你。"公主说："婆婆啊，媳妇情性你也未得深知。妾只喜安静，不要浩烦，所以不愿见驾受封的。千岁啊，倘圣上恩封，你在旁须要极力辞让才好。"狄爷微笑应诺。不知公主来日朝参圣上如何，正是：

英雄女将辞烦浩，仁德君王宠眷深。

第一百七回　八宝女朝参天子　李太后主结姻缘

诗曰：君王恩宠女英雄，只为平西助立功。
今日奉宣朝圣主，全家天禄享丰隆。

次日四更时，穿过朝服，公主更换吉服。狄爷骑马，公主坐轿。是时，狄爷见过圣上，奏知公主候旨。天子听奏，龙心大悦，即传旨宣进女英雄上殿。不一会，公主步至金阶，俯伏丹墀说："臣妾单单国哈直利之女赛花朝见，愿吾主万寿无疆！"嘉祐王大喜，降旨："平身。与御弟东西对坐锦墩。"天子此时开言："女卿家，前日御弟兵危白鹤关，多亏得你解救。二次平西又劳女卿除了花山妖道，孤尚未有旌诏奖赐你邦，反使你父狼主厚礼先来，寡人若不收贡礼，恐防你父心中不安。孤即日有恩奖到你邦，免贡三年以表朕心。"狄爷夫妇起身谢恩。天子说："女卿乃一英雄之妇，雅度音容与御弟为匹，可称佳配对登，如今封为英烈辅国一品夫人。又赐黄金千镒，白璧百双，白金十万，彩绢百端。"狄爷夫妇正要谢恩退朝，早有宫中李太后娘娘得知，也要看外邦女英雄生得怎样，即差太监一名到金銮殿启上："万岁爷，太后娘娘有旨：'宣进单单国公主朝见。'"天子听了降旨："弟妇进宫。”当下公主暗说：“哀家只说到中原无甚别事，不过夫妻、子母闲叙，训教孩儿耳。岂知昨天一到，便有许多烦务，只得过一夜就要叩见天子。方得辞君，又有太后宣召，料也辞不得的。”只得勉强领旨，随着太监进宫去了。天子欣然喜悦，降旨退朝。当时，狄爷回归府中，将情禀知姑娘、母亲。太太含笑说：“媳妇是外国女英雄，我朝人罕见的，所以李太后娘娘宣见媳妇。孩儿，得当今隆宠，此乃狄门之厚幸也。”太后喜色说：“嫂嫂啊，侄媳乃是一个女中豪杰，配与侄儿，正是一对英雄美夫妻，真乃狄门之幸！”

不表平西府内之言，再说太监引进公主，又有几对宫娥执烛照道，后有跟随。是日，安乐王在御花园中万锦楼头玩耍，有太后早传旨要他免朝见。郭王爷是日不在宫中。此时公主到了，太后宣进。公主近前俯伏参见，李太后即命宫娥扶起，赐坐锦墩，宫娥递上香茗一盏。太后说：“保安社稷，奏凯班师，皆赖女英雄。不惜辛劳越国越都，有相助之力，是以特宣女卿一会，足慰怀思的。但女卿本是玉骨冰质之女，焉得有此胆量并力沙场？”公主说：“臣妾启奏太后娘娘：妾知武艺原得受习于庐山圣母，仗着圣母的法宝，是以托心放胆战斗于沙场。今日得平辽国，实乃苍天庇佑了，保全兵将，原乃当今洪福，臣妾于功何有？早间已蒙万岁奖赐，只是下邦人受天朝厚禄，臣妾还防没福的当不起。”太后说：“卿，你休如此谦言。”即传旨排宴款待，公主再三辞谢不脱，只得从命。太后此时细看公主容貌，真乃秀美可餐，规模端重，举止安娴，言谈清楚。太后无限欢怀，殷切细问前日招亲之由。公主含笑一一说知。太后听了微微含笑。又命宫娥引公主进见曹皇后、张贵妃，又传命二人陪宴。

当下公主随着宫娥出了安乐宫，一路思量，暗说：“我来朝太后尚且勉强，如今又要哀家去见妃后，好不厌烦也。我想宫中妃子甚多，若尽要相见，直至来朝也见不完了。虽然太后的美情见爱于我，到底厌烦得太过的，只是又难推却。”当时随宫娥到了昭阳宫。只见宫势巍峨，四围高耸，栋宇雕镂，纵有画工巧笔，难以描摹。公主此时暗说：“我邦宫院也称美丽，焉能比得天朝上国的宫闱雕工巧手伶俐？”宫娥当下说：“启上公主娘娘，这里就是昭阳宫了。待奴婢进去禀知娘娘,然后进宫罢。"此时宫女进内禀知,曹后娘娘即刻整衣离位,亲身出迎。一见便称:"婶婶且进宫来。"公主此时住足尊声:"娘娘在上,如若这等称呼,臣妾也领当不起了。序了君臣之礼,方为妥当也。"曹娘娘说:"婶婶啊,想你身为外邦公主,何曾受过天朝爵禄,竟肯不辞劳苦,帮扶我国家。细想哀家身受君恩不浅,以我无功之人反受厚禄,实称有愧。安邦定国,全亏你夫妻之力。今日妯娌之称,何为过分的?"公主说:"娘娘,这是臣妾断然不敢当的。"娘娘说:"婶婶休得太谦。"说罢进前携手,进至宫中立定。公主开言:"娘娘请坐下,待臣妾朝参。"娘娘说:"婶婶啊,何必过谦过恭?若是妯娌相称,断然不差的,何必再三拘执?"此时公主立定心要行君臣之礼,曹后只得偏立东边,对面三呼千岁,娘娘拱礼相还,曹后连忙扶起,重新行个平礼,命宫娥速去宣张妃。不一时,张妃已进宫中,见了曹后参礼毕,有公主即上前见礼。是时,妃后十分敬重公主,命宫娥排开坐位,曹后坐中间,公主与张妃对坐。当下三人初说,无非是客中交言套谈。后妃次第问起平西事情,公主细细告知。这是前文屡叙,如今话休絮烦。此时后妃听罢,彼此赞羡公主贤能。你一言,我一声,闲说之言也不多载。

且言三人谈说一会,酒宴完备,太后传旨送到昭阳宫内分为三宗而坐。这后妃二人奉了太后娘娘之命,做个陪宴主家。如今宴席是帝王所用,比着官家酒宴又是上些。是日,珍馐百味,是玉液金尊盈满,宫娥斟起琼浆在水晶盏内。三人吃酒,席间又有多少言词,妃后殷勤劝敬美酒,不必多谈。宴毕,即拜辞后妃,珍重送别。公主复到安乐宫向太后娘娘谢过恩。与太后说谈闲话,问起双生儿子。这太后要看看小婴孩,即传旨到平西府。早已送进小爵主,公主此时含笑呼唤:"孩儿,快些过来朝见太后娘娘就是。"小爵主真伶俐十分,拳拳拱礼,俯伏尘埃拜见高年太后。这狄爷常常教导他要呼腰曲背,见他却是不忘记的。当下连连见礼深深,太后娘娘见了却喜得心花大开。即吩咐宫娥扶爵主近前,抚摸他一会,即赐取小点心与小爵主吃了。又命取块金镶白玉,上镌雕花件,人物玲珑工巧,挂在聪慧爵主怀中。公主向前谢恩。太后娘娘当下细将小爵主观看,但见他神洪气宇,天仓广阔,海额丰隆,生成威烈之相,日后长成必为国家栋梁之士。想来郭海寿有一亲生女儿,聪明乖觉,俊秀不凡,年纪五岁,何不对公主说明,待他们成了姻眷,两人乃国家御戚,匹配了亲谊往来,有何不美?太后主见已定,就对公主细说知。此时公主不好推却,只说:"悉听太后娘娘恩主定裁,妾怎敢不依!"太后娘娘大喜,当时又赐璧珍珠宝甚厚,不计其数。曹后、张妃各有物件厚赠与公主母子,无非是异宝金珠。爵主物件总是瑜玉玩器,不用烦言。当时,李太后有言说与公主:"今日与爵主定了良缘,执柯须着包卿吧。选个良辰吉日,纳了聘礼,等待长大成人再行完娶便了。"公主诺诺答允,叩谢太后、曹后、张妃。太后吩咐抬进銮车,公主乘上,小爵主自有宫娥携带。太后仍差太监、宫娥几名送归王府。

不表太后是日欢欣。且说公主回府说知太后待安乐王招亲之由,太太与狄爷母子大悦不表。

却说李太后即日宣进安乐王,对他说明招亲缘故,郭王爷遵命。次日,太后选了吉期,降旨仁宗天子得知。天子特命包公作伐。是时,一对御弟招亲,多少奇珍异宝行聘,难以尽述。有朝内各大臣纷纷贺拜,狄府中庆闹一番,连日酒宴款待百官。事毕,次日狄爷上朝,叩谢君赐良缘。正是:

君王宠眷功勋将,太后主持爵主缘。

第一百八回 平西王请旨荣归 佘太君宴邀狄眷

诗曰:太君邀请女英雄,杨府宴排盛席丰。
婆媳今朝双赴席,谈心叙会两情浓。

前说两位王爷联结姻眷,也不多谈。是日嘉祐王降旨一道,回赐许多珠宝与单单国王,发赐白银三千以作还邦路费,另赐黄金六百两与四番官以慰其劳。还有护送公主的三千兵丁,又赐白银三万赏劳,以表君心。令他们不可久留中国耽延,速速还邦上复狼主。四位番官与众兵卒尽感中原天子的恩赐。当时,四位番官叩别狄爷兄弟,拜辞公主。此时,公主又修书一封送与父王。又叮咛路上之言,四臣连声称诺。趁天晴即时起马出皇城而去,按下休题。

再说狄太后在着狄府过了三天,说:“嫂嫂,我今还府去。但贤侄啊,你即来日可奏请天子还乡。选定了日期,同归故土,如今不可再延了。”狄爷诺诺答应。姑嫂作别,狄爷送程而去。太后不用奢摆驾威仪,只用宫娥、太监十余名,身登宝辇还至宫中。潞花王接见母后,另有一番母子细谈,只是一口难分两处话,丢下前情说后因。

来朝天子登坐金銮殿,百官无事启奏。有狄爷俯伏金阶说:“臣平西王狄青有事启奏天颜。”天子说:“御弟有何事奏孤知?”狄爷说:“臣奏非为别事,臣的祖居籍在山西榆次县,小杨村是家乡。臣幼年遭逢水难,母子分离,幸得王禅老祖将臣搭救。姐丈张文救了母亲,同为居处。前时臣奉旨解送征衣,才得母子重会。如今国务颇完,意欲母子还乡,重改门间,祭祀祖先。伏惟陛下依臣所奏,存亡俱感君恩无尽了。”天子听奏笑道:“此乃理所当然,孤如何不准的?今朝国务已完,御弟理当与弟妇、母子荣归,令限满三年还朝伴孤。御弟先祖,孤也差官追荐,听凭御弟定于何日登程便了。”狄爷谢恩。退朝回归府中,将言告禀母亲。次日选了吉期,是六月初三日起程。是时乃五月中旬,尚有半月光阴等候。

当时狄千岁对四将说:“众位贤弟,你们立下功劳,如今各受王封,也该自陈天子,打点还乡的。”四位英雄齐说:“千岁啊,我们兄弟俱有此意,且待护送太后娘娘与千岁还乡后,我兄弟然后各回故土未为晚也。”狄爷听了,哈哈发笑说:“难得众兄弟同心合意,你们相送,本藩也当受不起。众兄弟速可辞驾。勿要耽延,不必相送本藩了。”再三相辞。当下,张忠、李义齐说:“我记当初若是自家出身,彼此还是粗蠢之徒。后得与千岁相识拜结了,立了数年汗马之功,方才有今日荣贵,怎好我兄弟忘了昔日,不送千岁还乡?刘、石二位弟兄且先回归故土,我二人送千岁还了乡,少尽本心。”刘庆、石玉同声说道:“我等若是不送千岁,便是忘恩不义之徒了。”四弟兄执意要护送,狄爷推辞不脱,笑道:“难得众兄弟义重如山,但本藩过意不去。”

兄弟正说话之间，忽报圣旨到来，狄千岁吩咐大开中门，排开香案。五位英雄躬身跪接。天使当中南面立读，朗朗而宣。原来这道圣旨到来，乃圣上降恩狄门，追荐狄祖。待起程之日，圣上即差包公代天子御祭。这是追赠先灵，深沐皇恩。五英雄谢过君恩起来，天使即时辞别千岁，五位英雄送出府门。狄爷洋洋喜色。四弟兄人人皆悦。

不一会，无佞府差人到来，却是何事？只因佘太君的美意，又因十二位媳妇、小姐爱慕公主是个女英雄，故差人下帖请宴。狄爷微笑步入内堂，见了母亲、公主说知此事。公主就开言说："千岁，妾也不是贪杯之妇，何不即时辞谢了他？"狄爷说："公主，下官岂不知的？若是他人，自然辞了。这佘太君十二夫人，多是英雄之女，有功于国，君恩隆宠，并敕赐天波楼无佞府，永享朝廷厚禄，子孙世受王恩，满朝谁不恭敬？若请妻子，丈夫力辞，只怪下官为看低于他。"太太说："媳妇，前日你初到时，佘太君已先到府。如今他特诚请宴，如若不往，却了他美意。"狄爷又呼声："公主，若是独请你赴会，是格外相亲，不去也吧。如今又请母亲，婆媳同行，有何妨碍？"此时公主应允。少刻，杨府又差人连邀几次，婆媳即更衣。太太乘轿带了八个丫环；公主惯乘马匹，即坐上龙驹。八个宫娥随左右。还有四十八名家丁拥护而行。远远人民赞美，闲言也不多谈。

再说杨府众夫人早已安排酒宴等待。忽闻姑媳、公主已到，佘太君迎接太太，十二夫人迎接公主。当下宾主一同揖让，进中堂见礼，分宾主坐下，说些寒温客套话，使女献过茶，吃毕。当时众夫人公主初到时，已到狄府会过，已知姓名。此时公主说："妾乃下邦微贱之女，何劳太君与众人盛意。若不奉命到来叨领，犹恐却了太君与列位的尊意。"众夫人说："公主休得过谦，你乃外邦椒房之贵，狄千岁夫人，贵品非轻，有功于国女英雄，今日相逢，何幸欣欢！乃蒙不弃光临，真是蓬荜生辉了。"客套之言，休得多表。当时桌席中俱是珍馐海味。佘太君就席，众夫人请公主坐下。侍酒丫环数十个，美酒满酌玉盏中，一同欢饮。席上多少言谈，众夫人动问公主，无非说平西一段缘由，前书多已表过，此处不用复言。当时十二夫人听了公主二次平辽也来帮助，称羡公主之能，助夫为国，真乃女中豪杰。我们枉食朝廷俸禄，不能为国分劳，岂不有愧？老太太含笑说："众位夫人，我媳妇初到中原，从前之事，却也不知。若是中原人，谁个不晓杨家将立下多少汗马功劳？保宋开基，全凭杨家父子之力。"公主又接言道："婆婆勿言媳妇不知。外国偏邦谁不闻杨门英雄？就是我邦单单乃僻远边国，也是常常称慕的。"佘太君听罢众言，长叹一声，愁容生起说道："若提我家从前事，好不伤心！老身丈夫、儿子为保宋朝天子，至父丧子亡，全无一寿之人遗后。只存孙儿杨宗保领职三关，受君重任，后来又死在番人混元锤下，可怜骨肉化血而亡。如今只有曾孙文广，但年纪尚少，未知可能继嗣先人否？老身想起来，常常纳闷，须定数当然，又乃杨门不幸。"此时，公主婆媳相劝多少良言，安慰太君。又欢然吃酒一会。酒未完，红日落西，满堂灯烛辉煌。是时，狄府随来家将、宫娥，另有小席，各自畅饮。直至二更时分方完宴席。佘太君、众夫人甚是恭敬情厚，仍要款留歇宿，来天回府。姑媳坚辞抽身，众夫人殷勤送出府门，作别而去。

自此之后，众位王侯、包文正、崔叩命、文彦博、苏文贵以下一品、二品各位大臣，天天差人下帖请宴，各家命妇夫人也有请帖相请太太姑媳。到狄府请宴多少，狄爷领情的领情，辞谢的辞谢。太太也是如此交代分明，不必烦言。当下，狄爷先修书一封回乡，达知张文姐丈，称说奉旨还乡，定于六月初三日起程，并太后也回故里。一封书大意如此文辞，照知张文，待他打点门庭事务。差家丁二名去了不表。

却说郭千岁与着狄千岁论国戚亲谊，本是弟兄之称。如今许了女儿姻事，乃两亲翁。这郭千岁在京中，日日在狄府玩耍说谈。他只待狄爷起程之后，方回窑宫。是以还在朝中，清闲无事，与仁宗天子常常相叙。君臣二人竟是弟兄一般。是时，真乃光阴似箭，日月如梭，又是七八天了，狄爷赶早三天打点行程。又有太后传懿旨与当今，要同归故土。不知如何，后文交待。有分教：

荣耀先灵今日是，光辉当世此时扬。

第一百九回 狄太后姑嫂还乡 安乐王闲中判断

诗曰：太后娘娘返故乡，相携侄媳喜欢扬。
行程万里风光妙，一路官员恭肃庄。

却说太后降旨嘉祐王说，数十年别却家园，要与侄儿归乡祭祖。是时，天子依母后之命；即差御林军三百护送母后还乡。又差包龙图代君御祭狄祖，包公领旨。又有石兵部回归府中对母亲、郡主说："本该请旨还乡，只张忠、李义、刘庆俱要相送狄千岁还乡。从前结义之时，曾有同心合志之言，理该我也要送千岁后，方可请旨还乡。"老太太说："我儿，这是理该如此的。"不题母子之言。

正是日月两轮圆转度，光阴催速起程期，狄爷三日之前先往列位王爷大臣处辞行，众人备酒饯行，狄爷一概辞谢。又到相国寺谢了隐修和尚。只为前时被孙秀暗害，用药棍打伤，谢他医治之恩。又差官带白银三千两，前往武当山金亭驿地方，装塑金身圣帝，酬答赐赠人面兽神箭法宝。又着焦廷贵、孟定国掌管王府，点明箱笼物件，发扛夫扛抬。又说安乐王是日禀知母后娘娘说："狄太后回归故里，臣儿送别起程。"李太后说："孩儿之见不差。"

且说天子隆宠狄爷太重，是日降旨光禄寺："安排御宴于长亭内，文武侯王代朕等候御弟平西王饯别。"此日狄爷恭辞圣驾出朝。又说狄太后起程时呼唤："我儿，为娘去了仍要回来，各物件不必多带，只用四个箱子。二个装金珠财宝，两个带暖袄皮裘以御隆冬霜雪。"带了八名太监，八个宫娥。先传懿旨，只用龙凤大轿，不驾銮舆，官员不必相送。潞花王说："孩儿应该伴母后还乡才是。"太后说："孩儿，一则宫院无人，二则为娘去三两月间就回来，你不必去了。"当时狄太后又到安乐宫相辞，李太后甚是情浓，也备酒饯行。分离期会之话也是许多，不能尽述。又有曹后、张妃子殷勤送出宫不表。

又说天子传旨排銮相送，太后乘了辇舆，坐上大轿，三百御林军拥护相随。潞花王随着狄青到来狄王府。又有各府太君、郡主及众王侯大臣的命妇夫人，或先或后俱有礼物到王府送行，当受则受，当辞则辞，不多表。是日，天色晴朗，四虎英雄安排队伍先出城等候，狄王府家丁数百随从太太，三百御林军拥随太后，狄王爷兵丁三千从后，仍骑龙驹。车舆大轿三百乃乘女眷。小爵主自有宫娥同坐轿中。公主此时二十四对宫娥分左右，各太监拥后相随。一班众将威威烈烈，三千御林军盔甲分明，前后一程笙歌鼓乐，雅韵悠扬。太太喜喜心中。公主心花大开："想我生于外国，从不见中原风景。直到如今方知下国多不及上邦倍加热闹，人烟稠集，景致繁华，真乃锦绣江山。"狄爷想："从前初到汴京之日，举目无亲，全亏得姑母周旋。岂料今朝做了一人之下，万人之尊。忆想回思，真如春梦。"千岁正在思言之际，当下长亭文武官员不少，大小共有百余员，已早早俟候，代君饯别功臣。狄爷到了一一答谢，又跪下望阙叩首，拜谢君恩。然后与众大臣交饮御酒。一会，即拜别相辞，起马登程，众官复旨。一程所到，地方官谁不恭敬？并有太后娘娘在此，送程仪礼物何止千百次，狄爷一概不领，俱璧辞。此时行程遥远，非只一天，暂且住言。

却说孟定国、焦廷贵领掌王府，每日清闲无事，无非吃酒闲谈，也不多表。又说安乐王饯别狄爷，也要转回窑宫，即进宫中拜辞母后。李太后说："儿啊，不是到京中水远山遥的路程，须要常常回京叙会，免使为娘挂牵。"郭爷诺诺连声，拜辞母后，又辞圣驾。满朝文武齐相送别。郭爷仍不驾辇，仍是乘马，带八名家将跟随。马上一拱，相辞众大臣，出了汴京城。行程已数日，回到窑宫。夫妇言谈，说起母后为媒，招亲狄千岁儿子。夫人听了大悦说："难得太后娘娘作主招亲，只待女儿长大完婚便了。"此日千岁闲中无事，在府中与百姓家一般居处。

忽一日，有一老人家叫喊而来。旁人问他是何原故，这老人回说："儿子逆忤不孝，要告官处治他。"此时千岁刚出府门，闻说便问："你子怎么不孝？说与孤家得知。"这老人说："启上千岁爷，小人年将六十，有一子名唤何元，生来不孝，不肯供养小人，饿得我两眼晕花。以理难容，情殊可恨。故当官告诉，要处治他的。”千岁原是个大孝之人，听了此不孝儿子，心中愤怒，说声：“真乃可恼！你既是贫苦之人，目今饭也没有吃，倘去告官有甚钱钞使用？你且随孤家进来府中，待唤你儿子到来，我自有道理，不忧你儿子不供养你老人家。”这老人家叩谢千岁之际，只见远远有人叫喊之声而来。这老人说：“启上千岁爷，这叫喊之人，是大人逆子何元了。”千岁说：“你且唤他来，待孤家询问。”这老人家起来，去了一刻，已将儿子拖扯而来。此时多少闲人跟随来看，在府外议论。当时千岁说：“你是何元么？”这人应说：“小人是何元。”千岁说：“何元，你作何生理？”他说：“启上千岁爷，小人贱艺，会做蒲鞋，只为时乖命蹇，岁岁遇饥，米粮腾价。上年又不幸遇火灾，家中什物尽成灰烬，实情困苦不堪。小人是上有父母，下有妻儿，共成七口，惟小人手艺觅度，天天飧膳略略得足。只父亲有一事要告官，小人不说了，只求千岁爷劝我父亲不要告官，小人感恩不浅。”千岁说：“原来你父亲不实的。何元，你父亲因何要告官，你休隐讳，必要实言。”何元说：“千岁爷啊，小人贫苦不能鱼肉供亲，父亲要小人卖妻以供鱼肉，小人不忍即卖妻。父亲朝夕吵闹，可怜子哭母，娘哭儿，逼得情急，妻子已奔归娘家了，反说小人逆忤不孝，要告官。无奈愿卖妻子。所以转来寻父回家，不必告官了。”这老人说：“千岁啊，这是何元说谎了，他自己卖妻，小人不许是真。”千岁正要开言，只听得府外喧声，是何元邻里。多说：“何元行孝，他父逼子卖媳，反说何元不孝。”千岁侧耳听闻，说：“如此，果然何永不好，发往县主重打四十。”这人说：“千岁，小人知罪了。”声声哀告叩头。千岁骂声：“老狗才，全不顾面羞！逼子卖媳，反说儿子不孝！且看你儿子孝心，姑且饶你，下次再犯，决不宽容！”何永说：“是是，小人以后痛改前非了。”千岁说：“何元，孤家念你孝心，奖赏白银一百两回家供亲。”何元叩谢千岁之恩，大喜而去。邻里一同散去。众百姓远近传扬郭王爷的好处，若是他做了地方官，我等沾许多恩德。如今我等百姓人家有什么事情，不要往各衙门告状，不若到王爷府来公断，不用报禀，不使钱钞的。休表闲言。

又过几天，千岁正在府堂闲坐，忽有一人喊叫到府门外，说：“千岁爷在上，小人名唤赵惟荣，有胞弟持刀要杀我。”千岁说：“你的胞弟是何缘故，怎敢行凶杀你？”惟荣说：“只因兄弟不愿养娘，推在小人独养母亲。小人说了他几句，他就行凶动拳殴我。又拿刀一把，现有为凭，说道：‘杀了你方趁我心！’小人惧怯，只得暗盗此刀。思量去告官，只为无钱使用，故求恳千岁究治恶弟。”千岁正要开言，府外又进来一人下跪。千岁说：“你是何人？”这人说：“千岁爷，小人唤惟仁，与赵惟荣一母同胞，极该分派养娘，只为着他游手好闲，不顾工艺，小人劝不得几句，他就要拿刀杀小人。望千岁察明究治！”千岁听了微微含笑：“你二人多是一面之词，准信不得。”此时不知判断得如何，下回分解。

国有贤良诚国宝，家生悖逆起家难。

第一百十回　修狄坟张文料理　送荣归兄弟同心

诗曰：平西千岁返山西，一路花香衬马蹄。

四虎兄弟多义气，同心并胆送荣归。

当下安乐王爷说：“你兄弟二人诉此一面之词，孤家信不得的。但既是同胞手足，须要相和，一同供养母亲方才为是。为何你推我，我推你？弟兄多是个不孝的。”有赵惟荣说：“千岁爷，小人一人养母，胞弟只是不管帐的。”惟仁说：“千岁不要听他妄言，母亲是小的一人独养。哥哥是个赌荡游闲之辈。怪小人劝解于他，故要持刀杀我，反说小人持刀杀他，只求千岁爷公断。”千岁即呼：“惟荣，孤家看起来是惟仁不好，持刀杀你是真。孤家看你衣衫褴褛，是个贫苦之人，赏你铜钱五十贯做些小买卖，勿要游闲。人既孝心，上天必佑。弟不养母，天必加诛，贫涸到底无人哀怜。领赏去吧。”惟荣领赏，心花大开。叩谢千岁恩赏，拿了钱，又拾起刀要走。千岁忙问：“惟荣，你有许多钱，这把刀不要也何妨，何必拿去？”原来，千岁试赚他。岂知惟荣得了五十贯钱快活昏了，忘却前事，直说出来：“不瞒千岁爷，这把刀是小人借来的物,若不拿去交还人,必要小人赔偿了。”千岁说:“那一家借来的?”惟荣说:“好朋友张伦那边借来的。”千岁喝声:“丧心狗才,原来你自己借来的刀,冤屈兄弟杀你!”吩咐家丁捆绑他,发与县主照律定罪,断不姑宽。此时惟荣改口已来不及,叩头哀告恳求,千岁全然不理,将五十贯钱赏了弟,惟仁叩谢千岁爷,出窑宫而去。惟荣发至县官重处。自此之后安乐王似地方官一样,民间有甚冤屈事情,皆来报告,千岁公断果也无差,所以众民远出称扬千岁恩德。本地衙门倒无案事办理。陈桥地面不独盗贼宁息,就是流娼窝赌多已尽除,酗酒行凶,刁奸恶棍多已潜踪。官员役吏不敢贪赃勒索,土恶富豪不敢倚势凌弱。从此远近闻名,扬到帝都,书休过表。

又说山西张文前数月接到狄爷家书,早已重新建造王府,祖坟修理,添栽松柏,茂秀十分。件件完全,只待他母子归乡祭祖。如今又接书一封,方知太后同来,少不得又要当心整顿宫院。就是汴梁与山西的经由要路,处处多是修理。街衢除污扫净,并太原一府十县各官,协同料理街衢,平坦道路。传谕民家店户预先备办香烛,结彩,免使临期局促。众民也有一番言谈,也不烦表。这张文与妻说道:“我前时与你讲过了,太后娘娘乃狄家内人,应该同岳母一同回来祭祖方为正理。你说他身为太后,必不肯轻身回来。如今方已到。”金鸾含笑说:“妾只道他乃玉叶金枝,惯住凤阁龙楼坐享,岂轻易抽闲回转家园?所以料他不来。如今既到,真乃有幸的,你何必取笑于妾身?”张文发笑道:“这是玩耍之言,有何妨碍?”闲言休得多表。

又过了十天,当时近有各差走报人,是府、县差来常常探听,天天有报。今日到某处,明日到那方,一天一天报近了。一日,报到千岁已到了三十里了。当时太原府各官员多出码头等候半日,头队已迎接平西侯张忠,后随是狄府家丁拥护。张忠下马与张文见礼。先说本县多少众民等候半日,头队已迎接平西侯。说太后娘娘,外邦公主未能看过,所以各处经由之路,男女多在门里窗内暗暗观瞻,不表民众百姓。二队,三队,四队陆续而来,却是四位英雄齐集,家将纷纷。众英雄下马,千岁众人尚未到来。张文对四位英雄说:“千岁两次平西,全亏众位协力帮扶。又来同送还乡,足见意气深重。”四位英雄笑道："张老爷，你说那里话来。前日我弟兄结拜时，许以苦乐同均。就是两次平西，多是为国。原得跟随千岁，今日方得封妻荫子。如今我等送行，应该如此。况且太后娘娘也转家园的。"张文笑道："幸得你五人同心共胆。"五人说起庞洪父女、孙秀俱已被诛，众人欣然发笑。

此时，谈笑未完，狄千岁、太后、太君也是陆续回来，到了码头，号炮三声，惊天震地，山西省大小众文武官远远两行跪接。百姓民家香烟喷鼻，灯烛光辉，好不恭肃。四位英雄会接，张文率领众人下跪恭迎。狄爷一路好不威武，骑上现月龙驹，前呼后拥。公主坐上脚力，天姿国色女英雄，太监、宫娥齐拥。后二尊年护拥越多，狄太后喜静不喜烦，传知众文武知悉："不必接迎，各各回衙，以后不必再至请安。众民且收拾灯烛绸彩，各安生理。所随行人倘有酗酒胡闹者，押官究治。"太后娘娘旨下，各官俱散去了。只有百姓不约同心，多说太太娘娘到来，我等也不费什大财帛，所以不收灯彩。仍自如常，毫不喧哗，远远观看贵人。窗窗户户多不闭，依楼望牖多是妇女。多说身穿蟒袍，腰围玉带，黄伞遮行，威威光彩，二十外年纪，必是狄千岁了。又看公主坐马上，生得果然是标致。实是坐惯马的，看他威威武武。身旁又见有宫娥太监双双跟随，如此看起来必然是太后的大贵人了。内一妇女说："嫂嫂啊，这不是太后的，我想既是太后娘娘必与老太君同辈之人，不是五十之外，定然花甲之期。面生皱纹，发必添霜，焉能有这等嫩姿容？想来这位必是公主娘娘也。"众人说："果也不差，但这公主娘娘真好气概也。"当时狄太后下轿也有一番议论，老太君下车也有羡言。此乃一众俗情所羡慕，正为锦上添花。旁人也多多羡美说："美之中，常人未有不情驰于富贵而殷殷爱慕，此乃个个皆然。"此皆闲话，不必多谈。

是日，已是午时了，这小杨村内好生兴闹，宝辇銮车纷纷进过，轿与马匹联络不断，一路笙音乐奏，次第随进王府中。平西王一到王府门首，下了马步进堂中，多少家丁下人，正在齐齐俯伏跪接。两旁四英雄也随千岁进府，立在一旁迎接太后、太君车驾。张文夫妇也下跪庭前迎接姑娘。太后一见说："侄婿侄女乃一家骨肉之亲，休得如此。”吩咐起来，二人遵命立起来。两位年尊下了车辇同进内堂，金鸾夫妇上来拜见太后，再叩见母亲。狄爷五兄弟一同拜见毕，家人妇女们多来叩头，也不多表。狄爷进居了王府，分别已有几载，今日姐弟相逢，无非别后衷肠之话，也不多表。狄爷又着张忠安顿了御林军，张忠领命。

狄爷看这王府，好不威风，开言说道：“姐丈，前者劳顿你多少，在家中料理，方得今日回来，件件齐备。”张文说：“千岁那里话来！”此时，太太再为言道：“但这楼亭画栋，多是上工之人创造雕成的，方不失为王府用作也。”众英雄细看窗檐格扇，果然雕造的十分精工，众人赞赏一番。当下众人吃过茶毕，多叙话中堂，无关之言不表。又说抬夫之人，时狄太后一一打发送走，这平西王至王府交点明白不多表。此时内堂狄金鸾见弟妇美貌花容，公主一见姑娘一貌鲜妍。金鸾一向不多见孩童之面，手挽侄儿微微含笑。看见侄儿，头平额阔，天仓丰满，目秀眉清，想来这侄儿长大成人也非等闲之人。此时叫声：“侄子啊，你父亲自出身就劳苦了，拼力沙场，历尽危险保护宋朝。前时劳碌，今日方得玉带横腰，荣归故里。日后你长大成人当承父志，必须文武双全，光前眷后才好，但不知可能依得今朝姑母之言否？”但见小爵主面有笑容，诺诺答应。金鸾见侄儿乖觉，心中大喜。公主呼声：“姑娘。”不知公主说出何言，下回注载明白。

团圆此日多亲谊，叙会今朝喜气扬。

第一百十一回　到家乡狄爷拜探　复圣旨包拯回朝

诗曰：荣归谒祖狄王亲，圣上恩隆宠爱珍。

敕命包公代御祭，回朝复旨拜辞行。

当下狄金鸾正喜欢侄儿伶俐乖觉，有公主暗暗开怀说：“姑娘，我有几位外甥儿子？”金鸾见嫂嫂一问，脸上泛出桃红，低头说声：“嫂嫂啊，我名说夫妻曾经十载，今日张姓香烟还未有继嗣之人。”公主听了说："姑娘啊，命该有子休嫌晚。如今你才是中年，或者命该受子迟些，人人多是有子的，岂独姑娘你一人？"金鸾说："嫂嫂啊，此话今生休想望，说也枉然了。"公主听罢，又劝解姑娘一番，多少言词不必多表。

又说张文吩咐众家人先往定了房间，太后娘娘另有宫院，格外雅致，床帐什物件件完全，多是张文夫妇平日当心办理预备齐全的。此时，狄府众人多更换过衣裳。是时已将府内外、堂中排开酒宴，一堂音乐，佳韵扬扬，堂庭中外喧哗畅饮。狄府家丁、使女俱有小宴席赏赐。一班御林军也是猜拳放马的，欢乐而饮。众人吃酒至更深，方才散去残宴，各各安睡去了。次日早晨，有各官是本府文武官员到来，问候请安。太后娘娘的懿旨仍降，各官员自此以后不用仍来候安，前日山西的官员尽到此处接迎太后娘娘，已遵旨意各各回去了。如今到府中请安的官员俱是太原本府的。各官遵旨，来日自此俱不到来请安，省却多少浩烦，众官大喜，多说太后恩德宽宏。不表。

再说平西王幼年撇却家乡，今日荣归故里，须一人也相识不得。当时与四位兄弟乘了马，备了名帖，一干家将跟随，一路往拜探地方官与乡绅耆老。这登门答拜，留飧款酒，又劳忙了几天。若问这狄千岁身受王爵，又是王亲，因何要拜探他等？只为乡居比不得在朝，乡间乃序齿为先，况且州县总戎司户，须是官职卑微，原乃本处应管官员。狄爷又是谦逊之人，故来拜探这下属官，又探望各绅耆。一言交待分明，不多再述。

是日，狄爷拜探方得空闲些，忽又报到主祭包大人到了。狄千岁闻报，即齐整衣冠，带了四位弟兄一同出迎，接到王府中堂见礼坐下。狄爷开言说："包大人，下官已沾得大人搭救深恩未曾少报，今又敢劳跋涉到来，下官反觉不安。"包爷说："王亲大人，乃圣上差使下官的，狄王亲休得谦言。"当下包爷要参见太后娘娘。狄爷命家丁请出，太后吩咐："包卿勿行朝廷礼，以宾主相见便了。"包爷说："微臣焉敢如此！"当时仍是三呼千岁。太后命一同坐下，又呼："包卿，你是宋朝一大忠臣，保国擎天柱，能使当今认母，削除庞党，皆亏包卿之力。就是我侄儿屡蒙提拔，老身常念不忘。"包爷说："太后娘娘休得过奖。千岁与我同为一殿之臣，古道：‘文官把笔安天下，武将提刀定太平’，为臣食君之禄，理该如此，娘娘何必过奖微臣？”闲谈一会，太后辞别包公进内。有太君又步出中堂，丫环启上：“千岁爷，太太出堂要见包相爷。”狄千岁说：“大人，家母出堂相见。”包爷说：“太太出堂何敢！”即立起位，太太出来，满脸含欢说：“我儿几次灾殃多感大人搭救，恩德如天，老身念念不忘。今日又蒙光临，待老身拜谢一礼才是。”包爷说：“太太何出此言！”说未完，太太已跪拜在地，包爷连忙即时叩首回礼。礼毕，各立起来，又谈话谢言一番，太太辞过包公进内去了。此日，华堂上排开酒宴，五位英雄陪着包公吃酒，宴毕已是红日归西。是夜安排包爷在书斋歇宿。次日一同到狄坟代御祭主。狄爷吩咐扛抬祭礼同行，老姑嫂与着小姑嫂一同坐轿而去。宫娥坐轿，小爵主也坐轿，同千岁五人与包公先已到坟。但见坟头茂栽松柏，冢地石马、石人高昂二丈，树木森森，风景秀茂。早有家丁排开祭礼，正是：

银烛高烧生瑞彩，圣诏朗读慰先灵。

当时包公代圣御祭，开读圣宣谕旨，狄府男女齐跪尘埃地上行礼。细乐笙歌真热闹，清香旨酒滴坟前。此坟自狄爷年幼身遭水患，至今十载多无人祭拜。今沾天子洪恩御祭，何幸欣欢！勿说生人沾恩惠，亡魂地府也开怀。狄千岁身居王位，比着天子郊祀王坟也差不多热闹，多少的百姓远远地观瞻。祭毕，天色尚早，狄爷吩咐扛回祭礼，一同回府。款留包公数日，每日排设酒宴，不再多谈。只为王命所差，不敢耽延，狄爷也不敢强留，只厚送程仪，修了谢恩本章一道与包公附带回朝。包公即时辞别太后、太君。太后说声：“包卿，此番劳你多多跋涉，我心甚不安。”包爷说：“娘娘何出此言？臣今拜别去了。”太后说：“包卿你回朝伏奏当今知道，原说我久别家园，耽搁一两月就回京，并烦你叮嘱我孩儿不必牵挂。”包爷应诺连声。太后再三致谢包爷许多感激之言，也不载。包爷拜别两位年尊，又别狄爷，五弟兄殷勤相送包公回朝去了不表。

再说狄太后祭过祖以后，心中甚安。姑嫂二人情浓意合，公主夫妻和合百般孝顺，两位高年与金鸾姑娘甚是相得。耽搁光阴，不觉又是中秋节期,府中内外,对月开怀畅饮,二鼓将残,酒宴方毕。此时王府中朝朝饮宴,夜夜笙歌,真为有兴。四位英雄在着府中,无非与在着京中王府一般,多是终日无事玩耍,或是吃酒下棋,待等护送太后娘娘还朝,然后归乡祭祖。八月已完,再耽搁已是重阳,是日,狄爷寿诞。原来狄爷是闰九月初九生辰,如今没有闰九月,故以正九月初九为祝诞,各官与诸亲戚丰厚礼物纷纷呈送,内外堂音乐喧天,王府宾客,宴饮满堂。一切下人俱有赏发,一并家人、三千御林军有宴席给赏。

不觉又是喧哗有兴,已有七八天,一日太后娘娘细叙前数十年事,悲离而复欢乐。又取了血结鸳鸯,共相赏玩传家之宝,若无此宝怎能使姑侄相逢?焉能使得母子见会?太太听了大悦,喜气洋洋说:"姑娘啊,果已亏得这玉鸳鸯的。今日富享荣华,子媳圆叙,皆由此物。"看完一会,又收藏了。太太又呼:"姑娘,我想李太后娘娘在着破窑受了十八年苦楚,全亏得包大人之力,方得当今陈桥认母的。"狄太后说声:"嫂嫂啊,所以当今天子甚是宠信这包文正的。前时剪除许多奸党,嫂嫂你也尽知。今日又除庞洪奸佞,肃清朝政,他乃不畏死活,耿耿忠心之臣,是以名声远震,宋室江山亏他之力撑持。原又因边国屡侵,也得侄儿弟兄鼎力。今有一文一武,可保天下无虞。"两位高年你语我言,说得十分欢悦。

当时,又是九月已过,十月初旬了,狄太后要想还朝,即日说知嫂嫂。太君说:"姑娘啊,如今已近隆冬,天气侵寒,路途遥远,怎好行程?况且相亲不久,情甚难分,不若待来春和暖之日动身如何?"太后说:"嫂嫂啊,只有四位将军等候,耽搁于他。朝中儿子岂不悬望?如今必要还朝了。"太太婆媳仍复再三相留,狄爷姐弟也来劝说。狄太后主见定了,选个良期吉日登程。狄千岁见强留姑娘不住,只得转出书房对四位弟兄说声:"众位弟兄,如今太后娘娘定了吉期即要回朝了,原是你弟兄护送回朝,然后各自奏明天子还乡祭祖。限满之日,弟兄众人自京中相会的。但水陆风霜,切须慎重方好。"四位英雄连声称:"领命。"各各打点,不知何日登程,以后姑嫂分别。有分教:

柔肠割断因情谊，珠泪倾流为意浓。

第一百十二回 完祭祖太后回驾 大团圆五将荣归

诗曰：太后娘娘祭祖先，光阴耽搁在家园。
亲情不舍相为别，返驾登程惹鼻酸。

再说太后定了吉期回京，四将打点行程护送太后。此日，狄爷吩咐安排酒宴与太后饯行，一同吃宴毕，太太岂忍分离，便呼声："姑娘，你虽然玉体康健，到底是花甲之期了，一切水陆风霜最要在意，回朝须要欢乐开怀。"说未完，喉已咽噎。太后说声："这是自然。嫂嫂也是年迈之人，起居寒冷还须小心的。若贤侄限满回朝，须要一同到京，再得姑嫂相会。我想从此再无回乡之日。你若不到京，难得再会。你须同侄媳还朝，免我目中悬望才好。"太太应诺之际已含着一汪珠泪。太后娘娘也忍不住的珠泪纷纷，乃出于无奈。回首看看侄媳，叮咛说："你夫妻和睦休得情疏，孝顺母亲。为姑不来，你回朝之日必须携母同来。我言不可忘记了。"狄爷夫妇同呼："遵命。"又唤过小爵主近前，挽手说："小侄孙儿，你须受父母教训。愿你长成如父一般，身登廊庙，保护邦家。"小爵主诺诺应言，太后稍觉心安。又嘱张文夫妇，另有一番吩咐之言，不多细表。

又说太后带来的四十箱衣物如今仍发与扛夫先行。又有众官员相送，太后传懿旨，不必相送。狄爷又发出六千两银子赐赏御林军。太后一路离却小杨村，太监、宫娥齐行左右，有四位英雄一同护驾。狄爷乘马一路送至百余里程途，太后娘娘几番吩咐转回，狄爷无奈只得辞别姑娘，别过四位弟兄回归府内。按下狄爷回府去。

再说狄娘娘来时乃是初秋景象，如今转去乃近冬至。所到之处，俱有官员迎接。一路水陆行程，天晴雨不阻，满目风光，不能细述。一日，回归汴梁城，天子率领众臣共出王城迎接。太后回归南清宫，母子相会不表。四将一同启奏，各各告假还乡，天子准奏，限满再回朝。四将即辞过众大臣，带夫人同归故里。但须各个交代分明。

先说张忠是日别了众人，到三关十锦村同了数人前往天盖山地方去了。前日平西，今封侯爵，远振声扬。往过有许多官员迎接，不在话下。一到家园，有本方官员绅耆多来趋奉送程仪，纷纷不暇，忙了几天。然后夫妻吩咐众家丁，排开祭礼，拜祀先人。祭毕回府，排开酒宴，一家叙乐，不多细谈。后来平西侯限满回朝，五弟兄仍得叙会。说到这苗氏夫人后来连产两个婴儿，也是出仕皇家之贵，后话甚多，难以尽述。

书中丢下前言，又表李将军。是日，李义别了同僚，衣锦还乡。一路下属官员奉迎，与苏夫人到了北直顺天府。原来班师封爵之日，狄爷命焦廷贵将李义的旧宅重新建造，府内什物，件件已经办齐，故今定西侯一到，件件什物齐全，李义好不欣欢。高堂大厦深沾天子荫庇，乃狄千岁的用心。即日诚虔祭祀回来，一家兴叙，夫妇开怀。当时又有这许多旧族、亲朋，也来拜探，此乃世态炎凉，从古所说。后来定西侯的夫人产下一男一女承嗣香烟，能袭荫父职。限满回朝，再得弟兄叙会。按下定西侯不表。

却说震西侯刘庆荣归故土，家丁家将后拥前呼。多少旁人称羡，真乃两次平西功劳最重，门庭车马，纷纷拜探。是日祭祀先灵，劳忙数天，一家共吃团圆酒。震西侯夫人后生一子，仍为武将立功，书中丢下飞山虎原文。

再说石英雄是日选了吉期，先辞圣驾，后别众臣。拜辞毕，又有赵千岁府中已备酒宴饯行，石家太太再三致谢亲翁、亲母之情。石兵部感不尽岳父、岳母之德，各有几句分离的话，不必多言。单有郡主此时盈盈珠泪，只因不忍抛别双亲。赵千岁夫妇一同安慰女儿，叮嘱言词多少。又有数个官箱所载什物，已发扛夫抬行百余。便乘上轿，小公子也在其中。赵大人等车马纷纷，多少同僚下属，不约而会一共送行。先说孟定国、焦廷贵前时狄爷着他掌管王府，看见四人俱已荣归故里，热闹非凡，他两人好生气闷，你说我言：“与他等同劳几载，如今他个个回转家园，单有你我掌管这王府，终日在着此地，未知守到何年月方能回归故里的？”不提焦、孟心中烦闷，且说石兵部与母亲、妻子一路水陆行程，多少官员迎接。一到了长沙，也就有本处文武职官齐到恭迎，石兵部一概辞谢回衙不表。即日三声号炮，起马登程，多少此地旁人百姓同观，互相谈说，接耳交头说："曾记得七八年前他母子双双困苦，日给不敷，又无亲朋依靠，谁人肯为相怜？一出门已久，后来并不见母子，只道他死在外方，岂知今日是功勋大臣，荣归故里，赫赫威风，谁人可及？想来他的太太、夫人真乃后头甜。"丢下旁民虚论，却说石兵部母妻进了府，又升三炮，鼓乐喧天，家将众人也进府中，石爷望阙谢君恩，有家丁使女各个叩见。太太婆媳进内室更衣，老太太说道："当初老身这般苦楚，上下无亲朋计较，只道今生如梅子样，越越黄，越越酸。岂料今朝也有今日，真乃令人不测。"不提太太之言。当时兵部初到家乡，连忙了五六天，祭祀已毕，又往谢长沙府代建造府之劳，方得闲暇。此乃夫妻并叙，母子相依，不用多表。又说郡主后生二子，今有一子，弟兄三人，将次子继了岳父香烟，后话休题。

且说平西王在府，自从太后姑娘回朝，如今日日安闲，母子、夫妻、姐弟一家聚首，十分情厚。一日，太太说当日事情："在水发山西太原之日，我儿若非鬼谷仙师搭救，怎得今日身荣？自古受恩必报，理当立庙再塑金身。"公主听了又说："婆婆，我亦全亏圣母指点，也是受他大恩，圣母理该建庙。"狄爷点道称是。即发出白银八千，着姐丈张文买了两段大地，左边起建王禅寺，右边起造圣母宫，俱塑金身。如若短少银子，再发取用。张文领了，赶办买地兴工。建上二月多，筑造已成。一边圣母庙，一处鬼谷祠。只因前日受他大恩，至此夫妇今日不负忘其恩德。建造已成，狄爷夫妇亲身上炷香三天，太太也叩拜三朝。自此之后，朔望之期必亲到上香。又有民间男女也来上香，若有诚心叩神，仙师、圣母十分灵感。左边用着老道经管，右边用着老尼姑事香火。事已表明，不须烦载。

话说平西王千岁今日一门福禄双全，乡中自建庙宇已毕，完却一事，作报师父之恩，十分称快。狄爷即日吩咐设排宴席，先望阙拜谢君恩，然后就席。狄爷夫妇敬三杯美酒与高年太太，金鸾夫妇也递敬一杯，一堂乐叙酒宴，是日欢尽不表。一日，狄爷想起来，如今幸喜国家平泰,定唐金刀不用了,好生收拾。但这现月龙驹马,日日尚要骑的,仍交与马夫承管。血结鸳鸯一对,仍为狄门传家之宝。待等三年之后限期已满,仍复还朝伴驾。狄太后娘娘叮嘱本藩要携母亲到京。待起程之日,娘亲愿往不愿往,由他之意便了。若问为官大小,何足重轻?只要做一生正直无私、忠君为国之臣,方有好收场,美结局。这庞洪、孙秀千方百计图害狄青不成,万般打算,到底成空,后来反祸及自身,落得臭名万代。真乃为善最乐,作恶难逃。先圣之言,一字无差。此书讲到狄青遇了瓦桥围困之后,领守三关,今日二取珍珠旗,得胜班师,事事已毕,后话甚多,实难统述。若问五虎如何归结,再看《五虎平南后传》,另有着落详言。兹今总有诗附后。狄太后有亲亲之义,有诗赞云:

不忘骨肉狄娘娘,痛惜亲兄身早亡。
体恤侄儿深切爱,孤孀母子感恩长。

五虎平南演义

（狄青后传）

第一回　南天国差臣进表　平西王夜宴观星

诗曰：暴戾边夷屡不和，食吞疆土动干戈；
　　扰攘未息兵遭困，征役无休将士磨。

却说前书五虎将征服西域边夷，奏凯班师，回朝见主，论功赐爵，俱受王封。当时各将士同告驾荣旋谒祖，仁宗天子准奏，各赐荣归故土。限以三年为满期，期满之后，仍回朝伴驾，同保江山。后话休题。

再考大宋开基承统以来，边庭侵扰之患屡屡不息。始自太祖传位与匡义太宗，以至真宗，及今仁宗。然太祖之初，代周承统，登基一十六载而崩。太宗继御，在位二十二秋。其初，威武仁智，不在太祖之下，三年而收吴越，四年而灭北汉，天下一统之盛至矣。及真宗之世，在位二十五载。虽宽仁慈爱，大有帝王之度，然至景德初年，契丹大举雄兵猛将，入寇澶州，所到之方，旦夕攻陷。当日若无寇准之才智，劝主亲征，国家几乎亡灭，其弱甚矣。

至仁宗在位，四十二年。虽然忠义之士满朝，仁柔有余，刚武不足。是以边疆之患，不觉旋踵而来。其初，文有王曾、孔道辅、包拯、文彦博。当扰乱之日，其武，朝廷所倚重，初知兵机韬略者，莫如范仲淹、韩琦、富弼等。智勇双全者，有呼延赞、杨宗保并帐下结义英雄甚众。前书已见，此书不题。以后皆年老既衰，相继而亡，却也不表。

再言上年五虎将征服西辽，其边夷拱服，入贡不绝。仁宗天子龙颜大悦，思念皆狄青五将之功。其众将回朝之日，告假荣归，原限三年；此时期限未满，正是二载，所以众将俱未回朝。当日乃嘉祐四年壬辰秋九月，南蛮王侬智高作叛。初起于广源州，后兴兵攻夺交趾，僭称南天国王。发兵大寇邕州，兵势甚锐，百姓惊怵。各州府县望风逃遁，所到皆凶。不题。

忽一天，仁宗天子尚未退朝，有皇门官俯伏金阶，奏曰："微臣启奏陛下，今南蛮交趾南天国王侬智高差使臣到来，有表文一道，上谒天颜。"仁宗闻奏,说曰:"朕思这南蛮王可恶无礼,前月边关有本,奏说这逆凶起兵侵掠,黎民不安,求恳发兵征诛。朕想劳师动将,府库浩繁,非同小可,是以尚未发兵征讨。不想彼势愈张,未满二月,其边关本章雪片而来,说邕州危急,近日即思兴兵前征。他今又差使臣来上表,未知何意。即可宣进来。"当下皇门官领旨,即出午朝门,宣进使臣。这使臣官慌忙俯伏金阶,拜伏已毕,手捧着表文一道说:"边国使臣叩首仰见龙颜,愿圣寿无疆。"天子开言说:"外国差使见朕,有何本章奏?"使臣说:"微臣奉南天王,有本章一道与陛下,求龙目观瞻,便知明了。"

当下有御前挡驾官,将本章接上龙案展开。仁宗天子一看表文,上写:

> 南天国王书至大宋君御案前。曰:从来天下者,人人之天下,非一人之所私得也。至于尧舜之君,圣德俱备,尚且揖让相逊。况今之君,圣德未及于尧舜,而柔弱不及才能。公然南面称孤,实为不称耳。兹臣故束锐师百万,战将千员,喜则待时坐守南国,怒则发愤奔越中原。宋君识时达世者,即割云贵两粤之地,暂止征伐之车。倘书到后尚属狐疑不决,戈盾耀于汴梁,炽帻扬于中国。倘玉石不分,君耻臣寡,追悔莫及?

当下仁宗天子看了这道战书,其中许多不逊无礼之词,不觉龙颜大怒,手拍龙案,骂声:"好胆大南蛮!逆畜焉敢逞强,出此大言,欺侮于寡人。断不姑宽!"传旨将使臣官绑去斩首。这使臣看见天子大怒,又闻传旨斩他,吓得魂不附体,连喊数声:"圣主在上,容罪臣启奏:这乃国王差使微臣来上表,不干微臣得罪陛下,奉命差使,焉能推却得来?况其书中所犯罪者,皆由我主国王。微臣本内之词全不预知,恳乞陛下龙心鉴察。"说罢,不住连连叩首。仁宗王听了,尚然怒气不息,指着使臣骂声:"大胆逆贼,尚敢多言!你既奉命而来,与你无干。死罪免了,活罪难免!"传旨捆打四十,发往开封,一路起解,监押出境。旨意一下,两边武士将使臣捆打四十棍方起来。仁宗天子指着使臣官喝声:"恩饶你回本国与狗蛮王得知,教他小心伸出狗项等候吧。不日大兵就到,断不死捉,定然活擒,碎剐于他。"这使臣官含泪谢了不斩之恩，起来往开封府一路回国去了。

当时仁宗天子把本章复看了一遍，怒气尚忿忿不息，说一声："可恼！你这逆畜如此欺侮，藐视我中原无人。朕情愿江山不要，必须亲临征讨，以决雌雄。"言之未了，只见文班首中闪出一位大臣，执简上前俯伏，呼声："陛下不可，不可！"天子闻言，向下一看：这位大臣乃无私铁面包龙图。看见即命侍御人下阶扶起，说："包卿休得行此大礼。"即赐坐锦墩。这仁宗因何如此隆宠？这包爷比之别臣不同，素知他是忠硬无私之臣。多少奸谋不决之事得他理白，为国为民，社稷倚依之重。是以天子格外加恩，以师礼事之。当时包爷谢了恩，起来坐下。天子说声："包卿，这南蛮侬智高逆贼，作叛于南隅，攻打邕州甚急，朕本欲提兵征剿。今又下此无礼战书，欺辱朕躬，藐视太甚。寡人要亲自提兵捉拿逆党，以泄此愤。因何包卿谏阻？"包爷说："陛下，自古以来，边庭之患那一朝一代没有？如今南蛮之叛，邕州之危，皆因边关缺少智勇之将帅耳。苟能用韬略之将提兵征讨，未有不克，陛下何必御驾亲征？臣保举一人领兵前往，可以指日成功。"仁宗天子说："卿所举何人与朕分忧？"包爷说："臣所举者，乃平西王狄王亲也。此人领旨，定然马到成功。望吾主龙意参详。"天子闻言大悦，说："包卿保举之人，但念他征西劳苦几载，才得安然。今又命他前往劳神，朕心觉得不忍。"包爷说："陛下恤念臣下之劳，足见仁慈了。但食君之禄，担君之忧，理当如此。这也何劳圣虑？"天子说："包卿所言者，乃为国之计。"说罢即发旨一道付与包爷，前往山西诏取狄王亲回朝。是日退朝，文武各散。包公接了圣旨，带了家丁往山西而去。且慢表。

先说平西王自从平西得胜回朝，告驾荣归故土，与老太君带了公主娘娘回至家乡王府安享，已是无事，非止一日，乃对岁十月小阳春了。忽一夜，乃中旬天气，月色如银，中天灿烂。狄爷吩咐备酒设上西楼，与公主宴乐。夫妻对酌，两边宫娥歌舞，音乐悠扬。当下夫妻两边对酌，酒酣之际，狄爷手举金杯说声："公主贤妻，下官当初受尽多少辛劳，西征北伐，方立下些汗马功劳，又得贤妻内助，才得玉带横腰，安享荣华，皆叨内助之力。贤妻吃了此杯。"公主开言说声："千岁之命,焉有不遵?"即接了此杯。又说:"千岁尝言:夫乃妇之天。妇所荷重者,夫也。前者千岁与国家出力,屡立大功。今日身居王位,妾借有光,正要上贺。"说罢即命宫娥满满斟上一杯,玉手双拿送至。狄爷微笑说:"公主言重过奖了,下官那里敢当也。"接了金杯,一饮而干。

夫妻对谈酬酢间,时交二鼓。不觉正南方一派红光射入南窗里,只见一星大如碗,从南方滚到太阴,化为数百小星,将月围了半个时辰方散。公主一见,唬了一惊,连说:"不好了。南方贼星冲犯太阴星,有刀兵之患,国家不宁了。"狄爷说:"夫人,怎见得如此?"公主说:"妾颇晓天文,此乃吉凶预兆。"狄爷听罢点首咨嗟:"倘然南方有事,圣上必然差遣下官领兵征讨。"公主开言呼声:"千岁,你难道不见么?方才见贼星冲犯太阴,乃不祥之兆。只恐此回领兵主帅,凶多吉少。依妾主意,明天预上一本,告驾归林。我夫妻趋吉避凶,侍奉年老婆婆,训诲儿子,以省烦忧。你道如何?"千岁闻言不悦,说声:"公主你且住口。本藩自布衣行伍出身,立了些功劳。叨蒙圣上恩封王爵,位极人臣。恨不能粉身碎骨报圣上,公主如何反教下官趋避,贪图安逸,这也何解?"公主说:"千岁啊,非是妾身多言。只因贼星冲太阴,领兵主帅,定然不利。是以妾劝你暂为权避。千岁啊,为人难道有知凶险不避之理?"狄爷笑道:"夫人之言差矣。我狄青乃一撑天立地的男子,须以忠孝两全。自幼习学武艺,必要出力于国家,岂为贪生怕死以污圣上?况死生自由天命,以人料之,焉能苟免,逃避得来?且本藩久要芳名留于后世,何患死生利钝之机关!"

当下公主见狄爷说轰轰烈烈之言,又见他全执己性,不依良言劝解,不敢再说。只得手举金杯,呼声:"千岁,此乃上苍指示幽征,非妾所知也。倘有失言,望乞恕罪。"狄爷连忙接下金杯说:"公主不必如此。既然你预知今日南方有兵刀之患,圣上不知下落也。明日回朝探听,果然南方有事,必要领旨平服南蛮,方才回来见你。"公主闻言大惊,不觉泪下沾衿,说:"千岁啊,方才皆乃妾之失言。但为臣虽要尽忠报国,倘天心不顺,非人力可强为。千岁何不听天命随时而遇?倘若圣上不差遣于你,就罢了。因何一闻有此凶险之事,即要回朝面圣领兵，不听妾劝解之言，又出此不利之语？万望千岁明朝不要回朝，坐以待时，且由圣上所命如何？”狄爷听了低头不语，半晌说道：“既然如此，权依公主罢了。”是夜已交三更，公主吩咐收拾余宴。夫妻二人回宫，房内安寝不题。

再言这狄青乃武曲星降生，辅佐仁宗天子保国之臣。原乃大宋擎天玉柱，架海金梁，所以一腔忠义，赤心为国，不以死生利害为嫌。是以公主一说明南方有刀兵之患，即思回朝领旨征剿为己之任。劝你多少良言不依，这是从忠义之天性流出也。是夜不表。包爷何时到来诏取狄千岁回朝，且听下回分解。

第二回　包公奉旨诏英雄　五虎兴兵临敌境

诗曰：食君之禄报君恩，尸位素餐枉作臣。
　　把笔文官分善恶，提刀武将立功勋。

慢言平西王与公主是夜家宴之言，再说包龙图领旨诏取狄爷回朝，一路带了王朝、马汉许多家丁，摆驾规模实难尽述。出了汴京城，向山西太原府而来。一程俱有各府州县相送，不用多谈。是时包爷有王命在身，不敢停留，不分日夜进发。一日到了山西地面，进了太原府西河县，早已命家丁通报。是日狄爷正在银安殿闲坐，有宫门官来报圣旨下来。狄爷闻知，吩咐大开王府正门，预排香案灯烛接旨。当日包爷到来，小杨村内下了车，入坐大轿，进至王府银安殿，开了圣旨。狄爷俯伏于地，包爷启读。诏曰：

奉天承运大宋帝诏曰：“今有交趾侬智高作叛，举兵犯界反击，邕州危于旦夕。朕乃兴兵征讨，不意逆贼又差使官投下战书。内有不逊之言，十分无礼，侮辱朕躬，恨于切齿。正欲亲征擒拿，以正国法，方消朕恨，方泄朕耻。今特旨来诏，请卿家回朝商议平南之策，以靖边疆，以安庶民。旨意到日，卿须勿缓登程。朕预设筵宴于金銮殿，与卿饯行。钦哉。

包爷宣罢旨意,狄爷谢恩,起来接了圣旨。当时与包爷重新见礼,分宾主坐下,早有家将献上香茗。吃罢,包爷呼声:"狄王亲,目下边关危急,圣上深恨叛贼战书之侮辱,原欲御驾亲征。但下官想起来,一者国家政烦,不可离君;况目下朝廷尚未定立太子,圣上却是不问,太子所立,乃国之本,群臣与下官谏陈多少,只不准依。是以下官荐本于王亲为平南总领,望祈早日动身。"狄爷说声:"包大人,我下官一介武夫,行伍之贱,初立些微小之功,蒙圣上加恩,今已位极人臣,须赴汤蹈火也要图报隆恩,何独马上之劳? 即欲明日动身登程,回朝面圣了。但是一路风霜跋涉,有劳于大人。"包爷说:"狄王亲啊,这也奉君之命,何须说劳?"狄爷点首称谢。当下吩咐排开酒宴,与包大人洗尘。对酌之际,谈论国家政务一番。至更夜已深,方才用过晚膳,安宿一夜。次日狄爷打点,备了行装登程。是夜公主知有圣旨相诏,难以谏阻,暗暗垂泪,不敢多言。此时狄龙、狄虎二位世子在书房闻爹爹回朝,也来送行。狄爷吩咐弟兄二人:"用力发奋攻书,不用远送。"言罢拜辞母亲,老太君也有一番嘱咐。相辞公主,许多叮咛之说,难以长谈。

是日狄爷、包公一同起程离了王府,路出本省山西进京,非止一日程途,忽一天,到了汴京。次早天子临朝,文武百官参见已毕。有挡驾官传过旨意,包爷即上前俯伏,呼声:"陛下,前者,臣包拯奉旨宣诏狄王亲,今已回朝,现在午门外候旨。"仁宗天子大喜,说:"包卿平身。"又忙传旨宣平西王见驾。门官领旨宣进狄爷,俯伏金阶,朝见已毕。天子大悦说:"御弟平身。只因南方依智高逆贼作乱,入寇邕州,昼夜攻打,黎民不安。今下来战书,侮辱寡人。朕原欲亲征,包卿又谏止。故特宣御弟回朝,领兵征剿乱党,与寡人泄忿,足见卿之忠义也。今由御弟拨调那一方雄兵,先斩后奏,大展雄才。得胜班师回朝之日,大加升赏,以慰卿劳。"狄爷说:"陛下啊,臣受主恩,即粉身碎骨,难报万一。敢不效股肱之力,代主之劳! 蛮兵虽锐,何足挂怀! 臣托陛下洪福,此去必然马到成功。"

仁宗闻言大悦,传旨就于偏殿排宴款待狄爷,又赐统领帅印。狄爷饮毕谢恩。天子又呼:"御弟,提调各方军马,必得一智勇双全上将,同往为先锋方妙。”狄爷说:“不用调取别方之将,前者平西四将与手下焦、孟,六将足矣。但四将上年告驾归家未回,须要陛下发旨,各路调齐回朝,然后发兵。”天子闻奏,即发诏旨四道去讫。是日退朝,狄爷与潞花王千岁并驾同行,一路往王府,直到南清宫内。潞花王千岁先进内禀知,狄太后娘娘大悦,即命宣进。狄爷进内拜见姑娘,见礼毕,又与千岁见礼,一同坐下。是日姑侄兄弟相逢,仍有一番别后之言,狄爷请安,不一会,排上筵宴相款,不用烦言。自此狄爷就在南清宫等候四将回朝,然后发兵起程,按下不表。

不觉已有十余天,四位将军先后陆续回朝,俱已面圣。天子慰劳一番。与狄千岁相逢,欣欣喜色,四人到了狄王府,会了焦、孟弟兄。焦廷贵说:“自今又有趣了。”孟定国说:“你趣在何来?”焦廷贵说:“老孟,你难道不知?前者千岁平西回朝,告驾荣旋,兄弟五人走得干干净净,单剩我二人代管王府。差不多些守了二载,好生寂寞厌弃,今得南方作叛,方得聚会。今千岁又提兵前去把南蛮杀个不休,岂不大趣么?”四虎英雄听了,皆忍笑不住。狄爷说声:“休得多言!众弟兄们,今夜须要整备刀枪马匹,明日发兵。”众将应诺。此夜不表。

次日,狄爷仍往南清宫拜别年老姑娘,太后一番叮嘱,狄爷诺诺连连。相辞潞花王千岁,也是一番言语,不能一一细述。是日狄爷到了教场中,挑选了十五万精兵,五十员偏将。是日拜辞天子,相别众大臣,祭了大旗。当时天子又命各大臣在教场送别,备下饯行酒。元帅谢了君恩起马。先令刘庆为开路先锋,领兵一万;张忠为左监军,李义为右监军,石玉为后队中军接应;孟定国、焦廷贵二人各领兵三千,在后运粮。分派完了,各将自统大兵于中军,吩咐放炮登程。跨上现月龙驹,分开队伍,离了汴京城,向南方大路进发。涉水登山,旗幡招展,杀气冲天,一路威威武武。当时,狄元帅军令所到之处,不许惊扰百姓,私下行凶,强取民间一物。如违令者,立即斩首。是以军中肃静,不敢妄行,民间安居如故。不表。大兵一路所到之地方,俱有官员迎接,不用多述。

水陆并进,有两月程途。一日,大军正在行走之间,远远探子报上,前面乃广西之境域了。又闻报邕州已失,陈曙总兵阵亡,横州、宣州俱已攻下,兵进广州。当时,狄元帅一闻此报,即与广南总兵会合,同进征讨。正总兵孙沔、副总兵余靖,此时得了狄元帅文书,紧守关中不出,待等大军一到,然后开兵。

再说狄元帅大兵是日择地安营,起了中军大帐。是晚三军埋锅造饭已毕,元帅有令:紧闭营门,兵丁停息三日,然后开兵。又发令小军小心巡逻,以防敌人攻其不备。前面离关八十里乃蒙云关也,次日狄元帅即着飞山虎刘庆下了文书。按下宋营慢表。

且说蒙云关乃南方头座关塞也。守关老将姓段名洪,年已五十余,使一柄大刀,有万夫不当之勇。有儿子两个:一名段龙,一名段虎,也是能征惯战之将。还有女儿一个,名红玉三小姐也,乃中南山金针洞仙翁徒弟。他八岁便学法,三年,这些腾云驾雾、隐身遁逃、撒豆成兵俱已习熟。更有法术迷人魂魄,更加厉害。是日段洪正在帅府帐中闲坐,忽闻探子报说:"大宋天子差平西王狄青五虎将,提大兵一十五万前来征伐,现在扎营于关外,下了大寨。"当下段洪闻报,传令紧闭关门,严加巡守。次日又得接战书,段洪说道:"我主南天王攻破邕城,已得昆仑关驻兵。这狄青不向此进兵,争夺此关,深入我南地征进,此乃先割根本后收枝苗的作法,大合兵法。这狄青果然名不虚传。我主安坐于昆仑关,那里得知?况及屡屡行此无道之事,凡民间美色女子,不论孤寡、有夫无夫,令兵抢了,百端淫欲;及于行兵侈然,放纵横掠,眼见得亡灭不远,焉能成得大事?但本官食他之禄,必要尽彼之忠,至死而后已。"是夜不表段洪之言。

是时已第三天,狄元帅有令开兵,一声炮响,精兵十万蜂拥而出,狄元帅后面带了四将来至关下。只见蒙云关十分高耸,气接云霄;扁圆垛口刀枪密密,剑戟森森,箭窗之内暗藏火炮;守城兵人人悬弓搭箭,俱是彪形大汉。狄元帅看了,令众军士攻打城池。众兵领令,个个奋勇争先,向前攻打,炮声不绝。上面守城军兵一见,急用箭石纷纷打下,又差人飞报中军。段洪闻知,即忙与二子说:"孩儿,如今宋兵攻城,你二人快些披挂,随我出关,以退宋兵。"弟兄听了即忙披了盔甲,父子三人各提兵器上马,离了府帐,直至关头。段洪说:"我们且看他虚实,然后与他交锋。”二子依言,一马冲上城楼。往下一看,果见宋兵旗幡密密,杀气腾腾,盔甲鲜明射目,刀枪恍亮骇人。当下段洪父子三人看罢宋兵锐气,不知如何交锋出敌,且看下回分解。

第三回　狄元帅率众攻关　张将军临阵斩将

诗曰:良将英雄有大名,六韬三略鬼神惊。
　　兵符掌执人钦服,一柱擎天定太平。

当下段洪父子三人在城上观大宋军马甚盛,锐气倍加。正看之间,只见大旗幡下一员大将,骑一匹高头骏马,在此指挥三军攻打城池。段洪向二子说:“我儿,你看旗下这宋将,穿白盔甲手提大金刀的,定然乃督兵主帅。若伤了此人,何愁宋朝军马不退?”段虎开言说声:“父亲,孩儿不才,愿出马擒拿此将。”段洪说:“我儿,你看此将身高马骏,定然骁勇英雄。况两边许多战将保护,你一人出马,焉能取胜?犹恐不美,不如你与哥哥同出,为父在此与你掠阵。但对敌之际须要小心,人不可乱进,马不可乱进才好。”段虎应允,弟兄一同下城,带领一千兵放炮开关。二人一马冲出,一千精兵列开长蛇阵势。

狄元帅正在催趱众将攻城,忽然一声炮响,关门大开,一支兵马蜂拥而出。狄元帅看见,冷笑一声骂道:“好胆大逆贼,敢出关与本帅对敌?”金刀一摆,把雄兵阵势排开以待。远远只见旗下少年之将带兵冲来,正欲纵马挥兵上前,左边忽闪出刘庆说:“不劳元帅动手,待小将出马。”元帅见是刘庆上前,便说:“刘兄弟,既你去擒贼将,须要小心。”刘将军得令,一马冲出,大喝:“贼将休来!快些通名受死!”有段龙、段虎闻言,勒马一看:但见这员宋将生得身高体壮,脸黑颧高,海下短短乱须,十分威武,二目圆睁,高声呼喝。段虎大怒,把马一催,手提狼牙棍一指,大喝:“宋将休得猖狂!通名待本将军取你首级!”飞山虎喝声:“贼奴!你且恭听:吾乃大宋天子驾下,官封振国大将军名刘庆,你难道不知昔年平服西域边夷,各国俱已入贡称臣？你主乃隅角偏地乌合之众，妄称国号；擅敢下战书到中国，不自忖度。今日大兵至此，理宜自绑辕门，还敢出关迎敌。你有多大本领，敢与本将对垒么？你知事者，快快下马受死，还多言一字，我走马横刀，教你尸首不全。”段虎听见了，怒声如雷，骂声：“好狂妄匹夫，敢夸大言！与你拼个死生！”持起狼牙棒，拍马上前就打。飞山虎双斧急架相迎。二将一来二往，一上一下，二马交锋，只杀得乌尘遍野，大雾迷空，不分高下。

狄元帅在旗门下远远观看，二将杀得如虎争餐，如龙取水。说道：“好一员年少南将也！”命擂鼓助威。当下刘庆正在耐战南将，忽然听见战鼓加响如雷，便知元帅与他助威，即奋勇争锋，双斧如雪花飞舞。这一刻把段虎杀得两臂酸麻，浑身冷汗，招架不住。刘庆看见段虎棒法混乱，暗暗欢悦：“不趁此立功，更待何时？此贼休矣！”把双斧一紧，照定段虎头脑飞下。段虎连忙往上一架，刘庆又在拦腰一斧。段虎心中慌乱，叫一声：“不好！”两膝一夹，把马一催，又把马头拖转。刘庆大斧早已砍下，正中马后大腿劈开，骨筋多断了。这马忍痛不住，跨前一跃，有丈余，又不能走动，把段虎抛于地下，那马缰尚拴系着足，不能逃脱。飞山虎一见大喜，催马上前要伤他性命。蛮兵弓箭手一见，纷纷放箭射住。段龙大惊，忙绝马缰救去段虎，此时马已跌地死了。狄元帅看见大怒，用鞭梢一指，一万宋兵飞步冲杀向前。段龙不敢混战，保了段虎败回。宋军杀一阵厉害，真乃犹如砍瓜切菜。段洪在城上看见败兵被宋军追杀，大惊，急令放下吊桥接救，败兵一齐慌忙奔上。狄元帅正在催兵追杀蛮兵，一见纷纷上了吊桥，传令快抢吊桥：“有人先登城者为头功。”一声令下，众将兵人人奋勇，个个争先，喊声不绝，奔上齐攻，竟来抢关。段洪一见大惊，忙令众兵放箭飞石，一齐打下，宋兵方才不敢上前。狄元帅方传令鸣金收军。回营大加犒赏。慢表宋营之事。

再说南蛮段洪见宋兵退去，再令军兵小心巡守四方城池，防备宋兵攻打。与二子回进帅堂，坐下谈论大宋兵将英勇，不觉天色已晚，大小三军用过夜膳。次日，段洪升了虎帐，众将立于两旁，定退宋帅之策，即开言说声：“列位将军，我老夫奉了我主国王之命，镇守此关；怎奈宋朝兵雄将勇，昨天开兵失利，折了一阵，段虎险些送了性命。列位将军有何谋以退敌宋兵？”言之未了，只见班部中一将高声说：“元帅因何长他人志气灭自己威风？依小将看来，宋兵乃平常之勇，宋将乃些小之能。昨日虽然不胜，今日小将出马，定要雪了昨天之辱。如若不能擒得宋将，回关甘受军罚。”段洪闻言，抬头一看，是大将军花尔能。便说：“花将军，你有何高见，出敌退得宋军如此容易？”花尔能说：“元帅放心，小将出马捉得宋将，自然兵退了。”段洪闻言冷笑，说道：“花将军，你休得要藐视宋朝兵将。这狄青非比寻常将士，五虎将西征北讨，享过多少大名？武艺出众，刀法精通，用兵如神，何人敢敌？昨因攻城，出敌一阵，三千兵丁伤残二千余。今日将军若肯临阵交锋，保得无事回关也算难得。”花尔能闻言不悦，说声：“元帅，末将今日出阵，胜不得敌将誓不回关了。”说完，不待将令，提刀上马出了帅府，领兵三千来至北城，吩咐放炮开关，一马当先跑到宋营中，喊杀如雷。

宋兵一见，连忙进内通报。狄元帅闻报，便问：“那一位将军出马？”帐中闪出扒山虎张忠，应声：“小将愿往！”元帅说：“张贤弟须要小心。”张忠得令下帐，提了大刀，上了银鬃马，带了一千精兵，一声炮响，冲出营前，一千精兵列开阵势。花尔能也排开队伍相待，但见来将威武严严，气概昂昂，遂大喝：“宋将何名？”张忠闻言，但见蛮将生得面如朱砂，浓眉怪眼，海下无须，手执三尖大刀，声如霹雳，喊叫通名。当下张忠说：“吾乃大宋天子驾下、狄元帅麾下官居定国将军张忠也！你这贼奴，也通下名来！”花尔能说：“本将军乃段元帅麾下正先锋花尔能也！你若知本将军厉害，快些下马投降，免作刀头之鬼！”张忠听了，怒声大喝：“休得夸口！”放马过来，提刀当头就砍，花尔能三尖大刀急架相迎，二将杀了五六十合不分胜败。张忠气愤难消，大刀砍发不住；花尔能三尖刀招开，二人再交手一番。这花尔能看看抵挡不住，气喘吁吁，大刀虚晃一架，带转马头而走。张忠那里肯放走，忙把马一拍赶上，大刀照项脑一挥，劈为两段，割了首级。南兵一见大惊，四散奔逃，张忠挥兵追赶，大杀一场，所得干戈器械不计其数。收兵来至大营下马，小军收拾过兵器，上帐交令，献上首级。

元帅大喜,上了功劳簿子,吩咐将首级号令悬挂营前,然后贺功赏劳,不表。

有南兵败残的逃回关中,报知段元帅说,花先锋阵亡了。段洪闻报大惊,说:"花将军恃勇,今日阵亡,由己取的。"闷闷不乐,只是点头咨嗟不已。天色已晚,有后堂夫人与红玉小姐闲谈。只见天色已晚,还不见段洪退进后堂,夫人疑惑一会说:"奇了,往日将晚,老爷必进后堂了,如今有六七天不进来的。"段小姐口称:"母亲啊,孩儿闻得大宋天子差遣狄青领兵十五万攻打我关,想必连日交兵事忙,所以爹爹不暇进堂。但不知开兵胜负如何,母亲可打发丫环出中堂打听老爷闲暇否,然后请他进来,待女儿问其连日交兵如何。"夫人说:"我儿,你乃闺中少女,那里晓得交锋对垒事情?问他何用?"段小姐说:"启上母亲:古言君敬臣忠,父慈子孝。今日兵临城下,父亲终日汗流浃背,马上辛劳,为儿之心何安?倘然宋兵未退,女儿自愿领兵当先,与父代劳。"夫人闻言冷笑说:"女儿,你今日为何说此无根之言?临阵退敌,乃男子汉所为,你乃年轻弱女,因何说出临阵当先之言?"小姐说:"母亲不必多问,只请爹爹进来,女儿问他连日交兵胜败如何,女儿自有退兵之策了。"夫人道:"孩儿既如此说,可差个丫环往中堂请老爷进来便了。"

当下丫环领命,去不多时,段洪来至房中。夫人起接,小姐礼毕,各自坐下。段洪说:"夫人,你请下官进来何事?"夫人说:"老爷啊,近日宋兵临城,不知出敌胜败如何,妾与女儿放心不下,故特请老爷进来,问及宋兵攻打消息也。"段洪闻言叹声说:"夫人啊,不必提起宋兵事。连日交锋俱已失利,初阵段虎孩儿性命险些伤了,二阵先锋被杀。倘此关有失,下官必要尽忠了。但可惜一同玉石俱焚!"段小姐闻父亲之言,直气得柳叶眉直竖,银杏眼圆睁,便说:"爹爹放心,既然宋朝兵将如此猖狂,待孩儿明日出阵,若不将狄青生擒了回关,誓不生立于人世!"当下段洪一闻女儿之言大怒,喝声:"胡言妄语!你这小小丫头,从小失于教诲,满口道着无根之言!"此时段洪发怒,不知如何,且看下回分解。

第四回　段小姐夸能演术　飞山虎逞勇交兵

诗曰：年轻女将术精通，出敌关前独逞雄。

大宋将军诚不畏，沙场对垒见英风。

却说段洪一闻女儿之言大怒，说道："你乃一闺中弱女，出此满口妄诞之言，反激恼为父的。还不退去！"夫人说："老爷何必动怒？我想女儿之言，不过一刻戏言，你就认以为真的。"段洪怒道："夫人住口！这都是你失于教训，还敢多言拦我，真乃令人可恼！"说完往外去了。夫人见他忿怒而去，又不敢请他转来，只是不悦。不觉两眼含泪同小姐说："女儿，你往日说话，最是谨密的，为何今日如此狂妄，惹得你父亲动气？连我也怪了，受此恶气。"段小姐说："母亲不必心烦，此乃女儿不是，累着母亲淘气的。"又再表明原由。

这段红玉，会用法术，武艺高强，因何父母不知其由？但他前生乃是终南山金针洞看守洞门一女童，已得了半仙之体，只为一时思凡，托生于段氏之家为女。其金针洞一道人乃云中子也，他乃千年得道的仙翁，法力高强，道德清高。段红玉乃是他看守洞门的，见他惹了红尘，托生于世，心中不忍，所以特来度他为门徒。一日在后园中化作一道人，假作化斋，授却三卷兵书与段小姐。书上所传飞天遁地、六丁六甲、神符隐形变化、撒豆成兵、各式阵图、多少真言咒语，一一难以尽述。又教他遇有不明不白与急难之时，焚起信香一炷，向南说三次"金针洞师父"，即不过三刻就到了。是以红玉在闺中日日演习，熟看兵书、真言咒语，一连习练三年，乃件件俱各会了。他亦不与父母知之。

当下小姐说："母亲啊，你须放心，女儿虽是一闺中弱女，三年前曾得异人传兵书，上知天文，下察地理；呼风唤雨，腾云驾雾；能知七十二般变化，三十六式阵图。我想宋兵不过十五万的军兵，何足道哉！"夫人说："我儿，为娘却不知你这小小年纪有如此本领，莫非是你妄说谎言的？倘然果有这般手段，杀退宋兵，就是祖上之幸也，也与段门争光了。但不知你言究竟是真是假？”小姐说：“母亲不信，当面试验与你观看便了。”夫人闻言大悦，说：“既然试验我观看，方才说撒豆成兵，何不就将此术试演来？”小姐说：“此间地方狭窄，何不到后园演弄一番与母亲观看？”夫人应允。当时小姐回到自己房中装束停当，复进夫人房中。夫人见女儿如此打扮：但见盔甲鲜明，双挑雉尾，比往日一不相同，倒吃了一惊，说：“我儿，你这般打扮，果然像一员女将，只欠了坐骑一匹。”小姐说：“女儿的坐骑在袍袖中，到了园中，就放将出来。”夫人闻言，半疑半信。就一起同出了房，来至后园中。在于空阔处，小姐先向袖中拿出一条红汗巾，双手高擎，口中念动真言，对太阳吸一口气，吹于巾上。顿时间一阵红光，已成一匹红马。夫人看见大喜，说：“我儿神通广大！不意你小小年纪有此手段，如此何愁宋将英勇！”

小姐当时见母亲褒奖于他，便大喜说：“母亲，女儿演取匹马何足为奇？还有三千兵马，已带藏身中，待我取出来与娘观看吧。”言未了，取出小葫芦一个，拿在手中念咒，一会向空中抛起。只见葫芦内现出一道白光，白光之内涌出一支人马三千多。迎风变化，俱是身形魁伟大汉，顶盔贯甲，手持兵刃。小姐将队伍排开，左进右出，把旗令一展，喝声：“听令！”忽闻呐喊，金鼓大振，旗幡展动，把夫人吓得眼振心惊，忙说：“我儿，快把人马收去！娘已看过了。”此时小姐见母亲害怕，连忙念咒，将葫芦空中一抛，这三千军士向小葫芦进讫了，不留一人。

夫人又说：“女儿，你今日有此手段，果然不惧敌人了。”小姐此时满心欢喜，又跨上桃花马，提了日月刀，说：“母亲，你可少待片时，待女儿出城擒拿几员宋将回来，爹爹方才见我言不谬也。”言罢将马一拍，只见一阵风，喝了一声起在空中。夫人一见，觉得惊慌，高声呼叫：“女儿不要去！快些下来，同为娘到中堂见了你父，点起人马跟你去讨战才好。”段小姐在上说：“母亲，女儿此去不用一兵一卒，我有三千神兵，自能迎敌，可擒拿宋将了，然后回来见父未迟。”说完就不见了。

夫人见他去后，心中十分不安，说："不好了，女儿此番临阵当先，虽然他会用神术，但是从来娇养闺中，未曾出身对过大敌。倘有疏失，如何是好？"连忙离了后园，赶到内堂，吩咐丫环快请老爷进来。不一会，段洪来至内堂，夫人就将红玉女儿到后花园撒豆成兵之法、腾云前往宋营之事说明。段洪听了，又惊又喜，想来女儿既有此法力，此事真乃奇怪了。便说："夫人，我段洪从来不信鬼神，最恼的是兴妖作怪，自生来未见有几人会腾云驾雾之奇。况我女儿是未出闺门的幼女，如何有此法力？莫非我段门不幸，生此妖怪女儿不成？"说完，命家人呼唤进段龙公子到了后堂。段龙说："爹爹，唤儿有何吩咐？"段洪说："你快些带了二千人马，出关前往宋营接迎你妹子。"段龙问妹子因何会出敌之由，段洪就将夫人所说之言述了一遍。段龙闻知，也觉惊骇，即忙跑出中堂，至帅府选了人马，上了战驹，直到关前。吩咐守军大开关门，前往宋营，慢表。

先说段小姐驾云出关，来至宋营前，把怀中的葫芦取出，口念真言。葫芦内一道毫光放出，三千军马列开队伍，旗幡招展，杀气冲天。小姐布置已毕，即趋马至宋营前大呼："守营的宋军听了：今在蒙云关段元帅的小姐前来讨战，快些报知，须令有名大将出马；若无名小卒，休来纳命！"此时宋军在营前见有女将讨战，即忙跑入中军帐内，禀知元帅：此刻有女将讨战，口出大言，要有名大将出马方可对敌。

元帅闻报一想，把小军喝退，低头不语。众将看见元帅如此并无发兵遣将意思，捉摸不着，不知何故。部班中有一将士上前呼声："元帅，如今女将讨战，因何不发兵出马？莫非惧怕这女将不成？"狄元帅闻言抬头一看，说声："刘将军，你问本帅不发兵遣将之意么？你有所不知，上阵交锋乃是男子之事，如有妇女、旁门道士、释教头陀这三项人出敌，必然会用邪术，或用暗刃物件伤人，所以本帅正思众将中无可临阵之人。"刘庆闻言，忿忿不平，说："元帅，你言差矣。你我行伍出身，战过多少将士，会过无数英雄，今朝岂惧一员女将？今日小将情愿出马，如若不胜，甘当军法！"元帅闻言便说："刘将军，若论你本事，不算低微；莫说一员女将，就是千军万马，何足惧惮？但本帅今所疑者，这女将不是倚仗邪术伤人，定然有回马兵器。抑或袖藏暗箭取胜，我想到刘将军平日性子刚强，为人鲁莽，倘若开兵，只恐伤于女将之手。不如你且暂退，待本帅另点别将开兵便了。”飞山虎一闻元帅之言，气得浓眉倒竖，怪眼圆睁，大呼：“元帅，小将不是贪生畏死之徒！当日在大光山与元帅义结金兰，布衣出身，虽然行伍之贱，曾已身经百战，东征北伐，立下汗马功劳，跟随元帅多年。今日征南，因一员女将临阵，反用小将不着，小将羞惭死了。”元帅听了他一席之言，便说：“刘将军，非是本帅看低于你，用你不着。只因外国偏邦每用邪术伤人，想这女将不善邪术，焉敢出阵？今刘将军定要出马，须要十分小心。倘他败去，勿追；眼观八角，耳听四方。”方才发令箭一枝，又是一番叮嘱。刘庆应允，即接令下了虎帐，点领精兵一千，提了双斧，上马出营而去。三军随后。

当下段小姐正在营前催战，忽闻炮响，知有敌将出马；住驹以待，看见队伍中一员虎将甚是猛勇。小姐望见说：“好一员猛将！怪不得爹爹夸奖宋将骁勇。今看他威威武武，面如黑漆，人高马骏，乃是一条勇汉。若动手以实力交锋，马上取胜，却似难了。”想罢即把桃花马拍催，提起日月刀一亮，启一点朱唇，露两行玉齿，喝一声：“来将住马！我段三小姐在此候战多时，快通名受死！”刘将军看见这员女将十分威武，千娇百媚，齐齐正正，年纪不过十六七岁，坐下一匹红花马，使一对银白钢刀，呼叫通名。刘将军看罢大喝：“女将要问本将军大名么？说出犹恐你翻下马来。我乃五虎名将振国将军刘庆也！本将军谅你一深闺弱女，有何本领，敢大胆出来送死么？”段小姐闻言冷笑说：“你这匹夫，不是我三小姐对手。你若知事者，快些回营与主将商议，收兵回去，便算你们造化。倘若仍复执迷不悟，必要攻我城池，不独你这匹夫与狄青五人被诛，连累了十五万军兵、百员宋将人人丧命；直杀上汴京城，叫你君臣一同尽作刀头之鬼，毫不留情！”当下不知刘庆如何答话，交锋之际何人胜败，且看下回分解。

第五回　飞山虎出敌被擒　段小姐灵符迷将

诗曰：虽云虎将逞刚强，迷魂法术孰堪当；

　　宋帅慧心推测破，将军方免误伤亡。

当下刘庆闻女将一番辱骂之言，大怒，无名火高发三千丈，大喝："好花言贱婢！你有多大本领，出此大言？阵前若容你上十合，不为好汉！"把坐骑一催，喝声："贱婢休走，看大爷家伙！"一个猛虎争餐架势，把双斧往顶脑砍下。段小姐见他来得凶勇，也觉惊骇，说声："好一员骁勇宋将！"连忙把双刀架开，这小姐的神力也不弱也，劈面相迎，男女二将一冲一撞，刀斧交锋，叮当响亮，战法不分高下。慢表。

再说南将段龙领兵二千前来接应妹子，此时来到宋营，但见沙尘滚滚，杀气腾腾。看见刘庆与妹子混战，两边金鼓齐鸣，呐喊喧哗，只杀得难解难分。看了一会，又见妹子手下约有三千军马，个个虎背熊腰，狰狰恶狠。段龙又觉得惊慌："父亲早说妹子单人独马腾云出关讨战，如今他手下又有此支人马，必定方才说撒豆成兵法术了。我想妹子从小未离闺阁，今能出阵，实见奇哉！又得异人传授法术，更觉罕见罕闻。"想罢，把众兵排开队伍，驻立于旗门下掠阵，不表。

又说狄元帅虽然发了令，令刘庆出马，到底放心不下，传令众将跟随出阵与刘庆接应。令一下众人即提刀上马。当时元帅领了大小三军，放炮大开营门，至战场阵中。只见刘庆与这员女将冲杀，但见刘庆手中大斧如雪片飞舞，杀得女将只有招架之功，并无还兵之力，心中颇安。又见对面头队兵约有三千余，头顶一派乌云黑雾封迷，后面另有一支人马二千多，旗门下一员大将在此掠阵。那元帅细看女将这队兵，吃了一惊，忙传令："鸣金收兵！倘延迟一会，刘将军性命休矣！"众将闻言说声："元帅，你看差了。刘将军与女将对敌，正在取胜之时，因何反要收军，放走了敌人？"元帅说："你等可看女将前锋这支人马，黑雾腾腾，一派妖气冲霄。此女将定然有邪术伤人，若不急早收兵，刘将军性命难保了！”

当时令一出，鸣金喧震惊动了飞山虎，把眼一瞧，看见元帅与众弟兄一班战将同在营门外掠阵。忽又听鸣金收兵，暗想：“早间元帅不许我开兵，如今见我将胜，生了疑忌之心。我且不理他，擒了这丫头，回营塞了他口罢了。”主意定了，手中双斧恶狠狠越发不住。原来段红玉虽用双刀武艺不弱，到底蛮力不及这莽夫。刘庆此刻奋力冲锋，杀得小姐两臂酸麻，浑身香汗，骂一声：“狗强盗！营中既然鸣金，你还不退回！今若饶你，誓不为人！”即时虚架一刀，败走下去。此时刘庆见他败走，大喝道：“贱丫头！你还想败走，万不能了！”拍马追去。又道：“你乃是未出闺门幼女，那有什么邪术伤人，有回马兵器胜我？况在军伍跑马抡刀，我刘庆大敌危机见尽多少！若不将这丫头擒了，誓不称为好汉大丈夫！既畏妖术伤身，就不该自称武将临阵，与朝廷出力了。”说罢，越发将马加鞭。

有营前狄元帅看见，速催收军。刘庆决意不肯罢战，偏反追赶上去。众将大惊失色说：“不好了！”元帅说：“刘兄弟此番不听军令，追赶女将，定然有失！”即差张忠、李义二将赶上接应。有段龙在旗门下看见妹子败走了，又见刘庆在后紧紧追赶，宋营中又飞跑出两员大将随后同赶，吃了一惊，连忙拍马一催，跑上拦住张、李二将。三人战作一堆，按下慢表。

再说刘庆一路飞马追赶段红玉，恨不能一步赶上拿他过马，在后面大声喊叫如雷。小姐只作不知，一边败走，回头看见刘庆赶上，即带转马头，从怀中取出一条红线套索，抛在空中，喝声：“着！”忽然，空中呼呼响亮，向着刘庆顶上落下来。便喝：“宋将！看看法宝取你！”刘庆正追赶之间，忽然见段红玉带回马头，仔细一看，只见半空中霞光灿烂，索子千条已向他顶上落下来。此时方才惊慌说：“不好了！果然中了元帅之言。如今不走，必遭其害！”即带转马，如飞而走。红玉看他逃走，冷笑一声说：“你休想活命了！”用手往上一指，其速如同闪电扇动，一声响亮，索子千条向刘庆落下来。这刘庆带马走时，正在囊中取出席云帕，要走已来不及，红光一冒，即被索子绑缚跌于马下，身压尘埃。见女将恶狠狠赶来，自知性命不保，嗟叹一声："我当初悔不听元帅之言，至伤残性命。想丈夫临战场之地，生而何欢，死而何悲？舍命一死，以报朝廷罢了！"

此时段小姐已赶至跟前，下来正要割首级，忽然想起："师父云中子有言嘱咐，说若初交兵，不可仗法力伤了敌人性命；若违背师父之言，难免五雷轰顶。若然今日仗此法力伤了宋将一命，岂不是违了师言？何如将他拿进城中，听凭爹爹发落罢了。"想完上了战驹，招呼神兵拿捉刘庆。

小姐一路跑马而回，来到关前，只见兄长段龙还在此与两员宋将交锋，将要败下来。段小姐一看，即忙掐诀念起真言，日月刀往空中一指，喝令三千神兵发喊如雷，一齐冲杀到宋营中。狄元帅忙令三军急退，岂知三千神兵已杀到跟前。张忠、李义只得抛了段龙，两下罢战，保护元帅。各兵丁舍命相争，又有南兵二千一齐动手，两边战鼓之声不绝。此时宋军只顾奋力冲杀，段小姐又用剑作法，念咒语一回，忽飞沙大作，蔽日乌天，宋兵在顺风之下，二目睁展不开。段小姐又喝令神兵把宋兵乱砍乱杀一阵，伤了宋兵不计其数。狄元帅与众将急急带了残兵败回，退到本营，呼令射弓守辕，一齐发射放箭，犹如飞蝗骤雨一般。

段小姐见了蛮兵被箭所伤太多，方才把葫芦抛起，收去神兵，与兄段龙领回军兵。将刘庆绑在关外，兄妹二人一同下马进入帅府，交了令。段龙将妹子擒拿宋将刘庆得胜原由一一禀知父亲，段洪听了大喜，说："女儿，我当初说你一个闺中幼女，年方二八，有何本领。如今既能上阵交锋，又加无边法力。我儿既有此神通，岂畏大宋将兵之能？必要杀他个片甲不留。原来我主洪福！如今宋将在于何处？"段小姐说："他现有兵丁押绑于辕门外，候爹爹发落。"段洪闻言，吩咐刀斧手："将宋将与本帅推进！"一声令下，两边刀斧手忙出帅府将刘庆押至，推上帐前，站于丹墀之下，怒目圆睁，英气勃勃。段洪看见刘庆身高八尺，腰圆膀大，黑脸金睛，圆睁虎目，倒竖浓眉看着。段洪骂声："大胆宋将！你既被拿，见了本帅，为何不下礼？还敢立着的！死在眼前还敢藐视本帅么？"刘庆大怒，喝声："蛮将！我乃堂堂上将，误被你贱丫头擒来，惟甘一死，焉肯屈膝你乌合叛逆之流！”段洪怒骂声：“好强盗，既被擒拿，还敢擅发狂言！”喝令刀斧手，推出辕门斩首。两边刀斧手领令将刘庆推出，刘庆回头骂声：“叛贼，我乃一条堂堂汉子，难道畏刀避箭不成？我死犹生，为国身亡，名流后世；不似你等叛逆之徒，万年遗臭！乌合之众，鼠窃之流，灭于旦夕，还敢施威，擅杀朝廷将士！我狄元帅闻知怎肯甘休？必领大兵前来打破城池，将你这逆贼同党一班狗畜类个个不留，杀得尽绝，悔之晚矣！”

段洪闻言大怒，大喝：“快快押出斩讫！”那些刀斧手即忙推出，有段小姐喝住：“刀下留人！”这段洪正在盛怒之下，见女儿拦住，有些不悦，便说：“女儿，你言差矣！你难道早间不闻宋将大胆辱骂之言？是以为父将他斩首。你即来拦住，是何缘故？”小姐呼声：“爹爹啊，女儿有一法术，善能迷人真性，摄去原魂。这刘庆乃宋营中一员上将，待女儿书灵符一道，封贴他顶脑发际之上，彼真性迷了，魂魄不全，以往之事全然不晓。与他五百兵丁，返去宋营讨战，他的斧法沉重，走马如飞，一定斩却几员宋将，岂不是一举两得的事？”段洪闻言笑道：“我儿，这刘庆本乃宋将，反教他往宋营讨战，岂不是放虎归山？”小姐说道：“女儿有此灵符，书于他脑顶，乃百发百中的。将他真性迷去，魂魄离本体，女儿呼唤他往东，他就不敢向西，此乃灵符镇压之妙。休说宋营中将士他相认不出，就是生身父母也认不得了。除非将顶脑灵符揭去，真性真魂复还本体，方能醒悟如前。此乃借刀杀人，宋将弄他心如麻乱了，自己不费一弓一箭之力，且消前日段虎哥哥大败之耻，如何不可？”段洪闻言大悦，说：“既然我儿有此法术之妙，也不宜迟，即便可为。”但不知段小姐演此法术，飞山虎性命如何，且看下回分解。

第六回　被迷执宋将留神　遭大难刘庆得救

诗曰：南蛮少女法高强，拒宋开兵斗战场。
　　异术灵符迷将士，英雄一命险遭亡。

当下段小姐说毕，段洪闻言大喜说："女儿既有法力，即可施行了。"当下命刀斧手把宋将押回关内，仍在丹墀之下，这刘庆还是怒目圆睁。此时段小姐吩咐手下兵丁取到净水，沐后拈香告禀已毕，取出朱砂灵符一道拿在手，口中念真言，命人安放在刘庆顶脑之内。这刘庆的魂魄一时间离了位舍，邪符恶气归心，两眼见人的相貌，个个多是狰狞凶恶，认不出一人，又呼唤不出话来。此时段小姐令左右松他绳索，另与他装扮，改换盔甲，还他原马兵器；复又念咒一回，喷水一口，向刘庆面上一喷，口念真言："真火速降！刘庆还不快往宋营讨战，烈火烧你！"此时刘庆在马上只见两边烈火飞腾，不知往那里走，心中恍惚，只得拍马加鞭，飞跑而出。五百蛮兵连忙随后出关，排开阵势，来宋营中喊杀如雷。按下慢表。

且说狄元帅败回营，查点众兵丁，伤了千余人，幸得众将保护。独有刘庆被擒，心中烦闷，便对众将弟兄说道："刘将军虽心粗，乃真性的硬汉，今日被擒，必然骂贼而死。思量当日结拜一场，不异同胞，想来也觉令人伤感。"张忠、李义说："元帅，刘将军虽被擒，此时还不见号令，或者苍天怜悯他是忠君之汉，逢凶化吉也未可知。"元帅说："众位将军啊，这刘将军直性之人，定然有死无生了。想忆从前布衣起手，行伍出身；今日立下汗马功劳，才得玉带横腰。如此结局，看来富贵如同春梦浮云耳。"

正在言谈之间，有军士报上说："刘将军投降于南蛮，领兵前来讨战。"元帅与众弟兄闻报，俱吃了一惊。元帅说："刘庆与我几人在大光山结义，直至今日，甘苦同乐，义重情长，焉肯投顺叛党？分明是你这狗才报事不明！"吩咐左右拿出营前斩首。刀斧手一声答应，正要上前绑拿,军兵大呼冤屈。元帅大喝:“奴才,你报事不真,妄哄本帅,还敢呼冤叫屈!”这报军急呼:“元帅爷,小的报事并无差错!这刘将军果然带领南兵数百,在营前喧哗讨战。元帅若还不信,可差人出营一看,小人若有一字虚词,甘当军令,死而无怨!”元帅听了,正要开言,又见来报刘庆讨战,一连几次,把元帅气得目瞪喉塞,叹声:“刘庆,我与你自相义结金兰,情同手足,甘苦与共,刀枪中不知见尽多少英雄,才挣得玉带横腰。岂知你今日改变心肠,投降了叛逆!贪生畏死,背主忘恩,结交之情,今付于流水。真乃是画虎画皮难画骨,知人知面不知心!背反了又来讨战,本帅若不亲自出马,真假尚然狐疑。”

想罢,吩咐放了报军,盔甲戎装已毕,正坐下军中大帐,忽有下面一将声如巨雷呼声:“元帅,正须小将出马,包管将刘庆拿来!”狄元帅抬头一看,原乃张忠。便说:“张贤弟,你此去观看他真假,生擒回营,还是伤他的性命。”张将军高声说:“元帅,如今刘庆既降了敌人,即是仇敌。他背反了朝廷,罢了家乡妻子,全然不念圣上之恩、朋友之义,这等奸险小人,古今少有。小将出营,只须走马抡刀,碎砍其尸,方消我恨!”狄元帅闻言说:“张贤弟,你休逞一时之气!想这刘庆平生为人性刚质鲁,乃硬直无私,焉肯背反投顺敌人?其中必有缘故。今贤弟逞一时之忿,不思彼平日为人,倘然万一错误,伤残了他性命,岂不有误了大事么?你且退后,待本帅亲自出营看个明白,果然他背反了,然后擒拿回营,定罪斩首未迟。”

此乃狄青细心,体谅刘庆平日为人乃一硬直汉子,况日久见人心,古言不错。这狄青不为众将之言所惑,细察参详,犹恐屈陷了将士。智量深高,搜求仔细,非人可及。当时不独张忠忿忿不平,就是李义,石玉与一班偏将,焦、孟二将,见元帅如此说来,俱各敢怒不敢言。张忠也不敢多说,便说:“元帅不用小将出马,我等前去观看如何?”元帅点头应允。此时与众将兄弟领了三军,俱各上马提刀,三声炮响,大队军马冲出营前。

狄元帅远远在旗门下把眼一瞧:对面数百南兵中,果然刘庆也。元帅使人呼:“刘兄弟,大宋天子待你不薄,你因贪生畏死便甘心降敌,姓名遗臭。本帅与你结义一场,也觉面无光了。”一连说了几次,刘庆只不回言,在马上瞪着双眼看着元帅。当时元帅看他如此光景,想一会又对众将说:“好生奇了。刘庆既投顺南蛮,领兵来讨战,为何本帅问他数次,一言不答?令人可疑。”张忠冷笑说:“元帅,你看刘庆头戴雉尾,领着南兵,耀武扬威前来挑战,分明投降了南人,元帅何必多疑?小将不才,自愿出马,立刻擒拿。何必与他再讲?”李义说:“元帅,你看刘庆,羞脸变成怒容,元帅问他的话一言不语。不如我们上前擒了这无义之人吧。”众兵也是纷纷谈论,亦要出马。

狄元帅细想:“刘庆如此痴呆模样,必有蹊跷了。若从众将出马对敌,抑或伤了他性命,如何是好?”想了一番,又见众将人人愤怒,个个摩拳擦掌,俱要出马擒拿。元帅一想,呼声:“众弟兄将军等听着!”手提金刀向地下画了一条刀界,说:“你等若无将令,出了本帅此条刀界之外,立刻斩首,决不姑宽!”说罢一拍现月龙驹,与刘庆仅隔二丈之遥,呼声:“刘兄弟,你实因何意投降了南蛮,须说知本帅。”岂知刘庆全然不理,双目看着元帅,手舞双斧,砍来劈去。元帅把金刀拨开,又大叫:“刘庆,你因何反了?见了我们弟兄等,如同陌路之人,倘若你中了敌人之毒计,捉弄于你,故而如此……”他也不回言,又把双斧砍来,又不发一言。元帅此时发怒,还刀急架相迎。二人刀斧交加地大战,此刻一班宋将在刀界之内勒马观瞻,见二人战杀一堆,众人纷纷讲论说:“刘庆为人一生硬直,谁知今日其心改变,投降南蛮。竟与元帅对敌,真乃狼心狗肺之徒了。只恨元帅画此刀界,不然,我们上前擒了他,碎尸万段,方得消恨也。”不表众人之言。

当时元帅与刘庆来往交锋三十多合,只管把刀虚架于他,见双斧一慢,即赶上一步,将近马头,伸开猿臂将他肋下甲带一扯,即拿过马来,往本阵而走。众南兵见刘庆被擒,一齐奔走回关去了。众将见元帅拿了刘庆,俱已大喜,一同回营。元帅将刘庆放下,众将把他捆绑了。元帅上了虎帐中一看:刘庆面上血色全无,照前二目圆睁,呆呆立看。元帅开言呼声:“刘庆,你食朝廷俸禄,就应该尽忠报国,因何贪生怕死,投降了敌人?你有何面目立于人世?”一连问了数次,刘庆只是二眼睁着,并无一言。元帅复又细看,只见他如凶神附体,乱跳乱舞,忽然高身跳跃,或呆呆立着。元帅细看,疑心不定,说:“莫非此女用什么妖法乱了他的灵性不成?”说完忙下了帐,至刘庆跟前,将他浑身上下一看,只见他盔头上露出一点黄纸角来,心中早已明白。即伸手除了他头盔,揭开发际,果然有朱砂书成符一道。元帅看罢,不觉点头嗟叹一声:“将军啊,你果然中了妖贱婢之毒计,险些伤了性命!”吩咐左右用火将妖符焚化了。

忽闻半空中有巨雷之声,众将惊异不已。又见刘庆此时大气喘了一声,真魂回归本体,又倒地下把身子一翻,二目一开一闭,往周围一看,只见众将与元帅弟兄俱在两旁,即开言说:“奇怪了,莫非我刘庆在梦中不成?分明早间被女将擒回关内,我在他帅堂骂贼一场,甘心一死,以报圣上之恩。岂知如今仍在本营,此事好不明不白也。莫非我做了无头之鬼,身入黄泉,游魂至此?”说罢,立而不言。停息一会,呼声:“元帅,望乞将情由说知小将!”元帅点头叹声:“刘贤弟,若不亏得本帅知你平日忠硬,为人必不贪生畏死,就中了丫头的毒计!今日托上苍庇佑,天子洪福,全了你性命。”刘庆闻言一想,又见身上却被绑了,不悦说:“元帅,小将犯了甚军令,把我捆缚?”元帅冷笑说:“原来刘庆弟你被妖术所迷,所行的事全然不晓理法。”吩咐手下军兵放了绑,然后细将前事一一说明。刘庆闻言,说:“元帅,我早间所行之事全然不知,这贱丫头真好厉害也!倘非元帅如此留心细察,小将性命休矣。我刘庆若不拿得这丫头,报了此辱,恨断难消也!”说罢,即将南人的戎装盔甲拿来扯得粉碎,重新装束。

元帅又吩咐军中大排酒宴,与刘将军压惊。此日众弟兄将士俱各开怀畅饮,另有一番言语谈论,原乃是交锋对垒之事。刘庆得全性命,皆由元帅察看,却说起来,众将弟兄深服其能,大赞其智,闲话不多题。不知来日交兵,何人胜败,欲知详细,下回分解。

第七回　斗法宝大败红玉　施异术议陷宋将

诗曰：天生虎将护天朝，奋斗沙场各不饶。
　　败却法高年少女，威名赫赫镇南辽。

是日宋营内之事不表。且说南兵五百逃回城中，报知主帅段洪，这小姐在旁闻报，说道："我本想借刀杀人，岂知反被宋将擒他回去，倘然识破了迷符，将来除去，一定他平宁如旧了。就便宜这贼将。"段洪闻言，叹声说道："这也算他命不该绝，我儿不必说了。你有此仙术法力，何愁宋兵不退？"此日父女商议退兵之策，不觉天色已晚。

再到次日，段洪升了中军帐，众兵将排立两旁，有段小姐上前参见，叫声："爹爹，女儿今日出关，要擒回那宋将！"段洪说："我儿，进退须要小心才好。"小姐领命下帐，挑选了一千健卒，出关而去。来至宋营，命军兵前往喊战。

又说宋营狄元帅闻报有女将讨战，心中大怒，骂声："好贱婢，焉敢如此轻战，藐视本帅！前日擒了刘兄弟，今日又来逞强。如若再容你，誓不为人！你虽有妖术伤人，本帅必要拼个你死我活便了。"说完，拔令一支说："刘将军，今日本帅出马与丫头交锋，你可领兵一千在于要路埋伏，拦截于他，待本帅擒拿。"飞山虎得令去讫，又令石玉、张忠二将左右掠阵，焦廷贵、孟定国后队接应，李义守营。

此时元帅披挂上马提刀，带领三千常胜军，大开营门，列开阵势，元帅一马当先。段小姐正在讨战，只听得宋营中一声炮响，营前冲出一支军马，队伍齐整，旗下飞出一员大将，随后两员押住阵脚。但见来将年三十余，生得威威烈烈，手提大刀，旗门后面两张绣旗，身高马骏。段小姐看罢，喝声："来将住马！我段小姐候战多时，可通名来！"元帅抬头一看：一员女将倒也生得如花似玉，武艺必然平常，不过全仗邪术伤人耳。也不计量了，即喝道："吾乃大宋天子驾下征西王、征南主帅狄青也。只因你等叛逆朝廷，擅敢投递战书于天子，尔等叛逆化外顽民，本帅今日奉旨征剿。尔等若知天命者，早早投降献关；不然本帅打破城池，可惜满城生灵了。”段小姐闻言不答，双刀便砍；狄元帅大刀一架，震得小姐两臂酸麻，马上乱晃，只得急架相迎。战不二十合，招架不住，只得虚砍一刀，即飞马逃走。要想败中取胜，向西而逃。

狄元帅说：“这段红玉不是本帅对手，他既败了阵，因何不走本营队伍中，竟向西逃去？定然要用妖魔邪术了。自古道，打人强不过先下手，何不将我的法宝先施？”即向怀中取出一物，名为血结玉鸳鸯。此宝乃狄青在云梦山水帘洞王禅鬼谷仙师所赐，凡敌人用什么妖术，祭起放了此宝在盔上，便有霞光灼灼，将妖物打下；倘若祭起空中，金光一冒到敌人身上，即要翻下马来了。此时元帅祭起此宝，红玉仍在前跑走，听得后面铃銮声响，知是狄青赶来，暗暗大喜。在豹皮囊中取出金狮一只，不过四两重，乃云中子久炼的一件活宝，若念起真言，便长大成有二丈身躯，跑走急速，吼声如雷，喷出半天烈火，了不可挡，幸得狄元帅先抛起玉鸳鸯，不逢此难，大小将兵之幸也。此时段红玉正要发出金狮子，不料半空中金光一冒，即落下来，红玉不意被金光坠下马，吓得大惊，三魂七魄不知去在何方，还用得什么法宝伤人？前面看见狄青飞马赶来，此时顾不得手下一千兵将，双足在地上一蹬，即驾上云头而走。

狄元帅见他走上云端去了，喝令众军杀上前去。众南兵一阵惊慌，被杀得如瓜切落，血流成渠。段红玉在前看见，复下来厮杀。忽闻炮响，一支军马突出拦截去路，当先一员大将，立马横刀，喝声：“贱婢休走！”小姐一看，说：“已恩赦你，因何今又领兵拦阻？是恩将仇报了！”飞山虎大怒不言，双斧便砍，小姐急架相迎。战不数合，这段红玉虽然战斗，到底难抵刘庆。这狄青后面赶来，又闻喊杀之声已近，心慌意乱，把坐骑一催，念动真言。那马啸叫一声，四足一纵，腾云去了。飞山虎一见，连忙取出席云帕，遂即飞赶上云头而来，向红玉脑后一枪，小姐吓了一惊，将身一闪说：“原来宋营中有此能人，我今休矣！”口中再念催云咒向前奔走，刘庆只顾追赶，但见他快如闪电，直向关中落下去，只得下落尘埃中，与狄元帅众将领着兵追杀蛮兵一阵,一千兵杀得四散奔走。鸣金收兵,众将得胜回营,刘庆又将段红玉败了,驾云回关禀知元帅。慢表宋营大赏三军。

且说段红玉败回关,落下帅府。段洪看见女儿喘息不定,就猜测几分不好,连忙问:“女儿收兵回来,胜败如何?”小姐见了父亲,只得将战败原由一一禀知。段洪闻言吃了一惊,仰天长叹曰:“此乃天命,原有归,非可强也。”说罢,闷沉沉坐下无言。小姐说:“爹爹啊,女儿今日虽然败了一阵,如今还要商议一个万全计策,以退宋师,方为正理,爹爹不可以一败灰心。”段洪闻言说:“女儿之言有理。”即问众将军有何良策,以退大宋之师。原来段洪手下还有十余员将,并无人答应。段洪怒曰:“尔等皆是一国臣子,今日兵临境界,众人并无一策一言,倘若城破之日,难道尔等独生么?”段小姐说:“爹爹放心,不要烦恼,孩儿蒙师父一件妙法,名挪营绝虎计。若使这一桩法力施出来,休说狄青几员宋将,若是有道术的人,不是高强,难逃性命。师父有言在先,再三吩咐,叫我不可轻易施为。但今犹恐城破家亡,危于旦夕,不得已要用此绝计耳。”段洪闻言大悦,说:“我儿,你既有如此手段之妙,何不早说出来?今日为父尽把帅令交付于你,手下兵将任凭你差遣,如有不遵者,即时斩首!”

段小姐听了说:“爹爹,此法将兵不用过多,只须一员大将领五百兵丁,可以困得住宋兵百万。此地离关十五里之遥有一岭,名曰黑风岭,高接云霄,岭下四面无处可上,只有一条万丈涧在于西,倘若山水发流,赛过汪洋大海,用船可渡上山。如今秋尽冬初,涧水低下,纵有船不能渡;瞭望下来,高低相隔万千丈。涧边有山凹,可容一人一马行走,故女儿只用一员将、五百军兵可守了。将兵不用战斗,只要往来巡查。女儿今夜仗着师父法力,将大宋营寨连人马移至此岭,只须待他粮尽,将兵都要饿死了。如若要脱此难,除非俱会腾云驾雾,纵有救兵到来,也难救出的。”段洪听了女儿之言,喜盈于色,说:“我儿才智过人,为父不及也。我今日父女忠诚保主,虽然伤害了许多人,但忠于君国,却是不妨。”今日天色已晚,各将士用了夜膳。

是晚,段洪将帅印、令旗交与女儿。小姐坐了帅帐,拔令一支,差哥哥段龙带兵二十名悄悄出关,打探宋营;夜深了,人声一静,前来报知。又差段虎领兵五百暗暗出关,往西涧边山凹把守,不许放出宋兵一人:须要往来紧紧巡查;宋兵一知此处有路,必然舍命杀出,然谅他一马之险路,杀出却也费力。如违将令,定按军法,决不姑宽。二人领令,分头去讫。时交初鼓,父女谈论宋将之能,狄青善于用兵。段洪又说:"女儿,此关只你一人善于法术,徒以兵力交攻,此关破之久矣。大宋狄青果然名不虚传也。"

谈一会,时交三鼓,段龙回报宋营中已静了,必然众将安息。小姐闻报,即吩咐左右摆开香案,小姐上前拈香跪下,祷告一番。礼毕起来,披发仗剑在手,念动咒语真言,烧了符章,喷了四方法水。忽闻狂风大作,走石飞沙,满山落叶呼呼响亮,又似走马飞奔一般。不知此术如何厉害,宋营中大小三军如何落难,且看下回,便知分解。

第八回　困高山宋将惊惶　越险地刘张讨战

诗曰:驱邪作法女英雄,峻岭高山困宋戎。
越险刘张求取救,勤劳王室见精忠。

再言段红玉是夜三更时候出关,对着宋营仗剑施法,忽然半空中犹如天翻地覆,山中木叶尽落,狂风大作,走石飞砂。原来段红玉烧了灵符,念动真言,就有那山精野怪到来候旨,趁着大风势力,不一时将一座宋营与十五万兵丁将士一齐搬运至两峡高山,轻轻放下。是夜宋营中大小三军将士耳边只闻狂风呼呼响亮,开不得眼,不觉身体浮浮荡荡,身不自主,不一会就不觉五鼓了,直至黎明,这狂风方止。大众二目睁开细看:四围是一座万丈高山,不知何故,这座营盘移至此处了。大小三军将士见了胆战心惊,魂飞魄散;狄元帅见此光景,也觉惊骇,只不敢说出惊慌之言。此时众兵丁人人慌乱之际,喊声大振,多说:"不好了! 我们被灾风乱吹到此,只怕有死无生了!"元帅一见三军慌张,大振喧哗,连忙出令禁止说:"尔等不用惊慌,昨晚吹此狂风,乃是南蛮女将施的邪术,移我营盘至此。待等一息,本帅命人探路,自然可出此山。若再喧嚷惑乱军心,一同斩首!”一声令下,大小军兵俱不敢喧哗。

当下狄元帅细看:此山一望无涯,不知有多少宽广;但见云雾漫空,连天接引,亦不知何地何山。细想:“山洞之中,山势高耸,无路可上,定然有路可通的,不如命人前去探路。”想罢,传令三军:且下了连营,不许妄动。令一下,众军兵在山洞中拣下不受风雨之所下了营寨。元帅说:“张、李二弟,你二人各带几名善能爬山越岭之人,分头前去探路,打听此山此地是什么所在,地土何名,有多少路途。倘有出路,快来报知。”众将领命,即便挑选二十名健卒,各带了短刀,分头而去。只见两旁高山,并无去路,一连跑了二三十里,尽是黄沙,人不能行走,只踏重些,沙陷数尺,不能前进。张忠、李义长吁短叹,只得依原路而回,将前事一一禀知。

元帅闻言大惊,仰天长叹说:“苍天,我狄青乃一心为国,提兵至此,满望扫平叛党,以报君恩。岂知此关有此能人,黑夜中连大营人马移于此地,天顶高山,四围又无出路,入了天罗地网。我本帅一人丧在此地也罢了,只可惜手下军兵十余万的性命!难道天子的洪福将尽不成?当初我妻曾有谏言,说贼星冲犯太阴,出师不利于兵将。今日看此光景,正中了公主之言。想来本帅命该死于此地,不如一死以报圣上之恩便了!”说罢,拔出宝剑要自刎,有四弟、孟、焦抱住,众将大惊,大呼:“元帅不要动手!”焦廷贵早已跑上抢了宝剑。众将说:“元帅何必如此!众人商议,或别有良谋可出此高山,亦未可知。纵然元帅身首分开,也无益于事,望乞元帅参详。”有刘庆说:“元帅,我们幸得十万粮草也蒙他运进上山,不然势越急了。今暂守候在此,待小将席云前去探路,回朝取救兵,何愁不出此高山?”

元帅见众将苦劝,便说:“刘将军,你有席云帕,会腾云,难道这十五万人马也会腾云不成?”焦廷贵说:“刘将军,你有席云帕可能回朝,我也愿去的,可否借我用用?那个困在此山,甘作饿鬼的么?”元帅一听大怒,喝道:“蠢材!众人多已困在此,目前你尚然说此无根之话,触恼本帅么?”四虎将也忍笑不住,焦廷贵又说:“刘兄弟,你有席云帕可回到汴京,但恐救兵到来也难得到此高山,如何是好?”飞山虎说:“只管放心,天波无佞府杨家众将,不论男女,俱是出类拔萃之人,岂无一法力高强的来相救?何愁不出此牢笼?”元帅应允,即修了求救本章一道交于刘庆接了,装束带了些干粮。有焦廷贵大呼:“刘将军,你切记不可私自走回家乡安享,若然没有救兵到来,我们困死在这里,我焦廷贵决不与你甘休!”元帅大喝道:“好胆大狗头!本帅不用你多言,你还敢违令么?”吩咐刀斧手:“与本帅绑去砍了!”两旁答应一声,焦廷贵跪下说:“元帅,小将以后不敢多言了,望元帅开恩一线。”只是叩头,狄元帅不言,众将忍笑不住,一同讨饶,元帅方才喝退刀斧手。焦廷贵叩首起来说道:“险些这吃饭的家伙就难保了,以后我哑口不言罢了。”

此时飞山虎正要动身,有张忠说:“刘兄,小弟也要同去。”刘庆说:“我此去不过仗着席云帕,这样险峻高山,你步行如何去得?倘足踏不住,岂不送了性命?”张忠说:“昨天探路,近西角深涧下望,到底隐隐,奇奇怪怪好似有人声音。必有南兵把守,此路必然相通的。只是山凹狭隘,可容一人一马。或者南兵不在意,小弟出得此路就不妨了。况我步走快速,与你席云差不多些;二人作伴,岂不胜于独自寂寞寥寥?”刘庆听罢,只得应允。二人带了干粮,别过元帅与众将弟兄而去。焦廷贵说:“张将军,便宜你了,今走出阎王关去。”张忠微笑不言。

当下二人向西方行走了半日,但见好厉害的险峻高山!二人寻路不着,刘庆说:“待我上云头看此山在何处可通,再跑走吧。”张忠应允,住了足。刘庆驾起云四方观望,果见山凹间有南兵几人带了短刀,往来巡逻。刘庆也不去惊他,悄悄下来,对张忠说知。张忠说:“刘兄,你驾云下去一刻,出其不意将他打死,我就能爬下山凹了。”刘庆说:“贤弟之言不差。”即驾云落下,照定一兵,双斧砍下,已活不得了。有二人见了,双棍打去,刘庆一闪,一斧一个,又倒二人。一个拿短刀的要走,被刘庆上前一飞脚打倒踏在地上,大喝:“你还要命么?”那军慌忙大呼:“好汉饶命!”刘庆喝声:“你是何人,在此巡查?此山可再有别路易于出入否?离蒙云关有多少的路途?可一一实说,如有一字虚词,即照前三人,一例分为两段!”这小军慌忙说声:

“好汉,小人说明吧:我乃蒙云关军兵,奉命把守巡查,困守宋兵的。尚有二公子段虎带领一百五十名兵丁日夜巡查紧守,今日二公子循山打猎去了,众兵丁一同前往,单剩得我四人,今被好汉打杀三个。望祈饶我。”刘庆说:“此处隔蒙云关多少路途?”小军说:“离关不过十五里,但此处下山路途崎岖,难以行走,今值冬初,涧水尽涸,船只不能渡上,仅有此山凹,只容一人一马上山的。小人并无一字虚言。”

刘庆听得明明白白,手中拔出利刀,将他首级割下,然后席云上山,一一说知,张忠说:“这女将倒果厉害,困我师在山,又无出路,单有此山凹,又用兵把守,只容得一人一马上山。今天幸他打猎去了,只留四个小军,又被刘兄打死了。不然,小弟回去不成,只得与元帅同困守了。”此时刘庆也不驾云,偕着张忠,扳住奇峰怪石,一步步落此山凹深涧。落到半中,黑黑暗暗,二人也觉惊骇,又恐扒扳不住,倘一失足,便跌下去,必碎尸了。扳扒了两个时辰,方才落到山下,出了山凹,天色已晚。此时乃十月初旬,月色微亮,二人又行数里,初旬月光已落低了,山路渐渐黑暗,二人踌躇一会,只管往前走路,不觉又走数里,见有些灯光。二人望着灯光而来,行近,树林内有茅庵一所,二人进内借宿求见。里面有一道士,童颜鹤发,道骨仙姿。二人上前施礼,说明来由。道人说:“二位贵人到此,贫道已备下茶汤、铺盖,请里面坐。”二人称谢,进内吃茶,用过干粮,二人只因跑走山路辛苦,遂睡于庵中。

不觉忽已天明,二人醒来。那里是庵中,原是一间古庙,见有书柬一个遗下,二人惊骇不已。二人拾起一看,不知如何,且看下回分解。

第九回　孙总兵有心陷将　杨文广不意拿奸

诗曰:背主忘恩孙总兵,因将宿怨叛朝廷。
　　欺君误国奸臣事,千载臭名洗不清。

当下张忠、刘庆见此处不是茅庵,乃一间无香无火的古庙,上面旧牌匾隐隐有“星君庙”三字。又见神案上面有一柬,二人拾起一看,上写着:

人情杯酒休贪恋,太白星君赠偈言。

二人看罢,方知昨夜道士乃太白星君,就是此神像,二人倒身下拜,谢神圣指示。出了庙门首,乃平街大道,居民、店铺稠密,但不知此是何方。一问土民,方知此处乃湖广地面辰州府,近襄阳城,与河南汴京交界,回朝十余天可到。二人欢喜不尽,皆得星君庇护之力。

二人一路行走,谈谈说说,不觉到了襄阳城。城中有一总兵把守,此人姓孙名振,乃兵部尚书孙秀之侄,借叔父势力做了总兵武职,圣上调他镇守襄阳城。自狄青取了珍珠旗,回朝参倒了庞国丈,拿了孙秀一同斩首。这孙振借着朝内一权臣冯拯之势——他官居吏部,赫赫有权,人人遵仰,孙振是他女婿,故孙秀被诛,他亏得丈人在内扶持,幸而漏网,不曾被参。但是他贼心不改,狠毒为人,一心恨着狄青,屡思报仇。料想他如今势大封王,不能下手。此日正在关中安逸无事,忽有守兵报知刘、张二人回朝取救兵之事,孙振听了一想,说道:“我日夜思量与叔父太师报仇,今日既有此机会,何不将他二人用酒灌醉,囚禁住了,狄青困于山洞之中,粮草一断,岂不饿死了他?如此,方消我恨也。”说罢,吩咐大开关门,出来迎接。

二人一同进了关中帅堂,分宾主坐下,孙振故问来意原由道:“二位将军奉旨征南,到此何事?莫不是得胜班师么?”二人见问,将回朝取救之事一一说知。孙振听了说:“原来如此。二位将军如此劳苦,肚中必然饥饿了。”吩咐家丁摆上酒席,说:“二位将军,淡酒粗肴,休嫌简慢,请用数杯如何?”二人说:“总兵大人,那里话!我弟兄叨扰,实不该当。但我二人公务在身,酒不敢用的。”孙振说:“二位将军一路回来,关山跋涉,劳苦不堪。略饮几杯,以消闷怀,安息一宵,明早起程,岂不为美?况今在于下官处吃酒,也何妨?莫不是嫌下官恭敬不周么?”原来二人也是好酒之徒,刘庆为最,只因太白星君嘱咐他不要贪酒,有些灵异,是以初时推却。今见摆上香喷喷的佳馔,扑鼻香的美酒,此时二人又见孙振如此谦恭,蜜语甜言,便说:

"总兵大人,你言重了。我兄弟二人那敢当。"刘庆又说:"既承美意,吃数杯吧。"张忠见刘庆早已允了,也不阻拦,随即坐下。这张、刘二人不听星君指示,贪着杯中之趣,狄青众将兵多受五六个月之难,后来十五万人马死了一半在山洞中。这是劫数难逃,深属可悯。

当时这奸臣只竭意奉敬,杯杯殷勤敬劝,二人只因一日爬山越岭,身体劳倦,见酒岂有不贪的?孙振劝上一杯吃一杯,二人饮开胃肠,那里还记着星君偈言?初时略忍,待孙振相劝,后来吃了多少杯,大呼小叫"拿酒来"。孙振只命人更换大杯,二人不分好歹,只吃得大醉,人事不知。孙振大悦,吩咐众家丁将二人捆绑起来。家丁领命,上前把二人捆得紧固。二人因酒大醉,全然不知。孙振又令家丁把二人本章搜出来,拆开在灯下观看,洋洋喜色。看毕了,又恐怕二人气力狠大,即加铁索监禁牢狱。是夜又修本一道,劾奏狄青自提兵到边庭将已一载,按兵不动,妄差人回朝奏捷。今刘庆、张忠私自逃回,已经被拿收禁,候旨发落。另写密书一封,托岳丈冯太尉在圣上前如此如此,两路夹攻,方雪得胸中之恨。是晚,将本章一道封好,外加密书一封,差心腹家将二名,连夜赶上汴京,不表。

又言刘庆、张忠二人睡到五更天,酒醉已醒,方觉浑身被捆了。又见四面阴风惨惨,垣上一灯,半明半灭,耳边只闻铁链声。定睛细看,两旁都是犯罪之人,二人大惊。张忠说:"不好了!我们昨夜在关中吃酒,今日捆绑到牢狱中,眼见得上当了。"刘庆说:"张贤弟,孙振这贼要陷害我二人,如今不能回朝取救,元帅与众人性命休矣。皆因我二人违背了太白星君所赠偈言,吃醉了酒,故有此祸耳。"当下弟兄恼悔,怀愤大骂:"孙振奸贼!我二人无罪被你囚禁,陷害无辜,有误军机大事,倘朝廷一知,只怕诛戮你全家。"不表二人痛骂。

再说孙振的家人领了本章密书,前往汴京,不分日夜行程,十数天方到。经过开封府,进了大城,跑走不远,只见前面远远鸣锣呼喝之声喧震不绝,金瓜月斧多少金牌,文武棍不断而来。八对看马,数道清旗,行道之人俱闪避一旁。孙振家丁二人只得跳下马,立在一旁。只见马旗完后,尚有许多兵丁护拥着一位年少小将军,生得眉清目秀,威仪堂堂,十分威武,戎装打扮。二人看罢,说:"好一员小将,果然生得威武！看来武职不小，一定是王侯家的小将军了。”

当下二人因要上本，听候他耐久了，只因街道宽阔，不上马在街旁而走，只见护随小将一人拿着一根枪，刚刚与两个家丁对撞。枪头打着马头，这马咆哮一声就惊跳起来，四蹄跑开数尺。也是该当奸谋败露，这马向着杨文广的马前一撞，拥护之人呼喝狂骂。杨文广见有人撞他马道，也觉大怒，喝道：“好胆大的人，闯道么？”两个家人慌张着急双膝跪下，说：“小人乃襄阳城总爷孙振的家将，奉了主命到京中上本章。只因坐马不熟，一时错撞，误犯虎威，小人罪该万死！望乞宽恕。”杨文广说：“你既是孙振家人，上什么本，因何如此鲁莽？说得明白，饶你便了；倘含糊一字，活活打死，你家总爷奈何本官不得！”两个家人听了，呆想一会，便改口道：“小的奉命来不是上本，乃送总爷与冯太尉的家书。”此家人上前慌张错说上本二字，不知临行时孙振嘱咐千祈，不可与别人知道上本。今见小将盘诘，故改口说与冯太尉家书。

杨将军听了，冷笑说道：“你初说上本，今见复问，因何说投家书？一时间两样言词，分明胡说可疑！”吩咐左右搜他身上，可有什么夹带东西否？原来杨文广叫人搜他身上是虚吓二人，看他如何光景。二人听说要搜他身上，犹恐泄出本章密书的机关，十分着急，面目失色，将头叩不住，口呼：“王爷，小人岂敢大胆说谎？果是奉命寄书的，不是上本。一时错说了，望乞饶恕小人之罪！”杨将军听他言语慌张，面上失色，听说搜，他手贴胸膛，其中必有诈弊，再喝手下快搜来。家将十余名答应，一齐上前将二人扭住。两个家丁惊得面如土色，两手紧抱胸膛，大呼：“你倚王侯势力欺凌下属，胡行打抢，难道朝廷就无律法，由人乱抢的？”众家人不由分说，众家将大喝：“快搜，休要听他！”众人拨开衣服，怀内果有本章密书，一齐呈上。杨将军接上，冷笑一声说：“原来是孙振与冯太尉的密书，我想这个奸险小人会做出什么好事来？不是私通南蛮，定是陷害大臣。我有个道理，此私书信又不可独自开看，不若将二人带至开封府，当着包公拆开此书，一同观看便了。”原来孙振二个家人，一名李四，一名王受，二人分辩不脱，带着惊慌，只随着众人同走。一路行来，已到了包爷门首,令人通报。

这包爷正上朝回来,在书房观看各处的文书,见众将报说无佞府的杨将军在外求见,包爷听了,起位吩咐开中门,请进后堂相见。杨文广不从中门进,却往角门而入进内,只见包爷双手拱立而迎。这杨文广因何不从中门而进,却从角门而来?他虽是功臣之后,因袭封王,不过一位将军之职,况且年少晚辈,是以在角门而进,乃是尊敬前辈之礼。但不知这杨文广见包公,将二人如何发落,且看下回分解。

第十回　露机谋传书得祸　明陷阱奏本伸冤

诗曰:天机文曲佐君王,大宋称忠万古扬。
　　铁面无私奸佞畏,丹心报国重纲常。

当时杨文广与包爷见礼毕,坐下。包爷呼声:“杨将军,今日到来,有何见谕?”文广说:“晚生辈今日到来,因有一件机密事与包大人商量。”说罢,在袖中将孙振的私书递与包爷。这包爷接过一看,说:“杨将军,此书乃孙振与冯太尉的家书,如何算得机密事情?”杨将军就将前事说知,两个家人已经带到。包爷一想,说道:“孙振家人寄书,内里夹着本章与冯拯,上面封皮写着机密大事,不可与别人观看。其中定有些缘由,怪不得杨将军起疑。若然你我拆开同看,果有奸谋不轨之事,就不相干了;倘是他家闲言,不关国事,恐冯太尉见怪了。若不追究此书,又怕误了国家大事。”

左思右量,又对文广说道:“如今孙振这封书,皮上虽如此写的,但不知内里何词,倘果是他家书,不关国事,你我也不相干;若不拆看,也是不稳。今有一计,将军暂退后堂,又将孙振两个家人藏过,待老夫打发家人去请冯拯来,将书拿出,强要他拆看。如果是他家书便罢了,若有关朝廷,即时拿了这封书,你我上朝启奏圣上,岂不公私两全?”杨将军说:“包大人高见不差。”即时传命出府,门首杨府家人不必伺候。俱已回去。

此时包公差人将王受、李四带入后堂，又命家将拿上名帖相请冯太尉。这家丁一直来到冯府，投递名柬，传说：“我家老爷在府立候太尉商量一大事，即可起驾，勿延为妙。”冯拯一见家丁传递此柬与转述包公之言，便吃了一惊，说：“这包拯素不与人交接，如今邀我何事？”不好推辞，只得吩咐家丁备了大轿，带家将数十员拥护而来。此日太尉一路思量，摸不着缘由，不觉到了，早有家丁通报，包公吩咐：大开中门，迎接进大堂相见。礼毕，家丁递茶，冯太尉开言呼声：“包大人，多蒙召见，有何见教？”包爷见问，冷笑呼声：“太尉，只因你的令婿孙振在边庭外寄有一封书回来，这寄书之人今日到下官衙门来叩首，告说太尉私通外国，为不忠于君。是以奉请前来判明此事。”说罢，将书拿出递与太尉。

冯拯闻言，大惊失色。原来此话乃包公试探他的，当时冯太尉连忙接书一看，封皮上面写着：“此书谨投往冯太尉府中，与岳丈亲拆；其中乃机密大事，不可与别人观看。”太尉看罢暗暗着惊，抱怨于女婿。包爷见他惊骇，拿着书只管沉吟不语，便呼声：“太尉，因何手拿此书，紧紧无言？你女婿在边关通了外国，与着太尉一党勾连，已有出首之人。今日事已败露，明早我与你上朝面圣，任凭圣上主意如何？”太尉闻言，呼声：“包大人，下官有小婿镇守边关，蒙天子洪福，焉敢行此灭门之事？就是下官，身受王恩如海，怎肯与婿勾连？这事一定是仇家诬陷，假造此书来陷害于我翁婿的，望包大人详察，如何？”包爷说：“下官也是疑心难定，故请太尉前来一同拆此书，两家观看，便知真假了。”太尉闻言，低头一想，说：“这黑子好不厉害！丝毫作不得人情。若不拆此书同观，定然不允，倘拆开内里真有私通外国谋反之言，怎推卸得脱？罢了！如有谋反之言，不若如此，方始可以保全性命了。”主意已定，只得将书展开，一同观看。上写着：

书奉太尉岳丈大人尊前：向日小婿叔父被诛，仇为狄青，祖父身亡，冤由狄广，三世仇冤，深如渊海，岳丈不述尽知。小婿屡思图报，奈彼势大封王，实成妄想。今被女将施法移营，被困高山，料已危急。兹差刘、张二将回朝取救，到关却被小婿用酒灌醉，囚禁南牢。今上本奏他按兵不动，将降南蛮；刘、张二将私自回朝，现已被获。恳求岳丈将本上达天颜，顶力夹攻，除却狄青。得雪三世仇冤，则存亡感德汪洋矣。难逢机会，伏乞留神。密书投达，拜候佳音。

包公看罢大怒说："原来太尉竟与令婿勾连，陷害忠良，要误国家大事！"太尉此时吓得面如土色，说："包大人休得胡疑！下官翁婿实无此事。必然仇家憎恶，故设此毒计暗害的。"包爷冷笑说："现今人赃两获，太尉你还强辩，明早在驾前便见明白。"太尉听了，将密书、本章收入袖中说："既然大人要面圣，老夫明早在朝房伺候吧。"吩咐家丁，正要上轿起身了。包公怒道："老冯，你想拿回书去，明日在天子驾前糊涂抵赖么？我包拯只有头可断，奸不可留。漫说你是太尉权臣，我要作对，就是王亲御戚，且多不容情。"吩咐关了府门，不许放走误国奸臣。家丁即把府门关上几重。太尉见此光景，料得难以挽回，必要天子驾前奏知。不如将此事推卸在孙振身上，我身洗清再作商量。只得放下笑脸，呼声："大人，何必动怒？孙振这奴才虽然是我的女婿，做此不忠之事，我肯随他？明日面见天子，差人前去扭解回京！"言罢，在袖中取出书、本交还包公。便说："包大人将这书做个凭据。明朝上本，你我出头。"

包公接回说："太尉，虽然如此，你还未必全信，今已将令婿的家人带至了，须要审问明白，方知不是仇家陷害的。"吩咐传三班衙役，排堂伺候！一言未了，杨文广又到。包公一见，呼声："杨将军来得正好，你与太尉一同到大堂上审问这孙家人，免得明日面见天子，两下含糊抵赖。"文广说："我也不明何事，但奉陪二位大人吧。"太尉无奈，只得随行到大堂。一声云板响，包公升堂，府门大开，三班衙役侍立，像活阎王殿一般。又命带出孙家人两个，那王受、李四一见，胆战心惊，跪下说："襄阳李四、王受叩见大人！"包爷喝声："胆大的奴才！焉敢私传密书，陷害忠良！快把实情供上，免受重刑。"二人呼声："大人在上，小的奉命听差，不是自主。内里原由，小人如何得知？求大人参详。"包爷发怒说："你是奉命所差，不知情由，孙总兵将刘、张二将用酒灌醉，收在囚牢，你难道亦不知？"吩咐拿头号夹棍来！左右一声答应，正要动手，二人忙呼："大人息怒听禀！小人一日听得来了刘、张二将军，称说狄王爷困在高山，差二人汴京讨救。是晚孙老爷与他吃酒，次日听说拿下南牢，说是临阵私逃之犯。即时打发小人寄书与太尉，岂知到此冲犯着杨将军马道，被拿下搜出密书，送到大人公堂上。此非我二人私事，望乞大人开恩。”

包爷听禀，即命书吏将二人口供录明，已毕。吩咐仍将他二人押下监禁了，听旨发落。此时包爷离位，呼声：“太尉与杨将军且暂各回府，明早上朝相会如何?”二人无语，相辞去了。太尉回到府中，一夜思量，此事只好推在孙振身上，就可抵赖了。

到次日五鼓上朝，早有文武在朝房等候。不一会，天子临朝，文武同参已毕，只见包爷俯伏，天子传旨平身赐坐，包爷谢恩坐下。仁宗天子说：“包卿有何本奏与寡人?”包爷离坐奏说：“襄阳孙振总兵，差人上本，事关重大，老臣不敢隐讳。有本求陛下龙目观看。”将本呈上，仁宗接本，看罢大怒，说：“谁知狄青往边关按兵不动，妄差人奏捷，虚耗军粮，纵众三军奸淫妇女，军民受害，将已叛降。刘庆、张忠临阵私回到襄阳城，幸亏得孙振拿获，不知作何究竟。如此欺君误国之臣，若不早除，终为后患!”包爷闻言，又呼：“这本不足为信。还有一书更见相反之奇。”说罢，又将书呈上。仁宗看罢大惊说：“包卿，孙振本上说狄青按兵不动，将投降敌人，因何这书又说被困高山，女将施法，特差二将回朝取救；孙振要报仇，用酒灌醉二人，已收禁了，托冯卿奏朕? 好生不明，卿且奏来。”

包公就将杨将军拿到孙家人审问的口供呈上，天子大怒说：“此贼擅敢欺君作弊，暗害忠良，若无杨卿拿获，包卿稽查，险些屈害功臣，误了军国大事。”传旨立拿冯老贼，再差人到襄阳拿孙振举家进京，一同治罪。旨下，即将太尉去了衣冠，冯拯大呼冤屈，仁宗大骂：“老奸贼，你翁婿勾连，蒙君作弊，罪重如山，该灭满门，还敢在朕前叫屈!”太尉呼声：“陛下开恩! 容臣细奏，死也甘心。”天子开言传旨，放他转来。冯跪下奏说：“臣婿孙振，素日为官不仁，心歪意毒，几番训劝，不但不听，反因谏成仇，至今音问不通。谁料他今又心怀不善，差人上本，暗寄私书，未到臣门，已被杨将军拿下。累及老臣，皆由此贼。老臣身居阁府，深沐皇恩，焉敢欺君误国? 今日我主盛怒之下，岂不屈了老臣么？臣一死何足惜，只是冤屈无伸，遗臭万年，痛恨不已！”仁宗是仁慈之君，听他言词恳切，向包卿说：“朕想他未必知情，一时犹恐屈错于他。不如待解到孙振审问，然后正罪吧。”即时传旨，暂发天牢。太尉欲要强辩，惟恐包爷在驾前想出不好计来，反性命不保。不如暂下天牢，差人通知孙振投了南蛮，无人对证，可全性命。不知后事若何，下回分解。

第十一回　闻被困议将解围　忆离情专心训子

诗曰：忧国忧民是帝王，盐梅辅弼赖忠良。
　　调和鼎鼐赓扬治，君圣臣贤化万民。

却言冯太尉押往天牢而去，仁宗主又说：“包卿，今御弟困在高山。不知差何人领兵解围才好？”包爷奏道：“南蛮困我师于高山，所怕的是妖术邪法耳。据臣主见，除非是无佞府杨家的人马方能解此重围。二者，襄阳孙振，不用差兵部前往擒拿，有刘庆、张忠被他囚禁，即降旨调二人扭解这孙振回朝对证。不然，迟缓时日，恐这逆贼生变了。”天子说：“卿言不差，今差卿到无佞府调杨家能将领兵便了。”包公领旨，辞驾往无佞府而来。一到杨家，命家人通报，佘太君闻知，与杨文广接旨，包爷到了中堂，将圣旨宣读。诏曰：

奉天承运大宋帝诏曰：自朕为君，四海颇宁，全赖文武忠勇，以安天下。向日，宋太祖恩赐天波无佞府第，可见卿门忠勇。兹南蛮反叛，御弟狄青领兵征剿，已被困于高山。朝中虽有武将，然精于法力者，惟尔杨家，舍尔杨家众将，孰能敢当此任？旨到日，望太君挑选奇能者，总领三军，以解边关围困。危急甚于燃眉，莫虚朕意，方睹杨门忠勇尚存。

包爷宣罢，佘太君与杨文广叩头谢恩，站起请过圣旨。包爷开言说：“太君，圣上要你们选能将一员，领兵解围，立此一段功劳。”太君闻言呼声：“大人，老身家中自从丈夫老令公辞世，八子为国相继而亡,至今孤儿寡妇,单剩杨文广,大人尽知。那里还有能将英雄?恳求大人转奏当今,免误了国家大事才好。”包爷说:“老太君,圣上不是必要你们领兵,皆因敌人女将法术高强,满朝文武无精于法术者,故圣上特谕旨尊府挑一员上将破除邪术,包管成功。为国分劳,太君何必推辞?你家数位夫人,个个精于法力,圣上所知,教下官如何复旨?”太君说:“包大人,非是老身推辞,只为我杨家自从别山后归投大宋,辅太祖立下血战之功;岂知后来父子被奸臣所害,相同归世,提起令人下泪。你心想来,忠义之士受此恶报,如何不心灰意冷?如今南蛮反叛,狄王亲遭困,倘不依旨领兵,断乎不能。既如此,大人暂且请回,明朝老身上朝,面圣奏闻,我家便教媳妇带领文广孙儿领兵便了。”包公大喜,即时辞别太君,文广送出府门,去了。按下慢说。

再说狄千岁家中,公主娘娘二子,一名狄龙,一名狄虎,弟兄二人乃一胎双生,身体相貌一般无二,年方十六岁,天上左辅、右弼临凡。弟兄二人生得仪容俊美,骨格清奇,日在书馆勤习诗书、闲操武艺。公主用意教导,二子操练兵马纯熟,刀枪精通,不用多表。这公主娘娘自从丈夫提兵征南,一别光阴一载,前者星犯太阴,果然兵动于南,终朝挂念,惟望早日得胜班师。但星犯太阴,出师必不利于主帅,究不知如何,吉凶未卜,想来不觉潸然泪下。

又到狄龙、狄虎弟兄进宫房向母请安,公主一见说:“我儿,为娘倒也是安。但你兄弟二人好在书房习学诗书,闲时操演弓马,休要生疏了。犹恐你父得胜回朝,归家就要考校的。”弟兄二人说:“为儿谨依母命。”起来要出宫房,抬头看见母亲眼中含着珠泪,二人一齐跪下说:“母亲为何不乐起来?”公主见问,便说:“我儿,为娘思量你父起兵征南,至今将已一载,音信不闻。未知胜败,未卜吉凶,为娘日日担忧。倘有疏失,如何是好?故以伤心。”二子闻言说:“母亲,我父奉旨提兵,此乃借天子洪福,定是旗开得胜,母亲何须过虑?”公主娘娘听了说:“我儿,你二人但知其一,不知其二。你父与娘上年一夕于西楼设宴,有南方贼星直犯太阴南角,有兵刀之患,出师不利于主帅。今日你父提兵去了,是以为娘过于思虑。”二人同说:“母亲,古云吉人自有天相。吾父王今日提兵,为征南主帅;大宋天子乃有道之君，借圣上福庇，自然逢凶化吉，转祸成祥，请母亲放心。前两月打发家人狄成上汴京探听父王消息，也该回来了。”

母子三人正说之间，只见庭前来了老家人狄成，从汴京回来，说："有要话达禀娘娘。"公主听罢，教他快来禀达。不一会，狄成进来跪下，呼声："娘娘，小人叩禀：前时奉命到京打听数天，一桩大事好不怕人！只因我家千岁兵到南方，连战连捷得胜，后被一员女将用邪法连人带马将大营移困在高山上了。差张忠、刘庆回朝取救，路经襄阳，却被总兵孙振用酒灌醉，毁了求救本章，拿囚了二位将军入南牢。反说他临阵私回，我家千岁按兵不动，日费斗金，纵兵害民，将降南蛮。与密书嘱冯太尉传本。幸得杨文广将军擒他家人，搜出私书，在包大人府中审出原由，奏知圣上。天子大怒，将太尉囚禁了，又差人到襄阳捉拿孙振。又闻挑选杨家将出兵解围，故小人不分星夜赶回来报知娘娘、世子。”

母子三人听了，吓得魂不附体。公主骂声："奸贼！我夫困于山涧中，二将爬山越岭回来取救，你倒欺心要报私仇，不顾十余万人生命，耽误军机！幸得上天怜念，泄漏奸谋。如今圣上虽然调遣杨家将前去解围，算来已有两月多，只不知千岁死生存亡。"说罢，放声而哭，珠泪纷纷。二子见母痛哭，忙呼："娘亲，父王被困边庭，但粮草丰足，如今不过两月余；今包公究出奸由，父王无罪，母亲不必伤怀。孩儿明日上京，面见天子，会同杨文广一齐兴师前去解围，父王无害了。拿了孙振，方消我恨！"公主闻言怒道："你二人满口胡言！乳臭孩儿，又未经阵伍，如何出敌交锋？你父乃英雄名将，行伍之中身经百战，今日尚然遭困，未卜存亡。何况你弟兄初习武艺的孩童！”

二子闻言不乐，呼声："母亲，孩儿虽然年少，有些感念之恩。为子尽孝，为臣尽忠，岂有父困在边庭遭难，子在家中坐视，可谓孝乎？况儿年轻弱冠，文可略达，武已超能。岂有坐享家中，不去救父之理？"公主闻二子之言，心中着急起来，说："儿啊，非是为娘拦阻你救父。但你弟兄从小不曾远离膝下，况千里程途，远征南地，为娘好不心忧！今圣上已降旨杨家将帅提调兵马，此去定然救出你父。只须差家将回京打听此事如何，方为正理。"此是公主无可奈何之说，劝阻二子，乃父母爱子之心，将夫妻情分丢在一边，反说宽心来劝弟兄二人，恐他当真要去随征之意耳。

二人又呼："母亲，父王困于山峡之中，至今两月有余，未知生死。母反说此宽泛之言，乃为孩儿年少，前去打仗冲锋，惟恐有失。这也请老母放心，有志不论年轻，无志空长百岁。昔日周瑜年方十八岁，他就执掌大权，退曹兵百万于赤壁；甘罗十二之年为相于秦廷；近唐之罗通，年少十四挂帅平定北夷，英名冠世；唐末史建唐年交十五，大破王彦章于宝鸡山，英雄出于少年。历观少年幼将，多少建立奇勋，为国家出力！孩儿虽不及古之人，但君父之难，孩儿断不坐视安享，而为天地间之罪人也！"说罢，不住地叩头哀告。

公主见二子参透其中意见，暗暗心头喜悦，喜他敏慧志高。但二子自小娇生惯养，犹如掌上明珠，又再无三兄四弟；如今要远去驰马抡刀，沙场险阻，倘有疏虞，悔之不及。想来二子智慧明白，难以言语恐吓于他。罢了，不若如此可能吓退二人的。遂喝声："好两个逆子！我养育你一场，做尽多少劳心事，才得你兄弟长大成人，尽些孝道。岂知你年今十六就不依母命，再三劝谕还是执拗。可惜我数载劬劳已成乌有，但命该招此逆忤之儿！"说罢悲泣不止。

弟兄二人一见，惊慌起来，呼声："母亲，孩儿焉敢逆娘之命！不过是出于无奈。既是娘亲不欲孩儿前往，就罢了。何须动怒？"公主闻言止泪说："我儿，非是为娘懊恼，只因你弟兄不遵训诲，是以伤心起来。"说罢，弟兄起身又说："今孩儿不去也罢，但于心放不下。要到汴梁，一来探听实信；二来相谢包公，以见厚情。未知娘亲意下如何？"公主听了，沉吟一会说："既然如此，老家人狄成随你二人前去吧。"当时又唤至狄成，公主开言说："如今两个小主要到汴梁城探听信息，拜谢包大人。你须小心服事，要早日回来，免使我心中怀念。"狄成说："娘娘放心，小人自然小心侍奉，速催早回。"说罢，狄成去了。是日天色已晚，母子三人用过晚膳，安歇一宵。

次日早晨，弟兄二人起来，梳洗已毕，进宫内拜辞母亲。公主叮咛一番，不用多述。无非速去速回，涉水登山须要小心。弟兄一一应允，与狄成一同出了王府，上马登程。不知他弟兄到汴梁之后再得如何，且听下回分解。

第十二回　到汴梁弟兄同忠　当金殿太君陈兵

诗曰：忠臣孝子两相同，救父兴师立大功。
　　年少英雄谁可及，平蛮指日位封隆。

却说狄龙、狄虎弟兄二人带了老家人狄成，随后出了王府，一程向汴京城而去。狄龙在马上一路行来，向狄虎说："贤弟，如今父王困在高山中，未知生死；至今将已三个月，还未动救兵，父王在山上盼望。圣上虽已调点人马，但不知何日兴兵。母亲又不许我弟兄同去随征。我心甚觉不安。"狄虎说："哥哥，我想到了汴京，见景生情。先拜探过包公，相求他保举我二人前去平蛮救父。圣旨准了，一定金殿封官，奉旨征南。命狄成先回家报知母亲，有了旨命，他也拦阻不得了。你我速到边庭，奋勇当先，救出父王，岂不忠孝两全的？"狄龙说："言之有理。此去见包公，诉说心肠，他定然应允。"

一路你言我语，这狄成一一听得明白，吃惊不小，慌忙称说："二位公子，你说随征去，岂不害了小人？主母娘娘临行再三嘱咐二位公子早去速回。你说上京相谢包公，到了京时又求包公荐举随征。倘若朝廷准了本，叫小人回归，怎生上复主母娘娘？倘二位公子要去，须要回家说明白。若是娘娘从你去的，免得小人受累，说我不谏阻你们，公子意下如何？"这公子二人闻言大怒，骂声："大胆奴才，敢来擅自拦阻我！何难把你这牛筋打断。专将主母来欺压于我！如今不用你同往，快回去吧！"狄成大惊，忙呼："公子不必动怒。老奴就是浑身是胆，也不敢拦阻二位公子。因主母临行吩咐多少言词于老奴，一到汴京，叩谢了包爷，不可耽搁，须早去早回。将二位公子交于小人。你今反往边关去了，岂不违背了母亲之命？乃为不孝。又教小人难复主母之命，是以难怪小人拦阻。"

弟兄二人听了，一齐住马说："胆大的奴才，你敢说我二人违背母命,身属不孝!这样言词也说出来,我弟兄不打杀你这狗奴,誓不为人!"狄虎生来秉性刚烈,上前便将马鞭照头打下。不知他力强手重,脑后打破,流出血来。打得这老家人哀哀叫喊,说:"公子息怒,饶了小人吧!"狄虎不听他讨饶,又要打。狄龙阻住说:"贤弟不必与他生气,把他赶回家去,不要他跟随便了。"狄虎住鞭大喝:"奴才,快些回去!我弟兄不用你跟随!"狄成说:"公子,这也使不得!若是回去,倘主母娘娘一怒,只怕性命难保了。不如跟随公子才好。"狄龙开言说:"你不肯回去,只忧主母生气;若要跟随我们,以后不须你多言管事。再要违背,定然打死!"狄成说:"小人下回不敢多言了。"兄弟方才催马扬鞭而去。

数十天水陆,一日,到了汴京城,进酸枣门,过了数十条大街,有狄家旧宅子。王府里面还有家人看守,弟兄二人进内到了书房,狄成把行李搬运收好。早有家人捧水与公子洗浴毕,狄成打开衣箱,与公子更换了。又有家人摆上夜膳,弟兄二人用过,不觉天色已晚。弟兄商量,灯下修书一道,明日见包公进朝上本。不表。

狄成在途中脑袋被狄虎打破,用绿绢扎包了。有守王府的家人,一名陈青,一名何进,一见说:"老管家因何用绢包头?莫非骑马不牢,跌下来打破的么?"狄成说:"列位兄弟,迟些慢慢说你们知之。"是夜,公子睡了,有何进打了一壶烧酒,摆上肴馔,邀了狄成,到灶厅一同坐下。三人吃酒,陈青说:"老管家,你一路跟随公子到来,关山跋涉,劳苦不堪,原何头上着了伤?"狄成见问,就将前事一一说知。陈青、何进二人说:"原来如此。老管家受了一番屈气,须看老主人之面。况二人年少,无分好歹,劝他休违母命,这话也不是伤犯于他,为何就将管家头打破?"狄成说:"我也如此想,又不是强词冲撞于他,下此毒手!但我有一事,烦二兄与我写个禀帖,明日打发人送回家去,禀知主母娘娘,方止得他随征势头,我亦安心回去。"何进说:"要得。"陈青说:"此见不差,待我去叫管帐李先生写个禀帖,明日差人赶回山西便了。"三人吃酒一会,又谈老主人待下以恩。安慰狄成一番,不用烦言。次日五更,陈青、何进与李二取了禀帖,命人带了盘费、干粮,赶回山西。不表。

再说杨府佘太君，一日五更黎明，穿了冠带，拿了龙头拐杖，坐上銮车，出了府门，到了朝天门外候旨。一到景阳钟一撞，龙凤鼓重鸣，文武各官纷纷进朝。有包公执笏，步履金阶奏道："今有故臣杨业之妻佘氏，要上殿谒见天颜，现于午门下候旨。"天子闻奏，传旨宣太君进见。佘太君闻召，手执龙头拐杖，到了金阶俯伏。天子一见，命侍臣扶起，赐坐。佘太君谢恩坐下。仁宗开言说："老太君今日亲自上殿，不知有何本奏？昨天寡人差包卿到你杨门，劳太君选法力高者领兵挂帅解围。不知老太君挑选那一位前往？"佘太君奏道："臣妾昨天也曾接旨，但臣妾家中并无可任的良将。有臣之媳妇们今近衰老，难以当其大事。望乞我主另挑择良材领兵，庶不有误国家大事。"仁宗王说道："只因南蛮女将善用妖术，将狄御弟困于高山。朝中将士虽有，但已年老力衰，只剩下些世袭少年。故朕特调你杨家精于法力者提兵。如若太君推却，无人可用，就以杨文广为帅便了。"

佘太君奏道："臣妾孙儿年方十余，如何执掌得兵权？军机重任，非同小可，还求我主参详。"仁宗王说："文广虽然年轻，智勇双全，心灵智慧，实乃国家之栋梁。待寡人诏回三关昔日杨延昭手下小英雄相助随军，攻战无有不克。"太君想来推却不得了，即奏道："臣妾孙儿文广虽然年少，尚谙武略，不是粗蠢之徒。即三关众小英雄俱乃将门之后。但一众俱是年少之人，倘内有争权心，各不相让，必然自生矛盾，岂不误了军机？不如命臣媳王怀女执掌中军，带领众英雄前往，不知我主龙意如何？"仁宗天子大悦，传旨："众卿那个愿往三关调众小英雄回朝？"言之未了，有枢密使范仲淹步下金阶，口呼："陛下，老臣愿往！"天子一见说："卿乃身居宰辅，燮理阴阳，与君宣治之臣，怎好远离劳顿？待朕另选别臣吧。"范爷呼声："陛下，臣之荣列三公，躬膺厚禄，俱托圣上洪福。事君致身，臣子之职，何辞些小跋涉之劳？不须圣虑，乞吾王准奏。"天子龙颜大悦说："足见贤卿忠君爱国之心！"说罢，即书圣旨与范爷。这范爷接旨谢恩。

天子又呼太君说："王怀女前为征西元帅，今朕再加封征南元帅，赐以宫袍、宫带，千两黄金，回朝另加封赏。杨文广征南副元帅，赐赠蟒袍、玉带，黄金五千两。"佘太君叩首谢恩而回。次日杨文广与王怀女进朝谢了天子隆恩,出朝挑选军马,专候三关众将到来发兵。按下不表。

先说狄龙、狄虎是日一路到了包府,令家丁通报。只见包爷家人传命出府:“请二位往书房相见,我家老爷在此恭候。”弟兄二人一同举步到了书房,见包爷一同下礼,呼声:“包大人,家父遭困边庭,被奸臣计害,幸蒙包大人与杨将军破彼奸谋,救了父亲。小侄奉家母之命,特来叩谢大人。”包公说:“老夫那里敢当。此乃国家公事,非为私情,何劳二位公子相谢?”连忙挽起说:“请坐吧。”弟兄行礼坐下,二弟兄又呼:“大人,家父屡被奸臣算害,多劳搭救,感德无涯。但今父困于边庭,为子焉能放心?今我弟兄实欲恳求大人与侄上本,自愿随征救父,未知大人意下如何?”包爷听了说:“二位贤侄有此武艺,正当施展之日。一来救解父亲之危;二者为国家出力。此乃忠孝两全美事,老夫何不成人之美?明日与你荐本便了。”弟兄称谢,顿时告别。包公送至外堂,因他长辈朝臣,弟兄力请他回驾。

次日,包公将他弟兄之本呈上,天子大悦。封狄龙、狄虎为行军指挥职,二人随征有功,回朝厚加官爵。旨意一下,弟兄谢恩,又往参见过正副元帅。然后进南清宫谒见太后娘娘、潞花王千岁,兄弟请安,另有一番言语相叙。是日在此留宴,不用烦言。次日,狄龙弟兄见圣上准了本,封他指挥之职,是晚写下家书一封,交狄成明日赶回山西西安府去,回家报知母亲,免他悬望。这老家人狄成因前日路途中被他弟兄打过,所以不敢多言,凭他所为。此日一接家书,即别了公子,赶回山西去了。是时弟兄只等候三关众将到来,即与元帅动身。不知如何发兵征剿,且看下回便知端的。

第十三回 平西后杨府托儿 范枢密三关调将

诗曰:杨家嘱咐两娇儿,爱子情深不忍离。
善体亲心虽尽报,昊天罔极见深恩。

却说狄成领了二位公子的家书,只因心头太急,意欲早日回归,报知公主娘娘,禁止二位公子,不去随征提兵,故日夜不惜辛劳地赶路,是他一心为主的忠诚处。先说狄府家人李四领了禀帖,非止一日,到了王府,将禀帖传进,公主厚赏他而去。拆开禀帖,吃了一惊,叫声:“不好!这两个小冤家一时又改变心肠,违背了嘱咐之言,求包公上本随征。狄成劝谏,反被打伤。倘若圣上准了本,这两个嫩骨头去冲锋当阵,如有差失,怎生是好?”想来想去,心如麻乱,说:“罢了。丈夫被困高山,未知生死,如今两个儿子又要同征,岂非是念夫又是忆子?正是心悬两地,令我愁烦!”

不想过了两天,丫环报进:狄成回来,有话禀知娘娘。公主闻言,即命传进。狄成跪下说:“小人奉了娘娘之命,随二位公子到京拜谢包公。谁知他弟兄俱改变心肠,反求恳包大人荐本,二人封为指挥之职,随营效用。今着老奴顺带家书回来。”说罢,将书呈上。丫环接了,公主开书观看,长叹一声,说:“果然圣上准了本,二人封为行军指挥之职,不日就要起程。这两个小冤家去了,叫我如何放得心下?罢了。不若明日亲上汴京,面见天子,领兵亲到边庭。一来带了两个孩儿,免得心悬两地;二来救了丈夫之困,岂不为美?”又呼:“狄成,你可知杨府大兵几时动身?”狄成说:“天子许准了佘太君之奏,王怀女为总兵元帅,只等候三关众小将到来,方才发兵。大约还有一月余。”公主听了喜悦,说:“今圣上差王怀女为总领元帅,我想这位夫人有鬼神莫测之机,百战百胜之勇,此去一定成功。二子托他照管,彼与妾家有通家之谊,明日到京,当面言明嘱托,便不用哀家亲领兵了。”说罢叫狄成:“你赶路劳苦,快去安歇!”狄成叩谢去了。公主娘娘又吩咐宫娥打点预备行装。是夜休表。

到了次日,公主起来,梳洗已毕,带了八个宫娥,侍女、家将五十名,一路催速行程,向河南汴梁而去。忽一日,来到了旧宅府门,早有家人飞报入内。狄龙、狄虎闻得母亲到来,吃了一惊。狄虎说:“不好了。母亲一定为着我们上本随征,不依他吩咐之言,必然恼我,是以星夜赶来拦阻弟兄。如何是好?”狄龙说:“贤弟,不必着忙,事到其间,说‘不得了’也是枉然。且去迎接母亲便了。”说完,弟兄即出仪门外。公主方才下了大轿，弟兄一齐迎接，一见，口称："母亲，孩儿们迎接。"公主娘娘见了二子，也不回言，往内去了。弟兄二人已知母亲不悦，只得跟随进内。

公主娘娘坐下，弟兄请安已毕，公主看看弟兄，带怒骂声："小逆畜！我在家中临起程之日怎生嘱咐于你？岂知你二人不听教训，到来反托包公上本随征。反自违逆母言，好生胆大！犹与母一般作对，老家人狄成好言相劝，何必将他妄打？是何道理？彼乃临行受我重托，不得不行的。"兄弟二人听罢，即下跪说："娘啊，父亲边庭遭困，现有儿子两人正在血气方刚之际；况我弟兄已学全武艺，岂有坐视父亡不去解救之理！今日违背母命，实出于万不得已。母亲不欲孩儿前往，乃是爱子之心，未详大节。今我弟兄二人违了母命，获罪非轻，任凭母亲如何责罚。"

公主听了二子一番言论，句句言词合理。及说到身获重罪，任凭责罚之言，就动起爱子之心，不觉反心酸起来，呼声："小冤家！既前去救父，须依娘三件要事，为娘方得放心。"弟兄说："母亲慈命，为儿焉敢不遵！请娘吩咐。"公主娘娘说："我儿，此去边关，首记小心仔细为本，军令森严，须防有犯；与敌冲锋，如若得胜，穷寇勿追，还防回马兵器，不可私劫贼营，私自开兵；爱惜手下兵丁，勿生暴虐之心，倘遭急难之时，他必舍命为援。此乃行军保命之大略也。领兵元帅王夫人，彼与我们有通家之谊，今娘将你弟兄面托于他，无有不照管之理。你二人须要听他之言，你弟兄万不可违背了娘今日之言。"二人连声应诺。公主又唤他起来，同往杨府。

弟兄二人当日随娘摆驾，望着杨府而来。早有家丁传报府中，佘太君连忙令人大开中堂府门，有王怀女、杜金娥、穆桂英、杨宫主、马赛英、耿金花、董月娥、杨金花、杨七姐、杨秋菊、它龙女八姐九妹等前来迎接公主，连佘太君也来到银安殿。公主娘娘一见，叹声："妾有何德能，敢劳太君与列位夫人远迎？"佘太君笑道："平西王后非是别人，乃国家诰命；况有通家密谊，老身与媳妇们不敢不出来迎接。"当下一同上中堂见礼毕，坐下。佘太君说："自从娘娘奉旨回乡，至今几载，睽违远地。今日回朝光临，莫非为着狄王亲遭困，知我媳领兵，有言见教否?”公主说道:“一来敬请老太君金安;二来有事相托与王氏夫人。丈夫已被困了,但二子又要随征救父,妾再三劝训,只是不依,私自托包大人荐本随行南征。他二人年少,娇生娇养,未涉风霜,是以妾放心不下。今闻王氏夫人奉旨领兵,但这两个小冤家全仗夫人指点,临深蹈险,伏乞扶持,妾之恩感无尽矣。”

佘太君闻言道:“你二位公子,年方十五六就有孝心救父,吾媳自然照管,公主何须过虑!”王氏接言呼声:“公主娘娘,杨、狄两臣外交亲谊,你二位令公子即妾之孙儿一般,何分彼此?况我孙儿文广一般年少,就是三关调回众将全是年少之人。两位公子乃将门之种,他焉肯坐守家中,不去随征之理?公主且请放心,所有阵内历险临深,妾自留心指点。”公主闻言称谢。佘太君早已命家人摆上酒宴,公主不好却意推辞。分宾主坐下,外堂二位公子进内谢了太君与众夫人,然后与杨文广三人一同坐下。堂中内外一片歌乐之声,袅袅不绝。慢表母子在杨门宴乐。

说到枢密使范仲淹领了圣旨,一路饥餐渴饮,历尽风霜,登山涉水,数十天方至三关,乃六郎杨延昭的老营。杨延昭殁后,真宗天子命杨宗保镇守,北夷屡犯,皆被杨宗保杀败。后来西辽犯界,杨元帅出敌,被辽将薛德礼化血金钟所伤。杨宗保殁后,杨文广年幼,未能受职。前时狄元帅领守数年,征西收录得二位英雄,一名萧天凤,一名苗显,二人随同狄元帅征西,立下战功。班师回朝之日,天子命他二人镇守此关,俱为总兵之职,代了狄元帅之劳。又有杨延昭帐下后代小英雄同守此关,一名岳纲,岳胜之子;一名高明,高怀德之后;杨唐,杨青之后。焦廷贵,焦赞之后;孟定国,孟良之子,但二人已随征了。三关五员小将皆是武艺超群。

是日闻报范爷到来,大开正门,众英雄出关迎接,排开香案,接了圣旨。五位英雄请范爷坐下,要行参见之礼。范爷一见说:“列位将军,这是老夫不敢当的。你们俱是一殿之臣,何必行此大礼?众将军此去立功,即王侯之位可至。请坐吧。”众小将见范爷如此谦让,俱各大悦。是晚,吩咐设宴伺候,与范大人洗尘。众位英雄请他上坐,各人然后依次坐下。萧天凤手执金杯呼声:“大人,薄酒不堪恭敬,聊且请用数杯。亵渎之罪，乞祈宽宥。”范爷说：“各位将军，那里话来！老夫深领厚情，铭于五内。但今军情紧迫，甚于燃眉，明朝众位即可登程回朝了。”众人说：“大人吩咐，小将焉有不遵？”范爷喜悦，与英雄开怀吃酒，言谈一番，更将二鼓。用过晚膳，收去残宴。是夜范大人就在帅堂上安歇一宵。次日，五位英雄请安毕，萧天凤、岳纲、高明、杨唐四将一同起程，单剩苗显总守三关。此日四人一起与范大人出关，苗总兵送至关外数里，范大人请他数次，方才住马拜别范爷，相辞萧、岳、高、杨四位英雄，殷勤而别。不知众将何日回到汴梁兴兵，且看下回分解。

第十四回　王夫人奉旨兴师　孙总兵背君投敌

诗曰：杨门女将有雄名，救解重围领大兵。
　　背主总兵投敌国，忠奸异路各分明。

却说范仲淹与三关众将，涉水登山，赶趱路途，数十天到了汴京。范爷进朝奏知天子，仁宗王宣到了众位英雄，四人即拜见天子，一同俯伏金阶。天子一见大悦，降旨加封萧天凤为正先锋，岳纲为副先锋，高明、杨唐为左、右翼威武将军。众英雄谢过天子洪恩出朝，一同来到天波无佞府，参见过正副元帅。是时，王元帅见众将俱已齐集，即挑选了五万精兵，三关众将调来五万，共成十万。择了吉期，拜辞天子、众大臣，带领众将。是日公主娘娘唤至二子，亲自叮咛一番，然后辞别太君与众夫人小姐，又往南清宫拜别狄太后娘娘，回归山西而去。按下不表。

当下王元帅动身，三声炮响，大兵起程。十万人马，一干众将，浩浩荡荡向南进发，日夜行程，一路催赶。有二位先锋岳纲、萧天凤带领一万人马为前队，逢山开路，遇水搭桥。一连走了十余天，过了荆州，将到襄阳城。王元帅忽然想起：“刘庆、张忠爬山取救，被孙振所擒，收下南牢。前日圣上已差官去拿孙振回朝，并放回二将随征。想圣旨行程未必有行军赶路之速，不若命人到襄阳，放了二将同征，免他回朝跋涉，二将又早已心安，路途且又惯熟，有何不可？”即唤副先锋岳纲、行军都统高明二将领令一支，速往襄阳而去，限期三天要到，违令者斩首。二将得令，带了健卒五十名，不分日夜行程，这且慢表。

先说孙振自从把刘庆、张忠二人囚禁了，毁他求救本章，差了心腹家人上汴梁约岳丈行事。他日日听候回音，岂知一去两个多月，并不见家人回来。正在十分纳闷，忽一天只见家人报说外面有一人，口称从汴梁而来，乃冯太尉家人，说有机密事要见老爷。孙振闻言，不见自己家人回来，反是岳丈差人有话，心下猜疑，不觉着忙，令他进来。不一会，只见家人带到一人，一见即下跪叩头。孙振说：“起来，你家老爷有何机密事要见？”那人说：“小人奉了太尉之命，日夜赶路到来，有书一封，上呈观览。求老爷照书行事，即速可为，不然钦差大人一到，悔恨已迟。”

孙振听了，意乱心麻，急拆书一看，吓得魂飞天外，说：“不好了！我只望报前仇，岂知反害了自己！已累及岳丈，如何是好？可恨杨文广这小贼及包黑子如此厉害。岳丈已被禁天牢，若非他有书通知，本官险些落于虎口。如今若不投南蛮，再无别处可存身了。罢了！定然要依岳丈来书投降了南蛮，保了家口，前去逃脱此难。事不宜迟，我也不回书了，拜上你家老爷说，本官照书行事，倘脱逃出，必设计救脱岳丈牢笼。”冯家人领命，即时叩别去了。

孙振吩咐家丁，即速备马应用。急进内房中对妻子说知，打点金宝细软物之类。正要上马，忽然想起一事，说：“我仇未报，反害得有家难保，有国难存。如今现囚禁着张忠、刘庆二人，不若杀了他，带着他首级去南蛮王处献功，一见自然收录，以雪心头之恨。”想罢，吩咐家丁排着车轮往城外伺候，即忙升帐，传刀斧手提刘庆、张忠二人捆绑在辕门斩首。正在押出二将，只见府门外来了数十个军兵，飞跑撞入帅府，呼喝而来，犹如凶神恶煞。孙振吓得面如土色，暗说：“不好了！朝廷差人来拿我的。”连忙离了位，往内而走。随后出城，早见家人备了马匹，孙振一见马匹，犹如得了珍宝一般，连忙跨上，离了城厢，一程跑出西城赶上家口，保护飞奔而去。

先说这数十人闯入帅府的人，乃是岳纲、高明带了五十名军兵，奉了王元帅之命，前来调取张忠、刘庆同去随征。只因二位小将军限期三日要紧回复军令，二人年少英雄，性子急，奔到了帅府，不着人通知，直闯进大堂。孙振心虚，只道朝廷来拿他，吓得魂不附体，那里还顾杀害别人？只往后城逃走。岳纲二人来得快速，不然迟些，刘庆、张忠二人头已落下。此乃二人未曾被害，天子福庇，不该失此二员忠勇之将。

岳纲、高明一进了帅堂，喝声："你等快些唤孙振出来，有紧要语与他说！"这些衙役等早见孙振已命人提出刘、张二人，所以刀斧手俱在帅堂伺候。此时孙振往后西门逃去，众人尚然不知，只道老爷退进后堂去，众衙役便说："二位老爷是那里来的？有甚公事，请说明白，好进去回话。"岳纲、高明喝声："胡说！我们军情紧急，焉有长篇话说！快快唤出你们狗官出来，问他有多大官儿，误了我军情？"众衙役见二人口出大言，必是有些来历，不敢言论，连忙进内。只见后堂悄悄肃静，并无一人。楼外房中找寻了一会，不独老爷不见，连夫人、侍女俱无。这差人只得出来向二人说："老爷方才进内，此刻不知往何处去了。"二人闻言大怒，喝声："胡说！你本官出门，难道你们不知？"正说间，只见辕门口远远捆绑着二人，有四个刽子手守着在此。忙问："这是何人？"差人回说："这是狄元帅手下二将刘庆、张忠，只因临阵私逃到此，被我家老爷拿住，今日奉令开刀。"岳纲、高明听了嗟叹一声，大骂："狠心孙贼！我们来迟一步，二人性命休矣。"忙命兵丁解了绳索。但这些刀斧手、衙役见二位相貌凶恶，口出大言，又见本官逃去，不知为着何故，谁敢拦阻？正是蛇无头而不行，鸟无翅而难飞，众人竟一个个走尽了。

当时张忠、刘庆在辕门得放了绑，一程来至大堂，欲寻孙振厮闹。一见了岳纲、高明二人，方知他们来搭救，但不知其详。二人见问，一一说明，刘、张大喜，叩谢道："不是二位早来一刻，已被奸臣所害。我亦不待钦差到来拿他，且扭锁这奸臣回朝，亲自杀剐，方消此恨。"岳纲说："二位将军不必了。早间众衙役说他已逃去，但朝廷钦差不日就到，他焉能逃脱？况我二人奉令来接二位同去随征，因你路途惯熟，如若二位一去朝中，往返二十多天，行军救困急于燃眉，如何是好？不如我们不理这奸臣，待钦差去拿。我等同去，快快催兵，解了狄千岁之围，有何不妙？”

二人应允，一程不分昼夜赶回，一同下马，进来见了元帅。岳纲、高明将前事一一禀明，王元帅与杨将军众将且惊且喜，背后骂奸臣恶毒，若待朝廷钦差到来拿这奸臣，放二位将军，已是不及，不然被害了。刘庆、张忠二人说：“若非元帅差人搭救，我二人必做刀头之鬼。今得全性命，皆赖元帅之力与二位小将军行程之速。恩同再造，不可有忘！”王元帅与二将说：“此乃将军二人造化，圣上洪福，不应失此忠义之臣。”二人称谢不已。言谈一会，不觉天色已晚，元帅吩咐摆下酒宴，与二位将军压惊。是晚排来酒宴，元帅与众位小英雄各依官职高低而坐，一同尽欢吃酒，至更深方散。

到了次日，王元帅问张忠、刘庆二人路途如何阻险，狄元帅如何被困，二将说：“元帅，我们一到边关，在蒙云关安营，此关高耸，十分坚固，雄兵猛将不足为多。头一阵小将出马，已杀败了南将，伤兵千余；第二阵将张弟出敌，斩他大将先锋，也伤他兵千五百余。我兵非不精，将非不勇。但此关主将姓段名洪，有女名唤红玉，神通广大，法力高强。第三次讨战，元帅不许人出敌，欲挂免战牌，小将心头不服，恃勇开兵。被他妖术擒拿回关，用邪符迷了真性，反奔宋营讨战。若非元帅细心体查，小将一命难存。后来移营至高山，也是女将法力。此关贱婢甚是厉害的。”王元帅听了点头说：“南蛮乃一乌合之众，叛逆之徒也，也有女将如此之能？倘此女降顺，何愁不指日成功？”说完，吩咐拔寨登程。一路赶兵兼程进发，已有月余，进至南蛮之地。初入广南，一路俱有武将把守，关隘地土还属大宋。王元帅是日正在催兵进发，忽有探子报道：“我军慢进！”不知如何，下回分解。

第十五回 杨文广奉命探山 段红玉施法取胜

诗曰：英雄小将到边关，救解重围破敌蛮。

为国为亲诚两尽，他朝奏绩凯歌还。

却说大宋师一路行程，催促进发，忽有探子报道："前面有兵一支，打着大宋旗号，不知那方军马，请令定夺。"元帅闻报，吩咐暂驻征兵，三军住足，看其那一方救兵。住师一会，果见前面旗幡招展，打着云南总兵旗号。原来这支军马乃云南总兵陈沔、余靖二人。前时狄元帅初进兵，已知会他同征，只因南蛮王早已取了昆仑关，邕州尽下，至此狄元帅吩咐陈、余二总兵把守住广南，待他大兵征进方才无后顾之忧，此乃狄元帅行军慎重之处。至此二人奉命紧守广南一府，前时屡屡差人打听，只闻元帅大胜，正副二位总兵大悦。是以安心把守广南，待等狄元帅大兵攻破他数关，复进交趾，破他巢穴，便见成功。然后移兵复回昆仑关，擒拿南蛮王，早日班师。后数月，探听元帅，不独不闻胜败，连营盘人马不知去向。至此二人心实惊慌，是以尽兴人马三万，亲往蒙云关看元帅下落。此时两军互遇，陈沔、余靖二总兵见了正副元帅、众位将军，各自说了起兵之由，合兵一处。二总兵闻元帅困在高山，算来已有五月，实为惊骇。

大兵又是行程半月，已至蒙云关，离城五十里，元帅吩咐择地安营。二位元帅升帐，从将坐于两旁。王元帅说："那位将军往探其山穴，然后进兵?"有狄龙、狄虎应声愿往。王元帅说："二位虽然英勇，但初至边庭，道路不熟，待本帅另点别人吧。"狄龙正要开言，有杨文广愿与他弟兄同往。元帅许之。有张忠、刘庆亦愿随副元帅与狄龙、狄虎二侄前往。王元帅见是张忠、刘庆，心下喜之，说："二位将军同去甚善，只因你路途已跑熟。须要小心。"众将应诺，领兵三千而去。王怀女又放心不下，仍差岳纲、高明带兵一千，分进峡山接应副元帅，不得有违。二人领兵而去。慢表。

又说南蛮探子报进府堂:大宋救兵已到。段洪闻报原由,对女儿说:“今大宋已有救兵到来,扎营关外,杨家将领兵也是有名的,我儿倒要小心。”小姐说:“父亲放心,他纵然本事高强,自有女儿抵敌。他既先差人到山凹,纵使杀散守山的兵,狄青远隔高山万丈,焉得知之?除非生翅能飞。他兵既至,待女儿先挫他锐气,教他救兵不敢藐视我们。”段洪说:“但凭我女儿主意,须要小心。”女儿应诺,即时上马提刀,领兵一千出关而去。

再说杨文广与四将带了三千兵一路来到两峡山凹,虽有南兵把守,不过数百名。杨文广喝令杀奔上前,众南兵见宋兵大队杀来,早已吓得惊慌四散,不剩一人。刘庆、张忠细观这个山凹,吓了一惊,说:“不好了!我们前时回朝取救,山凹上下俱是崖地;今水势奔腾,汪洋上下。纵能杀散守山兵将,席云回山上报知元帅,但无船筏渡下众人,也是枉然!”只是长嗟短叹。杨文广听了,默默无言,二位公子仰天惨切呼声:“上天!我父王困于山涧之中,未知生死,今救兵到来,又遇水灌山凹,不能上去,必然凶多吉少了。”哀哀痛哭。刘庆、张忠见他弟兄二人痛哭,心头不忍,不觉虎目圆睁,忍不住泪流,呼声:“元帅,今日看来,果然难以搭救你了!”兄弟二人倍加凄惨,恰似平西王当真死了一般的痛哭。

弟兄悲恸之际,狄龙将手中长枪抛于地下,跳下马来说:“不能救父,为子焉能苟全性命,不如跳下山凹涧中与父同死吧!”说未完,狄虎也跳下马,一同趱前数步。杨文广看来不对,连忙下马拦住说:“不要走!”早已左手挽着狄虎,右手挽着狄龙,张忠、刘庆亦忙来拦住二弟兄,大呼:“二位贤侄,今你父虽然遭困,今日王元帅奉旨解围,回营商议,自然有个主意,可使你父脱离此难的。二位贤侄何须性急?”杨文广也来劝他回营。狄龙、狄虎见三人力劝他回营,带泪含悲说:“蒙列位相劝,乃一场盛心。只是古云君有难,为臣死节;父有难,子岂独生?乞三位放手,全我兄弟鄙念吧!”说完大哭。三人此时十分着忙,杨文广说:“二位贤弟,我且问你:君父有难,应臣子死节;但今你父困在山中,手下现有将兵十五六万,不过是没有出路,目下不能即脱此难。我今回营,见了元帅商量,自有计策解救你父。

倘你一时气愤,跳下涧凹中死了,岂不枉送了性命?且身负不孝之名,有何益处?你父实乃未死,你们如此执迷,岂不作他当真死了?不孝孰大于此?即使你父果死,还有母亲在何至一刻轻生!贤弟,你二人可想愚兄之言是否允当。”当时狄龙、狄虎听了杨文广之言,忽然醒悟,忙向三人深深打拱:“蒙兄金石良言,敢不如命!说完,众人上马。

忽见前面来了一支南兵,摆开队伍,拦阻去路。杨文广一见,吩咐列开阵势以待,队伍中来了一位女将,刘庆对杨文广说:“这位女将便是会用邪法的段红玉,他今来拦阻,我们倒要小心。”杨将军听了,催马上前,大喝:“贱丫头,通名来!”段小姐看见来了一员小将,十分威武,想来早间探马报道杨家女将王怀女领兵,如今看这员小将打扮模样,又有四人保护,极似个领兵主帅一般。遂大呼:“来将何名?”杨将军说:“小丫头,你听着:我祖乃山后寨威震石关金刀杨令公,我父杨宗保,本帅乃副帅杨文广。若知我的大名,早早下马献关投降,放出天朝将士,共拿叛逆,不失加封禄位。如若仍然执迷不悟,难免玉石俱焚!”段小姐闻言怒起,指着杨将军喝声:“你这年少匹夫,我且问你通名,就说出瞒天大话,许多妄言。看刀!”言未了,双刀挥来,杨文广金枪急架相迎。

一连战了三十余合,段红玉看看抵当不住:“不好了!这小贼本事厉害,再战只忧性命难保,不如用法擒捉他吧。”杨文广喝声:“小贼婢,交锋未有十合之勇,就来拦截我师,本帅来取你命!”正要催马追赶,一想:“不好!赶他,但他用妖法;我且勒马,看他怎样,再作道理!”顿时停马不追。段红玉见杨文广一时住马不赶,暗骂一声:“好个伶利的小贼!知我有法术伤他,是以勒马不追罢了。虽然你乖巧,如若单单容你回去,不独便宜你了,也不知我法术高低!”即口念真言,向北方用剑一指,霎时间飞砂走石,日色无光,其沙尘竟向宋军队里打来。宋兵顿时大乱,队伍不整,四下奔逃。小姐喝令一千兵杀上,宋军大败。小姐正在催马喝兵追杀宋师,又见两峡山一队军马,打着大宋旗号,十分严整,方才不敢穷追,收军回关而去。

且言宋兵见飞沙走石住了,见后没有追兵,方得聚会一处。当下岳纲、杨唐见了副元帅说："奉王元帅之命，惟恐有失，特差我二人来接应。"杨文广五人清点人马，折去七八百余。即时回营，进了帐中，将探山战败一一说知。王元帅说："胜败初次，何足挂怀！败此一阵，乃本帅之过也。明日待本帅临阵，品个高低便了。"有狄龙、狄虎上前，口称："元帅，我父困在高山之中，未知生死，望乞元帅早定良谋，救出我父，恩如山海。自当犬马效劳。"王元帅说："孙儿，你休得性急。这小丫头用法移营于高山，时值三春，山水灌发在山凹。昨刘庆将军所说，秋冬时山凹干涸，俱是旱地，止容一人一马，山凹下有兵丁把守，上面虽有英雄好汉数十万雄兵，不能得下。为今之计，必然众军往山伐木为渡，杀散守山兵，刘将军席云上山报知，狄元帅一渡可下。但性急不来的。明日本帅出阵，一者看其山势，在何方可乘木筏；二者看他这蒙云关如何险阻。然后众军上山伐木，十天方能足用。二位孙儿，性急不得的。"弟兄闻言，打拱称谢。但不知来日交锋，何人胜败，如何救出狄元帅众人，下回分解。

第十六回　沙场布阵困英雄　锋镝中婚思小将

诗曰：年少英雄肯让谁，沙场对垒勇为先。
　　　阵中被困缘谋寡，方信六韬三略奇。

再说次日王元帅带领一万军马与众将杀奔至蒙云关下，投寨讨战，只闻一声炮响，关门大开，段小姐一马冲出，三军随后。王元帅一看，这女将果然生得姿容绝色，美貌娉婷，细看：

皓齿莹眸柳叶眉，神为秋水玉为肌。
恰如仙女临凡界，秀色堪餐足解饥。

王怀女看罢此员女将，暗暗赞道："这丫头果然有沉鱼落雁之容。"杨文广见了说："待我出马，好报昨天折兵之仇！"元帅吩咐小心，杨文广应允，一马飞出，大喝："贱婢休得逞强，本帅来也！"段小姐一看，笑道："杨文广你这小畜生，昨日容你败去，今日还敢临阵？"杨文广怒道:“本帅昨天误中你妖术,今日特来斩你,休想要活命!”提起金枪便刺。段红玉双刀急架相迎。

男女二人战不上三十合,段红玉实是招架不住,只得把马退了数步,口念真言,忽一阵狂风大作,半空中落下许多豺狼虎豹,向宋营阵中扑来,吓得宋兵惊慌逃走。王元帅看见,急拔宝剑,喝声:“住!”即念动真言,半空中只闻雷声霹雳一响,这些兽物纷纷化成纸剪的,落下地中。段红玉见了大惊,不知何人破法,又见杨文广持枪刺来,小姐双刀架住,想下一个主意,便呼:“杨文广,我闻你杨家大小男女俱称无敌,据我看来,不过仗着血气之勇,演习得几路枪刀之法耳。我今与你斗阵,摆个小小阵式,你若打破,我便献关投顺;若打不破,你的性命难逃,枉你杨家名望。”杨将军冷笑说:“丫头,你小小女子,有何本领!由你摆什么阵图,只须我一人一骑就来破了你的。”段小姐见他答应打阵,暗暗欣悦,便呼:“杨文广,且待片时,看我摆来。”言罢往本营而去。

杨文广勒马观看,只见布兵一千,东西南北幡旗动绕,不一刻摆成一阵。杨文广笑声:“丫头,我只道你什么奇难惊人之阵,原来如此平常也。”说未了,只见段红玉到来,呼道:“杨文广,你会打这阵图么?”杨文广说:“本帅只道你摆得什么奇难怪异之阵,岂知乃一字长蛇阵也。这十座古阵,本帅自十一二岁时已熟悉了,何必再来卖弄?”小姐冷笑说:“杨文广,你夸此大言!我摆的虽乃长蛇阵,你敢来打的,方算你是英雄。”杨将军喝声:“丫头,不必多言,看本帅打破你的阵。”说罢飞马冲入阵头。

王怀女一见杨文广冲入阵中,吓了一惊,说:“不好了!孙儿此去必中这丫头之计!”众将忙问道:“元帅,据末将看来,段红玉摆来只是一字长蛇阵,只得用兵一千。副元帅向阵头冲入,只打乱蛇头,此阵即破。元帅何须着急?”王元帅说:“列位将军有所不知,他摆的虽然一字长蛇阵,容易攻破。只防这丫头用起妖法,孙儿受他牢笼了。”岳纲及萧天凤说:“元帅,既然如此,待末将前去接应!”王元帅说:“如此,萧将军打阵尾,岳将军打阵腹。倘阵一破,不可恋战追赶这丫头。”二将领令,拍马向前。

先说文广冲入阵中,勇不可挡。段红玉见杨文广闯进阵中央,暗暗欣悦,呼声:"小贼中计了!"连忙念咒一会,仗剑一指,只见阵中天昏地暗,不分东西。这杨文广正冲杀进阵中,忽见一时黑暗,伸手不见五指,耳边但闻喊杀如雷,犹如千军万马之声。心中慌乱,喊声:"不好!中了贱婢之计,此番性命休矣!"此时,萧天凤、岳纲二人也冲进阵中,只见乌天黑地,不见人形,只认得声音。三人只得勒马,暂聚于一处停住。慢言。

且言王怀女观三人进阵中不一刻,见阵内起了一朵乌云,将长蛇阵罩住了,大惊说:"不好了!必然这丫头用些妖法,三人中了他计。"正要抽身,又见阵内跑出一支人马,乃段红玉用撒豆成兵之术。当时他又来喊战!恼了狄龙公子,怒道:"可恶贱婢,我来也!不斩你下马,誓不回营!"提枪飞马而出。段红玉看见来了一员小将,甚是齐整:

金冠雉尾两边分,粉脸朱唇体貌新;
直竖秀眉多耀彩,横排美目有奇神。
征衣合衬黄金甲,章袋联装白羽箭。
摆弄银枪风雅样,那吒相似下凡尘。

当下段红玉看见狄龙恰似潘安再世,宛如卫玠重生,暗暗想来:"好一个风流小将,美貌郎君!倘若得我配匹了此人,风流一世!但今两为仇敌,岂非妄想枉思的?"思量一会,自言:"我好不知羞耻!我乃一闺中幼女,难道终不知礼节的?婚姻大事,当有父母之命,媒妁之言。如何一见这美少年就胡思妄想?况与为敌国,一面未交,不知姓名,何不向他问一声?"便喝声:"那位少年宋将,休得逞强!我段小姐在此!快通上名来!"

狄龙早上,已饱看这段红玉一会,但见他生得果然绝色无双,恰似昭君再世,又如月里嫦娥。三寸金莲,令人可爱;手拿双刀,娇声滴滴。狄龙看罢,想来:"此女生得美貌如花,古言昭君之美,至今所传,比之这红玉,不知又何如也?但我中国,目睹者未一人及他之美。这样嫩躯弱质,想彼怎样与人对敌冲锋?不过仗着邪法厉害伤人,困我父王人马于高山,至今未知生死。若不拿得这丫头,焉能救得我父！”想罢，催马上前，喝声：“段红玉，你问我的大名，须要洗耳恭听！我乃大宋世代簪缨之臣，我父平西王，我乃应袭大世子狄龙也。我父身居王位，奉旨征南，误中你妖术，困于山涧中至此。目今本公子领兵前来救父，特来先拿你这小贱婢，雪了此恨，再来剿灭你们！若知事者，急急下马投降；倘然执迷，尚敢抗拒天兵，一同灭尽，悔之晚矣。”

段红玉一闻他是狄青之子，怪不得生来如此之美。即开言呼声：“狄公子，你青春多少，家中有几位令夫人？”狄龙见他忽然问起此言，也觉十分稀奇。便呼声：“贱丫头，我与你两军对敌，因何动问起家中事情？”提起枪喝道：“我与你非亲非故，既不愿投降，休说闲言。看枪！”对面刺来，小姐双刀架住，叫声：“小将军休得发怒，待奴奉告一言，未知公子意下如何？”狄龙说声：“你有何言语，快快说来！”段红玉满面笑容道：“奴家久仰公子令尊大人，如雷贯耳，乃大宋朝一条擎天玉柱，保守江山社稷倚重之臣。前者一时错了主意，冒犯了虎威，困他于高山。至今劳动公子众人前来，奴家多多有罪。今我实告一衷肠之言，望祈公子猜测。若然猜得出，救父何难？我且回关劝父投降，与你们一同南征。奴之心事尽在于此，公子你乃聪慧之人，定然猜透奴家心中之事。”

当下，狄龙闻段红玉之言，心说：“这丫头叫我猜他的心头事。倘若猜透，救出我父，且回关劝父归降。这话十分奇了，莫非此女如此柔和光景，思量与我订结良缘？”正是：

欲知闺内意，尽在不言中。

当时段红玉看见狄龙不作声，便呼声：“公子，枉你堂堂一表，只道你聪明过人，岂知你如此懵懂！莫非你明知其故，哄着奴家不言么？”狄龙诈作不知其意，喝声：“贱婢不必多言，看枪！”段红玉用刀架住，呼声：“蠢冤家，奴这一段衷肠心腹事，你何故推开，只作不知？你本是一个王侯的公子，知书达礼，岂有这样事情不知之理？自古有言说得好：月老做定姻缘簿，千里合婚天配成，系足红丝偕到老……”

此时段小姐一时间说出婚姻配合数言，不觉脸上泛出桃红，一时实见羞愧。当下狄龙闻他说出此言，暗说：“丫头既有心与我配合，不该亲自明言,实乃不知羞愧之女。罢了,待我诈作不会其意,要他一要,看这贱婢如何回答于我。”便唤声:“小姐,我狄龙生来愚蠢,不知你有什么衷肠心事,何不明言?不必这样半吞半吐。既肯投降,即速献关救出我父王,任凭你有天大事情,我无有不依的。快快明讲吧!”此时小姐不知如何答话,姻缘订结否,另有下回分解。

第十七回　段小姐暗问心口　狄公子假订姻缘

诗曰:天定良缘不可强,赤绳系足是前生。
　　　虽然假定终身事,月老神祇已鉴盟。

当时段红玉听了狄龙之言,暗骂一声:“小冤家,你分明知我为着姻缘之言,你故意推作不知,叫我说明。我乃未出闺门的少女,这话如何叫人说得出口!”想了一刻,心说:“这小畜生倒也老辣,心中明白,反难我明言。若不说明,他假推不知,岂不将此段良缘当面错过?罢了,我也忍羞,不如与他当面言明便了。”唤声:“公子,奴实乃未出闺门的少女,今年十六。幼年十岁间在后花园玩耍,偶遇终南山云中子仙师传授与我兵书仙术,件件法力俱齐。前时我主进了反表于中国,天子震怒,差你令尊提兵南征。初到我关,几场得胜,后来奴家施法困在高山中。今虽受困,幸喜他军中有粮。若要令尊脱离此困,有何难处?只要公子依我一事,除非你我订约了姻缘,两下许成佳偶。”

狄公子闻言笑道:“好个无耻的贱丫头!自古婚姻须待父母之命,须凭媒妁之言。那里有男女亲自对言婚姻之理?你实不知羞耻而败人伦,我堂堂一男子,生长天朝,岂肯匹配你化外不知廉耻之女?如若久后人知你我于阵上自认为婚,岂不羞惭的么?我劝你休要胡思妄想,收起此念吧。”狄龙几句言词,说得段红玉恼羞成怒,说:“狄龙,你这个不识好歹的蠢东西!焉敢出口伤人?你说是个堂堂男子,生长天朝,不肯匹配我蛮方之女,只怕你久后求救兵时,踏破铁鞋无见处。我虽乃生于南方，父为伪官，但南方一角，九溪十八洞俱已闻名，他是豪杰英雄之汉。我虽年方十六，女子之工何所不晓？诗文绣刺何所不精？兼能隐遁变化、腾云妙术，善于神课六壬，你国纵有雄兵猛将，那里在我挂怀？就是奴的容貌，虽不敢称为尽美，也不是败陋之姿。我虽一少弱之女，法术精通，文武两全，你敢胆大狂言，藐视我么？早知你如此轻薄，奴家错于吐露真情。今日不斩你头颅，难雪胸中愤怒！"拍马抡刀，照头砍下。狄公子长枪急架挑开，二人冲杀了二十余合，两边战鼓如雷。

有王怀女在旗门下看见狄龙与段红玉杀得难解难分，说："这二人果乃将门子女！"当时这狄龙小将想道："我称将门之子，武艺家传，难道反不如一个油头粉面的少女？今日不胜了他，誓不为人！"即抖擞精神，长枪一紧，上下飞腾快刺。刺得段小姐有招架之功，无还手之力，口中发喘，遍体生津。段红玉说："这小畜生的枪法厉害，真乃少年英雄。怪不得他眼横四海，旁若无人！少年出众，人物轩昂，超群儒雅！观他是定然福禄齐全！我段红玉若得匹配这员小将，就死瞑目！此非我私心淫行，但是终身大事，百年会叙，必求相当，岂可草草为伍？"正想之时，狄龙枪已飞至面门，小姐一惊，拍马逃走。狄龙催开坐骑赶去。

段红玉回头看见狄龙赶来，便取出一宝贝名落魂幡，正要插起，又恐惊受不起，伤了他的性命。虽然还有解救，但爱惜这员小将紧切，不忍他受苦楚。"但恨他不肯依从，我还来多言羞耻，奴家何不取红纸绳擒他下马？"即念动真言，只见一道毫光，飞起仙索，小姐呼声："狄龙，看我的宝贝来取你！"公子听他"宝贝"二字，忙将马勒住，但见半空中毫光闪闪，正是：

红光透起日无明，飞舞空中烁军情。
不啻天罗兼地网，纷纷滚下到天灵。

当下狄龙不知这件是何东西，吓了一惊，说声："不好了！果然这丫头以妖术弄人。想这件东西落下来，只怕性命难保了。"连忙拍马而逃。段小姐冷笑说："你思逃脱，休想的。"用手往上一指，只闻一声响亮，红光忽落，狄龙身上忽被捆绑住，跌于马下。小姐催马上前，手举双刀喝声:“狄龙,我来取你性命!”狄龙此时料不能逃脱,说声:“罢了!再不想我狄龙今日死在阴人之手。”说罢,闭目待死。段小姐喝声:“狄龙,你今被擒,我刀一下就身首分开。你只管打算来:若还应允婚事,我就饶你;如有一句“不”字,枉送你性命。”狄公子想道:“这无耻贱人,痴心妄想要我许婚,我若允了,久后人知岂不耻笑于我?我宁可死在他手,此事断不可依他!”又一想:“身已被擒,若一言不允,他刀一落下,我死在目前。我死也不打紧,但父亲困在山中未曾救出,母亲尚在,我若死了,好不凄惨!不若我诈哄了贱人,放我起来,谅他的武艺不是我的对手,此时出其不意刺死于他,岂不为美?”

想罢,呼声:“小姐,我一时愚昧,不依从于你,今已悔过,伏望涵容。我今允你婚姻之事,快些放我起来,待小将回营告知元帅才是正理。”小姐闻言大悦,呼声:“狄公子,你此话真的么?”狄龙说:“小姐,我并不虚言的。”小姐说:“既然如此,奴家焉肯得罪?放你起来吧。”口中念念有词,顿时仙索解下。狄龙翻身上马,提起银枪,瞪起目看着段红玉,大骂:“无耻贱婢!依仗邪法、邪术拿我,好不羞耻!要强逼为婚。我狄龙是个顶天立地奇男子,焉肯匹配你化外之人!”说罢提起长枪便刺。段小姐怒道:“好负心小贼!”双刀架住,战不几合,又照前捆他下马。

段小姐提起双刀,不过是恐骇于他的,那里当真舍得斩下。勒住马喝声:“好失信的冤家!你既不肯允婚姻之事,当面食言,我也不擒你。但你不该假言谎说哄我,辱骂于我。本该即时杀你,但今果若真心许我婚姻之约,奴即回关劝父归降,然后放出你父亲,你意下如何?倘若允肯,快快说来,待奴打发你去路!”狄龙此番思来想去:“这贱婢三番两次不忍伤害,不过欲结订婚姻。何不哄骗他,解了目下父王之困,岂不胜于自设机谋,又要上山伐木,许多辛劳?今他许我放回父王,不用吹毛之力,有何不妙?倘若见了父王之面,反说未允,也由我。”主意想罢,唤声:“小姐,我今当真许了此事。成就了百年之好,你就要收兵回去,救出我父王,献关投降,万不可失了信约的。”段小姐呼声:“小冤家,奴说了半日话,你难道不闻知么?”狄龙冷笑说："小姐，如此何难依你，倘救出我父，乃我的恩人；献关投降，乃弃暗投明，均属一殿之臣，与我就好成为夫妻。如今再不失信哄你的。"

小姐听了，呼声："公子，你的言词实难真信的。若是真情，可对苍天发了一誓！"狄公子闻言，踌躇一会，便说："岂有此理！我男子汉一言既出，难道反悔的么？"小姐说："公子，你早间已骗我一次，焉可再骗二次？倘反复起来，一时之怒伤害了你，奴心何忍？若不对天盟了誓来，谅你有反复的。"公子听了，暗暗骂声："好厉害贱人，迫我盟誓方信为真！我如今既瞒不过他，何不盟誓这不痛不痒咒言，哄骗于他？"即呼声："小姐既要凭信，我就对天盟誓：倘我狄龙反悔失信，辜负了小姐之约，自身遭其兵难。"此时狄公子对天发誓，只道无心乱说之言，岂知成了签偈，日后却也应验了。他后来要抛弃了段小姐，困于敌阵中，险些丧了性命，幸亏得小姐前来搭救，性命方以保全。如此盟验，却也奇的。

当下小姐见他发了咒言，心花大开，呼声："公子，奴今收兵回去，等到晚间，将狄千岁众人放回。待你父子叙会了，三日后奴便劝父归降，你道如何？"公子应允。又想："这丫头果然投降的。且哄他收了长蛇阵，救出杨元帅三人，再作道理。"便呼："小姐，如今话已说完，你何不回去收了此阵？"段小姐说："公子之言有理。你且慢些回营，待奴先收兵回去，准三日后便来投降。"说完上马加鞭去了。有狄龙公子方才上马提枪，垂头丧气而回。一路思量这段红玉的痴心，觉得好笑。"若非仇敌，他生得如此美貌，为我之妻不是辱没的。"

又说王元帅见狄龙去赶段红玉，不见回来，心头挂念，正在差人前去探听，见狄公子远远回来，心头放下。想起实为奇了："段红玉法力多端，狄公子因何逃奔而回？"想未完，狄公子已到，即开言呼声："公子，你追这红玉，胜负如何？"狄公子见问，反觉得羞惭起来，将早间之事一一说明缘由。王元帅听了，不胜大喜，说道："既然这段小姐一心归降我朝，与公子结为夫妇，真乃一双美对夫妻！亦由当今天子洪福！这员女将，法力高强，得他为助，南方何愁不灭？等元帅明日脱离此难，老身自然与令尊细细说明，成全你二人的美事。想来真乃万里程途的姻缘也。”狄公子闻言，满面发红说：“元帅啊，此事休得提起了。我狄龙既以英雄自许，岂肯屈于这丫头之下？今日不过权词，暂哄骗于他，即日救出我父，强如自己劳师动将，设施谋计。我父倘脱离此山，与他拼个死活，纵然身死，亦无所恨的。断然不要这贱婢为妻！”不知王元帅如何答话，且看下回分解。

第十八回　段小姐谎词哄母　终南山真偈规徒

诗曰：一心订就好姻缘，谎哄双亲结凤鸾。
　　　下降祖师相赠柬，他年破敌理方连。

却说王怀女当下闻狄龙一番负约失信之言，便说：“公子，你言差矣。你既英雄自许，一言既出，驷马难追。此乃婚姻大事，岂可乱于出口？对天盟誓，难道天神地祇皆不灵验的么？我不与你争论，待狄千岁身离虎穴，段小姐前来投降，老身必然执柯的。”

再说杨文广、萧天凤、岳纲等在阵中，只因暗如黑夜，不敢放马，守候多时。忽然光亮，其阵纷纷自解。三人不知其缘故，不敢追杀这些南军，一同拍马向宋军队伍而回。来到王元帅跟前，各言困于阵中黑暗之由。王元帅说：“此乃段红玉用法掩了阵中光明，今幸狄龙与红玉私缔姻缘，收阵回去，汝等得出。”传令三军回营。慢表。

且说段红玉收了神兵，领了一千兵回关，一路思量婚姻之事，不觉进关来。想起十分难言，只忧父母不允，不如先探父亲之言，随机应变，此事方妥。当时来到滴水檐前，下了马，拜见父亲交令，段洪一见道：“女儿今日出阵，胜败如何？”段小姐说：“今日与王怀女斗法，他果然厉害，手下战将甚多，皆是骁勇之汉。女儿对敌一场，未得其利，是以收兵回来。”段洪说：“胜败乃兵家常事，今日虽然未胜，明日为父尽令城中众将与他见个雌雄！倘退了大宋人马，为父方得安心与你订下良缘，乃公事、私事两毕。”段小姐闻言，默然不语，别过父亲，往后堂而去，见过母亲。

老夫人正在后堂，一见女儿进来，忙问："女儿，你连日军务事情十分劳苦，今日开兵，胜负如何？"段红玉见母亲问他，谎说："女儿今日出兵，遇了杨家女将王怀女，他的法术精奇，女儿的法术施去总不灵验，不知何故。"夫人听了说："我儿，你平日说过，倘遇疑难之事，可以请得师父到来。今女儿何不焚香请师父前来，细问缘故？"此时段小姐忽然醒觉起来，心中暗喜："何不如此将计就计说去，看娘亲如何？"此时小姐将眼一揉，双眼流泪，口中嗟叹。夫人一见大惊，说："女儿，你因何忽然伤怀起来？快说知为娘！"小姐见夫人追问得紧切，不但不说，反大哭起来。夫人越觉惊慌，连忙近前扯女儿玉腕，与他拭泪，说："女儿，你有甚事情？不必如此，快说与娘知！"小姐呼声："母亲啊，只因你提起师父仙师来，为儿不觉心中凄惨，以至悲伤。"夫人说："女儿，为娘提起你师父来，因何就触起你心事？到底是何原由？"

段小姐说道："此事论理孩儿不能说出口，事到其间，无可奈何，只得禀明吧。当日我师父传授女儿的法术时，临别之日，吩咐女儿：有某年某月大宋兴师前来，领兵主帅乃王怀女，他的武艺高强，法力精通。他提兵至此，立刻就好前去投降。况南天王我主乃一叛逆之流，终为狄青所灭。我们拒敌，就算逆天行事，传我法术，自然不灵验的。果然今日交兵，法宝全然不应。若不早降，举家还有性命之祸；倘降了大宋，世代身受国恩。还有一言不好出孩儿之口，但母亲要我说明，女儿也顾不得羞惭了。仙师说女儿的姻缘该是宋营中狄龙，若违背了师言，就有滔天大祸，再三叮咛而去。女儿谨记在心，直到今日早上交兵，果有狄龙其人出阵，与女儿战斗了二十合，他的武艺高强，女儿非他对手，只望施法得胜，奈王怀女更高于女儿，只得收兵回城。方才母亲说起师父，倘女儿欲待不言，诚恐祸有不测，说出来实见羞愧。"当下夫人听了，吓得目定口呆，叫声："女儿啊，幸得你对我说明此事！若竟含羞不说，险些误了大事！娘且请你父进来，与他商议。"忙唤丫环传请。

不一时，段洪进来坐下，说声："夫人，有何事情？"夫人见问，就将女儿的话一一述知。段洪闻言，默默不语，想了一会，唤声："夫人，我想此语甚是荒唐，况且终南山云中子仙师怎肯忽离仙界，来管这俗间之事？我段洪虽生蛮地，身受主恩，岂肯低头受降？夫人休信女儿之言！”段红玉初时假造虚言，谎哄双亲，满拟可遂他心愿。岂知今日父不准信，心内暗惊，粉面通红，暗说：“不好了！这事休矣。如何是好？且看母亲如何答话。”原来这夫人乃是妇人之见，把女儿之言认定为真。今听得丈夫不信其事，心中暗怕，呼声：“老爷，我想云中子仙师乃道德深高，能知过去、未来之事，既是预留下此事此言，老爷何不准信的？只忧逆天背理，大祸临身，悔之晚矣！”段洪闻言，喝声：“妇人家听信谗言，随口乱道，陷我行此不义之事，我断不背主求荣的！”夫人见丈夫大怒，不敢再言。

小姐当下说：“不好了。父亲决然不信的，姻事不成了！”想一会，呼声：“爹爹，女儿焉敢在父母跟前说谎！若还是不信，待女儿今夜焚香请祷师父下凡，便知明白了。”段洪说：“我从来不信鬼神的，你说法术乃云中子仙翁授你，我亦不信。如若你请他到来，为父亲口问明，方才准信的。”小姐满口应承，一心思量师父偏庇于他。是夜命丫环排开香烛，深深拜祷，暗祝仙师助赞姻缘。

却说云中子仙师正在洞中坐，忽闻一阵信香风过，屈指一算，已知其意，笑道：“徒弟啊，你虽与左辅星有姻缘之分，怎奈机缘未到；况你以法力擒他，这小将心中不服，口虽应允，不过哄骗你的。只等候到黄花洞狄门父子被王铁头和尚困住，该你前去相救，那时才是你姻缘会合之日。右弼星姻缘乃王兰英，二人还未会面。今他叩祝，要贫道助力，怎奈你姻缘未至，又失信于你。不如前去赠他数言。”

即时提笔将柬上书了几句，吩咐道童洞中谨守，袖一柬驾云而来。不一时到了，按下云头，呼声：“贤徒，为师到了。”小姐当晚祷告完，正在盼望之际，见仙师到来，大悦，跪伏于地。仙师唤声：“贤徒，你事为师已尽知明白。今授你柬一纸，观看柬中之言，便知你终身大事。”说完，云中落下一柬，仍驾云而去。那段洪一生不信鬼神，见女儿焚香叩请，一时果然来了一位仙翁，吩咐一番，云头落下一柬，忙上前拾起。小姐叩首起来，见父亲已拾起柬帖，一齐在灯下观看，上有七言律诗一首云：

千里为婚一线牵，也须待命达时权。
左辅红玉成当配，右弼兰英也共联。
其中变幻真难测，若里机关岂预言？
询问和谐花烛夜，黄花洞口结良缘。

八句之后又有字数行列后，上写着：

贫道言词须当谨记，倘违背师言，轻举妄动，必遭天谴。凡事随缘安分，自有一定之数，岂可强为？此八句诗是你终身之事，尽在于此，切嘱。

段洪看罢此柬，霎然大怒，说道："好个狡滑丫头！险些被你哄弄，误了忠臣名节！你为着婚姻事就要父投降大宋，陷我于不忠之地，若非仙师来指示，轻举妄为，祸不远矣。我养你这不肖女儿，败坏家门，要你何用！"说罢，拔剑走到红玉跟前，正要动手，夫人连忙上前扯住。夫人含泪急呼："老爷且息怒，听我一言。想起来女儿请师到来，亲赐一柬，上面言词隐而不发，未有显言，如何要杀他？你且说个明白！若还屈死了他，妾身与你决不干休的！"段洪说："你言我无故杀女，你难道未曾听见仙师柬上言词？先八句诗其中深奥，一时难明；后面书明白吩咐，不许轻举妄动，凡事随缘，不可勉强而为。他早间对你之言，皆乃谎说。明是阵上遇着少年宋将，私许了婚姻，所以回来谎哄欺瞒。若不斩了这不肖之女，难雪心恨！"夫人说："纵有此事，求老爷暂且容了他，妾身自有主意。"有段龙、段虎闻知，也来解劝父亲，段洪只得收回剑。小姐满面羞惭，啼哭起来。夫人说声："老爷，我想女儿自行为端正，岂有一时改换心肠？于阵上遇了宋将，这婚姻之事如何说得出口？况仙师柬上言词含糊不明，细细参详出内里情由，或者女儿该配合这宋将，也未可知。"段洪说："夫人，你要见个明白也不难，那贱人谎称应配这狄龙，但宋营中必有其人，明日教贱人出马，若将狄龙擒来，或阵前伤他，就罢了；如若不然，定是难容！"夫人说："老爷之言不差，明日叫他出敌便了。"段龙兄弟又劝父出园而去。

有夫人劝解女儿说："你父一时气怒，认错机关，要来伤你，明日又要你出阵擒宋将。但娘心明白，不用悲伤。"小姐只是含悲不语，夫人吩咐丫环搀小姐回房安歇，小心服侍。此时小姐坐于房中，心中羞怒恼恨,师父下了此柬,出丑一场。越思越恼,忿怒中欲寻自尽。又想:"在阵上与狄公子许下婚姻,又许他放回狄元帅。我死不足惜,一来未曾放出狄元帅,二来未见公子一面,诉我被屈一场,对他说明,我死了,使他知我不是失信负心女子。"想罢,纷纷珠泪滚流,有侍女上前,再三解劝。小姐不知如何,且看下回分解。

第十九回　段小姐移回宋营　狄公子羞惭女将

诗曰:姻缘订就小英雄,许救天朝众将戎。
　　施法移营真险地,狄家父子得重逢。

当下侍女几人劝解:"小姐不必伤心,我家老爷性如烈火,不过一时之气怒。古言狼虎不食儿,老爷后来醒悟,必悔过的。小姐若然恼恨坏了玉体,老夫人受惊,小姐心也不安。生身父母,不比外人,虽然错怪了小姐,还须忍耐才是。"小姐见众丫环不住解劝,方止了泪。时交三鼓,吩咐众丫环安睡去了,单剩四个心腹侍女,一同伴着小姐来到后园待月亭上。只见得皓月当空,不禁触动愁肠,嗟叹一声,丫环已排开香烛,小姐当中下拜,披发仗剑,步斗踏罡,仰天叩祷:"过往神祇,今日奴施法移营,救回狄青,非因摈主求荣,实因许下狄公子姻缘,方存我的信行。"祷告已毕,烧了符,但闻半空中一声霹雳,走石飞沙,狂风大作,月色阴暗,乌云四起。两峡高山这些山神妖怪,遵着法旨将一座大宋营乘风连马带人吹起半空中,移回沙场地原处。小姐收回了法术,回归房中安寝。按下休题。

再说狄元帅自从打发刘庆、张忠回朝取救,已经半载,粮草将尽,十五万军兵内中有胆小者,日夜惊惶,死者数万,元帅众人日日悬望救兵。忽一夜中旬天,月色光辉,霎时间天乌月暗,狂风大作,鬼叫神嚎,这些人马吓得战战兢兢,不觉身体浮起,飘飘荡荡,黑暗中飞沙走石,不辨东西,渐渐落下平阳大地。大风止息,众将兵方才定了神,二目方得睁开。风已息了,黑雾未散,不分东西。迟一刻,霞雾一散,方才现出一轮明月。初时,众人多说被此大风又不知吹到那一处,各各称奇,不觉你言我语。许久,天色光亮,狄元帅传令齐整三军,各归队伍,令人探路,方知大营一座仍归原处。得脱岩穴,心头大喜,一同叩谢苍天。元帅说:"圣上洪福,有此神力扶助。"

正说之间,探子回报说:"启上元帅爷,我营隔三十里,又有一座大营。小人前去打听,原来是我朝大宋的救兵。领兵主帅乃无佞府杨门王夫人,副元帅大将军杨文广,统兵十万,在蒙云关左边屯扎。请令定夺。"狄元帅闻报大悦,说:"好了,定然刘、张二人请得救兵回来!怪不得昨夜狂风大起,将大营人马移回原处!"忙令:"众将兵,快随本帅前往叩谢王元帅!"此时,众将、大小三军拔寨起行,随着狄元帅,按下慢表。

再说蒙云关段洪,次早逼令女儿出马擒拿狄龙,小姐无奈何,只得带人马来到宋营中,令人讨战。有宋军飞报进营中:"启上元帅爷,有段红玉在营外讨战,请狄大公子出马。"王怀女说:"这段红玉昨与公子交锋,已约订婚姻,放出被困人马,为何今日又来讨战?真乃外国蛮人反复无定。"正说着,帐前一人上前呼声:"元帅,小将愿领兵出马,擒此贱婢!"元帅一看,乃是狄虎。王元帅说:"二公子,昨天段红玉将你哥哥连擒二次,要结婚姻,你兄虽然应允,不过是诈哄于他。原许放出被困人马,今天不见放出,又来讨战,指明要你哥哥出马。本帅想来,这南蛮化外之人,反复无常。二公子休得出马,还叫你哥哥出营,问明于他为是。"有狄龙说:"元帅之言有理。贤弟且慢出敌。"狄虎说:"哥哥,何得拦阻我的?你昨日交兵,被他三擒三纵,弱尽亲祖威名。弟今出马,定与这贱婢拼个生死,岂畏他妖法高强!"王元帅闻言暗暗说道:"真乃将门之子,果然智量包天!"便说:"公子既要出敌,须要小心,杀败了他,切记不可追赶。"狄虎应诺下帐,提了八耳九环大刀,领了一千精兵,一声炮响,冲出营前。

段小姐远远见宋营中一队军兵,涌出一员少年将,只见:

头戴紫金冠,上插雉尾翎。
手提九环刀,年少有英名。

段小姐看他,只作他是狄龙。便呼声:"狄公子休得逞强,奴家在此。"狄虎抬头一看，只见女将生得十分齐整，手持双刀，坐下一匹胭脂马。狄虎看罢，喝声："贱婢，你莫非就是段红玉么？我今特来擒你，快放马见个高低！"小姐闻言，不解其意，呼声："公子，奴昨日与你订结婚姻，为何今日反面无情，又来与奴作仇敌？怪不得人说中原男子反复无常！此话不为虚语也。昨日已对天盟誓，今日就丧尽前言。王魁无义，比你倍加。只忧你后日多要犯誓的。"

原来狄虎弟兄两人乃公主双生，所以一般面貌，一样身体，若大意之时，就认不出那个是兄，那个是弟。故公主一产之时，因他相貌声音无异，恐后来难以分辨，将狄虎耳上带一个金圈以为认记。段红玉昨日初遇狄龙一面，今日狄虎出马，一时那里认得出来？是以责怪他昨天盟誓，今日负约之言。

狄虎闻言，想来哥哥果然与这丫头私订了婚姻，怪不得指明要他出马，却原有此段缘由。他误认我作哥哥，可笑之甚！原来狄龙公子乃年少英雄，正直无私，假哄段红玉共订姻缘，实欲他放出父亲，并非真意留心于彼，岂知段红玉一心认以为真，错认狄虎作狄龙，说了一席私订婚姻之言。狄虎听了，暗想："哥哥好没志量！一心贪恋着他颜色，不愿放我出马。对你同胞手足，因何不以诚心相待？罢了！待我擒了这丫头回营，看他有何着落的！"正思动手，忽又想到："既然这段红玉错认我为哥哥，不如哄引他真话吐说出来，看他有何言语。"呼声："小姐，昨天小将与你约订之言，焉敢有负！只因今日出阵，一时忘记，只道交兵，望祈恕怪。小姐今日出城，呼唤小将，有何商议，望小姐说明内里情由，待我回营与王元帅酌量，对父王说明，早晚共成亲事，同心协力，共灭南蛮，那时一家完叙，岂不为美？"

小姐听得公子动问，尽将昨日回关劝父归降受屈一段情节一一说完，眼中落泪，伸颈提刀正要自刎，狄虎一见竟忍笑不住，呼声："无耻贱人，你当我是何人？我名狄虎，狄龙是我哥哥，共母同胞，相貌相同，我有耳上金环为证。你不明时，看我手中兵刃使用不同，他使的是点钢枪，我用九耳八环刀。错认我为夫，将这些丑陋事对我说尽，不顾一些羞耻，好一个未出闺门的女子！自己寻婚觅配，不从父母，听命月老传书，岂不羞煞人也！还敢临阵见人，真乃可羞可耻！"

狄虎一席之言，说得红玉粉脸尽放桃花。细细看他，果然与狄龙无异，但耳上多了一只金圈，手用九环大刀，坐下浑红马。举止各别，打扮略不相同，认真方知不是狄龙。看罢，羞愧难当，众兵在于左右，十分羞辱，把马一催而去，即腾云而起。南兵见小姐去了，一同跑走。狄虎见段红玉驾云去了，催动兵丁追杀，南兵四散而逃，方才收兵回营。

却说段红玉在云头往下观看，只见南兵被宋军杀尽，心里带怒，又羞又恼。又骂一声："狄虎套出我的私约之言，当面羞辱于我。是我一时失于检点，真乃令人羞死。如今虽然走了，但难以回关，如何是好?"欲要自尽，又未逢公子狄龙一面，心下实在难煞，忽然想起："我不如往芦台关去，王兰英贤妹与我一师之传，情同骨肉。我今去投他，尽诉心头之根。他乃一女中豪杰，智勇双全，宝贝、法力不让于奴。父亲王凡，官封王位，手下雄兵数万，战将百员。明日与他来，拿了狄虎，以报羞辱之忿，岂不为美?"想罢，推云向芦台关而去。

先说狄元帅带了三军众将来到王元帅营前，令人通报，王元帅大悦，狄龙、狄虎喜之不胜。王元帅吩咐大开营寨，与众将出营一同迎接。狄元帅一见连忙下马，踏步上前，深深打了一拱，说："下官多亏搭救，已是感恩，又敢劳二位元帅远迎！"王元帅、杨将军说："我等接驾来迟，休得见怪。"逐揖让进营中，一齐上了中军大帐。礼毕坐下，有狄龙、狄虎上前拜见父王，狄爷大喜，命他起来。不知说出什么话，且看下回分解。

第二十回　出高山宋帅责儿　逢劲敌段洪忆女

诗曰：掌扼三军法度昭，亲情父子不轻饶。
　　　如违将令难私庇，立绑辕门把首枭。

当时狄元帅满面春容，说声："我儿休要见礼。父今得重生，乃蒙二位元帅与众位将军之力，我儿代为父叩谢吧。"弟兄二人领命，正要叩谢,元帅众人那里肯依?只得一同答拜。又有刘庆、张忠、萧天凤、岳纲、高明一众偏将十员一同上前拜见,狄元帅又与众将见礼。狄元帅呼声:“列位将军,休行大礼。本帅已蒙列位相助,脱解困围,实在感恩,没世难忘。”当下王怀女呼声:“狄千岁,我王氏蒙圣恩旨命,领兵前来救解重围,只为山高险峻,一时无计可施,正要上山伐木为渡,不知元帅一时到来,未知如何脱出了此山?”狄元帅闻言着惊说:“元帅,我师被这丫头移营于高山,将近有六月,不知刘、张二位贤弟爬山讨救,得到汴京;不知如何军兵不服水土死去数万,粮草将尽,正待自毙。偶然昨夜一阵狂风,比前更加猛烈,将大营与被困人马吹到了原处。早间令人四下打听,方知二位元帅救兵到来,只道托仗虎威,我众人得离大难,因此前来叩谢。为何元帅推辞不受,莫非怪着我等来迟不成?”王元帅听罢道:“千岁,那里话来?老身果然不会移营之术,但必有一人也。”此时王怀女已知段红玉了,不即明言。

有狄虎上前说:“父王与王元帅不必猜疑,移营者必段红玉也。”他将今早间出战,羞走了段小姐之事一一说明。王元帅笑而不言,狄元帅唤声:“狄龙,你前日交锋,与段红玉果然私约了婚姻么?”狄龙道:“父王在上,孩儿昨天与这丫头大战,他再三求恳婚姻,孩儿不允,他用法术擒拿我两次,只要孩儿许婚姻,他就投降,定然救出父王。孩儿只得假意应允,哄骗了他。今日放出被困人马,必然是这丫头。”狄元帅闻言怒道:“好愚蠢之子!被女将擒拿,贪生畏死,暗许婚姻,贪其美色,辱我清名,弱尽锐气。先斩你这不肖之子,后擒这丫头!”拔剑抽身,众将上前拦住。

王元帅便呼声:“元帅,且息怒,听禀一言。令父子本是英雄好汉,在战场上三合两挡就败了南蛮女将,论彼武艺,怎敌你们!奈今所用邪法,是公子无奈,假许联婚,并非有意贪图美色。他奈用了妖法,你堂堂大将尚且被他困了,何况公子少年之人?”狄爷听了王元帅之言,说他堂堂大将,已被围困,也觉羞愧。说声:“罢了。你二人年轻,谁要你领兵前来!”王元帅说:“弟兄二人为君救父,忠孝两全。”狄元帅收回剑坐下,又问张忠、刘庆爬山取救如何,二将就将孙振陷害一一说明。狄元帅嗟叹一声说:“若非上苍庇佑,众人多死在此山中!”王怀女又说:“千岁,想来段红玉有意投降,实欲招婚。不若招安了他,与世子完婚,取却蒙云关。得此咽喉之地,谅他九溪十八洞不济矣。”众将多言有理,狄元帅点头称是。又说:“刘兄弟,且将军马一同调聚扎营。”刘庆领命出营去了。王元帅吩咐备酒宴与千岁、众将压惊。一时酒筵排开,众人欢叙,酒至更深,各往营寨。

次日,元帅三人升帐,众将参见已毕。狄元帅说:“本帅昨夜思量,段红玉既要联婚,本帅就准他投降,若得了蒙云关,得他为助,一路势如破竹矣。”王元帅闻言说:“千岁之言足见审权达变,但必元帅亲往招安方妥。”狄元帅允诺,戎装披挂,带了三军,三声炮响,与杨元帅一同向蒙云关而来。这且慢表。

却说段洪只因一时之气,逼女儿出关去擒狄龙,不一时败兵来报说小姐驾云逃去,众兵俱被狄龙战败,小姐不知走往何方。段洪闻报大惊,盼望了一夜,不见女儿回来,夫妻二人心中方慌乱,老夫人含着一包珠泪说:“我好好一个女儿,被你逼得他不敢回来,定然自刎在沙场。城中若没了他,焉能抵挡大宋人雄马壮之师?倘一朝攻破城池,你我一死倒罢,又连累了满城百姓。”说完哀哀痛哭。段洪听了夫人抱怨,心下十分不安,低头不语。只得到帅堂,忽见军兵来报宋将讨战,要小姐出马。段洪闻报说声:“不好了!宋将要女儿出敌,不知他往何方,又无能将,谁人退敌?这便如何是好?”想罢,即传众将计议。

帅堂坐下,众将参见已毕,段洪呼声:“列位将军,宋将讨战,谁人出敌?”众将闻言,面面相看,不敢应令。段洪怒道:“你等无能匹夫,食君之禄,挡君之忧。今日宋师临城,因何个个畏死贪生?”骂了多时,即令备马。披挂上马,离了府堂,众将随后,上了城头。只见宋军队中,远远望去,杀气连天,旗幡密密。段洪父子看了,实觉心寒。众将观此,那里还敢出战?忙令人挂出免战牌而止。

那狄元帅、杨元帅在关下闻知挂出免战牌,狄元帅说:“他挂出免战牌,料他城内决少能人。但段红玉不出关答话,不知何故?”杨文广说:“他既挂出免战牌,又不见段红玉,且回营再议吧。”狄元帅点头,即传令回营而去。

当时，段洪落下城头，吩咐军兵小心防守巡视，不许擅离。即退出后堂，坐下思想：宋兵势大，难与争锋，不如上本一道，到主驾前请教便了。即写一道本，差段龙前往。段龙领命，带了本章离关。催马急行十余天，已是临安地面。遇着一队人马，男女共数十人，极似官家模样，看来不是民家，心中着惊：这些人莫非是宋朝奸细？遂催马向前，喝声："你等往何处的？"原来这些人乃孙振带了家兵，要投奔南蛮，跑了数月，方才到此。见喝之声，来人似南蛮装扮，即口称："将军，我姓孙名振，祖居中原，官封总兵，镇守襄阳有十余载。只为与狄青仇敌，结下深冤。天子偏爱于他，况他羽党大多倚着王亲势力欺压文武。提兵征南，在我关前经过，纵兵掳掠，乱得鸡犬不宁。因此下官一怒，反出襄阳，要投南天国王驾下，以效犬马之劳。"

段龙听了孙振之言，便说："你今果有真心来降我主，有何良谋以退宋师？"当时孙振见他问起退兵之言，便呼声："将军，你高姓大名，官居何职？"段龙说道："吾乃蒙云关总帅段洪长子段龙也。奉了父命到昆仑关来取救兵，以退大宋人马。"孙振闻言连忙下马，深深打拱说声："原来乃大公子。久仰英名，如雷贯耳，何幸此地相逢！"段龙见他如此谦恭，也下马施礼。孙振乃势利之人，最会趋奉迎人，上前手拉段龙，呼声："小将军，你今日邕城求救，何不带了小弟同行？荐我见国王，自有退兵之策，当取宋室的江山。"段龙见说，允许同行，即时一齐上马赶路。

二十多天到了昆仑关，有令传上，军兵进内报知：有蒙云关差人有本奏知大王。南天王闻报，即传旨宣进。不一时，段公子进关中，于阶下参见已毕，呈上求救本章一道。南天王将封皮拆开，上写：

> 蒙云关主将臣段洪领命镇守边关，自我主战书一达中国，宋王即命狄青带兵到来征伐。与臣交锋数次，胜败未分。今彼又添兵益将，臣之城内缺少英雄，却被攻击，有泰山压卵之势。倘吾主稍缓救兵，则关非吾有矣。况蒙云关乃我国归家退守之道，咽喉扼要之地，倘若有失，进退无依矣。

南天国王看罢，传递与混元长老、刘雄、鲁达三人看罢，南天王呼声："国师与二位王兄不知有何高见，可退大宋雄师，以救蒙云关之危?”有混元长老说:“大王啊,臣思蒙云关果然我咽喉之地,即问带本之人何名,与大宋救兵主帅何人,细细奏来。”段龙奏道:“臣乃蒙云关段洪之子,奉父命前来求取救兵。初时狄青大兵一到关时,交兵失利,他手下几员战将英雄无敌。二阵花先锋被伤后,得臣妹子用法力困他于高山,已有半载,只待他粮草一尽,自然饿死山中。不料宋天子又差杨府王怀女、杨文广领兵前来,救出狄青,杀败吾妹,未卜存亡。目下此关危急,伏望吾主即日发兵,方保无误。”混元长老说:“怪不得段元帅着急此关之危!”当下不知长老说出何言,且看下回分解。

第二十一回 南蛮王收录逃臣 王禅师开兵捉将

诗曰:背主奸臣投敌邦,蛮王不察妄收藏。
罪刑满贯难逃日,天眼昭昭报应扬。

却说混元长老对南王说:“怪不得段元帅失利。狄青乃大宋有名之将,智勇双全;王怀女,杨家有名法力。我主若要退大宋人马,除非差黄花洞驻云溪铁头王禅师方可。”南天王说:“国师之言有理。”即于案前书敕旨一道付交段龙。段龙又言孙振来投,一一达知。南王正要使孙振进见,混元国师说声:“不可。安知不是敌人诈乎?须要我主如此如此作用方可。”当时南王依了国师之言,然后命兵丁拿孙振进见。

孙振至阶下,见有二三百人分列两旁,手持利刃,居中设一滚油锅,上面南天王怒目圆睁,孙振看了大惊。又见兵丁狰狞阶下,南天王喝声:“武士,将大宋的奸细与孤家拿下油锅去。”武士答应上前,吓得孙振胆战心惊,叫喊哀求,呼声:“大王,容臣说明,死也甘心。”南王命放他来,喝声:“你乃大宋奸细,敢骗孤家!”孙振叩头,一一说明来投之意。南王又问:“你既来投奔,家口何在?”孙振说:“大王,臣家口现在关外。”南王命人出看,回报果有家口随来,南王便呼孙振:“这是孤家心疑了。但你今来投奔孤家,一定忠心为国,你可将大宋朝的底细一一说个明白,孤自当因材重用,若有妙计退得宋师,再加官爵。”孙振听了口称:“大王,臣弃宋来投,只为狄青不仁,依势欺凌下属,臣心实有不甘,定然一心竭力图报。宋朝文臣所依者,孔道辅、文彦博、包拯,武将不过范仲淹、狄青、杨家几名寡妇;今狄青被困高山未知生死,但王怀女救兵曾到否,臣实出不知。句句实言,望大王鉴察真情。”南王见他句句真情,即封为参谋之职,共议国事。孙振叩首谢恩,退出安顿家口不表。

再说段龙领命来到黄花洞调兵,一日到了洞中。王和尚本有两徒弟,一名青松,一名卜贵,师徒三人神通广大;手下雄兵二十万,个个秃头,名为和尚兵。段龙一到,命人通知,王禅师吩咐二徒一同接旨。段龙读罢,和尚师徒谢恩毕,与段龙见礼。是日即刻登程,王禅师吩咐二徒看守山洞,自己带领十万军马与段公子向蒙云关一路而来。跑走十余天,已至关下,早有兵丁报知,段洪即时出关迎接,按下慢题。

先说段红玉那日被狄虎羞辱一场,在云头中竟投芦台关而来。正走之间,只见一座大山名回雁山,离芦台关只有十五里之遥。段小姐见山坳之中旗幡招展,呐喊惊天,一员女将带了无数女兵在山中打围。原来这员女将就是芦台关王兰英公主。红玉一见,心中大悦,连忙按下云头来到公主跟前,叫声:“贤妹,愚姐在此。”公主听了细看,笑道:“原来段姐姐到此。因何单人匹马而来?”段小姐见问,即将前事一一说知,只瞒了私约狄龙姻事不言。王兰英听了,说声:“姐姐既然失机败阵,奴家一定去相助;如今且请姐姐回关歇息一宵,待奴禀过父王,然后与你同往兴兵。”说罢,二人并马进关不表。

且言段洪开关迎接进王禅师,分宾主坐下。段洪说道:“未能退敌宋兵,今敢劳佛驾相助,何幸如之。”王和尚呼声:“元帅且请放心,贫僧不独杀退宋兵,我还要攻进汴梁,夺了大位,方显我法力高低。”段洪闻言大悦,吩咐将免战牌收回。是晚备酒与国师接风。

又说宋军看见蒙云关收去免战牌,连忙进至帅府报知三位元帅。狄元帅闻报,说:“这蒙云关高挑‘免战’月余,今日收去,定然救兵到了。”杨元帅说：“既然如此，我们何不差人去讨战，看他领兵者何人？”狄元帅点头称是，便问：“何人出敌？”有岳纲应声愿往。元帅说：“岳将军须要小心。”岳纲得令出营。

到了关前，令兵骂战。南兵报进元帅府，禅师大怒，即时别段洪，吩咐放炮开关，冲过吊桥。岳纲看见乃一和尚，大喝：“何处妖僧敢来对阵？快些通名上来。”王和尚勒马一看，见来了一员少年宋将，便喝声：“要问俺法师之名，吾乃黄花洞驻云溪铁头王禅师，法号静池。你师侵我南界，今奉南王命前来擒你，快快通名受绑。”岳纲呼声：“妖僧，吾乃大宋天子驾下威武将军狄元帅帐前副先锋岳纲也，不必多言。”提起大刀就砍，禅师铁杖急迎，杀了三十多合。王和尚想：“此将虽然年少，果然骁勇，不若用法宝拿他罢。”转马逃走。岳纲大喝：“妖僧休走。”催马赶上。王和尚暗暗喜悦，向囊中取出金铃一个，口念真言将铃摇了，一声轰响。岳纲追近，一闻铃响，顿时人事昏迷，跌于马下，有和尚兵上前捆绑拿了，命人带回关中，又来喊战。

有宋军败兵入报，狄元帅大惊，忙问：“何人出马？”有张忠说：“小将愿往。”元帅说：“须要小心。岳将军被拿，皆由轻进。”张忠应允，领兵上马提刀冲出营前。王和尚一见来将猛勇，不敢恋战，杀不上十余合，摆铃如前拿去捆绑进营，元帅众人失惊。

又有宋兵见主将被擒，个个慌张奔回营内，走到中军帐前跪下，口称：“元帅爷，不好了。张将军出马与妖僧交战，战不上二十合妖僧败走，张将军追去，妖僧怀中挂一皮囊，顿时取出一铃向张将军一摇，就跌于马下，被和尚拿去。我等舍命往救不及，只得败回禀知。”狄元帅怒道：“原来妖僧用妖物伤人，连擒去我两员大将，这还了得，本帅出营擒此妖僧，方消此恨。”吩咐备马出敌。有刘将军呼声：“元帅不可亲临险地，你乃三军之主，万一有差，如何是好？不若待小将去擒他罢。”元帅说声：“刘将军，妖僧有术伤人，但不能擒他就罢了，若败逃去，不可再追的。”刘庆说：“元帅放心，小将特拿席云帕与战，倘他用着妖物，小将即驾云逃走。”李义说：“刘将军，小弟也愿同去。他止擒得一人，焉能拿得两个！”刘庆应允。元帅说：“须要小心本帅之言。”

二将领命,顿时上马持了枪斧飞跑出营。一见妖僧,不问名姓,枪斧一齐砍刺。这王和尚见二员宋将来得凶勇,铁杖招架不住,心头带怒说道:"怪不得元帅屡败如此危急,所来对敌宋将个个骁勇英雄。如今二人凶勇齐战,倘不用宝贝必反遭其害。"说罢,跑开数步取金铃向李义一摇,早已跌于马下;又提起向刘庆一摇。刘庆看见拿了李义,看来不好,早已席云逃去,反把王和尚吓了一惊,说道:"不意宋营之中,有此异术之人,果然狄青行军不可轻敌。"此日一连拿三将,王禅师得意扬扬,又吩咐众兵将李义捆绑了推进关中而去。

有刘庆驾云逃脱回到营中,一见元帅,说声:"不好,李贤弟亦被拿去。"元帅闻言,气怒得五内生烟,双眉直竖,骂声:"妖僧连擒拿三员大将,若不出营与他拼个死生,难消此愤。"喝声:"快些备马!"王怀女说:"元帅既要出马,我等相随。"当时带领众将一同出马。元帅顶盔贯甲,带领一万精兵众将杀奔而来。到战场中,见妖僧生得虎头怪眼十分雄壮,胸中挂着一皮囊。王元帅想,这和尚用法术;除非待元帅与他交战之间,如此算计方能取胜。

当时,王和尚喊战之间不见有人出营,正要收兵,忽闻炮声响亮,营中冲出一支军马,队伍分排,旗幡密布,两杆大旗高悬"帅"字,就是主将出马。心中暗喜,大呼:"宋将何人出马?我禅师在此候战多时。"狄元帅听了,一马飞出,大喝:"何处妖僧敢逞猖狂!吾乃平南主帅狄青也。"这王和尚一看狄爷,果然好一位平南王,生得气宇轩昂,人材出众,与前出敌四将大不相同,暗暗称赞。狄元帅大喝:"妖僧,你国化外顽民,依仗邪术哄动侬智高逆贼背叛朝廷,百姓被害;今日本帅奉旨擒拿,还敢率兵抗拒!况乃佛门弟子,理当深藏古寺炼性修真,因何贪恋红尘扶反助逆!今日本帅出马,还不献上秃头来,免本帅动手!"王和尚听了大怒,喝声:"狄青,你纵有擎天架海之能,我禅师道高法广,那里在心!"不知二人斗战胜败如何,下回分解。

第二十二回　王怀女助战得胜　王和尚布阵逞能

诗曰:精通法力女英雄,破敌沙场建大功。
　　不愧杨家前烈辈,兴师相助狄元戎。

再说王和尚说完,手中铁杖打来,狄元帅金刀架住,二人对敌。当时,王怀女见这和尚生得形容古怪,坐下独角兽,胸挂皮囊,想来这僧战斗原弱,全仗妖术伤人的。又王怀女何云精于仙法?他父王令公乃北漠之臣,这王怀女乃金刀圣母之徒,宋太祖平定河东时,王令公与杨业订了儿女姻缘,匹配六郎。后来王怀女别师下山,带了雄兵侵宋,前来认夫,杀得三关众将无人拒敌,六郎却被他擒拿了,无奈只得成了亲。是以王怀女屡次开兵,仗着圣母的法力,到处成功。此日想:“这王和尚必然战敌元帅不过,又用起邪法。不如先下手为强,出其不意暗助元帅一阵便了。”即向怀中取出一面小黄旗,口念真言,往空中招摇,忽然间半空中一阵狂风,涌出一群虎豹、豺狼、巨蟒,平地又起一个霹雳,向南兵队伍冲来。这三千和尚那里站得住,杀得四散奔逃。

这王和尚与狄元帅战不上二十合,抵挡不住,正要败下施法,一见狂风大作,又见满山怪物猛兽乘着狂风飞奔撞来,大惊败走。狄元帅拍马赶去,王元帅呼声:“狄千岁不必追赶,恐他有妖物伤人。”狄元帅听了,住马不追。杨文广早已喝令众军追杀王和尚兵,被他杀得四散奔逃。王怀女收回法宝,狄元帅吩咐收兵回营,坐下短叹长嘘,口言:“罢了,我弟兄五人自布衣起手,立下战功才得身荣,如今失去二人,万一有伤,如何是好?”众将用好言安慰,按下慢表宋营。

再说王禅师败回关中,段洪迎接坐下,呼声:“禅师,你连擒宋将,使他丧胆了。”王和尚说:“元帅,虽然擒他三将,但不知他用何法术败我们一阵。贫僧若不泄此恨,不算手段高强。”段洪呼声:“长老何须着急。今日胜中得败,皆因宋将本是能人;若非长老法力,焉能擒他勇将!”王禅师说:“待贫道明日摆下一阵,若不拿尽宋师,誓不称雄。”段洪闻言大喜,吩咐治酒与禅师贺功。次日早晨,禅师与段元帅升帐。禅师又差人往洞中,命卜贵徒弟来起法台一座,有三丈高,离城十里,台中挖一个深坑。一日,卜贵到了,领命去摆弄停当,回来交令。

是日禅师与段元帅带兵三万出了蒙云关,登上台。原来此座法台有三层:中央立起一支大旗,幡立一“帅”字,下面一杆,中旗二十四面,按先天二十四煞;二层首立十二杆小旗,应十二支,下面周围排着六十四座大炮,以应八八六十四卦之数;台外选战将一百零八员,合着三十六天罡七十二地煞,两行侍立。王禅师左手执令右手持着宝剑,一时间布成一阵;再更法衣,顶礼祷告一回起来,仗剑焚香,顿时请了二十八宿下凡镇守阵中央;登程驾云去了一刻,请得两位法师,一名王麻礼,一名王麻成,他二人乃王和尚之兄,同一师学法,用他二人守阵正门。然后下台,备了战书,命段虎前往通报。

段虎领命来到宋营,命人通报。狄元帅三人听了,命段虎进营中。一见三帅,打拱,将战书呈上。狄元帅接看言词不逊,带怒递与王元帅。看过,冷笑一声说:“可恼！你这秃贼口出大言,有多大本领？前日与萧后幽州对敌,我杨门将曾破天门七十二阵。难道你摆此一阵就可倾尽我师？狂言可恼!”喝令:“将投书之人推出斩首。”左右将段虎拿下。这段虎全然不惧,反冷笑道:“段虎不是贪生畏死之人,倘然畏死,我亦不来了。”狄元帅一见赞叹,对王元帅说:“你看这少年南将,果然胆略非凡,恐吓他不得,要知三将下落,除非用着重刑拷问于他。”王元帅点头说有理,命左右放他回来。狄元帅大喝一声:“南蛮,本帅今日开恩宽恕。我且问你,前天王和尚拿我们三将,至今如何,快将情由实说,放你回去。”段虎说:“元帅,你宁可斩我,军机断不可泄漏的。”元帅怒道:“好大胆狗才,本帅问你,你因何不说？左右,与我拿下重打四十。”军士上前将他扭下就打。这段虎虽然性硬,但少年未曾受过这苦,被文武御棍打至二十,早已禁受不起:“我愿说了……”军士住手,这段虎待不言又怕再打,只得上前说:“元帅,王禅师拿了你三将,如今已监禁城中,并未加害的。”元帅听见他吐出真情,三将未曾被害,心中暗喜,即于他战书后批回,第三日打阵,与段虎带回去了。

当下狄元帅说:“王元帅,这妖僧下此战书要我破阵,不知他阵势如何狂言不逊?”王怀女说声:“千岁放心。明日整顿人马,我们先去观看阵式何名,然后见机而作,调人前往破他。”狄帅应允。

到了次日,三位元帅装束停当,带领三军众将炮响出营。来到阵前不远,元帅传令扎营,也布了一个五方阵势,中央设立一道云梯。三位元帅登上云梯观看,只见南蛮阵内齐齐整整有冲天之势,一座大阵,人如金光映日,马如怪蟒追风,旌旗乱摆,变化无穷,明显杀气,暗藏玄机,看来此阵十分厉害。王怀女看罢,知是先天纯阳阵,便呼:“元帅,此阵何名?”狄元帅说:“此乃先天纯阳阵是也。”只见满四方毫光透起,中顶黑气冲霄。王元帅说:“阵是纯阳阵式无差了,只是阵中定有神人把守,只要五遁俱全腾云暗隐之人方可进阵。他有二个正门杀人,今我只进一门,手下战将临阵,如以卵投石,送尽性命;此阵要两个会腾云穿遁,有法保身才可。看来除非上汴京请了穆桂英来,让他进阵,以阴破阳方得成功。”狄元帅说:“昨日约妖僧以三日打阵,如今回汴京来往三月余,如何使得?如若出免战不去打阵,妖僧越得藐视猖狂。”王元帅说:“千岁,令刘将军席云,六七天已到汴京,穆桂英一日一夜可至此了,不如今日遣两员将前去探试他阵虚实,然后差刘将军回朝,好全了我打阵的话。”

狄元帅说声有理,便问:“何人愿往?”只见二将应声愿往,狄元帅一看,见是焦廷贵、狄龙前来应令,吓了一惊,暗骂道:“好不肖之子,你是未逢大敌少年,焦廷贵是个鲁莽之人,进阵必然有失。”只因众将跟前,又不能退他不往,带怒喝声:“你二人要去探阵么?”狄龙说:“父王,孩儿愿往。”焦廷贵亦言愿往。元帅喝道:“你二人诚非大将,此阵厉害非凡,莫言年少无知不能进阵,即超群宿将倘不知机,亦是有去无回的。”此语乃元帅暗点二人不可前往之意。焦廷贵是个莽夫之徒,狄龙亦是年轻,只道父王说他年少力弱,不会父王之意,二人说:“若不取胜,甘当军法。”王元帅说:“你二人既要去,须依我将令方可,第一,须立下军令状,违令者斩;第二,在阵外略探信息,不得轻进内阵；第三，一闻大营鸣金立刻回营，违者斩首。”二人领令，纳下军令状。

双马冲到阵前，焦廷贵说：“公子，怪不得我们二位元帅再三叮嘱，看此阵果然厉害。”见阵前毫光昭昭杀气腾腾，狄龙说：“须带兵一同杀入罢。”焦廷贵说：“公子之言不差。”正是二人皆有此难，带兵飞马打入阵中去了。王怀女大惊，说：“不好了，你看此阵门不冲自开，他进头座即回乃可，若不知利害攻进中央，必然休矣。”忙令鸣金。此时焦廷贵、狄龙杀入阵头二门，并无拦阻，二人初进此阵，南兵偏将那里在心？一同枪挑棍打不计其数；二人杀出了神，定要打破妖阵，一听本营鸣金，只作不闻，催兵杀进阵中央。离法台上不远，一片锣声响亮，雷音大作，只见四方八面俱是旌旗，天兵一派飞动。二人早已不辨东西南北，只得勒马观看，又见四方大将杀来，台上俱是奇形怪状神将，二人才觉心惊。此时又无出路，王和尚仗剑作法，将后路化为洋海，二人无奈，杀上前法台，又见妖僧仗剑挥指天兵杀下。狄龙对焦廷贵说道：“你看这妖僧，在法台上指引天兵来围困我们，今日看来死在目前。我二人是要束手待毙了。”说完不知二人性命如何，且看下回分解。

第二十三回　纯阳阵拿捉宋将　报异梦明传武曲

诗曰：妖僧排阵困英雄，助逆回天强立功。
　　　哄动蛮王开杀戮，生灵百万丧场中。

却说狄龙、焦廷贵在阵中央，王和尚喝令神兵来拿他，狄龙说：“如今料不能逃脱，我与你跑上法台将妖僧杀死，我们纵死在阵中也得瞑目。”焦廷贵说：“公子之言有理。”二马一拍，抢上法台。王和尚一见二将来得凶勇，飞枪上台，急忙取出落魂铃，口念真言摇了两摇，二将在马上已昏昏迷迷，跌落马下。王禅师吩咐手下兵丁：“将二人收入囚车，待拿了狄青，一同解上我主大王发落。”歇一会，焦廷贵、狄龙苏醒了，睁眼一看，见身陷入囚车，方知被妖僧法术擒了，此时心中十分懊恼：不该强领帅令到此打阵。焦廷贵愤恨难消，将秃贼呼骂不绝口。

又说众天兵把宋军一千五百，齐困到中央戊已土陷坑中。宋兵心慌意乱，踏着此处，"霍"的喝声响处，一千五百人马俱下坑中。王和尚用旗一挥，天兵各归本位，令人到蒙云关，将张忠、李义、岳纲俱上了囚车，推入阵中，连焦廷贵、狄龙共是五架囚车，齐放法台之下不表。

再说王元帅与狄元帅，见狄龙、焦廷贵二人，带兵直进阵中，只望鸣金，意二将便回，岂知彼二人自逞英雄，闻金不退，进阵不回。二位元帅吓得大惊失色，连说："不好了，二人杀入阵中，定然性命不保。"心头着急。又见阵内杀气冲天，旗幡变动；有半个时辰，阵中方才不见杀气，动静收藏。二位元帅就知，不是被擒，定必伤残了性命。王元帅口中嗟叹不已。狄元帅思起父子亲情，犹如万箭穿心，暗暗垂泪，呼声："逆子！你未出马就嘱咐你浅进阵中，略探消息。你就满口应承，与王元帅立令，鸣金即回。岂知你闻金不退，硬进阵中，如今生死未卜。这焦廷贵，虽然一鲁莽之夫，也是忠义之人，随着本帅多年，也深可惜。"王夫人劝言，呼："元帅，何必烦恼，死死生生自有数分。公子打阵虽然凶吉未分，料这妖道伤人，俱用落魂铃，生擒囚下也未可知。"狄元帅说："他二人自取其祸，也言不得了。只忧这妖道摆下恶阵，何日能破他，如何打算方可？"王夫人说："你放心，虽然妖道有此法术，摆下此恶阵困了我师将士，也是众将该有此灾，非干兵将之弱，我们且紧闭营门，往汴京调取穆桂英。他一日一夜可至，相与进阵，自可破了。"狄元帅无奈，只得收兵，连夜差人回汴京。又发令紧闭营门，不许懈惰。

当夜，狄元帅为思儿子被陷阵中，无情无趣闷坐帐中，不觉隐几而卧。忽闻外厢有脚步声响，一刻，只见二位青衣童子至帐前笑言，呼："武曲星君，吾主武侯差吾等来相请，现在洞中相见。"狄元帅也不问他姓名，即随着二青衣童子而去，耳边只闻风响，身如入云中。不一时到了一座宫殿，甚觉幽雅，元帅进了中门而入，侧耳又闻音乐之声，无数仙官两旁坐定，一尊神圣在中央，纶巾羽扇，身披鹤衣，色分八卦，腰束九股丝绦，面如冠玉，目似流星，一见即离位恭身，揖至大殿中见礼坐下。尊神呼："狄元戎，你今日奉召征南，蒙云关上遇了妖僧摆下恶阵，若破此阵，除非是段红玉，他乃千年狐狸转世。他有一宝，名曰阴沙，若用此沙一撒，其阵立破。令公子狄龙，乃左辅星下凡，他两人乃千里姻缘，必然请到女将军方能破此阵。吾曾算过，若是甲子之日错过，这段良缘再没处寻了。若汴京人至，也不能破此阵，这是天数，非人力所强为。但令公子良姻为要。吾乃后汉诸葛也。"言罢，吩咐二青衣："速送狄元戎回营。"狄帅正要开言，只见青衣将他一推，忽然苏醒，四下一看，方知作一大梦，开言便问左右："此时候将有几鼓？"有巡逻更军入禀上："正三更了。"狄元帅闻言，细想梦中之事，实奇哉。不信此事有此奇验，有此神灵。果有此事，乃天助成功也。再思一番，还是历历可说。他言如此，狄龙二人未曾被害。

思思量量，不觉天色已亮。命左右出营外，唤一二处土民速带进来。左右领命，去了半刻，带了两个年老土民来到帐前下跪。狄元帅吩咐他起来，询问道："你此处可有诸葛武侯庙否？"二老民禀说："此地有名山，曰富春山，在西南角，离此一百八十里，果然山上有一武侯庙。前时，蜀汉得他征平孟获，不伤害一个黎民。百姓沾感他恩，是以建立庙宇祭祀。"狄帅大悦，厚赏老民而去，带喜色道："这是天子的洪福，感动神明前来托梦。这武侯乃后汉一忠臣也，他指示说，要破此阵除非段红玉。前者他已有意投降，思我儿为婚，但今不知他在于何处，实难寻见。"又想，神圣吩咐，不可不信，何不前去进香谢谢神明，求签再探消息便了。五指推算来，今日壬戌，明日癸亥，后日甲子又到。

次日，狄帅说与王元帅知之，王元帅说道："此乃南蛮之地，若去，必改换去戎装悄悄而行才好。"狄帅说："本帅此去，只带大将一员，暗藏兵刃假扮商人，在客店一宵，暗中密访。"言罢，狄元帅即令石玉换过衣装，暗藏兵器，别过众人而去。王元帅放心不下，又差孟定国、高明、杨唐三将，带领精兵二千在半途埋伏，以防不测，又差五十名小军,在富春山四方周围打听,若有急事,即速奔回,以便救应。

且言狄元帅与石玉一路言谈,不觉天色已晚。二人进了饭店,用过晚膳,寄宿一宵。次日,备了香烛,一程跑了二十里方才到了山前,果然好一派山景。二人也无心看玩,一程上到山中进庙,慢表。

先说王兰英公主说起富春山武侯灵验,呼姐姐去叩谒同往。段小姐大喜,呼声:"贤妹,愚姐屡闻父亲说,武侯神圣灵感,祸福无差,乃一尊正直之神。离此不过五十里之路,明早去烧香许愿,于狄公子婚姻之事,果然神圣准我奴家心愿,即死亦甘心。"王兰英听了笑道:"姐姐,你我一闺中之女,焉能自择婚姻自寻佳偶。我想,这员小将虽然生得美貌,他乃中原大国的贵公子,犹恐他从小有了亲事。姐姐一心念他,只怕后来懊悔不及,做大反小,不遂你心愿的。倘姐姐听我所谏良言,且将狄龙公子丢在一边,免得你日日怀思苦念,坏了身体,你道如何?"段小姐听了无言可答,满面通红。王兰英看见他长吁不语,便呼:"姐姐,奴先间之言多多有罪。只因你我交结情深,胜如骨肉,是以倾肝吐胆尽忠告之言,望姐姐休得见怪。"段红玉说:"贤妹何出此言!你我姐妹情深,有善相助,有过相规,正当如是。但奴前生欠下牵连债,故以此段姻缘蹉跎不就。但奴今生不得与狄公子相配,自愿终身守贞,誓不适人。"王公主见他心如铁石,不觉好笑,说:"姐姐,你伶俐一世懵懂一时,岂不闻姻缘前生所定,人事焉得强为?姐姐今坚守无二,可谓钟于情也。"段小姐说:"贤妹可为知奴肺腑。"说完,命丫环带备香烛,家丁数十人,二人上轿登程而去。

先说狄元帅、石将军二人到山顶,一程进了庙门。头座乃是后汉五虎将关、张、赵云、马超、黄忠五位尊神;过了头进,穿下丹墀就到大殿。只见香烟霭瑞,灯烛辉煌,几个道士在大殿一旁并立,殿中端坐此位尊神,上有牌匾,书云:后汉诸葛武侯。狄帅看罢,顶礼祝完,石将军答叩,下阶与道士见礼。这些道人见那两个人打扮不同,相貌不俗,连忙下阶顶礼相迎,说:"二位居士贵处何方,那里人士,尊姓大名?乞道其详。"狄元帅说:"承老师们下问,吾乃远处湖广人氏,贱姓王,名青,此位舍弟。因为置办货物路经此山,闻得武侯灵感,是以虔心前来进香。"众道士说:"原来二位乃中国之人,小道失敬了。"连忙请他上客堂上坐待茶。忽有本庙侍者来报:“老师来了。”众道士听了慌忙起位,吩咐侍者:“款待尊客,小道少刻再来奉陪。”说完,个个奔去了。狄帅见此心疑,忙问侍者:“这老师父来了,因何你们如此慌张跑去的?”不知侍者如何回答,且看下回便知。

第二十四回　祈神祇翁媳相逢　因情义金兰助力

诗曰:神明指示狄元戎,翁媳富春山上逢。
　　大破纯阳归降日,姻缘得遂两情浓。

当下这侍者闻狄帅动问,便说:“二位上客乃远方中国人,不知来历。这位老师父乃本庙中一尊活佛,道行非常,能知过去未来之事,在本山南角小蓬莱回光洞居住,但凡本庙有祸福与有缘的贵人降临,老师父方才下山到来,今日不知何故又下山的,所以合庙道士前去迎接,如今怠慢二位,休得见怪。”狄帅听了大喜,说道:“这老师有多大年纪,道号何名?”侍者道:“闻人说,老师父乃残唐时郭威的军师王朴也,后出家访道至此,道号静云,见本山幽雅清静,在此修行,后来见本庙人多,故迁往小蓬莱闭户不出……”侍者说未完,有先时见过的二位道士进来,呼声:“二位贵人,小道奉老师父之命,前来请相见。”狄爷、石将军听了,心下惊疑,只随同道士一路,到了一间静室,只见一位道士红颜白发,已在室堂外恭迎。狄爷二人见这道人仙姿古貌,上前迎接,老道连忙答礼。

到了室中坐下,老道说:“狄王爷、石将军今日驾临,故贫道下山相迎,莫道无因却有因,且喜今日甲子期,令公子良缘有机会了。”狄爷闻言,实见惊怪,说:“老师能知过去未来之事,果不虚也。今日弟子心事难以相瞒,后事还望老师指点一二。”老道人微笑曰:“不劳千岁吩咐,小道此来,一者为大宋天子平定南方,二来助成令公子一段万里姻缘,是以贫道特来饶舌。”狄爷大悦,道:“弟子何幸,得逢老师!”

当时道人呼声："千岁，歇一刻间，仍到武侯庙后坐坐，等待段小姐二位到来进香。你不可见面无情，只待他叩赞完神明，然后千岁在后堂诉说情由，痛哭令公子，小姐一闻知即来与千岁会面。但令公子与小姐尚有一债未完，小贫道不敢预泄天机，破阵之后便知分晓。"狄元帅呼声："老师，弟子多蒙指点之恩，得胜班师回朝奏闻天子，请旨宣召加封以报老师。"老道人说："贫道山野之人，弃红尘已久，那功名富贵视之如浮云，只知闭户念经，不管凡间世事。"狄爷闻知，自知失言，忙上前打拱，呼声："老师，弟子一时失言，望祈宽恕。"老道者起位赔礼，说："千岁之蒙过厚，贫道福薄耳。"狄爷又说："吾今奉旨征南未分胜败，我终身之事若何，望祈指示。"老道人说："千岁，你乃大宋保国名臣，忠心贯日，天道岂无报之以福禄位！王侯子孙历荫永无灾殃，何须过虑。"狄爷点头称是："人生只要忠孝两全，祸福机关何暇计及。"老道人又呼："千岁，段小姐将至了，你到庙中等待方好。"狄爷、石将军听了，一同谢了道人，辞别他回到庙中。

只闻众道士说："芦台关二位小姐到来进香。"狄爷二人隐于殿后，只见兵丁数十人拥护，使女排开礼物焚起香烛。只见二位小姐进上大殿中，一同恭身下跪，吩咐屏退从人去了。二人各有禀祝。狄爷早听段小姐祝言："弟子段红玉，只因大宋来征伐，奴用法困了大宋将兵已有五月余，后至杨门王怀女带来小将军狄龙，与奴许下婚姻之约。但两为敌国，父亲不允投降，至婚姻蹉跎未遂。今借汉相威灵扶持得遂，情愿重修庙宇，再塑金躯。"此时，狄爷一听得明白，暗暗大悦，顿时想起老道之言。小姐正参神已毕，忽闻内厢咨叹之声，静听口口声声哭叫"狄龙吾儿"，心想："莫非是宋元戎狄青到来此山进香？他的言辞正是中国之音，莫非狄公子困于阵中，是以前来叩诉神明保护？"正想之间，又闻呼声："元帅不必忧心，死生皆由天命，公子虽然困于阵中，倘杨家穆桂英一到，可破此阵了。"又闻："虽然如此，但父子天性，我怎能放心？穆桂英不知何日到来破阵。"又闻说："昔日蒙云关段小姐与公子两下订了婚姻，因何至今不见回音？这事小弟不明。"只闻说道："这是我狄青没有造化。被不肖子狄虎在战场之上羞惭了他数言，将小姐气走了，是以姻缘不成。苦当时错了这个机会,方才有妖僧布阵之强,困了我儿与众将至今不知生死,无奈前来望救于神圣的。"

此时段小姐听了,又惊又喜,说:"此人原乃宋元帅也。我何不面见他,救了狄公子成就婚事。贤妹,你道如何?"王兰英说:"姐姐既言此人乃狄青,正是机会不可失的。"小姐遂进后厢,呼声:"千岁,段红玉在此。若肯施恩,愿即归降,同心协力征南,先去破了纯阳阵搭救公子,后劝父一同归宋建立奇功,不知千岁意下如何?"狄爷大喜,说:"小姐既是真心归降,离却叛党,实为可喜。本帅成功回朝奏知圣上,你父兄一门受封。但今小姐破了此阵救出众将为要。"小姐说:"千岁放心。奴一到王和尚那里,此阵必破的。"狄爷带喜说:"如此甚好。请小姐与本帅回营,好去破阵。"小姐说:"千岁请先回营。外面奴同来参神的乃结义妹子芦台关公主。奴在此关有月余,如今与他回去辞别他父母,然后再来破阵。"狄爷说:"众将与小儿陷于阵中,度日如年,万勿迟回方好。小姐既去,不知几日回营?"小姐说:"奴计芦台关、蒙云关一百五十里相隔,奴不过三天赶回破阵。千岁不必吩咐,奴自然速至的。"说完,拜别狄爷,转出外厢,与王兰英说知,一同坐轿而去。

有狄爷对石玉说:"贤弟,今得神圣灵感,蛮女投降,你我且谢神圣罢。"二人转出拜毕,又去小蓬莱辞别老道人下山。次日,方同回营。

王元帅调回各路去的孟定国、高明、杨唐二千兵与五十名巡山小军,续接而回。狄爷将进香得遇老道人指点、段红玉允降情由说知。王元帅说:"他既投降,何不与他同回营?"狄元帅说:"虽允降,只要回至芦台关辞别王兰英父母,是以不得同来,大约三天他就到了。"王元帅大喜:"小姐既降了,不待穆桂英到来,此阵可破。但他进阵必要两人的……"

不表宋营议论。再说段红玉在庙祈神,遇见狄元帅当面许他归降,满心欣悦,二人说说笑笑已回至芦台关。小姐忽然想起一事:"想这王兰英已然与我结拜姐妹,但要这三颗阴沙方能破阵。但此乃他随身至宝,此宝神通广大,祭起神鬼不能近,岂肯容易与我去破阵?”又思需两人进阵,方得照应。思思量量,不觉回关。进至宫房,二人更衣坐下,宫女奉上香茗。段小姐开言说:“破阵法宝首用阴沙,不知贤妹肯借与愚姐一用否?”公主说:“姐姐,你一心要去救出狄公子,借此宝贝,但此颗宝沙,镇守芦台关全凭此宝。虽然借你一用即可,倘一失去非同小可,奴实放心不下。但与你姊妹之情,焉能不成全姐姐姻缘之事?不若与你同去,又得助姐姐一臂之力,又免奴担心,岂不为妙?”段小姐听了大悦,说道:“若得贤妹如此用情,真乃厚交过于同胞。”公主说:“虽然如此,但不可泄露风声,倘被父王闻知,其罪不小。只要如今想一个脱身之计方为稳当。”小姐说:“此何意也?”公主说:“明日必须禀知父王,只说蒙云关失机,姐姐前来特为请救,要我同往退敌。大王若允,那时与你同去,不允,才借宝沙与你用罢。”段小姐说声:“有理。”不觉天色已晚,各自安歇。次日五更,天尚未明,二人梳妆,一同上殿。

又说这王凡,生得身材魁伟,颏下一把胡须,使一柄九环大刀一百二十斤,坐下一匹獭象,有万夫莫敌之勇。自从侬智高反叛,他未曾挫败一阵,实为头功,是以蛮王封他为常胜王,命他镇守芦台关。此日在殿前商议军情,忽左右报说:“公主到来。”言未了,公主、小姐一同上前行礼。王凡见女儿与一青年女子在阶下见礼,便问:“吾儿与那位姑娘免礼。此位是何人?”王兰英说:“父王,这女子乃蒙云关段小姐,昨天前来求救。他关被宋人攻打甚急,要女儿同往相助。儿念着金兰之谊,实欲前往相助,但不敢自专,特来禀知父王。”不知王凡允否,下回分解。

第二十五回　议破阵金兰同志　计劫营段洪失机

诗曰:金兰契合义相投,大破纯阳用计谋。
　　降宋弃蛮归圣主,姻缘得遂乐同俦。

当下王凡说:“我儿,段小姐与你姐妹之情,你当相助。此去若退了大宋军马，即要回来。但是我久闻人说，杨家人马个个善于术法，狄青善于用兵，你前去且要小心，勿倚恃法力，轻敌必然有失。”公主领命，二人拜别王凡去了。公主又进宫辞过母亲，也是一番叮咛。出宫门挑选了一万精兵，二人并马起程，向蒙云关而来。

自辰刻催兵赶路，至二更天方到关下。立下营来，用过晚膳，公主呼：“姐姐，你我前去破阵，反去助了敌人，与反叛何异？须要偃旗息鼓做得机密，休使外人知道的。”小姐说声：“不差。昨日我看兵书上面写的明白，说此阵有二正门可进，台上面有天兵神将把守；中军凝结纯阳之气，都是这和尚炼就阳气发胜，日则难攻，夜则易破，只因阳衰而阴旺也。用五千军马各进一门杀入，黑夜中这和尚纵有法不敢用，恐伤了自家人马，一阵成功救出狄公子。夜来神鬼不知，与贤妹各各回关去，你道如何？”公主说：“姐姐之言有理。”二人商议已定，公主又呼：“姐姐，不知王和尚之阵到底摆于何处，今不过二更余，何不先去探他，看其如何？”段小姐说：“你我前去探阵，诚恐爹爹或王和尚看破行藏，反为不美。不如命精细军人前去探听为稳当。”公主称言：“有理。”即差人去了，也且慢表。

却说王和尚自从困了宋将几人，连日出阵到宋营外挑战，并无一人出马，心中不悦，与段洪商议：“宋将不敢前来打阵，如何是好？”段洪说：“宋将畏惧此阵厉害，不敢前来，定然另有设施。依我愚见，今夜我带领人马前去劫他的营，禅师在后接应，一阵可以杀他片甲不回了。”王和尚大喜，说：“老将军高见不差。”说完，时交三鼓，段元帅即差二子段龙、段虎，各带三千军马、副将各五员，为左、右翼；自为中军；王禅师随后接应。令下，各去打点。禅师令卜贵守住法台，自己带了随身法宝而去。

先说王兰英的探子来报，说：“此阵在西南方，离关十五里，阵式周围四十余丈方圆，有门有户，一派毫光，其中奥妙小人不知。”小姐二人见探子报明白，公主说：“今已知阵在西南，不用带兵杀入。我向南门杀入，你向东门杀入。退了天兵，你于台下放火，乘乱可用法脱出宋将了。”此时，公主驾起云头；段小姐带兵一万，卷旗息鼓一程，到了离阵不远，埋伏于茂林，待阵一动然后杀入。

先说王兰英驾云来到阵前，看见阵内黑气冲天，四角毫光闪闪，暗说："此阵果然厉害。我若无此颗神沙，焉能破得此阵，自然立足不住的。"言未了，台上旗幡一动，众天兵天将杀来。公主葫芦内放出宝沙，咒念真言，一撒，只听得一声雷响，犹如天崩地裂，神沙光亮将黑暗冲散了。阵中旗幡自乱，阵内鬼哭神愁。众蛮兵只当作宋人来打阵，黑暗中不分真假，刀斧交加，自相残杀殆尽。天兵神将回避神沙，俱升天而去。卜贵不知何故，吓得目定口呆，有法不能施展。公主见天兵走散，法台上只剩一僧发振腾腾，公主飞跑上台，一刀斩于台下。南兵众将大乱。

段小姐一见阵乱，即杀进中央放火。看见法台里五架囚车，就知被擒宋将乃岳纲、张忠、李义、焦廷贵、狄龙。小姐看着公子，目中下泪，暗呼："公子，可怜你年轻体贵，焉能受得如此苦难！"吩咐众兵："将囚车打开放了宋将。要慢些下手，犹恐着伤。"南兵领命，即时打开。五位将军看见段红玉令人放他，心下惊疑。焦廷贵大呼："这妖妇与我仇敌，须防他来算帐。"岳纲说："这妖妇虽然放我们出来，决无好意，何不趁此上前，将他拿住除了大害罢。"早有焦廷贵大喊一声，飞奔上前，四人一齐拥着将小姐拿住。众兵正欲动手，反防伤了小姐。这小姐看来不好，念咒对焦廷贵吹一口气，焦廷贵反变化作一个段红玉，这段红玉却化作焦廷贵。五人正拥着段红玉要擒拿，岂知是焦廷贵，段红玉在旁逃去，他众人惊疑不定，却放开段红玉反将焦廷贵拿住。小姐趁势一纵，跑上云头而去。当时众人拿住，只见是焦廷贵，吓了一惊，多说："奇了，反被妖妇走了，拿的又是焦廷贵！"张忠道："他走了，不可再追，且回营罢。"五人即出了纯阳阵。此时已四更天，路途黑暗，只得随步慢行。

又说段小姐跑上云头，怒骂一声："好匹夫！奴好意救你，谁知你恩将仇报，反将我擒拿。幸然奴有此法力，不然一命难逃。"

又说王兰英见段红玉带兵杀入阵中，不见动静，忙下了法台，见是带来的兵马。众兵执火，照辉光亮，认得公主，遂将小姐救出宋将反被他擒拿说了一遍。公主听了大怒，说："姐姐，你既脱了此厄，还不来寻我！"想了一会，说："必然救出他五人，不想宋将恩将仇报，见劳而无功,所以羞愧不来见我。待奴前往找他。”说完,遁光而去。寻见段红玉,呼声:“姐姐,因何独自一人在此?”段小姐说:“贤妹不消提起!只望破了阵救出公子降宋,自有好处,岂知宋人险恶,一离大难就反面无情来拿我,若非有些法术,险遭毒手。料想婚事不成,枉费贤妹与我一番的跋涉,用尽机谋,空成画饼充饥。”言罢,泪珠盈盈。公主说:“姐姐不用心烦,且听我一言,教你忧中变喜。”段小姐说:“贤妹有何良谋?”公主说:“你当日在富春山,与狄元帅许下投降与公子结婚,教你破阵搭救五人。想五将困于阵中已有半月,焉能得知你投降了?因何你一人放出五人之时,又不说明其故?倒是你失于检点,如何怨恨他人。”小姐听了方才醒悟,说:“贤妹,若非你言,愚姐错怪于他人了。但想众兵还困住五人在阵中,烦贤妹与奴同往将前事说明五将得知,以便回营报知狄千岁,如何?”公主说:“姐姐,你见差矣。这五人乃堂堂好汉,众兵那里是他对手?他们早已杀出回营去了。你我何不回去,命众兵多持火把,追赶上他五人,同到宋营报知狄元帅,以成就姐姐的良缘。你道如何?”段红玉大悦,说:“贤妹高见不差。”即按下云头。一刻,阵中已到,冰消瓦解,和尚兵的尸首满地,实为可悯。二人咨惜一番,招回众军,传令随同走路不表。

再说王禅师与段洪,带来兵马前去劫取宋营,人马肃静衔枚。此时仍复四更未残,将到宋营,段洪对王和尚说:“今夜劫营,又遇大雾迷空、云封月色,乃天助成此功也。倘退了大宋之师,皆得禅师之力。”正说之间,只见探马如飞来报说:“不好了,纯阳阵被敌人打破,一万和尚兵已被他杀尽。”段洪大惊,和尚大怒,即令:“回营!必然宋人知觉。”行不上二里,只见远远来了一支人马,灯笼火把照耀如同白日。王和尚将军马排开,等候敌人。

又说段红玉、王兰英正催兵追赶众人,只见前面扎定一队兵马,只说是大宋之师。行近灯光细看,见是南蛮旗号。王兰英见是段洪与和尚,便对段红玉说:“姐姐既见他面,只须如此如此答应,方才不露出机关来。须将令尊大人哄诓过。所惧者那王和尚,须要算计了他,方保得无事。若被他看破行藏,投顺大宋,就连累非轻,再难设计了。”段红玉闻言，说：“贤妹果然妙算无遗，非人所及。”二人于是催马上前。

段小姐呼声：“父亲，孩儿红玉在此。”段洪听言，在灯光之下抬头一看，见一员女将金甲全披，戎装威武，手拿双刀在那里呼“父亲”。看真原来是女儿，也思量：“这贱人一去两月并无行踪，在于何处居止，莫非已投大宋不成？”遂开言大喝一声：“你这不肖之女，不从父训，流离失所，好个未出闺门的幼女！你又因何黑夜领兵至此，是何缘故？一定有心反叛了。若不斩你这不肖之女，岂不被人耻笑，被人谈论，说我不忠！”言罢拍马数步，跑到段红玉跟前，提刀斩去。段小姐闪开躲过，呼声：“父亲息怒，待儿细细禀明。”此时，不知小姐如何说出，下回分解。

第二十六回　施巧计兰英斩僧　中机谋段洪降宋

诗曰：天网恢恢焉可逃，助逆强僧杀戮遭。
　　国运当兴归大宋，被诛失计女英豪。

当下段小姐见父亲发怒要斩，即便说：“父亲不必动怒，待女儿禀明。”段洪说：“有话快些讲来。”小姐说：“女儿自那日出敌，只望取胜，岂知反败了，无面回关见父亲。至此一程走到芦台关，多蒙兰英贤妹相留两月，今日起兵相助，日夜催师行程，只赶至此处。但黑夜之中闻人说出风声：打破阵图放走了宋人，打开五架囚车。又闻父亲与王长老前去劫取大宋之营。是以女儿一闻，与公主前来接应，并无反意，望乞父亲鉴察参详。倘因一时之怒伤害了女儿，岂不有屈难伸，且臭名难免，爹爹于心何忍？”当时，段洪听了女儿一番言词，料必不是谎说，正在沉吟思想。有王和尚闻段小姐之言，看见段洪疑惑，喊声：“元帅，令爱句句忠诚实说，有何虚言，元帅何必执性生疑！”段洪听了便说：“你既请得公主前来，如今在于何处？”小姐说：“现在中军队伍中。”段洪说：“他既在中军，何不请来相见。”

公主闻请，催马上前，称声："元帅、王法师，奴兰英甲胄在身不能全礼，休得见怪。"说完，打拱。段洪与王禅师忙答礼，同说："有劳公主起兵相助，感谢不尽。"王和尚又呼："公主与小姐，你二人一路而来，谅必知情，不知贫道的阵法何人打破，可对我说知。"二人听了一惊，公主忙说："法师，若问你阵法谁人打破，我们不知。但带兵来到阵，隔二三里但闻败残和尚说'阵被宋人打破了'，我二人一闻此说，正赶上阵前，意欲除杀宋师。未到阵前，只远远见灯火照耀一派红光，喊杀如雷，料想此阵已破，只得回兵，意欲进蒙云关。又闻耳风，元帅、法师去劫宋营，特回兵前来帮助。"

王和尚闻言信以为真，吓惊不小，说道："此阵虽厉害，已被他打破，想来天命有归，中原天子洪福非轻，自有神明相助。看来贫僧虽有法力终于无用，只恐有败无赢，枉用心神徒开杀戒耳。"王和尚想到此处，把刚强杀伐之雄心性灰冷了。公主、小姐见他信以为真，方才安心。公主想："这秃贼往日攻取各城，依仗法力哄动南王作叛，即将所取地方妄加杀戮，今日强狠在那里？我何不哄他？出其不意杀了他，然后劝段伯伯投降大宋，有何不妙，如此姐姐姻缘又就了。"想罢，呼声："禅师，不但大宋神圣佑助他，还有一句稀奇的话，只众军前不可说，恐乱了军心。"王和尚说："不妨。"公主道："不可，不可。须要法师行近，细细说的方好。"王和尚听了，心中疑惑一会："公主有何稀奇之事，且请说来。"将坐骑跑上数步，只望王兰英说什么机密大事。公主暗暗挽着王和尚，手起刀落早已挥为两段。

有段洪吓一大惊，喝声："王兰英，你将长老杀死，定然要反了投顺宋朝！"公主呼声："老伯父你还不知么？"将段小姐的事情一一说知。段洪闻说，大怒，气得三绺长须根根直竖，喝声："你等不由我做主，私降敌人，此玷辱门风之女，我今不杀你这个丫头誓不为人！"说罢，拍马抢上，双手持刀向段红玉砍去。公主双手架住。段洪见他架住大刀，复又横刀斩去，公主又横刀挡过，呼声："老伯父，且暂请息怒，听奴奉告一言。大宋天子乃受命之君，中原之主，运会当兴。我南天王乃一叛逆布衣，初起时，尽是匪贼亡命之徒，僭夺了交趾，妄自称孤道寡。所行非义，所做非仁，焉有甚福荫成其大事？纵使他再攻僭得一二省，亦不济事。中原大国兵多将广，文忠武勇，天命所归。审世度时，南蛮不久必为所灭。即我父王，久有降宋之心，但未得线引耳，苟有机会必然降顺天朝。但今老伯父不降宋，必有大祸临身。”

段洪说：“不降宋何得有祸？你且说来。”公主说：“这王和尚乃奉南王之命来助阵，不是死于敌人之手，乃在你关自杀死他。倘他手下一泄出言，言你陷害于他，南王岂不动怒？况达摩军师又与他是道友，在南王跟前劾奏你私杀命官，那时，一家性命不能逃脱，不是大祸临身么？倘老伯父不听我谏言，奴即赶往昆仑关，奏你私杀法师，脱了我的干系。”段洪道：“你杀他，反诬我杀的！”公主说：“奴只脱了干系，何分你我？”段洪想：“这丫头自然厉害，倘他当真诬奏起来，一家性命休矣。”说：“罢了，今从你二人陷我于不义的。”段小姐、公主大喜，合兵一处，吩咐埋葬了王和尚尸首，一同回关。

段洪命段虎查点府库，预备来日投降。是夜，父子兄弟公主五人议论投降，这一番言语不必细述。

又说狄龙五人杀出重围，天色黑暗辨不出路途，况地头广杂，五人只管慢行。走到天明一看，众人惊疑勒马，说：“我昨夜天暗，只管跑走，如今走错了，不知此是什么地方？”张忠说：“南蛮地广人稀，又无村民一问去路，又无人指引，如何是好？”廷贵说：“我们何不跑上前面高山看看，找了出路。”众人于是走上山头，只见山侧松林下，有两人在此抬头张望。五人一见，说道：“有了，那山上有人在此。”狄龙说：“待我去询问路途。”催马去了。张忠对李义说道：“公子年轻，此去问路，山上人装束不同，不知是好人是歹人？倘有失足，上他们的当了。”二人即拍马追上。狄龙在前，张、李在后，三人只往松林中走，相隔不远。

山上两人见三骑来近了，一回身，往松林中就跑走。狄龙带怒，拍马已赶入树林内。忽听得一声响锣，就地上拉起绊马索来，将狄龙连人带马绊倒在地下。两旁跑出若干人，手持挠钩将狄龙拿去。张忠、李义一见狄龙拿住，心中着急，拍马大喝。众人看看赶近，只闻锣声震耳，松林内涌出一队兵，当中一员蛮将，生得丑陋奇形。二人大喝一声："野奴，你是何人，擅敢无故拿人？快快送回，下礼赔罪，就饶你不死。"这员丑将喝声："你等莫非是宋人差来问道的？自到吾此山大胆横行，还想要回被擒人，休想了。"二将听了大怒，枪刀齐刺，南将提刀相架，三人杀起来。张忠、李义不是本事低微，皆因放出囚车，只得小军短刀，所以敌不过此将，又被拿住了。

焦廷贵与岳纲二人，在山下看见，忙跑上来追。南将见山侧又有二人杀奔上来，只得勒马以待。二将看见这丑汉十分威武，怪不得他三人被擒，原来这贼凶恶武勇，遂大喊："贼寇，一连擒我三将，是何缘故？"南将闻言不答，长枪又戳来。二将短刀架开。三人战了一回，二将抵挡不住，亦为刀马不堪使用。岳纲想想三人被拿去，原因刀马不合，如今再战，难保不输，即拍马败走。焦廷贵看见岳纲先走了，他亦拍马跟随。南将不来追赶，收兵回山而去。岳纲道："吾五人出阵，只道脱离虎口回营，谁知黑夜错行，错入此山，遇着蛮将擒去三人，未知生死，怎能回营见元帅？"焦廷贵说："依着我言，找路回营禀明元帅，兴兵前来踏破此山，可救出三人。"岳纲无奈，依允寻路。已交巳时，肚中肌饿，路上又无住家人，只得忍饥而走不表。

又说蒙云关段洪，此日打点开关投降，心中忽然想起："兵法云：'以虚为实，以实当虚。'又未曾与狄元帅面订，若开关出投，宋兵杀入城来不准投降，那时一家性命难保。不若命女儿前去，先献了降书，果然应允，然后开关未迟。"即时写了降书，交与红玉说："女儿可到宋营献了降书，倘宋师准降，即可回来。"小姐领命，正要动身，有王兰英思量："这段红玉去献降书，一恐他不顾生死，一心要匹配着狄龙，必然此位小将军生得相貌非凡，人才出众，何不跟随他前去，看看这狄公子？"说声："姐姐慢行，愚妹陪你走走。"段小姐说："如此甚好。"二人上马，带了数十名家丁，辞过段洪与段龙二位，徐徐而去。

走了二十多里，已到了宋营，遂令家丁通报进营中。狄元帅闻知，又惊又喜，说："蒙云关既愿投降，因何不放五将回来？"低头一想，问军士："此员女将有何人同来献降书？"不知如何投降，段小姐有何答话，下回分解。

第二十七回　老南将真诚降宋　少蛮女私订良缘

诗曰：南蛮老将降天邦，大宋当兴气运昌。
　　择木而栖名鸟德，拣君以事是臣良。

当下狄元帅见段小姐来投降，有降书纳款，不见被擒五将回营；又见军士回禀，只同一员女将同来，兵丁数十人。狄元帅听了，低头不语，王元帅便呼："千岁不言，莫非疑着段红玉有什么诈处？"狄元帅说："然也。段红玉既破了此阵，缘何不放五将回来？莫非段洪不降，他女儿私降的？"王元帅说道："不如命人出营问他明白，然后准他投降相见。倘若含糊有诈，抢关便了。"狄元帅便问："何人出去？"狄虎说："孩儿愿往。"元帅说："你去恐失。盘诘敌人须要随机应变之事，你年轻智浅，那里参得他人面情虚实，岂不误了大事。"狄虎满面羞惭而退，想道："父王不叫我去，只言我作事不牢，待我暗暗出营埋伏在蒙云关大路旁，候段红玉回时，截住这丫头，将他生擒了，问他爹爹的消息，岂不是好！"意思打定了，悄悄走到帐后唤了七八个家人，吩咐一番："不要走漏风声。"说罢，提刀上马而去。

当时，狄爷见狄虎退去，又问："谁人前去？"有杨文广上前说："小将愿往。"狄爷说："杨将军前去更妙，须要谨细诘问他。"杨文广领命出营，带了人马一字排开，看见二员女将。王兰英便问红玉说："姐姐，宋营这员小将莫非是狄龙？"小姐说："非也。乃山后杨业的后裔杨文广也。他是一员骁勇小将，奴与他交锋，险些丧在他手。幸然有些法力。但不知他因何带兵出营？狄元帅如何主意？"王兰英说："何不前去问个明白。"小姐说："贤妹之言不差。"即拍马上前，呼声："杨将军，今日领兵出营不知何故？"

杨文广早已看见两员女将，生得美貌超群，一人是段红玉，一个不知何人。开言说："我元帅闻你前来投降献降书，特差本将军问你：既然破了阵，因何不放我们五将回来？"段小姐说："自从在富春山别了元帅,次夜即领兵攻打,破了阵杀死一万和尚兵。救出五将,正要诉说前情,岂知这五人反将奴拿住,幸得我有法力脱身,不然性命不保。”杨文广说:“既然放出众将,因何不见回营?明明你害了他们性命,如今又来诈降,幸得我元帅参破机关,差我前来擒你。”抡枪就刺。小姐大怒,说道:“奴好意来投降你,只为破此恶阵,费尽许多心神,杀了王和尚,劝谏父亲多少方肯归宋,谁知你难信我的,反面无情!救了五人,反说我诈降。早知你们失信,奴枉为极力辛劳,今叫我如何回归见父,岂不被他人耻笑?你是不知其原由的,快请狄元帅出营,待奴问他,在武侯庙的言词至今何在?”杨将军说:“据你言词,亦是真情归降,但我五将不见回来,难以准信。”小姐说:“黑夜中五人杀出阵,一定迷失路途。既然将军不信,且收了降书,限我二日,探听五人消息再来回报如何?”杨文广说:“小姐之言有理。待我回去与你转达元帅。”说完,接了降书回营去了。

小姐见杨文广回营,长叹一声:“只说前来献了降书即姻缘两合,岂知又是吉内成凶。五将不见回营,狄元帅心疑不定,岂不活活将奴急杀。”兰英在后,见姐姐呆呆不语,虽不耻笑于他,却也忍耐不住,跑到跟前呼声:“姐姐不必如此的着急。此处不是望夫台,如何站立不动?古言:万般皆是命,半点不由人。姻缘乃前世所定,赤绳系足,岂能逃脱?若听我言,何必去寻狄龙,他既与你无缘就罢了,倘若勉强而为,恐有关于性命,又防与你父兄伤了和气,反为不雅。”小姐闻言又羞又愧,低头不语。王兰英见他进退两难,当时只得又劝道:“姐姐不必忧愁,如今事已至此,须要寻个计策方是。”小姐说:“望求赐教,开奴茅塞。”兰英说:“依奴愚见,那五将走失了路途,必然在竹枝山。此山离此不远,其中路径丛杂,想必误走此山。姐姐可速到彼找寻,奴今回关见段伯父,将前事说知,使他放心,就在关中等候。”小姐应允,二人别了,按下段红玉不表。

有兰英公主带回众兵向大道而行,一路暗笑段红玉痴心。正想间,忽听得前面有人喝声:“妖妇休走。”公主一看,见来了一员小将,生得眉清目秀俊雅风流。“想必此将乃狄龙,怪不得段红玉如此痴心为他。”看罢便问:“小将何名,因何阻吾去路?”狄虎看见此员女将，生得一貌如花世所罕有，三寸金莲令人可爱，丰姿艳冶倾城。狄虎暗赞道："好一个齐整蛮女，看他弱质柔柔有何本领，俱是仗着邪术伤人。"仔细一看，又不是段红玉，乃另一员女将也。想："段红玉，吾父王不准他投降，被我兵杀败，未知走往何处？"正在思量，见女将问他姓名，便答言："吾乃平西王次子狄虎也。若知我二公子刀法厉害，快快下马投降，饶你一死！"

王兰英听了一想："段姐姐言平西王公子狄龙生得一美非俗，我只道此人是狄龙，如何又唤作狄虎？想必是他手足。"便说："吾乃芦台关王兰英，乃王凡之女。请问小将军，既是狄元帅公子，今年青春几何？狄龙是你何人？"狄虎闻言冷笑，想："此女问长问短，此是何故？"遂答言："狄龙乃吾之胞兄也。你问他，是何缘故？"王兰英说声："将军，你既然是狄龙的令弟，岂不知蒙云关的段小姐与他订结了姻缘，今日亲到宋营献纳降书，因何狄公子阻于半途？"狄虎听了，想道："我父王既好好约许了段红玉为婚，今日他是随行来归降于我们，若半途阻截他，于理不合。不若哄激于彼，看此女有何关节之言。"便说："我兄虽许段红玉为婚，不过诓哄于他。方才小姐被我们埋伏擒回营了，今又奉父命来拿你，快快下马受缚。"公主闻言怒道："匹夫！你们俱是忘恩负义之人。谁敢来拦我？你想擒拿万不能了。"说罢双刀斩去，狄虎大刀相迎，一连杀了二十合。

公主抵敌不住，暗暗喝采："真乃将门之子，话不虚传。料难取胜，又不可用法宝伤他。既是狄元帅之子，姐姐既匹配狄龙，又何妨订约于狄虎？不如与他面言罢。"架住大刀，喝声："公子且住，奴有言相告。"狄虎听了说："你有何言，快快说来。"公主说："令兄既匹配了段小姐，你我不若联了婚姻，同心协力以灭南蛮，不知公子意下如何？"狄虎闻言想："此女好不顾羞惭。我且耍他一会，看他如何。"笑说："公主既有此美意，却不难。我今实奉命来擒段洪，在元帅跟前夸了大口，倘公主成全我此段功劳，我是无有不依。"兰英听罢，心下十分难处，想："此事如何是好？若依了他，姐姐怪我不义；若不依他，这婚事难成。事在两难。想来段红玉去寻找五将，奴不若与狄虎进关，只说宋帅差二公子前来请去，待他拿绑了段洪，请宋将进关，岂不两全其美?"即对狄虎说:"此事即在奴身上。只是不要失了前言。"狄虎心中暗喜,呼声:"公主既然应允,但不知有何良谋,乞道其详。"公主说:"奴哄了段洪出关,说公子奉命相请,即将他绑了,你道如何?"狄虎大悦,说道:"公主且回关做作,我在此等候。"

公主辞去,进关见了段洪。他问:"事体如何?"公主说:"狄元帅虽然收了降书,他心中疑惑五员将士不见回营,段小姐许他找寻五人去了。狄元帅实疑我们有诈,传言要我请老伯父到他大营,与狄元帅面订一言方为真实。我不知老伯父意见如何,未敢应允,不知他内里有什么机谋。今狄元帅又差二公子在后面相请,老伯父,你意见去否?"段洪说:"既如此,本帅就亲到宋营,与狄元帅一会何妨。"公主又说:"老伯父既去,不必带人马,诚恐宋将疑心。"段洪应允,即时上马与公主出关而去。行了一程,只见狄虎匹马横刀立于大道,王兰英诈作不见。段洪勒马向公主说:"我看来将不怀好意,莫非不准投降,差人前来迎敌?"王兰英说:"伯父放心,这员小将乃狄元帅次子,名狄虎。想是狄元帅差他来迎接。"段洪听了,只得前进,与狄虎答话。不知段洪如何被擒,且看下回分解。

第二十八回　王兰英背义夺关　狄元帅正军斩子

诗曰:契结金兰意味长,缘何日久竟相戕。

　　夺关背义恩情失,且看交深是虎狼。

当下段洪只言狄虎奉了元帅之命来迎接于他,连忙上前,口称:"小将军,老夫乃无能降将,何劳远迎。"狄虎见他来近,起手横刀刺去,刀尖刺中咽喉,段洪一命呜呼跌于马下。王兰英一见,面如土色,忙呼:"公子,你说擒拿他,因何伤了他性命?"狄虎说:"公主,我意欲大刀挑他下马,不意误刺中咽喉,悔已不及。"王兰英听了,心乱如麻,只忧段红玉知他杀死父亲,焉肯干休?叫我如何回答?想了一会,对狄虎说:"你今误杀了段洪,皆因我错了主意。一不做,二不休,如今不若与你同去取了此关,差人回营报知狄元帅,请他前来进关。倘若段红玉回来,慢慢与你调停劝解于他。若有不依,即时拿住,挟他投降方为妥当。”

又谓这王兰英为人,前后极似分为两截。初时,待红玉情深意厚,为设计周全,算无遗策,智量堪嘉,无如今日,为着狄虎结婚,误伤了段洪,毫无怜惜之心。他虽非骨肉,但念与红玉结契深情,于心不忍。何也?“只要我躬连理偶,那管他人不戴冤!”

当下狄虎听了,便呼:“公主,蒙你美意相助,我岂相忘!事妥日,与你永结百年之好。”于是二人进关。此时,段龙、段虎只道宋师势大,爹爹已死,即时与母亲奔往芦台关去了。狄虎收殓了段洪,差人回营报知。

狄元帅大惊,说:“这畜生好大胆!不奉令,前去杀了段洪骗抢他关,如何是好?”王元帅说:“我想,段洪既来投降,又去取了他关,伤他性命,如此不仁归于我们。公子虽然有功,难逃违令之罪。如此,悔亦不及。且去安了民罢。”元帅留下高明、杨唐、孟定国三员战将,副元帅杨文广同守营盘;其余战将随往,又带兵五万,一路来到蒙云关。兰英公主乃投降之人,只得与狄虎出迎。二位元帅进了帅府大堂,一同下坐。狄元帅令探子四路追赶盘诘段氏家口奔逃何处,打听明白即来报知;又命将段洪棺柩运入关内,出榜安民;然后吩咐兰英公主进见。

公主进内,只见众将威严与本国不同,心中惊恐,含羞说声:“芦台关王兰英叩见。”狄元帅起位,拱手说:“公主请起。”王怀女早早离位挽起,说:“公主,你乃南蛮之女,我乃中国之臣,以此并无管辖,何必行此大礼。”公主见此,心中方安,说:“奴本久仰千岁与夫人威德,军民感仰,所以蛮女献关归降,望乞收留。”说完,又要下礼,王元帅扶住,请他坐了旁首。王元帅说声:“公主,这段小姐不知往那方找寻五将去?”公主说:“只因元帅不准投降,小姐今已往竹枝山找寻五人未回,是以奴一人前来献关。”王元帅说:“狄虎差人说攻打关城,这算不得是公主献城归顺。狄虎又不该杀了段洪,此事反复不明,望公主细说其详,免本帅疑惑。”

王兰英低头不语，暗想："此事叫我如何回答？欲将前事说出，狄虎危矣；欲要说诓，又怕哄他不过，反为不美。倒不如含糊说了便罢。"即呼声："元帅你未知其详。此日段红玉往竹枝山后，奴独自回关与段洪商酌。只有军士说，宋营有将一员叫关，段洪只道好意，元帅差人来关打探虚实，段洪出关迎接，狄公子以为他出城迎敌，并不答话，大刀略举，实为误伤。段氏一门闻知，俱逃走了。奴家献了城池，公子以为夺关。"王元帅心中明白，想来此女言语支吾，必有难讲的话，休要诘破他，待后来问明便了。即说道："原来有此缘由，难得公主见机投顺，真乃审势达权。"狄元帅说道："此中必有委曲，只须问那逆子便知明白。传令狄虎进来！"

不多时，狄虎到帐前来了。说："父王，孩儿破了此城，特来请功。"狄元帅大喝："逆子一派胡言！不遵将令，私出妄伤降将，乱我军规，还不知罪，反来冒功。姑从实言说来，免得动刑！"狄虎听了，心下惊慌，只得跪下，诉声："父王与元帅听禀：只是孩儿单刀独马往河边饮马，刚到河边，不提防草丛中跳出一虎扑面走来，惊我马直到城下，遇见段洪带了几个小军出城，孩儿误伤了他。顿时，关内军民大乱，段氏家口逃去无踪，芦台关王兰英只得投降了。至此，孩儿来请功。"狄元帅大喝一声："好逆子，满口胡言！此处离山甚远，焉有猛虎？纵然马失惊，不过一箭之路，何得一连跑到十余里，到他城下？况且自己战马，如何降它不住？既然沿河饮马，何用带刀？眼见诓言欺哄，乱我军规！"吩咐刀斧手拿出正法。两边刀斧手答应一声，上前将二公子正在左捆右绑，王兰英见了着急，心慌意乱，自己又不敢开言劝解，眼看没有解救，只是暗中下泪。忽有探子来说："段氏家口俱逃往芦台关去了，特来交令。"细细禀上。

又说王怀女，当日出兵之日，狄家公主将二子叮嘱，托他照管。难道今日二公子犯了军令，死在目前，袖手旁观，不来劝救之理？只因狄青为人性刚梗直无私，军令严肃不受人情。若于先前细问二公子之时，若即劝阻，不但狄青不依，只怕狄公子死得更切。所以，心中虽急，仍不敢开言，只思量寻个机会，待他怒略减，方好劝解。此时，探子回报，段洪一家奔往某处，他又盘诘一番，交回令，厚赏探子。此时怒气已过,正好承机劝解,遂呼:“元帅,妾奉告一言,不知尊意若何?”狄元帅说:“有何见教?”王元帅说:“二公子实属年轻,幼小生长王侯门,不知法律,一时误犯军规。如若杀了公子,一来伤了父子天性,二来正在用人之际,不如命公子带罪立功,差他招降段氏兄弟回关,将功折罪。若不能招降,正法未迟。”狄爷说:“元帅说情,本当依允,惟有两件事不能从命:一来,狄虎乃我亲生之子,今日犯罪,若是轻饶,岂不被人谈论,众将若是效尤,这数十万人马不能管了……”王元帅说:“带罪立功也是常情,谁敢不服。”狄爷说:“第二者,段洪乃南蛮老将,一心归顺,不曾沾中国点水之恩,反被逆子伤了性命,若不将他斩了,倘段红玉找寻五将回来,闻知此事问起缘由,你叫本帅何言以答?”王怀女说:“元帅放心,段洪既死不能复生,如今与他盖造庙宇,请旨封他,春秋祭祀,倘段小姐回来,妾另有设施,管叫无事,且看妾薄面饶他。”狄元帅说:“罢了,且看元帅之面放了这逆子。”吩咐左右:“放了!”狄虎上前叩谢父王、王元帅不斩之恩。狄爷喝声:“逆子,今看在王元帅面情,权且饶你,如今且领兵五百,带罪招安段龙兄弟,限你五日功夫便要招降回来,将功抵罪。倘若不能,治罪不免。”说完,拔令一枝掷于地下。狄虎连忙拾起,说声:“得令。”领兵而去。

王兰英见狄虎去了,心中挂念,不如同狄虎去招安,指点他方为妥当。正欲开言,又想,与公子同往,只恐元帅不依;纵然依了,又怕名声不好,岂不被众人谈论?想了一回,对王元帅说:“二位元帅,奴虽投顺天朝,并无寸箭之功,心中甚是惭愧。这芦台关系奴父镇守,手下雄兵三十万,粮草丰如丘山,奴意欲回关,说了父母前来归降,不知二位元帅意下何如?”元帅大喜,说道:“但得公主一段美意,倘诉得老将军投降了,此段功劳非小,焉有不依公主之理?本帅在此专候佳音。”当时王兰英拜辞二位元帅,即刻上马出营而去,按下慢表。

再说段红玉,自别了王兰英,一路往竹枝山而来,独自赶路行程,越岭登山找寻五位宋将。

先说焦廷贵、岳纲二人,失去狄公子与张忠、李义三人,只因腹饥,寻路回营,无神无气向前而走。忽远远见段红玉对面而来,焦廷贵说:“岳将军,你看对面来的不是段红玉这丫头?”岳纲一看,说道:“不差,昨日被他走脱,今日又在此处,为何?”焦廷贵早已拍马,提起铁鞭大喝:“贱婢休走,焦廷贵在此,快快下马受缚。”段小姐急架相迎。不知他访着五将消息,如何着落,且看下回便知端的。

第二十九回　宋将军脱难回营　段小姐单身探穴

诗曰:强伤危地古英雄,轻进无谋定丧身。
兵法两施虚实变,三军司命见材人。

当下段小姐见焦廷贵铁鞭打来,即将双刀架住,呼声:“将军,奴特来找寻你。”焦廷贵闻言大怒,喝声:“好贱婢,你既寻找我,不要走,吃我一鞭。”手提铁鞭打去。段小姐将身一闪,双足一蹬,连人带马起在空中。焦廷贵大骂:“贱婢不要使邪术逃走,你若好汉,可下来拼个死活。”段小姐在云端呼声:“将军,我如今不是与你敌手,何必动怒!奴只问你,狄公子今在何处?”焦廷贵说:“狄公子与你有甚相干,你要寻他么?”岳纲听他言语,忙上前说:“焦廷贵将军不必性急,且听他说来。”段小姐说:“二位将军听禀,自从奴在武侯庙遇见了狄千岁在此参山神圣,只为众英雄被困于阵中,许为狄公子结为姻缘……”小姐言到“姻缘”二字,就不觉羞惭起来,不说下去。焦廷贵大呼:“因何不说?”段小姐无奈,只得说:“奴与狄公子,先在阵上许了姻缘,后在富春山狄千岁面允。公子既困于阵中,那有不怜惜之理?是以不惜辛苦,与芦台关王兰英一同冲破恶阵,放出众将军。忙中有错,如今将缘故说明,谁知你五人疑心,忙中将奴拿住,奴家用法逃脱,不然,遭你毒手。昨夜回关,今朝奉父命前来投降,岂知狄千岁见阵虽破,不见五将回营,心中疑我不是真心归降,限三日找寻公子等回营,然后方准投降完婚,故奴到此地找寻。你们五人被困,缘何只剩二人,公子往那里去的?”

岳纲二人听了,回嗔作喜,请小姐落下了云头。岳纲口称:“小姐，我五人自从出了阵，有劳搭救，意欲归营，不想迷失路途，错进此山。早间，张忠、李义与狄公子往问道路，遇了山寇擒去，我二人舍命去夺，无奈兵器、马匹不合，是以不能取胜。如今赶回营中，欲破此山救取公子。”小姐说：“你们战败于何处？”岳纲说：“倒也不远，直向西去，一转，山左树林内就是。”小姐说：“如此说来，此地乃竹枝山也。二位将军何不与奴同到此处，救出三人一同回营，岂不为美？”焦廷贵说：“使不得的。我们饿了一日一夜，回营食个饱顿，睡觉养神。”岳纲说：“休讲闲言。我想，公子与二将被擒，未知生死，事关不小，倘你救不得，岂不误了我事？”小姐说：“既然二位要回去，奴不敢相强。二位见了千岁时，须替奴禀上，说我舍命前去找寻，救回三将，随后就到了。”说完，将身一晃，连人带马随风而去。

二人同声称他法力高强，今得他投降，实乃圣上之福，南蛮当灭，赞叹之间，无奈人困马乏，只得缓缓而走，又走了半个时辰方回到营前。进内，有小军早已通报，杨文广大喜。二人已至中军大帐，又不见了二位元帅。有杨文广说：“二位将军因何今日方到，昨天在于何处，又不见张忠、李义、公子三人，是何缘故？”岳纲因将三人失路在竹枝山，他二人特回营取救说明。杨元帅说：“失去狄公子与二将非同小可，快些到蒙云关取救方好。”岳纲闻言，呼声：“杨元帅，休要戏言。我营中雄兵猛将不少，因何反到蒙云关敌人取救？”杨文广听了，将得关缘由说知。岳纲二人说：“原来如此。但此事缓不得，肚中饥饿难当。”二人往后营中用过膳，岳纲辞别众人，飞马向蒙云关而来。

又说狄元帅见王兰英去后，一心牵挂狄龙与四将，见交午后尚不见回来，放心不下，纳闷沉沉。王怀女劝慰说：“段小姐已去找寻，定有消息，元帅何须过虑。”正言间，忽探子报说：“岳先锋现于关外求见。”元帅忙令进来，岳将军来到帅堂，参见已毕。元帅一问前事，岳纲将脱离敌阵并失去三人一一说明。元帅说：“你二人回来，因何不见焦廷贵到来？”岳纲说：“他已在杨元帅营中，小将一人来报知。但段红玉一人去救公子三人，犹恐未必可胜，如元帅发兵去帮助，方保无虞。”此时，元帅听了，说：“既然如此，你且退去歇息，本帅自有商量。”岳纲谢了元帅，往后堂安歇。

当下，狄爷对王元帅说：“本帅自提兵，将有二载，方得一关，如此迟延岁月，不知何日奏凯班师？他三人被擒，不知生死；段红玉女子一人，果然厉害，胜败未知。”王元帅呼声：“元帅，天命有归，但杀运已起，忧不来的。段红玉法力高强，何虑不能救回三将？慢些等待自有回音。”

言谈不表。却说段小姐别了焦、岳二人，驾云即刻落下山坡一看，前面好派树木荫林，十分幽静。小姐一步步纵马上山来到，走入林中，不提防，扑通一声响亮，连人带马落在陷坑中，吓惊不小，急忙将身一晃，腾空而起，往下一看，只见山林内走出三四百军兵，手执挠钩赶到坑边，不见一人，望上一看，见一女将身骑红马，手执双刀，唬吓得小军四散奔逃。段小姐说道：“怪不得三人被捉。但不知守山将何人？不免拿个小军问个明白，方好讨战。”将身飞下，将一军人横拖于马上。这小军吓得魂不附体，大呼饶命。小姐喝声：“你快说明白，此山何名？守山将何人？一一说知，饶你一命，倘有半字虚词，只挥为两段。”小军慌忙说：“此地就是竹枝山，守山副元帅大金环，山寨中结下五个大营，每营五万兵、战将十余。原因为大宋南征，是以主帅设此陷人坑，等待宋师过山，一鼓而擒。今早来五将，被我元帅拿了三人，走了两个。如今不知仙姑下降于此，小人一时冒犯，望乞恩宽。”

小姐想来，三人虽被捉去，但不知吾的狄龙性命如何，倘若伤了我小将军，虽斩金环，不足消奴之恨，不免再问明白，免得挂怀，又喝道：“你今主帅拿了三员宋将，今在那里？快快说来。”小军说：“今早拿了三将，如今现囚在山中，明日起解往邕州昆仑关，待南王发落。”小姐喝声：“我饶你性命，你快去报知主将，叫他即刻放出三员宋将，万事皆休，倘若延迟，奴乃蒙云关段小姐，奉了狄元帅将令，杀进山中寸草不留。饶你去罢。”小军慌忙鼠窜而去。

段小姐想道：“山中尽是陷坑，我虽不惧，倘若踏翻了药箭、架刀，躲之不及，就不妙了。不若低驾起祥云，离地数尺，四个马蹄不沾尘土，如此方好。”于是，驾云扬鞭乘马，竟奔山寨而来。

先说这小军跑回山中，到府堂禀上主帅，说："山下来了一员女将，口称蒙云关段小姐，奉狄元帅之命，前来救取三员宋将，若早早放出便罢，若稍迟延，杀进来寸草不留。"当时，金环已将三人装入囚车，方要起解去。一闻此言，喝声："胡说！蒙云关主段洪与我无仇无怨，焉得差人犯我？况狄青提兵到他关对敌年余，两为仇敌，他女儿焉有替狄青来救三人之理？"有通臂猿众将说："莫非段家敌不过宋将，投降了也不可知，何不出山一看，便知明白。"正言间，又报："女将在山前讨战。"大金环只得带兵一千、八员战将出寨而来，列成阵势。

段红玉一见，将刀一指，喝声："来将莫不是大金环？好好放出三员宋将，饶你一命，若有半个不字，即叫你尸横于野。"大金环听了，怒目圆睁，大喝："贱人休得妄语！本帅正是竹枝山管辖五营头领大金环也。你既是段洪之女，我主待你父子不薄，不能尽忠，反替宋人出力，讨他三将，如此卖国反叛之人，不如畜类也。"段小姐喝声："你乃山禽野鸟，焉知鸿鹄之志！岂不闻，良禽择木而栖，贤臣择主而事？南天王侬智高乃一叛逆之民，妄自称尊，不久亡灭，故我父子弃暗投明。今奉狄元帅之命，前来讨取三将，你不早献出，妄自逞舌，要你死在目前！"金环喝声："小小丫头死期至矣。左右，与我拿来！"早有先锋王仁答应一声："待小将擒来。"说罢，拍马舞锤砍去。段小姐双刀架开，喝声："留下名来！"王仁说："吾乃协定山先锋王仁也。你这个丫头快快下马受缚。"段小姐听了，怒道："你乃无名下将，敢逞狂言。"双刀直下，王仁铁锤架开。二人战斗，不知胜败如何，且听下回分解。

第三十回　大金环中术被诛　段红玉夺山救将

诗曰：行军首重是关机，有勇无谋不是奇。
　　轻敌定然遭败失，小心为胜古规辞。

当时，男女二将杀了二十多合，胜败未分。这南将王仁想来诈败，待他往隐坑跌下，方可取胜，即纵马向陷坑边地而逃。小姐乘云，离地数寸，往坑中而追，早已赶近，抢上喝声："奴才看刀。"照定脑后双刀一下，王仁跑闪不及，已砍于马下。副先锋吴智看见王仁被杀，摧开战马挺枪刺去，小姐双刀架迎，战有三十合，又被小姐杀于马下。

大金环见段红玉一连杀他二将，大怒，持铁叉刺来，小姐急架相迎，刀枪各碰得叮当响亮，火粒飞扬。小姐见他恶狠的叉乱戳，看来抵挡不住，将刀虚砍一下，往下跑走。大金环拍马追赶。小姐用法，使个借影移形之术，向王仁尸骸念咒几句，刀一挑，尸骸变作一个段红玉，他原身一闪，借影已不见了。这尸骸跨上小姐战马，飞跑而逃。大金环正在追赶段红玉，一到陷坑边，只见段红玉连人带马跌于坑中。大金环心中大喜，那里认得出马上人是尸骸化的，不敢从坑中跑走，只绕道边赶近向段红玉陷坑，双手一叉将尸体切为两段。只因用力太猛，将尸骸截断，铁叉还刺入泥土二尺多深，定睛一看，乃王仁尸首，方知被段红玉摆弄，急急转用力拔叉。未及拔出泥土，段小姐已在后面双刀砍下，早已分为两段。

他手下将一员，名叶惠，浑号开山豹，抡大刀拍马杀来，与段小姐不分高下的大战，他的妻刁氏，又名母大虫，一见，拍马追来。段小姐想来，战一人尚且费力，何况又添一人相助，不如用仙索擒他罢。急向怀中取出捆仙索，向空中一抛，往这叶惠落下来，捆跌马下。母大虫一见大怒，飞马抢来，并不答话，大锤劈头砍来。段小姐双刀一架，红玉两手震得疼痛，马退几步，说："不好了，这泼妇力狠锤重，力战反遭其害的。"即忙退后，双刀急挂于马鞍上，取出葫芦，放出豆子，撒起空中，口中念念有词。好仙家妙用，非比寻常，只化成千军万马，纷纷从空中而下，喊杀如雷，向母大虫杀来。

刁氏见空中落下许多人马，个个盔甲鲜明，摇旗喊杀，就堆涌来，心中大怒，骂声："贱人，你使妖术拿老娘，只怕万不能了。"也住了大锤，向袖中取出一条绿绫帕，口念真言往空中一丢，顿时之间，就滚长有十余丈，好不厉害，变化作一条大蟒龙，眼睛圆睁，竟向神兵阵直闯去，冲得些神兵纷纷自乱。

此时,段小姐见母大虫用帕化成蟒怪,冲乱他神兵,喝声:“泼妇,你要要弄法力么?”即念真言,把五指一放,半空中响亮一声大雷,大喝:“逆畜,还不回头!”五雷齐震。果然,邪不胜正,这蟒怪被小姐五雷正法降它,就不敢向前,竟奔回,向刁氏扑来,刁氏心中慌乱,即念咒收回绿绫帕。段小姐见他收回绿帕,挥动神兵一齐杀去。小姐又拿出红绒套丢起,万丈红光冒落刁氏身中,即时绑于马下。

只剩二员南将,一名关奇,一名云海,看见主帅已死,母大虫如此厉害也被他擒了,我二人如何迎敌,只得愿降。小姐说:“既然你们投降了,这三员宋将在于何处?”关奇说:“现在山寨中。”小姐说:“你们既降顺,须回山传谕众将兵知之,奴然后进山。”二将与众兵人人领命去讫。小姐见他投顺了,即收回神兵,来到叶惠夫妇跟前,说:“你合山人马俱已投降了,你二人,今要生或要死?”叶惠夫妻说:“段小姐,如今我主将已死,众人既已投降,何独于我夫妻二人?况小姐法力武艺非凡,我夫妇一时冒犯,但求宽恕,足见大恩。”小姐见他愿降,大悦,忙收回法宝。夫妇得放,起来拜谢。山中又有两将,一名梅聘,一名贾青,一同二十万军,内有一半自愿回家去的,小姐也不勉强。

当时,众人引进他山寨中,升了大堂,众兵参见。当时,小姐早已命人带至三员宋将。小姐一看,只见三人被他囚牢,人人闭目。段小姐离座,呼声:“三位将军,奴段红玉来迟,有赖三位多受磨难,幸今得脱虎口,此地相逢,真乃得幸也。”三人听得“段红玉”三字,一齐二目睁开一看,果见段红玉立在跟前,便喝:“丫头,昨天被你逃脱,今日反来拿我们么?”小姐说:“你三人不知缘由,只因奴在武侯庙遇见狄千岁,说明铁头王和尚摆下一阵,将五位英雄困于阵中,奴即许投顺千岁,与芦台关王兰英带领人马大破此阵,救出众将军,只因仓忙,未曾说明详细,反被众位疑心,将奴拿住,幸奴用法逃走了。不料众位将军错走路途,却被此处陷坑拿了。千岁不见众将回营,限奴三日,命我找寻。幸得途中遇着焦、岳二位将军,说三位被擒,故奴找寻到此,杀了本山守将,合山人马投降了。搭救来迟,奴多有罪。”吩咐:“快将三位放下。”叶惠众人将绳索割去。

三位听了小姐之言，如梦初觉。李义、张忠说："原来小姐投降了我元帅，今又蒙搭救，活命深恩，不敢有累。"三人深深打拱的相谢。段小姐回视说："均皆一殿之臣，何必言谢。"张忠说："昨夜得蒙搭救，实出不知，反将小姐捉拿，乞祈恕罪。"小姐说："不知不罪，焉有恨心。"三人大喜。小姐又吩咐备办酒筵。与三人起来，早已排开盛馔。小姐情意殷殷，与公子眼角传情，但见着众人，不敢说秘情，只言："奴不奉陪了。"移步进去了。三将饿了几天，一见此佳肴美酒，好不甘甜，如龙取水，似虎争餐，吃个尽饱大醉方休。

三人用膳已毕，即要告别回营。当时，日已晡了。小姐允说："想必千岁在营中指望，正该早些回去。"又吩咐小军牵着马匹候着三人，命二小军引路。小姐说："奴本该与三位同往，但合山人马恐有不愿投宋，听其自便。奴今夜点过名，来日必到。有烦众位上达元帅。"三人连诺起程，小姐送出山门外，作别而去。

这三位将军出山，顺平川大路而走。时已日落西山，得到营中。有军士报知，杨将军接进。一同坐下言谈，又说："狄元帅众人已在蒙云关。"是夜歇了一夜。次日，三将拜辞杨将军，往蒙云关而来。

先说狄爷与王夫人说："狄龙三人被山贼擒去，今早不见段小姐回来，定然凶多吉少，不若即发兵去灭焚此山，助着小姐，方知下落。"王元帅说："千岁放心。我思段红玉为着令公子的姻缘，他舍命也夺回来。况此女法力高强，有胜无败，千岁何须过虑？"正在言谈，有小军进禀："三位将军回来。"二位元帅大喜，即令传进。不一时，三将直至帅堂，一同参见元帅毕，狄爷说："昨天焦廷贵二人回来说，你三人被擒，今日怎得回来？"张忠说："元帅，只因出阵，我众人迷失路途，误落虎口。后得段小姐寻到，杀了守山将，救我们回来，皆得此女不惜辛劳之力也。昨夜，末将等回营，杨将军说明，方知元帅得了蒙云关。段小姐临别时，多多致意，明日到来。"张忠说完，三人退出。

狄元帅思量，段小姐到来，如何调停？自觉闷闷不悦。王元帅一见千岁不乐，说："如今众将已回，又得段红玉平了竹枝山，不用我们吹毛之力，岂不是大喜之事，因何不乐起来？"狄爷说："元帅，吾所忧者，这段红玉既与我儿有婚姻之约，若得成就姻缘，有愿献关投降。当时五将又被擒困于阵中，不能解救，又得武侯梦中指示，往富春山，有老道人指点，得遇于他，面许为婚。所以他破了阵，又不惜辛劳救出五将，是有功于我大宋。况此女虽然生长蛮地，却也美貌超群，吾儿虽也不才，乃一王侯之子，才貌不弱，岂不是相配佳偶？又有救将一段功劳。所悔者，本帅不该错疑于他投降，不应该令他寻找五人，才有狄虎小畜生妄杀他父亲之祸。本帅思量，过意不去，段小姐到来，如何调停，倘若一闻父亲被戮无辜，他怎肯甘休，本帅如何答他？此事难于算帐，如何不闷的？”不知王夫人如何答话，怎生设计，段小姐到来，姻缘得就如何？且看下回分解。

第三十一回　庆洞房恩成虚愿　露缘故爱反为仇

诗曰：洞房花烛本姻缘，何故初谐反结冤。
一丝未系因前定，谋事人为成在天。

当下王夫人呼声：“元帅，事已至此，说不得了。依妾愚见，即日与大公子完了婚，趁他初时不知其缘由，权且瞒过于他，不然迨缓了数日，一旦回关知二公子之事，必然要报仇雪恨了。他的神通广大，法力多端，我营中谁是他的对手？一反起来就不妙了。趁他不知，与大公子两下成了亲，既知此事，不过是叔嫂争斗一场，到底看着手足份上，不至十分反面，又着旁人劝解，自然停安。千岁意见若何？”狄元帅听了点头说：“多蒙指教。”即拔令一支，唤到旗牌：“吩咐众将与大小三军，有段小姐问杀段洪之事，俱言不知，若有漏泄半言，即斩首。”又令中军：“在城外搭起一座鼓乐亭，俟候着至洞房花烛。”二事已毕，旗牌、中军回来交令。二位元帅商议已毕退入后堂，将诸事停当，只待段小姐一到，迎接完婚，好瞒其杀父之仇，慢表。

又说刘庆，用席云帕回汴京，求请穆桂英来破阵。是日，一同驾云到了南方，一齐落下云头进来营中。杨文广见母亲到来，大喜。母子言谈一回，刘庆方知得了蒙云关，阵又破了。他要见元帅交令，穆夫人也要同见元帅，二人起程，杨文广送出营外方回。二人进蒙云关，见了元帅，言谈一会，又知会了段小姐婚事，也且慢表。

再说段小姐送别三将，到了次日，梳妆了，吩咐众将兵守住山寨，带领了叶惠夫妇、一千小军，提刀上马，往蒙云关而来。行了一会，已过宋营，杨将军出营会他。小姐一见，拱手请杨元帅通报："奴已救出三将，今日回关投降。"杨将军说："原来小姐不知狄元帅众人俱在蒙云关了？"小姐说："原来千岁准我父投顺，兵俱扎屯于关内么？"杨元帅说："然也。"说罢带转马，说："小姐请往，某不陪了。"拍马回营去了。这也是狄爷预先吩咐杨文广的，犹恐他多问询出情由。

当时，小姐一程来到关前，只见城闭，外搭起一座鼓乐亭，小姐看罢，只要进城。只见外面来了一人，高叫："小姐住马。"小姐一看，认得飞山虎刘庆，便呼："刘将军，因何阻奴进城？"刘庆说："小姐有所不知，某奉了元帅将令，在此专候着小姐到来。"小姐说："不知元帅主意若何？"刘庆说："今日乃良辰吉日，元帅吩咐，小姐到来不可进城，暂扎屯于城外，等候帅府之中鼓乐三通，王夫人亲来迎接小姐入城，与狄公子完婚。"段小姐说："因何如此急速也？本该让奴见过父母，为何不许进城，反要在城外安扎？"刘将军说："这是阴阳官选日辰说，本月本日乃吉，其余多有冲犯不美，但此日仍有碍父母，成亲三日后方可相见，这亦是日辰所忌。是以元帅吩咐安扎此亭于城外完婚。"段小姐听了，又要询问，只见城中来一旗牌，手执令箭，呼声："刘将军，元帅有令，唤你急速回关，有急事差你。"刘庆听了，明知元帅之计，心中会意，便呼："小姐，快到鼓乐亭侧安屯人马，某今回关听令，不得奉陪了。"小姐听了刘庆之言，半疑半信，只得吩咐众兵，离城二里之地安屯下。

当时，段小姐坐于中营，思量说道："既是完婚，出自真诚相待，因何狄元帅不许我入城，又不许我见双亲之面？据刘庆所说，是选择日辰所忌也未可知。难道父母亦不差人来看看我么，此是何故？"正想象之间，远远只闻音乐悠扬之声，又有小军入报："狄元帅命人来俟候小姐。"言未了，音乐已至，营外早有四个妇女，一见了小姐，一齐跪下，口称:“小姐在上,奴等奉了狄千岁、王夫人之命,前来俟候小姐的。”小姐听了,即吩咐他起来,厚赏四人。众妇女喜悦,言言语语也不烦叙。当日,四名妇女又带来宫妆之物,这公子乃四品之职,诰命小姐的凤冠、霞佩、玉带定然是四品的。梳妆各物俱已齐备,专候着吉辰。

歇一会,时已交酉刻,四个妇女拜上小姐:“请小姐早些梳妆起来。”段小姐说:“暂且停一刻,待奴家中人一到,问个详细,梳妆未迟。”众妇女说:“小姐,你家中人只恐没有人来了,等候多久,岂不误了良辰?”段小姐听了,心中就有些不喜悦,说道:“你们这些妇女,说话全无道理,难道老爷、夫人不知今日成亲的日期?见不得他面,定然差我两位哥哥来的,因何你们知道我家中就没有人来的?”众妇女见小姐怪责,自知失言,不敢再说。当时,小姐猛然看见内中有一个妇女暗暗下泪,小姐一见大怒,细看此妇女,有些认得他,喝声:“你这妇人,莫非我家夏连女么?”这妇人见小姐呼他的名,一发悲哭起来,当时跪下说:“正是奴婢。”小姐听了,骂声:“好贱人,你一向来去在何处?今日随到于此,难道不知奴喜事,因何两泪汪汪赚我势头?快快说来何故,免得动刑。”

夏连女闻言,呼声:“小姐,如今事到其间,奴婢不得不说了。奴自初笄,蒙夫人育长成人,老爷将我嫁军兵王成为妻。自从出了帅府,不上两年,丈夫死了,孤身苦恼,日食难敷,时常思念夫人、小姐,未得见面,因奴一个下流婢女,不敢进见夫人、小姐一面的。”小姐说:“你这几年既在民间苦挨,今日奉宋元帅前来是何缘故?”夏连呼声“小姐”,即将昨天段洪被杀缘由一一说知。

小姐闻言,不禁悲啼大怒,即命叶惠速即回山,立行快点人马杀奔进关,擒拿狄虎与老爷报仇,叶惠领命即时拔寨。三个妇女哭声:“小姐,你们既去,我三人回关俱是死的。”小姐说:“不必啼哭,一同随我去罢。”说完一齐上马而去。吓得同来俟候兵丁,急忙回关报信。是夜,段小姐回到竹枝山,再点起三千人马,恨不得赶到芦台关来,慢表。

话分两头。再说狄虎奉了帅令到芦台关招安段氏兄弟,人马正在行程,后面王兰英领了五百兵赶来,已到狄虎跟前,说明奉令回关劝父归降。狄虎闻知大悦,合兵一处,二人一路并驾而行。公主闻言，呼二公子："你今去招安段氏兄弟，如何主意，乞道其详。"狄虎说："公主，我去招安段氏，少不得说明误伤了段洪，带罪前来，倘若段氏不允，自然与他交锋。今求公主帮助，如何？"公主冷笑说："你言差矣。芦台关非同小可，我父王既有万人之勇，手下雄兵有二十万，九溪、十八洞有名，段氏兄弟与你有杀父之仇，焉肯投降？定然以死相拼，尚且不知鹿死谁手。"狄虎闻言大惊，说："不好了，你父骁勇还是小事，段氏与我乃杀父之仇，果然焉肯投降？定有一场恶战的，但我兵微将寡，若收兵回去父王必不容情，这便如何是好？"想一会，不觉长叹一声。王兰英说："公子，你若果有真心许我婚姻，奴自有妙计，何愁段氏兄弟不降？"不知公子如何答话，且看下回分解。

第三十二回　王兰英劝父归宋　段红玉兴兵讨仇

诗曰：劝父归投大宋朝，只为姻缘配合调。
　　　赤丝系足非今定，五百年前宿愿招。

当下狄公子听了王兰英之言，便说："公主，你却多心，前日已蒙公主不弃，订了姻盟，我一男子之汉，岂有失信之理？你休得起疑。"兰英呼声："公子，若果诚心许为夫妇，少不得将计就计：与你进关见过父王，只说军前被你擒拿，狄千岁不杀，反与二公子匹配成亲，已有三日，特要送回关见父母，但父亲平生性烈，定然不依，幸他原有降宋之心，又值母亲慈善，从小溺爱于我，在旁必然庇护的，奴再申理劝谏父王，无有不允。我想，父王既已归顺，何愁段家兄弟？"狄虎听了大喜，说声："公主果然妙计。"二人一路并马言谈，不觉已到芦台关。公主勒马叫关，有守城军士看见公主回关，连忙报与主帅。

王凡与夫人言谈，只见小军跪下，口称："千岁，如今公主回关了。"王凡听了，吩咐军士退出，说："前日段龙说，这贱人投降了大宋，暗引敌人杀夺了蒙云关，今日回来是何主意？"夫人听了大喜，说："女儿去后，妾日日忧心，今幸回来，大王有甚狐疑之处？"王凡闻言，冷笑说："夫人，自从女儿去救蒙云关，已有一月，只道他与段红玉去退宋师，岂知前数天段氏带来家口，逃进关中，说这贱婢投降了大宋，勾引敌人杀了段洪，抢了蒙云关，与段红玉同谋。我想，他乃幼年之女，与敌人为伍，败坏我声名不小，岂不被人谈论？"夫人听了，呼声："大王，这是耳闻之言，未为凭信，不如命他进来询明，便知内中详细。"王凡听了，即令："传公主进来！"

不一时，只见女儿与一位少年宋将并步而来，并无愧色。王凡一见大怒，即拔出剑来。夫人一见大惊，暗呼："女儿啊，只怕你今日性命难保了。岂不闻，男女授受不亲，你如今竟同这少将并首而行，但不思你父向日为人性刚，今日怎肯容你？"又不好明言，暗暗着急。只见丈夫抢上几步，手起剑落。公主将手托住手腕，呼声："父亲息怒，且听女儿告禀一言。"王凡只气得三尸神暴跳，七内火生烟，喝声："贱人，任你巧语花言，不过多活半刻，总难逃一死。"公主说："父王，君要臣死，必死；父要子亡，必亡。但内有原由，女儿说明，父王且放下此刀，待自己受用罢。"王凡听了，顶上生烟，喝声："贱人，你敢恶语伤父？我的宝剑杀你不成，你反要为父留着自用，好生胆大。快快说明！"公主说："不是女儿言词伤父，待女儿明白禀了，虽死亦甘心。"王凡被他苦苦哀求，接托住手，砍不下；夫人共扯住袍袖，两泪汪汪，无奈，只得放了手。宝剑落于地下，夫人连忙拾起，命侍女拿去了，劝丈夫坐下。

公主跪于地中，眼含泪珠说："自那日起兵去救蒙云关，岂知大宋能人不少，女儿出敌被他擒去。不知狄元帅不加杀害，将女儿匹配于二公子，王夫人为媒，已与公子成亲数日。如今奉命前来劝父归降。叮咛吩咐，倘父允降，奏明大宋天子，许以永封王爵，强如父王做此伪官。"王凡听了，喝声："贱人，你贪生畏死，投降了敌人，又匹配了宋将，已将名节丧尽，还敢前来劝说我的？你不思，食君之禄，报君之恩；不思为父平昔为人，岂效此寻常下等之辈！"公主说："父王，你言差矣，古云：'君不正，臣逃外国。'如今，南王乃一反叛伪王，所行残忍好杀，陷害了多少良民，上天必然不佑，焉能成得大业？目击南天王大势，犹如风前之烛，釜中之鱼耳，倘若父王不及早知机，只恐临时悔之晚矣。”王凡喝声：“小贱人且住口！只要心无二向，尽君之忠，任君之祸。”

公主又呼：“父王，女儿已匹配了狄虎，蒙云关又失，我国人人尽知，父王纵有忠心，自许南王一生疑忌，那时祸及满门，反为不美者所笑也。况他所任之人，俱是邪说妖言害民之贼，足见奸佞亡命之徒。今大宋差千岁狄青，统领堂堂正大之师，手下是个个英雄豪杰，南蛮王灭在眼前，父王与之俱亡，甘作亡命之徒，莫若及早降宋：一者，或得封王之位；二来，脱了叛贼之名。识时务者为俊杰，父王，请自参详。”王凡平日见南王无故常夺民妻女，种种不仁，原有退步之心，今听女儿言词，句句合理，他心原乃明白的。

夫人此时见他不语，料他有投顺之心，便呼声：“大王，妾想，女儿匹配敌人也是万分无奈的，况狄元帅身居王位，狄公子乃玉叶金枝，女儿配了他，也不辱没你的。据女儿言来，降宋实乃高见不差。”王凡说：“此言虽是，但降了大宋，有知道者，说我女儿被擒，出于无奈的；有不知者，说我畏死贪生，献女与敌人为妻，只贪荣华不顾耻辱也。”夫人说：“这事不然。在前被擒，谁人不知女儿已失身于宋将？今事已至此，悔已不及，不如趁早归降方为万全之策。”王凡听了，只得应允。公主见父王允降，心中暗喜，起跪。狄虎又上前施礼。王凡看见公子，果然一表人材少年美貌，大悦，令人摆宴。他虽是外国伪官，已封王位，家宴比之别官不同，美肴琼浆，说不尽的丰厚，阶下音乐齐鸣。

畅叙之间，有小军来报，说：“蒙云关段小姐领兵前来，要狄公子出马。”王凡吓了一惊，便问女儿冤恨缘由，公主回言误伤他父。王凡说：“你二人一师之徒，异姓骨肉之谊，公子不该伤他父亲，岂不是咎归于你的。他与你夫妻有杀父之仇，既领兵前来，怎肯甘休。况他武艺高强，我儿非他敌手。”公主说：“父王放心，女儿自有退他之兵。”王凡说：“不可粗莽的。”公主允诺，戎装已毕，上马提刀出关去了。

先说段小姐正在讨战，忽见关门一开，涌出一支人马，乃过了吊桥，兵阵排开。小姐一看乃王兰英，心中大怒，喝言：“贱人少歇，红玉在此。”公主见了，呼声：“姐姐，你到竹枝山找寻五将，得胜回关与狄公子成亲，正在新婚燕尔，不去享受，因何领兵到此，有何缘故，莫非怪着奴不曾贺喜么?”小姐听了大怒，骂声：“贱人，你还敢巧语花言。从小至长，与你义结金兰，情胜同胞，你今忘恩负义，勾引狄虎杀我父亲，谋抢关城，以至奴父死母逃，一家离散，今日与你有一天二地之仇。你若将狄虎献出，万事皆休，如若不然，誓不与你同生。”王兰英冷笑说：“姐姐休得错怪他人，不想你自身不正，反来怨我。大宋与你敌国仇人，因何见了狄公子就起淫心，忘了君父之恩，父母、手足全然不顾，谎言欺哄妄想成亲？一家骨肉分散，皆是你自己招来，今日兴兵到此，姊妹相攻，不知是何主意?”段小姐大怒，抡刀砍去，公主将刀架住，呼声：“姐姐息怒。奴与你一师姐妹，倘有不是之处，还望你海涵。”段小姐喝声：“贱人，难道我杀父之仇忘了，来念什么私爱?”说完，双刀又落。公主架开又呼：“姐姐，你休要使尽势头，望宽一线，后日还有相逢，若认真反面无情，只恐你往日英名从此尽矣。”小姐听罢，气得咬着银牙，喝声：“我与你仇如渊海，日后还有什么相逢，今日不斩你，誓不为人!”提起双刀当头就砍。公主亦怒，急刀相迎；二人在阵中四刀交加，杀在一方。

又说王凡坐在中堂专候女儿消息，忽想起一事，说：“不好了。”夫人与狄虎忙问其故，王凡说：“孤想起段龙兄弟带来家眷在此，倘若闻知贤婿在此，二人岂肯容情？况段红玉兴兵关外，不知与我儿打仗否？这事到其间有些为难，段洪与我有一拜之盟，岂有心陷害？他弟兄若留在关外不妨，今居关内，必然生祸端，如何是好?”狄虎说：“愚见却也不难，将他兄弟并带来家口，哄差到一所僻静房屋，把他关锁此处，用人看守，进膳不容出入，待退了段红玉人马，大王亲自去劝他归降，共为一殿之臣，岂不两全礼义?”王凡听了大悦：“贤婿妙算不差。”即差人将段氏家口关锁了门，令人看守去了。

王凡说：“不知女儿与段红玉对敌否？不若孤与公子出关去看看罢。”二人披挂，领兵一千出关，向前一看，只见他二人杀得如同猛虎下山蛟龙出海。王凡看见女儿与段红玉交锋多时不分胜负，暗暗称赞，向狄虎说：“你看他二人杀得难解难分，真乃女中豪杰也。”狄虎说："据我看来，段红玉双刀上下飞腾，真乃厉害，令爱只有抵敌之功，没有还兵之力，若再走上几合，只恐有失就不妙了。待我前去相助，共擒于他便了。"王凡说："须要小心，不可伤害于他。这也原是你夫妻不是的。"狄虎应允，即飞马跑去冲杀。

段红玉正与王兰英杀个平交，一见狄虎冲来，犹如火上添油，不胜忿怒。不知三人争战那人胜败，且看下回分解。

第三十三回　红玉败走竹枝山　王凡归降狄元帅

诗曰：金兰雅谊已成仇，只为姻缘各自谋。
　　恩义两乖从此日，当初何必结绸缪。

却说段红玉正与王兰英大战，只见狄虎冲到阵前来帮助，心中忿起，正是：仇人相见分外眼红。咬牙切齿大喝一声："小畜生，你我有不共戴天之仇，今日来得甚好。"

即撇了王兰英来杀狄虎。二人动手，杀得翻江搅海，刀斧交加，公主又跑来助战，三人又战了二十合。段小姐想来抵挡不住两般兵刃，欲用法伤他，王兰英俱已晓得，不如用红绒索擒他罢。想完，将双刀虚砍，飞马败走，狄虎拍马赶来，小姐取出红绒索祭起当空，犹如天罗地网一般，将公子捆于马下。王兰英飞马来救，段红玉看见说："奴的法宝拿他，被贼人救去，岂不枉用力的？"连忙把索用力一收。狄虎此时被索缠住，心中慌乱，只望挣脱，又被小姐收紧。王兰英转马向段红玉背后一刀，谁知刀短，落在马后腿上，这马负痛，后足一掀，把段红玉已掀于马下。王兰英一把双刀尽力一下，段红玉大惊，魂不附体，忙借地云起在空中。兰英只因用力太猛，亦跌于马下，砍地略深有数寸。

段小姐见他跌下，亦思回手，只因下马时失去双刀，手无兵刃。想道："趁众人在此，关内无人，将母亲、哥哥放出，同到竹枝山，再点人马来报仇。"即驾云落下城中。找寻一遍，只见一所屋宇有兵数百看守住，小姐就知是王凡的主意，说："奴在城外战斗，不道王凡这老贼放心前去掠阵，原来将我的家口困住，如今，且去看母亲、哥哥，一同杀出城来再作道理。"即时腾空跑下，只看母亲、哥哥闲坐于一处。小姐来近，夫人一见吃了一惊，母女相逢不觉下泪。小姐又将前事说知，吓得夫人、哥哥目瞪口呆。小姐说："母亲，哥哥，如今不必慌忙，可与我保着家口杀出关去，到竹枝山点起军马再来报仇。"段龙应允，即时披挂，保了家口出关。数百看守兵抵挡不住，由他杀出。

又说王兰英跌于马下，见段红玉驾云走了，连忙爬起来与狄虎松去索子，奔回到王凡跟前，说："段红玉败走了。"王凡说："他既逃走了，我们回关罢。"公主正在催兵回关，只见城内冲出一队人马，当先乃是段虎兄弟，后面红玉保着夫人、家小。王凡一见，手持大刀一柄，将人马分开拦住去路，喝声："你往何处走，快快下马受缚。"段小姐见手下兵少，只得取出葫芦揭开，倒出豆子，念动真言，撒起空中。顿时，迎风化出数千军马，手持兵刃，呐喊摇旗。小姐用刀一挥，只见众兵上前冲杀，段龙、段虎也趁势动手。众兵抵挡不住，被他冲杀出阵。小姐保着家口，断后而去。

王兰英与狄虎见红玉走了，又要追赶，王凡即令收军，带领人马一同回城。三人回进内堂，卸下盔甲。王凡向夫人细将交锋之事说知。夫人早已命人备酒宴，再坐花烛，与儿联婚。席间，夫妻、父女言谈，酒至三巡，时交二鼓，用过晚膳，夫人命侍女掌了灯烛，送公子夫妻归洞房。丫环领命，提了银灯，公子夫妻拜辞父母，携手归房。此夜正在成婚之期，夫妇二人股肱恩爱万种风流，一夜欢娱，成了百年姻眷，春风一度，倍觉情浓。

慢言此夜之欢，到次日黎明，夫妇二人起来，梳洗已毕，王凡要前往宋营投降。是日同了狄虎，上马出关，一路往蒙云关来。此时正逢夏季佳景，只见山花满目，荷沼凝珠，绿荫交加，青莲径道，真堪注目，足住行人。王凡对狄虎说："贤婿，如今又是夏残秋至了，真乃光阴迅速的，令尊大人自起兵南征，不觉已有二载多。"狄公子点头称是。二人一路言谈许久，不觉到了关前。

狄公子问守城军士，通知狄元帅传进。当时，狄公子引了王凡，直进关来。王凡进去，见大宋一旗一旗的军马，真乃人雄马壮，粮积如山，不觉喟然长叹曰："行军在于主将，信不诬也，怪不得西辽败降，只有我南王妄图天位，强侵疆土，自取灭门之祸耳，纵使他再攻下一二省，亦非久远，如今他得了邕州西粤地，安坐昆仑关，与几个佞臣日夕行此不仁之事，命将把守关地，以为安然万全之固，岂知今日段洪已死，妖僧既诛，蒙云关已失。吾初时以彼为豪杰，激一时之忿，见酷吏剥民，随了他攻下了许多疆土，后来见他残暴伤民，劫夺妇女，洵无远大之谋。实思退步，趁今随儿降宋，脱了此祸，正就了机谋。"言罢，不觉已到了帅堂，看见左右众将状貌十分威武，但见：

凛凛神威众杰豪，岩岩气象把枪刀；
鲜明盔甲多骁勇，个个忠心为国劳。

王凡看罢众将英勇，说："固然中国将士非凡，狄青用兵井井有条，诚不及的。"行至滴水檐前，只见左边狄千岁，右边王夫人，早已站起座位。王凡连忙上前拱手，呼声："二位元帅，我王凡乃边地反逆之人，昨天蒙元帅差二公子与小女到关招安，今日奉命前来，情愿投降，献上芦台关，今时请元帅前去安民。"二位元帅大喜，连忙离位下来还礼："请老将军皆坐罢。"三人告坐。狄元帅说："将军，本帅虽然奉旨征战，但非好杀之辈，是以破了蒙云关，不肯兴兵到你边域，故差人前来招安，果然将军从顺见机，待本帅奏闻圣上，恩封官爵。"王凡拜谢。

又有狄虎跪下交令，禀上父王："孩儿奉命招安，遇着段红玉，与他交锋一阵，他施法逃去，与段龙、段虎保了家眷奔往竹枝山去了。请令定夺。"狄元帅听得段红玉又反上竹枝山，便说道："这丫头反复异常，待本帅亲自提兵拿他便了。"王元帅说声："千岁，段红玉虽然反去，其势已孤，蛮王又疑忌于他，虽有法力也无用处，元帅何必着急兴兵，不若先差人去芦台关招安百姓，此乃要紧，后到竹枝山。"狄爷说："言之有理，谅段红玉虽反回竹枝山，然已计穷力尽，走不远矣。"令军中设酒庆贺王凡，然后差使杨将军，往芦台关安民去讫。当日，二位元帅与王凡吃酒间说起狄虎与兰英匹配成亲，狄爷允诺。到次日，狄爷留下五万精兵、三员大将：孟定国、萧天凤、高明守蒙云关，然后带领大兵往芦台关挂榜，树起大宋旗号不表。

却说南天王在昆仑关，是日，正与达摩军师言及蒙云关已失，王禅师阵亡，段氏不知逃走何处。正言间，探子又报："芦台关王凡投降了，与狄青之子联为婚姻，归属大宋，请令定夺。"蛮王听了大怒，骂声："王凡老贼，孤家见你立功多次，封你王位，谁知你忘恩降敌。"正在大怒，有达摩道人呼："我主息怒。王凡降了大宋，乃癣疥之疾，何足为忧？待贫道提一支兵，兴师前往，杀他片甲不回。"蛮王大悦，说："若得国师前去，何愁宋师厉害。"即令设酒饯行。次日，道人带领雄兵十万，往芦台关进发，非止一日。

原来这达摩乃冒名的，他本是大蟒蛇，神通广大，千年得道，修炼功夫，变化无穷，冒了达摩名字，前来哄动侬智高作叛。他果有法力无边，反叛日屡次借他得胜，妄言数年后大宋江山必得。当时伤了许多性命，交趾王的地方，乃粤西全省，与攻至云南，至伤了百万生灵。天生之物，尚且惜养，何况妖道伤害多人，上天如何不怒！后来，不免刀下而亡，倾了千年道行，皆因自作之孽，后话不题。

当日，道人一路带领人马来至关前，屯扎下寨。有探子报进，狄元帅闻报大惊，说："僧道领兵，只忧众将兵难星到了。"王夫人点头说："果然。这些人出阵倒要提防。"

却说达摩次日升帐，便令飞将军孟浩出马。此人乃青溪水寨主，姓孟，名浩，自称孤朵王，南天王命他领兵为后队。此人乃后汉孟获苗种，生得身躯雄壮，力大无穷，颏下根根短须，一柄钢叉一百五十斤。宋军飞报，狄元帅便问："何人愿往？"焦廷贵上前说："小将愿往。"元帅说："你出敌切不可莽为，须要小心。"焦廷贵领命带兵出阵。孟浩看见来了一员宋将，十分凶恶，便喝："通名！"不知胜败如何，且听下回分解。

第三十四回　狄元帅计斩孟浩　达摩祖毒陷宋军

诗曰：南蛮孟浩也称能，逞勇沙场赛斗争。
无奈天时归大宋，夸强轻敌必伤生。

当下焦孟二将会阵，焦廷贵见来将生得面如锅煤，马壮人雄，高喝"通名"，便喝："贼奴，吾祖焦赞，拜兴国公之职，六国闻名，幽州萧石闻他丧胆，只因盗取尸骨，死于昊天塔下；吾乃焦廷贵，大宋天子驾下、狄元帅麾下官封威烈将军。你老子鞭下不死无名之卒，快快报名。"孟浩说："吾乃毒水溪孤朵王孟浩也。南王命吾为后军主帅，统兵前来灭你大宋。你非本帅对手，急唤狄青出马受死。"说罢，拍马抡叉当胸刺来，焦廷贵铁鞭急架相迎，大战三十多合，孟浩本事高强，杀得焦廷贵抵挡不住，孟浩将钢叉横旁一捣，使个乌龙伸爪过去，焦廷贵说声"不好"，将身一闪，在左肘下早已中了一叉，刺进征衣透甲，鲜血流出。焦廷贵喊叫一声，负痛拍马逃走回营。

孟浩又来讨战。狄元帅见焦廷贵被伤，怒道："谁人出马擒他？"张忠说："小将愿往。"即领人马杀出关前，大喝："贼奴休得逞狂，我来也。"孟浩喝声："来将何人？"张忠道："吾乃大宋天子驾下，官封五虎上将，本将军乃狄元帅麾下，爬山虎张忠也。若知厉害，快快下马受缚，免得动手。"孟浩听了大怒，喝声："休得多言，看叉。"张忠大刀一架，二将飞开战马，杀得刀斧交加。一连冲锋四十多合，张忠觉得招架不住，虚斩一刀，拍马便走，回归本阵。

孟浩正要追赶，有长沙小将石玉一马飞抢来，大喝："贼将休来。"孟浩见他来得凶狂，提叉指道："本帅刀下留情，不斩你无名小卒，快唤狄青出来受死。"石玉怒道："吾乃五虎名内将军，难道斩不得你这奴才么？"孟浩笑道："本帅尝闻人言，大宋五虎将英雄无敌，却原来乃狐假虎威的伎俩。"石玉闻言大怒，喝声："不必多言，看枪。"孟浩钢叉又急架迎，冲锋到五六十合，石将军看看抵敌不住，想来难以取胜,只得拍马回来。

狄元帅早已闻报,即时披挂上马,带领众军,出到关前。孟浩催马正追赶石玉,只见关前来了一支军马,旗下一员大将,手持大板刀。他忙勒马看,见宋将来得威风凛凛,相貌非凡,把马退后几步,喝声:“来将何名?”狄爷大喝:“奴才听着,吾乃大宋天子驾前征南主帅、平西王狄青也。本帅威名四方畏服,扬名宇宙,谁人不知?你们侬智高乃一无赖小民,妄敢倡首为乱,据陷五土,本帅今日奉旨征剿,还不献上首级,尚敢抗拒么?”孟浩听了大怒,放马过来,一叉直刺,狄爷大刀架开,二将一来一往,杀得征云遍野,雾气腾空,正是棋逢敌手,将遇良才。杀过平交,一连争持百十合,两边战鼓如雷,三军呐喊。狄爷想道,若与他力战,便费力了,不如用拖刀计斩他罢。即虚砍一刀诈败而走。孟浩冷笑道:“谅你走到那里?”拍马追来。狄爷故意把马一催,见孟浩来得切近,狄元帅即带转马,大喝:“贼将休赶,看刀!”孟浩已退后不及,被砍于马下。

元帅见孟浩已死,他手下众兵逃回营去,狄爷也不追赶,即令回兵。王元帅出关迎接,设酒贺功不表。

又说南兵败回,报知这道人。此时,道人大怒,正要出马报仇,一班众将劝息说:“天色已晚,难以交兵,况宋将已回关去,我兵又是初到,正在劳动,国师且息一宵,明日出马如何?”道人说:“列位将军言之有理。”言罢,退去。

次日用了战饭,即时拿了铁铲,三声炮响大开营门,向关骂战。早有小军报知帅堂。狄元帅闻报,怒道:“本帅明知这妖道有异术伤人,我何惧怕?事君致身,何忧利害机关?必要与你拼个雌雄的!”传令:“抬进金刀、盔甲,马匹伺候。”王夫人说:“千岁且息怒,今日切不可亲临敌地。你乃一军中主帅,倘有差池就不妙了,不若命别将出关吧。我想,僧道出军临阵,定然恃用妖术的。”言未了,只见帐前恼了穆桂英,大呼:“元帅之言也差了。妾想,邪不胜正,堂堂大国岂惧一妖僧?如若是迟延不即出敌,由他辱骂,岂不被妖道耻笑我大宋无人,惧怕于他?”

此位穆夫人乃天门破阵惊夷狄,杨家女将是名员。当时这位穆夫人，头一位女英雄，怪不得他一团豪气，不肯任敌人施威。

这王夫人见他定要出马，便呼："贤媳，你出关迎敌倒也使得，只是要小心为主，千祈勿恃法力穷追妖道。"穆桂英应诺，即时戎装上马带领女兵三千放炮出城，来到沙场。妖道一看，只见宋营中队伍内冲出一员女将，但见妆扮得：

头挽青丝用勒箍，外披铁甲内征袍；
猖头兽面腰间系，锦翠貂裙脚下符。
金莲斜踏葵花蹬，玉腕手提雪片刀；
虽然半老佳人质，四海闻名女丈夫。

道人看罢，喝声："妖妇通名受死。"穆夫人一看这道人，生得面如朱砂，一面杀气，颏下一派红须。夫人道："吾乃天波无佞府杨府穆桂英也，你这妖道不必言语支吾，看刀。"言未了，大刀夹头砍来。道人大怒，铁铲急架相迎，杀将起来，不分胜败。

却说狄元帅在关，只闻远远战鼓之声，狄爷对王夫人说："穆夫人出关与妖道交锋，本帅也放心不下，不若与元帅同出关视敌如何？"王夫人说："妾也有此意。"二人各各戎装披挂，带领三军众将，炮响出城。

又说这道人与穆桂英，没有三十多合，耳边又闻炮响之声，就知道有救兵出城，远远见关内果然涌出大队人马，中央两柱龙杆帅旗，左右分开男女二员大将，后面数十将拥护。道人心中暗喜，料得二将乃大宋的中军主帅，倘若伤他，宋师何然愁退。当时与穆桂英斗杀，料难取胜，只得混成一口毒气喷将过去，形如黑烟，腥气难禁。穆夫人按捺不住，毒气归心，自知不好，忙借土遁走回关去不表。

场中二位元帅大惊，连忙喝令众将冲杀过去，将妖道围在中央厮杀。当时道人依仗法力赛斗。这穆夫人与他法力本差不多，现有王夫人为助；所厉害者，他未脱蟒形，千年毒气，凡体故不能禁受，即练成仙道，亦要避他。此时来将刀斧交加，杀得道人前后受敌，蛮兵一万已被杀散。道人大怒，即混口毒气向王凡喷去，王凡立时跌于马下，道人伸手一铲，王凡胸浆迸出。王兰英大惊，抢回尸首。道人一连四喷，四员偏将落马，他一铲四下，已分为八段，他趁势杀出重围。

狄元帅见他伤了许多大将，心中忿怒，舍命拍马追去。王元帅大惊，早已驾云跟随狄爷，刘庆也飞来随后。道人当时见一大将随后追来，心中带怒，把马兜回，也不动手，将毒气喷出。狄爷打个寒噤，又跌于马下。道人正要动铲，王夫人跑上一枪，向他面门刺来，他吃了一惊，收回大铲。刘庆将元帅抢回。道人毒气又向王夫人喷来，不意王夫人驾云走了。道人得胜回营。

当时王夫人进回关中，见王凡已死了，吩咐将王凡与四员偏将尸骸收殓了。但狄元帅、穆夫人面如黑漆，七窍流血，然心头尚暖，身体未被伤。狄家兄弟下泪纷纷，王兰英放声痛哭，众将均为伤感，王夫人与杨文广十分悲痛。王元帅含泪呼声："孙儿众人，不必过哀，已死不能再活。一来，狄元帅已死，军心恍惚，二来，妖道得胜，今日一阵，将我大宋军威挫尽。这妖道如此厉害，毒气伤人，看来三军之众危矣。"

王兰英带泪说道："妖道，南地屡闻他这口毒气厉害，伤人无药可救。依妾愚见，一面紧守城池，理了元帅丧事，安养三军，然后差刘将军回朝奏知圣上，元帅归天，待天子知道，再选能人。速令公子往竹枝山，招安了段红玉来投降，可以抵敌这妖道。"王夫人说："公主之言有理。"即拔令与狄龙，命他往竹枝山去招安段红玉。公子含泪领令去讫。王夫人又拔支令，正要差刘庆回朝，他忽然想起一事，大呼："元帅与夫人有救了。"不知如何有救，且看下回分解。

第三十五回 鬼谷师遗丹救将 狄公子奉令招安

诗曰：托形蟒怪法高强，助逆违天拒宋邦。
毒气纵伤中国将，难逃罪恶过刀亡。

当下刘庆想起一事在心，满怀大悦，说："众位不必心烦了，元帅、夫人有救星的。"王夫人与众位问何故，刘将军说道："前时，末将奉令回朝，请穆夫人至此破阵，席云于空中，与王禅鬼谷仙师相遇于半途，他有言嘱咐小将说，取了芦台关之后，有一场恶战，伤将甚多，只恐主帅凶多吉少，有性命之忧。付下丹丸二颗，倘有元帅不测，服此丹可救了，一颗可活一人，我当时求恳仙师下降破阵，他说，阵有人破的，但元帅服丹之后，南蛮渐渐当灭，吩咐收藏好。我回来亦未泄知众人。今日元帅、夫人被害，正应了机会。”说完，王夫人、众将大悦。刘庆箱中取纸包拆开，上有二丹一柬：

二命难逃丧毒中，丹丸二颗见奇功；
回生起死非凡妙，一服还阳化尽凶。

众人看罢大喜。王夫人叹声说道：“死生自有天命，非人力可强逃。今日仙师来救他徒弟，连我们穆媳妇亦可救了。刘将军，事不宜迟，快些开化金丹，与二人服下罢。”刘庆即忙用水化开，拨开他牙关，每人灌了一丸。不上一刻，只见穆夫人口中吐出许多恶水，大气喘息。狄元帅也吐恶水，身体转动，俱各二目睁开。穆夫人先爬起来，见了杨文广、王怀女，长叹一声：“奴只道今日一阵，中了妖法、毒气，必然永别婆婆，丢抛孩儿了，何以又得还阳？只恨我自幼空学了神仙之术，却不免轮回之苦。何必为人中争利夺名，思量果是回头见岸为高。”王夫人与杨文广泪下，只说：“今得余生，多亏王禅仙师之力，因他救元帅，及于母亲的。”穆夫人说：“原来多蒙鬼谷仙师赠赐灵丹，这再造之恩，何日图报？”正言间，狄元帅亦苏醒，起来，狄虎兄弟一齐上前扶住，放声呼叫：“父王！”狄爷也长叹一声，说：“本帅早上遇这妖道，被他毒气伤亡，只道父子今朝永别，岂知又得相逢，不知如何复活？”狄龙含泪说：“得刘庆遇着仙师。”细细说明。狄爷听了，道：“又得师父赐丹相救，深感活命之恩。”当时，王夫人与众将多说道：“千岁与穆夫人，辛劳过极且精神未复，且请回帐内调养精神，再作商量。”众人扶归穆夫人，扶往后堂去了。

到了次日，狄龙与杨文广，别了父王、王夫人，前往竹枝山而来。杨文广见近了山下，吩咐军中住营立下寨。狄公子上马提枪冲出营来，呼军喊杀。

段小姐正在山中，忽见军人入报：“宋将带兵来讨战。”段小姐一闻报语，即戎装上马冲下山来。只见一员小将，看来不是别人，乃狄龙公子也。暗内叫声:“小冤家,奴为你弄得家破人亡,做下弥天大罪,忍耻含羞不逢你一面诉说。你今又来军前出马,眼目众多,何不擒他回去,问个明白缘故,死在九泉也甘心。”想到此处,不觉下泪。狄龙一马飞近,连忙扣住,唤声:“小姐,如今到来非为别事,只因你言而无信,反复不常,实见不明,特来请教。”小姐听了,呼声:“公子,非是奴心不定,你们既是中国大臣,也该存立信行。我父忠诚投降,因何你父命狄虎杀奴之父?奴实有不忍之心,定拿狄虎报仇的。”公子听了微笑,呼:“小姐,你平日素称伶俐,达理通情,如何今日就不明白了?吾弟伤害你令尊,原有缘故,他不是奉令,不意在关外遇着了老将军,此时乃仇敌之人,各为其主,一动手时误伤令尊,夺了关城。回营时,吾父王大怒,说小姐已经投降,责他擅自伤了你令尊之命,一怒将他斩首,幸得王夫人、众将解劝多少,至此带罪招安王凡。实乃如此,请小姐上裁。况我父身为主帅,全凭信义以服三军,焉有暗害降将之理,于外邦落下不美之名?但你令尊已死,倘日后班师回朝,奏明圣上,墓顶封王以报降将子孙,世昌荣化。小姐,若依我良言,且自释忿心罢。”

小姐听了,呼:“公子,你弟误伤我父既属不知缘由,令尊与公子,奴家全无恼恨,可恨王兰英贱婢无义,要配狄虎,就暗算奸谋。夺了蒙云关也罢了,就不该哄骗我父,于半途截杀了。我段红玉绝不饶他,誓不与贱婢俱生。”公子说:“小姐息怒,我还有一言相告。兰英与你结拜,自小密谊之交,情同骨肉,焉肯背义负心如此不仁?此乃旁人谗说,你休信为真,若乃吾弟误伤令尊,他此时有口难辩,只求小姐原情,姑置勿论。小将将来同你会花烛,但丝萝已经缔结,纵有一切恼恨之事,只求俱看我面情解释。小姐若然果要认真,只说不得由了尊意,从此水流花谢各自东西。”小姐说:“公子,你言虽是,只是我父仇人不共戴天,岂得轻舍?若是我不依公子之言,必然见怪了,若然依你,只恐旁人言我为着婚姻忘了父仇,只恨自己错在当初罢了。奴今日既去了父仇不报,想来难处,已不愿居于阳世了,公子不必以奴为念……”说到此处,不觉目中纷纷滴泪,苦切伤心,拔剑正要自刎。

公子一见，惊骇上前，扯住小姐手腕，含泪呼："小姐啊，劝你勿要性急，若小姐寻了短见，我狄龙也愿相从于地下矣。我奉命前来招安小姐，救解破敌，倘小姐寻了短见，无人退敌，数十万人马危矣，也是难处之事，我也不愿留生了。"说罢，泪珠沾襟。小姐到底心肠慈软，见公子伤心，即收回剑，扯着公子袍袖说："公子，你何必伤心，且你言差矣。奴报不得父仇，枉生于人世，情愿自刎于九泉。因何你要说不留于生，此乃何解？"公子说道："只因吾父已得芦台关，南王又差来达摩妖道，十分厉害，口吐毒烟伤我大将无数。我父得灵丹救活，敌兵屯于关外，目击此关已难驻扎，还防众人不免妖道之难，已经差人回京，奏知圣上速救，但远水难救近火。小姐若怜惜我狄龙，拔刀相助，擒了妖道，则我父子感恩不浅，如此我何虑哉？"

小姐听了达摩领兵，不觉惊唬了，说："公子，这妖道兴兵来战非同小可，他妖术无边，向日闻他之名，头一件毒气伤人。还有一事，他乃妖怪修炼成形，若与敌人战到深处，一转形，张开大口连人带马吞陷肚中，未知是否。但此人到来，你大宋将士遭劫了，奴虽有法力，只恐擒拿不得他。"狄龙听了大惊，说："小姐，如你言来，妖道的法术就无人破了？难道大宋反让于法力之徒？"小姐看见狄龙不悦，呼声："公子不必着忙，奴今且把父仇权放了，今与公子到关会会妖道。"公子闻此言大喜，说："小姐如此用情，乃是我的恩人了，何其幸也。"小姐说："既为夫妇，何必言谢。公子且请回营，待我禀明母亲、哥哥，然后与公子一同前往便了。"说完，二人分手。

小姐回山，向母亲、哥哥说知，夫人允了。小姐即时带了随伴使女来到宋营。杨文广与狄龙接进中军，见礼，言谈一刻。只为军情紧急，不敢迟缓，连夜拔营起马，定是五更到关。狄龙先进内禀知，狄爷大悦，传令进帅堂相会。不一时，小姐与杨文广进来参见二位元帅。王夫人呼声："小姐请坐，休行见礼。老身久仰你贤良，又是弃暗投明，真乃女中豪杰，实乃令人可敬。"小姐说："元帅过奖。奴乃一无知弱女，焉敢当此重赞之言。"王夫人说："小姐休得过谦，今日既来相助，足见忠诚，但退得妖道时，功劳簿上算你头功，奏知圣上。"小姐说："奴乃南方蛮女，胸中有何经略，全仗二位元帅天威与妖道会敌，倘若侥幸得胜，也尽奴一点义气之心。但这妖道厉害，倘有不测，只要二位元帅看顾我母与哥嫂，奴就感恩不浅矣。”狄元帅听了大喜，吩咐置酒款待。当时摆上酒宴，狄爷见不便相陪，着王夫人与小姐对酌，与穆夫人三人共是一席。原来，狄爷进至后堂，唤到狄虎、王兰英夫妻二人，说：“段红玉到帅堂上吃酒，王夫人一刻必然情面之说，你二人趁此席间之言前去请罪，必然他有回心的。”夫妻领命出来。

先说王夫人起位，双手执起金杯，呼声：“小姐，今日老身奉敬一杯，一来替狄虎、王兰英二人请罪，二来贺喜小姐投降我邦，请饮此杯。”段小姐一见，也起位一双玉手接了，说：“蒙夫人一点见爱之心，又蒙指示，奴家自然领命。”一饮而尽。王夫人十分欢悦，又是一连奉劝三杯，小姐饮下。穆夫人也来劝敬，但不知狄虎、王兰英二人出堂请罪，不知段小姐允否和好，且看下回分解。

第三十六回　再投宋红玉完婚　施毒泉道人伤将

诗曰：二次归投大宋朝，天生女将定蛮辽。
洞房佳话惟今夕，琴瑟从今两合调。

上回，王怀女、穆桂英与段红玉开怀乐饮，你酬我劝之际，忽见王兰英、狄虎二人来到席前双膝跪下，一呼“姐姐”，一呼“小姐”。狄虎说：“小姐，我前时误伤了令尊，实因不知小姐已投降了。当时既是各为其主，乃仇敌也，望小姐谅情鉴察，看王夫人与我父之面，消了前恨不怪，足见小姐大德。”王兰英呼：“姐姐，愚妹也要说明缘故，然后请罪，免你怪我不义薄情。当日，令尊老伯父出城，原因狄千岁疑心投降不真，姐姐既然寻不得五将回来，城内还有老将军段洪，既愿投顺，也该前来营中一会，是以小妹回关说于老伯父。他闻言，即刻与我出城。行不上数里，遇着狄虎，小妹与老伯父只道他奉令前来迎接，谁不知，他也不知是投顺来由，一时动手，误伤了令尊，引兵抢了城。姐姐的家口早已逃散，奴见势孤，只得投降了。但我二人自幼交深，情投意合，岂有不仁，故伤你父？今非小妹谬言遮饰，现在元帅之计，特请姐姐共破妖道，望姐姐不记前仇，共图功业。”红玉道：“事既至此，既承狄元帅、王夫人等美意，只得先商破敌之计。”于是，姐妹和好如初。

城中，笙歌鼓乐，结彩张灯，好生兴闹。到了黄昏后，诸事停当，众将士大排筵宴，大小三军俱有赏赐喜酒。是夜，音乐齐鸣，请出小姐夫妻交拜，送入洞房。二人交杯合卺，携手共进纱帐，云兴雨布，遂其旧识知心，自此，段小姐遂了痴心之愿。狄龙思量，弄假成真，实乃万里良缘，此夜恩幸，真如鱼得水，快乐不啻登仙。好事之中，实难尽述。

不觉欢娱夜短，寂寞更长。已交五鼓，狄爷升帐，夫妻叩见。狄爷对王夫人说：“前日命刘庆回朝，圣上必然火速差兵前来，至快有两月方到，但灭得妖道，不用差兵来的。”有小姐开言说：“元帅，奴家今日出敌试试妖道法力，以定胜败如何。”王夫人说：“小姐，这妖道毒气厉害，须要小心。”小姐应诺，上马提刀，领兵三千出关讨战。

达摩闻报，带兵出营，只见一员女将在此跃武扬威，生得千娇百媚绝色无双。妖道喜得手舞足蹈，连声赞羡：“好个美貌佳人，不若贫道拿回营中受用，岂可当面错过的！”拍马上前，带笑呼：“女将何名？”小姐见道人问他之名，喝声：“我非别人，乃蒙云关段洪之女红玉也。只思南王乃反叛之贼，近日残民好杀，成不得大事，故奴父子投降于大宋朝，脱了叛名，有功于国。奴今奉狄元帅之命来擒你，倘若知事者，退归隐于山林，方免杀身之祸，是你之知机，速急回头。”道人冷笑一声：“美人，你原来是段洪之女，焉肯投降天朝？我想，中国之人，狡猾之辈，忠厚属我南方，小姐若依贫道劝，依然投南蛮王。贫道爱你天姿国色，随我回营保得南王赦你，匹配吾国师，富贵荣华凭你受用。”

小姐听了大怒，一刀砍去，道人用铲架住，微笑呼：“小姐不必发怒，你道本国师的法力，难道不知在本国官职不小？你若与贫道成了夫妻，可谓佳偶相配。”小姐骂声：“妖道休得胡言！”双刀又砍，道人又架过，说：“小姐，因何如此气忿？方才贫道与你订婚之言，千万不可辜负了吾的美意。但吾法力厉害，一动时，恐伤了你，贫道舍不得你花容。”小姐听了，怒从心上起，恶向胆边生，大骂：“妖道，奴若饶过你，誓不为人！”说罢，双刀乱砍。道人看此光景，谅这女子如此强横，以言语劝他焉肯听从，全没有一点惧怕之心，反恃勇杀来，不若暗施法力，将他拿回营时由吾快活，岂不妙哉！想罢，提铲急架相迎，二人杀将起来，一阵斗杀，杀了二三十合胜负未分。

道人想来，这段红玉刀法精熟，武艺不低，倘用毒气喷去，又怕这个丫头禁受不起，不如诱他到无人之处，现了原形，拿他回去取乐有何不可？即时放马败走，喝声：“红玉，你国师今日回营有事，不与你恋战，明日再决定雌雄。”说罢，拍马逃去。段红玉心说：“这妖道逃去，必定是诈败了诱我，要使法来伤害奴，岂惧怕你！不若先下手为强。”按下刀，取出小小一枝神箭，拍马赶去。道人一见大喜，暗骂声：“贱人，你今赶我，休想回营了。”即时口念真言，向东南巽位吹一口气，不时狂风卷面，黑雾迷空，暗中现出一个怪物，口大如脚盆，长有三四丈，遍体合鳞，张牙扒爪，像个东海龙神，口吐黄烟，远远竟往小姐扑来。

小姐一见冷笑：“你这大蟒怪修炼成人形，怪不得口吐毒气，厉害伤人，一沾染即亡。”当时，见大蟒来近，拾起神箭对准怪物一放，弦一响时，早射出小箭，正中在大蟒怪右目。那妖道大叫一声，疼痛不止，连忙打了一滚现出人形，跑上马，痛叫难忍，怒声如雷，说：“贱人啊，我倒有仁慈之心于你，不使毒气，不过欲拿你回营，想与你结为夫妇。岂知你无情无义下此毒手，用小箭伤吾右目，今日贫道若饶过你这贱婢，誓不为人。”即运满口中毒气对段红玉喷射过来。小姐说声：“不好！”双足一蹬，腾起空中。这阵毒气一沾着战马身上，一跤跌下地中死了。小姐在云头看见好惊慌，说：“好不厉害妖道，若非奴走得急快，只怕性命难保。”

当时，这妖道毒气只望要喷红玉，岂知被他驾云走了，气得怒发冲天，忍痛拔出眼中小箭，血流不止。收兵回营，用药搽洗，越思越恼。至晚，施出一条毒计，在月下焚香，当空拜礼，禀告一番，书符念咒，仗剑作法。忽见半空中来了一怪神，说：“大力鬼奉命前来，不知法师有何使唤?”道人说:“无事不敢烦大王。今夜有劳带鬼兵十万,将毒水溪之水,连夜运进宋关中井泉下,不得有违。”大力鬼王领法旨去了,连夜召集齐数十万鬼兵,往毒水溪一齐挑运数十万担,大力鬼王到营来复法师之旨,也且慢表。

次日天明,大宋将兵大小三军,那晓得次日大早饮食了此水,未到午昼,人人染病,只有王怀女、穆桂英、段红玉、王兰英皆有半仙之体,病不沾染。王夫人见众将、士卒忽然如此,心中十分着急,仰天叹曰:“莫非吾大宋江山已尽,忽然众三军将士人人得此暴病,上天降此灾殃?倘敌人来讨战,谁人出敌、守城?观看此关,难以保守。”段红玉说:“三军一时得此暴疾,或妖道施毒计来陷害也未可知。”王夫人道:“你言不差,定然是妖道被你射伤,因而暗施毒计。今小姐生长此地方,平日妖道惯用何术伤人?”小姐说:“昨是妖道被我伤射右目,今观众疾,恰似误食了汉溪毒水一般。”小姐猜疑,不知下回如何分解。

第三十七回　救三军女将求泉　活生灵龙神运水

诗曰:妖道毒泉陷宋军,逆天拒敌助蛮君。

无如运会归真主,难免他年杀戮身。

当下,段红玉说:“众将兵的暴病,实系吃了汉溪毒水之状,定然是妖道夜施邪术运来恶毒水,要陷害我们。若真有此事,众将兵不过三天日期,五脏六腑皆腐烂而死。”王夫人说:“这便如何是好?”小姐说:“若要救众军,除非到飞云洞去求威灵圣母。”王夫人道:“这飞云洞今在那里?”小姐说:“离此不过三百里之遥,只因圣母从不与人相见,居于接天山飞云洞修真。他洞中有井水,名曰救命宝泉,时常有外方人误饮此水命在旦夕,吃了泉水,吐出恶毒立刻痊愈。夫人要救众人,除非往求宝泉方可救,他又不受人礼物,只要虔诚顶礼前往,无有不见与之理。”王夫人听罢大喜,说:“果然如此,即要与小姐前去,留下穆桂英、王兰英看守城池。”

二人出关驾云，不满一个时辰已到山脚，二人按下云头，一路上山，无心观玩景物。但这仙山，比之别山大不同，其词赞曰：

接天方古山，细看色斑斑。顶上云飘渺，岩前树影翻。飞鸟争枝立，走兽夺争餐。凛凛松梢干，大大竹嫩竿。野猿啸聚玄，鲜果麋鹿扳。枝上翠岚岚，冷冷水漫漫。暗闻幽鸟语，闲关几处溪。藤萝牵又扯，怪石集香兰。磷磷怪石，磊磊峰崖。孤鹿成群走，猿猴作队顽。行客正愁多险峻，奈何古道步艰难。

王怀女看罢此山，二人加鞭并上，又对小姐说："这座高山峻广，但不知可是接天山否？"段小姐说："元帅，这座就是接天山了，圣母的飞云洞，附近西北一座奇峰之下便是了。"王夫人听了大悦，二人又拍马向西角而走，方才到了一派松荫之下，时已日落西山，又走了一会，只见远远有些灯光。洞口外只闻猿啼鹤唳，异草奇花，忽又闻琴声嘹亮。王夫人与段小姐侧耳而听，音韵悠扬，如怨，如慕，如泣，如诉，静听之间，令悲者倍悲，乐者倍乐。二人听见七弦瑶配五音，按宫、商、角、徵、羽其调韵，操其词曰：

人生在世如春梦，夺利争名枉费神；身过百，终须散，名如凌烟不算能；世人枉作千年计，大梦回头两手分；不信但看郊野外，无分贵贱尽旧坟。古今兴废无休歇，有福兴来无福灭；江山转眼姓名更，疆场尽是英雄血。得放手来且放手，光阴近速无长久。百年三万六千日，劝君何不早回首。当年英烈秦始皇，并吞六国逞豪强；只望子孙传万世，岂知不久属他邦。楚汉争锋韩信至，九里山前战霸王；埋兵十面一场战，刚强项羽刎乌江。汉朝被篡因王莽，光武中兴汉运昌。懦柔献帝出三国，英雄并起各逞强。晋兴一统群雄灭，五国纷争起战场。天命归隋文帝出，炀帝荒淫属大唐。一统山河三百载，残唐五代动刀枪。梁唐晋汉周连灭，一统江山炎宋当。陈桥兵变成休命，执掌乾坤坐汴梁。烛影摇红龙入海，仁宗天子继为皇。四海升平民尽乐，只有南蛮叛逆强。领旨剿灭推武曲，王师一怒奋膺扬。妖蟒夸狠施毒水，违逆天心不久亡。贵人今夜来求水，可活三军将士伤。

王夫人与段小姐听罢，惊骇道："圣母果然灵验，他未逢吾二人，就知我军被害，并知吾二人已到了来求水，众人称他是一地仙，果不虚传也。既知吾到此，定然肯赏宝泉与吾的，且下马进洞罢。”二人下了马，正思起步，只见洞门里来了一仙女前来引路。一起到了头门，只闻香风阵阵吹来，又行到大丹墀，左右许多麝、鹤、獐、鹿，上了丹墀，当中坐下一位圣母，刚刚放下瑶琴，起位来迎接。王夫人细看这圣母，头戴七星冠，身穿八卦氅衣，飘飘然，真有神仙气象。二人看罢，连忙上前施礼，称言：“圣母，弟子王怀女、段红玉，虔心前来朝见圣母，乞恕吾二人不恭之罪。”圣母一见，连忙挽扶着二人呼：“院君与小姐免礼。贫道乃山野鄙贱之辈，敢劳中国二位贵人以礼相见，贫道那敢当！如今鼓琴慵性未得远迎耳。”言罢，手携上堂，见过礼，三人坐下。只见旁边一桌上横放一架瑶琴，中央焚起一炉香，扑鼻直透五心。

当下，二人道其来意毕，圣母说：“院君、小姐请放心，你二人未来之先，贫道早已得知。这妖道乃千年蟒怪修行得道，日久炼成人形，心毒意狠，哄骗侬智高叛乱，妄想谋占宋室江山，倡首反叛，伤害了百万生民。上天震怒，他性命只在早晚之间，还是永不超生作人伦，深为可悯，因他害命太多的。待杨家人一会集，就是南蛮授首之期，但侬氏之罪，按亦与妖道不相等的。”王夫人说：“圣母方才所言，妖道乃是蟒怪精修炼成形，怪不得毒气伤人如此厉害。”圣母说：“他果然蟒怪也，但今时交三鼓，夫人、小姐且请先回关去，待贫道命龙神作雨运泉到关，方得多来，只因大小三军将士有三十多万之众。”王夫人、段小姐听了大悦，抽身拜谢了，仍复驾云而回。

当时，圣母仗剑作诀，喝声：“井泉龙神听旨。”一言未了，只见半空中红光缭绕，瑞气分翻，现出一位神圣，落下云头上前施礼，圣母一见，便说：“有大宋将兵，被蟒怪使起毒气，逆天害人。龙神今夜可将解毒泉运进芦台关去，救活了宋将兵，是你的功劳不小，玉帝必有封赠你了。”龙神领命去了，即施展神通，到解毒泉中运取泉水，一刻，乘云驾雾，雷电交加，遮住了一天星斗。

是夜，王怀女、段红玉回至关中，令人接水，丹墀之中，排列了数十个瓦缸。一时，只见雷电大作，猛烈狂风一阵，骤雨倾盆，龙神显圣,关外半点俱无,关内地水有一尺,下至天明而止。小姐、王夫人乃传令众将兵取水分服,数十缸已满。众人饮下圣水,吐出恶泉,个个精神恢复如常,一齐顶礼,当空拜谢。王夫人对狄爷说知,大喜,按下不表宋营。

龙神回山,上复圣母法旨,也不烦表。却说南蛮营中道人,只因箭疮未愈,二来仗着宋兵中毒,待他人人自死,一连静养营中几日,方才令人前来探听。但见关中四城门紧闭,城楼上旗幡招展,剑戟如林,腾腾杀气。有探子报回,道人惊疑,只得带领人马向关讨战。城中无一人出马,道人无计可施,只得收兵回营不表。

孙振自从在襄阳城逃出投降了,南王封他为参谋之职,他得苟存了性命,在南王跟前百般奉承。知南王好美色,就命了家丁往民间四下找寻,遇着有美貌的青年,不论民妻或女,立刻抢了就献于南王。侬智高乃好色之徒,定然喜悦。至此,君臣相得,孙振之言,无有不依,加封为大夫之职。伪臣中有正直的,心中不悦,又难与争衡。谏止南王,反冲其怒,或被诛,或赶逐。剩下这些奸党佞人,多来奉承孙振,相助逢迎南王。须乃反叛当灭,实乃万民遭殃,收了这奸臣,受着万民嗟怨。他在此做了高官,有冯氏夫人时常埋怨,说他因害狄青,反害他父亲:“你今在此为官享乐,岳丈在天牢囚禁,其心何安?况且当日逃出之时,也亏得我父有书到来,通知逃脱,不然,一家已作刀头之鬼。今日得安,你亦不记前恩了。”日常埋怨于丈夫。孙振说:“夫人不必烦恼,下官于岳丈的恩德岂敢有忘,时常在心,他陷于大宋天牢中,恨无机会可救,今日已想出一计来,可以救脱他,到此同享荣华了。”夫人说:“相公有何妙计救得妾父到来?请言其详。”孙振说:“夫人,要救得脱岳父,只须其精细有识的家人数名,暗到汴梁交结这狱官,说是你家老夫人差来服侍太尉的,多与金银送他,且先到你母亲处通知此事,待下官传书与岳丈观看,知会其意。待十天八天不定,寻些机会,黑夜中将狱官杀了,暗中放出岳丈,带了岳母一同逃出,到来共享荣华,有何不可?”孙振此计可救脱太尉与否,下回分解。

第三十八回　获私书奸谋尽露　拜战本旨意参详

诗曰：叛臣狡猾曲肠多，欲救同谋出网罗。

奈何天眼昭昭显，败露行藏计反疏。

当下，夫人听了丈夫之言，大喜，说："相公果然妙计，在于何日行事的？"孙振说："下官即日修书，明日可往了。"是夜，夫妻商议，修了密书。到次日，挑选了十名能干家丁，带藏密书信，叮嘱一番，出了昆仑关而去。

却说狄元帅只因妖道厉害，毒气伤人，不许众将出敌。妖道只因眼目被伤不愈，亦不前来讨战。狄爷一日思量，侬智高攻下粤西邕州得了昆仑关，前月已差李义探听他虚实，已有一月余，打听明白正在回来。他带小军五十名扮作京差模样，只见前面远远来了十多人，一见数十名京差，即闪闪缩跑在树林里面。众兵丁见此跷蹊，大喝一声："你是什么人在此埋伏，不是行刺客定是盗贼了。"说未完，早有一人应声呼："将爷不必见疑，我们十人乃是近处小民，只因探亲吃酒，是以夜晚回来。"言未了，此人身上一把刀脱下地中，众小军见了越觉思疑，有一军人禀知李将军，李义听了即前来喝道："黑夜行走，身上又有腰刀，必非良善之人，何须与他争论，且拿住搜他身上，看他人人可有刀斧否？"众兵上前要搜。

原来，孙振的家丁，十人内有一人藏书的，心中着急，这十人原是孙振挑选的，有些武艺，他仗着本事，初时只道以言说就罢了，今见众人要搜，怕什么数十个官差？大怒，骂声："贼囚，朝廷养你是巡查敌国奸细，不是叫你欺压小民！若要搜时，只怕你有性命之忧。"李将军听了大怒，喝众军擒拿，十人早拔出腰刀，众人一齐动手杀将起来。黑夜中刀斧交加，原来十人果有些本事，斗了多时不能拿获。李将军大怒，提出双鞭冲入中央，左一鞭死一个，右一鞭跌一人，不一刻打死五六人，剩下几个思量逃走，也脱不得，被众人乱刀砍于地下。

时已天明了,李义吩咐:“既杀十名强盗,未曾搜他身上可有什么夹带否?”众军将十个尸骸搜完,内有一人身上一封书,并众人有些干粮之类。李义接书一看,书套上面写着:“此书岳丈大人亲收披览。”下面:“愚婿孙振拜。”李义看了,原来系孙奸贼反投敌国了。若非奉命到此打听蛮王,焉得知之?想他又有密书与冯老贼,又有什么委曲在内,不免待回关时与元帅观看,便知他有何奸谋了。即时,军士埋了十人尸首。李义等一路跑走七八天,方才回关中交令,说:“元帅,小将奉命前往粤西探听,蛮王十分不仁,抢夺民家妇女,灭亡不远。又于半途中截杀得一伙奸细,原来是孙振奸臣的家将。搜出一书,是与冯太尉的。”元帅说:“有这等事?”李义将书呈上,元帅看过封皮,即时拆开此书,展披案上。书上写着:

愚婿振书奉上岳丈大人座前:自上年小婿有书到来,捉拿刘庆、张忠,只望扳倒了狄青,报了大仇消却心中之恨。岂料被杨文广搜出来书,带累岳丈陷入网罗,小婿昼夜不安。又蒙岳丈有书通知,逃得性命,合家得脱虎口,依命走往南蛮。兹南王收录,现为上大夫之职,十分信用。小婿挂念岳丈羁绁天牢,特差至家将十名,着他暗投狱中见机行事,改扮衣装逃出汴城,到此一家完叙,共享荣华,免受囚禁之苦。恭候早日脱难成祥,并请金安。

狄元帅看罢此书,心中带怒,骂声:“奸臣投降敌国,真乃生成人面兽心也,又有书回朝劫狱,要救太尉,幸得李贤弟前往探听蛮王消息,又拿得他私书。待等平伏了南蛮,捉回叛贼回朝正罪便了。”王夫人接书看过,便说:“元帅之言有理,可密收下此书,以待班师奏闻圣上,好摒逐奸臣党羽,方得国固邦安。”狄爷称是。

又有岳纲上前说:“元帅,小将前时与高将军,奉命到襄阳救取张将军、刘将军时,他便逃走,小将一向未曾说知。当时若要捉他转回,易如反掌矣。”狄元帅说:“岳纲,你有所不知,如若此时拿捉他,就便宜了此贼,不投降敌人,罪也轻了,如今又有书来特救冯太尉,背面欺君,又扳倒了冯拯的,待等班师回朝,拿他正罪,焉能得活!正是:奸臣机深祸亦深,天眼恢恢岂能逃遁?”岳纲说:“此言不差。”按下慢表众言。

却说刘庆奉命，持了本章回朝。席上云不至三日已赶回汴梁，天色将晚，就在金亭驿歇一宵。次日枢密院上朝，代他启奏天子。即宣。刘将军俯伏金阶之下，将本呈上，御前侍卫接上，展开龙案，仁宗一看：

征南总帅、臣狄青，奉旨征南已逾三载，败胜参差，后蒙圣上添兵益将，兹已蒙云关、芦台关得取。收录女将二员，已匹臣二子。但二人所立战功颇多，意擒灭南王在于旦夕。不料他差来妖道，异术非常，毒伤将士甚多，头阵，穆桂英与臣及降将王凡，数员偏将，具已中毒被伤，所活者，臣与穆桂英耳，余皆救已不及。当时军心破乱，无人出敌，敢撄妖道毒气之风。臣兵非是众，将非不广，奈妖道拒阻，大军不能进取，倘得法力高强、不畏妖毒者一人，收除妖道，奏凯班师指日可待也。临表不胜迫切惶恐之至。

仁宗天子看罢大惊，说道："南蛮叛逆如此厉害，有妖道毒气伤人，阻挡大军不能征进，如何得灭南王？御弟本上，只要一人收得妖道毒气，不用救兵多少。"言罢，正思量之间，只见文班中闪出一位大臣，执笏上前，天子已看见乃是包拯丞相。天子说："包卿，边关人马，被妖道阻住不得进取，只恐刀兵没有收场了。御弟有本来，只要一人抵挡得妖道毒气，就易于剿灭。朕想，朝中文武众人，那个有此法力之士？"包爷奏道："妖道有毒气伤人，必然妖怪修炼成人形，纵有英雄好汉，也不能抵挡妖法。臣想，无佞府十二寡妇中，去了穆桂英一人，尚有十一人，俱有法力的。旨命下去，着佘太君挑选其人前去，必有可往之人。"仁宗天子听了，点头说："包卿所言不差。"即书旨一道，着包爷前往。包爷领旨辞朝而往。

包爷一程来到杨府，早有家丁报进，佘太君吩咐大开中堂门迎接。包公下了大轿，到了大堂中，开读圣旨：

奉天承运大宋帝诏曰：兹平南主帅奏本回朝，已近得胜班师，不料蛮王差来妖道，毒气厉害，伤将甚多。朕思，朝中将士虽有，但非精明法力者，无可任其职，故着包卿赍诏前来。旨到之日，太君可于十二寡妇中有能抵敌妖道者，即进朝领旨以慰朕。

钦哉。

包公读罢，佘太君着惊，说声："思想自从吾夫老令公撞死于李陵碑下，八子相继而亡，只有杨文广一点骨肉，今已奉旨南征。十二寡妇中，俱已年迈，那有什么英雄领兵？有烦大人回朝代为转答当今。"包公听了说："老太君，朝廷岂不知你府没有英雄！只为南蛮用了妖道，用毒气伤人，一触着即死，非以战斗为强，要精于法力者，方拿得妖道。所以，圣上命佘太君于十二寡妇之中，挑选一人进朝足矣，望太君以朝廷江山为重，勿要推辞。"太君听了，呼声："大人，难道你不知老拙家中之事？自从吾夫山后归宋以来，祖孙父子西征北伐，俱丧没了沙场，只剩下的重孙文广，已随了媳妇南征，现在十二寡妇奈俱老不中用了。今日大人想我家中，还有何人法力广大的？"包爷说声："老太君，圣上旨意又不是诏你亲身领兵，你何必如此力却？不过求你于众人中间，察明可以抵挡得妖道法力，破他毒害耳。老夫看你们大小妇女，老少丫头、家将，有法力武艺之人居多，老太君声声言无有，倒有欺君逆旨之罪也。"

不知老太君如何答话，包公选得何人领兵，且看下回分解。

第三十九回　包龙图登台选将　杨金花夺帅逞能

诗曰：叛逆南蛮大怒凶，生灵百万丧场中。

干戈不息民遭害，势尽难逃入网凶。

却说佘太君见包公不信他家没有能人，推却不下，忙说："大人既不确信老身之言，何不劳步到鼓将台，传鼓点问，便知有人否。不知大人意下如何？"包爷说："太君之言有理。"佘太君吩咐擂鼓点将，家丁领命。

当时，佘太君、包公同上了将台坐下，只见杨府中家将，男分于左，女分于右。包公在将台上，两边一看，这些男将，个个虎背熊腰，身材凛凛，果像武夫；只见右边女将十二寡妇，皆是年老，下些是小姐们、丫头辈，短衣窄袖，竟非妇女气概，倒像个勇战将军。包公见了众将男女英雄，不知那个是出类拔萃之人。

佘太君见包公沉吟思想，呼声："大人，何不传圣旨所命，或者能奇者可擒妖道，去领旨，也未可知。"包爷点头，便大呼："你等男女众将兵听着，老夫奉旨前来选将，因为狄千岁征南，蛮王差来了一妖道，神通广大，妖法高强，还有毒气喷人，受毒即死，是以无人抵挡。你今众中男女将士，如有破得妖道才能，快些前来应旨，待老夫启奏知天子，加官爵重赏，领兵前往……"言未了，只见女班中有一人应声愿往，包公抬头一看，但见这女子生得：

身材短小方三尺，圆眼浓眉粉面凶；
跑走如飞来往急，声音响亮似铜钟。

包公看见，说道："好个奇丑女子也。"便问那女子："若肯领旨，可通名上来。你胸中有什么韬略，法力如何？"它龙女闻言口称："丞相，奴家乳名它龙女，只因生得身材短小，面貌奇形，行事粗鲁，合府中人三百余，吾独任厨中饮食之职。我虽一丫头，且喜武艺，闲来后园演习，合府中人那里是吾对手！我用一对火叉，叉重有一百四十斤。有一日在厨中打睡，梦见灶君老爷说，我后来有大贵之命，只要去随征南蛮立功方有出头之日。他传我一腾云土遁之法，教吾将双叉咒念真言飞起，即化火龙，说数年之后可擒敌人。"

包公听了大喜，说："你言虽如此，未见你法力，不敢准信，万一虚词，有误国家大事，非同小可。"它龙女说："包黑子，你何必以言捉弄我？小丫头平日为人一片老实，并无一句谎言。果然灶君老爷教吾许多法力，虽然身材矮小，力量高强武艺不弱，必要去随征南蛮的。"佘太君听了喝声："好胆大贱丫头，无些的礼律，得罪包大人！"吩咐："与我拿下，重打数十。"包爷忙呼："太君且息怒。此女言来若实，口出大言必有奇术的，且试验他罢。"太君说："虽然如此，他言语不逊得罪大人，乞祈恕怪海涵。"包公说："这也老夫不介怀。"当时，太君喝声："你的法术何来？那有此事？快快拿兵器来看。"它龙女说："太君不信，待奴婢取兵器来，只由太君挑个好汉，来与奴婢比拼五六合。倘若数合之中不能取胜，奴依旧回厨中炊火煮饭。"言未了，身子一扭已不见了，借土遁去取兵器。太君、包公大悦。包公叹息道："海水既不可量，人亦不可量，此女必然可用的。"

不一时，它龙女飞跑而至，手持两把铁叉，有五六尺长。众男女将士一见哂笑。它龙女见众人笑他，心头带怒，说："众位，有本事可来比武。"有杨金花喝声："贱人出言无状，压欺众人，吾来也。"包公把金花小姐一看，生得：

头戴垂金凤，娇花一朵新；腰细如春柳，步走似行云；
心慧知韬略，材高达武文；天降凌霄女，扶助圣明君。

佘太君见是金花小姐，便说："孙儿，你今来与它龙女比武，只恐吾儿手重伤了他，不若在众人中选一将来与他比试便了。"佘太君言尚未了，见男部中飞出一家将，出马喝声："吾来与你比试。"二人上前禀明，太君吩咐："只许你比武，不许你伤残性命，如有伤了性命，即比胜了，亦重处逐出，永不再用。"二人领命。此将乃陈洪先也。二人动手战有三十多合，陈洪先打败，走了。

有金花小姐拍马上前要比武。它龙女一见，说："奴婢不敢与小姐比手段，情愿小姐出师，奴婢为先锋。"金花说："这不相干，奴只要比拼武艺、法力高低的。"一枪刺去，它龙女双叉架过，金花又是一枪，他仍用双叉架过，不回手。包公与佘太君一见，喝住说："你二人不必动手，上前听吩咐。"二人下马走到将台前。包爷说："老夫看来，你二人皆有可用之材，不必相斗争雄。明日奏知天子，金花封为主帅，它龙女为先锋，往擒妖道回朝，其功不小。"

拜谢起来，只见下首一人大呼："留下先锋印与我来。"众将一看，乃是魏化也。包爷一闻此将声如巨雷，果然生得勇猛：身高九尺貌凶狠，两目如珠闪射光；英勇杨门为领袖，飞腾神术最称强。当下，它龙女一见着惊，想道："我素知杨府中只有此人，名魏化，合府中称他是第一条好汉，力能推山。今来夺先锋印就不妙了。罢了，他以鲁力为强，奴以法术胜他。"此时，佘太君喝声："魏化，你也来比试？料它龙女不是你对手，依吾主意，你也跟小姐前往随征，与朝廷出力均同一体，何必争夺此印？"魏化听了，冷笑说："太君，非是小人前来逞勇，只因他眼横四海，目底无人，藐视一府中人，若让丫头夸了口，岂不羞杀了杨府中男子英雄？小人一定与他比武见高低。”佘太君尚未回言，它龙女大怒，喝声：“匹夫敢来与奴比武么？”魏化说：“然也。”二人放开坐骑大战，斗杀二回，它龙女到底敌不住，忙跑下几步，口念真言，咒起左手火叉，它龙女跨上，腾云而起，上九霄云外而去。魏化见了，把金头鸟一拍，只见神禽二翅展开，起在空中赶来。它龙女见了，又抛起右叉，化作一条火龙，口吐乌云张牙舞爪追来。魏化一见，惊骇而逃，它龙女赶去，魏化喝声：“它龙女，吾本欲取印，不想我法力低微，让你为先锋罢。我无颜回府，烦你转达包公，上本说我魏化要随小姐去平南，明日我在教场俟候小姐。”它龙女大喜应诺。见魏化既说明了，忙收回火叉落下，拍马来至将台下马，将魏化之言达知。包公、太君大悦。当下，包公下了将台出了杨府，回朝复旨不题。

当日，刘庆上了求救的本章，即又席云到山西。是日，进了小杨村，直至狄王府，下了席云将狄爷家书传进王府内。有这位夫人，自丈夫被困，二子随征，时常放心不下，终日忧怀，前时，差人到汴京打听，屡闻奏捷回朝，其心略安。是日，只见丫环进来禀上：“千岁爷边关有家书回来。”即时递上。平西夫人拆开书一看，云：

> 愚夫奉旨南征，别母抛妻，不觉光阴三载。自兵进南方，屡已得胜，连取二关，收录降将二员。女将段红玉、王兰英已匹配二子，二女将俱有战功于宋，正乃才貌相当，毋庸为念。近目下，蛮方妖道抗阻大兵，愚夫临阵中毒而亡，后得恩师灵丹活命。今拜本回朝，顺附家书，倘朝内觅取不得破妖之人，未知何日班师，那军胜负。如贤妻优于法力可除妖道，望祈领旨兴师，倘得其人，不劳跋涉，代力奉侍年老萱亲，足感愚夫远离膝下之罪，便见贤妻恩德。但愿早日得胜还朝，夫妻再叙。

公主看罢，说：“书上虽言他父子无灾无咎了，但今又来此妖道，如何是好？俺想自家贪利图名，焉得埋名自乐！倘他有日得胜回朝，劝解丈夫弃职归林下以度天年，免得担惊受恐，尘雾中没有收场。况二子年少随征，倘有不测，追悔已迟，幸他书上传言平安，想来朝中未知差那人前往除妖道，倘若无人，哀家必要领旨的。”命丫环问明刘将军,圣上差何人去收除妖道。不一时,丫环到来,说:“刘将军言,圣上旨到杨家,着老太君挑选众将,今已定夺了。乃是杨金花为元帅领兵,他府中人它龙女为先锋,魏化为后军统制,领兵倒也有限——不过二万五千人。只为狄千岁并不是求请救兵,只拜本回朝寻觅法力高强者,不畏喷毒之害,就进兵,指日可破灭南蛮了,是以不用多领军马,但他兵定于本月数日后动身了。”公主听了点头说:“哀家久闻杨金花小姐法力高强,深明图阵战策,吾师父说起他乃桃花山圣母传他的兵书、武艺,如今领兵去,一定得胜回朝了。但愿丈夫、二子早日得胜班师方好。”

当日,刘庆辞别去了。回朝奏知天子:席云回去南蛮地,以安元帅之心。天子允奏。即日,驾云先走了。不知大兵何日动身,且看下回分解。

第四十回　当金殿三杰领兵　施法宝群英献技

诗曰:顺逆存亡是古言,如何妖道强为天。
　　比奔势尽难逃日,身首分开孰可怜?

当日,包公复了圣旨,奏知天子:已选了杨金花,深明韬略武艺超群,堪为主帅;有丫环它龙女,法术精奇可为先锋;家将魏化,义勇无双可为后军总管。是日,仁宗天子见选了三将,说道:“救兵如救火,实是迟延不得。”即时传旨,宣诏三人上殿。不一会,杨小姐三人进朝,俯伏金阶朝见。天子闻言,说:“赐卿等平身。”三人口呼“万岁”起来。仁宗一看杨金花,果然人材出众,生得气宇岩岩,不像个妇女之态,反似个年少将军;又看它龙女,身材不满四尺,体貌不扬;一看魏化,身体高大,颏下无须,圆眼大珠,浩气扬扬。天子看罢,疑惑说:“它龙女生得如此,焉得有甚奇能?”因为包卿说他法力精强,保为先锋。包爷见天子疑惑,忙奏道:“陛下不必多疑,此女虽然生得丑陋不扬,臣在杨府中已经试验他,果然有法力之人,他为先锋实称其职,臣保他断不误事的。"天子大喜，即封杨金花为元帅，它龙女为先锋，魏化为后军都统；当殿御酒三杯。三人谢恩出朝。

它龙女、魏化在教场俟候杨小姐，点起一万二千五百一军人马，即日登程。拜别老太君与众夫人，三声炮响，拔寨起程。一路上旗幡招展，杀气连天，向南面进发，日夜追赶，非止一日，水陆程途，已有一月多方才得到。

却说刘庆这一日回到芦台关，细细达禀元帅，狄爷听了，安心紧守城池。当时，已有一月外，妖道被伤右目已经痊愈，日日领兵到关前来讨战，宋军并无一人出马。天天如此，妖道十分恶恼。一日，带齐十万大军，将城池围困得水泄不通。狄元帅吩咐："多加滚木、石灰，督兵压守。"妖道之兵亦不敢近城，只因守城之具齐备，箭炮甚多，蛮兵一攻近城池，不是被滚木所伤、灰石所伤，定遭箭炮所害。道人一连攻了三天，不独未攻得城破，反伤了兵千余。

不言道人气怒攻城，却说杨金花小姐三人，领了三军兵马一路进了云南，行程数天，已至蒙云关，知会过萧天凤、孟定国，然后起行，二将送出关外。又走三天，到了芦台关。但见蛮兵远远围困住此关，喊杀之声喧斗如雷，刀枪密密，剑戟森森，不见城中大宋旗号。杨小姐当时领了众军，一马当先，大兵随后，杀进阵中央。如蛟龙取水，长枪一摆，众蛮纷纷坠马，个个受伤。它龙女、魏化一杀入阵，将蛮兵狠杀一阵，伤了数百，众兵逃散甚多，自相残杀。

有小军急急报知国师，说道："宋军将蛮兵杀得七零八落。"道人大怒，说："大宋救兵到来冲杀，贫道有何惧哉！"即跨上神兽来到南城，只见一员女将。遂大喝一声："贱妇休得逞强。你法师在此。"一铲打来。杨小姐一见，知是妖道，将长枪架开，大喝："妖道慢来，今日天兵到此，还不下马受缚！且你修炼有年，若还归于正教，再续得一二百年功力，身入仙班；因何逆天妄为，不思修行之苦，一日倾尽前功？原形立现了。"道人听罢说他始末根由，心中大怒，喝声："贱婢，你有多大前程，敢出狂妄之言？拿你碎尸万段，方见国师手段。"言罢。恶狠狠一铲打来，金花小姐亦怒将长枪急架相迎，只杀得沙尘四起，战鼓喧天。魏化、它龙女二人，只带了万余军马，以一当百，只管四边透杀。

慢言关外战杀喧哗。狄元帅此日在关中,正与王夫人议论军机,静听,只闻远远金鼓之声不绝,喊杀喧天。二人正在惊疑,方欲令人探听,早有小军报知:“启上元帅爷,今有我邦旗号人马到来,已在关外战杀了,请令定夺。”元帅闻报,即下令大小三军,一齐出敌以接应救兵。军令一下,各将领兵,放炮开关。四虎将军,陈平、余靖二位总兵,各带兵马杀到阵中,将蛮兵大杀一阵,尸首堆积如山,血流遍地。妖道手下亦有百员偏将,那里抵得大宋众位英雄,差不多他十万兵去其大半。

当下,道人与杨金花杀个平交,又见众兵被杀得大败了,四散奔逃,心中大怒,退后几步,口中念动真言,怀中取出一巾,名曰掩日云,丢起在空中;一时间,乌天暗地,伸手不见五指,手中拂尘向宋军队伍中一指,只见一团烈火乘风卷去。宋兵个个心惊,只因地方乌暗,又不能脱逃。金花小姐见了,即射出一弹子,明曰开阳石,丢起空中,一道豪光,已是天明日色了,烈火俱无。道人见破了他的法,大喝:“你敢破贫道的法宝,罢了,看你再有什么神通来与贫道斗赛的。”言罢,即抛掷起手中铁铲,在空中旋舞不止,忽然间变作千千万万,向军阵中飞打来。金花小姐连忙拔出桃木剑,一丢在空中,也化作万万千千,满天交加响亮,在空中赛斗。拼一会,小姐剑已将铁铲打下来。道人看见大怒,即收回铲;小姐向空中一招,又收回宝剑。

当时,道人说:“看不出这丫头有此法力,真乃不可轻敌也。想来,不若如此,拿他回营便了。”将身一摇,忽然变一怪物,长有一二丈,遍体生鳞,金光射目,张开血口,舞爪撩牙向杨金花扑来。小姐一见,冷笑一声喝道:“好怪物,敢来作弄么?”正要用五雷正法击他,有它龙女一见,丢了蛮兵不去追杀,呼声:“小姐,待奴婢拿他。”即祭起一火叉,左右旋转,化作一条火龙,比那怪物更加十倍,向着蟒怪便扑去。原来妖道原形见火龙来得凶恶,要拿他,不觉大惊,急忙滚回原形,运满一口毒气喷来,向对着宋军众人。狄元帅与王夫人一见大惊,说:“不好了,毒气来伤人,须要提防……”话未完,只见火龙口吐赤气一团,狂风大作,向着毒气打回。道人见了,心更着忙,口又咒念真言，一阵狂风四起，飞沙走石向宋兵打来。金花小姐用桃木剑一指，念动真言，此一会，狂风屯息，飞沙走石不起，又破了法。

当时，王兰英说道："此时不下手擒妖道，更待何时！"即发混元锤；段红玉抛起红绒索；王夫人见众蛮兵尚不少，即取出小黑旗一面，即向太阳摆了数下。忽见半空中纷纷落下来许多虎豹豺狼、山精野兽，向着南兵队中纷纷冲去，吓得众将兵魂魄俱无，俱已逃散。单剩下道人一个，又见众女将发起许多宝贝来拿，心中大怒，谅来斗不过，大呼一声："不好了，如今不走，性命忧矣。"向着神兽喝声："畜生，快些向地下走罢，不然性命不保了。"此兽大吼，一蹬，向地钻进去了。众人一见大惊失色，说："这妖道逃走去了，如何是好？"金花小姐说："妖道此坐骑十分厉害，既会腾云又能遁地，但腾空不足为奇，他遁地，必要指地成铜的法术方才擒拿得他。"狄元帅听了大喜："既然妖道走去，且收兵回关再作道理。"令一下，众兵队队得胜回城。

狄元帅众将回至关中，帅堂一同见礼坐下。它龙女与魏化来参见元帅，又与众位将军见礼，通了姓名。狄元帅开言说："多蒙小姐不辞跋涉之劳，领兵前来破了妖道，果然法力高强。从此，料南蛮能人有限了，灭剿叛逆在于早晚，皆赖二位小姐之力也。但不知为先锋此女是何人，有此仙法的？"金花小姐见问，细细说知。狄元帅与众人多有羡慕，倒看不出，此女身材如此短小，外貌不扬，有此法力伎俩。众人暗暗说笑他，且不表。

当下，金花小姐谦逊已毕，又说："这妖道虽然败去，其心必然忿怒不平，不甘屈于人下的，未必醒悟回头。他再来时，这妖道亦是劲敌，法力原不弱，在阵场中一时难以捉获收除，他隐遁飞腾，乘风变化，五行中妙术俱已通晓，除非摆下一阵，待他前来攻打，困他于阵中，方才可以剪灭的。"王怀女听了说道："孙儿之言不差，他将已千年道行，若非用阵困住，难以擒拿。"狄元帅听了大喜。

是夜，大排酒席庆贺，大小三军俱有犒赏。众位英雄见今日将已成功，也觉心欢，是晚开怀饮酒不提。且看下回分解。

第四十一回 排八卦收除蟒怪 度昆仑剿灭蛮王

诗曰：力微休负重千斤，兵弱如何斗勇军。
　　气运不归功枉用，逆天必败古来云。

是晚，宋营大小三军犒赏，欢乐吃酒按下不表。又说道人驾了土遁大败回营，只得召集回败残军马。十万兵止招回二万余，内有受伤者不少；偏将百员，逃生者不满二十人。败进营中，气喘嘘嘘，坐下思量，越觉忿怒不消，说道："今日就输却大宋女丫头，我的数百年功力及不得他众贱妇！贫道明日斗过一会法术，倘若再不得胜，必要前往阴山求道兄，请他下山帮助。他法术比吾高强数倍，他如不肯下山来，待贫道亲往，相借他混天囊，将大宋这些一众狗党收入囊中，以定雌雄。但前月有本回南天王要他发大兵来围困他城，要早夺回二关方显吾国手段，但今兵微将寡难与他争锋。今大宋兵雄将勇，贫道有此手段也难取胜。"

他正在思虑之间，有小军禀道："启上国师爷，今有吾大王差彭虎领兵五万前来助战，已至营外了。"道人闻言大喜，正要抽身迎接，不觉彭虎已到帐中，二人见礼，一同告坐。彭虎问起交兵情由，道人将昨天败下一一说知，彭虎听了大怒，说："宋将英雄那在吾心！待小将开兵，擒拿宋将消昨天之耻。"道人应允。

彭虎出营喊战，宋将焦廷贵出马，与彭虎斗了三十多合，焦廷贵抵敌不住，正要逃走，却被彭虎架开铁棍伸手擒拿过马，喝令军士绑缚了，进营去了。狄爷闻报大惊。刘庆大怒，出关，不问姓名双斧乱劈。彭虎本事高强，刘庆又败走了。后来，魏化出敌，与彭虎杀百余合，胜负不分，天色已晚，各自收兵。彭虎回营，道人大悦，摆酒贺功。

次日，狄元帅说："南蛮也有此勇将，擒去焦廷贵如何是好？"金花小姐说："元帅，虽廷贵被擒，必然生禁的。但今摆阵，除了妖道打破他营，何愁焦廷贵救不出来？"元帅称言有理，即将帅印令交与小姐。当时,小姐领了印令,挑选了一万壮勇精兵、二百八十四员偏将、二十八名大将;另选会腾云土遁有法的八人,乃王怀女、穆桂英、段红玉、王兰英、刘庆、它龙女、魏化,自守一门,共成八人守八个门。小姐执令一摆,只见一队兵,尽执黄旗,驻于中央戊己土;小姐令一摆,又见青旗一队,驻于东方甲乙木;令一摆,又见红旗、红甲一队,驻于南方丙丁火;令一摆,又见白旗、白甲一队,驻于西方辛庚金;又令一摆,又见黑旗、黑甲一队,驻于北方壬癸水。阵内,用八个八员将把守,二十八将按以二十八宿,八门合于八卦方位,三门三百八十四爻,按以周天三百八十四数。阵排停当,远远离关三里,好不厉害,变化多端,祥瑞冲天。穆夫人一看,知女儿摆的乃先天八卦阵也。狄爷与众将称赞小姐,狄龙、段红玉、王兰英也为深服。

当日,小姐差人下战书激说妖道,待叫他前来打阵。是日,道人看过战书,内言十分欺藐不逊,果然大怒,领兵二万余出兵,令彭虎守营,出马果看见八卦阵,十分厉害,说:"贫道法宝甚多,何惧于他!"看见乾、坤、艮、震、巽、离、兑、坎八位,他即向乾门领兵杀入。杨小姐看见道人向乾门杀进,此门乃王怀女把守也,一惊动,中央戊己土上,黄旗一展,四方沙起,黄烟滚滚,众兵不见东西,被二十八将杀了一阵;道人带了伤兵败卒向南方而走,守阵坤门乃穆桂英也,红旗一展,只见烈火烧来,蛮兵好不慌张,道人领兵即退,已烧了千八百军人;进东门意欲逃出,此门乃段红玉把守,只看见青烟云雾迷途,道人不敢向东门而走;不分南北门进三重阵中,三百八十四员将大杀一阵,折兵万余,只剩数千军马。

道人此时心慌意乱,不知跑走那方有路。不分东西南北,那能寻觅得出路?八卦之门跑乱了,路途又生出八八六十四卦门。此时,道人方知不好,不顾数千兵,发开神兽四方骤驰,无奈,杀不出八卦门,东、南、西、北跑过,折兵已尽。杨金花看见只剩妖道一人冲杀,执令一展,八门法力将士合而为一,将道人八方截住。杨小姐大喝一声:"妖道休走,今日已罪盈满贯,还思逃脱,枉思量了。"道人一见杨金花,实觉怒从心上起,喝声:"贱丫头出此狂言,你料贫道无能,小小阵式逃不出么?"言罢,一铲打来,小姐长枪急架大战。守八卦门七人王怀女等,看见杨金花与妖道战杀,即时一齐动手,将道人团团围住。道人八方受敌,那里抵挡得住!思量今日不逃走,必遭他毒手,且跑出阵中去才好。今又无军马回营,实觉羞见彭将军,不若借势腾云,前往阴山求请道友来破阵罢。遂将神兽一拍,向空而起。八人连忙腾云围住他厮杀。道人又见逃走不去,心中大怒,将神兽打了三鞭,此兽口吐黑烟,满天乌暗,忽不见了妖道。它龙女即飞火叉化作火龙,将黑烟吞尽,只见道人已离,向南坤位阵逃走,乃穆桂英守的。他见妖道从此门逃走,口念真言,掌中五指一放,一声雷响,已将道人打回阵中,八人又赶回阵内。道人见他用五雷法打他回阵,心中慌乱,又喝神兽向地而遁,不想,金花小姐早已用法,周围阵指地成铜,此兽钻遁不入。道人大惊说:“不好了,今番性命休矣!”只恨错了主意,不想大宋有此能人,不该下山护助南王的。正懊悔,王兰英发起阴雷,一声响亮,将他打下神兽来。思量现形逃走,穆夫人仍用雷击他,变原形不能复现人形,乃一大蟒蛇也。刘庆飞跑上前,大斧一下,已挥作两段。

杨小姐见诛了妖道,令旗一招,收散八卦阵,带兵直攻踏他大营。彭虎闻报,领兵数万前来对敌,正遇刘庆,两下交锋。刘庆正在招架不住,有魏化上前帮助,彭虎抵挡不得两般兵器,却被二将斩于马下。当时军中无主,各自逃窜。宋兵大杀一阵,散于四方。王怀女吩咐攻入他营,救出焦廷贵,早已众兵逃散。宋军众将回营,狄爷大悦,吩咐养兵三日,拔寨起行前往邕州,要复回昆仑关。

当日,狄元帅思算早定计谋,如此乃妥。当日即吩咐众军,偃旗息鼓,不许喧哗,一路只声言“班师回朝”;当时又留下焦廷贵、石玉、李义,与兵一万,同守芦台关,然后登程。一连涉水登山,疾速催兵,发兵大进,一路过去,不许惊扰居民,百姓感恩,不用多谈。一连走了一月,进了西粤邕地,离昆仑关五十里安扎下大营。

此日,关内侬智高探子报进,方知大宋有兵驻于城南,吓得三魂六魄俱无。只道国师领兵去,必胜得大宋,灭得狄青。不期今日宋师临于城下,方知国师败亡。“以他如此法力高强,尚且丧于狄青之手,再有何人与孤抵敌宋师?此乃天亡我也!”心中忧闷,况近日左右之人皆是谄媚奸臣，无能之辈，只因宠孙振而来。当时，蛮王便问一班文武："何人与孤家对敌，破得大宋之师?"两行文武，面面相看不敢答应，蛮王大怒，骂了一回，又忽然不见孙振，小将报知："孙振一闻宋师到了，连家一齐逃走，不知去向那方。"蛮王闻知大怒，今日方知他乃一大奸臣也，十分切齿，进内去了。

当日何以狄元帅不许声张兵势而来？只待敌人不介意，一时束手无策也，此乃兵贵神速之意。即日，大兵五十多万将昆仑关围困了。军士报知，侬智高看来不好，上城头一看，好不怕人，杀气连天，炮响不绝。下了城头，无计可施，几次命将领兵杀出，不能抵敌，伤了数万，料得此城难以保守。还防逃走不出，是夜思想了一计。到了三更时候，在南门放起火来。顿时，火焰冲天。遂大开关门向南逃去，带兵数万。

是夜，大宋师进了城，城中大乱，众兵杀入，砍得尸首堆积如山，直杀至天明。狄元帅命人救息了火，埋了尸首河下约十万，实见伤心；又命即将侬智高锁来。有军士报知元帅："后堂有尸，身覆龙衣。"众人多言侬智高自缢，狄爷微笑不言。不知何故，且听下回分解。

第四十二回　获叛臣奏凯班师　诛佞贼荣封众将

诗曰：害人反害自身亡，善恶分明报应扬。

且看今朝孙佞贼，高飞远走也难藏。

当下，狄元帅一闻众人之言，谓这覆龙衣之尸骸乃侬智高尸首，说他自尽了。狄爷说："不然，岂非他之奸计欺诈也？今若草草不实察，不特有诬朝廷，且召了后日之患矣。"众将闻言，俱已拜服，齐呼："元帅智虑，果远非吾等所及也。"狄爷又说："本帅想，这侬智高被围困时，已计穷力竭，吾料他又不舍命斗杀的，必自纵火乘乱逃走了，用此金蝉退壳之计也。"即呼："余靖、孙沔二总兵，这贼必然由此邕州西城走回云南地方,但尔二人身在此处多年,熟习地理,你即可领回本部军马,回云南细细缉查,必获叛首。回朝之日,其功不小。”二将领命,带回本部兵三万,拜辞元帅众人,登程而去,按下慢表。

当日,狄元帅出榜安民,出令众军,不得借势残民惊扰百姓;倘有违令,百姓出首者,定斩不宽恕。以狄爷大兵一到,不满三天,万民安乐,十分感激狄元帅之恩。只为前被孙振陷害本多:奉承叛主,抢劫民财,虏掠民间妇女以献于蛮王……种种为非作歹,非止一端,万民嗟怨。今日大兵一进了城,反安靖如此,百姓如何不感狄元帅的恩德!

闲话休提。再说孙振奸臣,只道南蛮兵势甚大,不防大宋胜他,况有道人法力厉害,谅不至败的。今日一闻大宋师临城,自知不好,心下忧惊,又不顾蛮王了,即日带领了家口奔逃了,但不敢十分露迹,只因在本处陷害人民不少,如今势尽奔逃,好不胆怯!是日,原欲跑逃离关远些,不想家小人众,走路烦难,逃不得四十里,天色将晚了,只得投了饭店。

是晚,店家看见投宿客人许多家眷,初时他也思疑。后来,又察他乃汴京人氏,又见他行为非民家气象,所用器乃官家物。只因狄元帅安民出榜之后,就出示晓谕军民人等:若将侬智高送到关前,赏给白金与他一千五百两;知其埋伏何处来报明者,赏白金五百两;倘有收留藏匿者,罪与他同等,全家诛戮;近处知而不报者,永定充发;又有投来伪官孙振,倘若拿到关者,赏给白金一千两;来禀报藏在那方者,亦赏白金二百两;收藏于家不献出者,重处不宽。是以各各寓于客店,多方盘诘,方才宿歇一人。

当日店主见孙振如此光景,猜度七八分是孙贼。正是奸臣该当败露,这店主一则思量领赏此银,二来这奸臣与他是仇人,这店主乃本处人士,承父业开此旅店,生理家道颇足。父已弃世,有妹子一人,已许字了,年方十七八,尚未出门,姿容有七八分美貌。一日乘轿去参神,被孙振抢回去献与叛王。后来,此女不从,自缢而死。但他这女子许字了人,弄得这店主赔补百两银子与人,才罢了。如今这孙振来投他店,岂不是自投罗网的?是夜,这店主思量:“若拿他去见狄元帅，倘若不是此人，岂不罪大如天？但今猜得七八分，不若明早五更天速跑去昆仑关，禀知狄元帅，依直言我不认得此人面貌，若看形影，倒有几分，若不来禀知，犹恐走脱奸臣，待他差人来认他捉拿领赏，这二百两银子，岂不稳当的？”

这店主是夜定了主意，果也识见高明。次日，天气尚未黎明，即时飞奔走至昆仑关，用了十两银子叩求中军，将言禀进狄元帅。狄爷一闻此言，即差张忠、刘庆二人与店主人飞跑而来。不上一刻，已到门首。这孙振用完早膳，正要起行奔走。张忠、刘庆一到，店主正要引二人入后阁来认他，不想这奸臣领了十余家口出店来。刘、张二人一见，上前扭住奸臣，吩咐手下数十兵丁一齐将他捆住，连押家口起程。这店主跪下呼：“将军，千岁出赏的银子，求给与小人。”二将说：“千岁出示没有虚的，你且随来领赏。”店主大喜，拜谢起来，大骂：“奸贼，抢吾妹子，谄媚叛王，只望永图富贵，岂知今日天理昭昭？你往日恃势凌人之威，今日何在？”当时人民愈众，有人骂抢去妻，有人骂夺去女，一刻间何下百十余人，痛骂十恶的奸臣。张、刘二人叹道：“奸臣害人太多，何苦结此重怨的！”当时，张、刘二将押了他，连家口十余人，一程回关，见了狄爷，吩咐打入囚车；赏给二百银子，店主大喜，谢赏而去。

是日，狄爷一点仓库，比别城多于数倍，乃侬贼掠民聚敛所得。当时，狄爷吩咐：“银子数百万，带回圣上处分。”是日班师，留将数员，兵一万，渐行守关。传令大小三军拔寨登程。三声炮响，众义士喜气洋洋，鞭敲金鞍响，人唱凯歌声，一路威威武武出了西粤。行路一月又到湖广省，出了襄阳、荆州，外又走了十余天，方进汴京城。

仁宗王闻报，传旨众文武，出城十里外迎接一程。大兵到了教场，吩咐三军不许放炮惊动。当下，众人在午朝门外候旨。

天子传召，众将随着元帅步进金阶，一同俯伏。天子和蔼龙颜，传旨众卿平身，众将山呼，谢恩起来，天子赐坐。五人谨敬陈明南征一路事情，又将昆仑关被侬智高动劫民财，带回白金三百余万。天子闻奏大悦：“今日平南，复回西粤、云南，皆御弟与杨门众将之力。这些银两系民之财，不必收归国库，且赏与众将三军。”狄爷奏道：“我等得胜还朝，皆借陛下洪福。”言罢，又将孙振要救太尉的密书呈上，仁宗大怒，说：“这奸贼死有余辜，险些误了国家大事，屈了有功之臣。如今该贼投降敌人，须碎剐其尸，不足以伸朕恨。如今此贼何在？”狄爷奏道：“臣已拿下囚车了。”天子传旨取出他，又往南牢提出冯拯，跪于阶下，口称：“罪臣见驾。”天子不开言。武士打碎囚车，拿孙振伏于阶下，不敢做声。仁宗一见大怒，喝声：“可恼你这狼心狗肺之徒，朕有何事负于你，你以私仇宿怨要害有功之臣，暗施毒计，心向外邦，险使朕君臣永别，江山送与敌人。如此大奸大恶误国叛臣，是朕的仇人。”传旨：“拿出西郊碎剐其尸，妻、子虽无罪，但是谋反大逆背国之臣，罪及妻小，一同斩首。”当时，武士献过三颗首级交旨。其家人、小使不罪，俱已放去。当时冯太尉魂飞魄散，战战兢兢，仁宗大骂：“你这老贼，位极人臣，不思报国，与奸臣为党，图害忠良。前者，虽然包卿未曾审断，如今孙振又有书暗传，显见你平日为人不端，罪死不为过，拟念你先朝老臣，恶迹未能证，拟开你一线之恩，削职赶逐，不许再言。”吩咐除官逐出。当时天子杀、逐奸臣，怒气已消，传旨与孙、余二总兵：“获了贼首回朝之日，加封官爵。”各各谢恩。

是日退朝，狄爷奉旨将三百余万银子分给了众兵，众人欣悦沾恩。是日，各各回家见过父母妻兄，脱了征役劳苦，好不欢欣。

不上半月，孙沔、余靖二人回朝，奏知圣上：“依贼果逃往云南大理府，已捉获。恐他逃脱，至即斩他，将首级解京。”天子见了今日已获贼首，传旨南征将士受封。当时，天子说：“狄御弟虽然功劳浩大，已加封王位，极品无加，前者二次平西已有旨意。但有功无报，朕心不安，恩赐金花金牌三十六道，每月加俸银一万两。”杨府六将，除了金花、魏化未曾受封，王怀女，六郎在日也受一品诰命之封。如今年迈，加封一品太郡君，御赐龙杖；杨文广，封为御前太尉，杨金花，只因年少未曾婚配，封英烈少女，一品服色；封刘庆为耀武公；张忠封保国公；李义封安国公；石玉封定国公；狄龙封护宋侯，狄虎封卫宋侯，段红玉、王兰英俱受一品诰命之荣；孟定国封英武侯；焦廷贵封烈武侯；萧天凤封安宋大将军；杨唐封定宋大将军；岳纲封保宋大将军；高明封护宋大将军；魏化封异勇将军，与它龙女赐婚，封安国夫人；降将段龙封震南将军，段虎封平南将军；阵亡降将段洪阴封忠烈侯，王凡封英烈侯，阵亡三偏将各封靖忠侯，俱以春秋祭祀。

封赠毕，天子令户部各头去建祠，又传旨于金銮殿，大排筵宴，随征各大小三军，俱有赏赐。君臣欢叙，酒至三巡，齐鸣音乐。值殿官见至午时，酒宴已撤，酉刻酒阑已浓，犹恐失了君臣之礼，跪下请奏："酒宴当散。"除去残宴，众臣谢恩，各回府中。

次日，天子加封孙沔、余靖二位总兵为虎卫将军，命他镇守昆仑关，二人去讫。萧天凤四将也辞圣驾回守三关，辞别狄爷众人去讫。圣上又命魏化夫妻到襄阳，补了孙振之缺；夫妻又到杨府拜辞老太君、众夫人等，上任去讫。段龙、段虎，即命他回去分守芦台、蒙云二关。二人领旨，进狄王府拜别千岁、辞过妹子夫妻而去。

当时，天子又命狄爷五将仍回家三载，以平西回时未及二年，又召回征南，见众人劳苦，此乃仁慈之君，体谅臣心。

当日，狄爷不免进南清宫，拜见太后娘娘。姑侄相逢，弟兄相会，不胜喜悦。两位公子夫妻同日参谒。当晚酒宴相待，不用烦言。

前时得胜，狄爷已命刘庆席云回山报知，今公主领了婆婆家小又到京来，岂不是一家完叙，乐莫大焉。狄爷请过母安，然后夫妻相见。礼毕，二位公子夫妻先礼拜祖母，后叩见翁姑，公主扶起，命儿媳坐下。一见二个媳妇一貌如花，与公子匹配，可称四美，暗暗大悦。

当日，四虎、焦、孟也在狄王府中，一闻太君、公主到了，俱来拜见。他四人乃狄爷结义兄弟，焦、孟随狄爷多年，七人实乃义气相投，故不住别处，只在王府安歇。狄爷说："众位弟兄，本藩母亲一家已至，不用回旋了。昨数天，圣上已降旨，你们何不回旋去的？限满回朝，叙会日久。"六人说："千岁，我们不回旋，只因老太君与娘娘未到，今日见过老太君，自然旋归。"狄爷称谢："难得众位情深见爱也。"次日，各各回旋去了不表。

当日老太君到了，又进南清宫与太后相逢，少不得公主娘娘随行，拜见狄太后，相会言谈，也无非别后衷肠之语。是夜，老太君就在南清宫内安歇，只因年老，妯娌情深，久别了，今日相见，不忍即分，故老太君就在宫中安歇。公主拜别二尊年，回归王府不表。

如今五虎平南成功，奏凯回朝，上书已有《平西初传》载录，此是续集。宋仁宗自西夷一乱，赵元昊一反，侬智高一叛，以后方得国家平宁无事。史言：“仁宗之世，西域扰攘，范仲淹、韩琦战功居多，而侬智高之叛而全收功绩者，狄武襄也。”而后人言“文有包，武有狄”，引七绝诗为结。侬智高乃叛逆之民，乃欲谋图天位，后来不得善终，身首异处，思量免不得利心看得太重，世人苟能将“利”字看低些，凡事必无争论之端矣。有诗曰：

富贵焉能分外求，愿君自知早回头；
乐天由命何常损，放利而行众疾仇。

图书在版编目(CIP)数据

狄青五虎将全传/(清)李雨堂等著. —长沙:岳麓书社,2019.12
(中国古典小说普及文库)
ISBN 978-7-5538-1106-2

Ⅰ.①狄… Ⅱ.①李… Ⅲ.①章回小说—中国—清代
Ⅳ.①I242.4

中国版本图书馆 CIP 数据核字(2019)第 066683 号

DI QING WUHUJIANG QUANZHUAN
狄青五虎将全传
作　　者:[清]李雨堂 等
责任编辑:曾　倩
责任校对:舒　舍
封面设计:浙江有观文化创意有限公司
特约插画:王岩琰　王雨辰

岳麓书社出版发行
地址:湖南省长沙市爱民路 47 号
直销电话:0731-88804152　0731-88885616
邮编:410006
岳麓书社网址:www.yueluhistory.com

2019 年 12 月第 1 版第 1 次印刷
开本:890mm×1240mm　1/32
印张:28.125
字数:783 千字
印数:1—5 000
ISBN 978-7-5538-1106-2
定价:52.00 元

承印:湖南天闻新华印务有限公司

如有印装质量问题,请与本社印务部联系
电话:0731-88884129